Als Charles Dickens im Jahre 1840 den »Raritätenladen« konzipierte, dachte er eigentlich an eine kurze Erzählung, die er in einer Wochenzeitschrift veröffentlichen wollte. Aber Dickens wurde, wie er bekennt, geradezu vom Stoff mitgerissen, so daß er »The Old Curiosity Shop«, wie der Originaltitel lautet, zu einem Roman von ansehnlichem Umfang ausarbeitete. Hauptfiguren der Geschichte sind das Waisenmädchen Nelly Trent und ihr Großvater, der in der Nähe von Covent Garden in London einen Trödelladen betreibt und von Nelly liebevoll umsorgt wird. Die Handlung entwickelt sich durch ein einschneidendes Ereignis, durch den selbstverschuldeten Verlust des Geschäftes, an den sich die Flucht von Großvater und Enkelin vor einem Wucherer anschließt. Sie führen ein armseliges und gehetztes Wanderleben, das sie durch London und seine Vorstädte führt, weiter auf der Landstraße, bis sie schließlich in ländlicher Idylle, bar aller Kräfte, ihr Leben aushauchen. Die Beschreibung von Atmosphäre und von Typen ist Dickens' besondere Stärke, was sich auch in diesem Roman zeigt, der von Autobiographischem stark getönt ist, von Dickens' eigenen deprimierenden Kindheitserfahrungen. Von besonderem Reiz ist der bewußt überzeichnete Kontrast zwischen der Londoner Szenerie, vom industriellen Fortschritt geprägt, und dem ländlichen Idyll.

insel taschenbuch 716

Dickens

Der Raritätenladen

Charles Dickens
Der Raritätenladen

Aus dem Englischen von Leo Feld
Mit Holzschnitten
von George Cattermole, H. K. Browne,
George Cruikshank und
Daniel Maclise

Insel Verlag

insel taschenbuch 716
Erste Auflage 1984

Vertrieb durch den Suhrkamp Taschenbuch Verlag
Umschlag nach Entwürfen von Willy Fleckhaus
Satz: LibroSatz, Kriftel
Druck: Nomos Verlagsgesellschaft, Baden-Baden
Printed in Germany

3 4 5 6 7 8 – 97 96 95 94 93 92

Der Raritätenladen

Erstes Kapitel

Nächtliche Spaziergänge sind mir die liebsten, obgleich ich ein alter Mann bin. Im Sommer verlasse ich oft frühmorgens mein Haus und streife den ganzen Tag über auf Feldern und Feldwegen umher, ja ich komme sogar tage- und wochenlang nicht wieder heim; wenn ich aber nicht auf dem Lande bin, gehe ich selten vor dem Eintritt der Dunkelheit aus, obgleich ich, dem Himmel sei Dank, das Licht liebe und mich so gut wie irgendein lebendes Wesen freue, wenn es seine Strahlen lustig über die Erde gießt.

Dies wurde mir, ehe ich michs versah, zur Gewohnheit, sowohl weil es meiner Gebrechlichkeit zustatten kommt, als weil es mir besser Gelegenheit gibt, Betrachtungen über die Charaktere und Beschäftigungen der Menschen anzustellen, welche die Straße füllen. Das grelle Licht und das Getümmel um die Mittagszeit sind für ein so müßiges Treiben wie das meinige nicht geeignet, und ein Blick auf die vorübergehenden Gesichter im Lichte einer Straßenlampe oder eines Ladenfensters dient meinem Zwecke oft weit besser als ihre volle Enthüllung im hellen Scheine des Tages; ja, um die Wahrheit zu gestehen – die Nacht ist in dieser Hinsicht wohlwollender als der Tag, der nur zu oft ohne Rücksichten und Bedenken ein Luftschloß im Augenblicke der Vollendung zerstört.

Dieses beständige Ab- und Zugehen, diese nie rastende Rührigkeit, diese unablässigen Fußtritte, welche das rauhe Steinpflaster glatt und glänzend machen – ist es nicht ein Wunder, wie die Bewohner enger Straßen es nur mitanhören können? Man denke sich nur einen Kranken zum Beispiel in Sankt Martins Hof, wie er inmitten seiner Schmerzen und seiner Ermattungen auf die Fußtritte horcht und sich, als wäre es eine ihm aufgebürdete Pflicht, abquält, den Tritt des

Kindes von dem des Mannes, den Holzschuh des Bettlers von dem Stiefel des Stutzers, das Schlendern des Müßiggängers von dem Auftreten des tätigen Arbeiters, den trägen Fuß eines Ausgestoßenen von dem raschen Schritte des vergnügungssüchtigen Lebemanns zu unterscheiden. Man denke sich das Gesumme und den Lärm, die stets sein Ohr belästigen, und den Strom des Lebens, der sich ohne Unterlaß dahinwälzt und weiter, weiter, immer weiter selbst durch seine ruhelosen Träume dringt, als sei er verdammt, tot, aber mit fortdauerndem Bewußtsein auf einem geräuschvollen Kirchhof zu liegen, ohne jede Hoffnung, in den nächsten Jahrhunderten zur Ruhe zu kommen.

Dann das hin und her wogende Gedränge auf den Brücken (wenigstens auf denjenigen, die zollfrei sind), auf denen viele an schönen Abenden haltmachen und gleichgültig auf das Wasser hinuntersehen, mit irgendeinem unbestimmten Gefühl, daß es zwischen grünen Ufern hinfließe, die allmählich weiter und weiter werden, bis es sich endlich mit dem großen, weiten Meere vereinigt – auf denen einige stillstehen, um unter ihrer schweren Last auszuruhen und, indem sie über die Böschung hinuntersehen, sich denken, es müsse ein ungetrübtes Glück sein, in einer trägen Barke auf der heißen, geteerten Leinwand in der Sonne schlafen und sein Leben verrauchen und verbummeln zu dürfen – auf denen einige von einer ganz andern Klasse, mit weit schwereren Lasten als die der vorigen, innehalten und sich erinnern, in früheren Zeiten gehört oder gelesen zu haben, das Ertrinken sei kein harter Tod, jedenfalls die leichteste und beste Art, dem Leben ein Ende zu machen.

Dann der Covent-Garden-Markt um Sonnenaufgang im Frühling oder Sommer, wenn der Duft würziger Blumen die Luft füllt und sogar die ungesunden Dünste der letzten Nachtschwärmerei überwindet und die schwärzliche Drossel, deren Käfig die ganze Nacht vor dem Fenster eines Dachstübchens hing, halb toll vor Freude macht! Armer Vogel! Das einzige benachbarte Wesen, das einigermaßen verwandt ist den andern kleinen Gefangenen, den Blumen, die zum Teil, welk geworden in den heißen Händen trunkener Käufer, bereits auf den Straßen liegen, während andere, die zu fest zusammengepackt ganz leblos wurden, der Zeit harren, da sie, mit Wasser begossen, wieder neu aufleben können, um einer nüchterneren Gesellschaft Freude zu machen und alte Schreiber, die auf ihrem Weg ins Geschäft vorübergehen, in Verwunderung zu setzen, was wohl ihre Brust mit Visionen von Landleben erfüllt haben möge.

Es ist übrigens vorderhand nicht meine Absicht, mich allzuweit über meine Spaziergänge zu verbreiten. Die Geschichte, die ich erzählen will, ist das Ergebnis eines dieser Streifzüge; und so habe ich mich veranlaßt gefühlt, von ihnen als eine Art Einleitung zu sprechen.

Eines Abends ging ich in der City umher und spazierte, wie gewöhnlich, langsam weiter, über viele Dinge nachdenkend, als ich durch eine Frage angehalten wurde, die zwar kaum mein Ohr erreichte, aber doch an mich gerichtet zu sein schien: der Ton der Stimme war so weich und sanft, daß sie einen gar angenehmen Eindruck auf mich machte. Ich wandte mich rasch um und bemerkte an meiner Seite ein hübsches kleines Mädchen, das mich bat, ihm den Weg nach einer gewissen Straße anzugeben, die ziemlich weit entfernt von uns lag – ja sogar in einem ganz andern Stadtteile.

»Kind, das ist ein langer Weg von hier«, sagte ich.

»Ich weiß das, Sir«, versetzte sie schüchtern. »Ich fürchte, es ist ein sehr langer Weg, denn ich kam schon heute abend von dort her.«

»Allein?« fragte ich etwas überrascht.

»O ja, daran liegt mir nichts; aber jetzt bin ich ein wenig in Angst, denn ich habe die Richtung verloren.«

»Und was veranlaßt dich, mich zu fragen? Angenommen, ich gäbe dir eine falsche Weisung?«

»Ich bin überzeugt, daß Sie das nicht tun werden«, erwiderte das kleine Geschöpf. »Sie sind schon ein sehr alter Herr und gehen selbst so langsam.«

Ich kann nicht beschreiben, welchen Eindruck dieser

›Appell‹ und die Energie, mit der er gemacht wurde, auf mich übte; denn eine Träne stand in dem klaren Auge des Kindes, und ihre leichte Gestalt zitterte, als sie mir ins Gesicht sah.

»Komm«, sagte ich, »ich will dich hinführen.«

Sie legte ihre Hand so vertrauensvoll in die meinige, als ob sie mich von der Wiege an gekannt hätte, und so trotteten wir miteinander weiter. Das kleine Wesen richtete seinen Schritt nach dem meinigen und schien eher mich zu leiten und für mich Sorge zu tragen, als unter meinem Schutze zu stehen. Ich bemerkte, daß sie hin und wieder verstohlen einen neugierigen Blick nach meinem Gesichte warf, als suche sie sich zu überzeugen, daß ich sie nicht täusche, und diese Blicke, die noch obendrein sehr scharf und spähend waren, schienen ihre Zuversicht mehr und mehr zu erhöhen.

Was mich anbelangt, so waren meine Neugierde und mein Interesse zum mindesten ebenso groß wie die des Kindes; denn ein Kind war sie sicherlich, obgleich ich es für wahrscheinlich hielt, daß, so viel ich eben sehen konnte, ihre sehr kleine und zarte Gestalt ihrer Erscheinung eine ganz besondere Jugendlichkeit verlieh. Sie war zwar ziemlich dürftig, aber doch nett und reinlich gekleidet, und keine Spur deutete auf Armut oder Verwahrlosung.

»Wer hat dich denn allein einen so weiten Weg geschickt?« fragte ich.

»Jemand, der sehr gütig gegen mich ist, Sir.«

»Und was wurde dir für ein Geschäft aufgetragen?«

»Das darf ich nicht sagen«, erwiderte das Kind.

Es lag etwas in der Art dieser Entgegnung, das mich veranlaßte, das kleine Wesen mit einem unwillkürlichen Ausdruck der Überraschung anzusehen; denn ich wunderte mich, was für ein Auftrag es wohl sein mochte, der sie auf eine solche Frage vorbereitet hatte. Ihr schneller Blick schien meine Gedanken zu lesen, denn als er dem meinigen begegnete, fügte sie bei, es liege nichts Unrechtes in dem, was sie getan habe, aber es sei ein großes Geheimnis – ein Geheimnis, das sie selbst nicht einmal wisse.

Sie sagte dies ohne den geringsten Anschein von Verschmitztheit oder Arglist, sondern mit einer unverdächtigen Freimütigkeit, die das Gepräge der Wahrheit an der Stirne trug. Sie ging, wie früher, neben mir her und wurde im Verlaufe unseres Spazierganges immer zutraulicher. Wir plauderten heiter unterwegs, aber sie erzählte nichts mehr von ihrem Daheim, außer daß sie bemerkte, wir schlügen einen ihr ganz neuen Weg ein, und sich erkundigte, ob es ein kürzerer wäre.

Während wir so dahinmarschierten, beschäftigte sich mein Geist mit hundert verschiedenen Lösungen dieses Rätsels, die ich jedoch alle wieder verwarf. Übrigens schämte ich mich, aus der Freimütigkeit und dem dankbaren Gefühle des Kindes Vorteil zu ziehen, um meine Neugierde zu befriedigen. Ich liebe solch kleines Volk, und es ist nichts Geringes, wenn sie, die so frisch aus der Hand Gottes kommen, uns lieben. Da ihr Vertrauen mir gleich von Anfang an Freude gemacht hatte, so beschloß ich, es zu verdienen und der Natur Ehre zu machen, welche die Kleine veranlaßt hatte, auf mich zu bauen.

Es war indes kein Grund vorhanden, warum ich es vermeiden sollte, die Person zu sehen, die das Mädchen so unüberlegt allein und bei Nacht so weit wegschicken konnte. Und da es nicht unwahrscheinlich war, daß sie mich verabschieden würde, wenn sie in die Nähe ihres Hauses kam, und mich dadurch der Gelegenheit beraubt hätte, so wählte ich, mit Umgehung der besuchtesten Straßen, die verworrensten Gassen. Und so kam es, daß sie nicht wußte, wo sie war, bevor wir ihre Gasse erreicht hatten. Sie schlug freudig ihre Hände zusammen, eilte mir eine Strecke voraus und blieb vor einer Tür stehen, ohne jedoch früher zu klopfen, als bis ich ihr nachgekommen war.

Ein Teil dieser Tür bestand aus Glasscheiben, die durch keinen Holzladen geschützt waren. Ich bemerkte dies anfangs nicht, denn es war innen sehr dunkel und still, und ich sah etwas ängstlich – bei dem Kinde war es der gleiche Fall – einer Antwort auf unser Klopfen entgegen. Als sie ihr Pochen einige

Male wiederholt hatte, vernahm ich ein Geräusch, wie wenn sich jemand innen bewegte, und endlich blinkte ein schwaches Licht durch die Glasscheiben, in dessen Scheine – es kam nämlich sehr langsam näher, da der Träger des Lichtes sich durch viele umherliegende Gegenstände durcharbeiten mußte – ich sowohl die Art des Wesens erkennen konnte, das sich näherte, als auch den Raum, durch den es kam.

Es war ein kleiner alter Mann mit langen grauen Haaren, dessen Gesicht und Gestalt ich deutlich unterscheiden konnte, da er das Licht über dem Haupte emporhielt und im Näherkommen geradeaus vor sich hinsah. Obgleich er durch das Alter sehr verändert sein mochte, glaubte ich doch in seinem schmalen und schlanken Äußern etwas von der zarten Form zu bemerken, die mir an dem Kinde aufgefallen war. Die glänzenden blauen Augen waren sicherlich dieselben, aber sein Antlitz zeigte so tiefe Furchen und Spuren von Kummer, daß hier alle Ähnlichkeit aufhörte.

Der Raum, durch den er sich ganz gemächlich seinen Weg bahnte, war einer jener Aufbewahrungsschlupfe alter, merkwürdiger Gegenstände, die sich in die verborgensten Winkel dieser Stadt zu verkriechen und ihre dumpfigen Schätze mißtrauisch und eifersüchtig vor dem Auge der Öffentlichkeit zu verstecken scheinen. Reihen von Panzern standen da und dort, wie Gespenster in Waffenrüstungen, phantastisches Schnitzwerk aus Mönchsklöstern, rostige Waffen aller Art, verzerrte Figuren aus Porzellan, Holz, Eisen und Elfenbein, Tapeten und seltsames Möbelwerk, wie man sie nur in Träumen zu sehen vermag. Das schmächtige Äußere des kleinen Mannes stimmte wunderbar mit dem Orte zusammen; es war, als hätte er unter alten Kirchen, Gräbern und verlassenen Häusern umhergewühlt und alle seine Seltenheiten eigenhändig zusammengelesen. In der ganzen Sammlung war nichts, was nicht zu ihm gepaßt hätte, nichts, was älter oder abgenützter aussah als er selbst.

Während er den Schlüssel im Schloß umdrehte, betrachtete er mich mit einigem Erstaunen, das keineswegs gemindert wurde, als er von mir auf meine kleine Begleitung blickte. Die Tür ging auf; das Kind redete ihn als Großvater an und erzählte ihm die kurze Geschichte unserer Bekanntschaft.

»Ei du mein Gott, Kind«, sagte der alte Mann, indem er den Kopf des Mädchens tätschelte, »wie konntest du nur deinen Weg verfehlen? Denk doch, wenn ich dich verloren hätte, Nell!«

»Ich würde meinen Weg wohl zu Ihnen zurückgefunden haben, Großvater«, versetzte das Kind kühn; »haben Sie meinetwegen keine Sorge!«

Der alte Mann küßte sie, wandte sich dann an mich und bat mich einzutreten, was ich auch tat. Die Tür wurde zugemacht und abgeschlossen. Der Alte ging mit dem Lichte voran und führte mich durch den Raum, den ich bereits von außen gesehen hatte, nach einem kleinen Hinterzimmer, von dem aus eine andere Tür in eine Art Kabinett führte. Dort erblickte ich ein Bettchen, in dem eine Fee hätte schlafen können – so klein sah es aus und so hübsch war es hergerichtet. Das Kind nahm ein Licht, huschte in das kleine Gemach und ließ den alten Mann bei mir allein.

»Sie werden wohl müde sein, Sir«, sagte er, indem er einen Stuhl an das Feuer rückte. »Wie kann ich Ihnen meinen Dank bezeigen?«

»Wenn Sie ein andermal für Ihre Enkelin mehr Sorge tragen, mein guter Freund«, versetzte ich.

»Mehr Sorge tragen?« entgegnete der alte Mann mit schriller Stimme. »Mehr Sorge tragen für Nelly? Wer hätte wohl je ein Kind mehr geliebt, als ich Nelly liebe?«

Er sprach dies mit so augenfälligem Erstaunen, daß ich in der Verwirrung nicht wußte, was ich ihm antworten sollte, um so mehr, da sich mit der Schwäche und Unstetigkeit in seinem Wesen Spuren tiefer und ängstlicher Gedankenarbeit paarten, welche mir bewiesen, daß er sich nicht, wie ich anfangs überzeugt war, in einem Zustande kindischer Altersschwäche befand.

»Ich glaube nicht, daß Sie die geeignete Rücksicht . . .«, begann ich.

»Wie, nicht die geeignete Rücksicht?« unterbrach mich der alte Mann. »Ich sollte nicht die nötige Rücksicht auf sie nehmen? Ach, wie wenig kennen Sie die Wahrheit! Kleine Nelly, kleine Nelly!«

Es wäre niemand möglich, mag er nun die Worte setzen wie er wolle, mehr Innigkeit auszudrücken, als in diesen vier letzten Worten des Raritätenkrämers lag. Ich wartete, bis er fortfahren würde; aber er stützte sein Kinn in die Hand, schüttelte einige Male den Kopf und heftete seine Augen auf das Feuer.

Während wir so schweigend dasaßen, tat sich die Tür des Kabinetts auf, und das Kind kehrte zurück: ihr lichtbraunes Haar hing lose um ihren Nacken, und die Glut ihres Gesichts bewies, wie sehr sie sich beeilt hatte wieder zurückzukommen. Sie schickte sich nun an ein Nachtessen zu bereiten, und während dies geschah, bemerkte ich, daß der alte Mann die Gelegenheit wahrnahm, mich schärfer, als er es bisher getan hatte, ins Auge zu fassen. Ich war überrascht, als ich sah, daß diese ganze Zeit über alles durch das Kind getan wurde, und daß außer uns keine weiteren Personen in dem Hause zu sein schienen. Sobald sie einen Augenblick das Zimmer verließ, benutzte ich den Anlaß, hierüber ein Wort fallenzulassen, worauf der alte Mann erwiderte, es gäbe nur wenige erwachsene Personen, welche so zuverlässig und sorgsam seien wie sie.

»Es tut mir immer weh«, bemerkte ich, etwas gereizt durch seine anscheinende Selbstsucht, »es tut mir immer weh, wenn ich sehe, daß man Kinder, die kaum dem Gängelbande entwachsen sind, mit den Mühen des Lebens bekannt werden läßt. Es beeinträchtigt ihre Zutraulichkeit und Einfalt – zwei der schönsten Eigenschaften, die ihnen der Himmel geschenkt hat – und legt ihnen einen Teil unserer Sorgen auf, ehe sie imstande sind, unsere Freuden mitzufühlen.«

»Es wird keine der ihrigen schmälern«, erwiderte der alte Mann mit einem festen Blick auf mich; »die Quellen sind zu tief. Außerdem, die Kinder der Armen wissen nur wenig vom Vergnügen. Selbst die wohlfeilsten Freuden der Kindheit müssen gekauft und bezahlt werden.«

»Aber – ich bitte um Verzeihung, daß ich so spreche – Sie sind doch gewiß nicht gar so arm?« sagte ich.

»Sie ist nicht mein Kind, Sir«, versetzte der alte Mann. »Ihre Mutter war arm, und sie ist es gleichfalls. Ich habe nichts übrig – nicht einen Penny –, obgleich ich lebe, wie Sie sehen, aber . . .«, er legte dabei seine Hand auf meinen Arm und beugte sich flüsternd vorwärts, »sie soll eines Tages reich und eine vornehme Dame werden. Denken Sie nicht schlimm von mir, weil ich mich ihrer Hilfe bediene! Sie sehen, daß sie es gern tut, und es würde ihr das Herz brechen, wenn sie wüßte, daß ich mir durch andere das tun ließe, was ihre kleinen Hände zu leisten vermögen . . . Ich keine Rücksicht auf sie nehmen!« rief er plötzlich in einem klagenden Tone. »Ach, Gott weiß, daß dieses Kind der einzige Gedanke und Zweck meines Lebens ist; und dennoch schickt er mir nie das Glück, das ich brauche – nein, nie!«

Bei dieser Wendung des Gesprächs kam dessen Gegenstand

zurück, und der alte Mann winkte mir, näher an den Tisch zu rücken, indem er zugleich abbrach und fortan schwieg.

Wir hatten kaum unser Mahl begonnen, als sich ein Klopfen an derselben Tür, durch die ich hereingekommen war, vernehmen ließ, und Nelly brach in ein herzliches Lachen aus, das ich nicht ungern hörte, denn es war ganz kindlich und voll Heiterkeit; dann sagte sie, es wäre ohne Zweifel der liebe alte Kit, der endlich zurückkäme.

»Närrische Nell«, sagte der alte Mann, indem er mit ihren Haaren spielte. »Sie lacht immer über den armen Kit.«

Das Kind lachte abermals und noch herzlicher als zuvor, und ich konnte mich nicht enthalten, aus reiner Sympathie mitzulächeln. Der kleine alte Mann ergriff ein Licht und entfernte sich, um die Tür zu öffnen. Als er zurückkam, folgte ihm Kit auf der Ferse.

Kit war ein struwwelköpfiger, lätschbeiniger, linkischer Bursche mit einem ungewöhnlich weiten Munde, sehr roten Backen, aufgestülpter Nase und gewiß dem komischsten Gesichtsausdruck, den ich je gesehen hatte. Als er sah, daß ein Fremder zugegen war, machte er an der Tür halt, drehte in der Hand einen ganz runden, alten Hut, ohne die Spur von einer Krempe, ruhte in beständigem Wechsel bald auf dem einen, bald auf dem andern seiner Beine und sah von der Schwelle aus mit dem merkwürdigsten Schielblicke, der mir jemals vorgekommen ist, in die Stube. Von diesem Augenblick an erwachte in meinem Innern ein dankbares Gefühl gegen diesen Jungen, denn es war mir klar, daß er die lustige Komödie in dem Leben des Kindes bildete.

»Ein langer Weg, Kit, nicht wahr?« sagte der kleine alte Mann.

»Ei freilich, es war eine ziemliche Strecke, Herr«, entgegnete Kit.

»Hast du das Haus leicht aufgefunden?«

»Je nun, nicht allzu leicht, Herr«, versetzte Kit.

»Du wirst natürlich mit einem hungrigen Magen zurückkommen?«

»Ei freilich, es ist mir fast, als ob es so wäre«, lautete die Antwort.

Der Junge hatte eine merkwürdige Art, sich beim Sprechen halb auf die Seite zu wenden und den Kopf über die Achsel vorwärts zu stoßen, als ob er ohne diese begleitende Gestikulation nicht zum Gebrauch seiner Stimme kommen könnte. Ich glaube, er würde überall Heiterkeit hervorgerufen haben, aber die ungemeine Freude des Kindes über diese Wunderlichkeit und der Trost, welcher darin lag, daß es an einem Orte, der so wenig für die Kleine zu passen schien, doch etwas gab, worüber sie lachen konnte, waren ganz unwiderstehlich. Dazu kam noch, daß Kit selbst sich durch die Stimmung, welche er veranlaßte, geschmeichelt fühlte; denn nach mehreren fruchtlosen Bemühungen, seinen Ernst zu bewahren, brach er in ein schallendes Gelächter aus, wobei er den Mund von einem Ohr bis zum andern verzog, während seine Augen fast ganz zu verschwinden drohten.

Der alte Mann war wieder in seine frühere Abwesenheit zurückgesunken und achtete auf nichts, was vorging. Ich bemerkte jedoch, daß des Mädchens leuchtende Augen, als ihr Lachen vorüber war, von Tränen verdunkelt wurden, die aus dem übervollen Herzen kamen, mit dem sie den ungeschlachten Liebling nach der kleinen Angst des Abends bewillkommte. Was Kit selbst anbelangt, dessen Gelächter die ganze Zeit über so war, daß es sich nicht leicht von einem Schreien unterscheiden ließ, so trug er ein großes Stück Brot und Fleisch nebst einem Kruge Bier in einen Winkel und schickte sich an, über sein Mahl mit der Gier eines Wolfes herzufallen.

»Ah«, sagte der alte Mann seufzend, indem er sich gegen mich kehrte, als ob ich ihn eben erst angeredet hätte, »Sie wissen nicht, was Sie sagen, wenn Sie behaupten, daß ich keine Rücksicht auf sie nehme.«

»Sie müssen kein so großes Gewicht auf eine Bemerkung legen, die nur in einer momentanen Ansicht ihren Grund hatte, mein Freund«, entgegnete ich.

»Nein, nein«, versetzte der alte Mann gedankenvoll. »Komm hierher, Nell!«

Das Mädchen verließ eilig ihren Sitz und schlang ihren Arm um seinen Hals.

»Hab ich dich lieb, Nell?« sprach er. »Sage – hab ich dich lieb, Nell, oder hab ich dich nicht lieb?«

Das Kind antwortete bloß durch Liebkosungen und legte das Köpfchen an seine Brust.

»Warum weinst du?« sagte der Großvater, indem er sie näher an sich zog und auf mich blickte. »Vielleicht weil du weißt, daß ich dich liebhabe, und weil du es nicht gern hast, daß ich es durch meine Frage zu bezweifeln scheine? Nun, nun – dann laß uns sagen, daß ich dich innig liebhabe.«

»O gewiß, gewiß, das tun Sie«, versetzte das Kind mit großem Eifer; »Kit kann es bezeugen!«

Kit, der, indem er seinem Brot und Fleisch den Garaus machte, bei jedem Mundvoll mit der Kaltblütigkeit eines Degenschluckers zwei Dritteile seines Messers verschlang, hielt bei dieser Berufung in seinen Operationen inne und schrie: »Niemand ist so ein Narr, da nein zu sagen!«, worauf er sich für eine weitere Unterhaltung dadurch unfähig machte, daß er sich mit einer gewaltigen Butterschnitte, die er auf einmal hineinschob, den Mund stopfte.

»Sie ist jetzt arm«, sagte der alte Mann, indem er das Kind auf die Wange klopfte; »aber ich wiederhole es, die Zeit wird kommen, da sie reich sein wird. Es dauert freilich lange, aber sie kann unmöglich ausbleiben. Ist sie ja doch für andere gekommen, die nichts tun als schwelgen und schlemmen. *Wann* wird sie für mich kommen?«

»Ich bin ganz glücklich so, wie ich bin, Großvater«, sagte das Kind.

»Pst, pst!« versetzte der alte Mann, »du verstehst das nicht – wie könntest du das verstehen?« Dann murmelte er wieder zwischen den Zähnen: »Die Zeit muß kommen – gewiß, sie kann nicht ausbleiben. Nur um so besser, wenn es später eintrifft.«

Dann seufzte er und fiel in seinen früheren nachdenklichen Zustand zurück, wobei er das Kind noch immer zwischen seinen Knien hielt und für die ganze Umgebung unempfindlich zu sein schien.

Inzwischen war die Zeit vorgerückt, so daß nur noch wenige Minuten auf Mitternacht fehlten. Als ich aufstand, um mich zu entfernen, erwachte er wieder aus seinen Träumen.

»Noch einen Augenblick, Sir«, sagte er. »Was soll das, Kit? Fast Mitternacht, und du noch hier? Geh nach Hause, geh nach Hause und sei morgen zur Zeit da, denn es gibt Arbeit! Gute Nacht! Sag ihm gute Nacht, Nell, und laß ihn gehen!«

»Gute Nacht, Kit«, sagte die Kleine, und ihre Augen blitzten vor Freude und Herzlichkeit.

»Gute Nacht, Miß Nell«, erwiderte der Junge.

»Und bedanke dich bei diesem Herrn«, fiel der alte Mann ein; »denn ohne seine Sorgfalt wäre mir heute nacht mein kleines Mädchen verlorengegangen.«

»Nein, nein, Herr«, versetzte Kit, »was fällt Ihnen ein! Gar keine Spur!«

»Was willst du damit sagen?« entgegnete der alte Mann.

»Ich würde sie aufgefunden haben, Herr«, antwortete Kit; »ich würde sie aufgefunden haben! Ich wollte wetten, daß ich sie auffände, wenn sie nur irgendwo noch über dem Boden ist; ja, das wollte ich, und so schnell wie irgendeiner, Herr. Ha ha ha!«

Kits Mund öffnete sich aufs neue, während sich seine Augen versteckten, und wie Stentor lachend zog er sich rücklings nach der Tür zurück, durch die er sich hinausbrüllte.

Sobald der Junge einmal aus dem Zimmer war, zögerte er auch nicht länger, das Haus zu verlassen. Als nach seiner Entfernung das Kind den Tisch abräumte, sagte der alte Mann:

»Ich kann Ihnen freilich nicht genug danken für das, was Sie diesen Abend an mir getan haben; aber mein demütiger Dank kommt aus dem Grunde meines Herzens, und auch bei ihr ist dies der Fall, und der ihrige ist mehr wert als der meinige. Es täte mir leid, wenn Sie mit dem Glauben fortgingen, ich wüßte Ihre Güte nicht zu schätzen oder vernachlässigte das Mädchen – nein, ein solcher Vorwurf kann mich sicher nicht treffen.«

»Nach dem, was ich gesehen«, versetzte ich, »bin ich vollkommen überzeugt davon. Aber«, fügte ich bei, »ich möchte noch etwas fragen.«

»Und das wäre, Sir?« erwiderte der alte Mann.

»Dieses kleine Geschöpf, mit so viel Schönheit und Verstand begabt«, fuhr ich fort, »hat sie niemand, der für sie Sorge trägt, als Sie? Hat sie keinen andern Gefährten oder Berater?«

»Nein«, entgegnete er, mir ängstlich ins Gesicht blickend; »nein, auch bedarf sie keines andern.«

»Aber fürchten Sie nicht«, sagte ich, »daß Sie sich in einer so zarten Aufgabe versehen könnten? Ich bin überzeugt, daß Ihre Absicht gut ist; aber wissen Sie auch ganz gewiß, daß Sie einer derartigen Verpflichtung gewachsen sind? Ich bin ein alter Mann wie Sie und hege die Sorge eines alten Mannes um das, was jung und vielversprechend ist. Glauben Sie nicht, daß das, was ich heute nacht von Ihnen und diesem kleinen Wesen gesehen habe, mir ein Interesse einflößen muß, das nicht ganz frei von schmerzlichen Empfindungen ist?«

»Sir«, versetzte der alte Mann nach einem Augenblick des Schweigens, »ich habe kein Recht, mich durch Ihre Worte gekränkt zu fühlen. Es ist wahr, daß ich in vielen Beziehungen das Kind bin, während sie die Erwachsene ist . . . Sie haben das bereits selbst gesehen. Aber wachend oder schlafend, bei Tag oder Nacht, in gesunden oder kranken Tagen ist sie der einzige Gegenstand meiner Sorge – und wenn Sie wüßten, *welcher* Sorge, so würden Sie mich sicherlich mit ganz andern Augen betrachten. Ach, es ist ein mühsames Leben für einen alten Mann – ja, ein sehr mühsames Leben; doch es gilt, ein großes Ziel zu erringen, und das ist es, was ich nie aus dem Auge verliere!«

Da ich bemerkte, daß er in einem Zustande großer Aufregung und Ungeduld war, wandte ich mich, in der Absicht, meinen Überrock anzuziehen, den ich am Eingange des Zimmers abgelegt hatte, entschlossen, kein Wort mehr zu verlieren. Ich war jedoch nicht wenig überrascht, als ich das Kind geduldig, mit einem Mantel auf dem Arm und Hut und Stock in den Händen, an der Tür stehen sah.

»Dies gehört nicht mir, meine Liebe«, sagte ich.

»Nein«, versetzte das Kind ruhig, »es gehört dem Großvater.«

»Aber er wird doch nicht heute nacht noch ausgehen?«

»O ja, das wird er«, sagte das Kind mit einem Lächeln.

»Und was wird aus dir, mein artiges Kind?«

»Aus mir? Ich bleibe natürlich hier. Das ist immer so.«

Ich blickte erstaunt auf den alten Mann; aber der war mit dem Ordnen seines Anzugs beschäftigt oder tat wenigstens dergleichen. Von ihm sah ich wieder auf die leichte, zarte Gestalt des Kindes zurück. Allein! – an diesem düstern Orte die ganze lange, traurige Nacht!

Sie schien mein Erstaunen nicht zu bemerken, sondern half heiter dem alten Manne den Mantel anlegen und nahm, als er fertig war, ein Licht, um uns voranzuleuchten. Als sie bemerkte, daß wir nicht folgten – wie sie erwartet hatte –, sah sie mit einem Lächeln zurück und harrte unser. Das Gesicht des alten Mannes zeigte deutlich, daß er mein Zögern verstand, aber er deutete mir bloß durch eine Neigung des Kopfes an, daß ich vorangehen möge, und blieb stumm. Ich hatte keine andere Wahl als zu willfahren.

Als wir die Tür erreichten, stellte das Kind den Leuchter nieder, schickte sich an, sich von uns zu verabschieden, und erhob ihr Köpfchen, um mich zu küssen. Dann eilte sie auf den alten Mann zu, der sie umarmte und Gottes Segen auf sie herabwünschte.

»Schlaf wohl, Nell!« sagte er mit gedämpfter Stimme. »Mögen die Engel an deinem Bette wachen! Vergiß dein Gebet nicht, meine Liebe!«

»Nein, gewiß nicht«, antwortete das Kind herzlich; »ich fühle mich so glücklich nachher.«

»Recht so; ich weiß, daß es so ist und so sein muß«, entgegnete der alte Mann. »Gott segne dich tausendmal. Morgen früh werde ich zurückkommen.«

»Sie brauchen nicht zweimal zu läuten«, erwiderte das Kind; »die Klingel wird mich wecken, selbst wenn ich mitten im Träumen bin.«

Mit diesen Worten trennten sie sich. Das Kind öffnete die Tür, welche jetzt durch einen Laden geschützt war – ich hatte gehört, wie der Junge ihn, ehe er das Haus verließ, vorgelegt hatte –, und nach einem weiteren Lebewohl, dessen hellen und klaren Ton ich mir seitdem tausendmal zurückgerufen habe, blieb sie in der Tür stehen, bis wir hinausgegangen waren. Der alte Mann wartete einen Augenblick, während sie von innen leise die Tür verschloß und verriegelte, und sobald dies zu seiner Zufriedenheit geschehen war, ging er langsam weiter. An der Straßenecke machte er halt, betrachtete mich mit einem unruhigen Gesicht und sagte, unsere Wege gingen nach ganz entgegengesetzten Richtungen, weshalb er hier Abschied nehmen müsse. Ich hatte noch manches auf dem Herzen, aber er eilte mit einer Behendigkeit weiter, die ich von einem Manne seines Alters nicht erwartet hätte. Ich konnte sehen, daß er noch zwei- oder dreimal zurückblickte, als wollte er sich überzeugen, ob ich ihm noch immer nachschaue, vielleicht aber auch, um sich zu vergewissern, daß ich ihm nicht in der Entfernung folge. Die Dunkelheit der Nacht begünstigte sein Verschwinden, und seine Gestalt war mir bald aus den Augen.

Ich blieb an der Stelle stehen, an der er von mir geschieden war – durchaus nicht willens, mich zu entfernen, und doch wußte ich nicht, warum ich hier länger verweilen sollte. Gedankenvoll blickte ich die Straße hinunter, die wir eben verlassen hatten, und nach einer Weile lenkte ich meine Schritte zurück. Ich ging einige Male vor dem Hause auf und ab und horchte an der Tür; alles war dunkel und still wie ein Grab.

Und doch zögerte ich noch immer fortzugehen und konnte mich nicht losreißen, indem ich mir alles mögliche Ungemach vorstellte, das dem Kinde widerfahen könnte. Ich dachte an Feuer, Räuber, sogar an Mord, und es war mir, als müßte etwas Böses folgen, wenn ich dem Hause den Rücken kehrte. Jedes Schließen einer Tür oder eines Fensters brachte mich aufs neue vor die Behausung des Raritätenkrämers. Ich ging über die Straße und sah an dem Gebäude hinauf, um mich zu überzeugen, daß der Ton nicht von dorther gekommen sei. Nein – da war alles schwarz, kalt und leblos wie zuvor.

Nur wenige Nachtvögel waren noch unterwegs; die Straße war traurig und unheimlich und gehörte so ziemlich mir allein. Ein paar Nachzügler, die aus den Theatern kamen, eilten an mir vorbei, und hin und wieder trat ich etwas beiseite, um irgendeinem lärmenden, nach Hause wankenden Trunkenbold aus dem Wege zu gehen; doch kamen diese Unterbrechungen selten vor und hörten bald ganz und gar auf: die Glocken schlugen eins. Noch immer ging ich auf und ab, jeden Augenblick im Begriffe, mich zu entfernen; aber stets wurde ich meinem Vorhaben wieder untreu, indem ich mich durch einen neuen Vorwand beschwichtigte.

Je mehr ich über die Worte des alten Mannes, seine Blicke und sein ganzes Benehmen nachdachte, desto weniger konnte ich mir alles, was ich gehört und gesehen hatte, erklären. Eine unheimliche Ahnung beschlich mich, daß seine nächtliche Abwesenheit nichts Gutes bezwecke. Nur die Unschuld des Kindes hatte mich in die Tatsache eingeweiht, und obgleich der alte Mann zugegen war und mein unverhohlenes Erstaunen bemerkte, hatte er doch den Schleier des Geheimnisses über diesen Punkt nicht gelüftet und kein Wort der Erklärung gesprochen. Diese Betrachtungen riefen mir natürlich sein abgezehrtes Gesicht, sein unstetes Benehmen und seine fortwährend ängstlichen Blicke erst recht lebhaft ins Gedächtnis. Seine Liebe zu dem Kinde konnte sich möglicherweise wohl mit einer Büberei der schlimmsten Art vertragen; selbst diese Liebe barg einen ungemeinen Widerspruch – wie hätte er die

Kleine sonst so verlassen können? Ich war einmal in der Stimmung, Schlimmes von ihm zu denken, und so mochte ich auch nicht an die Aufrichtigkeit seiner Liebe glauben. Und doch konnte ich diesem Gedanken nicht Raum geben, wenn ich mich erinnerte, was zwischen uns vorgefallen war, wenn ich mir den innigen Ton zurückrief, mit dem er ihren Namen aussprach.

»Ich bleibe natürlich hier«, hatte das Kind als Antwort auf meine Frage gesagt, »es geschieht immer so!« Was konnte ihn des Nachts aus dem Hause führen, und noch obendrein *jede* Nacht? Ich rief mir all die wunderlichen Sagen ins Gedächtnis, die ich je von finsteren und geheimen Taten gehört hatte, die in großen Städten begangen und eine lange Reihe von Jahren nicht entdeckt worden waren. So phantastisch auch viele dieser Geschichten waren, so konnte ich doch nicht eine finden, die eine Ähnlichkeit mit diesem vorliegenden Geheimnis gehabt hätte, und das Ganze wurde mir nur um so rätselhafter, je mehr ich mich um eine Erklärung abmühte.

Mit solchen und einer Menge ähnlicher Gedanken beschäftigt, fuhr ich fort, zwei lange Stunden in der Straße auf und ab zu gehen. Endlich begann ein schwerer Regen zu fallen, und von Ermattung überwältigt, obgleich mein Interesse unvermindert blieb, nahm ich die nächste Kutsche, um mich nach Hause bringen zu lassen. Ein lustiges Feuer prasselte auf dem Herde, die Lampe brannte hell, meine Uhr empfing mich mit ihrem alten, traulichen Willkommensgruße; alles war ruhig, warm, behaglich und in einem erfreulichen Gegensatze zu dem unheimlichen Dunkel, das ich eben verlassen hatte.

Ich setzte mich in meinen Lehnsessel, und indem ich es mir in den weichen Polstern behaglich machte, malte ich mir in Gedanken das kleine Mädchen in seinem Bette aus: allein, unbewacht, unbehütet – oder doch nur von den Engeln im Himmel – und doch friedlich schlummernd. Daß ein so junges, ätherisches, so zartes, feenhaftes Geschöpfchen die langen, öden Nächte an einem solch widerlichen Orte zubringen sollte, das wollte mir nicht aus dem Sinn.

Wir lassen uns so leicht von Äußerlichkeiten beeinflussen und sollten eigentlich nur vernünftiger Überlegung Raum geben. Aber Eindrücke verblassen oft, wenn uns nicht solche äußerliche Momente zu Hilfe kommen. Und ich bin mir nicht sicher, ob ich mich so ganz und gar der Betrachtung dieses Erlebnisses hingegeben hätte, wenn ich nicht diese Unmenge phantastischer Dinge bunt durcheinandergewürfelt in dem

Laden des Raritätenhändlers gesehen hätte. Sie drängten sich mir immer wieder auf, wenn ich an das Kind dachte, und, indem sie gleichsam unzertrennlich von ihm waren, führten sie mir die Lage dieses Geschöpfchens in greifbarer Deutlichkeit vor Augen. Ohne meiner Phantasie Zügel anzulegen, sah ich Nells Bild von allem umgeben, was ihrer Natur widersprach und den Wünschen ihres Alters und Geschlechts durchaus fernlag. Wenn mir diese Umgebung gefehlt und ich mir das Kind in einem ganz gewöhnlichen Zimmer hätte vorstellen müssen, in dem nichts Ungewöhnliches oder Unnatürliches gewesen wäre, dann hätte höchstwahrscheinlich ihr merkwürdiges und einsames Leben viel weniger Eindruck auf mich gemacht. So aber schien es mir, als lebte sie in einer Art

Allegorie. Und da sie von diesen phantastischen Gestalten umgeben war, hatte sie so viel Anspruch auf mein Interesse, daß, wie ich bereits bemerkte, sie mir trotz aller Bemühung nicht aus dem Sinn kam.

»Das wäre ein merkwürdiges Bild«, sprach ich zu mir selbst nach vielem rastlosen Auf- und Abschreiten, »sie mir in Zukunft vorzustellen, wie sie ihr einsames Leben inmitten von abenteuerlichen, grotesken Gefährten verbringt, als das einzige lautere, frische junge Ding in dem trockenen Kram! Es wäre ganz komisch . . .«

Ich unterbrach mich hier, denn dieses Bild trug mich mit Windeseile mit sich fort, und ich sah vor mir bereits eine Region, die ich nicht gerne betreten wollte. Ich mußte mir gestehen, daß dies alles eitle Träumerei sei, beschloß zu Bett zu gehen und alles zu vergessen.

Doch die ganze Nacht über, im Wachen und im Schlafen, kehrten stets dieselben Gedanken wieder, und die gleichen Bilder beschäftigten mein Gehirn: immer standen die alten, finsteren, düsteren Stuben, die Reihe von Harnischen mit ihrem gespenstig-stummen Aussehen, die schielenden Gesichter, die mich aus dem Holze und Steine angrinsten, der Staub, der Moder und der Wurm, der in dem Holze lebt, vor meinen Augen, und allein inmitten all dieses Gerümpels, dieses Verfalles und dieser häßlichen Altertümer das schöne Kind in seinem sanften Schlummer, durch seine lichten und sonnigen Träume lächelnd.

Zweites Kapitel

Nachdem ich fast eine Woche lang das Gefühl bekämpft hatte, das mich antrieb, den Ort wieder zu besuchen, den ich unter den mitgeteilten Umständen verlassen hatte, gab ich ihm endlich doch nach. Ich beschloß jedoch, diesmal mich im Lichte des Tages zu zeigen, und lenkte daher meine Schritte in den ersten Stunden des Nachmittags in jene Gegend.

Ich ging an dem Hause vorbei und mehrere Male in der Straße auf und ab, mit jenem gewissen Zögern, das ganz natürlich ist bei jemandem, der weiß, daß sein Besuch zum mindesten unerwartet, wenn nicht sogar höchst unwillkommen ist. Da jedoch die Ladentür geschlossen und es wahrscheinlich war, daß ich von den Leuten drin nicht erkannt würde, wenn ich bloß auf und ab spazierte, überwand ich meine Unschlüssigkeit und befand mich bald im Speicher des Raritätenkrämers.

Der alte Mann stand mit noch einer andern Person im Hintergrunde, und beide schienen in einem lebhaften Wortwechsel begriffen gewesen zu sein, denn ihre zuvor sehr lauten Stimmen schwiegen plötzlich bei meinem Eintritt. Und der alte Mann kam hastig auf mich zu und sagte in zitterndem Tone, es freue ihn sehr, daß ich gekommen sei.

»Sie haben uns in einem kritischen Augenblicke unterbrochen«, fuhr er fort, indem er auf den Mann deutete, der sich in dem Laden befand. »Der Mensch da wird mich in den nächsten Tagen noch umbringen! Er würde es schon längst getan haben, wenn er den Mut dazu gehabt hätte.«

»Pah! Sie würden mir mit einem Eide das Leben nehmen, wenn Sie könnten«, entgegnete der andere mit einem stechenden Zornesblicke auf mich, »das wissen wir alle!«

»Ich glaube fast, daß ich es könnte«, rief der alte Mann, indem er sich kraftlos nach ihm umwandte. »Wenn Eide, Gebete oder Worte mich von dir erlösen könnten, so sollte es gewiß geschehen. Ich wäre deiner ledig, und mir wäre wohl, wenn du tot wärest.«

»Das weiß ich«, versetzte der andere. »Sagte ich es nicht bereits? Aber weder Eide noch Gebete noch Worte *werden* mich töten; ich bleibe daher am Leben und habe im Sinne, weiterzuleben.«

»Und seine Mutter hat sterben müssen!« rief der alte Mann, leidenschaftlich die Hände zusammenschlagend und nach oben blickend. »Ist das die Gerechtigkeit des Himmels?«

Der andere stand nachlässig mit dem Fuße auf einem Stuhl

und betrachtete den Alten mit einem verächtlichen Hohnlächeln. Er war ein junger Mann von einundzwanzig Jahren oder darüber, wohlgebildet und sogar schön, obgleich der Ausdruck seines Gesichtes nicht im geringsten ansprach, sondern im Gegenteil durch seine liederliche und unverschämte Miene – Charakterzüge, die sich außerdem in seinem ganzen Benehmen und sogar in seiner Kleidung ausdrückten – abstoßend wirkte.

»Gerechtigkeit oder nicht«, erwiderte der junge Bursche, »ich bin hier und werde hierbleiben, bis es mich gutdünkt zu gehen; es müßte denn sein, daß Sie Leute herbeiriefen, um mich hinauswerfen zu lassen – und das tun Sie nicht, wie ich wohl weiß. Ich sage Ihnen noch einmal, daß ich meine Schwester sehen will.«

»*Deine* Schwester?« versetzte der alte Mann bitter.

»Ja, die Verwandtschaft können Sie nicht aus der Welt schaffen«, entgegnete der andere; »denn wenn Sie es könnten, so würden Sie es längst getan haben. Ich will meine Schwester sehen, die Sie hier eingesperrt halten und deren Gemüt Sie mit Ihren schlauen Geheimnissen und Ihrer angeblichen Liebe für sie vergiften, während sie sich auf Ihr Geheiß zu Tode arbeiten muß, damit Sie jede Woche etliche schäbige Schillinge dem Gelde beifügen können, das Sie ohnehin kaum zu zählen imstande sind. Ich bestehe darauf sie zu sehen und werde meinen Willen durchzusetzen wissen.«

»Ein feiner Moralist, der von vergifteten Gemütern spricht! Ein hoher Geist, der über schäbige Schillinge spottet!« rief der alte Mann, sich von ihm ab- und an mich wendend. »Ein Elender, Sir, der jeden Anspruch verwirkt hat nicht nur an diejenigen, die das Unglück haben, durch die Bande des Bluts mit ihm verbunden zu sein, sondern an die ganze menschliche Gesellschaft, der er nur durch seine Übeltaten bekannt ist. Noch obendrein ein Lügner«, fügte er mit leiser Stimme hinzu, indem er mir näher rückte, »der recht wohl weiß, wie teuer sie mir ist, und mich sogar in dieser Herzenssache zu verwunden sucht, weil ein Fremder dabei ist.«

»Ich mache mir nichts aus Fremden, Großvater«, sagte der junge Bursche, der die letzten Worte aufgefangen hatte, »weil es auch hoffentlich umgekehrt der Fall ist; denn sie können nichts Besseres tun, als für ihre eigenen Angelegenheiten sorgen und mir die meinigen überlassen. Draußen harrt einer meiner Freunde, und da es den Anschein hat, als ob ich noch einige Zeit warten müßte, so will ich ihn mit Ihrer Erlaubnis hereinrufen.«

Mit diesen Worten trat er in die Tür, sah die Straße hinab und winkte mehrere Male einer uns unsichtbaren Person, die – der ungeduldigen Miene zufolge, mit der die Winke begleitet wurden – einer ziemlichen Überredung zu bedürfen schien, um näher zu kommen. Endlich schlenderte von der andern Seite des Weges herüber – sich den lächerlichen Anschein gebend, als gehe sie nur zufällig vorbei – eine Gestalt, die durch ihre schmutzige Eleganz besonders auffiel; unter vielem Stirnrunzeln und Kopfschütteln, wie wenn sie der Einladung nur unwillig folgte, kam sie endlich heran und trat in den Laden.

»So. Dies ist Dick Swiveller«, sagte der junge Bursche, indem er seinen Freund hereinzog. »Setz dich, Swiveller.«

»Ist es aber auch dem alten Manne recht?« entgegnete Herr Swiveller leise.

»Setz dich!« wiederholte sein Kamerad.

Herr Swiveller willfahrte und bemerkte, indem er mit einem versöhnenden Lächeln um sich blickte, daß die letzte Woche eine schöne Woche für die Enten gewesen wäre und die gegenwärtige eine schöne für den Staub sei. Ferner berichtete er, daß er, während er an der Straßenecke gewartet, ein Schwein mit einem Strohwische im Maul habe aus einem Tabakladen herauskommen sehen, aus welchem Umstande er prophezeite, daß bald wieder eine schöne Woche für die Enten kommen werde; denn sicherlich sei Regen zu erwarten. Sodann ersah er die Gelegenheit, sich wegen der Nachlässigkeit, die allenfalls in seinem Anzug bemerklich sein dürfte, zu entschuldigen, weil er »die letzte Nacht zu sehr die Sonne in den Augen gehabt habe«, ein Ausdruck, mit dem er seinen Zuhörern auf die zarteste Weise von der Welt andeuten wollte, daß er schwer betrunken gewesen sei.

»Doch«, fuhr Herr Swiveller mit einem Seufzer fort, »was will das heißen, solange das Feuer der Seele seinen Zündstoff von dem Kerzenlichte der Geselligkeit erhält und der Fittich der Freundschaft nie eine Feder verliert! Was will das heißen, solange der Geist sich erweitert unter dem Einflusse des rosigen Weines und der gegenwärtige Augenblick der wenigst glückliche unseres Daseins ist!«

»Du brauchst hier keine Präsidentenrolle zu spielen«, sagte sein Freund halb abgewandt.

»Fritz«, rief Herr Swiveller, mit dem Finger seine Nase berührend, »ein Wort ist für den Weisen zureichend! Wir können ohne Reichtümer gut und glücklich sein, Fritz. Du brauchst keine Silbe mehr zu reden. Ich kenne mein Stichwort – es heißt Schlauheit. Nur noch ein Wort ins Ohr, Fritz: Ist der alte Mann freundlich?«

»Kümmere dich nicht darum!« versetzte sein Freund.

»Abermals recht, ganz recht«, sagte Herr Swiveller. »Es gilt Vorsicht, und vorsichtig wollen wir auch handeln.«

Mit diesen Worten blinzelte er, als sei er im Besitz irgendeines tiefen Geheimnisses; dann schlug er die Arme übereinander, lehnte sich in den Stuhl zurück und sah mit dem wichtigsten Ernst an die Decke.

Diesem Vorgange zufolge hätte man nicht ohne Grund mutmaßen können, Herr Swiveller habe sich noch immer nicht ganz von den Wirkungen des von ihm angedeuteten nächtigen Sonnenlichtes erholt; wäre aber auch ein solcher Verdacht nicht durch seine Sprache veranlaßt worden, so würden jedenfalls seine in die Höhe stehenden, borstigen Haare, die trüben Augen und das gelbe Gesicht kräftiges Zeugnis gegen ihn abgelegt haben. Sein Anzug war, wie er selbst angedeutet hatte, nicht in der schönsten Ordnung, sondern sah im Gegenteil ganz so aus, als hätte der Eigentümer mit ihm zu Bett gelegen. Er bestand aus einem braunen

Frack mit vielen Messingknöpfen vorn und nur einem einzigen hinten, einem hellfarbigen, gewürfelten Halstuche, einer Plaidweste, schmutzigen weißen Beinkleidern und einem sehr vermürbten Hut, dessen Hinterseite er nach vorn gekehrt hatte, um ein Loch in der Krempe zu verbergen. Die Brust seines Frackes war außen mit einer Tasche verziert, aus welcher der reinste Zipfel eines sehr großen und arg mitgenommenen Schnupftuchs heraussah; seine schmutzigen Manschetten waren so weit als möglich hervorgezogen und ruhmredig über die Ärmelaufschläge zurückgeschlagen; er hatte keine Handschuhe und trug ein gelbes spanisches Rohr, dessen Griff eine knöcherne Hand war, die an dem kleinen Finger eine Art Ring trug und eine schwarze Kugel umklammert hielt. Mit solchen persönlichen Vorzügen ausgestattet, zu denen sich noch ein starker Geruch nach Tabak und ein sehr schmieriges Äußere gesellten, lehnte sich Herr Swiveller, die Augen an die Decke geheftet, in seinen Stuhl zurück, wobei er gelegentlich seine Stimme zu der nötigen Höhe steigerte, weil er die Gesellschaft mit einigen Takten einer ungemein gräßlichen Arie erfreuen zu müssen glaubte, dann aber wieder, in der Mitte einer Note abbrechend, in sein früheres Schweigen versank.

Der alte Mann setzte sich in einen Stuhl und sah mit gefalteten Händen bald auf seinen Enkel, bald auf dessen seltsamen Gefährten, als fühlte er sich außerstande und aller Mittel beraubt, sich ihrer zu erwehren, weshalb er sie nach Belieben schalten und walten lassen müßte. Der junge Mann lehnte in der Nähe seines Freundes an einem Tisch, augenscheinlich gleichgültig gegen alles, was vorgegangen war; und ich – da ich die Schwierigkeit einer Vermittlung fühlte, obgleich mich der alte Mann durch Worte und Blicke dazu aufgefordert hatte – gab mir so gut wie möglich den Anschein, als betrachtete ich die zum Verkauf ausgestellten Waren, ohne mich viel um die Anwesenden zu kümmern.

Das Schweigen war nicht von langer Dauer; denn nachdem uns Herr Swiveller mit unterschiedlichen melodischen Versicherungen, daß sein Herz im Hochland sei und daß er nur seines arabischen Rosses bedürfe, um Taten der Tapferkeit und des treuen Gehorsams zu vollbringen, gnädigst beschenkt hatte, ließ er die Augen von der Decke herabgleiten und geruhte wieder zur schlichten Prosa zurückzukehren.

»Fritz«, sagte Herr Swiveller und hielt wieder inne, als ob ihm der Gedanke eben erst gekommen sei, worauf er in dem-

selben hörbaren Flüstern, dessen er sich vorhin bedient hatte, fortfuhr, »ist der alte Mann freundlich?«

»Was geht es dich an?« erwiderte sein Freund verdrießlich.

»Nichts; aber ich möchte es doch wissen«, versetzte Dick.

»Es hat natürlich einen großen Wert für dich! Was kümmerts mich, ob ers ist oder nicht!«

Durch diese Antwort, wie es schien, ermutigt, auf eine mehr allgemeine Unterhaltung auszugehen, legte es Herr Swiveller darauf an, *unsere* Aufmerksamkeit zu fesseln.

Er begann mit der Bemerkung, daß Sodawasser, obgleich es an und für sich etwas Gutes sei, doch sehr kalt im Magen liege, wenn man es nicht mit Ingwer oder durch den Zusatz von Branntwein würze, welch letzteren Artikel namentlich er in allen Fällen vorziehe, wenn dabei nicht der Kostenpunkt in Betracht komme. Da es niemand wagte, diese Sätze zu bestreiten, fuhr er fort zu bemerken, daß der Geruch des Tabakrauchs am allerlängsten dem menschlichen Haar anhänge, und daß die jungen Gentlemen zu Westminster und Eton, wenn sie es versuchten, den Geruch gerauchter Zigarren durch das Vertilgen großer Quantitäten von Äpfeln vor ihren besorgten Angehörigen zu verbergen, gewöhnlich infolge der genannten merkwürdigen Eigenschaft ihrer Köpfe entdeckt würden; er kam sofort zu dem Schlusse, die Royal Society würde sich in der Tat als eine große Wohltäterin des Menschengeschlechts erweisen, wenn sie diesem Umstande ihre Aufmerksamkeit zuwenden und im Bereich der Wissenschaft die Mittel aufzufinden suchen würde, derartigen unangenehmen Entdeckungen vorzubeugen. Da diese Ansichten so unumstößlich waren wie die früher ausgesprochenen, so schickte er sich an, uns zu belehren, daß der Jamaika-Rum, obgleich ohne Frage ein sehr geistvolles und wohlschmeckendes Getränk, doch den Nachteil habe, einem den andern Morgen noch auf der Zunge zu liegen; und da auch diesen Punkt niemand zu bestreiten wagte, stieg sein Selbstvertrauen und er wurde mit jedem Augenblicke mitteilsamer und gesprächiger.

»Es ist ein Teufelsding, meine Herren«, sagte Herr Swiveller, »wenn Verwandte durch Streit auseinanderkommen. Der Fittich der Freundschaft sollte nie eine Feder verlieren, und der Fittich der Verwandtschaft sollte nie beschnitten werden, sondern immer heiter ausgespannt sein. Warum sollten Großvater und Enkel aufeinander mit gleicher Wut loshacken, wenn doch alles Segen und Eintracht sein könnte? Warum einander nicht die Hände reichen und vergessen?«

»Halt dein Maul!« sagte sein Freund.

»Mein Herr, ich muß bitten, den Präsidenten nicht zu unterbrechen«, versetzte Herr Swiveller. »Meine Herrn, wie steht nun die Sache bei dem gegenwärtigen Anlasse? Hier ist ein jovialer alter Großvater – ich sage dies mit der größten Achtung – und hier ein wilder junger Enkel. Der joviale alte

Großvater sagt zu dem wilden jungen Enkel: ›Ich habe dich genährt und erzogen, Fritz; ich habe dich in die Lage versetzt, dich selbst im Leben fortbringen zu können; du hast ein wenig über den Strang geschlagen, wie es junge Leute oft tun, und dir bleibt keine weitere Aussicht, ja nicht einmal der Schatten einer halben Aussicht.‹ Der wilde Enkel gibt darauf die folgende Antwort: ›Sie sind so reich, wie man nur sein kann; Sie haben meinetwegen keine ungewöhnlichen Kosten gehabt; Sie sparen Haufen Geldes für meine kleine Schwester, die mit Ihnen heimlich und verstohlen, sozusagen schlupfwinkelartig lebt, ohne daß sie irgendeine Freude hat – warum können Sie nicht auch Ihrem erwachsenen Verwandten mit einer Kleinigkeit beispringen?‹ Der joviale alte Großvater erwidert hierauf nicht nur, daß er es ablehnt, mit jener angenehmen Bereitwilligkeit, die bei einem Herrn seines Alters stets so erfreulich und wohltuend ist, zu blechen, sondern meint sogar, der Teufel müßte ihn plagen, wenn ers täte, teilt Schimpfnamen aus und hält bei jeder Zusammenkunft moralische Vorlesungen. Die Frage liegt daher auf platter Hand: Ist es nicht jammerschade, daß ein solcher Zustand fortdauern soll, und wäre es nicht viel besser für den alten Herrn, mit einer ansehnlichen Partie Spieße auszurücken, um alles recht und eben zu machen?«

Nach dieser Rede, die mit vielem Gestikulieren und Händefuchteln vorgetragen worden war, steckte Herr Swiveller plötzlich den Knopf seines Spazierstockes in den Mund, als ob er sich selbst hindern wollte, den Effekt seines Vortrags auch nur durch ein einziges weiteres Wort zu schwächen.

»Ach, daß Gott sich erbarmen möge – warum hetzest und verfolgst du mich?« sagte der alte Mann zu seinem Enkel. »Warum bringst du mir auch noch deine liederliche Kameradschaft hierher? Wie oft muß ich dir noch sagen, daß mein Leben eine Kette von Sorgen und Entbehrungen ist, und daß ich arm bin?«

»Wie oft muß ich Ihnen sagen, daß ich das besser weiß?« erwiderte der andere.

»Du hast deine eigene Bahn gewählt«, sagte der alte Mann. »Folge ihr meinetwegen; aber mich und Nell laß arbeiten und tätig sein!«

»Nell wird bald groß sein«, entgegnete der andere; »und unter Ihren Lehren aufgewachsen, wird sie ihren Bruder vergessen, wenn er sich nicht zuweilen zeigt.«

»Hüte dich«, versetzte der alte Mann mit funkelnden Augen, »daß sie deiner nicht vergißt, wenn du ihr schärfstes Gedächtnis brauchen könntest! Sieh dich vor, daß du nicht eines Tages barfuß durch die Straßen ziehst, wenn sie in ihrer eigenen Equipage einherfährt!«

»Sie meinen, wenn sie Ihr Geld hat?« erwiderte der andere. »Wie schön doch seine Worte zu dem armen Manne passen!«

»Und doch«, sprach der alte Mann, indem er den Ton seiner Stimme in der Weise eines laut Denkenden dämpfte, »wie arm sind wir doch, und was für ein Leben führen wir! Es gilt einem zarten Kinde, das nie irgend jemand ein Leid tat, und trotzdem will es nicht gehen! Doch nur Geduld, Geduld! Nur nicht die Hoffnung aufgeben!«

Diese Worte wurden zu leise gesprochen, als daß sie die Ohren der jungen Männer hätten erreichen können. Herr Swiveller glaubte augenscheinlich, sie bezögen sich auf einen inneren Kampf – eine Folge des mächtigen Eindrucks seiner Rede, denn er stieß seinen Freund mit dem Spazierstock an und flüsterte ihm zu, er sei überzeugt, »die Riegel gelöst« zu haben, wofür er übrigens auch seinen Anteil an dem Ertrage erwarte. Als er aber nach einer Weile seinen Irrtum entdeckte, schien er etwas schläfrig und unmutig zu werden, und er hatte bereits zu wiederholten Malen darauf hingedeutet, daß er es für passend hielte, sich zu entfernen, als die Tür aufging und das Kind selbst hereintrat.

Drittes Kapitel

Dicht hinter dem Kinde erschien ein ältlicher Mann mit merkwürdig harten Zügen, einem abstoßenden Äußern und von so kleiner Gestalt, daß man ihn wohl für einen Zwerg halten konnte, obgleich Kopf und Gesicht selbst für den Körper eines Riesen noch groß genug gewesen wären. Seine schlauen schwarzen Augen rollten verschmitzt umher, Mund und Kinn starrten von den Stoppeln eines rauhen, harten und stacheligen Bartes, und seine Gesichtsfarbe konnte man weder rein noch gesund nennen. Was aber den grotesken Ausdruck seines Gesichts noch erhöhte, war ein unheimliches Lächeln, welches – augenscheinlich das bloße Ergebnis der Gewohnheit – durchaus kein heiteres und behagliches Gefühl verriet und ihm ganz das Aussehen eines keuchenden Hundes gab, indem es die mißfarbigen paar Fänger, welche noch in seinem Munde staken, zur Schau stellte. Sein Anzug bestand aus einem großen Hute mit hohem Kopf, abgetragenen schwarzen Kleidern, einem Paar sehr umfangreicher Schuhe und einem schmutzigen weißen Halstuche, das bereits hinreichend zerknüllt war, um den größten Teil des scharf hervortretenden Adamsapfels sichtbar werden zu lassen. Die noch vorhandenen Haare waren schwärzlichgrau, kurz abgeschnitten und gegen die Schläfen ins Gesicht gestrichen, während sie gegen die Ohren als zottige Franse überhingen. Seine schmutzigen Hände hatten eine rauhe, grobe Haut, und die langen, krummen Fingernägel zeigten eine gelbe Farbe.

Ich hatte hinreichend Zeit, alle diese Einzelheiten gewahr zu werden; denn sie waren, selbst für einen flüchtigen Beobachter, augenfällig genug, und es verging eine geraume Weile, ehe das Schweigen von irgendeiner Seite gebrochen wurde. Die Kleine trat schüchtern auf ihren Bruder zu und legte ihre Hand in die seinige, während der Zwerg – wenn wir ihn so nennen dürfen – mit scharfem Blick alle Anwesenden musterte, und der Raritätenkrämer, der augenscheinlich diesen ungeschlachten Besuch nicht erwartet hatte, verwirrt und verlegen zu sein schien.

»Ah!« sagte der Zwerg, nachdem er die Augen mit der Hand beschattet und den jungen Mann aufmerksam betrachtet hatte, »das sollte also Ihr Enkel sein, Nachbar?«

»Sagen Sie lieber, er sollte es nicht sein«, versetzte der alte Mann; »aber leider ist er es.«

»Und dieser?« fuhr der Zwerg fort, indem er auf Dick Swiveller zeigte.

»Ein Freund von ihm und hier ein ebenso willkommener Gast als er selbst«, antwortete der alte Mann.

»Und *der*?« fragte der Zwerg weiter, indem er sich umdrehte und auf mich deutete.

»Ein Herr, der so gütig war, Nell nach Hause zu führen, als sie sich letzthin auf dem Rückweg von Ihrem Hause verirrte.«

Der kleine Mann wandte sich nach dem Kinde um, als wolle er mit ihr zanken oder seine Verwunderung über ihre Ungeschicklichkeit ausdrücken; da sie jedoch mit dem jungen Manne sprach, schwieg er und beugte den Kopf vor, um zuzuhören.

»Nun, Nelly«, sagte der junge Mensch laut, »man lehrt dich wohl mich zu hassen, nicht wahr?«

»Nein, nein – pfui, schäme dich! O nein!« rief das Kind.

»Oder mich zu lieben vielleicht?« fuhr der Bruder mit einem höhnischen Lachen fort.

»Keines von beiden«, entgegnete sie. »Man spricht nie von dir. Gewiß, es geschieht nie.«

»Darauf wollte ich schwören«, sagte er, indem er einen bitteren Blick auf seinen Großvater fallen ließ. »Ja, darauf wollte ich schwören, Nell. Ich will dir hier aufs Wort glauben.«

»Aber ich habe dich sehr lieb, Fritz«, erwiderte das Kind.

»Kein Zweifel!«

»O gewiß, und ich will es immer tun«, wiederholte das Kind mit großer Bewegung. »Aber ach, wenn du nur aufhören wolltest, ihn zu kränken und ihn unglücklich zu machen, so würde ich dich noch viel mehr liebhaben!«

»Schon gut«, sagte der junge Mann, beugte sich gleichgültig über das Kind nieder und schob es, nachdem er es geküßt hatte, von sich. »So – jetzt kannst du gehen; du hast deine Lektion aufgesagt. Du brauchst nicht zu wimmern. Wenn du weiter nichts weißt, so kommen wir gut genug auseinander.«

Dann schwieg er und folgte ihr mit den Augen, bis sie ihr kleines Zimmer erreicht und die Tür hinter sich abgeschlossen hatte, worauf er sich an den Zwerg wandte und abgebrochen begann:

»Hören Sie, Herr . . .«

»Meinen Sie mich?« entgegnete der Zwerg. »Quilp ist mein Name. Sie können ihn leicht behalten, da er nicht lang ist – Daniel Quilp.«

»So hören Sie denn, Herr Quilp«, fuhr der andere fort, »Sie haben einigen Einfluß auf meinen Großvater hier.«

»Einigen«, entgegnete Herr Quilp mit Nachdruck.

»Und wissen wohl ein wenig von seinen Geheimnissen?«

»Ein wenig«, erwiderte Quilp ebenso trocken.

»So mag er durch Sie ein für allemal erfahren, daß ich an diesem Orte, solange Nell hier ist, ein und aus gehen will, so oft es mir beliebt, und daß er zuerst sie entfernen muß, wenn er mich loswerden will. Was habe ich getan, daß man mich zu einem Popanz macht und mich scheut und fürchtet, als ob ich die Pest hätte? Er wird Ihnen sagen, daß mir das Gemüt fehle und daß ich mich um Nell, um ihrer selbst willen, ebensowenig als um ihn kümmere. Doch sei es drum. Ich leide nun eben einmal an der Grille, hier kommen und gehen zu können, wie ich will, um sie wenigstens an mein Vorhandensein zu erinnern. Ich *will* sie sehen, so oft es mir beliebt – darauf habe ich es jetzt abgesehen. Ich kam heute her, um meine Absicht durchzusetzen, und will noch fünfzigmal zu dem gleichen Zwecke und stets mit demselben Erfolg wiederkommen. Ich sagte, daß ich nicht von der Stelle gehe, ohne mein Vorhaben erreicht zu haben. Das ist jetzt geschehen, und mein Besuch ist zu Ende. Komm, Dick.«

»Halt!« rief Herr Swiveller, als sich sein Kamerad der Tür zuwandte; »Sir!«

»Gehorsamer Diener, Sir«, versetzte Herr Quilp, an den dieses einsilbige Wort gerichtet war.

»Ehe ich diesen heiteren und festlichen Schauplatz, diese Hallen voll blendenden Lichts mit dem Rücken ansehe, Sir«, sagte Herr Swiveller, »will ich mit Dero gütiger Erlaubnis mir eine kleine Bemerkung gestatten. Ich kam heute in der Meinung hierher, daß der alte Mann freundlich sei.«

»Weiter, Sir«, sprach Daniel Quilp; denn der Redner hatte plötzlich haltgemacht.

»Inspiriert von diesem Gedanken und den dadurch geweckten Gefühlen, Sir, und zugleich als wechselseitiger Freund empfindend, daß Quälen, Hetzen und Renommieren nicht geeignet sind, die Seelen zu erweitern und die gesellige Harmonie der streitenden Parteien zu fördern, nahm ich es auf mich, einen Weg anzudeuten, welcher einzig und allein in dem gegenwärtigen Falle eingeschlagen werden kann. Wollen Sie mir erlauben, Ihnen eine halbe Silbe ins Ohr zu flüstern, Sir?«

Ohne die nachgesuchte Erlaubnis abzuwarten, trat Herr Swiveller auf den Zwerg zu, lehnte sich an seine Schulter, beugte sich zu seinem Ohr herunter und sagte mit einer Stimme, welche allen Anwesenden vollkommen vernehmlich war:

»Das Losungswort für den alten Mann heißt – blechen.«

»Wie?« fragte Quilp.

»Heißt blechen, Sir, blechen«, wiederholte Herr Swiveller, auf seine Tasche klopfend.

Der Zwerg nickte. Herr Swiveller zog sich zurück und nickte gleichfalls, trat abermals einen Schritt nach der Tür und nickte nochmals und so fort, bis er endlich die Tür erreicht hatte, wo er durch einen kräftigen Hustenstoß die Aufmerksamkeit des Zwerges auf sich zu lenken und eine Gelegenheit zu gewinnen suchte, durch eine stumme Pantomime sein Vertrauen an den Tag zu legen und die unverbrüchlichste Zufriedenheit auszudrücken. Nachdem er dieses ernste Gebärdenspiel, welches zu geeigneter Erläuterung seiner Ideen nötig gewesen, beendigt hatte, folgte er den Fußtapfen seines Freundes und verschwand.

»Hum!« sagte der Zwerg mit saurer Miene und einem Achselzucken, »das ist ja eine recht liebe Verwandtschaft. Gott sei Dank! Ich will von keiner etwas wissen. Und auch Sie hättens nicht nötig«, fügte er gegen den alten Mann gewendet hinzu, »wenn Sie nicht so schwach wären wie ein Rohr und fast ebenso unverständig.«

»Und was sollte ich denn eigentlich tun?« versetzte dieser in einer Art hilfloser Verzweiflung. »Es ist leicht, zu schwatzen und einen zu verhöhnen. Was hätte ich tun sollen?«

»Das nämliche, das ich in Ihrem Falle getan hätte«, entgegnete der Zwerg.

»Ohne Zweifel ein Gewaltstreich?«

»Erraten!« erwiderte der kleine Mann, höchlich über dieses Kompliment vergnügt – denn als ein solches betrachtete er es augenfällig –, indem er wie ein Teufel grinste und zugleich seine schmutzigen Hände rieb. »Fragen Sie die Frau Quilp, die hübsche Frau Quilp, die gehorsame, schüchterne, liebevolle Frau Quilp. Doch das erinnert mich . . . ich habe sie allein zu Hause gelassen, sie wird besorgt sein und keinen Augenblick Ruhe haben, bis ich wieder daheim bin. Ich weiß, es geht ihr immer so, wenn ich meine Wohnung verlasse, obgleich sie es nicht zu gestehen wagt, wenn ich sie nicht selbst dazu veranlasse und sie auffordere, frei heraus zu sprechen, unter Garantie meines Wohlwollens! Ach, die Frau Quilp ist eine gar wohlgezogene Frau!«

Das kleine Ungetüm sah mit seinem monströsen Kopfe auf dem verkrüppelten Rumpfe ganz entsetzlich aus, während es die Ballen seiner Hände langsam aufeinander hin und her drehte – es lag sogar in dieser unbedeutenden Bewegung etwas Phantastisches – und, die buschigen Brauen senkend und das spitzige Kinn in die Luft schiebend, mit einem heimlichen Blick des Entzückens, um den ihn ein Kobold hätte beneiden können, in die Höhe schaute.

»Da«, fuhr er fort, indem er die Hand in seine Brusttasche

steckte und, während er sprach, den alten Mann beiseite nahm, »ich habe es aus Furcht vor einem Unfall selbst mitgebracht; denn es ist Gold und dürfte daher für Nells Beutel etwas zu schwer und zu groß sein. Man sollte sie übrigens doch hin und wieder an solche Lasten gewöhnen, Nachbar, denn sie wird schwer daran zu schleppen haben, wenn Sie einmal tot sind.«

»Gebe es Gott – ich hoffe es«, sagte der alte Mann, und ich glaube, er seufzte dabei.

»Hoffe es?« wiederholte der Zwerg, indem er dicht an das Ohr des Alten trat. »Nachbar, ich wollte, ich wüßte, auf was für gute Hypotheken all diese Vorräte angelegt sind. Aber Sie sind ein verschwiegener Mann und wissen Ihr Geheimnis zu bewahren.«

»Mein Geheimnis?« rief der andere mit einem hohlen Blicke. »Ja, Sie haben recht – ich – ich – bewahre es sorgfältig – sehr sorgfältig.«

Er sprach nicht weiter, nahm das Geld und entfernte sich mit langsamen, unsicheren Schritten, während er mit der Miene der Ermattung und Trostlosigkeit die Hand auf die Stirn drückte. Der Zwerg sah ihm mit scharfen Blicken nach, als er in das kleine Hinterstübchen ging und das eben Erhaltene in eine eiserne Schatulle über dem Kamingesims verschloß. Nachdem er nachdenklich eine Weile auf und ab gegangen war, schickte er sich an, fortzugehen, indem er bemerkte, Frau Quilp werde bei seiner Rückkunft gewiß Krämpfe kriegen, wenn er sich nicht sehr beeile.

»Ich will daher«, fügte er bei, »mein Gesicht heimwärts drehen, Nachbar. Einen schönen Gruß an Nelly, und ich hoffe, sie wird ihren Weg nicht wieder verlieren, obgleich ich diesem Umstande eine unerwartete Ehre verdanke.«

Mit diesen Worten verbeugte er sich mit einem Schielblicke gegen mich und ging seines Weges, wobei er mit seinem Falkenauge jeden, auch den unbedeutendsten Gegenstand, den es erreichen konnte, zu erfassen schien.

Ich hatte schon zu wiederholten Malen im Sinne gehabt,

mich gleichfalls zu entfernen; aber der alte Mann hatte immer etwas einzuwenden und bat mich, zu bleiben. Da er, als wir allein waren, seine Bitten erneuerte und mit vielen Dankesworten auf den früheren Anlaß unseres Zusammentreffens zurückkam, gab ich bereitwillig seinem Zureden nach und nahm Platz, indem ich tat, als interessierten mich einige wunderliche Miniaturbilder und ein paar alte Medaillen, die er mir vorlegte. Es bedurfte keines sonderlichen Drängens, um mich zum Bleiben zu veranlassen; denn wenn meine Neugierde schon bei Gelegenheit meines ersten Besuches erregt worden war, so diente gewiß der zweite nicht dazu, sie zu vermindern.

Nell war wieder ins Zimmer getreten und hatte sich mit einer Handarbeit an der Seite des alten Mannes niedergesetzt. Es war ein Genuß, die frischen Blumen im Gemache und den Lieblingsvogel, dessen kleiner Käfig mit einem Zweig beschattet war, zu sehen und die jugendliche Frische zu atmen, welche das öde, alte Haus zu durchdringen und das Kind zu umschweben schien. Weniger angenehm, aber doch auch interessant war es, den Blick von der Schönheit und Anmut des Mädchens auf die gebeugte Gestalt, das abgehärmte Gesicht und die müde Erscheinung des alten Mannes zu richten. Was mußte aus diesem einsamen kleinen Wesen werden, wenn er schwächer und immer schwächer wurde? Er war zwar nur ein armseliger Beschützer; aber wenn er starb – was würde dann ihr Los sein?

Der alte Mann schien fast auf meine Gedanken zu antworten, als er seine Hand auf die ihrige legte und sprach:

»Ich will den Mut nicht länger sinken lassen, Nell. Es muß dir noch ein schönes Glück vorbehalten sein – ich wünsche es nicht für mich, sondern um deinetwillen. Es muß ja ohnehin so viel Elend auf dein unschuldiges Haupt fallen, daß ich nicht anders glauben kann, als daß das Glück sicherlich noch einmal kommen wird, wenn man es nur versucht.«

Sie sah heiter zu seinem Gesichte auf, ohne eine Antwort zu geben.

»Wenn ich«, fuhr er fort, »wenn ich an die vielen Jahre denke – viel für dein kurzes Leben –, die du allein bei mir zugebracht hast, an dein einförmiges Dasein, ohne Altersgenossen für deine kindlichen Spiele zu kennen; an die Abgeschiedenheit, in der du wurdest, was du bist, und in der du fern von fast jedem Menschen lebtest, einen einzigen alten Mann ausgenommen – ach, dann fürchte ich bisweilen, nicht an dir gehandelt zu haben, wie ich es hätte tun sollen, Nell.«

»Großvater!« rief das Kind mit ungeheucheltem Erstaunen.

»Nicht absichtlich – nein, nein«, sagte er. »Ich habe immer der Zeit entgegengesehen, die dich in den Stand setzen würde, mit den Frohesten und Schönsten zu verkehren und unter den Besten deinen Platz einzunehmen. Aber ich harre noch immer, Nell – ich harre noch immer. Und wenn ich genötigt wäre, dich zu verlassen – wie habe ich dich inzwischen für die Kämpfe der Welt vorbereitet? Der arme Vogel dort wäre ebensogut imstande, sich in ihr Gewühl zu stürzen und sich ihrer Gnade anheimzugeben . . . Horch! Ich höre Kit draußen. Geh zu ihm, Nell, geh zu ihm!«

Sie erhob sich und wollte forteilen; dann aber blieb sie stehen, kehrte wieder um und schlang die Arme um den Hals des alten Mannes, worauf sie ihn losließ und abermals wegeilte, diesmal aber schneller, um ihre hervorströmenden Tränen zu verbergen.

»Ein Wort ins Ohr, Sir«, begann der Alte mit einem raschen Flüstern. »Was Sie mir letzthin sagten, hat mich unruhig gemacht, und ich kann bloß zur Entschuldigung vorbringen, daß ich alles in der besten Absicht tat, daß es jetzt zu spät ist, es zu ändern, selbst wenn ich könnte – obgleich dies nicht der Fall ist –, und daß ich doch noch zu triumphieren hoffe. Alles geschieht nur um ihretwillen. Ich selbst habe die Bitterkeit der Armut ertragen und möchte ihr das Leid ersparen, das den Mangel begleitet. Ich möchte sie von dem Elend verschont wissen, das ihrer Mutter, meiner lieben Tochter, ein frühes Grab bereitete. Ich möchte sie zurücklassen – nicht mit Hilfsquellen, die leicht erschöpft und vergeudet sind, sondern mit solchen, die sie für immer gegen die Möglichkeit der Not schützen. Sie verstehen mich, Sir? Sie soll sich nicht mit einer Kleinigkeit begnügen müssen, sondern soll ein Vermögen … Pst! Ich kann weder jetzt noch zu einer andern Zeit mehr sagen – und da kommt sie schon wieder.«

Der Eifer, mit dem er mir dies ins Ohr flüsterte, die zitternde Hand, mit der er meinen Arm umfaßte, die starren, hervorgequollenen Augen, die er auf mich richtete, die wilde Heftigkeit und Aufgeregtheit seines Benehmens – alles dies erfüllte mich mit Staunen. Was ich gehört und gesehen, zum Teil auch von ihm selbst erfahren hatte, ließ mich vermuten, daß er ein reicher Mann sei. Seinen Charakter konnte ich nur dann verstehen, wenn ich in ihm eines jener elenden Wesen sah, die, nachdem sie den Gelderwerb zu ihrem einzigen Lebenszweck gemacht und es so weit gebracht haben, große Reichtümer aufzuhäufen, beständig von der Furcht vor Verarmung gequält werden und ohne Unterlaß von Verlusten und Ruin träumen. Manches von dem, was mir in seinen Worten unverständlich geblieben, ließ sich recht gut mit dieser Annahme vereinigen, und endlich zweifelte ich nicht im geringsten mehr, daß ich es hier mit einem Unglücklichen dieser Art zu tun hätte.

Diese Ansicht war nicht das Ergebnis einer hastigen Erwägung, zu der ich in der Tat damals keine Gelegenheit hatte, denn das Kind kam jetzt wieder zurück und schickte sich an, Kit Unterricht im Schreiben zu erteilen, was wöchentlich zweimal, und zwar regelmäßig an diesem Abend, zu geschehen schien – gewiß zur großen Freude und Erbauung des Schülers sowohl als der Lehrerin. Zu berichten, wie lange es dauerte, bis seine Bescheidenheit es ihm erlaubte, in Gegenwart eines unbekannten Herrn im Wohnzimmer Platz zu nehmen – wie er, als er saß, seine Rockärmel zurückschlug, die Ellenbogen spreizte, das Gesicht fast in gleiche Höhe mit dem Schreibebuch brachte und fürchterlich über die Linien wegschielte – wie er vom ersten Augenblicke an, als er die Feder in der Hand hatte, schier in Tintenklecksen sich wälzte und sich bis zu den Haarwurzeln hinauf mit Tinte besudelte – wie er, wenn ihm zufällig ein Buchstabe gelang, diesen gleich wieder mit dem Arme auslöschte, weil er sich für eine andere derartige Malerei vorbereitete – wie bei jedem neuen Fehlzuge das Kind in ein heiteres Lachen ausbrach, das von einem noch lauteren, nicht weniger herzlichen aus dem Munde Kits begleitet wurde – und wie trotzdem weder in ihr der zarte Wunsch, zu lehren, noch in ihm das eifrige Verlangen, zu lernen, erschlaffte: – all diese Einzelheiten zu berichten würde ohne Zweifel mehr Raum und Zeit wegnehmen, als sie verdienen. Es wird genügen, wenn ich sage, daß der Unterricht gegeben wurde – daß der Abend verging und die Nacht hereinbrach – daß der alte Mann wieder unruhig und ungeduldig wurde – daß er zu derselben Stunde wie letzthin das Haus verließ – und daß das Kind wieder einmal allein in den düstern Mauern blieb. Und nun, da ich diese Geschichte persönlich so weit begleitet und die Hauptheiden dem Leser vorgestellt habe, werde ich im Interesse der Erzählung für die Zukunft meine Wenigkeit aus dem Spiele lassen, da fortan diejenigen, denen wichtige und bedeutende Rollen übertragen sind, für sich selbst sprechen und handeln sollen.

Viertes Kapitel

Herr und Frau Quilp wohnten auf dem Tower Hill, und in ihrem Bauer auf dem Tower Hill verblieb Frau Quilp, um die Abwesenheit ihres Herrn zu beklagen, als er sie des Geschäftes wegen, dessen Zeuge der Leser war, verlassen hatte.

Man konnte kaum sagen, welches Gewerbe Herr Quilp eigentlich trieb und welchem Berufe er angehörte, denn sein Treiben war gar zu mannigfach und seine Geschäfte waren zahllos. Er sammelte Zinsen von ganzen Kolonien schmutziger Straßen und Gäßchen auf der Wasserseite, schoß den

Matrosen und Unteroffizieren der Handelsschiffe Geld vor, beteiligte sich an den Spekulationen verschiedener Steuermänner auf Ostindienfahrern, rauchte seine geschmuggelten Zigarren mit aller Seelenruhe direkt unter den Fenstern des Zollhauses und machte fast jeden Tag Bestellungen auf der Börse mit Leuten in Glanzhüten und runden Wämsern*. Auf der Surrey-Seite des Flusses lag ein kleiner, von Ratten bevölkerter, trauriger Hof, welcher »Quilps-Werft« hieß, auf der ein kleines hölzernes Kontor ganz schief in dem Staube stak, als wäre es aus den Wolken gefallen und in den Boden gepflügt worden; ferner sah man dort etliche Bruchstücke von rostigen Ankern, mehrere große Eisenringe, einige Haufen vermoderten Holzes und zwei oder drei Stöße alten, verbeulten und zerbrochenen Kupferblechs. Auf der »Quilps-Werft« war Daniel Quilp ein Kaufmann, der mit alten Schiffen handelte; augenscheinlich betrieb er dies Geschäft nur in ganz kleinem Maßstab, oder er hackte sie kurz und klein, daß nichts mehr von ihnen zu sehen war. Auch bot der Ort kein besonders belebtes oder geschäftiges Bild; denn das einzige menschliche Wesen daselbst bestand aus einem amphibischen Knaben in einem Leinenanzug, dessen Beschäftigung nur darin bestand, daß er entweder, auf einem Haufen sitzend, Steine in den Schlamm warf, wenn die Flut vorüber war, oder bei hohem Wasserstand mit den Händen in der Tasche umherlungerte und gedankenlos der Bewegung und dem Rauschen des Stromes zusah.

Die Wohnung des Zwerges auf dem Tower Hill umfaßte außer den nötigen Gelassen für sich selbst und für Frau Quilp ein kleines Schlafgemach für die Mutter dieser Dame, die bei dem Paare wohnte und mit Daniel in beharrlichem Kriege lebte, obgleich sie sich vor ihrem Schwiegersohne nicht wenig fürchtete. In der Tat brachte es das häßliche Geschöpf durch das eine oder andere Mittel – gleichviel ob durch seine Häßlichkeit, seine Wildheit oder seine natürliche Schlauheit – so weit, die meisten, mit denen er in tägliche Berührung kam,

* Kleidung der Gerichtsdiener.

mit einer nicht geringen Scheu vor seinem Zorne zu erfüllen. Über niemand hatte er aber eine so vollkommene Macht als über seine Frau selbst, ein hübsches, kleines, sanftes, blauäugiges Weibchen, das sich infolge einer jener sonderbaren Betörungen, von denen es Beispiele genug gibt, mit dem Zwerge ehelich verbunden hatte und nun mit jedem Tag seines Lebens für seine Torheit schwere Buße übte.

Wir haben bereits gesagt, daß Frau Quilp in ihrem Bauer schmachtete. In diesem Bauer saß sie, aber nicht allein, denn außer der alten Dame, ihrer Mutter, deren bereits Erwähnung geschah, waren auch ein halbes Dutzend Damen aus der Nachbarschaft zugegen, die infolge eines seltsamen Zufalls – und wohl auch infolge einer kleinen Verabredung – gerade zur Teezeit nacheinander ins Haus geschlüpft waren. Eine günstigere Gelegenheit zur Unterhaltung konnte sich nicht leicht finden, und da das Zimmer ein kühler, schattiger, behaglicher Ort war, mit einigen Blumentöpfen am offenen Fenster, die den Staub ausschlossen und gar lieblich zwischen dem Teetisch drinnen und dem alten Tower draußen standen, so durfte es einen nicht wundernehmen, daß die Damen eine Neigung verspürten, zu bleiben und zu schwatzen, besonders wenn man dabei die bei dieser schönen Gelegenheit gerade vorhandenen Lockmittel, frische Butter, neubackenes Brot, Garnelen und Brunnenkresse, mit in Rechnung zog.

Da nun die Damen unter solchen Umständen beisammen waren, so war es sehr natürlich, daß das Gespräch auf den Hang der Männer kam, das schwächere Geschlecht zu tyrannisieren, woraus für dieses die Verpflichtung erwachse, einer solchen Tyrannei Widerstand zu leisten und seine Rechte und Würde zu behaupten. Natürlich war das aus vier Gründen: erstens weil Frau Quilp, die ein junges Weib war und notorisch unter der Herrschaft ihres Mannes stand, zur Rebellion aufgehetzt werden mußte; zweitens weil Frau Quilps Mutter wegen ihres zänkischen Charakters und wegen ihres Hanges, dem männlichen Willen Widerstand zu leisten, rühmlichst bekannt war; drittens weil jede von den Nachbarinnen an ihrer Person zeigen wollte, wie sehr sie in dieser Hinsicht über den gewöhnlichen Typus ihres Geschlechtes erhaben sei; und als vierter Grund kam folgendes hinzu: da die Gesellschaft gewohnt war, immer paarweise einander zu verlästern, und sie nun ihr gewöhnliches Thema entbehrten, sintemalen alle in enger Freundschaft versammelt waren, wußten sie nichts Besseres zu tun, als den gemeinsamen Feind anzugreifen.

Durch solche Rücksichten veranlaßt, eröffnete eine wohlbeleibte Dame die Verhandlungen, indem sie mit der Miene großer Besorgtheit und Teilnahme die Frage stellte, wie sich Herr Quilp befände, worauf Herr Quilps Schwiegermutter in einem scharfen Tone erwiderte:

»Oh, er befindet sich wohl genug – er befand sich nie besser –, Unkraut verdirbt nicht.«

Alle Damen seufzten sodann einmütig, schüttelten ernst die Köpfe und sahen auf Frau Quilp wie auf eine Märtyrerin.

»Ach!« meinte die Sprecherin, »wenn Sie ihr nur ein bißchen mit Ihrem Rat an die Hand gingen, Frau Jiniwin« – wir hätten bemerken sollen, daß Frau Quilp früher eine Miß Jiniwin war –, »niemand weiß besser als Sie, Madame, was wir Frauen uns selbst schuldig sind.«

»Sie haben in der Tat recht, Madame«, versetzte Frau Jiniwin; »als mein armer Mann, ihr lieber Vater, noch am Leben war – wenn *der* je ein böses Wort gegen mich gewagt hätte, ich hätte ihm . . .«

Die gute alte Dame beendigte ihren Satz nicht, sondern drehte einer Garnele mit einer Rachsucht den Kopf ab, die pantomimisch darstellen sollte, was sie mit dem unterdrückten Worte meinte. In diesem Sinne wurde es augenscheinlich von der andern verstanden, die alsbald beifällig erwiderte:

»Sie fühlen ganz so wie ich, Madame, denn ich würde genau das gleiche tun.«

»Sie haben jedoch keinen Anlaß, so zu handeln«, sprach Frau Jiniwin. »Es ist ein Glück für Sie, daß Sie ebensowenig Grund dazu haben, als es bei mir der Fall war.«

»Es wirds auch keine Frau nötig haben, wenn sie nur sich selbst treu bleibt«, entgegnete die wohlbeleibte Dame.

»Hörst du das, Betsy?« sagte Frau Jiniwin mit warnender Stimme. »Wie oft schon habe ich dir das mit genau denselben Worten gesagt und dir fast kniefällig darüber Vorstellungen gemacht!«

Die arme Frau Quilp, die ganz hilflos von einem bedauernden Gesicht zum andern gesehen hatte, errötete, lächelte und schüttelte zweifelnd den Kopf. Dies war das Signal zu einem allgemeinen Ausbruch, der mit einem dumpfen Murmeln begann und allmählich in ein wahres Toben überging, indem alle zugleich sprachen und alle ihre Meinung dahin abgaben, sie wäre eine junge Frau, die kein Recht hätte, ihre Ansichten gegen die Erfahrungen derer zu verteidigen, die die Sache weit besser verständen; es sei nicht schön von ihr, daß sie sich nicht von Leuten raten lassen wolle, die nur ihr Bestes beabsichtigten; es sei geradezu undankbar, sich so zu stellen. Wenn sie nicht sich selbst achte, so solle sie doch wenigstens Achtung vor den andern Frauen haben, die alle durch ihre Nachgiebigkeit kompromittiert würden, und wenn sie keine Achtung vor andern Frauen habe, würde bald der Augenblick kommen, da sie von den andern verachtet würde. Und daß ihr dies dann sehr leid tun würde, könnten sie ihr im voraus sagen. Nachdem diese Ermahnungen erteilt worden waren, gingen die Damen zu einem noch verwegeneren Sturm als früher auf den gemischten Tee, das neubackene Brot, die frische Butter, die Garnelen und die Brunnenkresse über und erklärten, ihre Betrübnis über die Zukunft der Frau Quilp wäre so groß, daß sie es kaum über sich gewinnen könnten, einen Bissen hinunterzubringen.

»Das läßt sich alles leicht reden«, sagte Frau Quilp sehr einfach; »aber wenn ich morgen stürbe, so könnte Quilp jede heiraten, die er wollte; ja, ich weiß, das könnte er.«

Ein allgemeiner Schrei der Entrüstung folgte dieser Erklärung. »Heiraten, wen er wollte!« Sie möchten sehen, ob er es wagen wollte, eine von ihnen zu heiraten; sie möchten es erleben, daß er den leisesten Annäherungsversuch machte. Eine der Damen – eine Witwe – war fest überzeugt, sie würde ihn erdolchen, wenn er sich etwas derart merken ließe.

»Schon gut«, fuhr Frau Quilp mit einem Kopfnicken fort, »wie ich eben sagte, darüber hat man leicht reden; aber ich wiederhole es, daß ich weiß – daß ich überzeugt bin –, Quilp hat, wenn er will, etwas an sich, daß die schönste Frau hier ihm nicht widerstehen könnte, wenn er ihr seine Liebe erklären wollte, vorausgesetzt, daß ich tot und sie frei wäre. Lassen wirs gut sein.«

Die Gäste warfen sich bei dieser Bemerkung in die Brust, als wollten sie sagen: ›Ich weiß, du meinst mich. Aber er solls nur einmal versuchen, weiter sage ich nichts.‹ Und doch waren alle aus irgendeinem geheimen Grunde auf die Witwe böse, und jede Dame flüsterte ihrer Nachbarin ins Ohr, es sei augenscheinlich, daß die Witwe sich für die betreffende Person halte und was für ein feiger Hase sie doch sei!

»Meine Mutter weiß«, fügte Frau Quilp bei, »daß ich mit meinen Worten vollkommen recht habe, denn sie hats mir oft selbst gesagt, ehe ich ihn heiratete. Ists nicht so, Mutter?«

Diese Frage brachte die achtbare Dame in eine ziemlich kitzliche Lage, denn sie hatte allerdings bei der Verehelichung ihrer Tochter eine sehr tätige Rolle gespielt, und außerdem vertrug es sich nicht mit der Ehre der Familie, dem Gedanken Vorschub zu leisten, daß Fräulein Jiniwin einen Mann geheiratet hätte, den sonst niemand nehmen wollte. Andererseits mußte eine Übertreibung der gewinnenden Eigenschaften ihres Schwiegersohnes den Grund zur Empörung schwächen, zu deren Unterstützung doch zur Zeit alle ihre Kräfte tätig waren. Von diesen sich widersprechenden Rücksichten geleitet, gab Frau Jiniwin Herrn Quilps Liebenswürdigkeit zu, bestritt jedoch sein Recht, zu herrschen, und brachte vermittelst eines zu rechter Zeit angebrachten Kompliments an die wohlbeleibte Dame die Unterhaltung zu dem Punkte zurück, von dem sie ausgegangen war.

»Oh, Frau George hat in der Tat etwas sehr Verständiges

und Richtiges gesagt!« rief die alte Dame. »Wenn die Frauen nur sich selbst getreu sind; aber leider kann man das auf Betsy nicht anwenden – es ist eine Sünde und Schande.«

»Ehe ich mir von einem Mann so befehlen ließe, wie Quilp ihr befiehlt«, sagte Frau George, »ehe ich mich vor ihm so fürchtete, wie sie es tut, würde ich – ja, ich würde mich selbst umbringen und ihm zuerst einen Brief schreiben, um ihm zu sagen, daß er schuld daran sei!«

Diese Bemerkung erhielt allgemeines Lob und lauten Beifall, worauf eine andere Dame – aus den Minories – das Wort ergriff:

»Herr Quilp mag ein sehr netter Mann sein«, sagte diese Dame, »und ich glaube, man darf es um so weniger in Zweifel ziehen, als Frau Quilp und Frau Jiniwin es sagen; denn wer sollte das besser wissen können als sie! Aber doch ist er nicht ganz das, was man einen – schönen Mann nennt, und ebensowenig kann man ihn absolut einen jungen nennen, was allenfalls, wenn irgend etwas, eine kleine Entschuldigung für ihn sein dürfte, während seine Frau jung, hübsch und – was hier im Grunde doch vorzugsweise in Betracht kommt – eine Frau ist!«

Die letztere Klausel, die mit besonderem Pathos vorgetragen wurde, veranlaßte ein allgemeines Gemurmel von seiten der Zuhörerschaft, wodurch die Dame zu der Bemerkung ermutigt wurde: »Wenn ein solcher Mann ungezogen und unvernünftig gegen ein solches Weib ist, dann . . .«

»*Wenn* er es ist?« fiel die Mutter ein, indem sie ihre Teetasse niedersetzte und als Vorbereitung zu einer feierlichen Erklärung die Brotkrumen von ihrem Schoße bürstete, »*wenn* er es ist? Er ist der größte Tyrann, denn sie darf nicht einmal ihre Seele ihr Eigentum nennen: er macht sie mit einem Wort, sogar mit einem Winke zittern, er ängstigt sie zu Tode, und sie hat nicht einmal den Mut, ihm ein einziges Wort zurückzugeben, nein, nicht einmal ein einziges Wort!«

Obgleich diese Tatsache allen Teegästen bekannt und in den letzten zwölf Monaten bei jeder Kaffeevisite abgehandelt und erschöpft worden war, so fingen doch unmittelbar nach dieser offiziellen Mitteilung alle auf einmal an zu sprechen und suchten sich an Heftigkeit und Zungengeläufigkeit zu überbieten. Frau George bemerkte, die Leute sprächen davon, die Leute hätten ihr dies schon früher gesagt, Frau Simmons, die hin und wieder ins Haus komme, habe ihrs schon zwanzigmal gesagt, sie aber habe immer erwidert:

»Nein, Henriette Simmons, wenn ich es nicht mit eignen Augen sehe und mit eignen Ohren höre, so werde ich es nie glauben!« Frau Simmons bekräftigte diese Aussage und führte auch ihrerseits noch überzeugende Beweise an. Die Dame aus den Minories erzählte von einem erfolgreichen Verfahren, das sie gegen ihren eigenen Gatten zur Anwendung gebracht hatte; er habe einen Monat nach der Hochzeit unzweideutige Symptome eines Tigers von sich gegeben, sei aber unter Anwendung dieser Mittel in ein vollkommenes Lamm umgewandelt worden. Eine andere Dame berichtete von ihrem eigenen persönlichen Kampf und endlichen Triumph; sie hätte es für geraten befunden, ihre Mutter und ihre zwei Tanten herbeizurufen, um sechs Wochen unablässig Tag und Nacht mit ihnen zu weinen. Eine Dritte, die in der allgemeinen Verwirrung keine andern Zuhörer bekommen konnte, klammerte sich an ein junges, noch unverheiratetes Geschöpf, das zufällig zugegen war, und beschwor sie, wenn ihr der Friede ihrer Seele und ihr Glück lieb seien, diese feierliche Gelegenheit zu benutzen, sich an Frau Quilps Schwäche ein Beispiel zu nehmen und von Stund an alle ihre Gedanken darauf zu richten, den rebellischen Geist der Männer zu zähmen und zu unterjochen. Der Lärm hatte gerade seinen Höhepunkt erreicht, und die Hälfte der Gesellschaft hatte ihre Stimmen zu einem förmlichen Gekreisch verzerrt, um die Stimmen der andern Hälfte zu ersticken, als man plötzlich bemerkte, wie Frau Jiniwin erblaßte und heimlich ihren Zeigefinger warnend hob, um die Anwesenden zum Stillschweigen zu ermahnen. Erst jetzt gewahrte man, daß Daniel Quilp, die Ursache und der Gegenstand dieses ganzen Geschreis, im Zimmer stand, umherschaute und mit tiefer Aufmerksamkeit zuhörte.

»Nur weiter, meine Damen, nur weiter!« sagte Daniel. »Liebe Frau, sei so gut, bitte die Damen doch, zum Nachtessen zu bleiben und ein paar Austern nebst einem leichten und pikanten Imbiß mit uns zu verzehren.«

»Ich – ich – habe sie nicht zum Tee gebeten, Quilp«, stammelte seine Frau; »es ist ein reiner Zufall.«

»Um so besser, liebe Frau; solche zufällige Gesellschaften sind immer die angenehmsten«, sagte der Zwerg und rieb dabei seine Hände so kräftig, daß es schien, als wolle er aus dem Schmutz, von dem sie überzogen waren, kleine Kugeln für Blasrohre fabrizieren. »Was? Sie werden doch nicht gehen wollen, meine Damen; nein, Sie werden doch nicht schon gehen wollen?«

Seine schönen Feindinnen warfen den Kopf verächtlich zurück, während sie ihre Hüte und Halstücher suchten, und überließen den ganzen Wortkampf Frau Jiniwin, die, in ihrer feindseligen Stellung ertappt, einen schwachen Versuch machte, in der Rolle zu bleiben.

»Und warum sollten sie *nicht* zum Abendessen bleiben,

Quilp, wenn meine Tochter Lust hat, sie einzuladen?« sagte die alte Dame.

»Sehr richtig«, versetzte Daniel, »warum sollten sie es nicht?«

»Es liegt doch hoffentlich nichts Unrechtes oder Unschickliches in einem Nachtessen?« sagte Frau Jiniwin.

»Gewiß nicht«, erwiderte der Zwerg. »Warum auch? Auch nichts Ungesundes, wenn nicht etwas Hummersalat oder Seegarnelen dabei sind, die, wie ich hörte, etwas schwer im Magen liegen sollen.«

»Und es wäre Ihnen nicht lieb, wenn *Ihre* Frau dadurch oder durch sonst etwas zu leiden hätte – nicht wahr?« sagte Frau Jiniwin.

»Nicht um zwanzig Welten wollt ich das«, versetzte der Zwerg mit einem Grinsen, »ja nicht einmal um zwanzig Schwiegermütter auf einmal – und welch ein Segen würden die nicht sein!«

»Meine Tochter ist jedenfalls Ihre Gattin, Herr Quilp«, sagte die alte Dame mit einem Kichern, das ironisch gemeint war und andeuten sollte, daß es wohl nötig sei, ihn an die Tatsache zu erinnern, »Ihre angetraute Gattin . . .«

»Daran ist kein Zweifel, das ist sie«, bemerkte der Zwerg.

»Und hat daher hoffentlich ein Recht, zu handeln, wie es ihr beliebt, Quilp«, sagte die alte Dame zitternd – zum Teil vor Zorn, zum Teil aus geheimer Furcht vor ihrem koboldartigen Schwiegersohn.

»Sie hoffen, daß sie es hat?« entgegnete er. »Wie? Sie wissen also nicht, daß sie es hat? Sie wissen also nicht, daß sie es hat, Frau Jiniwin?«

»Ich weiß, daß sie es haben sollte, Quilp, und es haben würde, wenn sie wie ich dächte.«

»Und warum denkst du nicht wie deine Mutter, meine Liebe?« sagte der Zwerg, indem er sich an seine Frau wandte. »Warum ahmst du nicht immer deiner Mutter nach, meine Liebe? Sie ist eine Zierde ihres Geschlechts – ich zweifle nicht, daß dein Vater jeden Tag seines Lebens so sprach.«

»Ihr Vater war ein gottgesegneter Mensch, Quilp, und zwanzigtausendmal so viel wert wie gewisse Leute«, versetzte Frau Jiniwin, »ja hundertzwanzigtausendmillionenmal.«

»Ich hätte ihn gern kennen mögen«, bemerkte der Zwerg. »Ohne Zweifel war er zu Lebzeiten ein gesegneter Mensch, aber ich bin überzeugt, daß er es jetzt noch mehr ist. Es war eine glückliche Erlösung. Ich glaube, er hat lange leiden müssen!«

Die alte Dame öffnete den Mund, aber es wollte nichts herauskommen. Quilp fuhr mit dem gleichen boshaften Blicke und der gleichen sarkastischen Höflichkeit fort:

»Sie sehen schlecht aus, Frau Jiniwin; ich weiß, Sie haben sich zu sehr erhitzt, im Sprechen vielleicht, denn das ist Ihre Schwäche. Gehen Sie zu Bett, gehen Sie zu Bett!«

»Ich werde gehen, wenn es mir beliebt, Quilp, und nicht früher.«

»So belieben sie *jetzt* zu gehen! Belieben Sie jetzt zu gehen!« sagte der Zwerg.

Die alte Frau warf ihm einen zornigen Blick zu, wich aber vor ihm zurück, bis sie zur Tür gelangte, und ließ sichs gefallen, daß er die Tür hinter ihr schloß und sie von den Gästen absperrte, die sich indessen die Treppe hinunterdrängten. Sobald der kleine Mann allein war mit seiner Frau, die zitternd, mit niedergeschlagenen Augen in einer Ecke saß, trat er vor sie hin, schlug die Arme zusammen und sah sie, ohne zu sprechen, eine Weile fest an.

»O du süßes Dingelchen!« waren die Worte, mit denen er das Schweigen brach, indem er mit den Lippen schmatzte, als ob dies keine bloße Redensfigur sei und sie tatsächlich eine süße Näscherei wäre. »O du teures Liebchen! O du entzückendes Wesen!«

Frau Quilp schluchzte; und da sie den Charakter ihres feinen Herrn wohl kannte, schien sie diese Komplimente genau so zu fürchten, als ob sie die gräßlichsten Wutausbrüche gewesen wären.

»Sie ist doch«, sagte der Zwerg mit grauenvollem Grinsen,

»ein solches Juwel, ein herrlicher Diamant, eine wahre Perle, ein Rubin, ein wundervolles goldenes Kästchen mit allen möglichen Edelsteinen besetzt! Sie ist ein Schatz! Ich bete sie an!«

Die arme kleine Frau zitterte vom Kopf bis zu den Füßen, und indem sie die Augen mit flehendem Ausdruck hob, seufzte sie noch einmal auf und senkte die Lider gleich wieder.

»Das Beste an ihr«, sagte der Zwerg, indem er näher hüpfte, was infolge seiner krummen Beine, des Spottes und Hohns in seinem Wesen und seines häßlichen Gesichtes unglaublich koboldartig wirkte, »das Beste an ihr ist, daß sie so sanft, so milde ist, daß sie nie einen eigenen Willen und eine liebreizende Mutter hat!«

Indem er diese letzteren Worte mit einer hämischen Bosheit hervorgestoßen hatte, die außer ihm selbst niemand auch nur annähernd erreichen konnte, stützte Herr Quilp seine Hände auf die Knie, spreizte seine Beine, soweit er es imstande war, neigte sich langsam tiefer, immer tiefer, bis er, indem er den Kopf ganz verrenkte, zwischen dem Gesicht seiner Frau und dem Fußboden kauerte.

»Frau Quilp!«

»Ja, Quilp.«

»Bin ich schön zum Anschauen? Wäre ich das schönste Geschöpf der Welt, wenn ich einen Backenbart hätte? Bin ich, was man einen Hahn im Korbe nennt? Bin ichs, Frau Quilp?«

Frau Quilp antwortete pflichtschuldigst: »Ja, Quilp«, und fasziniert von seinen Augen, schaute sie ihm scheu ins Gesicht, während er ihr eine Unzahl greulicher Grimassen schnitt, die niemand als er und böse Träume annehmen konnten. Während dieser Beschäftigung, die sehr lange dauerte, beobachtete er ein tiefes Schweigen, ausgenommen wenn er seine Frau durch einen unerwarteten Sprung derartig aus der Fassung brachte, daß sie mit unwillkürlichem Schrei zurückwich. Dann kicherte er.

»Frau Quilp!« sagte er endlich.

»Ja, Quilp«, entgegnete sie demütig.

Statt den Gedanken, den er im Sinne hatte, zu verfolgen, schlug Quilp seine Arme abermals zusammen und sah sie noch ernster an als zuvor, während sie ihren Blick abwandte und zur Erde senkte.

»Frau Quilp!«

»Ja, Quilp.«

»Wenn du je wieder auf diese Hexen hörst, so werde ich dich beißen.«

Nach dieser lakonischen Drohung, die mit einem Knurren begleitet wurde, das verriet, wie überaus ernst es der kleine Mann meinte, befahl ihr Herr Quilp, den Teetisch zu räumen und den Rum zu bringen. Sobald ihm das geistige Getränk in einer großen Futteralflasche gereicht wurde, die ursprünglich in irgendeinen Schiffsschrank gehört hatte, verlangte er kaltes Wasser und die Zigarrenkiste; und so versorgt, setzte er sich in einen Armstuhl, indem er seinen großen Kopf gegen die hintere Lehne drückte und seine kleinen Beine auf den Tisch pflanzte.

»Nun, Frau Quilp«, sagte er, »ich befinde mich jetzt in einer Rauchlaune und werde wahrscheinlich die ganze Nacht durch dampfen. Du wirst daher gefälligst sitzen bleiben, wo du bist, für den Fall, daß ich etwas von dir brauchen sollte.«

Sein Weib antwortete nur mit dem gewöhnlichen: »Ja,

Quilp«, und der kleine Herr der Schöpfung zündete seine erste Zigarre an und mischte sein erstes Glas Grog. Die Sonne ging unter, und die Sterne blinkten am Himmel; der Tower wandelte seine eigentümliche Farbe in ein Grau und dann in ein Schwarz um; das Zimmer wurde vollkommen dunkel, und das Ende der Zigarre leuchtete tief feuerrot; aber noch immer rauchte und trank Herr Quilp in derselben Stellung fort und stierte gleichgültig durch das Fenster, stets das nämliche, hundeartige Grinsen auf seinem Gesicht, das sich nur dann, wenn Frau Quilp eine unfreiwillige Bewegung der Unruhe oder der Ermüdung machte, zu einer entzückten Grimasse verzerrte.

Fünftes Kapitel

Ob Herr Quilp während dieser Zeit einige kurze Schläfchen machte oder ob er die ganze lange Nacht unablässig wachend dasaß, können wir nicht mit Bestimmtheit angeben: Tatsache jedoch ist, daß er seine Zigarre immer brennend erhielt und jede neue an dem Stummel der fast verbrauchten anzündete, ohne sich eines Lichtes zu bedienen. Auch schien ihn das Schlagen der Turmuhren, Stunde um Stunde, durchaus nicht mit irgendeinem Gefühle von Schläfrigkeit oder einem natürlichen Verlangen nach Ruhe zu erfüllen; es schien vielmehr seine Wachsamkeit zu verschärfen, wie sich, sooft die Schläge das Fortschreiten der Nacht verkündigten, aus dem unterdrückten Kichern und einer Bewegung seiner Schultern – es sah aus, als ob jemand herzlich, aber nur heimlich und verstohlen lachte – entnehmen ließ.

Endlich brach der Tag an und traf die arme Frau Quilp, schaudernd in der Kälte des Frühmorgens und erschöpft von Ermüdung und Schlaflosigkeit, geduldig auf ihrem Stuhle, während sie hin und wieder in stummer Frage an das Mitleid und die Gnade ihres Gebieters die Augen aufschlug und den Zwerg gelegentlich durch ein leises Husten erinnerte, daß sie noch immer auf Vergebung harre und daß ihre Buße jetzt gewiß lange genug gedauert habe. Aber ihr Koboldgatte rauchte noch immer seine Zigarre und trank seinen Rum, ohne ihrer zu achten, und erst als die Sonne schon geraume Zeit aufgegangen war und bereits das lärmende Treiben der Stadt auf den Straßen gehört wurde, ließ er sich herab, von ihrer Anwesenheit durch Worte oder Zeichen Notiz zu nehmen. Vielleicht hätte er es auch jetzt noch nicht getan, wenn sich nicht gewisse ungeduldige Schläge an der Tür hätten vernehmen lassen, die zu bekunden schienen, daß sich an der Außenseite derselben ein paar ziemlich harte Knöchel abarbeiteten.

»Ach du mein Himmel!« begann er, indem er mit einem boshaften Grinsen im Zimmer umherblickte, »es ist Tag! Öffne die Tür, meine süße Frau Quilp!«

Das gehorsame Weib schob den Riegel zurück, und ihre Mutter trat ins Zimmer.

Frau Jiniwin stürmte mit großem Ungestüm herein; denn in der Voraussetzung, daß ihr Schwiegersohn noch im Bett wäre, hatte sie die Absicht, ihren Gefühlen in kräftigen Scheltworten über sein Benehmen und seinen Charakter Luft zu machen. Als sie jedoch sah, daß er auf und angekleidet war und daß er allem Anscheine nach das Zimmer seit gestern abend, da sie ihm weichen mußte, nicht verlassen hatte, hielt sie mit einiger Verlegenheit inne.

Nichts entging dem Habichtsauge des häßlichen kleinen Mannes, der vollkommen begriff, was in der Seele der alten Dame vorging, und der in der Fülle seiner Herzensfreude nur noch häßlicher wurde, als er ihr mit triumphierendem Hohnlächeln einen guten Morgen wünschte.

»Ei, Betsy«, sagte die alte Frau, »du bist doch nicht – du willst doch nicht sagen, daß du . . .«

»Die ganze Nacht aufgeblieben bist?« ergänzte Quilp diesen Satz. »Ja, das will sie.«

»Die ganze Nacht?« rief Frau Jiniwin.

»Ja, die ganze Nacht. Ist die gute alte Dame taub?« entgegnete Quilp halb lächelnd, halb die Stirn runzelnd. »Wer will behaupten, Mann und Weib seien einander eine schlechte Gesellschaft? Ha ha! Wie schnell uns die Zeit entschwand!«

»So ein Untier!« rief Frau Jiniwin.

»Nun, nun«, versetzte Quilp, der sie natürlich absichtlich mißverstand, »Sie müssen sie nicht schelten! Sie wissen ja, daß sie jetzt verheiratet ist; und obgleich die Zeit sie betrog und mich von meinem Bette abhielt, so müssen Sie doch nicht so zärtlich um mich bekümmert sein, um ihr deshalb zu grollen. Nichtsdestoweniger möge Sie der Himmel dafür segnen, liebe alte Dame. Auf Ihre Gesundheit!«

»Ich bin Ihnen *sehr* verbunden«, entgegnete die alte Frau, die durch eine gewisse Unruhe in ihren Händen ein heftiges Verlangen verriet, ihre Matronenfaust mit ihrem Schwiegersohn in Berührung zu bringen; »oh, ich bin Ihnen recht sehr verbunden.«

»Dankbare Seele!« rief der Zwerg. »Frau Quilp!«

»Ja, Quilp«, versetzte die schüchterne Dulderin.

»Hilf deiner Mutter das Frühstück besorgen, Frau Quilp! Ich muß diesen Morgen auf die Werft – je früher, desto besser; also spute dich!«

Frau Jiniwin machte eine schwache, auflehnende Bewegung, indem sie sich auf einen Stuhl in der Nähe der Tür setzte und die Arme übereinanderschlug, als wäre sie fest entschlossen, durchaus keine Hand anzulegen. Aber einige Flüsterworte ihrer Tochter und die freundliche Anfrage ihres Schwiegersohnes, ob sie sich unwohl fühle – mit einer Andeutung, daß in dem nächsten Gemache in genügender Menge kaltes Wasser sei –, ließ plötzlich diese Symptome verschwinden, und sie ging mit verdrossenem Fleiß an die vorgeschriebene Arbeit.

Während sie so beschäftigt waren, verfügte sich Herr Quilp in das anstoßende Zimmer, schlug seinen Rockkragen zurück und schickte sich an, sein Gesicht mit einem feuchten Handtuche von sehr ungesundem Aussehen zu beschmieren, wodurch übrigens seine Hautfarbe nur noch wolkiger wurde. Aber auch während dieser Arbeit verließ ihn seine Vorsicht und sein Spüreifer nicht. Mit einem ebenso scharfen und schlauen Gesicht als sonst unterbrach er zu wiederholten Malen diesen kurzen Prozeß und belauschte ein Gespräch in dem nächsten Zimmer, zu dem vielleicht er selbst das Thema abgeben mochte.

»Ah!« sagte er nach kurzer, angestrengter Aufmerksamkeit, »dachte ich mirs doch gleich, es war nicht die Schuld des Handtuchs über meinen Ohren. Ich bin also ein kleiner, buckliger Schuft und ein Ungeheuer. Bin ich das wirklich, Frau Jiniwin? Schön!«

Das Vergnügen über diese Entdeckung rief wieder das alte, hundeähnliche Grinsen in voller Kraft hervor. Sodann schüttelte er sich ganz hundeartig und begab sich zu den Damen.

Herr Quilp trat jetzt vor einen Spiegel und war eben mit dem Anlegen seines Halstuchs beschäftigt, als Frau Jiniwin, die zufällig hinter ihm stand, dem inneren Drange nicht widerstehen konnte, die Faust gegen ihren tyrannischen Schwiegersohn zu schütteln. Die Bewegung war nur eine augenblickliche; aber als sie diese ausführte und mit einem drohenden Blicke begleitete, begegnete sie in dem Spiegel seinem Auge, das sie gerade bei der Tat ertappte. Derselbe Blick auf den Spiegel vermittelte ihr aber auch den Reflex eines schrecklichen, grotesk verzogenen Gesichts mit herausgestreckter Zunge, und in dem nächsten Augenblicke fragte sie der Zwerg, der sich mit einer vollkommen ruhigen und gefälligen Miene umwandte, im Tone großer Zärtlichkeit:

»Wie ist Ihnen jetzt, mein lieber alter Schatz?«

So unbedeutend und lächerlich auch dieser Vorfall war, so nahm sich Herr Quilp doch dabei wie ein kleiner Teufel aus, und das verschmitzte und durchtriebene Gesicht des Zwerges schüchterte die alte Frau so sehr ein, daß sie kein Wort hervorbringen konnte und sich durchaus nicht sträubte, als er sie mit ausgesuchter Höflichkeit nach dem Frühstückstisch führte. Hier verminderte er keineswegs den Eindruck, den er eben hervorgebracht hatte, denn er speiste die harten Eier samt der Schale, verzehrte gigantische Seegarnelen mit Kopf und

Schwanz, kaute zugleich mit außerordentlicher Gier Tabak und Brunnenkresse, trank kochendheißen Tee ohne zu blinzeln, biß in seine Gabel und in seinen Löffel, daß sie krumm wurden, und verrichtete – mit einem Worte – so viele entsetzliche und ungewöhnliche Heldentaten, daß die beiden Frauen fast ihren Verstand darüber verloren und zu zweifeln begannen, ob er wirklich ein menschliches Wesen sei. Nachdem Herr Quilp endlich diese und noch viele andere Manöver, die gleichfalls zu seinem System gehörten, absolviert hatte, verließ er die Frauen in einer sehr gehorsamen und demütigen Gemütsstimmung und begab sich an das Themseufer. Dort nahm er ein Boot, um nach der Werft, die seinen Namen führte, zu fahren.

Es war eben Flutzeit, als Daniel Quilp sich in das Fährboot setzte, um nach dem entgegengesetzten Ufer zu gelangen. Eine ganze Flotte von Barken kam lässig herbei, die einen mit der Seite, die andern mit dem Schnabel und wieder andere mit dem Stern voran; sie stießen querköpfig, eigensinnig und hartnäckig gegen die größeren Fahrzeuge an, kamen unter den Bug der Dampfboote, trieben in alle Arten von Winkeln und Ecken, wo sie nichts zu tun hatten, und wurden von allen Seiten wie ebenso viele Walnußschalen zusammengequetscht, während jede mit ihrem Paar langer Ruder in dem Wasser plätscherte und kämpfte, einem ermatteten Fische gleich, der sich nicht aus dem seichten Wasser zu helfen weiß. In einigen der vor Anker liegenden Schiffe waren alle Hände mit dem Aufrollen der Taue, mit dem Ausbreiten der Segel, um sie zu trocknen, oder mit dem Einnehmen und Ausladen der Kargos beschäftigt; in andern rührte sich gar nichts, einige Matrosenjungen und vielleicht einen bellenden Hund ausgenommen, der auf dem Deck hin- und herlief oder an den Planken hinaufkletterte, um über Bord sehen und desto lauter die Aussicht anbellen zu können. Durch den Wald von Masten kam langsam ein großes Dampfschiff herunter, peitschte mit seinen schweren Ruderschaufeln in kurzen, ungeduldigen Schlägen das Wasser, als ob es ihm an Raum zum Atmen gebräche, und bewegte seinen gewaltigen Rumpf wie ein Seeungeheuer unter den Elritzen der Themse vorwärts. Zu beiden Seiten schwammen lange, schwarze Reihen von Kohlenschiffen, und durch diese drängten sich Fahrzeuge mit sonnenglänzenden Segeln, die sich langsam aus dem Hafen herausarbeiteten, während das Knarren an Bord aus hundert Richtungen widerhallte. Das Wasser und alles darauf war in rühriger Bewegung, tanzend, wogend und Blasen aufwerfend, während der alte graue Tower, die Gebäudereihe am Ufer und die dazwischen aufschießenden Kirchtürme kalt heruntersahen und ihre tätige, unruhige Nachbarin zu verachten schienen.

Daniel Quilp, dem ein schöner Morgen höchstens insofern angenehm war, als er ihm die Mühe ersparte, einen Regenschirm bei sich zu führen, ließ sich neben der Werft ans Land setzen und begab sich zu ihr durch eine enge Gasse, die den amphibischen Charakter ihrer Bewohner teilte, indem sie aus einer Zusammensetzung von reichlichem Schmutz und vielem Wasser bestand. An dem Orte seiner Bestimmung angelangt, war der erste Gegenstand, der ihm ins Auge fiel, ein Paar sehr unvollkommen beschuhte Füße, die mit den Sohlen in der Luft schwebten, Diese merkwürdige Erscheinung hing mit einem Knaben zusammen, der von etwas exzentrischem Geiste war und eine natürliche Vorliebe für Gauklerkunststücke besaß, weshalb er sich jetzt auf den Kopf gestellt hatte, um die Aussicht nach dem Flusse in einer so ungewöhnlichen Position zu genießen. Er wurde jedoch schleunigst durch den Ton von seines Meisters Stimme auf die Beine gebracht, und sobald sein Kopf wieder die gehörige Lage einnahm, »trommelte« Herr Quilp – sozusagen – tüchtig auf ihn los.

»Laßt mich in Ruh, Ihr . . .«, sagte der Junge, indem er Quilps Hand abwechselnd mit den Ellenbogen parierte. »Wenn Ihr nicht aufhört, sollt Ihr etwas kriegen, was Euch nicht schmeckt! Das sage ich Euch.«

»Du Galgenvogel«, knurrte Quilp; »ich will dich peitschen mit eisernen Ruten, ich will dich zerkratzen mit rostigen

Nägeln, ich will dir die Augen ausbohren, wenn du nicht augenblicklich still bist – ja, das will ich.«

Mit diesen Drohungen ballte er abermals die Hand, bekam den Knaben gewandt unter den Ellenbogen zu fassen, packte ihn sodann trotz seiner schlauen Seitenwendungen am Kopf und versetzte ihm drei oder vier kräftige Stöße. Nachdem er auf diese Weise seine Absicht erreicht hatte, ließ er ihn los.

»Kommt mir nur noch einmal so«, sagte der Knabe, indem er den Kopf schüttelte und sich zurückzog, für den schlimmsten Fall aber seine Ellenbogen bereithielt, »dann . . .«

»Sei ruhig, du Schlingel!« entgegnete Quilp. »Es geschieht dir nichts mehr, denn du hast gerade so viel, wie ich dir zugedacht habe. Da, nimm den Schlüssel!«

»Warum bindet Ihr nicht mit Leuten von Eurer Größe an?« sagte der Junge, sehr langsam näher kommend.

»Wo gibt es einen von meiner Größe, du Hund?« entgegnete Quilp. »Nimm den Schlüssel, oder ich schlage dir mit ihm das Gehirn ein!« In der Tat gab er ihm auch während dieser Worte einen kräftigen Schlag mit dem Handgriff. »So, jetzt öffne das Kontor!«

Der Knabe befolgte verdrießlich den Befehl und murmelte anfangs Verwünschungen zwischen den Zähnen, was er jedoch bald unterließ, als er beim Umblicken bemerkte, daß Quilp ihm festen Blickes nachsah. Wir müssen hier bemerken, daß zwischen diesem Knaben und dem Zwerg eine sonderbare Art von gegenseitiger Zuneigung stattfand; wie sie übrigens entstanden war oder wie sie auf der einen Seite durch Drohungen und Schläge, auf der andern durch Trotz und Widerspruch genährt wurde, gehört nicht zur Sache. Quilp hätte sich gewiß von niemandem als von dem Knaben eine Widerrede gefallen lassen, und ebenso gewiß würde der Knabe von keinem andern als von Quilp so viele Püffe hingenommen haben, da es doch in seiner Macht lag, nach Gutdünken davonzulaufen

»Nun«, sagte Quilp, in das hölzerne Kontorhaus tretend,

»gib mir jetzt auf die Werft acht! Aber wenn du dich wieder auf den Kopf stellst, schlage ich dir einen deiner Füße ab!«

Der Junge gab keine Antwort; aber sobald Quilp die Tür geschlossen hatte, stellte er sich vor der Tür auf den Kopf, spazierte sodann auf den Händen rückwärts in den Hof, ruhte dort wieder auf dem Kopf aus, worauf er sich auf die entgegengesetzte Seite wandte und dort seine Kunstleistungen wie-

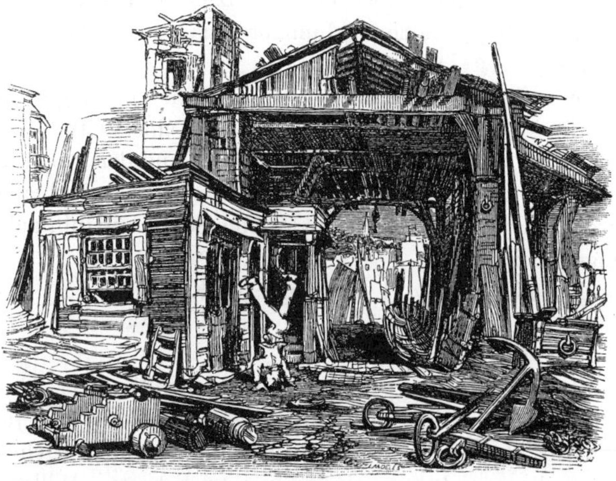

derholte. Das Kontorhaus hatte zwar vier Seiten; aber er vermied absichtlich die eine, an der das Fenster war, denn es dünkte ihn nicht unwahrscheinlich, daß Quilp durch dieses heraussähe. Das war eine sehr kluge Vorsichtsmaßregel, denn der Zwerg, der den Charakter seines jungen Aufsehers kannte, lag in der Tat unfern vom Schiebefenster auf der Lauer, nachdem er sich zuvor mit einer großen Holzlatte bewaffnet hatte, die, da sie sehr rauh, gezackt und mit zerbrochenen eisernen Nägeln beschlagen war, leicht eine schlimme Verletzung hätte herbeiführen können.

Das Kontor war eine schmutzige kleine Bude, in welcher sich nichts befand als ein alter, hinfälliger Schreibtisch, zwei Hocker, ein Hutständer, ein alter Kalender, ein Tintenfaß ohne Tinte, der Stumpf einer einzigen Feder und eine Achttageuhr, die aber wenigstens seit achtzehn Jahren nicht mehr ging und aus deren Minutenzeiger man einen Zahnstocher gemacht hatte. Daniel Quilp drückte seinen Hut in die Stirn, kletterte auf den flachen Schreibtisch und streckte sich nach seiner ganzen Kürze aus, worauf er sich mit der Behaglichkeit eines alten Praktikers zum Schlafen anschickte und ohne Zweifel sich für die Entbehrung der letzten Nacht durch einen langen und gesunden Schlummer schadlos zu halten gedachte.

Gesund mochte nun dieser wohl gewesen sein, lang war er gewiß nicht; denn der Zwerg hatte kaum eine Viertelstunde ausgeruht, als der Junge die Tür öffnete und den Kopf, der ganz wie ein Bund ungehechelten Werges aussah, hereinstreckte. Quilp hatte nur einen leichten Schlaf und fuhr daher augenblicklich auf.

»Es will jemand zu Euch«, sagte der Knabe.

»Wer?«

»Ich weiß nicht.«

»So frage!« entgegnete Quilp, indem er die vorerwähnte Latte ergriff und sie mit solcher Gewandtheit nach dem Jungen warf, daß dieser guttat, sich unsichtbar zu machen, ehe sie die Stelle erreichte, an der er gestanden hatte. »Willst du fragen, du Galgenstrick?«

Da es dem Jungen nicht sonderlich darum zu tun war, sich wieder in den Bereich solcher Wurfgeschosse zu wagen, so sandte er klüglicherweise den Anlaß der Unterbrechung hinein, der sich jetzt an der Tür zeigte.

»Was, Nelly?« rief Quilp.

»Ja«, sagte die Kleine und zögerte, ob sie eintreten oder sich zurückziehen sollte; denn der eben erwachte Zwerg war mit seinen verwirrten Haaren, die nach allen Richtungen hinausstanden, und dem gelben Schnupftuch, das er über den Kopf gelegt hatte, wahrhaft fürchterlich anzuschauen. »Nur ich bins, Sir.«

»So komm herein!« versetzte Quilp, ohne den Schreibtisch

zu verlassen. »Komm herein! Halt! Sieh einmal in den Hof hinaus und gib acht, ob dort nicht ein Junge auf dem Kopf steht!«

»Nein, Sir«, entgegnete Nell, »er steht auf seinen Füßen.«

»Hast du auch recht gesehen?« fragte Quilp. »Schon gut. So komm herein und schließe die Tür! Was bringst du mir für einen Auftrag, Nelly?«

Das Kind überreichte ihm einen Brief, und Herr Quilp, ohne seine Lage weiter zu ändern, als daß er sich etwas mehr auf die Seite drehte und sein Kinn auf die Hand stützte, schickte sich an, den Inhalt durchzulesen.

Sechstes Kapitel

Lautlos und schüchtern stand die kleine Nell beiseite und erhob die Augen zu dem Gesicht des Herrn Quilp, als er den Brief durchlas; ihre Blicke zeigten übrigens deutlich, daß sie eine große Neigung verspürte, über das ungeschickte Äußere und die groteske Haltung des kleinen Mannes zu lachen, obgleich sie ihm nicht traute und sich vor ihm fürchtete. Es ließ sich aber auch an dem Kinde ein schmerzliches Bangen wahrnehmen und das ängstliche Gefühl seiner Macht, von der sie zu erwarten schien, daß sie die Antwort ungünstig oder betrübend gestalten könnte. Natürlich standen diese Gefühle in einem strengen Widerstreit mit dem ursprünglichen Eindruck, den der Gnom auf sie gemacht hatte, und zügelten ihn weit wirksamer, als es ihr wohl aus eigenen Kräften möglich gewesen wäre.

Daß Herr Quilp selbst erstaunt, und zwar ungeheuer erstaunt war über den Inhalt des Briefes, stand deutlich auf seinem Gesicht. Noch ehe er über die ersten zwei oder drei Zeilen weggekommen war, begann er die Augen weit aufzureißen und die Stirn in schreckliche Falten zu legen; die zunächstfolgenden paar Linien veranlaßten ihn, sich auf eine ungemein häßliche Weise den Kopf zu kratzen, und als er bei dem Schlusse anlangte, bekundete er sein Erstaunen und seinen Unwillen durch ein langes, unheimliches Pfeifen. Nachdem er das Papier gefaltet und neben sich niedergelegt hatte, nagte er mit ungemeiner Gefräßigkeit an den Nägeln seiner zehn Finger; dann nahm er es hastig wieder auf und las es noch einmal. Die Wiederholung war allem Anschein nach ebenso unbefriedigend wie die erste Einsichtnahme und versetzte ihn in ein tiefes Nachsinnen, aus dem er nur zu einem neuen Angriff auf seine Nägel und zu einem langen Glotzen auf das Kind erwachte, das mit zur Erde gesenkten Blicken seines Gegenauftrages harrte.

»Holla da!« rief er endlich mit einer Stimme und so plötzlich, daß das Kind zusammenfuhr, als ob ein Gewehr neben seinem Ohre abgefeuert worden wäre. »Nelly!«

»Ja, Sir.«

»Weißt du, was in diesem Briefe steht, Nell?«

»Nein, Sir!«

»Ists auch gewiß, ganz gewiß, ganz sicher, bei deiner Seele?«

»Ganz gewiß, Sir.«

»Kannst du sagen, ich will auf der Stelle sterben, wenn ich es weiß – wie?« sagte der Zwerg.

»In der Tat, ich weiß es nicht«, versetzte das Kind.

»Gut!« murmelte Quilp, als er ihren ernsten Blick bemerkte. »Ich glaube dirs. Hm! Bereits fort? In vierundzwanzig Stunden fort? Was zum Teufel hat er damit angefangen? Dahinter steckt ein Geheimnis!«

Diese Betrachtung veranlaßte ein neues Kratzen am Kopf und ein abermaliges Beißen an den Nägeln. Während er so beschäftigt war, milderten sich seine Züge allmählich zu dem, was bei ihm ein heiteres Lächeln war, bei jedem andern aber ein gräßliches Schmerzensgrinsen hätte genannt werden können; und als die Kleine wieder aufblickte, bemerkte sie, daß er sie mit außerordentlicher Gunst und mit großem Wohlgefallen betrachtete.

»Du siehst heute recht hübsch aus, Nelly – bezaubernd hübsch. Bist du müde, Nelly?«

»Nein, Sir. Ich möchte nur bald wieder nach Hause, denn er wird in Sorge sein, solange ich fort bin.«

»Es hat keine Eile, kleine Nell, im geringsten keine Eile«, sagte Quilp. »Wie würde es dir gefallen, wenn du meine Nummer Zwei wärest, Nelly?«

»Wenn ich was wäre, Sir?«

»Meine Nummer Zwei, meine Zweite, meine Frau Quilp«, versetzte der Zwerg.

Das Kind sah ängstlich umher, schien ihn aber nicht zu verstehen, worauf Herr Quilp, als er dies wahrnahm, sich beeilte, seine Meinung deutlicher auszudrücken.

»Ob du nämlich Frau Quilp, die Zweite, sein möchtest, wenn Frau Quilp, die Erste, tot ist, süße Nell?« sagte Quilp, mit den Augen blinzelnd und das Mädchen mit gekrümmtem Zeigefinger an sich lockend; »meine Frau, mein kleines, kirschwangiges, rotlippiges Weibchen? Angenommen, daß Frau Quilp noch fünf Jahre lebt, oder nur vier, so wirst du gerade das richtige Alter für mich haben. Ha ha! Sei nur ein gutes Mädchen, Nelly – ein recht gutes Mädchen, und du wirst sehen, ob du es nicht eines Tags so weit bringst, Frau

Quilp von Tower Hill zu werden.« – Statt indes durch diese angenehme Aussicht gehoben und angeregt zu werden, bebte Nell im Gegenteil erschrocken vor ihm zurück und fing heftig an zu zittern. Herr Quilp aber – sei es, weil es für ihn ein Hochgenuß war, jemandem Angst einzujagen, oder weil er sich darin gefiel, an den Tod von Frau Quilp, Nummer Eins, und an die Erhebung von Frau Quilp, Nummer Zwei, zu ihrem Titel und ihrer Stellung zu denken, oder weil er beschlossen hatte, aus besonderen Gründen gerade jetzt angenehm und guter Laune zu sein – lachte nur und tat, als ob er ihrer Unruhe gar nicht gewahr würde.

»Du mußt mit mir nach Tower Hill gehen und die jetzige Frau Quilp besuchen, und zwar gleich!« sagte der Zwerg. »Sie hat dich sehr gerne, Nell, obgleich lange nicht so gerne, als ich dich habe. Du wirst mit mir in meine Wohnung gehen, Nell.«

»Ich muß wirklich wieder nach Hause«, entgegnete das Kind. »Er sagte mir, ich solle sogleich wieder nach Hause kommen, wenn ich die Antwort hätte.«

»Die hast du aber nicht, Nelly«, erwiderte der Zwerg, »und wirst sie nicht haben und kannst sie nicht haben, bis ich zu Hause gewesen bin. Du siehst also, daß du mit mir gehen mußt, wenn du deinen Auftrag gehörig ausrichten willst. Gib mir meinen Hut, meine Liebe, und wir können auf der Stelle aufbrechen!«

Nach diesen Worten wälzte sich Herr Quilp allmählich vom Schreibtisch herunter, bis seine kurzen Beine den Boden berührten; dann trat er aus dem Kontor auf die Werft hinaus. Sein erster Blick fiel auf den Jungen, der auf dem Kopfe gestanden hatte, und auf einen andern jungen Herrn, ungefähr von der gleichen Größe, wie sie in inniger Umarmung in dem Schmutze herumkugelten und einander kraftvoll mit Püffen bearbeiteten.

»Es ist Kit!« rief Nelly, indem sie ihre Hände zusammenschlug; »der arme Kit, der mich herbegleitete! Ach, ich bitte, Herr Quilp, sie sollen doch aufhören!«

»Ich werde ihnen schon das Handwerk legen!« rief Quilp,

schlüpfte in das kleine Kontor zurück und kam mit einem tüchtigen Knüttel wieder heraus; »ich werde ihnen beikommen. Nun, meine Jungen, jetzt geht erst der Tanz an. Ich wills mit euch beiden aufnehmen; ja, mit euch beiden zugleich!«

Mit dieser Herausforderung schwang der Zwerg seinen Knüttel, tanzte um die Kämpfenden herum, trat auf sie, hüpfte in einer Art wahnsinniger Wut über sie weg und schlug ganz verzweifelt bald auf den einen, bald auf den andern los, wobei er immer auf ihre Köpfe zielte und so kräftige Hiebe austeilte, wie sie nur dieser leibhaftige kleine Wilde auszuteilen vermochte. Da sich die beiden kriegführenden Parteien auf keine so heiße Arbeit gefaßt gemacht hatten, so wurde ihr Mut plötzlich abgekühlt, denn sie sprangen auf ihre Beine und riefen um Pardon.

»Ich will euch zu Brei zusammenschlagen, ihr Galgenstricke!« sagte Quilp, der sich vergeblich bemühte, einem von ihnen nahe zu kommen, um ihm noch einen Abschiedshieb versetzen zu können. »Ich will euch zusammenhauen, bis ihr blaurot seid; ich will eure Gesichter bearbeiten, bis sich kein Profil mehr an euch erkennen läßt – ja, das will ich.«

»Ich sage Euch, laßt Euren Prügel fallen, oder es geht Euch übel!« entgegnete ihm der Equilibrist, der immer um ihn herumschnüffelte und die Gelegenheit erspähte, über ihn herzufallen; »den Prügel weg, sage ich!«

»Komm nur ein bißchen näher, und ich will ihn auf deinem Schädel deponieren, du Hund!« rief Quilp mit funkelnden Augen; »ein wenig näher – noch näher.«

Der Junge lehnte jedoch diese Einladung ab, bis sein Herr weniger auf der Hut zu sein schien, worauf er heranstürzte, die Waffe erfaßte und sie Quilps Händen zu entringen suchte. Dieser, der die Kraft eines Löwen besaß, konnte den Prügel mit Leichtigkeit so lange festhalten, bis der Junge seine äußerste Kraft daran versuchte; dann aber ließ er ihn plötzlich los, und der Knabe taumelte nun nach rückwärts, so daß er mit Macht auf den Kopf stürzte. Der Erfolg dieses Manövers kitzelte Herrn Quilp über alle Maßen, und er lachte und stampfte auf den Boden, als ob dies ein köstlicher Spaß wäre.

»Schon gut«, sagte der Junge, indem er mit dem Kopfe nickte und ihn zu gleicher Zeit rieb; »gebt acht, ob ich je wieder mit einem anbinde, wenn er sagt, Ihr wäret ein häßlicherer Zwerg, als man irgendwo für einen Penny zu sehen bekommt!«

»Willst du vielleicht damit sagen, daß ich es nicht bin, du Schlingel?« versetzte Quilp.

»Nein!« entgegnete der Knabe.

»Weshalb fängst du dann auf meiner Werft Händel an, du Halunke?« sagte Quilp.

»Weil er so sagte«, erwiderte der Junge, auf Kit deutend, »nicht weil Ihrs nicht seid.«

»Warum hat er auch gesagt«, rief Kit, »daß Miß Nelly häßlich ist, und daß sie und mein Herr alles tun müßten, was sein Meister haben wolle? Warum hat er das gesagt?«

»Er sagte es, weil er ein Narr ist, und du sagtest so, weil du ein sehr weiser und gescheiter Junge bist – fast zu gescheit, um lange zu leben, wenn du nicht sehr auf dich achtgibst, Kit«, versetzte Quilp mit großer Zutunlichkeit in seiner Miene, aber mit noch mehr stiller Bosheit um Mund und Augen. »Da sind sechs Pence für dich, Kit. Halte es immer mit der Wahrheit! Zu allen Zeiten, Kit, halte es mit der Wahrheit! Schließ das Kontor ab, du Wicht, und bring mir den Schlüssel!«

Der andere Junge, an den dieser Befehl gerichtet war, vollzog den Auftrag und wurde für sein ritterliches Benehmen im Interesse seines Meisters durch einen tüchtigen Nasenstüber mit dem Schlüssel belohnt, der ihm das Wasser in die Augen trieb. Dann stieg Herr Quilp mit dem Kinde und mit Kit in ein Boot, und der Knabe rächte sich dadurch, daß er während der ganzen Zeit der Überfahrt an dem äußersten Rande des Kais auf dem Kopfe tanzte.

Frau Quilp war allein zu Hause und hatte sich, die Rückkehr ihres Gebieters nicht so bald erwartend, eben einem erfrischenden Schlummer hingeben wollen, als der Schall seiner Fußtritte sie wieder aufstörte; sie hatte kaum Zeit, eine Näharbeit zur Hand zu nehmen, als er bereits, von dem Kinde begleitet, ins Zimmer trat, während Kit in der Hausflur warten mußte.

»Hier ist Nelly Trent, liebe Frau Quilp«, begann ihr Gatte. »Ein Glas Wein, meine Liebe, und etwas Zwieback, denn sie hat weit gehen müssen. Sie wird dir Gesellschaft leisten, meine Seele, bis ich einen Brief geschrieben habe.«

Frau Quilp sah zitternd zu ihrem Gatten auf, um zu erfahren, was diese ungewöhnliche Höflichkeit zu bedeuten habe, und seinem Wink gehorchend, folgte sie ihm in das nächste Gemach.

»Merke wohl auf, was ich dir sage!« flüsterte Quilp. »Sieh zu, ob du etwas von ihr über ihren Großvater herausbringen kannst – was sie treiben, wie sie leben, oder was er ihr erzählt. Ich habe meine Gründe, es womöglich zu ermitteln. Ihr Weiber sprecht freier untereinander, als ihr es gegen uns tut, und du hast eine so zarte und sanfte Art, durch die sie sich wohl wird gewinnen lassen. Hörst du?«

»Ja, Quilp.«

»So geh! – Nun, was gibts noch?«

»Lieber Quilp«, stotterte sein Weib, »ich habe das Kind gern – wenn du es einrichten könntest, ohne daß ich sie betrügen muß . . .«

Der Zwerg murmelte einen schrecklichen Fluch und blickte umher, als suche er irgendeine Waffe, um seinem ungehorsamen Weibe die verdiente Züchtigung angedeihen zu lassen. Das unterwürfige kleine Wesen bat ihn daher, nicht böse zu sein, und versprach ihm, zu tun, wie er befohlen hatte.

»Hörst du mich?« flüsterte Quilp, indem er sie in den Arm kniff. »Nage dich wie ein Wurm in ihr Geheimnis; ich weiß, daß du es kannst! Vergiß nicht, daß ich horche! Wenn du ihr nicht genügend tüchtig zusetzt, werde ich mit der Tür knarren, und wehe dir, wenn ich viel knarren muß. Geh!«

Frau Quilp entfernte sich auf seinen Befehl. Ihr liebenswürdiger Gatte, der sich hinter der etwas geöffneten Tür verbarg und sein Ohr an diese legte, begann mit großer Aufmerksamkeit und Schlauheit zu horchen.

Die arme Frau Quilp dagegen überlegte, wie sie anfangen und welche Fragen sie stellen sollte, und erst als die Tür knarrte und sie ermahnte, ohne weiteres ans Werk zu gehen, ließ sie ihre Stimme vernehmen.

»Du hast dich in der letzten Zeit recht oft bei Herrn Quilp sehen lassen, meine Liebe.«

»Ich habe es auch schon hundertmal dem Großvater gesagt«, versetzte Nell unschuldig.

»Und was sagte er darauf?«

»Er seufzte nur, ließ den Kopf sinken und schien so traurig und betrübt, daß Sie gewiß hätten weinen müssen, wenn Sie es mit angesehen hätten; ja, ganz gewiß, Sie hätten auch weinen müssen – so wie ich. Wie aber diese Tür knarrt!«

»Sie knarrt oft so«, entgegnete Frau Quilp mit einem unruhigen Blicke nach der Tür. »Aber dein Großvater – er war doch sonst nicht so gedrückt?«

»O nein!« sagte das Kind hastig. »Es war sonst ganz anders. Wir waren früher so glücklich und er so heiter und zufrieden. Sie können sich keinen Begriff machen, welch eine traurige Veränderung seitdem mit uns vorgegangen ist.«

»Es tut mir leid, sehr leid, dich so sprechen zu hören, meine Liebe«, sagte Frau Quilp. Und sie sprach die Wahrheit.

»Ich danke Ihnen«, erwiderte das Kind, indem es ihre Wange küßte; »Sie sind immer so freundlich gegen mich, und ich spreche so gern mit Ihnen. Ich kann mit niemand von ihm sprechen, als mit dem armen Kit. Zwar bin ich immer noch sehr glücklich, und ich sollte vielleicht noch glücklicher sein, als ich es bin; aber Sie können sich nicht denken, wie es mich manchmal schmerzt, ihn so verändert zu sehen.«

»Es wird wieder anders kommen, Nelly«, sagte Frau Quilp. »Er wird wieder werden, wie er früher war.«

»Ach, wenn der liebe Gott das nur wollte!« erwiderte das Kind und Tränen entströmten seinen Augen; »aber es ist schon lange her, seit er anfing – ich glaube, die Tür dort bewegte sich!«

»Das tut der Wind«, versetzte Frau Quilp mit tonloser Stimme. »Seit er anfing . . .«

»So gedankenvoll und niedergeschlagen zu sein und zu vergessen, wie wir sonst die langen Abende zugebracht hatten«, fuhr das Kind fort. »Ich las ihm an dem Kamin vor, und er hörte zu, und wenn ich aufhörte und wir zu sprechen begannen, erzählte er mir von meiner Mutter, daß sie als kleines Kind genau so wie ich aussah und genau wie ich sprach. Dann setzte er mich immer auf seinen Schoß und versuchte mir begreiflich zu machen, daß sie nicht in ihrem Grabe liege, sondern in ein schönes Land, noch weit hinter dem Himmel, geflogen sei, in dem man nimmer stirbt und nimmer alt wird – wir waren damals sehr glücklich!«

»Nelly! Nelly!« sagte die arme Frau; »ich kann es nicht mit ansehen, daß ein so junges Geschöpf so betrübt sein soll. Ich bitte dich, weine nicht.«

»Ich weine so selten«, versetzte Nell; »aber ich habe alles allein getragen – und ich bin nicht ganz wohl, glaube ich, denn die Tränen kommen mir in die Augen, ohne daß ich sie aufhalten kann. Ich mache mir nichts daraus, Ihnen meinen Kummer zu erzählen, denn ich weiß, daß Sie nichts davon weitersagen werden.«

Frau Quilp wandte den Kopf ab und gab keine Antwort.

»Dann«, sprach das Kind weiter, »gingen wir auch oft in den Feldern und unter den grünen Bäumen spazieren; wenn wir dann nach Hause kamen, gefiels uns nur um so besser, weil wir müde waren, und wir waren ganz glücklich über unser Haus. Es ist zwar dunkel und etwas langweilig; aber wir pflegten zu sagen: ›Was kümmert es uns? Denn wir denken dann nur um so lieber an unsern letzten Spaziergang und sehen mit um so größerer Freude unserm nächsten entgegen.‹ Aber jetzt hat es mit dem Spazierengehen ein Ende, und obgleich es noch das nämliche Haus ist, so ist es doch viel dunkler und düsterer geworden, als es früher war. Ja, ja, es ist so!«

Sie hielt inne; aber obgleich die Tür mehr als einmal knarrte, sagte Frau Quilp kein Wort.

»Sie dürfen aber nicht glauben«, sagte das Kind ernst, »als ob der Großvater weniger freundlich gegen mich wäre als sonst; denn er liebt mich im Gegenteil mit jedem Tage mehr und wird mit jedem Tage gütiger und zärtlicher gegen mich. Sie können sich gar nicht denken, wie gern er mich hat!«

»Ich bin überzeugt, daß er dich zärtlich liebt«, versetzte Frau Quilp.

»O gewiß, gewiß tut er das!« rief Nell; »so zärtlich, als ich ihn liebe. Aber das Ärgste habe ich Ihnen noch nicht erzählt; und das dürfen Sie schon gar niemandem sagen. Er hat keinen Schlaf und keine Ruhe, außer daß er manchmal tagsüber in seinem Lehnstuhl sitzt; denn jede Nacht – und fast die ganze Nacht über – ist er nicht zu Hause.«

»Nelly!«

»Pst!« sagte das Kind, den Finger auf die Lippen legend und umhersehend. »Wenn er morgens nach Hause kommt, was gewöhnlich kaum vor Tagesanbruch geschieht, so öffne ich ihm die Tür. Heute kam er gar spät – es war schon ganz hell. Ich sah, daß sein Gesicht totenblaß, seine Augen blutunterronnen waren, und daß seine Beine im Gehen zitterten. Als ich mich wieder zu Bett gelegt hatte, hörte ich ihn stöhnen. Ich stand auf und eilte zu ihm; da hörte ich ihn, ehe er wußte, daß ich in seiner Nähe war, sagen, er könne ein solches Leben nicht länger ertragen, und wenn es nicht um des Kindes willen wäre, so möchte er lieber sterben. Was soll ich tun? Ach, was soll ich tun?«

Die Quellen ihres Herzens waren geöffnet. Die Kleine, überwältigt von der Last ihres Kummers und ihrer Sorgen, ergriffen von der Offenheit, die sie hier zum erstenmal gezeigt hatte, und im Gefühle, daß ihre kleine Erzählung mit Teilnahme aufgenommen worden war, verbarg ihr Gesicht in den Armen ihrer hilflosen Freundin und brach in einen Strom von Tränen aus.

Ein paar Augenblicke später trat Herr Quilp in das Gemach und war ungemein erstaunt, sie in diesem Zustande zu finden; er erschien ganz natürlich, und seine Verstellung gelang ihm außerordentlich, denn sie war ihm durch lange Übung zur zweiten Natur geworden, und er fühlte sich auf einem solchen Boden ganz heimisch.

»Sie ist müde, wie du siehst, liebe Frau«, sagte der Zwerg, indem er seiner Gattin mit einem gräßlichen Schielen zu verstehen gab, daß sie auf seine Weise eingehen solle. »Es ist ein langer Weg von ihrem Hause bis zur Werft; dann wurde sie auch durch ein paar sich balgender Schufte erschreckt, und außerdem fürchtete sie sich auch vor dem Wasser. All dies ist zu viel für sie gewesen. Arme Nell!«

Ohne es zu wollen, schlug er den sichersten Weg ein, den er sich hätte erdenken können, um seinen kleinen Gast zu sich zu bringen, indem er Nelly den Kopf streichelte. Ein solches Verfahren von irgendeiner andern Hand dürfte kaum einen merklichen Erfolg hervorgebracht haben; aber das Kind bebte so rasch vor seiner Berührung zurück und hatte ein so starkes Verlangen, aus seiner Nähe zu kommen, daß sie plötzlich aufstand und erklärte, sie sei bereit, nach Hause zurückzukehren.

»Du würdest aber besser tun, zu bleiben und mit Frau Quilp und mir zu speisen«, sagte der Zwerg.

»Ich bin schon viel zu lange ausgewesen, Sir«, versetzte Nell, die Augen trocknend.

»Gut«, entgegnete Herr Quilp; »wenn du durchaus fort willst, so muß man dir deinen Willen lassen, Nelly. Hier ist die Antwort. Ich sage ihm darin nur, daß ich ihn morgen oder vielleicht übermorgen besuchen werde und daß ich seinen kleinen Auftrag heute nicht besorgen kann. Gehab dich wohl, Nelly! Heda, Bürschchen, gib acht auf sie – hörst du?«

Kit, der auf den Ruf herbeikam, hielt es nicht der Mühe wert, auf eine so unnötige Einschärfung zu antworten, sondern stierte Quilp mit drohender Gebärde an, als hielte er ihn für die Ursache von Nellys Tränen und fühlte sich mehr als halb geneigt, auf den bloßen Verdacht hin diese Sünde an ihm zu rächen; dann wandte er sich um und folgte seiner jungen Herrin, die sich inzwischen von Frau Quilp verabschiedet und das Zimmer verlassen hatte.

»Sie sind ja fabelhaft bei dem Verhör vorgegangen, nicht wahr, Frau Quilp?« brach der Zwerg gegen seine Gattin los, sobald sie allein waren.

»Was konnte ich weiter tun?« versetzte die arme Frau sanft.

»Was du weiter tun konntest?« höhnte Quilp. »Hättest du nicht vielleicht noch weniger tun können? Konntest du nicht tun, was du zu tun hattest, ohne in deiner Lieblingsrolle als Krokodil aufzutreten, du Hexe?«

»Mir tut das Kind sehr leid, Quilp«, sagte die Frau; »gewiß habe ich genug getan. Ich habe sie veranlaßt, mir ihr Geheimnis mitzuteilen; aber sie glaubte, daß wir allein wären, und du warst in der Nähe. Gott verzeih mirs!«

»Du hast sie veranlaßt? Da hast du natürlich recht viel getan!« entgegnete Quilp. »Habe ich dir nicht gesagt, du sollest mich nicht zu oft mit der Tür knarren lassen? Ein Glück für dich, daß ihre Worte mir den nötigen Schlüssel gaben; denn wäre das nicht der Fall gewesen, so hättest du mirs entgelten sollen – das kann ich dir sagen!«

Da Frau Quilp hiervon vollkommen überzeugt war, gab sie keine Antwort. Ihr Gatte fügte mit einem Frohlocken hinzu:

»Du magst es übrigens deinen glücklichen Sternen danken – denselben Sternen, die dich zur Frau Quilp gemacht haben –, du magst es ihnen danken, daß ich dem alten Herrn auf der Fährte bin und daß mir ein neues Licht aufgegangen ist. Ich will daher nichts mehr von der Sache hören, weder jetzt noch ein andermal; auch brauchst du nichts besonders Gutes fürs Mittagessen zu bereiten, denn ich komme nicht nach Hause.«

Mit diesen Worten setzte Herr Quilp seinen Hut auf und entfernte sich, während Frau Quilp, über die Maßen betrübt bei der Erinnerung an die Rolle, die sie eben gespielt hatte, sich in ihre Kammer einschloß, den Kopf in die Polster vergrub und bitterlicher ihren Fehler beweinte, als viele weniger weichherzige Personen über ein weit größeres Vergehen getrauert haben würden. denn in den meisten Fällen ist das Gewissen ein gar elastischer und biegsamer Gegenstand, der sich ziemlich strecken und den verschiedensten Verhältnissen anpassen läßt. Manche Leute bringen es durch ein weises Verhalten mit der Zeit so weit, daß sie das Gewissen ganz entbehren können, indem sie es stückweise – wie Flanellwäsche bei warmem Wetter – ablegen. Aber es gibt auch andere, die dieses Gewand nach Belieben an- und ablegen können; begreiflicherweise ist diese Art von Akkommodation, als die behaglichere, am meisten an der Tagesordnung.

Siebentes Kapitel

Fritz«, sagte Herr Swiveller, »erinnere dich an das einst so beliebte Lied: ›Verscheuchet jetzt die Grillen‹; fache die erlöschende Flamme der Heiterkeit mit dem Fittich der Freundschaft an und laß den rosigen Wein umhergehen.«

Herrn Swivellers Appartements befanden sich in der Nähe von Drury-Lane und hatten außer dieser bequemen Lage auch noch den Vorteil, sich über einem Tabakladen zu befinden, so daß der Mieter imstande war, seinen verehrten Korpus, wenn er es wünschte, durch ein fröhliches Niesen zu erleichtern, indem er bloß in den Gang zu treten brauchte, um sich eine Prise zu holen, wodurch ihm die Kosten und die Mühe, eine Schnupftabaksdose zu führen, erspart blieben. In diesen Appartements war es, wo Herr Swiveller die gedachten Ausdrücke des Trostes und der Ermunterung bei seinem verzagenden Freunde in Anwendung brachte; und es ist wohl nicht unpassend zu bemerken, daß sogar dieses kurze Zitat in einem doppelten Sinne Herrn Swivellers figürlichen und poetischen Charakter bezeichnete, da in Wahrheit der rosige Wein durch ein Glas kalten Grogs repräsentiert wurde, den man gelegentlich aus einer Flasche und einem Kruge auf dem Tisch ergänzte. Er wanderte in Ermangelung zweier Gläser von einer Hand zur andern, wie man wohl ohne Erröten zugestehen darf, sintemal ein solcher Umstand einer Junggesellenwirtschaft – denn die des Herrn Swiveller war eine solche – nicht zum Vorwurf gereichen kann. Infolge einer gleich angenehmen Fiktion wurde seines einzigen Zimmers immer in der Mehrzahl gedacht. Als es noch unbewohnt war, hatte es der Tabakskrämer in seinem Fenster als »Appartements« für einen einzelnen Herrn bezeichnet, und Herr Swiveller, der sich diesen Wink zunutze machte, ermangelte nie, davon als von seinen Zimmern, seinen Gelassen und dergleichen zu reden und somit den Zuhörern Begriffe von einem unbegrenzten Raum beizubringen, indem er es ihrer Einbildungskraft überließ, nach Gefallen durch Reihen hoher Hallen zu wandern.

In dieser phantastischen Illusion wurde Herr Swiveller durch ein täuschendes Möbelstück unterstützt, das in Wirklichkeit eine Bettstatt, dem äußern Anscheine nach aber ein Bücherschrank war und eine so augenfällige Stellung in seinem Gemach einnahm, daß es allem Verdacht Hohn zu sprechen und die Untersuchung herauszufordern schien. Auch unterliegt es keinem Zweifel, daß Herr Swiveller bei Tage fest daran glaubte, dieses geheimnisvolle Dekorationsstück sei nichts anderes als ein Bücherschrank, und um keinen Preis sich eingestehen wollte, daß es ein Bett sei, fest entschlossen, das Vorhandensein von Leintüchern und Decken zu ignorieren und die Kissen absolut nicht zu kennen. Kein Wort über seinen wahren Zweck, kein Hinweis auf seinen nächtlichen Dienst, keine Anspielung auf seine besondern Eigentümlichkeiten waren je zwischen ihm und seinen intimsten Freunden gewechselt worden. Unbedingter Glaube an diese Täuschung war der erste Artikel seines Credos; um Herrn Swivellers Freund zu sein, mußte man alle Indizienbeweise, alle Vernunft, alle Beobachtung und alle Erfahrung verwerfen und sich einem blinden Glauben an den Bücherschrank hingeben. Es war nun einmal seine Lieblingsschwäche, die er hegte und pflegte.

»Fritz«, sagte Herr Swiveller, als er fand, daß seine frühere Beschwörung keine Wirkung hervorgebracht hatte, »laß den Rosigen kreisen!«

Der junge Trent schob ihm das Glas mit einer ungeduldigen Gebärde hin und verfiel wieder in seine trübsinnige Haltung, aus der er wider Willen geweckt worden war.

»Ich will dir einen kurzen Toast bringen, Fritz«, fuhr sein Freund fort, indem er die Mischung umrührte, »wie es für die Gelegenheit paßt. Wir haben im Mai . . .«

»Brr!« unterbrach ihn der andere. »Du bringst mich um mit deinem Plappern. Freilich, *du* kannst unter allen Umständen heiter sein!«

»Je nun, mein verehrter Trent«, entgegnete Dick, »es gibt ein Sprichwort über das Heitersein und Weisesein. Manche Leute sind heiter ohne Weisheit, und andere sind weise, oder glauben es wenigstens zu sein, ohne heiter sein zu können. Ich gehöre zu der ersten Sorte. Wenn das Sprichwort wahr ist, so scheint es mir geeigneter, es mit der Hälfte als mit gar nichts zu halten; jedenfalls bin ich lieber heiter und nicht weise, als so ein Kerl wie du, der keins von beiden ist.«

»Possen!« murmelte sein Freund verdrießlich.

»Ei, meinetwegen«, sagte Herr Swiveller. »Freilich glaube ich, daß man in feinen Zirkeln etwas derart nicht zu einem Gentleman in seinen eigenen Appartements zu sagen pflegt; doch gleichviel. Tu, als wenn du zu Hause wärst!«

Indem Herr Swiveller dieser Entgegnung eine Bemerkung beifügte des Inhalts, daß sein Freund in einer etwas »ruppigen« Stimmung zu sein scheine, machte er dem Rosigen den Garaus und verhalf sich zu einem andern Glas voll derselben Mischung, mit dem er, nachdem er es mit großem Wohlbehagen gekostet hatte, vor einer eingebildeten Gesellschaft einen Toast ausbrachte.

»Meine Herren, ich trinke mit Ihrer Genehmigung auf das gute Glück der alten Familie Swiveller und auf die Gesundheit des Herrn Richard, insbesondere – des Herrn Richard, meine Herren«, fügte Dick mit großem Nachdruck hinzu, »der all sein Geld für seine Freunde ausgibt und durch den liebenswürdigen Ausdruck ›Possen‹ dafür belohnt wird. Hört! Hört!«

»Dick!« sagte der andere, zu seinem Sitze zurückkehrend, »willst du nur einige Minuten deinen Ernst zusammennehmen, wenn ich dir einen Weg zeige, wie du mit sehr wenig Mühe dein Glück machen kannst?«

»Du hast mir schon so viele gezeigt«, erwiderte Dick, »und nie ist etwas anderes dabei herausgekommen, als eine leere Tasche ...«

»Du wirst von *diesem* anders sprechen, und zwar in sehr kurzer Zeit«, sagte sein Gefährte, indem er den Stuhl näher an den Tisch zog. »Du hast meine Schwester Nell gesehen?«

»Was ists mit ihr?« versetzte Dick.

»Sie hat ein hübsches Lärvchen, nicht wahr?«

»Ei gewiß«, entgegnete Dick. »Ich muß ihr nachrühmen, daß keine besonders starke Familienähnlichkeit zwischen dir und ihr obwaltet!«

»*Hat* sie ein hübsches Gesicht?« wiederholte sein Freund ungeduldig.

»Ja«, sagte Dick, »sie hat ein hübsches Gesicht – ein sehr hübsches Gesicht. Doch, was willst du damit?«

»Laß dir sagen«, erwiderte sein Freund, »es liegt auf der Hand, daß der alte Mann und ich bis an unser Lebensende Todfeinde bleiben werden, und daß ich nichts von ihm zu erwarten habe. Vermutlich siehst du das ein?«

»Eine Fledermaus könnte das beim Sonnenschein sehen«, sagte Dick.

»Ebenso klar ist, daß das Geld, das der alte Filz – mögen ihn die Würmer fressen – mir nach seinem Tode zur Hälfte in Aussicht stellte, ganz an sie fallen wird. Ists nicht so?«

»Ich möchte es fast glauben«, entgegnete Dick, »wenn nicht die Art, wie ich ihm den Fall zu Gemüte führte, einen Eindruck auf ihn gemacht hat, was recht wohl möglich wäre. Ich habs ihm kräftig gegeben, Fritz. Da ist ein ›jovialer, alter Großvater‹ – das war stark, sollte ich meinen – sehr freundlich und natürlich. Ists dir nicht auch so vorgekommen?«

»Es ist *ihm* nicht so vorgekommen«, erwiderte der andere, »und deshalb bedarfs keiner weiteren Worte. Aber gib einmal acht! Nell ist nächstens vierzehn.«

»Ein hübsches Mädchen für ihr Alter, aber klein«, bemerkte Richard Swiveller in Parenthese.

»Wenn ich fortfahren soll, so verhalte dich nur eine einzige Minute ruhig!« versetzte Trent, ärgerlich über das geringe Interesse, das der andere an der Unterhaltung zu haben schien; »ich komme jetzt zur Hauptsache.«

»Das ist mir lieb«, sagte Dick.

»Das Mädchen ist sehr leidenschaftlich, und vermöge ihrer Erziehung und ihres Alters dürfte sie sich leicht leiten und überreden lassen. Wenn ich sie in die Hand bekomme, so stehe ich dafür, daß ein klein wenig schmeicheln und drohen sie meinem Willen gefügig macht. Um übrigens zur Sache zu kommen – denn die Vorteile meines Planes aufzählen zu wollen, würde eine Woche erfordern –, was hindert dich, sie zu heiraten?«

Richard Swiveller, der über den Rand seines Glases hinweggesehen hatte, während sein Gefährte mit großem Nachdruck und Ernst die eben angeführten Worte an ihn richtete, hatte diese kaum gehört, als er die größte Bestürzung an den Tag legte und nur mit Mühe ein einsilbiges »Was?« hervorzubringen vermochte.

»Ich meine, was hindert dich«, wiederholte der andere mit einer Festigkeit, von deren Wirkung auf seinen Gefährten er infolge langer Erfahrung überzeugt war, »was hindert dich, sie zu heiraten?«

»Und sie ist nächstens vierzehn!« rief Dick.

»Ich meine es nicht so, daß du sie jetzt heiraten sollst«, versetzte der Bruder ärgerlich; »sage in zwei, drei, vier Jahren! Sieht der alte Mann aus, als ob er noch lange leben könnte?«

»Er sieht nicht danach aus«, sagte Dick kopfschüttelnd; »aber diese alten Leute, es ist ihnen nicht zu trauen, Fritz. Ich habe in Dorsetshire drunten eine Tante, die schon sterben wollte, als ich acht Jahre alt war: sie hat aber noch immer nicht Wort gehalten. Sie machens einem so schwer, sind so grundsatzlos, so boshaft – wenn nicht Apoplexie in der Familie ist, Fritz, so kann man nicht auf sie zählen, und dann täuschen sie einen ebensooft, als sie es nicht tun.«

»So betrachte die Frage von der schlimmsten Seite!« sagte Trent ebenso fest als früher, ohne das Auge von seinem Freunde zu verwenden. »Angenommen, er bliebe am Leben . . .«

»Allerdings«, entgegnete Dick, »da steckt der Knoten . . .«

»Ich sage«, nahm sein Freund wieder auf, »angenommen, er bliebe am Leben, und ich überredete oder – wenn das Wort passender klingt – zwänge Nell zu einer geheimen Heirat mit dir! Was glaubst du wohl, das dabei herauskommen würde?«

»Eine Familie und ein Jahreseinkommen von Null minus Null, um sie damit zu erhalten«, sagte Richard nach einigem Nachsinnen.

»Ich sage dir«, entgegnete der andere mit vermehrtem Ernste, der, mochte er nun wahr oder angenommen sein, auf seinen Gefährten jedenfalls Eindruck machte, »daß er nur für sie lebt, daß all sein Wirken und Sinnen nur auf sie gerichtet ist, und daß er sie ebensowenig wegen eines ungehorsamen Schrittes enterben würde, als es denkbar ist, daß er mich wegen irgendeines Aktes von Gehorsam oder Tugend, dessen ich mich möglicherweise schuldig machen könnte, wieder zu Gnaden aufnimmt. Nein, er könnte es nicht tun. Du oder jeder andere Mann, sofern er nur Augen im Kopf hat, kann das sehen, wenn er sie nicht absichtlich schließt.«

»Es scheint allerdings unwahrscheinlich«, sagte Dick nachsinnend.

»Es scheint nicht nur so, sondern es ists«, erklärte sein Freund. »Wenn du ihm noch dazu einen gelegentlichen Anlaß gibst, dir zu verzeihen, sei es allenfalls ein unversöhnlicher Bruch oder eine Todfeindschaft zwischen dir und mir – ich meine, laß uns wenigstens so tun –, so wird sichs schnell genug machen. Was Nell anbelangt . . ., ›steter Tropfen höhlt den Stein‹, und du weißt, daß du auf mich bauen kannst, soweit sie dabei beteiligt ist. Mag er also am Leben bleiben oder sterben, was liegt viel daran? Du wirst der einzige Erbe der Schätze dieses reichen, alten Filzes; ich und du tun uns davon gütlich, und du erhältst noch obendrein ein schönes, junges Weib in den Kauf.«

»Hoffentlich hat es aber doch mit dem Reichtum seine Richtigkeit?« sagte Dick.

»Hoffentlich? Hast du nicht gehört, was er bei unserm letzten Besuche hat fallenlassen? Ei, was willst du denn nächstens noch bezweifeln, Dick?«

Es wäre zu ermüdend, dem Gespräch der beiden Ehrenmänner durch all seine künstlichen Windungen zu folgen oder die Angriffe zu detaillieren, durch die Richard Swivellers Herz allmählich gewonnen wurde. Es genügt vollkommen, zu wissen, daß Eitelkeit, Eigennutz, Armut und alle die Rücksichten, die bei einem Verschwender in Betracht kommen, ihn veranlaßten, bereitwillig auf den Vorschlag einzugehen, und daß der gewohnte Leichtsinn ihm dann immer zu Hilfe kam und die Waagschale zum Sinken brachte, wenn alle anderen Gründe versagten. Zu diesen Impulsen kam noch die unbedingte Macht, die sein Freund seit langer Zeit über ihn zu üben gewöhnt war – eine Macht, die sich gleich zu Beginn ihrer Freundschaft auf Dicks Börse, Aussichten und Pläne erstreckte und auch jetzt noch immer in ganz gleichem Maße wirkte, obgleich Dick für alle Laster seines Freundes büßen mußte und in zehn Fällen neunmal als der ränkeschmiedende Verführer betrachtet wurde, obgleich er in der Tat doch nichts weiter als das gedankenlose, leichtsinnige Werkzeug des andern war.

Die Beweggründe auf der andern Seite lagen etwas tiefer als die, die Richard Swiveller im Auge hatte oder verstand; da wir jedoch diese ihrer eigenen Entwicklung überlassen müssen, so bedürfen sie zur Zeit keiner weiteren Beleuchtung. Der Vertrag wurde in der angenehmsten Weise abgeschlossen, und Herr Swiveller wollte eben in blumenreichen Wendungen auseinandersetzen, daß er gerade nicht allzuviel gegen die

Vermählung mit einer Person einzuwenden habe, die in Hülle und Fülle mit Geld und sonstigen beweglichen Glücksgütern ausgestattet sei, sofern sie veranlaßt werden könne, ihn zu nehmen, als er in dem Erguß seiner Rede durch ein Klopfen an der Tür unterbrochen wurde, dem notwendigerweise ein »Herein« folgen mußte.

Die Tür ging auf, es kam aber nichts herein als ein seifenschaumiger Arm und ein starker Tabakgeruch. Der Tabakrauch kam aus dem Laden unten, und der seifige Arm gehörte dem Körper eines Dienstmädchens an, das hin und wieder die Treppe reinigte und ihn eben erst aus einer Waschbrühe gezogen hatte, um einen Brief in Empfang zu nehmen, den es nun in seiner Hand hielt. Mit der ihrer Klasse eigentümlichen, raschen Auffassungsgabe für Familiennamen verkündigte es mit lauter Stimme, daß er Herrn ›Schnüffeler‹ gehöre.

Dick sah etwas blaß und verblüfft aus, als er die Adresse betrachtete, und wurde es noch mehr, als er den Inhalt las; sodann bemerkte er, dies sei wieder einmal eine von den Unbequemlichkeiten, wenn man einer Dame den Hof mache, und man habe leicht schwatzen, wie sie eben getan hätten, weil er mit ihr nicht gerechnet hätte.

»Mit ihr? Mit wem?« fragte Trent.

»Sophia Wackles«, antwortete Dick.

»Wer ist das?«

»Sie ist ganz so, wie ich mir das Ideal eines Mädchens vorstellte, ganz so«, sagte Herr Swiveller, indem er dem ›Rosigen‹ mit einem langen Schlucke zusprach und ernst auf seinen Freund blickte. »Sie ist liebenswürdig, sie ist göttlich. Du kennst sie.«

»Ich entsinne mich«, bemerkte sein Gefährte gleichgültig. »Was ists mit ihr?«

»Nun, Sir«, erwiderte Dick, »zwischen Sophia Wackles und dem unbedeutenden Individuum, das jetzt die Ehre hat, dich anzureden, haben sich warme und zärtliche Gefühle entsponnen – die ehrenhaftesten und begeistertsten. Die Göttin

Diana, wenn sie laut zur Jagd ruft, ist nicht eigenartiger in ihrem Benehmen als Sophia Wackles, das kann ich dir sagen.«

»Soll ich glauben, daß deinen Worten etwas Wahres zugrunde liegt?« fragte sein Freund. »Willst du damit sagen, daß ein wirkliches Liebesverhältnis zwischen euch besteht?«

»Ein Liebesverhältnis? Ja. Versprechen? Nein«, sagte Dick. »Es kann kein Prozeß wegen Treubruch eingeleitet werden, das ist mein Trost. Ich habe mich nie durch Briefe kompromittiert, Fritz.«

»Und was soll dieser Brief?«

»Eine Erinnerungstafel für den heutigen Abend, Fritz – eine kleine Gesellschaft von Zwanzig, macht zusammen zweihundert leichte, phantastische Zehen, vorausgesetzt, daß alle Herren und Damen mit der gebührenden Anzahl versehen sind. Ich muß hingehen, wäre es auch nur, um den Anfang zu einem Bruch der Geschichte zu machen – ich will es tun, sei unbekümmert. Übrigens möchte ich wissen, ob sie das Schreiben selbst abgab. Wenn sie dies tat, ohne zu ahnen, daß ihrem Glücke hier ein Riegel vorgeschoben wurde, so ist es rührend, Fritz.«

Zur Lösung dieser Frage rief Herr Swiveller das Dienstmädchen und überzeugte sich, daß Miß Sophia Wackles in der Tat den Brief eigenhändig abgegeben hatte und daß sie ohne Zweifel anstandshalber in Begleitung einer jüngeren Miß Wackles gekommen war. Als sie hörte, daß Mr. Swiveller zu Hause sei, und sie aufgefordert wurde, hinaufzugehen, sei sie ganz entsetzt über diese Aufforderung gewesen und hätte erklärt, sie würde eher sterben als so etwas tun. Herr Swiveller hörte diesen Bericht mit einem Grade von Bewunderung, der sich mit dem eben entworfenen Projekte nicht sonderlich vertragen wollte; aber sein Freund legte nur wenig Wert auf sein Benehmen in dieser Hinsicht, wahrscheinlich weil er wußte, daß er hinreichenden Einfluß besaß, um Richard Swivellers Schritte in dieser wie in jeder andern Sache zu leiten, sobald es ihm nötig schien, zur Förderung seiner eignen Zwecke von seiner Macht Gebrauch zu machen.

Nachdem also das Geschäftliche erledigt war, wurde Mr. Swiveller durch ein Knurren in seinem Innern daran gemahnt, daß es bald Mittag sei, und damit seine Gesundheit nicht durch ein längeres Fasten gefährdet werde, sandte er in das nächste Speisehaus mit dem Auftrag, daß man ihm sogleich gekochtes Ochsenfleisch und Gemüse für zwei Personen schicken möge. Das Speisehaus, das seinen Kunden aus Erfahrung kannte, weigerte sich jedoch, dieser Aufforderung zu entsprechen, und schickte die ungeschliffene Antwort zurück, wenn Herr Swiveller Ochsenfleisch benötigte, solle er gefälligst selbst an Ort und Stelle kommen, um es dort zu verspeisen; als Tischgebet möge er aber den Betrag einer gewissen kleinen Rechnung, die schon seit langem auf der Tafel stehe, mitbringen. Nicht im mindesten durch diese Zurückweisung eingeschüchtert, sondern gewitzigter und durch Hunger kühner gemacht, sandte Herr Swiveller denselben Boten nach einem andern, entlegeneren Speisehause und ließ sagen, der Herr müsse so weit schicken, nicht nur weil das dortige Ochsenfleisch so berühmt und geschätzt wäre, sondern weil das Fleisch bei seinem widerspenstigen Wirt so zähe sei, daß es nicht bloß für den Herrn, sondern auch für die ganze Menschheit ungenießbar wäre. Der gute Eindruck dieses politischen Verfahrens ließ sich aus der schleunigen Ankunft einer kleinen, wunderlich aus Tellern und Deckeln konstruierten zinnernen Pyramide entnehmen, bei der die Platte für das Ochsenfleisch die Basis und eine schäumende Halbmaßkanne die Spitze bildete. Als das Gebäude in seine einzelnen Bestandteile zerlegt wurde, fanden sich alle notwendigen und erforderlichen Ingredienzien eines kräftigen Mahles, dem Herr Swiveller und sein Freund mit großem Appetit und Behagen zusprachen.

»Möge der gegenwärtige Augenblick der schlechteste in unserm Leben sein«, sagte Dick, indem er seine Gabel in eine große, rote Kartoffel steckte. »Ich habe es gern, wenn man dieses Gewächs in der Schale schickt, denn es ist eine Lust, eine Kartoffel aus ihrem Geburtselement – wenn ich mich so ausdrücken darf – zu ziehen, ein Genuß, der dem Reichen und Mächtigen fremd ist. Ach!

Der Mensch braucht wenig nur hienieden,
Und braucht das Wenige nicht lang.*

Welch ein wahres Wort! – wenn man nämlich gespeist hat.«

»Ich hoffe, der Wirt wird sich gleichfalls mit wenigem begnügen und dieses Wenige lange nicht brauchen«, versetzte sein Gefährte. »Vermutlich bist du nicht mit den Mitteln versehen, das Essen zu bezahlen?«

»Ich gehe gleich nachher an dem Hause vorbei und will dann vorsprechen«, sagte Dick mit bedeutungsvollem Blinzeln. »Der Kellner kann nichts mehr machen. Die Speisen sind verzehrt, Fritz, und damit hats ein Ende.«

In der Tat schien auch der Kellner diese heilsame Wahrheit zu fühlen, denn als er zurückkehrte, um die leeren Schüsseln und Teller zu holen, zeigte er große Unruhe, als ihm Herr Swiveller mit würdevoller Nachlässigkeit bedeutete, er wolle demnächst die Sache im Vorbeigehen ins reine bringen, murmelte etliche Bemerkungen über ›Bezahlung bei Ablieferung‹, ›nichts auf Borg‹ und andere unangenehme Dinge, mußte sich aber endlich doch mit der Frage zufriedengeben, zu welcher Stunde der Herr möglicherweise vorsprechen würde, damit er zugegen sein könne, weil er persönlich für das Rindfleisch, das Gemüse und so weiter verantwortlich sei. Nachdem Herr Swiveller mit größter Sorgfalt im Geiste seine Beschäftigungen ausgerechnet hatte, versetzte er, er wolle zwischen zwei Minuten vor und sieben Minuten nach sechs hinkommen. Der Kellner entfernte sich mit diesem gebrechlichen Troste, und Richard Swiveller nahm nun ein schmieriges Notizbuch aus seiner Tasche, um etwas einzutragen.

»Geschieht das, um dich daran zu erinnern, falls du dein Versprechen vergessen solltest?« fragte Fritz höhnisch.

»Nicht gerade deshalb, Fritz«, antwortete Richard un-

* Goldsmith.

beirrt, indem er mit geschäftiger Miene zu schreiben fortfuhr; »ich notiere mir nur in diesem Buche die Namen der Straßen, die ich nicht passieren kann, solange die Läden offen sind. Das heutige Mittagessen versperrt mir Long-Acre. In Great Queen Street kaufte ich mir in der letzten Woche ein Paar Stiefel und schloß mir dadurch gleichfalls den Durchgang. Jetzt bleibt mir nur noch *eine* Gasse zum Strand offen, und diese werde ich mir heute abend mit ein Paar Handschuhen versperren müssen. Die Wege schließen sich nach allen Richtungen so schnell, daß ich in Monatsfrist drei oder vier Meilen über die Stadt hinausgehen muß, um über die Straße zu kommen, wenn meine Tante keine Wechsel schickt.«

»Sie werden am Ende doch nicht ganz ausbleiben?« fragte Trent.

»Nun, ich hoffe nicht«, erwiderte Herr Swiveller; »aber es braucht durchschnittlich sechs Briefe, um sie zu erweichen, und gegenwärtig habe ich es schon bis auf acht gebracht, ohne daß sie die geringste Wirkung ausübten. Morgen früh werde ich ihr aber wieder schreiben. Ich habe im Sinne, das Schreiben tüchtig zu verklecksen und etwas Wasser aus der Pfefferbüchse darauf träufeln zu lassen, damit es reuig aussieht. ›Ich bin in einer solchen Gemütsverfassung, daß ich kaum weiß, was ich schreibe‹ – Klecks – ›wenn Sie sehen könnten, wie ich in diesem Augenblicke Tränen über mein früheres, schlechtes Leben vergieße‹ – Pfefferbüchse – ›meine Hand zittert, wenn ich denke‹ – Klecks. Wenn das keine Wirkung tut, ist alles vorbei!«

Da Herr Swiveller inzwischen seinen Eintrag beendigt hatte, so steckte er, in vollkommen gravitätischer und ernster Stimmung, den Bleistift wieder in seine kleine Scheide und machte das Buch zu. Sein Freund entdeckte, daß er jetzt einen Weg machen müsse, und so blieb Richard Swiveller allein in Gesellschaft des rosigen Weines und seiner Betrachtungen über Miß Sophia Wackles.

»Das ist etwas plötzlich«, sagte Dick, mit der Miene unendlicher Weisheit den Kopf schüttelnd, während er – seiner

Gewohnheit gemäß – Versebrocken mit einer Eile abhaspelte, als ob sie bloße Prosa wären; »wenn das Herz des Mannes Furcht bedrückt, verschwindet der Nebel, sobald er Miß Wackles erblickt; sie ist ein sehr hübsches Mädchen. Sie gleicht der roten Rose, im Juni neu erblüht; sie gleicht dem süßen Liede, von Harmonie durchglüht – das ist nicht zu leugnen. Es ist in der Tat sehr plötzlich. Ich habe zwar nicht nötig, wegen Fritzens kleiner Schwester gleich kalt zu werden, aber es ist doch besser, nicht zu weit zu gehen. Wenn ich zu erkalten anfange, so muß es mit einem Male gehen, das sehe ich wohl ein, sonst riskiere ich einen Prozeß wegen Treubruchs – das ist ein Grund. Ferner könnte Sophia einen andern Mann kriegen – das ist ein zweiter; und endlich wäre es möglich – nein, das ist nicht zu fürchten, aber jedenfalls werde ich guttun, auf der Hut zu sein.«

Diese geheimnisvolle Erwägung bezog sich auf die Möglichkeit, die Richard Swiveller sogar vor sich selbst zu verbergen suchte, Miß Wackles' Reizen nicht widerstehen zu können und vielleicht in einem unbewachten Augenblicke sein Schicksal an das ihrige zu ketten, wodurch ihm natürlich die Möglichkeit genommen wurde, den merkwürdigen Plan, auf den er sich so bereitwillig eingelassen hatte, zu fördern. Aus all diesen Gründen kam er zu dem Entschlusse, ohne Verzug mit Miß Wackles Streit anzufangen, und er besann sich auf einen Vorwand, als den er grundlose Eifersucht wählte. Sobald er über diesen wichtigen Punkt mit sich ins reine gekommen war, ließ er gar gemütlich das Glas kreisen, das heißt von seiner rechten Hand zur linken, und so wieder zurück, um seine Rolle mit desto größerer Umsicht spielen zu können; dann machte er einige kleine Verbesserungen an seiner Toilette und lenkte seine Schritte nach dem Orte, der durch den schönen Gegenstand seiner Betrachtungen geheiligt war.

Der Ort war Chelsea, denn dort wohnte Miß Sophia Wackles mit ihrer verwitweten Mutter und zwei Schwestern, mit denen sie gemeinschaftlich eine sehr kleine Tagschule für sehr kleine junge Damen hielt – ein Umstand, welcher der Nachbarschaft mittels eines ovalen Bretts über dem Vorderfenster des ersten Stockes angekündigt wurde, auf dem mit zierlichen Schnörkeln das Wort »Damenseminar« zu lesen war. Einen weiteren Beleg dafür gab auch die Tatsache, daß man morgens zwischen halb zehn und zehn Uhr hin und wieder eine einzelne junge Dame von sehr zarten Jahren mit den Zehenspitzen auf dem Kratzeisen stehen sah, von dem aus sie, das Buchstabierbuch unter dem Arme, vergebliche Anstrengungen machte, den Türklopfer zu erreichen. Die verschiedenen Lehrgegenstände dieses Instituts waren also verteilt: Englische Sprachlehre, Stilübungen, Geographie und die Anwendung von Hanteln, um die Arme zu kräftigen – Miß Melissa Wackles; Schreiben, Rechnen, Tanzen, Musik und allgemeine Bezauberungskunst – Miß Sophia Wackles; Nähen, Wäschezeichnen und Mustersticken – Miß Jane Wackles; körperliche Züchtigungen, Fasten nebst anderen Torturen und Schreckmitteln – Frau Wackles. Miß Melissa Wackles war die älteste Tochter, Miß Sophia die zweite und Miß Jane die jüngste. Miß Melissa mochte fünfunddreißig Sommer oder etwas darüber zählen und neigte sich bereits dem Herbst ihres Lebens zu. Miß Sophia war ein frisches, heiteres, stämmiges Mädchen von zwanzig, und Miß Jane hatte kaum sechzehn erreicht. Frau Wackles war eine ausgezeichnete, aber etwas giftige alte Dame von sechzig.

Nach diesem Damenseminar also eilte Richard Swiveller mit Plänen, die sehr verhängnisvoll für den Frieden der schönen Sophia waren; Sophia, in jungfräuliches Weiß gekleidet und nur mit einer einzigen sich erschließenden Rose geschmückt, empfing ihn inmitten sehr eleganter, um nicht zu sagen ›brillanter‹ Vorbereitungen. Diese bestanden in der Ausschmückung des Zimmers mit den kleinen Blumentöpfen, die sich stets außen auf dem Fenstersims befanden, wenn sie nicht etwa der Wind in den Hof hinunter wehte; in dem gewählten Anzug der Tagesschülerinnen, denen der Zutritt zu der Festlichkeit gnädigst gestattet worden war; in dem ungewöhnlichen Lockenbau der Miß Jane Wackles, die den ganzen vorhergehenden Tag ihre Haare auf Streifen von einem gelben Komödienzettel gewickelt getragen hatte, und in der feierlichen Höflichkeit und dem würdevollen Gebaren der alten Dame und ihrer ältesten Tochter, was Herrn Swiveller zwar als ungewöhnlich auffiel, aber keinen weiteren Eindruck auf ihn machte.

Die Wahrheit ist – und da man für den Geschmack nicht verantwortlich gemacht werden kann, so darf man sogar von einem so wunderlichen Geschmack wie diesem hier sprechen, ohne einer boshaften und eigensinnigen Erfindung bezichtigt zu werden – die Wahrheit ist, daß weder Frau Wackles noch ihre älteste Tochter je die Bewerbungen des Herrn Swiveller sehr begünstigten, da sie im Gegenteil gewohnt waren, seiner nur leichthin als eines »lustigen jungen Mannes« zu erwähnen, und jedesmal seufzten und bedenklich den Kopf schüttelten, wenn sein Name genannt wurde. Da Herrn Swivellers Benehmen gegen Miß Sophia von jener unbestimmten und hinhaltenden Art war, die gewöhnlich nicht im geringsten auf Heiratsabsichten deutet, so begann im Laufe der Zeit sogar die junge Dame es für höchst wünschenswert zu halten, daß der Sache auf die eine oder andere Weise ein Ende gemacht werde. Sie hatte deshalb endlich eingewilligt, gegen Richard Swiveller einen in sie verliebten Handelsgärtner auszuspielen, von dem sie wußte, daß er mit seinen Anträgen bereit sein würde, sobald er die geringste Ermutigung erhielte. Und dieser Einwilligung – das Fest war zu diesem Zwecke veranstaltet worden – lag auch ihr ängstliches Bestreben zugrunde, Richard Swiveller bei sich zu sehen; das hatte sie veranlaßt, das Billett, das ihm überreicht wurde, persönlich abzugeben.

»Wenn er überhaupt Aussichten oder Mittel hat, eine Frau anständig zu erhalten«, sagte Frau Wackles zu ihrer ältesten Tochter, »so muß er jetzt damit herausrücken oder nie.«

»Wenn ihm wirklich an mir gelegen ist«, dachte Miß Sophia, »so muß er sich diesen Abend erklären.«

Da Herr Swiveller von all diesen Gedanken, Worten und Werken nichts wußte, so kümmerte er sich auch nicht im mindesten um sie, sondern überlegte noch immer in seinem Geiste, wie er am besten seine Othello-Rolle tragieren könnte. Er wünschte eben, daß Sophia nur diesmal etwas weniger schön, oder daß sie ihre Schwester sein möchte, was ebensogut zu seinem Plane gepaßt hätte, als die Gesellschaft ankam, unter der sich der Handelsgärtner namens Cheggs befand. Herr Cheggs kam jedoch nicht allein oder ohne Beistand, denn er hatte klugerweise seine Schwester, Miß Cheggs, mitgebracht, die direkt auf Miß Sophia zuging, ihre beiden Hände ergriff, sie auf beide Wangen küßte und in hörbarem Flüstertone ›hoffte‹, daß sie doch nicht zu früh kämen.

»Zu früh? Nein«, sagte Miß Sophia.

»Ach, meine Liebe«, versetzte Miß Cheggs in dem gleichen Flüstertone, »ich bin so geplagt und gequält worden, daß wenig gefehlt hätte, und wir wären schon heute nachmittag um vier Uhr hier gewesen. Alick war so ungeduldig, zu kommen! Können Sie es wohl glauben, daß er schon vor dem Mittagessen vollständig in Wichs war, alle Augenblicke auf die Uhr sah und ohne Unterlaß mich zur Eile drängte? Das ist ganz Ihre Schuld, Sie böses Ding.«

Miß Sophia errötete, und Herr Cheggs, der in Damengesellschaft etwas blöde war, errötete gleichfalls, und Miß Sophias Mutter und Schwestern überhäuften Herrn Cheggs mit Höflichkeiten und Aufmerksamkeiten, um ein weiteres Erröten zu verhindern und überließen Richard Swiveller sich selbst. Jetzt hatte der auf einmal, was er brauchte – nämlich einen Grund und Vorwand, sich zornig zu stellen; da er aber diesen Grund und Vorwand nur suchen wollte und nicht in Wirklichkeit zu finden hoffte, so wurde Richard Swiveller allen Ernstes zornig und hätte gern gewußt, was zum Teufel dieser Cheggs mit seiner Unverschämtheit wollte.

Herr Swiveller hatte jedoch Miß Sophias Zusage für die erste Quadrille – denn Walzer und dergleichen waren, als zu gemein, gänzlich ausgeschlossen –, und so gewann er einen Vorteil über seinen Nebenbuhler, der verzweifelnd in einer Ecke saß und der anmutigen Gestalt der jungen Dame nachblickte, als sie sich durch das Labyrinth des Tanzes bewegte.

Auch war dies nicht der einzige Vorsprung, den Herr Swiveller vor dem Handelsgärtner hatte; denn entschlossen, der Familie zu zeigen, was für einen Mann sie so geringschätzig behandelten, und vielleicht auch unter dem Einfluß seiner vor kurzem dargebrachten Libationen, entwickelte er solche

Wundertaten der Gelenkigkeit und solche Wendungen und Wirbel, daß die ganze Gesellschaft in Erstaunen geriet, insbesondere aber ein sehr langer Gentleman, der mit einer sehr kleinen Schülerin tanzte und vor Bewunderung und Staunen wie angenagelt stehenblieb. Selbst Frau Wackles vergaß für den Augenblick, drei kleine junge Damen zur Ruhe zu verweisen, die eine Neigung zu allzu großer Heiterkeit entwickelten, und konnte den Gedanken nicht unterdrücken, daß es in der Tat ein Stolz für die Familie sein würde, einen solchen Tänzer aufweisen zu können.

In dieser bedeutungsvollen Krisis erwies sich Miß Cheggs als eine sehr brauchbare und tatkräftige Verbündete, denn sie ließ es nicht dabei bewenden, durch ein verächtliches Lächeln ihre Geringschätzung gegen Herrn Swivellers Vorzüge an den Tag zu legen, sondern benützte auch jede Gelegenheit, Miß Sophia Ausdrücke des Bedauerns und Mitleids ins Ohr zu flüstern, daß sie durch eine so lächerliche Person gequält werde. Sie sagte, sie hätte große Angst, Alick könnte in seiner maßlosen Wut über ihn herfallen und ihn durchprügeln; und sie bat Miß Sophia, doch nur einmal seine Augen anzusehen, die von Liebe und Wut glühten – Leidenschaften, die, nebenbei bemerkt, in seinen Augen keinen Platz mehr hatten und deshalb auch in seine Nase flüchteten und sie mit einem Purpurschein überzogen.

»Sie müssen auch mit Miß Cheggs tanzen«, sagte Sophia zu Richard Swiveller, nachdem sie selbst zweimal mit Herrn Cheggs getanzt und seine Bewerbungen sehr augenfällig ermuntert hatte. »Sie ist ein so nettes Mädchen, und ihr Bruder ist ganz entzückend.«

»So? Entzückend ist er?« murmelte Dick. »Selbst ganz entzückt, könnte man meinen, wenigstens der Art nach, wie er hierhersieht.«

Hier steckte Miß Jane, die schon früher zu diesem Zweck instruiert worden war, ihre vielen Locken dazwischen und flüsterte ihrer Schwester zu, sie solle doch nur einmal hinsehen, wie eifersüchtig Herr Cheggs wäre.

»Eifersüchtig? Nun, das sieht seiner Unverschämtheit gleich«, sagte Richard Swiveller.

»Seiner Unverschämtheit, Herr Swiveller?« entgegnete Miß Jane, ihren Kopf schüttelnd. »Nehmen Sie sich in acht, daß ers nicht hört, Sir; Sie könnten es sonst bereuen!«

»Ach, ich bitte dich, Jane . . .«, erwiderte Miß Sophia.

»Pah!« versetzte ihre Schwester. »Warum sollte Herr Cheggs nicht eifersüchtig sein dürfen, wenn er will? Mir gefällt das außerordentlich. Herr Cheggs hat ebensogut ein Recht, eifersüchtig zu sein, als jemand anders, und vielleicht bald noch ein besseres, wenn es nicht etwa jetzt schon der Fall ist. Du mußt das am besten wissen, Sophia!«

Obgleich dies ein zwischen Sophia und ihrer Schwester

abgekarteter Handel war, dem die humanen Absichten und der Zweck zugrunde lagen, Herrn Swiveller zu einer schleunigen Erklärung zu veranlassen, so verfehlte er doch durchaus seine Wirkung. Denn da Miß Jane eine von jenen jungen Damen war, die vorzeitig schnippisch und keifend werden, so spielte sie ihre Rolle mit einer so übermäßigen Wichtigtuerei, daß sich Herr Swiveller grollend zurückzog, seine Geliebte Herrn Cheggs überließ und den genannten Gentleman mit herausfordendem Trotze betrachtete, der von diesem mit einem Blicke der Entrüstung erwidert wurde.

»Haben Sie etwas zu mir gesagt, Sir?« fragte Herr Cheggs, ihm in eine Zimmerecke folgend. »Haben Sie die Güte zu lächeln, Sir, damit kein Verdacht auf uns falle! Haben Sie etwas zu mir gesagt, Sir?«

Herr Swiveller blickte mit einem hochmütigen Lächeln nach Herrn Cheggs Zehen, hob dann seine Augen von da nach seinen Knöcheln, von da zu seinem Schienbein, von da zu seinem Knie und so ganz allmählich weiter, wobei er sich immer an dessen rechte Hälfte hielt, bis er bei der Weste anlangte; nun ließ er die Blicke von Knopf zu Knopf bis zum Kinn gleiten, wanderte geradeaus über die Mitte seiner Nase, bis er endlich bei den Augen anlangte, und sprach zum Schluß ganz kurz:

»Nein, Sir.«

»Hm!« räusperte sich Herr Cheggs, über seine Schultern in den Tanzraum blickend, »haben Sie die Gewogenheit, abermals zu lächeln! Vielleicht *wünschten* Sie mir etwas zu sagen, Sir?«

»Nein, Sir; es kam mir keinen Augenblick in den Sinn.«

»Vielleicht haben Sir mir *jetzt* etwas zu sagen, Sir?« sagte Herr Cheggs wütend.

Bei diesen Worten verließen Richard Swivellers Augen Herrn Cheggs' Gesicht, indem sie von der Mitte seiner Nase auf seine Weste und über sein rechtes Bein hinabspazierten, bis sie abermals die Fußspitzen erreichten, auf denen sie eine geraume Weile haften blieben; dann machten sie eine Querwanderung, stiegen an dem andern Bein in die Höhe und näherten sich von dort aus, wie zuvor, wieder der Weste; als sie endlich aufs neue bei den Augen angelangt waren, sagte er:

»Nein, Sir, gewiß nicht.«

»Wirklich – nicht, Sir?« entgegnete Herr Cheggs. »Freut mich, dies zu hören. Vermutlich wissen Sie, wo ich zu finden bin, Sir, falls Sie mir etwas zu sagen haben sollten?«

»Ich werde es leicht erfragen können, Sir, wenns mir darum zu tun ist.«

»So haben wir uns, glaube ich, nichts mehr mitzuteilen, Sir?«

»Nichts mehr, Sir.«

Hiermit schloß die furchtbare Zwiesprache, indem die Beteiligten einander zornige Blicke zuwarfen. Herr Cheggs beeilte sich, Miß Sophia seine Hand zu reichen, und Herr Swiveller setzte sich, höchst übelgelaunt, in eine Ecke.

Hart daneben saßen Frau Wackles und die ältere Miß Wackles, um dem Tanze zuzusehen; und gelegentlich gesellte sich Miß Cheggs zu ihnen, wenn ihr Tänzer gerade bei einer andern Figur des Tanzes beschäftigt war, und ließ die eine oder andere Bemerkung fallen, die wie Galle und Wermut in Richard Swivellers Seele träufelte. Sehr aufrecht und unbehaglich auf ein paar harten Stühlen saßen zwei von den Tagesschülerinnen, die beständig auf Mrs. und Miß Wackles blickten, von denen sie Aufmunterung erhofften. Und wenn Miß Wackles lächelte, und wenn Frau Wackles lächelte, so suchten die zwei kleinen Mädchen auf den Stühlen durch ein entsprechendes Lächeln deren Gunst zu erschmeicheln. Diese Aufmerksamkeit wurde aber dadurch gnädigst belohnt, daß die alte Dame ihnen einen niederschmetternden Seitenblick zuwarf und die Bemerkung beifügte, wenn sie sich wieder einer solchen Unverschämtheit schuldig machten, so sollten sie unter Geleit nach Hause geschickt werden. Diese Drohung veranlaßte eine der jungen Damen, die von sehr empfindlicher und schüchterner Gemütsart war, Tränen zu vergießen, für welches Verbrechen beide auf der Stelle mit einer so schrecklichen Pünktlichkeit fortgeschafft wurden, daß sich ein panisches Entsetzen der Seelen aller Zöglinge bemächtigte.

»Ich habe so viel Neuigkeiten für Sie!« sagte Miß Cheggs, die abermals herankam. »Alick hat sehr viel mit Sophia gesprochen. Mein Wort darauf, die Sache ist ernst – das kann man leicht sehen.«

»Was hat er ihr gesagt, meine Liebe?« fragte Frau Wackles.

»Alles nur Erdenkliche«, versetzte Miß Cheggs. »Sie können gar nicht glauben, wie er gesprochen hat.«

Richard Swiveller hielt es für ratsam, nicht weiter zuzuhören, sondern benützte eine Pause im Tanz und die Annäherung des Herrn Cheggs, um der alten Dame sein Kompliment zu machen, worauf er mit der ausgesuchtesten Miene ganz besonderer Gleichgültigkeit zu der Tür stolzierte. Auf dem Wege kam er an Miß Jane Wackles vorbei, die in der vollen Glorie ihrer Locken sich von einem gebrechlichen alten Herrn, der in dem gleichen Hause wohnte, den Hof machen ließ – als eine gute Vorübung für etwas Besseres. In der Nähe der Tür saß Miß Sophia, noch ganz verwirrt und außer sich durch die Aufmerksamkeiten des Herrn Cheggs; und an ihrer Seite blieb Richard Swiveller einen Augenblick stehen, um sich zu verabschieden.

»Mein Boot ist auf dem Strande, meine Bark ist auf der See, und eh ich stoß vom Lande, sag ich dir noch Adieu«, murmelte Dick, sie düster anblickend.

»Sie wollen schon gehen?« sagte Miß Sophia, der das Herz sank ob dem Erfolge ihrer Kriegslist, obgleich sie eine leichte Gleichgültigkeit affektierte.

»Ob ich gehen will?« wiederholte Dick bitter. »Ja, ich will gehen. Was weiter?«

»Nichts, als daß es noch sehr früh ist«, sagte Miß Sophia; »aber Sie sind natürlich Ihr eigner Herr.«

»Hätt ich mich nur auch zur eignen Herrin gemacht«, versetzte Dick, »eh ich auch nur entfernt an dich gedacht. Sophia, ach! ich glaubt an deine Treue und fühlte mich als

Gott in diesem Wahn; jetzt aber folgt die bittere Reue: so schön und doch auf – ach! – so falscher Bahn!«

Miß Sophia biß sich auf die Lippen und tat, als ob sie mit großem Interesse Herrn Cheggs nachsehe, der in der Entfernung ein Glas Limonade hinunterstürzte.

»Ich kam hierher«, fuhr Dick fort, indem er seine eigentliche Absicht fast ganz vergaß, »mit geschwellter Brust, einem vollen Herzen und treuem Empfinden. Jetzt entferne ich mich aber mit Gefühlen, die man wohl fassen, aber nicht beschreiben kann – Empfindungen, die mir die trostlose Wahrheit vor Augen führen, daß meine zärtlichsten Neigungen diesen Abend den Todesstoß erlitten haben.«

»Ich begreife in der Tat nicht, was Sie meinen, Herr Swiveller«, entgegnete Miß Sophia mit gesenktem Blicke. »Ich bedaure sehr, wenn . . .«

»Bedauern, Fräulein?« fiel ihr Dick ins Wort. »Bedauern im Besitz eines Cheggs? Doch ich wünsche Ihnen recht gute Nacht und schließe mit der kleinen Bemerkung, daß augenblicklich eine junge Dame für mich heranwächst, die nicht nur große persönliche Reize, sondern auch großen Reichtum besitzt, und die ihren nächsten Verwandten gebeten hat, um meine Hand zu werben. Und mit Rücksicht auf einige ihrer Familienmitglieder habe ich meine Einwilligung gegeben. Es ist ein angenehmer Umstand, der auch Sie freuen wird, daß ein junges und liebliches Mädchen ausdrücklich für mich zum Weibe heranwächst und für mich bewahrt bleibt. Ich glaubte, Ihnen dies mitteilen zu müssen, und habe jetzt nur noch um Entschuldigung zu bitten, daß ich so lange Ihre Aufmerksamkeit mißbrauchte. Gute Nacht.«

»Ein Gutes hat diese ganze Sache«, sagte Richard Swiveller zu sich selbst, als er zu Hause anlangte und sich mit dem Lichthütchen über die Kerze beugte, um das Licht auszulöschen, »nämlich, daß ich jetzt mit Leib und Seele, Hals über Kopf, auf Fritzens Plan hinsichtlich der kleinen Nelly eingehen kann. Gewiß wird er sich recht freuen, mich so kräftig gerüstet zu finden. Morgen soll er alles erfahren, und in der

Zwischenzeit will ichs, da es schon ziemlich spät ist, versuchen, dem balsamischen Schlafe einige Liebesblicke abzugewinnen.«

Der ›Balsamische‹ kam fast ebensobald, als um ihn geworben wurde. In etlichen Minuten war Swiveller fest eingeschlafen und träumte, daß Nelly Trent sein Weib geworden und er in den Besitz ihres Vermögens gekommen sei; daß seine erste Gewalttat die gewesen wäre, die Handelsgärtnerei des Herrn Cheggs zu verwüsten und sie in eine Ziegelei umzuwandeln.

Neuntes Kapitel

Das Kind hatte in seiner vertraulichen Mitteilung Frau Quilp gegenüber nur mit schwachen Farben die trüben und sorgenvollen Gedanken oder die schwere Wolke geschildert, die über seinem Heim hing und ihre düsteren Schatten auf den häuslichen Herd warf. Abgesehen davon, daß es sehr schwer war, einer Person, die nicht ganz genau mit seiner Lebensweise bekannt war, einen entsprechenden Begriff von seiner trübseligen Einsamkeit beizubringen, wurde das Kind selbst inmitten seines Gefühlsausbruches von der beständigen Furcht gelähmt, den Mann, welchen es so zärtlich liebte, bloßzustellen oder zu kränken, und diese ließ es jede Anspielung auf die Hauptursache seiner Beängstigung und Betrübnis vermeiden.

In der Tat waren es auch nicht die gleichförmigen Tage, die nichts unterbrachen, die keine lustige Kameradschaft erhellte, nicht die trüben, traurigen Abende oder die einsamen, langen Nächte, nicht der Mangel an allen jenen kleinen und unschuldigen Freuden, bei denen kindliche Herzen schneller schlagen, nicht der Umstand, daß sie nichts anderes von der Kindheit wußte, als daß sie schwächlich und leicht verletzlich sei – was Nell solche Tränen entrang. Den alten Mann zu sehen, der unter dem Druck eines geheimen Kummers fast zusammenbrach, Zeuge zu sein von seinem Wankelmut, von seinem unsteten Zustande, bisweilen von der schrecklichen Furcht geängstigt zu werden, daß es mit seinem Verstand nicht richtig sei, und in seinen Worten und Blicken das Heraufdämmern eines trostlosen Wahnsinns erkennen zu müssen; Tag für Tag zu wachen, zu harren und zu lauschen auf eine Bestätigung dieser Dinge, zu wissen und zu fühlen, daß sie, was auch kommen mochte, dann allein, ohne Hilfe, ohne Rat, ohne Teilnahme in der Welt stände – das waren die Ursachen für ihre Niedergeschlagenheit und Angst, und sie hätten genügt, um auch auf einer älteren Brust, der vielleicht noch obendrein so mancher erheiternde Einfluß zu Gebote stand, schwer zu lasten. Welchen Druck mußten sie aber auf die Seele eines jungen Kindes üben, dem sie immer vor Augen standen und das nur von Dingen umgeben war, die solche Gedanken nährten!

Und doch kam Nell dem alten Manne unverändert vor. Wenn er seine Gedanken nur einen Augenblick von dem Gespenste loswinden konnte, das fortwährend in ihm hauste und brütete, so stand seine junge Gefährtin mit demselben Lächeln, denselben ernsten Worten, derselben Heiterkeit, derselben Liebe und Sorgfalt vor ihm, die, tief in seiner Seele Wurzel fassend, ihn sein ganzes Leben begleitet zu haben schienen. Und so lebte er dahin, zufrieden, in dem Buch ihres Herzens von der Seite an zu lesen, die ihm zuerst aufgeschlagen worden, ohne eine Ahnung zu haben, was die andern Blätter enthalten mochten, und stets sich selbst beredend, daß wenigstens das Kind glücklich sei.

Sie war es einst gewesen. Sie war singend durch die düsteren Zimmer gegangen, mit heiterem und leichtem Schritte hatte sie sich unter den staubigen Schätzen bewegt, sie älter gemacht durch ihre junges Leben, und finsterer und grämlicher durch ihre fröhliche und heitere Gegenwart. Aber jetzt waren die Gemächer kalt und schwermütig, und wenn sie ihr eigenes kleines Stübchen verließ, um die schleppenden Stunden zu töten, – wenn sie sich dann in einem der Zimmer niedersetzte, so blieb sie da, still und regungslos wie ihre seelenlosen Bewohner, und hatte nicht den Mut, das vom langen Schweigen heisere Echo mit ihrer Stimme zu wecken.

In einem dieser Gemächer befand sich ein Fenster nach der Straße hinaus, an dem man das Kind manchen langen Abend und oft bis tief in die Nacht hinein allein und gedankenvoll sitzen sehen konnte. Man ist nie so ängstlich, als wenn man wacht und harrt, und zu solchen Stunden bedrängten oft Scharen trauriger Bilder ihren Geist.

Sie pflegte, sobald es dunkel wurde, dort Posten zu fassen und die Leute zu beobachten, wie sie die Straße auf und nieder gingen oder an den Fenstern der gegenüberliegenden Häuser erschienen; dann hätte sie wohl wissen mögen, ob jene Zimmer auch so einsam wären als das ihrige, und ob es den Leuten drüben vorkam, als ob sie Gesellschaft hätten, wenn sie sie hier sitzen sahen, wie es bei ihr der Fall war, wenn sie nur jemanden den Kopf heraus- und wieder hineinstecken sah. Auf einem der Dächer befand sich eine ungleichförmige Reihe von Schornsteinen, die ihr bei dem oftmaligen Hinsehen wie garstige Gesichter vorkamen, die finster auf sie herabblickten und das Gemach zu durchspähen suchten; es war ihr dann lieb, wenn es zu dunkel wurde, um sie unterscheiden zu können, obgleich sie sich auch vor der Ankunft des Mannes fürchtete, der die Straßenlampen anzündete, weil es nun draußen so spät und in ihrem Zimmer gar so langweilig aussah. Dann zog sie gewöhnlich ihren Kopf zurück, um im Zimmer umherzublicken und sich zu überzeugen, daß alles an seinem Orte stand und nichts sich bewegt hatte; und wenn sie wieder nach der Straße hinunterschaute, sah sie vielleicht einen Mann mit einem Sarg auf dem Rücken vorbeigehen und etliche andere ihm schweigend in ein Haus folgen, in dem irgendein Toter lag. Dies machte sie schaudern und erregte in ihr Gedanken an ähnliche Dinge, bis ihr aufs neue das veränderte Gesicht und Wesen des alten Mannes und eine ganze Reihe neuer Sorgen und Befürchtungen vor die Seele traten. Wenn er stürbe – wenn er von einer plötzlichen Krankheit befallen würde und lebend nie wieder nach Hause kehrte –

wenn er einmal des Nachts heimkäme und sie wie gewöhnlich küßte und segnete, und dann – wenn sie zu Bett gegangen und eingeschlafen wäre, vielleicht lustige Träume hätte und im Schlafe lächelte – sich tötete, und sein Blut ränne und ränne auf dem Boden fort bis zu der Tür ihres Kämmerchens! – Diese Gedanken waren zu schrecklich, um bei ihnen zu verweilen, und wieder nahm sie dann ihre Zuflucht zu der Straße, die jetzt weit leerer, dunkler und stiller war als zuvor. Die Läden wurden bald geschlossen, und die Lichter begannen aus den oberen Fenstern zu blinken, da die Nachbarn jetzt zu Bette gingen. Allmählich wurden auch diese matter und verschwanden oder machten hie und da einem trüben Nachtlichte Platz, das die ganze Nacht durch brennen sollte. Nur ein einziger Laden ganz in der Nähe, der am längsten offenblieb, goß seinen rötlichen Schein über das Pflaster; es sah dort hell und gesellig aus. Aber nach einer kurzen Weile wurde auch dieser geschlossen; das Licht erlosch, und alles war düster und ruhig; nur manchmal wurde die Stille durch vereinzelte Fußtritte, die auf dem Pflaster hallten, unterbrochen oder durch einen Nachbar, der später als gewöhnlich zurückkam und kräftig an seine Haustür pochte, um die schlafenden Insassen zu wecken.

Wenn die Nacht so weit vorgerückt war – in der letzten Zeit geschah es selten früher –, schloß das Kind das Fenster, stahl sich leise die Treppe hinab und machte sich unterwegs Gedanken, wie sie erschrecken würde, wenn eins jener häßlichen Gesichter, die sich oft in ihre Träume mischten, ihr begegnen und sich ihr durch irgendein seltsames von ihm ausstrahlendes Licht sichtbar machen würde. Aber diese Furcht verschwand vor dem hellen Lampenlichte und dem wohlbekannten Anblick ihres eigenen Kämmerleins. Nachdem sie heiß und unter vielen Tränen für den alten Mann, für die Wiederherstellung seiner Seelenruhe und für die Wiederkehr des Glückes, dessen sie sich früher erfreut, gebetet hatte, legte sie ihr Haupt auf das Kissen und schluchzte sich in den Schlaf. Oft vor Tagesanbruch fuhr sie wieder auf, um auf die Klingel zu hören, oder gab Antwort auf Rufe, die sie im Traum gehört und die sie aus dem Schlummer gerissen hatten.

In einer Nacht, der dritten nach Nellys Besuch bei Frau Quilp, sagte der alte Mann, der sich den ganzen Tag schwach und unwohl gefühlt hatte, er werde heute nicht ausgehen. Die Augen des Kindes leuchteten bei dieser Nachricht; aber ihre Freude wich schnell wieder, als sie sein krankes und vergrämtes Gesicht betrachtete.

»Zwei Tage«, sagte er, »zwei ganze volle Tage sind vergangen, und noch ist keine Antwort da. Was hat er dir gesagt, Nell?«

»Genau das, was ich Ihnen schon mitgeteilt habe, lieber Großvater; sonst gar nichts.«

»Richtig«, versetzte der alte Mann mit matter Stimme. »Ja. Aber sage es mir noch einmal. Ich vergesse alles. Was sagte er dir? Weiter nichts, als daß er mich morgen oder übermorgen besuchen wolle? Das stand in seinem Billett.«

»Weiter nichts«, sagte das Kind. »Soll ich morgen wieder hingehen, lieber Großvater? Sehr früh? Ich werde vor dem Frühstück dort und wieder zurück sein.«

Der alte Mann schüttelte den Kopf, seufzte kläglich und zog sie an sich.

»Es würde nutzlos sein, mein Lieb, ganz nutzlos. Wenn er mich aber in diesem Augenblick verläßt, Nell – wenn er mich jetzt verläßt, da ich durch seinen Beistand belohnt werden sollte für all die Zeit und das Geld, das ich verloren, und für all die Seelenqual, deren Zentnergewicht mich zu einem Schatten gemacht hat –, dann bin ich zugrunde gerichtet, und was noch schlimmer, weit schlimmer als dies ist – ich habe auch dich zugrunde gerichtet, für die ich alles aufs Spiel setzte. Wenn wir Bettler sind ...«

»Was ist dann, wenn wir es sind?« sagte das Kind kühn. »Laß uns lieber Bettler und glücklich sein!«

»Bettler – und glücklich!« entgegnete der alte Mann. »Armes Kind.«

»Lieber Großvater«, rief das Mädchen mit einem Feuer,

das in ihrem glühenden Gesichte, ihrer zitternden Stimme und in ihrer Gebärde widerstrahlte, »ich bin, glaube ich, hierin kein Kind; aber selbst wenn ich es bin – ach, laß mich beten, daß wir lieber betteln, lieber auf offener Straße oder auf freiem Felde arbeiten dürfen, um ein ganz klein wenig verdienen zu können, als so wie bisher fortleben!«

»Nelly!« sagte der alte Mann.

»Ja, ja, es ist viel besser, als unser Leben so fortzuführen«, wiederholte das Kind noch ernster als zuvor. »Wenn Sie Kummer drückt, so lassen Sie mich den Grund wissen, und ich will ihn tragen helfen. Wenn Sie dahinschwinden und jeden Tag blasser und schwächer werden, so will ich Ihre Pflegerin sein und es versuchen, Sie zu trösten. Wenn Sie arm sind, so wollen wir miteinander arm sein; aber lassen Sie mich bei Ihnen bleiben – lassen Sie mich bei Ihnen bleiben! Denn wenn ich eine solche Veränderung mit ansehen muß, ohne zu wissen warum, so bricht mir das Herz, und ich sterbe. Lieber Großvater, wir wollen diesen traurigen Ort morgen verlassen und uns von Tür zu Tür weiter betteln.«

Der alte Mann bedeckte das Gesicht mit seinen Händen und verbarg es in dem Kissen des Ruhebettes, auf dem er lag.

»Laß uns doch Bettler sein!« sagte das Kind, indem es den Arm um seinen Nacken schlang. »Ich fürchte mich gar nicht, daß wir nicht genug haben werden, um zu leben; wir werden gewiß genug haben. Wir wollen aufs Land gehen, auf freiem Felde und unter Bäumen schlafen und nie wieder an Geld oder sonst etwas denken, das Sie traurig machen kann, sondern nachts die Ruhe genießen, tagsüber uns von der Sonne bescheinen und den Wind um unser Gesicht blasen lassen und Gott gemeinschaftlich dafür danken! Wir wollen nie mehr einen Fuß in dunkle Gemächer und melancholische Häuser setzen, sondern auf und ab wandern, wo immer es uns gefällt, und wenn Sie müde sind, dann sollen Sie sich auf dem schönsten Plätzchen, das wir finden können, ausruhen, während ich hingehe, um für uns beide zu betteln.«

Die Stimme des Kindes wurde von Schluchzen erstickt, als

sie ihren Kopf auf des alten Mannes Schulter sinken ließ; aber sie weinte nicht allein. Diese Worte waren nicht für andere Ohren bestimmt, ebensowenig war es ein Schauspiel für andere Augen. Und doch waren andere Augen und Ohren zugegen, die gierig alles, was vorging, einsogen, und was noch mehr war – diese Ohren und Augen gehörten keiner geringeren Person als Herrn Daniel Quilp, der in dem Augenblicke,

als das Kind zum ersten Male an die Seite des alten Mannes getreten, unbemerkt ins Zimmer gekommen war und – ohne Zweifel nur aus reinster Diskretion – im Hintergrunde blieb, um das Gespräch nicht zu unterbrechen, indem er nur mit seinem gewohnten Grinsen den Zuschauer spielte. Da jedoch das Stehen eine beschwerliche Haltung für einen bereits vom Gehen ermüdeten Menschen ist und außerdem der Zwerg zu jenen Leuten gehörte, die sich überall gleich wie zu Hause fühlen, hatte er bald einen Stuhl erspäht, auf den er mit ungemeiner Behendigkeit hüpfte, und indem er sich auf die Lehne hockte und die Füße auf den Sitz stellte, war er so imstande, mit größerer Bequemlichkeit zuhören und zusehen zu können. Diese eigentümliche Lage entsprach zugleich seinem Geschmack, etwas Phantastisches und Affenartiges zu tun, eine Vorliebe, die bei jeder Gelegenheit wach wurde und die Oberhand bei ihm gewann. Da saß er also, das eine Bein nachlässig über das andere geschlagen, das Kinn auf die Fläche seiner Hand gestützt, den Kopf ein wenig zur Seite gedreht und die häßlichen Züge zu einer lieblichen Fratze verzerrt. Und diese Stellung war es, in der ihn endlich der alte Mann zu seinem unbegrenzten Erstaunen erblickte, als im Verlaufe des Gespräches seine Blicke sich nach dieser Seite richteten.

Die Kleine stieß einen unterdrückten Schreckensruf aus, als sie die liebenswürdige Gestalt erblickte. In ihrer ersten Überraschung wußten weder sie noch der alte Mann, was sie sagen sollten, und halb die Wirklichkeit dieser Erscheinung bezweifelnd, sahen sie mit beklommenem Herzen zu ihr auf. Nicht im mindesten durch diese Aufnahme in Verlegenheit gesetzt, behielt Daniel Quilp diese Haltung bei, indem er dem Paare nur zwei- oder dreimal herablassend zunickte. Endlich rief ihn der alte Mann beim Namen und fragte ihn, wie er hierher komme.

»Durch die Tür«, sagte Quilp, indem er mit den Daumen über seine Schulter deutete. »Ich bin nicht klein genug, um durch Schlüssellöcher kriechen zu können, obgleich ich wollte, daß ich es wäre. Ich habe etwas Besonderes mit Ihnen zu sprechen, und zwar im geheimen, es darf niemand anwesend sein, Nachbar. Gott befohlen, kleine Nelly.«

Nell sah den alten Mann an, der ihr zunickte, sich zu entfernen, und sie auf die Wange küßte.

»Ah!« sagte der Zwerg, mit den Lippen schmatzend, »was das für ein prächtiger Kuß war – gerade auf die rosige Stelle. Welch ein kapitaler Kuß!«

Diese Bemerkung trug keineswegs dazu bei, Nellys Entfernung zu verzögern. Quilp sah ihr mit einem bewundernden Schielen nach, und als sie die Tür geschlossen hatte, begann er, dem alten Manne wegen ihrer Reize Komplimente zu machen.

»So eine frische, erblühende, bescheidene kleine Knospe, Nachbar«, fuhr Quilp fort, sein kleines Bein streichelnd und listig mit den Augen blinzelnd; »so eine niedliche, rosige, kosige kleine Nell!«

Der alte Mann antwortete mit einem erzwungenen Lächeln und kämpfte augenscheinlich mit einem Gefühl der peinlichsten Ungeduld. Dies kam Quilp sehr gelegen, da er eine Lust darin fand, ihn oder überhaupt jeden, den er konnte, zu quälen.

»Sie ist«, fuhr Quilp langsam fort, indem er tat, als sei er von dem Gegenstand ganz erfüllt, »sie ist so klein, so fest gebaut, so schön modelliert, so hübsch, hat so zarte blaue Adern, eine so durchscheinende Haut, so kleine Füße und so gewinnende Manieren; aber – Gott helfe mir – Sie sind nervenschwach! Ei, Nachbar, was gibts? Ich schwöre Ihnen«, fügte der Zwerg bei, indem er mit langsamer Sorgfalt, welche sehr verschieden von der Raschheit war, mit der er früher ungehört hinangeklettert war, von dem Stuhle herunterstieg und sich wie andere Leute auf ihn niedersetzte, »ich schwöre Ihnen, daß ich nie gedacht hätte, altes Blut könne noch so schnell fließen und so heiß sein! Ich meinte, es sei träge in seinem Lauf und kühl, ganz kühl. Gewiß sollte es auch so sein. Das Ihrige kann sich nicht in dem normalen Zustand befinden.«

»Ich glaube das selbst auch«, stöhnte der alte Mann, die Hände an seinen Kopf legend. »Es brennt hier ein Fieber, und bisweilen auch etwas, dem ich keinen Namen zu geben wage.«

Der Zwerg sprach kein Wort, sondern beobachtete den Alten, wie er eine Weile im Zimmer auf und ab ging und dann wieder zu seinem Sitze zurückkehrte. Hier blieb er, den Kopf auf die Brust niedergebeugt, bis er ihn endlich wieder erhob und die Frage stellte:

»Noch einmal, und ein für allemal – haben Sie mir Geld gebracht?«

»Nein«, antwortete Quilp.

»Dann«, rief der alte Mann, indem er verzweifelnd die Hände rang und zum Himmel blickte, »dann sind wir beide, das Kind und ich, verloren!«

»Nachbar«, sagte Quilp, indem er ihm einen strengen Blick zuwarf und zwei- oder dreimal mit der Hand auf den Tisch schlug, um seine unsteten Gedanken auf sich zu ziehen, »wir wollen offen miteinander reden und ein ehrlicheres Spiel miteinander spielen, als zur Zeit, da Sie alle Karten hatten und ich nichts als die Rückseite von ihnen sehen konnte. Sie haben jetzt kein Geheimnis mehr vor mir.«

Der alte Mann sah zitternd auf.

»Das nimmt Sie wunder?« fuhr Quilp fort. »Nun, ich sollte das begreiflich finden. Ich sage Ihnen noch einmal, Sie haben jetzt kein Geheimnis mehr vor mir – nein, nicht ein einziges! Ich weiß nun, daß alle jene Geldsummen, alle Darlehen, Vorschüsse und Unterstützungen, welche Sie von mir erhalten haben, ihren Weg zum – soll ich das Wort nennen?«

»Sei es drum!« rief der alte Mann; »sagen Sie es, wenn Sie wollen!«

»Zum Spieltische eingeschlagen haben!« ergänzte Quilp. »Das war Ihr nächtliches Treiben; das war Ihr kostbarer Plan, sich zu bereichern; das war die geheime, zuverlässige Quelle, aus der Schätze fließen sollten und die mein Geld verschlungen haben würde, wenn ich der Narr gewesen wäre, für den Sie mich hielten! So sah es also mit Ihrer unerschöpflichen Goldmine – mit Ihrem Eldorado aus, he?«

»Ja!« rief der alte Mann, sich mit funkelnden Augen gegen ihn wendend, »das war es, das ist es und wird es bleiben, bis ich sterbe!«

»Daß ich mich auch so täuschen lassen konnte«, sagte Quilp, ihm einen Blick der Verachtung zuwerfend, »von einem simpeln, schwachköpfigen Spieler!«

»Ich bin kein Spieler!« entgegnete der alte Mann leidenschaftlich. »Ich rufe den Himmel zum Zeugen an, daß ich nie um eignen Gewinnes oder um der Liebe zum Spiele willen spielte und daß ich mir bei jedem Einsatz den Namen jener

Waise zuflüsterte und den Himmel anrief, das Wagnis zu segnen! Aber freilich, er tat es nie! Was für Leute hat er begünstigt? Wer waren die, mit denen ich spielte? Menschen, welche von Raub, Verworfenheit und Schwelgerei lebten, die ihr Gold in schlimmen Taten vergeudeten, in der Verbreitung des Lasters und der Sünde! Ihnen hätte ich das Geld abgewonnen, und der Gewinn wäre bis auf den letzten Heller einem zarten Kinde zugeflossen, dessen Leben er versüßt und glücklich gemacht hätte. Was konnte er ihnen bringen? Nichts als die Mittel zu Verworfenheit, Niedertracht und Elend! Wer hätte in einer solchen Sache nicht hoffen sollen? Sagen Sie mir, wer würde da nicht wie ich gehofft haben?«

»Wann haben Sie diese tolle Laufbahn betreten?« fragte Quilp, dessen Lust am Hohn für einen Augenblick durch den Kummer und die Leidenschaftlichkeit des alten Mannes zum Schweigen gebracht wurde.

»Wann ich begann?« versetzte er, mit der Hand über die Stirn fahrend. »Wann war es doch? Hätte es wohl zu einer andern Zeit geschehen können, als da ich zu denken begann, wie wenig ich erspart hatte, wie lange es dauern müßte, bis ich überhaupt nur etwas ersparte, wie kurz mir meine Tage noch zugemessen wären, und wie ich sie der Mitleidslosigkeit der Welt überlassen müßte, ohne die Mittel um die Sorgen der Armut von ihr fernzuhalten. Damals begann ich, daran zu denken.«

»Nachdem Sie also zum erstenmal zu mir kamen, um ihren famosen Enkel auf die See verfrachten zu lassen?« sagte Quilp.

»Kurz nachher«, entgegnete der alte Mann. »Ich trug mich lange Zeit damit, und monatelang war es der allnächtliche Gegenstand meiner Träume. Dann erst fing ich an. Ich fand kein Vergnügen daran und erwartete auch keins. Was hat es mir je anderes gebracht als sorgenvolle Tage, schlaflose Nächte, den Verlust der Gesundheit und des Seelenfriedens und den Gewinn von Gebrechlichkeit und Kummer!«

»Sie verloren zuerst ihr erspartes Geld, und dann kamen Sie zu mir. Während ich glaubte, Sie machten Ihr Glück, wie Sie mir weismachten, machten Sie sich zum Bettler – he? Ei, du mein Himmel! Und so kommt es, daß ich jede Sicherheit, die Sie aufbringen können, in Händen habe, nebst einer Verschreibung auf den Verkauf des – des ganzen Warenlagers und Eigentums«, sagte Quilp, indem er aufstand und um sich schaute, als wolle er sich überzeugen, daß nichts weggekommen sei. »Aber haben Sie nie gewonnen?«

»Nie!« stöhnte der alte Mann. »Nie auch nur meinen Verlust zurückgewonnen!«

»Ich meinte«, höhnte der Zwerg, »wenn man lange genug spiele, so müsse man endlich sicher gewinnen oder im schlimmsten Fall ohne Verlust davonkommen.«

»So ist es auch!« rief der alte Mann, indem er sich plötzlich aus seinem apathischen Zustand aufraffte und sich der wildesten Verzweiflung überließ, »so ist es auch! Ich habe das von Anfang an gefühlt, ich wußte es immer, ich habe es mit angesehen, und nie fühlte ich mich auch nur halb so stark als in dem gegenwärtigen Augenblicke! Quilp, ich habe drei Nächte von dem Gewinn der nämlichen großen Summe geträumt. Ich konnte vorher nie so träumen, obgleich ich es oft versuchte. Verlassen Sie mich jetzt nicht, da mir dieses Glück bevorsteht! Ich kann zu niemand anderm meine Zuflucht nehmen; helfen Sie mir nur mit ein paar Kronen aus, lassen Sie mich diese einzige, letzte Hoffnung versuchen!«

Der Zwerg zuckte seine Achseln und schüttelte den Kopf.

»Quilp, guter, edelmütiger Quilp!« fuhr der Alte fort, indem er mit zitternden Händen einige Papierstreifen aus der Tasche zog und den Arm des Zwerges faßte. »Sehen Sie einmal her, betrachten Sie diese Ziffern, das Resultat langer Berechnungen und einer schweren, schmerzlichen Erfahrung! Ich *muß* gewinnen; ich brauche nur einmal noch eine kleine Unterstützung – wenige Pfund – nur vierzig Pfund, lieber Quilp!«

»Der letzte Vorschuß betrug siebzig«, erwiderte der Zwerg, »und diese gingen in einer Nacht drauf.«

»Ich weiß es«, versetzte der alte Mann; »aber damals hatte

ich das größte Malheur, und die Zeit war noch nicht gekommen. Quilp, bedenken Sie, bedenken Sie doch«, rief er mit einem Zittern, daß die Papiere in seiner Hand rauschten, als würden sie vom Winde hin und her gejagt, »das verwaiste Kind! Wenn ich allein wäre, so wollte ich mit Freuden sterben – vielleicht würde ich sogar dem Schicksal vorgreifen, das so ungleiches Spiel treibt, indem es den Stolzen und Glücklichen in der Fülle seiner Kraft ereilt und den Bedürftigen, den Elenden, jeden, der in seiner Verzweiflung um den Tod wirbt, vermeidet. Aber was ich getan habe, ist für *sie* geschehen! Helfen Sie mir, ich beschwöre Sie, um ihretwillen – nicht um meinet-, bloß um ihretwillen!«

»Ich bedaure, daß ich in der Stadt ein Geschäft habe«, sagte Quilp, mit vollkommener Ruhe auf seine Uhr sehend, »sonst würde es mich sehr gefreut haben, noch eine halbe Stunde bei Ihnen zu bleiben, bis Sie ruhiger geworden wären – gewiß, sehr gefreut.«

»Nein, Quilp, guter Quilp«, keuchte der alte Mann, indem er den Zwerg an den Rockschößen faßte, »wir haben mehr als einmal miteinander über die Geschichte ihrer armen Mutter gesprochen. Die Furcht vor ihrer Verarmung ist vielleicht dadurch in mir geweckt worden. Behandeln Sie mich nicht so hart und nehmen Sie noch das mit in Rechnung! Sie haben viel an mir gewonnen. Oh, leihen Sie mir das Geld für diese einzige, letzte Hoffnung!«

»Ich könnte es in der Tat nicht tun«, entgegnete Quilp mit ungewöhnlicher Höflichkeit; »doch will ich Ihnen etwas sagen – und das ist etwas, das man sich wohl merken darf, da es zeigt, wie auch der Scharfsichtigste bisweilen irren kann –, ich ließ mich durch die ärmliche Lebensweise täuschen, die Sie, allein mit Nelly, führten.«

»Alles dies geschah, um Geld zu sparen und das Glück versuchen zu können, damit ihr Triumph nachher um so größer sei!« rief der alte Mann.

»Ja, ja, ich begreife das jetzt wohl«, sagte Quilp; »ich wollte jedoch sagen, daß ich mich täuschen ließ durch Ihre filzige

Lebensweise, durch den Ruf, den Sie unter den Leuten genossen, welche Sie als reich kannten, und durch Ihre wiederholten Versicherungen, Sie würden mir die Prozente meiner Vorschüsse verdrei- und vervierfachen; ja, ich würde Ihnen sogar jetzt noch das was Sie brauchten, auf Ihre einfache Handschrift hin vorgeschossen haben, obgleich ich Grund hatte, die Sache für nicht ganz geheuer zu halten, wenn ich nicht ganz unerwartet mit Ihrer geheimen Lebensweise bekannt geworden wäre.«

»Wer ist es«, erwiderte der alte Mann, »der Ihnen trotz all meiner Vorsicht dies sagte? Nennen Sie mir den Namen der Person!«

Der schlaue Zwerg überlegte, daß, wenn er den Namen des Kindes nennen würde, dies zu einer Enthüllung des Kunstgriffes, den er angewendet hatte, führen dürfte, und da nichts dabei zu gewinnen war, so hielt er es für gut, ihn geheimzuhalten. Er zögerte deshalb eine Weile und sagte:

»Nun, wer glauben Sie wohl?«

»Es war Kit – es muß der Junge gewesen sein. Er machte den Spion, und Sie spielten mit ihm unter einer Decke!« entgegnete der alte Mann.

»Wie konnten Sie doch gleich auf ihn verfallen?« versetzte der Zwerg im Tone des Mitleids; »ja, es war Kit, der arme Kit!«

Nach diesen Worten nickte er freundlich mit dem Kopfe und verabschiedete sich; sobald er aber die Haustür ein wenig hinter sich hatte, blieb er stehen und grinste vor Wonne.

»Der arme Kit!« murmelte Quilp. »Ich glaube, es war Kit, der sagte, ich sei ein häßlicherer Zwerg, als man irgendwo für einen Penny sehen könnte – ha ha ha! Der arme Kit!«

Und dann ging er seines Weges, noch immer still vor sich hinkichernd.

Zehntes Kapitel

Daniel Quilp hatte das Haus des alten Mannes weder unbemerkt betreten noch verlassen. In dem Schatten eines gegenüberliegenden Torbogens, der zu einem der vielen von der Hauptstraße abzweigenden Durchgänge führte, lungerte jemand, der mit dem anbrechenden Zwielicht dort Posto gefaßt hatte und noch immer mit unermüdlicher Geduld ausharrte. Er lehnte an der Mauer wie einer, der lange warten muß, sich aber wohl in die Situation findet, weil er daran gewöhnt ist, und veränderte kaum seine Stellung während einer ganzen Stunde.

Der geduldige Müßiggänger zog ebensowenig die Aufmerksamkeit der Vorübergehenden auf sich, als er selbst auf sie achtgab. Seine Augen waren ohne Unterlaß auf *einen* Gegenstand gerichtet – nämlich auf das Fenster, an dem das Kind zu sitzen pflegte. Wenn er sie einen Augenblick abwandte, so geschah es nur, um auf die Uhr in einem benachbarten Laden zu sehen, ließ sie aber gleich wieder mit größerem Ernste und erhöhter Aufmerksamkeit in die alte Richtung gleiten.

Wir haben bereits bemerkt, daß dieser Jemand in seinem Versteck durchaus keine Müdigkeit zu erkennen gab und es auch nicht tat, obwohl er lange warten mußte. Als jedoch die Nacht vorrückte, verriet sein Gesicht einige Angst und Überraschung, indem er häufiger auf die Uhr und weniger hoffnungsvoll als zuvor nach dem Fenster schaute. Endlich wurde die Uhr durch ein paar neidische Läden seinen Blicken entzogen; dann verkündeten die Kirchturmglocken elf, dann ein Viertel auf zwölf, und nun schien sich ihm die Überzeugung aufzudrängen, daß es zu nichts führen würde, wenn er noch länger bliebe.

Daß diese Überzeugung eine unwillkommene und daß er noch immer nicht sehr geneigt war, ihr nachzugeben, bezeugte sein Widerstreben, den Ort zu verlassen, seine trägen Schritte, mit denen er oft von dannen ging, stets aber über die

Achsel nach demselben Fenster schaute, und die Eile, mit der er ebensooft wieder zurückkehrte, wenn ein eingebildetes Geräusch oder das wechselnde und unvollkommene Licht ihn auf den Gedanken brachte, es sei leise geöffnet worden. Endlich gab er die Hoffnung für diese Nacht auf, fing plötzlich zu rennen an, als ob er sich mit Gewalt losmachen wollte, und jagte in größter Eile davon, ohne auch nur ein einziges Mal einen Rückblick zu wagen, damit er nicht abermals umsonst versucht werden möchte.

Ohne seinen Laufschritt zu mäßigen oder auch nur innezuhalten, um Atem zu schöpfen, schlüpfte dieses geheimnisvolle Individuum durch viele Straßen und Gäßchen, bis es endlich auf einem gepflasterten, viereckig gebauten Hofe anlangte und erst hier einen ruhigen Schritt annahm. Vor einem kleinen Hause, aus dessen Fenstern noch Licht schien, machte es halt, drückte auf die Türklinke und trat ein.

»Gott steh uns bei!« rief eine Frau, sich rasch umwendend; »wer ist das? Ha! Bist du's, Kit?«

»Ja, Mutter, ich bins.«

»Aber wie müde du aussiehst, mein Lieber.«

»Der alte Herr ist heute abend nicht ausgegangen«, sagte Kit, »und sie hat sich die ganze Zeit über nicht am Fenster blicken lassen.«

Mit diesen Worten setzte er sich mit trauriger und mißvergnügter Miene am Feuer nieder. Das Gemach, in dem Kit in einer solchen Stimmung Platz nahm, war ein ungemein ärmlicher und einfacher Raum, der aber trotzdem jenes Behagen ausströmte, das Reinlichkeit und Ordnung zu verleihen imstande sind – es sei denn, das Haus wäre wirklich zu armselig und schlecht. Obwohl die Schwarzwälder Uhr schon eine ziemlich späte Stunde verkündete, war die alte Frau noch immer emsig mit Bügeln beschäftigt; ein kleines Kind lag in einer Wiege schlafend neben dem Herde, und ein anderes, ein stämmiger Knabe von zwei oder drei Jahren, saß noch hellwach, mit einem engen Schlafhäubchen auf dem Kopf und einem für seinen Körper viel zu kleinen Nachtkittelchen auf dem Leibe, in einem Wäschekorb. Mit seinen großen, runden Augen guckte der Kleine über den Rand weg und sah ganz so aus, als habe er gar nicht im Sinne, wieder einzuschlafen – ein Umstand, der für seine Verwandten und Freunde sehr erfreulich war, da er sich bereits dem Schlaf widersetzt hatte und aus dem Bette genommen werden mußte. Es war eine etwas wunderlich aussehende Familie – Kit, seine Mutter und die Kinder –, denn alle waren sich sprechend ähnlich.

Kit hatte die redlichste Absicht, schlechter Laune zu sein, wie es oft den Besten von uns zu gehen pflegt; aber er sah auf das jüngste Kind, welches sich eines gesunden Schlafes erfreute, und von diesem auf seinen andern Bruder in dem Wäschekorb, dann auf seine Mutter, welche sich, ohne zu klagen, seit dem frühen Morgen abgearbeitet hatte, und so dachte er, es wäre doch eigentlich wohl besser und freundlicher von ihm, wenn er gutgelaunt wäre. Er setzte daher die Wiege mit dem Fuß in Gang, schnitt dem Rebellen im Wäschekorb eine Fratze, was diesen augenblicklich in den besten Humor versetzte, und faßte den männlichen Entschluß, redselig zu sein und sich angenehm zu machen.

»Ach, Mutter«, sagte Kit, indem er sein Schnappmesser herauszog und über ein großes Stück Brot und Fleisch herfiel, das schon seit einer Stunde für ihn bereit war, »was Ihr doch für eine Mutter seid! Ich stehe dafür, daß es nicht viele solche Mütter gibt.«

»Hoffentlich gibt es noch viel bessere, Kit«, versetzte Frau Nubbles; »das ist so oder sollte doch so sein nach dem, was der Pfarrer in der Kapelle sagt.«

»*Der* wird viel davon wissen«, entgegnete Kit verächtlich. »Wir wollen warten, bis er eine Witwe ist und arbeiten muß wie Ihr und so wenig kriegt und so viel tut und ebensowenig den Mut verliert, und dann will ich ihn fragen, wieviel Uhr es ist, und ihm glauben, daß ers auf eine halbe Sekunde hin trifft.«

»Nun ja«, sagte Frau Nubbles, um das Thema abzubrechen. »Dein Bier steht unten bei der Kaminplatte, Kit.«

»Richtig«, versetzte der Sohn, indem er den Porterkrug hervorholte. »Auf meine Liebe zu Euch, Mutter! Und auch des Pfarrers Gesundheit, wenn Ihr so wollt! Ich habe keinen Groll auf ihn – gewiß nicht.«

»Hast du nicht eben gesagt, daß dein Herr diesen Abend nicht ausgegangen ist?« fragte Frau Nubbles.

»Ja«, antwortete Kit; »schlimm genug.«

»Ich glaube, du solltest lieber sagen, um so besser«, entgegnete seine Mutter, »weil nun Miß Nelly nicht allein sein muß.«

»Ach, das habe ich vergessen!« sagte Kit. »Ich sagte, ›schlimm genug‹, weil ich seit acht Uhr unablässig wartete und nichts von ihr zu sehen bekam.«

»Ich möchte wohl wissen, was sie sagte«, rief seine Mutter, indem sie in ihrer Arbeit innehielt und umherschaute, »wenn sie wüßte, daß du jede Nacht, in der sie, das arme Ding, allein an jenem Fenster sitzt, auf der offenen Straße Schildwache stehst, aus Furcht, es möchte ihr ein Leids geschehen, und daß du, wenn du auch noch so müde bist, nicht von der Stelle weichst oder nach Hause in dein Bett gehst, bis du glaubst, daß sie wohlbehalten in dem ihrigen liegt.«

»Kümmert Euch nicht darum, was sie sagen würde!« erwiderte Kit mit einem Anflug von Erröten auf seinem ungeschlachten Gesicht; »sie wird es nie erfahren und daher auch nie etwas sagen.«

Frau Nubbles bügelte schweigend einige Minuten fort, holte sich dann ein anderes Eisen vom Kamin und blickte verstohlen auf Kit, während sie es auf einem Brett abrieb und mit einem Lappen abstäubte, ohne jedoch etwas zu sagen, bis sie wieder zu ihrem Tisch zurückgekehrt war; nun hielt sie das Eisen in einer beunruhigend kleinen Entfernung gegen ihre Wangen, um seine Temperatur zu erproben, blickte lächelnd umher und meinte:

»Ich weiß, was gewisse Leute sagen würden, Kit . . .«

»Possen!« fiel ihr Kit ins Wort, der vollkommen begriff, was nun folgen sollte.

»Nein, aber sie würdens wirklich tun. Gewisse Leute würden sagen, du seist in sie verliebt; ich weiß, das würden sie.«

Kit antwortete hierauf nur durch ein verschämtes: »Ach, Mutter, laßt mich in Ruh!« und bildete unterschiedliche, wunderliche Figuren mit seinen Armen und Beinen, die von sympathetischen Verdrehungen seines Gesichtes begleitet wurden. Da ihm aber diese Mittel die gesuchte Erleichterung

nicht boten, so biß er von dem Brot und Fleisch einen ungeheuren Mundvoll ab und tat einen raschen Zug aus der Porterkanne, durch welche künstliche Beihilfe er sich beinahe erstickte und eine Abschweifung von dem Gegenstand erwirkte.

»Aber ernsthaft gesprochen, Kit«, sagte die Mutter, nach einer Weile das Thema von neuem aufnehmend, »denn natürlich war es eben erst nur Scherz von mir; es ist sehr gut und verständig von dir, und es sieht dir gleich, so zu handeln, daß du es niemand wissen lässest, obgleich ich hoffe, daß sie es eines Tages erfahren wird; denn ich bin überzeugt, sie würde dir sehr dankbar dafür sein und es wohl zu schätzen wissen. Es ist grausam, das liebe Kind so eingesperrt zu halten, und ich wundere mich nicht mehr, daß der alte Herr es vor dir geheimhalten will.«

»Was fällt Euch ein?« entgegnete Kit; »er glaubt nicht, daß es grausam ist und beabsichtigt auch gar nicht so etwas, denn sonst würde er es gewiß nicht tun – ich bin überzeugt, Mutter, er würde es nicht tun für alles Gold und Silber in der Welt. Nein, nein, er täte es nicht. Ich kenne ihn ganz anders.«

»Aber weshalb tut ers denn, und warum hält er sie so von dir abgeschlossen?« fragte Frau Nubbles.

»Ich weiß es nicht«, antwortete ihr Sohn. »Wenn er es nicht versucht hätte, so gar geheim damit vor mir zu tun, so würde ich es wohl nie ausfindig gemacht haben; aber eben weil er mich abends loswerden wollte und mich immer viel früher fortschickte als sonst, das machte mich erst begierig, herauszukriegen, was da vorging. Horch! – was ist das?«

»Es ist nur jemand draußen.«

»Es kommt jemand herüber«, sagte Kid horchend, »und noch obendrein sehr schnell. Er kann doch nicht ausgegangen sein, nachdem ich fort war – und hat vielleicht das Haus Feuer gefangen, Mutter?«

Der Knabe blieb einen Augenblick stehen, im eigentlichen Sinne aller Bewegungsfreiheit beraubt, in der Angst, die er sich eben selbst eingejagt. Die Fußtritte kamen näher, die Tür wurde mit hastiger Hand aufgerissen, und das Kind selbst, blaß und atemlos, nur eilig in etliche ungeordnete Kleidungsstücke gehüllt, stürzte in die Stube.

»Miß Nelly! Was gibt es?« riefen Mutter und Sohn zugleich.

»Ich darf mich keinen Augenblick aufhalten«, entgegnete sie. »Dem Großvater ist sehr übel geworden; ich fand ihn in einem Anfall auf der Hausflur . . .«

»Ich will zu einem Doktor laufen . . .«, sagte Kit, nach seinem krempenlosen Hut greifend. »Ich bin im Augenblick dort, ich will . . .«

»Nein, nein!« rief Nell; »es ist schon einer da, man braucht dich nicht; aber du – du – darfst nie wieder zu uns kommen!«

»Was?« rief Kit.

»Nie wieder!« versetzte das Kind. »Frag mich nicht, warum, denn ich weiß es selbst nicht! Ich bitte, frag mich nicht, warum! Bitte, laß dirs nicht zu Herzen gehen – und sei nicht böse über mich, denn ich bin wirklich nicht schuld daran!«

Kit sah sie mit weit aufgesperrten Augen an und öffnete und schloß zu oft wiederholten Malen seinen Mund, ohne jedoch ein Wort hervorbringen zu können.

»Er klagt und tobt über dich«, sagte das Kind. »Ich weiß nicht, was du getan hast, aber ich hoffe, es ist nichts sehr Böses.«

»Ich getan?« brüllte Kit.

»Er ruft, du seist die Ursache seines ganzen Unglückes«, erwiderte das Kind mit tränenvollen Augen; »er schrie und rief nach dir, und man sagt, du darfst ihm nicht mehr in die Nähe kommen, sonst würde es sein Tod sein. Du kannst also nie wieder zu uns zurückkehren! Ich kam, um es dir zu sagen; denn ich meinte, es wäre besser, wenn ich käme, als wenn es ein ganz Fremder täte. O Kit, was hast du getan? Du, auf den ich so viel hielt und der fast mein einziger Freund war!«

Der unglückliche Kit blickte immer starrer und starrer auf seine junge Gebieterin, und seine Augen wurden immer weiter und weiter; aber er blieb vollkommen stumm und regungslos.

»Ich habe ihm sein Wochengeld gebracht«, fuhr das Kind, gegen die Frau gewandt, fort, »und – und – ein bißchen darüber, denn er war immer gut und freundlich gegen mich. Ich hoffe, er wird es bereuen und anderswo sich gut aufführen und wird sich dies nicht allzusehr zu Herzen nehmen. Es tut mir sehr weh, daß ich mich so von ihm verabschieden muß, aber da läßt sich nichts ändern, es muß geschehen – gute Nacht!«

Mit strömenden Tränen und am ganzen Leibe vor Aufregung zitternd – eine Folge der kürzlich erlebten Szene, des ausgestandenen Schreckens, des eben vollzogenen Auftrages und tausend anderer schmerzlicher und ergreifender Gefühle –

eilte das zarte Kind zur Tür und entschwand ebenso schnell, wie es gekommen war.

Die arme Frau, welche keine Ursache hatte, ihrem Sohn zu mißtrauen, sondern im Gegenteil jeden Grund, auf seine Ehrlichkeit und Wahrheitsliebe zu bauen, wurde doch etwas bedenklich, weil er kein einziges Wort zu seiner Verteidigung vorgebracht hatte. Unbestimmte Gedanken an Liebelei, Schelmerei, Dieberei und der Argwohn, daß seine nächtliche Abwesenheit vom Hause, für die er einen so seltsamen Vorwand angegeben hatte, in irgendeinem unerlaubten Beginnen seinen Grund haben könnte, bedrängten ihre Gedanken, so daß sie sich scheute, ihn zu fragen. Sie rückte händeringend auf dem Stuhle hin und her und weinte bitterlich; Kit jedoch machte keinen Versuch, sie zu trösten, und blieb ganz verwirrt. Der Kleine in der Wiege wachte auf und weinte, der Knabe in dem Wäschekorb purzelte rückwärts heraus und der Korb fiel über ihn, so daß nichts mehr von ihm zu sehen war, die Mutter weinte laut und rutschte noch schneller hin und her – aber der Lärm und Tumult machte auf Kit durchaus keinen Eindruck: er verharrte in einem Zustand vollkommener Betäubung.

Elftes Kapitel

Ruhe und Einsamkeit sollten nicht länger ungestört weilen unter dem Dache, welches das Kind beschützte. Am nächsten Morgen lag der alte Mann in einem heftigen Fieber, von Delirien begleitet, und unter dem Einflusse dieser Krankheit dahinschwindend, schwebte er viele Wochen in größter Lebensgefahr. Man wachte wohl an seinem Bette, aber es waren Fremde, die wachten, die ein habgieriges Gewerbe daraus machten, und in den freien Stunden, die ihnen der Dienst bei dem kranken Manne ließ, sich mit einer schauerlichen Zechgenossenschaft zusammensetzten, aßen, tranken und fröhlich waren: denn Krankheit und Tod waren ihre Penaten.

Aber ungeachtet der Verwirrung und Atemlosigkeit einer solchen Zeit war die Kleine mehr als je allein: allein mit ihren Gedanken, allein in ihrer Anhänglichkeit an den, der auf seinem heißen Krankenlager sich verzehrte, allein in ihrem ungeheuchelten Schmerz und in ihrer unerkauften Teilnahme. Tag um Tag, Nacht um Nacht befand sie sich an dem Kissen des bewußtlosen Patienten, stets jedem seiner Bedürfnisse zuvorkommend, und horchte angstvoll darauf, wenn er immer wieder ihren Namen rief oder seinem Bangen und seinen Sorgen um sie Worte lieh, um sie, die immer in seinen Fieberphantasien die Hauptrolle spielte.

Das Haus gehörte ihnen nicht mehr. Selbst die elende Krankenkammer schien ihnen nur als ein unsicheres Lehen, das von Herrn Quilps Gunst abhing, überlassen zu sein. Die Krankheit des alten Mannes hatte noch nicht lange gedauert, als Herr Quilp von dem Hause und allem Zubehör, kraft gewisser dazu berechtigender, gesetzlicher Eigenschaften, die nur wenige verstanden und die niemand beanstanden mochte, förmlich Besitz nahm. Sobald dieser Schritt unter dem Beistande eines Advokaten, den der Zwerg zu diesem wichtigen Zwecke beigezogen hatte, getan war, begann er sich mit seinem Gefährten in dem Hause einzurichten, um seine Rechte gegen alle Nachkommenden zu behaupten. Dann schickte er sich an, in seinem Quartier sichs nach seiner Weise behaglich zu machen.

Herr Quilp logierte sich daher in der hinteren Wohnstube ein, nachdem er zuvor dem Raritätenkram durch Schließung des Ladens auf die wirksamste Weise ein Ende gemacht hatte. Unter dem alten Möbelwerk suchte er den schönsten und bequemsten Stuhl, der sich auffinden ließ, zu seinem eigenen Gebrauche aus, während er sehr rücksichtsvoll einen besonders häßlichen und unbequemen zu Nutz und Frommen seines Freundes wählte und beide in das genannte Gemach bringen ließ, in dem er mit großer Stattlichkeit seinen Sitz einnahm. Das Zimmer war ziemlich entfernt von der Kammer des alten Mannes; aber Herr Quilp hielt es für klug, als

Vorsichtsmaßregel gegen Fieberansteckung und als heilsame Räucherung nicht nur selbst ohne Unterlaß Tabak zu rauchen, sondern auch darauf zu bestehen, daß sein Rechtsfreund das gleiche tat. Außerdem schickte er auch einen Expreßboten nach der Werft, um den gaukelnden Jungen herbeizuholen, der denn auch in aller Eile ankam und den Befehl erhielt, auf einem andern Stuhle in der Nähe der Tür

Platz zu nehmen, unaufhörlich aus einer von dem Zwerge zu diesem Zweck gekauften großen Pfeife zu rauchen und sich ja nicht zu unterstehen, sie unter was immer für einem Vorwande auch nur eine Minute aus dem Munde zu nehmen. Nachdem diese Vorkehrungen getroffen waren, sah Herr Quilp mit kichernder Zufriedenheit umher und meinte, das nenne er einmal Komfort.

Der Rechtsgelehrte, dessen melodischer Name Braß lautete, hätte es wohl auch Komfort nennen können, wenn nicht zwei Schattenseiten gewesen wären: die eine bestand nämlich darin, daß er unter keinen Umständen behaglich auf seinem Stuhle sitzen konnte, weil er sehr hart, eckig, schlüpfrig und schief war, die andere, daß der Tabakrauch ihm stets große

Übelkeit verursachte und er ihn daher von Grund seiner Seele aus nicht leiden konnte. Da er aber mit Haut und Haaren eine Kreatur des Herrn Quilp war und tausend Gründe hatte, dessen Gunst zu erhalten, so versuchte er zu lächeln und nickte, wohl oder übel, so beifällig, als es ihm möglich war.

Dieser Braß war ein Anwalt von nicht sonderlich gutem Rufe aus Bevis Marks in der City von London – ein großer, magerer Mann mit einer Nase wie eine Warze, einer vorspringenden Stirn, eingesunkenen Augen und tiefroten Haaren. Er trug einen langen, schwarzen Überrock, der bis zu den Knöcheln reichte, kurze schwarze Beinkleider, hohe Schuhe und bläulichgraue baumwollene Strümpfe. Er hatte ein kriechendes Wesen an sich, aber eine sehr rauhe Stimme, und sein einschmeichelndstes Lächeln war so ungemein abstoßend, daß man ihn lieber übelgelaunt und im Zorne gesehen hätte, damit er wenigstens nur finster dreinschaute, wenn man schon zu seiner Gesellschaft verurteilt war.

Quilp sah auf seinen Rechtsfreund, und als er bemerkte, wie dieser in seinem Pfeifenfieber sehr viel blinzelte, wie er schauderte, wenn er sich hin und wieder eines recht vollen Qualmes nicht zu erwehren vermochte, und wie er ohne Unterlaß mit dem Taschentuch den Rauch von sich wegfächelte, war er ganz außer sich vor Freude und rieb sich entzückt die Hände.

»Rauche wacker drauf los, du Galgenstrick!« sagte Quilp zu dem Jungen; »stopfe dir deine Pfeife nochmals und rauche sie schnell aus; hinunter bis zu dem letzten Zuge, sonst brenne ich eine Siegelwachsstange an und reibe sie dir glühend auf die Zunge!«

Zum Glück war der Junge stahlhart und würde einen kleinen Kalkofen ausgeraucht haben, wenn ihn jemand damit traktiert hätte; er murmelte daher nur ein paar freche Bemerkungen, die gegen seinen Herrn gerichtet waren, und tat, wie ihm befohlen worden.

»Ist es nicht gut, Braß? Ist es nicht hübsch? Ist es nicht würzig? Fühlen Sie sich nicht wie der Großmogul?« fragte Quilp.

Herr Braß dachte in seinem Innern, der Großmogul dürfte dann in diesem Falle keineswegs sehr zu beneiden sein, sagte aber nur, es wäre famos, und er zweifle nicht, daß es ihm ganz wie diesem Potentaten zumute sei.

»Dies ist die beste Weise, das Fieber fernzuhalten«, meinte Quilp, »oder überhaupt jede Kalamität des Lebens zu verscheuchen. Solange wir hier weilen, wollen wir keinen Augenblick davon ablassen – rauch zu, du Hund, oder du sollst mir an der Pfeife ersticken!«

»Werden wir lange hier bleiben, Herr Quilp?« fragte sein Rechtsfreund, als der Zwerg seinem Jungen diese letzte höfliche Ermahnung erteilt hatte.

»Wir müssen, glaube ich, aushalten, bis der alte Herr, der eine Treppe weiter oben liegt, tot ist«, antwortete Quilp.

»Hä hä hä!« lachte Herr Braß, »oh, sehr gut!«

»Rauchen Sie nur zu!« rief Quilp. »Nicht innegehalten! Man kann auch während des Rauchens sprechen. Verlieren Sie keine Zeit!«

»Hä hä hä!« gurgelte Braß halb ohnmächtig, indem er die verhaßte Pfeife wieder in den Mund steckte; »aber wenn er wieder aufkommt, Herr Quilp?«

»Dann bleiben wir so lange und nicht länger«, entgegnete der Zwerg.

»Wie freundlich es von Ihnen ist, Sir, so lange zu warten!« sagte Braß. »Manche Leute, Sir, würden die Waren verkauft oder fortgeschafft haben – ach du mein Gott, in demselben Augenblick, da es ihnen das Gesetz erlaubt hätte. Manche Leute würden ganz Kieselstein und Granit gewesen sein. Manche Leute, Sir, würden . . .«

»Manche Leute würden sich das Geplapper eines solchen Papageis, wie Sie sind, erspart haben«, fiel ihm der Zwerg ins Wort.

»Hä hä hä!« lachte Braß. »Wie witzig Sie doch sind!«

Jetzt fiel die rauchende Schildwache an der Tür ein und brummte, ohne die Pfeife aus dem Munde zu nehmen:

»Da kommt das Mädel herunter.«

»Wer sagst du, du Hund?« fragte Quilp.

»Das Mädel«, entgegnete der Junge; »seid Ihr taub?«

»Oh«, sagte Quilp, indem er mit so viel Behagen den Atem einzog, als ob er Suppe schlürfte, »wir beide wollen das gleich miteinander abgemacht haben; dir stehen so viele Kratzer und Beulen bevor, mein lieber junger Freund! – Aha, Nelly! Wie gehts ihm gegenwärtig, mein Diamantenpüppchen?«

»Sehr schlecht«, versetzte das Kind weinend.

»Was das für eine hübsche kleine Nell ist!« rief Quilp.

»Oh, schön, in der Tat schön!« sagte Braß; »ganz bezaubernd!«

»Will sie sich ein wenig auf Quilps Knie setzen?« sagte der Zwerg, in einem beschwatzenden Tone, wie er meinte, »oder geht sie in ihr kleines Bettchen da drinnen? Was will die arme Nell jetzt tun?«

»Was für eine merkwürdig freundliche Art er hat, mit Kindern umzugehen!« murmelte Braß, als ob er diese Bemerkung im Vertrauen der Zimmerdecke mitteilen wollte; »auf mein Wort, es ist ein wahrer Hochgenuß, ihm zuzuhören.«

»Ich will mich überhaupt nicht aufhalten«, stotterte Nell. »Ich will nur einiges aus diesem Zimmer holen, und dann will – will – ich nie mehr herunterkommen.«

»Und ein sehr hübsches kleines Stübchen ist es!« sagte der Zwerg, dem Kinde nachschauend, als es hineingetreten war. »Ganz wie eine Laube. Weißt du's auch gewiß, daß du keinen Gebrauch mehr davon machen wirst? Weißt du es auch gewiß, daß du nicht wieder zurückkommst, Nelly?«

»Nein«, erwiderte das Kind, indem sie mit den wenigen Kleidungsstücken forteilte, die sie zu holen gekommen war, »nie wieder, nie wieder!«

»Sie ist sehr empfindlich«, sagte Quilp ihr nachblickend, »sehr empfindlich, und das ist schade. Die Bettstatt hat so ziemlich meine Größe. Ich denke, ich werde es zu meinem Stübchen machen.«

Da Herr Braß diesem Gedanken beistimmte, wie er es bei jedem andern gemacht haben würde, der aus derselben

Quelle floß, ging der Zwerg hinein, um das Bett auszuprobieren. Das tat er nun auch, indem er sich, mit der Pfeife im Munde, rücklings auf das Bett legte und, gewaltige Rauchwolken von sich stoßend, mit den Beinen um sich schlug. Herr Braß lobte diese Attitüde ungemein, und da das Bett weich und behaglich war, so kam Herr Quilp zu dem Entschluß, es erstens als Schlafstätte bei Nacht und dann als eine Art Diwan bei Tage zu benutzen, und um es gleich für diesen Zweck einzuweihen, blieb er, wo er war, und rauchte seine Pfeife aus. Dem Rechtsgelehrten war inzwischen etwas schwindelig und gedankenwirr geworden – denn dies war eine der Wirkungen des Tabakrauchens auf sein Nervensystem –, weshalb er die Gelegenheit wahrnahm, ein wenig in die frische Luft zu schleichen; er erholte sich auch im Verlaufe der Zeit so weit, daß er leidlich gefaßt wieder zurückkehren konnte. Er wurde jedoch bald wieder durch den boshaften Zwerg veranlaßt, sich einen Rückfall an den Hals zu rauchen, und in diesem Zustande stolperte er auf ein Kanapee, auf dem er bis zum Morgen schlief.

Dies waren Herrn Quilps erste Heldentaten nach Besitznahme seines neuen Eigentums. Er wurde nun einige Tage durch Geschäfte verhindert, besondere Tücken auszuüben, da die erste Zeit fast ganz mit der Aufnahme eines ausführlichen Inventariums der vorhandenen Gegenstände – was unter dem Beistande des Herrn Braß geschah – in Anspruch genommen war, und dann mußte er auch einige Geschäftsgänge machen, die ihn glücklicherweise immerhin ein paar Stunden fernhielten. Da übrigens sein Geiz und seine Vorsicht jetzt vollkommen wach waren, so blieb er nie eine Nacht aus dem Hause, und seine täglich größer werdende Ungeduld, daß die Krankheit des alten Mannes einmal zu einem Ende führen möchte – einerlei ob gut oder schlecht –, machte sich bald in unverhohlenem Murren und in Ausbrüchen seines Unwillens Luft.

Nell bebte schüchtern zurück, so oft der Zwerg ein Gespräch mit ihr anfangen wollte, und flüchtete vor dem bloßen

Tone seiner Stimme; aber auch das Lächeln des Advokaten war ihr nicht weniger schrecklich als Quilps Fratze. Sie lebte in einer beständigen Angst und Sorge, auf der Treppe oder in den Hausfluren einem oder dem andern dieser Unholde zu begegnen, wenn sie sich aus dem Zimmer ihres Großvaters stahl, so daß sie es nicht selten erst spät am Abend verließ. Dann gab ihr die Stille im Hause Mut, sich hinauszuwagen und in irgendeinem leeren Zimmer die reine Luft einzuatmen.

Eines Abends hatte sie sich an ihr gewohntes Fenster gestohlen und hing daselbst ihrem tiefen Kummer nach, weil der alte Mann einen gar schlimmen Tag gehabt hatte, als es ihr auf einmal vorkam, sie würde von jemandem unten auf der Straße gerufen. Und als sie hinunterschaute, erkannte sie Kit, dessen Bemühen, ihre Aufmerksamkeit auf sich zu lenken, sie aus ihren trüben Gedanken geweckt hatte.

»Miß Nell!« sagte der Knabe mit leiser Stimme.

»Ja«, versetzte die Kleine, noch im Zweifel, ob sie sich mit dem vermeintlichen Bösewicht in ein Gespräch einlassen sollte; sie fühlte aber noch immer Zuneigung zu ihrem alten Liebling und fügte daher bei:

»Was willst du?«

»Ich wollte Ihnen schon lange etwas sagen«, entgegnete der Knabe, »aber die Leute unten haben mich fortgetrieben und wollten nicht zugeben, daß ich Sie sehe. Sie glauben doch nicht – Sie können es doch unmöglich glauben, hoffentlich –, daß ich verdiene, so verstoßen zu werden, wie man mich verstoßen hat! Oder glauben Sie es, Miß?«

»Ich muß es glauben!« erwiderte das Kind. »Warum würde sonst mein Großvater so zornig über dich gewesen sein?«

»Das weiß ich nicht«, antwortete Kit; »aber ich weiß gewiß, daß ich es weder um ihn noch um Sie verdient habe. So viel kann ich mit treuem und redlichem Gewissen behaupten. Und dann von der Tür fortgetrieben zu werden, da ich bloß kam, um zu fragen, wie es dem alten Herrn gehe . . .«

»Man hat mir das nie gesagt«, versetzte das Kind. »Ich

habe wirklich nichts davon erfahren und hätte um alles in der Welt nicht gewollt, daß man dich so behandelt.«

»Ich danke Ihnen, Miß«, entgegnete Kit; »es ist mir ein Trost, Sie so sprechen zu hören. Ich habe stets gesagt, ich könne es unmöglich glauben, daß es auf Ihren Wunsch geschah.«

»Da hast du recht gehabt!« sagte das Kind eifrig.

»Miß Nell«, rief der Junge, indem er unter das Fenster trat, in leiserem Tone, »es sind neue Herren unten! Das ist eine Veränderung für Sie.«

»O freilich!« versetzte das Kind.

»Und wird es auch für ihn sein, wenn es besser mit ihm geht«, sagte der Knabe auf das Krankenzimmer deutend.

»Wenn er wieder gesund wird«, fügte das Kind bei, unfähig, seine Tränen zurückzuhalten.

»Oh, ganz sicher, ganz bestimmt!« sagte Kit; »ich bin überzeugt, er wird wieder gesund. Sie dürfen nicht so niedergeschlagen sein, Miß Nell. Nicht so traurig sein, bitte!«

Diese wenigen und rauhen Worte der Ermutigung und des Trostes verfehlten ihre Wirkung nicht auf das Kind und entpreßten ihm für den Augenblick noch mehr Tränen.

»Es wird gewiß besser mit ihm werden«, sagte der Knabe eifrig, »wenn Sie sich nicht zu sehr dem Schmerz hingeben und am Ende selbst krank werden, was seinen Zustand natürlich verschlimmern und ihn selbst in der Wiedergenesung wieder zurückbringen würde. Aber wenn er sich erholt, so reden Sie ein gutes Wort, reden Sie ein freundliches Wort für mich, Miß Nell!«

»Man sagt mir, ich darf lange, lange nicht deinen Namen vor ihm nennen«, entgegnete das Kind; »ich darf es daher nicht wagen, selbst wenn ich es wollte! Aber was nützt dir denn ein Wort von mir, Kit? Wir werden sehr arm sein. Wir werden kaum Brot zu essen haben.«

»Nicht um wieder angenommen zu werden, bitte ich Sie um diese Gunst«, erwiderte der Knabe; »ich dachte gar nicht an Kost und Lohn, als ich so lange hier wartete, um Sie endlich einmal sehen zu können. Glauben Sie ja nicht, daß ich in dieser traurigen Zeit herkam, um von solchen Dingen zu sprechen!«

Das Kind sah dankbar und freundlich auf ihn hinunter, erwartete aber, daß er weitersprechen werde.

»Nein, es geschah nicht deshalb«, fuhr Kit stockend fort, »sondern wegen einer ganz andern Sache. Ich weiß wohl, daß ich nicht viel Verstand habe, aber wenn man es Ihrem Großvater klarmachen könnte, daß ich ihm treu gedient habe, daß ich tat, was ich konnte, ohne je eine böse Absicht zu haben, vielleicht würde er es nicht . . .«

Hier stotterte Kit so lange, daß das Kind ihn bat, sich frei auszusprechen, und zwar rasch, denn es sei schon spät und daher Zeit, das Fenster zu schließen.

»Vielleicht würde er es nicht für eine allzu große Keckheit halten, wenn ich sage – also, das will ich sagen«, rief Kit plötzlich ermutigt. »Diese Heimat ist für Sie und für ihn verloren! Meine Mutter und ich haben freilich nur ein sehr armseliges Haus, aber es ist doch noch viel besser als dies hier mit der ganzen Bande – und warum könnte er nicht dorthin kommen, bis er Zeit gefunden hat, sich umzusehen und ein besseres auszusuchen?«

Das Kind antwortete nicht. Kit aber, dem ganz leicht zumute war, als er den Vorschlag herausgebracht hatte, fand jetzt seine Zunge gelöst und sprach mit der größten Beredsamkeit zu dessen Gunsten.

»Sie denken wohl«, fuhr er fort, »daß unser Heim sehr klein und unbequem ist? Das mag wohl sein, aber es ist sehr rein! Vielleicht meinen Sie, es sei dort zu geräuschvoll; aber es gibt keinen ruhigeren Hof als den unsrigen in der ganzen Stadt. Vor den Kindern brauchen Sie sich nicht zu fürchten. Der Kleine weint fast nie, und der andere ist sehr gut; außerdem will ich sie schon im Zaume halten, gewiß, sie sollen Ihnen wenig lästig werden. Versuchen Sie's, Miß Nell, versuchen Sie's! Das kleine Vorderzimmer, eine Stiege hoch, ist sehr angenehm. Sie können ein Stück von der Kirchturmuhr durch die Schornsteine sehen und fast die Stunde ablesen. Die Mutter sagt, es würde ganz für Sie passen; ja, und das würde es auch, und Mutter könnte Sie bedienen, und ich würde Gänge für Sie machen. Um Geld ists uns nicht zu tun, behüte Gott – Sie werden doch so etwas nicht denken! Wollen Sie's bei ihm probieren, Miß Nell? Sagen Sie nur, Sie wollen es bei ihm probieren! Versuchen Sie es, den alten Herrn zu bewegen, daß er kommt, und fragen Sie ihn zuerst, was ich getan habe – wollen Sie mir auch das nicht versprechen, Miß Nell?«

Ehe das Kind auf diese dringende Bitte antworten konnte, öffnete sich die Haustür, und der Kopf des Herrn Braß kam in einer Schlafmütze zum Vorschein, und eine sauertöpfische Stimme fragte, wer da sei. Kit glitt leise, aber rasch hinweg, und Nell entfernte sich von dem Fenster, nachdem sie es leise geschlossen hatte.

Ehe aber Herr Braß Zeit hatte, seine Frage zu wiederholen, tauchte auch Herr Quilp, gleichfalls mit einer Nachtmütze verschönt, aus derselben Tür, sah sorgfältig die Straße hinauf und hinunter und betrachtete alle Fenster des gegenüberliegenden Hauses. Als er niemand sah, kehrte er alsbald mit seinem Rechtsfreunde in das Haus zurück und beteuerte – wie das Kind von dem Treppengeländer aus hörte –, daß eine Verschwörung und ein Komplott gegen ihn am Werke sei, daß er Gefahr laufe, von einer Gaunerbande, die zu allen Tageszeiten um das Haus schleiche, beraubt und geplündert zu werden, und daß er keinen Augenblick länger zögern wolle, sein Eigentum hier zu veräußern und unter sein eigenes friedliches Dach zurückzukehren. Nachdem er diese und noch viele andere Drohungen ähnlichen Inhalts gebrummt hatte, kugelte er sich wieder in des Kindes kleinem Bette zusammen, und Nell schlich leise die Treppe hinauf.

Es lag in der Natur der Sache, daß die kurze und unbeendigte Zwiesprache mit Kit einen tiefen Eindruck auf ihr Gemüt machte, sogar auf die Träume dieser Nacht, und lange, lange Zeit auch auf ihre Gedanken einen wesentlichen Einfluß übte. Umgeben von gefühllosen Gläubigern und gedungenen

Krankenwärtern, von Frauen, bei denen sie selbst in ihrer größten Angst und Aufregung auch nicht die geringste Teilnahme oder Rücksicht fand, darf es nicht überraschen, wenn das liebevolle Herz des Kindes bis ins Innerste getroffen wurde, durch die Worte einer einzigen, freundlichen und edlen Seele, wie roh und unbehauen auch die Form war, in der diese wohnte. Dem Himmel sei Dank, daß die Tempel solcher Seelen nicht von Menschenhänden gebaut werden und daß ihnen vielleicht armselige Lumpen eine weit würdigere Zierde sind, als Purpur und feine Leinwand.

Zwölftes Kapitel

Endlich war die Krisis in der Krankheit des alten Mannes vorüber, und es wurde besser mit ihm. Nur ganz langsam und allmählich kehrte sein Bewußtsein zurück, aber sein Geist war geschwächt und dessen Funktionen beeinträchtigt. Er war geduldig und ruhig, brütete oft lange Zeit vor sich hin, war aber nie verzweifelt. Die kleinsten Dinge machten ihm Freude, wenn es auch nur ein Sonnenstrahl an der Wand oder an der Zimmerdecke war; er klagte nicht über die langen Tage oder die schleppenden Nächte und schien überhaupt alles Maß für die Zeit und jeden Sinn für Kummer und Ermüdung verloren zu haben. Er konnte stundenlang mit Nells kleiner Hand in der seinigen dasitzen, mit ihren Fingern spielen und bisweilen innehalten, um ihr Haar zu streicheln oder ihre Stirn zu küssen; und wenn er sah, daß Tränen in ihren Augen glänzten, so sah er vielleicht erstaunt nach der Ursache umher, vergaß aber dann wieder dabei, warum er so verwundert war.

Das Kind und er fuhren aus: der alte Mann in Kissen gebettet und das Kind an seiner Seite. Sie saßen Hand in Hand, wie gewöhnlich. Der Lärm und das Getümmel der Straßen ermüdeten anfangs seinen Kopf, aber er war weder überrascht, noch neugierig, weder erfreut, noch unmutig. Das

Mädchen fragte ihn, ob er sich an dieses oder jenes erinnere? »O ja«, sagte er, »ganz wohl – warum nicht?« Bisweilen wandte er den Kopf und sah ernsten Blickes und mit ausgestrecktem Halse irgendeinem Fremden in dem Gedränge nach, bis er seinen Blicken entschwand; wenn man ihn aber fragte, warum er dies tue, gab er keine Antwort.

Eines Tages saß er in seinem Armstuhle und Nell auf einem Schemel an seiner Seite, als ein Mann vor der Tür fragte, ob er eintreten könne. »Ja«, sagte er ohne alle Erregung, er wisse wohl, daß es Quilp sei; Quilp sei Herr im Hause und dürfe natürlich hereinkommen. Und so kam er denn.

»Es freut mich, Sie endlich wieder wohl zu sehen«, sagte der Zwerg, indem er ihm gegenüber Platz nahm. »Sind Sie jetzt wieder ganz bei Kräften?«

»Ja«, sagte der alte Mann schwach, »ja.«

»Sie wissen, Nachbar, daß ich Sie nicht drängen will«, fuhr der Zwerg mit lauterer Stimme fort, denn die Sinne des alten Mannes waren stumpfer als früher; »aber je eher Sie Ihre weiteren Verfügungen treffen *können*, desto besser ists.«

»Gewiß«, sagte der alte Mann, »desto besser für alle Teile.«

»Sie begreifen«, sprach Quilp nach einer langen Pause, »daß dieses Haus sehr unbehaglich, ja eigentlich unbewohnbar sein wird, wenn die ganze Einrichtung einmal fortgeschafft ist.«

»Sie haben recht«, entgegnete der alte Mann. »Und auch die arme Nell, was wollte *sie* tun?«

»Richtig«, entgegnete der Zwerg nickend; »sehr gut bemerkt. Sie wollen also Ihre Maßregeln treffen, Nachbar?«

»Das soll gewiß geschehen«, erwiderte der alte Mann. »Wir werden nicht hierbleiben.«

»So dachte ich auch«, sagte der Zwerg; »ich habe das Anwesen verkauft: es brachte nicht ganz so viel ein als notwendig, doch ging es noch an – es ging noch an. Heute ist Dienstag. Wann soll das Mobiliar fortgeschafft werden? Es hat keine Eile – sagen wir vielleicht heute nachmittag?«

»Am Freitag morgen«, versetzte der alte Mann.

»Sehr gut«, sagte der Zwerg, »sei es so! Aber bedenken Sie wohl, Nachbar, daß es nicht über diesen Tag hinausgeschoben werden darf – unter keiner Bedingung!«

»Gut«, entgegnete der alte Mann, »ich wills nicht vergessen.«

Herr Quilp schien etwas verblüfft über die sonderbare, ganz stumpfe Art, in der all dies gesprochen wurde; da jedoch der alte Mann nickte und sein ›am Freitag morgen – ich wills nicht vergessen‹ wiederholte, so hatte er keinen Grund, bei dem Gegenstand länger zu verweilen, sondern verabschiedete sich freundlich, unter manchen Versicherungen seiner Geneigtheit und vielen Komplimenten über das merkwürdig gute Aussehen seines Freundes; dann ging er die Treppe hinunter, um Herrn Braß mitzuteilen, was er ausgerichtet hatte.

Den ganzen Tag über wie auch den darauffolgenden verblieb der alte Mann in demselben Zustande. Er wanderte in dem Hause auf und ab und in den Zimmern hin und her, als treibe ihn der unbestimmte Gedanke umher, ihnen Lebewohl sagen zu müssen; aber er spielte weder direkt noch indirekt auf die Unterredung des Morgens noch auf die Notwendigkeit an, ein anderes Obdach aufzusuchen. Eine unklare Vorstellung mochte ihm vorschweben, daß die Kleine verlassen sei und der Hilfe bedürfe, denn er zog sie oft an seine Brust und munterte sie auf, guten Mutes zu sein, indem er ihr versicherte, daß sie einander nie verlassen wollten; aber er schien außerstande, seine wahre Lage deutlich zu erkennen, und blieb stets in demselben gleichgültigen, empfindungslosen Zustand, in den körperliche und geistige Leiden ihn gebracht hatten.

Wir nennen ihn einen Zustand der Kindheit; es liegt jedoch derselbe armselige, hohle Spott darin, wie wenn man den Tod mit dem Schlafe vergleicht. Wo sind in den blöden Augen faselnder Greise das lachende Licht und das Leben der Kindheit, der Frohsinn, der keinen Zügel kennt, die Offenheit, die von keinem Frost erstarrt, die Hoffnung, welche nie verwelkt, die Freuden, die nicht in der Blüte dahinschwinden? Wo ist in den scharfen Linien des starren, unheimlichen Todes die ruhige

Schönheit des Schlummers, welche von dem Frieden entschwundener, wacher Stunden und von den zarten Liebeshoffnungen für die kommenden erzählt? Legt den Tod und den Schlaf Seite an Seite nebeneinander und sagt, worin die Verwandtschaft der beiden liege! Laßt das Kind und den kindischen Greis miteinander ziehen und errötet ob dem gedankenlosen Hochmute, der unsern alten glücklichen Zustand verlästert und seinen Namen einem häßlichen Zerrbild verleiht.

Donnerstag kam, und mit dem alten Manne war noch nichts anders geworden. Erst abends trat eine Änderung ein, als er und das Kind schweigend beisammen saßen.

In dem kleinen, öden Hofe unter seinem Fenster war ein Baum – grün und blühend genug für einen solchen Platz –, und da der Wind in seinen Blättern rauschte, warf er einen zitternden Schatten auf die weiße Wand. Der alte Mann sah den Schatten zu, wie sie auf der erleuchteten Fläche bebten, bis die Sonne unterging, und als die Nacht hereinbrach und der Mond langsam in die Höhe stieg, saß er noch immer an derselben Stelle.

Für einen Mann, der sich so lange auf einem ruhelosen Lager herumgeworfen hatte, waren selbst diese wenigen grünen Blätter und dieses ruhige Licht, obgleich es zwischen Schornsteinen und Hausgiebeln schmachtete, liebliche Dinge. Sie führten die Bilder von entlegenen traulichen Orten, von Ruhe und Frieden vor das geistige Auge.

Es schien dem Kinde mehr als einmal, er sei gerührt gewesen und habe es deshalb vermieden, zu sprechen. Aber jetzt vergoß er Tränen – Tränen, deren Anblick ihr eigenes Herzweh erleichterten, und mit einer Gebärde, als wolle er auf die Knie fallen, bat er sie, ihm zu vergeben.

»Was soll ich Ihnen vergeben?« fragte Nell, indem sie der beabsichtigten Bewegung zuvorkam. »Ach, Großvater, was hätte ich Ihnen zu vergeben?«

»Deine ganze Vergangenheit, deine ganze Zukunft, Nell, und alles, was in jenem schweren Traume geschah«, entgegnete der alte Mann.

»Sprechen Sie nicht so!« sagte das Kind. »Ich bitte Sie, tun Sie's nicht! Reden wir lieber von etwas anderm.«

»Ja, ja, das wollen wir«, erwiderte er. »Und es soll das sein, wovon wir vor langer Zeit gesprochen haben – vor vielen Monaten – sind es Monate oder Wochen oder Tage? Wie lange ist es, Nell?«

»Ich verstehe Sie nicht«, sagte das Kind.

»Es kam mir heute wieder ins Gedächtnis – es beschlich mich eben wieder, da wir hier zusammensitzen. Gott segne dich dafür, Nell!«

»Wofür, lieber Großvater?«

»Für das, was du sagtest, als wir zu Bettlern wurden, Nell. Wir wollen leise sprechen. Pst! Wenn die da unten unser Vorhaben wüßten, so würden sie schreien, ich sei toll, und würden dich von mir nehmen. Wir wollen keinen Tag mehr hierbleiben. Wir wollen fort – weit fort von hier.«

»Ja, wir wollen gehen«, sagte das Kind ernst. »Wir wollen diesen Ort verlassen und nie mehr zurückkehren oder an ihn denken. Lieber barfuß durch die Welt wandern als länger hier weilen!«

»Ja, das wollen wir«, entgegnete der alte Mann. »Wir wollen zu Fuß durch Felder und Wälder ziehen, an den Ufern der Flüsse hinwandern und uns in Gottes Obhut geben an den Orten, wo er wohnt. Es ist weit besser, des Nachts sich unter jenem freien Himmel niederzulegen und seine Pracht zu bewundern, als in diesen engen Räumen zu ruhen, die stets voll von Sorge und bedrückenden Träumen sind. Du und ich, Nell, wir beide können noch froh und glücklich sein und diese Zeit vergessen lernen, als wäre sie nie gewesen.«

»Wir wollen glücklich sein!« rief das Kind. »Hier können wir es nimmer.«

»Nein, wir können es hier nie mehr – nie wieder – da hast du recht«, erwiderte der alte Mann. »Wir wollen uns morgen früh fortstehlen – in aller Frühe und so leise, daß man uns weder sieht noch hört – und wollen keine Spur zurücklassen, auf der man uns folgen könnte. Arme Nell, deine Wangen sind blaß und deine Augen trübe vom Wachen und Weinen – vom Wachen und Weinen um mich – ich weiß es – um mich; aber du wirst wieder wohl und auch fröhlich werden, wenn wir weit weg sind. Morgen früh, meine Liebe, wenden wir dieser Stätte der Sorge unsern Rücken zu und sind so frei und so glücklich wie die Vögel des Waldes.«

Und dann faltete der alte Mann seine Hände über dem Haupte der Kleinen und sagte in kurzen, abgebrochenen Worten, daß sie von nun an in der Welt umherwandern und nie mehr einander verlassen wollten, bis der Tod sie trennte.

Das Herz des Kindes schlug hoch vor Hoffnung und Zuversicht. Es kam ihr kein Gedanke an Hunger oder Kälte, Durst oder Leiden. Sie sah in allem nur eine Rückkehr der einfachen Freuden, die sie vordem genossen, eine Erlösung aus der düsteren Einsamkeit, in der sie gelebt, eine Flucht vor den herzlosen Leuten, von denen sie in der letzten Zeit ihrer Prüfung umgeben gewesen, die Wiederherstellung der Gesundheit und des Friedens ihres Großvaters und ein Leben voll ruhigen Glückes. Die heitere Sonne, der liebliche Strom, grünende Auen und heitere Sommertage schwebten ihr lockend vor, und auch nicht *ein* dunkler Flecken entstellte das lichtvolle Gemälde.

Der alte Mann hatte einige Stunden gesund in seinem Bette geschlafen, und sie war noch immer emsig mit Vorbereitungen zu ihrer Flucht beschäftigt. Da gab es einige Kleidungsstücke für sich und ihn hervorzusuchen, alte Gewänder, wie sie gerade paßten, zum Anziehen hinzulegen, und außerdem hielt sie auch einen Stab bereit, um seine schwachen Schritte zu stützen. Das war übrigens nicht ihr einziges Geschäft, denn sie mußte nun auch noch zum letztenmal die alten Gemächer besuchen.

Und wie ganz anders war der Abschied von ihnen, als sie jemals erwartet oder sich selbst so oft ausgemalt hatte! Wie hätte sie je daran denken können, ihnen ein triumphierendes Lebewohl zu sagen, solange die Erinnerung an die vielen Stunden, die sie in den Räumen zugebracht hatte, in ihrem schwellenden Busen emporstieg und sie die Grausamkeit eines solchen Wunsches fühlen ließ, so einsam und traurig auch viele dieser Stunden gewesen sein mochten! Sie setzte sich an das Fenster, wo sie so viele Abende – viel düsterere als den gegenwärtigen – zugebracht hatte, und jeder hoffnungsvolle oder frohe Gedanke, der an diesem Orte in ihr aufgestiegen war, trat ihr lebhaft vor die Seele, für einen Augenblick all die öden und traurigen Dinge verdrängend, die ihn manchmal begleiteten.

Und dann ihr Kämmerchen, wo sie so oft in nächtlichem Gebete gekniet – betend um die Zeit, deren Morgenrot sie jetzt aufdämmern zu sehen glaubte –, das Kämmerchen, wo sie so friedlich geschlafen und so schöne Träume geträumt hatte – es war hart, sich nicht noch einmal darin umsehen zu können und es ohne einen freundlichen Blick, ohne eine dankbare Träne verlassen zu müssen. Es waren noch einige Kleinigkeiten dort, arme, wertlose Dinge, die sie wohl gern hätte mitnehmen mögen – aber das war unmöglich.

Dies erinnerte sie an ihren Vogel, ihren armen Vogel, der noch dort hing. Sie weinte bitterlich um den Verlust dieses klcinen Geschöpfes – bis ihr der Gedanke kam – sie wußte selbst nicht, wie oder warum sie darauf verfiel –, daß er wohl auf irgendeine Weise in Kits Hände fallen dürfte, der ihn um ihretwillen pflegen oder vielleicht glauben würde, sie habe ihn in der Hoffnung zurückgelassen, daß er als ein Bote ihres Dankes in seinen Besitz kommen werde. Sie beruhigte und tröstete sich mit diesem Gedanken und legte sich mit einem leichteren Herzen zu Bette.

Aus vielen Träumen, in welchen sie durch lichte und sonnige Orte streifte, durch die aber stets irgendein unbestimmtes, ihr unerreichbares Ziel huschte, erwachte sie, um zu finden, daß es noch Nacht war und daß die Sterne hell am Firmament funkelten. Endlich begann der Morgen aufzudämmern, und die Sterne wurden blaß und trübe. Sobald sie sich davon überzeugt hatte, stand sie auf und kleidete sich an für ihre Wanderschaft.

Der alte Mann schlief noch, und da sie ihn nicht stören wollte, überließ sie ihn seinem Schlummer, bis die Sonne aufging. Es drängte ihn, das Haus ohne den mindesten Zeitverlust zu verlassen, und so war er bald reisefertig.

Das Kind nahm ihn bei der Hand, und sie gingen mit leichten und vorsichtigen Schritten die Treppe hinunter, zitternd, so oft ein Bett knarrte, und oft innehaltend, um zu horchen. Der alte Mann hatte eine Art Reisesack vergessen, der die leichte Bürde barg, welche er zu tragen hatte, und die wenigen Schritte zurück, die ihn holen sollten, schienen ihm eine endlose Zögerung.

Endlich gelangten sie in den Flur des Erdgeschosses, wo das Schnarchen des Herrn Quilp und seines Rechtsfreundes weit schrecklicher als das Gebrüll von Löwen in ihre Ohren klang. Es war schwer, die verrosteten Riegel ohne Geräusch zurückzuschieben; als dies aber geschehen war, fanden sie, daß die Tür abgeschlossen und – was noch schlimmer – der Schlüssel abgezogen war. Jetzt erinnerte sich das Kind zum erstenmal, von einer der Wärterinnen gehört zu haben, daß Quilp des Nachts stets beide Haustüren zuschließe und die Schlüssel auf dem Tische seines Schlafzimmers liegen habe.

Nicht ohne Furcht und Zittern streifte Nell ihre Schuhe ab, schlüpfte durch das Raritätenmagazin, wo Herr Braß – das häßlichste Stück Ware im ganzen Kabinett – auf einer Matratze lag, und trat in ihr Kämmerchen.

Hier blieb sie einige Augenblicke stehen – wie festgebannt vor Entsetzen über den Anblick des Herrn Quilp, der so weit aus dem Bette heraushing, daß er fast auf dem Kopfe zu stehen schien, während er, sei es wegen der Unbequemlichkeit dieser Lage oder infolge seiner lieblichen Gewohnheiten, mit weit offenem Munde schnarchte und gurgelte, wobei das Weiße – oder vielmehr das schmutzige Gelb – seiner Augen deutlich sichtbar war. Sie hatte indes weder Zeit noch Lust, nachzuforschen, ob ihm etwas fehlte, sondern setzte sich, nachdem sie sich hastig im Zimmer umgesehen, in den Besitz des Schlüssels, eilte an dem hingestreckten Herrn Braß vorbei und langte wieder wohlbehalten bei dem alten Manne an. Sie öffneten jetzt ohne Geräusch die Tür, und als sie sich auf der Straße befanden, blieben sie stehen.

»Welchen Weg?« fragte das Kind.

Der alte Mann sah unentschlossen und hilflos zuerst auf sie, dann nach rechts und links, dann wieder auf sie und schüttelte den Kopf. Es war augenscheinlich, daß die Kleine hinfort

seine Führerin und Leiterin sein mußte. Sie fühlte dies, aber sie hatte keine Zweifel und Bedenken, sondern legte ihre Hand in die seinige und führte ihn sanft weiter.

Es war der Morgen eines Junitags – ein tiefblauer Himmel, von keiner Wolke getrübt und prunkend im glänzenden Lichte. Auf der Straße waren nur wenige Menschen zu sehen; die Häuser und Läden hatten sich noch nicht geöffnet, und die reine Morgenluft wehte wie der Hauch von Engeln über die schlafende Stadt.

Der alte Mann und das Kind wandelten durch das heitere Schweigen, von Hoffnung und Freude gehoben. Sie waren wieder einmal miteinander allein; alles war glänzend und frisch; nichts erinnerte sie anders als durch den Gegensatz an die frühere Eintönigkeit und den Zwang, den sie verlassen hatten; Kirchen und Kirchtürme, sonst so düster und finster blickend, leuchteten und blitzten in der Sonne; selbst der niedrigste Winkel freute sich des Lichtes, und der Himmel in seinem tiefen Blau goß sein gefälliges Lächeln über alles unter ihm.

Die zwei armen Abenteurer verließen die schlummernde Stadt und zogen weiter, ohne zu wissen wohin.

Dreizehntes Kapitel

Daniel Quilp von Tower Hill und Samson Braß von Bevis Marks in der City von London, Gentleman und einer von Ihrer Majestät Anwälten von Kings Bench und Common Pleas zu Westminster, zugleich auch Advokat bei dem hohen Kanzleigerichtshof, schliefen bewußtlos und ohne etwas Arges zu ahnen, bis ein Klopfen an der Haustür – das sich oft wiederholte und von einem bescheidenen, einzelnen Schlage allmählich sich zu einer vollkommenen Batterie, alle Augenblicke in langen Salven abgefeuert, steigerte – genannten Daniel Quilp veranlaßte, sich in eine horizontale Lage emporzuarbeiten und die Zimmerdecke mit einer schläfrigen Gleichgültigkeit anzustieren, welche bekundete, daß er den Lärm hörte und etwas verwundert darüber war, ohne daß er sich übrigens die Mühe nehmen mochte, der Sache größere Aufmerksamkeit zu widmen.

Da jedoch das Klopfen, statt sich der Schläfrigkeit des Zwerges anzupassen, immer zunahm und aufdringlicher wurde, als wollte es gegen sein Wiedereinschlafen, nachdem er einmal seine Augen geöffnet hatte, ernstliche Gegenvorstellungen machen, dämmerte Daniel Quilp der Gedanke, daß möglicherweise jemand an der Tür sein könnte. Außerdem erinnerte er sich auch nach und nach, daß es Freitag morgen sei und daß er Frau Quilp befohlen habe, ihm in aller Frühe ihre Aufwartung zu machen.

Herr Braß war, nach vielem Recken und Drehen in den sonderbarsten Stellungen, gleichfalls aufgewacht und schnitt fürchterliche Fratzen, wie einer, der unreife Stachelbeeren gegessen hat, und da er bemerkte, daß Herr Quilp sich in seine Werktagskleider warf, so beeilte er sich, ein ähnliches zu tun, wobei er übrigens seine Schuhe vor den Strümpfen anzog, seine Beine in die Rockärmel steckte und noch viele ähnliche kleine Toilettenmißgriffe beging, wie sie nicht selten bei Leuten vorkommen, die sich hastig ankleiden wollen und unter der Aufregung eines plötzlich unterbrochenen Schlafes leiden.

Während der Advokat so beschäftigt war, tastete der Zwerg unter dem Tisch herum und murmelte verzweifelte Verwünschungen über sich selbst, über das ganze menschliche Geschlecht im allgemeinen und alle seelenlosen Gegenstände obendrein, wodurch sich Herr Braß zu der Frage veranlassen ließ, was es gäbe.

»Der Schlüssel«, sagte der Zwerg mit einem maliziösen Blicke auf den Rechtsgelehrten, »der Türschlüssel – das ists, was es gibt! Wissen Sie nichts davon?«

»Wie sollte ich auch etwas davon wissen, Sir?« entgegnete Herr Braß.

»Wie sollten Sie?« wiederholte Quilp mit einem Hohnlachen. »Sie sind mir ein sauberer Rechtsgelehrter – he! Sie Idiot, Sie!«

Ohne dem Zwerg in seiner augenblicklichen üblen Laune darüber Vorstellungen machen zu wollen, daß das Verschleudern eines Schlüssels durch eine andere Person kaum irgendwie mit seiner Gesetzeskunde in Verbindung stehe, bemerkte Herr Braß nur ganz demütig, daß man ihn wahrscheinlich abzuziehen vergessen habe und daß er ohne Zweifel zur Zeit in seinem Schlüsselloch stecke.

Obgleich Herr Quilp stark vom Gegenteil überzeugt war, weil er sich erinnerte, ihn sorgfältig abgezogen zu haben, ließ er sich doch herbei, eine solche Möglichkeit zuzugeben, und ging daher brummend zur Tür, in der er ihn auch richtig stecken fand.

In dem Augenblicke, als Herr Quilp seine Hand auf das Schloß legte und mit großem Erstaunen sah, daß die Riegel zurückgeschoben waren, begann das Klopfen aufs neue mit höchst empörender Gewalttätigkeit, und das Tageslicht, das durch das Schlüsselloch schien, wurde von außen durch ein menschliches Auge abgehalten. Der Zwerg war ungemein schlecht gestimmt, und da er jemand brauchte, gegen den er

seine Laune losbrechen lassen konnte, entschloß er sich, plötzlich hinauszustürzen und Frau Quilp für die Aufmerksamkeit, einen so abscheulichen Lärm zu machen, höflich zu begrüßen.

In dieser Absicht schloß er ganz still und sachte das Schloß auf, öffnete rasch die Tür und sprang auf die Person los, die eben den Klopfer zu einer neuen Mahnung erhoben hatte. Mit dem Kopf voran, mit vorgestreckten Armen und Beinen stürmte er gegen sie, indem er in der Überfülle seiner Wut in die Luft biß.

Aber weit gefehlt, auf jemanden zu stoßen, der, ohne Widerstand zu leisten, seine Gnade anflehte, fand sich Herr Quilp kaum in den Armen des Individuums, das er für sein Weib gehalten hatte, als er mit zwei kräftigen Hieben auf den Kopf und zwei weiteren von der gleichen Qualität auf die Brust bekomplimentiert wurde; und als er seinen Angreifer packte, regnete ein solcher Schauer von Rippenstößen auf seine Person, daß sich der Ehrenmann hinreichend überzeugen konnte, er befinde sich in sehr geschickten und starken Händen. Ohne sich jedoch durch diese Begrüßung einschüchtern zu lassen, klammerte er sich fest an seinen Gegner, biß um sich und hämmerte so herzhaft auf ihn los, daß es gewiß ein paar Minuten dauerte, bis der andere sich seiner erwehrt hatte. Dann, und nicht früher, fand sich Herr Daniel Quilp über und über rot und zerrauft mitten auf der Straße liegen, während Herr Richard Swiveller eine Art von Tanz um ihn aufführte und zu wissen begehrte, ob er noch mehr verlange.

»Ich habe noch sehr viel auf Lager«, fügte Herr Swiveller bei, der abwechselnd in einer drohenden Attitüde bald näher rückte, bald sich zurückzog; »ein großes und ausgedehntes Warenlager stets zur Hand – Landbestellungen, schnell und pünktlich realisiert – wollen Sie noch ein bißchen mehr haben, Sir? Genieren Sie sich, bitte, doch nicht!«

»Ich meinte, es wäre jemand anders«, versetzte Quilp, die Schultern reibend. »Warum sagten Sie nicht, wer Sie sind?«

»Warum sagten Sie nicht, wer *Sie* sind?« entgegnete Dick. »Was brauchen Sie da wie ein Tollhäusler herauszustürzen?«

»Sie waren es also, der – der gepocht hat – ja?« sagte der Zwerg, indem er sich mit einem kurzen Ächzen erhob.

»Ja, ich war es«, erwiderte Dick. »Jene Dame hat angefangen, als ich kam; aber sie klopfte zu sanft, und so habe ich sie abgelöst.«

Bei diesen Worten deutete er auf Frau Quilp, die zitternd in einiger Entfernung stand.

»Hm!« keuchte der Zwerg, einen wütenden Blick auf sein Weib werfend, »ich dachte mirs wohl, daß es deine Schuld wäre. Und Sie, Sir, wissen Sie nicht, daß ein Kranker hier ist, weil Sie klopfen, als ob Sie die Tür entzweischlagen wollten?«

»Hol mich der Henker!« antwortete Dick, »eben darum tat ichs. Ich glaubte sogar, es sei ein Toter hier.«

»Vermutlich führt Sie irgendein Zweck hierher?« fragte Quilp. »Was wünschen Sie?«

»Ich will mich nach dem Befinden des alten Herrn erkundigen«, versetzte Swiveller, »und möchte von Nell selbst darüber Auskunft haben, mit der ich auch gern ein bißchen plaudern würde. Ich bin ein Freund der Familie, Sir, wenigstens der Freund eines Mitglieds der Familie, was ebensoviel besagen will.«

»Da würden Sie gut tun, hereinzukommen«, sagte der Zwerg. »Spazieren Sie voraus, Sir, spazieren Sie nur zu! Ists gefällig, Frau Quilp? – Nach Ihnen, Madame.«

Frau Quilp zögerte, aber ihr Gatte bestand darauf. Es war jedoch kein Höflichkeitsstreit und nichts weniger als eine bloße Förmlichkeit, denn sie wußte sehr gut, daß Quilp sie nur vorangehen lassen wollte, um eine günstige Gelegenheit zu gewinnen, sie etliche Male in die Arme zu kneipen, was selten ohne Spuren seiner Finger in schwarzen und blauen Farben ablief. Herr Swiveller, der von diesem Geheimnis nichts wußte, war ein wenig überrascht, als er einen unterdrückten Schrei hörte und beim Umschauen sah, wie Frau Quilp ihm mit einem plötzlichen Zucken folgte. Er achtete jedoch nicht auf diese Erscheinungen und vergaß sie bald wieder.

»Jetzt gehst du, wenns dir gefällig ist, in Nells Zimmer hinauf, Frau Quilp, und sagst ihr, daß man sie zu sprechen wünscht«, sagte der Zwerg, als sie in dem Laden anlangten.

»Es scheint, Sie tun hier wie zu Hause«, meinte Dick, der nichts von Herrn Quilps Berechtigungen wußte.

»Ich *bin* zu Hause, junger Herr«, entgegnete der Zwerg.

Dick überlegte eben, was der andere wohl mit diesen Worten sagen wollte, und noch mehr, was die Anwesenheit des Herrn Braß zu bedeuten haben möchte, als Frau Quilp eilig die Treppe herunterkam und erklärte, daß die Zimmer oben leer wären.

»Leer? Du Närrin!« sagte der Zwerg.

»Ich versichere dir, Quilp«, entgegnete sein bebendes

Weib, »daß ich in allen Gemächern war und keine Seele darin gefunden habe.«

»Und das wird wohl das Geheimnis mit dem Schlüssel erklären!« rief Herr Braß, nachdrücklich seine Hände zusammenschlagend.

Quilp warf zuerst diesem, dann seinem Weibe und endlich Richard Swiveller einen finstern Blick zu; da ihm aber all dies zu keiner Aufklärung verhalf, eilte er die Treppe hinauf und kehrte bald wieder zurück, um die von seinem Weibe gemachte Angabe zu bestätigen.

»Das ist eine wunderliche Weise, sich zu empfehlen«, sagte er, Swiveller ansehend; »gewiß sehr auffallend, nichts davon einem so nahen und treuen Freunde, wie ich bin, mitzuteilen! Doch, er wird mir ohne Zweifel schreiben oder Nelly an mich schreiben lassen – ja, ja, so wirds sein. Nelly hat mich sehr gern, die hübsche Nell!«

Herr Swiveller stand erstaunt und mit offenem Munde da. Quilp blickte verstohlen nach ihm hin, während er sich Herrn Braß zuwandte und mit affektierter Gleichgültigkeit bemerkte, daß dieser Zwischenfall mit dem Wegführen des Hausrates gar nichts zu tun hätte.

»Wir wußten ja«, fügte er hinzu, »daß sie heute gehen würden, glaubten nur nicht, daß es so zeitig früh und so klanglos geschähe. Doch sie werden ihre Gründe haben, sie werden ihre Gründe haben.«

»Und wo sind sie denn in des Teufels Namen hin?« fragte der verwunderte Dick.

Quilp schüttelte den Kopf und warf die Lippen in einer Weise auf, die andeuten sollte, daß er es recht wohl wisse, aber nicht sagen dürfe.

»Und was«, fuhr Dick fort, indem er auf die Verwirrung in dem Laden schaute, »was wollen Sie mit dem Wegführen des Hausrates sagen?«

»Daß ich ihn gekauft habe, Sir«, entgegnete Quilp. »He? und was weiter?«

»So hat also der schlaue alte Fuchs seine Habe zusammengerafft und ist fort, um in einer ruhigen Hütte irgendwo an einem lieblichen Plätzchen zu leben, von dem aus er auf das ewig wechselnde Meer hinaussehen kann!« sagte Dick in großer Verblüffung.

»Und hält dabei den Ort seiner Zurückgezogenheit so geheim, damit er nicht so oft von seinen zärtlichen Enkeln und deren ergebenen Freunden besucht werde, he?« fügte der Zwerg mit kräftigem Händereiben bei. »Ich will nichts sagen, aber ist das nicht Ihre Meinung, Sir?«

Richard Swiveller war ganz entsetzt über diesen unerwarteten Wechsel der Verhältnisse, der das Projekt, in dem er eine so bedeutsame Rolle spielen sollte, durchaus zu vernichten drohte und seine Aussichten im Keime zu ersticken schien. Da er erst gestern nacht spät durch Frederick Trent Nachricht von des alten Mannes Krankheit erhalten hatte, so wollte er alsbald einen Kondolenzbesuch abstatten und Nell ausfragen, wohl ausgerüstet mit der ersten Abschlagszahlung jener langen Reihe von Liebeszaubern, die endlich ihr Herz in Brand stecken sollten. Und jetzt, nachdem er über alle möglichen Manieren einer graziösen und gewinnenden Annäherung nachgedacht hatte und über die schreckliche Wiedervergeltung mit sich zu Rate gegangen war, die langsam über Sophia Wackles hereinbrach, jetzt waren Nelly und der alte Mann samt all dem vielen Gelde fort, weggeschmolzen, ausgewandert, er wußte nicht wohin – ganz als hätten sie den Plan vorausgewußt und sich entschlossen, ihn im Beginn, noch ehe ein Schritt getan war, zu vereiteln.

Daniel Quilp war in dem Innersten seines Herzens über diese Flucht ebenso überrascht wie beunruhigt. Es war seinem scharfen Auge nicht entgangen, daß einige unentbehrliche Kleidungsstücke mit den Flüchtlingen abhanden gekommen waren, und da er den schwachen Geisteszustand des alten Mannes kannte, so war er nicht wenig verwundert, wie er es wohl angefangen haben mochte, die Einwilligung des Kindes so leicht zu erlangen. Man würde Herrn Quilp großes Unrecht tun, wenn man glauben wollte, daß ihn irgendeine uneigennützige Sorge um einen der beiden gequält hätte. Seine Unruhe entsprang nur der Vermutung, der alte Mann habe wohl noch einen geheimen Geldvorrat besessen, von dem er nichts geahnt, und schon der Gedanke, daß dieser seinen Krallen entwischt sei, erfüllte ihn mit Verdruß und Selbstvorwürfen.

In dieser Gemütsstimmung gewährte es ihm einigen Trost, als er fand, daß Richard Swiveller aus ganz andern Gründen zwar, aber augenscheinlich über denselben Vorfall gereizt und enttäuscht war. Es lag auf der Hand, so dachte der Zwerg, daß er wegen seines Freundes hierherkam, um dem alten Manne durch Schmeichelworte oder Schreckmittel ein kleines Bruchstück von jenem Reichtum zu entlocken, den er nach ihrer Meinung im Überflusse besaß. Es gewährte ihm daher eine Erleichterung, Swivellers Herz zu foltern, indem er ein leuchtendes Bild von den Schätzen entwarf, die der alte Mann zusammengescharrt, und seine Tücke an ihm zu üben, indem er ihm vorstellte, daß unter den gegebenen Verhältnissen keine Zudringlichkeit mehr etwas fruchten könnte.

»Nun«, sagte Dick mit einem albernen Gesicht, »da wirds, denke ich, nicht viel nützen, wenn ich länger hierbleibe.«

»Nicht das geringste«, versetzte der Zwerg.

»Sie werden ihnen aber doch sagen, daß ich sie besuchen wollte?« entgegnete Dick.

Herr Quilp nickte und sagte, er werde es gewiß tun, sobald er sie wiedersehe.

»Und sagen Sie ihnen«, fügte Herr Swiveller bei, »sagen Sie ihnen, Sir, daß ich hergetragen wurde auf den Schwingen der Eintracht, daß ich kam mit dem Rechen der Freundschaft, um die gegenseitige gehässige Saat auszurotten und dafür die Keime freundlicher Harmonie zu pflanzen. Wollen Sie die Güte haben, sich mit diesem Auftrage zu bemühen, Sir?«

»Gewiß!« entgegnete Quilp.

»Wollen Sie auch gefälligst dies noch beifügen, Sir«, sagte Dick, indem er eine sehr kleine, zerknitterte Karte zum Vorschein brachte, »daß *dies* meine Adresse ist und daß ich jeden

Morgen zu Hause zu treffen bin. Zwei deutliche Schläge, Sir, werden im Nu die Dienerschaft herbeirufen. Meine besondern Freunde, Sir, sind gewohnt zu niesen, wenn die Tür geöffnet wird, um mir dadurch anzudeuten, daß sie meine *Freunde* sind und keine eigennützigen Motive haben, wenn sie fragen, ob ich zu Hause sei. Ich bitte um Verzeihung, wollen Sie mir erlauben, die Karte noch einmal anzusehen?«

»O ganz gewiß«, erwiderte Quilp.

»Durch einen leichten und nicht unnatürlichen Irrtum, Sir«, sagte Dick, indem er statt ihrer eine andere aushändigte, »überreichte ich Ihnen die Eintrittskarte zu einem auserlesenen geselligen Zirkel, genannt ›Die gloriosen Apollers‹, bei dem ich die Ehre habe, perpetuierlicher Großmeister zu sein. Das ist das eigentliche Dokument, Sir. Guten Morgen.«

Quilp bot ihm guten Tag; der perpetuierliche Großmeister der ›gloriosen Apollers‹ lüftete seinen Hut zu Ehren der Frau Quilp, ließ ihn nachlässig wieder auf die Seite seines Kopfes fallen und verschwand mit einer Schwenkung der Hand.

Inzwischen waren verschiedene Möbelwagen für die Fortschaffung der Güter angelangt, und einige baumstarke Männer, mit Kappen auf dem Kopf, balancierten Kastenschubladen und andere derartige Kleinigkeiten auf ihren Köpfen, Heldentaten der Muskelkraft verrichtend, wobei sich übrigens die Röte ihrer Gesichter noch vertiefte. Um hinter ihrem Fleiß nicht zurückzustehen, ging Herr Quilp gleichfalls mit überraschender Energie ans Werk: er fuhr umher und trieb die Leute an wie ein böser Geist, trug Frau Quilp alle Arten schwieriger und unausführbarer Geschäfte auf, schleppte mit geringer Mühe große Lasten auf und nieder, versetzte dem Jungen von der Werft, sooft er in dessen Nähe kommen konnte, einen Tritt und inkommodierte mit seinen Lasten durch viele schlaue Stöße die Schultern des Herrn Braß, der auf der Türschwelle stand, um alle Anfragen neugieriger Nachbarn zu beantworten – eine Aufgabe, die ganz in sein Departement gehörte. Die Anwesenheit und das Beispiel des Zwerges brachten eine solche Rührigkeit in das angenommene Personal, daß das Haus in wenigen Stunden bis auf etliche Matten, leere Porterkrüge und zerstreute Strohhalme völlig geräumt war.

Wie ein afrikanischer Häuptling auf einer dieser Matten sitzend, regalierte sich eben der Zwerg in dem Besuchszimmer mit Brot, Käse und Bier, als er, ohne daß er sichs ansehen ließ, bemerkte, daß ein Knabe durch die Außentür hereinschielte. Überzeugt, daß es Kit sei, obgleich er wenig mehr als dessen Nase sah, rief ihn Herr Quilp an, worauf Kit hereinkam und fragte, was er wünsche.

»Komm mal her, Bürschlein!« sagte der Zwerg. »Nun, dein alter Herr und deine junge Gebieterin sind also fort.«

»Wohin?« entgegnete Kit umherschauend.

»Du willst mir damit doch nicht weismachen, daß du's nicht wüßtest?« antwortete Quilp in scharfem Tone; »wohin sind sie – he?«

»Ich weiß es nicht«, sagte Kit.

»Pah«, erwiderte Quilp, »komm mir nicht auf diese Weise! Willst du mir etwa einreden, du weißt nicht, daß sie sich heute bei Tagesanbruch heimlich fortschlichen?«

»Nein«, sagte der Knabe in augenscheinlicher Überraschung.

»Du leugnest also?« rief Quilp. »Weiß ich nicht, daß du letzthin des Nachts immer wie ein Dieb um das Haus herumgeschlichen bist? Hat man dirs damals nicht gesagt?«

»Nein«, versetzte der Knabe.

»Wirklich nicht?« sagte Quilp. »Was hat man dir denn gesagt, und wovon habt ihr gesprochen?«

Kit, der keinen besondern Grund hatte, die Sache jetzt noch geheimzuhalten, erzählte, in welcher Absicht er damals gekommen sei und welchen Vorschlag er gemacht hatte.

»Oh«, sagte der Zwerg nach einer kurzen Erwägung, »dann denke ich wohl, daß sie noch zu dir kommen werden.«

»Glauben Sie das wirklich?« rief Kit eifrig.

»Nun, ich denke wohl«, entgegnete der Zwerg. »Wenns aber geschieht, so laß es mich wissen, hörst du? Laß michs wissen, und du sollst etwas von mir bekommen! Ich möchte ihnen gern einen Liebesdienst erweisen, und das ist doch unmöglich, wenn ichs nicht weiß. Hörst du?«

Kit hätte ihm vielleicht eine Antwort gegeben, die den Ohren des reizbaren Fragers nicht sehr angenehm gewesen wäre, wenn nicht plötzlich der Junge von der Werft, der in dem Zimmer umherschlich, um etwas zu finden, das zufällig liegengeblieben sein mochte, plötzlich ausgerufen hätte:

»Da ist ein Vogel! Was soll man mit dem anfangen?«

»Dreh ihm den Hals um!« versetzte Quilp.

»O nein, tut das nicht«, sagte Kit vortretend, »gebt ihn mir.«

»Natürlich, sonst nichts!« rief der andere Junge. »Weg da! Laß den Käfig los, damit ich ihm den Hals umdrehen kann. Willst du? Er hat gesagt, ich solls tun. Willst du den Käfig loslassen?«

»Gebt ihn her, gebt ihn mir, ihr Hunde!« schrie Quilp. »Balgt euch darum, ihr Galgenstricke, oder ich drehe ihm selbst den Hals um!«

Ohne weiteren Zuspruch fielen die zwei Jungen mit Zähnen und Nägeln übereinander her, während Quilp, der mit der einen Hand den Käfig in die Höhe hielt und mit der andern in einer Art von Verzückung sein Messer durch die Dielen stieß, sie durch Geschrei und Hohnworte zu einem noch heftigeren Kampfe anspornte. Sie waren so ziemlich gleich stark und wälzten sich umher, Schläge austauschend, die keineswegs ein Kinderspiel waren, bis sich endlich Kit seines Gegners durch einen wohlgeführten Stoß nach dessen Brust entledigte, worauf er hurtig aufsprang, Quilp den Käfig aus der Hand riß und mit seinem Preise davoneilte.

Er hielt nicht inne, bis er zu Hause anlangte und dort durch sein blutunterlaufenes Gesicht große Bestürzung hervorrief; das ältere Kind brach in schauerliches Gebrüll aus.

»Barmherziger Himmel! Kit, was gibt es? Was hast du getan?« rief Frau Nubbles.

»Kehrt Euch nicht daran, Mutter«, antwortete ihr Sohn, indem er sich das Gesicht mit dem Handtuch hinter der Tür abtrocknete. »Ich bin nicht verletzt, habt meinetwegen keine Angst. Ich habe mich nur um einen Vogel gebalgt, sonst nichts, und hab gewonnen. Hör auf mit dem Gebrüll, kleiner Jakob! Hab ich doch mein Lebtag keinen so bösen Buben gesehen!«

»Du hast dich um einen Vogel gebalgt?« rief seine Mutter.

»Ja, um einen Vogel; hier ist er – Miß Nellys Vogel, Mutter, dem sie den Hals umdrehen wollten. Aber ich habs ihnen gezeigt – ha ha ha! Sie sollten ihm nicht den Hals umdrehen, ehe sie's mir getan hatten, nein, nein. Es ging nicht, Mutter, 's ging durchaus nicht, ha ha ha!«

Als Kit, mit seinen geschwollenen und mit Beulen versehenen Gesichte aus dem Handtuch heraussehend, so herzlich lachte, fing auch der kleine Jakob zu lachen an; und dann lachte seine Mutter gleichfalls, und der jüngste Nubbles krähte und stampfte aus Leibeskräften, und dann lachten alle im Einklang, zum Teil über Kits Sieg, zum Teil weil sie einander liebhatten. Als sie endlich aufhörten, zeigte Kit das Vögelchen den Kindern als eine große und kostbare Rarität – es war nur ein armer Hänfling –, sah sich an der Wand nach einem alten Nagel um, und als er einen solchen gefunden hatte, machte er sich aus Tisch und Stuhl ein Gerüst, um ihn unter großem Jubel herauszuziehen.

»Laßt mich sehen, laßt mich sehen!« sagte der Knabe; »ich denke, ich will ihn in das Fenster hängen, weils dort heller und freundlicher ist und er den Himmel sehen kann, wenn er recht in die Höhe guckt. Er singt auch recht hübsch, kann ich euch sagen.«

Das Gerüst wurde daher abermals aufgeschlagen, und Kit, der hinaufkletterte, mit dem Schüreisen statt eines Hammers bewaffnet, schlug den Nagel ein und hängte, zum unermeßlichen Entzücken der ganzen Familie, den Käfig auf. Nachdem noch eine geraume Zeit an ihm gerückt und gedreht worden und Kit zu dem Kamin zurückgegangen war, um das Tierchen von dort aus zu bewundern, wurde die ganze Anordnung für vollkommen erklärt.

»Und nun, Mutter«, sagte der Knabe, »ehe ich ausruhe, will ich noch einmal fort und sehen, ob ich nicht ein Pferd zu halten kriege; dann kann ich etwas Hanfsamen kaufen und vielleicht einen guten Bissen für Euch obendrein.«

Vierzehntes Kapitel

Da es Kit ein leichtes war, sich zu bereden, das alte Haus liege auf seinem Wege, mochte dieser auch hinführen, wohin er wollte, so machte er den Versuch, es für eine gebieterische und unangenehme Notwendigkeit zu halten, noch einmal an ihm vorbei zu spazieren, ganz als fühle er durchaus keinen eigenen Antrieb, dem er unbedingt nachgeben mußte. Es ist keine ungewöhnliche Erscheinung, daß sogar Leute von weit besserer Erziehung, als diejenige war, deren Christoph Nubbles sich erfreute, in zweifelhaften Fällen ihre Neigung als ein Muß betrachten und sich viel auf ihre Selbstverleugnung zugute tun, durch die sie eigentlich doch nur sich selbst etwas Angenehmes bereitet haben.

Diesmal war keine Vorsicht nötig, auch hatte er durchaus nicht zu fürchten, Daniel Quilps Jungen Revanche geben zu müssen. Der Ort war ganz verlassen und sah so staubig und schmutzig aus, als ob er sich schon seit Monaten in diesem verödeten Zustand befände. Ein rostiges Vorlegeschloß hing an der Tür, die Enden mißfarbiger Blenden und Vorhänge flatterten traurig gegen die halboffenen oberen Fenster, und die unregelmäßigen, runden Löcher, die in die unteren Läden geschnitten waren, ließen nur das finstere Schwarz des Innenraums durchschauen. Eine von den Fensterscheiben, die er so oft bewacht hatte, war in der rohen Eile des Morgens zerbrochen worden, und das Gemach sah jetzt trübseliger und verödeter aus als alle übrigen. Ein Haufe müßiggängerischer kleiner Knirpse hatte die Türstaffel in Besitz genommen, und einige spielten mit dem Türklopfer, auf dessen Töne sie mit entzückter Furcht horchten, wenn sie so hohl durch das leere

Haus widerhallten, während andere sich um das Schlüsselloch scharten und halb im Scherz, halb im Ernst nach dem ›Gespenst‹ sahen, das eine einzige düstere Stunde heraufbeschwor, zumal ja die früheren Bewohner ein Geheimnis umgab. Inmitten der Geschäftigkeit und Rührigkeit der Straße vereinsamt stehend, sah das Haus wie ein Bild kalter Verwüstung aus; und Kit, der sich noch gut an das lustige Feuer erinnerte, das an Winterabenden dort zu brennen pflegte, und auch das heitere Lachen frisch im Gedächtnis hatte, von dem das kleine Gemach widerhallte, wandte sich wehmütig ab.

Um dem armen Kit Gerechtigkeit widerfahren zu lassen, muß hier ausdrücklich bemerkt werden, daß sein Charakter durchaus keine sentimentale Richtung besaß, ein Beiwort, das er vielleicht in seinem ganzen Leben nie gehört hatte. Er war nur ein weichherziger, dankbarer Junge, der nichts Vornehmes oder Abgeschliffenes an sich hatte. Und statt daher seinen Schmerz nach Hause zu tragen, die Kinder zu plagen und seine Mutter zu mißhandeln – denn unsere gebildeten jungen Herrchen lieben es, wenn es ihnen nicht ganz nach Wunsch geht, ihre ganze Umgebung gleichfalls unglücklich zu machen –, wandte er seine Gedanken dem gewöhnlichen Ausweg zu: es ihnen behaglicher zu machen, wenn es in seiner Macht stand.

Himmel, welche Unzahl von Gentlemen, die hin und her ritten, und wie wenige, die ihre Pferde halten lassen wollten! Ein guter Stadtspekulant oder ein Nationalökonom aus dem Parlament hätte, bis auf einen Bruchteil, aus den Mengen von Reitern auf den Straßen berechnen können, welche Geldsummen im Laufe eines Jahres in London nur durch Pferdehalten verdient würden. Und ohne Zweifel müßte damals auch ein erkleckliches Geld abgefallen sein, wenn nur der zwanzigste Teil der Herren, die nicht von Reitknechten begleitet waren, Anlaß gehabt hätte, abzusteigen. Dies war jedoch nicht der Fall, und oft ist es ein ähnlicher, böser Zufall, der die scharfsinnigsten Berechnungen zuschanden macht.

Kit ging umher, bald mit raschen, bald mit langsamen Schritten, zögerte manchmal weiterzugehen, wenn ein Reiter sein Pferd langsamer traben ließ und umhersah, stürmte im nächsten Augenblick in vollem Galopp eine Nebengasse hinauf, wenn er wahrnahm, daß in der Entfernung jemand langsam auf die Schattenseite des Weges forttrabte und alle Augenblicke an irgendeiner Tür abzusteigen schien. Aber einer nach dem andern zog weiter, und noch immer wollte sich kein Penny verdienen lassen.

»Ich möchte doch wissen«, dachte der Knabe, »ob nicht einer dieser Herren, um mich eine Kleinigkeit verdienen zu lassen, absichtlich halten und so tun würde, als hätte er irgendwo einen Besuch zu machen, wenn er wüßte, daß bei uns zu Haus nichts im Schranke ist.«

Völlig ermattet vom Pflastertreten – der oft wiederholten Enttäuschungen gar nicht zu gedenken – hatte er sich eben auf eine Türtreppe gesetzt, um ein wenig auszuruhen, als eine kleine, rasselnde, vierräderige Chaise mit einem ziemlich störrisch aussehenden, rauhhaarigen Pony auf ihn zukam, das von einem kleinen, fetten alten Herrn mit einem gemütlichen Gesicht angefeuert wurde. Neben dem kleinen alten Herrn saß eine kleine alte Dame von ebenso beleibtem und gemütlichem Aussehen; und das Pony trabte ganz nach eignem Gutdünken daher, tat, was ihm einfiel, ohne sich viel an seinen Leiter oder die Equipage überhaupt zu kehren. Wollte ihm der alte Herr durch Schütteln der Zügel eine Vorstellung machen, so antwortete das Pony durch ein Schütteln des Kopfes. Es war klar, daß das Höchste, wozu sich das Pony verstehen wollte, darin bestand, in seinem eignen Schritt allenfalls die Straße hinanzugehen, die der alte Herr ausdrücklich passieren wollte; es schien jedoch ein gegenseitiges Einvernehmen zwischen den beiden zu bestehen, daß das Tempo dem Pferde überlassen wurde, widrigenfalls es den Dienst überhaupt aufgesagt hätte.

Als sie an der genannten Türtreppe vorbeikamen, blickte Kit so sehnsüchtig auf das kleine Fuhrwerk, daß der alte Herr ihn wiederum ansah, worauf Kit aufstand und die Hand an den Hut legte. Der alte Herr deutete sofort dem Pony seine Absicht an, haltzumachen – ein Vorschlag, dem das Pony, das selten gegen diese eine Pflicht etwas einzuwenden hatte, gnädig seine Zustimmung erteilte.

»Ich bitte um Verzeihung, Sir«, sagte Kit; »es tut mir leid, daß Sie meinetwegen angehalten haben. Ich wollte nur fragen, ob ich auf Ihr Pferd achtgeben soll.«

»Ich steige in der nächsten Straße ab«, entgegnete der Herr; »wenn du aber nachkommen willst, so soll dir dieses Amt übertragen werden.«

Kit dankte und rannte mit Freuden hinter der Chaise her. Das Pony riß den Wagen in einem scharfen Winkel herum, um den Lampenpfosten auf der entgegengesetzten Seite der Straße zu inspizieren, und verfügte sich sodann in einer Diagonale nach dem Lampenpfosten auf der andern Seite. Nachdem es sich überzeugt hatte, daß Form und Material der beiden gleich waren, machte es halt, augenscheinlich ganz in seine Betrachtungen vertieft.

»Willst du weitergehen, Bürschchen!« rief der alte Herr würdevoll, »oder sollen wir warten, bis es zu spät wird für unser Geschäft?«

Das Pony blieb unbeweglich.

»O du Taugenichts von einem Klepper!« sagte die alte Dame. »Pfui über dich! Ich schäme mich deines Betragens!«

Das Pony schien durch diese Appellation an sein Ehrgefühl gerührt zu werden, denn es trottete alsbald weiter, obgleich in einer sehr verdrießlichen Weise, und hielt sich unterwegs nicht mehr auf, bis es an einer Tür anlangte, auf deren Messingschild die Worte ›Witherden, Notar‹ zu lesen waren. Hier stieg der alte Herr ab, half der Dame heraus und zog dann unter dem Sitze einen Blumenstrauß hervor, der an Gestalt und Größe einer umfangreichen Wärmflasche mit kurzem Handgriff ziemlich ähnlich war. Diesen nahm die stattliche Dame mit würdevoller Miene mit ins Haus, und der alte Herr, der einen Klumpfuß hatte, folgte ihr auf der Ferse.

Sie begaben sich, wie man aus dem Tone ihrer Stimmen entnehmen konnte, in das Vorderzimmer, das eine Art Kanzlei zu sein schien. Da es ziemlich warm war und die Straße zu den ruhigsten gehörte, standen die Fenster weit offen, so daß man leicht durch die venezianischen Rouleaus hören konnte, was im Innern vorging.

Zuerst gab es viel Händeschütteln und Fußscharren, worauf die Überreichung des Blumenstraußes folgte, denn eine Stimme, die der Lauscher draußen für die des Herrn Notars Witherden hielt, rief zu wiederholten Malen: »Oh, köstlich! In der Tat ein herrlicher Wohlgeruch!«, und eine Nase, die gleichfalls das Eigentum des genannten Herrn sein mochte, sog hörbar mit ungemein vergnügtem Schnüffeln den Duft ein.

»Ich brachte ihn zu Ehren der feierlichen Gelegenheit mit, Sir«, sagte die alte Dame.

»Ah, in der Tat eine Gelegenheit, Ma'am; eine Gelegenheit, die ich mir zur Ehre rechne, Ma'am, zur großen Ehre«, versetzte Herr Witherden, der Notar. »Es hat schon so mancher junge Mann bei mir gelernt, Ma'am; ja, schon mancher. Einige von ihnen wälzen sich jetzt in Reichtümern, ohne ihres alten Freundes zu gedenken, Ma'am; andere besuchen mich heutigentags noch und sagen mir: ›Herr Witherden, die vergnügtesten Stunden meines Lebens habe ich in Ihrem Bureau zugebracht – ja, Sir, sogar auf diesem nämlichen Schreibebock‹ –, aber nicht einer war unter ihrer Zahl, Ma'am, so sehr ich ihnen auch zugetan war, dem ich eine so glänzende Zukunft voraussagen könnte, als ich Ihrem einzigen Sohne prophezeie.«

»Ach, du mein Himmel!« sagte die alte Dame. »Gewiß, Sie können nicht glauben, wie glücklich Sie uns durch diese Versicherung machen.«

»Ich sage Ihnen, Ma'am«, entgegnete Herr Witherden, »was ich als ehrlicher Mann denke, der, wie der Dichter sagt, das edelste Werk Gottes ist. Ich stimme hiermit wie mit allem andern, was er sagt, vollkommen überein, Ma'am. Die Alpen auf der einen und der Kolibri auf der andern Seite sind, als

Gebilde der Allmacht betrachtet, nichts gegen einen ehrlichen Mann – oder eine ehrliche Frau – ja, auch gegen eine ehrliche Frau.«

»Alles, was Herr Witherden von mir sagen kann«, bemerkte eine kleine, ruhige Stimme, »kann ich ihm doppelt und dreifach zurückgeben.«

»Es ist ein glücklicher Umstand, ein wahrhaft glücklicher Umstand«, sagte der Notar, »daß dies gerade an seinem achtundzwanzigsten Geburtstag zutrifft, und ich hoffe, daß ich das zu würdigen weiß. Sicherlich, mein lieber Herr Garland, dürfen wir uns gegenseitig zu diesem glückweissagenden Umstande gratulieren!«

Der alte Herr entgegnete, er sei vollkommen überzeugt davon. Dann schien wieder ein Händeschütteln stattzufinden, und als dies vorüber war, sagte der alte Herr, er sollte es zwar nicht sagen, aber er glaube, nie habe ein Sohn seinen Eltern mehr zur Freude gelebt, als Abel Garland den seinigen.

»Wir, seine Mutter und ich, haben uns erst in späteren Jahren geheiratet, Sir, nachdem wir lange genug auf günstige Verhältnisse gewartet – wir waren nicht mehr jung, als wir zusammenkamen, und trotzdem noch mit einem Kinde gesegnet werden – nun, das ist doch gewiß eine Quelle großen Glücks für uns beide, Sir.«

»Natürlich – das unterliegt gar keinem Zweifel«, versetzte der Notar in teilnehmendem Tone; »und die Betrachtung solcher Fügungen läßt mich mein Geschick beklagen, das mich zu einem Hagestolz bestimmt hat. Ich kannte einmal eine junge Dame, Sir, die Tochter eines Handelshauses von größter Respektabilität – doch das ist eine Schwäche. Chuckster, bringen Sie Herrn Abels Lehrkontrakt herein!«

»Sie sehen, Herr Witherden«, sagte die alte Dame, »daß Abel nicht wie der große Haufe anderer junger Leute aufgewachsen ist. Er hatte immer Freude an unserer Gesellschaft und war immer bei uns. Abel ist nie dem Elternhaus fern gewesen – keinen Tag; nicht wahr, mein Lieber?«

»Nie, mein Schatz«, entgegnete der alte Herr, »ausgenommen damals, als er sonnabends mit Herrn Tomkinley, einem Lehrer an der Schule, die er besuchte, nach Margate ging und am Montag wieder zurückkam; aber du erinnerst dich noch, meine Liebe, daß es ihm sehr übel bekam; das war schon zu viel für ihn.«

»Begreiflich; er war so etwas nicht gewöhnt«, erwiderte die alte Dame, »und so konnte er es natürlich nicht vertragen. Außerdem hatte er dort keine Freude, weil wir ihm fehlten und er deshalb mit niemand plaudern oder sich unterhalten konnte.«

»Ja, das war es«, fiel dieselbe kleine, ruhige Stimme ein, die schon einmal gesprochen hatte; »ich war ganz in der Fremde, Mutter, ganz verlassen, und wenn ich dabei dachte, daß das Wasser zwischen uns lag – oh, ich will nie vergessen, was ich bei dem Gedanken fühlte, durch die See* von Ihnen getrennt zu sein.«

»Sehr natürlich unter diesen Umständen«, bemerkte der Notar. »Herrn Abels Gefühle machen seinem Herzen Ehre, und auch dem Ihrigen, Ma'am, und dem seines Vaters – überhaupt der ganzen menschlichen Natur. Nun erst kann ich genau den Strom verfolgen, der sich durch sein ganzes ruhiges und bescheidenes Wesen hinzieht. – Ich bin jetzt, wie Sie bemerken, im Begriff, unter Herrn Chucksters Namen meine Unterschrift auf den Lehrbrief zu setzen; indem ich nun meine Finger auf diese ausgezackten blauen Stempel lege, sehe ich mich genötigt, mit deutlicher und fester Stimme – erschrecken Sie nicht, Ma'am, es ist bloß eine gesetzliche Form – zu erklären, daß ich dies tue mit bestem Wissen und Willen. Herr Abel wird seinen Namen dem andern Stempel gegenübersetzen und die gleichen kabbalistischen Worte wiederholen, womit das Geschäft abgetan ist. Ha ha ha! Sie sehen, wie leicht solche Dinge gehen.«

Es folgte nun ein kurzes Schweigen, währenddessen Herr Abel wahrscheinlich die vorgeschriebenen Formalitäten erledigte; dann erneuerte sich das Händeschütteln und Fuß-

* Herr Abel Garland meint damit nur die Themse.

scharren, und bald nachher hörte man das Klingen von Weingläsern und lebhaftes Stimmengewirr. Nach ungefähr einer Viertelstunde zeigte sich Herr Chuckster – mit der Feder hinter dem Ohr und einem weinroten Gesicht – an der Tür, ließ sich herab, Kit mit dem scherzhaften Titel »junger Schlingel« anzureden und eröffnete ihm, daß der Besuch jetzt herauskäme.

Und so war es auch. Herr Witherden, ein kleiner, pausbackiger, munterer, pomphafter Mann mit frischer Gesichtsfarbe, führte die alte Dame ungemein höflich am Arme, während Vater und Sohn Hand in Hand folgten. Herr Abel, der ein wunderliches, altväterisches Wesen an sich hatte, sah fast so alt aus wie sein Vater und war demselben in Gesicht und Haltung zum Sprechen ähnlich, obgleich ihm einiges von dessen Fülle, Rundung und Heiterkeit abging; diese ersetzte er durch scheue Zurückhaltung. In jeder andern Hinsicht aber, namentlich auch in der Zierlichkeit des Anzuges und selbst den Klumpfuß nicht ausgenommen, konnte man ihn das treue Konterfei des alten Herrn nennen.

Sobald die alte Dame unter Beihilfe des Sohnes wohlbehalten auf ihrem Platze saß und ihren Mantel nebst einem kleinen Korb, der einen unerläßlichen Teil ihrer Ausrüstung bildete, untergebracht hatte, stieg Herr Abel auf einen kleinen Bock, der augenscheinlich nur für seine persönliche Benutzung hinten angebracht worden war, und lächelte allen Anwesenden der Reihe nach zu, indem er bei seiner Mutter anfing und beim Pony aufhörte.

Man hatte viele Mühe, den Klepper so weit zu bringen, daß er den Kopf in die Höhe hielt und den Zügel festmachen ließ. Endlich kam man jedoch auch hiermit zustande, und der alte Herr, der sich inzwischen gesetzt und das Leitseil zur Hand genommen hatte, steckte jetzt die Hand in seine Tasche, um ein Sechspencestück für Kit hervorzuholen.

Aber weder er, noch die alte Dame, noch Herr Abel, noch der Notar, noch Herr Chuckster besaß ein solches, und doch schien dem alten Herrn ein Schilling zuviel; da indes kein

Laden in der Straße war, in dem man hätte wechseln lassen können, erhielt der Knabe einen ganzen Schilling.

»Da«, sagte er scherzend; »ich komme nächsten Montag um dieselbe Zeit wieder hierher. Daß du aber dann auch zur Stelle bist, Junge, um ihn vollends abzuverdienen.«

»Ich danke, Sir«, versetzte Kit, »ich werde gewiß hier sein.«

Er meinte es ganz im Ernste, und doch lachten alle herzlich über seine Worte, insbesondere Herr Chuckster, der laut vor Vergnügen wieherte und ganz begeistert von dem guten Witze schien. Da das Pony in der Vorahnung, daß es nach Hause gehe, oder mit dem festen Entschlusse, keinen andern Weg einzuschlagen – was so ziemlich auf das gleiche herauskam –, ziemlich wacker drauflos trabte, so hatte Kit keine Zeit, sich zu rechtfertigen, und ging daher seines Weges. Er verwendete seinen Schatz zu Einkäufen, von denen er wußte, daß sie zu Hause am liebsten gesehen wurden, ohne dabei den Hanfsamen für den wundervollen Vogel zu vergessen, und eilte dann so schnell er konnte zurück, von seinem Erfolg und seinem Glück in so freudige Stimmung versetzt, daß er schon beinahe überzeugt war, Nell und der alte Mann wären bereits vor ihm daselbst angelangt.

Fünfzehntes Kapitel

Oft, während sie am Morgen ihrer Flucht durch die schweigenden Straßen der Stadt wanderten, zitterte Nelly in einem von Furcht und Hoffnung gemischten Gefühl, wenn ihre rege Phantasie in irgendeiner fernen Gestalt, die sie ungeachtet des klaren Himmels nur undeutlich zu unterscheiden vermochte, eine Ähnlichkeit mit dem ehrlichen Kit zu erkennen glaubte. Obgleich sie ihm gern die Hand gereicht und ihm ihren Dank für das, was er bei der letzten Begegnung ihr gesagt hatte, ausgedrückt hätte, war es ihr doch immer ein Trost, wenn sie beim Näherkommen sah, daß sie sich getäuscht hatte; denn abgesehen von der Furcht vor den Folgen, die ein solcher Anblick für ihren Reisegefährten hätte haben können, fühlte sie auch, daß jetzt ein Abschied und vor allem ein Abschied von dem, der sich so treu und ergeben gegen sie erwiesen, mehr war, als sie ertragen konnte. Es war genug, stumme Dinge zurückzulassen, Gegenstände, die sowohl gegen ihre Liebe als gegen ihren Schmerz unempfindlich waren. Ein Abschied aber von ihrem einzigen zweiten Freunde gleich zu Beginn ihrer abenteuerlichen Wanderung würde ihr in der Tat das Herz gebrochen haben.

Wie kommt es doch, daß wir ein Lebewohl im Geiste besser ertragen können als ein persönliches, und daß wir wohl den Mut zu einer Trennung, nicht aber die Kraft haben, die Scheideworte auszusprechen? Am Vorabende langer Reisen oder einer Abwesenheit von vielen Jahren trennen sich Freunde, die einander zärtlich lieben, mit dem gewöhnlichen Blick und dem herkömmlichen Händedruck, indem sie noch ein allerletztes Beisammensein für den nächsten Tag verabreden, während doch jeder recht wohl weiß, daß es nur eine armselige Finte ist, um sich den Schmerz des Lebewohls zu ersparen, und daß die nochmalige Begegnung nicht stattfinden wird. Sind denn Möglichkeiten schwerer zu ertragen als die Gewißheit? Wir scheuen uns nicht, an das Sterbelager unserer Freunde zu treten, und von einem Freunde nicht ausdrücklich Abschied genommen zu haben, verbittert einem oft den ganzen Rest des Lebens, obgleich man sich in aller Liebe und Zärtlichkeit von ihm getrennt hatte.

Die Stadt prunkte im heitern Glanze des Morgens; Plätze, die die Nacht über häßlich und verdächtig anzusehen wären, trugen jetzt ein freundliches Lächeln zur Schau, und glitzernde Sonnenstrahlen, die in den Kammerfenstern tanzten und durch die Läden und Vorhänge vor den Augen der Schläfer zitterten, gossen Licht sogar in die Träume und verscheuchten die Schatten der Nacht. Vögel, in ihren dumpfigen Käfigen dicht verhüllt, fühlten, daß es Morgen war, und flatterten unruhig in ihren kleinen Behausungen umher; helläugige Mäuschen krochen in ihre winzigen Wohnungen zurück und nestelten sich scheu zusammen; die gefleckte Hauskatze, ihrer Beute vergessend, saß blinzelnd in den Strahlen der Sonne, die durch Schlüsselloch und Türritzen drangen, und sehnte sich, einen verstohlenen Ausflug zu machen oder sich in der Sonne zu baden. Die edleren Tiere, zur Gefangenschaft verurteilt, standen regungslos hinter den Eisenstäben und blickten mit Augen, in denen noch alte Wälder leuchteten, auf zitternde Zweige und auf vereinzelte Sonnenstrahlen, die durch ein kleines Fenster huschten – nahmen dann ungeduldig den kurz bemessenen Spazierweg auf, den ihre gefangenen Füße bereits abgetreten hatten – blieben wieder stehen, um trübselig hinauszustarren. Menschen in ihren Kerkern streckten krampfhaft ihre kalten Gliedmaßen und verwünschten den Stein, den kein heiterer Himmel erwärmen konnte. Die zur Nachtzeit schlafenden Blumen öffneten ihre zarten Augen und wandten sich dem Tage zu. Das Licht, die Seele der Schöpfung, war allenthalben und alle Dinge erkannten seine Macht an.

Die beiden Pilger drückten einander oft die Hände, wechselten ein Lächeln oder warfen einander einen freundlichen Blick zu und setzten schweigend ihren Weg fort. So hell und heiter auch der Tag war, so lag doch etwas Feierliches in den langen, verödeten Straßen, aus denen, wie aus seelenlosen Körpern, der gewohnte Ausdruck und Charakter gewichen war, ohne etwas anderes zurückzulassen, als jene tote, einförmige Ruhe, die alles ausgleicht. Es war überall so still um diese frühe Stunde, daß die wenigen blassen Leute, denen sie begegneten, ebensowenig in die Szene zu passen schienen als die dahinsiechenden Lampen, die hin und wieder noch brannten und kraftlos und fahl im vollen Sonnenglanz waren.

Ehe sie noch sehr weit in das Labyrinth der Menschenwohnungen eingedrungen waren, das zwischen ihnen und den Vorstädten lag, begann dieser Anblick dahinzuschmelzen und Lärm und rühriges Treiben an seine Stelle zu treten. Einzelne vorbeirasselnde Karren und Kutschen unterbrachen zuerst den Zauber; dann kamen andere und wieder andere – zuletzt eine rührige Masse. Anfangs war es ein Wunder, einen Krämerladen offen zu sehen, aber bald gehörte es zu den Seltenheiten, wenn man einen geschlossen fand; dann stieg der Rauch langsam aus den Schornsteinen auf, und Schiebefenster wurden zurückgezogen, um die Luft einzulassen; Türen gingen auf, und Dienstmädchen, die schläfrig in alle Richtungen, nur nicht nach ihrem Besen sahen, kehrten schwarze Staubwolken in die Augen der scheu ausweichenden Vorübergehenden oder horchten mit unendlichem Neid den Milchmädchen zu, die von den Jahrmärkten auf dem Lande erzählten oder von Wagen in den Gehegen nebst ihren Leinwandplanen und allem möglichen sprachen, natürlich die galanten Bauernburschen nicht ausgenommen – lauter Dinge, die ihnen eine spätere Stunde bringen sollte.

Als sie diesen Teil der Stadt hinter sich hatten, kamen sie zu großen, von rührigen Menschen belebten Handels- und Verkehrsplätzen, wo die Geschäfte bereits in vollem Gange waren. Der alte Mann sah mit entsetztem und verwirrtem Blick um sich, denn dies waren Plätze, die er zu vermeiden gehofft hatte. Er drückte seinen Finger an die Lippen, zog das Kind durch enge Höfe und gewundene Nebenwege mit sich fort und schien nicht eher ruhig zu werden, bis all dies weit hinter ihm lag. Dabei schaute er oft zurück, indem er vor sich hin murmelte, Verderben und Selbstmord lauerten hier auf jeder Straße, um ihn zu verfolgen, sobald sie ihn ausgewittert hätten! Und darum könnten sie nicht geschwind genug fliehen.

Als sie diesen Stadtteil hinter sich hatten, kamen sie zu vereinzelten Häusergruppen, wo die schlechten, nur aus einer Stube bestehenden Wohnungen und die mit Lumpen und Papier verklebten Fenster von der volkreichen Armut Zeugnis ablegten, die hier ihr Unterkommen hatte. Die Läden wiesen nur solche Waren auf, die der Dürftige kaufen konnte, und Käufer wie Verkäufer suchten einander in der gleichen Weise zu übervorteilen. Da waren elende Straßen, wo entschwundener Wohlstand auf sparsamem Raume mit den aus dem Schiffbruch geretteten Resten seine letzte Lebensmöglichkeit zu behaupten suchte; aber Steuerbeamte und Gläubiger kamen hierher wie an andere Orte, und die Armut, die noch schwach ankämpfte, war kaum weniger schmutzig und in die Augen fallend als diejenige, die schon längst allen Widerstand aufgegeben hatte.

Dies war ein weites, weites Gebiet, denn das niedrige Feldlagergefolge des Reichtums steckte seine Zelte auf Meilen in die Runde auf, aber sein Charakter blieb sich immer gleich. Feuchte, verfaulende Häuser, manche zu vermieten, manche noch auszubauen, viele erst halb gebaut und schon wieder vermodernd; Wohnungen, von denen man schwer sagen konnte, ob der Vermieter oder der Mieter mehr zu bedauern war; Kinder, dürftig genährt und gekleidet, die auf jeder Straße herumlungerten und sich im Staube wälzten; scheltende Mütter, die unter lärmenden Drohungen mit ihren Holzschuhen das Pflaster stampften; schäbige Väter, mit glanzlosen Blicken an das Geschäft eilend, das ihnen das ›tägliche Brot‹ und nichts weiter einbrachte; Mangweiber, Wäscherinnen, Schuhflicker, Schneider, Lichterzieher, die in

Stuben und Küchen, Hinterräumen und Dachkammern – bisweilen alle unter ein und demselben Dache – ihr Gewerbe trieben; Ziegelfelder, an Gärten grenzend, die mit alten Faßdauben oder schlechten, bei einem Brande gestohlenen, halb verkohlten Balken eingezäunt waren; Wälle von Seegras, Nesseln, Schilf und Austernschalen, in toller Verwirrung aufgehäuft; kleine Dissenterkapellen für den Unterricht, denen es nicht fehlen konnte, mittels des nahe genug liegenden Elends der Erde und unter Beistand der mit einigem überflüssigen Reichtum in Fülle erbauten neuen Kirchen den Weg nach dem Himmel zu zeigen.

Endlich wurden diese Straßen immer dünner und dünner besät, bis nur noch kleine Gartenstücke an den Weg grenzten, in denen sich hin und wieder ein ungeschminkt aus altem Gebälk oder den Bruckstücken eines Bootes gebaute Sommerhaus befand, grün angelaufen wie die zähen Kohlstrünke, die umher wuchsen, und an den Fugen grottenartig mit giftigen Pilzen und aneinanderklebenden Schnecken verziert. Dann folgten zu zwei und zwei naseweise Landhäuschen, vor denen sich ein kleines Bodenstück dehnte, das in eckige Beete abgeteilt war, die von steifen Buchseinfassungen umgeben und von engen Wegen durchkreuzt waren, ohne daß sich je ein Fußtritt dahin verirrte, um den Kies rauh zu machen. Dann kam das Wirtshaus, frisch grün und weiß gemalt, mit Teegärten und einer Kegelbahn, das seinen alten Nachbar mit dem Pferdetrog, vor dem die Wagen hielten, verhöhnte; dann Felder und dann einige Häuser von ziemlicher Größe mit Höfen, einige sogar mit einem Vorhause, in dem ein Portier mit seinem Weibe wohnte. Dann kam ein Schlagbaum, dann wieder Felder mit Bäumen und Heuschobern, dann ein Hügel, auf dessen Spitze der Wanderer haltmachen und – zurücksehen kann, nach dem alten Sankt-Pauls-Turme, der sich durch den Rauch kaum den Augen zeigt, während an schönen Tagen sein Kreuz über die Wolke wegsieht und in der Sonne glänzt; wenn der Wanderer dann seine Blicke auf das Babel wirft, aus dem die Kathedrale auftaucht, und dessen

Spuren hinab bis zu den äußersten Vorposten der herandringenden Armee von Ziegelsteinen und Mörtel verfolgt, die beinahe zu seinen Füßen liegen, dann mag er endlich fühlen, daß er London hinter sich gelassen hat.

In der Nähe eines solchen Ortes und in einem lieblichen Felde ließen sich der alte Mann und seine kleine Führerin – wenn von führen die Rede sein kann, wo man nicht weiß, wohin man gehen will – nieder, um auszuruhen. Sie hatte die Vorsicht beobachtet, ihren Korb mit einigen Stückchen Fleisch und Brot zu versehen, und hier hielten sie ein frugales Frühstück.

Die Frische des Tages, der Gesang der Vögel, die Schönheit des wallenden Grases, das tiefe Grün der Blätter, die wilden Blumen und die tausend herrlichen Düfte und Töne, die in der Luft schwammen – erhebende Genüsse für die meisten von uns, besonders aber für die Mehrzahl derer, welche im Strudel oder in der Einsamkeit großer Städte leben, wie in dem Eimer eines Menschenbrunnens – senkten sich in ihre Herzen und machten ihre Seelen freudig. Das Kind hatte an diesem Morgen schon einmal sein kunstloses Gebet gesprochen, vielleicht mit mehr Ernst, als es je zuvor geschehen war; aber von dem Zauber des Augenblicks ergriffen, bewegte es abermals seine Lippen zu dem gleichen Spruch. Der alte Mann nahm seinen Hut ab, er hatte kein Gedächtnis für die Worte, aber er sagte sein Amen dazu und meinte, daß sie sehr gut wären.

Auf einem Gesimse ihrer vormaligen Heimat hatte ein alter Abdruck von ›Des Pilgers Reise‹ mit sonderbaren Bildern gelegen, über dem sie oft ganze Abende zugebracht hatte und dabei gern hätte wissen mögen, ob jedes Wort darin wahr wäre und wo wohl die fernen Gegenden mit ihren seltsamen Namen liegen möchten. Als sie jetzt auf den verlassenen Ort zurückblickte, kam ihr eine Stelle des Buches wieder lebhaft ins Gedächtnis.

»Lieber Großvater«, sagte sie, »es ist mir fast, als wären wir beide jener Christian und legten auf diesem Grase all jene Sorgen und Mühen, die wir mitgebracht haben, nieder, um sie nicht mehr aufzunehmen; nur daß dieser Ort viel hübscher und besser aussieht als der eigentliche – wenn nämlich der im Buche getroffen ist.«

»Nein, wir wollen nie wieder zurückkehren, nie wieder zurückkehren«, versetzte der alte Mann, gegen die Stadt hinwinkend. »Du und ich, wir beide haben uns jetzt losgemacht, Nell. Sie sollen uns nicht mehr zurücklocken.«

»Sind Sie müde?« fragte das Kind. »Fühlen Sie sich auch gewiß nicht unwohl von dem langen Gehen?«

»Ich werde mich nie wieder unwohl fühlen, nun wir einmal fort sind«, war seine Antwort. »Wir müssen uns rühren, wir müssen noch weiter fort, noch viel, viel weiter fort. Wir sind noch zu nahe, um zu halten und auszuruhen, komm!«

Auf dem Felde befand sich ein Weiher mit klarem Wasser, in dem die Kleine Hände und Gesicht wusch und ihre Füße kühlte, ehe sie weitergingen. Sie wollte, daß sich der alte Mann auf die gleiche Weise erfrischte; sie veranlaßte ihn daher, sich ins Gras zu setzen, goß Wasser mit den Händen über ihn und trocknete ihn sodann mit ihrem einfachen Kleide.

»Ich selbst kann nichts für mich tun, meine Liebe«, sagte der Großvater, »ich weiß nicht, wie es kommt: ich konnte es einmal, aber diese Zeit ist vorbei. Verlaß mich nicht, Nell, sage mir, daß du mich nicht verlassen willst! Ich habe dich immer sehr liebgehabt, gewiß, ich hatte dich immer sehr lieb. Wenn ich auch dich noch verliere, mein Herz, dann muß ich sterben!«

Er legte seinen Kopf auf seine Schulter und seufzte laut auf. Es gab eine Zeit, und das war noch vor ein paar Tagen, da Nelly nicht vermocht hätte, ihren Tränen zu wehren, sondern mit ihm geweint hätte. Jetzt aber beruhigte sie ihn mit sanften und zärtlichen Worten, lächelte über seinen Einfall, daß sie sich je trennen könnten, und neckte ihn deshalb mit heiteren Scherzreden. Er wurde bald wieder ruhig und sank in Schlaf, sich selbst leise einsingend wie ein kleines Kind. Er erwachte neugestärkt, und beide nahmen ihre Wanderung wieder auf. Der Weg war lieblich: er führte durch schöne Auen und Fruchtfelder, über denen hoch am klaren blauen Himmel sich die Lerche wiegte und ihr frohes Liedchen trillerte. Die Luft führte ihnen die Düfte zu, die sie unterwegs gefunden hatte, und die Bienen, getragen von ihrem würzigen Odem, summten in schläfrigem Behagen, als sie vorüberschwammen.

Sie befanden sich nun auf dem offenen Lande; Häuser gab es nicht viele und auch diese standen in langen, oft meilenweiten Zwischenräumen. Hin und wieder trafen sie auf eine Gruppe armseliger Hütten, deren offene Türen zum Teil durch eine Bank oder ein niedriges Brett verlegt waren, um die herumkrabbelnden Kinder von der Straße abzuhalten, während man andere geschlossen hatte, weil die ganze Familie auf dem Felde arbeitete. Dies war oft der Anfang eines kleinen Dorfes; in einiger Entfernung weiter hinten traf man dann auch die Werkstätte eines Stellmachers oder die Esse eines Hufschmiedes; dann kam vielleicht eine blühende Meierei, wo schläfrige Kühe im Hof herumlagen, während Pferde über die niedrige Mauer sahen und davonrannten, wenn Rosse in ihren Geschirren des Weges kamen, als wollten sie ihre Freiheit triumphierend zeigen. Auch träge Schweine waren da, die den Boden nach leckerer Kost durchwühlten und ihr monotones Grunzen ausstießen, wenn sie umherschnupperten oder sich bei ihrem Suchen gegenseitig ins Gehege kamen; fette Tauben schwirrten um das Dach oder putzten sich auf den Traufen; und Enten und Gänse, die sich für gar anmutig halten mochten, watschelten täppisch an dem Rande des Weihers hin oder schwammen hurtig über dessen Oberfläche. Hinter der Meierei kam das kleine Gasthaus, die unbedeutendere Bierschenke und der Laden des Krämers; dann die Wohnungen des Advokaten und des Pfarrers, bei deren gefürchteten Namen die Bierschenke zitterte; dann schaute die Kirche bescheiden aus einer Gruppe von Bäumen heraus; dann kamen noch einige Bauernhütten, dann der Triller und der Pfandstall und nicht selten ganz am Wege ein tiefer, staubiger Brunnen, nach diesem zu beiden Seiten die eingehegten Felder und endlich wieder die offene Landstraße.

Sie gingen den ganzen Tag fort und schliefen die Nacht über in einem kleinen Bauernhause, wo Betten für Reisende zu vermieten waren. Am andern Morgen waren sie zeitig wieder auf den Beinen, und obgleich sie anfangs noch sehr ermüdet waren, erholten sie sich doch bald und schritten rüstig weiter.

Sie machten oft halt, um auszuruhen, aber immer nur eine kleine Weile, worauf sie wieder aufbrachen, obschon sie am Morgen nur wenig zu sich genommen hatten. Es war beinahe fünf Uhr nachmittags, als sie sich abermals einem Haufen von Arbeiterhütten näherten. Das Kind sah sehnsüchtig jede an, zweifelnd, in welcher es ein Plätzchen für kurze Ruhe erbitten und einen Trunk Milch kaufen sollte.

Es wurde Nelly nicht leicht, zu einem Entschlusse zu kommen, denn sie war schüchtern und fürchtete eine Zurückweisung. Hier weinte ein Kind, dort keifte eine Frau; in der einen Hütte waren ihr die Leute zu arm, in der andern waren ihrer zu viele.

Endlich machte sie vor einem Hause halt, wo die Familie

um einen Tisch herumsaß. Sie tat es hauptsächlich deshalb, weil ein alter Mann in einem Polsterstuhle neben dem Herd saß; sie hielt ihn für den Großvater und hoffte, er werde auch für den ihrigen Mitgefühl haben.

Außerdem waren der Bauer und sein Weib da mit drei jungen, kräftigen Kindern, braun wie Bären. Ihrer Bitte wurde unverzüglich gewillfahrt. Der älteste Knabe eilte hinaus, um etwas Milch zu holen, der zweite schleppte zwei Schemel an die Tür, und der jüngste klammerte sich an das Gewand seiner Mutter und sah durch die sonnverbrannten Finger auf die Fremdlinge.

»Gott grüß Euch, Herr!« sagte der alte Hüttenbewohner mit dünner, pfeifender Stimme. »Geht die Reise weit?«

»Ja, Herr, wir haben einen weiten Weg vor uns«, versetzte Nelly, denn ihr Großvater forderte sie durch einen Blick auf, die Antwort zu geben.

»Von London?« fragte der alte Mann.

Das Kind bejahte diese Frage.

Ah! Er war oft in London gewesen, hatte seinerzeit nicht selten zu Wagen dahin gemußt. Seit zweiunddreißig Jahren hatte er es aber nicht wieder gesehen, und er wollte gehört haben, daß seitdem vieles anders geworden sei. Wohl möglich! War ja seitdem auch mit ihm vieles anders geworden! Zweiunddreißig Jahre sind eine lange Zeit, meinte er, und vierundachtzig ein hohes Alter, obgleich er von Leuten erzählen konnte, die fast hundert erlebt hatten und lange nicht so rüstig waren wie er – nein, nicht im entferntesten!

»Setzt Euch da in den Lehnstuhl, Herr«, sagte der alte Mann, indem er mit seinem Stock auf den gepflasterten Boden stieß und dieses Manöver recht kräftig auszuführen suchte. »Nehmt eine Prise aus der Dose; ich schnupfe zwar nicht viel, denn der Tabak ist teuer; aber ich finde, daß er mich manchmal aufweckt, und Ihr seid nur ein Junge gegen mich. Ich könnte jetzt einen Sohn haben, der fast so alt wäre wie Ihr, wenn er noch lebte, aber sie nahmen ihn zu den Soldaten – er kam freilich wieder heim, aber nur mit einem einzigen armseligen Bein. Er hat immer gesagt, er wolle bei der Sonnenuhr begraben werden, an der er so gern hinankletterte, als er noch ein Kind war – ja, so sagte der arme Junge, und seine Worte sind wahr geworden – Ihr könnt von hier aus den Platz sehen; wir haben seitdem den Rasen immer in gutem Stand erhalten.«

Er schüttelte den Kopf, sah mit tränenfeuchten Augen seine Tochter an und sagte, sie brauche nicht zu fürchten, daß er weiter davon spreche; er wolle niemand beunruhigen, und wenn er dies durch seine Worte getan habe, so könne er nichts weiter tun als um Verzeihung bitten.

Jetzt langte die Milch an; die Kleine brachte ihr Körbchen hervor, wählte die besten Bissen für ihren Großvater aus, und so hielten sie eine erfrischende Mahlzeit. Die Möbel der Stube waren natürlich sehr ländlich – ein paar rohgezimmerte Stühle und ein Tisch, ein Wandschrank mit seinem kleinen Vorrat von Töpfergeschirr und Steingut, eine Teekanne, auf der eine Dame in schreiend rotem Kleide mit einem grellblauen Sonnenschirm spazierenging, ein paar gewöhnliche kolorierte Bibelbilder in Rahmen an der Wand und dem Kamin, ein alter, zwergartiger Kleiderschrank und eine Achttageuhr mit einigen blanken Pfannen und einem Kessel – hieraus bestand die ganze Einrichtung. Aber alles war nett und reinlich, und als das Kind sich umsah, fühlte es eine so behagliche und zufriedene Ruhe, wie sie ihm lange nicht zuteil geworden war.

»Wie weit ists bis zu einer Stadt oder einem Dorfe?« fragte Nelly den Hauswirt.

»Man spricht da von reichlich fünf Meilen, meine Gute«, lautete die Antwort. »Aber ihr wollt doch nicht diesen Abend noch hingehen?«

»Ja, ja, Nell«, sagte der alte Mann hastig, indem er durch Zeichen in sie drang. »Wir müssen weiter, weiter, mein Kind – immer weiter, und wenn wir bis Mitternacht gehen müßten.«

»Wir haben eine gute Scheune in der Nähe, Herr«, entgegnete der Bauer; »auch können Reisende in dem Wirtshaus ›Pflug und Egge‹ ein Unterkommen finden. Ihr müßt entschuldigen, aber ihr scheint mir ein bißchen müde, und wenn euch nicht sehr daran gelegen ist, fortzukommen . . .«

»Ja, ja, es ist uns sehr daran gelegen«, erwiderte der alte Mann ärgerlich. »Mach daß wir weiterkommen, liebe Nell; ich bitte, beeile dich!«

»Wir müssen in der Tat fort«, sagte das Kind, dem Drängen des Großvaters nachgebend. »Wir danken Euch recht sehr, aber wir dürfen nicht so bald haltmachen. Ich bin bereit, Großvater.«

Die Frau hatte jedoch an dem Gange der jungen Pilgerin bemerkt, daß einer ihrer kleinen Füße Blasen hatte, und da sie ein Weib und zugleich Mutter war, wollte sie die arme Nell nicht ziehen lassen, bis sie die Stelle gewaschen und irgendein einfaches Hausmittel angewendet hatte, was sie so sorgfältig und mit so zarter Hand vollführte – obgleich dieselbe rauh und hart von der Arbeit war –, daß das Kind in der Überfülle ihres Herzens nicht mehr als ein glühendes »Gott lohnt es Euch!« auszusprechen vermochte; auch konnte sie nicht zurücksehen oder auch nur Worte finden, bis sie die Hütte weit hinter sich hatten. Als sie sich jetzt umwandte, sah sie, wie die ganze Familie, den alten Großvater nicht ausgenommen, auf dem Wege stand und ihnen nachsah; und so verabschiedeten sie sich unter vielen Handschwenkungen und grüßendem Zunicken, aber auch nicht ohne Tränen, wenigstens von einer Seite.

Sie hatten sich, freilich langsamer und beschwerlicher, als es bisher der Fall gewesen, ungefähr eine Stunde oder etwas darüber weitergeschleppt, als sie hinter sich Rädergerassel vernahmen, und ein Rückblick belehrte sie, daß ihnen ein leerer Karren rasch nachkam. Als er bei ihnen anlangte, ließ der Treiber sein Pferd haltmachen und sah Nelly ernst an.

»Habt ihr in einer Hütte dort ausgeruht?« fragte er.

»Ja, Sir«, versetzte das Kind.

»Ah! Man hat mir dort gesagt, ich solle mich nach euch

umsehen«, versetzte der Mann. »Ich fahre den gleichen Weg. Gebt mir Eure Hand! Hinauf mit Euch, Herr!«

Dies war eine große Erleichterung, denn sie waren sehr müde und konnten sich kaum weiterschleppen. Der Karren erschien ihnen daher trotz seines Stoßens als eine elegante Equipage und die Fahrt selbst als der köstlichste Genuß von der Welt. Nell hatte sich kaum in einer Ecke niedergesetzt, als sie in Schlaf verfiel – das erstemal an diesem Tage.

Sie wurde durch das Anhalten des Karrens geweckt, der eben im Begriff war, in einen Seitenweg einzubiegen. Der Kärrner stieg freundlich aus, um ihr herunterzuhelfen, deutete auf einige Bäume in kurzer Entfernung von ihnen und sagte, daß dort die Stadt läge; sie würden übrigens gut tun, den Pfad einzuschlagen, der durch den Kirchhof führe und den sie nicht verfehlen könnten. Demgemäß lenkten sie ihre müden Schritte in die angedeutete Richtung.

Sechzehntes Kapitel

Die Sonne ging eben unter, als sie an das Gehegetürchen kamen, von dem aus der Fußpfad seinen Anfang nahm; und wie der Regen gleichmäßig auf Gerechte und Ungerechte fällt, so goß sie ihre warmen Strahlen selbst auf die Ruheplätze des Todes aus und hieß sie sich getrösten, bis sie morgen wieder aufgehen würde. Die Kirche war alt und grau, und der Efeu umzog Wände und Portal. Die Monumente vermeidend, kroch er um die Grabhügel, unter denen arme, geringe Menschen schliefen, und wand ihnen die ersten Kränze, die sie je errungen, aber Kränze, die weniger dem Verwelken unterworfen sind und in ihrer Art weit länger dauern als die in Stein und Marmor eingegrabenen, welche in pomphaften Ausdrücken von Tugenden sprechen, die viele Jahre demütig verborgen und erst zuletzt von den Testamentsvollstreckern und den tiefbetrübten Erben ans Licht gefördert worden waren.

Das Pferd des Geistlichen, mit plumpem, schwerfälligem Tritt zwischen den Gräbern umherstolpernd, weidete das Gras ab und holte sich in dieser Weise orthodoxen Trost von den toten Pfarrkindern, indem es den Text des letzten Sonntags betätigte, daß Fleisch nichts weiter als welkes Gras sei; ein magerer Esel, der sich gleichfalls an einer solchen Texterklärung versucht hatte, ohne dazu qualifiziert und ordiniert zu sein, spitzte seine Ohren in einem dicht nebenanliegenden leeren Pfandstall und sah mit hungrigen Augen auf seinen priesterlichen Nachbar.

Der alte Mann und das Kind verließen den Kiesweg und gingen zwischen den Gräbern weiter; denn dort war der Grund weich und tat ihren ermüdeten Füßen nicht so weh. Als sie in die Nähe der Kirche kamen, hörten sie Stimmen, und alsbald wurden sie auch der Leute, die gesprochen hatten, ansichtig.

Es waren zwei Männer, die nachlässig im Grase saßen und so emsig beschäftigt waren, daß sie anfangs die Ankömmlinge gar nicht bemerkten. Man konnte leicht erraten, daß sie zu dem Stande reisender Puppenspieler oder der Darsteller von Policinellopossen gehörten, denn auf einem Grabstein hinter ihnen saß die Figur jenes Helden selbst mit gekreuzten Beinen, während seine Nase und sein Kinn so gekrümmt und sein Gesicht so strahlend als gewöhnlich waren. Nie hatte sich wohl sein unverwüstlicher Charakter siegreicher gezeigt, denn er behielt das gewohnte gleichförmige Lächeln bei, obwohl sein Körper in einer höchst unbehaglichen Stellung lose, schlotterig und formlos niederbaumelte, während seine lange, zugespitzte Mütze, unverhältnismäßig gegen seine außerordentlich leichten Beine vorwärts balancierend, jeden Augenblick herabzustürzen und den ganzen Körper nachzuziehen drohte.

Zum Teil vor den Füßen der beiden Männer auf dem Boden umherliegend, zum Teil in einer langen, flachen Schachtel durcheinandergeworfen, waren die übrigen Personen des Dramas zu erkennen. Das Weib des Helden und ein Kind, das

Steckenpferd, der Doktor, der ausländische Herr, der infolge seiner Unkenntnis der Sprache seine Ideen nicht anders als durch das dreimal sehr bestimmt hervorgestoßene Wort ›Schallabalah‹ auszudrücken vermag, der radikale Nachbar, der um keinen Preis zugeben will, daß ein Zinnglöckchen eine Orgel ist, der Henker und der Teufel – alles war hier zugegen. Die Eigentümer dieser Puppen waren augenscheinlich an

diesen Ort gekommen, um einige Reparaturen an ihrer Bühnenausstattung vorzunehmen, denn einer von ihnen war beschäftigt, einen kleinen Galgen mit Zwirn zusammenzubinden, während der andere auf dem Kopfe des radikalen Nachbars, dem eine Glatze geschlagen worden war, unter Beihilfe eines kleinen Hammers und etlicher Stifte eine schwarze Perücke befestigte.

Sie schlugen erst ihre Augen auf, als sich der alte Mann und seine Begleiterin dicht hinter ihnen befanden, hielten in ihrer Arbeit inne und erwiderten deren neugierige Blicke. Einer von ihnen, ohne Zweifel der eigentliche Puppenspieler, war ein kleiner Mann mit einem heitern Gesicht, blinzelnden Augen und roter Nase und schien, ohne es selbst zu wissen, einiges von dem Charakter seines Helden angenommen zu haben. Der andere – der, welcher das Geld einsammelte – sah ernster und vorsichtiger aus, was vielleicht ebenfalls notwendig mit seinem Geschäft zusammenhing.

Der heitere Mann war der erste, welcher die Fremden mit einem Kopfnicken begrüßte, und als er den Augen des alten Mannes folgte, meinte er, vermutlich habe dieser noch nie einen Policinello außerhalb der Bühne gesehen. (Bei dieser Gelegenheit sei übrigens bemerkt, daß Policinello mit der Spitze seiner Mütze auf eine ungemein pathetische Grabschrift zu deuten und darüber aus dem Grunde seines Herzens zu lachen schien.)

»Warum kommt ihr zu einer solchen Verrichtung hierher?« fragte der alte Mann, indem er sich neben den beiden niederließ und mit ungemeinem Vergnügen die Puppen betrachtete.

»Je nun, seht Ihr«, versetzte der kleine Mann, »wir geben diesen Abend in dem Wirtshause dort eine Vorstellung, und da würde es nicht angehen, die Leute zusehen zu lassen, wie unsere Gesellschaft geflickt wird.«

»Nicht?« rief der alte Mann, indem er Nell durch Zeichen bedeutete, daß sie zuhören solle, »warum nicht, he? Warum nicht?«

»Weil es alle Täuschung zerstören und das Interesse aufheben würde – oder meint Ihr nicht?« entgegnete der kleine Mann. »Würdet Ihr Euch um den Lordkanzler nur noch so viel kümmern« – damit machte er eine Gebärde, die sagen sollte wieviel –, »wenn Ihr ihn privatim und ohne seine Perücke gesehen hättet? Gewiß nicht!«

»Gut!« sagte der alte Mann, indem er es wagte, eine der Puppen zu berühren und dann mit einem schrillen Lachen die Hand zurückzog; »ihr wollt sie also heute abend zeigen, nicht wahr?«

»Das ist unsere Absicht, Herr«, erwiderte der andere; »und wenn ich mich in Tommy Codlin nicht sehr täusche, so berechnet er in dieser Minute den Verlust, den wir dadurch erleiden, daß Ihr uns hier hinter die Kulissen guckt. Doch nur guten Muts, Tommy, er kann nicht bedeutend sein.«

Der kleine Mann begleitete die letzten Worte mit einem Blinzeln, mit dem er sein Gutachten über den Stand der Finanzen unserer Reisenden ausdrückte.

Herr Codlin, der ein sauertöpfisches und brummendes Wesen an sich hatte, nahm jetzt den Policinello von dem Grabstein, warf ihn in die Schachtel und sagte:

»Ich mache mir nichts daraus, wenn wir auch einen Farthing verloren haben; aber Ihr seid zu leichthin! Wenn Ihr so vor dem Vorhang ständet und die Gesichter des Publikums sehen würdet wie ich, so würdet Ihr Euch besser auf die menschliche Natur verstehen.«

»Oh! Es ist nicht gut für Euch gewesen, daß Ihr Euch auf diese Branche gelegt habt«, entgegnete sein Gefährte. »Als Ihr noch den Geist in den eigentlichen Jahrmarktskomödien spieltet, glaubtet Ihr an alles, nur nicht an Geister; aber nun seid Ihr mißtrauisch gegen alle Welt. Ich habe nie einen Menschen sich so ändern sehen.«

»Gleichviel«, entgegnete Herr Codlin mit der Miene eines unzufriedenen Philosophen, »ich weiß es jetzt besser, obgleich ich gerade nicht sagen kann, daß es mir viel Freude macht.«

Herr Codlin beugte sich nun über die Figuren in der Schachtel, einem Manne gleich, der sie kannte und daher verachtete, zog eine hervor und reichte sie seinem Freunde zur Besichtigung hin:

»Seht einmal an, Judys Kleider sind schon wieder in Fetzen gegangen. Vermutlich habt Ihr weder Nadel noch Faden bei Euch?«

Der kleine Mann schüttelte den Kopf und kratzte sich mit einer Jammermiene hinter den Ohren, als er dieses übeln Zustandes einer Hauptperson ansichtig wurde. Als Nell ihre Verlegenheit wahrnahm, sagte sie schüchtern:

»Ich habe Nadel und Faden in meinem Korbe, Sir. Wollt Ihr mich die Figur ausbessern lassen? Ich glaube, ich kann es hübscher machen als Ihr.«

Selbst Codlin hatte nichts gegen ein so gelegenes Anerbieten einzuwenden. Nelly kniete neben der Schachtel nieder und war bald emsig mit ihrer Arbeit beschäftigt, die sie auch wunderbar ausführte.

Während der Arbeit sah ihr der heitere kleine Mann mit einem Interesse zu, welches sich keineswegs zu mindern schien, als er von ihr auf ihren hilflosen Begleiter blickte. Als sie fertig war, dankte er ihr und fragte, wohin sie reisten.

»Oh, nicht mehr weiter diesen Abend, glaube ich«, sagte das Kind mit einem Blick auf seinen Großvater.

»Wenn ihr ein gutes Nachtlager braucht«, bemerkte der Mann, »so möchte ich euch zu demselben Wirt raten, bei dem wir einquartiert sind. Dort ist es, das lange, niedrige, weiße Haus. Man wird sehr wohlfeil gehalten.«

Der alte Mann wäre, ungeachtet seiner Ermüdung, die ganze Nacht über auf dem Kirchhof geblieben, wenn seine neuen Bekannten gleichfalls daselbst ihr Lager aufgeschlagen hätten. So aber nahm er diesen Rat bereitwillig und mit Freuden an, worauf sich alle erhoben und gemeinsam fortgingen; er hielt sich dicht hinter der Schachtel mit den Puppen, von denen er ganz berückt war; der heitere kleine Mann trug dieses wertvolle Gepäck an einem über die Achsel geschlungenen Riemen, Nelly ging an der Hand ihres Großvaters mit, und Herr Codlin schlenderte langsam hinterdrein, indem er gelegentlich den Kirchturm und die benachbarten Bäume mit den nämlichen Blicken beehrte, wie er sie in seiner Stadtpraxis nach den Kinder- und Gesindestubenfenstern zu werfen pflegte, wenn er sich nach einem bequemen Platz umsah, wo das Puppenspiel aufgepflanzt werden konnte.

Das Wirtshaus gehörte einem fetten, alten Wirte und einer Wirtin, die nichts gegen die Aufnahme ihrer neuen Gäste einzuwenden hatten; im Gegenteil, sie rühmten Nellys Schönheit sehr und waren sofort wie bezaubert. In der Küche befand sich außer den zwei Puppenspielern keine weitere Gesellschaft, und das Kind dankte Gott, ein so gutes Quartier gefunden zu haben. Die Wirtin war ungemein erstaunt, als sie hörte, daß sie den ganzen Weg von London zu Fuß gemacht hätten, und schien nicht wenig neugierig hinsichtlich ihrer weiteren Reiseabsichten zu sein. Das Kind wich ihren Fragen so gut als möglich aus, was um so leichter anging, als die alte Frau selbst davon abstand, sobald sie bemerkte, daß ihre Nachforschungen der Kleinen peinlich waren.

»Diese zwei Herren wünschen ihr Nachtessen in einer Stunde einzunehmen«, sagte die Wirtin, indem sie Nell mit in den Schenkverschlag nahm, »und ihr werdet guttun, wenn ihr mit ihnen speist. Inzwischen sollst du etwas bekommen, was dich erfrischen wird; denn sicherlich kannst du nach einem so langen Marsche etwas derart brauchen. Nun, du brauchst dich nicht um den alten Herrn zu sorgen, denn wenn du getrunken hast, soll er auch etwas bekommen.«

Da sich jedoch das Kind durchaus nicht bewegen ließ, ihn allein zu lassen oder etwas zu berühren, wovon er nicht den ersten, größeren Teil hatte, so sah sich die alte Frau genötigt, ihn zuerst zu bedienen. Sobald sie sich in dieser Weise erfrischt hatten, eilte das ganze Haus zu einem leeren Stall, wo das Puppenspiel stand und wo bei dem Scheine einiger Talglichter, die in einem von der Decke herunterhängenden Faßreifen staken, die Komödie sofort beginnen sollte.

Und nun nahm Herr Thomas Codlin, der Menschenfeind, nachdem er sich auf der Papagenopfeife in eine völlige Erschöpfung geblasen hatte, seine Stellung rechts von der gewürfelten Leinwand ein, welche den Figurenlenker verbarg, und schickte sich an, die Hände in den Taschen, alle Fragen und Bemerkungen des Policinello zu beantworten und auf eine ganz grauenhafte Weise so zu tun, als wäre er dessen intimster Freund, als glaube er an ihn mit dem vollsten und unbegrenztesten Vertrauen und als lebe er der zuversichtlichsten Überzeugung, daß der Held des Stückes sich Tag und Nacht einer glorreichen Existenz in diesem Tempel erfreue und daß er jederzeit und unter allen Umständen dieselbe einsichtsvolle und lustige Person sei, als die ihn die Zuschauer jetzt erblickten. All dies tat Herr Codlin mit der Miene eines Mannes, der sich mit vollständiger Resignation in das Schlimmste zu schicken weiß, und sein Auge wanderte bei den treffendsten Erwiderungen langsam umher, um den Eindruck zu beobachten, den sie auf die Zuhörerschaft, insbesondere aber auf den Wirt und die Wirtin machten, was hinsichtlich der Zeche von besonders wichtigen Folgen sein konnte.

In dieser Hinsicht hatte er jedoch keine begründete Ursache zur Besorgnis, denn die ganze Vorstellung wurde aus Leibeskräften beklatscht, und es regnete freiwillige Beiträge mit einer Liberalität, welche noch weit nachdrücklicher das allgemeine Entzücken bekundete. Niemand lachte lauter und häufiger als der alte Mann. Von Nell hörte man übrigens nichts, denn das arme Kind war, das Köpfchen auf die Brust gesenkt, eingeschlafen und schlummerte zu fest, als daß sie durch seine Bemühungen, sie zur Teilnahme an seiner Lust zu bewegen, hätte geweckt werden können. Das Nachtessen war sehr gut, aber sie fühlte sich zu ermattet, um zu essen; doch wollte sie den alten Mann nicht verlassen, bis sie ihn im Bett wußte und ihm zum Gutenachtgruß geküßt hatte. Er, zum Glück unempfindlich für jede Sorge und Bekümmernis, saß da und horchte mit einem leeren Lächeln und bewunderndem Gesicht auf alles, was seine neuen Freunde sprachen, und erst als diese gähnend ihre Kammer aufsuchten, folgte er dem Kinde die Treppen hinauf.

Es war nur ein in zwei Hälften abgeteilter Dachboden, wo sie sich zur Ruhe begeben sollten; demungeachtet freuten sie sich über ihr Nachtquartier, da sie auf kein so gutes gerechnet hatten. Der alte Mann fühlte sich, nachdem er sich niedergelegt hatte, nicht wohl und bat Nell, daß sie kommen und sich an sein Bett setzen möchte, wie sie so viele Nächte getan hatte. Sie gehorchte eiligst und blieb, bis er eingeschlafen war.

In dem ihr angewiesenen Abteil befand sich ein kleines Fenster, kaum größer als ein Mauerriß, und nachdem sie ihren Großvater verlassen hatte, öffnete sie es, verwundert über das tiefe Schweigen. Der Anblick der alten Kirche und der umherliegenden Gräber in der Mondbeleuchtung, die dunkeln Bäume, die einander zuflüsterten, stimmten sie gedankenvoller als je zuvor. Sie machte das Fenster wieder zu, setzte sich auf ihr Bett und dachte über das Leben nach, das ihnen jetzt bevorstand.

Sie hatte etwas Geld, aber es war nur sehr wenig, und wenn dieses fort war, dann mußten sie anfangen zu betteln. Es war ein Goldstück darunter, und im Falle der Not konnte es leicht für sie einen hundertfältigen Wert bekommen. Daher mochte es wohl das beste sein, diese Münze zu verbergen und nur in einer durchaus verzweifelten Lage Zuflucht zu ihr zu nehmen, wenn alle andern Hilfsquellen versiegt waren.

Ihr Entschluß war gefaßt, sie nähte das Goldstück in ihr Kleid ein, und da sie jetzt mit leichterem Herzen zu Bett gehen konnte, fiel sie schnell in einen tiefen Schlaf.

Siebzehntes Kapitel

Ein zweiter, heiterer Tag schien durch das kleine Fenster und weckte das Kind, um mit dessen ihm verwandten Augen Kameradschaft zu machen. Bei dem Anblick des fremden Gemachs und der ungewohnten Umgebung raffte sich Nell unruhig auf und wunderte sich, wie sie aus dem traulichen Kämmerchen, in dem sie gestern abend eingeschlafen zu sein glaubte, fort und hierher gebracht worden sei. Aber ein zweiter Blick rief ihr die jüngst erlebten Begebenheiten wieder ins Gedächtnis, und voll Hoffnung und Vertrauen sprang sie aus ihrem Bette.

Es war noch früh, und da der alte Mann noch in tiefem Schlafe lag, ging sie auf den Kirchhof hinunter und fegte mit ihren Füßen den Tau von dem langen Grase, indem sie oft über Stellen ging, wo es noch höher wuchs, um nicht auf die Gräber zu treten. Sie fand eine eigentümliche Art von Vergnügen in dem Aufenthalte unter diesen Häusern des Todes und las die Aufschriften auf den Gräbern der guten Menschen – es lag deren eine große Anzahl hier bestattet –, indem sie mit wachsendem Interesse von dem einen zum andern wandelte.

Es war ein sehr ruhiger Ort – ganz so, wie er sein sollte –, mit

Ausnahme der krähenden Dohlen, die ihre Nester in den Zweigen einiger hoher Bäume gebaut hatten und hoch oben in der Luft einander zuriefen. Zuerst ließ einer dieser glattgefiederten Vögel, der in der Nähe seines zerzausten Hauses schwebte, während er sich im Winde schwang und schaukelte, sein heiseres Geschrei vernehmen, ganz zufällig, wie es schien und in einem bescheidenen Tone, als ob er nur mit sich selbst spräche. Ein anderer antwortete, und der erste schrie abermals, aber lauter als zuvor; dann mischte sich ein dritter und vierter ins Gespräch, und jedesmal beharrte der erste, durch den Widerspruch gereizt, nur um so stärker auf seiner Behauptung. Nun fielen auch noch andere Stimmen ein, die bisher geschwiegen hatten, von den niedrigeren, den höheren, den mittleren, den rechten, den linken und den Wipfelzweigen aus; und noch weitere erschollen hastig aus den grauen Kirchtürmchen und den Fenstern des alten Glockenstuhles und schlossen sich dem allgemeinen Lärm an, der sich bald steigerte, bald verminderte, der anschwoll und dann wieder nachließ, jedenfalls aber unausgesetzt fortdauerte. Auch fand während dieses ganzen geräuschvollen Wettstreites ein beständiges Hin- und Herziehen, ein Niederlassen auf neue Zweige und ein unablässiger Ortswechsel statt, womit sie die frühere Ruhelosigkeit derer, die jetzt so still unter Moos und Rasen lagen, und das nutzlose Ringen, mit dem sie sich ihr Leben verkümmert hatten, zu verspotten schienen.

Nelly erhob ihre Blicke oft zu den Bäumen, aus denen diese Töne kamen, und es dünkte ihr, der Ort werde dadurch noch ruhiger, als er durch ein vollkommenes Schweigen hätte werden können; sie ging von einem Grabe zum andern, indem sie bald haltmachte, um mit sorgfältiger Hand einen Strauch wieder aufzurichten, der sich von irgendeinem grünen Grabhügel, den er zieren half, losgelöst hatte, bald durch eins der niedrigen Gitterfenster in die Kirche hineinsah, in der wurmzerfressene Bücher auf den Betpulten lagen und die weißlichgrüne Tuchverkleidung an den Seiten der Kirchenstühle moderte und das nackte Holz dem Auge preisgab. Da waren die

Bänke, auf denen die armen alten Leute saßen, abgenutzt und gelb wie sie selber; der rauhe Taufstein, an dem die Kinder ihre Namen erhielten, der einfache Altar, an dem sie in späteren Tagen niederknieten, da waren die flachen, schwarzen Gestelle, die ihre Last zum letzten Besuche in die kühle, alte, schattige Kirche trugen. Alles deutete auf langen Gebrauch und ruhigen, allmählichen Verfall; selbst das Glockenseil im Treppenhause des Turmes hatte sich zu einer Franse aufgelöst und war infolge des Alters schimmelig geworden.

Sie betrachtete eben einen bescheidenen Grabstein, der von einem jungen dreiundzwanzigjährigen Manne erzählte, der vor fünfundzwanzig Jahren gestorben war, als sie das Geräusch näherkommender, wankender Schritte vernahm, und beim Umblicken bemerkte sie ein gebrechliches, von der Last der Jahre gebeugtes Weib, das zu demselben Grabe hinanhinkte und sie bat, ihr die Inschrift auf dem Steine vorzulesen. Nell willfahrte dieser Bitte, und die alte Frau dankte ihr, indem sie beifügte, sie habe die Worte manches lange, lange Jahr auswendig gewußt, jetzt aber könne sie sie nicht mehr sehen.

»Wart Ihr seinc Mutter?« fragte das Kind.

»Ich war sein Weib, meine Liebe.«

»Ihr das Weib eines jungen Mannes von dreiundzwanzig? Ach ja! Es war ja vor fünfundfünfzig Jahren.«

»Ihr wundert Euch, daß ich so spreche?« bemerkte die alte Frau nickend; »Ihr seid aber nicht die erste. Ältere Leute als Ihr haben sich schon früher darüber gewundert. Ja, ich war sein Weib. Der Tod kann uns nicht mehr verändern als es das Leben tut, meine Liebe.«

»Kommt Ihr oft hierher?« fragte das Kind.

»Im Sommer sitze ich sehr oft hier«, antwortete sie. »Früher einmal kam ich immer hierher, um zu weinen und zu trauern, aber das ist, weiß Gott, schon lange, lange her!«

»Ich pflücke die Gänseblümchen ab, die hier wachsen und nehme sie mit nach Hause«, fuhr die alte Frau nach einem kurzen Schweigen fort. »Seit fünfundfünfzig Jahren ist mir keine Blume lieber als diese. Es ist eine lange Zeit, und ich bin inzwischen sehr alt geworden.«

Indem sie nun lebhaft über das Thema zu schwatzen begann, für das sie eine Zuhörerin hatte, der es neu war, mochte diese auch nur ein Kind sein, erzählte sie, wie sie damals geweint, gestöhnt und zum Himmel gefleht hatte, daß der liebe Gott doch auch sie abrufen möchte, als das Unglück geschehen war; und wie, als sie zum erstenmal diesen Ort besuchte, ein junges Geschöpf, stark in Liebe und Schmerz, sie gehofft, ihr Herz möchte brechen, wie es auch den Anschein gehabt. Diese Prüfungsstunden gingen aber vorüber, und obgleich sie fortfuhr, mit traurigem Herzen hierherzukommen, so konnte sie doch diese Besuche ertragen, deren Qual im Laufe der Zeit immer stiller wurde, bis sie für sie eine heilige Freude und Pflicht wurden, die sie lieben gelernt hatte. Und nun, nach fünfundfünfzig Jahren, sprach sie von dem toten Manne, als ob er ihr Sohn oder Enkel gewesen wäre, fühlte mit seiner Jugend tiefes Mitleid, das aus ihrem eignen hohen Alter entsprang, und pries in begeisterten Worten seine Kraft und seine männliche Schönheit, wenn sie sie mit ihrer eignen Schwäche und Hinfälligkeit verglich. Und doch sprach sie auch von ihm als ihrem Manne, gedachte ihrer Verbindung mit ihm als einer Zeit, in der sie nicht war wie jetzt, redete von ihrem Wiedersehen in einer andern Welt, als ob man ihn erst gestern begraben hätte, als ob sie, die sich ganz von ihrem früheren Ich löste, an das Glück des hübschen Mädchens dächte, das mit ihm gestorben zu sein schien.

Das Kind ließ sie die Blumen sammeln, die auf dem Grabe wuchsen, und entfernte sich gedankenvoll.

Der alte Mann war inzwischen aufgestanden und hatte sich angekleidet. Herr Codlin, noch immer verdammt, die rauhen Wirklichkeiten des Daseins zu betrachten, packte die Kerzenstümpfchen, die bei der gestrigen Vorstellung übriggeblieben waren, unter seine Leinwand, während sein Gefährte die Komplimente all der Müßiggänger im Stallhofe entgegennahm, die nicht imstande waren, seine Person von dem geistreichen Policinello zu trennen, hielten ihn für ebenso wichtig wie den lustigen Vogelfreien und liebten ihn nicht weniger. Sobald er sich hinreichend von seiner Popularität überzeugt hatte, kam er zum Frühstück herein, an dem sich alle beteiligten.

»Und wo geht's heute hin?« fragte der kleine Mann, sich an Nellys Seite niedersetzend.

»Das weiß ich selber noch nicht«, sagte das Kind; »wir haben noch nichts bestimmt.«

»Wir gehen zu dem Pferderennen«, sagte der kleine Mann. »Wenn Ihr den gleichen Weg zu machen und nichts gegen unsere Gesellschaft einzuwenden habt, so wollen wir miteinander gehen. Zieht Ihr's aber vor, allein zu reisen, so dürft Ihr es ruhig sagen; Ihr sollt sehen, daß wir Euch nicht belästigen wollen.«

»Wir wollen mit Euch gehen«, entgegnete der alte Mann. »Nell, mit ihnen, mit ihnen!«

Das Kind dachte einen Augenblick nach, und der Gedanke, daß sie bald betteln müßte und kaum hoffen dürfte, hierzu einen besseren Ort zu finden, als einen, der durch Belustigungen und Festspiele Mengen von reichen Damen und Herren versammelt, bewog sie, die Männer dorthin zu begleiten. Sie dankte daher dem kleinen Manne für sein Anerbieten und sagte mit einem furchtsamen Blick auf dessen Freund, wenn man gegen ihre Gesellschaft bis zur Stadt, in der das Pferderennen abgehalten würde, nichts einzuwenden habe . . .

»Was einzuwenden!« rief der kleine alte Mann. »Nun, seid einmal artig, Tommy, und sagt, es wäre Euch angenehm, wenn sie uns begleiteten. Ich weiß, es geht Euch da wie mir. Seid artig, Tommy!«

»Trotters«, sagte Herr Codlin, der sehr langsam sprach und sehr gierig aß, eine bei Philosophen und Misanthropen nicht ungewöhnliche Erscheinung, »Ihr seid zu freimütig.«

»Warum? Was kann es schaden?« fragte der andere.

»In diesem besondern Falle schadet es vielleicht nichts«,

versetzte Herr Codlin; »aber das Prinzip ist gefährlich, und Ihr benehmt Euch zu frei, kann ich Euch sagen.«

»Gut, sollen sie mit uns gehen oder nicht?«

»Je nun, ich habe nichts dagegen«, sagte Herr Codlin; »aber hättet Ihr nicht eine Gunst daraus machen können, wie?«

Der eigentliche Name des kleinen Mannes war Harris; aber allmählich hatte sich dieser in dem weniger wohlklingenden ›Trotters‹ (Traber) mit dem erklärenden Beiwort ›Short‹ (kurz) verloren, eine Benennung, die er seinen kurzen Beinen zu verdanken hatte. Short Trotters war jedoch ein zu komplizierter Name, der nicht recht in einen freundschaftlichen Dialog passen wollte, weshalb dessen Träger von seinen näheren Bekannten entweder ›Short‹ oder ›Trotters‹ betitelt wurde, während man sich des vollen Short Trotters nur bei formellen Gesprächen oder bei besonders feierlichen Anlässen gegen ihn bediente.

Short also oder Trotters – wie der Leser lieber will – beantwortete die Zurechtweisung seines Freundes, des Herrn Thomas Codlin, mit einer Scherzrede, die darauf berechnet war, dessen Unzufriedenheit eine andere Richtung zu geben. Und indem er jetzt mit großem Behagen dem kalten Rindfleisch, dem Tee und dem Butterbrote zusprach, verfehlte er nicht, seine Gefährten anzufeuern, daß sie ein Gleiches tun sollten. Freilich bedurfte Herr Codlin keiner solchen Überredung, da er bereits so viel zu sich genommen hatte, als ihm nur möglich war zu tragen, und der daher jetzt seinen Erdenkloß mit starkem Bier anfeuchtete. Er schlürfte es mit stummem Wohlbehagen in tiefen Zügen, ohne jedoch irgend jemand dazu einzuladen; ein Benehmen, in dem abermals seine misanthropische Geistesrichtung kräftigen Ausdruck fand.

Nachdem das Frühstück endlich vorüber war, forderte Herr Codlin die Rechnung, und indem er die Bierkosten der ganzen Gesellschaft auferlegte – ein Verfahren, das gleichfalls nach Menschenhaß schmeckte –, teilte er die ganze Summe in zwei gleiche Teile, von denen er den einen Nelly und ihrem

Großvater zuwies und den andern für sich und seinen Freund bestimmte. Sobald dies rechtlich ausgeglichen und alles zur Abreise bereit war, verabschiedeten sie sich von dem Wirt und der Wirtin und traten ihre Wanderschaft an.

Und hier zeigte sich Herrn Codlins falsche Stellung in der Gesellschaft und die Wirkung, die dieser Umstand auf sein verwundetes Gemüt ausübte, im lebhaftesten Lichte; denn während er gestern abend von Herrn Policinello als »Herr Patron« angeredet und das Publikum auf diese Weise zu dem Glauben gebracht wurde, er hielte sich dieses Individuum nur zu seiner eignen Belustigung, wankte er nun mühsam unter der Last desselben Policinellotempels und trug ihn leibhaftig an einem schwülen Tage und über staubige Wege auf seinen Schultern. Statt den Herrn Patron mit einem unablässigen Witzfeuer oder durch das lustige Rasseln seiner Peitsche auf den Köpfen seiner Verwandten und Freunde aufzuheitern, lag der strahlende Policinello rückenlahm, schlaff und schlotterig in einer dunkeln Schachtel, die Beine um den Hals geschlungen und ohne die mindeste Spur irgendeiner seiner geselligen Eigenschaften.

Herr Codlin plackte sich schwerfällig weiter, höchstens hin und wieder mit Short ein paar Worte wechselnd, hielt bisweilen inne, um auszuruhen, und brummelte gelegentlich. Short ging mit der flachen Schachtel, dem in ein Bündel zusammengebundenen, nicht sehr umfangreichen Privatgepäck und einer Messingtrompete, die ihm über die Schulter hing, voran; Nell und ihr Großvater wandelten zu seiner Rechten und Linken, und Thomas Codlin bildete den Nachtrab.

Sooft sie zu einer Stadt, zu einem Dorfe oder auch nur zu einem Hause von gutem Aussehen kamen, ließ Short seine Messingtrompete schmettern und sang eine Liedstrophe in jener heitern Weise, die Policinellos und ihren Konsorten eigen ist. Wenn dann die Leute an die Fenster eilten, schlug Herr Codlin den Tempel auf, warf hastig die Tuchbekleidung über, um Short darunter zu verbergen, raste ganz wahnsinnig auf seiner Papagenopfeife und trug eine Arie vor. So bald als möglich begann dann die Vorstellung. Herr Codlin hatte über deren Dauer zu entscheiden, und es lag auch in seiner Hand, die Vorstellung, den endlichen Triumph des Helden über den Feind des Menschengeschlechts, hinauszuschieben oder zu verkürzen, je nachdem er glaubte, daß die Nachlese von Halbpencen reichlich oder sparsam ausfallen dürfte. Wenn er dann alles bis auf den letzten Farthing eingesammelt hatte, nahm er seine Last wieder auf, und die Gesellschaft verfolgte ihren Weg weiter.

Zuweilen verdienten sie den Brückenzoll oder das Fährgeld durch eine Vorstellung, und einmal ließen sie auch ihre Helden auf ausdrückliches Verlangen an einem Schlagbaume spielen, an dem der Zolleinnehmer, der sich in seiner Einsamkeit ein Räuschlein angetrunken hatte, einen Schilling zahlte, um etwas Apartes zu haben. Sie wurden fast überall gut aufgenommen und verließen selten eine Stadt, ohne daß ihnen ein Schwarm zerlumpter und jubelnder Kinder auf der Ferse folgte. An einem vielversprechenden Ort jedoch wurden ihre Hoffnungen arg getäuscht, denn ein Lieblingscharakter im Spiel, der Goldborten an seinem Hute hatte und ein naseweiser, holzköpfiger Bursche war, wurde als ein Pasquill auf den Büttel betrachtet, weshalb sie von den Ortsbehörden zu schleunigem Abzuge gezwungen wurden.

Ungeachtet dieser Unterbrechung machten sie doch einen schönen Tagemarsch, und der Mond stand bereits am Himmel, als sie noch immer auf der Landstraße waren. Short vertrieb sich die Zeit mit Singen und Scherzen und gewann allem, was ihm begegnete, die beste Seite ab, während Herr Codlin sein Schicksal nebst den hohlen Dingen der Erde, insbesondere aber den Policinello verfluchte und mit der Schaubühne auf dem Rücken – eine Beute des bittersten Verdrusses – weiterhinkte.

Sie hatten haltgemacht, um unter einem Wegweiser, an dem vier Straßen zusammentrafen, auszuruhen, und Herr Codlin ließ in seinem tiefen Menschenhasse die Vorhänge herunter, hinter denen er sich, jedem sterblichen Auge unsichtbar und die Gesellschaft seiner Mitmenschen verschmähend, auf die Erde setzte. Plötzlich wurden auf einmal zwei ungeheure Schatten sichtbar, die hinter einer Biegung der Straße, auf der sie selbst gekommen waren, auftauchten und ihrem Rastorte näherrückten. Das Kind erschrak anfangs sehr über den Anblick dieser hageren Riesen – denn so sahen sie aus, als sie sich mit stolzen Schritten dem Schatten der

Bäume näherten –, aber Short sagte ihr, sie habe nichts zu fürchten, und ließ seine Trompete schmettern, was durch lustige Rufe beantwortet wurde.

»Ist das nicht die Grindersche Gesellschaft?« rief ihnen Herr Short laut entgegen.

»Ja«, erwiderten ein paar schrille Stimmen.

»So kommt heran!« sagte Short. »Laßt euch ein bißchen besehen; ich dachte mirs ja, daß ihr's wäret!«

So eingeladen, verdoppelte ›die Grindersche Gesellschaft‹ ihre Schritte und schloß sich unsern Wanderern an. Herrn Grinders Gesellschaft bestand aus einem jungen Gentleman, einer jungen Dame auf Stelzen und Herrn Grinder selbst, der zum Zwecke der Ortsveränderung sich seiner natürlichen

Beine bediente und auf seinem Rücken eine Trommel trug. Das Schaukostüm der jungen Leute war hochländisch; da aber die Nacht feucht und kalt war, so trug der junge Gentleman über seinem Kilt* einen Reisekittel, der ihm bis an die Knöchel reichte, und einen Glanzhut. Die junge Dame war gleichfalls in einen alten Pelzmantel eingehüllt und hatte ein Taschentuch um den Kopf gebunden. Die schottischen, mit pechschwarzen Federn verzierten Mützen trug Herr Grinder auf seinem Instrument.

»Zum Pferderennen, wie ich sehe?« sagte Herr Grinder, als er atemlos herankam. »Wir auch. Wie gehts, Short?«

Sofort schüttelten sie einander sehr freundschaftlich die Hände, und die jungen Leute, die für eine gewöhnliche Begrüßung zu hoch waren, salutierten Short nach ihrer eigenen Weise, indem der junge Gentleman seine rechte Stelze erhob und ihm damit auf die Schulter klopfte, die junge Dame aber auf ihrem Tamburin rasselte.

»Geschieht das zur Übung?« fragte Short, auf die Stelzen deutend.

»Nein«, antwortete Grinder, »sie müssen entweder darauf gehen oder sie tragen, und sie ziehen jenes vor, denn dabei haben sie noch eine prachtvolle Aussicht. Welchen Weg schlagt Ihr ein? Wir gehen den nächsten.«

»Je nun, die Sache verhält sich so«, sagte Short; »wir wollten den weitesten einschlagen, weil wir dann so anderthalb Meilen von hier über Nacht bleiben können. Doch drei oder vier Meilen in der Nacht gewonnen, sind ebenso viele weniger am nächsten Tag. Und wenn Ihr weiterzieht, so wird es, denke ich, am besten sein, wenn wir das gleiche tun.«

»Wo ist Euer Kompagnon«? fragte Grinder.

»Hier ist er«, rief Herr Thomas Codlin, indem er Kopf und Gesicht in das Proszenium seiner Bühne steckte und eine Fratze schauen ließ, wie man sie dort nicht oft zu sehen bekam; »und er will seinen Kompagnon lieber lebendig gesot-

* Der kurze Rock des Bergschotten.

ten sehen, als diese Nacht noch weitermarschieren. Weiter hat er nichts zu sagen.«

»Wohl, aber sprecht nicht solche Lästerungen in einer Sphäre, die lieblicheren Dingen geweiht ist«, entgegnete Short. »Man muß freundliche Verbindungen respektieren, Tommy, selbst wenn man übler Laune ist.«

»Übler oder guter«, sagte Herr Codlin, indem er mit der Hand auf das kleine Fußbrett schlug, auf dem Policinello, wenn er sich plötzlich des Ebenmaßes seiner Beine und deren Fähigkeit, seidene Strümpfe zu tragen, bewußt wurde, die genannten Gliedmaßen der Bewunderung des Publikums zur Schau stellte. »Guter oder übler, ich gehe heute nicht mehr als anderthalb Meilen. Ich will nirgend anders hin als zu den ›Lustigen Sandbuben‹. Wollt Ihr mitgehen, so kommt; wollt Ihr aber Eurem eignen Kopf folgen, so tut es und geht ohne mich, wenn Ihr könnt.«

Mit diesen Worten verschwand Herr Codlin von der Bühne, erschien unmittelbar darauf außerhalb des Theaters, nahm es mit einem Ruck auf seine Schultern und machte sich mit höchst merkwürdiger Behendigkeit von dannen.

Da nun von einer weiteren Kontroverse keine Rede mehr sein konnte, so mußte sich Short von Herrn Grinder und seinen Zöglingen verabschieden und seinem mürrischen Gefährten folgen. Er verweilte noch ein paar Minuten am Wegweiser, um im Mondschein den raschen Stelzengängern und dem langsam hinterdrein humpelnden Trommelträger nachzusehen, tat ein paar Stöße in seine Trompete als Scheidegruß und setzte sich dann in Galopp, um Herrn Codlin nachzukommen. Zu diesem Zweck gab er Nelly seine freie Hand, sprach ihr Mut zu, da sie bald am Ende der heutigen Wanderung sein würden, stärkte den alten Mann durch eine ähnliche Ermunterung und führte sie mit raschem Schritte ihrem Bestimmungsorte zu, mit dem er jetzt um so zufriedener war, da sich der Mond mit regendrohenden Wolken überzog.

Die ›Lustigen Sandbuben‹ hieß ein kleines, ziemlich hochbetagtes Wirtshaus an der Landstraße, dessen Schild, drei Sandbuben darstellend, die ihre Lustigkeit durch ebenso viele Bierkrüge und Beutel mit Goldstücken noch steigerten, an einem Pfahl auf der gegenüberliegenden Seite der Straße knarrend hin und her schlenderte. Die Reisenden waren tagsüber verschiedenen Anzeichen begegnet, die ihnen die Gewißheit gaben, daß sie der Stadt, in der das Wettrennen abgehalten werden sollte, näher und näher kamen, zum Beispiel Zigeunerlagern, mit Spielbuden samt Zubehör beladenen Karren, wandernden Schaustellern aller Art, Bettlern und Landstreichern, die alle denselben Weg zogen, weshalb Herr Codlin alles besetzt zu finden fürchtete. Diese Furcht nahm zu, je mehr sich die Entfernung zwischen ihm und dem Wirtshause verringerte; er beschleunigte daher seine Schritte trotz der Bürde, die er zu tragen hatte, und ließ von seinem Tempo nicht ab, bevor der die Schwelle erreichte. Hier fand er zu seiner Befriedigung, daß seine Furcht unbegründet war; denn der Wirt lehnte träge am Türpfosten und sah dem Regen zu, der inzwischen heftig eingesetzt hatte, während kein Klingeln der geborstenen Glocke, kein jubelnder Lärm, kein geräuschvoller Chorus auf eine Gesellschaft im Hause hinwies.

»Ganz allein?« fragte Herr Codlin, indem er seine Last niedersetzte und seine Stirn abwischte.

»Noch ganz allein«, antwortete der Wirt, den Himmel ansehend; »aber wir werden hoffentlich heute noch mehr Gesellschaft kriegen. Da, ihr Buben, trage einer diesen Puppenkasten in die Scheune. Machen Sie, daß Sie ins Trockene kommen, Tom! Sobald es zu regnen anfing, ließ ich Feuer anmachen, und wir haben jetzt eine prächtige Flamme in der Küche, kann ich Ihnen sagen.«

Herr Codlin folgte bereitwillig und fand bald, daß der Wirt seine Vorkehrungen nicht ohne guten Grund gelobt hatte. Ein gewaltiges Feuer prasselte auf dem Herd und zischte lustig in den weiten Kamin hinauf, ein Geräusch, dem ein eiserner Kessel, der in der Hitze sprudelte und summte, noch zur Verstärkung fröhliche Hilfe bot. Ein tiefer, rötlicher Schein erhellte den Raum, und als der Wirt schürte, daß die Funken lustig aufhüpften und in die Höhe flogen, als er den Deckel von dem eisernen Topfe nahm, aus dem ein wohlriechender

Duft hervorkam, während der sprudelnde Ton immer dumpfer und reicher wurde und ein fetter Dampf wie ein köstlicher Nebel ihre Häupter umhüllte – als der Wirt dies tat, fühlte sich Herrn Codlins Herz gerührt; er setzte sich in die Kaminecke und lächelte. Herr Codlin saß also lächelnd in der Kaminecke und beäugelte den Wirt, während dieser mit schelmischem Blick den Deckel in der Hand hielt, und indem er den Anschein erweckte, daß dies unbedingt die Güte der Speisen erhöhte, den belebenden Duft entströmen ließ, um die Nasenlöcher seines Gastes zu kitzeln. Der Widerschein des Feuers fiel auf das kahle Haupt des Wirtes, auf seine blinzelnden Augen, auf seinen wässernden Mund, auf sein unreines Gesicht und auf seine runde, fette Gestalt. Herr

Codlin wischte sich mit dem Rockärmel die Lippen und sagte murmelnd:

»Was ist's denn?«

»Ein Ragout von Kuttelflecken«, sagte der Wirt, mit den Lippen schmatzend, »und Kuhfüßen«, abermals schmatzend, »und Speck«, noch einmal schmatzend, »und Beefsteaks«, zum vierten Male schmatzend, »und Erbsen, Blumenkohl, neuen Kartoffeln und Spargel, das sich alles zu einer köstlichen Brühe zusammenkocht.«

Nachdem er bei diesem Höhepunkte angelangt war, schmatzte er eine ziemliche Weile mit den Lippen, sog mit einem langen Atemzuge den ihn umschwebenden Wohlgeruch ein und setzte mit der Miene eines Mannes, dessen irdische Plackereien zu Ende sind, den Deckel wieder auf.

»Wann ist es fertig?« fragte Herr Codlin mit schwacher Stimme.

»Es wird präzise«, antwortete der Wirt, auf die Uhr sehend – und sogar das fettige weiße Zifferblatt der Uhr, die ganz so aussah wie eine Uhr für lustige Sandbuben, erglühte – »es wird präzise zweiundzwanzig Minuten vor elf Uhr gar sein.«

»Dann«, sagte Herr Codlin, »bringen Sie mir eine Pinte warmen Bieres und lassen Sie niemand etwas hereinbringen, wäre es auch nur so viel wie ein Stück Zwieback, bis die richtige Zeit da ist.«

Diesem entschiedenen und männlichen Verfahren seinen Beifall zunickend, entfernte sich der Wirt, um das Bier zu holen, kam schnell mit dem Krug wieder zurück und schickte sich an, das Bier in einem kleinen verzinnten Gefäße zu wärmen, das trichterartig geformt war, um es an Stellen, an denen das Feuer am lebhaftesten brannte, recht tief in die Glut stecken zu können. Dies war bald geschehen und er händigte Herrn Codlin das Getränk mit jenem rahmartigen Schaum auf der Oberfläche ein, der zu den beglückendsten Eigenschaften eines heißgemachten Malztrankes gehört.

Durch dieses beruhigende Getränk in gute Laune versetzt, gedachte Herr Codlin jetzt seiner Gefährten, indem er unserm

Gastwirt ›Zu den Sandbuben‹ ihre Ankunft als ein Ereignis ankündigte, dem man in Kürze entgegensehen dürfe. Der Regen prasselte gegen die Fenster und schoß in Strömen nieder, und Herrn Codlins außerordentlich liebevolle Stimmung ging sogar so weit, daß er mehr als einmal ganz besorgt meinte, sie würden doch hoffentlich nicht so töricht sein, sich durchnässen zu lassen. Endlich kamen sie an, vollständig durchweicht vom Regen, und boten einen gar bedauernswerten Anblick, obgleich Short das Kind so gut als möglich mit den Schößen seines Rockes geschützt hatte; und sie waren alle vor Eile fast atemlos. Ihre Schritte wurden kaum auf der Landstraße gehört, als der Wirt, der an dem Außentore ängstlich ihrer Ankunft entgegengesehen hatte, in die Küche stürmte und den Deckel vom Topfe nahm. Die Wirkung war eine überraschende. Sie kamen alle mit lächelnden Gesichtern, obschon das Wasser von ihren Kleidern auf den Boden tropfte, und Shorts erste Bemerkung war: »Welch ein köstlicher Geruch!«

Es ist nicht sonderlich schwer, an der Seite eines lustigen Feuers und in einem hellen Gelasse des Regens und Schmutzes zu vergessen. Sie wurden mit Pantoffeln und so vielen trockenen Kleidern, als das Haus oder ihre eigenen Bündel liefern konnten, versehen, und dann kauerten sie sich, wie Herr Codlin bereits getan hatte, in die warme Kaminecke, in der sie bald die früheren Mühseligkeiten vergaßen oder sich ihrer nur noch erinnerten, um die Behaglichkeit des Augenblicks zu erhöhen. Nelly und der alte Mann hatten noch nicht lange ihre Sitze eingenommen, als sie infolge des anstrengenden Tages und überwältigt von der behaglichen Wärme einschliefen.

»Wer sind die?« flüsterte der Wirt.

Short schüttelte den Kopf und entgegnete, das möchte er selber auch wissen.

»Wissen *Sie's* auch nicht«? fragte der Wirt, sich an Herrn Codlin wendend.

»Nein«, versetzte dieser, »es ist ihnen nicht über den Weg zu trauen, glaube ich.«

»Ganz harmlose Menschen, verlassen Sie sich drauf!« sagte Short. »Ich will Ihnen was sagen – das sieht doch jeder, daß es in dem Kopf des alten Mannes nicht ganz richtig ist . . .«

»Wenn Ihr keine bessere Neuigkeit wißt als diese«, brummte Herr Codlin, »so wäre es besser, Ihr ließet uns ans Nachtessen denken, statt uns mit solchem Gerede zu inkommodieren.«

»So laßt mich doch ausreden!« entgegnete sein Gefährte. »Ich sehe außerdem deutlich, daß sie an diese Lebensweise nicht gewöhnt sind. Niemand soll mir weismachen, daß dieses hübsche Kind schon so in der Welt herumgestrichen ist, wie sie es in den zwei oder drei letzten Tagen getan hat. Ich weiß das besser.«

»Gut; aber wer hat denn das Gegenteil behaupten wollen?« brummte Herr Codlin, indem er abermals nach der Uhr und von da aus nach dem Kessel sah. »Könnt Ihr nicht an etwas denken, das zu den augenblicklichen Verhältnissen besser paßt, als daß Ihr Sätze aufstellt und ihnen hinterdrein widersprecht?«

»Nun, so wünschte ich, daß Euch jemand Euer Nachtessen gäbe«, entgegnete Short, »denn es wird doch kein Auskommen mit Euch sein, bis Ihrs habt. Ists Euch nicht aufgefallen, wie es den alten Mann nur drängte, weiter fortzukommen, immer weiter fort, immer weiter fort? Habt Ihr das nicht gesehen?«

»Hm! Und das weiter?« murmelte Thomas Codlin.

»Weiter nichts«, erwiderte Short, »als daß er vor seinen Freunden Reißaus genommen hat. Merkt Euch, was ich Euch sage, er hat vor seinen Freunden Reißaus genommen, und die Liebe dieses zarten jungen Wesens, die sie ihm entgegenbringt, benutzt, um sie zu überreden, daß sie ihn als Führerin und Reisegefährtin begleite, wohin weiß er so wenig wie der Mann im Mond. Aber ich will ein Wörtlein dreinsprechen.«

»Was, Ihr wollt ein Wörtlein dreinsprechen?« rief Herr Codlin, indem er abermals nach der Uhr sah und sich wie wahnsinnig mit beiden Händen die Haare raufte; ob er dies nun wegen der Bemerkung seines Gefährten oder wegen des langsamen Dahinschleichens der Zeit tat, war schwer zu entscheiden. »Was ist doch das für eine Welt, in der wir leben!«

»Ja«, wiederholte Short langsam und mit Nachdruck, »ich will mich der Sache annehmen. Ich bin nicht der Bursche, der ruhig zusehen kann, wie dieses schöne Kind in schlimme Hände fällt und unter Leute gerät, für die es ebensowenig paßt, als diese an die Kameradschaft mit Engeln gewöhnt sind. Wenn sie daher die Absicht durchblicken lassen, sich von unserer Gesellschaft zu trennen, so werde ich Maßregeln treffen, sie zurückzuhalten und sie ihren Freunden zurückzugeben, die sicherlich mittlerweile ihre Trostlosigkeit an jeder Straßenecke Londons angeklebt haben.«

»Short«, sagte Herr Codlin, der bis jetzt, den Kopf auf seine Hände und die Ellbogen auf die Knie gestemmt, ungeduldig hin und her gerutscht war und hin und wieder mit dem Fuß auf den Boden gestampft hatte, nun aber hastig aufblickte, »es ist möglich, daß ein ungewöhnlich guter Sinn in Euren Worten liegt. Wenn's aber so ist und man eine Belohnung auf ihre Auffindung ausgesetzt hätte, so vergeßt nicht, Short, daß wir in allen Stücken Kompagnons sind!«

Der andere Kompagnon hatte nur noch Zeit, diesem Standpunkt durch ein kurzes Nicken beizustimmen, denn in demselben Augenblick erwachte das Kind. Sie waren während der vorangehenden leisen Unterhaltung nahe aneinander gerückt, trennten sich aber jetzt hastig und machten den etwas ungeschickten Versuch, einige zufällige Bemerkungen in ihrem gewöhnlichen Tone vorzubringen, als sich von außen Schritte vernehmen ließen und eine neue Gesellschaft eintrat.

Diese bestand aus nichts anderm als aus vier abscheulichen Hunden, die einer hinter dem andern hereintappten, angeführt von einem alten, krummbeinigen Köter von besonders traurigem Aussehen, der, als der letzte seines Gefolges in der Stube war, haltmachte, sich auf seinen Hinterbeinen aufrichtete und seinen Gefährten einen Blick zuwarf, auf den diese sich alsbald gleichfalls in einer ernsten und melancholischen Reihe auf die Hinterbeine stellten. Dies war jedoch nicht die einzige Merkwürdigkeit an diesen Hunden, denn jeder trug ein Fräckchen von irgendeiner grellen Farbe, das mit schmutzigen Flittern verziert war, und einer von ihnen hatte eine Mütze auf dem Kopfe, die sehr sorgfältig unter dem Kinn zusammengebunden, momentan aber auf seine Nase gerutscht war und eins seiner Augen vollständig verdunkelte; erwähnt man noch, daß die hellen Röcke durch und durch naß und durch den Regen entfärbt waren, während ihre Träger ganz von Schmutz überzogen schienen, so kann man sich vielleicht einen kleinen Begriff von dem ungewöhnlichen Auftreten der neuen Gäste in den ›Lustigen Sandbuben‹ machen.

Aber weder Short noch der Wirt noch Thomas Codlin waren auch nur im mindesten überrascht, denn sie bemerkten bloß, es wären Jerrys Hunde, und Jerry werde wohl bald nachkommen. Die Hunde blieben in dieser Weise stehen, geduldig blinzelnd, schnappend und unablässig nach dem dampfenden Topf sehend, bis Jerry selbst erschien, worauf sich alle mit einem Male wieder auf die Vorderbeine niederließen und auf ganz natürliche Weise in der Küche umherspazierten. Man muß übrigens gestehen, daß diese Haltung nicht sonderlich zu ihrer Verschönerung beitrug, da ihre persönlichen Schwänze und die ihrer Fräcke – beide in ihrer Weise Kapitaldinge – nicht recht zusammenpassen wollten.

Jerry, der Besitzer dieser tanzenden Hunde, war ein großer Mann mit schwarzem Backenbart und einem Samtrock; er schien mit dem Wirt und dessen Gästen sehr gut bekannt zu sein und begrüßte sie mit großer Herzlichkeit. Dann entledigte er sich einer Drehorgel, die er auf einen Sessel stellte, ohne jedoch eine kleine Peitsche aus der Hand zu legen, mit der er seine Komödiantenbande in Respekt hielt, trat sofort ans Feuer, um sich zu trocknen, und mischte sich in die Unterhaltung ein.

»Eure Leute reisen wohl gewöhnlich nicht im Kostüm, oder

doch?« fragte Short, indem er auf den Anzug der Hunde deutete. »Wenigstens wäre es eine kostspielige Methode.«

»Nein«, versetzte Jerry, »das ist nicht üblich bei uns. Aber wir haben heute ein wenig unterwegs gespielt, und beim Pferderennen treten wir in einer neuen Garderobe auf, weshalb ich es nicht der Mühe wert hielt, wegen des Auskleidens haltzumachen. – Leg dich, Pedro!«

Dies galt dem Hunde mit der Mütze, der, als neues Mitglied der Gesellschaft noch nicht ganz in seine Pflichten eingeweiht, das unverdunkelte Auge ängstlich auf seinen Gebieter heftete und sich alle Augenblicke, ohne daß ein Grund dazu vorhanden war, auf die Hinterbeine stellte, um gleich wieder auf die vorderen zu fallen.

»Ich habe hier ein Tier«, sagte Jerry, indem er seine Hand in die geräumige Rocktasche steckte und in eine Ecke hinunterlangte, als suche er eine kleine Orange, einen Apfel oder sonst einen derartigen Gegenstand, »ein Tier, von dem Ihr, glaube ich, auch einiges zu erzählen wißt, Short?«

»Wirklich?« rief Short. »So laßt einmal sehen!«

»Hier ist es«, entgegnete Jerry, indem er einen kleinen Terrier aus der Tasche hervorzog. »Der spielte einmal Euern Toby, nicht?«

In einigen Versionen des großen Policinellodramas kommt, als moderne Neuerung, ein kleiner Hund vor, der das Privateigentum jenes Helden ist und immer Toby heißt. Dieser Toby ist in seiner Jugend einem andern Herrn gestohlen und betrügerischerweise dem vertrauensvollen Hanswurst verkauft worden, der, weil in ihm selber kein Arg ist, nicht im entferntesten ahnt, daß sich etwas derart bei andern finden könnte; aber Toby, der sich noch stets dankbar seines alten Meisters erinnert und es verschmäht, irgendeinem neuen Beschützer anzuhängen, weigert sich nicht nur, auf Meister Policinellos Geheiß eine Pfeife zu rauchen, sondern faßt ihn, um seine alte Treue noch kräftiger an den Tag zu legen, bei der Nase und reißt an ihr mit großem Ungestüm. Durch diesen Beweis von Hundeanhänglichkeit werden die Zuschauer tief gerührt.

Dies war die Rolle, in welcher der fragliche kleine Terrier früher aufgetreten war, und wenn darüber noch ein Zweifel hätte obwalten können, so wäre er bald durch das Betragen des Hundes beseitigt worden: denn er legte bei Shorts Anblick nicht nur die deutlichsten Zeichen eines Wiedererkennens an den Tag, sondern bellte auch, sobald er die flache Schachtel gewahrte, so wütend auf die Pappendeckelmasse, die er innen wußte, los, daß sich sein Herr genötigt sah, ihn zu packen und zur großen Beruhigung der ganzen Gesellschaft wieder in die Tasche zu stecken.

Der Wirt beschäftigte sich nun mit dem Decken des Tisches, wobei ihm Herr Codlin dienstfertig half, indem er sein Messer und seine Gabel an den besten Platz legte und sich hinter ihm aufpflanzte. Als alles bereit war, nahm der Wirt den Deckel zum letztenmal ab, und jetzt strömte in der Tat ein so köstlicher Duft des vielversprechenden Nachtessens aus, daß der Gastgeber sicherlich an seinem eignen Herde geopfert worden wäre, wenn er Miene gemacht hätte, den Deckel wieder aufzusetzen oder die Mahlzeit noch länger zu verzögern.

Dies kam ihm aber gar nicht in den Sinn; er half im Gegenteil einem rüstigen Dienstmädchen, den Inhalt des Kessels in eine große Schüssel gießen, ein Verfahren, das die Hunde, abgehärtet gegen mannigfache heiße Tropfen, die auf ihre Nasen spritzten, mit fürchterlicher Gier beobachteten. Endlich wurde die Schüssel auf den Tisch gehoben, und da die Bierkrüge bereits zuvor aufgestellt waren, so wagte es die kleine Nell, ein Gebet zu sprechen, und das Nachtessen begann. In diesem Augenblick standen die armen Hunde ganz erstaunlich geschickt auf ihren Hinterbeinen. Das Kind, das Mitleid mit den Tieren fühlte, wollte ihnen einige Bissen zuwerfen, ehe sie noch, so hungrig sie auch war, selbst etwas gegessen hatte; aber der Herr legte sich ins Mittel.

»Nicht doch, meine Liebe, nicht doch; kein Atom von einer andern Hand als von der meinigen, wenn ich bitten darf. Dieser Hund«, sagte Jerry mit seiner schrecklichen Stimme, indem er mit der Hand auf den alten Führer der Bande deutete, »hat heute einen halben Penny verloren. Er kriegt kein Nachtessen.«

Das unglückliche Geschöpf warf sich sogleich auf seine Vorderbeine nieder, wedelte mit dem Schwanze und sah flehend zu seinem Gebieter auf.

»Du mußt besser achtgeben, Bürschlein«, sagte Jerry, kaltblütig zu dem Stuhle gehend, auf den er die Drehorgel gestellt hatte, und den Handgriff einsetzend. »Komm her! Jetzt, Bürschlein, spielst du uns während des Essens auf und unterstehst dich nicht, aufzuhören.«

Der Hund begann sogleich eine höchst klägliche Melodie abzuleiern. Sein Herr nahm, nachdem er ihm die Peitsche gezeigt hatte, seinen Sitz wieder ein und rief die andern, die auf seinen Befehl eine Reihe bildeten und aufrecht wie ein Glied Soldaten dastanden.

»Nun, meine Herren«, sagte Jerry mit einem scharfen Blick auf die Tiere, »der Hund, dessen Name aufgerufen wird, darf fressen. Die andern, deren Namen ich nicht aufrufe, verhalten sich ruhig. Carlo!«

Das glückliche Individuum, dessen Name gerufen worden war, schnappte den ihm zugeworfenen Bissen auf, aber keiner der andern rührte auch nur einen Muskel. In dieser Weise wurden sie gefüttert, ganz wie es ihr Herr für passend erachtete. Inzwischen leierte der in Ungnade gefallene Hund aus Leibeskräften an der Orgel, bisweilen in raschem, bisweilen in langsamerem Tempo, hörte aber nie auch nur für einen Augenblick ganz auf. Wenn mit den Messern und Gabeln stark gerasselt wurde oder einer seiner Kameraden ein ungewöhnlich großes Stück Speck erhielt, begleitete er die Musik mit einem kurzen Geheul, hielt aber augenblicklich wieder inne, sobald sein Herr nach ihm sah, und machte sich mit erhöhter Emsigkeit zum hundertstenmal an das alte Geleier.

Sie hatten ihr Nachtessen noch nicht beendigt, als in den ›Lustigen Sandbuben‹ noch zwei andere Reisende anlangten, die nach demselben Hafen steuerten wie die übrigen, und nach einem Marsch von etlichen Stunden im Regen ganz glänzend und triefend hereinkamen. Der eine davon war der Eigentümer eines Riesen und einer kleinen Dame ohne Arme und Beine, die in einem Korbwägelchen weitergeschafft worden war – der andere ein schweigsamer Herr, der sich durch Kartenkünste seinen Unterhalt gewann und den natürlichen Ausdruck seines Gesichtes dadurch etwas derangiert hatte, daß er kleine bleierne Vierecke in die Augen steckte und durch den Mund wieder zum Vorschein brachte, was gleichfalls zu den Fertigkeiten seines Gewerbes gehörte.

Der erste dieser neuen Ankömmlinge hieß Vuffin, den andern nannte man, wahrscheinlich als lustige Satire auf seine Häßlichkeit, Sweet William*. Der Wirt sputete sich nach Kräften, um für ihre Bequemlichkeit zu sorgen, und in kurzer Zeit hatten es die beiden Herren vollkommen behaglich.

»Was macht der Riese?« fragte Short, als sie alle rauchend um das Feuer saßen.

»Er ist etwas schwach auf den Beinen«, versetzte Herr Vuffin. »Ich bekomme Angst, daß er in den Knien wacklig wird.«

»Das ist eine schlimme Aussicht«, sagte Short.

»Ach! Freilich schlimm«, entgegnete Vuffin, mit einem Seufzer das Feuer betrachtend. »Wenn ein Riese nicht mehr fest auf den Beinen steht, so kümmert sich das Publikum nicht mehr um ihn als um einen faulen Kohlstrunk.«

»Und was wird dann aus dem alten Riesen?« fragte Short, indem er sich nach kurzem Nachdenken wieder an ihn wandte.

»Sie kommen dann gewöhnlich zu ganzen Karawanen, bei denen sie die Zwerge bedienen müssen«, erwiderte Herr Vuffin.

* Der süße Wilhelm.

»Ihre Erhaltung muß etwas hoch zu stehen kommen, wenn man sie nicht mehr zeigen kann, he?« bemerkte Short, den andern fragend ansehend.

»Jedenfalls ist's doch besser so, als wenn man sie dem Kirchspiel zuwiese oder auf den Straßen umherlaufen ließe«, sagte Herr Vuffin. »Ist ein Riese einmal keine Sehenswürdigkeit mehr, so ist mit Riesen nichts mehr zu machen. Denken wir nur einmal an die hölzernen Beine! Wenn es nur einen einzigen Mann mit einem Stelzfuß gäbe, müßte er ein wahrer Schatz sein!«

»Allerdings«, bemerkten der Wirt und Short gleichzeitig, »das ist sehr wahr.«

»Wollte man aber«, fuhr Herr Vuffin fort, »wollte man aber ein Stück von Shakespeare von lauter Stelzbeinen spielen lassen, so würde es, glaube ich, keine sechs Pence eintragen.«

»Das glaube ich selber auch«, entgegnete Short, und der Wirt pflichtete ihm bei.

»Ihr seht also daraus deutlich«, sprach Herr Vuffin, in argumentierender Weise seine Pfeife schwingend, »daß es politisch ist, die verbrauchten Riesen bei den Karawanen zu erhalten, bei denen sie ihr Leben lang Kost und Wohnung umsonst haben und im allgemeinen sehr froh sind, dableiben zu dürfen. Da war einmal ein Riese, ein schwarzer, der vor etlichen Jahren seine Karawane verließ und Wagenrechnungen in London umhertrug, wodurch er natürlich so gewöhnlich wurde wie ein Straßenkehrer. Er starb. Ich will keine Anspielung auf irgend jemand im besonderen machen«, sagte Herr Vuffin feierlich umherblickend, »aber er hat das Gewerbe verdorben, und er starb.«

Der Wirt atmete tief auf und sah auf den Eigentümer der Hunde, der nickte und verdrießlich sagte, er erinnere sich des Falles.

»Das will ich auch meinen, Jerry«, entgegnete Herr Vuffin bedeutungsvoll. »Ich weiß, daß Ihr Euch daran erinnert, Jerry, und die allgemeine Ansicht war, daß ihm recht geschehen ist. Nun, ich entsinne mich noch der Zeit, da der alte Maunders dreiundzwanzig Korbwägelchen hatte, ich weiß noch gut, wie der alte Maunders in seiner Hütte Spa-Fields zur Winterzeit, wenn die Saison vorüber war, jeden Tag acht männliche und weibliche Zwerge am Tische sitzen hatte, die von acht alten Riesen in grünen Röcken, roten kurzen Hosen, blauen Baumwollstrümpfen und hohen Schuhen bedient

wurden: und da war ein Zwerg darunter, dem mit dem Alter auch die Bosheit angeflogen war, und wenn ihm sein Riese nicht schnell genug aufwartete, pflegte er ihm Stecknadeln in die Beine zu stecken, weil er nicht höher hinaufreichen konnte. Das ist Tatsache, denn Maunders hat mir's selbst erzählt.«

»Was fängt man mit den Zwergen an, wenn sie alt werden?« fragte der Wirt.

»Je älter ein Zwerg ist, desto mehr steigt er im Werte«, versetzte Herr Vuffin. »Ein grauköpfiger Zwerg mit recht vielen Runzeln ist über allen Verdacht erhaben. Aber ein Riese, der schwach auf den Beinen ist und nicht aufrechtstehen kann? . . . Zu einer Karawane mit ihm, aber ihn ja nie zeigen, ihn ja nie zeigen, mag man einem auch noch so viel dafür anbieten!«

Während Herr Vuffin und seine zwei Freunde ihre Pfeife rauchten und sich die Zeit durch derartige Gespräche kürzten, saß der schweigsame Gentleman in einer warmen Ecke und verschluckte, es schien wenigstens so, der Übung halber ein Dutzend Halbpence, balancierte eine Feder auf seiner Nase und probierte andere derartige Kunststücke, ohne auf die Gesellschaft die mindeste Rücksicht zu nehmen, die ihn ihrerseits gleichfalls völlig unbeachtet ließ. Endlich vermochte das müde Kind seinen Großvater zu bewegen, sich zurückzuziehen, und sie verließen die Gesellschaft, die noch immer um das Feuer saß, während die Hunde in bescheidener Entfernung fest schliefen.

Nachdem Nell dem alten Manne gute Nacht gesagt hatte, begab sie sich in ihr armseliges Dachkämmerchen; sie hatte jedoch kaum die Tür geschlossen, als ganz leise daran gepocht wurde. Sie öffnete sogleich wieder und war ein wenig erstaunt, als sie des Herrn Thomas Codlin ansichtig wurde, den sie unten allem Anschein nach in festem Schlafe verlassen hatte.

»Was gibt es denn?« fragte das Kind.

»Nichts Besonderes, meine Liebe«, versetzte Herr Codlin. »Ich bin Euer Freund. Vielleicht habt Ihr Euch das nicht so gedacht, aber ich bin Euer Freund, nicht *er*.«

»Wen meint Ihr mit diesem Er?« fragte das Kind.

»Short, meine Liebe. Ich will dir was sagen«, fuhr Codlin fort, »er hat zwar etwas an sich, das vielleicht geeignet ist, euch zu gefallen; trotzdem bin aber doch nur ich der eigentliche offenherzige Mann. Mein Äußeres sieht vielleicht nicht danach aus, aber du darfst dich darauf verlassen, daß ich es bin.«

Das Kind begann unruhig zu werden, denn es glaubte, daß Bier habe an Herrn Codlin seine Wirkung getan und die Folge davon sei seine Selbstanpreisung.

»Short ist kein übler Mann und scheint es gut zu meinen«, nahm der Misanthrop wieder auf, »aber er übertreibt. Das ist nun freilich nicht meine Art.«

Eins war gewiß: wenn in Herrn Codlins gewöhnlichem Benehmen ein Fehler war, so war es der, daß er seiner Umgebung eher zu wenig als zu viel Freundschaft erwies. Das Kind war verblüfft und wußte nicht, was es dazu sagen sollte.

»Laßt euch raten!« fuhr Codlin fort. »Fragt mich nicht warum, aber laßt euch raten! Solange ihr mit uns reist, haltet euch so nahe als möglich an mich! Laßt's euch nicht einfallen, uns zu verlassen, um keinen Preis, sondern haltet euch immer an mich und sagt, daß ich euer Freund bin! Willst du dir das merken, meine Liebe, und willst du immer sagen, daß ich es gewesen sei, der euch freundlich beriet?«

»Aber wo und wann soll ich das sagen«? fragte das Kind unschuldig.

»Oh, bei keiner besondern Gelegenheit«, versetzte Codlin, der durch diese Frage etwas außer Fassung gebracht zu sein schien; »es ist mir nur viel daran gelegen, daß Ihr so von mir denkt und mir Gerechtigkeit widerfahren laßt. Ihr könnt gar nicht glauben, was ich für ein Interesse an Euch nehme. Warum erzähltest du mir nicht eure kleine Lebensgeschichte – ich meine die deinige und die des alten Herrn? Ich kann Euch besser raten als irgend jemand und interessiere mich so sehr für Euch – oh, viel mehr als Short! Ich glaube gar, sie brechen jetzt unten auf; du brauchst natürlich Short nichts von dem zu sagen, was wir da miteinander geplaudert haben. Gott behüte dich! Vergiß nicht, daß Codlin, nicht Short, der Freund ist. Short ist zwar im großen und ganzen nicht übel, aber der eigentliche, wahre Freund ist Codlin, nicht Short.«

Nachdem Thomas Codlin diese Versicherungen noch mit einer Anzahl wohlwollender und beschützender Blicke ausgestattet und dabei in seinem Benehmen eine große Wärme an den Tag gelegt hatte, stahl er sich auf den Zehenspitzen fort und ließ das Kind in einem Zustande der äußersten Überraschung zurück. Sie dachte noch immer über dieses sonderbare Benehmen nach, als die gebrechlichen Treppen unter den Fußtritten der andern Wanderer knarrten, die sich zu Bett begaben. Als sie alle vorbei waren und der Schall der Tritte verklungen war, kehrte einer von ihnen um, und nach einigem Zögern und Rascheln auf dem Flur, als wisse er nicht recht, an welcher Tür er klopfen solle, pochte er an Nells Tür.

»Nun?« fragte das Kind von innen.

»Ich bin es, Short«, rief eine Stimme durch das Schlüsselloch. »Ich wollte nur sagen, daß wir morgen sehr früh aufbrechen müssen, meine Liebe; denn wenn wir den Hunden und dem Hexenmeister keinen Vorsprung abgewinnen, werden die Dörfer keinen Penny wert sein. Ihr werdet doch ganz bestimmt auch sehr zeitig aus den Federn kriechen und mitkommen? Ich werde Euch wecken.«

Das Kind gab eine bejahende Antwort und erwiderte sein gute Nacht, worauf sie ihn hinwegschleichen hörte. Ihr verursachte die Besorgtheit der beiden Männer einiges Bangen, das noch erhöht wurde, als sie daran dachte, wie die beiden unten miteinander geflüstert hatten und wie sie einigermaßen verwirrt waren, als sie plötzlich erwachte. Auch konnte sie sich des Verdachtes nicht erwehren, daß sie hier nicht gerade auf die passendste Reisegesellschaft gestoßen wären. Diese Unruhe stand jedoch in gar keinem Verhältnis zu ihrer großen Übermüdung und sie vergaß sie bald in ihrem Schlummer.

Short erfüllte mit dem frühesten Morgen sein Versprechen, klopfte leise an die Tür des Mädchens und bat sie, gleich aufzustehen, da der Eigentümer der Hunde noch schnarche; wenn sie keine Zeit verlören, könnten sie sowohl ihm als dem Hexenmeister, der eben jetzt im Schlafe rede und nach dem, was man hören könne, wahrscheinlich in seinen Träumen einen Esel balanciere, einen hübschen Vorsprung abgewinnen. Sie sprang ohne zu zögern aus ihrem Bette und weckte den alten Mann mit solcher Eile, daß sie ebensobald als Short selbst reisefertig waren, zur unaussprechlichen Zufriedenheit und Beruhigung dieses Herrn.

Nach einem sehr formlosen und hastigen Frühstück, dessen hauptsächlichste Bestandteile Speck, Brot und Bier waren, verabschiedeten sie sich von dem Wirte und verließen die Schwelle der ›Lustigen Sandbuben‹. Der Morgen war schön und warm, der Boden nach dem letzten Regen für die Füße abgekühlt, die Hecken prangten in einem heitern Grün, die Luft war klar, und alles strotzte von Frische und Gesundheit. Unter so belebenden Einflüssen ging es vergnüglich genug vorwärts.

Sie waren noch nicht sehr weit gekommen, als das Kind abermals durch das veränderte Benehmen des Herrn Thomas Codlin beunruhigt wurde, der, statt wie früher verdrießlich für sich allein dahinzutrotten, fortwährend in ihrer unmittelbaren Nähe blieb und ihr, sooft er sie ansehen konnte, ohne daß es sein Gefährte bemerkte, durch Grimassen und krampfhafte Kopfbewegungen zu verstehen gab, sie solle dem Short nicht trauen, sondern alles Vertrauen für Codlin aufbewahren. Er ließ es jedoch nicht bei Blicken und Gebärden bewenden; denn wenn sie und ihr Großvater an der Seite Shorts gingen und dieser kleine Mann in seiner gewohnten Lebhaftigkeit über verschiedene gleichgültige Gegenstände sprach, legte Thomas Codlin seine Eifersucht und seinen Argwohn dadurch an den Tag, daß er ihr auf den Fersen folgte und hin und wieder ihren Knöcheln mit den Beinen des Policinellokastens eine plötzliche und schmerzliche Ermahnung zukommen ließ.

Ein solches Benehmen machte natürlich das Kind noch aufmerksamer und argwöhnischer, und sie bemerkte bald, daß Herr Codlin, sooft vor einem Dorfwirtshause oder an einem andern Platze haltgemacht wurde, um eine Vorstellung zu geben, während seiner eignen Produktionen kein Auge von ihr und dem alten Manne verwandte oder mit dem Anscheine großer Freundschaft und Fürsorge den letzteren einlud, sich auf seinen Arm zu lehnen, und ihn auf diese Weise festhielt, bis das Spiel vorüber war und die Reise aufs neue anging. Selbst Short schien sich in dieser Hinsicht zu verändern und seiner Gutmütigkeit etwas von dem Wunsche beizumischen, sie in sicherem Gewahrsam zu halten. Dies erhöhte den Argwohn der Kleinen und machte sie noch ängstlicher und unruhiger.

Mittlerweile näherten sie sich der Stadt, in der am nächsten Tage das Pferderennen beginnen sollte, immer mehr und mehr. Sie kamen an zahllosen Gruppen von Zigeunern und anderen Wanderern vorbei, die, alle zur Stadt ziehend, aus jedem Kreuz- und Nebenwege in die Landstraße einbogen und allmählich zu einem wahren Volksstrom anschwollen, in dem einige an der Seite ihrer bedeckten Karren einhergingen, andere auf Pferden oder Eseln ritten oder diese Tiere vor sich hertrieben, und wieder andere mit schweren Lasten auf dem Rücken sich weiterschleppten – alle aber dem gleichen Ziele zusteuernd. Die Wirtshäuser an der Straße, die früher so leer und still gewesen waren wie in entfernteren Landesteilen, entsandten nun ein lärmendes Gejubel und Massen von Rauchwolken, und aus den trüben Fenstern schauten, dicht aneinandergedrängt, breite, rote Gesichter auf die Straße hinunter. Auf jedem Stückchen unbebauten Landes oder eines Gemeindeplatzes trieb irgendein kleiner Betrüger sein lärmendes Gewerbe und schrie die müßig Vorübergehenden an, sie möchten stehenbleiben und ihr Glück versuchen; das Gedränge wurde immer dichter und geräuschvoller; vergoldete Pfefferkuchen setzten in Leinwandzelten ihre Herrlichkeit dem Staube aus, und oft jagte eine vierspännige Equipage vorüber, hüllte alle Wanderer in die von ihr aufgewühlte Wolke und ließ sie, betäubt und geblendet, weit hinter sich.

Es dunkelte bereits, als sie die Stadt erreichten, und die letzten paar Meilen waren ihnen in der Tat sehr lang geworden. Hier sah man nichts als Tumult und Verwirrung; die Straßen waren von Menschenmassen erfüllt – darunter viele Fremde, nach den verwunderten Blicken zu urteilen, die sie um sich warfen –, die Kirchturmglocken ließen ihr lärmendes Geläute ertönen, und Flaggen wehten von den Fenstern und Hausgiebeln.

In den Höfen großer Gasthäuser flogen Kellner, gegenseitig aneinanderstoßend, hin und her, Pferdehufe klapperten auf dem unebenen Pflaster, Kutschentritte fielen rasselnd nieder, und widerwärtige Düfte, von den mannigfachsten Speisen herrührend, betäubten mit ihrem schweren, lauwarmen Atem die Sinne. In den kleineren Wirtshäusern quiekten die Fideln mit aller Macht Tanzmelodien für wankende Füße; betrunkene Männer, den Refrain ihres Liedes vergessend, vereinigten sich zu einem sinnlosen Geheul, daß das Klingeln der schwachen Glocke verschlang und sie zu einer wahren Wut nach Branntwein entflammte; vagabundierende Gruppen versammelten sich an den Türen, um umherziehende Tänzerinnen ihre Sprünge machen zu sehen und ihr eigenes Geschrei mit den Tönen der schrillen Stockpfeife und der betäubenden Trommel zu vereinigen.

Über diesen Schauplatz des Wahnsinns führte Nelly, erschreckt und zurückgestoßen durch alles, was sie sah, den verwirrten alten Mann, indem sie sich fest an ihren Führer anklammerte, zitternd vor Angst, sie könnte in dem Gedränge von ihm getrennt werden und ihren Weg allein suchen müssen. Sie beschleunigten ihre Schritte, um dem Getöse und dem wüsten Treiben zu entkommen, und kamen endlich durch die Stadt, von der aus sie sich zur Rennbahn begaben. Diese lag auf einer Anhöhe, eine volle Meile hinter den äußersten Grenzen des Ortes.

Auch hier waren viele Leute, und zwar nicht von der begünstigten oder bestgekleideten Klasse, die geschäftig Zelte ausspannten, Pfähle in den Grund schlugen, mit staubigen Füßen hin und her eilten und manchen Fluch vor sich hin murmelten; müde Kinder krabbelten auf Strohhaufen zwischen Karrenrädern und weinten sich in den Schlaf; magere, müde Pferde und Esel, gerade erst von ihrer Last befreit, grasten zwischen Männern und Weibern, Töpfen und Kesseln, halb angezündeten Feuern und Kerzenstümpfchen, die in der Luft verflackerten, und trotzdem war das Kind froh, der Stadt entkommen zu sein, und atmete wieder freier. Nach einem spärlichen Abendessen, dessen Kosten ihren kleinen Vorrat so weit zusammenschmelzen ließen, daß sie nur noch ein paar Halbpence besaß, für die sie am andern Morgen ein Frühstück erstehen konnte, legte sie sich neben dem alten Mann in einer Zeltecke zur Ruhe und schlief ein, trotz der geschäftigen Vorbereitungen, die während der ganzen Nacht um sie her getroffen wurden.

Und nun war die Zeit gekommen, da sie ihr Brot erbetteln mußten. Bald nach Sonnenaufgang stahl sie sich aus dem Zelte, streifte auf den nahen Feldern umher und pflückte einige wilde Rosen und andere bescheidene Blumen, die sie in kleine Sträuße zu binden und den Damen anzubieten ge-

dachte, wenn diese in ihren Karossen angefahren kämen. Ihre Gedanken waren während dieser Beschäftigung nicht müßig. Als sie zurückkam und sich in eine Ecke des Zeltes an der Seite des alten Mannes niedersetzte, um ihre Blumen zu binden, während die zwei Männer in einer andern Ecke schliefen, zupfte sie ihn am Ärmel, blickte leicht nach den Schläfern hin und sagte mit leiser Stimme:

»Großvater, sehen Sie nicht auf die Leute, von denen ich spreche, und lassen Sie sich's nicht anmerken, daß ich von etwas anderm als von meiner Arbeit rede. Was haben Sie mir gesagt, ehe wir das alte Haus verließen? Sagten Sie nicht, man würde Sie für wahnsinnig erklären und uns trennen, wenn man wüßte, was wir im Schilde führten?«

Der alte Mann wandte sich mit bleichem Entsetzen auf dem Gesicht ihr zu; Nell beschwichtigte ihn jedoch durch einen Blick und bat ihn, einige Blumen zu halten, während sie diese zusammenband; dann brachte sie ihre Lippen seinem Ohr näher und sagte:

»Ich weiß, das war es, was Ihr mir gesagt habt. Sie brauchen nicht zu sprechen, lieber Großvater, ich entsinne mich noch ganz gut. Es war nicht leicht möglich, es zu vergessen, Großvater; diese Männer glauben, daß wir heimlich unsere Freunde verlassen haben, und wollen uns vor irgendeinen Herrn führen, der uns in Gewahrsam nehmen und uns zurückschicken soll. Wenn Ihre Hand so zittert, können wir sie nie loswerden; aber wenn Sie nur jetzt ruhig bleiben, wird sich's leicht ausführen lassen.«

»Aber wie?« murmelte der alte Mann, »liebe Nelly, wie? Sie werden mich in einen steinernen Kerker sperren, dunkel und kalt, und mich mit Ketten an die Mauer schließen, Nell, mich mit Peitschen geißeln und dich nie wieder zu mir lassen!«

»Sie zittern schon wieder!« sagte das Kind. »Halten Sie sich nur den ganzen Tag über dicht an mich! Kehren Sie sich nicht an diese Männer; sehen Sie nicht auf sie, sondern nur auf mich! Ich werde einen Moment ausfindig machen, in dem wir wegschleichen können. Wenn er gekommen ist, müssen Sie mir folgen, ohne sich im mindesten aufzuhalten oder auch nur ein Wort zu sprechen. Pst! Genug für jetzt.«

»Holla! Was treibst du da, meine Liebe?« begann Herr Codlin, indem er gähnend den Kopf in die Höhe richtete. Als er dann bemerkte, daß sein Gefährte noch schlief, fügte er ernst flüsternd hinzu: »Vergiß nicht, Codlin ist der Freund, nicht Short!«

»Ich binde einige Sträuße«, versetzte das Kind, »und will sehen, ob ich sie nicht während der drei Tage des Pferderennens verkaufen kann. Wollt Ihr nicht auch einen? Als Geschenk meine ich.«

Herr Codlin wollte aufstehen, um den Strauß in Empfang zu nehmen, aber das Kind eilte auf ihn zu und gab ihm die

Blumen in die Hand. Er steckte sie mit einer Miene, die für einen Misanthropen recht wohlgefällig war, in sein Knopfloch, schielte triumphierend auf den nichtsahnenden Short und murmelte, als er sich wieder niederlegte:

»Tom Codlin ist der Freund, bei Gott!«

Mit dem Anbruch des Morgens gewannen die Zelte ein heiteres, fast glänzendes Aussehen, und lange Reihen von Wagen rollten sanft über den Rasen. Menschen, die während der ganzen Nacht in Kitteln und Ledergamaschen umhergelungert hatten, kamen in seidenen Westen und Federhüten als Gaukler oder Quacksalber zum Vorschein, versahen in prächtigen Livreen das Geschäft höflicher Diener in den Spielbuden, oder traten in der Tracht stämmiger, wohlhabender Bauern auf, um andere in die Hände falscher Spieler zu liefern. Schwarzäugige Zigeunermädchen mit bunten Tüchern um den Kopf eilten umher, um wahrzusagen, und blasse, ausgemergelte Weiber mit schwindsüchtigen Gesichtern folgten den Bauchrednern und Taschenspielern auf dem Fuße, mit gierigen Augen die Sechspencestücke zählend, noch ehe sie verdient waren. Von den Kindern wurden so viele, wie sich eben in Schranken halten ließen, samt ihren Schmutzflecken und ärmlichen Lumpen zwischen Eseln, Karren und Pferden verstaut, und die man nicht in dieser Weise unterbringen konnte, liefen in den unmöglichsten Winkeln hin und her, rannten den Leuten zwischen die Beine, krochen zwischen den Wagenrädern durch und kamen unbeschädigt zwischen den Hufen der Rosse wieder zum Vorschein. Die tanzenden Hunde, die Stelzen, die kleine Dame nebst dem großen Manne und all die übrigen Lockmittel mit einer Unzahl von Drehorgeln und zahllosen Musikantenbanden tauchten aus den Löchern und Winkeln auf, in denen sie die Nacht zugebracht hatten, und stolzierten keck in der Sonne.

Längs der von Menschen überfüllten Rennbahn führte Short seine Gesellschaft, wobei er aus Leibeskräften in seine Messingtrompete stieß und mit der Stimme des Policinellos lärmte; ihm folgte Thomas Codlin, wie gewöhnlich mit dem

Puppenkasten auf dem Rücken, und verwandte kein Auge von Nelly und ihrem Großvater, die ziemlich weit zurückblieben. Das Kind trug sein Körbchen mit Blumen an dem Arme und blieb hin und wieder mit bescheidenen und schüchternen Blicken stehen, um sie irgendeiner prunkenden Karosse anzubieten. Aber ach! es waren viel kühnere Bettler da – Zigeunerinnen, die Ehemänner versprachen, und andere Adepten ihres Gewerbes; und obgleich einige Damen mit sanftem Lächeln die Köpfe schüttelten und andere den Herren an ihre Seite zuriefen: »Seht doch das entzückende Gesichtchen!« ließen sie doch das entzückende Gesichtchen stehen, ohne daran zu denken, daß es müde oder hungrig aussah.

Nur eine einzige Dame schien das Kind zu verstehen; sie saß allein in einem schönen Wagen und war augenscheinlich von zwei jungen Männern in eleganter Kleidung, die eben ausgestiegen waren und in einiger Entfernung laut plauderten und lachten, ganz vergessen worden. In ihrer Nähe befanden sich viele Damen, aber sie hatten ihr den Rücken gekehrt, sahen in eine andere Richtung oder warfen den beiden jungen Männern freundliche Blicke zu, ohne sich um die im Wagen sitzende Gestalt zu kümmern. Sie winkte einer Zigeunerin, die ihr durchaus wahrsagen wollte, sich zu entfernen, indem sie bemerkte, man habe ihr schon auf einige Jahre hinaus prophezeit, rief das Kind zu sich, nahm dessen Blumen, drückte ihm Geld in die zitternde Hand und hieß es nach Hause gehen und um Gottes willen zu Hause bleiben.

Oftmals gingen sie diese langen Reihen auf und ab und sahen alles, nur nicht die Pferde und das Rennen. Als die Glocke das Zeichen gab, die Bahn zu räumen, kehrten sie zurück, um zwischen den Karren und Eseln auszuruhen, und kamen erst wieder zum Vorschein, als die größte Hitze vorüber war. Oftmals zeigte sich auch Policinello im vollen Glanze seines Humors; aber die ganze Zeit über haftete Thomas Codlins Auge auf ihnen, so daß an ein umbemerktes Entkommen nicht zu denken war. Endlich, spät am Nachmittag, pflanzte Herr Codlin den Puppenkasten an einem geeigneten Orte auf, und die Zuschauer waren bald überselig. Das Kind, das mit dem alten Manne dicht hinter dem tragbaren Schauspielhause saß, machte sich eben darüber Gedanken, wie merkwürdig es doch sei, daß Pferde, die so schöne, anständige Geschöpfe wären, aus allen Leuten, die ihnen nachzögen, Vagabunden zu machen schienen, als ein lautes Gelächter über einen extemporierten Witz des Herrn Short, der auf Tagesereignisse Bezug hatte, sie aus ihren Betrachtungen weckte und sie aufschauen ließ.

Wenn sie je unbeachtet entkommen konnten, so war dies der geeignetste Augenblick dazu. Short ließ die Peitsche kräftig spielen und schlug in der Wut des Kampfes seine Schauspieler gegen die Kulissen der Bühne; die Leute sahen mit lachenden Gesichtern zu, und Herr Codlin verzerrte seinen Mund zu einem scheußlichen Lächeln, als sein unstetes Auge bemerkte, wie die Hände in die Westentaschen fuhren und heimlich nach Sechspencestücken tasteten. Ja, wenn sie je unbemerkt entweichen konnten, so war dies der Augenblick dazu! Sie benutzten ihn und flohen.

Sie bahnten sich einen Weg durch die Buden, die Wagen und das Menschengedränge, ohne auch nur einmal anzuhalten, um zurückzusehen. Die Glocke läutete, und die Bahn war geräumt, als sie eben bei den Seilen anlangten; aber sie stürmten über den Platz, ohne sich an das Geschrei oder den Lärm zu kehren, der hinter ihnen erscholl und gegen sie heftige Anklage erhob, weil sie ins Heiligtum gedrungen waren; und sie eilten im Schutze des vorspringenden Hügels weiter, bis sie ins freie Feld kamen.

Zwanzigstes Kapitel

Tag für Tag, sooft Kit von einem neuen Versuche, sich eine Beschäftigung zu verschaffen, heimkehrte, erhob er seine Augen zu dem Fenster des Stübchens, das er Nelly so angelegentlich empfohlen hatte, und hoffte irgendein Merkmal ihrer Anwesenheit wahrzunehmen. Sein sehnlicher Wunsch und die Versicherung, die er von Quilp erhalten hatte, ließen ihn fest daran glauben, sie werde noch kommen, um das einfache Obdach, das er ihr angeboten, in Anspruch zu nehmen; und aus der toten Hoffnung des einen Tages entsproßte eine neue für den darauffolgenden Tag.

»Ich glaube gewiß, daß sie morgen kommen, was meint Ihr, Mutter?« sagte Kit mit einem Seufzer, indem er erschöpft seinen Hut niederlegte. »Sie sind schon eine Woche fort und können doch gewiß nicht länger als acht Tage ausbleiben – oder doch?«

Die Mutter schüttelte den Kopf und erinnerte ihn, wie oft er schon vergeblich gehofft habe.

»Was das anbelangt«, entgegnete Kit, so habt Ihr freilich recht, und sprecht vernünftig wie immer, Mutter. Und doch sollte ich meinen, eine Woche sei lange genug für sie, um draußen herumzuschweifen; müßt Ihr das nicht selber auch sagen?«

»Lange genug, Kit, und sogar länger als genug; aber sie kommen vielleicht trotzdem nicht zurück.«

Kit war einen Augenblick geneigt, sich über diesen Widerspruch zu ärgern, um so mehr, als er selbst auch schon darauf verfallen war und dessen Richtigkeit anerkennen mußte. Es war jedoch nur eine momentane Regung, und der verdrießliche Blick wandelte sich in einen freundlichen, noch ehe er durch das Zimmer geschweift war.

»Aber was kann wohl nach Eurer Meinung aus ihnen geworden sein, Mutter? Ihr glaubt doch nicht, daß sie etwa aufs Meer gegangen sind?«

»Wenigstens gewiß nicht, um Matrosen zu werden«, entgegnete die Mutter mit einem Lächeln. »Aber unwillkürlich kommt mir der Gedanke, daß sie sich ins Ausland begeben haben.«

»O Mutter, redet nicht so!« rief Kit mit einer Jammermiene.

»Ich fürchte, daß es so ist und daß ich das Wahre getroffen

habe«, erwiderte sie. »Alle Nachbarn sind derselben Meinung, und einige wollen sogar wissen, daß man sie an Bord eines Schiffes gesehen hat; sie nennen sogar den Namen des Ortes, den sie aufsuchten, er ist aber so schwer auszusprechen, daß ich ihn nicht behalten konnte, mein Lieber.«

»Ich glaubs nicht«, sagte Kit, »kein Wort glaube ich davon. Tratschmäuler, wie sollten die es wissen können!«

»Natürlich können sie auch unrecht haben«, versetzte die Mutter; »ich kann da nichts sagen, obgleich ich es nicht für ganz unmöglich halte, daß sie recht haben. Sie sagen, daß der alte Herr etwas Geld zurückgelegt hat, von dem niemand etwas wußte, nicht einmal jener kleine, häßliche Mann, von dem du mir erzähltest – wie heißt er doch? – Quilp? und daß er und Miß Nell fortgegangen sind, um im Ausland zu leben; dort könnte man ihnen nichts nehmen und sie würden von niemand beunruhigt werden. Dies darf einem doch nicht so ganz unwahrscheinlich vorkommen – oder?«

Kit kratzte sich traurig den Kopf und mußte wohl oder übel die Wahrscheinlichkeit zugeben; dann kletterte er zu dem alten Nagel hinauf, nahm den Käfig herunter und schickte sich an, ihn zu reinigen und den Vogel zu füttern. Bei dieser Beschäftigung kehrten auch seine Gedanken zu dem kleinen alten Herrn zurück, der ihm den Schilling gegeben hatte, und es fiel ihm plötzlich ein, daß heute der Tag, ja sogar jetzt fast die Stunde sei, für die ihn der kleine alte Herr zum Hause des Notars befohlen hatte. Kaum war ihm dies durch den Kopf geschossen, als er den Käfig rasch wieder aufhängte, seiner Mutter hastig den Grund seines Ausgangs erklärte und sich in vollem Galopp nach dem bestimmten Orte in Bewegung setzte.

Es waren ein paar Minuten über die angegebene Zeit, als er die von seiner Wohnung ziemlich entlegene Stelle erreichte; aber zum guten Glück war der kleine alte Herr noch nicht angekommen, wenigstens war die einspännige Chaise nicht zu sehen, und es war sehr unwahrscheinlich, daß er in einer so kurzen Zeit angelangt und wieder abgefahren wäre. Sehr beruhigt dadurch, daß er nicht zu spät komme, lehnte sich Kit gegen einen Lampenposten, um sich zu verschnaufen, und erwartete die Ankunft des Ponys und seiner Ladung.

In der Tat, es dauerte nicht lange, und das Pony trabte um die Straßenecke, wobei es so störrisch aussah, als ein Pony nur aussehen kann, und seine Füße so gewählt setzte, als suche es die reinsten Stellen aus, um ja keinen Huf schmutzig zu machen oder sich ungebührlich zu übereilen. Hinter dem Pony saß der kleine alte Herr und neben dem alten Herrn die alte Dame, die einen ähnlichen Blumenstrauß wie das letztemal bei sich hatte.

Der alte Herr, die alte Dame, das Pony und die Chaise kamen in vollkommener Eintracht die Straße herauf, bis sie ungefähr das sechste Haus vor dem des Notars erreichten. Da plötzlich blieb das Pony, der sich durch ein Messingschild unter dem Türklopfer einer Schneiderwohnung täuschen ließ, stehen und behauptete durch verstocktes Schweigen, dies sei das gewünschte Haus.

»Der Tausend, Bürschchen, willst du die Güte haben weiterzugehen? Dies ist nicht das Haus«, sagte der alte Herr.

Das Pony sah mit großer Aufmerksamkeit auf den Hahn einer Wasserleitung, die in der Nähe war, und schien in dessen Betrachtung ganz vertieft zu sein.

»Ach herrje! Welch ein garstiger Klepper!« rief die alte Dame. »Nachdem er sich doch so gut aufgeführt hat und so schnell bis hierher trabte! Ich schäme mich seiner. In der Tat, ich weiß nicht, was wir mit ihm anfangen sollen.«

Nachdem sich das Pony über die Natur und die Eigenschaften des Hahns hinreichend orientiert hatte, sah es in die Luft nach seinen alten Feinden, den Fliegen, und da ihm in diesem Augenblick zufällig eine am Ohr kitzelte, so schüttelte es den Kopf und peitschte sich mit dem Schwanze, worauf es wieder sehr nachdenklich, aber ganz behaglich und gesammelt zu sein schien. Nachdem der alte Herr seine ganze Beredsamkeit aufgeboten hatte, ohne jedoch einen Erfolg zu erzielen, stieg er ab, um den Gaul am Zaume weiterzuführen; dieser aber, vielleicht weil er hierin ein hinreichendes Zugeständnis zu finden glaubte, vielleicht aber auch, weil er zufälligerweise das andere Messingschild zu Gesicht bekommen hatte – wenn er es nicht gar etwa aus Trotz tat –, galoppierte mit der alten Dame weiter und machte an dem rechten Hause halt, indem er es dem alten Herrn überließ, keuchend hinterdrein zu kommen.

Jetzt zeigte sich Kit neben dem Kopf des Ponys und berührte lächelnd seinen Hut.

»Ei der Tausend«! rief der alte Herr, »der Junge ist hier! Siehst du, meine Liebe!«

»Ich habe ja gesagt, daß ich hier sein würde, Sir«, entgegnete Kit, indem er den Hals des Kleppers streichelte. »Ich hoffe, Sie haben eine angenehme Fahrt gehabt, Sir. Es ist ein gar nettes kleines Pony.«

»Meine Liebe«, sagte der alte Herr, »das ist ein ungewöhnlicher Junge; ein guter Junge, darf ich sagen.«

»Ohne Zweifel«, entgegnete die alte Dame, »ein sehr guter Junge und gewiß auch ein guter Sohn.«

Kit bedankte sich für diese gute Meinung dadurch, daß er abermals nach seinem Hute griff und ganz rot wurde. Der alte Herr half sodann der alten Dame aus der Chaise und warf dem Knaben ein beifälliges Lächeln zu, worauf sie sich in das Haus begaben, im Gehen aber noch immer von ihm sprachen, was Kit notwendig merken mußte. Unmittelbar darauf trat auch Herr Witherden, der den Blumenstrauß fleißig beroch, ans Fenster und sah nach ihm, und dann tat Herr Abel ein gleiches, und dann kamen der alte Herr und die Dame und blickten nach ihm, und dann traten alle heran und betrachteten Kit gemeinschaftlich, der darüber sehr in Verlegenheit kam, obgleich er tat, als ob er es durchaus nicht bemerke. Er streichelte daher das Pony immer eifriger, eine Freiheit, die sich das Pony gnädigst gefallen ließ.

Die Gesichter waren kaum einige Augenblicke von dem Fenster verschwunden, als Herr Chuckster in seinem Amtskleid und den Hut genau so schief aufgesetzt, wie er ihm eben vom Ständer auf den Kopf gepurzelt war, auf die Straße trat und dem Knaben sagte, daß man drinnen mit ihm sprechen wolle, weshalb er ihm auftrug, hineinzugehen; er werde inzwischen auf die Chaise achthaben. Indem er ihm diese Weisung gab, bemerkte Herr Chuckster, der Henker solle ihn holen, wenn er darüber klar werden könne, ob er – natürlich Kit – ein »kostbarer Einfaltspinsel« oder ein »kostbarer Schelm« sei; er deutete jedoch durch ein mißtrauisches Kopfschütteln an, daß er sich eher der letzteren Ansicht zuwende.

Kit betrat in großer Angst das Büro, denn er war nicht gewohnt, mit fremden Damen und Herren zu verkehren, und die Blechkapseln und die Bündel bestäubten Papiers hatten in seinen Augen ein ehrwürdiges und Ehrfurcht gebietendes Aussehen. Auch war Herr Witherden ein gar geschäftiges kleines Männchen, das sehr laut und sehr schnell sprach; alle schauten auf Kit – und er sah so schäbig aus.

»Nun, Junge«, sagte Herr Witherden, »du bist gekommen, um deinen Schilling abzuverdienen; oder vielleicht, um einen andern zu holen, he?«

»Nein, gewiß nicht, Sir«, versetzte Kit, indem er seinen Mut zusammennahm und aufsah. »Ich habe nicht im entferntesten an so etwas gedacht.«

»Der Vater noch am Leben?« fragte der Notar.

»Tot, Sir.«

»Die Mutter?«

»Ja, Sir.«

»Wieder verheiratet, he?«

Kit erwiderte nicht ohne einige Entrüstung, daß sie eine Witwe mit drei Kindern sei, und was ihre Wiederverehelichung betreffe, könnte der Herr nicht an so etwas denken, wenn er sie kennen würde. Auf diese Antwort begrub Herr Witherden seine Nase abermals in den Blumen und flüsterte hinter dem Strauße dem alten Herrn zu, er glaube, der Junge sei so ehrlich, wie man es nur wünschen könnte.

»Nun«, sagte Herr Garland, nachdem noch einige weitere Fragen gestellt worden waren, »ich habe nicht im Sinne, dir noch etwas zu geben . . .«

»Ich danke Ihnen, Sir«, versetzte Kit, und es war ihm vollkommen ernst damit, denn diese Ankündigung schien ihn des Verdachts zu entheben, auf den der Notar angespielt hatte.

»Aber«, fing der alte Herr wieder an, »vielleicht möchte ich etwa Näheres über dich erfahren. Sage mir daher, wo du wohnst, damit ich es in meinem Taschenbuch aufzeichnen kann!«

Kit nannte seine Wohnung, und der alte Herr notierte sie mit dem Bleistift. Dies war kaum geschehen, als sich ein großer Lärm auf der Straße erhob; die alte Dame eilte ans Fenster und rief, das Pony sei durchgegangen, worauf Kit dem Gaule nachstürmte, um ihn zurückzubringen; und die übrigen liefen hinter ihm her.

Vermutlich hatte Herr Chuckster mit den Händen in den Taschen dagestanden, dem Pony nichtsahnend zugeschaut und es vielleicht gelegentlich durch Ermahnungen, als da sind: »Stillgestanden!« »Ruhig!« »Oha« und dergleichen, beleidigt: Kränkungen, die ein Pony von Ehrgefühl nicht ertragen kann. Der Klepper hatte, da ihm keinerlei Rücksicht auf schuldigen Gehorsam oder Pflichtgefühl abhielt und er nicht die geringste Scheu vor dem menschlichen Auge hatte, endlich Reißaus genommen und rasselte in diesem Augenblick die Straße hinab, während Herr Chuckster, ohne Hut und die Feder hinter dem Ohr, hinten an der Chaise hing und sie zum unaussprechlichen Ergötzen aller Zuschauer vergeblich in eine andere Richtung zu zerren bemüht war. Aber selbst im Durchgehen war das Pony ein eigensinniger Bursche, denn es war noch nicht sehr weit gekommen, als es plötzlich haltmachte, und ehe man noch Hand anlegen konnte, begann es fast ebenso rasch rückwärts zu gehen, als es vorwärts gegangen war.

Die Folge davon war, daß Herr Chuckster auf die schmählichste Art zu seinem Büro zurückgeschoben und gestoßen wurde, wo er dann in einem Zustande großer Erschöpfung und Verwirrung anlangte.

Die alte Dame setzte sich nun auf ihren Platz und Herr Abel, den sie zu holen gekommen waren, auf den seinigen. Der alte Herr machte dem Pony Vorstellungen über sein außerordentlich unschickliches Betragen, erging sich in tausenderlei Entschuldigungen Herrn Chuckster gegenüber und nahm dann gleichfalls seinen Platz ein. Sobald alles in Ordnung war, fuhren sie ab, dem Notar und seinem Schreiber ein Lebewohl zuwinkend, und mehr als einmal drehten sie sich um und nickten Kit freundlich zu, der ihnen von der Straße aus nachsah.

Einundzwanzigstes Kapitel

Kit entfernte sich und vergaß sehr bald das Pony, die Chaise, die kleine alte Dame, den kleinen alten Herrn und den kleinen jungen Herrn obendrein, indem er immer daran dachte, was wohl aus seinem letzten Herrn und dessen lieblicher Enkelin geworden sei, die die Quelle all seiner Gedanken waren. Während er so über alle möglichen Gründe für ihr Nichterscheinen nachsann und sich überredete, daß sie bald zurückkommen müßten, lenkte er die Schritte seinem Heim zu, um die Arbeit zu vollenden, in der er durch die plötzliche Erinnerung an sein Versprechen unterbrochen worden war. Dann wollte er wieder forteilen und noch einmal sein Glück für den Tag versuchen.

Als er an die Ecke des Hofes kam, in dem er wohnte – siehe, da war das Pony wieder! Ja, da war es, und sah noch störrischer aus als je; und allein in der Chaise, auf jede Bewegung des Gauls eifrig achtend, saß Herr Abel, der, als er zufällig aufschaute und Kit vorbeigehen sah, diesem zunickte, als ob er sich hätte den Kopf abnicken wollen.

Kit wunderte sich, das Pony wiederzusehen und noch dazu unmittelbar vor seiner Wohnung; er konnte sich jedoch nicht denken, zu welchem Zwecke das Pony wohl dasein mochte, oder wohin die alte Dame und der alte Herr verschwunden waren, bis er auf die Klinke seiner Tür drückte und beim Eintreten beide in eifriger Unterhaltung mit seiner Mutter dasitzen sah. Bei diesem unerwarteten Anblick zog er seinen Hut und machte ziemlich verwirrt seine beste Verbeugung.

»Wir sind vor dir hier, Christoph, wie du siehst«, sagte Herr Garland lächelnd.

»Ja, Sir«, sagte Kit und schaute dabei seine Mutter fragend an, was dieser Besuch zu bedeuten hätte.

»Der Herr ist so gütig gewesen, mein Lieber«, erwiderte sie auf diese stumme Frage, »sich bei mir zu erkundigen, ob du einen guten Platz hast, ob du überhaupt irgendwo beschäftigt bist, und als ich dies verneinte, war er so freundlich, zu sagen, daß . . .«

»Daß wir einen guten Burschen in unserm Hause brauchen könnten«, fielen der alte Herr und die Dame zugleich ein, »und daß wir vielleicht daran denken – wenn alles mit unsern Wünschen und Anforderungen stimmen würde.«

Da dieses Darandenken offenbar bedeutete, sie wollten daran denken, Kit zu dingen, so wurde dieser von der Aufgeregtheit seiner Mutter angesteckt und in große Verwirrung versetzt; denn das kleine alte Paar ging sehr systematisch und vorsichtig vor und fragte nach so vielem, daß er seine Aussichten auf einen Erfolg zu bezweifeln anfing.

»Ihr seht, meine gute Frau«, sagte Frau Garland zu Kits Mutter, »daß es nötig ist, sehr vorsichtig und bedachtsam in solchen Dingen zu sein, denn unsere Familie besteht nur aus drei ruhigen, ordentlichen Leutchen, und es wäre schlimm, wenn wir einen Mißgriff machten und etwas ganz anderes fänden, als was wir hofften oder erwarteten.«

Kits Mutter entgegnete hierauf, es sei gewiß wahr, sehr recht und ganz in der Ordnung, und der Himmel verhüte, daß sie Grund hätte, über irgendeine Nachfrage nach ihrem Charakter oder nach dem ihres Sohnes zu erschrecken. Er sei ein sehr guter Sohn, obgleich sie es als seine Mutter nicht sagen sollte; in dieser Hinsicht getraue sie sich übrigens zu behaupten, daß er nach seinem Vater arte, der nicht nur ein guter Sohn gegen seine Mutter, sondern auch der beste Gatte und Vater gewesen sei. Kit könne und werde dies bekräftigen, und dasselbe würden auch der kleine Jakob und das Wickelkind tun, wenn sie alt genug wären; unglücklicherweise sei dies nicht der Fall, obgleich es für die Kleinen vielleicht viel besser sei, daß sie noch so jung seien, da sie doch nicht wüßten, was für einen Verlust sie erlitten hätten. Und so haspelte Kits Mutter eine lange Geschichte ab, indem sie hin und wieder ihre Augen mit der Schürze abwischte und den Kopf des kleinen Jakob tätschelte, der die Wiege in Bewegung setzte und aus Leibeskräften die fremde Dame und den fremden Herrn anstierte.

Sobald Kits Mutter ausgesprochen hatte, fiel die alte Dame wieder ein und erklärte, sie zweifle nicht im geringsten, daß Frau Nubbles eine sehr anständige und respektable Person sei, sonst würde sie sich nicht in dieser Weise ausgedrückt haben; auch verdienten gewiß das Aussehen der Kinder und die Reinlichkeit des Hauses großes Lob und gereichten ihr sehr zur Ehre, worauf Kits Mutter einen Knicks machte und etwas getröstet wurde. Die gute Frau erging sich nun in einem langen und ausführlichen Bericht über Kits Leben und Geschichte von den frühesten Tagen an bis in die Gegenwart, wobei sie es nicht unterließ, seines mirakulösen Sturzes aus dem Fenster der Hinterstube, als er noch ein ganz kleines Kind war, oder seiner ungewöhnlichen Leiden während der Masern zu erwähnen, und ihre Erzählung illustrierte durch die höchst gewissenhafte Wiedergabe des kläglichen Tones, in dem er Tag und Nacht nach Wasser und geröstetem Brot verlangte, oder zu ihr sagte: »Weine nicht, Mutter, ich werde bald wieder gesund.« Zum Beweise dieser Angaben berief sie sich auf Frau Green, die bei dem Käsehändler um die Ecke wohnte, und auf mehrere andere Damen und Herren in verschiedenen Teilen von England und Wales – auch auf einen gewissen Herrn Brown, der jetzt Korporal in Ostindien sein müßte und sich daher mit ganz geringer Mühe auffinden ließe –, zu deren persönlicher Kenntnis die Tatsachen gelangt waren. Nach Beendigung dieser Erzählung stellte Herr Garland an Kit noch einige Fragen hinsichtlich seiner Befähigung und seiner Kenntnisse im allgemeinen, während Frau Garland ihre Aufmerksamkeit auf die kleinen Kinder richtete und sich von Kits Mutter gewisse merkwürdige Umstände, welche die Geburt eines jeden begleitet hatten, erzählen ließ; sie berichtete sodann gewisse andere merkwürdige Umstände, welche die Geburt ihres eignen Sohnes, des Herrn Abel, begleitet hatten, woraus sich leicht ersehen ließ, daß sowohl Kits Mutter als sie selbst mit ganz absonderlichen Gefahren zu kämpfen gehabt hatten, mehr als alle andern Frauen, welchen Alters oder Standes sie auch gewesen sein mochten. Endlich wurde auch nach der Beschaffenheit und Ausdehnung von Kits Garderobe gefragt und zu ihrer Erweiterung ein kleiner Vorschuß hergegeben, worauf man den Knaben förmlich mit einem Jahreseinkommen von sechs Pfund nebst Verköstigung und Wohnung bei Herrn und Frau Garland in Abel-Cottage zu Finchley in Dienst nahm.

Es dürfte schwer sein, zu ermitteln, welche von den zwei Parteien am meisten mit dieser Übereinkunft zufrieden war, deren Abschluß von beiden Seiten nur durch freundliche Blicke und heiteres Lächeln begrüßt wurde. Herr Garland setzte fest, daß Kit am zweitnächsten Tage in der Frühe an seinem neuen Bestimmungsort eintreffen sollte. Und nun verabschiedete sich das kleine alte Paar, nachdem es zuvor den kleinen Jakob und das Wiegenkind je mit einer blanken halben Krone beschenkt hatte, und der neue Diener begleitete sie auf die Straße hinaus, hielt, während sie die Sitze einnahmen, das eigensinnigen Pony beim Zaum und sah ihnen mit erleichtertem Herzen nach, als sie dahinfuhren.

»Nun, Mutter«, sagte Kit, indem er in das Haus zurückeilte, »ich denke, mein Glück ist jetzt so gut wie gemacht.«

»Man sollte es allerdings meinen«, versetzte seine Mutter. »Sechs Pfund im Jahr! Wer hätte das geglaubt?«

»Ah!« sagte Kit, der es versuchte, jene Feierlichkeit anzunehmen, die der Gedanke an eine solche Summe forderte, wider Willen aber sein Gesicht zu einem entzückten Grinsen verzog, »es ist ein Vermögen!«

Nach diesen Worten holte Kit tief Atem, senkte seine Hände tief in die Taschen, als ob in jeder von ihnen wenigstens ein Jahreslohn sich befände, und blickte auf seine Mutter, als schaue er durch sie hindurch auf eine unabsehbare Perspektive von Goldstücken.

»So Gott will, können wir nun an Sonntagen eine rechte Dame aus Euch machen, Mutter, einen großartigen Lateiner aus Jakob, ein stattliches Kind aus dem Baby und ein wundervolles Zimmer aus dem Dachstübchen! Sechs Pfund jährlich!«

»Hm!« krächzte eine fremde Stimme, »was ists da mit sechs Pfund jährlich? Was wollt ihr mit sechs Pfund jährlich?«

Und während die Stimme diese Frage stellte, spazierte Daniel Quilp, mit Richard Swiveller hinter sich, in die Stube.

»Wer sagte, er solle sechs Pfund jährlich haben?« fragte Quilp, indem er scharf umherschaute. »Hat es der alte Mann, oder hat es die kleine Nelly gesagt? Und wofür soll er es haben? Und wo sind sie, he?«

Die gute Frau erschrak über das plötzliche Auftreten dieses unbekannten Kabinettstückes von Häßlichkeit so sehr, daß sie hastig den kleinen Nubbles aus der Wiege nahm und mit ihm in die hinterste Ecke retirierte, während der kleine Jakob, der auf seinem Schemel saß, die Hände auf den Knien, Herrn Quilp in einer Art von Behexung anstierte und die ganze Zeit über aus vollem Halse schrie. Richard Swiveller musterte die Familie flüchtig über Herrn Quilps Kopf weg, und Quilp selbst, die Hände in den Taschen, lächelte in diabolischer Freude über die Aufregung, die er verursacht hatte.

»Sie brauchen nicht zu erschrecken, Frau«, sagte Quilp nach einer Pause, »Ihr Sohn kennt mich; ich fresse keine Kinder; ich kann sie nicht ausstehen. Es wird aber doch gut sein, diesem jungen Schreihals das Maul zu stopfen, damit er mich nicht in Versuchung führt, ihm etwas Unangenehmes anzutun. Holla, Bürschlein, willst du ruhig sein!«

Der kleine Jakob hemmte den Lauf zweier Tränen, die er aus seinen Augen quetschte, und blieb in stummem Schreck sitzen.

»Wenn du mir wieder losbrichst, du Spitzbube«, fuhr Quilp fort, indem er ihn streng ansah, »so will ich dir Gesichter schneiden, daß du Krämpfe bekommst, ja, das will ich. Jetzt aber ein Wörtchen mit dir, Musjö: warum bist du nicht versprochenermaßen gekommen?«

»Weshalb hätte ich kommen sollen?« entgegnete Kit. »Ich hatte mit Euch nichts zu schaffen, ebensowenig wie Ihr mit mir.«

»Wohlan, Frau«, sagte Quilp, indem er sich rasch von Kit ab und an dessen Mutter wandte, »wann kam oder schickte sein alter Herr zum letztenmal hierher? Ist er jetzt hier? Und wenn nicht, wo ist er hingegangen?«

»Er ist gar nicht hiergewesen«, versetzte sie. »Ich wollte, wir wüßten, wo sie sind, denn es würde dann meinem Sohn viel leichter ums Herz sein und mir auch. Wenn Sie der Herr Quilp sind, so sollte ich meinen, daß Sie es am besten wissen, und ich hab ihm dies erst heute noch gesagt.«

»Hm!« murmelte Quilp, augenscheinlich enttäuscht, weil er ihr glauben mußte. »Und dasselbe erzählen Sie auch diesem Herrn, nicht?«

»Wenn der Herr die gleiche Frage an mich zu richten hat, kann ich ihm nichts anderes sagen, Sir, so sehr ich auch um unserer selbst willen das Gegenteil wünschte«, lautete die Antwort. Quilp blickte auf Richard Swiveller und bemerkte, da er diesen auf der Schwelle getroffen, so habe er angenommen, daß er wohl hierhergekommen sei, um Erkundigungen über die Flüchtlinge einzuziehen; oder sollte er sich irren?

»Nein«, sagte Dick, »dies war der Zweck meines Herkommens. Ich bildete mir ein, es wäre möglich – aber laßt uns die Totenglocke der Einbildung läuten. Ich will damit anfangen.«

»Sie scheinen enttäuscht zu sein«, bemerkte Quilp.

»Ein Fehlschuß, Sir, ein Fehlschuß, weiter nichts«, entgegnete Dick. »Ich habe mich in eine Spekulation eingelassen, die mir fehlgeschlagen ist; und ein Wesen von holder, glänzender Schönheit wird als Opfer dargebracht auf Cheggs Altar. Das ist alles, Sir.«

Der Zwerg betrachtete Richard mit einem sarkastischen Lächeln, das jedoch von Herrn Swiveller, der mit einem Freunde ein ziemlich reiches Frühstück eingenommen hatte, nicht bemerkt wurde; denn er fuhr fort, sein Schicksal mit trauervollen und verzweifelten Blicken zu beklagen. Quilp sah deutlich, daß diesem Besuche und der ungewöhnlichen Niedergeschlagenheit des jungen Mannes irgendein Geheimnis zugrunde liegen müsse, und in der Hoffnung, es könnte irgendein Anlaß zu einem Schurkenstreich dahinter lauern, entschloß er sich, es herauszulocken. Kaum hatte er diesen Entschluß gefaßt, als er auch schon so viel Ehrlichkeit auf sein Gesicht zauberte, als es nur auszudrücken vermochte, und sagte dann im Tone des herzlichen Mitgefühls zu Herrn Swiveller: »Ich bin selbst enttäuscht, jedoch bloß aus freundschaftlichen Gefühlen für Sie; ohne Zweifel haben Sie aber reellere Gründe, Privatgründe, um derentwillen die Enttäuschung Sie schwerer trifft als mich.«

»Ei, freilich ist dies der Fall«, versetzte Dick ärgerlich.

»Das tut mir leid, auf Ehre, das tut mir sehr leid! Auch ich bin sehr niedergeschlagen. Da wir schon das Unglück miteinander teilen, wollen wir nicht auch den sichersten Weg teilen, es zu vergessen? Wenn Sie eben kein besonderes Geschäft haben, das Sie in eine andere Richtung führt«, drängte Quilp, indem er ihn am Ärmel zupfte und aus den Augenwinkeln schlau zu seinem Gesicht hinaufschielte, »so kenne ich ein Haus an der Wasserseite, in dem der edelste Schiedamer – unter uns gesagt, er soll geschmuggelt sein – zu finden ist, den die ganze Welt aufweisen kann. Der Wirt kennt mich. Es ist ein Sommerhäuschen mit der Aussicht auf den Fluß, dort könnten wir uns an einem Glas dieses köstlichen Branntweins und einem Pfeifchen des besten Tabaks – aus dieser Tabatiere hier; beste Qualität, soviel ich weiß – laben und vollkommen behaglich und glücklich sein, wenn wir das überhaupt zustande bringen. Oder haben Sie vielleicht eine besondere Verabredung, die Sie zwingt, einen andern Weg einzuschlagen, Herr Swiveller, wie?«

Bei diesen Worten des Zwerges milderten sich Dicks Züge zu einem wohlgefälligen Lächeln und die Falten auf seiner Stirn verschwanden allmählich. Und ehe er noch ganz ausgeredet hatte, sah Dick in derselben schlauen Weise auf Quilp hinab, in der Quilp an ihm hinaufsah, und es blieb nun nichts weiter zu tun übrig, als nach dem betreffenden Hause aufzubrechen. Sie wanderten schnurstracks drauflos. Sobald sie der Stube den Rücken gekehrt hatten, taute der kleine Jakob wieder auf und begann sein Gebrüll an demselben Punkte, an dem es Quilp zum Gefrieren gebracht hatte.

Das Sommerhäuschen, von dem Herr Quilp gesprochen hatte, war eine rohe Bretterhütte, verfault und nackt anzusehen, die über dem Schlamme des Flusses hing und in ihn hinunterzugleiten drohte. Die Schenke, zu der es gehörte, war ein baufälliges Gebäude, von Ratten unterwühlt und unterminiert, und wurde nur durch große hölzerne, gegen die Wände gestemmte Balken aufrechterhalten, die ihren Dienst bereits so lange versahen, daß sogar sie mit ihrer Last morsch und hinfällig geworden waren. Und in windigen Nächten konnte man es knarren und knacken hören, als ob das ganze Nest über den Haufen fallen wollte. Das Haus stand – wenn man überhaupt bei einem so alten, gebrechlichen Ding von Stehen reden kann – auf einem Stück unbebauten Grundes, geschwärzt von dem ungesunden Rauch der Fabrikschornsteine, und hallte von dem Geklapper eiserner Räder und dem Rauschen aufgewühlten Wassers wider. Die innere Bequemlichkeit rechtfertigte in vollem Maße das, was das Äußere versprochen hatte. Die Stuben waren feucht und niedrig, die klebrigen Wände von Spalten und Löchern durchbohrt, die morschen Fußböden eingesunken, und sogar die Stützbalken waren von ihren Plätzen gewichen und warnten den scheuen Fremdling vor ihrer gefährlichen Nachbarschaft.

Zu diesem einladenden Orte führte Herr Quilp Richard Swiveller, indem er ihm unterwegs dringend nahelegte, doch ja die Schönheit der Umgebung nicht unbeachtet zu lassen, und bald stand auf dem Tische des Sommerhäuschens, auf dem man viele Galgen und Anfangsbuchstaben tief eingeschnitten sehen konnte, ein Fäßchen voll des angepriesenen Branntweins. Herr Quilp zapfte ihn mit der Gewandtheit eines alten Praktikers in die Gläser ab, mischte ihn mit einem Drittel Wasser und schob Herrn Richard Swiveller seinen Anteil zu, worauf er seine Pfeife an dem Kerzenstümpfchen einer sehr alten und zerschlagenen Laterne anzündete, sich auf einen Sitz kauerte und lustig drauflos dampfte.

»Ist er gut?« fragte Quilp, als Richard Swiveller mit den Lippen schmatzte, »ist er stark und feurig? Macht er Sie blinzeln? Wirkt er? Treibt er das Wasser in die Augen und verschlägt er den Atem, ja?«

»Ob er es tut!« rief Dick, indem er einen Teil von dem Inhalt seinen Glases weggoß und dieses bis zum Rande mit Wasser füllte; »ei, Mensch, Sie wollen mir doch nicht sagen, daß Sie ein solches Feuer hinunterschütten können?«

»Nein«, entgegnete Quilp, »ich schütts nicht hinunter! Schauen Sie einmal her, noch einmal und abermal! Nicht hinunterschütten!«

Bei diesen Worten zapfte Daniel Quilp dreimal ab und trank drei volle kleine Gläser von dem ungewässerten Branntwein; und dann tat er mit einer schrecklichen Grimasse ein paar heftige Züge aus seiner Pfeife, schluckte den Rauch und blies ihn in mächtigen Wolken durch die Nase. Nachdem er dieses Kunststück gezeigt, brachte er sich wieder in seine frühere Lage und lachte aus Leibeskräften.

»Bringen Sie einen Toast aus!« rief Quilp, indem er gar gewandt und taktmäßig mit Faust und Ellbogen abwechselnd auf dem Tisch trommelte. »Ein Frauenzimmer! Eine Schönheit! Lassen Sie uns auf das Wohl einer Schönheit trinken und unsere Gläser bis auf den letzten Tropfen leeren. Also, wie heißt sie?«

»Wenn Sie einen Namen haben wollen«, versetzte Dick, »sagen wir Sophia Wackles.«

»Sophia Wackles?« kreischte der Zwerg. »Miß Sophia Wackles heute, und Frau Richard Swiveller in Zukunft – in Zukunft – ha ha ha!«

»Ach«, entgegnete Dick, »so hätten Sie allenfalls vor ein paar Wochen sagen können, aber jetzt gehts nicht mehr, mein verehrter Ziegenbock. Sie opfert sich auf dem Tabernakel des Cheggs ...«

»Vergiften Sie Cheggs, schneiden Sie Cheggs die Ohren ab!« erwiderte Quilp. »Ich will nichts mehr von Cheggs hören. Ihr Name soll Swiveller sein und sonst keiner. Ich trinke noch einmal auf ihre Gesundheit, auf die Gesundheit ihres Vaters, ihrer Mutter und aller ihrer Schwestern und Brüder – und aller Wacklesen – aller Wacklesen in einem Glas! Hinunter damit, bis auf die Nagelprobe!«

»Wahrhaftig!« sagte Richard Swiveller, der, als er das Glas an seine Lippen führen wollte, plötzlich in dieser Bewegung innehielt und fast erstarrt den Zwerg ansah, wie dieser mit Armen und Beinen umherfuchtelte. »Sie sind ein lustiger Bursche; aber von allen lustigen Burschen, die ich je gesehen oder von denen ich je gehört, haben Sie die sonderbarsten und außerordentlichsten Manieren, ja, bei meinem Leben!«

Diese unumwundene Erklärung trug eher dazu bei, die Exzentrizität des Herrn Quilp zu vermehren als sie zu zügeln, und Richard Swiveller, erstaunt über die renommistische Laune des Männchens und um der Gesellschaft willen dem Trunke nicht wenig zusprechend, begann unmerklich geselliger und zutraulicher zu werden, so daß er endlich unter Herrn Quilps umsichtiger Behandlung im höchsten Grade mitteilsam wurde. Einmal in dieser Stimmung, war es für Daniel Quilp, der jetzt, sooft er in Verlegenheit war, ein gutes Stichwort hatte, eine verhältnismäßig leichte Arbeit, sich bald in den Besitz aller Einzelheiten des Plans zu setzen, der zwischen dem leichtsinnigen Dick und seinem intriganten Freund abgekartet worden war.

»Halt!« sagte Quilp, »Sie haben den rechten Weg eingeschlagen. Das ist ganz ausgezeichnet! Es kann und soll durchgeführt werden. Da haben Sie meine Hand darauf; ich bin von dieser Minute an Ihr Freund.«

»Wie? Glauben Sie denn noch an eine Möglichkeit?« fragte Dick, von dieser Ermutigung überrascht.

»Möglichkeit?« wiederholte der Zwerg. »Gewißheit! Sophia Wackles mag eine Cheggs oder was ihr sonst ansteht werden, aber keine Swiveller. O Sie Glücksvogel! Er ist reicher als ein Jude, und Sie werden ein gemachter Mann sein. Ich sehe in Ihnen nichts als Nellys Gatten, der sich in Gold und Silber wälzt. Ich will Ihnen helfen. Es soll geschehen, erinnern Sie sich an meine Worte, es soll geschehen!«

»Aber wie?« fragte Dick.

»Wir haben Zeit genug dazu«, antwortete der Zwerg, »und es soll geschehen. Wir wollen uns setzen und die Sache von Anfang an noch einmal durchgehen. Ich entferne mich auf einen Augenblick; füllen Sie inzwischen Ihr Glas, ich bin gleich auf der Stelle wieder da.«

Nach diesen hastigen Worten begab sich Daniel Quilp zu einer eingerissenen Kegelbahn hinter dem Wirtshause, warf sich dort auf den Boden, schrie buchstäblich vor unbändigem Vergnügen und wälzte sich auf der Erde.

»Das ist ein Spaß!« rief er, »ein Spaß, mir ganz mundgerecht gemacht – vollständig erfunden und eingeleitet – nur mehr zu genießen! War es nicht dieser plattköpfige Wicht, der mir kürzlich die Knochen so zerwetterte? War es nicht sein Freund und Mitverschworener, Herr Trent, der einmal auf Frau Quilp seine Augen warf und mit ihr Liebesblicke zu wechseln versuchte? Es ist ja etwas Köstliches, wenn sie zwei oder drei Jahre an diesem preiswürdigen Plane laborieren und am Ende finden, daß sie es mit einem Bettler zu tun gehabt haben und daß einer von ihnen für seine ganze Lebenszeit gebunden ist, ha ha ha! Er soll Nell heiraten. Er soll sie haben, und wenn dann der Knoten gehörig fest gebunden ist, will ich der erste sein, der ihnen sagt, was sie gewonnen und was sie mir dabei zu verdanken haben. Das gibt eine Gelegenheit, alte Rechnungen auszugleichen, und die Zeit wird kommen, da ich sie erinnern kann, welch ein Kapitalfreund ich war und wie ich ihnen zu einer Erbin verholfen habe. Ha ha ha!«

Auf dem Gipfel seiner Verzückung wäre Herrn Quilp beinahe ein unangenehmes Intermezzo begegnet, denn da er sich in der Nähe einer zerfallenen Hundehütte umherwälzte, stürzte mit einem Male ein großer, ungestümer Hund heraus, der dem Zwerg einen höchst unangenehmen Gruß geboten hätte, wenn seine Kette nicht gar so kurz gewesen wäre. Diesen günstigen Umstand benutzend, blieb Herr Quilp in vollkommener Sicherheit auf seinem Rücken liegen, indem er den Hund durch gräßliches Gesichterschneiden noch mehr aufreizte und darüber triumphierte, daß dieser auch nicht einen Zoll näher kommen konnte, obgleich beide nur um ein paar Fuß voneinander getrennt waren.

»Warum kommst du nicht? Warum beißt du mich nicht?

Warum kommst du nicht? Warum reißt du mich nicht in Stücke, du Memme?« fragte Quilp, indem er durch Zischen das Tier fast zum Wahnsinn brachte. »Gelt, du fürchtest dich, du armseliger Poltron? Du weißt wohl, daß du dich fürchtest!«

Der Hund riß und zerrte an der Kette, während ihm die Augen fast aus dem Kopf sprangen und sein Bellen in ein wütendes Geheul überging. Aber der Zwerg lag da und schnippte unter andern herausfordernden und verächtlichen Gebärden die Finger. Als sich Herr Quilp von seiner Lustigkeit hinreichend erholt hatte, stand er auf und führte, genau außerhalb des Bereichs der Kette, mit in die Seite gestemmten Armen einen koboldartigen Tanz um die Hütte auf, wodurch der Hund nur noch toller wurde.

Und nachdem er auf diese Art sein Gemüt beruhigt und sich in eine angenehme Stimmung versetzt hatte, kehrte er zu seinem nichtsahnenden Gefährten zurück, der eben mit ungemeinem Ernst auf die Flut hinausschaute und an das Gold und Silber dachte, das Herr Quilp erwähnt hatte.

Zweiundzwanzigstes Kapitel

Der Rest dieses Tages und der ganze darauffolgende waren eine geschäftige Zeit für die Familie Nubbles, da ihr alles, was mit Kits Ausstattung und Abreise in Verbindung stand, ebenso wichtig erschien, als hätte er einen Entdeckungszug in das Innere von Afrika oder eine Reise um die Welt antreten sollen. Schwerlich gab es wohl je eine Truhe, die innerhalb vierundzwanzig Stunden so oft geöffnet und geschlossen wurde, als diejenige, die Kits Garderobe und seine sonstigen Bedürfnisse enthielt; und gewiß gab es nie ein derartiges Möbel, das zwei kleinen Augen eine so reiche Fundgrube von Kleidern enthüllte, als dieser gewaltige Schrein mit seinen drei Hemden nebst einer entsprechenden Anzahl von Strümpfen und Taschentüchern den erstaunten Blicken des kleinen Jakob darbot. Endlich wurde sie zum Fuhrmann gebracht, in dessen Hause zu Finchley sie Kit am andern Tage finden sollte; und als die Truhe fort war, blieben nur noch zwei Fragen zur Beantwortung übrig: erstens ob der Fuhrmann sie nicht unterwegs verlieren oder vielleicht unehrlicherweise vorgeben würde, daß er sie verloren hätte; und zweitens ob Kits Mutter es auch gehörig verstände, während der Abwesenheit ihres Sohnes gut für sich selbst zu sorgen.

»Ich halte es kaum für wahrscheinlich, daß er sie wirklich verlieren könnte, aber Fuhrleute werden oft in die Versuchung geführt, zu behaupten, sie hätten die Sachen verloren«, meinte Frau Nubbles besorgt, als der erste dieser Punkte zur Sprache kam.

»Ganz gewiß«, entgegnete Kit mit ernster Miene. »Beim Himmel, Mutter, ich glaube, es war nicht recht, die Truhe sich selbst zu überlassen! Ich glaube, es hätte jemand mitgehen sollen.«

»Jetzt läßt sichs nicht mehr ändern«, versetzte die Mutter; »aber es war töricht und unrecht. Man sollte die Leute nie in Versuchung führen.«

Kit beschloß in seinem Innern, in Zukunft nie einen Fuhrmann in Versuchung zu führen, außer höchstens mit einem leeren Koffer, und nachdem er hierüber christlich mit sich ins reine gekommen war, wandte er seine Gedanken der zweiten Frage zu.

»Ihr müßt aber den Mut nicht sinken lassen, Mutter, und Euch nicht so verlassen vorkommen, weil ich nicht zu Hause bin. Ich werde Euch gewiß sehr oft besuchen können, wenn ich in die Stadt komme; dann schreibe ich Euch auch bisweilen einen Brief, und wenn das Vierteljahr um ist, kann ich natürlich auch einen freien Tag kriegen. Ich will dann sehen, ob wir den kleinen Jakob nicht mit in die Komödie nehmen und ihm zeigen können, was man unter einer Auster versteht.«

»Ich glaube zwar nicht, daß es eine Sünde ist, wenn man in die Komödie geht; aber ich fürchte es fast«, sagte Frau Nubbles.

»Ich weiß, wer Euch das in den Kopf gesetzt hat, Mutter«, entgegnete ihr Sohn verzweifelt. »Das kommt wieder von Klein-Bethel her. Ich sage Euch aber, Mutter, und bitte Euch darum, geht nicht regelmäßig dorthin; denn wenn ich sehen müßte, wie Euer heiteres Gesicht, das unser Haus immer so erhellt hat, sich in ein grämliches umgewandelt hätte, und daß der kleine Bruder dazu erzogen würde, gleichfalls ein grämliches Gesicht zu machen und sich selbst – Gott segne das arme Herz – einen jungen Sünder und ein Kind des Teufels zu nennen – was eigentlich den toten Vater im Grabe beschimpfen heißt – wenn ich so etwas erleben und mitansehen müßte, daß mir der kleine Jakob kopfhängerisch würde, so täte ich mir das so zu Herzen nehmen, daß ich hinginge und Soldat würde und absichtlich meinen Kopf der ersten Kanonenkugel hinhielte, die ich des Weges kommen sähe.«

»O Kit, schwatz nicht so!«

»Ja, so würde ichs machen, Mutter; und wenn Ihr nicht wollt, daß es mir ganz elend und unbehaglich zumute wird, müßt Ihr die Masche auf Eurer Haube lassen, die Ihr in der letzten Woche halb und halb abzutrennen im Sinne hattet. Könnt Ihr glauben, daß etwas Unrechtes daran ist, wenn man so heiter aussieht und so heiter ist, als es unsere Armut gestattet? Sehe ich denn in meiner lustigen Art irgend etwas, das mich auffordert, ein schnüffelnder, feierlicher Bursche zu sein, der nur flüstert, der umherschleicht, als könne er nicht anders, und sich nur durch ein höchst widerliches Näseln verständigt? Im Gegenteil, sehe ich nicht überall Gründe, es nicht zu tun? Da höre man nur! Ha ha ha! Ist es nicht ebenso natürlich spazierenzugehen und der Gesundheit nicht ebenso zuträglich? Ha ha ha! Ist es nicht ebenso natürlich, als wenn das Schaf blökt, das Schwein grunzt, das Pferd wiehert, der Vogel singt? Ists nicht ebenso, Mutter? Ha ha ha!«

Es lag etwas Ansteckendes in Kits Lachen, denn seine Mutter, die früher ganz ernst ausgesehen hatte, verzog nun ihr Gesicht erst zu einem Lächeln, stimmte aber dann herzlich ein, was Kit zu der Bemerkung veranlaßte, er hätte wohl gewußt, daß es natürlich sei; und dann lachte er nur noch mehr. Da Kit und seine Mutter ziemlich laut dabei waren, weckten sie den kleinen Wiegen-Nubbles, der, als er bemerkte, daß etwas sehr Lustiges und Angenehmes vor sich gehen müsse, heftig zu strampeln und zu lachen begann, sobald ihn seine Mutter nur auf den Arm genommen hatte. Diese neue Beleuchtung seiner Argumentation kitzelte Kit so sehr, daß er gänzlich erschöpft in seinen Stuhl zurücksank, auf das Kind deutete, sich vor innerem Lachen schüttelte und dann wieder aufs neue losbrach. Nachdem er sich etlichemal wieder erholt und ebensooft einen Rückfall erlitten hatte, wischte er seine Augen, sprach das Tischgebet und hielt mit den Seinen ein lustiges Mahl, so spärlich dieses auch bestellt sein mochte.

Unter mehr Küssen, Umarmungen und Tränen, als es viele junge Herren, die auf Reisen gehen und eine reich ausgestattete Heimat hinter sich lassen, für möglich halten würden – wenn es überhaupt der Mühe wert ist, eine so unbedeutende Sache zu erwähnen –, verließ Kit am folgenden Tage zu früher Morgenstunde das Haus, um den Weg nach Finchley anzutreten, und war auf seine Erscheinung so stolz, daß er sicher hätte sein können, von Klein-Bethel exkommuniziert zu werden, falls er je ein Mitglied dieser trübseligen Gemeinde gewesen wäre.

Wenn jemand neugierig sein sollte, zu erfahren, wie Kit gekleidet war, so möge hier kurz bemerkt sein, daß er keine Livree, sondern einen pfeffer- und salzfarbenen Rock, eine kanariengelbe Weste und eisengraue Beinkleider trug. Außer diesen Herrlichkeiten zeigte er sich auch noch in dem Glanze eines neuen Stiefelpaares und eines außerordentlich steifen, wachsleinenen Hutes, der, wo immer man auch mit den Knöcheln aufschlagen mochte, wie eine Trommel tönte. Und in diesem Anzuge begab er sich auf den Weg nach Abel-Cottage, ziemlich verwundert darüber, daß er so wenig Aufmerksamkeit erregte, was er übrigens der Gefühllosigkeit der Leute, die früh aufstehen, zuschrieb.

Ohne auf seinem Wege einem merkwürdigeren Abenteuer zu begegnen, als daß er auf einen Jungen mit einem randlosen Hute – dem leibhaftigen Gegenstück zu seinem alten – stieß, mit dem er seine letzten sechs Pence teilte, kam Kit zur rechten Zeit beim Fuhrmann an und fand dort – zur ewigen Ehre der menschlichen Natur sei es gesagt – seine Truhe wohlbehalten vor. Nachdem ihm das Weib dieses makellosen Mannes den Weg zu Herrn Garlands Haus erklärt hatte, nahm er die Truhe auf seine Schultern und begab sich stracks dorthin.

Abel-Cottage war ein schönes kleines Landhaus mit einem Strohdach und kleinen Türmchen an den Giebelenden, während einige der Fenster bunte Glasmalerei aufwiesen, deren Muster beinahe so groß wie Notizbücher waren. An dem Hause war ein kleiner Stall, gerade groß genug für das Pony, nebst einem kleinen darüberliegenden Stübchen, das ganz für Kits Größe zu passen schien. An den Fenstern flatterten weiße Vorhänge und hingen Käfige, so blank, als wären sie aus lauterem Golde, in denen Vögel sangen; an jeder Seite des Weges und um die Tür herum zogen sich Reihen von Pflanzen, und der Garten prangte von Blumen in schönster Blüte, die nach allen Seiten ihre süßen Düfte entsandten und durch ihr buntes Farbenspiel bezauberten. Alles in und außer dem Hause schien das Nonplusultra von Reinlichkeit und Ordnung zu sein. Im Garten war nirgends ein Hälmchen Unkraut zu sehen, und nach einigen niedlichen Gartengerätschaften, einem Korb und ein paar Handschuhen zu schließen, die in einem der Gänge lagen, mußte der alte Herr Garland an demselben Morgen schon an der Arbeit gewesen sein.

Kit blickte umher, wunderte sich, schaute wieder um sich und wiederholte dies ziemlich oft, ehe er sich entschließen konnte, seinem Kopfe eine andere Richtung zu geben und an der Klingel zu ziehen. Aber auch nach dem Klingeln fehlte es ihm durchaus nicht an Zeit, aufs neue umherzuschauen, denn niemand kam zum Vorschein, und nachdem er zwei- oder dreimal geläutet hatte, setzte er sich auf seine Truhe und wartete.

Er läutete noch sehr oft, und doch kam niemand. Endlich aber, als er, auf seiner Truhe sitzend, eben an Riesenschlösser dachte, an Prinzessinnen, die mit ihren Haaren an Pflöcke gebunden waren, an Drachen, die aus Toren hervorbrachen und an ähnliche Abenteuer, die in den Märchenbüchern immer den jungen Leuten niedriger Herkunft zustoßen, wenn sie fremde Häuser betreten, tat sich die Tür leise auf, und ein kleines, sehr gewandtes, bescheidenes und sittsames, aber auch sehr hübsches Dienstmädchen kam zum Vorschein.

»Vermutlich sind Sie Christoph, Sir?« sagte das Dienstmädchen.

Kit stand von seiner Truhe auf und bejahte diese Frage.

»Ich fürchte, daß Sie oft haben läuten müssen«, entgegnete sie; »aber wir konnten Sie nicht hören, weil wir das Pony einfangen mußten.«

Kit hätte gern gewußt, was sie wohl damit sagen wollte; da er aber nicht unter der Tür stehenbleiben und Fragen stellen wollte, so schulterte er seine Truhe wieder und folgte dem Mädchen in die Halle, von der aus er durch eine Hintertür Herrn Garland erspähte, wie er den Klepper im Triumph den Garten heraufführte, nachdem dieses eigensinnige Pony – wie Kit später erfuhr – die Familie fast zwei volle Stunden um ein kleines Gehege im Hintergrund genasführt hatte.

Der alte Herr empfing unsern jungen Freund sehr gütig, und das gleiche tat auch die alte Dame, deren gute Meinung, die sie früher von ihm gefaßt hatte, noch sehr durch den Umstand erhöht wurde, daß er seine Stiefel so lange auf der Türmatte abwischte, bis seine Sohlen fast zu brennen anfingen. Er wurde sofort in das Wohnzimmer genommen, damit er in seinen neuen Kleidern beaugenscheinigt werden könnte. Nachdem dies zu verschiedenen Malen geschehen war und er durch sein Äußeres unbegrenzte Zufriedenheit geerntet hatte, wurde er in den Stall geführt, in dem er von dem Pony mit ungemeiner Gefälligkeit empfangen wurde, und von dort aus in das bereits erwähnte Stübchen, das sehr rein und gemütlich war.

Dann ging es weiter in den Garten, wo ihm der alte Herr sagte, er wolle ihn in die Gärtnerei einführen, und außerdem noch beifügte, was für große Dinge er vorhabe, um Kits Leben behaglich und glücklich zu machen, sobald er fände, daß seine Bemühungen nicht an einen Unwürdigen verschwendet wären. Für all diese Güte zeigte sich Kit sehr erkenntlich, indem er von Dankesworten übersprudelte und so oft an den

Hut griff, daß dessen Krempe beträchtlichen Schaden dabei nahm. Nachdem der alte Herr alles gesagt, was er an Versprechungen und Ratschlägen zu sagen wußte, und Kit dafür gebührendermaßen mit Versicherungen und Erkenntlichkeitsbezeugungen gedankt hatte, wurde dieser abermals der alten Dame überliefert, die nach dem kleinen Dienstmädchen – ihr Name war Barbara – rief und es beauftragte, den neuen Ankömmling mit hinunterzunehmen und ihm nach seinem weiten Wege Speise und Trank zu reichen.

Kit begab sich also die Treppe hinunter, und im Erdgeschoß bot sich seinen Augen eine Küche, wie er sie höchstens im Fenster eines Spielwarenladens gesehen hatte, so blank und blitzend war alles und so peinlich sauber wie Barbara selbst. Und in dieser Küche setzte sich Kit an einen Tisch, so weiß wie ein Tafeltuch, um kaltes Fleisch zu essen, Dünnbier zu trinken und sein Besteck um so ungeschickter zu handhaben, weil eine unbekannte Barbara zugegen war, die ihm zusah.

Es hatte übrigens nicht sehr den Anschein, als ob etwas besonders Schreckliches an dieser Barbara wäre, denn da sie ein stilles Leben für sich geführt hatte, errötete sie häufig und war ebenso verlegen und ungewiß, was sie sagen oder tun sollte, als es Kit nur sein konnte. Nachdem er eine Weile dagesessen und dem Ticken der bedächtigen Uhr zugehorcht hatte, wagte er einen neugierigen Blick nach dem Anrichtetisch zu werfen; dort lagen Barbaras kleines, mit einem Schiebdeckel versehenes Arbeitskästchen, in dem sie ihre Fadenknäuel aufbewahrte, Barbaras Gebetbuch, Barbaras Psalter und Barbaras Bibel. Ihr kleiner Spiegel hing in guter Beleuchtung neben dem Fenster, und ihr Hut befand sich an einem Nagel hinter der Tür. Von all diesen stummen Zeichen und Merkmalen ihrer Gegenwart blickte er naturgemäß auf Barbara selbst, die so stumm war wie die genannten Gegenstände, und Erbsen auslöste, die sie in eine Schüssel gab. Und als Kit eben nach ihren Wimpern sah und – ganz in der Einfalt seines Herzens – gern gewußt hätte, von welcher Farbe ihre Augen wären, da trug es sich ungeschickterweise zu, daß Barbara eben ihren Kopf ein wenig erhoben hatte, um nach ihm zu sehen; und nun wandten sich beide Augenpaare hastig wieder ab, indem sich Kit über seinen Teller und Barbara über ihre Erbsenschoten beugte, jedes ungemein verwirrt, weil es von dem andern ertappt worden war.

Dreiundzwanzigstes Kapitel

Als Herr Richard Swiveller aus der ›Wildnis‹ – so hieß Herrn Quilps auserlesenes Schlupfwinkelchen – seinem Heim zusteuerte, freilich in einer etwas krummen und korkzieherartigen Weise, nebst vielem Anprallen und Stolpern, bei welchen Gelegenheiten er plötzlich haltmachte und um sich stierte, dann aber ebenso plötzlich ein paar Schritte vorwärts stürzte, um wieder haltzumachen und den Kopf zu schütteln, lauter Bewegungen, die ruckweise und ohne Vorbedacht geschahen – als Herr Richard Swiveller seiner Wohnung in dieser Weise zusteuerte, die von Übelgesinnten als ein Symbol der Trunkenheit betrachtet wird, ohne daß solche Personen jenen Zustand tiefer Weisheit und Betrachtung in ihr zu erkennen vermögen, dessen sich doch die handelnde Person so innig bewußt ist, da kam ihm der Gedanke, daß er möglicherweise sein Vertrauen am unrechten Orte angebracht habe und daß der Zwerg doch nicht gerade die Person sei, der man ein so zartes und wichtiges Geheimnis anvertrauen durfte. Und durch diesen quälenden Gedanken in eine Stimmung getrieben, die die genannte böswillige Menschenklasse das graue Elend nennen würde, überkam Herrn Swiveller die Anwandlung, seinen Hut auf den Boden zu werfen, zu stöhnen und laut zu jammern, er sei eine unglückliche Waise, und wenn er nicht eine unglückliche Waise wäre, so hätten die Dinge unmöglich so weit kommen können.

»In meinem frühesten Alter als ein hilfloses Kind von meinen Eltern zurückgelassen«, sagte Herr Swiveller, sein hartes Geschick beweinend, »in meiner zartesten Lebensperiode in die Welt hinausgestoßen und der Willkür eines trügerischen Zwerges preisgegeben, der sich nun wundern kann über meine Schwäche! Da seht ihr eine unglückliche Waise – ja«, fügte Herr Swiveller bei, indem er seine Stimme zu höchstem Gekreisch steigerte und schläfrig umherblickte, »eine unglückliche Waise!«

»Dann«, entgegnete jemand hart nebenan, »laßt mich Euer Vater sein.«

Herr Swiveller schwang sich hin und her, um das Gleichgewicht zu bewahren, und in dem Nebel, der ihn zu umgeben schien, bemerkte er endlich zwei trübe, zwinkernde Augen, die sich, wie er später entdeckte, in der Nähe eines Mundes und einer Nase befanden. Indem er dann seine Blicke in die

Richtung schweifen ließ, in der sich nach der Lage des Gesichts eines Menschen, dessen Beine vermuten lassen, bemerkte er, daß zu dem Gesicht auch ein Körper gehörte. Und bei sorgfältigerer Betrachtung überzeugte er sich, daß die Person Herr Quilp war, der ihn in der Tat die ganze Zeit über begleitet hatte, obgleich Richard Swiveller das dunkle Gefühl hatte, den Ehrenmann eine oder zwei Meilen weiter oben verlassen zu haben.

»Du hast eine Waise betrogen, Mensch!« sagte Herr Swiveller feierlich.

»Ich? Ich bin Euch ein zweiter Vater«, versetzte Quilp.

»Sie mein Vater, Sir?» entgegnete Dick. »Und da ich niemand brauche, Sir, muß ich Sie bitten, daß man mich allein läßt, augenblicklich, Sir!«

»Was Sie nicht für ein spaßiger Geselle sind!« rief Quilp.

»Geht, Sir!« erwiderte Dick, indem er sich gegen einen Pfosten lehnte und mit der Hand winkte. »Geh, du Betrüger, geh! Vielleicht wirst einstens du erwachen aus deinem Wonnetraume zum Weh, das dir der Waisen Flüche dann vermachen. Wollt Ihr machen, daß Ihr fortkommt, Musjö!«

Da der Zwerg von dieser Beschwörung keine Notiz nahm, so rückte Herr Swiveller vor in der Absicht, ihm die verdiente Züchtigung angedeihen zu lassen. Aber bevor er ganz nahe an ihn herangekommen war, vergaß er bereits seine Absicht oder änderte seinen Sinn; denn er ergriff Quilps Hand, schwur ihm ewige Freundschaft und erklärte mit einer liebenswürdigen Offenheit, daß sie von Stund an in allem, das persönliche Äußere ausgenommen, Brüder wären. Dann erzählte er noch einmal sein ganzes Geheimnis und wurde bei dieser Gelegenheit sehr pathetisch, als er auf Miß Wackles zu sprechen kam, die, wie er Herrn Quilp zu verstehen gab, die einzige Ursache eines etwaigen Durcheinander in seinen Worten sei, dem ausschließlich die mächtige Leidenschaft, keineswegs aber der rosige Wein oder ein anderes geistiges Getränk zugrunde liege. Und dann gingen sie brüderlich Arm in Arm miteinander weiter.

»Ich bin so scharf«, sagte Quilp beim Scheiden zu seinem Gefährten, »so scharf wie ein Frettchen und so schlau wie ein Wiesel. Bringen Sie Trent zu mir; versichern Sie ihn, daß ich sein Freund bin, obgleich ich fürchte, daß er mir ein bißchen mißtraut – warum weiß ich nicht, denn ich bin mir nicht bewußt, es verdient zu haben; und ihr beide habt euer Glück gemacht – in der Perspektive.«

»Das ist eben das Schlimme an der Sache«, entgegnete Dick. »Dieses Glück in der Perspektive liegt uns so fern.«

»Ebendeshalb sieht es kleiner aus, als es wirklich ist«, sagte Quilp, indem er seinen Arm drückte. »Sie können sich gar keinen Begriff von dem Wert Ihrer Beute machen, bis Sie ihr ganz nahe sind. Merken Sie sich das!«

»Meinen Sie wirklich?« fragte Dick.

»Freilich; und was noch besser ist, ich bin meiner Sache gewiß«, erwiderte der Zwerg. »Sie werden Trent zu mir bringen. Sagen Sie ihm, ich sei sein Freund und der Ihrige, warum sollte ichs nicht sein?«

»Es ist natürlich kein Grund vorhanden, warum Sie's nicht sein sollten«, versetzte Dick; vielleicht gibt es aber recht viele für das Gegenteil – wenigstens läge nichts Sonderbares in Ihrem Wunsche, mein Freund zu sein, wenn Sie ein edler Geist wären; aber Sie wissen ja selbst, daß dies bei Ihnen nicht der Fall ist.«

»Ich kein edler Geist?« rief Quilp.

»Zum Teufel – nein, Sir«, erwiderte Dick. »Ein Mann von Ihrem Äußern kann es nie sein. Wenn Sie überhaupt ein Geist sind, so sind Sie ein böser. Edle Geister«, fügte Dick hinzu, indem er sich in die Brust warf, »sehen ganz anders aus, darauf können Sie schwören, Sir!«

Quilp blickte auf seinen freimütigen Freund mit einem aus List und Ärger gemischten Ausdruck, und indem er ihm beinahe gleichzeitig die Hand drückte, erklärte er, Herr Swiveller sei ein ungewöhnlicher Charakter, der seine größte Hochachtung besäße.

Und damit trennten sie sich, Herr Swiveller, um auf dem nächsten Wege nach Hause zu gehen und seinen Rausch auszuschlafen, und Quilp, um über die gemachte Entdeckung nachzudenken und in der Aussicht auf das reiche Feld von Genuß und Wiedervergeltung, das sich vor seinen Augen auftat, zu jubilieren.

Nicht ohne großes Widerstreben und einiges Bedenken verfügte sich am andern Morgen Herr Swiveller, dessen Kopf noch von den Dämpfen des renommierten Schiedamers eingenommen war, in die Wohnung seines Freundes Trent – ein Dachstübchen in einem alten, gespenstigen Wirtshause – und rückte allmählich mit dem, was gestern zwischen ihm und Quilp stattgefunden hatte, heraus. Es fehlte auch nicht an dem berechtigten Erstaunen und an ernstem Nachdenken über Quilps wahre Motive, noch an bitteren Bemerkungen über Dicks Torheiten, mit denen sein Freund die Erzählung hinnahm.

»Ich will nichts zu meiner Entschuldigung sagen, Fritz«, sagte der reuige Richard, »aber der Kerl hat eine so eigene Art an sich und ist ein so verschlagener Schuft, daß er mich zuerst auf den Gedanken brachte, was denn eigentlich Schlimmes daran sei, wenn ich es ihm sagte, und während ich noch hierüber nachsann, zapfte er mich ab. Wenn du ihn hättest trinken und rauchen sehen, wie ich ihn sah, du würdest ihm auch nichts haben verschweigen können. Du mußt wissen, daß er ein Salamander ist – ja, das ist er.«

Ohne sich auf die Frage einzulassen, ob Salamander auch notwendig gute und zuverlässige Agenten wären, oder ob es in der Natur der Sache liege, daß ein feuerfester Mann um dieses Umstandes willen auch Zutrauen verdiene, warf sich Friedrich Trent in einen Stuhl, begrub den Kopf in seine Hände und mühte sich, die Gründe zu erforschen, die Quilp veranlaßt haben mochten, sich in Richard Swivellers Vertrauen einzuschleichen; denn daß es jenem um einen Aufschluß zu tun war, den Dick nicht freiwillig gegeben haben würde, ließ sich deutlich daraus entnehmen, daß Quilp Herrn Swivellers Gesellschaft aufgesucht und ihn weggelockt hatte.

Der Zwerg war ihm zweimal begegnet, und zwar jedesmal, wenn Dick sich bemüht hatte, über die Flüchtlinge Nachricht einzuziehen. Dies genügte vielleicht, da er sich doch früher nicht um sie gekümmert hatte, um Argwohn in der Brust eines von Natur so eifersüchtigen und mißtrauischen Wesens zu erwecken, und möglicherweise durfte auch noch die Neugierde, welche durch Dicks unvorsichtiges Benehmen erregt worden war, mit in Betracht kommen. Da er aber jetzt den Plan der beiden Freunde kannte, was mochte ihn veranlassen, diesen zu unterstützen? Die Frage war schwieriger zu lösen. Da jedoch Spitzbuben einander gewöhnlich dadurch überbieten, daß sie ihre eigenen Absichten den andern unterschieben, so lag der Gedanke nahe, daß Streitigkeiten zwischen Quilp und dem alten Mann, die infolge der geheimen Unterhandlungen entstanden waren und gewiß auch etwas mit dem plötzlichen Verschwinden zu tun hatten, nun in Quilp den Wunsch rege werden ließ, sich an seinem alten Freund zu rächen. Und deshalb suchte er das einzige Wesen, für das dieser Liebe und Sorge empfand, in Bande zu verstricken, die ihm verhaßt waren und vor denen er zitterte. Da Friedrich

Trent, ohne auf seine Schwester auch nur die mindeste Rücksicht zu nehmen, sein Projekt eigentlich nur in der Hoffnung auf Gewinn eifrig betrieb, so schien ihm nichts wahrscheinlicher, als daß auch Quilps Handlungen auf dieselbe Triebfeder zurückzuführen seien. Und nachdem er nun dem Zwerg eine Absicht für seine Hilfsbereitschaft untergeschoben hatte, eine Absicht, der nichts willkommener sein konnte als das Gelingen ihres Planes, glaubte er gern an die Aufrichtigkeit und Herzlichkeit, mit der Quilp an der Sache teilnähme. Zudem war nicht zu verkennen, daß von einer solchen Seite aus mächtige und wertvolle Beihilfe zu erwarten stände, weshalb Trent beschloß, Quilps Einladung anzunehmen und ihn noch diesen Abend zu besuchen; und wenn der Eindruck, den er von ihm hatte, noch durch Worte und Taten seitens Quilps bestätigt werden sollte, würde er ihn teilnehmen lassen an der Arbeit ihres Planes, an dem Profit aber gewiß nicht.

Nachdem sich der edle Bruder die Sachlage in dieser Weise überlegt und zu einem Entschluß gekommen war, teilte er das, was ihm passend dünkte, Herrn Swiveller mit – Dick hätte sich mit weniger vollkommen zufriedengegeben –, ließ ihm einen Tag Zeit, sich von seinem gestrigen Salamander zu erholen, und begleitete ihn am Abend in Herrn Quilps Wohnung.

Herr Quilp war ungemein erfreut, die beiden Freunde bei sich zu sehen, oder schien es wenigstens zu sein; auch benahm er sich schrecklich höflich Frau Quilp und Frau Jiniwin gegenüber, obgleich er einen sehr scharfen Blick auf seine Frau warf, um zu beobachten, welchen Eindruck es auf sie machen würde, wenn sie den jungen Trent erkannte. Frau Quilp bekundete ebensowenig wie ihre Mutter irgendeine schmerzliche oder angenehme Erregung bei dem Anblick des jungen Mannes; da aber das Auge ihres Gatten sie dermaßen einschüchterte und verwirrte, daß sie durchaus nicht wußte, was sie tun sollte oder was von ihr verlangt wurde, so ermangelte Herr Quilp nicht, ihre Verlegenheit der von ihm geträumten

Ursache beizumessen, und während er über seinen Scharfblick entzückt war, raste er im geheimen vor Eifersucht.

Er ließ sich jedoch gar nichts anmerken. Herr Quilp war im Gegenteil die Leutseligkeit und Gesprächigkeit selbst und präsidierte bei der Rumflasche mit außerordentlicher Liebenswürdigkeit.

»Lassen Sie mich einmal sehen«, sagte Quilp; »es muß um die zwei Jahre her sein, daß wir zum ersten Male miteinander bekannt wurden?«

»Nahe an drei, glaube ich«, versetzte Trent.

»Nahe an drei?« rief Quilp. »Wie schnell doch die Zeit entflieht! Kommt es dir auch schon so lange vor, Frau Quilp?«

»Ja, ich glaube, es sind volle drei Jahre, Quilp«, lautete die unglückliche Antwort.

»Aha, Madame«, dachte Quilp; »Sie haben sich seitdem wohl abgehärmt – nicht wahr? Ganz gut, Madame.«

»Kommt es mir doch fast wie gestern vor, als Sie mit der Mary Anne nach Demerara fuhren«, fügte Herr Quilp laut hinzu; »ich versichere Sie, erst wie gestern. Nun, so ein bißchen Tollheit habe ich sehr gern. Ich habe es selbst einmal toll getrieben.«

Herr Quilp begleitete dieses Zugeständnis mit einem so entsetzlichen Blinzeln, das von alten losen Streichen und lockeren Liebesabenteuern Kunde geben sollte, daß Frau Jiniwin höchst indigniert war und die leise Bemerkung nicht unterdrücken konnte, »er möchte seine Beichte wenigstens so lange aufschieben, bis seine Frau das Zimmer verlassen hätte«. Diese Kühnheit und offene Rebellion trug ihr einen Blick Quilps ein, der sie ganz aus der Fassung brachte, und dann trank er mit großer Förmlichkeit auf ihre Gesundheit.

»Ich dachte mirs wohl, daß Sie schnell wieder zurückkommen würden, Herr Fritz, ich dachte mirs immer«, sagte Quilp, sein Glas niedersetzend. »Und als die Mary Anne mit Ihnen an Bord wieder zurückkehrte, statt einen Brief zu bringen, der von der Zerknirschung Ihres Herzens und von Ihrer Zufriedenheit in der neuen Stellung, die man Ihnen verschafft hatte, berichten sollte – ja, ja, da unterhielt ich mich königlich; ich amüsierte mich außerordentlich. Ha ha ha!«

Der junge Mann lächelte, aber nicht, als ob das Thema das angenehmste wäre, das für seine Unterhaltung hätte ausgewählt werden können; und gerade aus diesem Grunde fuhr Herr Quilp fort:

»Nein, ich lasse mirs nicht nehmen«, sagte er, »ein reicher Verwandter, der zwei junge von ihm abhängige Leute hat, gleichviel, ob Brüder oder Schwestern oder Bruder und Schwester, tut unrecht, wenn er seine Liebe ausschließlich dem einen zuwendet und den andern verstößt.«

Der junge Mann machte eine ungeduldige Bewegung; aber Quilp sprach so ruhig fort, als ob sichs um irgendeine ganz abstrakte Frage handle, bei der niemand von den Anwesenden persönlich beteiligt wäre.

»Es ist allerdings wahr«, sagte Quilp, »daß Ihr Großvater gegen Sie geltend machte, er habe Ihnen zu wiederholten Malen verziehen; er bezichtigte Sie der Undankbarkeit, Schlemmerei, Verschwendung und dergleichen Dinge; ich bedeutete ihm aber, daß dies ganz gewöhnliche Fehler wären. ›Aber er ist ein Schurke!‹ sagte er. ›Angenommen, es wäre der Fall‹, sagte ich, natürlich nur um der Argumentation willen, ›viele junge Edelleute und Gentlemen sind auch Schurken!‹ Aber er wollte sich nicht überzeugen lassen.«

»Das nimmt mich in der Tat sehr wunder, Herr Quilp«, versetzte der junge Mann sarkastisch.

Nun, mir gings damals nicht anders«, entgegnete Quilp; »aber er war immer starrköpfig. Wir standen in freundschaftlichen Beziehungen, aber er erwies sich immer eigensinnig und querköpfig. Die kleine Nell ist ein hübsches Mädchen, ein bezauberndes Mädchen, aber Sie sind ihr Bruder, Herr Friedrich. Sie sind im Grunde doch ihr Bruder, wie Sie ihm dies auch bei Ihrer letzten Zusammenkunft zu verstehen gegeben haben. Diese Tatsache kann er nicht ändern.«

»Er würde es, wenn er könnte! Die Pest über ihn für diese wie auch für seine übrigen wohlwollenden Gesinnungen gegen mich!« rief der junge Mann ungeduldig. »Aber wozu das jetzt? Lassen Sie es in Teufels Namen auf sich beruhen!«

»Zugegeben«, entgegnete Quilp, »von meiner Seite bereitwillig zugegeben. Was hat mich doch auch darauf gebracht? Richtig, Herr Friedrich, sehen Sie, ich wollte Ihnen nur zeigen, daß ich mich immer als Ihr Freund erwiesen habe. Sie wußten freilich wenig, wer Ihr Feind oder wer Ihr Freund war, oder wußten Sie es? Sie hielten mich für Ihren Gegner und deshalb standen wir uns so kühl gegenüber; aber die Schuld lag ganz an Ihnen, durchaus nur an Ihnen. Geben wir uns wieder die Hand, Herr Friedrich!«

Mit fast in die Schultern verstecktem Kopfe und einem grauenhaften Grinsen, das sein Gesicht überflog, stand der Zwerg auf und streckte seinen kurzen Arm über den Tisch. Nach einem kurzen Zögern streckte der junge Mann den seinigen gleichfalls aus, und Quilp packte seine Finger so fest, daß der Blutlauf für einen Moment gehemmt war; dann drückte er die andere Hand auf seine Lippen, warf dem ahnungslosen Richard einen finstern Blick zu, ließ dann Trent los und setzte sich nieder.

Diese Gebärde entging Trent nicht, der, überzeugt davon, daß Richard Swiveller ein bloßes Werkzeug in seinen Händen war und nicht mehr von seinen Plänen wußte, als er ihm mitzuteilen für gut erachtete, nun sah, daß der Zwerg ihre Verbindung wohl verstand und den Charakter seines Freundes durchschaute. Es ist etwas Schönes darum, Anerkennung zu finden, und wäre es auch nur im Schurkenspiel. Diese stumme Huldigung, welche seinen überlegenen Fähigkeiten gezollt wurde, und das Gefühl einer großen Macht, mit der ihn des Zwergs rasche Auffassungsgabe bereits ausgestattet hatte, stimmten den jungen Mann günstig gegen diesen ehrenwerten Kobold und bewogen ihn, aus seiner Hilfe Nutzen zu ziehen.

Quilps Rolle forderte jetzt, so schnell als tunlich den Gegenstand der Unterhaltung zu wechseln, damit Richard Swiveller in seiner Kopflosigkeit nicht etwas enthüllte, das die Weiber nicht zu wissen brauchten, weshalb er eine Partie Kribbage zu vieren vorschlug. Die Partner wurden ausgelost und es traf sich, daß Frau Quilp und Friedrich Trent und Dick mit Quilp spielte. Gerade weil Frau Jiniwin das Kartenspiel liebte, wurde sie von ihrem Schwiegersohn zärtlich von der Teilnahme an der Partie ausgeschlossen; er wies ihr nur die Aufgabe zu, von Zeit zu Zeit aus der Flasche die Gläser aufzufüllen. Dabei ließ sie von nun an Herr Quilp keinen Augenblick aus dem Auge, damit sie ja nicht einen Probeschluck nähme, und legte dadurch der unglücklichen alten Dame, die der Rumflasche ebenso zugetan war wie den Karten, auf eine doppelte und höchst sinnreiche Weise wahre Tantalusqualen auf.

Doch war Frau Jiniwin nicht der ausschließliche Gegenstand von Herrn Quilps Aufmerksamkeit; da noch verschiedene andere Dinge seine beständige Wachsamkeit erforderten. Zu seinen exzentrischen Gewohnheiten gehörte auch die launige Gepflogenheit, stets beim Spielen zu betrügen, wodurch es seinerseits nötig wurde, nicht nur sehr auf das Spiel achtzuhaben und beim Zählen und Markieren seine Kunstgriffe anzuwenden, sondern auch ohne Unterlaß durch Blicke, Stirnrunzeln und Fußtritte unter dem Tische Richard Swiveller zu korrigieren, der, ganz verblüfft über die Geschwindigkeit, mit der seine Karten gezählt wurden und die Stifte auf dem Brette hinunterwanderten, nicht umhin konnte, bisweilen seine Überraschung und seinen Unglauben auszudrücken. Außerdem war Frau Quilp die Partnerin des jungen Trent, und für jeden Blick, der zwischen ihnen gewechselt wurde, für jedes Wort, das sie sprachen, und für jede Karte, die sie ausspielten, hatte der Zwerg Augen und Ohren. Er kümmerte sich nicht nur um das, was über dem Tisch vorging, sondern auch um die Zeichen, die möglicherweise unter ihm gewechselt werden konnten, und legte daher alle Arten von Fallstricken, um diese zu entdecken, indem er namentlich öfters seiner Frau auf die Zehe trat, um zu sehen, ob sie schrie oder sich ruhig verhielt, in welch letzterem Fall es ihm natürlich ganz klar gewesen wäre, daß Trent schon vorher ihre Fußspitzen berührt hatte.

Obgleich nun von allen Seiten in Anspruch genommen, verwandte er doch das Auge nie von der alten Dame, und wenn sie auch noch so verstohlen einem benachbarten Glase den Teelöffel näherte – was oft geschah, um nur einige Tropfen des süßen Inhalts für sich abzufangen –, so störte sie Quilps Hand im Augenblick des Triumphs, indem er an den Löffel stieß, daß alles verschüttet wurde, und seine höhnende Stimme bat sie dann flehentlich, doch ja ihre kostbare Gesundheit in acht zu nehmen. Und in keiner dieser vielen Obliegenheiten erlahmte oder versagte Quilp vom Anfang an bis zum letzten Augenblicke.

Endlich, als sie bereits viele Partien gespielt und der Flasche kräftig zugesprochen hatten, gab er seiner Frau einen Wink, sich zurückzuziehen. Die unterwürfige Gattin gehorchte, und die entrüstete Mutter folgte ihr, während Herr Swiveller bald einschlummerte. Der Zwerg winkte seinen noch wachen Gefährten nach dem andern Ende des Gemachs und hielt mit ihm eine kurze, leise Zwiesprache.

»Es wird gut sein, unserm Freunde nicht mehr, als unumgänglich nötig ist, mitzuteilen«, sagte Herr Quilp, gegen den schlummernden Freund eine Fratze schneidend. »Gilt es zwischen uns, Fritz? Soll er wirklich die kleine, rosige Nell heiraten?«

»Sie verfolgen natürlich auch einen bestimmten Zweck dabei?« entgegnete der andere.

»Natürlich, mein bester Herr Fritz«, sagte Quilp und grinste, als er bedachte, wie wenig der andere seinen wahren Zweck erriet. »Es ist vielleicht Rache, vielleicht eine Grille. Ich habe den Einfluß, die Sache zu unterstützen oder sie zu verhindern, Fritz. Welchen Weg soll ich einschlagen? Es sind zwei Waagschalen da, und ich belaste eine von ihnen.«

»So werfen Sie Ihren Einfluß in die meinige«, erwiderte Trent.

»Es ist geschehen, Fritz«, versetzte Quilp, indem er seine

geballte Hand ausstreckte und sie öffnete, als lasse er ein Gewicht niederfallen. »Es liegt von Stund an in Ihrer Schale und gibt ihr den Ausschlag, Herr Fritz. Vergessen Sie das nicht!«

»Wo sind sie hin?« fragte Trent.

Quilp schüttelte den Kopf und sagte, dieser Punkt bleibe noch zu ermitteln, was aber wahrscheinlich keine Schwierigkeiten machen werde; sei man einmal so weit im reinen, so könne man die vorbereitenden Schritte einleiten. Er wolle den alten Mann besuchen, oder auch Richard Swiveller könne dies tun, und indem er um den Großvater ernste Besorgnis heucheln und ihn bestürmen würde, doch wieder in irgendeinem hübschen Haus zu wohnen, könnte er auf Nelly einen solchen Eindruck machen, daß sie sich seiner mit Dankbarkeit und Wohlwollen erinnere. Wenn er einmal so weit sei, meinte Quilp, so wäre es leicht, sie in einem oder zwei Jährchen zu gewinnen, dem sie halte den alten Mann für arm, da er mit vielen andern Geizhälsen die eifersüchtige Politik teile, sich gegen seine Umgebung arm zu stellen.

»Er hat in der letzten Zeit diesen Kunstgriff oft genug gegen mich in Anwendung gebracht«, sagte Trent.

»Oh! Und auch gegen mich!« versetzte der Zwerg. »Ist das nicht noch merkwürdiger, da ich doch weiß, wie reich er wirklich ist?«

»Sie sollten es, meine ich, wissen können«, entgegnete Trent.

»Das denke ich selber auch«, erwiderte der Zwerg, und hierin wenigstens sprach er die Wahrheit.

Sie flüsterten noch eine Weile und kehrten dann zu dem Tische zurück, worauf der junge Mann Richard Swiveller weckte und ihm sagte, daß er wegzugehen bereit sei. Dies war Dick, der augenblicklich auf den Beinen stand, eine willkommene Nachricht. Nachdem noch einige Worte im Vertrauen auf das Gelingen ihres Planes gewechselt waren, wünschten sie dem grinsenden Quilp gute Nacht.

Als sie auf die Straße traten, schlich sich Quilp ans Fenster, um zu horchen. Trent erging sich eben in Lobsprüchen über Frau Quilp, und beide konnten sich nicht genug wundern, durch welche Hexerei sie so weit gebracht worden wäre, einen so mißgestalteten Wicht zu heiraten. Der Zwerg sah den sich entfernenden Schatten mit einem noch breiteren Grinsen nach, als sein Gesicht bis dahin gezeigt hatte, und schlich sich leise im Dunkeln zu Bett.

Während sie ihren Plan ausbrüteten, schenkte weder Trent noch Quilp dem Glück oder Unglück der armen, unschuldigen Nell auch nur einen einzigen Gedanken. Es wäre somit sehr merkwürdig gewesen, wenn der leichtsinnige Bube, der beiden als Zielscheibe dienen mußte, sich durch irgendeine Rücksicht hätte beunruhigen lassen; denn die hohe Meinung, die er von seinen eignen Vorzügen und Verdiensten hatte, ließ ihm das Projekt eher lobenswert erscheinen. Und wenn er je von einem so ungewohnten Gast, als es das Nachdenken war, heimgesucht worden wäre, würde er, da er nur roh war, wenn es sich um die Befriedigung seiner Gelüste handelte, sein Gewissen mit dem Vorwand beschwichtigt haben, daß er ja nicht im Sinne habe, sein Weib zu schlagen oder umzubringen und daher, wenn alles in Ordnung wäre, einen ganz erträglichen Durchschnittsehemann abgeben würde.

Vierundzwanzigstes Kapitel

Der alte Mann und das Kind wagten erst haltzumachen und am Rande eines kleinen Waldes auszuruhen, nachdem sie ganz erschöpft waren und nicht länger den Schritt einzuhalten vermochten, den sie auf ihrer Flucht von der Rennbahn angenommen hatten. Hier konnten sie, obgleich die Bahn ihren Blicken entzogen war, noch ganz schwach den Lärm fernen Geschreies, das Summen der Stimmen und das Wirbeln der Trommeln unterscheiden. Als das Kind die Anhöhe hinanklomm, die zwischen ihnen und dem Platz lag, den sie verlassen hatten, konnte es sogar noch die flatternden Fahnen und die weißen Zeltspitzen erkennen; aber niemand näherte sich ihnen, und ihr Ruheort war still und einsam.

Es dauerte ziemlich lange, ehe Nell ihren zitternden Gefährten zu beschwichtigen oder ihn nur einigermaßen zu beruhigen vermochte. Seine erregte Einbildungskraft ließ ihn Massen von Personen schauen, die sich unter dem Schutz des Gebüsches an sie heranschlichen, in jedem Graben lauerten und aus den Zweigen eines jeden raschelnden Baumes heraussahen. Er wurde von Angstvorstellungen verfolgt, man wolle ihn als Gefangenen nach irgendeinem düstern Orte führen, an dem Fesseln und Peitschen seiner harrten, und was noch schlimmer als alles war, Nell konnte nie dorthin kommen, um ihn zu besuchen, sie durfte ihn nur durch eiserne Stäbe und Gitter in der Mauer sehen. Diese schreckhaften Vorstellungen gingen dem Kinde zu Herzen. Trennung von ihrem Großvater war das größte Übel, das sie zu fürchten hatte, und da es ihr zur Zeit war, als würden sie, wohin sie auch immer gingen, zu Tode gehetzt, als könnten sie sich nur in Verstecken sicher fühlen, sank ihr Herz und Mut. Bei einem so jungen Geschöpf, das mit Szenen, wie sie kürzlich sie erleben mußte, so wenig vertraut war, darf eine solche Mutlosigkeit nicht überraschen. Doch schließt die Natur oft kühne und edle Herzen in schwache Busen ein – am öftesten aber, Gott segne sie, in die Brust des Weibes –, und sobald die Kleine, die ihr tränenvolles Auge auf den alten Mann richtete, daran dachte, wie schwach er sei, wie verlassen und hilflos er sein würde, wenn sie ihn im Stich ließe, da schwoll ihr das Herz an, und aufs neue stählten Kraft und Mut ihre Seele.

»Wir sind jetzt ganz sicher und haben gewiß nichts mehr zu fürchten, lieber Großvater«, sagte sie.

»Nichts zu fürchten?« entgegnete der alte Mann. »Nichts zu fürchten, wenn man dich von mir reißt? Nichts zu fürchten, wenn man uns trennt? Ach, niemand ist mir treu, nein, niemand! Nicht einmal Nell!«

»O sprechen Sie nicht so«, versetzte das Kind; »denn wenn

jemand treu und aufrichtig an Ihnen hängt, so tue ich es. Ich bin überzeugt, daß Sie dies selber auch recht gut wissen.«

»Aber wie kannst du dann«, fuhr der alte Mann fort, indem er scheu umherblickte, »wie kannst du dann auf den Gedanken kommen, daß wir sicher sind, wenn man von allen Seiten nach mir späht, wenn man hierherkommt und sich an uns heranstiehlt, während wir hier reden?«

»Aus dem einfachen Grunde, weil ich sicher weiß, daß wir nicht verfolgt werden«, sagte das Kind. »Überzeugen Sie sich doch selbst, lieber Großvater! Blicken Sie umher und schauen Sie nur, wie still und ruhig alles ist! Wir sind allein miteinander und können gehen, wohin wir wollen. Nicht sicher? Könnte ich ruhig sein – war ich es denn –, wenn Sie von einer Gefahr bedroht wären?«

»Du hast recht, du hast recht«, antwortete er, indem er ihr die Hand drückte, aber noch immer ängstlich umherschaute. »Was war das für ein Ton?«

»Ein Vogel ist in das Gehölz geflogen«, sagte das Kind, »und wollte uns den Weg zeigen. Erinnern Sie sich noch, daß wir sagten, wir wollten in Wäldern, Feldern und an den Flüssen hin wandern, und wie glücklich wir dann sein würden, erinnern Sie sich? Und doch sitzen wir jetzt traurig beisammen und verlieren die Zeit, während die Sonne über unsern Häuptern scheint und alles froh und glücklich ist. Sehen Sie nur, wie schön der Weg ist! Und da ist der Vogel, der nämliche Vogel; jetzt fliegt er zu einem andern Baume und bleibt dort, um zu singen. Kommen Sie!«

Als sie vom Boden aufstanden und den schattigen Pfad einschlugen, der durch den Wald führte, sprang ihm Nell voraus, indem sie ihre kleinen Fußtapfen im Moos zurückließ, das sich elastisch unter dem leichten Druck wieder erhob und, dem Hauch auf dem Spiegel gleich, bald keine Spur mehr sehen ließ. Und so lockte sie den alten Mann weiter, indem sie oft zurückblickte, ihm fröhlich winkte, ihn bald vorsichtig auf einen einsamen Vogel aufmerksam machte, der von einem ihren Weg kreuzenden Zweige herunterzwitscherte, bald stehenblieb, um auf die frohen Lieder zu hören, welche die Stille unterbrachen, oder die Sonnenstrahlen zu beobachten, wie sie durch die Blätter zitterten und zwischen den von Efeu umzogenen Stämmen kräftiger alter Bäume sich hinstehlend lange Lichtpfade öffneten. Als sie so, die Zweige auf ihrem Wege zurückbiegend, weiterkamen, schlich sich allmählich die Heiterkeit, die das Kind anfangs geheuchelt hatte, nun wirklich in Nellys Brust; der alte Mann warf nicht länger furchtsame Blicke hinter sich, sondern fühlte sich leicht und wohl, und je tiefer sie in die grünen Schatten eindrangen, desto mehr kam es ihnen zum Bewußtsein, daß hier der ruhige Geist Gottes waltete und sie mit seinem Frieden umwob.

Endlich wurde der Pfad lichter und weniger verworren, sie gelangten an die Grenze des Gehölzes und von da aus auf die Landstraße. Nachdem sie eine kleine Strecke auf ihr gegangen waren, kamen sie an einen Feldweg, der zu beiden Seiten so von Bäumen beschattet wurde, daß die Kronen oben zusammenstießen und den Pfad überwölbten. Ein zerbrochener Wegweiser verkündete ihnen, daß dieser Weg nach einem drei Meilen entfernten Dorfe führe, und dorthin beschlossen sie ihre Schritte zu lenken.

Die Meilen kamen ihnen so lang vor, daß sie einigemal glaubten, sie hätten sich verirrt. Endlich aber ging es, zu ihrer großen Freude, einen steilen Hohlweg hinab, an dessen überhängenden Seiten die Fußpfade hinführten, und die Häusergruppen des Dorfes schauten aus dem grünen Tal herauf.

Es war nur ein sehr kleiner Ort. Die männliche Jugend spielte im Freien Kricket, und da die andern Leute zusahen, so wanderten unsere beiden Pilger auf und ab, ungewiß, wen sie um ein bescheidenes Nachtquartier ansprechen sollten. Nur ein einziger alter Mann befand sich in dem kleinen Garten vor seinem Häuschen, und sie scheuten sich, zu ihm zu gehen, denn er war der Schulmeister, und auf einem weißen Brett über seinem Fenster stand mit schwarzen Buchstaben das Wort ›Schule‹. Der Mann sah blaß, schlicht und mager aus, saß in dem kleinen gedeckten Gang vor seiner

Tür unter Blumen und Bienenstöcken und rauchte seine Pfeife.

»Rede ihn an, meine Liebe!« flüsterte der alte Mann.

»Ich getraue mich kaum, ihn zu stören«, versetzte das Mädchen furchtsam. »Er scheint uns nicht zu sehen. Wenn wir noch ein wenig warten, so schaut er vielleicht hierher.«

Sie warteten, aber der Schulmeister sah sich nicht nach

ihnen um, sondern blieb stumm und gedankenvoll in seinem kleinen Vorbau sitzen. Er hatte ein gutmütiges Gesicht, und sein einfacher, alter, schwarzer Anzug ließ ihn nur noch blasser und magerer erscheinen. Auch kam es ihnen vor, als umgäbe ihn und sein Haus ein Hauch von tiefer Einsamkeit, was aber vielleicht nur darin seinen Grund hatte, daß die andern Leute eine lustige Gesellschaft bildeten und sich auf dem Rasen umhertrieben und er der einzige einsame Mann im ganzen Orte zu sein schien.

Sie waren sehr müde, und das Kind hätte wohl Kühnheit genug gehabt, sogar einen Schulmeister anzureden, wenn er nicht etwas an sich gehabt hätte, das auf Unruhe oder Kummer hinzudeuten schien. Während sie so in kleiner Entfernung zögernd dastanden, bemerkten sie, daß er minutenlang in ein finsteres Brüten zu versinken schien; dann legte er seine Pfeife weg, tat ein paar Schritte in seinen Garten, näherte sich der Tür und sah nach dem Rasen hinaus; darauf griff er mit einem Seufzer wieder nach seiner Pfeife und setzte sich wie früher gedankenvoll nieder.

Da sonst niemand erschien und es bereits dunkel wurde, so faßte Nell endlich Mut und wagte es, als sich der Schulmeister eben gesetzt und seine Pfeife wieder aufgenommen hatte, mit ihrem Großvater an der Hand näher zu kommen. Das leichte Geräusch, das sie beim Niederdrücken der Gartentürklinke verursachten, erregte seine Aufmerksamkeit. Er sah ihnen freundlich entgegen, schien aber jemand anders erwartet zu haben, denn er schüttelte leicht den Kopf.

Nell machte einen Knicks und sagte ihm, sie wären arme Reisende und suchten eine Nachtherberge, die sie gern bezahlen wollten, soweit es ihre Mittel gestatteten. Der Schulmeister sah sie, während sie sprach, ernst an, legte dann seine Pfeife beiseite und stand sogleich auf.

»Wenn Sie uns einen Ort empfehlen wollen, Sir«, sagte das Kind, »so würden wir sehr froh und dankbar sein.«

»Ihr kommt wohl schon weit her?« entgegnete der Schulmeister.

»Oh, sehr weit, Sir«, antwortete das Kind.

»Du bist noch ziemlich jung fürs Umherwandern, mein Kind«, sagte er, indem er seine Hand sanft auf ihren Kopf legte. »Ihre Enkelin, mein Freund?«

»Ja«, rief der alte Mann, »und die Stütze und der Trost meines Lebens!«

»Kommt herein!« sagte der Schulmeister.

Ohne weitere Einleitung führte er sie in seine kleine Schulstube, die zugleich Wohnzimmer und Küche war, und sagte ihnen, sie wären bis morgen unter seinem Dache willkommen. Ehe sie ihm noch danken konnten, breitete er ein grobes weißes Tuch über den Tisch und legte Messer und Teller auf; dann brachte er etwas Brot und kaltes Fleisch nebst einem

Krug Bier hervor und forderte seine Gäste auf, zu essen und zu trinken.

Nell sah sich, während sie ihren Sitz einnahm, in der Stube um. Da gab es ein paar Bänke, eingekerbt, zerschnitten und über und über mit Tinte besudelt, ein kleines tannenes Pult auf vier Füßen, an dem ohne Zweifel der Schulmeister saß, einige mit Eselsohren versehene Bücher auf einem hohen Gesimse und außerdem noch ein buntes Durcheinander von Kreiseln, Bällen, Papierdrachen, Angelruten, Marbeln, halbverzehrten Äpfeln und sonstigem konfiszierten Eigentum der müßiggängerischen Knirpse. An Haken in der Mauer prangten in all ihrem Schrecken der Stock und das Lineal und neben ihnen auf einem eichenen kleinen Gesimse die aus alten Zeitungen gefertigte und mit einem Paar großer Oblaten verzierte Eselskappe. Der Hauptschmuck der Wände bestand jedoch aus zahlreichen schön geschriebenen Sprüchen und wohl ausgearbeiteten Rechenexempeln der einfachen Addition und Multiplikation, augenscheinlich durch dieselbe Hand ausgeführt; sie waren im Zimmer rundumher angeklebt, zu einem doppelten Zwecke, wie es schien: einmal nämlich, um ein Zeugnis von der Vortrefflichkeit der Schule zu geben, und dann, um einen edlen Ehrgeiz in den Herzen der Schüler zu entzünden.

»Ja«, sagte der alte Schulmeister, als er bemerkte, daß diese Proben Nells Aufmerksamkeit auf sich zogen, »das ist eine schöne Schrift, meine Liebe.«

»Sehr schön, Sir«, versetzte das Mädchen bescheiden, »ist es die Ihrige?«

»Meine!« entgegnete er, indem er die Brille herauszog und aufsetzte, um die seinem Herzen so teuern Triumphe besser betrachten zu können. »Nein, ich kann in meinen alten Tagen nicht mehr so schreiben, ich nicht. Sie rühren alle von ein und derselben Hand her, und zwar von einer kleinen Hand, nicht so alt wie die deinige, aber einer sehr geschickten.«

Da der Schulmeister, während er sprach, einen kleinen Tintenklecks auf einer der Schriften bemerkte, nahm er ein

Federmesser aus seiner Tasche, trat an die Wand und radierte ihn sorgfältig aus. Sobald er damit fertig war, trat er langsam von dem Blatte zurück und bewunderte es, wie man etwa ein schönes Gemälde zu betrachten pflegt; aber doch lag dabei eine gewisse Trauer in seiner Stimme und in seinem Benehmen, die das Kind ergriff, obgleich es deren Ursache nicht kannte.

»Ja, ja, eine kleine Hand«, sagte der arme Schulmeister. »Er ist seinen Kameraden weit voraus im Lernen und im Spiel; wie kam er doch nur dazu, mich so gern zu haben! Daß ich ihn liebe, ist kein Wunder, aber daß er mich liebt . . .«

Der Schulmeister hielt inne und nahm seine Brille ab, um sie abzuwischen, als ob sie trübe geworden wäre.

»Ich hoffe, es ist nichts Unangenehmes vorgefallen, Sir?« fragte Nell besorgt.

»Nicht viel, meine Liebe«, versetzte der Schulmeister. »Ich hoffte, ihn heute abend auf der Wiese draußen zu sehen. Er war immer der Erste unter ihnen. Aber er wird morgen dort sein.«

»Ist er krank gewesen?« fragte Nell mit dem raschen Mitgefühl eines Kindes.

»Nicht sehr; es heißt, der liebe Knabe habe gestern irre geredet, und man sagt, er habe es auch vorgestern getan. Doch das kommt gewöhnlich bei derartigen Krankheiten vor; es ist kein böses Zeichen, durchaus kein böses Zeichen.«

Nell schwieg. Der Schulmeister ging zur Tür und sah sehnsüchtig hinaus. Die Schatten der Nacht zogen herauf und alles war still.

»Ich weiß, er würde zu mir kommen, wenn er sich nur auf den Arm irgendeines Menschen lehnen könnte«, sagte er in das Zimmer zurückkehrend. »Er kam immer in den Garten, um mir gute Nacht zu sagen. Aber vielleicht hat seine Krankheit eben erst eine günstige Wendung genommen, und nun ist es zu spät für ihn, herauszukommen, denn es ist bereits feucht und neblig. Jedenfalls ist es viel besser, wenn er heute zu Hause bleibt.«

Der Schulmeister zündete eine Kerze an, machte den Fensterladen zu und schloß die Tür. Dann blieb er eine Weile stumm sitzen, bis er endlich seinen Hut vom Nagel nahm und sagte, er wolle hingehen und sich selbst überzeugen, wenn Nelly aufbliebe, bis er zurückkomme. Das Kind erklärte sich bereit, und der Schulmeister ging fort.

Sie saß eine halbe Stunde oder noch länger da, und das Haus kam ihr sehr fremd und einsam vor, denn sie hatte den alten Mann bewogen, zu Bett zu gehen, und man hörte nichts als das Ticken der alten Wanduhr und das Pfeifen des Windes zwischen den Bäumen. Als der Schulmeister wieder zurückkehrte, setzte er sich in die Kaminecke und blieb lange ganz stumm. Endlich wandte er sich an das Mädchen und sagte mit sanfter Stimme, er hoffe, sie werde heute nacht in ihrem Gebete auch eines kranken Kindes gedenken.

»Mein Lieblingsschüler!« sagte der arme Schulmeister, indem er an seinem Pfeifchen sog, das er anzuzünden vergaß, und traurig auf die Wände blickte. »Die Hand ist wirklich zu klein, um alles das geschrieben zu haben, und nun soll sie auch noch von der Krankheit verzehrt werden. Es ist eine sehr, sehr kleine Hand!«

Fünfundzwanzigstes Kapitel

Nach einer gesunden Nachtruhe in einer Kammer unter dem Strohdach, in welcher der Totengräber einige Jahre gewohnt zu haben schien, bis er sie um eines Weibes und eines eignen Häuschens willen vor kurzem verlassen hatte, stand das Kind am frühen Morgen auf und ging in die Stube hinunter, in der es am Abend vorher das Nachtmahl eingenommen hatte. Da der Schulmeister gleichfalls schon aus den Federn und ausgegangen war, so gab sie sich Mühe, die Stube nett und behaglich zu machen, und war gerade mit dem Aufräumen fertig geworden, als ihr freundlicher Wirt zurückkehrte.

Er dankte ihr oftmals dafür und sagte, die alte Frau, die gewöhnlich derartige Dienste für ihn verrichte, pflege nun den kleinen Schüler, von dem er gestern gesprochen habe. Das Kind fragte, wie es diesem ginge, und sprach die Hoffnung aus, er wäre schon wohler.

»Nein«, versetzte der Schulmeister, bekümmert den Kopf schüttelnd, »nicht besser, es heißt sogar, er befinde sich schlechter.«

»Das tut mir recht leid, Sir«, entgegnete das Kind.

Der arme Schulmeister schien sich über die aufrichtige Teilnahme des Mädchens zu freuen, aber doch auch wieder unruhig darüber zu werden, denn er fügte hastig hinzu, ängstliche Leute vergrößerten oft ein Übel und nähmen es gern für gefährlicher, als es in Wahrheit wäre.

»Ich für meinen Teil«, sagte er in seiner ruhigen, geduldigen Weise, »hoffe, daß es nicht so ist, wie man sagt. Ich glaube nicht, daß es schlimmer mit ihm geworden sein kann.«

Nelly fragte, ob sie ihm nicht das Frühstück bereiten solle, und da ihr Großvater inzwischen heruntergekommen war, frühstückten sie alle gemeinsam. Während ihrer kleinen Mahlzeit machte der Hauswirt die Bemerkung, daß der alte Mann sehr ermüdet zu sein scheine und offenbar noch der Ruhe bedürfe.

»Wenn Sie eine lange Reise vorhaben«, sagte er, »und es dabei nicht auf einen Tag ankommt, können Sie von Herzen gern noch eine Nacht hier zubringen. Es würde mich in der Tat recht freuen, wenn Sie es so einrichten könnten, mein Freund.«

Er bemerkte, daß der alte Mann auf Nell sah und augenscheinlich unschlüssig war, ob er das Anerbieten ablehnen oder annehmen solle, weshalb er fortfuhr:

»Auch wird es mich freuen, Ihre junge Begleiterin noch einen Tag bei mir zu beherbergen. Sie können damit einem einsamen Mann eine Wohltat erweisen und zu gleicher Zeit auch selbst der Ruhe pflegen. Hat es aber mit Ihrer Reise Eile, dann wünsche ich Ihnen alles Gute auf den ganzen Weg; auch will ich Sie eine kleine Strecke begleiten, ehe die Schule anfängt.«

»Was sollen wir tun, Nell?« fragte der alte Mann unentschlossen; »sage, was sollen wir tun, meine Liebe?«

Es kostete keine große Überredung, das Kind zu der Antwort zu veranlassen, daß sie besser tun würden, die Einladung anzunehmen und zu bleiben. Nell war glücklich, dem freundlichen Schulmeister ihre Dankbarkeit bezeigen zu können, indem sie die häuslichen Arbeiten verrichtete, die seine Wirtschaft erforderte. Sobald sie mit diesen fertig war, nahm sie etwas Nähzeug aus ihrem Körbchen und setzte sich auf einen Stuhl am Fenster, vor dem Jasmin und Geißblatt ihre zarten Zweige ineinander verschlangen und, in das Fenster hereinrankend, das Gemach mit ihrem köstlichen Dufte erfüllten. Ihr Großvater saß draußen in der Sonne, atmete den Wohlgeruch der Blüten und sah müßig den Wolken nach, wie sie vor dem leichten Sommerwinde dahinschwammen.

Nachdem der Schulmeister die zwei Bänke auf ihren Platz gerückt hatte, setzte er sich hinter sein Pult und traf noch andere Vorbereitungen für die Schule, so daß Nell fürchtete, sie möchte im Wege sein, und sich daher in ihr kleines Schlafkämmerchen zurückziehen wollte. Aber das gab er nicht zu, und da ihm ihre Gegenwart angenehm zu sein schien, blieb sie mit ihrer Arbeit im Zimmer.

»Haben Sie viele Schüler, Sir?« fragte sie.

Der arme Schulmeister schüttelte den Kopf und sagte, daß sie kaum die zwei Bänke füllten.

»Sind die andern auch gescheit, Sir?« fragte das Kind mit einem Blick nach den Trophäen an der Wand.

»Es sind gute Jungen«, antwortete der Schulmeister, »ganz wackere Jungen, meine Liebe; aber so weit werden sie es nie bringen.«

Während der Schulmeister sprach, zeigte sich ein weißköpfiger Knabe mit sonnverbranntem Gesicht an der Tür, blieb stehen, um einen bäurischen Kratzfuß zu machen, kam herein und nahm seinen Sitz auf einer der Bänke ein. Er legte sodann ein offenes, mit erstaunlich vielen Eselsohren versehenes Buch auf seine Knie, steckte die Hände in seine Taschen und begann die Marbeln, mit denen sie vollgestopft waren, zu zählen; dabei offenbarte sein Gesicht eine ganz wunderbare Fähigkeit, seinen Geist total von den Buchstaben, auf die seine Augen geheftet waren, abzuziehen. Bald nachher kam ein anderer weißköpfiger Junge angestiegen, dem sofort ein rothaariger Bursche folgte; dann erschienen wieder zwei weitere Weißköpfe und dann einer mit Flachshaaren, und so ging es fort, bis die Bänke von ungefähr einem Dutzend Jungen besetzt waren, deren Köpfe alle Farben, Grau ausgenommen, zeigten, und die alle Altersstufen von vier bis vierzehn Jahren repräsentierten. Denn die Beine des Jüngsten reichten lange nicht bis auf den Boden, wenn er auf der Bank saß, und der Älteste, ein plumper, gutmütiger, täppischer Junge, war etwa um einen halben Kopf größer als der Schulmeister.

Vorn in der ersten Bank, dem Ehrenposten der Schule, war der leere Platz des kleinen kranken Schülers, und an dem Rechen, an dem die Mützen und Hüte besitzenden Zöglinge ihre Kopfbedeckungen aufzuhängen pflegten, war der erste Nagel ebenfalls frei. Kein Junge wagte es, das Heiligtum des Platzes oder des Nagels zu verletzen, aber mancher blickte von den leeren Stellen auf den Schulmeister und flüsterte dann hinter der vorgehaltenen Hand mit seinem Nachbar.

Dann begannen die leisen Buchstabierübungen, das Auswendiglernen von Aufgaben, die halblauten Scherze, die heimlichen Spiele und das Summen und monotone Durcheinander einer Schule; und inmitten des betäubenden Geschwirrs saß der arme Schulmeister, ein treues Bild der Milde und Schlichtheit, indem er vergeblich versuchte, seine Gedanken den Pflichten des Tages zuzuwenden und seinen kleinen Freund zu vergessen. Aber die Beschwerlichkeit seines Amtes erinnerte ihn nur um so stärker an den fleißigen Schüler, und man konnte deutlich sehen, daß seine Gedanken nicht bei seinen Zöglingen waren.

Aber niemand bemerkte dies schneller als die faulsten Jungen, die, kühn gemacht, weil sie straflos ausgingen, immer lauter und kecker wurden, unter den Augen des Lehrers ›Gerade oder Ungerade‹ spielten, öffentlich und ohne einen Verweis zu erhalten Äpfel speisten, aus Spaß oder Bosheit einander ungeniert zwickten und ihre Autographen sogar in die Beine des Pultes schnitten. Der verblüffte Schüler von dem Eselsplätzchen, der daneben stand, um seine Aufgabe aus-

wendig herzusagen, suchte nicht mehr an der Zimmerdecke die vergessenen Worte, sondern trat dicht an die Seite des Schulmeisters und warf keck sein Auge auf das aufgeschlagene Buch; der Spaßvogel der kleinen Bande blinzelte und schnitt Fratzen, natürlich gegen den kleinsten Jungen, ohne sein Tun auch nur durch ein vor das Gesicht gehaltenes Buch zu maskieren, und sein beifallspendendes Publikum war außer sich vor Vergnügen. Wenn der Schulmeister hin und wieder aus seinen Träumereien erwachte und auf das, was um ihn vorging, zu achten schien, legte sich der Lärm für einen Moment, und seine Augen trafen nur auf fleißige und demütige Blicke; aber sobald er wieder in sein Sinnen versank, ging es aufs neue los und zehnmal lauter als zuvor.

Oh! wie einige von diesen Faulpelzen sich hinaussehnten und wie sie nach der offenen Tür und dem Fenster blickten, als hätten sie halb und halb Lust, gewaltsam auszureißen, in die Wälder zu eilen und fortan freie Jungens und Wilde zu sein! Was für rebellische Gedanken an den kühlen Fluß und irgendeinen schattigen Badeplatz unter Weiden, deren Zweige ins Wasser tauchten, mochten wohl jenen stämmigen Jungen quälen und drängen, der mit offenem und so weit als möglich zurückgeschlagenem Hemdkragen dasaß, das erhitzte Gesicht mit einem Abcbuch fächelte und lieber ein Walfisch, ein Frosch, eine Fliege oder überhaupt alles gewesen wäre, nur nicht ein Knabe, der an einem so heißen, sengenden Tage in der Schule schwitzen mußte! Was für eine Hitze! Fragt jenen Knaben dort, dessen Sitz in der Nähe der Tür ihm Gelegenheit gibt, in den Garten hinauszuschlüpfen und seine Kameraden zum Wahnsinn zu treiben, indem sie zusehen müssen, wie er sein Gesicht in den Brunnentrog taucht und sich dann im Grase umherkugelt; fragt ihn, ob es je einen Tag gab wie diesen, an dem selbst die Bienen sich tief in die Blumenkelche versenkten und darinblieben, als hätten sie den festen Entschluß gefaßt, sich vom Geschäft zurückzuziehen und die Honigfabrikation aufzugeben. Der Tag war ganz dazu geschaffen, träge zu sein, auf dem Rücken im grünen Grase zu liegen und das Firmament anzustarren, bis man von der Helle gezwungen wird, die Augen zu schließen und einzuschlafen. Und das war eine Zeit, um über muffigen Büchern zu brüten? Und noch obendrein in einer düstern Stube, die sogar von der Sonne vernachlässigt wurde! Gräßlich!

Nell saß mit ihrer Arbeit beschäftigt am Fenster, achtete aber dabei aufmerksam auf alles, was vorging, obgleich sie sich bisweilen vor den wilden Buben ein wenig fürchtete. Nach dem Lesen kam das Schreiben, und da kein anderes Pult als das des Lehrers da war, so setzten sich die Jungen der Reihe nach daran und mühten sich mit ihrem Gekritzel ab, während der Schulmeister umherspazierte. Dabei ging es etwas ruhiger zu; denn er kam immer heran, sah dem Schreiber über die Schulter und machte ihn sanft darauf aufmerksam, wie dieser und jener Buchstabe in der Schrift an der Wand gezogen sei, lobte an ihr bald da den Haarstrich, bald dort den Grundstrich und hieß ihn, sich ein Beispiel an ihnen zu nehmen. Hin und wieder hielt er auch inne und sagte seinen Zöglingen, was das kranke Kind gestern abend gesprochen und wie es sich gesehnt habe, wieder einmal unter ihnen zu sein; kurz, der arme Schulmeister betrug sich so zart und liebevoll, daß die Knaben ordentliche Gewissensbisse über ihre früheren Quälereien zu empfinden schienen und sich vollkommen ruhig verhielten, keine Äpfel aßen, keine Namen einschnitten, einander nicht zwickten und keine Grimassen machten – volle zwei Minuten lang.

»Ich denke, Kinder«, sagte der Schulmeister, als die Glocke zwölf schlug, »ich will euch diesen Nachmittag eine Extravakanz geben.«

Auf diese Nachricht erhoben die Knaben unter Anführung des langen Jungen ein lautes Jubelgeschrei, währenddessen man den Schulmeister wohl sprechen sah, aber nicht hörte. Als er jedoch seine Hand aufhob zum Zeichen des Wunsches, daß sie sich stille verhalten sollten, waren sie rücksichtsvoll genug, aufzuhören, sobald derjenige unter ihnen, der den besten Blasebalg besaß, außer Atem war.

»Ihr müßt mir aber vorerst versprechen«, fuhr der Schulmeister fort, »daß ihr keinen Lärm machen oder wenigstens, wenn ihr dies im Sinne habt, hinausgehen wollt – ich meine vor das Dorf hinaus. Ihr werdet doch gewiß euern alten Schul- und Spielkameraden nicht aufregen wollen.«

Ein allgemeines Gemurmel – und wohl ein sehr aufrichtiges, denn es waren ja nur Kinder – erhob sich, sie wollten es gewiß nicht tun, und der lange Junge, der es vielleicht so ehrlich wie irgendeiner unter ihnen meinte, rief alle Anwesenden zu Zeugen auf, daß er nur ganz leise geschrien habe.

»Ich bitte euch daher, meine lieben Kinder«, sagte der Schulmeister, »vergeßt nicht, was ich von euch verlangt habe, und tut es mir zu Gefallen. Seid so fröhlich als möglich, aber vergeßt auch nicht dabei, daß ihr mit Gesundheit gesegnet seid. Gott behüte euch alle!«

»Danke, Sir!« und »Gott befohlen, Sir!« klang es nun hoch und tief aus einem Dutzend Kehlen, und die Knaben entfernten sich sehr langsam und leise. Aber da schien die Sonne, und da sangen die Vögel, wie sie dies nur an halben und ganzen Vakanztagen tun; da winkten die Bäume allen freigelassenen Jungen zu, hinanzuklimmen und unter ihren laubigen Zweigen zu nisten; das Heu bat sie, zu kommen und es in der reinen Luft auszustreuen; die grünen Saatfelder deuteten mit leisem Nicken auf Wald und Strom hin; der glatte, weiche Boden, der noch weicher schien durch die ineinanderfließenden Lichtschatten, verlockte zu Sprüngen und Sätzen und zu langen Spaziergängen, Gott weiß wohin! Dies war mehr, als ein Knabe ertragen konnte, und mit freudigem Jubel eilte die ganze Bande davon und tummelte sich lärmend und lachend umher.

»Das ist Natur, Gott sei Dank!« sagte der arme Schulmeister, als er ihnen nachblickte. »Es freut mich recht, daß sie sich nicht an meine Worte kehrten.«

Es ist jedoch schwer, es jedermann recht zu machen, wie die meisten von uns wohl auch ohne die Fabel entdeckt haben werden, die diese Moral birgt. Und im Laufe des Nachmittags machten mehrere Mütter und Tanten von Zöglingen ihren Besuch, um über das Vorgehen des Schulmeisters ihre höchste Mißbilligung auszudrücken. Einige beschränkten sich auf Andeutungen, indem sie etwa höflich fragten, was für ein rotgedruckter Tag oder welches Heiligenfest denn im Kalender stehe; andere – und diese gehörten zu den tiefen Dorfpolitikern – folgerten, es sei eine Geringachtung des Thrones, eine Beleidigung für Kirche und Staat und schmecke nach revolutionären Prinzipien, bei einem geringeren Anlasse als dem Geburtstage des Monarchen einen halben Vakanztag zu geben; aber die Mehrzahl drückte ihr Mißfallen, das durch ganz persönliche Gründe hervorgerufen wurde, unverhohlener aus, indem sie meinte, eine solche Verkürzung des Unterrichts sei nichts anderes als ein Akt offenen Raubes und Betrugs; und eine alte Dame, als sie fand, daß nichts den friedliebenden Schulmeister zu reizen oder zu entflammen vermochte, stürzte aus seinem Hause hinaus und sprach über ihn vor seinem Fenster mit einer andern alten Dame, indem sie sagte, er müsse sich natürlich für diesen halben Vakanztag einen Abzug von seinem Wochengehalt gefallen lassen oder er habe ebenso natürlich eine Konkurrenz zu gewärtigen; es sei kein Mangel an müßigen Schluckern in der Nachbarschaft – hier erhob die Alte ihre Stimme –, und einige Schlucker, die sogar zu faul wären, um Schulmeister zu sein, dürften wohl bald finden, daß ihnen andere Schlucker über die Köpfe wüchsen; und sie würde ihnen raten, gut achtzugeben und sich vorzusehen. Aber all diese Verhöhnungen und Kränkungen waren nicht imstande, auch nur eine Silbe aus dem demütigen Schulmeister herauszulocken, der an Nells Seite saß, etwas niedergeschlagen vielleicht, aber ganz still und ohne sich zu beklagen.

Gegen Abend humpelte ein altes Weib so schnell, wie sie konnte, den Garten herauf und sagte zu dem Schulmeister, den sie an der Tür traf, er solle gleich zu Frau West kommen, und er werde wohl am besten tun, wenn er gleich vorauseile. Er wollte eben mit Nell einen Spaziergang machen, und ohne ihre Hand freizugeben, eilte er davon und überließ es der Botin, nach Belieben nachzukommen.

Sie hielten an der Tür eines Bauernhauses, an die der Schulmeister sanft mit dem Finger pochte. Sie wurde fast gleich darauf geöffnet. Beide traten nun in eine Stube, in der sich eine kleine Weibergruppe um eine Frau scharte, die älter als die übrigen war und die unter Weinen und Schluchzen bitterlich die Hände rang.

»Ach, Frau«, sagte der Schulmeister, indem er sich dem Stuhle näherte, auf dem die bekümmerte Alte saß, »steht es denn wirklich so schlecht?«

»Es geht schnell mit ihm«, rief die alte Frau; »mein Enkel liegt im Sterben, und Ihr seid schuld daran! Ihr hättet ihn nicht mehr sehen sollen, wenn er es nicht so ernstlich verlangt hätte. So weit hat ihn seine Lernerei gebracht. Ach Himmel, Himmel, Himmel, was kann ich tun!«

»Sagt doch nicht, daß ich die geringste Schuld habe!« entgegnete der sanfte Schulmeister. »Doch Ihr beleidigt mich nicht, Frau, nein, nein. Ihr seid verzweifelt und meint es nicht so schlimm mit Euren Worten, gewiß, es kann nicht sein!«

»Ja, ich meine es so«, erwiderte die alte Frau; »ich meine alles so, wie ich es gesagt habe. Hätte er nicht aus Furcht vor Euch immer hinter seinen Büchern gesessen, ich weiß, er wäre jetzt gesund und lustig.«

Der Schulmeister ließ seine Blicke über die andern Weiber gleiten, als bäte er eine oder die andere, ein freundliches Wort für ihn zu sprechen; aber die schüttelten die Köpfe und flüsterten einander zu, sie hätten nie geglaubt, daß viel Gutes beim Lernen herauskomme, und jetzt hätten sie den Beweis dafür. Ohne ein Wort zu erwidern oder ihre Härte durch einen Blick zu rügen, folgte er der alten Frau, die ihn geholt hatte und jetzt gleichfalls hereingekommen war, in ein anderes Zimmer, in dem sein jugendlicher Freund halb angekleidet auf einem Bette ausgestreckt lag. Er war noch sehr jung, eigentlich ein kleines Kind. Die Haare hingen ihm in Locken um das Gesicht, und seine Augen leuchteten, aber es war ein überirdischer Glanz in ihnen. Der Schulmeister setzte sich an seiner Seite nieder, beugte sich über das Kissen und flüsterte seinen Namen. Der Knabe fuhr auf, streichelte ihm das Gesicht, schlang seine abgezehrten Arme um seinen Hals und rief, daß er sein einziger gütiger Freund sei.

»Ich hoffe, daß ich es immer war. Gott weiß, daß ich es wenigstens sein wollte«, sagte der arme Schulmeister.

»Wer ist das?« fragte der Knabe, als er Nell bemerkte. »Ich fürchte mich, sie zu küssen, weil sie sonst auch krank werden könnte. Bittet sie, daß sie mir ihre Hand reicht.«

Nelly kam schluchzend näher und ergriff die kleine schlaffe Hand. Nach einer Weile machte sich der kranke Knabe wieder los und legte sich sanft nieder.

»Erinnerst du dich noch an den Garten, Harry«, flüsterte der Schulmeister, um den Knaben zu sich zu bringen, da ein Zustand von Betäubung sich seiner zu bemächtigen schien, »und wie schön es dort am Abend war? Du mußt machen, daß du ihn bald wieder besuchen kannst, denn ich glaube, sogar die Blumen haben dich vermißt und sind nicht mehr so bunt wie sonst. Du kommst bald, mein Lieb, sehr bald nun, nicht wahr?«

Der Knabe lächelte matt, so ganz, ganz matt, und legte seine Hand auf das graue Haupt seines Freundes. Auch seine Lippen bewegten sich, aber es kam keine Silbe hervor, nein, nicht ein Laut. In das nun herrschende Schweigen drang das Summen ferner Stimmen, von leichten Abendlüften getragen, durch das offene Fenster.

»Was ist das?« fragte das Kind, die Augen öffnend.

»Die Knaben spielen auf der Wiese.«

Der Kleine nahm ein Taschentuch von seinem Kissen und machte den Versuch, es über seinem Haupte zu schwingen; aber der schwache Arm sank kraftlos nieder.

»Soll ich es tun?« fragte der Schulmeister.

»Ja, seid so gut, aber an dem Fenster«, lautete die matte Antwort. »Bindet es an das Gitter! Vielleicht sehen es einige von dort aus. Sie denken vielleicht an mich und schauen in diese Richtung!«

Er erhob den Kopf und blickte von dem flatternden Signal auf sein müßiges Raket, das neben der Schiefertafel, dem Buche und dem sonstigen Eigentum des Knaben auf einem in der Kammer stehenden Tische lag. Dann legte er sich abermals sachte nieder und fragte, ob das kleine Mädchen noch da wäre, denn er konnte es nicht sehen.

Nell trat vor und drückte die widerstandslose Hand des Kranken, die auf der Bettdecke lag. Die zwei alten Freunde und Gefährten, denn das waren sie, obgleich der eine ein Mann, der andere ein Kind war, hielten einander in langer Umarmung fest; dann wandte der kleine Schüler sein Gesicht gegen die Wand und schlief ein.

Der arme Schulmeister blieb auf derselben Stelle sitzen, hielt die kleine, kalte Hand in der seinigen und wärmte sie. Es war nur die Hand eines toten Kindes. Er fühlte dies, und doch wärmte er sie noch immer und konnte sie nicht weglegen.

Sechsundzwanzigstes Kapitel

Nells Herz brach fast vor Weh, als sie mit dem Schulmeister das Sterbebett verließ und in dessen Hütte zurückkehrte. Aber mitten in ihrem Gram und ihren Tränen war das Mädchen sorgfältig bemüht, die wahre Ursache derselben vor dem alten Manne geheimzuhalten; war doch der tote Knabe ein Enkel gewesen und ließ nur eine einzige betagte Verwandte zurück, die seinen frühen Heimgang betrauern mußte.

Sie schlich sich so bald als möglich ins Bett, und als sie allein war, machte sie dem Kummer, der ihre Brust belastete, durch Tränen Luft. Die traurige Szene, deren Zeuge sie gewesen, war jedoch nicht ohne Lehre für sie, indem sie sie ermahnte, zufrieden und dankbar zu sein – zufrieden mit dem Schicksal, welches ihr Gesundheit und Freiheit gegeben hatte, und dankbar, daß sie dem einzigen Verwandten und Freunde, den sie liebte, erhalten blieb und daß sie in einer so schönen Welt leben und sich regen durfte, während viele junge Geschöpfe, so jung und hoffnungsvoll wie sie selber, geknickt und heimgerufen wurden. Wie mancher Rasen des alten Kirchhofs, in dem sie kürzlich auf und ab gewandert war, grünte über den Gräbern von Kindern! Und obgleich sie noch ganz wie ein Kind dachte und vielleicht nicht hinreichend überlegte, zu welchem schönen und glücklichen Dasein diejenigen geboren sind, die jung sterben, und wie sie der Tod vor dem Schmerz bewahrt, andere um sich her sterben zu sehen, die irgendein starkes Gefühl zu Grabe tragen – was Menschen von langer Lebensdauer mehrmals sterben läßt –, war sie doch klug genug, eine einfache, naheliegende Moral aus dem zu schöpfen, was sie diesen Abend gesehen hatte, und sie tief in ihrem Herzen zu bewahren.

Sie träumte von dem kleinen Schüler; er war nicht eingesargt und mit Laken bedeckt, sondern inmitten einer Engelschar, mit einem glücklichen Lächeln auf seinem Antlitz. Die Sonne goß ihre heiteren Strahlen in die Stube und weckte sie; und nun blieb es ihr noch vorbehalten, von dem armen Schulmeister Abschied zu nehmen und wieder einmal den Wanderstab zu ergreifen.

Als sie reisefertig waren, hatte die Schule bereits angefangen. In der düsteren Stube war es wieder so geräuschvoll wie gestern – vielleicht ging es etwas weniger wild und unbändig zu, doch war der Unterschied sehr gering, wenn überhaupt einer zu bemerken war. Der Schulmeister stand von seinem Pulte auf und begleitete sie bis zur Gartentür.

Mit zitternder, widerstrebender Hand bot ihm Nelly das Geld an, das ihr die Dame beim Wettrennen für die Blumen gegeben hatte; sie stammelte ihren Dank und errötete, als sie es hinhielt, denn die Summe kam ihr gar zu unbedeutend vor. Er verlangte jedoch, daß sie es wieder einstecke, beugte sich nieder, um ihre Wangen zu küssen, und kehrte in das Haus zurück.

Sie waren kaum einige Schritte gegangen, als er schon wieder an der Gartentür erschien; der alte Mann kehrte zurück, um ihm noch einmal die Hand zu drücken, und die Kleine tat das gleiche.

»Glück und Segen begleite euch!« sagte der arme Schulmeister. »Ich bin jetzt ein ganz einsamer Mann. Wenn ihr je wieder dieses Weges kommt, so vergeßt die kleine Dorfschule nicht!«

»Wir werden sie nie vergessen, Sir«, versetzte Nell, »und werden uns stets mit Dankbarkeit an Eure Güte erinnern.«

»Ich habe schon sehr oft von Kinderlippen solche Worte vernommen«, sagte der Schulmeister, indem er gedankenvoll lächelnd den Kopf schüttelte, »aber sie wurden immer bald vergessen. Ein junger Freund schenkte mir seine Liebe, er war um so besser, weil er jung war – aber das ist jetzt vorüber. Gott behüte euch!«

Sie verabschiedeten sich noch einigemal von ihm und entfernten sich endlich langsam, indem sie oft zurückschauten, bis sie ihn nicht mehr sehen konnten. Dann lag auch das Dorf weit hinter ihnen, und selbst der Rauch über den Bäumen war ihren Blicken entschwunden. Sie wanderten jetzt raschen Schrittes weiter, entschlossen, der Landstraße zu folgen, wohin immer sie auch führen mochte.

Aber Landstraßen dehnen sich oft sehr, sehr lang. Und diese Straße führte – mit Ausnahme einiger unbeträchtlichen Häusergruppen, an denen sie, ohne anzuhalten, vorbeizogen, und eines einsamen Wirtshauses am Wege, in dem sie etwas Brot und Käse genossen – nirgends hin; es war schon spät am Nachmittag, aber noch immer erstreckte er sich in unendliche Ferne derselbe öde, mühsame Weg mit seinen vielen Windungen, den sie bereits den ganzen Tag verfolgten. Es blieb ihnen jedoch keine andere Wahl als weiterzugehen, was sie denn auch taten, freilich mit langsameren Schritten, da sie sehr müde und erschöpft waren.

Der Nachmittag war in einen schönen Abend übergegangen, als sie an einem Punkte anlangten, an dem der Weg eine scharfe Wendung machte und quer über ein Gemeindeland führte. Am Rande desselben und dicht an dem Gehege, das diesen Grund von den bebauten Feldern trennte, hatte ein Karawanenwagen haltgemacht, auf den sie infolge der plötzlichen Biegung der Straße so unerwartet stießen, daß sie ihm nicht hätten ausweichen können, auch wenn es ihre Absicht gewesen wäre.

Es war kein schäbiger, schmutziger, staubiger Karren, sondern ein hübsches kleines Haus auf Rädern, mit weißen Köpervorhängen, die die Fenster einrahmten, und Jalousien, deren grüne Grundfarbe mit grellroten Feldern wechselte – ein glücklicher Farbenkontrast, in dem auch das übrige Fuhrwerk prunkte. Der Wagen wurde nicht armselig von einem einzelnen Esel oder einem ausgehungerten Gaul gezogen, sondern ein paar sehr gut genährte Pferde standen daneben ausgespannt und zupften das staubige Gras ab. Ebensowenig war es eine Zigeunerkarawane, denn an der offenen Tür, die sich eines blanken Messingklopfers erfreuen durfte, saß eine christliche Dame, wohlbeleibt und gemütlich anzusehen, die einen großen, mit Schleifen überladenen Hut trug. Und daß die Karawane gehörig mit Vorräten versehen war, erkannte man an der Tätigkeit der Dame, die sich der angenehmen und erfrischenden Beschäftigung des Teetrinkens hingab. Das Teegeschirr, neben dem auch eine höchst verdächtig aussehende Flasche und ein Eisbein zu sehen waren, stand auf einer mit einem Tellertuch bedeckten Trommel; und da saß, wie an dem bequemsten runden Tische in der ganzen Welt, diese wandernde Dame, trank ihren Tee und genoß die schöne Aussicht.

Da die Karawanendame in diesem Augenblick zufälligerweise ihre Tasse, die, um mit dem ganzen Äußeren der Dame im Einklang zu stehen, über einen ziemlichen Umfang verfügte, an die Lippen führte und ihre Augen voll Entzücken über den duftenden Tee, der vielleicht einer kleinen Beimischung aus der verdächtigen Flasche nicht entbehrte – wir stellen übrigens hier nur eine Vermutung, keineswegs eine bestimmte Tatsache auf –, gen Himmel richtete, da die Dame also eben in dieser angenehmen Weise beschäftigt war, so bemerkte sie unsere Reisenden bei ihrer ersten Annäherung nicht. Erst als sie im Begriff war, die Tasse niederzusetzen und nach der Anstrengung, die es kostete, den Inhalt verschwinden zu lassen, tief Atem zu schöpfen, gewahrte die Karawanendame einen alten Mann und ein junges Kind, die langsam an ihr vorbeikamen und ihrem Treiben mit bescheidener, aber hungriger Bewunderung zusahen.

»He!« rief die Karawanendame, indem sie die Krumen aus ihrem Schoße schaufelte und sie verschluckte, ehe sie ihre Lippen abwischte. ›Ja, die werdens wissen!‹ – »Wer gewann beim Wettrennen den silbernen Preis, Kind?«

»Wie, Madame?« fragte Nell.

»Ich frage, wer bei dem Wettrennen den Preis gewann, Kind? Den silbernen Preis bei dem Rennen am zweiten Tag?«

»Am zweiten Tag, Madame?«

»Am zweiten Tag. Freilich, am zweiten Tag«, wiederholte die Dame mit ungeduldiger Gebärde. »Kannst du nicht sagen, wer den Preis gewann, wenn du höflich darum gefragt wirst?«

»Ich weiß es nicht, Madame.«

»Du weißt es nicht?« entgegnete die Karawanendame. »Ei, ihr wart ja dort! Ich sah euch mit meinen eigenen Augen.«

Nell erschrak, als sie das hörte, denn sie fürchtete, die Dame könnte mit der Firma Short & Codlin genauer bekannt sein. Doch schon die nächsten Worte dienten zu ihrer Beruhigung.

»Und mit großem Bedauern habe ich euch in Gesellschaft eines Policinellos gesehen«, fügte die Karawanendame hinzu, »eines armseligen, gemeinen Wichts, auf den die Leute nur mit Verachtung blicken sollten.«

»Ich kam nicht freiwillig dazu«, versetzte das Kind. »Wir wußten keinen Weg, und die zwei Männer waren so freundlich, uns mit sich reisen zu lassen. Sind – sind sie Ihnen bekannt, Madame?«

»Ob sie mir bekannt sind, Kind?« rief die Karawanendame fast kreischend. »Ob mir diese Menschen bekannt sind? Doch du bist jung und unerfahren und dies mag deine Frage entschuldigen. Sehe ich denn wie eine Person aus, die mit solchen Leuten bekannt ist? Sieht die Karawane aus, als ob sie mit ihnen zu schaffen hätte?«

»Nein, Madame, nein«, entgegnete das Kind, das fürchtete, einen argen Verstoß begangen zu haben. »Ich bitte um Verzeihung!«

Diese wurde auch alsbald gewährt, obgleich die Dame noch immer finster und übelgelaunt ob einer so herabwürdigenden Vermutung zu sein schien. Nelly erzählte ihr sodann, daß sie das Pferderennen am ersten Tage verlassen hätten und nun auf diesem Wege nach der nächsten Stadt wandern wollten, in der sie zu übernachten gedächten. Da sich das Gesicht der wohlbeleibten Dame wieder aufzuklären begann, so wagte sie zu fragen, wie weit es noch bis dahin wäre. Die Antwort erfolgte erst, nachdem die Dame umständlich auseinandergesetzt hatte, sie sei am ersten Tag in einem Gig zu dem Wettrennen gekommen, rein um des Vergnügens willen, da ihre Anwesenheit daselbst durchaus keine Beziehung zu Geschäfts- oder Erwerbsangelegenheiten gehabt hätte, und lautete dahin, daß es noch acht Meilen bis zur Stadt wären.

Diese entmutigende Nachricht wirkte etwas niederschmetternd auf das Kind, das kaum eine Träne unterdrücken konnte, als es die immer dunkler werdende Straße hinabsah. Der alte Mann ließ keinen andern Klagelaut als einen schweren Seufzer vernehmen, indem er sich dabei auf seinen Wanderstab stützte und vergebens das Ende des staubigen Weges zu erspähen suchte.

Die Karawanendame wollte eben ihr Teeservice zusammenpacken und den improvisierten Tisch abräumen; als sie aber das ängstliche Wesen des Kindes bemerkte, zögerte sie und hielt inne. Nelly verbeugte sich, dankte für die Auskunft, gab dem alten Manne die Hand und hatte sich bereits ungefähr fünfzig Schritte entfernt, als ihr die Karawanendame nachrief, sie möchte wieder umkehren.

»Komm näher, noch näher«, sagte sie, indem sie ihr winkte, die Wagentreppe heraufzukommen. »Bist du hungrig, Kind?«

»Nicht sehr, aber wir sind müde, und es ist – es ist noch so weit . . .«

»Nun, hungrig oder nicht, in keinem Falle wird dir etwas Tee schaden«, entgegnete die neue Bekannte. »Vermutlich werden Sie auch nichts dagegen haben, alter Herr?«

Der Großvater zog demütig seinen Hut und dankte. Die Karawanendame hieß ihn nun gleichfalls die Treppe heraufkommen; aber da sich die Trommel als ein sehr unbequemer Tisch für zwei erwies, so stiegen sie wieder hinunter und setzten sich ins Gras, während die Dame das Teebrett, Butter und Brot, den Schinken, kurz alles hinunterreichte, woran sie sich selbst erfrischt hatte, die Flasche ausgenommen, die bei einer günstigen Gelegenheit in ihre Tasche geschlüpft war.

»Stelle es neben die Hinterräder, Kind, das ist der beste Platz«, sagte ihre Freundin, die Zurüstungen von oben herab beaufsichtigend. »Gib den Teetopf herauf, daß ich noch etwas heißes Wasser und eine Prise frischen Tee hineintun kann; ihr mögt dann essen und trinken, so viel ihr könnt, und braucht nicht zu sparen; das ist alles, was ich verlange.«

Sie hätten vielleicht den Wunsch der Dame erfüllt, wenn er auch nicht so freimütig oder auch gar nicht ausgedrückt worden wäre. Aber da sie diese Aufforderung auch von dem geringsten Bedenken, der leisesten Schüchternheit befreite, so sprachen sie dem Mahle kräftig zu und hatten einen außerordentlichen Genuß.

Während sie so beschäftigt waren, stieg die Karawanendame herunter und ging mit gemessenen Schritten, die Hände auf dem Rücken und gar stattlich mit ihrem Hute wackelnd, auf und ab, wobei sie von Zeit zu Zeit mit der Miene stillen Entzückens den Wagen betrachtete und eine besondere Freude an den roten Feldern und dem Messingklopfer zu haben schien. Nachdem sie sich eine Weile diesem gemächlichen Tun hingegeben hatte, setzte sie sich auf die Treppe und rief: »George!«, worauf ein Mann in einem Fuhrmannskittel zum Vorschein kam; er hatte bisher in einer Hecke gesteckt, so daß er alles, was vorging, beobachten konnte, ohne selbst gesehen zu werden; und als er jetzt die ihn verhüllenden Zweige zurückbog, zeigt er sich in einer sitzenden Stellung, auf seinen Knien eine Backschüssel und einen steinernen Maßkrug, in den Händen ein Messer und eine Gabel haltend.

»Ja, Madame!« sagte George.

»Wie habt Ihr die kalte Pastete gefunden, George?«

»Sie war nicht übel, Madame.«

»Und das Bier?« fuhr die Karawanendame mit einer Miene fort, als interessiere sie sich mehr für diese als für die erste Frage; »geht es an, George?«

»Es ist ein bißchen flauer als es sein sollte«, entgegnete George; »man kanns aber wohl trinken.«

Um seine Gebieterin in dieser Hinsicht zu beruhigen, tat er einen Schluck, der ungefähr einen Schoppen vertilgen mochte, schmatzte mit den Lippen, zwinkerte mit den Augen und nickte. Und nun griff er zweifellos in der gleich freundlichen Absicht zu dem Messer und der Gabel, wie um praktisch zu versichern, daß das Bier nicht übel auf seinen Appetit gewirkt hatte. Die Karawanendame sah ihm eine Weile beifällig zu und sagte sodann:

»Seid Ihr bald fertig?«

»Beinahe, Madame.«

Und in der Tat, nachdem er die Schüssel rundum mit seinem Messer ausgekratzt und die auserlesensten braunen Bissen seinem Munde zugeführt und außerdem so geschickt das letzte Bier aus dem Steinkrug gesogen hatte, daß sich der Kopf des Ehrenmannes allmählich und fast unmerklich immer weiter und weiter nach hinten senkte, bis seine ganze Figur der Länge nach ausgestreckt auf dem Boden lag – nachdem, wie gesagt, all dies geschehen war, erklärte er, fertig zu sein, und kam aus seinem Versteck hervor.

»Ich hoffe, Ihr habt Euch nicht übereilt, George!« sagte

seine Gebieterin, die für seine letzte Anstrengung große Sympathie zu haben schien.

»Wenn Sie mich zu sehr gehetzt haben«, entgegnete ihr Begleiter, der sich weislich für jeden günstigen Fall einen Rückhalt wahren wollte, »so müssen wirs eben das nächstemal wieder einbringen; das ist alles.«

»Wir haben doch keine schwere Ladung, George?«

»So sprechen die Frauenzimmer immer«, versetzte der Mann, indem er weit umherschaute, als wolle er an die ganze Natur gegen solch ungeheure Behauptungen appellieren. »Wenn man eine Frau kutschieren sieht, so kann man immer bemerken, daß sie die Peitsche keinen Augenblick ruhen läßt; ein Pferd kann ihr nie geschwind genug gehen. Wenn ein Vieh einmal seine gehörige Last hat, so ist eine Frauensperson nie zu überzeugen, daß es nicht noch mehr tragen kann. Nun, was soll die Frage?«

»Würden diese zwei Reisenden für die Pferde einen großen Unterschied ausmachen, wenn wir sie mitnähmen?« fragte seine Gebieterin, ohne auf diese philosophische Frage zu antworten, und deutete dabei auf Nell und den alten Mann, die sich mit kläglichen Mienen anschickten, ihre Reise zu Fuß fortzusetzen.

»Freilich machen sie etwas aus«, erwiderte George verdrießlich.

»Aber ich meine, ob sie viel ausmachen würden«, wiederholte die Herrin. »Sie können nicht sonderlich schwer sein.«

»Das Gewicht dieses Paares, Madame«, versetzte George, indem er die beiden mit dem Blick eines Mannes betrachtete, der eine Last auf ein Lot hin zu schätzen weiß, »macht eine Kleinigkeit weniger als das des Oliver Cromwell.«

Nell war ganz erstaunt, daß der Mann so genau mit dem Gewicht einer Person bekannt war, die, wie sie in Büchern gelesen, so lange vor ihrer Zeit gelebt hatte; sie vergaß es jedoch bald in der Freude über die Nachricht, daß sie in dem Wagen fahren dürften, und dankte der Dame mit aufrichtiger Herzlichkeit. Mit großer Bereitwilligkeit und Behendigkeit half sie das Teegeschirr und die andern Dinge, die umherlagen, aufräumen, und sobald die Pferde eingeschirrt waren, kletterte sie mit ihrem entzückten Großvater in den Wagen. Ihre Beschützerin schloß sofort die Tür und setzte sich neben die Trommel an ein offenes Fenster. George nahm die Treppe ab, packte sie unter das Fuhrwerk, und fort ging es unter vielem Klappern, Knarren und Krachen, wobei der glänzende Messingklopfer, dessen sich sonst niemand bediente, während des schwerfälligen Dahinholperns aus eignem Antrieb einen unablässigen Doppelschlag ausführte.

Siebenundzwanzigstes Kapitel

Als sie, in einem langsamen Tempo fahrend, eine kurze Strecke zurückgelegt hatten, wagte Nell sich verstohlen in dem Wagen umzusehen und ihn genauer zu betrachten. Die eine Hälfte – jene, in der es sich die gemütliche Besitzerin behaglich gemacht hatte – war mit Teppichen belegt und am äußersten Ende so abgeteilt, daß sie eine Art Schlafstätte bildete – ungefähr so konstruiert, wie die Kojen an Bord eines Schiffes. Sie war wie die kleinen Fenster mit schönen weißen Vorhängen beschattet und sah ganz bequem aus, obgleich es ein unergründliches Geheimnis war, durch welche Art gymnastischer Übung es der Karawanendame je möglich wurde, hineinzukommen. Die andere Hälfte diente als Küche und war mit einem Ofen ausgestattet, dessen Kamin durch das Dach ging; auch enthielt sie einen Speiseschrank, mehrere Truhen, einen großen Krug mit Wasser, Kochgeräte und einige Töpferwaren. Die letzteren Utensilien hingen an den Wänden, die in dem für die Karawanendame bestimmten Abteil mit einigen lustigeren und leichteren Schmuckstücken, zum Beispiel einem Triangel und einem Paar sehr abgerissener Tamburins, verziert waren.

Die Dame selber saß im vollen Stolze und in aller Poesie dieser musikalischen Instrumente an dem einen Fenster, während die kleine Nell und ihr Großvater in der ganzen Demut des Kessels und der Pfannen an dem andern ihren Platz hatten; und mittlerweile holperte der Wagen weiter und veränderte die immer dunkler werdende Aussicht nur sehr langsam. Anfangs sprachen unsere zwei Wanderer wenig und nur flüsternd; als sie aber allmählich mit dem Orte vertrauter wurden, wagten sie sich ungezwungener zu unterhalten und sprachen von der Gegend, durch die sie fuhren, und den verschiedenen Gegenständen, die sich ihren Augen darboten, bis der alte Mann einschlief. Als die Karawanendame dies bemerkte, lud sie Nell ein, heranzukommen und an ihrer Seite Platz zu nehmen.

»Nun, Kind«, sagte sie, »wie gefällt dir diese Art zu reisen?«

Nell versetzte, daß sie ihr ausnehmend gut gefalle, und die Dame gab es zu, doch meinte sie, es wäre nur für Leute angenehm, die sehr lustig seien. Denn was sie anbelangte, sagte sie, so würde sie von traurigen Stimmungen heimgesucht, die eine beständige Anregung forderten; ob aber die genannte Anregung aus der verdächtigen Flasche oder aus andern Quellen geholt wurde, das sagte sie nicht.

»Darin seid ihr glücklich, ihr jungen Menschen«, fuhr sie fort; »ihr wißt nicht, was es heißt, gedrückt und verstimmt zu sein. Auch habt ihr stets einen guten Appetit, und was liegt hierin nicht für ein Trost?«

Nell dachte, sie könnte zuweilen ihren Appetit recht bequem entbehren, und dachte auch außerdem, die äußere Erscheinung der Dame oder ihre Art, Tee zu trinken, berechtigte durchaus nicht zu dem Schluß, daß ihr die natürliche Lust am Essen und Trinken vergangen sei. Sie nickte jedoch pflichtschuldigst stumm zu den Worten der Dame und wartete, bis diese fortfahren würde.

Statt jedoch zu sprechen, sah sie das Kind geraume Zeit schweigend an, stand dann auf und holte aus einem Winkel eine sehr lange und ellenbreite Rolle Leinwand, die sie auf den Boden legte und mit dem Fuße auseinanderrollte, bis sie fast von einem Ende des Wagens bis zum andern reichte.

»Da, mein Kind«, sagte sie, »lies das!«

Nell trat an das Ende der Rolle und las laut die mit schwarzen Riesenbuchstaben gemalte Inschrift: *»Jarleys Wachsfigurenkabinett.«*

»Lies es noch einmal!« sagte die Dame selbstgefällig.

»Jarleys Wachsfigurenkabinett«, wiederholte Nell.

»Das bin ich«, sagte die Dame, »ich bin Madame Jarley.«

Während die Karawanendame Nelly einen ermutigenden Blick zuwarf, der sie beruhigen und ihr versichern sollte, daß sie es nicht nötig habe, ganz überwältigt und gedrückt zu sein, obwohl sie vor der wirklichen, echten Jarley stände, entfaltete sie eine andere Rolle mit der Inschrift: ›Einhundert Figuren in voller Lebensgröße‹, und dann wieder eine, auf der geschrieben war: ›Die staunenerregende Sammlung von wirklichen Wachsfiguren, die einzige in der Welt‹, und dann mehrere kleine Rollen mit Inschriften, wie: ›Wird eben innen gezeigt‹ – ›Die echte und einzige Jarley‹ – ›Jarleys unvergleichliche Sammlung‹ – ›Jarley ist das Entzücken des hohen Adels und des verehrlichen Publikums‹ – ›Die Königliche Familie gehört zu Jarleys Gönnern‹. Nachdem sie diese Wundertiere von Plakaten dem erstaunten Kinde gezeigt hatte, brachte sie Proben geringerer Herkunft in der Gestalt von Handzetteln zum Vorschein, deren Inhalt zum Teil in die Form von Parodien auf Volkslieder gebracht war, zum Beispiel: ›Glaube mir, denn Jarleys sind so selten‹ – ›Ich schaute deine Pracht in meinen Jugendjahren‹ – ›Übers Meer zu Jarley‹, während andere, um jedem Geschmack zuzusagen, für flotte und witzige Geister berechnet waren, wie eine Parodie auf das beliebte Liedchen: ›O hätt ich einen Esel‹, die folgendermaßen anfing:

»Hört irgendwo ich einen Esel schrein:
›Geht nicht in Jarleys Kabinett hinein‹;
Glaubt ihr, ich achtet sein? O nein, o nein!
Drum lauft zu Jarleyn.«

Außer diesen kamen noch mehrere Kompositionen in Prosa, als zum Beispiel: angebliche Dialoge zwischen dem Kaiser von China und einer Auster, oder dem Erzbischof von Canterbury und einem Dissenter über die Kirchensteuer, die aber alle zu dem gleichen Schlußsatz führten, nämlich daß der Leser zu Jarley eilen solle, und daß Kinder und Dienstboten nur die Hälfte bezahlten. Nachdem Madame Jarley all diese Belege für ihre wichtige Stellung in der Gesellschaft gezeigt hatte, um auf ihre Gefährtin den gehörigen Eindruck zu machen, rollte sie sie wieder zusammen, verwahrte sie sorgfältig, setzte sich nieder und warf einen triumphierenden Blick auf das Kind.

»Jetzt darfst du dich aber nie mehr mit schmutzigen Policinellos abgeben«, sagte Madame Jarley.

»Ich habe noch nie ein Wachsfigurenkabinett gesehen, Madame«, entgegnete Nelly. »Ist es possierlicher als der Policinello?«

»Possierlicher?« rief Madame Jarley mit schriller Stimme; »es ist ganz und gar nicht possierlich!«

»Oh!« erwiderte Nell in tiefster Demut.

»Es ist durchaus nicht possierlich«, wiederholte Madame Jarley. »Es ist ruhig und – wie heißt doch nur das Wort – kritisch? Nein – klassisch? Ja, das ists, es ist ruhig und klassisch. Kein gemeines Klopfen oder Prügeln, keine Possenreißerei und Krakeelerei wie bei deinen unvergleichlichen Policinellos, sondern stets dasselbe, mit der unbeweglichen Miene von Kaltblütigkeit und Anstand, und so lebensgetreu, daß du, wenn die Wachsfiguren sprächen und umhergingen, kaum einen Unterschied merktest. Ich will zwar nicht so weit gehen, zu behaupten, daß ich Wachsfiguren gesehen habe, die ganz lebendig wirkten, kann aber ruhig sagen, daß mir schon lebendige Menschen vorgekommen sind, die ganz wie Wachsfiguren aussahen.«

»Sind sie hier, Madame?« fragte Nell, deren Neugierde durch die Beschreibung geweckt war.

»Wen meinst du, Kind?«

»Die Wachsfiguren, Madame.«

»Barmherziger Himmel! Kind, was fällt dir ein, wie könnte eine solche Sammlung hier sein, wo du alles sehen kannst, ausgenommen was in dem kleinen Speiseschrank und einigen Koffern ist! Sie sind in den andern Wagen in die Ausstellungsräume vorausgeschickt worden, in denen sie übermorgen gezeigt werden. Du fährst nun in dieselbe Stadt und wirst die Sammlung hoffentlich auch sehen. Ich finde es ganz natürlich, daß du auf sie gespannt bist, und zweifle nicht, daß du kommen wirst. Gewiß, du könntest nicht wegbleiben und wenn du es auch noch so sehr versuchtest.«

»Ich werde mich, glaube ich, nicht in der Stadt aufhalten, Madame«, sagte das Kind.

»Nicht dort?« rief Madame Jarley. »Und wo wollt ihr denn hin?«

»Ich – ich weiß es selber nicht genau. Wir sind noch unschlüssig.«

»Du willst damit doch nicht sagen, daß ihr im Lande umherreist, ohne zu wissen wohin?« sagte die Karawanendame. »Seid ihr nicht wunderliche Leute! In welcher Branche arbeitet ihr? Du machtest mir bei dem Pferderennen den Eindruck, als ob du gar nicht in deinem Element und nur zufällig dort wärest.«

»Wir waren auch nur zufällig dort«, entgegnete Nell, verwirrt über dieses plötzliche Verhör. »Wir sind arme Leute und wandern eben so umher. Wir haben nichts zu tun; ich wünschte, wir hätten etwas zu tun.«

»Du setzest mich immer mehr und mehr in Erstaunen«, erwiderte Madame Jarley, nachdem sie eine Weile ebenso stumm wie eine ihrer Figuren dagesessen hatte. »Was seid ihr denn eigentlich? Doch nicht Bettler?«

»Ich weiß wirklich nicht, ob wir etwas anderes sind, Madame«, versetzte das Kind.

»Ei du mein Himmel!« rief die Karawanendame, »so etwas habe ich doch in meinem Leben nicht gehört! Wer hätte das auch gedacht!«

Nach diesem Ausruf folgte eine so lange, stumme Pause,

daß Nell fürchtete, die Dame halte es für eine Verletzung ihrer Würde, die durch nichts mehr gutgemacht werden könne, daß sie sich hatte bewegen lassen, so arme Leute mit ihrem Schutz und ihrer Unterhaltung zu beglücken. Diese Meinung wurde auch ziemlich durch den Ton bestätigt, in dem ihre bisherige Wohltäterin endlich das Schweigen unterbrach und sagte:

»Und doch kannst du lesen, vermutlich auch schreiben; es sollte mich nicht wundern.«

»Ja, Madame«, versetzte das Kind, das durch dieses Bekenntnis neuen Anstoß zu geben fürchtete.

»Nun, und was das heißen will«, entgegnete Madame Jarley, »ich kanns nicht!«

Nell rief »oh!« in einem Ton, der entweder sagen wollte, daß sie berechtigterweise darüber erstaunt sei, die einzige und echte Jarley, das Entzücken des hohen Adels und des verehrlichen Publikums und das besondere Schoßkind der Königlichen Familie könnte mit solchen allgemeinen Künsten nicht vertraut sein, oder auch, daß sie annehme, eine so große Dame brauche sich eben so gewöhnliche Fertigkeiten nicht anzueignen. In welchem Sinne aber auch Madame Jarley diesen Ausruf auffassen mochte, er veranlaßte sie zu keinen weiteren Fragen oder bewog sie zu keinen sonstigen Bemerkungen; denn sie versank in gedankenvolles Schweigen und verharrte so lange in diesem Zustand, daß Nell sich an das andere Fenster zu ihrem Großvater zurückzog, der inzwischen erwacht war.

Endlich schüttelte die Karawanendame ihre nachdenkliche Stimmung ab und rief den Fuhrmann an ihr Fenster, mit dem sie sich lange flüsternd besprach, als ob sie hinsichtlich eines wichtigen Punktes seinen Rat einhole und dabei das Für und Wider einer bedeutenden Angelegenheit eifrig erwäge. Als endlich diese Rücksprache ein Ende genommen hatte, zog sie den Kopf wieder zurück und winkte Nell, heranzukommen.

»Und der alte Herr auch«, sagte Madame Jarley, »denn ich

habe ein Wörtchen mit ihm zu sprechen. Wünschten Sie wohl eine gute Stellung für Ihre Enkelin? Wenn das der Fall ist, kann ich ihr dabei behilflich sein. Was sagen Sie dazu?«

»Ich kann sie nicht verlassen«, antwortete der alte Mann. »Wir können uns nicht trennen. Was würde aus mir werden ohne sie?«

»Ich hätte geglaubt, Sie wären nun alt und vernünftig genug, um für sich selbst sorgen zu können, wenn Sie überhaupt vernünftig werden können«, entgegnete Madame Jarley in scharfem Tone.

»Aber er wird es nie werden«, flüsterte das Kind ernst. »Ich fürchte, er wird es nie wieder werden. Bitte, reden Sie nicht hart mit ihm! Wir sind Ihnen sehr zu Danke verpflichtet«, fügte sie laut hinzu, »aber keins von uns kann sich von dem andern trennen, und wenn alle Reichtümer der Welt zwischen uns geteilt würden.«

Madame Jarley war etwas verblüfft über diese Aufnahme ihres Vorschlags und blickte den alten Mann, der Nells Hand zärtlich in der seinigen hielt, in einer Weise an, als könnte sie recht wohl seine Gesellschaft oder überhaupt seine Existenz auf Erden entbehren. Nach einer bedrückenden Pause steckte sie abermals den Kopf zum Fenster hinaus und hatte mit dem Kutscher eine weitere Unterredung, über deren Thema sie sich aber augenscheinlich nicht so rasch einigen konnten wie über das frühere. Endlich kam es aber doch zu einer Entscheidung, und sie redete aufs neue den Großvater an.

»Wenn Sie wirklich geneigt sind, eine Beschäftigung zu ergreifen, gäbe es eine Menge für Sie zu tun«, sagte Madame Jarley; »Sie können die Figuren abstäuben helfen, die Billette abnehmen und so weiter. Ihre Enkelin soll den Leuten die Figuren erklären; sie sind leicht zu merken. Das Mädchen hat etwas an sich, das den Besuchern gewiß gefallen dürfte, obgleich ich ihre Vorgängerin war; denn ich war stets gewohnt, meine Gäste selbst herumzuführen, was ich auch jetzt noch tun würde, wenn meine Nerven nicht unbedingt eine kleine Erleichterung verlangten. Bedenken Sie wohl, es ist kein gewöhnliches Anerbieten«, sagte die Dame, ganz in den Ton verfallend, in dem sie ihr Publikum anzureden pflegte; »es ist Jarleys Wachsfigurenkabinett – das nicht zu vergessen! Die Beschäftigung ist ganz leicht und anständig, die Gesellschaft auserlesen, und die Vorstellung findet in Versammlungssälen, Rathäusern, großen Gasthofzimmern oder Auktionsgalerien statt. Wohlgemerkt, bei Jarley gibt es kein Vagabundieren auf offener Straße; bedenkt, bei Jarley gibt es keine bemalte Leinwand noch Sägemehl. Jede durch die Zettel verheißene Erwartung wird im höchsten Grade gerechtfertigt, und das Ganze macht einen imposanten, glanzvollen Effekt, der bisher in diesem Königreiche nicht seinesgleichen hatte. Nicht zu vergessen, daß der Eintrittspreis nur sechs Pence beträgt und daß sich eine solche Gelegenheit vielleicht nie wieder finden wird.«

Indem sie nun, als sie all dies vorgebracht hatte, von dem Erhabenen zu den Einzelheiten des gemeinen Lebens hinunterstieg, bemerkte Madame Jarley, hinsichtlich des Gehalts könne sie sich zu keiner bestimmten Summe verpflichten, bis sie Nells Fähigkeiten genügend erprobt und sie bei der Ausübung ihrer Pflichten hinreichend beobachtet hätte. Aber sie verbürgte sich, Nell und deren Großvater Wohnung und Kost zu geben, und gab außerdem noch ihr Ehrenwort, daß die Mahlzeiten reichlich und gut sein würden.

Während Nell und ihr Großvater miteinander zu Rate gingen, spazierte Madame Jarley, die Hände auf dem Rücken, mit ungemeiner Würde und Selbstachtung im Wagen auf und ab, wie sie es nach dem Teetrinken auf der festen Erde getan hatte. Jedenfalls ist dies kein so geringfügiger Umstand, daß er nicht erwähnenswert wäre, wenn man bedenkt, daß der Wagen die ganze Zeit über hin und her schwankte und daß nur eine Person von großer, natürlicher Würde und erworbener Grazie das Stolpern vermeiden konnte.

»Nun, Kind?« rief Madame Jarley stehenbleibend, als Nelly sich zu ihr wandte.

»Wir sind Ihnen sehr verpflichtet, Madame, und nehmen Ihr Anerbieten dankbar an.«

»Und es soll dich gewiß nicht reuen«, entgegnete Madame Jarley; »davon bin ich überzeugt! Nun aber die Sache abgemacht ist, wollen wir ein kleines Abendessen einnehmen.«

Der Wagen holperte inzwischen fort, als ob er auch Doppelbier getrunken hätte und schläfrig wäre, bis er endlich das Straßenpflaster einer Stadt erreichte, in der kein Mensch sich mehr sehen ließ und alles eine tiefe Ruhe bekundete, denn es war jetzt fast Mitternacht und die Einwohnerschaft samt und sonders in ihren Betten. Da es zu spät war, um nach dem Ausstellungslokal zu gehen, so lenkten sie einem Stück unbebauten Grundes zu, das gerade innerhalb des alten Stadttores lag, und schlugen daselbst ihr Nachtquartier auf, hart neben einem andern Wagen, der, obwohl er auf der gesetzlichen Tafel den großen Namen ›Jarley‹ trug und außerdem die Wachsfiguren, den Stolz des Landes, von Ort zu Ort führen mußte, von einem niedrig denkenden Steueramte als ›gemeiner Frachtwagen‹ bezeichnet und sogar numeriert worden war – siebentausend und etliche Hundert –, als ob seine kostbare Last aus eitel Mehl oder Kohlen bestände!

Da diese mißhandelte Equipage leer war – sie hatte nämlich ihren Inhalt bereits an das Ausstellungslokal abgeliefert und wartete hier nur, bis ihre Dienste wieder in Anspruch genommen wurden –, bestimmte man sie für den Alten als Schlafstätte, und in ihren Holzwänden bereitete ihm Nell ein so gutes Bett, als dies mit den vorhandenen Materialien möglich war. Sie selbst sollte in Madame Jarleys eignem Reisewagen schlafen, zum ausdrücklichen Beweis der Gunst und des Vertrauens, mit denen sie jene Dame beglückte.

Sie hatte ihren Großvater verlassen und wollte eben zu dem andern Wagen zurückkehren, als sie sich durch die angenehme Kühle der Nacht verleiten ließ, noch ein wenig im Freien zu verweilen. Der Mond schien auf das alte Stadttor, so daß der niedrige, gewölbte Durchgang nur um so schwärzer und finsterer aussah; und mit einem Gefühl, das halb Neugierde, halb Furcht war, näherte sie sich ihm langsam, blieb stehen und wunderte sich, wie finster, grauenhaft, alt und kalt es darin war.

Da war eine leere Nische, aus der vielleicht vor Jahrhunderten irgendeine Statue heruntergefallen oder weggeführt worden war, und Nell stellte sich eben vor, wie wunderlich die Leute wohl gewesen sein mochten, auf die sie einst heruntergeblickt, als sie noch da oben stand, wie viele schwere Kämpfe hier ausgeführt, wie viele Morde wohl an diesem stillen Orte verübt sein mochten, als plötzlich aus dem schwarzen Schatten des Bogens eine männliche Gestalt auftauchte. Sie erkannte sie augenblicklich – wer hätte auch nicht im Nu den häßlichen, mißgestalteten Quilp erkennen sollen?

Die Straße war so schmal und die Schatten der Häuser auf der einen Seite so tief, daß es den Anschein hatte, als ob er aus der Erde gestiegen wäre. Aber da war er! Nell schlüpfte in einen dunklen Winkel und sah ihn hart an sich vorbeigehen. Er hatte einen Stock in der Hand und stützte sich auf ihn, als er aus dem Dunkel des Durchgangs herauskam, sah zurück – wie es schien, genau nach der Stelle, wo das Mädchen stand – und winkte.

Ihr? – O nein, Gott sei Dank, nicht ihr; denn als sie in Todesängsten dastand und nicht wußte, ob sie um Hilfe rufen oder aus ihrem Versteck fliehen sollte, bevor er näher käme, tauchte langsam eine andere Gestalt aus dem Bogen auf, ein Knabe, der auf seinem Rücken einen Koffer trug.

»Geschwinder, Schlingel!« rief Quilp, indem er an dem alten Tor hinaufblickte und im Mondlicht wie irgendeine scheußliche Figur aussah, die aus der Nische herabgekommen war und nun nach ihrem alten Hause zurückschaute. »Geschwinder!«

»Es ist eine schrecklich schwere Last, Sir«, entschuldigte sich der junge Mensch. »Ich bin ohnedies sehr rasch gegangen.«

»So, du bist also ohnedies sehr rasch gegangen?« entgegnete

Quilp; »du kriechst ja, du Hund, du schleichst ja, du ziehst dich wie ein Wurm. Da schlagen jetzt die Glocken – halb ein Uhr.«

Er hielt inne, um zu horchen, wandte sich dann so plötzlich und wütend an den Jungen, daß dieser zusammenfuhr, und fragte, um welche Stunde die Londoner Kutsche an der Straßenecke vorbeikomme. Der Junge antwortete: »Um ein Uhr.«

»So komm denn«, sagte Quilp, »oder es wird zu spät. Schneller, hörst du? – schneller!«

Der Junge sputete sich aus Leibeskräften, und Quilp ging voran, wobei er sich beständig drohend umwandte und seinen Begleiter zu größerer Eile antrieb. Nell wagte nicht, sich zu rühren, bis sie nichts mehr von den beiden sehen und hören konnte, und dann eilte sie zu dem Platze zurück, an dem sie ihren Großvater verlassen hatte; denn es war ihr, als ob schon die Nähe des Zwerges ihn mit Schrecken und Unruhe erfüllt haben müßte. Er schlief jedoch fest, und so zog sie sich leise zurück.

Während sie sich zu Bett begab, beschloß sie, den Vorfall

nicht zu erwähnen; denn aus was immer für einem Grunde der Zwerg auch gekommen sein mochte – und sie fürchtete, er hätte sie gesucht –, jetzt befand er sich auf dem Wege nach Hause; dies bewies seine Frage, wann die Londoner Post abgehe, und da er an diesem Orte bereits gewesen, so ließ sich vernünftigerweise annehmen, daß sie hier vor seinen Nachstellungen weit sicherer wären als irgendwo anders. Diese Betrachtungen vermochten jedoch nicht, ihre eigne Unruhe zu verscheuchen, denn sie war zu sehr erschrocken, um sich so leicht wieder fassen zu können; und es war ihr, als würde sie von einer ganzen Legion Quilpe umschwärmt und als wäre sogar die Luft voll von ihnen.

Das Entzücken des hohen Adels und des verehrlichen Publikums und das gehegte Schoßkind der Königlichen Familie war inzwischen durch irgendeinen nur ihr bekannten Selbstverkleinerungsprozeß in ihr Reisebett gelangt, in dem sie friedlich schnarchte, während der große Hut, sorgfältig auf die Trommel gelegt, seine Herrlichkeit in dem trüben Licht einer Lampe entfaltete, die von der Decke herabhing. Nells Bett war bereits auf dem Boden ausgebreitet und es gewährte ihr eine große Beruhigung, als sie unmittelbar nach ihrem Eintritt die Treppe wegnehmen hörte und daher die Überzeugung haben durfte, daß jeder unmittelbare Verkehr zwischen außen befindlichen Personen und dem Messingklopfer durch diese Vorkehrung wirksam abgeschnitten war. Außerdem bekundeten gewisse Kehllaute, die von Zeit zu Zeit durch den Boden des Wagens heraufkamen, und ein Strohrascheln aus derselben Richtung, daß der Fuhrmann auf der Erde unter dem beweglichen Hause sein Lager aufgeschlagen hatte, wodurch gleichfalls ihr Sicherheitsgefühl erhöht wurde.

Aber ungeachtet eines solchen Schutzes wurde doch ihr Schlaf die ganze Nacht über durch häufiges, schreckliches Auffahren unterbrochen; denn Quilp zog sich durch ihre unruhigen Träume und erschien irgendwie in Verbindung mit dem Wachsfigurenkabinett, bald selbst als Wachsfigur, bald als Madame Jarley und Wachsfigur zugleich, oder als er selbst, als Madame Jarley, als Wachsfigur und als Drehorgel, alles in einem, und doch wieder keins von ihnen ganz deutlich. Endlich gegen Anbruch des Tages kam jener tiefe Schlaf über sie, der gewöhnlich der Ermattung und dem Nachtwachen folgt und der kein anderes Bewußtsein mit sich bringt als das eines überwältigenden, unwiderstehlichen Genusses.

Achtundzwanzigstes Kapitel

Ungewöhnlich lange lag der Schlaf auf den Augenlidern der Kleinen, so daß bei ihrem Erwachen Madame Jarley bereits in ihrem großen Hute prangte und sehr rührig mit Zurüstungen zum Frühstück beschäftigt war. Sie nahm Nells Entschuldigungen für ihren langen Schlaf in vollkommen guter Laune hin und sagte, sie würde sie nicht geweckt haben und wenn sie bis zum Nachmittag geschlafen hätte.

»Weil es dir guttut«, fügte die Karawanendame hinzu. »Wenn du müde bist, schlafe so lange, wie du immer kannst, um deine Ermattung ganz loszuwerden. Das ist auch eine von den Segnungen deines Alters, du kannst sogar gesund schlafen.«

»Haben Sie eine schlimme Nacht gehabt, Madame?« fragte Nell.

»Ich habe selten eine andere, Kind«, versetzte Madame Jarley mit der Miene einer Leidensschwester. »Es nimmt mich oft wunder, wie ich es nur ertragen kann.«

Nell erinnerte sich des Schnarchens, das durch den Spalt in der Wagenwand hervorgedrungen war, hinter der die Eigentümerin des Wachsfigurenkabinetts ihr Nachtlager aufgeschlagen hatte, und dachte daher beinahe, es müsse der Dame wohl im Traume so vorgekommen sein, daß sie nicht schlafen könne. Sie drückte ihr jedoch bloß ihr großes Bedauern aus, einen so traurigen Bericht über ihren Gesundheitszustand hören zu müssen, und bald nachher setzte sie sich mit ihrem Großvater und Madame Jarley zum Frühstück. Sobald dieses beendigt war, half Nelly die Tassen spülen, stellte sie an ihre Plätze, und nachdem diese häuslichen Pflichten erfüllt waren, hüllte sich Madame Jarley in einen schreiend bunten Schal, um einen Spaziergang durch die Stadt zu machen.

»Der Wagen mit den Kasten wird bald nachfolgen«, sagte Madame Jarley, »und dann wirds besser sein, Kind, wenn du mitfährst. Ich muß, sehr gegen meinen Willen, den Weg zu Fuß machen, aber die Leute erwarten es von mir, und öffentliche Persönlichkeiten dürfen in solchen Angelegenheiten nicht frei über sich verfügen. Wie sehe ich aus, Kind?«

Nell gab eine befriedigende Antwort, und Madame Jarley, nachdem sie mit einer ziemlichen Anzahl Nadeln die verschiedentlichsten Bestandteile ihrer äußern Erscheinung bespickt und mehrere verunglückte Versuche gemacht hatte, ihren Rücken vollständig zu besehen, war endlich mit ihrem Äußern zufrieden und ging majestätisch von hinnen.

Der Wagen folgte in einer geringen Entfernung. Während er so durch die Straßen holperte, blickte Nell zum Fenster hinaus, denn sie wollte doch auch wissen, wie der Ort aussähe, in dem sie nun waren, obschon sie in beständiger Furcht schwebte, bei jeder Straßenbiegung Quilps gefürchtetem Gesicht zu begegnen. Es war eine hübsche, große Stadt mit einem offenen, viereckigen Platze, über den sie eben langsam dahinfuhren und in dessen Mitte das Rathaus mit einem Glockenturm und einem Wetterhahn stand. Da gab es Häuser von Stein, Häuser aus roten und Häuser aus gelben Ziegeln, Häuser aus Latten und Mörtel und Häuser aus Holz, von denen viele sehr alt waren und verwitterte, in das Gebälk geschnittene Gesichter aufwiesen, die auf die Straße hinunterstarrten. Sie hatten sehr kleine, blinzelnde Fenster und niedrig gewölbte Türen, und in etlichen der engeren Gäßchen neigten sie sich sogar über den Gehweg vor. Die Straßen waren sehr reinlich, sehr sonnig, fast menschenleer und sehr langweilig. Ein paar Pflastertreter lungerten um die zwei Wirtshäuser, den leeren Marktplatz und die Ladentüren, und einige alte Leute schlummerten vor der Mauer des Armenhauses in

Stühlen; aber es ging kaum ein Mensch vorbei, der irgendeinem bestimmten Ziel zuzusteuern oder bei seinem Gange einen besondern Zweck im Auge zu haben schien, und wenn dies zufällig einmal der Fall war, so hallten seine Fußtritte auf dem heißen, glänzenden Pflaster noch minutenlang nach. Nichts schien hier vorwärts zu kommen als die Uhren, und auch diese hatten so schwerfällige Zifferblätter, so schläfrige, träge Zeiger und so schnarrende Stimmen, daß sie sicherlich auch zu langsam gingen. Sogar die Hunde schliefen samt und sonders. Und die Fliegen, trunken von dem feuchten Zucker in des Kaufmanns Laden, vergaßen ihre Flügel und ihre Behendigkeit und ließen sich in staubigen Fensterecken zu Tode backen.

Der Wagen rumpelte mit einem höchst ungewöhnlichen Geräusch dahin und machte endlich vor dem Ausstellungslokale halt, wo Nell inmitten einer bewundernden Kindergruppe ausstieg, die sie augenscheinlich für ein wichtiges Stück der Raritätensammlung hielten und fest davon überzeugt waren, ihr Großvater wäre ein kunstvoller Entwurf in Wachs. Die Kisten wurden mit aller gebührenden Eile herausgenommen, abgeladen und ins Haus gebracht, um von Frau Jarley aufgeschlossen zu werden, die mit George und einem andern Mann in samtnen Kniehosen und einem gelblichgrauen Hut, geschmückt mit Wegmautkarten, bereitstand, um ihren Inhalt, rote Girlanden und Tapetenornamente, so anzuordnen, wie es am vorteilhaftesten für die Ausschmückung des Raumes war.

Alle gingen an die Arbeit, ohne auch nur eine Sekunde Zeit zu verlieren, und waren sehr geschäftig. Da die staunenerregende Sammlung noch durch Tücher verhüllt war, um jede Verunreinigung durch den neidischen Staub fernzuhalten, beeilte sich Nell, bei der Ausschmückung des Saales zu helfen, und auch ihr Großvater leistete gute Dienste. Die zwei Männer waren an das Geschäft bereits gewöhnt und förderten es in kurzer Zeit sehr, während Madame Jarley aus einer leinenen Tasche, wie sie die Zolleinnehmer zu tragen pflegen, die mit zinnernen Köpfen versehenen Tapeziernägel herauslangte und ihre Gehilfen zu beschleunigter Tätigkeit anspornte.

Während sie noch vollauf beschäftigt waren, blickte ein länglicher Gentleman mit einer Hakennase und schwarzem Haar freundlich lächelnd zur Tür herein; er trug einen militärischen, an den Ärmeln sehr kurzen und engen Überrock, der seinerzeit mit Schnüren und Borten verziert gewesen, nun aber aller Garnierung bar und ganz fadenscheinig war, ein Paar alte, graue Pantalons, die knapp seine Beine umschlossen, und ein Paar Tanzschuhe, die bereits ihren Lebenswinter erreicht hatten. Da Madame Jarley mit dem Rücken gegen ihn stand, hob der militärische Herr warnend den Zeigefinger zum Zeichen, daß ihre Myrmidonen seine Anwesenheit nicht verraten sollten; dann stahl er sich dicht hinter sie, tippte auf ihren Nacken und rief scherzend:

»Puh!«

»Was, Herr Slum?« rief die Eigentümerin des Wachsfigurenkabinetts. »Herrje, wer hätte auch gedacht, Sie hier zu sehen!«

»Bei meiner Seel und Ehre«, versetzte Herr Slum, »das ist eine gute Bemerkung. Bei meiner Seel und Ehre, das ist eine weise Bemerkung. Wer hätte es auch gedacht? George, mein treuer Bursche, wie gehts Euch?«

George nahm diese Begrüßung mit sauertöpfischer Gleichgültigkeit hin, und während er lustig forthämmerte, bemerkte er nur, was das anlange, so befände er sich wohl genug.

»Ich kam hierher«, sagte der militärische Herr zu Madame Jarley gewandt, »bei meiner Seel und Ehre, ich weiß selbst kaum, weswegen ich herkam. Ich wäre in Verlegenheit, wenn ich den Grund sagen müßte – ja, bei Gott, das wäre ich! Ich brauchte ein bißchen Inspiration, ein bißchen Auffrischung, ein bißchen Ideenwechsel und – bei meiner Seel und Ehre«, fuhr der militärische Gentleman sich plötzlich unterbrechend fort, indem er sich im Saale umsah, »was für ein verteufelt klassisches Ding das ist! Bei Gott, es ist ganz minervianisch!«

»Es wird sich gut genug ausnehmen, wenn es ganz fertig ist«, bemerkte Madame Jarley.

»Gut genug?« versetzte Herr Slum. »Werden Sie mir glauben, daß es das Entzücken meines Lebens ist, in die Poesie gepfuscht zu haben, wenn ich bedenke, daß ich meine Feder an diesem bezaubernden Thema versuchte? Apropos, keine Aufträge? Gibt es keine Kleinigkeit, die ich für Sie besorgen könnte?«

»Es kommt gar zu hoch zu stehen, Sir«, entgegnete Madame Jarley, »und ich glaube auch wirklich nicht, daß es viel Nutzen bringt.«

»Bst! Nicht doch, nein!« erwiderte Herr Slum, seine Hand erhebend. »Keine Possen! Ich will nichts davon hören. Sagen Sie nicht, es bringe keinen Nutzen! Sagen Sie das nicht! Ich weiß das besser!«

»Ich glaube nicht, daß es nützt«, sagte Madame Jarley.

»Ha ha!« rief Herr Slum, »Sie geben schon nach, Sie lassen sich schon herbei! Fragen Sie die Parfumeurs, fragen Sie die Schuhwichsefabrikanten, fragen Sie die Hutmacher, fragen Sie die alten Lotteriekollekteure; fragen Sie alle samt und sonders, was meine Poesie für sie getan hat, und ich schwöre Ihnen, jeder wird Slums Namen segnen. Wenn er ein ehrlicher Mann ist, so erhebt er seine Augen zum Himmel und segnet den Namen ›Slum‹ – merken Sie sich das! Sie kennen wohl die Westminsterabtei?«

»Oh, gewiß!«

»Dann, bei meiner Seel und Ehre, Madame, werden Sie in einer gewissen Ecke jenes trübseligen Kolosses, der Poetenwinkel genannt, etliche viel kleinere Namen finden als den eines Slum«, entgegnete der Gentleman, indem er sich ausdrucksvoll an die Stirn tippte, um damit anzudeuten, daß keine geringe Quantität von Gehirn dahinter stecke. »Ich habe bereits eine Kleinigkeit da«, fuhr Herr Slum fort, indem er seinen Hut abnahm, der voll Papierschnitzel war, »eine Kleinigkeit, hingeworfen in der Hitze des Augenblicks, und ich darf wohl sagen, daß sie genau das ist, was Sie brauchen, um diesen Ort zu entflammen. Es ist ein Akrostichon, die ersten Versbuchstaben geben zwar den Namen ›Warren‹, aber die Idee ist verwertbar und ist eine positive Inspiration für Jarley. Nehmen Sie das Akrostichon!«

»Vermutlich ist es sehr teuer?« fragte Madame Jarley.

»Fünf Schilling«, versetzte Herr Slum, indem er sich seines Bleistiftes als Zahnstocher bediente. »Wohlfeiler als jede Prosa.«

»Ich könnte nicht mehr als drei geben«, entgegnete Madame Jarley.

»Und sechs Pence«, fügte Herr Slum hinzu; »machen Sie drei Schilling sechs Pence.«

Madame Jarley war gegen das gewinnende Benehmen des Poeten nicht gefeit, und Herr Slum notierte den Auftrag in einem kleinen Taschenbuche zu drei Schilling und sechs Pence. Dann entfernte er sich, um das Akrostichon zu ändern, nachdem er zuvor einen sehr zärtlichen Abschied von seiner Gönnerin genommen und möglichst bald mit einer schönen, druckfertigen Kopie zurückzukehren versprochen hatte.

Da seine Anwesenheit die Vorbereitungen weder beeinträchtigte noch hemmte, waren sie nun sehr weit gediehen und bald nach seiner Entfernung beendet. Sobald die Festons so geschmackvoll als möglich aufgehängt waren, wurde die staunenerregende Sammlung enthüllt. Und nun sah man auf einer zwei Fuß über dem Boden erhabenen Plattform, die um den ganzen Saal herumlief und von dem rohen Publikum durch brusthohe, karmesinrote Stricke getrennt war, mannigfache lustige Gebilde von berühmten Persönlichkeiten, einzeln und in Gruppen, die in die Flittertrachten verschiedener Zonen und Zeiten gekleidet waren und mehr oder weniger schwach auf ihren Beinen standen; ihre Augen waren weit offen, ihre Nasenlöcher aufgeblasen, die Muskeln ihrer Arme und Beine sehr stark entwickelt, und alle ihre Gesichter drückten große Überraschung aus. Die Herren hatten alle Hühnerbrüste und dunkelblaue Schatten um die Bärte, und die Damen waren lauter Mirakelgestalten; und Herren sowohl als

Damen sahen sehr aufmerksam nirgends hin und stierten mit außerordentlichem Ernst ins Blaue.

Sobald sich Nellys erstes Entzücken über diesen glorreichen Anblick gelegt hatte, befahl Madame Jarley, daß alle, das Kind ausgenommen, den Saal verlassen sollten; dann ließ sie sich in der Mitte des Saales auf einen Armstuhl nieder, belehnte Nell in großer Förmlichkeit mit einer Weidenrute, die

sie selbst lange beim Erklären der Figuren benutzt hatte, und gab sich viele Mühe, sie in ihre Pflicht einzuführen.

»Das«, sagte Madame Jarley in dem Cicerone-Ton, als Nelly eine Figur am Anfange der Plattform berührte, »ist ein unglückliches Ehrenfräulein aus der Zeit der Königin Elisabeth, die an einem Nadelstich in den Finger starb, weil sie am Sonntag gearbeitet hatte. Betrachten Sie das Blut, das von ihrem Finger träufelt; auch die mit einem goldenen Öhr versehene Nadel, mit der sie näht, ist aus dieser Periode.«

Nell wiederholte alles zwei- oder dreimal, deutete zur rechten Zeit auf den Finger und die Nadel und ging dann zur nächsten Figur über.

»Dies, meine Herren und Damen«, sagte Madame Jarley,

»ist Kaspar Packlemerton, entsetzlichen Angedenkens, der vierzehn Weiber gefreit und geheiratet und sie alle umgebracht hat, indem er sie an den Fußsohlen kitzelte, während sie im Bewußtsein ihrer Unschuld und Tugend schliefen. Als er auf das Schafott gebracht und gefragt wurde, ob ihm seine Verbrechen leid täten, erwiderte er: ja, es tue ihm leid, daß er es ihnen so leicht gemacht hätte, und er hoffe, alle christlichen Ehemänner würden ihm diese Sünde vergeben. Dies mag allen jungen Damen zur Lehre dienen, in der Wahl ihrer Galane vorsichtig zu sein. Sie können sehen, daß seine Finger gekrümmt sind, als wollte er eben kitzeln, und daß sein Gesicht jenes hämische Blinzeln zeigt, mit dem er seine barbarischen Mordtaten beging.«

Als Nell Packlemertons ganze Geschichte wußte und ohne Stottern hersagen konnte, ging Madame Jarley zu dem fetten Mann über und dann zu dem dünnen Mann, dem langen Mann, dem kurzen Mann, der alten Dame, die im Alter von hundertzweiunddreißig Jahren an ihrer Tanzwut zugrunde ging, dem jungen, wilden Abenteurer, dem Weib, das vierzehn Familien mit eingemachten Walnüssen vergiftete, und andern historischen Persönlichkeiten oder interessanten, verführten Gestalten.

Und Nell profitierte so viel von diesem Unterricht und konnte sich alles so gut merken, daß sie nach ein paar Stunden, die sie hinter versperrter Tür zubrachten, die Geschichte eines jeden Individuums der Sammlung kannte und daher vollkommen imstande war, den Zuschauern die nötigen Aufklärungen zu geben.

Madame Jarley sparte auch nicht mit höchst beifälligen Bemerkungen über dieses glückliche Resultat und führte nun ihre junge Freundin und Schülerin umher, damit sie die übrigen Arrangements im Hause sehen könnte, für die schon der Eingang in einen Hain von grünem Wollzeug umgewandelt war, in dem die bereits gesehenen Inschriften – Herrn Slums Produktionen – hingen; am Eingang des Flurs stand ein schön verzierter Tisch für Madame Jarley selbst, an dem sie präsidieren und das Geld einnehmen sollte, und neben ihr standen Seine Majestät König Georg III., Herr Grimaldi als Clown, die Königin Maria von Schottland, ein unbekannter Herr in Quäkertracht und Herr Pitt, der ein ganz genaues Muster des Gesetzentwurfes über die Auferlegung einer Fenstersteuer in der Hand hielt. Auch vor dem Hause waren die Zurüstungen keineswegs vernachlässigt, denn eine Nonne von großer persönlicher Anziehungskraft zählte ihre Paternosterperlen auf dem kleinen Portikus über der Tür, und ein Räuber mit möglichst schwarzen Haaren und möglichst heller Gesichtsfarbe machte eben auf einem Karren eine Runde durch die Stadt, wobei er fortwährend in das Miniaturbild einer Dame versunken war.

Jetzt galt es nur noch, Herrn Slums Poesien mit Umsicht zu verteilen. Die pathetischeren Ergüsse mußten in alle Privathäuser und Kaufläden ihren Weg finden, während die Parodie: ›Hört irgendwo ich einen Esel schrein‹ auf die Kneipen beschränkt bleiben und nur unter den Advokatenschreibern und Witzbolden der Stadt zirkulieren sollte. Sobald dies besorgt war und Madame Jarley in den Pensionaten persönlich vorgesprochen hatte – es war zu diesem Zweck ein besonderer Prospekt gedruckt worden, der sonnenklar bewies, daß Wachsfiguren den Geist verfeinerten, den Geschmack ausbildeten und die Sphäre des menschlichen Wissens erweiterten –, setzte sich diese unermüdliche Dame zum Mittagessen nieder und trank aus der verdächtigen Flasche auf eine glückliche Kampagne.

Neunundzwanzigstes Kapitel

Madame Jarley hatte unleugbar einen erfinderischen Geist. Inmitten der verschiedenen Kunstgriffe, um Besucher für die Ausstellung anzulocken, wurde auch die kleine Nell nicht übersehen. Als der leichte Karren, auf dem der Räuber gewöhnlich seine Spazierfahrt durch die Stadt machte, lustig mit Flaggen und Fahnen geschmückt war und der Räuber seinen Platz eingenommen hatte, wie immer das Miniaturbild seiner Geliebten betrachtend, wurde Nell mit künstlichen Blumen bekränzt neben ihn gesetzt; und in diesem feierlichen Aufzuge fuhr sie jeden Morgen durch die Stadt, unter Trommeln und Trompetenklang die Zettel aus einem Körbchen verteilend. Die Schönheit des Kindes, ge-

paart mit ihrer zarten und schüchternen Haltung, erregte an dem Orte kein geringes Aufsehen. Der Räuber, der bisher die Quelle des ausschließlichen Interesses auf der Straße gewesen war, sank nun zu geringerer Bedeutung herab und war nur insoweit wichtig, als er einen Teil des Aufzugs bildete, bei dem sie die erste Nummer hatte.

Erwachsene Leute begannen sich für die helläugige Kleine zu interessieren, und einige Dutzend Knaben verliebten sich Hals über Kopf in sie und hinterlegten zum Zeichen ihrer Liebe immer kleine Päckchen mit Nüssen und Äpfeln, die sie mit winziger Adresse versahen, an der Tür des Wachsfigurenkabinetts.

Dieser wünschenswerte Eindruck wurde von Madame Jarley sehr wohl bemerkt, die, damit Nell nicht zu wohlfeil werde, sehr bald den Räuber wieder allein ausschickte und sie in ihrem Ausstellungssaale behielt, in dem sie alle halbe Stunden die Figuren zur großen Zufriedenheit des bewundernden Publikums erklärte.

Und dieses Publikum war ein sehr gewähltes, denn es umfaßte auch eine große Menge junger Damen aus den Erziehungsinstituten, deren Gunst zu erwerben Madame Jarley alle Mühe aufgeboten hatte, indem sie das Gesicht und das Kostüm des Herrn Grimaldi als Clown so weit veränderte, daß er den Herrn Lindley Murray in einer Attitüde darstellte, wie er eben seine englische Grammatik abfaßt, und eine berüchtigte Mörderin in Mistreß Hannah More umwandelte. Miß Monflathers, die an der Spitze der Hauptanstalt dieser guten Stadt stand, hatte die Ähnlichkeit der beiden Abbilder anerkannt und sich herabgelassen, mit acht auserwählten jungen Damen die Ausstellung privatim zu besuchen und über die außerordentliche Korrektheit der Nachbildungen ganz außer sich zu sein. Herr Pitt in einer Nachtmütze, einem Schlafrock und ohne Stiefel stellte mit außerordentlicher Genauigkeit den Dichter Cowper dar; und die Königin Maria von Schottland war in einem Männeranzuge, in einer schwarzen Perücke und einem weißen Hemdkragen ein so vollendetes Ebenbild von Lord Byron, daß die jungen Damen bei dem Anblick laut aufschrien. Miß Monflathers tadelte jedoch diesen Enthusiasmus und benutzte die Gelegenheit, Madame Jarley einen Verweis zu erteilen, daß sie bei ihrer Sammlung keine strengere Auswahl treffe, indem sie bemerkte, Seine Lordschaft habe gewisse freie Ansichten gehegt, die sich mit der Ehre eines Wachsfigurenkabinetts nicht vertrügen, und noch einiges über ›Dechant‹ und ›Kapitel‹ hinzufügte, das Madame Jarley nicht verstand.

Obgleich Nells Pflichten ziemlich schwer waren, hatte sie doch an der Besitzerin des Wachsfigurenkabinetts eine sehr freundliche und rücksichtsvolle Herrin, der es nicht bloß um ihre eigene Behaglichkeit zu tun war, sondern die auch wünschte, daß sich ihre ganze Umgebung wohl fühle; nebenbei erwähnt ist das letztere seltener und ungewöhnlicher als das erstere, sogar bei Menschen, die viel schönere Wohnstätten haben als Wanderwagen, und es ist durchaus nicht die notwendige Folge des ersteren. Die Popularität unserer jungen Freundin brachte ihr von den Besuchern des Kabinetts mannigfache kleine Gaben ein, von denen ihre Gönnerin nie eine Abgabe verlangte, und da ihr Großvater gleichfalls gut behandelt wurde und sich als sehr verwendbar erwies, hatte sie keine Ursache zu irgendwelcher Befürchtung hinsichtlich ihrer neuen Stellung, wenn man von der absieht, die der bloße Gedanke an Quilp heraufbeschwor, und der großen Angst, er könnte zurückkehren und ihnen eines Tages plötzlich in den Weg treten.

Quilp war in der Tat ein ewiger Alp für die Kleine, denn sein häßliches Gesicht und seine verkümmerte Gestalt schwebten ihr unablässig vor. Um der größeren Sicherheit willen schlief sie in dem Saale, in dem die Wachsfiguren standen, und sie betrat abends den Raum nie, ohne sich – gegen ihren Willen – selbst noch mehr zu quälen, indem sie sich einbildete, in dem einen oder dem anderen jener totengleichen Gesichter eine Ähnlichkeit mit dem Zwerg zu finden; und diese Einbildung wurde bisweilen so mächtig, daß sie fast glaubte, er habe die Figur entfernt und sich in deren Kleider gesteckt. Dann gab es viele Gestalten mit großen Glasaugen, und wie sie so, eine hinter der anderen, um ihr Bett herumstanden, glichen sie auffallend lebenden Wesen und waren doch wieder so gespensterhaft in ihrem grauenhaften, starren Schweigen, daß sie sich vor ihnen um ihrer selbst willen entsetzte und die halbverschwommenen Gestalten von ihrem Bette aus so lange beobachtete, bis sie es nicht mehr länger aushalten konnte, sondern aufstehen und Licht machen oder sich an das offene Fenster setzen mußte, um sich beim Anblick der glitzernden Sterne weniger einsam zu fühlen. In solchen Momenten erinnerte sie sich an das alte Haus und das Fenster, an dem sie allein zu sitzen pflegte, und dann dachte sie auch wohl an den armen Kit und an alle seine lieben Freundschaftsbeweise, bis ihr die Tränen in die Augen traten und ein sanftes Lächeln sich mit ihrer Wehmut mischte.

In solchen Stunden nächtlichen Schweigens kehrten ihre Gedanken oft und ängstlich zu ihrem Großvater zurück, und sie hätte gern gewußt, wie weit er sich ihres früheren Lebens erinnere und ob er je die veränderten Verhältnisse, ihre bis vor kurzem so große Hilflosigkeit und Not ganz erfaßt hätte. Während sie umherwanderten, hatte sie selten daran gedacht, jetzt aber drängte sich ihr unwillkürlich die Frage auf, was wohl aus ihnen werden mußte, wenn er krank würde oder ihr selbst die Kräfte versagten. Er war sehr geduldig und willig, war glücklich, wenn er irgendeine kleine Arbeit auszuführen hatte, und war froh, daß er sich nützlich machen konnte; aber stets lebte er in demselben teilnahmslosen Zustande dahin, ohne daß es den Anschein hatte, als ob es je besser mit ihm werden würde, kurz, er war nur ein Kind, ein armes, gedankenloses, an nichts teilnehmendes Wesen, ein harmloser, törichter alter Mann, in dem nur zärtliche Liebe und Aufmerksamkeit für seine Enkelin lebten, empfänglich für angenehme und schmerzliche Eindrücke, aber sonst tot für alles. Diese Überzeugung war sehr schmerzlich für sie, und es erfüllte sie mit Trauer, sehen zu müssen, wie er zuweilen müßig neben ihr saß, sie anlächelte und ihr zunickte, wenn sie sich umsah, oder wenn er irgendein kleines Kind liebkoste und auf und ab führte, was er oft eine ganze Stunde lang zu tun pflegte, wie er vollständig verwirrt wurde durch dessen einfache Fragen und doch so geduldig blieb in seiner Schwäche, deren er sich beinahe bewußt zu sein schien, denn er demütigte sich sogar vor dem Geiste eines Kindes; dies mit ansehen zu müssen, erfüllte sie mit solcher Trauer, daß sie oft in Tränen ausbrach, sich in irgendeinen Winkel zurückzog und auf die Knie niederfiel, um für seine Wiederherstellung zu beten.

Aber diesen Zustand des Alten mit ansehen zu müssen war nicht ihr größter Kummer, denn er war dann wenigstens zufrieden und ruhig; noch war es das Bitterste, in einsamen

Stunden über seine Veränderung nachzudenken, obgleich dies harte Prüfungen für ein so junges Herz waren. Es sollten noch weit tiefere und schwerere Leiden kommen.

Eines Abends, nachdem sie nichts mehr zu tun hatten, ging Nell mit ihrem Großvater spazieren. Sie hatten bereits mehrere Tage das Haus nicht verlassen können, und da das Wetter warm war, streiften sie weit umher. Vor der Stadt draußen schlugen sie einen Fußpfad ein, der durch liebliche Felder führte, und glaubten, er würde wieder in die Straße einbiegen, die sie verlassen hatten, so daß sie dann auf demselben Weg nach Hause kämen. Er machte jedoch einen viel weiteren Bogen, als sie vorausgesetzt hatten, und so wurden sie weitergelockt, bis die Sonne im Untergehen war; da hatten sie auch den Weg gefunden, den sie suchten, und sie setzten sich nieder, um auszuruhen.

Der Himmel hatte sich allmählich bewölkt und war nun schwarz und drohend, ausgenommen dort, wo die scheidende Sonne in voller Glorie Massen von Gold und glühendem Feuer auftürmte, dessen glimmende Asche hier und da durch den schwarzen Schleier brach und ihren rötlichen Schein auf die Erde hinunterwarf. Der Wind begann in hohlem Tone zu raunen, als die Sonne unterging, um den heitern Tag anderswohin zu tragen; und ihr entgegen krochen ganze Gebirge finsterer Wolken, die mit Blitz und Donner drohten. Bald fielen schwere Regentropfen, und wie die Sturmwolken einherflogen, füllten andere den leer gewordenen Raum und verbreiteten sich über das ganze Firmament. Man hörte das dumpfe Rollen fernen Donners, dann zuckten Blitzstrahlen auf, und endlich schien die Finsternis einer Stunde sich in einem Augenblick zusammengeballt zu haben.

Da der alte Mann und das Kind sich fürchteten, unter einem Baum oder einer Hecke Schutz zu suchen, eilten sie auf der Landstraße fort in der Hoffnung, ein Haus zu finden, das ihnen ein Obdach böte gegen den Sturm, der jetzt mit aller Macht losbrach und in jedem Augenblick an Ungestüm zunahm. Durchnäßt von den Regengüssen, betäubt durch den ohrenzerreißenden Donner und geblendet durch das Leuchten der zackigen Blitze, wären sie wahrscheinlich an einem einzelnstehenden Hause vorübergegangen, ohne eine Ahnung von dessen unmittelbarer Nähe zu haben, wenn nicht ein an der Tür stehender Mann ihnen laut zugerufen hätte, einzutreten.

»Eure Ohren sollten jedenfalls besser sein als die anderer Leute, wenn ihr euch so wenig aus der Gefahr macht, durch den Blitz geblendet zu werden«, sagte er, indem er von der Tür zurücktrat und bei dem Aufzucken eines neuen Blitzstrahls mit der Hand die Augen beschattete.

»Warum wolltet ihr vorbeigehen, he?« fügte er hinzu, als er die Tür geschlossen hatte und über den Hausflur nach einem Hinterzimmer voranging.

»Wir sahen das Haus nicht, bis wir Sie rufen hörten«, versetzte Nell.

»Nimmt mich nicht wunder«, entgegnete der alte Mann, »zumal bei einem solchen Blitzen. Nun, ihr werdet guttun, an das Feuer zu treten und euch ein wenig zu trocknen. Braucht ihr etwas, so könnt ihr ja rufen. Und wenn ihr nichts haben wollt, braucht ihr keine Befehle zu geben. Ihr müßt euch nicht fürchten! Dies hier ist ein Wirtshaus, weiter nichts. ›Der tapfere Soldat‹ steht bei der ganzen Gegend in gutem Ansehen.«

»Heißt dies Haus ›Der tapfere Soldat‹, Sir?« fragte Nell.

»Ich hätte geglaubt, jedermann weiß das«, erwiderte der Wirt. »Wo kommt ihr her, wenn ihr ›Den tapferen Soldaten‹ nicht so gut kennt als euern Katechismus? Das ist ›Der tapfere Soldat‹ von James Groves – Jem Groves – des ehrlichen Jem Groves, eines Mannes von unbeflecktem, moralischem Charakter und Besitzers einer guten, trockenen Kegelbahn. Hat jemand etwas gegen Jem Groves einzuwenden, so soll er es Jem Groves ins Gesicht sagen, und Jem Groves kann ihm jedenfalls mit einem Burschen aufwarten, auf den man unter allen Umständen vierzig Pfund gegen vier wetten darf.«

Mit diesen Worten klopfte sich der Sprecher auf die Weste, um damit anzudeuten, daß er der so hochgepriesene

Jem Groves sei, boxte dann wissenschaftlich auf ein Porträt des Jem Groves los, das seinerseits aus einem schwarzen Rahmen über dem Kaminsims auf die Gesellschaft im allgemeinen herunterboxte, und trank schließlich, ein halbvolles Glas Grog an seine Lippen setzend, auf Jem Groves' Gesundheit.

Da der Abend schwül war, so war ein großer Schirm als Schutz gegen die Hitze des Feuers durch die Stube gezogen. Es schien, als ob jemand auf der andern Seite des Schirmes über Herrn Groves' Bravour Zweifel geäußert und dadurch Anlaß zu diesen egoistischen Ergüssen gegeben hätte, denn Herr Groves bekräftigte seine Herausforderung, indem er mit seinen Knöcheln kräftig gegen die spanische Wand schlug und sodann innehielt, als erwarte er von der andern Seite eine Antwort.

»Es gibt nicht viele Leute«, sagte Herr Groves, als die Antwort ausblieb, »die es wagen dürften, Jem Groves unter seinem eignen Dache in den Weg zu treten. Ich kenne nur einen einzigen Mann, der die Kraft dazu hat und der noch obendrein keine hundert Meilen von hier entfernt ist. Aber er ist ein ganzes Dutzend Männer wert, und er mag daher von mir sagen, was er will – das weiß er.«

Als Erwiderung auf die schmeichelhafte Anrede ertönte eine sehr rauhe und heisere Stimme, die Herrn Groves befahl, »sein Maul zu halten und ein Licht anzuzünden«. Zugleich bemerkte auch dieselbe Stimme, der genannte Herr »habe gar nicht nötig, seinen Atem mit Renommieren zu erschöpfen, denn die meisten Leute wüßten recht wohl, aus welchem Teig er gebacken sei«.

»Nell, sie – sie spielen Karten«, flüsterte der alte Mann plötzlich interessiert. »Hörst du es nicht?«

»Sorge für Licht!« fuhr die Stimme fort; »es ist so dunkel, daß man nur mit knapper Not die Augen auf den Karten unterscheiden kann, und schließe, so schnell du kannst, den Laden – willst du? Dein Bier wird vermutlich wegen des Donnerwetters heute abend um so schlechter sein. – Gewonnen! Sieben Schilling und sechs Pence auf meinen Teil, alter Isaak. Her damit!«

»Hörst du, Nell – hörst du sie?« flüsterte der alte Mann abermals, und zwar noch angelegentlicher, als er das Geld auf dem Tische klingen hörte.

»Hab ich doch nicht erlebt ein solches Unwetter«, sagte eine scharfe, schrille und höchst unangenehme Stimme, als ein fürchterliches Donnerkrachen verhallt war, »seit der Nacht, wo der alte Lukas Withers dreizehnmal hintereinander gewann auf den Roten. Wir haben gesagt alle, daß in ihm steckt des Teufels Glück und sein eigenes; und da es ist gewesen die richtige Nacht für den Teufel zum Ausgehen und Massematten zu machen, bin ich überzeugt, er hat ihm geschaut über die Schulter, nur hat man ihn nicht können sehen.«

»Ah!« entgegnete die rauhe Stimme; »trotzdem der alte Lukas in den letzten Jahren durch dick und dünn gewonnen hat, erinnere ich mich doch noch der Zeit, da ihm das Glück übel genug mitspielte. Er konnte nie einen Würfelbecher oder eine Karte in die Hand nehmen, ohne gerupft, geplündert und bis auf den letzten Penny geschröpft zu werden.«

»Hörst du, was er sagt, Nell?« flüsterte der alte Mann, »hörst du das, Nell?«

Das Kind sah mit Staunen und Bestürzung, daß er plötzlich ein ganz verändertes Aussehen hatte. Sein Gesicht glühte vor Begier, seine Augen leuchteten, seine Zähne waren aufeinandergepreßt, sein Atem ging kurz und schwer und seine Hand, die er auf ihren Arm gelegt hatte, bebte so heftig, daß Nelly unter ihrem Druck zitterte.

»Du bist mein Zeuge«, flüsterte er, zum Himmel aufblickend, »daß ich es immer behauptete, daß ich es wußte, davon träumte, fühlte, daß es so sein muß! Wieviel Geld haben wir, Nell? Nun, ich habe ja gestern Geld bei dir gesehen. Wieviel Geld haben wir? Gib es her!«

»Nein, nein, lassen Sie michs behalten, Großvater!« sagte das Kind erschrocken. »Lassen Sie uns rasch fortgehen von hier! Es macht doch nichts, daß es regnet. Bitte, lassen Sie uns gehen!«

»Gib es her, sage ich!« entgegnete der alte Mann ungestüm. »Nun, nun, Nell, sei doch still, du mußt nicht weinen! Wenn ich dich hart angefahren habe, meine Liebe, so hab ichs nicht so bös gemeint. Es geschieht zu deinem Besten. Ich habe dir unrecht getan, Nell, aber es soll noch gutgemacht werden; ja, ich will es wiedergutmachen. Wo ist das Geld?«

»Nehmen Sie mirs nicht«, versetzte das Kind, »bitte, nehmen Sie mirs nicht, lieber Großvater! Um unser beider willen, lassen Sie michs behalten, oder lassen Sie michs wegwerfen, es liegt besser auf der Straße, als daß Sie es jetzt nehmen. Kommen Sie, lassen Sie uns gehen!«

»Gib mir das Geld«, entgegnete der alte Mann, »ich muß es haben! So – so, du bist meine gute Nell. Ich wills eines Tages wiedergutmachen, Kind. Fürchte nichts – ich wills wiedergutmachen!«

Sie zog ein Beutelchen aus der Tasche. Er riß es mit derselben stürmischen Ungeduld an sich, die sich bereits in seinen Worten ausgedrückt hatte, und eilte auf die andere Seite des Wandschirms. Es war unmöglich, ihn zurückzuhalten, und das Kind folgte ihm zitternd auf dem Fuße.

Der Wirt hatte ein Licht auf den Tisch gestellt und war eben damit beschäftigt, den Fenstervorhang zusammenzuziehen. Die Personen, die man sprechen gehört hatte, waren zwei Männer, zwischen denen ein Spiel Karten und einiges Silbergeld lagen, während die gespielten Partien mit Kreide an der spanischen Wand aufgezeichnet waren. Der Mann mit der rauhen Stimme war ein aufgedunsener Kerl in mittleren Jahren, mit starkem schwarzen Backenbarte, breitknochigen Wangen, einem brutalen großen Mund und einem Stiernacken, den er ziemlich offen zur Schau trug, da sein Hemdkragen nur durch eine lose rote Halsbinde zusammengehalten wurde. Er hatte einen bräunlichweißen Hut auf, und neben ihm lehnte ein dicker Knotenstock. Der andere, den sein Kamerad Isaak genannt hatte, war eine etwas schmächtige Figur, gebeugt und hochschultrig, mit einem häßlichen Gesicht und höchst bösartigen und unheilvoll schielenden Augen.

»Nun, alter Herr«, sagte Isaak sich umsehend, »kennen Sie einen von uns? Diese Seite des Wandschirmes ist privat, Sir.«

»Ich hoffe, doch niemand zu beleidigen?« versetzte der alte Mann.

»Beim Teufel, Sir, freilich ists eine Beleidigung«, entgegnete der andere, dem Alten ins Wort fallend, »wenn Ihr Euch zwei Herren aufdrängt, die tief beschäftigt sind.«

»Ich wollte niemand beleidigen«, sagte der alte Mann und blickte gierig auf die Karten, »ich dachte, daß . . .«

»Aber Sie haben kein Recht zu denken, Sir!« entgegnete der andere. »Was zum Teufel hat ein Mann in Ihren Jahren noch mit dem Denken zu tun?«

»Nun, du Polterer«, sagte der stämmige Mann, der jetzt zum erstenmal von seinen Karten aufsah, »kannst du ihn nicht ausreden lassen?«

Der Wirt, der augenscheinlich den Entschluß gefaßt hatte, neutral zu bleiben, bis er wußte, für welche Partei sich der stämmige Mann erklärte, pflichtete jetzt bei und meinte:

»Ha, natürlich, könnt Ihr ihn nicht ausreden lassen, Isaak?«

»Ob ich ihn kann ausreden lassen?« höhnte Isaak, indem er mit seiner schrillen Stimme so gut als möglich die Töne des Wirtes nachahmte. »Ja, ich kann ihn ausreden lassen, Jemmy Groves.«

»Wohlan denn, so tut es, hört Ihr?« sagte der Wirt.

Herrn Lists Schielen nahm einen unheilvollen Ausdruck an, der anzudrohen schien, er wolle den Streit länger ausdehnen, als sein Kamerad, der den alten Mann scharf beobachtet hatte, rechtzeitig Einsprache erhob.

»Wer weiß«, sagte er mit einem verschmitzten Blicke, »ob der alte Herr nicht höflich um die Ehre bitten wollte, ein Spielchen mit uns zu machen!«

»Ja, das wollte ich«, rief der alte Mann; »das war meine Absicht. Das will ich auch jetzt noch.«

»Dacht ichs ja«, entgegnete der vorige Sprecher. »Nun, und wer weiß denn, daß der alte Herr, der vielleicht unsere Abneigung kennt, um Liebe und Ehre zu spielen, nicht höflich um Geld zu spielen wünscht?«

Der alte Mann antwortete nur damit, daß er in der bebenden Hand das kleine Beutelchen schüttelte und es dann auf den Tisch warf; und nun griff er nach den Karten mit der Gier eines Geizhalses, wenn er nach Gold langt.

»Ah! das schon . . .«, sagte Isaak; »wenn der Herr das wollte, so bitte ich den Herrn um Verzeihung. Ist dies des Herrn Beutelchen? Ein sehr nettes kleines Beutelchen. Vielleicht etwas leicht«, fügte Isaak hinzu, indem er es in die Luft warf und gewandt wieder auffing. »Aber doch wirds reichen, einen Herrn zu unterhalten für eine halbe Stunde oder so was.«

»Wir wollen eine Partie zu vieren machen und Groves mitspielen lassen«, sagte der stämmige Mann. »Komm, Jemmy.«

Der Wirt, der sich so benahm, als sei er an derartige kleine Partien gewöhnt, näherte sich dem Tische und nahm Platz. Das Kind zog jedoch in wahrer Todesangst seinen Großvater beiseite und flehte ihn selbst jetzt noch an, fortzugehen.

»Kommen Sie, und wir können so glücklich sein!« sagte das Kind.

»Wir *wollen* glücklich sein!« versetzte der alte Mann hastig. »Laß mich gehen, Nell! Der Weg zum Glück liegt in den Karten und in dem Würfelbecher. Wir müssen von kleinen Gewinnen zu großen steigen. Hier wirds nur wenig zu gewinnen geben, aber das Große kommt mit der Zeit. Ich werde nur mein Eigentum zurückgewinnen, und zwar einzig für dich, mein Herz.«

»Gott steh uns bei!« rief das Kind. »Ach, welch ein hartes Geschick mußte uns hierherführen!«

»Still!« entgegnete der alte Mann, indem er seine Hand auf den Mund des Mädchens legte, »das Glück läßt sich nicht schelten. Wir dürfen ihm keinen Vorwurf machen, sonst weicht es uns aus, so viel habe ich schon ausfindig gemacht.«

»Nun, Herr«, sagte der stämmige Mann, »wenn Sie nicht selbst kommen wollen, so geben sie uns wenigstens die Karten – ja?«

»Ich komme schon!« rief der alte Mann. »Setz dich, Nell; setz dich nieder und sieh zu! Sei guten Muts, es ist alles für dich, alles, jeder Penny. Ich sage es ihnen nicht; nein, nein, sonst würden sie nicht spielen, sie würden das Glück fürchten, das mir eine heilige Sache bringen muß. Schau sie dir nur an! Sieh, wer sie sind, und wer du bist! Wer kann da zweifeln, daß wir gewinnen müssen?«

»Der Herr hat sich besonnen eines Bessern und kommt nicht«, sagte Isaak, indem er tat, als wollte er vom Tische aufstehen. »Es tut mir leid, wenn sich der Herr hat einschüchtern lassen – natürlich, wer nichts wagt, gewinnt nichts; aber der Herr muß es wissen am besten.«

»Nun, ich bin bereit. Ihr habt alle gezogen, nur ich nicht«, versetzte der alte Mann. »Ich möchte doch wissen, wer gespannter auf den Anfang ist, als ich.« Mit diesen Worten zog er einen Stuhl an den Tisch, die andern drei schlossen zu gleicher Zeit den Kreis, und das Spiel begann.

Nell saß daneben und schaute besorgt und gequält zu. Ohne darauf zu achten, wem sich das Glück zuwandte, hatte sie nur Augen für die verzweifelte Leidenschaft, die sich ihres Großvaters bemächtigte, und Gewinn oder Verlust waren ihr gleichviel. Das eine Mal über einen kurzen Triumph frohlockend, das andere Mal durch ein Fehlschlagen niedergedrückt, saß er da, so verwirrt und ruhelos, so fieberhaft und ängstlich gespannt, so furchtbar gierig, so heißhungrig auf die armseligen Einsätze, daß sie es fast leichter ertragen haben würde, ihn tot zu sehen. Und doch war sie die unschuldige Ursache dieser ganzen Folter, und er, der mit einem so wütenden Durst nach Gewinn spielte, wie ihn der unersättlichste Spieler nie empfunden, hatte nicht einen einzigen selbstsüchtigen Gedanken!

Dagegen waren die andern drei – Schurken und Spieler von Gewerbe – trotz ihrer gespannten Aufmerksamkeit auf das Spiel so kaltblütig und ruhig, als ob der Inbegriff aller Tugenden in ihrer Brust wohnte. Hin und wieder blickte einer von ihnen auf, um dem andern zuzulächeln, das matte Kerzenlicht zu schneuzen, nach dem Blitz zu schauen, wenn er durch das offene Fenster und die flatternden Vorhänge

flammte, oder allenfalls auf einen überaus heftigen Donnerschlag zu horchen, jedoch so, als sei er ungeduldig, daß ihn dies alles ablenke. Sonst aber saßen sie da mit einer ruhigen Gleichgültigkeit gegen alles, ihre Karten ausgenommen, dem Anschein nach vollkommene Philosophen, und verrieten nicht mehr Leidenschaft oder Aufregung, als wären sie aus Stein gehauen.

Das Gewitter hatte volle drei Stunden getobt; der Blitz war schwächer und seltener geworden; der Donner, der früher gerade über ihren Köpfen zu rollen und zu krachen schien, war allmählich mit dumpfheiserem Gebrüll in der Ferne erstorben, und noch immer ging das Spiel fort, und noch immer dachte niemand an das geängstigte Kind.

Dreißigstes Kapitel

Endlich nahm das Spiel ein Ende, und Herr Isaak List stand als der einzige Gewinnende auf. Sein Kamerad und der Wirt trugen ihre Verluste mit der Seelengröße von Professionsspielern. Isaak heimste seinen Gewinn mit der Miene eines Mannes ein, der sichs längst vorgenommen hatte zu gewinnen und der über die erlangten Vorteile weder überrascht noch erfreut war.

Nells Beutelchen war erschöpft; aber obgleich es leer an der Seite ihres Großvaters lag und die andern Spieler bereits vom Tische aufgestanden waren, saß der alte Mann doch noch brütend über seinen Karten, verteilte sie wie früher und schlug dann die verschiedenen Päckchen der andern auf, um zu sehen, was jeder erhalten haben würde, wenn sie noch fortspielten. Er war ganz versunken in diese Beschäftigung, als das Kind sich ihm näherte, die Hand auf seine Schulter legte und ihm sagte, daß es fast Mitternacht sei.

»Da siehst du den Fluch der Armut, Nell«, sagte er, indem er auf die Häufchen wies, die er auf dem Tische verteilt hatte. »Wenn ich nur ein bißchen hätte weiterspielen können, nur ein klein bißchen, so würde sich das Glück auf meine Seite gewendet haben. Ja, das ist so klar wie die Bilder auf den Karten, sieh hier, und da, und wieder da.«

»Ach, legen Sie sie weg!« drängte das Kind. »Versuchen Sie doch, sie zu vergessen.«

»Versuchen sie zu vergessen!« entgegnete er, indem er sein hageres Gesicht zu ihr emporwandte und sie ungläubig anstarrte. »Sie zu vergessen? Wie könnten wir je reich werden, wenn ich die Karten vergäße?«

Das Kind konnte nichts als den Kopf schütteln.

»Nein, nein, Nell«, fuhr der alte Mann fort, indem er ihr die Wangen streichelte, »die dürfen nicht vergessen werden. Wir müssen den heutigen Verlust so bald als möglich gutzumachen suchen. Geduld, Geduld, und dir soll noch dein Recht werden, das verspreche ich dir. Heute Verlust, morgen Gewinn, und nichts kann gewonnen werden ohne Angst und Sorge, nichts. Komm, ich bin bereit!«

»Wißt Ihr auch, wie spät es ist?« fragte Herr Groves, der mit seinen Freunden rauchte. »Zwölf Uhr vorbei . . .«

»Und eine regnerische Nacht«, fügte der stämmige Mann hinzu.

»›Der tapfere Soldat‹ von James Groves. Gute Betten. Wohlfeile Herberge für Menschen und Vieh«, sagte Herr Groves, sein Wirtshausschild zitierend. »Halb ein Uhr.«

»Es ist sehr spät«, entgegnete das Kind unruhig. »Ich wollte, wir wären früher gegangen. Was wird man von uns denken? Vor zwei Uhr können wir kaum zurück sein. Was würde es kosten, Sir, wenn wir hierblieben?«

»Zwei gute Betten: einen Schilling und sechs Pence; Nachtessen und Bier: einen Schilling. Summa summarum zwei Schilling und sechs Pence«, antwortete ›Der tapfere Soldat‹.

Nell hatte noch das in ihr Kleid eingenähte Goldstück; und als sie an die späte Stunde dachte, an Madame Jarleys schläfrige Gewohnheiten, an den Schrecken, den man ganz gewiß der guten Dame einjagen würde, wenn man sie mitten in der Nacht herausklopfen wollte – und dann andrerseits überlegte, daß sie nach Hause kommen könnten, noch ehe ihre Beschützerin aufwachte, auch wenn sie hier übernachteten und nur zeitig genug am nächsten Morgen aufständen; daß sie das heftige Gewitter, von dem sie überrascht worden waren, als Entschuldigung für ihr Ausbleiben anführen könnten, entschloß sie sich nach langem Zögern zu bleiben. Sie nahm daher ihren Großvater beiseite und sagte ihm, daß sie noch genug hätte, um die Kosten der Herberge zu bestreiten, weshalb sie ihm vorschlage, hier zu übernachten.

»Wenn ich nur vorhin das Geld gehabt hätte, wenn ichs nur um ein paar Minuten früher gewußt hätte«, murmelte der alte Mann.

»Wir haben uns entschlossen hierzubleiben, wenns Ihnen recht ist«, sagte Nell, sich hastig an den Wirt wendend.

»Ich halte es auch für das Klügste«, versetzte Herr Groves. »Ihr sollt sogleich Euer Nachtessen haben.«

Demgemäß brachte Herr Groves, nachdem er seine Pfeife ausgeraucht, die Asche ausgeklopft und seinen Dampfapparat sorgfältig mit dem Kopfe nach unten in eine Herdecke gestellt hatte, Brot, Käse und Bier herein, deren Vortrefflichkeit er himmelhoch pries, und forderte seine Gäste auf, es sich gut schmecken zu lassen und zu tun, als ob sie zu Hause wären. Nell und ihr Großvater aßen nur wenig, denn beide hingen ihren Gedanken nach, und die andern Herren, für deren Konstitutionen Bier eine zu schwache und milde Flüssigkeit war, fanden Trost an Branntwein und Tabak.

Da Großvater und Enkelin sehr früh am Morgen das Haus verlassen wollten, lag Nell viel daran, das Nachtlager zu bezahlen, ehe sie zu Bette gingen. Da sie jedoch die Notwendigkeit fühlte, ihren kleinen Schatz vor ihrem Großvater zu verbergen, und das Geld wechseln mußte, nahm sie es heimlich aus seinem Versteck hervor, ersah eine günstige Gelegenheit, dem Wirt zu folgen, als er das Zimmer verließ, und reichte ihm die Münze in dem kleinen Schenkstübchen.

»Wollen Sie so gut sein, mir darauf herauszugeben?« sagte das Kind.

Herr James Groves war augenscheinlich überrascht; er betrachtete das Geld, ließ es klingen, sah dann auf das Kind und wieder auf das Geld, als hätte er Lust zu fragen, wie sie dazu gekommen wäre. Da jedoch das Geld gut war und in seinem Hause gewechselt werden sollte, dachte er wahrscheinlich wie ein verständiger Wirt, daß ihn das nichts angehe. Jedenfalls zählte er den Überschuß ab und händigte ihn Nelly ein.

Als sie nach dem Zimmer zurückkehrte, in dem sie den Abend zugebracht hatten, war es ihr, als sähe sie eben eine Gestalt zur Tür hineingleiten. Zwischen der Tür und dem Stübchen, in dem sie das Geld wechseln ließ, lag nur ein langer dunkler Gang, und da sie gewiß wußte, daß niemand, solange sie dort gestanden, ein oder aus gegangen war, kam ihr der Gedanke, sie sei belauert worden.

Aber von wem? Im Zimmer fand sie dieselben Menschen, die sie verlassen hatte. Der stämmige Kerl lag auf zwei Stühlen und hatte den Kopf auf seine Hand gestützt, und der schielende Mann ruhte in einer ähnlichen Haltung an der andern Seite des Tisches. Zwischen beiden saß ihr Großvater, der den Gewinner mit einer Art hungriger Bewunderung ansah und an dessen Worten hing, als wäre der Sprecher irgendein höheres Wesen. Sie war einen Augenblick verblüfft und sah umher, ob sie nicht sonst noch jemanden wahrnehmen könne. Nein. Dann fragte sie leise ihren Großvater, ob während ihrer Abwesenheit jemand das Zimmer verlassen hätte.

»Nein«, sagte er, »niemand.«

Es mußte also ein Trugbild ihrer Einbildungskraft gewesen sein; und doch war es seltsam, daß sie sich, ohne durch irgendeinen Gedanken vorher darauf gebracht zu sein, diese Gestalt so deutlich hatte vorstellen können. Sie dachte noch immer verwundert darüber nach, als ein Mädchen hereinkam, um ihr in ihr Schlafkämmerchen zu leuchten.

Der alte Mann verabschiedete sich zu gleicher Zeit von der Gesellschaft, und sie gingen zusammen die Treppe hinauf. Es war ein großes, weitläufiges Haus mit öden Gängen und weiten Treppen, die in dem flackernden Kerzenlicht nur noch trübseliger auszusehen schienen. Sie verließ ihren Großvater in seiner Kammer und folgte ihrer Führerin in eine andere am Ende eines Ganges, zu der man über einige brüchige Stufen gelangte. Diese war für sie hergerichtet. Das Dienstmädchen plauderte eine Weile mit ihr und klagte seine Not. Sie hätte keinen guten Platz, wie sie sagte, denn der Lohn wäre gering und die Arbeit hart. In vierzehn Tagen wollte sie wandern; das Kind könne sie vermutlich nicht anderswohin empfehlen? Tatsächlich fürchte sie, daß eine andere Stelle nach dieser hier schwer zu bekommen wäre, denn das Haus stände in einem sehr zweideutigen Rufe: es würde hier viel zuviel Karten gespielt und ähnliche Dinge getrieben. Sie müßte sehr im Irrtum sein, wenn einige von den Leuten, die am häufigsten hierherkämen, ganz so ehrlich wären, als sie sein könnten, aber sie möchte es um alles in der Welt nicht gesagt haben. Dann kamen noch einige unbestimmte Andeutungen auf einen verschmähten Liebhaber, der gedroht hätte, Soldat zu werden, schließlich das Versprechen, mit dem frühesten Morgen an die Tür zu klopfen, und »gute Nacht«.

Nelly fühlte sich, als sie allein war, durchaus nicht behaglich. Sie mußte immer an die Gestalt denken, die sich unten durch den Gang fortgestohlen hatte, und die Aussagen des Mädchens waren nicht geeignet, sie zu beruhigen. Die Männer sahen gar bös aus. Sie lebten vielleicht von der Ausplünderung und Ermordung der Wanderer. Wer konnte das wissen?

Sie suchte diese Befürchtungen durch vernünftige Vorstellungen zu bekämpfen oder vergaß sie wenigstens für eine kleine Weile; aber dann befiel sie die große Angst, die durch die Erlebnisse dieser Nacht erregt wurde. Die alte Leidenschaft war wieder in der Brust ihres Großvaters geweckt, und nur der Himmel wußte, zu welch weiteren Verwirrungen sie führen konnte. Welche Befürchtungen mochte bereits ihre Abwesenheit veranlaßt haben! Vielleicht waren schon jetzt Leute ausgeschickt, um sie aufzusuchen. Hatten sie am Morgen Verzeihung zu erwarten, oder mußten sie sich aufs neue auf den Straßen herumtreiben? Oh, warum waren sie doch an diesem fremden Orte geblieben! Unter allen Umständen würde es besser gewesen sein, wenn sie weitergegangen wären! Endlich, nach und nach überwältigte sie der Schlaf, ein unterbrochener, ängstlicher Schlaf, durch Träume beunruhigt, in denen sie von hohen Türmen herunterfiel und dann mit entsetztem Auffahren erwachte. Darauf folgte ein tieferer Schlummer, und dann – was? jene Gestalt in der Kammer!

Eine Gestalt war da! Ja, Nell hatte die Blende aufgezogen, damit in der Morgendämmerung gleich das Licht einfalle, und dort, zwischen dem Fußende des Bettes und dem dunkeln Fensterrahmen kroch es und schlich es, leise sich weitertappend, und stahl sich um das Bett herum. Sie konnte nicht um

Hilfe schreien, hatte keine Kraft, sich zu bewegen, sondern sie blieb still liegen und sah zu. Es kam näher, immer näher, still und verstohlen, bis zum Kopfende des Bettes. Der Atem war ihrem Kissen so nahe, daß sie sich in dasselbe zurückdrückte, um den tastenden Händen ihr Gesicht zu entziehen. Es stahl sich wieder nach dem Fenster zurück, dann wendete es ihr den Kopf zu.

Die dunkle Gestalt war nur ein Fleck in dem helleren Dunkel der Kammer, aber Nell sah das Umwenden des Kopfes; sie fühlte und wußte, wie die Augen dort hersahen und wie jene Ohren horchten. Es blieb dort, regungslos wie sie selber. Endlich, aber immer mit dem Gesicht zu ihr, beschäftigten sich die Hände mit etwas, und sie hörte das Klimpern von Geld.

Dann kam es wieder so stumm und verstohlen wie früher heran, legte die Kleider wieder neben das Bett, ließ sich auf Hände und Knie nieder und kroch fort. Wie langsam es sich zu bewegen und auf dem Boden fortzuschleichen schien, jetzt, da sie nur hören und nicht mehr sehen konnte! Endlich erreichte es die Tür und richtete sich auf. Die Treppen knarrten unter seinen leisen Tritten, und fort war es. Der erste Gedanke des Kindes war, dem entsetzlichen Alleinsein in diesem Gemach zu entfliehen, jemand um sich zu haben, nicht ganz auf sich selbst beschränkt zu sein, und dann würde wohl die Fähigkeit des Sprechens wiederkommen. Ohne zu wissen, wie sie weiterkam, erreichte sie die Tür.

Aber da war der schreckliche Schatten wieder, der unten an der Treppe hielt.

Sie konnte nicht an ihm vorbei; es hätte sich vielleicht in der Dunkelheit machen lassen, ohne daß sie ergriffen worden wäre, aber das Blut gerann ihr bei diesem Gedanken. Die Gestalt stand ganz bewegungslos; und auch sie rührte kein Glied, nicht aus Kühnheit, sondern weil sie dazu gezwungen wurde, denn in das Zimmer zurückzukehren wäre kaum weniger schrecklich gewesen als weiterzugehen.

Der Regen prasselte draußen dicht und wütend nieder und

schoß in klatschenden Strömen vom Strohdache. Ein Sommerinsekt, das nicht ins Freie entkommen konnte, flog blind hin und her, stieß gegen Wände und Decke an und erfüllte den stillen Platz mit seinem Gesumme. Die Gestalt bewegte sich wieder. Das Kind tat unwillkürlich dasselbe. Einmal in ihres Großvaters Gemach, und sie wäre sicher.

Die Gestalt schlich den Gang entlang, bis sie vor dieselbe Tür kam, die Nell so sehnsüchtig zu erreichen wünschte. Das Kind, in der Aufregung, so nahe am Ziel zu sein, wäre fast vorwärts gestürzt, um in die Kammer zu eilen und die Tür hinter sich zuzuschlagen, als die Gestalt abermals haltmachte.

Plötzlich blitzte ihr ein Gedanke durch den Kopf: wie, wenn die Gestalt dort hineinginge und den alten Mann zu töten beabsichtigte! Eine Ohnmachtsschwäche wandelte sie an. Es war so. Die Gestalt war jetzt in der Kammer, und sie – noch stumm, ganz stumm und fast sinnlos – stand da und sah zu.

Die Tür war halb offen. Ohne zu wissen, was sie tun sollte, sondern nur in der Absicht, ihn zu retten oder sich mit ihm töten zu lassen, schwankte sie vorwärts und sah hinein. Aber welch ein Anblick begegnete hier ihren Augen!

Das Bett war noch unberührt, war glatt und leer. Und an einem Tische saß der alte Mann selbst, das einzige lebende Wesen in dem Gemache, sein blasses Gesicht zusammengekniffen und zugespitzt durch die Gier, die seinen Augen einen unnatürlichen Glanz verlieh – ja, da saß er und zählte das Geld, dessen sie durch seine Hände beraubt worden war.

Einunddreißigstes Kapitel

Mit viel mehr wankenden und unsichereren Schritten, als jene gewesen, mit denen sich Nell dem Gemache genähert hatte, trat sie von der Tür weg und tappte nach ihrem Kämmerchen zurück. Der Schrecken, den sie eben erst ausgestanden, war nichts gegen den, der sich jetzt ihrer bemächtigte. Kein fremder Räuber, kein verräterischer Wirt, der sich an der Beraubung seiner Gäste beteiligte oder an ihre Betten schlich, um sie im Schlaf zu ermorden, kein nächtlicher Dieb, wie schrecklich und entsetzlich auch solche Erscheinungen gewesen wären, hätte in ihrer Seele nur die Hälfte des Grausens erwecken können, das sie empfand, als sie ihren stummen Besuch erkannte. Der grauköpfige alte Mann, der wie ein Gespenst in ihre Kammer schlüpfte, das Gewerbe eines Diebes trieb, während er sie im Schlafe wähnte, dann seine Beute davontrug und mit jenem unheimlichen Entzücken, dessen Zeuge sie gewesen, seinen Schatz betrachtete, war schlimmer, unermeßlich schlimmer, und der Gedanke an ihn für den Augenblick schrecklicher als alles, was ihr die wildeste Phantasie hätte vormalen können! Wenn er zurückkehrte! Es war kein Schloß oder Riegel an der Tür, und wenn er in der Meinung, er habe noch etwas Geld zurückgelassen, wieder zurückkehrte, um das übrige zu suchen – ein unbestimmtes Entsetzen und eine namenlose Angst erfüllte sie bei dem Gedanken, er könnte wieder mit demselben verstohlenen Schritte hereinschleichen und sein Gesicht dem leeren Bette zuwenden, während sie sich dicht vor seinen Füßen zusammenkauerte, um seine Berührung zu vermeiden, die beinahe unerträglich war. Sie setzte sich nieder und lauschte. Horch! Ein Fußtritt auf der Treppe, und nun ging die Tür langsam auf. Es war zwar nur Einbildung, aber eine Einbildung, die alle Schrecken der Wirklichkeit in sich vereinigte – nein, sie war schrecklicher, denn in der Wirklichkeit hätte es mit dem Kommen und Gehen ein Ende gehabt, aber dieses marternde Phantasiebild tauchte immer von neuem auf und wollte sich durchaus nicht verscheuchen lassen.

Das Gefühl, das das Kind bedrückte, war das eines dunkeln und unbestimmten Entsetzens. Sie hatte keine Furcht vor dem lieben alten Großvater, dessen zärtliche Liebe zu ihr eine solche Geistesverwirrung veranlaßt hatte; aber der Mann, den sie in dieser Nacht gesehen hatte, ganz beherrscht von dem Glücksspiel, wie er in ihr Kämmerchen schlich und das Geld bei dem Flackerscheine des Lichtes zählte, erschien ihr wie ein zweites Wesen in seiner Gestalt, wie ein scheußliches Zerrbild seines Äußern, wie ein beklemmendes Etwas, vor dem sie zurückbebte und vor dem sie sich nur um so mehr fürchtete, weil es ihm so ähnlich und immer um sie war wie er selbst. Sie konnte kaum diesen alten Mann mit ihrem liebevollen Freund in Verbindung bringen, außer bei dem Gedanken, ihn verloren zu haben, ihren teuern Gefährten, der ihm so ähnlich und doch wieder so unähnlich war. Sie hatte geweint, als sie ihn so düster und teilnahmslos gesehen hatte: wieviel größere Ursache aber hatte sie jetzt zu weinen!

Die Kleine saß aufrecht da und grübelte über diese Dinge, bis das Schreckensbild in ihrem Geiste so düster und grauenhaft wurde, daß sie deutlich fühlte, es würde eine Erleichterung für sie sein, wenn sie die Stimme des alten Mannes hörte oder, falls er schliefe, ihn doch wenigstens sehen könnte, um dadurch einen Teil der Befürchtungen zu zerstreuen, die sein Bild begleiteten. Sie stahl sich wieder die Treppe hinunter in den Gang. Die Tür war noch immer halb offen, wie sie sie früher gesehen hatte, und das Licht brannte noch immer wie zuvor.

Sie hatte ihre eigene Kerze in der Hand und wollte, wenn sie ihn wachend fände, sagen, sie fürchte sich und könne nicht schlafen und sei hergekommen, um nachzusehen, ob er noch Licht habe. Als sie in das Gemach blickte, bemerkte sie, daß er ruhig auf seinem Bette lag, und so faßte sie denn Mut einzutreten.

Er schlief fest: keine Leidenschaft in seinem Gesichte, weder Habsucht, noch Verlangen oder wilde Gier; ganz ruhig, sanft und voll stillen Friedens lag er da. Dies war nicht der Spieler, nicht der Schatten aus ihrem Kämmerchen; das war nicht einmal der abgehärmte und kummergebeugte Mann, dessen Antlitz sie oft im Morgengrauen geschaut hatte, dieser hier war ihr lieber alter Freund, ihr schuldloser Reisegefährte, ihr guter, freundlicher Großvater.

Sie fürchtete sich nicht, als sie seine schlummernden Züge betrachtete, aber ein tiefer, schwerer Kummer lag auf ihrer Seele und fand Erleichterung in heißen Tränen.

»Gott schütze ihn!« sagte Nell, indem sie sich leise über ihn beugte und sanft seine Wange küßte. »Ich sehe jetzt nur zu gut, daß man uns trennen würde, wenn man uns auffände, und daß man ihn ausschlösse von dem Licht der Sonne und des Himmels. Er hat niemand als mich, um ihm zu helfen. Gott schütze uns beide!«

Sie zündete ihre Kerze an, zog sich schweigend, wie sie gekommen war, wieder in ihr Kämmerchen zurück und blieb dort den Rest dieser langen, langen, unglücklichen Nacht auf ihrem Lager sitzen.

Endlich erblaßte ihr schwaches Kerzenlicht in dem auftauchenden Morgen, und sie schlief ein. Bald jedoch wurde sie wieder von dem Mädchen geweckt, das sie zu Bett begleitet hatte; und sobald sie angekleidet war, schickte sie sich an, zu ihrem Großvater hinunterzugehen. Aber zuerst durchsuchte sie ihre Tasche und fand, daß ihr ganzes Geld fort und auch nicht ein Sechspencestück zurückgeblieben war.

Der alte Mann war schon zum Aufbruch bereit, und in wenigen Augenblicken befanden sie sich auf dem Wege. Es kam Nell vor, als vermeide der Großvater ihr Auge und als scheine er zu erwarten, daß sie ihm etwas von ihrem Verluste sage. Sie fühlte, daß sie dies tun mußte, sonst hätte er die Wahrheit vielleicht geahnt.

»Großvater«, sagte sie bebend, nachdem sie etwa eine Meile schweigend gegangen waren, »glauben Sie, daß in jenem Hause dort ehrliche Leute sind?«

»Warum?« entgegnete der alte Mann zitternd. »Warum sollte ich sie nicht für ehrlich halten? Sie haben ehrlich gespielt.«

»Ich will Ihnen sagen, warum ich frage«, versetzte Nell. »Mir ist gestern abend Geld genommen worden, wie ich bestimmt weiß, aus meinem Schlafzimmer. Wenn es nicht jemand im Scherz weggenommen hat, nur im Scherz, lieber

Großvater, worüber ich natürlich herzlich lachen würde, wenn ich es wüßte . . .«

»Wer wird Geld im Scherz wegnehmen?« erwiderte der alte Mann heftig. »Wer überhaupt Geld nimmt, behält es. Da kann von Scherz keine Rede sein.«

»Dann ist es aus meinem Zimmer gestohlen worden, lieber Großvater«, sagte Nell, deren letzte Hoffnung durch seine Antwort zerstört wurde.

»Aber hast du nicht noch mehr?« fragte der alte Mann; »nirgends noch etwas? Wurde alles genommen, jeder Heller, ist gar nichts mehr übriggeblieben?«

»Nichts«, versetzte das Kind.

»Wir müssen mehr kriegen«, sagte der alte Mann, »wir müssen es erwerben, Nell, ersparen, zusammenscharren, müssen es herschaffen, sei es auf was immer für eine Weise. Nimm dir diesen Verlust nicht zu Herzen! Sage niemand etwas davon, vielleicht gewinnen wir das Geld zurück, bekommen es vielleicht wieder! Frage nicht, wie! Wir kriegen es vielleicht wieder und noch viel mehr dazu; aber du mußt es niemand sagen, damit uns keine Ungelegenheit daraus erwächst. Man hat es dir also aus deiner Kammer genommen, als du schliefst?« fuhr er im Tone des Mitleids fort, der sehr gegen die geheimnisvolle Verschmitztheit abstach, mit der er bisher gesprochen hatte. »Arme Nell, arme kleine Nell!«

Das Kind ließ das Köpfchen hängen und weinte. Der mitleidige Ton, in dem er sprach, war gewiß aufrichtig, daran zweifelte Nell nicht im geringsten; und daß alles um ihretwillen getan worden war, bedrückte sie wohl am meisten.

»Erwähne es niemand gegenüber, sage es nur mir«, sprach der alte Mann. »Nein, nicht einmal mir«, fügte er hastig hinzu, »denn es führt ja doch zu nichts. Alle bisherigen Verluste sind keine Träne aus deinen Augen wert, mein Herz. Warum sollten sie's auch sein, da sie sich wieder zurückgewinnen lassen?«

»Laß doch die Verluste!« sagte das Kind aufsehend. »Laßt sie doch ein für allemal, und ich wollte auch nicht eine einzige

Träne mehr um sie vergießen, wenn auch jeder Pence tausend Pfund gewesen wäre!«

»Nun, nun«, versetzte der alte Mann, eine ungestüme Antwort unterdrückend, die ihm eben über die Lippen gleiten wollte, »sie versteht es nicht besser. – Ich sollte dankbar dafür sein!«

»Aber hören Sie mich an«, sagte das Kind ernst; »wollen Sie mich anhören?«

»Ja, ja, ich höre schon«, entgegnete der alte Mann, ohne jedoch zu ihr aufzublicken. »Eine hübsche Stimme. Sie hat immer einen süßen Klang für mich, gerade so wie die ihrer Mutter; armes Kind!«

»So lassen Sie sich überreden, oh, so lassen Sie sich überreden«, sagte das Kind, »nie mehr an Gewinn oder Verlust zu denken und kein anderes Glück zu versuchen als dasjenige, das wir gemeinschaftlich verfolgen!«

»Wir verfolgen dieses Ziel gemeinschaftlich«, erwiderte ihr Großvater, der noch immer nicht aufzublicken wagte und scheinbar mit sich selbst zu Rate ging. »Welcher Heilige schützt das Spiel?«

»Sind wir denn schlimmer daran gewesen«, nahm das Kind wieder auf, »seit Sie nicht mehr an diese Sorgen dachten und wir gemeinschaftlich in die Welt hinauszogen? Ist es uns nicht besser ergangen, waren wir nicht glücklicher, da wir kein Dach über uns zum Schutze hatten, als je in jenem unseligen Hause, in dem Sie an nichts anderes denken konnten?«

»Sie hat recht«, murmelte der alte Mann in dem früheren Tone. »Es darf mich zwar nicht abwendig machen, aber sie hat recht, zweifellos hat sie recht.«

»Denken Sie nur daran, wie froh wir waren seit jenem schönen Morgen, als wir dem Hause für immer den Rücken wandten!« sagte Nell. »Vergessen Sie ja nicht, wie wohl uns war, seit wir all jenes Elend abstreiften, was für friedliche Tage und ruhige Nächte wir verlebten, wie heiter uns die Zeit verstrich und wie glücklich wir uns fühlten! Wenn wir müde und hungrig waren, erfrischte uns bald eine Kleinigkeit, und wir schliefen dafür nur um so fester. Denken Sie nur an die vielen schönen Dinge, die wir gesehen, und wie zufrieden wir gelebt haben! Und was war die Ursache dieser glücklichen Veränderung?«

Er unterbrach sie mit einer Bewegung der Hand und verlangte, sie solle jetzt nicht mehr sprechen, da er eifrig über eine Sache nachdenke. Nach einer Weile küßte er sie auf die Wange, bedeutete ihr aber immer noch zu schweigen, ging dann weiter mit starr vor sich hin gerichtetem Blick und blieb zuweilen stehen, um mit gerunzelter Stirn auf die Erde zu sehen, als gäbe er sich Mühe, seine wirren Gedanken zu sammeln. Einmal erblickte sie Tränen in seinen Augen. Nachdem er es eine Weile so getrieben, nahm er wie sonst ohne eine Spur der früheren Heftigkeit und Aufregung ihre Hand in die seinige, gewann so allmählich auf eine dem Kinde unmerkliche Weise sein gewohntes ruhiges Wesen und ließ sich von ihr führen, wohin sie wollte.

Als sie sich wieder inmitten der staunenerregenden Figurensammlung zeigten, fanden sie, wie Nell es sich gedacht hatte, daß Madame Jarley noch nicht aufgestanden war. Die gute Frau war allerdings über ihr Ausbleiben unruhig geworden und hatte bis gegen elf auf sie gewartet, sich aber dann zu Bett begeben in der Überzeugung, sie seien wahrscheinlich fern von der Stadt von dem Gewitter überrascht worden, hätten das nächste Obdach aufgesucht und würden vor dem Morgen nicht zurückkehren. Nell ging alsbald mit großer Emsigkeit an die Ausschmückung und Zurüstung des Saales und hatte noch überdies die Freude, ihr Geschäft beendigt und sich selbst angekleidet zu haben, ehe der Liebling der Königlichen Familie zum Frühstück herunterkam.

»Wir haben«, sagte Madame Jarley nach dem Frühstück, »seitdem wir hier sind, nicht mehr als acht von Miß Monflathers jungen Damen in der Ausstellung gehabt, und es sind doch sechsundzwanzig in der Pension, wie ich von der Köchin erfuhr, als ich ihr bei Überreichung eines Freibilletts ein paar Fragen vorlegte. Wir müssen sie mit einem Päckchen neuer

Zettel ködern, und du wirst sie hintragen, meine Liebe, und sehen, was für eine Wirkung sie üben.«

Da dieser Auftrag von außerordentlicher Bedeutsamkeit war, so rückte Madame Jarley eigenhändig Nells Hut zurecht und erklärte sodann, sie sehe jetzt wirklich sehr hübsch aus und mache ihrem Hause alle Ehre; dann entließ sie sie, nachdem sie ihr eine Menge Dinge anempfohlen und die nötigen Weisungen gegeben hatte, welche Straßen rechter Hand sie einschlagen und welche linker Hand sie vermeiden müßte.

Mit solchen Instruktionen versehen fiel es Nell nicht schwer, Miß Monflathers In- und Externat zu finden. Es war ein großes Haus mit einer hohen Mauer und hatte eine große Gartentür mit einer großen Messingplatte und einem kleinen Gitter, durch das Miß Monflathers Zofe jeden Besucher beaugenscheinigte, ehe sie ihn einließ; denn nichts Männliches – nicht einmal der Milchmann – durfte ohne spezielle Erlaubnis dieses Tor passieren. Selbst der Steuereinnehmer, ein stämmiger Mann mit einer Brille und einem breitkrempigen Hut, mußte die Steuern durch das Gitter in Empfang nehmen.

Miß Monflathers Tor trotzte dem ganzen Männergeschlechte hartnäckiger als Tore von Diamant und Erz. Selbst der Fleischer respektierte es als ein unverletzliches Geheimnis und hörte auf zu pfeifen, wenn er die Klingel zog.

Als sich Nell dieser ehrfurchtgebietenden Tür näherte, drehte sie sich langsam in ihren knarrenden Angeln und hervor aus dem heiligen Hain kam eine lange Reihe von jungen Damen, je zwei und zwei, die alle offene Bücher und zum Teil auch aufgespannte Sonnenschirme in den Händen hatten. Den Schluß dieser prunkvollen Prozession bildete Miß Monflathers, die einen lilaseidenen Sonnenschirm trug und als Adjutantinnen zwei Lehrerinnen zur Seite hatte, die einander trotz des Lächelns auf ihren Lippen aufs bitterste anfeindeten und Miß Monflathers zärtlich ergeben waren.

Verwirrt durch die neugierigen Blicke und das Geflüster der Mädchen, stand Nell mit niedergeschlagenen Augen da und ließ die Prozession an sich vorüberziehen, bis Miß Monflathers, die den Nachtrab bildete, herankam. Jetzt knickste sie und bot der Dame ihr kleines Päckchen an, worauf Miß Monflathers, nachdem sie es in Empfang genommen hatte, die Reihe haltmachen ließ.

»Du bist das Kind aus dem Wachsfigurenkabinett, nicht wahr?« fragte Miß Monflathers.

»Ja, Madame«, versetzte Nell hocherrötend, denn die jungen Damen hatten sich um sie geschart und sie bildete den Mittelpunkt, auf den alle Augen gerichtet waren.

»Und kannst du dir denn nicht denken, daß du ein ganz schlechtes kleines Mädchen sein mußt«, sagte Miß Monflathers, die ziemlich launenhafter Natur war und nie eine Gelegenheit vorübergehen ließ, den zarten Gemütern der jungen Damen moralische Wahrheiten einzuprägen, »da du doch sonst unmöglich ein Wachsfigurenkabinettskind sein könntest?«

Da die arme Nell ihre Lage nie in diesem Lichte betrachtet hatte und deshalb auch nicht wußte, was sie sagen sollte, blieb sie stumm und errötete nur noch tiefer als zuvor.

»Weißt du nicht«, fuhr Miß Monflathers fort, »daß dies sehr nichtsnutzig, unweiblich und eine Verkehrung derjenigen Eigenschaften ist, die uns weise und gnädig verliehen wurden, um die expansiven Kräfte durch das Medium der Kultur aus ihrem Schlummer zu wecken?«

Die zwei Hilfslehrerinnen murmelten ihren achtungsvollen Beifall über diesen Angriff und sahen Nell an, als wollten sie sagen, daß Miß Monflathers ihr das wirklich sehr gut gegeben hätte. Dann lächelten sie und blickten auf Miß Monflathers, und als ihre Augen einander trafen, tauschten sie Blicke aus, die deutlich bekundeten, daß jede sich selbst als Miß Monflathers eigens bestallte Lächlerin betrachtete, weshalb die andere kein Recht zum Lächeln habe und sich im gegebenen Fall eine Anmaßung und Unverschämtheit zuschulden kommen ließe.

»Fühlst du nicht, wie schlecht es von dir ist«, nahm Miß Monflathers den Faden wieder auf, »ein Wachsfigurenkabinettskind zu sein, wenn du das stolze Bewußtsein haben könntest, die Manufakturen deines Vaterlandes zu unterstützen, soweit es deine kindlichen Kräfte zulassen, deinen Geist durch die beharrliche Betrachtung der Dampfmaschine zu veredeln und ein behagliches und unabhängiges Auskommen von zwei Schilling neun Pence bis zu drei Schilling wöchentlich zu verdienen? Weißt du nicht, daß du nur um so glücklicher sein würdest, je angestrengter du arbeiten müßtest?«

»Was macht die kleine . . .«

murmelte eine der Lehrerinnen als Zitat aus Doktor Watts.

»Wie?« fragte Miß Monflathers, sich rasch umwendend; »wer hat das gesagt?«

Natürlich deutete die Lehrerin, die nichts gesagt hatte, auf ihre Nebenbuhlerin, der Miß Monflathers stirnrunzelnd Schweigen gebot, wodurch sie die Angeberin in einen wahren Freudentaumel versetzte.

»Die kleine, emsige Biene«, sagte Miß Monflathers, indem sie sich in die Brust warf, »ist nur auf die Kinder der Vornehmen anwendbar.

›In Büchern, Arbeit, frohem Spiel‹

hat nur auf diese Bezug, und unter Arbeit sind hier Samtmalerei, feine Handarbeiten und Stickerei verstanden. In *solchen* Fällen aber«, fuhr sie fort, mit ihrem Sonnenschirm auf Nell deutend, »und überhaupt bei allen Kindern armer Leute sollte die Lesart so lauten:

›In Arbeit, Arbeit, Arbeit viel
Laß hingehn meiner Jugend Stunden,
Damit an jedes Tages Ziel
Mein Wirken löblich werd erfunden.‹«

Ein dumpfes Beifallsgemurmel ertönte nicht nur aus dem Munde der zwei Lehrerinnen, sondern erhob sich auch unter allen Zöglingen, die ganz überrascht waren, Miß Monflathers so ausgezeichnet improvisieren zu hören; denn obgleich sie längst in dem Rufe einer guten Politikerin stand, so hatte sie sich doch nie zuvor als Originaldichterin gezeigt. Zufällig entdeckte jemand in diesem Moment, daß Nell weinte, und aller Augen wandten sich ihr aufs neue zu.

Sie hatte wirklich Tränen in den Augen, und als sie ihr Taschentuch herauszog, um sie zu trocknen, entfiel es zufällig

ihren Händen. Ehe sie sich aber bücken konnte, um es wieder aufzunehmen, sprang ein Mädchen von ungefähr fünfzehn oder sechzehn Jahren, das etwas seitwärts von den übrigen gestanden hatte, als gehörte es nicht zu ihnen, hinzu und gab ihr das Tuch in die Hand. Sie wollte sich eben wieder schüchtern zurückziehen, als die Vorsteherin der Anstalt sie stehenbleiben hieß.

»Ich weiß, das hat Miß Edwards getan«, sagte Miß Monflathers in bestimmtem Tone, »gewiß, niemand anders war es als Miß Edwards!«

Es war Miß Edwards, und jedermann sagte, es war Miß Edwards, und Miß Edwards selbst stellte es auch nicht in Abrede.

»Ist es nicht höchst merkwürdig, Miß Edwards«, fuhr Miß Monflathers fort, indem sie ihren Sonnenschirm zumachte, um die Verbrecherin desto strenger ins Auge fassen zu können, »daß Sie eine solche Vorliebe für die niedere Klasse sich bewahren, die Sie immer auf ihre Seite hinüberzieht? Oder vielmehr, ist es nicht eine ganz ungewöhnliche Tatsache, daß alles, was ich sage und tue, nicht imstande ist, Ihnen die Neigungen abzugewöhnen, die Ihnen Ihre ursprüngliche Stellung im Leben unglücklicherweise zur zweiten Natur gemacht hat, Sie ganz niedrig gesinntes Mädchen?«

»Ich habe wirklich nichts Böses beabsichtigt, Ma'am«, entgegnete eine sanfte Stimme, »ich tat es ganz impulsiv.«

»Impulsiv?« wiederholte Miß Monflathers verächtlich. »Es nimmt mich wunder, daß Sie es wagen, mir gegenüber von Impulsen zu sprechen« – beide Lehrerinnen nickten beifällig – »ich bin ganz erstaunt« – beide Lehrerinnen waren es gleichfalls – »ich glaube, es ist ein Impuls, der Sie veranlaßt, für jede gemeine und niedrige Person, die Ihnen in den Weg kommt, Partei zu nehmen« – die beiden Lehrerinnen vermuteten es auch.

»Ich muß Ihnen aber kundtun, Miß Edwards«, fuhr die Vorsteherin mit erhöhter Strenge fort, »daß es Ihnen nicht gestattet ist und – wäre es auch nur um des Beispiels und um der Ehre der Anstalt willen – nicht gestattet werden darf, daher auch nicht gestattet werden soll, Ihre Vorgesetzten so gröblich zu verhöhnen. Wenn Sie keinen Grund haben, einen gebührenden Stolz gegen Wachsfigurenkabinettskinder zu empfinden, so sind doch junge Damen hier, bei denen dies der Fall ist, und Sie müssen sich nach diesen jungen Damen richten oder das Institut verlassen, Miß Edwards.«

Miß Edwards war ein armes, mutterloses Mädchen und befand sich in der Anstalt, in der sie für nichts Unterricht erhielt, für nichts andere lehrte, was sie gelernt hatte, für nichts verköstigt und beherbergt wurde und in den Augen aller Insassen des Hauses für unendlich weniger galt als nichts. Die Dienstboten fühlten ihre Überlegenheit, denn sie wurden besser behandelt, konnten nach Gutdünken kommen und gehen und begegneten in ihrer Stellung weit größerer Achtung. Die Lehrerinnen standen ohnehin unendlich höher, denn sie hatten seinerzeit ihr Schulgeld bezahlt und wurden jetzt selbst honoriert. Die Zöglinge kümmerten sich wenig um eine Gefährtin, die keine großartigen Geschichten von daheim zu erzählen hatte, die von keinen Freunden besucht wurde, die mit Postpferden ankamen und von der Vorsteherin mit aller Ergebenheit und einem mit Wein und Kuchen besetzten Tisch empfangen wurden, der keine unterwürfige Dienerin zu Gebote stand, die sie zur Zeit der Ferien nach Hause begleitete, die nichts Elegantes besaß, über das sie hätte sprechen oder mit dem sie hätte prunken können. Warum war aber Miß Monflathers immer gereizt und ärgerlich über die arme Schülerin, wie mochte das kommen?

Je nun, die bunteste Feder auf Miß Monflathers' Hut und der größte Stolz von Miß Monflathers' Anstalt war die Tochter eines Baronets, die wirkliche, leibhaftige Tochter eines wirklichen, leibhaftigen Baronets, die infolge irgendeiner außergewöhnlichen Verkehrtheit der Naturgesetze nicht nur ein sehr plattes Gesicht, sondern auch einen sehr platten Verstand besaß, während die arme Schülerin sowohl mit einem hellen Geist als auch mit einem hübschen Gesicht und einer hübschen Gestalt ausgestattet war. Es war unglaublich. Diese Miß Edwards, die nur ein kleines, längst verbrauchtes Lehrgeld eingezahlt hatte, stach jeden Tag die Baronetstochter aus, während letztere doch alle Extrafächer lernte – oder doch wenigstens Unterricht darin erhielt – und eine Halbjahresrechnung hatte, die das Doppelte von der irgendeiner anderen jungen Dame der Anstalt betrug, ganz abgesehen von der Ehre und dem Ruhm, die dem Institut durch einen solchen Zögling erwuchsen. Daher und von ihrer Abhängigkeit stammte Miß Monflathers' Widerwillen gegen Miß Edwards; deshalb behandelte sie sie so verächtlich, deshalb war sie so erbittert über sie, und deshalb fiel sie buchstäblich über sie her und behandelte sie so unfreundlich, wie wir eben gesehen haben, obgleich sie sich nur ein wenig Mitleid gegen die kleine Nell hatte zuschulden kommen lassen.

»Sie werden heute nicht spazierengehen, Miß Edwards!« sagte Miß Monflathers. »Haben Sie die Güte, sich auf Ihr Zimmer zu begeben und es nicht ohne Erlaubnis zu verlassen.«

Das arme Mädchen eilte fort, wurde aber plötzlich, wie die Schiffer sagen, ›beigedreht‹, als Miß Monflathers einen halb unterdrückten Schrei ausstieß.

»Sie ist an mir ohne Verbeugung vorbeigegangen!« rief die Vorsteherin, ihre Augen zum Himmel erhebend. »In der Tat, sie ging an mir vorbei, als ob ich nicht hier stände!«

Das Mädchen wandte sich um und verbeugte sich. Nell konnte sehen, daß sie ihre dunklen Augen zu dem Gesichte ihrer Vorsteherin erhob und daß sich in ihnen wie in ihrer ganzen Haltung ein stummer aber rührender Protest gegen diese unedle Behandlung spiegelte. Miß Monflathers warf als Antwort nur den Kopf zurück, und das große Tor schloß sich hinter einem Herzen, das vor Weh zu zerspringen drohte.

»Was dich anbelangt, du gottloses Kind«, sagte Miß Monflathers zu Nell, »so kannst du deiner Gebieterin sagen, wenn sie sich unterfängt, noch einmal zu mir zu schicken, werde ich an die Behörden schreiben, daß sie in den Stock gespannt wird oder im weißen Hemd Buße tun muß. Und du magst dich darauf verlassen, daß du in die Tretmühle spazieren wirst, wenn du wieder herkommst.«

Die Prozession zog zu zwei und zwei mit Büchern und Sonnenschirmen vorbei, und Miß Monflathers rief, um ihre aufgeregten Gefühle zu besänftigen, die Tochter des Baronets an ihre Seite, verabschiedete die beiden Lehrerinnen, die mittlerweile ihre lächelnden Gesichter in teilnahmsvolle Falten gelegt hatten, und überließ es ihnen, den Nachtrab zu bilden und sich ein bißchen mehr zu hassen, weil sie jetzt miteinander gehen mußten.

Zweiunddreißigstes Kapitel

Madame Jarleys Zorn, als sie hörte, man habe sie mit dem Schimpf des Stockes und des Sünderhemdes bedroht, überstieg alle Beschreibung. Die echte und einzige Jarley als öffentliches Schauspiel dem Spott der Kinder und dem Hohn der Büttel ausgesetzt! Das Entzücken eines hohen Adels und verehrungswürdigen Publikums eines Hutes beraubt, nach dem die Frau Bürgermeister geseufzt hätte, und angetan mit einem weißen Hemd, als ein Bild der Schmach und Erniedrigung! Und Miß Monflathers, diese kecke Person, die sich unterfing, wenn es auch nur in der düstersten und weitesten Ferne ihrer Phantasie war, ein so entwürdigendes Gemälde heraufzubeschwören! »Ich wäre fast geneigt«, rief Madame Jarley, beinahe berstend vor Wut und Ärger über ihre Ohnmacht, sich zu rächen, »eine Atheistin zu werden, wenn ich nur daran denke!« Statt aber diesen Weg der Wiedervergeltung einzuschlagen, besann sich Madame Jarley eines Bessern, brachte die verdächtige Flasche zum Vorschein, ließ Gläser auf ihre Lieblingstrommel stellen, sank in einen Stuhl hinter derselben und rief ihre Satelliten um sich her, denen sie zu wiederholten Malen Wort für Wort die erlittene Schmach mitteilte. Als sie damit fertig war, bat sie dieselben in einer Art tiefer Verzweiflung zu trinken; dann lachte sie, dann weinte sie, dann nippte sie selbst ein wenig an dem Glas, dann lachte und weinte sie wieder, nahm dann abermals ihre Zuflucht zu dem Gläschen, und so trieb die würdige Dame es weiter, lachte allmählich immer mehr, weinte dafür um so seltener, bis sie endlich nicht mehr genug über Miß Monflathers lachen konnte, die, anfänglich die Ursache des gräßlichen Ärgers, nun zum Gegenstand spöttischen Lachens herabgesunken war.

»Ich möchte doch wissen, wer von uns beiden besser dran ist«, sprach Madame Jarley, »sie oder ich! Am Ende ist es doch nur eitles Gesalbader, und wenn sie von mir als einer zum Stock Verurteilten spricht, je nun, so kann ich auch von ihr dasselbe sagen, was bei Lichte betrachtet noch um ein Ansehnliches spaßhafter ist. Ach Gott, was liegt denn im Grunde daran!«

Nachdem sich Madame Jarley in diese tröstliche Stimmung hineingearbeitet hatte, zu der ihr auch gewisse kurze Randbemerkungen des philosophischen George verholfen hatten, tröstete sie Nell mit vielen freundlichen Worten und erbat sich von ihr als persönliche Gunst, sie solle, sooft sie an Miß Monflathers denke, ihr ganzes Leben nichts anderes tun, als sie auslachen.

So endete Madame Jarleys Zorn, über den sie die Sonne nicht untergehen ließ. Nells Kummer saß jedoch tiefer, und die Störung, die ihr Frohsinn erlitten hatte, war nicht so leicht zu beseitigen.

Wie sie befürchtet hatte, stahl sich ihr Großvater diesen Abend fort und kam nicht wieder zurück, bis die Nacht fast vorüber war. So müde und erschöpft sie auch körperlich und geistig war, blieb sie doch allein auf und zählte die Minuten, bis er zurückkehrte – ohne einen Heller Geld, niedergedrückt und elend, aber doch immer glühend seiner Betörung ergeben.

»Schaffe mir Geld!« sagte er wild, ehe er sich zu Bett begab. »Ich muß Geld haben, Nell. Es soll dir eines Tages mit reichlichen Zinsen zurückerstattet werden; aber das ganze Geld, das du erhältst, muß mein werden, nicht für mich, sondern zu deinem Vorteil! Vergiß nicht, Nell, zu deinem Vorteil!«

Was konnte die Kleine in der entsetzlichen Verzweiflung, die auf ihrer Seele lag, anders tun, als ihm jeden Pfennig, der ihr in die Hände kam, zu geben, damit er sich nicht versucht fühlen möchte, ihre Wohltäterin zu bestehlen? Wenn sie die Wahrheit sagte, dachte sie, so würde er als ein Wahnsinniger behandelt; wenn sie ihn nicht mit Geld versah, würde er selbst Wege suchen, es sich zu verschaffen; versah sie ihn aber mit Geld, so nährte sie das Feuer, das ihn verzehrte, und steigerte seine Krankheit zur völligen Unheilbarkeit. Durch solche Gedanken verwirrt, durch die Last des Kummers, den sie niemand mitteilen konnte, zu Boden gedrückt, während der Abwesenheit des alten Mannes von tausend Befürchtungen gequält, stets aufgeregt, ob er nun zu Hause war oder sie ihn furchtsam erwartete, wich die Farbe von ihren Wangen, ihre Augen verloren den strahlenden Glanz, und ihr Herz war schwer und beklommen. All ihre alten Sorgen kehrten mit neuen Schrecken und Zweifeln vermehrt wieder zurück, wichen den Tag über nicht aus ihrer Seele, umschwebten des Nachts ihr Lager und beunruhigten ihre Träume.

Es war natürlich, daß inmitten ihrer Trübsal ihre Gedanken oft wieder zu der freundlichen jungen Dame zurückkehrten, die sie zwar nur flüchtig gesehen hatte, an deren Teilnahme sie sich jedoch wie an jahrelang genossene Wohltaten erinnerte, obwohl sie nur durch eine einzige unbedeutende Handlung bekundet wurde. Sie dachte oft, um wieviel leichter es ihr ums Herz sein würde, wenn sie eine solche Freundin hätte, der sie ihren Kummer mitteilen könnte, und wie glücklich sie wäre, wenn sie nur jene Stimme hören könnte. Dann wünschte sie aber auch etwas Besseres und nicht so arm und gering zu sein, um ohne Furcht, zurückgestoßen zu werden, eine Ansprache wagen zu können; denn sie fühlte einen unermeßlichen Abstand zwischen sich und ihr und hatte keine Hoffnung, daß die junge Dame je wieder ihrer gedächte.

Die Schulen hatten jetzt Ferien, und die jungen Damen waren nach Hause gefahren. Der Sage nach glänzte Miß Monflathers in London und richtete in den Herzen der Herren mittleren Alters Verheerungen an; aber niemand sagte etwas von Miß Edwards. War sie nach Hause gegangen, hatte sie überhaupt ein Heim, das sie aufsuchen konnte, oder befand sie sich noch in der Schule? Nichts ließ sich verlauten. Eines Abends aber, als Nell von einem einsamen Spaziergange zurückkehrte, kam sie zufällig an dem Wirtshause vorüber, bei dem die Postkutschen haltmachten, gerade in dem Augenblick, als eine heranfuhr; und da war das schöne Mädchen, dessen sie sich so gut erinnerte, und drängte sich vorwärts, um ein kleines Kind zu umarmen, dem man von dem Kutschendache herunterhalf.

Nun, das war ihre kleine Schwester, viel jünger als Nell, die sie – wie später erzählt wurde – seit fünf Jahren nicht gesehen und für die sie während der ganzen Zeit eifrig gespart hatte, um sie auf ein paar Tage zu sich kommen zu lassen. Der armen Nell wollte das Herz brechen, als sie dieses Wiedersehen mit ansah. Sie traten aus der Gruppe von Leuten, die sich um die Kutsche versammelt hatten, fielen einander um den Hals und weinten und schluchzten vor Freude. Ihre schlichte, einfache Kleidung, die Entfernung, aus der das Kind allein gekommen war, ihre freudige Aufregung und ihre strömenden Tränen erzählten an sich schon ihre ganze Geschichte.

Nach einer Weile wurden sie ruhiger und gingen fort, nicht Hand in Hand, sondern fest umschlungen.

»Bist du auch gewiß glücklich, Schwester?« fragte das Kind, als sie an der Stelle, an der Nell stand, vorbeigingen.

»Jetzt bin ich ganz glücklich«, antwortete sie.

»Aber immer?« fuhr das Kind fort. »Ach, Schwester, warum wendest du dein Gesicht ab?«

Nell konnte nicht umhin, ihnen in einiger Entfernung zu folgen. Sie gingen in die Wohnung einer alten Krankenwärterin, bei der die ältere Schwester ein Schlafkämmerchen für das Kind gemietet hatte.

»Ich werde jeden Tag in aller Frühe zu dir kommen«, sagte sie, »und dann können wir den ganzen Tag beisammen sein.«

»Aber warum nicht auch des Nachts? Liebe Schwester, würde man dir denn *deshalb* böse werden?«

Warum mochten wohl an jenem Abend die Augen der kleinen Nell ebenso tränenschwer sein wie die der beiden Schwestern? Warum war sie so dankbar für dieses Wiedersehen, und warum fühlte sie sich so schmerzlich bewegt bei dem Gedanken, daß sie sich so bald wieder trennen müßten? Wir wollen nicht glauben, daß irgendeine selbstsüchtige Beziehung zu ihren eigenen Prüfungen, so unwillkürlich sie sich auch hätte einschleichen können, diese Teilnahme erweckte, sondern lieber

Gott danken, daß die unschuldigen Freuden anderer einen starken Eindruck auf uns üben können, und daß wir trotz unseres sündigen Wesens doch *einen* Quell reiner Empfindung besitzen, der dem Himmel wohlgefällig sein muß!

Im heitern Morgenglanz, noch öfter aber im sanften Abendlicht folgte Nell den beiden auf ihren Spaziergängen und Streifzügen, aber immer in einiger Entfernung, denn die Rücksicht auf das kurze und glückliche Beisammensein der Schwestern hielt sie davon ab, näherzutreten und ein Wort des Dankes zu sagen, so gern sie es auch getan hätte; sie blieb stehen, wenn sie stehenblieben, setzte sich auf das Gras, wenn sie sich niederließen, stand auf, wenn sie weitergingen, und empfand ihre Nähe als Gesellschaft und große Freude. Abends gingen sie gewöhnlich am Flußufer spazieren. Dort befand sich auch jedesmal Nell, ohne daß sie sie sahen, an sie dachten oder sie beachteten; es war ihr aber, als ob sie ihre Freundinnen wären, als stände sie mit ihnen in einem innigen und vertraulichen Verkehr, und als wäre ihre Last leichter zu ertragen, als ob sie ihren Kummer teilten und sich gegenseitig trösteten. Es war vielleicht nur ein Trugbild der Phantasie, der kindlichen Phantasie eines jungen und einsamen Wesens; aber Abend für Abend verging und immer noch schlenderten die Schwestern über dieselben Wege, immer noch folgte ihnen die Kleine mit milder gestimmtem und erleichtertem Herzen.

Sie erschrak nicht wenig, als sie eines Abends nach Hause zurückkehrte und erfuhr, Madame Jarley habe eine Ankündigung vorbereiten lassen des Inhalts, daß die staunenerregende Sammlung nur noch einen Tag in ihrem bisherigen Lokal bleiben werde. Dieser Drohung gemäß – denn alle Ankündigungen, welche irgendwie mit einer öffentlichen Belustigung in Verbindung stehen, sind bekanntermaßen pünktlich und unwiderruflich – hatte man also für den nächsten Tag den Schluß der staunenerregenden Wachsfigurensammlung zu gewärtigen.

»Wir werden also gleich von hier wegziehen, Madame?« fragte Nell.

»Sieh her, Kind«, entgegnete Madame Jarley, »dies wird dich belehren!«

Und mit diesen Worten brachte Madame Jarley eine andere Ankündigung zum Vorschein, die dahin lautete, daß infolge zahlreicher Nachfragen am Eingang der Ausstellung und infolge der Zurückweisung so vieler Schaulustiger, die enttäuscht abziehen mußten, die Ausstellung noch eine Woche länger dauern und am nächsten Tage wieder geöffnet werden würde.

»Denn da die Schulen geschlossen und die gewöhnlichen Zuschauer müde sind«, fuhr Madame Jarley fort, »so müssen wir uns jetzt an den großen Haufen wenden, der einen besonderen Kitzel braucht.«

Am Mittag des folgenden Tages nahm Madame Jarley ihren Sitz hinter dem schön verzierten Tische, umgeben von den berühmten, früher erwähnten Figuren, und befahl, die Türen zum Einlaß eines einsichtsvollen und erleuchteten Publikums zu öffnen. Aber die Wirkungen des ersten Tages waren keineswegs sehr erfolgreich, da der große Haufen zwar für Madame Jarleys Person und ihre wächsernen Satelliten, insofern dieselben umsonst zu sehen waren, ein lebhaftes Interesse an den Tag legte, aber durch kein Reizmittel sich bewegen ließ, sechs Pence für die Person zu zahlen. Allerdings belagerten viele Leute den Eingang, um die darin ausgestellten Figuren zu begaffen, und blieben mit großer Beharrlichkeit stundenlang davor stehen, um die Zettel zu lesen oder die Drehorgel spielen zu hören, und obgleich diese Zuschauerschaft wohlwollend genug war, ihren Freunden zu empfehlen, die Ausstellung in gleicher Weise zu fördern, bis der Zugang die halbe Stadtbevölkerung faßte, die, wenn sie ihren Pflichten endlich nachgehen mußte, von der zweiten Hälfte abgelöst wurde, so wollte doch der Schatz durchaus nicht reicher oder überhaupt die Aussicht für die Anstalt ermutigender werden.

Da der klassische Markt so flau ging, versuchte Madame Jarley einige außerordentliche Mittel, um den Geschmack des

Volkes zu reizen und seine Neugier anzufachen. Eine gewisse Maschinerie in dem Leib der Nonne auf dem Blechdach über der Tür wurde ausgestäubt und in Bewegung gesetzt, so daß die Figur den ganzen Tag lang paralytisch den Kopf schüttelte, zur großen Bewunderung eines betrunkenen, aber sehr protestantischen Barbiers über der Straße, der die erwähnte paralytische Bewegung als einen Ausdruck der erniedrigen-

den Wirkung betrachtete, die der Zeremoniendienst der römischen Kirche auf den menschlichen Geist übte, ein Thema, das er mit großer Beredsamkeit und Moral entwickelte. Die beiden Fuhrleute des Etablissements gingen beharrlich in verschiedenen Verkleidungen durch die Türen des Ausstellungssaales aus und ein, beteuerten, der Anblick sei sein Geld wert, mehr als alles, was sie je in ihrem Leben gesehen hätten, und beschworen die Umstehenden mit Tränen in den Augen, sich einen so wunderbaren Genuß ja nicht entgehen zu lassen. Madame Jarley saß hinter dem Zahltische, von Mittag bis in die Nacht hinein mit den Silbermünzen klimpernd, und forderte die Menge feierlichst auf, zu bedenken, daß der Eintrittspreis bloß sechs Pence sei und daß die ganze Sammlung unwiderruflich heute über acht Tage aufbrechen werde, um bei allen gekrönten Häuptern Europas die Runde zu machen.

»Also kommt beizeiten, kommt beizeiten, kommt beizeiten!« rief Madame Jarley jedesmal am Schlusse einer solchen Anrede. »Bedenkt, es ist Jarleys staunenerregende Sammlung von mehr als hundert Wachsfiguren, die einzige Sammlung der ganzen Welt! In allen andern findet man nur Trug und Täuschung. Kommt beizeiten, kommt beizeiten, kommt beizeiten!«

Dreiunddreißigstes Kapitel

Da der Gang unserer Erzählung fordert, daß wir irgendwo in einem dieser Kapitel mit einigen Einzelheiten bekannt gemacht werden, die sich auf die häuslichen Einrichtungen des Herrn Sampson Braß beziehen, und da sich für diesen Zweck kaum eine passendere Stelle als diese hier finden wird, so nimmt der Erzähler den freundlichen Leser bei der Hand, macht mit ihm eine Luftfahrt, und zwar weit schneller, als je Don Cleophas Leandro Perez Zambullo in der Gesellschaft seines Vertrauten jene angenehme Region durchschnitt, und läßt sich mit ihm auf dem Pflaster von Bevis-Marks nieder.

Die unerschrockenen Luftschiffer landen vor einem kleinen, finstern Hause, ehedem die Residenz des Herrn Sampson Braß.

Am Wohnzimmerfenster dieser kleinen Behausung, das so nahe an dem Trottoir liegt, daß der an der Mauer gehende Fußgänger das trübe Glas mit seinem Rockärmel abbürstet, was ihm wohl zustatten kommt, denn es ist sehr schmutzig – an diesem Wohnzimmerfenster hing in den Tagen, da Herr Sampson Braß noch dort wohnte, ein schlaffer, zerknüllter, verschossener grüner Vorhang, der durch den langen Dienst so fadenscheinig geworden war, daß er keineswes den Blick in die kleine, dunkle Stube hinderte, sondern im Gegenteil ein günstiges Mittel bot, durch das man sie ganz genau betrachten konnte. Es gab aber nicht viel zu schauen. Ein lahmer Tisch, auf dem etliche Bündel Papier zur Schau ausgestellt lagen, das vom vielen Herumtragen in der Tasche gelb und zerfetzt aussah, ein paar Schreibeböcke, die sich an den Seiten dieses gebrechlichen Möbelstückes gegenüberstanden, ein hinterlistiger, alter Lehnstuhl bei dem Kamine, dessen dürre Arme manchen Klienten umfaßt und ihn ganz auszupressen geholfen hatten, eine beim Trödler erstandene Perückenschachtel, jetzt das Depot für Vollmachtsformulare, Erklärungen und andere kleine Gesetzesformulare, einstmals der einzige Inhalt des Kopfes, der zu der Perücke gehörte, für die die Schachtel bestimmt war, wie sie nun den ganzen Inhalt der Schachtel selbst ausmachten, zwei oder drei Bücher über die juristische Praxis, ein Tintenfaß, eine Sandbüchse, ein abgenutzter Herdbesen, ein zu Fetzen getretener Teppich, der noch immer mit der Zähigkeit der Verzweiflung an seinen Stiften festhielt; dies nebst dem gelben Wandgetäfel, der rauchbraunen Decke, dem Staub und den Spinngeweben gehörte zu den augenfälligsten Dekorationen des Amtszimmers unseres Herrn Sampson Braß.

Dies war jedoch ein bloßes Stilleben und von keiner größeren Wichtigkeit als die Tafel mit den Worten, ›Braß, Advokat‹ über der Tür und der am Klopfer baumelnde Zettel: ›Der erste Stock ist an einen ledigen Herrn zu vermieten‹. Das Geschäftslokal enthielt gewöhnlich zwei Vertreter der beseelten Natur, welche des weiteren in den Gang unserer Geschichte eingreifen sollen, weshalb sie auch an ihnen ein lebhaftes Interesse nehmen und sie mit besonderer Sorgfalt behandeln muß.

Der eine davon war Herr Braß selbst, der bereits in diesen Blättern seine Aufwartung gemacht hat. Der andere versah die Dienste seines Schreibers, seines Gehilfen, seiner Haushälterin, seines Sekretärs, seines vertraulichen Mitverschwörers, seines Ratgebers, seines Intriganten, seines Rechnungenschraubers, und war keine geringere Person als Miß Braß, eine Art juristischer Amazone, von der der geneigte Leser wohl eine kurze Beschreibung wünschen wird.

Miß Sally Braß also war eine Dame von ungefähr fünfunddreißig Jahren, von hoher, knöcherner Gestalt und entschlossenem Auftreten, das, wenn es auch die sanfteren Regungen der Liebe zurückscheuchte und das Heer der Bewunderer fernhielt, jedenfalls ein Gefühl, das nahe an heilige Scheu grenzte, in der Brust jener männlichen Neulinge erweckte, die das Glück hatten, ihr nahe zu kommen. Ihr Gesicht hatte eine sprechende Ähnlichkeit mit dem ihres Bruders Sampson, ja die Ähnlichkeit zwischen beiden war so groß, daß es dem ältesten Freund der Familie schwer gefallen sein würde, Sampson von Sally zu unterscheiden, falls es sich mit der jungfräulichen Bescheidenheit und der zarten Weiblichkeit der letzteren vertragen haben würde, in einer heitern Laune die Kleider ihres Bruders anzuziehen und sich neben ihn zu setzen; um so mehr, da sich auf der Oberlippe der Dame rötliche Andeutungen vorfanden, die man, wenn der Einbildungskraft durch die Veränderung der Kleidung nachgeholfen worden wäre, irrtümlicherweise recht wohl für einen Bart hätte halten können. Aller Wahrscheinlichkeit nach waren aber diese nichts weiter als Augenwimpern am unrechten Platze, da die Augen der Miß Braß derartiger Ungehörigkeiten der Natur vollständig entbehrten. Die Gesichtsfarbe des Fräuleins war blaß, etwas schmutziggelb sozusagen, enthielt aber einen angenehmen Ton durch die gesunde Glut, welche die äußerste Spitze der lachenden Nase bedeckte. Ihre Stimme war außerordentlich eindringlich, tief, satt und ließ sich nicht leicht wieder vergessen, wenn man sie einmal gehört hatte. Ihr gewöhnlicher Anzug bestand aus einem grünen Kleid, dessen Farbe der des Fenstervorhanges ziemlich gleichkam, es war anliegend gearbeitet, reichte bis an die oberste Linie des Halses und wurde im Rücken mittels eines eigentümlich großen und massiven Knopfes geschlossen. Zweifelsohne im Gefühl, daß schlichte Einfachheit die Seele der Eleganz sei, trug Miß Braß weder eine Halskrause noch ein Tuch, das auf ihrem Kopfe ausgenommen, der stets mit einer braunen Gazeschärpe verziert war – eine Verschönerung, die viel Ähnlichkeit mit den Flügeln des fabelhaften Vampirs hatte und, ganz nachlässig in die erstbeste Form verschlungen, einen leichten und anmutigen Kopfputz bildete.

So viel von der äußeren Persönlichkeit der Dame Braß. Was ihr inneres Wesen anbelangte, war ihr Geist stark und energisch, denn von früher Jugend auf hatte sie sich mit ungewöhnlichem Eifer dem Rechtsstudium gewidmet, ohne ihren spekulativen Geist auf dessen hohe Dinge zu richten, die so selten vorkommen, sondern sie verfolgte es sehr aufmerksam durch alle die schlüpfrigen Aalwindungen, in denen es gewöhnlich seinen Weg nimmt. Auch hatte sie sich nicht wie viele Leute von großem Verstand auf die Theorie beschränkt oder gar da haltgemacht, wo der praktische Nutzen anfängt; nein, sie konnte in kräftiger und zarter Schrift abschreiben, mit der größten Genauigkeit gedruckte Formulare ausfüllen, mit einem Worte, jede gewöhnliche Arbeit in der Kanzlei ausführen bis hinunter zum Glätten des Pergaments und zum Federschneiden. Es ist kaum zu begreifen, wie sie trotz dieser vereinten Anziehungskräfte noch immer Miß Braß hatte bleiben können; aber mochte sie nun ihr Herz gegen das ganze Geschlecht der Männer gestählt oder vielleicht diejenigen, die um sie gefreit und sie gewonnen hatten, durch die Furcht abgeschreckt haben, daß sie als Rechtskundige gar bald mit jenen besonderen Statuten zur Hand sein konnte, die man gewöhnlich Ehebruchsakte nennt, so viel ist gewiß, daß sie sich noch im Zustande des Zölibats befand und täglich den alten Schreibebock ihrem Bruder Sampson gegenüber einnahm. Und mit gleicher Zuverlässigkeit können wir nebenbei versichern, daß zwischen diesen beiden Böcken bereits viele Leute zugrunde gerichtet worden waren.

Eines Morgens saß Herr Sampson Braß auf seinem Stuhl und kopierte irgendeinen Prozeß, wobei er boshafterweise seine Feder tief in das Papier eindrückte, als schreibe er unmittelbar auf dem Herzen der Partei, gegen die der Prozeß gerichtet war; und Miß Sally Braß saß auf ihrem Bock, eine neue Feder zur Ausfertigung einer kleinen Rechnung, ihrer

Lieblingsbeschäftigung, zuzurichten; und so saßen sie eine Weile schweigend da, bis Miß Braß die Stille unterbrach.

»Bist du bald fertig, Sammy?« fragte Miß Braß, denn ihre zarten weiblichen Lippen wandelten das harte Sampson in Sammy, wie sie überhaupt alles zu mildern pflegten.

»Nein«, entgegnete der Bruder, »aber es wäre alles bereits abgetan, wenn du mir zur rechten Zeit geholfen hättest.«

»O ja, natürlich!« rief Miß Sally, »du bedarfst meiner Hilfe, nicht wahr? Und noch obendrein du, der du dir nun einen Schreiber halten willst!«

»Will ich mir etwa einen Schreiber aus Mutwillen oder zu meinem eignen Vergnügen halten, du aufhetzerischer Schuft?« sagte Herr Braß, indem er seine Feder in den Mund steckte und seiner Schwester boshaft zugrinste. »Warum höhnst du mich, daß ich einen Schreiber halten will?«

Die Tatsache, daß Herr Braß eine Dame einen Schuft nannte, darf weder Verwunderung noch Überraschung erregen; er war aber so daran gewöhnt, sie in der Eigenschaft eines Mannes um sich zu haben, daß es bei ihm allmählich Brauch wurde, mit ihr zu sprechen, als ob sie wirklich ein Mann wäre. Und dieses Gefühl war so vollkommen gegenseitig, daß Herr Braß nicht nur oft Miß Braß einen Schuft nannte oder auch dem Schuft zuweilen ein Adjektivum vorsetzte, sondern daß auch Miß Braß dies als eine sich von selbst verstehende Sache betrachtete und sich ebensowenig dadurch anfechten ließ wie etwa irgendeine Dame dadurch, daß man sie einen Engel nennt.

»Warum höhnst du mich jetzt, daß ich einen Schreiber halten will, nachdem wir doch gestern abend ganze drei Stunden darüber gesprochen haben?« wiederholte Herr Braß, indem er abermals mit der Feder im Munde grinste wie der Wappenkopf irgendeines Adligen oder eines sonstigen Mannes von Stand. »Ist es *meine* Schuld?«

»Ich weiß weiter nichts«, versetzte Miß Sally mit einem trocknen Lächeln, denn es war ihr ein Hochgenuß, ihren Bruder reizen zu können, »als daß du besser tun würdest, dein

Geschäft aufzugeben, dich aus der Advokatenliste streichen zu lassen und so bald als möglich dich selbst exequieren zu lassen, wenn jeder deiner Klienten uns zwingen sollte, einen Schreiber zu halten, gleichviel ob wir ihn brauchen oder nicht.«

»Haben wir einen zweiten Klienten wie ihn?« entgegnete Braß. »Haben wir einen zweiten Klienten wie ihn? Nun, willst du mir das beantworten?«

»Du meinst einen Klienten mit einem solchen Gesicht?« erwiderte seine Schwester.

»Mit einem solchen Gesicht!« höhnte Sampson Braß, indem er das Kontobuch herüberlangte und rasch dessen Blätter umschlug. »Sieh her, sieh her, Daniel Quilp, Esquire – Daniel Quilp, Esquire – Daniel Quilp, Esquire – durch das ganze Buch. Soll ich nun all dies verlieren oder einen Schreiber nehmen, den er empfiehlt und von dem er sagt: ›Das ist der Mann für Sie‹, he?«

Miß Sally würdigte ihn keiner Antwort, sondern lächelte wieder und arbeitete weiter.

»Aber ich weiß, was dir im Kopf herumgeht«, fuhr Braß nach einem kurzen Schweigen fort, »du fürchtest, nicht mehr die Hand so im Geschäft haben zu können, wie du's bisher gewöhnt warst. Meinst du, ich durchschaue das nicht?«

»Nun, ich denke, das Geschäft würde ohne mich keine sonderlichen Sprünge machen«, entgegnete seine Schwester ruhig. »Sei kein Narr und reize mich nicht, Sammy, sondern überlege, was du tust, und tu es.«

Sampson Braß, der in seinem Herzen große Furcht vor seiner Schwester hatte, beugte sich verdrießlich über seine Akten und hörte zu, während sie fortfuhr:

»Wenn ich bestimmte, daß der Schreiber nicht kommen sollte, so dürfte mir natürlich keiner ins Haus. Du weißt dies recht gut, also sprich keinen Unsinn!«

Herr Braß nahm diese Bemerkung mit erhöhter Sanftmut auf und murmelte bloß vor sich hin, er sei kein Freund von solchen Späßen, und Miß Sally würde ›ein viel besserer Kerl‹

sein, wenn sie es unterließe, ihn aufzubringen. Auf dieses Kompliment versetzte Miß Sally, sie finde nun einmal Geschmack an einer solchen Belustigung und habe nicht Lust, sich diesen Genuß zu versagen. Da Herr Braß nicht geneigt schien, den Gegenstand weiter zu verfolgen, so beschleunigten beide den Lauf ihrer Federn, und die Unterhaltung hatte ein Ende.

Während sie so beschäftigt waren, wurde das Fenster plötzlich verdunkelt, als ob eine Person dicht vor demselben stände. Herr Braß und Miß Sally sahen auf, um sich über die Ursache Gewißheit zu verschaffen, als von außen rasch das obere Schiebefenster herabgelassen wurde und Quilp seinen Kopf hereinsteckte.

»Holla!« sagte er, indem er sich auf dem Fenstersims auf die Zehen stellte und in die Stube heruntersah. »Ist jemand zu Hause? Ist etwas von der Teufelsware hier? Kostets etwas, wenn man des Herrn Braß ansichtig werden will, he?«

»Ha ha ha!« lachte der Advokat in affektierter Begeisterung. »Ah, sehr gut, Sir! Wirklich ausgezeichnet! Ganz ungewöhnlich! Du mein Himmel, was er für einen Humor hat!«

»Ist das meine Sally?« krächzte der Zwerg, indem er die schöne Miß Braß beäugte. »Ist es die Gerechtigkeit ohne Augenbinde und ohne Schwert und Waage? Ist es der starke Arm des Gesetzes? Ist es die Jungfrau von Bevis?«

»Dieses Sprühen von Witz ist bewunderungswürdig!« rief Braß. »Auf mein Wort, es ist ganz außerordentlich!«

»Die Tür aufgemacht!« sagte Quilp, »ich habe ihn hier. Das ist ein Schreiber für Sie, Braß; das ist eine rare Erwerbung, ein wahres Trumpf-As. Geschwind die Tür aufgemacht, oder wenn ein andrer Advokat in der Nähe ist und zufällig aus dem Fenster sieht, wird er ihn vor Ihren Augen wegschnappen, ja, das wird er!«

Wahrscheinlich würde der Verlust dieses Phönix unter den Schreibern selbst an einen Nebenbuhler in der Rechtspraxis das Herz des Herrn Braß nicht gebrochen haben; trotzdem aber heuchelte er eine große Behendigkeit, indem er rasch von seinem Sitz aufstand, zur Tür eilte und mit seinem Klienten zurückkehrte, der keine geringere Person als Herr Richard Swiveller einführte.

»Da ist sie«, sagte Quilp, an der Tür stehenbleibend, indem er seine Augenbrauen in die Höhe zog und Miß Sally anblickte, »da ist das Weib, das ich hätte heiraten sollen, da ist die schöne Sarah, da ist das Frauenzimmer, das alle Reize seines Geschlechts in sich vereinigt und keine seiner Schwächen teilt. O Sally, Sally!«

Auf diese verliebte Anrede antwortete Miß Braß nur:

»Blödsinn!«

»Hartherzig wie das Metall, von dem sie ihren Namen hat«, sagte Quilp. »Warum ändert sie ihn nicht, warum schmilzt sie das Erz* nicht ein und nimmt einen andern Namen an?«

»Bleiben Sie mir mit Ihrem Unsinn vom Halse, Herr Quilp!« entgegnete Miß Sally mit einem grimmigen Lächeln. »Es wundert mich, daß Sie sich nicht vor einem fremden jungen Manne schämen.«

* Braß = Erz.

»Der fremde junge Mann«, sagte Quilp, indem er Dick Swiveller vorschob, »ist selbst zu empfänglich, um mich nicht zu verstehen. Dies ist Dick Swiveller, mein guter Freund, ein Herr aus guter Familie, mit großen Aussichten, der sich durch jugendliche Unbesonnenheit ein wenig in Verlegenheit gebracht hat und sich nun begnügt, für eine Weile die niedrige Stellung eines Schreibers auszufüllen, niedrig zwar, aber doch hier sehr beneidenswert. Welch eine köstliche Atmosphäre!«

Wenn Herr Quilp im figürlichen Sinne sprach und mit seinen Worten andeuten wollte, die Luft, die Miß Sally atme, sei versüßt und köstlich gemacht durch dieses liebenswürdige Wesen, so mochte er ohne Zweifel seine guten Gründe dafür haben. Wenn er aber von der Annehmlichkeit der Atmosphäre in Herrn Braß' Kanzlei im buchstäblichen Sinne sprach, hatte er jedenfalls einen ganz merkwürdigen Geschmack, denn sie roch dumpf und erdig, war außerdem mit den Düften des Trödelmarktes in Dukes Place und Houndsditch geschwängert und hatte einen ausgesprochenen Geruch nach Ratten und Mäusen nebst einem Anflug von Modrigkeit. Vielleicht mochte auch Herr Swiveller einige Zweifel über deren entzückende Reinheit hegen, denn er schnüffelte ein paarmal und sah ungläubig auf den grinsenden Zwerg.

»Herr Swiveller«, sagte Quilp, »versteht sich recht gut auf jenen Zweig der Agrikultur, der vom Unkraut handelt, Miß Sally, und erwägt klüglich, daß ein halber Laib Brot besser ist als gar keins. Ebenso weislich meint er auch, es sei doch wenigstens etwas, nicht geradezu verhungern zu müssen, und deshalb nimmt er das Anerbieten Ihres Bruders an. Braß, Herr Swiveller ist Ihr Mann!«

»Ich bin sehr erfreut darüber, Sir«, versetzte Herr Braß, »wirklich sehr erfreut! Herr Swiveller darf sich Glück wünschen, Sie zum Freund zu haben. Sie dürfen stolz darauf sein, Sir, sich der Freundschaft des Herrn Quilp rühmen zu können.«

Dick murmelte etwas von: er brauche keinen Freund, der ihm die Flasche reiche, und ließ auch seine Lieblingsanspielung auf die Schwinge der Freundschaft, die nie eine Feder verliert, fallen; aber seine geistigen Fähigkeiten schienen ganz von dem Anblick von Miß Sally Braß in Anspruch genommen zu sein, denn er stierte sie mit leeren Augen und mit einer Jammermiene an, wovon der ihn beobachtende Zwerg über die Maßen entzückt war. Was die göttliche Miß Sally selbst anbelangt, so rieb sie sich in der Weise der Geschäftsleute die Hände und ging einigemal, die Feder hinter dem Ohr, in dem Amtslokale auf und ab.

»Vermutlich wird Herr Swiveller seinen Dienst gleich antreten können?« fragte der Zwerg, sich rasch an seinen Rechtsfreund wendend, »es ist Montag morgen.«

»Sogleich, wenns gefällig ist, Sir, selbstverständlich«, entgegnete Braß.

»Miß Sally wird ihn in die Gesetzeskunde einführen, in das entzückende Studium des Rechts«, fuhr Quilp fort, »sie wird seine Führerin, seine Freundin, sein ›Blackstone‹, sein ›Coke über Littleton‹, sein ›junger Advokaten bester Geleitsmann‹ sein.«

»Er ist ausnehmend beredt«, sagte Braß mit der Miene eines in Gedanken vergnügten Mannes, indem er, die Hände in seinen Rocktaschen, auf die Dächer der gegenüberliegenden Häuser blickte; »er verfügt über eine nie versagende Kraft des Wortes. Wirklich prachtvoll!«

»In Miß Sallys Gesellschaft und in Betrachtung der poetischen Herrlichkeit des Rechts«, sprach Quilp weiter, »werden ihm die Tage wie Minuten entschwinden. Jene entzückenden Schöpfungen der Dichter John Doe und Richard Roe werden ihm, wenn ihm einmal das Verständnis für sie aufgeht, eine neue Welt zur Bereicherung seines Geistes und Veredelung seines Herzens öffnen.«

»O prächtig, prächtig! In der Tat prächtig!« rief Braß. »Es ist ein Hochgenuß, ihn zu hören!«

»Wo soll Herr Swiveller Platz nehmen?« fragte Quilp, indem er sich in der Stube umsah.

»Ei, wir kaufen noch einen andern Bock«, entgegnete Braß.

»Wir haben nie an die Aufnahme eines Gentlemans in unserm Hause gedacht, Sir, bis Sie so gütig waren, uns einen solchen Vorschlag zu machen, und unsere häuslichen Bequemlichkeiten sind nicht sehr umfassend. Wir wollen uns nach einem gebrauchten Bock umsehen, Sir. Wenn übrigens Herr Swiveller in der Zwischenzeit meinen Platz einnehmen und seine Hand an einer Reinschrift dieses Exekutionsgesuchs erproben will, da ich wohl den ganzen Morgen außer Hause sein werde . . .«

»Gehen Sie mit mir«, sagte Quilp, »ich habe ein paar Wörtchen über Geschäftssachen mit Ihnen zu sprechen. Haben Sie übrige Zeit?«

»Ob ich übrige Zeit zu einem Gange mit *Ihnen* habe? Sie scherzen, Sir, Sie scherzen mit mir«, versetzte der Rechtsgelehrte, indem er seinen Hut aufsetzte. »Ich stehe zu Diensten, ganz zu Diensten. Meine Zeit müßte in der Tat sehr in Anspruch genommen sein, wenn sie mir nicht gestattete, einen Spaziergang mit Ihnen zu machen. Nicht jeder hat Gelegenheit, Sir, sich an Herrn Quilps Unterhaltung bereichern zu können.«

Der Zwerg warf einen sarkastischen Blick auf seinen erzenen Freund und drehte sich mit einem kurzen, trockenen Husten auf dem Absatze, um Miß Sally Adieu zu sagen. Nach einem sehr galanten Abschiede von seiner und einem sehr kalten, gemessenen von ihrer Seite nickte er Dick Swiveller zu und entfernte sich sodann mit dem Anwalt.

Dick stand in einem Zustande völliger Betäubung an dem Schreibpult und stierte die schöne Sally aus Leibeskräften an, als wäre sie irgendein Wundertier, wie es noch nie erblickt worden. Sobald der Zwerg auf der Straße anlangte, stieg er abermals auf das Fenstersims und sah einen Augenblick mit grinsendem Gesicht in das Bureau hinunter, wie man etwa in einen Käfig hineinzuschauen pflegt. Dick blickte zu ihm auf, ohne jedoch ein Zeichen des Erkennens an den Tag zu legen; und lange nachdem Quilp verschwunden war, stand er noch immer wie festgewurzelt an der Stelle und betrachtete Miß Sally Braß, ohne etwas anderes zu sehen oder an etwas anderes zu denken.

Da Miß Braß sich inzwischen in ihre Kostenzettel vertieft hatte, nahm sie durchaus keine weitere Notiz von Dick, sondern kratzte mit geräuschvoller Feder fort, mit sichtbarem Entzücken die Zahlen ins Papier gravierend und wie eine Dampfmaschine arbeitend. Da stand nun Dick, in einem Zustande stumpfsinniger Verwirrung bald das grüne Kleid, bald den braunen Kopfputz, bald das Antlitz, bald die rasche Feder der Dame betrachtend, neugierig, wie er in die Gesellschaft dieses seltsamen Ungeheuers gekommen, ob nicht alles nur ein Traum sei und ob er je erwachen würde. Endlich stieß er einen tiefen Seufzer aus und begann langsam seinen Rock auszuziehen.

Herr Swiveller entledigte sich also seines Rockes und legte ihn mit großer Sorgfalt zusammen, ohne die Augen von Miß Sally zu verwenden; dann schlüpfte er in eine blaue Jacke mit einer Doppelreihe vergoldeter Knöpfe, die er ursprünglich zu Wasserfahrten bestimmt, diesen Morgen aber als Arbeitsrock mit sich genommen hatte, und noch immer die Blicke auf die Dame geheftet, ließ er sich schweigend auf dem Arbeitsbock des Herrn Braß nieder. Dann erlitt er einen Rückfall und wurde abermals besinnungslos, wobei er das Kinn auf die Hand stützte und die Augen so weit aufriß, daß es ganz unmöglich schien, er werde sie wieder zumachen können.

Dick sah so lange hin, bis er nichts mehr sehen konnte, senkte dann die Augen von dem schönen Gegenstand seines Erstaunens auf die Seiten, die er kopieren sollte, tauchte die Feder in das Tintenfaß und begann endlich nach langsamen Vorbereitungen zu schreiben. Er hatte jedoch noch keine sechs Worte geschrieben, als er, hinüberlangend um die Feder aufs neue einzutauchen, zufällig die Blicke wieder erhob, und da war der unerträgliche braune Kopfputz, da war das grüne Kleid, mit einem Wort, da war Miß Sally Braß in all ihre Reize gehüllt und noch schrecklicher als je anzusehen.

Dies ereignete sich so oft, daß Swiveller allmählich zu fühlen begann, wie ihn sonderbare Einflüsse gefangennahmen, schauerliche Begierden, diese Sally Braß zu vernichten, geheimnisvolle Gelüste, ihr den Kopfputz herunterzuschlagen und zu versuchen, wie sie ohne ihn aussähe. Es lag ein sehr großes Lineal auf dem Tisch, ein großes, schwarzes, glänzendes Lineal. Herr Swiveller fing an, sich mit ihm die Nase zu reiben.

Und wie er so die Nase kratzte, das Lineal in der Hand wog und es gelegentlich wie einen Tomahawk kühn schwang – das alles ergab sich in natürlichem Übergang. Bei einigen dieser Schwenkungen kam es Miß Sallys Kopf ganz nahe; die zerrissenen Enden ihres Kopfputzes flatterten in dem dadurch erzeugten Luftzuge; nur noch einen Zoll näher, und der große, braune Knoten lag auf der Erde; aber noch immer arbeitete die nichtsahnende Jungfrau fort, ohne die Augen zu erheben.

Hierin lag nun ein großer Trost. Es war doch etwas Gutes, widerwillig und verdrießlich fortzuschreiben, bis die Geduld entschwand, dann das Lineal zu ergreifen und es um den braunen Kopfputz sausen zu lassen mit dem Bewußtsein, ihn nach Gutdünken herunterschlagen zu können. Es war ferner etwas Gutes, es zurückziehen und emsig die Nase mit ihm reiben zu können, wenn er glaubte, daß Miß Sally aufblicken würde, und sich dann wieder durch wilderes Schwenken zu entschädigen, wenn es sich herausstellte, daß sie noch ganz vertieft war. Durch diese Mittel beruhigte Herr Swiveller sein erregtes Gemüt, bis die Anwendung des Lineals weniger ungestüm und häufig wurde und er sogar einige aufeinanderfolgende Zeilen schreiben konnte, ohne zu dem genannten Instrument seine Zuflucht nehmen zu müssen, was jedenfalls als ein großer Sieg zu betrachten war.

Vierunddreißigstes Kapitel

Im Laufe der Zeit, d. h. nach einigen Stunden fleißiger Arbeit, kam Miß Braß mit ihrer Aufgabe zu Ende und verkündigte diese Tatsache dadurch, daß sie die Feder an dem grünen Kleid abwischte und eine Prise Schnupftabak aus einer kleinen, runden zinnernen Dose nahm, die sie in ihrer

Tasche trug. Sobald sie diese bescheidene Erfrischung eingenommen hatte, stand sie von ihrem Bock auf, knüpfte ihre Papiere mit rotem Zwirn zu einem legalen Paket zusammen, nahm es unter den Arm und verließ das Bureau.

Herr Swiveller war kaum aufgesprungen, um die Aufführung eines wilden Tanzes zu unternehmen, als er in der Fülle seiner Freude, nun wieder allein zu sein, durch das Aufgehen der Tür und das Wiedererscheinen von Miß Sallys Kopf unterbrochen wurde.

»Ich gehe aus«, sagte Miß Braß.

»Sehr gut, Ma'am«, versetzte Dick. »Und beeilen Sie sich um meinetwillen ja nicht, wieder zurückzukommen«, fügte er innerlich hinzu.

»Wenn jemand in Geschäftsangelegenheiten kommt, so übernehmen Sie die Aufträge und sagen Sie, daß der Herr, der diese Angelegenheit besorgt, nicht zu Hause sei, wollen Sie?« sprach Miß Braß.

»Ja, Ma'am«, entgegnete Dick.

»Ich werde nicht sehr lange ausbleiben«, sagte Miß Braß im Abgehen.

»Tut mir leid, dies zu vernehmen«, erwiderte Dick, als sie die Tür geschlossen hatte, »ich hoffe, Sie finden eine unerwartete Abhaltung, Ma'am. Wenn Sie's einrichten können, daß Sie überfahren werden, Ma'am, natürlich ohne ernsthafte Folgen, um so besser.«

Nachdem Herr Swiveller sein Wohlwollen mit außerordentlichem Ernst geäußert hatte, setzte er sich in den Klientenstuhl, um Betrachtungen anzustellen; dann ging er etlichemal im Zimmer auf und ab und ließ sich wieder in den Armstuhl nieder.

»So bin ich also Brassens Schreiber, wie?« sagte Dick. »Brassens Schreiber und der Schreiber von Brassens Schwester, der Schreiber eines weiblichen Drachens! Sehr gut, sehr gut! Was werde ich wohl nächstens sein? Werde ich wohl bald ein Sträfling in einem Filzhut und in einem grauen Anzuge sein, wie ich mit meiner Nummer, sauber auf meine Uniform gestickt, auf einer Werft umhertrotte und den Hosenbandorden an meinen Beinen trage, ein gedrehtes Schnupftuch darunter, daß er mir die Knöchel nicht wundreibe? Wird's dazu kommen? Genügt das, oder ist es noch zu vornehm? Ganz nach Belieben, du hast natürlich die Wahl.«

Da Herr Swiveller so ganz allein war, darf man wohl annehmen, daß er mit solchen Bemerkungen sein Schicksal oder seine Bestimmung anredete, denn es ist, wie wir aus Präzedenzfällen wissen, eine Gewohnheit aller Helden, ihr Los sehr bitter und ironisch zu verhöhnen, sobald sie sich in einer mißlichen Lage befinden. Dies wird dadurch um so wahrscheinlicher, daß Herr Swiveller seine Worte an die Decke der Stube richtete, die diese körperlosen Wesen nach allgemeiner Vermutung bewohnen, die Schaubühne ausgenommen, wo sie in dem Herzen des großen Kronleuchters sitzen.

»Quilp bietet mir diesen Platz an, den er, wie er sagt, mir zusichern kann«, nahm Dick nach gedankenvollem Schweigen wieder auf, indem er die Einzelheiten seiner Lage eine nach der andern an seinen Fingern abzählte. »Fritz, auf den ich geschworen haben würde, daß er von einer solchen Sache nichts hören wollte, unterstützt Quilp zu meinem größten Erstaunen und drängt mich gleichfalls, sie anzunehmen. Hindernis Nummer eins. Meine Tante auf dem Lande stellt ihre Zuschüsse ein und macht mir die zärtliche Mitteilung, daß sie ein neues Testament aufgesetzt und mich darin ausgelassen habe. Hindernis Nummer zwei. Kein Geld; kein Kredit; keine Unterstützung von Fritz, der mit einem Male gesetzt zu werden scheint; das alte Quartier wird mir gekündigt. Hindernis Nummer drei, vier, fünf und sechs! Unter einer solchen Anhäufung von Hindernissen kann ein Mann nicht als frei handelnd betrachtet werden. Niemand schlägt sich selbst zu Boden, und wenn das Geschick einen zu Boden schlägt, so muß ihm das Geschick auch wieder aufhelfen. Jedenfalls freut es mich, daß das meinige sich all dies zuschulden kommen ließ, und ihm zum Trotze will ich mich so wenig als möglich darum kümmern und mirs hier so behaglich machen, als ob ich zu Hause wäre. Also bitte, laß dich nicht stören, mein Verehrtestes«, fuhr Herr Swiveller fort, indem er mit einem bedeutsamen Kopfnicken von der Decke Abschied nahm, »und laß sehen, wer von uns beiden zuerst müde wird.«

Indem Herr Swiveller das Thema seines Sturzes mit diesen zweifellos sehr tiefen Betrachtungen, die in der Tat gewissen Systemen der Moralphilosophie nicht ganz fremd sind, fallenließ, schüttelte er seine Zaghaftigkeit ab und nahm die heitere Sorglosigkeit eines unverantwortlichen Schreibers an.

Um seine Fassung und Selbstbeherrschung wiederzugewinnen, stellte er eine genauere Besichtigung der Kanzlei an, als es ihm bisher seine Zeit gestattet hatte; er sah in die Perückenschachtel, die Bücher und die Tintenflasche, knüpfte alle Papierpakete auf und beaugenscheinigte sie, schnitzte mit Herrn Braß' scharfer Federmesserklinge einige Devisen in den Tisch und schrieb seinen Namen auf die Innenseite des hölzernen Kohlenbehälters. Nachdem er kraft dieser Prozeduren in aller Form von seiner Schreiberstelle Besitz ergriffen hatte, öffnete er das Fenster und lehnte sich nachlässig hinaus, bis zufällig ein Bierjunge vorbeikam, dem er befahl, seinen Tragkorb niederzusetzen und ihm mit einer Pinte milden Porters aufzuwarten. Diese trank er auf der Stelle aus und bezahlte sie pünktlich, in der Absicht, einem künftigen Kreditsystem bahnzubrechen und ohne Zeitverlust eine dahin abzielende Verbindung einzuleiten. Dann kamen drei oder vier kleine Jungen mit juridischen Aufträgen von drei oder vier Advokaten aus der Rangklasse des Herrn Braß, und Herr Swiveller empfing und entließ sie mit einer solchen Amtsmiene und einem so korrekten und weitgehenden Verständnis für ihre Anliegen, wie sich unter ähnlichen Umständen etwa ein Clown in der Posse seiner Aufgabe entledigt haben würde. Sobald dies abgetan war, bestieg er abermals seinen Bock und versuchte mit Tinte und Feder seine Geschicklichkeit in Karikaturentwürfen von Miß Braß, während er die ganze Zeit über lustig vor sich hin pfiff.

Er war noch in dieser Unterhaltung begriffen, als eine

Kutsche in der Nähe der Tür anhielt und unmittelbar darauf sich ein lauter Doppelschlag vernehmen ließ. Herr Swiveller hatte damit nichts zu schaffen, da dieser Jemand nicht die Kanzleiklingel zog, und setzte daher in gleicher Ruhe seinen Zeitvertreib fort, zumal es ihm vorkam, als ob sonst niemand im Hause wäre.

Dies war jedoch ein Irrtum; denn nachdem das Klopfen mit erhöhter Ungeduld wiederholt worden war, ging die Tür auf und ein schwerfälliger Tritt stampfte die Treppe hinauf in das obere Zimmer. Herr Swiveller erwog neugierig bei sich, ob dies wohl eine zweite Miß Braß sein möchte, eine Zwillingsschwester des Drachens, als mit dem Knöchel leise an die Kanzleitür geklopft wurde.

»Herein!« rief Dick. »Nur nicht so förmlich. Das Geschäft wird freilich etwas verwickelt werden, wenn ich noch viele Kunden bekomme. Herein!«

»O bitte«, versetzte eine kleine Stimme weiter hinten beim Eingang, »wollen Sie nicht so freundlich sein, die Wohnung zu zeigen?«

Dick lehnte sich über den Tisch und entdeckte ein kleines, schlappschuhiges Mädchen mit einer sehr schmutzigen Schürze und einer Kinderserviette, durch die die ganze Figur mit Ausnahme des Gesichts und der Füße verhüllt wurde. Sie hätte ebensogut in einem Violinfutteral stecken können.

»Zum Henker, wer bist du?« rief Dick.

Es erfolgte keine weitere Antwort als:

»Oh, wollen Sie nicht gefälligst kommen und die Wohnung zeigen?«

Kaum hatte wohl je ein Kind in Blick und Vernehmen so viel Altklugheit an den Tag gelegt. Die Kleine mußte von der Wiege an zum Arbeiten angehalten worden sein und schien sich vor Dick ebenso zu fürchten, als Dick über sie erstaunt war.

»Ich habe nichts mit der Wohnung zu schaffen«, entgegnete Dick. »Sage nur, sie sollen wieder vorsprechen!«

»Oh, wollen Sie doch gefälligst kommen und die Wohnung zeigen«, sagte das Mädchen. »Sie kostet achtzehn Schilling die Woche nebst Geschirr und Weißzeug. Stiefel- und Kleiderputzen ist extra, und die Heizung im Winter beträgt acht Pence für den Tag.«

»Aber warum zeigst du sie nicht selbst? Du scheinst doch alles zu wissen«, versetzte Dick.

»Miß Sally sagte, das ginge nicht an, weil die Leute glauben würden, die Bedienung wäre nicht gut, wenn sie sähen, wie klein ich bin.«

»Wohl, aber sie werden nachher sehen, wie klein du bist, oder nicht?« entgegnete Dick.

»Ja! Doch dann haben sie die Zimmer jedenfalls schon für vierzehn Tage genommen«, erwiderte das Kind mit einem verschmitzten Blick, »und die Leute ziehen nicht gerne aus, wenn sie einmal festsitzen.«

»Das ist mir einmal ein sonderbares Ding«, murmelte Dick aufstehend. »Und was stellst du denn eigentlich vor, etwa die Köchin?«

»Ja, ich versehe die einfache Kocherei«, versetzte das Kind. »Ich bin aber auch zugleich Stubenmagd und verrichte alle Arbeiten im Hause.«

»Und vermutlich verrichten Braß, der Drache und ich den schmutzigsten Teil davon«, dachte Dick.

Vielleicht hätte er, da er sich in der Stimmung lebhaften Zweifels und Zauderns befand, noch mehr gedacht, wenn ihn nicht das Mädchen abermals gedrängt hätte, ihrer Bitte zu willfahren, und gewisse geheimnisvolle polternde Töne vor der Tür und auf dem Treppenhause verraten hätten, daß der Mieter ungeduldig sei. Richard Swiveller steckte daher eine Feder hinter jedes Ohr und eine dritte in den Mund zum Zeichen seiner Bedeutsamkeit und seines Geschäftseifers und eilte fort, um mit dem Herrn zu verhandeln.

Er war ein wenig überrascht, als er bemerkte, daß die polternden Töne von dem Koffer des ledigen Herrn herrührten, der die Treppe hinaufgebracht wurde, und da dieser fast zweimal so breit war als das Treppenhaus und überhaupt außerordentlich schwer, so war es trotz der vereinten Bemühungen des ledigen Herrn und des Kutschers nicht leicht, ihn hinaufzuschaffen. Aber da waren sie, jeder an die Wand geklemmt, und schoben und zogen aus Leibeskräften und zwängten den Koffer dicht und fest in alle Arten von unmöglichen Winkeln, so daß von einem Vorbeigehen keine Rede sein konnte. Aus diesem Grunde, der durchaus hinreichend war, folgte Herr Swiveller langsam hintennach, indem er auf jeder Stufe feierlich Protest einlegte gegen diese Erstürmung von seines Prinzipals Wohnung.

Auf diese Vorstellungen antwortete der ledige Herr mit keiner Silbe, und als der Koffer endlich in die Schlafstube gebracht war, setzte er sich darauf, um den kahlen Kopf und das Gesicht mit einem Schnupftuche abzuwischen. Ihm war sehr heiß, und das war leicht erklärlich; denn abgesehen von der Anstrengung, die das Heraufschaffen des Koffers erforderte, war der Herr fest in Winterkleider eingemummt, obgleich das Thermometer den ganzen Tag einundachtzig Grad Fahrenheit im Schatten zeigte.

»Ich glaube, Sir«, begann Richard Swiveller, indem er die Feder aus dem Munde nahm, »daß Sie diese Gelasse zu besichtigen wünschen. Sie sind äußerst angenehm, Sir, bieten eine freie Aussicht über den Weg und sind kaum sechzig Schritt von der Straßenecke. Ganz in der Nachbarschaft gibt es außerordentlich milden Porter, Sir, und die allseitigen Vorteile sind ganz bedeutend.«

»Wieviel beträgt die Miete?« fragte der ledige Herr.

»Ein Pfund wöchentlich«, versetzte Dick, den Preis erhöhend.

»Ich will sie nehmen.«

»Stiefel- und Kleiderputzen wird extra bezahlt«, sagte Dick, »und die Heizung im Winter macht . . .«

»Vollkommen von mir zugestanden«, unterbrach ihn der ledige Herr.

»Zwei Wochen zum mindesten«, fuhr Dick fort, »ist die . . .«

»Zwei Wochen?« rief der ledige Herr verdrießlich, indem er den angehenden Schreiber von Kopf bis zur Zehe betrachtete.

»Sagen Sie zwei Jahre! Ich werde zwei Jahre hierbleiben. Da sind zehn Pfund Angabe. Der Handel ist geschlossen.«

»Ja, sehen Sie«, sagte Dick, »mein Name ist nicht Braß und . . .«

»Wer sagte denn so? Mein Name ist auch nicht Braß. Was weiter?«

»So heißt nämlich der Hausinhaber«, entgegnete Dick.

»Das freut mich« , versetzte der ledige Herr, »es ist ein guter Name für einen Advokaten. Kutscher, Ihr könnt gehen, ja, Ihr könnt gehen.«

Herr Swiveller war so verwirrt über das barsche Benehmen des ledigen Herrn, daß er stehenblieb und ihn fast ebenso fest ins Auge faßte, als er dies bei Miß Sally getan hatte. Der ledige Herr ließ sich jedoch hierdurch nicht im geringsten anfechten, sondern fuhr mit der größten Ruhe fort, das Tuch abzuwickeln, das um seinen Hals geschlungen war, und dann zog er die Stiefel aus. Befreit von diesen Beschwerlichkeiten schickte er sich an, auch die übrigen Kleider abzulegen, die er Stück für Stück zusammenfaltete und der Reihe nach auf dem Koffer ordnete. Dann ließ er die Jalousien herab, schloß die

Fenstervorhänge, zog seine Uhr auf und begab sich ganz gemächlich und methodisch zu Bett.

»Nehmen Sie den Zettel herunter«, waren seine letzten Worte, als er noch einmal zwischen den Gardinen hervorsah, »und lassen Sie niemand zu mir, bis ich läute!«

Nach diesen Worten schlossen sich die Gardinen wieder, und unmittelbar darauf fing er an zu schnarchen.

»Da ist eine höchst merkwürdige und übernatürliche Sorte von einem Hause«, sagte Herr Swiveller, als er mit dem Zettel in der Hand wieder in das Bureau zurückkehrte. »Weibliche Drachen im Geschäft, die sich wie Fachleute benehmen; drei Fuß hohe Köchinnen, die geheimnisvoll aus der Erde auftauchen; Fremde, die hereinkommen und ohne Lizenz oder Erlaubnis am hellen Tage zu Bette gehn! Wenn er einer von den übernatürlichen Kerlen sein sollte, die hin und wieder auftauchen, und sich nun für zwei Jahre schlafen gelegt hat, werde ich mich in einer angenehmen Lage befinden. Doch es ist mein Geschick und ich hoffe, Braß hat nichts dagegen. Wenigstens sollte es mir leid tun, wenn es nicht so wäre. In keinem Falle geht es mich etwas an, ich habe nicht im geringsten etwas damit zu schaffen!«

Fünfunddreißigstes Kapitel

Als Herr Braß wieder nach Hause kam, nahm er den Bericht seines Schreibers mit großem Wohlgefallen und höchster Zufriedenheit auf, erkundigte sich besonders angelegentlich nach der Zehnpfundnote, die seine gute Laune beträchtlich erhöhte, da sie sich bei genauer Prüfung als ein guter, gesetzlicher Schein der Bank von England erwies. In der Tat strömte er auch so sehr von Freigebigkeit und Herablassung über, daß er in der Überfülle seines Herzens Herrn Swiveller einlud, in jener fernen und unbestimmten Periode, die man gewöhnlich mit dem Titel ›an einem der nächsten Tage‹ zu belegen pflegt, eine Bowle Punsch mit ihm zu leeren;

dabei machte er ihm viele schöne Komplimente über seine ungewöhnliche Geschäftstüchtigkeit, die er am ersten Tage seiner Dienstzeit so offenkundig bewiesen hatte.

Es gehörte zu den Grundsätzen des Herrn Braß, daß die Gewohnheit, mit Komplimenten auszuzahlen, die Zunge eines Menschen ohne weitere Unkosten eingeölt erhalte, und da ein solches nützliches Glied bei einem Rechtsgelehrten nie in seinen Angeln einrosten darf, sondern im Gegenteil immer glatt und geschmeidig sein muß, so versäumte er selten eine Gelegenheit, sich durch schöne Reden und wohllautende Ausdrücke zu nützen. Dies war ihm auch so zur Gewohnheit geworden, daß sich, wenn man auch nicht gerade sagen konnte, er habe seine Zunge an den Fingerspitzen, doch mit Sicherheit behaupten ließ, sie befinde sich bei ihm überall, nur nicht im Gesicht; und dieses, wie wir bereits gesehen, hatte abstoßende, harte Züge, war nicht so leicht zu ölen und trotz aller glatten Reden finster, einem jener natürlichen Leuchttürme gleich, welche den Seefahrer vor den Untiefen und Brandungen der Welt oder der gefährlichen Meerenge der Jurisprudenz warnen und ihn ermahnen, nach einem weniger trügerischen Hafen zu spähen und sein Glück anderswo zu versuchen.

Während Herr Braß abwechselnd seinen Schreiber mit Komplimenten überschüttete und die Zehnpfundnote beäugelte, zeigte Miß Sally eine besondere Aufregung, und die war nicht einmal von angenehmer Art. Ihre juristischen Neigungen bestanden darin, ihre Gedanken kleinen Gewinnen und Mausereien zuzuwenden und ihre natürliche Weisheit zu wetzen und zu schärfen, weshalb sie es etwas mißliebig aufnahm, daß der ledige Herr das Logis so leicht und schnell erhalten hatte; denn, so erwog sie, da er einmal so sehr auf die Zimmer versessen war, so hätte man ihm wenigstens das Doppelte oder Dreifache des gewöhnlichen Preises abnehmen können, und Herr Swiveller hätte genau in demselben Verhältnis, in dem der Herr zu einem Abschluß drängte, zaudern sollen. Aber weder die gute Meinung des Herrn Braß noch die Unzufriedenheit von Miß Sally machten irgendeinen Eindruck auf unsern Ehrenmann, der die Verantwortlichkeit für diese und alle seine späteren Handlungen seinem unglücklichen Geschick zur Last legte und daher ganz resigniert und getröstet war, völlig gefaßt auf das Schlimmste und philosophisch gleichgültig gegen das Beste.

»Guten Morgen, Herr Richard«, sagte Herr Braß zu Herrn Swiveller am zweiten Tag seiner Schreiberschaft. »Sally hat gestern abend in Whitechapel einen alten Schreibebock für Sie aufgestöbert; sie ist ein durchtriebener Kerl, was das Feilschen anbelangt, kann ich Ihnen sagen, Herr Richard. Sie werden finden, daß es ein erstklassiger ist, Sir, mein Wort darauf!«

»Dem Ansehen nach freilich etwas gebrechlich«, versetzte Dick.

»Seien Sie versichert, daß sichs erstaunlich gut darauf sitzen läßt«, entgegnete Herr Braß. »Er wurde auf offener Straße gerade dem Hospital gegenüber gekauft, und da er vielleicht einen Monat oder zwei dort gestanden hat, so ist er etwas staubig und von der Sonne gebräunt, das ist alles.«

»Hoffentlich steckt doch kein Fieber oder etwas derart in ihm«, sagte Dick, indem er sich mißvergnügt zwischen Herrn Sampson und der keuschen Sally niedersetzte. »Eins seiner Beine ist länger als die andern.«

»Dann nehmen wir ein Stückchen davon ab, Sir, und kriegen dadurch Holz«, erwiderte Braß. »Ha ha ha! Wir kriegen dadurch Holz zum Verkauf, Sir, und das ist ein weiterer Vorteil, wenn meine Schwester für uns auf den Markt geht. Miß Braß, Herr Richard ist der ...«

»Willst du einmal ruhig sein«, unterbrach ihn der schöne Gegenstand dieser Bemerkungen, von den Papieren aufsehend, »wie soll ich denn arbeiten, wenn du in einem fort plapperst?«

»Was du doch für ein inkonsequenter Bursche bist«, entgegnete der Rechtsgelehrte. »Das einemal nichts als plaudern, das anderemal nichts als arbeiten. Man kann nie wissen, in welcher Stimmung man dich findet.«

»Jetzt bin ich in der Stimmung, zu arbeiten«, sagte Miß

Sally, »muß daher bitten, mich nicht zu stören. Und halte ihn nicht von seinem Geschäft ab!« fügte Miß Sally hinzu, indem sie mit ihrer Feder auf Richard deutete. »Ich wette, er tut ohnehin nicht mehr, als er eben muß.«

Herr Braß war augenscheinlich sehr geneigt, eine zornige Erwiderung zu geben, ließ sich aber durch Rücksichten der Klugheit oder der Furcht abschrecken, da er nur etwas von Belästigung und Landläufern murmelte, ohne jedoch diese Ausdrücke mit irgendeinem Individuum in Verbindung zu bringen, sondern ihrer nur in Verbindung mit einigen abstrakten Ideen, die ihm eben in den Sinn kamen, erwähnte. Sie schrieben nun eine lange Zeit in tiefem Schweigen fort, in einem so langweiligen Schweigen, daß Herr Swiveller, der immer Anregung haben mußte, mehrere Male einnickte und bereits mit geschlossenen Augen verschiedene wunderliche Worte in unbekannten Schriftzügen geschrieben hatte, als Miß Sally endlich die Eintönigkeit des Geschäftslebens dadurch unterbrach, daß sie ihre kleine, zinnerne Dose herauszog, eine geräuschvolle Prise nahm und sodann ihre Meinung dahin ausdrückte, daß Herr Richard Swiveller daran schuld sei.

»Schuld woran, Ma'am?« fragte Richard.

»Wissen Sie nicht«, entgegnete Miß Braß, »daß der Mietsmann noch nicht auf ist und daß er nichts von sich hat sehen und hören lassen, seit er gestern nachmittag zu Bette ging?«

»Nun, Ma'am«, sagte Dick, »er wird doch seine zehn Pfund ruhig und in Frieden ausschlafen dürfen, wenn es ihm beliebt.«

»Ach! ich fange an zu glauben, daß er nie wieder erwachen wird«, bemerkte Miß Sally.

»Es ist ein sehr merkwürdiger Umstand«, bemerkte Braß, indem er seine Feder niederlegte, »wirklich sehr merkwürdig. Herr Richard, Sie werden sich erinnern, wenn man diesen Herrn an dem Bettpfosten erhängt finden, oder wenn ein anderes Unglück hereinbrechen sollte, Sie werden sich erinnern, daß diese Zehnpfundnote Ihnen als Abschlagszahlung für eine zweijährige Hausmiete übergeben wurde! Vergessen

Sie es nicht; es ist vielleicht besser, Sir, wenn Sie sichs notieren, falls Sie Zeugnis darüber ablegen müßten!«

Herr Swiveller nahm einen großen Foliobogen und begann mit ungemein gravitätischem Gesicht eine ganz kleine Bemerkung in die Ecke zu schreiben.

»Wir können nie zu vorsichtig sein«, sagte Herr Braß. »Es gibt viel Schlechtigkeit in der Welt, ja, viel Schlechtigkeit. Sagte der Herr vielleicht . . ., doch das tut jetzt nichts zur Sache, Sir; beendigen Sie zuvor dieses kleine Memorandum!«

Dick tat, wie ihm geheißen wurde, und händigte es Herrn Braß ein, der von seinem Schreibebock aufgestanden war und jetzt in der Kanzlei auf und ab spazierte.

»Ah, das ist das Memorandum?« sagte Braß, indem er das Dokument mit den Augen überflog. »Sehr gut! Nun, Herr Richard, sagte der Herr sonst noch etwas?«

»Nein.«

»Wissen Sie auch ganz gewiß, Herr Richard«, sprach Braß feierlich, »daß der Herr nichts weiter sagte?«

»Zum Henker, keine Silbe!« versetzte Dick.

»Besinnen Sie sich noch einmal!« fuhr Braß fort. »Es ist meine Pflicht, Sir, in der Stellung, in der ich mich befinde, und als ein achtbares Glied des Advokatenstandes, des ersten Standes in diesem Lande, Sir, oder in was immer für einem andern Lande, oder auf irgendeinem der Planeten, die des Nachts über uns scheinen und mutmaßlicherweise bewohnt sind, es ist meine Pflicht, Sir, als ein achtbares Mitglied dieses Standes, Ihnen in einer so delikaten und wichtigen Angelegenheit keine Suggestivfragen vorzulegen. Sagte der Herr, der von Ihnen gestern den ersten Stock mietete und einen Koffer von Wert, einen Koffer von *Wert*, mit sich brachte, noch etwas anderes, als hier in diesem Memorandum niedergeschrieben ist?«

»Hör auf, sei kein Narr!« sagte Miß Sally.

Dick sah zuerst sie, dann Herrn Braß und dann wieder Sally an und sagte noch immer:

»Nein.«

»Puh, puh! Hols der Henker, Herr Richard, wie einfältig

Sie sind!« rief Braß, das Gesicht zu einem Lächeln verziehend. »Sagte er denn nichts von seinem Eigentum? Heraus damit!«

»Das ist die rechte Art zu fragen«, sagte Miß Sally, ihrem Bruder zunickend.

»Sagte er nicht zum Beispiel«, fügte Herr Braß in einem behaglichen, beschwatzenden Tone hinzu, »wohlgemerkt, ich will nicht behaupten, daß er es sagte, ich frage Sie nur, um Ihrem Gedächtnis nachzuhelfen, sagte er nicht zum Beispiel, daß er fremd in London sei, daß er durchaus nicht Lust habe oder imstande sei, Referenzen zu geben, daß er fühlte, wir hätten ein Recht, sie zu verlangen, und daß er, im Falle ihm je etwas widerführe, ausdrücklich wünschte, ich sollte sein auf meinem Grunde befindliches Eigentum als das meinige betrachten, als kleine Entschädigung für die Unruhe und Unannehmlichkeit, die mir erwachsen könnte; mit einem Wort«, fügte Herr Braß noch zutraulicher und einschmeichelnder hinzu, »kam Ihnen der Gedanke, ihn in meinem Namen unter diesen Bedingungen als Mietsmann aufzunehmen?«

»Gewiß nicht«, versetzte Dick.

»Wohlan denn, Herr Richard«, sagte Braß, indem er ihm einen finstern und vorwurfsvollen Blick zuwarf, »so ist es meine Meinung, daß Sie Ihren Beruf verfehlt haben und daß Sie nie einen Advokaten abgeben werden.«

»Nein, und wenn Sie tausend Jahre lebten«, fügte Miß Sally bei.

Bruder und Schwester nahmen hierauf eine geräuschvolle Prise Schnupftabak aus der kleinen zinnernen Dose und versanken in ein düsteres Nachdenken.

Bis zu Herrn Swivellers Essenszeit, die für drei Uhr festgesetzt war – ihm schien es allerdings, als hätte er noch drei Wochen zu warten –, fiel nichts mehr vor. Mit dem ersten Glockenschlage verschwand der neue Schreiber, und mit dem letzten der fünften Stunde erschien er wieder im Bureau, das jetzt wie durch Zauberei mit würzigen Düften von Grog und Zitronenschale erfüllt wurde.

»Herr Richard«, sagte Braß, »der Mann ist noch nicht

aufgestanden. Nichts kann ihn wecken, Sir. Was soll man tun?«

»Ich würde ihn ausschlafen lassen«, versetzte Dick.

»Ausschlafen?« rief Braß. »Zum Henker, der schläft schon seit sechsundzwanzig Stunden. Wir haben Truhen und Kommoden über seinem Kopfe gerückt, wir haben an die Haustür geklopft, wir haben das Dienstmädchen mehrere Male die Treppe hinunterfallen lassen – sie ist leicht und es tut ihr nicht sehr weh –, aber nichts vermag ihn zu erwecken.«

»Vielleicht gehts mit einer Leiter«, rief Dick; »man kann durch das Fenster des ersten Stockes hineinsteigen.«

»Aber dann ist eine Tür dazwischen, und außerdem brächte es die Nachbarschaft auf die Beine«, entgegnete Braß.

»Wie wäre es, wenn man durch die Falltür auf das Dach des Hauses stiege und sich durch den Schornstein hinunterließe?« meinte Dick.

»Das wäre ein vortrefflicher Plan«, sagte Braß, »wenn jemand«, und dabei sah er Herrn Swiveller sehr fest an, »wenn jemand so gütig, so freundlich und so großmütig sein wollte, es zu unternehmen. Ich wette, es ist durchaus nicht so unangenehm, wie man sichs vorstellt.«

Dick hatte diesen Rat erteilt in der Meinung, die Ausführung desselben würde in Miß Sallys Departement fallen. Da er also nichts weiter sagte und den Wink ganz unbeachtet ließ, machte Herr Braß den Vorschlag, sie sollten miteinander die Treppe hinaufgehen und noch eine letzte Anstrengung machen, den Schläfer durch einige weniger gewaltsame Mittel zu wecken; wenn diese fehlschlügen, dann müßten entschieden kräftigere Maßregeln folgen. Herr Swiveller pflichtete bei, bewaffnete sich mit seinem Schreibebock und dem großen Lineal und verfügte sich mit seinem Brotherrn zu dem Schauplatze der Handlung, an dem Miß Braß bereits aus Leibeskräften mit einer Tischklingel läutete, ohne jedoch die mindeste Wirkung auf den geheimnisvollen Mietsmann hervorbringen zu können.

»Da sind seine Stiefel, Herr Richard«, sagte Braß.

»Jedenfalls ein paar ungemein hartnäckig aussehende Gegenstände«, versetzte Richard Swiveller.

Und wirklich, es war ein so plumpes und schwerfälliges Paar Stiefel, wie man es nur sehen konnte, so fest auf den Boden gepflanzt, als ob ihres Eigentümers Beine und Füße darin stäken und scheinbar mit ihren breiten Sohlen und plumpen Zehen ihren Standort mit Gewalt in Besitz hielten.

»Ich kann nichts als den Bettvorhang sehen«, sagte Braß, das Auge an das Schlüsselloch der Tür legend. »Ist es ein starker Mann, Herr Richard?«

»Sehr«, antwortete Dick.

»Es wäre außerordentlich unangenehm, wenn er plötzlich herausstürzte«, sagte Braß. »Haltet die Treppe frei! Ich würde ihm natürlich mehr als gewachsen sein, aber ich bin der Hausherr, und die Gesetze der Gastfreundschaft müssen respektiert werden. – Holla da! holla, holla, holla!«

Während Herr Braß, sein Auge neugierig in das Schlüsselloch bohrend, diese Töne vernehmen ließ, um die Aufmerksamkeit des Mietsmannes zu erregen, und Miß Braß von der Tischklingel fleißigen Gebrauch machte, schob Herr Swiveller seinen Schreibebock neben die Tür dicht an die Wand, stieg auf denselben und blieb bolzengerade darauf stehen, so daß der Mietsmann, wenn er einen Ausfall machte, wahrscheinlich in seiner ersten Wut an ihm vorbeischießen mußte; und nun eröffnete er mit dem Lineal ein ungestümes Bombardement gegen die obere Türfüllung. Ganz beherrscht von seinem Scharfsinn und auf die Sicherheit seiner Stellung vertrauend, die er nach der Methode derjenigen kühnen Individuen gewählt hatte, die an sehr besuchten Abenden die Parterre- und Galerietüren der Theater öffnen, ließ Herr Swiveller einen solchen Schauer von Schlägen herabregnen, daß der Lärm der Klingel ganz erstickt wurde und die kleine Dienstmagd, die unten an der Treppe stand, um bei der ersten Gelegenheit zu fliehen, sich die Ohren zuhalten mußte, um nicht auf immer taub zu werden.

Auf einmal klappte das Schloß von innen und die Tür flog mit Ungestüm auf. Die kleine Magd flüchtete sich nach dem Kohlenkeller, Miß Sally schlüpfte in ihr Schlafgemach, und Herr Braß, der sich nicht gerade durch persönlichen Mut auszeichnete, eilte auf die Straße; als er jedoch fand, daß ihm niemand mit einem Schüreisen oder einer andern gefährlichen Waffe folgte, steckte er die Hände in die Taschen und ging mit einem Male ganz langsam einher, indem er vor sich hin pfiff.

Mittlerweile drückte sich Herr Swiveller, der noch immer auf seinem Bocke stand, so platt als möglich an die Wand und sah nicht ganz unbefangen auf den ledigen Herrn hinunter, der sich brummend und auf eine entsetzliche Weise fluchend an der Tür zeigte, seine Stiefel in der Hand, die er anscheinend aufs Geratewohl die Treppe hinunterschleudern wollte. Dieser Gedanke kam jedoch nicht zur Ausführung, und als er sich, noch immer Rache schnaubend, seinem Zimmer zuwandte, begegneten seine Blicke denen des achtsamen Richard.

»Haben *Sie* diesen schrecklichen Lärm gemacht?« fragte der ledige Herr.

»Ich habe dabei geholfen«, antwortete Dick, kein Auge von dem andern verwendend und das Lineal leicht in seiner Rechten schwingend, als wolle er dadurch andeuten, was der ledige Herr zu gewärtigen habe, wenn er Gewalt versuche.

»Wie können Sie sich unterstehn, he?« fragte der Mietsmann.

Dick stellte als Antwort nur die Frage, ob der Mietsmann es mit dem Benehmen und Takt eines Gentlemans in Einklang bringen könnte, sechsundzwanzig Stunden in einem fort zu schlafen, und ob die Ruhe einer liebenswürdigen und tugendhaften Familie denn gar nicht in die Waagschale fiele.

»Gilt denn meine Ruhe nichts?« entgegnete der ledige Herr.

»Ich frage, ob *ihre* Ruhe nichts gilt?« erwiderte Dick. »Es ist nicht meine Absicht, zu drohen, Sir, in der Tat, Drohen ist gesetzlich verboten, und man kann dafür in Strafe verfallen, aber wenn Sie's je wieder so machen, so nehmen Sie sich in acht, daß nicht der Totenbeschauer über Sie kommt, und Sie an einem Kreuzwege begraben werden, ehe Sie wieder aufwachen. Wir haben uns halb zu Tode geängstigt, weil wir Sie für gestorben hielten«, fügte Dick hinzu, indem er sachte auf den Boden herunterrutschte; »und kurz und gut, wir können nicht zugeben, daß einzelne Herren hier ins Haus kommen und für zwei schlafen, wenn sie nicht extra dafür bezahlen.«

»Wirklich?« rief der Mietsmann.

»Ja, Sir, allerdings«, entgegnete Dick, indem er sich seinem Geschick fügte und das sagte, was ihm eben in den Mund kam; »eine solche Quantität Schlaf ist nie aus einem Bett und aus einer Bettstatt herausgekommen; und wenn Sie in dieser Weise schlafen wollen, so müssen Sie wie für ein Zimmer mit zwei Betten bezahlen.«

Statt durch diese Bemerkungen in noch größern Zorn zu geraten, verzog der Mietsmann sein Gesicht zu einem breiten Grinsen und sah Herrn Swiveller mit zwinkernden Augen an. Er war ein brauner, sonnverbrannter Mann und schien noch brauner und sonnverbrannter zu sein, weil er eine weiße Nachtmütze aufhatte. Jedenfalls war er aber in mancher Hinsicht ein cholerischer Bursche, weshalb es Herrn Swiveller zu großem Troste gereichte, ihn in so guter Laune zu finden; und um ihn darin zu erhalten, lächelte er gleichfalls.

Der Mietsmann hatte in seinem Ärger über die ungehobelten Weckversuche die Nachtmütze auf die eine Seite seines kahlen Hauptes geschoben. Dies gab ihm ein etwas liederliches, exzentrisches Aussehen, über das sich Herr Swiveller, der jetzt Zeit zu Beobachtungen fand, ausnehmend ergötzte. Um jedoch den ledigen Herrn günstig für sich zu stimmen, drückte er die Hoffnung aus, er werde wohl jetzt aufbleiben und etwas Ähnliches nicht wieder tun.

»Komm her, du unverschämter Schuft!« lautete die Antwort des Mietsmannes, als er wieder in sein Gemach trat.

Herr Swiveller folgte ihm und ließ den Bock draußen, ohne sich jedoch für den Fall einer Überrumpelung des Lineals zu entledigen. Er wünschte sich auch einigermaßen Glück zu dieser klugen Vorsichtsmaßregel, als der ledige Herr ohne weitere Ankündigung oder Erklärung die Tür doppelt abschloß.

»Können Sie etwas trinken?« war die nächste Frage.

Herr Swiveller antwortete, er habe zwar erst kürzlich die Qualen des Durstes gestillt, es sei aber immer noch etwas übrig für einen ›bescheidenen Löscher‹, wenn das Material bei der Hand sei. Ohne weitere Gegenrede nahm nun der Mietsmann aus seinem großen Koffer eine Art von Tempel, der wie poliertes Silber glänzte, und stellte ihn bedächtig auf den Tisch. Sehr interessiert für diese Vorkehrungen, beobachtete ihn Herr Swiveller aufs genaueste. In eine kleine Kammer dieses Tempels legte er ein Ei, in eine andere etwas Kaffee, in eine dritte ein festes Stückchen rohen Rindfleisches aus einer netten Zinnbüchse, und in eine vierte goß er etwas Wasser. Dann machte er mit Hilfe eines Phosphorfeuerzeuges und einiger Schwefelhölzer Licht und zündete eine Weingeistlampe an, die ihren Platz unterhalb des Tempels hatte; dann legte er auf die kleinen Kammern Deckel, öffnete sie wieder, und nun war durch irgendeine wundervolle, unsichtbare Tätigkeit das Beefsteak gar, das Ei gekocht, der Kaffee aufs genaueste zubereitet und das Frühstück fertig.

»Heißes Wasser«, sagte der Mietsmann, indem er es Herrn Swiveller mit einer Ruhe hinüberreichte, als hätte er ein gewöhnliches Küchenfeuer vor sich, »außerordentlicher Rum, Zucker und ein Reiseglas, mischen Sie selbst, mischen Sie selbst, und beeilen Sie sich!«

Dick gehorchte, obgleich seine Augen die ganze Zeit über ohne Unterlaß zwischen dem Tempel auf dem Tisch, der ein Tausendkünstler zu sein schien, und dem großen Koffer, in welchem sich augenscheinlich alles nur Erdenkliche befand, hin und her wanderten. Der Mietsmann nahm sein Frühstück wie ein Mann ein, der gewöhnt ist, solche Wunder zu wirken, und sie geringschätzt.

»Der Hausbesitzer ist ein Rechtsgelehrter, nicht wahr?« sagte der Mietsmann.

Dick nickte. Der Rum war bewunderungswürdig.

»Und die Weibsperson im Hause, wer ist die?«

»Ein Drache«, lautete Dicks Antwort.

Der ledige Herr äußerte keine Überraschung – vielleicht, weil ihm derartige Dinge schon auf seinen Reisen vorgekommen waren, vielleicht auch, weil er ein *lediger* Herr war –, sondern fragte bloß:

»Weib oder Schwester?«

»Schwester«, sagte Dick.

»Um so besser«, entgegnete der ledige Herr, »so kann er sie loswerden, wenn er will.«

»Ich will ganz nach meinem Gefallen leben, junger Mann«, fügte er nach einer kurzen Pause bei, »zu Bette gehn, wann es mir beliebt, und aufstehen, wann es mir beliebt, will nicht gefragt werden und nicht von Spionen umringt sein. Was das letzte anbelangt, so sind die Dienstboten des Teufels. Es ist nur ein einziger hier?«

»Und zwar ein sehr kleiner«, versetzte Dick.

»Ein sehr kleiner?« wiederholte der Mietsmann. »Nun, das Haus wird für mich passen, nicht wahr?«

Dick antwortete mit Ja.

»Vermutlich Beutelschneider?« sagte der Mietsmann.

Dick nickte zustimmend und trank sein Glas aus.

»Teilen Sie ihnen meine Gewohnheiten mit«, sagte der ledige Herr aufstehend. »Wenn sie mich stören, so verlieren sie einen guten Mietsmann. Ist ihnen einmal so viel bekannt, so wissen sie genug. Versuchen sie mehr zu erfahren, so nehme ich dies als Kündigung. Es ist am besten, die Sache gleich ins reine zu bringen. Guten Tag.«

»Ich bitte um Verzeihung«, sagte Dick, auf dem Wege zur Tür stehenbleibend, die der Mietsmann eben öffnen wollte. »Wenn ihm, der dich verehrt, der Name verbliebe . . .«

»Was wollen Sie damit sagen?«

»Der Name«, versetzte Dick, »der Name verbliebe, falls Briefe oder Pakete . . .«

»Ich erhalte nie etwas«, entgegnete der Mietsmann.

»Oder im Falle, daß Besuche kommen sollten.«

»Ich nehme nie Besuche an.«

»Wenn jedoch ein Mißverständnis daraus entstände, daß wir keinen Namen kennen, Sir, so dürfen Sie es nicht mir zur Last legen«, fügte Dick hinzu, indem er noch immer zögerte. »Oh, schmäht den Barden nicht!«

»Ich schmähe niemand!« rief der Mietsmann mit einer solchen Gereiztheit, daß sich Dick im Nu auf der Treppe befand und die Tür zwischen beiden abgeschlossen war.

Herr Braß und Miß Sally lauerten ganz in der Nähe und waren in der Tat nur durch Herrn Swivellers plötzlichen Abgang von dem Schlüsselloch verscheucht worden. Trotz aller Anstrengung hatten sie aber infolge eines Streites um den Vorrang kein Wort vernehmen können, da dieser, obgleich er notwendigerweise auf Püffe, Knüffe und ähnliche lautlose Pantomimen beschränkt war, die ganze Zeit über gedauert hatte; und so eilten sie jetzt mit ihm in die Kanzlei hinunter, um einen ausführlichen Bericht über die Unterredung zu hören.

Diesen gab auch Herr Swiveller ganz der Wahrheit gemäß, was die Wünsche und den Charakter des ledigen Herrn betraf, und poetisch wurde er, als er von dem großen Koffer sprach, von dem er eine Beschreibung lieferte, die bemerkenswerter war um des phantasievollen Glanzes willen, als um der wahrheitsgetreuen Schilderung; denn er erklärte unter vielen kräftigen Beteuerungen, daß er eine Auswahl von allen Arten köstlicher Speisen und Getränke, die derzeit bekannt wären, enthalte, und daß er vor allem selbständig sei, mit allem aufwarte, was man wünsche, vermutlich infolge eines Uhrwerks. Auch deutete er an, daß der Kochapparat das Lendenstück eines fetten Ochsen von ungefähr sechs Pfund in zwei und einer Viertelminute briete, wie er selbst mit eigenen Augen gesehen und mit eigener Zunge geschmeckt habe; ferner habe er sich persönlich überzeugt, obgleich er nicht wisse, wie es zuging, daß das Wasser auf einen bloßen Wink des ledigen Herrn kochte und sprudelte; aus welchen Tatsachen Herr Swiveller den Schluß zog, daß der Mietsmann ein großer Zauberer oder Chemiker, vielleicht auch beides sei, dessen Aufenthalt unter diesem Dache nicht ermangeln könne, eines Tages dem Namen Braß große Ehre und Auszeichnung zu verleihen und der Geschichte von Bevis-Marks neues Interesse zu geben.

Ein Punkt war jedoch vorhanden, hinsichtlich dessen Herr Swiveller es nicht für nötig erachtete, sich weiter zu verbreiten, nämlich der wahre Sachverhalt mit dem bescheidenen Löscher, welcher infolge seiner eindringlichen Kraft und vielleicht auch, weil er dem mäßigen Getränk, dem Dick bei Tisch zugesprochen hatte, so auf der Ferse gefolgt war, einige Fiebergrade veranlaßte und daher die Notwendigkeit herbeiführte, im Laufe des Abends zwei oder drei weitere bescheidene Löscher im Wirtshause zu holen.

Sechsunddreißigstes Kapitel

Da der ledige Herr nach einem Aufenthalte von einigen Wochen in seiner Wohnung noch immer nicht geneigt war, durch Worte oder Gebärden mit Herrn Braß und seiner Schwester in Verbindung zu treten, sondern unabänderlich

Richard Swiveller als Kommunikationsröhre wählte, und da er sich ferner in jeder Hinsicht als ein höchst wünschenswerter Hausgenosse erwies, alles im voraus bezahlte, sehr wenig Mühe veranlaßte, keinen Lärm machte und früh nach Hause kam, nahm Herr Richard Swiveller unmerklich eine bedeutsame Stellung in der Familie ein, indem man ihn als einen Mann betrachtete, der Einfluß auf diesen geheimnisvollen Mieter hatte und mit ihm über Gut und Böse verhandeln konnte, wenn niemand anders sich seiner Person nahen durfte.

Um jedoch die Wahrheit zu sagen: selbst Herrn Swivellers Annäherungen an den ledigen Herrn waren sehr gemessener Art und erfuhren eine gar geringe Ermutigung. Da er jedoch nie von seiner einsilbigen Unterhaltung mit dem Unbekannten zurückkehrte, ohne sich auf Ausdrücke zu beziehen, wie: ›Swiveller, ich weiß, daß ich mich auf Sie verlassen kann‹ – ›Ich nehme keinen Anstand, zu sagen, Swiveller, daß ich große Achtung vor Ihnen hege‹ – ›Swiveller, Sie sind mein Freund, und ich bin überzeugt, daß Sie mir zur Seite stehen werden‹, und noch viele andere kurze Redensarten ähnlicher familiärer und vertraulicher Weise, die der ledige Herr gegen ihn geäußert haben und aus denen der gewöhnliche Anfang ihres Gespräches bestehen sollte, so bezweifelten Herr Braß und Miß Sally keinen Augenblick die Größe seines Einflusses, sondern schenkten ihm vollsten und unbedingtesten Glauben.

Aber ganz abgesehen und unabhängig von dieser Quelle seiner Beliebtheit, sprudelte für Herrn Swiveller noch eine andere, von der sich hoffen ließ, daß sie gleich unversiegbar werden und seine Lage beträchtlich erleichtern könne.

Er hatte nämlich Gnade in den Augen von Miß Sally Braß gefunden. Leichtsinnige Spötter über weiblichen Zauber freilich mögen nicht die Ohren spitzen, um eine neue Liebesgeschichte zu hören, die ihnen doch nur Anlaß zum Scherze geben würde; denn wie sehr auch Miß Braß geschaffen war, um geliebt zu werden, so hatte sie doch durchaus nichts Sentimentales an sich. Dieser liebenswürdigen Jungfrau, die sich von frühester Jugend an die Schöße der Jurisprudenz geklammert, mit deren Hilfe gleichsam laufen gelernt und sie seitdem nicht wieder losgelassen hatte, war das Leben in einer Art juristischer Kindheit hingeschwunden. Als zartes Kind hatte sie sich durch ihr ungewöhnliches Talent ausgezeichnet, den Gang und die Gebärden des Gerichtsdieners nachzuäffen, in welcher Rolle sie auch gelernt hatte, ihre kleinen Spielgefährten auf die Schultern zu klopfen und sie nach einem imaginären Schuldturme zu führen. Dabei ahmte sie jede Bewegung so genau nach, daß sie bei allen, die Zeugen ihrer Vorstellungen waren, Erstaunen und Entzücken erregte; und diese Leistung wurde nur durch die exquisite Weise übertroffen, in der sie in ihrer Puppenstube Exekution abhielt und ein genaues Inventar der Stühle und Tische aufnahm. Diese unschuldigen Spiele hatten natürlich den Lebensabend ihres verwitweten Vaters, eines exemplarischen Herrn, der von seinen Freunden wegen seines außerordentlichen Scharfsinns nur ›das alte Füchschen‹ genannt wurde, sanft und heiter gemacht; er ermutigte sie nach Kräften, und seine Hauptsorge, als es mit ihm dem Houndsditch-Kirchhofe immer näher ging, bestand nur darin, daß er seiner Tochter kein Advokatenpatent auswirken und sie nicht in die Liste eintragen lassen konnte. Voll von diesem zärtlichen und rührenden Schmerz, hatte er sie feierlichst seinem Sohn Sampson als eine unschätzbare Gehilfin anempfohlen; und seit dem Ableben des alten Herrn bis zu jenen Tagen, von denen unsere Geschichte erzählt, war Miß Sally Braß die Stütze und der Pfeiler des Geschäfts.

Da sich die Dame von Kindheit an nur diesem einen Studium und Streben geweiht hatte, ist es klar, daß sie von der Welt nicht mehr wußte, als ihr das Rechtsstudium vermittelt hatte, und daß sich auch von einem Weibe, das einer so hohen Geistesrichtung folgte, eine Erfahrung in jenen sanfteren und edleren Künsten, in denen sich das weibliche Geschlecht gewöhnlich auszeichnet, kaum erwarten läßt. Miß Sallys Vorzüge waren alle von männlicher und streng juristischer Art.

Sie begannen und endigten mit der Praxis eines Anwalts. Die Dame befand sich sozusagen in einem Zustand juristischer Unschuld. Das Recht war ihre Amme gewesen, und sofern man schiefe Beine und ähnliche physische Deformitäten der Kinder für die Folgen schlechter Pflege hält, so konnte man nur der Amme von Miß Sally Braß einen Vorwurf machen, wenn sich in einer so schönen Seele irgendeine moralische Schiefe oder Verkrümmung vorfand.

Diese Dame also war es, auf die Herr Swiveller in seiner lebensfrohen Frische den Eindruck einer neuen, nie geträumten Erscheinung machte, wenn er das Bureau mit seinen Liederstrophen und seiner Jovialität erheiterte, mit Tintenfässern und Oblatenschachteln Taschenspielerkünste ausführte, mit einer Hand drei Orangen auffing, die Schreibeböcke auf dem Kinn und das Federmesser auf der Nase balancierte und ohne Unterlaß hundert andere Großtaten einer ähnlichen Kunstfertigkeit ausführte; denn mit solchen Erholungen tötete Richard, wenn Herr Braß abwesend war, die Langeweile seiner Gefangenschaft. Diese geselligen Eigenschaften, die Miß Sally ganz zufällig entdeckte, machten allmählich einen solchen Eindruck auf sie, daß sie Herrn Swiveller oft zu bitten pflegte, er möchte ein wenig ausruhen und tun, als ob sie nicht zugegen wäre, was sich Herr Swiveller natürlich nicht zweimal sagen ließ. Und so entspann sich zwischen ihnen eine Freundschaft. Herr Swiveller gewöhnte sich allmählich daran, sie so wie ihr Bruder zu behandeln und wie er irgendeinen andern Schreiber behandelt haben würde. Er weihte sie in das Geheimnis ein, um Obst, Ingwerbier, gebratene Kartoffeln oder auch um einen bescheidenen ›Löscher‹ Karten zu spielen, und Miß Braß nahm keinen Anstand, die Spielprämien mit zu genießen. Oft wußte er sie auch zu bereden, daß sie zu dem ihrigen auch noch seinen eigenen Schreibereianteil übernahm, und bisweilen belohnte er sie dafür mit einem kräftigen Schlag auf den Rücken, wobei er beteuerte, sie sei ein verteufelt guter Kerl, ein jovialer Kauz und dergleichen, Komplimente, die Miß

Sally in der besten Laune und mit vollkommener Zufriedenheit entgegennahm.

Nur ein Umstand lag schwer auf Richards Herzen, nämlich daß die kleine Dienstmagd sich fortwährend in den Eingeweiden der Erde unter Bevis-Marks umhertrieb und nie auf die Oberfläche kam, außer wenn der ledige Herr klingelte; dann erschien sie wohl, verschwand aber augenblicklich wieder. Sie ging nie aus, kam nie in das Bureau, hatte nie ein reines Gesicht, nahm nie ihre grobe Schürze ab, sah nie aus dem Fenster, stand nie unter der Haustür, um frische Luft einzuatmen, und hatte nie Ruhe noch sonst eine Erholung. Niemand besuchte sie, niemand sprach mit ihr, und niemand kümmerte sich um sie. Herr Braß hatte einmal gesagt, er glaube, sie sei ›ein Kind der Liebe‹, was alles andere, nur nicht ein geliebtes Kind besagen will, und dies war die ganze Auskunft, die Richard Swiveller zu erlangen wußte.

»Es führt zu nichts, wenn ich den Drachen darüber befrage«, dachte Dick, als er eines Tages dasaß und sich in die Züge von Miß Sally Braß vertiefte; »denn wenn ich in dieser Hinsicht Fragen an sie stellte, so wäre es vermutlich mit unserm guten Einvernehmen zu Ende. Ich möchte übrigens wissen, ob sie wirklich aus dem Drachengeschlecht ist oder ob sie nicht zur Rasse der Meerjungfern gehört. Jedenfalls hat sie ein etwas schuppiges Aussehen. Aber Meerjungfern betrachten sich gern im Spiegel, was bei ihr nicht zutrifft; auch pflegen sie sich häufig die Haare zu kämmen, was bei ihr wieder nicht der Fall ist. Nein, sie ist ein Drache.«

»Wohin wollen Sie, alter Bursche?« sagte Dick laut, als Miß Sally ihre Feder wie gewöhnlich an dem grünen Kleide abwischte und von ihrem Sitze aufstand.

»Zum Mittagessen«, antwortete der Drache.

»Zum Mittagessen!« dachte Dick. »Das ist etwas anderes. Ich glaube nicht, daß die kleine Dienstmagd je etwas zu essen kriegt.«

»Sammy kommt nicht nach Hause«, sagte Miß Braß; »bleiben Sie, bis ich wieder zurückkomme, es wird nicht lange dauern.«

Dick nickte und verfolgte mit den Augen Miß Braß bis zur Tür, mit den Ohren aber bis zu dem kleinen Hinterstübchen, in dem sie und ihr Bruder ihre Mahlzeiten einzunehmen pflegten.

»Nun«, sagte Dick, indem er, die Hände in seinen Taschen, auf und ab ging, »ich würde etwas geben, vorausgesetzt, daß ich etwas hätte, wenn ich wüßte, wie man jenes Kind behandelt und wo es sich aufhalten muß. Meine Mutter muß eine sehr neugierige Frau gewesen sein, und ohne Zweifel habe ich irgendwo ein Fragezeichen als Muttermal. Ich unterdrücke mein Gefühl, doch du bist meiner Qualen Grund, du, auf mein Wort«, fügte Herr Swiveller bei, indem er sich selbst unterbrach und gedankenvoll in den Klientenstuhl sank; »ich möchte wissen, wie man sie behandelt!«

Nachdem sich Herr Swiveller eine Zeitlang mit diesem Gedanken beschäftigt hatte, öffnete er sachte die Bureautür in der Absicht, zu einem Glase milden Porters über die Straße hinüberzuschlüpfen. In diesem Augenblick gewahrte er noch einen Zipfel von Miß Sallys Kopfputz, die eben die Küchentreppe hinunterglitt.

»Und beim Jupiter!« dachte Dick, »sie geht hin, um der Magd Nahrung zu reichen. Jetzt oder nie!«

Er blickte zuerst über das Geländer, bis der Kopfputz unten in der Dunkelheit verschwunden war, tappte dann hinab und gelangte an die Tür einer Hinterküche, in die Miß Braß, eine kalte Hammelkeule in der Hand, eben eingetreten war. Es war ein sehr dunkler, erbärmlicher Ort, sehr niedrig, sehr feucht und die Wände durch tausend Risse und Flecken entstellt. Das Wasser rann aus einem lecken Fasse, und eine ausgehungerte Katze leckte die Tropfen mit der krankhaften Gier des Verschmachtens auf. Der weite Rost war so dicht zusammengedreht und geschraubt, daß nur ein kleines, dünnes Butterbrötchen von Feuer darauf Platz hatte. Alles war verschlossen; der Kohlenkeller, die Lichterkiste, die Salzlade, der Fleischschrank, überall ein Marderschloß. Es war nicht so viel da, daß ein Käfer davon hätte frühstücken können. Der verzwickte und magere Anblick des Ortes hätte ein Chamäleon getötet; denn beim ersten Mundvoll würde es gemerkt haben, daß die Luft nicht als Speise dienen könne, und in Verzweiflung hätte es seinen Geist aufgeben müssen. – Die kleine Dienstmagd stand unterwürfig vor Miß Sally und ließ den Kopf hängen.

»Bist du da?« sprach Miß Sally.

»Ja, Ma'am«, antwortete die Kleine mit schwacher Stimme.

»Geh weiter weg von der Hammelkeule, denn ich weiß wohl, du würdest sie annagen«, sagte Miß Sally.

Das Mädchen zog sich in einen Winkel zurück, während Miß Braß einen Schlüssel aus der Tasche holte, den Speiseschrank öffnete und einen trübseligen Haufen kalter Kartoffeln hervorlangte, die so eßbar wie Steine aussahen. Diese stellte sie der kleinen Magd hin und befahl ihr, sich dazu niederzusetzen; dann ergriff sei ein großes Vorlegmesser und machte gewaltige Anstrengungen, es an der entsprechenden Gabel zu wetzen.

»Siehst du dies?« fragte Miß Braß, die nach dieser großartigen Einleitung ungefähr zwei Quadratzoll von der Hammelkeule abschnitt und dem Mädchen das winzige Stückchen an der Spitze der Gabel hinhielt.

Das kleine Mädchen betrachtete den Riesenbrocken mit so gierigen Augen, als ob sie jede Faser daran zählen wollte, und antwortete:

»Ja.«

»Dann brauchst du aber nicht immer hinzugehen und zu sagen, daß du hier kein Fleisch erhieltest«, entgegnete Miß Sally. »Da, iß es auf!«

Dies war bald geschehen.

»Nun, willst du etwa noch mehr?« fragte Miß Sally.

Das hungrige Geschöpf hauchte als Erwiderung ein mattes »Nein«. Augenscheinlich handelte es sich dabei um eine feststehende Förmlichkeit.

»Du hast einmal Fleisch erhalten«, sagte Miß Braß, indem sie die Tatsachen resümierte; »du hast so viel bekommen, wie du essen konntest; man hat dich gefragt, ob du mehr wollest, und du hast mit ›Nein‹ geantwortet; du brauchst also nicht immer hinzugehen und zu sagen, man hält dich kurz; merke dir das!«

Nach diesen Worten nahm Miß Sally das Fleisch weg,

schloß es in den Schrank, trat dann an die Seite des kleinen Dienstmädchens und sah zu, wie es sich über die Kartoffeln hermachte.

Es war augenscheinlich, daß irgendein außerordentlicher Ärger in Miß Sallys zarter Brust tobte und daß dieser sie veranlaßte, ohne die mindeste sichtbare Ursache das Kind mit der Messerklinge bald auf die Hand, bald auf den Kopf, bald auf den Rücken zu klopfen, als ob sie es für ganz unmöglich hielte, so nahe bei dem armen Geschöpf zu stehen, ohne ihm einige leichte Püffe zu versetzen. Noch größer war aber die Überraschung, als Herr Swiveller sah, wie sein weiblicher Kollege, nachdem er langsam der Tür zugegangen, als wolle er die Küche verlassen und könne es doch nicht recht über sich gewinnen, plötzlich wieder vorwärts stürzte, über die kleine Dienstmagd herfiel und ihr mit geballter Faust einige tüchtige Schläge versetzte. Die arme Dulderin schrie, aber mit so unterdrückter Stimme, als fürchte sie sich, einen Laut von sich zu geben; und endlich stieg Miß Sally, nachdem sie sich durch eine Prise Schnupftabak beruhigt hatte, die Treppe hinauf, als Richard eben wohlbehalten wieder in dem Bureau angelangt war.

Siebenunddreißigstes Kapitel

Der ledige Herr hatte unter andern Eigentümlichkeiten – und er besaß deren einen so reichlichen Vorrat, daß er mit jedem Tage ein neues Pröbchen zu liefern vermochte – eine ganz außerordentliche und merkwürdige Vorliebe für die Leistungen des Policinello. Wenn die Stimme dieses Helden aus noch so großer Entfernung Bevis-Marks erreichte, so konnte der ledige Herr, auch wenn er schon im Bette lag und schlief, aufspringen, in seine Kleider schlüpfen und in vollem Galopp dem Platze zueilen, von dem er alsbald an der Spitze einer langen Prozession von Gassenjungen, die das Theater und dessen Eigentümer umringten, zurückkehrte. Die Schaubühne wurde dann ohne alle Umstände vor dem Hause des Herrn Braß aufgestellt; der ledige Herr pflanzte sich an ein Fenster des ersten Stocks, und die Vorstellung begann mit der ganzen aufregenden Begleitung von Pfeife, Trommel und Gejubel, zur unaussprechlichen Bestürzung aller nüchternen Geschäftsleute in jenem ruhigen Stadtteile. Man hätte eigentlich erwarten können, daß nach Beendigung des Stückes sowohl Schauspieler als Auditorium sich zerstreuen würden; aber der Epilog war ebenso schlimm wie das Spiel, denn kaum war der Teufel tot, als der ledige Herr den Puppenlenker nebst seinem Associé auf sein Zimmer einlud, sie dort mit gebranntem Wasser aus seinem Privatvorrat erfrischte und lange Unterredungen mit ihnen hielt, deren Inhalt kein menschliches

Wesen zu ergründen vermochte. Das Geheimnis dieser Verhandlungen war jedoch von keiner sonderlichen Wichtigkeit. Es genügt, wenn wir mitteilen, daß während ihres Verlaufs die Masse sich noch immer um das Haus drängte, daß die Gassenjungen die Trommel mit ihren Fäusten bearbeiteten und mit ihren zarten Stimmen die des Policinello nachahmten, daß das Bureaufenster durch angedrückte Nasen verdunkelt und das Schlüsselloch der Haustür durch Augen erhellt wurde, und daß jedesmal, sooft sich der ledige Herr oder einer seiner Gäste an den oberen Fenstern blicken oder auch nur das Ende ihrer Nasen sichtbar werden ließen, ein ungeheures Verwünschungsgebrüll von seiten des ausgeschlossenen Haufens erscholl, der fortwährend heulte, zeterte und sich durchaus nicht beruhigen ließ, bis ihm die Gaukler verabfolgt wurden, die er sodann nach einem andern Orte begleitete. Mit einem Worte, es genügt zu wissen, daß Bevis-Marks durch diese Volksbewegungen revolutioniert wurde und daß Friede und Ruhe aus seinen Mauern wichen.

Niemand erboste sich mehr über solche Szenen als Herr Sampson Braß, obgleich er es, da er in keinem Falle einen so einträglichen Hausgenossen verlieren mochte, für klug hielt, den Schimpf, den ihm sein Mietsmann antat, mit dessen Gelde einzustreichen und das Publikum, das sich um seine Tür sammelte, durch die ihm zugänglichen, unvollkommenen Vergeltungsmittel zu ärgern. Diese beschränkten sich darauf, aus unsichtbaren Rinnen schmutziges Wasser auf die Köpfe niederträufeln zu lassen, sie vom Dache des Hauses aus mit Bruchstücken von Ziegel und Mörtel zu beschießen und die Mietskutscher zu bestechen, plötzlich um die Ecke zu sausen und blitzschnell in den Haufen zu jagen. Einigen Gedankenlosen dürfte es vielleicht im ersten Augenblick auffallen, daß Herr Braß als ein Mann des Rechts die Partei oder die Parteien nicht wegen Störung der Ruhe gerichtlich belangte; sie werden sich aber vielleicht auch gütigst erinnern, daß Ärzte selten ihre eigenen Rezepte einnehmen und Geistliche nicht immer leben, wie sie predigen; und so scheuen sich auch die Advokaten, sich um ihrer selbst willen mit dem Rechte zu befassen; denn sie wissen wohl, daß es ein scharfes Instrument ist, unsicher in der Anwendung, kostspielig in seinen Wirkungen und auffallender durch seine Fähigkeit, überhaupt zu barbieren, als durch die Kunst, stets die rechte Person zu barbieren.

»Der Tausend«, sagte Herr Braß eines Nachmittags, »schon zwei Tage ohne Policinello! Ich hoffe, er hat sie bereits alle gehabt.«

»Warum hoffst du das?« versetzte Miß Sally, »was schaden sie denn dir?«

»Nun, du bist mir ein feiner Kerl!« rief Braß, indem er verzweifelt die Feder niederlegte. »Ein Plagegeist bist du!«

»Nun, was schaden sie dir denn?« wiederholte Sally.

»Was sie schaden!« rief Braß. »Ist es nicht Schaden genug, dieses beständige Gejubel und Gebrüll gerade unter der Nase zu haben, so daß man nichts arbeiten kann und vor Verdruß mit den Zähnen knirschen möchte? Ist es nicht Schaden genug, geblendet und erdrückt zu werden und des Königs Landstraße durch einen Haufen tobender Schreier versperrt zu sehen, die Kehlen von, von . . .«

»Erz* haben müssen«, ergänzte Herr Swiveller.

»Ja! von Erz«, sagte der Advokat, indem er nach seinem Schreiber hinblickte, um sich zu überzeugen, daß er das Wort in voller Unschuld und ohne bösartige Absicht vorgeschlagen habe. »Ist das kein Schaden?«

Der Rechtsgelehrte unterbrach sich plötzlich in seinem Eifer, horchte einen Augenblick, und als er die wohlbekannte Stimme vernahm, stützte er den Kopf auf seine Hand, erhob die Augen zur Zimmerdecke und murmelte schwach:

»Da ist wieder einer!«

In demselben Augenblick öffnete sich das Fenster des ledigen Herrn.

»Da ist wieder einer«, wiederholte Braß, »und wenn ich einen Wagen nebst vier Vollblutpferden haben könnte, die auf

* Braß = Erz, Unverschämtheit.

Bevis-Marks hereinstürmten, wo der Haufen am dicksten ist, so wollte ich michs ohne Murren achtzehn Pence kosten lassen.«

Das ferne Quieken wurde aufs neue gehört. Die Tür des ledigen Herrn sprang auf. Er eilte ungestüm die Treppe hinunter auf die Straße, rannte ohne Hut an dem Fenster vorbei zu der Stelle, von der die Stimme herkam, zweifellos in der Absicht, sich die Dienste der Fremden unverzüglich zu sichern.

»Ich möchte nur wissen, welcher Familie er angehört«, murmelte Sampson, indem er Akten in seine Tasche stopfte. »Wenn sie nur so eine hübsche kleine Kommission de lunatico nach dem Grays-Inn-Kaffeehaus bescheiden und mir das Geschäft übertragen wollte, so würde ich mich ganz gerne zufriedengeben, die Wohnung eine Weile leerstehen zu lassen.«

Nach diesen Worten stülpte sich Herr Braß seinen Hut über die Augen, als wolle er sie gegen den Anblick dieser fürchterlichen Gesellschaft sichern, stürzte aus dem Hause und eilte fort.

Da Herr Swiveller ein entschiedener Freund von solchen Kunstproduktionen war, aus dem einfachen Grunde, weil es noch immer besser ist, dem Policinello zuzusehen oder überhaupt aus dem Fenster zu schauen, als zu arbeiten, und da er aus demselben Grunde sich Mühe gegeben hatte, bei seinem weiblichen Kollegen ein Gefühl für deren Schönheiten und mannigfaltige Verdienste zu wecken, so erhoben er wie auch Miß Sally sich wie aus *einem* Antriebe und nahmen ihre Stellung an dem Fenster ein. Auf dessen Gesimse hatten sichs indes wie auf einem Ehrenplatz verschiedene junge Damen und Herren, die mit dem langweiligen Geschäfte des Kinderwartens beschäftigt waren und ihre Gegenwart mit ihren jungen Schützlingen bei derartigen Gelegenheiten für unerläßlich betrachteten, so bequem gemacht, als es die Umstände gestatten wollten.

Da das Glas trübe war, so riß Herr Swiveller infolge der freundlichen Gebräuche, die sich zwischen ihnen entwickelt hatten, das braune Tuch von Miß Sallys Kopf und stäubte damit sorgfältig die Scheiben ab. Als er es wieder zurückgegeben und nachdem die schöne Trägerin es sich wieder umgeschlungen hatte – sie tat dies mit vollkommener Ruhe und Gleichmütigkeit –, kam der Mietsmann mit dem Puppenkasten, den Puppenspielern und einer Masse von Zuschauern angezogen. Der Figurenlenker verschwand mit aller Hast hinter den Vorhängen, und sein Associé, der sich neben dem Theater aufstellte, betrachtete das Auditorium mit einem seltsamen Ausdrucke von Melancholie, der noch seltsamer wurde, als er in jenes zarte musikalische Instrument, das man volkstümlich eine Röhrenpfeife zu nennen pflegt, eine Tanzmelodie hauchte, ohne daß sich dabei die Trauerphysiognomie der obern Gesichtsteile verlor, obgleich Mund und Kinn notwendigerweise in lebhaften Krämpfen begriffen waren.

Das Drama ging zu Ende, die Zuschauer wie gewöhnlich bis zum Schlusse in der gehörigen Spannung erhaltend. Die freudige Stimmung, die immer in großen Versammlungen aufflammt, wenn die Menschen aus einem Zustande atemloser Aufmerksamkeit erlöst sind und wieder frei sprechen und sich bewegen dürfen, hatte noch nicht nachgelassen, als der Mietsmann wie gewöhnlich die Männer auf sein Zimmer einlud. »Alle beide!« rief er von seinem Fenster hinunter; denn nur der wirkliche Puppenspieler, ein kleiner fetter Mann, schickte sich an, der Aufforderung Folge zu leisten. »Ich muß mit euch sprechen. Kommt beide herauf!«

»So kommt denn, Tommy«, sagte der kleine Mann.

»Bin kein Freund vom Sprechen«, versetzte der andere, »sagt ihm das. Weshalb soll ich da hingehen und plaudern?«

»Seht Ihr nicht, daß der Herr eine Flasche und Gläser aufgetischt hat?« entgegnete der kleine Mann.

»Und hättet Ihr dies nicht gleich sagen können?« erwiderte der andere mit plötzlicher Behendigkeit. »Nun, worauf wartet Ihr noch? Soll der Herr einen ganzen Tag auf uns warten? Habt Ihr denn gar keine Manieren?«

Nach dieser Vorstellung schob sich der melancholische

Mann, der kein anderer als Thomas Codlin war, an seinem Freunde und Gewerbsgenossen, dem Herrn Harry, sonst auch Short oder Trotters genannt, vorbei und eilte vor ihm in die Wohnung des ledigen Herrn.

»Nun, meine Lieben«, begann der ledige Herr, »ihr habt eure Sache sehr gut gemacht. Womit kann ich euch aufwarten? Sagt dem kleinen Mann da hinten, er soll die Tür zumachen.«

»Könnt Ihr nicht die Tür zumachen?« sagte Herr Codlin, indem er sich barsch an seinen Freund wandte. »Ihr hättet, denke ich, wissen können, daß der Herr die Tür geschlossen haben will, ohne daß man es Euch sagen muß.«

Herr Short gehorchte, indem er zugleich vor sich hinmurmelte, sein Freund scheine ungewöhnlich verdrießlicher Laune zu sein und er hoffe nur, daß keine Milchkammer in der Nähe sei, da seine Stimmung leicht deren Inhalt gerinnen lassen könnte.

Der Herr deutete auf ein paar Stühle und gab den beiden durch ein nachdrückliches Kopfnicken zu verstehn, er erwarte, daß sie Platz nähmen. Die Herren Codlin und Short sahen einander eine Weile ziemlich unschlüssig und zweifelnd an und ließen sich endlich nieder, jeder auf die äußerste Kante des ihm angewiesenen Stuhles, und preßten ihre Hüte fest an sich, während der ledige Herr aus einer Flasche, die auf dem Tische neben ihm stand, ein paar Gläser füllte und sie in gebührender Form präsentierte.

»Die Sonne hat euch beiden ziemlich zugesetzt«, sagte ihr Wirt. »Seid ihr auf der Reise gewesen?«

Herrn Shorts Antwort bestand in einem bejahenden Kopfnicken und einem Lächeln. Herr Codlin bekräftigte dies gleichfalls durch ein Nicken und einen kurzen Seufzer, als ob er die Last des Tempels noch immer auf seinen Schultern fühlte.

»Vermutlich auf Messen, Preisrennen und Jahrmärkten?« fuhr der ledige Herr fort.

»Ja, Sir«, versetzte Short, »fast über den ganzen Westen von England.«

»Ich habe schon mit Männern eures Gewerbes aus dem Norden, Osten und Süden gesprochen«, entgegnete ihr Wirt etwas hastig, »aber nie ist mir früher einer aus dem Westen vorgekommen.«

»Unsere gewöhnlichen Sommerreisen gehen nach dem Westen«, sagte Short; »ja, so ists. Wir nehmen die Gegend östlich von London, im Frühling und im Winter, und den Westen von England bereisen wir im Sommer. Es gab im Westen drunten manchen harten Tagemarsch in Regen und Schmutz, ohne daß wir einen Penny verdienten.«

»Laßt mich Euer Glas wieder füllen.«

»Sehr verbunden, Sir; ich denke, ich will mirs gefallen lassen«, sagte Herr Codlin, plötzlich das seine hinstreckend und Shorts Glas beiseiteschiebend. »Ich bin der Leidende, Sir, mag man auf der Reise sein oder zu Hause. In der Stadt oder auf dem Lande, bei nassem oder trockenem, bei heißem oder kaltem Wetter ist Tom Codlin der Leidende. Aber Tom Codlin ist nicht der Mann, der darüber klagt. O nein, Short mag sich beklagen, aber wenn Codlin nur ein Wörtchen murrt, ach du mein Himmel, dann nieder mit ihm, dann augenblicklich nieder mit ihm! Er darf nicht murren, das geht nun und nimmer!«

»Codlin ist kein unnützer Mensch«, bemerkte Short mit einem schalkhaften Blicke, »aber er hat nicht immer seine Augen offen. Er schläft bisweilen ein, müssen Sie wissen. Erinnert Ihr Euch noch an das letzte Wettrennen, Tommy?«

»Wollt Ihr nie mit Euren Kränkungen aufhören?« versetzte Codlin. »Es ist wohl anzunehmen, daß ich geschlafen habe, während fünf Schilling und zehn Pence in einem Rundgange gesammelt wurden, nicht wahr? Ich habe auf mein Geschäft geachtet und konnte meine Augen nicht auf zwanzig Orte richten wie ein Pfau, ebensowenig wie Ihr es könnt. Wenn ich nicht scharf genug bin für einen alten Mann und ein junges Mädchen, so seid Ihr es auch nicht; also werft mir das nicht immer vor, denn schließlich trifft Euch so gut die Schuld wie mich.«

»Nun, Ihr könnt den Gegenstand fallenlassen, Tom«, sagte Short. »Ich darf wohl annehmen, daß der Herr da sich nicht besonders daran erbauen wird.«

»Dann hättet Ihr ihn gar nicht zur Sprache bringen sollen«, entgegnete Herr Codlin, »und ich bitte den Herrn Euretwegen um Verzeihung; denn Ihr seid ein Schwätzer, der sich gerne sprechen hört und sich wenig darum kümmert, was er spricht, wenn ihm nur das Maul geht.«

Als der Streit ausbrach, war der Gastgeber ganz ruhig geblieben, indem er zuerst den einen, dann den andern seiner Gäste ansah, als lauere er nur auf irgendeine Gelegenheit, eine weitere Frage zu stellen oder auf diejenige zurückzukommen, von der das Gespräch abgelenkt worden war. Aber von dem Augenblicke an, da Herr Codlin Schläfrigkeit zum Vorwurf gemacht wurde, hatte der ledige Herr ein immer größer werdendes Interesse an der Unterhaltung gezeigt, das nun aufs äußerste gestiegen war.

»Ihr seid die zwei Männer, die ich brauche«, sagte er, »die zwei Männer, die ich gesucht und nach denen ich gespäht habe. Wo ist jener alte Mann und das Kind, von denen ihr sprecht?«

»Sir . . .«, entgegnete Short stockend, indem er auf seinen Freund blickte.

»Der alte Mann und seine Enkelin, die mit euch reisten, wo sind sie? Ich versichere euch, es verlohnt sich wohl der Zeit, davon zu sprechen, weit mehr, als ihr vielleicht glaubt. Sie verließen euch, sagt ihr, bei jenem Pferderennen, soviel ich entnehmen kann. Man hat ihre Spur bis zu diesem Platze verfolgt und sie dort verloren. Habt ihr keinen Schlüssel, könnt ihr mir keinen Schlüssel zu ihrer Wiederauffindung in die Hand geben?«

»Sagte ich nicht immer, Thomas«, rief Short, indem er sich mit einem Blicke höchsten Staunens an seinen Freund wandte, »ich sei überzeugt, daß man nach den beiden Wanderern forschen würde?«

»Ihr habt das gesagt!« entgegnete Codlin. »Sagte ich Euch nicht immer, jenes liebe gute Kind sei das interessanteste, das mir je vorkam? Sagte ich nicht immer, daß ich die Kleine liebe und ganz in sie vernarrt sei? Das hübsche Geschöpflein, ich meine sie noch zu hören. ›Codlin ist mein Freund‹, sagte sie, und Tränen der Dankbarkeit rieselten ihr aus den kleinen Augen; ›Codlin ist mein Freund‹, sagte sie, ›nicht Short. Short ist wohl ein recht guter Mann‹, sagte sie, ›und ich habe nichts gegen Short; ich darf wohl sagen, daß er es gut meint, aber Codlin‹, sagte sie, ›fühlt für mich, obgleich er vielleicht nicht danach aussieht.‹«

Diese Worte mit großer Bewegung wiederholend, rieb sich Herr Codlin den Nasenrücken mit dem Rockärmel, schüttelte traurig den Kopf und ließ den ledigen Herrn glauben, daß von dem Moment an, da er seinen lieben jungen Schützling aus den Augen verloren hatte, sein Seelenfriede und seine Glückseligkeit von ihm gewichen seien.

»Guter Gott!« sagte der ledige Herr, in dem Zimmer auf und ab schreitend, »so habe ich endlich diese Männer nur gefunden, um die Entdeckung zu machen, daß sie mir weder

Nachricht geben noch Beistand leisten können. Es wäre besser gewesen, ich hätte von Tag zu Tag in der Hoffnung fortgelebt und sie nie getroffen, als daß ich jetzt meine Erwartungen so vernichtet sehen muß!«

»Warten Sie einen Augenblick«, sagte Short. »Ein Mann namens Jerry . . . Ihr kennt Jerry, Thomas?«

»Oh, redet mir nicht von Jerry«, entgegnete Herr Codlin.

»Wie kann ich mich auch nur eine Prise Schnupftabak um Jerry kümmern, wenn ich an das kleine Herzkäferlein denke! ›Codlin ist mein Freund‹, sagte sie, ›der liebe, gute, freundliche Codlin, der immer auf mein Vergnügen bedacht ist! Ich habe nichts gegen Short einzuwenden‹, sagte sie, ›aber mit Codlin stimme ich zusammen.‹ Einmal«, fügte dieser Ehrenmann nachdenkend bei, »nannte sie mich Vater Codlin. Ich meinte, das Herz müsse mir zerspringen!«

»Ein Mann namens Jerry, Sir«, sagte Short, indem er sich von seinem selbstsüchtigen Kollegen an seinen neuen Bekannten wandte, »der eine Gesellschaft tanzender Hunde unterhält, sagte mir gelegentlich, er habe den alten Herrn in Begleitung eines wandernden Wachsfigurenkabinetts gesehen, dessen Eigentümerin ihm unbekannt war. Da sie uns einmal entwischten und nichts bei der Sache herausgekommen war, so traf ich keine Maßregeln und fragte auch nicht weiter danach, um so weniger, als er den alten Herrn ganz im Lande drunten gesehen hatte. Aber wenn Sie wollen, dann kann ichs ja nachholen.«

»Ist der Mann in der Stadt?« fragte der ungeduldige ledige Herr. »Sprecht rascher!«

»Nein, aber er wird morgen kommen; er wohnt in unserm Wirtshause«, versetzte Herr Short eilig.

»Dann bringt ihn her«, entgegnete der ledige Herr. »Da ist ein Goldstück für jeden von euch. Wenn ich durch eure Vermittlung diese Leute ausfindig machen kann, so ist es nur das Vorspiel zu weiteren zwanzig. Kommt morgen zu mir und behaltet die Sache für euch, obgleich ich kaum nötig habe, euch dies einzuschärfen, da ihr es schon um eurer selbst willen tun werdet. Nun gebt mir eure Adresse und zieht eures Weges.«

Die Adresse wurde gegeben, die zwei Männer entfernten sich, der Volkshaufe zog mit ihnen ab, und der ledige Herr spazierte in ungewöhnlicher Aufregung zwei sterbenslange Stunden in seinem Zimmer auf und ab, unmittelbar über den verwunderten Häuptern von Herrn Swiveller und Miß Sally Braß.

Achtunddreißigstes Kapitel

Kit – denn wir haben jetzt nicht nur hinreichend Zeit, sein ferneres Schicksal zu verfolgen, sondern die notwendige Folge dieser Abenteuer schmiegt sich auch so sehr unserer Bequemlichkeit und Neigung an, daß sie stets die Richtung nehmen muß, die uns zugleich als die wünschenswerteste erscheint –, Kit wurde während der in den letzten fünfzehn Kapiteln geschilderten Ereignisse allmählich vertrauter mit Herrn und Madame Garland, Herrn Abel, dem Pony und Barbara, so daß er sie nachgerade samt und sonders als Freunde und Abel Cottage Finchley als seine eigentliche Heimat betrachten lernte.

Halt! – die Worte sind geschrieben und mögen daher so in die Welt gehen; wenn sie aber zu der Vermutung Anlaß geben sollten, Kit habe bei dem reichbesetzten Tisch und der gemütlichen Wohnung seines neuen Aufenthalts gelernt, geringschätzig auf die dürftige Kost und die armselige Einrichtung seiner früheren Wohnung herabzusehen, so begehen sie eine Ungerechtigkeit an dem guten Jungen und versehen ihr Amt schlecht. Wer gedachte der in der Heimat Zurückgebliebenen, obgleich diese nur eine Mutter und zwei Kinder waren, fleißiger als Kit? Welcher stolze Vater erzählte je in der Fülle seiner Herzensfreude von seinem Wunderkinde solche Heldentaten, als Kit ohne zu ermüden in den Abendstunden der Jungfer Barbara von dem kleinen Jakob mitzuteilen wußte? Gab es wohl je eine solche Mutter, wie Kits Mutter in der Darstellung ihres Sohnes war? Oder lag je eine solche Behaglichkeit in der Armut, als dies in Kits Familie der Fall war, wenn man überhaupt aus seiner glühenden Schilderung ein richtiges Urteil fällen könnte?

Möge denn hier auch die Bemerkung ein Plätzchen finden: Wenn je häusliche Anhänglichkeit und Liebe etwas Herzerhebendes sind, so ist dies besonders bei den Armen der Fall. Die Bande, die den Reichen und Stolzen an die Heimat ketten, mögen auf Erden geschmiedet sein, aber diejenigen, die den Armen an seinen niedrigen Herd fesseln, sind von echtem Metall und tragen den Stempel des Himmels. Der Sproß eines hohen Hauses mag wohl die ererbten Schlösser und Ländereien als einen Teil seiner selbst betrachten, als Trophäen seiner Geburt und seiner Macht; seine Vorliebe für sie ist die Vorliebe des Stolzes und des Reichtums; aber die Anhänglichkeit des Armen an seine Hütte, die vordem ein Fremder besessen und die vielleicht morgen wieder einem Fremden anheimfällt, hat eine weit ehrwürdigere Wurzel und holt ihre Nahrung aus einem reinen Boden. Seine Penaten sind von Fleisch und Blut, mit keiner Beimischung von Silber,

Gold oder kostbaren Steinen; er nennt nichts sein eigen als seine Neigungen, und wenn diese ihm seine kahlen Hausfluren und Wände lieb und wert machen, trotz der Lumpen, der Mühe des Tages und des spärlichen Mahles, so hat dieser Mann das Heimatgefühl von Gott zum Geschenk erhalten, und seine armselige Hütte wird ihm zu einem Prachtpalast!

Oh, wenn doch diejenigen, die das Geschick der Völker lenken, daran denken wollten, wenn sie doch im Gedächtnis behielten, wie schwer es den ganz Armen wird, in ihren Herzen jene Liebe zur Heimat zu bewahren, der alle häuslichen Tugenden entstammen, wenn sie in dichten, schmutzigen Massen beisammenleben, in denen geselliger Anstand verlorengeht oder vielmehr nie gefunden wird; wenn sie nur einmal den breiten Straßen und großen Häusern den Rücken kehren und sich bemühen wollten, die elenden Hütten und Gassen, in denen nur die Armut wandeln mag, menschenwürdiger zu gestalten! Dann würde manches niedrige Dach gerader gen Himmel zeigen als der höchste Kirchturm, der jetzt sein stolzes Haupt über einem Gewühl von Schuld, Verbrechen und schrecklichen Krankheiten erhebt, um sie durch den Gegensatz zu verhöhnen. Jeden Tag predigen das Armenbeschäftigungshaus, das Hospital und das Gefängnis diese Wahrheit mit hohler Stimme und haben sie schon seit Jahren gepredigt. Es ist keine geringfügige Angelegenheit, kein Schrei des arbeitenden Pöbels, keine bloße Frage über Volkswohl und Volksbehaglichkeit, die an Mittwochabenden ausgepfiffen werden kann. Die Liebe zum Vaterlande wird in der Liebe zur Heimat geboren, und welches sind in der Stunde der Not die besten und treuesten Patrioten? Diejenigen, welche das Land verehren, weil dessen Wälder, dessen Ströme, dessen Erde und dessen Produkte ihr Eigentum sind, oder diejenigen, welche ihr Vaterland lieben, ohne daß sie einen Fußbreit Grundes in dem ganzen weiten Gebiete ihr eigen nennen können?

Für Kit waren solche Fragen ein unbekannter Boden, aber er wußte, daß seine alte Heimat ein sehr ärmliches Häuschen war, mit dem sich die neue durchaus nicht vergleichen ließ; und doch sah er beständig mit dankbarer Freude und zärtlicher Besorgnis zurück, und oft schrieb er vierschrötig zusammengelegte Briefe an seine Mutter, denen manchmal ein Schilling, ein Achtzehnpencestück oder sonstige kleine Geschenke beigegeben waren, zu denen ihm Herrn Abels Freigebigkeit half. Hin und wieder, wenn er gerade in der Nachbarschaft war, fand er Muße, bei den Seinigen vorzusprechen, und groß war dann die Freude und der Stolz von Kits Mutter, außerordentlich geräuschvoll die Lust des kleinen Jakob und des andern Brüderleins und herzlich die Glückwünsche des ganzen Hofes, auf dem man mit verwundertem Ohr den Berichten von Abel Cottage lauschte und doch nie genug von seinen Wundern und von seiner Herrlichkeit hören konnte.

Obgleich Kit bei der alten Dame, dem alten Herrn, Herrn Abel und Barbara in hohen Gnaden stand, so ist doch gewiß, daß kein Glied der Familie eine so hervorragende Vorliebe für ihn an den Tag legte wie das eigensinnige Pony, das, sonst das störrigste und eigenwilligste Pony auf der Welt, in seinen Händen zum demütigsten und lenksamsten Tier wurde. Es ist zwar richtig, daß es um so ungebärdiger gegen jeden andern Menschen wurde, je fügsamer es bei Kit war, als sei es fest entschlossen, seinen Freund auf jede Gefahr hin in der Familie zu erhalten, und daß es sogar unter dem Zügel seines Lieblings zur größten Aufregung der alten Dame bisweilen ganz merkwürdige Sprünge und Kapriolen ausführte. Da jedoch Kit solche Manöver immer als den Ausdruck froher Laune oder als die einzige Möglichkeit bezeichnete, mit der das Tier seine Anhänglichkeit an seine Herrschaft zeigen könnte, so ließ sich Madame Garland selbst zu diesem Glauben bereden, in dem sie allmählich so bestärkt wurde, daß sie sich, wenn das Pony einmal in einer solchen Anwandlung die Chaise umwarf, zufrieden darein ergab, weil es das ja in der besten Absicht von der Welt getan hatte.

Kit schwang sich in kurzer Zeit nicht nur zu einem wahren Wunder in allen Stallangelegenheiten empor, sondern bildete sich bald auch zu einem ganz leidlichen Gärtner aus, einem gewandten Burschen im Hause und einem unentbehrlichen Diener des Herrn Abel, der ihm mit jedem Tage einen neuen Beweis seines Zutrauens und seiner Gewogenheit gab. Auch Herr Witherden, der Notar, war freundlich gegen ihn gesinnt, und sogar Herr Chuckster ließ sich bisweilen herab, ihm leicht mit dem Kopfe zuzunicken, ihn mit jener eigentümlichen Begrüßungsform zu beehren, die man ›schmissig‹ nennt, ihn durch irgendeinen andern, zugleich scherzhaften und gönnerhaften Gruß auszuzeichnen oder ihm durch eine sonstige, ebenso scherzhafte Begrüßung sein Wohlwollen zu erkennen zu geben.

Eines Morgens fuhr Kit, wie es häufig zu geschehen pflegte, seinen jungen Herrn zum Hause des Notars und war eben im Begriff, das Pony nach einem nahe gelegenen Lohnstalle zu treiben, als derselbe Herr Chuckster aus der Bureautür auftauchte und »Oha!« rief, wobei er lange auf der ersten Silbe verweilte, um dem Herzen des Ponys einen fürchterlichen Schrecken einzujagen und einen Beweis für die Oberherrschaft des Menschen über die niederen Tiere zu geben.

»Halt, du Schlüffel!« rief Herr Chuckster, indem er sich an Kit wandte; »man braucht dich drinnen.«

»Es sollte mich wundern, wenn Herr Abel etwas vergessen hätte«, sagte Kit beim Absteigen.

»Nur keine langen Gegenreden, du Naseweis!« entgegnete Herr Chuckster; »geh hinein und sieh selbst zu. Oha! Willst du! Wenn das Pony mir gehörte, wollte ich ihm schon seinen Starrkopf brechen.«

»Haben Sie die Güte, nur recht vorsichtig mit ihm umzugehen«, sagte Kit, »Sie könnten es sonst etwas schwierig finden. Sie sollten es, bitte, lieber nicht an den Ohren zerren. Ich weiß, so etwas sagt ihm nicht zu.«

Herr Chuckster würdigte diese Vorstellung keiner weiteren Antwort, als daß er Kit mit einer stolzen und gemessenen Miene einen »grünen Jungen« nannte und ihn ersuchte, sich zu packen und möglichst rasch wieder herauszukommen. Der ›grüne Junge‹ tat, wie ihm geheißen, und Herr Chuckster, der seine Hände in die Taschen steckte, versuchte den Anblick zu erwecken, als ob er sich um das Pony gar nicht zu kümmern brauche und nur zufällig draußen herumschlendere.

Kit kratzte seine Schuhe sorgfältig ab, denn er hatte die Achtung vor den Aktenbündeln und Blechkapseln noch nicht verloren, und pochte an die Bureautür, die alsbald von dem Notar selbst geöffnet wurde.

»Oh, nur herein, Christoph!« sagte Herr Witherden.

»Ist dies der Junge?« fragte ein ältlicher, aber wohlbeleibter Herr, der im Zimmer war.

»Dies ist der Junge«, sagte Herr Witherden. »Er traf an meiner Haustür mit meinem Klienten, dem Herrn Garland, zusammen, Sir. Ich habe Grund anzunehmen, daß er ein guter Junge ist, Sir, und daß Sie ihm aufs Wort glauben dürfen. Erlauben Sie mir, Ihnen Herrn Garland, seinen jungen Gebieter, vorzustellen, ein immatrikulierter Zögling und sehr intimer Freund von mir. Ein sehr intimer Freund von mir, Sir«, wiederholte der Notar, indem er sein seidenes Tuch aus der Tasche zog und sich damit das Gesicht fächelte.

»Ihr Diener, Sir«, sagte der fremde Herr.

»Jedenfalls der Ihrige, Sir«, versetzte Herr Abel sanft. »Sie wünschten Christoph zu sprechen, Sir?«

»Ja. Habe ich Ihre Erlaubnis?«

»O gewiß.«

»Mein Anliegen ist kein Geheimnis, oder wie ich vielmehr sagen wollte, braucht *hier* kein Geheimnis zu sein«, sagte der Fremde, als er bemerkte, daß Herr Abel und der Notar sich entfernen wollten. »Es bezieht sich auf einen Raritätenhändler, bei dem er in Dienst stand und für den ich ein angelegentliches und warmes Interesse hege. Ich bin diesem Lande jahrelang fern gewesen, meine Herren, und wenn ich einen Verstoß gegen die üblichen Förmlichkeiten begehe, so hoffe ich auf Vergebung.«

»Vergebung ist nicht nötig, Sir, durchaus nicht«, versetzte der Notar, und Herr Abel sagte dasselbe.

»Ich habe in der Umgebung des Hauses, in dem sein alter Herr lebte, Nachforschungen angestellt und gehört, daß er von diesem Jungen bedient wurde. Ich habe das Haus seiner Mutter ausfindig gemacht und wurde von ihr hierhergewiesen, weil ich ihn in diesem Hause am ehesten finden könne. Dies ist der Grund meines Morgenbesuchs.«

»Ich freue mich jedes Anlasses, Sir«, entgegnete der Notar, »der mir die Ehre Ihrer Bekanntschaft verschafft.«

»Sir«, erwiderte der Fremde, »Sie sprechen wie ein reiner Weltmann, und ich halte Sie für etwas Besseres. Wenn ich daher bitten darf, so verschlechtern Sie nicht Ihren wahren Charakter, indem Sie mich mit nichtssagenden Komplimenten bewirten.«

»Hm!« räusperte sich der Notar, »Sie sprechen geradeheraus, Sir.«

»Und handle auch gerade«, versetzte der Fremde. »Möglich, daß meine lange Abwesenheit und mein Mangel an Erfahrung mich zu einer unrichtigen Folgerung führten, aber ich bin der Ansicht, wenn Leute, die geradeheraus sprechen, in diesem Teile der Welt schon selten sind, so dürften solche, die geradeheraus handeln, als noch größere Seltenheiten gelten. Wenn meine Sprache Sie beleidigt haben sollte, Sir, so hoffe ich, daß meine Handlungsweise den Fehler wiedergutmachen wird.«

Herr Witherden schien über die Art, wie der ältliche Herr den Dialog führte, etwas verblüfft zu sein, und Kit stierte ihn erstaunt mit offenem Munde an, neugierig, welche Sprache er mit ihm reden würde, wenn er schon mit einem Notar so frei und ungezwungen umging. Er wurde in dieser Hinsicht bald befriedigt, denn der Herr wandte sich jetzt, zwar ohne Barschheit, aber doch mit einer Reizbarkeit und Hast, die in seinem Wesen zu liegen schien, an ihn und sagte:

»Wenn du glaubst, mein Junge, ich stelle diese Nachforschungen in einer andern Absicht an, als um denen, die ich suche, zu nützen und sie wieder zurückzuführen, so tust du mir das größte Unrecht und täuschest dich selbst. Laß dich also, bitte, nicht täuschen und vertraue meiner Versicherung!

Die Sache ist nämlich die«, fügte er hinzu, indem er sich abermals an den Notar und dessen Zögling wandte, »daß ich mich in einer peinlichen und unerwarteten Lage befinde. Ich kam in diese Stadt mit einem Lieblingswunsche im Herzen und dachte nie, daß seiner Erfüllung Hindernisse und Schwierigkeiten in den Weg treten könnten. Aber jetzt finde ich mich plötzlich in der Ausführung meines Planes durch ein Geheimnis behindert und aufgehalten, das ich nicht durchdringen kann. Was ich auch versuchen mochte, alles diente nur dazu, es noch dunkler und verwirrter zu machen, und ich scheue mich, meine Nachforschungen öffentlich zu betreiben, damit nicht diejenigen, denen ich ängstlich folge, noch weiter vor mir fliehen. Ich gebe Ihnen mein Wort: wenn Sie wüßten, wie notwendig ich Ihre Hilfe brauche und von welcher Last ich befreit wäre, Sie würden es nie bedauern, mir geholfen zu haben, falls es in Ihrer Macht steht.«

Es lag eine merkwürdige Schlichtheit in diesem Vertrauen, die ein rasches Echo in der Brust des gutmütigen Notars fand. Er erwiderte daher in derselben einfachen Weise, daß der Fremde mit seinem Anliegen an die rechten Leute gekommen sei und daß er selbst gern zu allem bereit wäre, was in seinen Kräften stände.

Kit wurde sofort ins Verhör genommen und von dem unbekannten Herrn über alles ausgefragt, was seinen alten Herrn und das Kind betraf, über deren einsame Lebensweise, Gewohnheiten und strenge Zurückgezogenheit. Die nächtlichen Ausgänge des alten Mannes, das Alleinsein des Kindes während dieser Zeit, seine Krankheit und Wiedergenesung, Quilps Besitznahme von dem Hause und ihr plötzliches Verschwinden gaben Veranlassung zu einer Reihe von Fragen und Antworten. Endlich teilte Kit dem Herrn mit, das Anwesen sei jetzt zu vermieten, und ein Brett an der Tür verweise alle Nachfragenden an Herrn Sampson Braß, Advokat zu Bevis-Marks, von dem sich vielleicht weitere Einzelheiten erfahren ließen.

»Fragen wird da nichts helfen«, sagte der Herr den Kopf schüttelnd, »ich wohne dort.«

»Wie, Sie wohnen bei Braß, dem Advokaten?« rief Herr Witherden einigermaßen überrascht, denn er kannte den fragwürdigen Ehrenmann aus seinem Geschäftsverkehr.

»Ja«, lautete die Antwort. »Ich habe mich neulich bei ihm einquartiert, hauptsächlich, weil mir jenes Brett zu Gesicht gekommen war. Ich mache mir wenig daraus, wo ich wohne, und ich hegte die verzweifelte Hoffnung, es möchte mir dort zufällig eine Auskunft in den Weg kommen, die mich anderswo nicht erreichen könnte. Ja, ich wohne bei Braß; Sie meinen vermutlich, desto mehr Schande für mich.«

»Das ist bloß Ansichtssache«, sagte der Notar achselzuckend, »man betrachtet ihn als einen ziemlich zweifelhaften Charakter.«

»Zweifelhaft?« wiederholte der andere. »Es freut mich zu hören, daß da noch jemand zweifeln kann; denn ich meinte, man müsse hierüber längst im klaren sein. Wollen Sie mir aber erlauben, ein paar Worte mit Ihnen im Vertrauen zu sprechen?«

Da Herr Witherden einwilligte, so begaben sie sich in ein Nebenkabinett und blieben dort etwa eine Viertelstunde in eifrigem Gespräch, worauf sie wieder in das Bureau zurückkehrten. Der Fremde hatte seinen Hut in Herrn Witherdens Zimmer gelassen und schien sich in dieser kurzen Zeit mit ihm auf einen ganz freundschaftlichen Fuß gestellt zu haben.

»Ich will dich nicht länger zurückhalten«, sagte er, indem er mit einem Blick auf den Notar Kit eine Krone in die Hand drückte. »Du sollst weiter von mir hören. Aber merke wohl, du sagst keinem andern Menschen etwas von dem Vorgefallenen, als deiner Herrschaft.«

»Aber die Mutter, Sir, würde sich freuen, wenn . . .«, stotterte Kit.

»Worüber freuen?«

»Wenn sie etwas erführe, das heißt, wenn es etwas Gutes ist, von Miß Nell.«

»Wirklich? Wohlan denn, so magst du ihrs sagen, wenn sie ein Geheimnis bewahren kann. Aber merke dirs: kein Wort von alldem zu sonst jemandem. Vergiß das nicht! Sei vorsichtig!«

»Ich will mich in acht nehmen, Sir«, entgegnete Kit. »Danke, Sir, und guten Morgen!«

Nun traf es sich aber, daß der Herr in seinem Eifer, es Kit recht nachdrücklich ans Herz zu legen, daß er von dem zwischen ihnen Vorgefallenen nichts ausplaudere, dem Jungen zur Tür hinaus folgte, um ihm die Vorsichtsmaßregeln noch einmal einzuschärfen; und ferner traf sichs, daß in demselben Moment die Augen des Herrn Richard Swiveller in diese Richtung schauten und seinen geheimnisvollen Freund mit Kit zusammen sahen.

Es war reiner Zufall und es ging dabei folgendermaßen her. Herr Chuckster, als ein Gentleman von kultiviertem Geschmack und verfeinertem Geist, gehörte mit zu der Loge der ›gloriosen Apollers‹, deren ständiger Großmeister Herr Swiveller war. Herr Swiveller, der eben durch die Straße geht, um einen Auftrag von Braß auszuführen und einen seiner gloriosen Brüderschaft auf ein Pony blicken sieht, kommt rasch von der andern Seite auf ihn zu, um ihm den brüderlichen Gruß zu entbieten, mit dem der Großmeister von Amts wegen seine Jünger begrüßen muß, um sie zu erfreuen und zu ermutigen. Er hatte ihm kaum seinen Segen erteilt und dann eine allgemeine Bemerkung über den gegenwärtigen Stand und die Aussichten des Wetters gemacht, als er seine Augen erhob und den ledigen Herrn von Bevis-Marks in ernstem Gespräch mit Christoph Nubbles erblickte.

»Holla!« sagte Dick, »wer ist das?«

»Er besuchte diesen Morgen meinen Prinzipal«, versetzte Herr Chuckster; »außerdem weiß ich nicht mehr von ihm, als daß er ohne Zweifel von Adam abstammt.«

»Sie kennen aber doch wenigstens seinen Namen?« entgegnete Dick.

Worauf Herr Chuckster mit einer schönen Redefigur, die einem ›gloriosen Apollo‹ wohl anstand, erwiderte, daß er ewig in der Hölle brennen wolle, wenn er ihn wüßte.

»Alles, was ich weiß, mein teurer Logenbruder«, fügte Herr Chuckster hinzu, indem er mit den Fingern durch die Haare fuhr, »besteht darin, daß er der Grund ist, warum ich zwanzig Minuten hier stehen muß, und dafür hasse ich ihn mit einem tödlichen und unsterblichen Hasse; ja, und ich würde ihn verfolgen bis an die Grenzen der Ewigkeit, wenn ich Zeit dazu hätte.«

Während sie sich in dieser Weise unterhielten, trat der Gegenstand ihres Gesprächs, der Herrn Richard Swiveller nicht zu erkennen schien, wieder in das Haus, und Kit kam zu ihnen herunter. Diesem legte Herr Swiveller, obschon mit keinem besseren Erfolg, die gleiche Frage vor.

»Er ist ein sehr netter Herr, Sir«, sagte Kit, »und weiter weiß ich nichts von ihm.«

Herr Chuckster geriet in Wut über diese Antwort, und ohne seine Bemerkung auf irgendeinen speziellen Fall anzuwenden, stellte er ganz im allgemeinen die Lebensregel auf, es wäre wünschenswert, Schlüffeln den Schädel einzuschlagen und ihnen Nasenstüber zu geben. Ohne seinen Beifall zu dieser Absicht auszudrücken, fragte Herr Swiveller nach kurzem Nachdenken, wohin Kit führe; und als er es erfahren hatte, erklärte er, er müsse auch in diese Richtung und werde sich Kit sehr verpflichtet fühlen, wenn er ihn aufsitzen lasse. Kit hätte nun gar gern diese angebotene Ehre abgelehnt, aber da Herr Swiveller sich bereits des Sitzes an seiner Seite bemächtigt hatte, so wäre dies auf keine andere Weise als durch ein gewaltsames Hinauswerfen möglich gewesen, und deshalb fuhr er rasch davon, in der Tat so rasch, daß er den Abschied zwischen Chuckster und dessen Großmeister kurz abschnitt und jenem ziemliches Unbehagen durch diese Plötzlichkeit verursachte, da das ungeduldige Pony ihm mit dem Hufe heftig aufs Hühnerauge trat.

Da der Klepper das Stehen satt hatte und Herr Swiveller so

gütig war, ihn durch schrilles Pfeifen und verschiedene Jockeirufe noch mehr anzueifern, so rasselte die Chaise mit einer solchen Geschwindigkeit dahin, daß von einem Gespräch keine Rede sein konnte, zumal da das Pony, durch Herrn Swivellers Ermahnungen angefeuert, nicht nur eine besondere Vorliebe für Laternenpfosten und Karrenräder entwickelte, sondern auch ein großes Verlangen an den Tag legte, auf den Trottoiren zu rennen und sich an Ziegelmauern zu reiben. Herr Swiveller fand demnach nicht eher Zeit zu sprechen, als bis sie vor dem Stall anlangten und die Chaise aus einer sehr kleinen Einfahrt herausgewunden war, in die sie das Pony, wahrscheinlich in der Meinung, daß es sie in seinen gewöhnlichen Stall mitnehmen könne, hineingezerrt hatte.

»Es ist harte Arbeit!« sagte Richard. »Was sagt Ihr zu einem Glas Bier?«

Kit lehnte anfangs die Einladung ab, ließ sich jedoch bald bereden, und so begaben sie sich gemeinschaftlich in die nächste Schenke.

»Wir wollen auf unseres Freundes, ›Wie-heißt-er-doch‹ Gesundheit trinken«, sagte Dick, indem er den blanken, schäumenden Krug in die Höhe hielt; »Ihr wißt, ich meine ihn, mit dem Ihr diesen Morgen gesprochen habt. Ich kenne ihn, ein guter Kerl, aber exzentrisch, sehr exzentrisch. Auf die Gesundheit des Herrn ›Wie-heißt-er-doch‹!«

Kit tat auf diesen Toast Bescheid.

»Er wohnt in meinem Hause«, fuhr Dick fort, »wenigstens in dem Hause der Firma, bei der ich als eine Art von – von geschäftsführendem Associé beteiligt bin; ein schwieriger Kerl, wenn man etwas aus ihm herauskriegen will. Aber wir haben ihn gern, wir haben ihn gern.«

»Ich muß jetzt gehen, Sir, wenn Sie erlauben«, sagte Kit, indem er sich entfernen wollte.

»Beeilt Euch nicht so, Christoph«, versetzte sein Gönner, »wir wollen auf Eurer Mutter Gesundheit trinken.«

»Ich danke Ihnen, Sir.«

»Eine ausgezeichnete Frau, Eure Mutter, Christoph«,

sagte Herr Swiveller. »Wer kam, vom Fall mich aufzuheben und küssend neu mich zu beleben? Meine Mutter. Eine prächtige Frau. Er ist ein freigebiger Mann! Wir müssen ihn dahin bringen, daß er etwas für Eure Mutter tut. Kennt er sie, Christoph?«

Kit schüttelte mit einem verschmitzten Blick auf den Fragesteller den Kopf, dankte für die Bewirtung und machte sich davon, ehe noch ein weiteres Wort gewechselt werden konnte.

»Hm!« sagte Herr Swiveller nachdenkend, »das ist sonderbar. Alles, was mit dem Hause Braß in Verbindung steht, ist in geheimnisvolles Dunkel gehüllt. Ich wills übrigens für mich behalten. Bisher hat jedermann und alle Welt mein Vertrauen geteilt, aber nun, glaube ich, will ich selbständiger Geschäftsmann werden. Sonderbar, sehr sonderbar.«

Nachdem Herr Swiveller mit ungemein weiser Miene eine Weile tief nachgedacht hatte, trank er noch einige Glas Bier, rief dann einen kleinen Jungen herbei, der ihm zugesehen hatte, goß die letzten paar Tropfen als Befeuchtung auf den Boden und hieß ihn die geleerten Krüge nebst seinem Kompliment in die Schenke zurücktragen, wobei er ihm vor allen

Dingen einschärfte, ein nüchternes und mäßiges Leben zu führen und sich aller berauschenden und aufregenden Flüssigkeiten zu enthalten. Nachdem der ständige Großmeister der ›gloriosen Apollers‹ dem Knaben für seine Mühe diesen moralischen Rat erteilt hatte, der, wie er sich weislich ausdrückte, weit besser als ein Halbpence sei, steckte er die Hände in die Taschen und schlenderte weiter, noch im Gehen in seinen Betrachtungen fortfahrend.

Neununddreißigstes Kapitel

Obgleich Kit den ganzen Tag bis abends auf Herrn Abel warten mußte, so hielt er sich doch von dem Hause seiner Mutter fern, fest entschlossen, der großen Freude des kommenden Tages nicht vorzugreifen, sondern sie in ihrem vollen Ungestüm herankommen zu lassen; denn dieser Tag war die große und langersehnte Epoche seines Lebens: morgen endete sein erstes Quartal, der Tag, an dem er zum erstenmal den vierten Teil seines Jahresgehaltes von sechs Pfund in der ungeheueren Summe von dreißig Schillingen in Empfang nahm. Morgen wollte er einen halben Feiertag machen, den er einem Wirbel von Vergnügen zu weihen gedachte, und der kleine Jakob sollte ein Theaterstück sehen und kennenlernen, was man unter einer Auster verstände.

Alle Arten von Zufällen vereinigten sich zugunsten dieser festlichen Gelegenheit; denn nicht nur hatten ihm Herr und Madame Garland bereits vorher angedeutet, daß sie von der großen Summe nichts für seine Ausrüstung abziehen wollten, sondern daß sie ihm dieselbe ungeschmälert in ihrer ganzen gigantischen Größe auszahlen wollten; nicht nur hatte der unbekannte Herr seinen Vorrat durch die Summe von fünf Schillingen vermehrt, die wie vom Himmel gefallen waren und die an sich schon ein Vermögen bildeten; nicht nur waren diese Dinge gekommen, ohne daß jemand darauf rechnen oder in seinen wildesten Träumen auf sie hätte hoffen können, sondern es war auch Barbaras Quartal, Barbaras Quartal an demselben Tage, und Barbara erhielt so gut wie Kit einen halben Tag Urlaub, und Barbaras Mutter sollte mit von der Partie sein und bei Kits Mutter Tee trinken, um ihre Bekanntschaft zu machen.

So viel ist gewiß, daß Kit an jenem Morgen fast bei Sonnenaufgang bereits zum Fenster hinausguckte, um zu sehen, nach welcher Richtung die Wolken zögen, und ohne Zweifel würde auch Barbara an dem ihrigen gestanden haben, wenn sie nicht bis tief in die Nacht hinein aufgeblieben wäre, um kleine Musselinstücke zu stärken, zu bügeln, zu falten und sie an andere Stückchen zu nähen, damit sie für den Putz des andern Tages ein großartiges Ganzes geben möchten. Trotzdem waren aber beide frühzeitig auf, hatten wenig Appetit zum Frühstück und noch weniger zum Mittagessen und waren in einem Zustande höchster Aufregung, als Barbaras Mutter mit ganz erstaunlichen Berichten über die Schönheit des Wetters draußen angerückt kam – trotzdem aber den großen Regenschirm mitbrachte; denn Leute wie Barbaras Mutter machen selten ohne ein solches Möbel Feiertagsausflüge –, und als sie durch das Klingeln aufgefordert wurden, hinaufzugehen und ihr Vierteljahrsgehalt in Gold und Silber einzustreichen.

Nun, war es nicht recht freundlich von Herrn Garland, als er sagte: »Christoph, da ist dein Geld, du hast es wohl verdient«? Und war es nicht sehr gütig von Madame Garland: »Barbara, da hat Sie das Ihrige, und ich bin sehr wohl mit Ihr zufrieden«? Und unterzeichnete Kit nicht die Quittung mit kühnen Zügen, und zitterte nicht Barbara an allen Gliedern, als sie ihren Namen unterschrieb? Und war es nicht schön, mit anzusehen, wie Madame Garland Barbaras Mutter ein Glas Wein einschenkte? Und sprach nicht Barbaras Mutter großartig, als sie sagte: »Gottes Segen über Sie, Madame, Sie sind eine gute Dame, und über Sie, Sir, Sie sind ein guter Herr; und dir, Barbara, meine Liebe, und auch Ihnen, Herr Christoph«? Und trank sie nicht so lange an ihrem Glas, als wäre es ein ganzer Humpen gewesen? Und sah sie nicht ganz vornehm aus, wie sie so mit ihren Handschuhen dastand? Und lachten und plauderten sie nicht unaufhörlich, als sie sich oben auf der Kutsche wieder an alles erinnerten? Und bemitleideten sie nicht alle die Leute, die keinen Feiertag hatten?

Aber erst Kits Mutter; würde nicht jedermann geglaubt haben, sie stamme aus einem vornehmen Hause und sei ihr ganzes Leben lang eine Dame gewesen? Da war sie im vollen Empfangsputz und hatte ein Teeservice bereitgestellt, das das Herz eines Porzellanladens hätte erwärmen können; und der kleine Jakob und das kleinste Brüderlein waren die Vollkommenheit selbst, so daß ihre Kleider so gut wie neu aussahen, obgleich sie weiß der Himmel alt genug waren. Sagte nicht Kits Mutter, ehe noch alle fünf Minuten gesessen hatten, Barbaras Mutter sei genau die Frau, die sie zu sehen erwartete? Und sagte nicht Barbaras Mutter, Kits Mutter wäre bis auf ein I-Tüpfelchen so, wie *sie* sich dieselbe vorgestellt hätte? Und machte nicht Kits Mutter Barbaras Mutter Komplimente über Barbara? Und bekomplimentierte nicht Barbaras Mutter Kits Mutter wegen Kit? Und war nicht Barbara selbst ganz bezaubert von dem kleinen Jakob? Und konnte je ein Kind so lieb sein, wenn man es gerade wollte, konnte es sich so viel Freunde erwerben wie er?

»Auch sind wir beide Witwen«, sagte Barbaras Mutter. »Wir müssen dazu geboren sein, miteinander bekannt zu werden.«

»Ich zweifle ganz und gar nicht daran«, entgegnete Frau Nubbles. »Und wie schade ist es, daß wir uns nicht schon früher kennenlernten!«

»Ja, sehen Sie, dann ist es aber wieder eine Riesenfreude«, sagte Barbaras Mutter, »wenn man so durch einen Sohn und eine Tochter zusammengebracht wird; das macht alles wieder gut, oder nicht?«

Kits Mutter pflichtete aus vollem Herzen bei. Und da sie nun ihre Bekanntschaft bis auf deren Ursache zurückverfolgten, so kamen sie ganz natürlich auf ihre verstorbenen Männer zu sprechen, über deren Ableben, Sterben und Begräbnis sie Vergleiche anstellten und dabei verschiedene Umstände entdeckten, die nicht wundervoller hätten zusammenpassen können. So war zum Beispiel Barbaras Vater genau vier Jahre und zehn Monate älter als Kits Vater gewesen, der eine war an einem Mittwoch, der andere an einem Donnerstag gestorben. Beide hatten eine schöne Gestalt und waren außerordentlich hübsch gewesen, und so traf noch manches andere in ganz erstaunlicher Weise zu. Da diese Rückerinnerungen wohl geeignet waren, einen Schatten auf die Freuden des Feiertags zu werfen, so lenkte Kit die Unterhaltung auf allgemeinere Gegenstände, und sie waren bald wieder so heiter und lebhaft wie zuvor. Unter anderm erzählte Kit auch von seinem früheren Dienst und von Nells außerordentlicher Schönheit, über die er zu Barbara schon tausendmal gesprochen hatte; aber der letztgenannte Umstand interessierte Kits Zuhörer lange nicht in dem Umfange, als er erwartet hatte, und selbst seine Mutter sagte, indem sie gleichzeitig wie zufällig auf Barbara blickte, daß Miß Nell gewiß sehr hübsch, aber doch nur ein Kind sei, und daß es noch viele Frauenzimmer gäbe, die ebenso hübsch wären; und Barbara bemerkte sanft, sie sei derselben Meinung und habe sich nie des Gedankens erwehren können, Herr Christoph müsse im Irrtum sein, worüber sich Kit höchlich verwunderte und gar nicht begreifen konnte, was sie für einen Grund haben könnte, seine Worte zu bezweifeln. Außerdem bemerkte Barbaras Mutter, es komme bei jungen Leuten häufig vor, daß sie sich mit vierzehn oder fünfzehn Jahren plötzlich stark veränderten und dann ganz gewöhnliche Gesichter bekämen, wenn sie zuvor auch noch so hübsch gewesen wären, eine Wahrheit, die sie an vielen eindringlichen Beispielen erläuterte, namentlich an dem eines Architekten, der sehr gute Aussichten hatte, der Barbara besondere Aufmerksamkeiten erwiesen, von dem aber Barbara nichts habe wissen wollen, was sie, obgleich ja alles gut ausgegangen war, fast bedauern zu müssen glaubte. Kit sagte, er sei derselben Ansicht, und meinte es gewiß ganz ehrlich; dabei wunderte er sich aber, was Barbara auf einmal so schweigsam gemacht hätte und warum ihn seine Mutter mit einer Miene ansähe, als ob er es nicht hätte sagen sollen.

Wie immer sich auch die Sache verhielt, es war jetzt höchste Zeit, an das Theater zu denken, für das große Schal- und Hutvorbereitungen nötig waren, der zwei Schnupftücher voll Orangen und Äpfel gar nicht zu gedenken, deren Zusammenknüpfen viel Zeit wegnahm, weil die Früchte das Bestreben an den Tag legten, immer wieder aus den Zipfeln zu rollen. Endlich war alles bereit, und die Gesellschaft machte sich rasch auf den Weg. Kits Mutter trug das jüngste Nubbleslein, das ungemein munter war, und Kit führte mit der einen Hand den kleinen Jakob, während er mit der andern Barbara geleitete, ein Umstand, der die hinterdrein kommenden beiden Mütter zu der Behauptung veranlaßte, sie sähen aus, als ob sie *eine* Familie bildeten, worüber Barbara errötete und sagte: »Hör auf, Mutter!« Aber Kit sagte ihr, sie solle sich nicht an solche Worte kehren; und wirklich hätte sie auch keine Ursache dazu gehabt, wenn sie gewußt hätte, wie weit entfernt Kits Gedanken von Courmacherei waren. Arme Barbara!

Endlich gelangten sie zu dem Theater, nämlich zu Astleys; und ein paar Minuten, nachdem sie die noch nicht geöffnete Tür erreicht hatten, war der kleine Jakob plattgequetscht, und das kleinste Brüderlein hatte verschiedene Püffe erhalten; der Regenschirm von Barbaras Mutter hatte eine Wanderung von etlichen Ellen gemacht und war über anderer Leute Schultern wieder zu ihr zurückgekommen, und Kit hatte einen Mann mit dem Äpfelschnupftuch auf den Kopf geschlagen, weil er seine Mutter mit so unnötiger Heftigkeit gestoßen hatte, mit einem Worte, alles war in großem Aufruhr. Als sie jedoch erst an der Kasse vorbei waren und mit den Billetts in der Hand sich vorwärtskämpften, als gälte es ihr Leben, namentlich aber, als sie heil in dem Theater waren und auf Plätzen saßen, die nicht besser hätten sein können, wenn man sie ausgesucht und vorher bestellt haben würde, da kam ihnen alles als ein Kapitalspaß vor und als eine zum Vergnügen unbedingt notwendige Beigabe.

Du mein Himmel, wie es doch in diesem Astleytheater aussah! Die Malereien, die Vergoldung, die Spiegel, der unbestimmte Geruch nach Pferden, der die kommenden Wunder ahnen ließ; der Vorhang, der so großartige Geheimnisse verhüllte, das schöne weiße Sägemehl unten im Zirkus, die Leute, die sich zu ihren Plätzen drängten, die Geiger, die so blasiert umherschauten, während sie ihre Instrumente stimmten, als machten sie sich durchaus nichts aus dem Anfang des Spiels und als wüßten sie schon alles vorher auswendig! Welch ein Glanz, der alle Anwesenden überstrahlte, als die lange, klare, prächtige Lichterreihe auftauchte, und welch fieberhafte Aufregung, als die kleine Klingel ertönte, als die Musik allen Ernstes mit Paukengetön und zarten Triangelpassagen einsetzte! Wohl konnte Barbaras Mutter zu Kits Mutter sagen, daß man von der Galerie aus am besten sähe, und sie wunderte sich, daß die Galerieplätze nicht bedeutend teurer seien als die Logen. Und Barbara war so über die Maßen entzückt, daß sie nicht wußte, ob sie lachen oder weinen sollte.

Und erst das Spiel selbst! Die Pferde, die der kleine Jakob von Anfang an für lebendig hielt, und die Herren und Damen, von deren Wirklichkeit er sich durchaus nicht überzeugen lassen wollte, da er nie etwas dergleichen gesehen oder gehört hatte, das Schießen, bei dem Barbara blinzeln mußte, die unglückliche Dame, die Dame, welche ihre Tränen erpreßte, der Tyrann, der sie zittern machte, der Mann, der mit dem Kammermädchen der Dame ein Lied sang und den Refrain tanzte, über den sie lachen mußte, das Pony, das sich auf den Hinterbeinen aufrichtete, als es den Mörder sah und um keinen Preis wieder auf allen vieren spazieren wollte, bis jener in Haft genommen war, der Clown, der sich solche Vertraulichkeiten gegen den Herrn Soldaten in hohen Stiefeln erlaubte, die Dame, die über neunundzwanzig Bänder sprang und doch wohlbehalten auf dem Rücken des Pferdes anlangte! Alles war entzückend, prachtvoll und überraschend. Der kleine Jakob klatschte, bis er keine Hand mehr rühren konnte; Kit schrie am Schlusse von all und jedem, selbst als das dreiaktige Stück beendet war, ›encore‹, und Barbaras Mutter klopfte in ihrer Verzückung mit dem Regenschirm auf den Boden, bis die Spitze fast bis zum Stoff abgeklopft war.

Inmitten dieses Zaubers schienen jedoch Barbaras Gedanken sich noch immer mit dem zu beschäftigen, was Kit beim Tee gesagt hatte, und als sie das Theater verließen, fragte sie ihn mit zimperlicher Empfindlichkeit, ob Miß Nell wohl so schön wäre wie die Dame, die über die Bänder gesprungen sei.

»So schön wie *die*?« sagte Kit. »Zweimal so schön.«

»Ach, Christoph! Sie war doch unbedingt das schönste Frauenzimmer, das es jemals gegeben hat«, versetzte Barbara.

»Unsinn!« erwiderte Kit. »Ich will nicht leugnen, daß sie ganz passabel war; aber man muß bedenken, wie sie gekleidet und geschminkt war, und was das für einen Unterschied macht. Da gefallen Sie mir weit besser, Barbara.«

»Ach, Christoph!« sagte Barbara die Augen niederschlagend.

»Den einen wie den andern Tag«, entgegnete Kit, »und auch Ihre Mutter.«

Arme Barbara!

Was war indes alles dies, ja alles dies gegen die außerordentliche Verschwendung, die nun folgte, als Kit mit einer Kühnheit, wie wenn er dort zu Hause wäre, in einen Austernladen trat, und ohne den Zahltisch oder den Mann dahinter eines Blickes zu würdigen, seine Gesellschaft in eine Loge, in eine Privatloge führte, die mit roten Vorhängen, einem weißen Tischtuch und einem Essig- und Ölfläschchengestell ausgestattet war und einen wilden, backenbärtigen Gentleman, der den Kellner spielte und ihn, nämlich den Christoph Nubbles, ›Sir‹ titulierte, drei Dutzend seiner größten Austern, aber geschwind, bringen hieß! Ja, Kit sagte zu diesem Herrn, er solle sich tummeln, und dies war nicht nur gesagt, sondern es geschah auch; denn er kam sogleich mit den letztgebackenen Broten, der frischesten Butter und den größten Austern, die man je gesehen, wieder zurück. Dann sagte Kit zu diesem Herrn: »Eine Kanne Bier!« genau mit diesen Worten, und der Herr, statt zu erwidern: ›Sir, sprechen Sie mit *mir* in einem solchen Tone?‹ entgegnete nur: »Kanne Bier, Sir? Ja, Sir!« und entfernte sich, sie zu holen; dann stellte er sie auf den Tisch in einen kleinen Blechuntersatz, wie ihn auf der Straße die Hunde der blinden Männer im Maul zu tragen pflegen, um die Halbpence einzusammeln; und als er weg war, erklärten ihn sowohl Kits als auch Barbaras Mutter für einen der schlanksten und graziösesten jungen Männer, die sie je gesehen hätten.

Dann ging es allen Ernstes über das Mahl her; und da war Barbara, die dumme Barbara, die erklärte, sie könne nicht mehr als zwei Austern essen, und sich mehr nötigen ließ, als man wohl glauben würde, bis sie vier verspeiste, obgleich sichs ihre Mutter und Kits Mutter ganz wohl sein ließen und aßen und lachten und sich so gut unterhielten, daß Kit ihr Anblick wohltat und er in herzlicher Sympathie mitlachte und mitaß. Aber das größte Wunder des Abends war der kleine Jakob, der Austern verzehrte, als wäre er zu diesem Geschäft geboren und erzogen worden; er bediente sich des Pfeffers und Essigs mit einer Umsicht, die über seine Jahre ging, und nachher baute er aus den Schalen eine Grotte auf dem Tisch. Und dann war auch das kleinste Brüderchen da, das den ganzen Abend kein Auge geschlossen, sondern echt wie Gold ausgehalten hatte, das krampfhaft versuchte, eine große Orange in den Mund zu zwängen, und aufmerksam die Lichter des Kronleuchters betrachtete; da saß es auf dem Schoße seiner Mutter, starrte die Gaslichter an, ohne zu blinzeln, und machte mit einer Austernschale so kräftige Eindrücke in sein sanftes Gesicht, daß ein Herz von Eisen es hätte lieben müssen! Kurz, es gab nie ein behaglicheres Abendessen, und als Kit gar zum Schluß ein Glas heißes Gebräu befahl, und ehe er es die Runde machen ließ, Herrn und Madame Garlands Gesundheit ausbrachte, da gab es auf der ganzen Welt keine seligeren Leute als diese sechs.

Aber alles Glück nimmt ein Ende, weshalb man sich auch seiner Wiederkehr so sehr freut; und da es nun schon ziemlich spät war, so kam man überein, daß es Zeit sei, die Gesichter heimwärts zu kehren. Nachdem sie einen kleinen Umweg gemacht hatten, um Barbara und deren Mutter nach der Wohnung einer Bekannten sicher zu geleiten, bei der diese die Nacht zubringen wollten, nahmen Kit und seine Mutter Abschied von ihnen. Zuvor wurde noch verabredet, daß Kit und Barbara sich zeitig am nächsten Morgen in Finchley einstellen sollten, und dabei wurden große Entwürfe für die Belustigungen des nächsten Quartaltages geplant. Dann nahm Kit den kleinen Jakob auf den Rücken, gab seiner Mutter den Arm und dem kleinsten Brüderlein einen Kuß, und so trabten sie lustig ihrem Hause zu.

Vierzigstes Kapitel

Mit jenem unbestimmten Gefühl von Reue, das Feiertage gewöhnlich am nächsten Morgen wecken, stand Kit mit der Sonne auf und begab sich zu dem verabredeten Platz, an dem er Barbara und ihre Mutter treffen sollte, etwas erschüttert in seinem Glauben an die Belustigungen des letzten Abends durch den nüchternen Anblick des Tages und die Rückkehr zu den täglichen Pflichten seines Dienstes. Um niemand von der kleinen Familie, die von ihren ungewöhnlichen Strapazen ausruhte, zu wecken, legte Kit sein Geld auf den Kaminsims, schrieb, damit seine Mutter aufmerksam werde, mit Kreide ein paar Worte, die ihr mitteilten, daß diese Summe von ihrem dankbaren Sohne herrühre, und ging mit einem Herzen, das schwerer war als seine Taschen, seines Weges, war aber trotzdem nicht besonders bedrückt.

Ach, diese Feiertage! Warum hinterlassen sie uns immer etwas Reue? Warum können wir sie in unserm Gedächtnis nicht um eine Woche oder gar zwei zurückschieben, so daß sie mit einem Male in der geeigneten Entfernung stehen, in der man sie entweder mit ruhiger Gleichgültigkeit oder mit dem angenehmen Gefühl der Erinnerung betrachten kann? Warum kleben sie an uns wie der Duft des gestern genossenen Weines mit ihrem Kopfweh, ihrer Schlaffheit und ihren guten Vorsätzen für die Zukunft, die im Geiste das ewige Pflaster eines großen Reiches bilden und in Wirklichkeit nicht länger als bis zum Mittagessen dauern?

Wen wird es wundernehmen, daß Barbara Kopfweh hatte, oder daß Barbaras Mutter schlecht aufgelegt war, oder daß sie Astleys Theater ein wenig unterschätzte und glaubte, der Clown wäre älter, als sie gestern abend gedacht habe? Kit wenigstens wunderte sich nicht darüber, er nicht. Er hatte bereits eine trübe Ahnung, daß die unbeständigen Helden jenes blendenden Traumgesichts genau dasselbe bereits den vorhergehenden Abend gespielt hätten und heute und morgen und wochen- und monatelang noch spielen würden, selbst ohne ihn. Dies ist der Unterschied zwischen gestern und heute. Wir alle gehen entweder in das Theater oder kommen aus ihm heraus.

Aber schließlich ist auch die Sonne nur schwach beim Aufgehen und sammelt erst Mut und Kraft im Laufe des Tages. Allmählich fingen sie an, sich der Begebenheiten in einem erfreulicheren Lichte zu erinnern, bis sie endlich unter

Plaudern und Lachen in so guter Laune in Finchley anlangten, daß Barbaras Mutter erklärte, sie sei nie frischer und besser gelaunt gewesen als eben jetzt; und Kit war derselben Meinung. Barbara war auf dem ganzen Wege sehr schweigsam gewesen, behauptete das aber auch. Die arme kleine Barbara! Sie war sehr still.

Sie kamen so zeitig nach Hause, daß Kit bereits das Pony gestriegelt und wie ein Rennpferd herausgeputzt hatte, ehe noch Herr Garland zum Frühstück herunterkam; die Pünktlichkeit und dieser Fleiß wurden von der alten Dame, dem alten Herrn und Herrn Abel sehr gerühmt. Zu seiner gewohnten Stunde – oder vielmehr zu seiner gewohnten Minute und Sekunde, denn Herr Abel war die Pünktlichkeit selber – ging der junge Herr fort, um unterwegs in die Post nach London einzusteigen, und Kit begab sich mit dem alten Herrn in den Garten, um daselbst zu arbeiten.

Dies war für Kit nicht gerade die unangenehmste Beschäftigung. An schönen Tagen bildeten sie gleichsam eine Familie: die alte Dame saß ganz in der Nähe an einem Tischchen mit ihrem Arbeitskorb, der alte Herr schaufelte, beschnitt die Bäume, handhabte seine Gartenschere oder ging Kit mit großer Emsigkeit bei seiner Arbeit an die Hand, und der Klepper sah aus seiner Einzäunung in wohlgefälliger Beschaulichkeit dem Ganzen zu. Heute sollten die Rebstöcke zugerichtet werden, weshalb Kit eine kurze Leiter bis zur Hälfte erkletterte und zu schneiden und zu hämmern begann, während der alte Herr mit großem Interesse an dem Fortgange der Arbeit die Nägel und Bastbänder hinaufreichte, sooft welche gebraucht wurden. Die alte Dame und der Klepper sahen wie gewöhnlich zu.

»Nun, Christoph«, sagte Herr Garland, »du hast dir also einen neuen Freund erworben, he?«

»Wie, bitte, Sir?« entgegnete Kit, von der Leiter heruntersehend.

»Du hast, wie ich von Herrn Abel höre, in dem Bureau des Notars einen neuen Freund gefunden«, sagte der alte Herr.

»Ach – ja, Sir, ja. Er hat sich sehr freigebig gegen mich benommen, Sir.«

»Freut mich, das zu hören«, entgegnete der alte Herr lächelnd. »Aber er ist geneigt, noch mehr für dich zu tun, Christoph.«

»Wirklich, Sir! Das ist sehr schön von ihm, aber soviel ich weiß, brauche ich ihn nicht«, sagte Kit, indem er kräftig auf einen widerspenstigen Nagel loshämmerte.

»Es ist ihm sehr darum zu tun«, fuhr der alte Herr fort, »dich in seinen Dienst zu nehmen; nimm dich in acht, sonst wirst du herunterfallen und dir weh tun.«

»Mich in seinen Dienst nehmen?« rief Kit, der jetzt in seiner Arbeit innehielt und sich wie ein geschickter Equilibrist auf der Leiter umdrehte. »Ei, Sir, ich glaube nicht, daß er es ernst meint, wenn er das sagt.«

»O freilich, freilich ists ihm ernst«, sagte Herr Garland. »Er hat es zu Herrn Abel gesagt.«

»Habe ich doch nie so etwas gehört!« murmelte Kit, indem er mit einer kläglichen Miene seinen Herrn und seine Gebieterin anblickte. »Nein, ich wundre mich über ihn, wahrhaftig!«

»Schau, Christoph, das ist eine Sache von großer Wichtigkeit für dich, und du sollst sie auch in diesem Licht betrachten und verstehn. Der Herr ist imstande, dir mehr Geld zu geben als ich; zwar hoffe ich nicht, daß er dir, soweit es die verschiedenen Beziehungen des Herrn zum Diener gestatten, mehr Vertrauen schenken kann; aber gewiß, Christoph, ist er in der Lage, dich besser zu bezahlen.«

»Das mag wohl sein, Sir, aber . . .«, erwiderte Kit.

»Warte noch einen Augenblick«, fiel ihm Herr Garland ins Wort, »das ist noch nicht alles. Soviel ich weiß, warst du deiner alten Herrschaft ein sehr treuer Diener; und sollte der Herr diese wieder auffinden, was er mit allen ihm zu Gebote stehenden Mitteln versucht, so zweifle ich nicht, daß du in seinem Dienste deine Belohnung erhalten wirst. Außerdem«, fügte der alte Herr mit noch größerem Nachdruck hinzu,

»außerdem wirst du die Freude haben, wieder in Verbindung mit denen zu kommen, an denen du mit so großer und uneigennütziger Treue zu hängen scheinst. Du mußt dies alles überlegen, Christoph, und keine voreilige oder rasche Wahl treffen.«

Als dieses letztere Argument seine Gedanken durchkreuzte und die Verwirklichung all seiner Hoffnungen und Wünsche heraufbeschwor, empfand Kit einen kurzen, heftigen Schmerz in der Brust, als er trotzdem bei dem bereits gefaßten Entschluß beharrte. Aber der Schmerz war auch gleich wieder vorüber, und unmittelbar darauf gab er die feste Antwort, der Herr müsse sich nach jemand anderm umsehen und hätte seiner Ansicht nach dies gleich von vornherein tun sollen.

»Er hat kein Recht zu glauben, daß ich mich verführen lasse, zu ihm zu gehen, Sir«, fügte Kit hinzu und wandte sich wieder um, nachdem er eine halbe Minute gehämmert hatte. »Meint er, ich sei ein Narr?«

»Er könnte es vielleicht meinen, Christoph, wenn du sein Anerbieten ausschlägst«, sagte Herr Garland ernst.

»So mag ers«, versetzte Kit; »was kümmerts mich, Sir, was er von mir denkt! Warum sollte ich mich um seine Gedanken kümmern, wenn ich weiß, daß ich ein Narr sein müßte und noch schlimmer als ein Narr, Sir, falls ich um seinet- oder sonst jemands willen die gütigste Herrschaft, die es je gab oder geben kann, verlassen wollte, eine Herrschaft, die mich tatsächlich als einen ganz armen und hungrigen Jungen von der Straße wegnahm, ärmer und hungriger, als Sie sich vielleicht je gedacht haben, Sir. Wenn Miß Nell wieder zurückkäme, Ma'am«, fügte Kit plötzlich, zu seiner Gebieterin gewandt, hinzu, »dann wäre es freilich etwas anderes, und wenn *sie* mich brauchen sollte, möchte ich wohl hin und wieder bitten, daß Sie mich für sie arbeiten ließen, wenn ich hier mit allem fertig bin. Aber wenn sie wieder zurückkommt, so weiß ich nun auch, daß sie reich sein wird, wie der alte Herr es immer voraussagte; und was könnte sie dann von mir brauchen? Nein, nein«, sagte Kit mit bekümmertem Kopfschütteln, »sie wird mich nie mehr brauchen und – Gott segne sie! – ich hoffe, sie wirds nicht nötig haben, obgleich ich sie gern noch einmal sehen möchte!«

Mit diesen Worten trieb Kit einen Nagel in die Wand, tief, viel tiefer als notwendig, und als er fertig war, drehte er sich wieder um.

»Da ist das Pony, Sir«, fuhr Kit fort. »Whisker, Ma'am – und er weiß so gut, daß ich von ihm spreche, daß er schon

gleich zu wiehern anfängt –, würde er wohl jemand andern sich nahekommen lassen als mich, Ma'am? Und der Garten, Sir, und Herr Abel, Ma'am. Würde Herr Abel mich wohl entbehren können, Sir, oder gibt es jemand, der besser auf den Garten achthätte, Ma'am? Es würde meiner Mutter das Herz brechen, Sir, und selbst der kleine Jakob hätte Verstand genug, sich die Augen auszuweinen, Ma'am, wenn er dächte, Herr Abel wünsche sich so bald von mir zu trennen, da er doch erst kürzlich zu mir sagte, er hoffe, wir würden noch manches Jahr miteinander aushalten!«

Wir können nicht sagen, wie lange Kit noch auf der Leiter gestanden und abwechselnd seinen Herrn und seine Gebieterin angeredet haben würde, und gewöhnlich wandte er sich an die unrechte Person, wenn nicht in diesem Augenblick Barbara mit der Nachricht gekommen wäre, ein Bote aus dem Bureau des Notars habe ein Billett gebracht, das sie mit dem Ausdruck der Überraschung über Kits rednerische Stellung ihrem Herrn einhändigte.

»Ah!« sagte der alte Herr, nachdem er es gelesen hatte, »sage Sie dem Boten, er solle hierherkommen.«

Barbara trippelte fort, um zu tun, wie ihr befohlen wurde, worauf sich der alte Herr mit der Bemerkung an Kit wandte, sie wollten nicht weiter über diesen Gegenstand sprechen, denn Kit könne sich nicht schwerer von ihnen trennen, als sie ihn ungern entlassen würden, eine Erklärung, der die alte Dame sehr gnädig beipflichtete.

»Gleichwohl können wir es nicht verweigern, Christoph«, fügte Herr Garland hinzu, indem er auf das Briefchen in seiner Hand blickte, »dich zuweilen dem Herrn abzutreten, wenn er dich für eine Stunde ungefähr, meinetwegen auch auf einen Tag borgen wollte, und du mußt dich auch gern dazu hergeben. Ah, da ist ja der junge Herr! Wie gehts Ihnen, Sir?«

Dieser Gruß galt Herrn Chuckster, der mit ganz auf die Seite gedrücktem Hut und fliegendem Haar einherstolziert kam.

»Ich hoffe, Sie wohlauf zu sehen, Sir«, entgegnete dieser Herr, »und auch Sie, Ma'am. Ein prächtiges Gartenhäuschen das, Sir! Jedenfalls eine köstliche Landschaft!«

»Sie wollen Kit mit sich nehmen, wie ich sehe?« bemerkte Herr Garland.

»Ich habe zu diesem Zweck ein Kabriolett mitgebracht«, versetzte der Schreiber. »Einen ganz stattlichen Grauschimmel im Geschirr, Sir, wenn Sie ein Kenner von Pferdefleisch sind.«

Herr Garland lehnte die Besichtigung des stattlichen Grauschimmels unter dem Vorwande ab, daß er sich auf derartige Dinge nicht verstehe, und lud Herrn Chuckster ein, an einem kleinen Lunch teilzunehmen. Da dieser Herr gern zusagte, wurde schleunigst kaltes Fleisch nebst Ale und Wein zu seiner Erfrischung aufgetragen.

Bei diesem Mahle bot Herr Chuckster alle seine Kräfte auf, um seinen Wirt samt Gemahlin zu bezaubern und sie von der geistigen Überlegenheit derjenigen zu überzeugen, die in der Stadt wohnen. Zu diesem Zweck brachte er das Gespräch auf die Chronique scandaleuse des Tages, in der er nach dem gerechten Urteil seiner Freunde außerordentlich gut beschlagen war. So war er imstande, ausführlich die Einzelheiten des Streites zwischen dem Marquis von Mizzler und dem Lord Bobby zu erzählen, der, wie nun klar war, durch eine Flasche Champagner, keineswegs aber durch eine Taubenpastete, wie die Zeitungen irrigerweise meldeten, veranlaßt worden war; auch hatte Lord Bobby nicht zum Marquis von Mizzler gesagt: ›Mizzler, einer von uns beiden lügt, ich aber gewiß nicht‹, wie ganz falsch von denselben Autoritäten ausgesprengt worden, sondern: ›Mizzler, Sie wissen, wo ich zu finden bin, und – beim Teufel, Sir! – suchen Sie mich, wenn Sie mich brauchen‹, wodurch natürlich die interessante Frage ein ganz anderes Gesicht bekam und in einem sehr veränderten Lichte erschien. Ferner gab er den genauesten Bescheid über das Einkommen, das der Herzog von Thigsberry der Violetta Stetta von der Italienischen Oper zugesichert hatte; auch sei es vierteljährlich zahlbar und nicht halbjährlich, wie man im Publikum wissen wolle; und es schließe nicht auch die Juwelen, die Parfüme, den Puder für fünf Lakaien und die zwei Paar Glacéhandschuhe täglich für einen Pagen ein, wie man einander schändlicherweise versicherte, sondern alles dies werde extra beglichen. Nachdem er die alte Dame und den Herrn gebeten hatte, sich durch diesen wichtigen Punkt nicht weiter beunruhigen zu lassen, denn sie dürften vollkommen überzeugt sein, daß seine Angaben durchaus richtig wären, unterhielt sie Herr Chuckster mit Theaterklatsch und Neuigkeiten vom Hofe; und so haspelte er eine brillante und bezaubernde Unterhaltung ab, die er allein und ohne jede Hilfe wohl drei Viertelstunden lang bestritt.

»Da aber jetzt meine Mähre Atem genug geschöpft haben wird«, schloß Herr Chuckster, indem er in einer gar anmutigen Weise aufstand, »so fürchte ich, daß ich mein Bündel schnüren muß.«

Weder Herr noch Madame Garland hatten etwas gegen sein Sichlosreißen einzuwenden – ohne Zweifel, weil sie fühlten, daß ein solcher Mann in seinem Wirkungskreise nicht gut entbehrt werden könne –, und so machten sich Herr Chuckster und Kit bald auf den Weg nach der Stadt. Kit saß auf dem Bock neben dem Kutscher und Herr Chuckster in einsamer Herrlichkeit innen im Kabriolett, indem er aus jedem der Vorderfenster einen seiner Stiefel hinausstreckte.

Als sie das Haus des Notars erreicht hatten, wurde Kit in das Bureau gewiesen und dort von Herrn Abel aufgefordert, sich niederzusetzen und ein wenig zu warten, denn der Herr, der etwas von ihm haben wolle, sei ausgegangen und werde vielleicht nicht so schnell wieder zurückkommen. Diese Vermutung bestätigte sich auch vollkommen; denn Kit hatte sein Mittagessen und seinen Tee eingenommen, hatte all die leichteren Sachen in der Prozeßliste und die Postvorschriften gelesen und war ziemlich oft eingenickt, ehe der Herr, den er schon früher gesehen hatte, endlich mit großer Hast eintrat.

Er schloß sich eine Zeitlang mit Herrn Witherden ein, und dann wurde auch Herr Abel herbeigerufen, um an der Konferenz teilzunehmen, bis endlich auch Kit, der sich nicht genug wundern konnte, was man eigentlich hier von ihm wollte, eine Aufforderung erhielt, sich dem Kleeblatt anzuschließen.

»Christoph«, sagte der fremde Herr, als Kit ins Zimmer trat, »ich habe deinen alten Herrn und deine junge Gebieterin gefunden.«

»Nein, Sir! Wirklich«? entgegnete Kit und seine Augen leuchteten vor Entzücken. »Wo sind sie, Sir? Wie gehts ihnen, Sir? Sind sie – sind sie in der Nähe?«

»Nicht doch, sondern weit weg von hier«, erwiderte der fremde Herr kopfschüttelnd. »Aber ich reise diesen Abend ab, um sie zurückzubringen, und ich möchte, daß du mit mir gehst.«

»Ich, Sir?« rief Kit voll freudigen Erstaunens.

»Der Ort«, sagte der fremde Herr, indem er sich nachdenklich an den Notar wandte, »der mir von dem Manne mit den Hunden angegeben wurde, ist – wie weit von hier – sechzig Meilen?«

»Zwischen sechzig und siebzig.«

»Hm! Wenn wir per Post die ganze Nacht hindurch reisen, werden wir morgen früh zur rechten Zeit anlangen. Jetzt fragt es sich nur, da sie mich ja nicht kennen werden und das Kind – der Himmel segne es! – vielleicht glauben wird, daß irgendein Fremder dem Großvater die Freiheit rauben will, ob ich etwas Besseres tun kann, als diesen Jungen zum Bürgen meiner freundlichen Absichten mitzunehmen, den sie beide kennen und dessen sie sich sogleich erinnern werden?«

»Gewiß nicht«, versetzte der Notar, »Christoph muß auf alle Fälle mit.«

»Ich bitte um Verzeihung, Sir«, sagte Kit, der diesem Gespräch mit langem Gesicht zugehört hatte, »aber wenn dies der Grund ist, warum Sie mich mitnehmen wollen, so fürchte ich, daß ich mehr hinderlich als förderlich sein werde. Was Miß Nell anbelangt, Sir, so kennt mich diese freilich, und ich bin überzeugt, daß sie mir trauen würde! Aber der alte Herr – ich weiß nicht warum, meine Herren, und auch sonst weiß es niemand – wollte mich seit seiner Krankheit nicht mehr unter seine Augen kommen lassen, und Miß Nell hat selbst zu mir gesagt, ich solle ihm nie wieder nahekommen oder mich vor ihm blicken lassen. Ich fürchte, ich würde alle Ihre Bemühungen vereiteln, wenn ich mitginge. Freilich täte ichs ums Leben gern, aber es wird besser sein, wenn Sie mich nicht mitnehmen, Sir.«

»Eine neue Schwierigkeit!« rief der Herr ungestüm. »War je ein Mensch von so viel Hindernissen bedrängt wie ich? Gibt es niemand anders, der sie kennt, niemand anders, zu dem sie Vertrauen hätten? Ihr Leben war freilich sehr einsam, aber gibt es denn gar keinen Menschen, der mir zu meinem Ziel helfen könnte?«

»Kennst du niemand, Christoph?« fragte der Notar.

»Niemand, Sir«, versetzte Kit. »Doch halt! ja, meine Mutter.«

»Ist sie ihnen bekannt?« fragte der ledige Herr.

»Ob sie ihnen bekannt ist, Sir? Ei, sie ging immer ein und aus. Man behandelte sie so freundlich wie mich. Du lieber Himmel, Sir, sie hat immer gehofft, sie würden zurück in ihr Haus kommen.«

»Dann, wo zum Teufel ist das Weib?« rief der fremde Herr ungeduldig, indem er nach seinem Hute griff. »Warum ist sie nicht hier? Warum ist sie nicht hier? Warum ist dieses Weib immer woanders, wenn man sie am dringendsten braucht?«

Mit einem Worte, der ledige Herr war eben im Begriff, aus dem Bureau zu stürzen, fest entschlossen, bei Kits Mutter Gewalt zu gebrauchen, sie in eine Postchaise zu zwingen und mit ihr fortzulaufen. Aber den vereinten Kräften des Notars und Herrn Abels gelang es mit vieler Mühe, diese sensationelle Entführung zu verhindern; sie hielten ihn durch Vorstellungen von seinem Vorhaben ab und überredeten ihn, erst Kit auszufragen, ob denn seine Mutter überhaupt imstande und willens wäre, so plötzlich eine derartige Reise zu unternehmen.

Dies veranlaßte einige Bedenken seitens Kits, einige ungestüme Äußerungen seitens des ledigen Herrn und viele Beschwichtigungsversuche seitens des Notars und des Herrn Abel. Das Ergebnis der Unterhandlung war, daß Kit nach sorgfältiger Erwägung aller Umstände im Namen seiner Mutter versprach, daß sie innerhalb zwei Stunden bereit sein würde, die Reise anzutreten, und er erbot sich, sie vor Ablauf dieser Frist vollkommen reisefertig hierherzubringen.

Nachdem Kit diese etwas kühne Zusicherung, die nicht sonderlich leicht zu erfüllen war, gegeben hatte, eilte er unverzüglich fort und traf Maßregeln, sein Wort einzulösen.

Kit eilte durch die überfüllten Straßen, brach sich mit dem Ellenbogen Bahn durch die Menge, huschte über die dröhnenden Fahrstraßen, schlüpfte durch Gäßchen und Winkel und hielt keinen Augenblick inne, bis er in die Nähe des Raritätenladens kam, vor dem er stehenblieb, teils aus Gewohnheit, teils um Atem zu schöpfen.

Es war ein trüber Herbstabend, und es kam ihm vor, als hätte der alte Ort nie so unheimlich ausgesehen wie in diesem trüben Zwielicht. Die zerbrochenen Scheiben, die rostigen, in ihren Rahmen klappernden Schiebefenster, das öde Haus, kalt, düster und leer in der Mitte der Straße stehend, einer finstern Barriere ähnlich, welche die glitzernden Lichter und das geschäftige Treiben in zwei lange Zeilen teilte, gewährten einen unfreundlichen Anblick, der grell abstach von den glänzenden Luftschlössern, die der Knabe für die alten Besitzer errichtet hatte und der nun wie eine Enttäuschung oder ein Unglück wirkte. Kit hätte gern ein hübsches prasselndes Feuer in den leeren Kaminen gehabt, Lichter, die durch die Fenster flimmern und leuchten, lebhafte Menschen, die hin und her gehen, hätte gern fröhliche Stimmen reden gehört – kurz etwas, das mit den neuen Hoffnungen, die sich in ihm regten, übereinstimmte. Er hatte nicht erwartet, daß das Haus anders aussehen würde, hatte er doch bestimmt gewußt, daß das nicht sein konnte; wie er es aber nun so plötzlich vor sich sah, während ihn die brennendsten Erwartungen und lebhaftesten Gedanken beschäftigten, da stockte deren Strom und wurde durch einen wehmütigen Schatten verdüstert.

Zum Glück war jedoch Kit nicht gelehrt oder tiefsinnig genug, um sich durch die Vorboten eines weit entfernten Übels beunruhigen zu lassen, und da er keine geistige Brille trug, die in dieser Beziehung seiner Sehkraft nachhelfen konnte, so erblickte er weiter nichts als das öde Haus, das zu seinen früheren Gedanken in einem unbehaglichen Gegensatz stand. Ohne sich deutlich bewußt zu sein, warum, wünschte er fast, diese Straße vermieden zu haben und er eilte wieder vorwärts, den kurzen Aufenthalt durch raschere Schritte einbringend.

»Aber wenn sie jetzt nicht zu Hause ist«, dachte Kit, als er sich der ärmlichen Wohnung seiner Mutter näherte, »und wenn ich sie nicht finden kann? Nun, da würde mir der ungeduldige Herr schön kommen! Richtig, da ist kein Licht und die Tür verschlossen. Gott verzeihe mir, daß ich so rede, aber wenn jenes Klein-Bethel daran schuld ist, so wollte ich, daß Klein-Bethel beim . . . weiter weg wäre«, sagte Kit, sich plötzlich unterbrechend, indem er zugleich an die Tür pochte.

Auch beim zweiten Pochen rührte sich nichts im Hause; dagegen sah eine Frau über der Straße drüben aus dem Fenster und fragte, wer zu Frau Nubbles wolle.

»Ich!« antwortete Kit, »sie ist vermutlich in – in Klein-Bethel?« Der Name des ihm verhaßten Versammlungsortes kam nur mit Widerstreben über seine Lippen, und in seiner Stimme lag ein verächtlicher Klang.

Die Nachbarin nickte bejahend.

»Dann, bitte, sagen Sie mir, wo das ist«, fuhr Kit fort, »denn es handelt sich um eine eilige Sache, und ich müßte sie herausholen, selbst wenn sie auf der Kanzel stände.«

Es war nicht sonderlich leicht, einen genauen Weg zu der fraglichen Gemeinde zu erfahren, da niemand aus der Nachbarschaft zu der dortigen Herde gehörte, und nur wenige wußten etwas mehr von ihr als den bloßen Namen. Endlich erteilte eine Nachbarin von Frau Nubbles, welche sie ein- oder zweimal zu der Kapelle begleitet hatte, nachdem der Andacht ein behagliches Täßchen Tee vorangeschickt worden war, die nötige Auskunft, und Kit hatte sie kaum gehört, als er auch sogleich aufbrach. Klein-Bethel hätte näher liegen und auf geraderem Wege zugänglich sein können, obgleich in diesem Falle der ehrwürdige Vater, der der Gemeinde vorstand, seiner Lieblingsanspielung auf die krummen Wege, auf denen man zu ihm gelangte, verlustig gegangen und so außerstande gewesen wäre, die Kapelle mit dem Paradies zu vergleichen, im Gegensatz zu der Pfarrkirche, zu der die breite Straße führte. Kit fand sich endlich nicht ohne Mühe zurecht, blieb an der Tür stehen, um Atem zu holen, damit er mit gebührendem Anstand eintreten könne, und ging in die Kapelle.

Der Name war in einer Hinsicht nicht unpassend gewäht, denn es war in der Tat ein ungemein kleines Bethel, ein Bethel von den kleinsten Dimensionen, mit einer kleinen Anzahl kleiner Kirchenstühle und einer kleinen Kanzel, auf der ein kleiner Herr – von Profession ein Schuhmacher, dem Berufe nach aber ein Diener Gottes – mit durchaus nicht kleiner Stimme eine gar nicht kleine Predigt hielt, wenn man nämlich von dem Zustand seines Auditoriums auf den Umfang der Predigt schließen durfte; denn wenn die Zuhörerschaft von vornherein schon klein war, so umfaßte sie eine noch kleinere Zahl von Hörern, da die Mehrzahl schlummerte.

Unter diesen war Kits Mutter, der es äußerst schwer gefallen war, nach den Anstrengungen der letzten Nacht die Augen offenzuhalten, und da ihre Neigung, sie zu schließen, durch die Auseinandersetzungen des Predigers noch kräftig unterstützt wurde, so hatte sie der sie übermannenden Schlaftrunkenheit nachgegeben und war eingenickt; sie schlief aber doch nicht so fest, daß sie nicht von Zeit zu Zeit ein leichtes und fast unhörbares Stöhnen gleichsam als Anerkennung der Sätze des Redners hätte ausstoßen können. Der jüngste Nubbles schlief in ihren Armen so fest wie sie selber; und der kleine Jakob, den seine Jugend hinderte, in dieser ausgedehnten geistigen Speisung irgend etwas zu finden, das halb so interessant wäre wie Austern, schlief und wachte abwechselnd, je nachdem die Neigung zum Schlummer oder die Furcht, persönlich in der Predigt erwähnt zu werden, die Oberhand über ihn gewann.

»Nun, hier wäre ich einmal«, dachte Kit, indem er in den nächsten, seiner Mutter gegenüberstehenden leeren Stuhl auf der andern Seite des Mittelganges schlüpfte; »aber wie soll ich an sie herankommen oder sie bereden, daß sie hinausgeht? Ich könnte ebensogut zwanzig Meilen weit sein. Sie wird nicht erwachen, bis alles vorüber ist. Und da schlägt die Uhr schon wieder! Wenn er nur eine Minute aufhören wollte, oder wenn man zu singen anfinge!«

Aber da war wenig Hoffnung, daß eins von beiden sich in den nächsten Stunden ereignen würde. Der Prediger sprach von den göttlichen Dingen, von denen er sie noch vor Schluß der Predigt überzeugen wollte; und es war klar, daß es zum mindesten noch stundenlang dauern würde, wenn er auch nur die Hälfte von dem hielt, was er versprach, und die andere Hälfte vergaß.

Kit ließ in seiner Unruhe und Verzweiflung die Augen in der Kapelle umherschweifen, und als sie zufällig auf einen kleinen Sitz vor dem Pulte des Küsters fielen, konnte er ihnen kaum trauen, als sie ihm – Quilp zeigten!

Er rieb sich die Augen zwei- oder dreimal, aber sie bestanden darauf, Quilp sei dort. Und so war es auch wirklich; da saß er auf einem kleinen, hölzernen Sitz, die Hände, zwischen denen der Hut lag, auf die Knie gestützt, das gewohnte Grinsen auf seinem schmutzigen Gesicht und die Blicke an die Decke geheftet. Jedenfalls sah er nicht auf Kit oder seine Mutter und schien überhaupt nichts von deren Anwesenheit zu ahnen; trotzdem hatte Kit gleich das bestimmte Gefühl, daß die Aufmerksamkeit des verschmitzten kleinen Teufels auf niemand anders als auf sie gerichtet sei.

So erstaunt er aber auch über die Erscheinung des Zwerges unter den Klein-Betheliten war und so wenig er sich der bösen Ahnung erwehren konnte, sie sei der Vorbote irgendeines Unheils oder eines Verdrusses, so mußte er doch seine Verwunderung unterdrücken und zu tätigen Maßregeln seine Zuflucht nehmen, um seine Mutter fortzubringen, denn der Abend kam heran und die Sache wurde ernsthaft. Sobald daher der kleine Jakob das nächstemal erwachte, schickte sich Kit an, dessen unstete Blicke auf sich zu lenken, und da dies keinerlei Schwierigkeiten machte – ein einziges Niesen genügte –, so gab er ihm durch Zeichen zu verstehen, er möge die Mutter wecken. Unglücklicherweise lehnte sich jedoch in demselben Augenblick der Prediger gelegentlich der kräftigen Auseinandersetzung eines Hauptpunktes seiner Rede so weit über das Kanzelpult, daß kaum mehr als die Beine sich innen befanden; und während er, mit der Linken sich festhaltend, heftige Gestikulationen mit seiner rechten Hand machte, stierte er oder schien er gerade in die Augen des kleinen Jakob zu stieren und drohte ihm durch Blick und Haltung – so kam es wenigstens dem Kinde vor –, daß der kleine Jakob Angst bekam, der Prediger würde buchstäblich, nicht im figürlichen Sinne über ihn ›herfallen‹, wenn er nur mit einem Muskel zuckte. In diesem schrecklichen Zustande der Dinge, verwirrt durch Kits plötzliches Erscheinen und behext von den Augen des Predigers, blieb der unglückliche Jakob bolzengerade sitzen, konnte sich nicht rühren, hätte gern geweint, fand aber den Mut nicht dazu, und starrte den Pastor an, bis die kleinen Augen aus ihren Höhlen zu springen drohten.

»Es bleibt mir keine andere Wahl, als es öffentlich zu tun«, dachte Kit.

Sofort trat er leise aus seinem Stuhl in den seiner Mutter und packte, wie Herr Swiveller gesagt haben würde, wenn er dabeigewesen wäre, den jüngsten Nubbles, ohne ein Wort zu sprechen, ›beim Kragen‹.

»Bst, Mutter!« flüsterte Kit; »kommt mit mir, ich habe Euch etwas zu sagen.«

»Wo bin ich?« sagte Madame Nubbles.

»In diesem gesegneten Klein-Bethel«, entgegnete ihr Sohn verdrießlich.

»Bei Gott, gesegnet!« rief Frau Nubbles, das Wort auffassend. »Ach, Christoph, wie bin ich diesen Abend erbaut worden!«

»Ja, ja, ich weiß«, entgegnete Kit hastig, »aber kommt nur mit, Mutter; jedermann sieht auf uns. Macht keinen Lärm, laßt Jakob nicht zurück, so ists recht!«

»Halt, Satan, halt!« rief der Prediger, als Kit abzog.

»Der Herr sagt, du sollst bleiben«, flüsterte seine Mutter.

»Bleib, Satan, bleib!« brüllte der Prediger abermals. »Versuche das Weib nicht, das sein Ohr zu dir neiget, sondern höre die Stimme dessen, der da rufet. Er hat ein Lamm aus der Hürde!« rief der Prediger, die Stimme noch mehr erhebend und auf den kleinsten Nubbles deutend. »Er führt ein Lamm, ein köstliches Lamm von hinnen! Er geht umher wie ein Wolf zur Nacht und verlocket die unschuldigen Lämmlein!«

Kit war der gutmütigste Bursche von der Welt, aber in Anbetracht dieser scharfen Worte und etwas aufgeregt durch die Lage, in der er sich befand, drehte er sich, den Kleinen auf dem Arme, gegen die Kanzel um und erwiderte laut:

»Nein, das tue ich nicht. Es ist mein Bruder!«

»Es ist *mein* Bruder!« rief der Prediger.

»Ihr lügt!« rief Kit entrüstet. »Wie könnt Ihr so etwas sagen? ... Und nur keine Beleidigungen, wenn ich bitten darf; was habe ich denn Unrechtes getan? Ihr könnt Euch darauf verlassen, daß ich nicht gekommen wäre, um sie wegzuholen, wenn es nicht notwendig wäre. Ich wollte es ganz ruhig tun, aber Ihr ließt mich nicht. Seid jetzt so gut und schimpft meinetwegen Satan und seinesgleichen, solange Ihr wollt, Sir, aber mich laßt gefällig ungeschoren!«

Mit diesen Worten marschierte Kit aus der Kapelle; seine Mutter und der kleine Jakob folgten ihm auf der Ferse, und als er draußen war, da erinnerte er sich dunkel an die Leute, die aufgewacht waren und ihn erstaunt angesehen hatten, und an Quilp, der während der Störung in seiner früheren Stellung sitzengeblieben war, seine Augen nicht von der Decke verwandte und aussah, als ob er nicht die mindeste Notiz nähme von dem, was da vorging.

»Ach, Kit«, sagte seine Mutter, indem sie das Schnupftuch vor die Augen hielt, »was hast du getan! Ich kann nie, nie wieder hierherkommen!«

»Das freut mich, Mutter. Was war in dem bißchen Vergnügen von gestern abend Arges, daß Ihr nötig habt, heute so niedergeschlagen und bekümmert zu sein? Aber so macht Ihrs! Wenn Ihr einmal vergnügt und glücklich seid, so kommt

Ihr hierher, noch dazu mit diesem kleinen Kerl da und sagt, daß Ihr es bereut. Ihr solltet Euch schämen, Mutter, möchte ich sagen!«

»Still, still, Lieber!« versetzte Frau Nubbles. »Doch ich weiß wohl, daß du's nicht so meinst, wie es herauskommt; aber das ist ein sündhaftes Gerede.«

»Nicht so meine? Freilich meine ichs so!« entgegnete Kit. »Ich glaube nicht, Mutter, daß eine unschuldige Freude und ein heiterer Sinn im Himmel für größere Sünden angesehen werden als Hemdkragen, und daß diese Kerls da genau so richtig und vernünftig handeln, wenn sie das eine unterdrücken, als wenn sie das andere ablegen. Doch ich will nichts mehr davon sagen, wenn Ihr mir versprechen wollt, nicht zu weinen; das ist alles. Ihr könnt auch den Kleinen nehmen, der leichter ist, und mir den Jakob geben; und im Gehen – was wir aber rasch tun müssen – will ich Euch meine Neuigkeit mitteilen, über die Ihr Euch ein bißchen verwundern werdet, kann ich Euch sagen. So, jetzt ists recht. Nun seht Ihr doch wieder aus, als ob Ihr Klein-Bethel in Eurem Leben nie erblickt hättet, und ich hoffe, Ihr werdets auch nie wieder. Da habt Ihr das Kind, und du, kleiner Jakob, steige auf meinen Rücken und halte dich fest an meinem Hals; und wenn wieder ein Klein-Bethel-Pfarrer dich oder deinen Bruder ein köstliches Lamm nennt, so sage ihm, er habe da in zwölf Monaten das wahrste Wort gesprochen, und wenn er selber ein bißchen lammähnlicher und weniger pfefferminzig sein könnte, nicht gar so scharf und sauer, dann würde er mir um so besser gefallen. Das kannst du ihm ausrichten, Jakob.«

Und indem er so fortplauderte, teils ernst, teils lustig, seine Mutter, die Kinder und sich selbst heiter stimmte, nur weil er einfach fest entschlossen war, guter Laune zu bleiben, führte Kit die kleine Gesellschaft rasch weiter. Und auf dem Wege berichtete er auch, was in des Notars Hause vorgefallen war, und warum er sich in das Heiligtum von Klein-Bethel eingedrängt hatte.

Seine Mutter war nicht wenig entsetzt, als sie vernahm, was

von ihr verlangt wurde, und im Nu schossen ihr hundert Gedanken wirr durch den Kopf, von denen sich ihr besonders zwei aufdrängten: daß es erstens eine große Ehre sei, in einer Postchaise zu fahren, zweitens aber auch eine moralische Unmöglichkeit, die Kinder zurückzulassen. Aber diese Einwände und viele andere, zum Beispiel, daß gewisse Kleidungsstücke in der Wäsche wären, und daß andere sich in der Garderobe der Frau Nubbles gar nicht vorfänden, schnitt Kit kurz ab, indem er jedem einzelnen das Vergnügen entgegenhielt, das es ihr gewähren würde, Nell aufzufinden, und die Freude, die sie daran hätte, Nell im Triumph zurückzubringen.

»Aber wir haben nur noch zehn Minuten, Mutter«, sagte Kit, als sie das Haus erreicht hatten. »Da ist eine Schachtel. Werft hinein, was Ihr braucht, daß wir gleich fort können!«

Zu berichten, wie Kit alles mögliche, was auch nicht im geringsten zu brauchen war, in die Schachtel stopfte, und wie er die allernotwendigsten Dinge liegen ließ; wie eine Nachbarin beredet wurde, herüberzukommen und bei den Kindern zu bleiben, und wie die Kinder anfangs erbärmlich schrien und dann herzlich lachten, als man ihnen alle Arten unmöglicher und unerhörter Spielsachen versprach; wie Kits Mutter nicht aufhören wollte, sie zu küssen, und wie Kit nicht imstande war, sich deshalb zu ärgern, würde mehr Raum und Zeit wegnehmen, als wir übrighaben. Und so, über alles dies hinweggehend, genügt es, wenn wir sagen, daß ein paar Minuten nach den versprochenen zwei Stunden Kit und seine Mutter an der Tür des Notars anlangten, vor der bereits eine Postchaise harrte.

»Ei der Tausend, da sind gar vier Pferde!« rief Kit ganz außer sich über die Vorbereitungen. »Nun, Ihr fangt gut an, Mutter! Da ist sie, Sir. Dies ist meine Mutter. Sie steht ganz zu Diensten, Sir.«

»Recht so«, entgegnete der Herr. »Nur keine Aufregung, Ma'am; man wird für Euch Sorge tragen. Wo ist der Koffer mit den neuen Kleidern und sonstigen Erfordernissen für die Flüchtlinge?«

»Hier«, sagte der Notar. »Hinein damit, Christoph!«

»So, das wäre geschehen, Sir«, erwiderte Kit. »Fertig, Sir!«

»So kommen Sie!« sagte der ledige Herr. Mit diesen Worten reichte er Kits Mutter den Arm, half ihr mit ausgesuchter Höflichkeit in den Wagen und nahm an ihrer Seite Platz.

Die Leiter wurde aufgeschlagen, die Tür zugeknallt, die Räder drehten sich, und davon rasselten sie, während Kits Mutter

sich weit aus dem Fenster beugte, ein feuchtes Taschentuch wehen ließ und noch viele Grüße an den kleinen Jakob und den jüngsten Nubbles hinausrief, die natürlich niemand hörte.

Kit blieb in der Mitte der Straße stehen und sah mit Tränen in den Augen dem Wagen nach, Tränen, deren Ursache nicht der eben erlebte Abschied war, sondern die die Rückkehr, auf die er sich so freute, ihm schon jetzt erpreßte.

»Sie gingen zu Fuß fort«, dachte er, »und niemand war da, um ihnen ein freundliches Wort zum Abschied zu sagen; jetzt aber werden sie mit vier Pferden zurückkommen, in Begleitung eines reichen Herrn, der ihr Freund ist, und alle Sorgen werden ein Ende haben! Sie wird vergessen, daß sie mich schreiben lehrte . . .«

Außerdem mochte Kit wohl noch an manches andere denken, denn er stand noch lange da, nachdem die Chaise verschwunden war, betrachtete die Reihen flimmernder Lampen und kehrte nicht eher in das Haus zurück, bis der Notar und Herr Abel, die so lange vor dem Hause gewartet hatten, als sich noch etwas von dem Rasseln der Räder vernehmen ließ, sich schon einige Male verwundert fragten, was ihn wohl noch draußen fesseln könnte.

Zweiundvierzigstes Kapitel

Es ist nun an der Zeit, daß wir Kit eine Weile mit seinen Gedanken und Erwartungen allein lassen und die Erlebnisse der kleinen Nell weiter verfolgen. Wir nehmen zu diesem Zweck den Faden der Erzählung dort wieder auf, wo wir ihn in einem früheren Kapitel unterbrochen haben.

Während einer jener Abendwanderungen, bei denen sie, den zwei Schwestern in bescheidener Entfernung folgend, in dem Mitgefühl, das sie diesen entgegenbrachte, und in dem Gedanken, daß deren Prüfungen ihrer eignen innern Einsamkeit ein wenig verwandt waren, Trost und Beruhigung fand, die sie dann solche Momente glückselig empfinden ließen, obgleich die wohltuende Freude eine von jenen war, die in Tränen lebt und stirbt – während einer jener Wanderungen um die stille Dämmerstunde, da der Himmel, die Erde, die Luft, das leicht bewegte Wasser und der Ton ferner Glocken verwandte Saiten in dem Kindesgemüt erklingen ließen und dem Mädchen beruhigende Gedanken einhauchten, keineswegs aber solche, wie sie die Kinderwelt mit ihren harmlosen Freuden kennt – während eines jener Spaziergänge, die nun ihre einzige Freude waren und sie ein wenig die Sorgen vergessen ließen, war die Dämmerung bereits in Dunkelheit, der Abend in Nacht übergegangen, und noch immer weilte das junge Wesen in der Finsternis. Fühlte sie sich doch nicht allein in der heitern Stille der Natur, während Lärmen von Menschen und blendendes Kerzenlicht wahre Einsamkeit für sie gewesen wären!

Die Schwestern hatten sich bereits nach Hause begeben, und sie war allein. Sie erhob die Augen zu den glänzenden Sternen, die so mild aus der weiten, lustigen Weltenferne herniederschauten, und während sie so hinsah, fand sie, wie immer neue Sterne vor ihren Blicken auftauchten, immer mehr und mehr, bis das ganze unermeßliche Firmament von glänzenden Sphären funkelte, die sich immer höher und höher in dem unermeßlichen Raum erhoben, unendlich an Zahl, wie ewig in ihrem wandellosen und reinen Dasein. Sie beugte sich über den ruhigen Strom und sah sie in derselben majestätischen Ordnung schimmern, wie sie damals durch die angeschwellten Wasser leuchtend der Taube Noahs erschienen sein mochten, als die Spitzen der Berge und das tote Menschengeschlecht um Millionen Klafter unter ihr lagen.

Die Kleine saß schweigend unter einem Baume und wagte kaum zu atmen in der Stille der Nacht und der sie begleitenden Wunder. Zeit und Ort waren ganz zu Betrachtungen geeignet, und sie dachte in stiller Hoffnung oder vielleicht besser in stiller Ergebung an die Vergangenheit, die Gegenwart und das, was ihr wohl noch bevorstehen mochte. Zwischen ihr und dem alten Mann war allmählich eine Scheidewand offenbar geworden, die leidvoller als jeder frühere Kummer war. Jeden Abend und oft auch tagsüber war er abwesend, ohne daß er jemand bei sich gehabt hätte; und sie wußte wohl, wohin er ging und welche Gründe ihn fortführten – ach nur zu wohl; denn sie ersah es aus den beharrlichen Eingriffen in ihre spärlich bestellte Börse und aus seinen hohlen Blicken –, doch er wich jeder Frage aus, beobachtete eine starre Verschlossenheit und mied sogar ihre Gegenwart.

Sie saß und dachte traurig über die Veränderung nach und brachte sie gewissermaßen mit allem, was um sie her vorging, in Verbindung, als eine ferne Kirchturmuhr neun schlug. Mit dem ersten Glockenschlag trat sie den Heimweg an und wandte sich gedankenvoll der Stadt zu.

Sie war bei einer kleinen hölzernen Brücke angelangt, die über den Strom zu einer auf ihrem Wege liegenden Wiese führte, als sie plötzlich ein rötliches Licht bemerkte und bei genauerem Hinsehen unterschied, daß es wahrscheinlich von einem Zeltlager von Zigeunern herkam, die an einer Ecke unsern des Weges ein Feuer angemacht hatten und in dessen Kreise lagen oder saßen. Da sie zu arm war, um sich vor Zigeunern fürchten zu müssen, änderte sie ihre Richtung nicht – was auch in der Tat nicht ohne großen Umweg möglich gewesen wäre –, sondern geradeaus weitergehend, beschleunigte sie nur ihre Schritte.

Eine Regung schüchterner Neugier veranlaßte sie, als sie sich dem Orte näherte, einen flüchtigen Blick auf das Feuer zu werfen. Zwischen dem Feuer und ihr stand eine Gestalt, deren Umrisse so scharf gegen das Licht abstachen, daß sie plötzlich stehenbleiben mußte. Dann nahm sie aber ihren Weg wieder auf, als wäre sie inzwischen mit sich zu Rate gegangen und zu dem Schlusse gekommen, daß es nicht so sein könne, oder als hätte sie sich überzeugt, daß die Gestalt nicht die Person sei, für die sie sie gehalten hatte. In demselben Augenblicke jedoch wurde das Gespräch am Feuer, oder was immer es sein mochte, wieder aufgenommen, und die Töne der sprechenden Stimme – sie konnte die Worte nicht unterscheiden – klangen ihr so bekannt wie ihre eignen.

Sie wandte sich um und blickte zurück. Der Sprecher hatte früher gesessen, stand aber nun aufrecht da und stützte sich mit beiden Händen auf einen Stock. Die Haltung war ihr nicht weniger bekannt als vorhin die Stimme. Es war ihr Großvater.

Ihr erster Gedanke war, ihn zu rufen, ihr zweiter der neugierige Wunsch, zu wissen, wer seine Gefährten seien und welch ein Beweggrund sie zusammengeführt habe. Eine unbestimmte trübe Ahnung stieg in ihr auf, und einem innern Antriebe folgend, näherte sie sich der Stelle, ging jedoch nicht über das offene Feld, sondern kroch längs des Geheges hin.

Auf diese Weise näherte sie sich dem Feuer bis auf wenige

Schritte, und als sie sich zwischen einigen jungen Bäumen aufrichtete, konnte sie alles sehen und hören, ohne Gefahr, bemerkt zu werden.

Es waren keine Weiber und Kinder da, wie sie es gelegentlich ihrer Wanderschaft bei andern Zigeunerlagern gesehen hatte, sondern nur ein einziger Zigeuner, ein schlanker, athletisch gebauter Mann, der mit gekreuzten Armen in einiger

Entfernung an einen Baum lehnte und unter seinen schwarzen Augenwimpern weg bald auf das Feuer, bald auf drei andere Männer schaute, die im Lager waren, und ihrem Gespräch mit aufmerksamem, aber halb verstecktem Interesse zuhörte. Einer von diesen dreien war ihr Großvater. In den andern erkannte sie die Männer, die in jener verhängnisvollen Gewitternacht im Wirtshause Karten spielten: den sogenannten Isaak List und seinen mürrischen Gefährten. Eins jener niedrigen gewölbten Zigeunerzelte, die bei diesem Volke üblich sind, befand sich ganz in der Nähe, war aber leer oder schien es wenigstens zu sein.

»Ihr wollt also gehen?« sagte der beleibte Mann, der von der Erde aus, auf der er ganz gemächlich ausgestreckt lag, zu ihrem Großvater aufsah. »Vor einem Augenblick noch hattet Ihrs ja gewaltig eilig. So geht, wenn Ihr wollt; Ihr seid hoffentlich Euer eigner Herr!«

»Ärgert ihn nicht«, entgegnete Isaak List, der auf der andern Seite des Feuers wie ein Frosch hockte und sich so zusammengedreht hatte, daß alles an ihm wie ein schielendes Auge verdreht schien, »er hats nicht gemeint so böse.«

»Ihr macht mich arm, plündert mich aus und treibt noch obendrein euern Spott und Scherz mit mir«, sagte der alte Mann, indem er sich von dem einen zum andern wandte. »Ich werde noch wahnsinnig unter euch!«

Die vollkommene Schwäche und Unschlüssigkeit des grauhaarigen Kindes im Gegensatz zu dem frechen und listigen Aussehen derjenigen, in deren Händen er sich befand, schnitten der kleinen Horcherin tief ins Herz. Aber sie bezwang sich, um auf alles, was vorging, achten und auf jeden Blick, auf jedes Wort merken zu können.

»Zum Teufel mit Euch, was wollt Ihr damit sagen?« rief der stämmige Mann, indem er sich ein wenig auf dem Ellbogen aufrichtete. »Euch arm machen? Ihr würdet *uns* arm machen, wenn Ihr könntet, oder etwa nicht? Aber so macht ihrs, ihr winselnden, stümperhaften und erbärmlichen Spieler! Wenn ihr verliert, so seid ihr die armen Märtyrer; ich habe aber nie finden können, daß ihr, wenn ihr gewinnt, einen andern Verlierenden in dem gleichen Lichte betrachtet hättet. Und was das Ausplündern anlangt!« rief der Kerl, indem er seine Stimme erhob, »verdammt noch einmal, was meint Ihr mit einem so gemeinen Wort wie plündern, he?«

Der Specher legte sich wieder der vollen Länge nach nieder und stieß ein- oder zweimal zornig mit den Beinen um sich, als wollte er seine unbegrenzte Entrüstung noch mehr bekräftigen. Es war klar und es hätte jedem andern, nur nicht dem schwachen alten Mann in die Augen fallen müssen, daß er den Raufbold und sein Freund den Friedensrichter spielte, unstreitig zu irgendeinem besondern Zwecke; denn sie tauschten untereinander und mit dem Zigeuner ganz unverhohlen

Blicke, und dieser grinste beifällig über den Spaß, daß man seine weißen Zähne blitzen sah.

Der alte Mann stand eine kleine Weile hilflos unter ihnen und sagte dann zu seinem Angreifer:

»Ihr habt eben selbst erst vom Ausplündern gesprochen, wie Ihr wißt. Seid nicht so heftig mit mir. Ihr spracht davon, oder nicht?«

»Nichts von Ausplündern in dieser Gesellschaft hier! Es herrscht Ehrenhaftigkeit unter – unter Gentlemen, Sir«, entgegnete der andere, der, wie es schien, nahe daran gewesen war, seinen Satz etwas ungeschickt mit ›Schelmen‹ zu schließen.

»Seid nicht hart gegen ihn, Jowl!« sagte Isaak List. »Es tut ihm leid, wenn er hat Anstoß gegeben. Nun fahrt fort mit dem, was Ihr sagen wolltet, fahrt fort!«

»Ich bin ein gutmütiges, weichherziges altes Schaf«, rief Herr Jowl, »daß ich in meinen Jahren so dasitze und Rat erteile, wenn ich doch weiß, daß er nicht angenommen wird und ich nur noch den Schimpf für meine Mühe habe. Aber so hab ichs mein Leben lang gehalten. Die Erfahrung ist nie imstande gewesen, mein warmes Herz zu erkalten.«

»Ich sage Euch, es tut ihm sehr leid, oder etwa nicht?« wandte Isaak List ein; »und er wünscht, daß Ihr fortfahrt.«

»Wünscht er das wirklich?« versetzte der andere.

»Ach!« stöhnte der alte Mann, indem er sich niederließ und sich hin und her wiegte. »Weiter, weiter. Es ist umsonst, sich dagegen zu wehren; ich kanns nicht. Weiter!«

»Wohlan denn«, entgegnete Jowl, »so will ich fortfahren, wo ich stehengeblieben bin, als Ihr so rasch auf die Beine sprangt. Wenn Ihr überzeugt seid, daß Euer Glück eine Wendung nehmen muß, wie dies auch gewiß der Fall ist, und Ihr findet, daß Ihr nicht Mittel genug habt, es zu versuchen – und da liegt auch der Hase im Pfeffer; denn Ihr wißt ja selbst, daß Ihr nie Geld genug habt, bei einer Spielsitzung lange genug auszuhalten –, so verhelft Euch zu dem, was Euch scheinbar absichtlich in den Weg gelegt ist. Borgt es, sage ich, und wenn Ihr könnt, dann zahlt es zurück!«

»Natürlich«, fiel Isaak List ein; »wenn die gute Dame, die das Wachsfigurenkabinett leitet, Geld hat und es beim Zubettgehen in eine Blechdose tut, ohne daß sie verschließt die Tür, weil sie sich fürchtet vorm Feuer, so scheint es zu sein ein ganz leichtes Ding, möchte sagen eigentlich ein Wink der Vorsehung, wenn ich nicht wär so religiös erzogen.«

»Seht Ihr, Isaak«, sagte sein Freund, indem er immer eifriger wurde und sich näher an den alten Mann machte, zugleich aber auch dem Zigeuner zuwinkte, sich nicht hineinzumischen, »seht Ihr, Isaak, Fremde gehen zu jeder Stunde des Tages aus und ein. Nichts würde wahrscheinlicher sein, als daß sich einer dieser Fremden unter dem Bett der guten Frau versteckt oder sich in dem Schrank eingeschlossen hat. Von Argwohn wäre keine Rede, oder er würde ohne Zweifel das Ziel weit verfehlen. Ich würde ihm Revanche geben bis auf den letzten Heller, den er bringt, wie groß auch der Betrag sein möchte.«

»Aber könntet Ihrs auch?« entgegnete Isaak List. »Ist Eure Bank auch stark genug?«

»Stark genug?« erwiderte der andere mit erheuchelter Verachtung. »Da, Musjö, langt mir einmal die Büchse aus dem Stroh heraus.«

Dies galt dem Zigeuner, der auf allen vieren in das niedrige Zelt kroch und nach vielem Umherstöbern und Rasseln mit einer Geldbüchse zurückkehrte, die Jowl mit einem Schlüssel öffnete, den er auf dem Leibe trug.

»Seht Ihr dies?« fragte er, indem er das Geld in seine Hand entleerte und es wie Wassertropfen durch seine Finger in die Büchse zurückfallen ließ. »Hört Ihr es? Kennt Ihr den Klang des Goldes? Da, stellt es wieder zurück und sprecht mir nicht wieder von Banken, Isaak, bis Ihr selbst einmal eine auftun könnt.«

Isaak List beteuerte scheinbar mit großer Unterwürfigkeit, daß er nie den Kredit eines Herrn von so notorischer Ehrenhaftigkeit, wie Herr Jowl einer wäre, bezweifelt habe; den Wunsch, die Büchse zu sehen, hätte er gewiß nicht geäußert, um seine Zweifel zu stillen, da er überhaupt keine hege, sondern nur in der Absicht, sich wieder einmal an dem Anblick solcher Reichtümer zu laben. Mancher könnte vielleicht glauben, dies sei nur ein leeres und eingebildetes Vergnügen, aber für einen Mann in seinen Verhältnissen sei es eine Quelle außerordentlicher Freude, welche nur übertroffen werden könnte, wenn er das Depot wohlbehalten in seinen eigenen Taschen hätte. Obgleich Herr List und Herr Jowl nur miteinander sprachen, so konnte man doch sehen, daß beide kein Auge von dem alten Mann verwandten, der, den Blick auf das Feuer geheftet, brütend dasaß, aber doch auf alles was sie sprachen eifrig lauschte, wie man leicht aus einer gewissen unwillkürlichen Bewegung seines Kopfes oder einem jeweiligen krampfhaften Zucken seines Gesichts entnehmen konnte.

»Mein Rat«, sagte Jowl, indem er sich mit nachlässiger Miene wieder niederlegte, »ist einfach; und daß ich ihn gegeben habe, ist Tatsache. Ich handle als Freund. Warum sollte ich auch einem Manne zu den Mitteln verhelfen, mit denen er mir vielleicht meine ganze Habe abgewinnt, wenn ich ihn nicht als meinen Freund betrachtete! Ich muß freilich sagen, es ist ganz verrückt, so viel Rücksicht auf das Wohlergehen andrer Leute zu nehmen; aber ich bin einmal so und kanns nicht ändern. Macht mir darum keinen Vorwurf, Isaak List!«

»Ich Euch machen einen Vorwurf?« versetzte der Angeredete; »nicht um die ganze Welt, Herr Jowl! Ich wollte nur, ich könnts so weit bringen, so freigebig zu sein wie Ihr. Auch sagt Ihr ganz richtig, er könnts ja zurückzahlen, wenn er gewinnt; und wenn er verliert . . .«

»Daran braucht man überhaupt nicht zu denken«, entgegnete Jowl. »Aber angenommen, es wäre der Fall – obgleich es unwahrscheinlich ist, soviel ich von den Launen des Glücks weiß –, ei, ists dann nicht besser, andrer Leute Geld zu verlieren, als sein eignes? Wills doch meinen.«

»Ah!« rief Isaak List ganz entzückt, »welche Lust, zu gewinnen! Welch ein Genuß, das Geld zu streifen vom Tisch, die schönen, blanken, gelben Vögel, sie in die Taschen zu streichen! Was ists für eine Wonne, endlich zu triumphieren, denken zu können, daß man nicht stehengeblieben ist, ihm nicht den Rücken gekehrt hat, sondern ihm auf halbem Wege entgegengekommen ist! Der – Ihr wollt doch nicht gehen, alter Herr?«

»Ich wills tun«, sagte der alte Mann, der aufgestanden und etliche Schritte weggeeilt war, aber ebenso rasch wieder umkehrte. »Es soll mein sein, jeder Penny.«

»Nun, das lob ich mir«, rief Isaak, indem er aufsprang und ihn auf die Schulter klopfte; »und ich habe Respekt vor Euch, daß Ihr noch so viel junges Blut habt. Ha ha ha! Joe Jowl bereut fast, daß er Euch hat geraten. Jetzt ist das Lachen auf unsrer Seite. Ha ha ha!«

»Er gibt mir Revanche, vergeßts nicht«, sagte der alte Mann, indem er mit der runzligen Hand auf Jowl deutete; »erinnert Euch, er setzt Stück auf Stück, bis auf das letzte in der Büchse, mögen es ihrer viel oder wenige sein. Erinnert Euch dessen!«

»Ich bin Zeuge«, entgegnete Isaak, »ich will sehen, daß es geht ehrlich her.«

»Ich habe mein Wort gegeben«, sagte Jowl mit erkünsteltem Widerwillen, »und muß es also halten. Wann soll dieser Handel ausgeglichen werden? Ich wünschte, es wäre vorbei. Heute nacht?«

»Ich muß zuerst das Geld haben«, erwiderte der alte Mann; »und das soll morgen der Fall sein.«

»Warum nicht in dieser Nacht noch?« drängte Jowl.

»Es ist schon spät, und ich würde erregt und verwirrt sein«, sagte der alte Mann. »Es muß mit aller Ruhe geschehen. Nein, morgen abend.«

»So seis denn morgen«, entgegnete Jowl. »Schafft einen Tropfen Stärkung herbei! Glück dem besten Manne! Eingeschenkt!«

Der Zigeuner brachte drei zinnerne Becher herbei und füllte sie bis an den Rand mit Branntwein. Der alte Mann wandte sich ab und murmelte etwas vor sich hin, ehe er trank.

Der Horcherin klang ihr eigner Name ins Ohr und mit ihm ein so glühender Wunsch, daß er ihn in flehentlicher Angst auszustoßen schien.

»Gott sei uns gnädig!« bat das Kind innerlich, »und helfe uns durch diese Prüfungsstunde! Was soll ich tun, um ihn zu retten?«

Der Rest des Gesprächs wurde mit gedämpfter Stimme und in knappen Worten geführt, da es sich bloß noch um die Ausführung des Planes und um die besten Vorsichtsmaßregeln handelte, den Verdacht abzulenken. Der alte Mann schüttelte sodann seinen Versuchern die Hände und entfernte sich.

Sie blickten der langsam dahingehenden, gebeugten Gestalt nach, und sooft er den Kopf wandte, um zurückzuschauen, was sehr oft geschah, winkten sie ihm mit den Händen oder riefen ihm einige kurze, ermutigende Worte zu. Erst als er allmählich zu einem bloßen Punkt auf der fernen Landstraße geworden war, wandten sie sich wieder zueinander und wagten es, laut hinauszulachen.

»So!« sagte Jowl, indem er sich die Hände am Feuer wärmte, »das wäre endlich abgetan. Es hat bei ihm mehr Überredung gekostet, als ich erwartete. Vor mehr als drei Wochen war es, daß wir ihm dies zum erstenmal in den Kopf setzten. Was meint Ihr wohl, was er bringen wird?«

»Mag er bringen was er will, es wird halbiert zwischen uns«, versetzte Isaak List.

Der andere nickte.

»Wir müssen das rasch abmachen«, sagte er, »und dann seine Bekanntschaft kurz abschneiden, sonst könnte Verdacht auf uns fallen. Scharf sein ist hier die Losung!«

List und der Zigeuner stimmten bei. Sobald sich alle drei hinreichend über die Betörung ihres Opfers belustigt hatten, ließen sie den Gegenstand als einen, der bereits genügend erörtert worden war, fallen und begannen in einem Kauderwelsch miteinander zu sprechen, von dem Nell nichts verstand. Da jedoch die Unterhaltung sich um Angelegenheiten zu drehen schien, für die sich das edle Kleeblatt lebhaft interessierte, so hielt die Kleine dies für die geeignetste Zeit, um unbeachtet zu entkommen. Und so schlich sie langsam und mit vorsichtigen Schritten in dem Schatten des Geheges weiter oder bahnte sich durch die Hecken und ausgetrockneten Gräben einen Weg, bis sie an einer Stelle, die außer dem Gesichtskreise der Gauner lag, in die Straße einbiegen konnte. Dann floh sie, blutend und zerfleischt von den Dornen des Gestrüpps, aber mit noch zerrissenerem Herzen, so schnell sie konnte nach Hause und warf sich halb wahnsinnig auf ihr Lager.

Der erste Gedanke, der ihr durch den Kopf schoß, war Flucht, augenblickliche Flucht! Sie wollte ihn hinwegschleppen von diesem Ort und lieber auf der Landstraße verhungern, als ihn je wieder solchen Versuchungen auszusetzen. Dann erinnerte sie sich, daß das Verbrechen erst in der nächsten Nacht begangen werden sollte, wodurch ihr Zeit genug blieb, ihre Schritte zu überlegen und sich zu irgendeinem Plan zu entschließen. Dann lähmte sie fast die entsetzliche Angst, er könnte das Verbrechen vielleicht schon in diesem Augenblick begehen; sie fürchtete, gleich Schrekkensrufe durch die stille Nacht hören zu müssen, und noch schrecklichere Bilder folterten sie, wenn sie daran dachte, wie weit er noch versucht und geführt werden könnte, wenn man ihn entdeckte und er es dann nur mit einer Frau zu tun hätte! Sie konnte diese Folter nicht ertragen, sondern stahl sich in den Raum, in dem das Geld aufbewahrt war, öffnete die Tür und sah hinein.

Gott sei Dank; er war nicht da, und die Frau lag in tiefem Schlafe. Sie kehrte nach ihrem Kämmerlein zurück und versuchte, ob sie nicht ruhen könne. Aber wer hätte schlafen können – schlafen! Wer hätte ruhig liegenbleiben können, wenn solche Schrecken die Seele durchwühlten! Sie wurden immer entsetzlicher. Halb angekleidet und mit wirren Haaren floh sie an das Bett des alten Mannes, umfaßte seine Hände und weckte ihn aus dem Schlafe.

»Wer ist da!« schrie er, im Bett auffahrend und die Blicke auf das gespensterbleiche Gesicht des Kindes heftend.

»Ich habe einen schrecklichen Traum gehabt«, rief das Kind mit einer Kraft, die nur das höchste Entsetzen ihm einflößen konnte, »einen schrecklichen, fürchterlichen Traum! Ich träumte ihn schon früher einmal! Ich sehe dann immer drei Grauhaarige wie Sie, die im finstern Zimmer bei Nacht die Schlafenden ihres Geldes berauben. Auf, auf!«

Der alte Mann zitterte an allen Gliedern und faltete die Hände wie zum Gebet.

»Nicht zu mir«, sagte das Kind, »nicht zu mir, nein, zum Himmel, daß er uns vor solchen Taten bewahre! Dieser Traum ist zu lebhaft. Ich kann nicht schlafen, ich kann nicht hierbleiben, ich kann Sie nicht allein unter dem Dache lassen, unter dem mich solche Träume beschleichen. Auf! Wir müssen fliehen!«

Er blickte sie an, als ob sie ein Gespenst wäre – sie mochte auch trotz alles Irdischen so ausgesehen haben –, und zitterte immer heftiger.

»Es ist keine Zeit zu verlieren; ich will keine Minute verlieren!« fuhr das Kind fort. »Auf! Und fort mit mir!«

»In der Nacht?« murmelte der alte Mann.

»Ja, in der Nacht«, versetzte das Kind. »Morgen nacht wird es zu spät sein. Der Traum wird dann wieder da sein. Nichts als die Flucht kann uns retten. Auf!«

Der alte Mann, dem der kalte Angstschweiß auf der Stirn stand, erhob sich von seinem Bett, beugte sich vor Nell, als wäre sie ein Himmelsbote, gesandt, ihn nach ihrem Belieben zu leiten, und schickte sich an, ihr zu folgen. Sie nahm ihn bei der Hand und führte ihn fort. Als sie an der Tür des Zimmers vorbeikamen, das er zu berauben gedacht hatte, schauderte sie und blickte zu seinem Gesichte auf. Wie weiß dieses Gesicht war, und was für Augen den ihrigen begegneten! Sie nahm ihn mit sich in ihre eigene Kammer, und ohne seine Hand freizulassen, als scheute sie sich, ihn auch nur auf einen Augenblick zu verlieren, raffte sie ihr kleines Besitztum zusammen und hing ihr Körbchen an den Arm. Der alte Mann nahm sein Felleisen aus ihren Händen und streifte es über die Schulter, auch den Stab, den sie beiseitegeschafft hatte, und dann führte sie ihn fort.

Ihre zitternden Füße eilten rasch durch die geraden Straßen und die schmalen, gekrümmten Vorstädte. Sogar den steilen Hügel, der von dem alten, grauen Schloß gekrönt wurde, arbeiteten sie sich mit schnellem Schritt hinan, ohne auch nur ein einziges Mal zurückzublicken.

Als sie den zerfallenen Ruinen näherkamen, ging der Mond eben in seinem milden Glanze auf, und von den ehrwürdigen, mit Efeu, Moos und wallendem Gras umsäumten Mauern blickte Nell auf die schlummernde Stadt hinab, tief im Schatten des Tales, auf den fern hinziehenden Strom mit seinem gewundenen Lichtpfad und auf die entlegenen Hügel. Bei diesem Anblick drückte sie die Hand, die sie noch immer umfaßt hielt, weniger fest, und in Tränen ausbrechend warf sie sich an des alten Mannes Hals.

Dreiundvierzigstes Kapitel

Sobald Nells augenblickliche Schwäche vorüber war, bot sie wieder alle Entschlossenheit auf, die ihr bisher Kraft verliehen hatte, und indem sie sich bemühte, stets den Gedanken vor Augen zu halten, daß sie vor Schmach und Verbrechen flöhen, und daß die Rettung ihres Großvaters nur von ihrer Festigkeit abhinge, obgleich ihr kein freundliches Wort der Beratung, keine hilfreiche Hand Beistand boten, drängte sie ihn vorwärts, ohne auch nur ein einziges Mal wieder zurückzuschauen.

Während er unterwürfig und beschämt vor ihr wie angesichts eines überirdischen Wesens zu kriechen und zu zittern schien, tauchte im Innern der Kleinen ein neues Gefühl auf, das ihre Seele hob und ihr eine Tatkraft und eine Zuversicht einhauchte, die sie nie zuvor gekannt hatte. Es bestand keine geteilte Verantwortlichkeit mehr, denn die ganze Last zweier Leben ruhte nun auf ihren Schultern, und fortan mußte sie für beide denken und handeln.

»Ich habe ihn gerettet«, sagte sie zu sich selber; »in allen Gefahren, in allem Ungemach will ich mich daran erinnern.«

Zu jeder andern Zeit hätte das Bewußtsein, die Freundin, die ihnen so viel Liebe erzeigt, ohne ein Wort der Rechtfertigung verlassen zu haben, der Gedanke, daß der Vorwurf des Verrats und Undanks auf sie fallen mußte, und sogar die Trennung von beiden Schwestern ihr Herz mit Kummer und Reue erfüllt. Aber nun verschwanden alle andern Rücksichten vor der neuen Ungewißheit und den Sorgen ihres wilden Wanderlebens; und selbst das Verzweiflungsvolle ihrer Lage hob und ermunterte sie.

Das zarte, in dem fahlen Mondlicht noch bleicher erscheinende Antlitz, auf dem trotz der gewinnenden Anmut und Lieblichkeit der Jugend bereits ernste Sorgen zu lesen waren, das leuchtende Auge, der geistvolle Kopf, die zusammengepreßten Lippen, die auf hohen Mut und feste Entschlossenheit deuteten, und die ätherische Gestalt, so fest in ihrer Haltung und doch so schwach, erzählten ihre stumme Geschichte; aber sie erzählten diese nur dem vorbeirauschenden Winde, der das Geheimnis vielleicht nur zu dem Pfühle einer Mutter trug und ihr Träume vorführte von einer Kindheit, die in ihrer Blüte dahinwelkte und den Schlaf schläft, aus dem es kein Erwachen gibt.

Die Nacht schwand schnell dahin, der Mond ging unter, die Sterne verblaßten mehr und mehr, und ein Morgen, kalt wie sie, dämmerte langsam herauf. Dann erhob sich das edle Gestirn des Tages über den fernen Bergen, trieb die Nebel in gespenstigen Gestalten vor sich her und verscheuchte geisterhafte Schatten von der Erde, bis es wieder dunkel wurde. Sobald sie höher am Firmamente stand und ihre heiteren Strahlen Wärme entsandten, legten sich die beiden Wanderer an dem Ufer eines Flusses nieder, um zu schlafen.

Aber Nell ließ den Arm des alten Mannes nicht los, und

lange, nachdem er schon eingeschlummert war, bewachte sie ihn noch mit unermüdlichen Blicken. Doch auch sie ermattete endlich; der Druck ihrer Hand ließ nach, wurde erneuert und ließ wieder nach, bis sie beide Seite an Seite schliefen.

Ein lautes Stimmengewirr, das sich in Nells Träume mischte, weckte sie. Ein Mann von sehr ungeschlachtem und rauhem Äußern stand neben ihnen, und zwei seiner Gefährten schauten aus einem langen, schwerfälligen Boot herüber, das während ihres Schlummers ganz ans Ufer herangefahren war. Das Boot hatte weder Ruder noch Segel, sondern wurde von zwei Pferden gezogen, die oben auf dem Treppelweg ausruhten, während das Schlepptau, an das sie geschirrt waren, schlaff im Wasser hing.

»Holla!« rief der Mann barsch. »Was gibts da, he?«

»Wir haben hier nur geschlafen, Herr«, entgegnete Nell. »Wir sind die ganze Nacht hindurch gewandert.«

»Ein kurioses Paar Reisender für eine nächtliche Wanderung«, bemerkte der Mann, der sie zuerst angeredet hatte. »Der eine ist ein bißchen zu alt für solche Arbeit und die andere ein bißchen zu jung. Wo wollt ihr hin?«

Nell stotterte und deutete aufs Geratewohl nach Westen, worauf der Mann fragte, ob sie eine gewisse Stadt meine, die er nannte. Nell antwortete, um weiteren Fragen auszuweichen: »Ja, dort wollen wir hin.«

»Und woher kommt ihr?« lautete die nächste Frage.

Da diese Frage leichter zu beantworten war, so nannte Nell den Namen des Dorfes, in dem ihr Freund, der Schulmeister, wohnte, weil sie meinte, dieses würde den Männern wahrscheinlich unbekannt sein und daher keine weiteren Fragen veranlassen.

»Ich glaubte, es hätte euch jemand beraubt und mißhandelt«, sagte der Mann, »das ist alles. Guten Tag!«

Seinen Gruß erwidernd und froh darüber, daß er gegangen war, sah ihm Nell nach, als er eins der Pferde bestieg, und das Boot weiterfuhr. Es war noch nicht weit gekommen, als es wieder stillstand, und sie bemerkte, daß die Männer ihr winkten.

»Habt ihr mich gerufen?« fragte Nell, indem sie zu ihnen lief.

»Wenn ihr wollt, könnt ihr mit uns kommen«, versetzte einer der Männer in dem Boote, »wir fahren auch dorthin.«

Nell zögerte einen Augenblick. Da sie aber, wie schon einigemal früher, mit Zittern daran dachte, die Männer, die sie bei ihrem Großvater gesehen hatte, könnten sie in ihrer Beutegier verfolgen, den Großvater neuerdings beeinflussen und so ihre eigne Macht über ihn vereiteln, entschloß sie sich, das Anerbieten anzunehmen, da ihre Spuren von hier ab nicht weiterführen würden, wenn sie mit den Männern gingen. Denn mit dem Eintritt ins Boot mußten jene notwendig ihre Spur verlieren. Die Männer fuhren ans Ufer, und ehe sie noch Zeit zu weiterer Überlegung hatte, befand sie sich mit ihrem Großvater an Bord und glitt langsam den Strom hinab.

Die Sonne bestrahlte lieblich den glänzenden Wasserspiegel, der zuweilen von Bäumen beschattet wurde, dann aber auch wieder eine weite Aussicht über die Gegend bot, die von sprudelnden Bächen durchzogen und reich an waldigen Hügeln, Ackerland und geschützten Wirtschaftshöfen war. Hier und da blickte ein Dorf mit seinem bescheidenen Kirchturm, seinen Strohdächern und Giebeln aus den Bäumen hervor, und mehr als einmal kam eine ferne Stadt mit hohen, durch den Rauch leuchtenden Kirchtürmen und gewaltigen, über die Häusermasse emporragenden Fabrikgebäuden in Sicht. Sie konnten sie dann immer geraume Zeit vor sich liegen sehen, und daran konnten sie erkennen, wie langsam die Fahrt ging. Ihr Weg führte sie größtenteils durch Niederungen und weite Ebenen; und abgesehen von jenen fernen Orten und hin und wieder einigen Männern, die auf dem Felde arbeiteten oder auf den Brücken lungerten, unter denen sie hindurchkamen, um sie vorbeiziehen zu sehen, unterbrach nichts die Einförmigkeit ihrer trägen Wasserreise.

Nell fühlte sich etwas entmutigt, als gegen Abend das Boot an einer Art Kai anlegte und sie aus dem Munde eines der Männer erfuhr, daß sie ihr Ziel nicht vor dem nächsten Tage erreichen könnten, weshalb er ihr raten wolle, Lebensmittel einzukaufen, wenn sie nicht damit versehen sei. Sie hatte nur noch ein paar Pence gerettet, von denen sie bereits einige für Brot ausgegeben hatte, und auch diese mußte sie ängstlich hüten, da sie nach einem ganz fremden Orte reisten, der ihnen durchaus keine Hilfsquellen bot. Ein kleines Laibchen Brot und ein Stückchen Käse waren daher alles, was sie erschwingen konnte, und mit diesem begab sie sich wieder ins Boot; nach einem halbstündigen Aufenthalt, den die Männer zu einem Trunk im Wirtshaus benutzt hatten, ging die Fahrt wieder weiter.

Sie brachten etwas Bier und Branntwein mit ins Boot, und da sie schon vorher dem Getränke fleißig zugesprochen hatten und diese Beschäftigung nun eifrig weiterbetrieben, waren sie bald auf dem besten Wege, streitsüchtig und betrunken zu werden. Nell vermied daher die finstere, schmutzige, kleine Kajüte, in die sie oft ihren Großvater und sie eingeladen hatten, und blieb unter freiem Himmel an der Seite des alten Mannes sitzen, während sie mit klopfendem Herzen auf das Gezänk ihrer Gastfreunde horchte und fast wünschte, wieder wohlbehalten am Ufer zu sein, und wenn sie auch die ganze Nacht hindurch hätten gehen müssen.

Es waren wirklich rohe, laute Burschen, die wenig Umstände miteinander machten, obgleich sie sich gegen ihre Passagiere höflich genug benahmen. Als sich zum Beispiel zwischen dem Mann am Steuerruder und seinem Freund in der Kajüte ein Streit über die Frage erhob, wer zuerst die Artigkeit beobachtet hätte, Nell etwas Bier anzubieten, und als dann der Zank in ein Handgemenge ausartete, in dem sie einander zum unaussprechlichen Entsetzen des Kindes furchtbar durchbleuten, ließ doch keiner seinen Unmut an ihr aus, sondern jeder begnügte sich, seinem Zorn gegen seinen Widersacher Luft zu machen, den er als Beigabe zu den Schlägen mit einer Menge Ehrentitel bedachte, die glücklicherweise in einer für Nell unverständlichen Sprache vermittelt wurden. Die Streitfrage wurde endlich dadurch gelöst, daß der Mann in der Kajüte den andern kopfüber in diese hinunterstieß und selbst das Steuer ergriff, ohne dadurch im mindesten seine Fassung zu verlieren oder seinen Freund aus der Fassung zu bringen, der, von ziemlich kräftiger Konstitution und an solche Kleinigkeiten vollkommen gewöhnt, mit aufwärtsgekehrten Fersen, wie er hinuntergefallen war, liegenblieb und nach ein paar Minuten behaglich zu schnarchen anfing.

Mittlerweile war es wieder Nacht geworden, und obgleich die ärmlich gekleidete Nell empfindlich fror, fiel es ihr doch nicht ein, an ihre eigene unangenehme Lage zu denken; sie strengte sich vielmehr an, einen Plan für ihren und des alten Mannes Unterhalt zu ersinnen. Derselbe Mut, der sie in der letzten Nacht beseelt hatte, hielt sie auch jetzt aufrecht. Ihr Großvater lag friedlich schlafend an ihrer Seite, und das Verbrechen, zu dem ihn sein Wahnsinn gedrängt hatte, war unterblieben. Welch ein Trost für sie!

Jeder einzelne Vorfall ihres kurzen und ereignisvollen Lebens trat ihr während dieser langsamen Fahrt vor die Seele! Unbedeutende Begebenheiten, an die sie bis jetzt nie gedacht oder sich erinnert hatte; Gesichter, die sie einmal gesehen und seitdem wieder vergessen hatte; Worte, die sie seinerzeit kaum beachtete; Szenen, die sich schon lange, und solche, die sich erst kürzlich ereigneten, wirbelten durcheinander und bildeten eine Kette; Orte, die in der Dunkelheit den Eindruck wohlvertrauter Plätze machten, bei näherer Betrachtung sich aber als ganz unbekannt herausstellten und auch nicht die geringste Ähnlichkeit besaßen; manchmal hatte sie merkwürdig verworrene Vorstellungen von der Ursache, die sie hierhergeführt, dem Ort, zu dem sie wanderten, den Leuten, unter denen sie sich befanden; Phantasiebilder, die ihr so deutlich Fragen und Bemerkungen ins Ohr raunten, daß sie zusammenfuhr, sich umwandte und fast darauf zu antworten versuchte, kurz alle die Einbildungen und Widersprüche, welche die gewöhnlichen Folgen des Wachens, der Aufregung und eines rastlosen Ortswechsels sind, bedrängten das Kind.

Während Nell so mit ihren Gedanken beschäftigt war, trafen ihre Blicke zufällig das Gesicht des Mannes auf dem Verdeck, bei dem die rohe Stimmung der Trunkenheit nun der sentimentalen Platz gemacht hatte; und nachdem er eine kurze Pfeife, die aus Rücksicht für ihr zartes Leben mit Zwirn umwickelt war, aus dem Munde genommen hatte, bat er sie, ihm ein Lied zu singen.

»Sie haben eine sehr schöne Stimme, ein sehr sanftes Auge und ein sehr gutes Gedächtnis«, begann dieser Ehrenmann. »Was Stimme und Auge anbelangt, da bin ich selbst Zeuge. Und hinsichtlich des Gedächtnisses habe ich einmal so meine Meinung. Ich irre mich in solchen Dingen nie. Lassen Sie mich doch geschwind ein Lied hören!«

»Ich glaube nicht, daß ich eins kann«, entgegnete Nell.

»Sie können siebenundvierzig Lieder«, sagte der Mann mit einem Ernst, der keine Widerrede zuließ. »Sie können siebenundvierzig Lieder; lassen Sie mich eins davon hören, das schönste! Nur gleich anfangen.«

Da die arme Nell nicht wußte, wie weit es führen könnte, wenn sie ihren Freund aufbrächte, und schon bei dem Gedanken, ihr Zögern könnte ihn reizen, zitterte, sang sie ein kleines

Liedchen, das sie in glücklicheren Tagen gelernt hatte und das so lieblich in seinen Ohren klang, daß er sie am Schlusse in der gleichen gebieterischen Weise um ein anderes ersuchte; und er war so gefällig, einen Chor dazu zu brüllen, gerade in keiner besondern Tonart oder mit Worten, aber mit so erstaunlicher Kraft, daß alle andern Mängel ausgeglichen wurden. Der Lärm dieses Liederkonzerts weckte den andern Mann, der sich auf das Deck heraufschleppte, seinem früheren Gegner die Hand schüttelte und hoch und teuer schwur, Singen sei sein Stolz, seine Freude, sein Hauptvergnügen, und er wünsche sich gar keine bessere Unterhaltung. Nell sah sich daher genötigt, einer dritten Aufforderung, die noch gebieterischer klang als die beiden früheren, nachzukommen, und nun bildeten nicht nur die beiden Männer, sondern auch der Reiter auf dem Treppelweg den Chor. Dieser war durch seine Lage verhindert, an den nächtlichen Belustigungen seiner Freunde innigeren Anteil zu nehmen, und brüllte daher, daß die Lüfte zitterten, als er seine Gefährten brüllen hörte. Auf diese Weise, mit wenig Unterbrechungen und dieselben Lieder immer wieder singend, erhielt das müde und erschöpfte Kind alle drei die ganze Nacht über in guter Laune. Und so mancher Landmann, der aus dem tiefsten Schlaf gerüttelt wurde durch den mißtönigen Chor, der, auf Wasserflügeln getragen, in sein Ohr gellte, steckte den Kopf unter die Decke und zitterte vor Angst am ganzen Leibe.

Endlich graute der Morgen, und mit dem Auftauchen des Tages begann es in schweren Strömen zu regnen. Da Nell die abscheulichen Dünste der Kajüte nicht ertragen konnte, bedeckten sie sie zum Dank für ihre Bemühungen mit einigen Stücken Segeltuch und geteerter Leinwand, die genügten, um sie so ziemlich trocken zu erhalten und auch ihren Großvater zu schützen. Je weiter der Tag vorrückte, desto heftiger wurde der Regen. Am Mittag goß es ärger und hoffnungsloser als je, und nichts deutete darauf hin, daß es bald nachlassen würde.

Sie näherten sich immer mehr und mehr ihrem Ziele. Das Wasser war dicker und schmutziger geworden; andere Barken, die von der Stadt herkamen, schwammen häufig an ihnen vorbei; die mit Kohlenasche bestreuten Wege und die roten, aus Ziegeln gebauten Häuser deuteten auf die Nähe einer großen Fabrikstadt, während hin und wieder Straßen, Häuser und Rauchwolken aus entfernten Hochöfen verkündeten, daß sie sich bereits in der Vorstadt befänden. Nun häuften sich die Dächer; riesige Gebäude zitterten unter den stampfenden Maschinen und hallten von deren dumpfem Getöse wider; die langen Kamine spien einen schwarzen Rauch aus, der in einer dichten, häßlichen Wolke über den Hausgiebeln schwebte und das Licht verdunkelte; die Eisenhämmer regten dröhnend ihre Arme, der geschäftige Lärm auf den Straßen steigerte sich allmählich, bis sich in dem allgemeinen Gewirr keine besondern Töne mehr unterscheiden ließen, kurz, alles bekundete das Ende ihrer Reise.

Das Boot trieb in die Werft, zu der es gehörte. Die Männer waren sogleich beschäftigt. Nell und ihr Großvater warteten lange vergeblich, um ihnen zu danken oder zu fragen, wohin sie gehen sollten; dann kamen sie durch eine schmutzige Gasse in eine gedrängt volle Straße und blieben dort inmitten des Lärmes und Tumults im strömenden Regen stehen, so fremd, so betroffen und verwirrt, als hätten sie vor tausend Jahren gelebt und wären durch ein Wunder vom Tode erweckt und an diesen Ort gebracht worden.

Vierundvierzigstes Kapitel

Die Menschenmassen, die nie aufzuhören, nie zu ermüden schienen, drängten sich ohne Unterlaß in zwei entgegengesetzten Strömungen an ihnen vorüber, einzig auf ihre Angelegenheiten bedacht, ohne sich bei ihren Unternehmungen durch das Geräusch der mit klirrenden Eisenwaren beladenen Wagen und Karren, die auf dem nassen, schlüpfrigen Pflaster ausgleitenden Pferde, den gegen die Fenster und Regenschirme schlagenden Regen, die Ellenbogenstöße ungeduldiger Passanten oder überhaupt den tumultuarischen Lärm der Straße in dieser Hochflut der Rührigkeit stören zu lassen, während unsere beiden armen Wanderer betäubt und verwirrt mit trauernden Blicken auf das Treiben der Menschen schauten, an dem sie keinen Anteil hatten. Sie fühlten inmitten dieses Gewühls eine Einsamkeit, die nur mit dem Durst eines schiffbrüchigen Seemanns verglichen werden kann, der, von den Wogen des mächtigen Ozeans hin und her gestoßen, keinen Tropfen hat, um seine lechzende Zunge zu kühlen, während seine glühenden Augen vom Anstarren des ihn rings umgebenden Wassers fast geblendet sind.

Sie suchten unter einem niedrigen Torbogen Schutz gegen den Regen und achteten auf die Gesichter der Vorübergehenden, ob ihnen nicht aus einem von ihnen ein Strahl der Ermutigung oder Hoffnung entgegenleuchtete. Einige runzelten die Stirn, andere lächelten, und wieder andere murmelten vor sich hin; einige gestikulierten leicht mit den Händen, als vergegenwärtigten sie sich das Gespräch, an dem sie bald teilnehmen würden, andere trugen die verschmitzten Blicke des Schacher- und Ränkegeistes zur Schau; die einen waren gespannt und begierig, die andern langsam und träge; in diesem Gesicht konnte man Gewinn, in jenem Verlust lesen. Wenn man ruhig hier stand und die Mienen der rasch Vorbeieilenden betrachtete, so war es fast, als würde man von ihnen ins Vertrauen gezogen. An fleißigen Stätten, wo jeder seine eigenen Zwecke verfolgt und das gleiche von jedem andern voraussetzt, ist jedem sein Charakter und sein Streben mit deutlichen Buchstaben auf die Stirn geschrieben; nur auf öffentlichen Spaziergängen und an Belustigungsorten finden sich Leute, die sehen und gesehen werden wollen, und hier wiederholt sich der gleiche Ausdruck mit wenigen Varianten zu hundert Malen. Die Werktagsgesichter kommen der Wahrheit näher und lassen sie deutlicher ans Licht treten.

In jenem Zustand völliger Geistesabwesenheit, den eine derartige Einsamkeit stets zu erwecken pflegt, fuhr Nell fort, mit einer neugierigen Verwunderung, die sie fast ihre eigene

Lage vergessen ließ, auf das vorbeitreibende Gedränge zu achten. Aber Kälte, Nässe, Hunger, das Bedürfnis der Ruhe und der Mangel eines Plätzchens, auf das sie den schmerzenden Kopf hätte betten können, führten ihre Gedanken bald wieder auf den Punkt zurück, von dem sie abgeschweift waren. Niemand war da, der ihrer zu achten schien oder den sie anzusprechen wagte. Nach einer Weile verließen sie den Torbogen, unter dem sie Schutz gegen das Wetter gefunden hatten, und mischten sich in das Gewühl.

Der Abend kam heran. Die Menschenmenge verminderte sich; aber noch immer gingen sie auf und nieder, mit dem gleichen Gefühle des Verlassenseins in der Brust und ebensowenig berücksichtigt von ihrer Umgebung. Die Lichter in den Straßen und Läden ließen sie ihre Verlassenheit nur noch mehr fühlen; denn mit deren Aufleuchten kam es ihnen vor, als ob auch Nacht und Dunkelheit schneller heranrückten. Vor Kälte und Nässe zitternd, mit erschöpftem Körper und todkrankem Herzen mußte Nell all ihre Festigkeit und Entschlossenheit aufbieten, um sich nur weiterzuschleppen.

Warum waren sie auch in diese geräuschvolle Stadt gekommen, da es doch so friedliche Orte auf dem Lande gab, an denen sie vielleicht weniger qualvoll gehungert und gedürstet hätten als in diesem schmutzigen Treiben? Hier waren sie nur ein Sandkorn in einer ganzen Wüste von Elend, deren Anblick schon genügte, ihre Hoffnungslosigkeit und ihre Leiden zu vermehren.

Nell hatte nicht nur mit den sich häufenden Beschwerlichkeiten ihrer hilflosen Lage zu kämpfen, sondern auch die Vorwürfe ihres Großvaters zu ertragen, der zu murren anfing, daß er aus seinem letzten Heim hinweggeführt worden sei, und wieder dahin zurückzukehren verlangte. Ohne einen Penny in ihrem Vermögen und jede Aussicht auf Hilfe oder Erleichterung bar, gingen sie durch die verödeten Straßen zur Werft zurück in der Hoffnung, das Boot wieder aufzufinden, in dem sie gekommen waren, und die Erlaubnis zu erhalten, an Bord ihr Nachtlager aufschlagen zu dürfen. Aber auch diese Aussicht wurde ihnen genommen, denn das Tor war geschlossen, und einige wilde Hunde, die sie mit Bellen empfingen, nötigten sie zur Umkehr.

»Wir müssen diese Nacht unter freiem Himmel schlafen, lieber Großvater«, sagte das Kind mit schwacher Stimme, als sie sich wieder umwandten, nachdem die letzte Hoffnung gescheitert war, »und morgen wollen wir uns bis zu einem friedlicheren Orte auf dem Lande weiterbetteln; vielleicht gelingts uns, irgendwo eine wenn auch noch so geringe Beschäftigung zu finden, die uns das tägliche Brot verschafft.«

»Warum hast du mich hierhergebracht?« entgegnete der alte Mann trotzig. »Ich kann diese engen, unabsehbaren Straßen nicht ertragen. Wir kamen von einem ruhigen Orte; warum zwangst du mich, ihn zu verlassen?«

»Weil der Traum nicht wiederkommen durfte, von dem ich Ihnen erzählte«, versetzte das Kind mit einer Festigkeit, die sich jedoch schnell in Tränen auflöste, »und wir müssen unter armen Leuten leben, sonst kommt er immer wieder. Ich weiß ja, lieber Großvater, daß Sie alt und schwach sind, aber schauen Sie *mich* an! Ich will nie klagen, wenn Sie standhaft sind, obgleich ich mich wirklich nicht wohl fühle.«

»Ach du armes, heimatloses, umherirrendes, verwaistes Kind!« rief der alte Mann, indem er die Hände zusammenschlug und ihr vergrämtes Gesicht, ihr vom Umherwandern arg mitgenommenes Kleid und ihre wunden, geschwollenen Füße betrachtete, als sähe er dies alles zum erstenmal. »Hat all meine qualvolle Besorgnis sie schließlich so weit gebracht? Was war ich einst für ein glücklicher Mann, und habe ich alles, was ich besaß, *darum* verlieren müssen?«

»Wenn wir jetzt auf dem Lande wären«, sagte das Kind mit erkünstelter Heiterkeit, als sie weitergingen, um ein Obdach zu suchen, »dann würden wir irgendeinen guten alten Baum finden, der seine grünen Arme über uns ausstreckte, als liebte er uns, und über uns nickte und rauschte, als wollte er uns einschläfern, damit wir von ihm träumen, während er wachte. So Gott will, werden wir bald dort sein, morgen oder spätestens übermorgen, und inzwischen wollen wir denken, lieber Großvater, daß es für uns doch gut war, hierherzukommen. In dem Gedränge und Gewühle dieses Ortes verschwinden wir ganz, und wenn uns schlimme Leute verfolgen sollten, würden sie unsere Spuren sicherlich umsonst suchen. Und da ist auch ein tiefer, alter Torweg, zwar sehr dunkel, aber trocken und obendrein warm, weil der Wind nicht hereinblasen kann. – Was ist dies?«

Die letzten Worte halb entsetzt ausstoßend, bebte sie vor einer schwarzen Gestalt zurück, die plötzlich aus dem dunkeln Winkel hervortrat, in dem sie Zuflucht suchen wollten, und stehenblieb, um sie zu betrachten.

»Sprich noch einmal!« sagte die Gestalt; »kenne ich die Stimme?«

»Nein«, versetzte das Kind schüchtern, »wir sind fremd und haben kein Geld, um eine Nachtherberge zu bezahlen; deshalb wollten wir hier schlafen.«

In nicht allzu großer Entfernung schimmerte eine matte Lampe, die einzige an diesem Ort, der eine Art viereckigen Hofes war; aber sie leuchtete doch genügend hell, um dessen Ärmlichkeit zu zeigen. Die Gestalt winkte ihnen, sich dem Licht zu nähern, indem sie zugleich in dessen Strahlenkreis trat, als wolle sie zeigen, daß sie nicht die Absicht habe, sich vor ihnen zu verbergen oder ihnen einen Vorteil abzugewinnen.

Es war ein Mann in ärmlicher, von Rauch geschwärzter Kleidung, die ihn vielleicht durch den Kontrast, den sie zu der natürlichen Farbe seiner Haut bildete, noch bleicher erscheinen ließ, als er wirklich war. Daß er von Natur aus schon sehr bleich und farblos aussehen mußte, dafür sprachen seine hohlen Wangen, die scharfen Züge und eingesunkenen Augen, wie auch ein gewisser Blick, der geduldiges Leiden verriet. Seine Stimme war hart, aber nicht roh; und obgleich sein durch diese charakteristischen Züge gezeichnetes Gesicht außerdem noch von einem Büschel langen, dunkeln Haares beschattet wurde, hatte doch der Ausdruck desselben durchaus nichts Wildes.

»Wie kamt ihr auf den Gedanken, hier euer Nachtlager zu suchen?« fragte er. »Oder wie kommt es«, fügte er, das Kind aufmerksamer betrachtend, hinzu, »daß ihr euch zu dieser nächtlichen Stunde nach einem Ruheplatz umseht?«

»Wir sind durch unser Unglück dazu genötigt«, antwortete der Großvater.

»Wißt Ihr auch«, sagte der Mann mit einem noch ernsteren Blick auf Nell, »wie naß sie ist und daß feuchte Straßen keine geeigneten Orte für sie sind?«

»Ach, Gott steh mir bei, ich weiß es wohl«, entgegnete er; »aber was kann ich tun?«

Der Mann sah wieder auf Nell und berührte sanft ihre Kleider, von denen der Regen in Strömen herunterlief.

»Ich kann euch Wärme geben«, entgegnete er nach einer Pause, »aber sonst nichts. Meine Wohnung ist zwar dort drüben in jenem Hause«, er deutete in die Richtung des Torweges, aus dem er hervorgekommen war, »aber jedenfalls ist sie dort besser und sicherer aufgehoben als hier. Das Feuer ist freilich an einem unscheinbaren Ort, aber ihr könnt die Nacht ruhig neben ihm verbringen, wenn ihr euch mir anvertraut. Seht ihr jenes rote Licht?«

Sie erhoben ihre Augen und gewahrten einen düstern Schein an dem nächtlichen Himmel, den trüben Widerschein eines fernen Feuers.

»Es ist nicht weit«, sagte der Mann; »soll ich euch mit hinnehmen? Ihr wolltet auf kalten Ziegeln schlafen; ich kann euch ein Bett in warmer Asche geben, ein besseres habe ich nicht.«

Die Antwort, die er in ihren Augen las, genügte ihm, und ohne eine weitere abzuwarten, nahm er Nell auf seine Arme und forderte den alten Mann auf, ihm zu folgen.

Er trug sie sorgsam und so leicht, als wäre sie ein kleines Kind, und ging sicheren und raschen Schrittes durch einen Teil der Stadt, der wohl der ärmste und schlechteste sein mochte. Und ohne den überfließenden Gossen und den träufelnden Dachrinnen auszuweichen, nahm er ohne Rücksicht auf solche Beschwerlichkeiten schnurstracks seinen Weg. Sie mochten ungefähr eine Viertelstunde in tiefem Schweigen vorwärts geschritten sein und hatten den ihnen früher gewiesenen Schein in den finstern und engen Gassen bereits aus dem Gesicht verloren, als er plötzlich wieder auf sie fiel und sie sehen konnten, daß er aus dem hohen Schornstein eines dicht vor ihnen stehenden Gebäudes kam.

»Dies ist der Ort«, sagte er, indem er an der Tür stehenblieb, um Nell niederzusetzen und ihre Hand zu ergreifen. »Fürchtet euch nicht, niemand wird euch hier ein Leid tun!«

Man mußte viel Vertrauen haben, wenn man sich durch diese Versicherung verleiten ließ, einzutreten; und was unsere Wanderer im Innern sahen, war nicht geeignet, die Furcht und die Unruhe zu vermindern. Es war ein großes, hohes, durch eiserne Pfeiler gestütztes Gebäude, mit großen schwarzen Öffnungen in den oberen Teilen der Wände, um der Luft Zutritt zu gestatten, wo das Getöse schlagender Hämmer, das Brausen der Öfen, gemengt mit dem Zischen des rotglühenden Metalls, das ins Wasser getaucht wurde, und Hunderte merkwürdiger, unheimlicher Töne, die man sonst nirgends hören konnte, bis zum Dach hinauf widerhallten. An diesem düstern Orte trieben sich, Dämonen gleich, Massen von Menschen umher, die, bald heller, bald undeutlicher aus Flammen und Rauch auftauchend, gerötet und gequält von den hochauflodernden Feuern, ungeheure Werkzeuge schwangen, von denen ein einziger Fehlschlag den Schädel eines Arbeiters zerschmettert haben würde, und wie Riesen arbeiteten. Andere lagen, die Gesichter nach dem schwarzen Gewölbe aufwärts gekehrt, auf Haufen von Kohlen und Asche und schliefen oder ruhten von ihren Mühen aus. Wieder andere öffneten die weißglühenden Ofentüren und warfen Brennstoff in die Flammen, die ihm zischend und brüllend entgegenschossen und ihn wie Öl aufleckten. Und noch andere zogen auf dem Boden mit klirrendem Getöse große Platten glühenden Stahls hinter sich her, der eine unerträgliche Hitze ausstrahlte und in jenem dunkeln Licht erglänzte, das einem aus den Augen wilder Tiere so unheimlich entgegenleuchtet.

Durch dieses verwirrende Schauspiel und diese betäubenden Töne brachte sie ihr Führer zu einem dunkeln Teile des Gebäudes, in dem Tag und Nacht ein Ofen brannte; so viel entnahmen sie wenigstens aus der Bewegung seiner Lippen, denn bisher hatten sie ihn nur sprechen sehen, nicht hören können. Der Mann, dem die Wache über das Feuer anvertraut und dessen Dienst jetzt zu Ende war, ließ sich mit Freuden durch den Beschützer unserer armen Wanderer ablösen, der für Nell einen kleinen Mantel auf einen Aschenhaufen breitete und ihr zeigte, wo sie ihre Oberkleider aufhängen und trocknen könnte; dann bedeutete er ihr und dem alten Manne, sich niederzulegen und ruhig zu schlafen. Er selbst setzte sich auf eine grobe Matte vor die Tür des Ofens, stützte das Kinn auf die Hände und betrachtete die Flamme, die durch die eisernen Spalten schien, oder sah der weißen Asche zu, wie sie in ihr glühendes, leuchtendes Grab hinunterfiel.

Die Wärme ihres Lagers, so hart und armselig es auch war, zu der sich noch die große Übermüdung gesellte, ließ das Getöse bald sanfter in den müden Ohren des Kindes klingen, und es dauerte nicht lange, da hatte sie Nell eingelullt. Der alte Mann hatte sich neben sie gestreckt, und ihren Arm um seinen Hals geschlungen, lag sie da und träumte.

Es war noch Nacht, als sie erwachte, und sie wußte nicht, wie lange oder wie kurz sie geschlafen hatte. Sie fand jedoch, daß sie sowohl gegen die kalte Luft, die durch das Gebäude streichen mochte, als auch gegen die sengende Hitze des Ofens durch einige Arbeiteranzüge geschützt war, und als sie zu ihrem Freund aufblickte, bemerkte sie, daß er noch ganz in derselben Stellung dasaß, mit starrer Aufmerksamkeit das Feuer betrachtete und sich so unbeweglich verhielt, als ob er nicht einmal atme. Sie lag in einem halbwachen Zustand und sah die regungslose Figur so lange an, bis sie endlich fast fürchtete, er sei gestorben, während er dort saß. Sie stand daher auf, trat ihm näher und wagte es, ihm ins Ohr zu flüstern.

Er bewegte sich, sah von ihr auf ihre Lagerstätte, als wolle er sich überzeugen, daß sie es wirklich sei, und blickte sie dann fragend an.

»Ich fürchtete, daß Ihr krank seid«, sagte sie; »die andern Männer sind alle lustig, und Ihr seid gar so ruhig.«

»Sie überlassen mich mir selbst«, versetzte er. »Sie kennen meine Stimmungen, und obgleich sie mich auslachen, so küm-

mere ich mich wenig darum. Sieh dorthin, das ist *mein* Freund!«

»Das Feuer?« entgegnete das Kind.

»Es lebt, seitdem ich atme«, lautete die Antwort des Mannes. »Wir sprechen und denken die ganze Nacht miteinander.«

Das Kind sah ihn hastig und überrascht an; aber er hatte seinen Augen ihre frühere Richtung wiedergegeben und war wieder wie vorhin in Gedanken versunken.

»Es erscheint mir wie ein Buch – das einzige Buch, das ich je lesen gelernt habe, und manche alte Geschichte finde ich darin aufgezeichnet. Es ist Musik; denn ich würde seine Stimme unter tausend andern heraus erkennen, und in seinem Brüllen tönen noch viele andere Stimmen mit. Es hat auch seine Bilder. Du weißt nicht, wie viele wunderliche Gesichter und Erscheinungen ich in den glühroten Kohlen schaue. Jenes Feuer dort ist mein Gedenkbuch und zeigt mir mein ganzes Leben.«

Nell beugte sich nieder, um seine Worte besser zu verstehen, und es fiel ihr auf, mit welch leuchtenden Augen er vor sich hin sann und weitersprach.

»Ja«, sagte er mit einem matten Lächeln, »es war dasselbe, als ich als ganz kleines Kind hier herumkroch, bis ich einschlief. Damals bewachte es mein Vater.«

»Hattet Ihr keine Mutter?« fragte das Kind.

»Nein, sie war tot. Die Frauen haben hier schwere Arbeit. Man sagte mir, sie habe sich zu Tode gearbeitet, und wie man es mir damals sagte, so hat mir das Feuer hier stets dasselbe erzählt. Es muß wohl wahr sein; ich habe es stets geglaubt.«

»Ihr wurdet also hier aufgezogen?« fragte das Kind.

»Sommer und Winter«, versetzte er; »anfangs heimlich, und als sie mich endlich entdeckten, erlaubten sie ihm, mich hierzubehalten. Das Feuer hat mich also gepflegt – dasselbe Feuer. Es ist nie ausgegangen.«

»Ihr habt es gern?« fragte das Kind.

»Versteht sich. Er starb vor dem Feuer. Ich sah ihn niederfallen, gerade dort, wo jetzt jene Asche brennt, und soviel ich weiß, wunderte ich mich, warum es ihm nicht half.«

»Seid Ihr seitdem immer hier gewesen?« entgegnete das Kind.

»Immer, seit ich die Wache übernehmen konnte; aber es gab eine Zeit dazwischen, eine gar kalte, traurige Zeit. Trotzdem aber brannte es die ganze Zeit über, und es jauchzte und hüpfte, als ich wiederkam, wie es in unsern Kindertagen zu tun pflegte. Du kannst aus meinem jetzigen Aussehen erraten, was ich für ein Kind war; aber trotzdem ein großer Unterschied zwischen uns beiden ist, war ich doch ein Kind, und als ich dich des Nachts auf der Straße sah, da erinnerte ich mich, wie ich war, als er starb, und in mir regte sich der Wunsch, dich zu dem alten Feuer zu bringen. Wie du so neben ihm schliefst, kamen mir jene alten Zeiten ins Gedächtnis zurück. Du solltest auch jetzt schlafen. Lege dich wieder nieder, armes Kind, lege dich wieder nieder!«

Mit diesen Worten führte er sie zu ihrem ärmlichen Lager und bedeckte sie mit den Kleidern, in die sie sich vorher beim Erwachen eingehüllt fand; dann kehrte er zu seinem Sitze zurück, auf dem er bewegungslos wie eine Bildsäule verharrte und nur dann aufstand, wenn er Brennstoff nachlegen mußte. Nell sah ihm noch eine Weile zu; aber bald überwältigte sie der Schlaf und sie schlummerte an dem dunkeln, fremden Orte auf einem Aschenhaufen so friedlich, als ob das Gewölbe ein prachtvolles Zimmer und ihr kümmerliches Lager ein Daunenbett gewesen wären. Als sie wieder erwachte, drang der Tag hell durch die oberen Maueröffnungen, und da die schräg einfallenden Strahlen nicht über die Mitte des Raumes herunterreichten, so schienen sie das Gebäude nur noch düsterer zu machen, als es des Nachts gewesen war. Das Hammergetöse und der übrige Lärm dauerten fort, und die unbarmherzigen Feuer brannten so trotzig wie zuvor; denn selten brachte hier der Wechsel von Tag und Nacht Ruhe und Stille.

Der Feuerwächter teilte sein Frühstück, ein spärliches Gericht, aus Kaffee und grobem Brot bestehend, mit seinen beiden Gästen und fragte, wohin sie gingen. Nell sagte ihm, sie suchten irgendeinen abgeschiedenen Ort auf dem Lande, fern vom Gewühl der Städte und anderer Dörfer, und fragte ihn dann mit stotternder Stimme, welchen Weg sie wohl am besten einschlagen könnten.

»Ich weiß wenig vom Lande«, sagte er, den Kopf schüttelnd, »denn Leute wie ich bringen ihr ganzes Leben vor ihren Ofentüren zu und kommen selten hinaus, um frische Luft zu schöpfen. Aber da draußen gibt es schon solche Orte.«

»Ists weit von hier?« fragte Nell.

»Ach, freilich. Wie könnte in unserer Nähe etwas grünen und blühen? Die Straße ist viele Meilen lang und von Hochöfen wie diesem hier hell erleuchtet, ein seltsamer, schwarzer Weg, vor dem ihr des Nachts erschrecken würdet.«

»Wir sind hier und müssen wieder fort«, sagte das Kind kühn, denn sie sah, daß ihr Großvater mit ängstlichem Ohr auf die Worte des Feuerwächters horchte.

»Rohe Menschen, Pfade, die nicht für so kleine Füße wie die deinigen gemacht sind, ein unheimlicher schlechter Weg; könntest du nicht wieder umkehren, mein Kind?«

»Unmöglich!« rief Nell, indem sie fortdrängte. »Wenn Ihr uns die Richtung angeben könnt, so tut es. Wo nicht, so bitte ich, versucht nicht, uns von unserm Vorhaben abzubringen. Ihr kennt ja die Gefahr nicht, vor der wir fliehen, wißt nicht, wie wichtig es für uns ist, ihr auszuweichen, Ihr würdet sonst gewiß nicht versuchen, uns aufzuhalten.«

»Gott behüte mich davor, wenn die Sache so steht!« rief ihr rauh aussehender Beschützer, indem er von dem sich fortsehnenden Kind auf dessen Großvater blickte, der den Kopf hängen ließ und die Augen zu Boden schlug. »Ich will euch von der Tür aus den Weg zeigen, so gut ich nur kann. Ich wollte, ich wäre imstande, mehr zu tun.«

Er zeigte ihnen sodann, welche Richtung sie einschlagen müßten, um aus der Stadt zu kommen, und wie sie sich weiter zu verhalten hätten. Zu diesen Verhaltensmaßregeln brauchte er so lange, daß sich das Kind endlich mit heißen Dankesergüssen und Segenswünschen von ihm losriß, ohne ihn ausreden zu lassen.

Aber ehe sie die Ecke der Gasse erreicht hatten, kam ihnen der Mann nachgelaufen, drückte Nell die Hand und ließ etwas in dieser zurück – es waren zwei alte, abgeschliffene, rauchbraune Pennystücke. Wer weiß, ob sie nicht herrlicher leuchten in den Augen der Engel als die goldenen Buchstaben, die auf Grabsteinen eingemeißelt sind!

Und so trennten sie sich: das Kind, um den seiner Hut anvertrauten Greis immer weiter von Schuld und Schande fortzuführen; der Arbeiter, um ein neues Interesse dem Platz zu widmen, auf dem seine Gäste geschlafen hatten, und in dem Feuer seines Ofens neue Geschichten zu lesen.

Fünfundvierzigstes Kapitel

Auf ihrer ganzen Reise hatten sie nie so glühend nach der freien, reinen Luft und dem Lande verlangt und geschmachtet als jetzt. Nein, nicht einmal an jenem denkwürdigen Morgen, als sie, ihr altes Heim verlassend, sich der Gnade oder Ungnade einer unbekannten Welt auslieferten und all die stummen und seelenlosen Dinge, die sie gekannt und geliebt hatten, hinter sich ließen; nicht einmal damals hatten sie sich so nach der frischen Einsamkeit der Wälder, Berge und Felder gesehnt als jetzt, da der Lärm, der Schmutz und der Dunst dieser großen Fabrikstadt, die von hungrigem Elend und zehrender Not starrte, sie von allen Seiten beengten, die leiseste Hoffnung auszuschließen und ein Entkommen unmöglich zu machen schienen.

»Zweimal vierundzwanzig Stunden!« dachte das Kind. »Er sagte, zweimal vierundzwanzig Stunden müßten wir in einer Umgebung wie diese zubringen. Ach, wenn wir es erleben, wieder einmal aufs Land zu kommen, wenn wir diesen schrecklichen Ort hinter uns haben werden, sei es auch nur, um uns zum Sterben niederlegen zu können, mit wie frohem Herzen wollte ich Gott für eine solche Gnade danken!«

Mit solchen Gedanken und mit der unbestimmten Absicht, an Strömen und Bergen vorüber zu einem fernen Ort zu wandern, in dem nur arme und einfache Leute lebten und wo sie sich ihren Unterhalt durch geringfügige Handreichungen in den Pachthöfen erwerben könnten, ohne die Schrecken, vor denen sie flohen, befürchten zu müssen, raffte Nell all ihre Kraft zusammen zu dieser letzten Reise und verfolgte kühn ihre Aufgabe, obgleich ihr keine andern Hilfsmittel zu Gebote standen, als das Geschenk des armen Mannes, und keine andere Ermutigung, als die aus ihrem eignen Herzen und aus der Überzeugung floß, daß sie gut und richtig handle.

»Wir werden heute nur langsam vorwärts kommen, lieber Großvater«, sagte sie, als sie sich mit Mühe durch die Straßen schleppte. »Meine Füße sind wund und alle meine Glieder schmerzen mich, weil ich gestern so naß wurde. Ich bemerkte auch, daß er uns ansah und sich wohl darüber Gedanken machte, als er sagte, wie lange unsere Reise dauern könnte.«

»Er meinte, es sei ein trauriger Weg«, jammerte der Großvater. »Gibt es keinen andern? Willst du mich denn gerade diesen führen?«

»Dort hinaus«, versetzte das Kind mit Festigkeit, »liegen Orte, in denen wir in Frieden leben können und nicht zum Bösen verleitet werden. Wir wollen den Weg gehen, der uns ein solches Ziel verspricht; und wir würden auch nicht von ihm abweichen, wäre er auch hundertmal schlimmer, als wir in unserer Angst erwarten. Nicht wahr, lieber Großvater, wir würden es nicht tun?«

»Nein«, entgegnete der alte Mann mit bebender Stimme und zitternden Gliedern. »Nein. Laß uns weitergehen! Ich bin bereit, ich bin vollkommen bereit, Nell.«

Die Kleine schleppte sich mit mehr Schwierigkeit vorwärts, als sie ihren Gefährten merken lassen wollte; denn die Gliederschmerzen, die sie folterten, waren von ganz besonderer Heftigkeit und wuchsen mit jeder Bewegung. Aber sie entrangen ihr keinen Klagelaut und trübten nicht einmal ihren Blick; und obgleich die beiden Wanderer nur sehr langsam vorwärts kamen, so ging es doch weiter. Als sie sich im Laufe der Zeit immer mehr dem Ende der Stadt näherten, fühlten sie, daß sie nun ihren Weg gefunden hatten.

Eine lange Vorstadt aus roten Ziegelhäusern – einige hatten kleine Gärtchen, in denen Kohlenstaub und Fabrikrauch die zusammenschrumpfenden Blätter und die dürftigen Schlingpflanzen schwärzten und in denen die mühsam um ihr Leben kämpfende Vegetation unter dem heißen Atem der Öfen und Schlote dahinsiechte und erstarb, so daß der Ort durch diesen Anblick nur noch vergifteter und ungesunder aussah als die Stadt selbst –, eine lange, flache, unzusammenhängende Vorstadt lag endlich hinter ihnen, und sie kamen allmählich in eine unfreundliche Gegend, in der auch nicht ein Grashalm wuchs, keine sprossende Knospe auf den Frühling deutete, in der nichts Grünes leben konnte außer auf der Oberfläche der faulenden Sümpfe, die, langsam austrocknend, hin und wieder neben der schwarzen Landstraße lagen.

Je weiter sie in den Schatten dieser traurigen Gegend kamen, desto mehr bemächtigte sich auch deren düsterer, niederdrückender Einfluß ihrer Seelen, die er mit unheimlichen Empfindungen erfüllte. Auf jeder Seite und so weit das Auge durch die dicke Luft schauen konnte, drängten sich hohe Schornsteine aneinander, zeigten jene endlose Wiederholung der gleichen, langweiligen, häßlichen Formen, die der Schrecken schwerer Träume sind, und strömten ihren giftigen Rauch aus, der das Licht verdunkelte und die trübe Luft verpestete. Auf den am Wege liegenden Aschenhaufen, die nur durch ein paar rauhe Bretter oder verfaulte Wetterdächer geschützt waren, reckten und krümmten sich seltsame Maschinen gleich gemarterten Wesen, klirrten mit ihren eisernen Ketten, kreischten von Zeit zu Zeit unter den wirbelnden Drehungen, als könnten sie ihre Qualen nicht länger ertragen, und ließen die Erde von ihren Schmerzen erzittern. Hin und wieder zeigten sich verlotterte Häuser, die einzustürzen drohten und von den Trümmern anderer gestützt wurden, die bereits eingefallen waren, dachlos, ohne Fenster, geschwärzt, verödet, aber doch bewohnt. Männer, Weiber und Kinder mit hohlen Blicken und zerlumpten Kleidern bedienten die Maschinen, nährten deren Feuer, bettelten am Wege oder schielten halbnackt aus den türlosen Häusern. Dann kamen noch mehr jener ergrimmten Ungeheuer – denn als solche mochten sie wohl in ihrer Wildheit und in ihrem ungezügelten Gebärdenspiel erscheinen –, die sich endlos drehten und dabei immer kreischten. Und immerfort, vorn, hinten, zur Rechten und zur Linken, war dieselbe unbegrenzte Perspektive von Ziegeltürmen, die unablässig ihren schwarzen Qualm ausspien, alles Lebende und Leblose verpesteten, das Licht des Tages ausschlossen und alle diese Schrecken mit einer dichten schwarzen Rauchwolke umhüllten.

Und erst die Nacht an diesem fürchterlichen Orte! – Die

Nacht, als der Rauch sich in Feuer wandelte, jeder Schlot seine Flamme ausspie und Orte, die den Tag über dunkle Gewölbe waren, nun in roter Glut leuchteten, während Gestalten in ihren lodernden Rachen hin und her huschten und einander heisere Worte zuriefen – die Nacht, als das Getöse jener seltsamen Maschinen durch die Dunkelheit noch erhöht wurde, die um sie hantierenden Menschen noch wilder und

finsterer aussahen, als Banden unbeschäftigter Arbeiter die Straßen füllten oder sich beim Fackelscheine um ihre Führer scharten, die ihnen mit verhängnisvollen Worten ihr Leid vor Augen hielten und sie zu schrecklichen Rufen und Drohungen aufhetzten; wütende Männer, mit Schwertern und Brandfackeln bewaffnet, ohne auf die Tränen und Bitten der Weiber zu achten, die sie zurückhalten wollten, dahinstürmten, um Schreckenstaten auszuführen und Zerstörung zu verbreiten, dadurch aber mehr ihrem eignen Untergang als dem der andern in die Hände arbeiteten – die Nacht, als Karren die Straßen durchfuhren, hochgetürmt mit roh gezimmerten Särgen (denn ansteckende Krankheiten und Tod hatten geschäftig die Ernte des Lebens eingeheimst), als weinende Waisen und halb wahnsinnige, kreischende Weiber den Ihrigen auf ihrem letzten Erdengange folgten – die Nacht, als einige nach Brot, andere nach Branntwein riefen, um ihre Sorgen zu ertränken, und einige mit Tränen, andere taumelnden Fußes, mit blutunterlaufenen Augen und in finsterem Brüten nach Hause gingen – die Nacht, die im Gegensatz zu der gottgesandten keine Ruhe, keinen Frieden, nicht die Spur eines gesegneten Schlummers mit sich brachte – ach, wer kann all das Entsetzen beschreiben, das die Nacht dem wandernden jungen Kinde vor Augen führte!

Und doch legte es sich unter freiem Himmel nieder, ganz furchtlos, denn es hatte das Fürchten verlernt, und sandte ein heißes Gebet für den armen alten Mann empor. Wie schwach und erschöpft es auch war, blieb es doch so ruhig und ergebungsvoll, daß es nicht an seine Bedürfnisse dachte, sondern nur zu Gott flehte, er möchte es für *ihn* einen Freund finden lassen. Es versuchte, sich den Weg, den sie gekommen waren, ins Gedächtnis zurückzurufen und in die Richtung zu blicken, in der das Feuer brannte, neben dem sie in der letzten Nacht geschlafen hatten. Es hatte vergessen, den armen Mann, ihren Freund, nach seinem Namen zu fragen, und als es im Gebet seiner gedacht hatte, kam es ihm undankbar vor, nicht dorthin zu blicken, wo er jetzt wachend saß.

Sie hatten an diesem Tage bloß für einen Penny Brot genossen. Es war sehr wenig; aber selbst der Hunger wurde angesichts dieser wundersamen Ruhe vergessen, die Nells Sinne gefangennahm. Mit sanften Gefühlen legte sie sich nieder und mit einem ruhigen Lächeln auf ihrem Antlitz schlummerte sie ein. Es war nicht wie Schlaf, und doch mußte es Schlaf gewesen sein; denn woher sonst die ganze Nacht über jene lieblichen Träume von dem kleinen Schüler?

Der Morgen kam. Nell fühlte sich viel schwächer; es schwamm ihr vor den Augen, und auch ihr Gehörsinn war nicht mehr so scharf wie gestern. Und doch beklagte sie sich nicht, würde sich vielleicht auch dann nicht einmal beklagt haben, wenn die Veranlassung zum Schweigen ihr nicht zur

Seite gewesen wäre. Die Hoffnung schwand, sich je wieder aus diesen verlassenen Orten herausfinden zu können, und eine dunkle Ahnung bemächtigte sich ihrer, daß sie sehr krank, vielleicht todkrank sei; aber sie fühlte weder Furcht noch Beklommenheit.

Ein Widerwille gegen Speise, dessen sie sich nicht eher bewußt wurde, als bis sie ihren letzten Penny für Brot ausgegeben hatte, verhinderte sie, sogar an diesem kärglichen Mahl teilzunehmen. Ihr Großvater aß mit Gier, und sie freute sich darüber.

Ihr Weg führte sie über ähnliche Schauplätze wie gestern, ohne daß eine Abwechslung oder eine Besserung eingetreten wäre. Da war dieselbe dicke Luft, die man kaum atmen konnte, derselbe versengte Boden, dieselbe hoffnungslose Aussicht, die gleiche Not und Armseligkeit. Die Gegenstände erschienen ihr trüber, der Lärm geringer, der Weg rauher und unebener; denn sie stolperte hin und wieder und raffte sich mit Mühe auf, um nicht hinzufallen. Armes Kind! Die Ursache lag in ihren wankenden Füßen.

Gegen Mittag beklagte sich ihr Großvater bitterlich über Hunger. Sie näherte sich einer jener armseligen Hütten am Wege und klopfte an die Tür.

»Was willst du hier?« fragte ein hagerer, elend aussehender Mann, der die Tür öffnete.

»Erbarmen! Einen Bissen Brot.«

»Siehst du dies?« entgegnete der Mann mit heiserer Stimme, indem er auf eine Art Bündel zeigte, das auf dem Boden lag. »Das ist ein totes Kind. Ich und fünfhundert andere Männer sind vor drei Monaten beschäftigungslos geworden. Dies ist mein drittes totes Kind und mein letztes. Glaubst du, ich könnte Erbarmen gewähren, oder ich hätte einen Bissen Brot übrig?«

Nell bebte zurück, und der Mann schloß die Tür. Durch die Not gedrängt, klopfte sie an einer andern in der Nachbarschaft, die dem leichten Druck ihrer Hand nachgab und aufflog.

Die Hütte schien von zwei armen Familien bewohnt zu sein, denn zwei Weiber, von denen jede von ihren Kindern umgeben war, hatten sich in die Stube geteilt. In der Mitte stand ein ernster, schwarz gekleideter Herr, der augenscheinlich eben erst eingetreten war und einen Knaben an der Hand hatte.

»Hier, Frau«, sagte er, »ist Euer taubstummer Sohn, und Ihr mögt mir dafür danken, daß ich ihn Euch zurückbringe. Er wurde heute morgen zu mir geführt; man hat ihn des Diebstahls beschuldigt, und ich versichere Euch, daß es jedem andern Knaben übel ergangen wäre. Ich hatte jedoch Mitleid mit seinen Gebrechen, und da ich dachte, er habe vielleicht nichts Besseres gelernt, gelang es mir, ihn Euch wieder zuzuführen. Habt in Zukunft mehr acht auf ihn!«

»Und wollt Ihr mir nicht auch meinen Sohn zurückgeben?« rief die andere Frau, die hastig aufstand und sich vor den Fremden hinstellte. »Wollt Ihr mir nicht auch meinen Sohn wieder zurückgeben, Sir, der wegen desselben Vergehens deportiert wurde?«

»War er auch taubstumm, Frau?« fragte der Herr streng.

»War ers etwa nicht, Sir?«

»Das wißt Ihr selbst ganz genau.«

»Er war es!« schrie das Weib. »Er war taub, stumm und blind gegen alles Gute und Rechte von seiner Wiege an. Ihr Knabe sollte nichts Besseres gelernt haben? Wo lernte es der meinige? Wo hätte der meinige etwas Besseres lernen können? Wer hätte es ihn lehren, oder wo hätte er es lernen sollen?«

»Ruhig, Frau«, versetzte der Herr, »Euer Sohn war im Besitz aller seiner Sinne.«

»Ja«, rief die Mutter, »aber ebendeshalb konnte er um so leichter auf Abwege geführt werden! Wenn Ihr *diesen* Jungen schont, weil er vielleicht Recht von Unrecht nicht zu unterscheiden weiß, warum tatet Ihr nicht dasselbe bei dem meinigen, den man nie den Unterschied kennen lehrte? Ihr Herren habt ebensogut ein Recht, ihren Knaben zu strafen, dem Gott Sprache und Gehör versagte, als meinen, den Ihr selbst in der Unwissenheit erhalten habt. Wie viele Mädchen und Knaben, ach, und auch Männer und Weiber, die vor Euch gebracht werden, ohne daß Ihr ihnen Mitleid erweist, sind taub und stumm in ihrer Seele, gehen in diesem Zustande unrechte Wege und werden in diesem Zustande gestraft an Seele und Leib, während Ihr Herren untereinander zankt, ob sie dies oder jenes lernen sollen! – Seid gerecht, Sir, und gebt mir meinen Sohn zurück.«

»Ihr seid verzweifelt«, sagte der Herr, indem er seine Schnupftabaksdose herauszog, »und ich bedaure Euch!«

»Ich *bin* verzweifelt«, entgegnete das Weib, und *Ihr* habt mich so weit gebracht! Gebt mir meinen Sohn zurück, daß er für diese hilflosen Kinder arbeite. Seid gerecht, Sir, und gebt mir ihn um Gottes willen, Ihr habt ja auch diesem Knaben Gnade widerfahren lassen, gebt mir meinen Sohn zurück!«

Nell hatte genug gesehen und gehört, um zu wissen, daß dies kein Haus war, in dem sie auf ein Almosen zählen konnte. Sie führte den alten Mann sanft von der Tür weg, und sie setzten ihre Wanderung fort.

Mit immer geringerer Hoffnung und Kraft, aber stets mit der gleichen Entschlossenheit, durch kein Wort oder Zeichen ihre Erschöpfung zu verraten, solange sie sich noch bewegen konnte, zwang sich Nell, den Rest jenes harten Tages weiterzuwandern. Und um einigermaßen die Zeit einzubringen, die sie durch ihr langsames Dahinschleichen versäumte, gönnte sie sich nicht einmal die kleinen Pausen zum Ausruhen, die sie früher eingehalten hatte. Der Abend rückte heran und noch ehe die Nacht anbrach, gelangten sie, noch immer durch eine gleich unheimliche Umgebung ziehend, in eine geschäftige Stadt.

In ihre Ermattung und Mutlosigkeit waren ihnen die lauten Straßen unerträglich. Nachdem sie an einigen Türen um Almosen gebeten hatten und zurückgewiesen worden waren, entschlossen sie sich, die Stadt so schnell als möglich wieder zu verlassen und den Versuch zu machen, ob die Bewohner irgendeines einsamen Hauses nicht mehr Mitleid mit ihrem erschöpften Zustande haben würden.

Sie schleppten sich eben durch die letzte Straße, und Nell fühlte, daß ihre entschwindenden Kräfte unmöglich noch lange aushalten könnten. In diesem Augenblick tauchte vor ihnen ein Fußgänger auf, der in derselben Richtung wie sie marschierte, ein Felleisen auf dem Rücken trug, sich beim Gehen auf einen kräftigen Stock stützte und ein Buch in der Hand hatte, in dem er las.

Es war nicht leicht, ihm nachzukommen und seine Hilfe anzuflehen, denn er ging schnell und hatte einen kleinen Vorsprung. Endlich blieb er stehen, um eine Stelle seines Buches aufmerksamer betrachten zu können. Von einem Strahl der Hoffnung beseelt, eilte Nell ihrem Großvater voraus, trat dicht an den Fremden heran, ohne daß er durch ihr Herannahen gestört worden wäre, und begann mit leiser Stimme seine Hilfe zu erbitten.

Er wandte den Kopf. Nell schlug die Hände zusammen, stieß einen wilden Schrei aus und sank zu seinen Füßen nieder.

Sechsundvierzigstes Kapitel

Ihr hatte der arme Schulmeister sein Gesicht zugewendet – kein anderer als der arme Schulmeister. Kaum weniger überrascht und erschüttert durch den Anblick der Kleinen, als diese es im Augenblick des Erkennens gewesen war, stand er einen Moment stumm und ganz verwirrt über diese unerwartete Begegnung da, ohne sich auch nur so weit fassen zu können, daß er sie vom Boden aufhob.

Er sammelte sich jedoch bald, warf Buch und Stock weg, ließ sich an ihrer Seite auf ein Knie nieder und bemühte sich, sie durch die einfachen Belebungsmittel, derer er sich erinnerte, wieder zu sich zu bringen, während ihr Großvater untätig danebenstand, die Hände rang und sie unter vielen zärtlichen Ausrufen anflehte, mit ihm zu sprechen, wäre es auch nur ein einziges Wort.

»Sie ist ganz erschöpft«, sagte der Schulmeister zu ihm aufblickend. »Sie haben ihre Kräfte über Gebühr angestrengt, Freund.«

»Sie stirbt vor Hunger!« versetzte der alte Mann. »Ich habe bis zu diesem Augenblick nie gedacht, daß sie gar so schwach und krank ist.«

Der Schulmeister warf einen halb vorwurfsvollen, halb mitleidigen Blick auf ihn, nahm Nell auf seine Arme, hieß den alten Mann das Körbchen aufheben und ihm folgen und trug die Besinnungslose eiligst fort.

In der Nähe befand sich ein kleines Wirtshaus, zu dem er anscheinend eben gehen wollte, als er so unerwartet eingeholt wurde. Dorthin eilte er mit seiner leblosen Bürde, stürmte in die Küche, und indem er den Anwesenden zurief, doch um Gottes willen Platz zu machen, setzte er Nell auf einen Stuhl vor dem Kamin.

Die Wirtshausgäste, die bei des Schulmeisters Eintreten verwirrt aufstanden, taten, was man unter solchen Umständen gewöhnlich zu tun pflegt: jeder rief nach seiner Lieblingsarznei, die niemand brachte; jeder schrie: »Luft! Luft!«, dabei wurde aber die vorhandene Luft sorgsam ausgeschlossen, indem alle einen dichten Kreis um den Gegenstand des Mitleids bildeten. Jeder wunderte sich, daß der andere nicht Hilfe leistete, keinem aber fiel es ein, daß er selbst es tun könnte.

Die Wirtin jedoch, die behender und rühriger war als alle übrigen und überhaupt die Ursache dieses Zustandes rascher erfaßte, kam bald mit etwas heißem Grog herbeigesprungen, während ihr Dienstmädchen mit Weinessig, Hirschhorn, Riechsalz und andern Belebungsmitteln folgte. Unter gebührender Anwendung solcher heilsamen Arznei erholte sich Nell so weit, um ihnen danken und dem armen Schulmeister die Hand entgegenstrecken zu können, der mit ängstlich bekümmerter Miene neben ihr stand. Ohne sie auch nur ein Wort sprechen oder sich weiter rühren zu lassen, brachten sie die

Weiber alsbald zu Bette, deckten sie warm zu, hüllten ihre kalten Füße, nachdem sie sie gebadet, in Flanell und schickten nach einem Arzte.

Der Doktor, ein rotnasiger Herr, dem ein großes Bündel Petschafte von der gerippten schwarzen Atlasweste herunterhing, kam in aller Eile an, setzte sich neben Nells Bett, zog seine Uhr heraus und fühlte ihr den Puls. Sofort besah er ihre

Zunge, fühlte dann wieder den Puls, und während er dies tat, beäugelte er wie in tiefem Nachdenken das halbleere Weinglas.

»Ich würde ihr«, sprach endlich der Doktor, »hin und wieder einen Teelöffel heißen Grog reichen.«

»Ei, geradeso haben wirs gemacht, Doktor!« rief die Wirtin hocherfreut.

»Auch würde ich«, bemerkte der Doktor, der gerade über die Stiege kam, als der Kübel mit warmem Wasser hinuntergetragen wurde, »auch würde ich«, sagte der Doktor mit der Stimme eines Orakels, »ihre Füße in warmes Wasser stecken und sie danach mit Flanell umwickeln. Ich würde ihr auch«, fuhr der Doktor mit erhöhter Feierlichkeit fort, »etwas

Leichtes zu essen geben, den Flügel eines gebratenen Huhns etwa...«

»Ei du mein gütiger Himmel, Sir, es ist in diesem Augenblick eins auf dem Küchenfeuer!« rief die Wirtin.

Und so war es auch wirklich, denn der Schulmeister hatte ein Huhn zurichten lassen, und es war jetzt bereits so weit gediehen, daß der Doktor recht wohl den Duft hätte riechen können, was er vielleicht auch getan hatte.

»Sie können ihr auch«, fuhr der Doktor gravitätisch aufstehend fort, »ein Glas süßen, heißen, etwas gewürzten Portwein geben, wenn sie Wein trinken mag . . .«

»Und eine Röstschnitte, Sir?« fragte die Wirtin.

»Ja«, antwortete der Doktor in dem Tone eines Mannes, der würdevoll etwas genehmigt, »und eine Röstschnitte – von Brot. Aber wollen Sie gefälligst darauf sehen, Ma'am, daß sie wirklich aus Brot besteht.«

Mit dieser Einschärfung, die in gebührend langsamer und nachdrücklicher Weise gegeben wurde, entfernte sich der Doktor, und alle im Hause bewunderten seine Weisheit, die in so genauem Einklang mit ihrer eigenen gestanden hatte. Jedermann sagte, er wäre wirklich ein sehr gescheiter Arzt, der sich vollkommen auf die Konstitutionen der Leute verstände, für welche Annahme wohl auch einiger Grund vorhanden sein mochte.

Währen das Essen zugerüstet wurde, sank Nell in einen erfrischenden Schlaf, aus dem sie geweckt wurde, sobald ihr Gericht fertig war. Sie zeigte große Unruhe, als sie erfuhr, daß der Großvater unten sei, und wollte durchaus nicht von ihm getrennt sein, weshalb er mit ihr essen mußte; und da sie sich über diesen Punkt noch nicht beruhigen wollte, so machte man ihm sein Bett in einem Nebenkämmerchen, in das er sich bald zurückzog. Zum Glück steckte der Schlüssel dieses Zimmerchens auf Nells Seite, und sobald sich die Wirtin entfernt hatte, drehte ihn das Kind um und kroch mit dankbarem Herzen wieder in sein Bett.

Der Schulmeister saß noch eine geraume Zeit, seine Pfeife

rauchend, bei dem nun verlassenen Küchenfeuer und dachte mit froher Miene über den glücklichen Zufall nach, der ihn dem Kinde zur rechten Zeit als Helfer geschickt hatte; und so gut es seine einfache, gerade Natur fertigbrachte, wich er dem neugierigen Kreuzverhör der Wirtin aus, die gar zu gern alle Einzelheiten aus Nells Leben und Geschichte gewußt hätte. Freilich war der arme Schulmeister so offenherzig und so wenig in den gewöhnlichen Schleichwegen der Welt bewandert, daß sie unfehlbar in den ersten fünf Minuten ihr Ziel erreicht haben würde, wäre ihm nicht zufällig das, was sie zu wissen wünschte, selbst ganz unbekannt gewesen, und das sagte er ihr auch. Die Wirtin, durchaus nicht mit dieser Versicherung zufrieden, die sie nur für ein schlaues Ausweichen auf ihre Frage hielt, meinte, er werde wohl Gründe für seine Schweigsamkeit haben. Aber der Himmel verhüte, daß der Wunsch in ihr aufkomme, die Angelegenheiten ihre Gäste auszuspionieren, die sie doch gar nichts angingen; sie, die genug mit ihren eigenen zu tun hätte. Es wäre nur eine höfliche Frage gewesen und eine solche finde gewiß auch immer eine höfliche Antwort; sie sei ganz zufriedengestellt, vollkommen. Nur wäre es ihr vielleicht lieber gewesen, wenn er gleich gesagt hätte, daß er mit nichts herausrücken wolle, denn das wäre offen und ehrlich gewesen. Natürlich hätte sie aber durchaus kein Recht, sich gekränkt zu fühlen; denn er müßte am besten wissen, was er zu tun habe, und es wäre sein Recht, das zu sagen, was ihn gut dünke. Niemand könne das auch nur einen Augenblick bestreiten. – O mein Gott, nein!

»Ich versichere Ihnen, meine gute Frau«, entgegnete der sanfte Schulmeister, »daß ich Ihnen die reine Wahrheit gesagt habe; so wahr ich selig zu werden hoffe, ich habe Ihnen die Wahrheit mitgeteilt!«

»Ei, dann glaube ich wirklich, daß Ihrs ernst meint«, erwiderte die Wirtin in der besten Laune, »und es tut mir sehr leid, daß ich Sie belästigt habe. Aber Neugierde, wie Sie wissen, ist der Fluch unseres Geschlechtes, und das ist wahr.«

Der Wirt kratzte sich den Kopf, als dächte er, dieser Fluch

plage bisweilen das andere Geschlecht gleichfalls; er wurde jedoch durch des Schulmeisters Entgegnung verhindert, eine dahinzielende Bemerkung fallenzulassen, wenn er wirklich eine im Sinne gehabt hatte.

»Sie können mich meinetwegen sechs Stunden ununterbrochen ausfragen, ich hätte gar nichts dagegen, und wenn ich könnte, wollte ich Ihnen geduldig Rede stehen, um der Herzensgüte willen, die Sie heute abend bewiesen haben«, sagte er. »So aber bitte ich, daß Sie sich morgen nach ihr umsehen und mich zeitig wissen lassen, wie es ihr geht. Sie sehen in mir den Zahlmeister für uns drei.«

Und sich so von ihnen in einer freundschaftlichen Weise verabschiedend, die durch die letzte Bemerkung an Herzlichkeit gewiß nichts eingebüßt hatte, ging der Schulmeister zu Bett, und Wirt und Wirtin folgten seinem Beispiel.

Des andern Morgens hieß es, Nell sei besser, aber außerordentlich schwach, und werde wenigstens noch einen Tag Ruhe und sorgfältige Pflege brauchen, ehe sie ihre Reise wiederaufnehmen könnte.

Der Schulmeister freute sich über diese Nachricht ungemein und meinte, er habe noch einen Tag übrig, für den Notfall auch zwei, und könne daher recht gut warten. Da man glaubte, die Kranke werde gegen Abend aufstehen können, so versprach er, sie zu einer bestimmten Stunde auf ihrem Stübchen zu besuchen, worauf er mit seinem Buche spazierenging und erst zur Zeit des verheißenen Besuchs wieder heimkam.

Nell konnte sich der Tränen nicht erwehren, als sie allein waren, und auch der ehrliche Schulmeister weinte, als er ihr tränenbenetztes, blasses Gesicht und ihre abgezehrte Gestalt sah, polterte aber sehr energisch im nächsten Augenblick, als er ihr beweisen wollte, wie töricht es sei zu weinen, und wie leicht man es vermeiden könnte, wenn man es nur versuchen wollte.

»Trotz Ihrer Güte«, sagte das Kind, »macht es mich doch ganz unglücklich, wenn ich daran denke, daß wir Ihnen zur Last fallen sollen. Wie kann ich Ihnen je genug danken? Wenn ich Sie nicht so weit von Ihrer Heimat getroffen hätte, wäre ich wohl auf der Straße gestorben, und er hätte niemand mehr gehabt, der für ihn sorgte.«

»Reden wir nicht mehr von Sterben und Zurlastfallen«, versetzte der Schulmeister; denn seit ihr in meiner Hütte schlieft, habe ich mein Glück gemacht!«

»Wirklich?« rief das Kind freudig.

»Ja, ja«, erwiderte der Freund. »Ich bin zum Küster und Schulmeister in einem fernen Dorf ernannt worden, sehr weit entlegen von meinem früheren, wie du dir vorstellen kannst, und erhalte jährlich fünfunddreißig Pfund. Fünfunddreißig Pfund!«

»Ich bin so froh«, sagte das Kind, »so riesig froh!«

»Ich bin eben auf dem Wege dahin«, fuhr der Schulmeister fort. »Man hat mir gestattet, mit der Postkutsche zu kommen; ich darf für die ganze Reise einen Außensitz auf dem Postwagen berechnen. Gott sei Dank, sie sparen nicht an mir. Da mir aber der angesetzte Termin Zeit genug ließ, beschloß ich, zu Fuß zu gehen. Wie froh macht mich jetzt der Gedanke, daß ich es tat.«

»Und wie froh müssen wir erst sein!«

»Ja, ja«, sagte der Schulmeister, indem er unruhig auf seinem Stuhl hin und her rutschte, »gewiß, das ist sehr wahr. Aber ihr, wo geht ihr hin, wo kommt ihr her, was habt ihr getan, seit ihr mich verlassen habt, und was war früher euer Geschäft? Nun, sage es mir, sage mirs! Ich weiß nur sehr wenig von der Welt, und vielleicht seid ihr besser geeignet, mir in ihren Angelegenheiten Rat zu erteilen, als ich euch zu beraten imstande bin; aber ich meine es aufrichtig und habe einen Grund – du hast ihn wohl nicht vergessen! – dich zu lieben. Es war mir seit jener Zeit, als ob meine Liebe zu dem Verstorbenen auf dich übergegangen sei, weil du an der Seite seines Bettes standest. Wenn dies«, fügte er mit einem Blick zum Himmel hinzu, »wenn dies die schöne Schöpfung ist, die sich aus der Asche neu erhebt, so laß ihren Frieden bei mir sein, so wahr ich es liebevoll und teilnehmend mit diesem jungen Kinde meine!«

Die schlichte, aufrichtige Güte des ehrlichen Schulmeisters, der liebevolle Ernst in seinen Worten und seinem Wesen und der Stempel der Wahrheit, der jedem Wort und Blick aufgeprägt war, flößten Nell ein Vertrauen zu ihm ein, das die hinterlistigsten Künste der Verstellung nie in ihrer Brust zu wecken vermocht hätten. Sie sagte ihm alles: daß sie keine Freunde oder Verwandten hätten, daß sie mit dem alten Manne geflohen wäre, um ihn vor dem Irrenhause und all dem Elend zu retten, das er befürchtete, daß sie nun auf der Flucht begriffen sei, um ihn vor sich selbst zu schützen, und daß sie ein Asyl an irgendeinem entlegenen und einfachen Ort auf dem Lande suche, in den die Versuchung, der er erlag, nie kommen und Kummer und Sorgen, wie sie sie kürzlich erlebt, keinen Raum finden würden.

Der Schulmeister hörte ihr mit Erstaunen zu.

»Dieses Kind«, dachte er, »dieses Kind hat heldenmütig ausgehalten unter allen Zweifeln und Gefahren, mit Armut und Leiden gekämpft, und wurde dabei einzig und allein durch ihre starke Liebe und das Bewußtsein, recht zu tun, aufrechterhalten und gestützt! Und die Welt ist voll solchen Heldenmuts! Sollte ich jetzt erst lernen müssen, daß die schwersten Siege diejenigen sind, die in keiner irdischen Chronik aufgezeichnet werden und sich doch jeden Tag ereignen? Und sollte ich staunen über die Geschichte dieses Kindes?«

Was er noch weiter sagte oder dachte, gehört nicht hierher. Es wurde beschlossen, daß Nell und ihr Großvater ihn nach seinem Dorfe begleiten sollten, und er wollte sich Mühe geben, irgendeine bescheidene Beschäftigung für sie ausfindig zu machen, von der sie leben könnten.

»Ich bin überzeugt, daß es gelingen *muß*!« rief der Schulmeister fröhlich aus. »Die Sache ist zu gut, um fehlschlagen zu können.«

Sie kamen überein, die Reise am nächsten Abend fortzusetzen, da um diese Zeit ein Frachtwagen, der eine Strecke ihren Weg fuhr, vor dem Wirtshause die Pferde wechselte und der Fuhrmann Nell sicherlich gegen eine kleine Belohnung ein

Plätzchen im Wageninnern anweisen würde. Der Handel kam auch richtig ins reine, und zur festgesetzten Zeit rollte der Wagen mit Nell ab, die es sich ganz bequem zwischen dem weicheren Gepäck gemacht hatte, während ihr Großvater und der Schulmeister neben dem Fuhrmann einhergingen und die Wirtin mit den freundlichen Leuten aus dem Gasthaus ihnen die besten Wünsche und Abschiedsgrüße nachriefen.

Wie sanft, behaglich und einschläfernd war doch so ein Reisen, wenn man im Innern eines langsam dahinschleichenden Paketberges liegen, auf das Klingeln der Pferdeglöckchen, das gelegentliche Knallen der Fuhrmannspeitsche, das sanfte Rollen der großen, breiten Räder, das Rasseln des Wagengeschirrs, die freundlichen Begrüßungen der auf kleinen, kurzschrittigen Pferden vorbeitrabenden Reisenden hören konnte, und alles dies so angenehm gedämpft durch die dicke Wagenplane, die eigens gemacht zu sein schien, daß man behaglich unter ihr auf alles horchen könne, bis man einschlief! Sogar das Einschlafen selbst mit dem unbestimmten Gefühl, mühelos vorwärts zu kommen, während der Kopf leise auf dem Kissen hin und her schwankt und all diese Töne wie träumerische Musik erklingen, die die Sinne gefangennehmen, und das langsame Erwachen, wenn man sich dabei ertappt, daß man durch den halboffenen, luftigen Vorhang vor sich hoch hinaufblickt zu dem kalten, klaren Himmel mit seinen Myriaden Sternen und herab auf die Wagenlaterne, die, dem Irrwisch der Sümpfe und Moore gleich, auf und ab tanzt, und seitwärts auf die dunkeln, grimmig aussehenden Bäume und vor sich auf die lange, öde Straße, die immer höher steigt, bis sie plötzlich an einer scharfen Kante haltmacht, als ob sie hier zu Ende und jenseits alles Himmel wäre, und das Rasten vor einem Wirtshaus zum Füttern, das Aussteigen, bei dem man liebevoll unterstützt wird, der Eintritt in eine helle Stube, in der das Feuer lustig brennt, daß man blinzeln muß und auf die angenehmste Weise erinnert wird, daß die Nacht kalt war, und man sich diese, um die Behaglichkeit zu erhöhen, noch kälter vorstellt! – Welch eine köstliche Reise war doch diese Wagenfahrt!

Dann das Weiterfahren, anfangs so frisch und bald nachher so schläfrig. Das Erwachen aus einem gesunden Schläfchen, wenn die Post vorbeisaust wie ein Landstraßenkomet mit flimmernden Laternen, klappernden Hufen und man sich dunkel an einen Kondukteur erinnert, der hinten steht, um seine Füße warm zu halten, und an einen Herrn in einer Pelzmütze, der seine Augen öffnet und in blöder Verwirrung umherschaut; das Anhalten an dem Schlagbaum, dessen Wärter schon zu Bett ist, und das Klopfen an dem Häuschen, bis er mit einem durch die Betten erstickten Schrei aus dem kleinen Stübchen oben, in dem das matte Licht brennt, antwortet und dann alsbald, die Nachtmütze auf dem Kopfe, frierend, herunterkommt, um den Schlagbaum zu öffnen, und alle bei Nacht durchfahrenden Wagen ins Pfefferland verwünscht. Der eiskalte Augenblick vor Sonnenaufgang, der ferne Lichtstreif, der sich mehr und mehr erweitert und verbreitet, von Grau in Weiß, von Weiß in Gelb, von Gelb ins brennendste Rot übergehend, der Tag mit seiner prachtvollen Lebensfreudigkeit, Menschen und Pferde an dem Pflug, Vögel in den Bäumen und Hecken, die von Knaben auf einsamen Feldern mit Klappern verscheucht werden. Die Ankunft in einer Stadt – geschäftige Leute auf dem Markte; leichte Karren und Chaisen rund um den Wirtshaushof; Krämer, die vor ihren Türen stehen; Männer, die den Käufern ihre Pferde vorreiten; grunzende Schweine, die in der Entfernung im Kot wühlen, sich von ihren langen Stricken losreißen, in reinliche Apothekerläden laufen, und von den Lehrlingen mit Besen hinausgejagt werden; die Nachtpost, die ihre Pferde wechselt, und mürrische, erfrorene, häßlich eingemummte, unzufriedene Passagiere, denen der Bart in einer Nacht gewachsen ist, als stände er schon drei Monate, der Kutscher dagegen frisch wie aus dem Schächtelchen und geradezu sehr schön durch den Gegensatz – so viel Geschäftigkeit, so viele Dinge in Bewegung, so viel Abwechslung in allem – wann gab es je eine so vergnügliche Reise, als jene Reise in dem Frachtwagen?

Bisweilen ging Nell eine oder zwei Meilen zu Fuß, während ihr Großvater fuhr, und hin und wieder bewog sie auch den Schulmeister, ihren Platz einzunehmen und ein wenig auszuruhen. So ging es dann ganz lustig weiter, bis sie in eine große Stadt gelangten, in der der Fuhrmann seinen Wagen einstellte, um zu übernachten. Sie kamen an einer großen Kirche vorbei, und in den Straßen waren einige alte Häuser, aus einer Art Lehm oder Gipsmörtel gebaut, die nach allen Seiten kreuz und quer von schwarzen Balken durchzogen waren, was ihnen ein merkwürdig altertümliches Ansehen gab. Auch die niedrigen Türen bildeten Spitzbogen, und einige hatten eichene Portale mit wunderlichen Bänken, auf denen die früheren Bewohner an Sommerabenden zu sitzen pflegten. Die Fenster bestanden aus kleinen, vergitterten, rautenförmigen Scheibchen und schienen auf die Vorübergehenden herabzublinzeln, als ob sie kurzsichtig wären.

Unsere Reisenden waren schon eine geraume Weile aus dem Bereich des Rauches und der Öfen gekommen, denn nur hin und wieder trafen sie noch auf ein einzelnes Fabrikgebäude im freien Felde, das den Boden um sich her wie ein Vulkan verödete. Sobald sie die Stadt hinter sich hatten, kamen sie wieder ins offene Land und näherten sich jetzt mehr und mehr ihrem Bestimmungsort.

Dieser war jedoch keineswegs so nahe, daß sie nicht noch eine zweite Nacht unterwegs hätten zubringen müssen. Freilich wäre dies nicht unbedingt nötig gewesen; aber als der Schulmeister in die Nähe seines Dorfes kam, bemächtigte sich seiner eine solche Unruhe, da er an seine Küsterwürde dachte, daß er seinen Einzug nicht in staubigen Schuhen und Kleidern, die von der Reise gelitten hatte, feiern wollte. Es war ein schöner, klarer Herbstmorgen, als sie auf dem Schauplatz seiner Rangerhöhung anlangten; sie blieben stehen, um dessen Schönheiten zu betrachten.

»Sieh, da ist die Kirche!« rief der entzückte Schulmeister

mit gedämpfter Stimme, »und ich wollte darauf schwören, daß jenes alte Gebäude dicht daneben das Schulhaus ist. Fünfunddreißig Pfund jährlich an diesem schönen Orte!«

Sie bewunderten alles: das altersgraue Portal, die mit Steinkreuzen versehenen Fenster, die ehrwürdigen Grabsteine, durch die der grüne Kirchhof wie gesprenkelt aussah, den alten Turm und sogar den Wetterhahn; die gebräunten Stroh-

dächer der Hütten und Scheunen, die zwischen den Bäumen hervorguckten, das Flüßchen, das bei der fernen Wassermühle wirbelte, und das entlegene blaue Wallesergebirge. Nach einem solchen Orte hatte sich Nell in den dumpfen, dunkeln, armseligen Löchern der Arbeit gesehnt. Auf ihrem Bette von Asche und selbst während der schmutzigen Greuelszenen, durch die sie sich den Weg bahnen mußte, hatten ihr Traumbilder von solchen Gegenden – allerdings schöne, aber nicht schönere als diese süße Wirklichkeit – vor Augen geschwebt. Freilich schienen sie in trübe, weite Ferne zu entschwinden, je schwächer die Aussicht war, sie je schauen zu können; aber je mehr sie zurücktraten, desto mehr liebte sie sie, und desto mehr schmachtete sie nach ihnen.

»Ich muß euch auf etliche Minuten irgendwo unterbringen«, sagte der Schulmeister, der endlich das selige Schweigen brach. »Ihr könnt euch denken, daß ich einen Brief vorzuzeigen und Nachfragen anzustellen habe. Wo soll ich euch hinführen? In das kleine Wirtshaus dort?«

»Oh, lassen Sie uns hier warten!« versetzte Nell. »Die Kirchentür ist offen. Wir wollen uns unter das Portal setzen, bis Sie wieder zurückkommen.«

»Nun, der Platz ist auch gut«, sagte der Schulmeister, indem er sie zu ihm hinführte, dort sein Felleisen abwarf und es auf die Steinbank legte. »Verlaßt euch drauf, ich komme mit guten Nachrichten zurück und werde nicht lange ausbleiben!«

Der glückliche Schulmeister zog nun ein Paar nagelneue Handschuhe an, die er auf dem ganzen Wege hübsch mit Papier umwickelt in der Tasche getragen hatte, und eilte glühend vor Aufregung weg.

Nell sah ihm von dem Portal aus nach, bis ihn das Laub der Bäume ihren Blicken verbarg. Dann ging sie leise hinaus auf den alten Kirchhof; er war so feierlich ruhig, daß jedes Rauschen ihres Kleides auf den abgefallenen Blättern, die den Weg bedeckten und ihre Fußtritte dämpften, wie eine Entweihung des hehren Schweigens schien. Es war ein sehr alter, gespenstischer Ort. Die Kirche war vor vielen Jahrhunderten gebaut worden und hatte einmal zu einem Kloster gehört; denn Ruinen von Spitzbogen, Überreste von Erkerfenstern und Bruchstücke von geschwärzten Mauern standen noch, während andere Teile des alten Gebäudes, die zerbröckelt und heruntergefallen waren, sich mit der Kirchhofserde vermischten und ganz bewachsen waren, als forderten auch sie ihren Begräbnisplatz und suchten ihren Staub mit der Menschenasche zu vermengen. Hart neben diesen Grabsteinen längstvergangener Jahre befanden sich zwei, einen Teil der Ruine bildende Wohnungen, die man in neueren Zeiten bewohnbar zu machen versucht hatte; ihre Fenster und ihre eichenen Türen waren jedoch eingesunken, und die Häuser selbst, öde und leer, gingen ihrem Verfall entgegen.

Auf diese Wohnungen war die Aufmerksamkeit der Kleinen ausschließlich gerichtet. Sie wußte nicht, warum. Die Kirche, die Ruinen und die alten Gräber hatten mindestens die gleichen Ansprüche auf das Interesse eines Fremden; aber von dem ersten Augenblicke an, als sie diese Wohnstätten gewahrte, konnte sie auf nichts anderes mehr achten. Selbst nachdem sie um die Kirchhofsmauer herumgegangen und wieder zu dem Portal zurückgekommen war, unter dem sie in gedankenvollem Brüten ihren Freund erwartete, wählte sie ihre Stellung so, daß sie die alten Heimstätten sehen konnte, und es kam ihr vor, als würden ihre Blicke wie durch einen Zauber an den Ort gefesselt.

Siebenundvierzigstes Kapitel

Kits Mutter und der ledige Herr, deren Fährte wir eiligen Fußes verfolgen müssen, damit man unsere Geschichte nicht das Vergehen zur Last lege, sie sei treulos und lasse ihre handelnden Personen gern in ungewissen und bedenklichen Lagen stecken – Kits Mutter also und der ledige Herr flogen in der vierspännigen Postkutsche, die wir vor des Notars Hause haben abfahren sehen, dahin, hatten bald die Stadt hinter sich und ließen die Funken auf den Kieseln der breiten Landstraße sprühen. Die gute Frau, die durch die Ungewöhnlichkeit der Situation, in der sie sich befand, nicht wenig verlegen war und auch von gewissen mütterlichen Befürchtungen gequält wurde, daß vielleicht der kleine Jakob oder das Büblein oder vielleicht beide ins Feuer gefallen, die Treppe hinuntergestürzt, hinter Türen geklemmt worden wären oder sich bei einem Versuche, den Durst aus der Röhre des kochenden Teekessels zu löschen, die Kehlen verbrannt hätten, verharrte in einem unruhigen Schweigen; und wenn sie durch das Wagenfenster den Augen der Schlagbaumwärter, der Omnibuskutscher und anderer Leute begegnete, fühlte sie sich in ihrer neuen Würde wie ein Leidtragender bei einem

Begräbnis, der, nicht sehr betrübt über den Verlust des Verstorbenen, aus seinem Leichenwagen heraus seine Alltagsfreunde erkennt, aber gezwungen ist, geziemende Feierlichkeit zu bewahren, und tun muß, als sei er gegen alle Äußerlichkeiten gleichgültig.

Um übrigens gegen die Gesellschaft des ledigen Herrn gleichgültig zu bleiben, hätte man notwendig mit Nerven von Stahl begabt sein müssen. Nie führten Chaise und Pferde einen so rastlosen Mann wie er war. Er blieb nicht zwei Minuten lang in der gleichen Stellung, stieß ohne Unterlaß mit Armen und Beinen um sich, zog die Schiebefenster auf, ließ sie dann ungestüm wieder herunter, oder steckte den Kopf zur einen Seite des Schlages hinaus, um ihn alsbald wieder zurückzuziehen und zu der andern hinauszubeugen. Auch führte er in seiner Tasche ein Feuerzeug von geheimnisvoller und unbekannter Konstruktion, und Kits Mutter durfte nur die Augen schließen, so ging es sicherlich ritsch, ratsch, tzschih, und der ledige Herr zog bei der Lichtflamme seine Uhr zu Rate und ließ die Funken auf das Stroh hinunterfallen, als ob es ganz unmöglich wäre, daß er samt Kits Mutter lebendig gebraten würde, bevor noch die Postillione ihre Pferde zügeln konnten. Sooft sie anhielten, um die Pferde zu wechseln, war er auch schon draußen, sprang, ohne den Tritt hinunterzulassen, aus dem Wagen, fuhr wie eine brennende Rakete in dem Wirtshaushof umher, zog bei dem Lampenlicht seine Uhr heraus und vergaß, auf sie zu sehen, ehe er sie wieder einsteckte, kurz, er beging so viele Sonderbarkeiten, daß Kits Mutter sich eigentlich vor ihm fürchtete. Waren dann die Pferde wieder eingespannt, so hüpfte er wie ein Harlekin wieder herein, und ehe sie eine Meile zurückgelegt hatten, kamen schon wieder die Uhr und das Feuerzeug heraus, und Kits Mutter wurde wieder ganz munter und hatte gar keine Hoffnung, sich bis zur nächsten Station einem kleinen Schläfchen hingeben zu können.

»Fühlen Sie sich auch behaglich?« konnte dann der ledige

Herr nach einer oder der anderen dieser Großtaten fragen, wobei er sich rasch an seine Begleiterin wandte.

»Vollkommen, Sir; ich danke Ihnen.«

»Sicher? Friert Sie nicht? Kommt es Ihnen nicht fröstelig vor?«

»Es ist freilich ein bißchen kühl, Sir«, lautete dann die Antwort von Kits Mutter.

»Dacht ichs ja!« rief der ledige Herr und ließ dabei eines der Vorderfenster herunter. »Sie braucht etwas Grog. Das ist ja ganz natürlich. Wie konnte ich das vergessen! Holla, Schwager! Am nächsten Wirtshaus wird haltgemacht; ich muß ein Glas heißen Grog haben.«

Kits Mutter beteuerte vergeblich, daß sie derartige Stärkungen nicht brauche. Der ledige Herr war unerbittlich, und sooft er infolge aller möglichen und unmöglichen Arten von Rastlosigkeit total erschöpft war, fiel ihm wie Amen im Gebet ein, daß Kits Mutter einen Grog brauche.

So reisten sie ungefähr bis Mitternacht fort und hielten dann an, um ein Abendessen einzunehmen, für das der ledige Herr alles, was die Speisekammer bot, auftragen ließ; und weil Kits Mutter nicht von allem gleichzeitig aß und überhaupt auch nicht alles ganz verzehrte, so setzte er es sich in den Kopf, daß sie krank sein müsse.

»Sie sind unwohl!« sagte der ledige Herr, dessen einzige Beschäftigung in einem rastlosen Auf-und-ab-Spazieren bestand. »Ich sehe jetzt, woran der Fehler liegt, Ma'am. Sie sind unwohl!«

»Sie sind allzu gütig, Sir; aber mir ist wirklich ganz wohl.«

»Ich weiß, Ihnen ist *nicht* wohl. Ich lasse mirs nicht nehmen. Schleppe ich da diese arme Frau aus dem Schoße ihrer Familie, ohne ihr eine Minute Zeit zu lassen, und nun wird sie vor meinen Augen immer schwächer und elender. Ich bin ein feiner Bursche! Wie viele Kinder haben Sie, Ma'am?«

»Zwei, Sir, außer Kit.«

»Knaben, Ma'am?«

»Ja, Sir.«

»Sind sie getauft?«

»Noch nicht in gehöriger Form, Sir.«

»Ich will Pate sein für beide. Bitte, vergessen Sie das nicht, Ma'am. Ich glaube, es würde gut sein, wenn Sie etwas Glühwein nähmen.«

»Ich könnte in der Tat keinen Tropfen anrühren, Sir.«

»Sie müssen!« sagte der ledige Herr. »Ich sehe, Sie haben es nötig. Ich hätte schon früher daran denken sollen.«

Sofort flog der ledige Herr zur Glocke und rief so ungestüm nach Glühwein, als brauchte man ihn augenblicklich, um eine aus dem Wasser gezogene scheintote Person wieder zu sich zu bringen; dann mußte Kits Mutter einen Kelch dieses Getränks so heiß hinunterschlucken, daß ihr die Tränen über die Wangen rannen; und dann transportierte er sie eiligst wieder in die Kutsche, in der sie, vielleicht infolge dieses angenehmen Beruhigungsmittels, bald gegen sein rastloses Treiben unempfindlich wurde und in tiefen Schlaf verfiel. Auch waren die glücklichen Wirkungen dieses Arzneimittels nicht von rasch vorübergehender Natur; denn obgleich die Entfernung größer war und die Reise sich länger hinauszog, als der ledige Herr vermutet hatte, so erwachte sie doch erst, als es bereits heller Tag war und sie über das Pflaster einer Stadt holperten.

»Dies ist der Ort!« rief der ledige Herr, indem er alle Fenster herabließ. »Fahrt zu dem Wachsfigurenkabinett!«

Der Postillion auf dem Leitgaul berührte seinen Hut und spornte sein Pferd, damit sie schneidig in die Stadt einführen, worauf alle vier einen hübschen Galopp anschlugen und durch die Straßen dahinsausten, daß die guten Leute verwundert an Türen und Fenster traten und man nichts von den bescheidenen Klängen der Stadtuhren hören konnte, die eben halb neun schlugen. Sie fuhren auf eine Tür zu, vor der eine Menge Menschen versammelt war, und hielten dort an.

»Was ist das?« rief der ledige Herr, indem er sich zum Wagenfenster hinausbeugte; »was gibts denn hier?«

»Eine Hochzeit! Eine Hochzeit!« antworteten mehrere Stimmen. »Hurra!«

Der ledige Herr stieg, einigermaßen verblüfft, als er bemerkte, daß er den Mittelpunkt dieses lauten Gedränges bildete, mit Hilfe eines der Postillione aus und reichte Kits Mutter die Hand. Als der Pöbelhaufen ihrer ansichtig wurde, rief er: »Da gibts noch eine Hochzeit!«, und dann ging ein Gebrülle los und alles hüpfte vor Freude.

»Die Welt ist, glaube ich, toll geworden«, sagte der ledige Herr, als er sich mit seiner angeblichen Braut durch den Haufen drängte. »Macht ein wenig Platz und laßt mich anklopfen!«

Alles, was Lärm macht, ist dem Pöbel willkommen. Ein paar Dutzend schmutziger Hände erhoben sich im Augenblick, um für ihn zu klopfen, und selten hat wohl ein Türklopfer von gleicher Stärke betäubendere Töne hervorgebracht als speziell diese Vorrichtung bei ebendieser Gelegenheit. Nachdem der Haufe diesen freundlichen Dienst geleistet hatte, zog er sich bescheiden ein wenig zurück, indem er es herzlich gern dem ledigen Herrn überließ, die Folgen allein zu tragen.

»Nun, Sir, was wollen Sie?« fragte ein Mann mit einer großen weißen Schleife im Knopfloch, als er die Tür öffnete und mit einer sehr stoischen Miene dem ledigen Herrn entgegentrat.

»Wer hat hier geheiratet, mein Freund?« fragte der ledige Herr.

»Ich.«

»Sie! Und wen, in des Teufels Namen?«

»Welch ein Recht haben Sie zu fragen«, entgegnete der Bräutigam, den andern vom Wirbel bis zur Zehe messend.

»Welch ein Recht?« rief der ledige Herr, indem er den Arm von Kits Mutter dichter durch den seinigen zog, denn die gute Frau war augenscheinlich im Begriff, davonzulaufen. »Ein Recht, von dem Sie sich wenig träumen lassen! Ihr guten Leute! ich rufe euch zu Zeugen auf, wenn dieser Bursche da eine Minderjährige geheiratet hat – doch nein, nein, das kann nicht sein! Wo ist das Kind, das Ihr hier habt, mein guter Mann? Nell heißt sie – wo ist sie?«

Sobald er diese Frage vorgebracht hatte, die Kits Mutter wiederholte, stieß jemand in einem Zimmer in der Nähe der Tür einen Schrei aus, und eine stämmige Dame in Weiß kam zur Tür gelaufen, stützte sich auf den Arm des Bräutigams und rief:

»Wo ist sie? Was bringen Sie mir für Neuigkeiten? Was ist aus ihr geworden?«

Der ledige Herr trat verblüfft zurück und sah mit Blicken, in denen Furcht, Enttäuschung und Zweifel miteinander kämpften, auf das Gesicht der ehemaligen Madame Jarley, die sich in der Frühe mit dem philosophischen George verehelicht hatte, zur ewigen Wut und Verzweiflung Herrn Slums, des Poeten. Endlich stotterte er:

»Ich frage *Sie*, wo sie ist. Wie soll ich Sie verstehen?«

»Ach, Sir!« rief die Braut, »wenn Sie hierherkommen, um ihr etwas Gutes zu erweisen, warum haben Sie es nicht eine Woche früher getan?«

»Sie ist doch nicht – nicht tot?« entgegnete der Angeredete erblassend.

»Nein, so schlimm ists wohl nicht.«

»Gott sei Dank!« rief der ledige Herr mit matter Stimme. »Lassen Sie mich eintreten.«

Sie traten zurück, um ihn einzulassen, und schlossen hinter ihm die Tür.

»Meine guten Leute«, sagte er, sich an das neuvermählte Paar wendend, »ihr seht in mir einen Mann, dem selbst das Leben nicht teurer ist als die zwei Personen, die er sucht. Die beiden würden mich zwar nicht kennen, meine Züge sind ihnen fremd; aber wenn sie hier sind, oder auch nur eins von ihnen, so bitte ich, nehmt diese gute Frau mit euch und führt sie zuerst zu ihnen, denn sie ist beiden bekannt. Wolltet ihr die Gesuchten aus irgendeiner falschen Rücksicht oder aus Angst um sie verleugnen, so mögt ihr meine Absichten nach der Art beurteilen, wie sie diese Frau als ihre alte, bescheidene Freundin aufnehmen werden.«

»Ich habe es immer gesagt!« rief die Braut. »Ich wußte ja,

daß es kein Kind gewöhnlicher Herkunft sei. Aber leider, Sir, steht es nicht in unserer Macht, Ihnen zu dienen, denn wir haben schon alles versucht, was in unseren Kräften stand, aber es war ganz vergebens.«

Hierauf erzählten sie ihm unumwunden, was sie über Nell und ihren Großvater wußten, von ihrem ersten Zusammentreffen an bis zu dem Augenblick ihres plötzlichen Verschwindens; sie fügten der Wahrheit gemäß hinzu, daß sie sich alle nur erdenkliche Mühe gegeben hätten, ihr Spur aufzufinden, ohne zu einem Resultat zu gelangen, und sagten, sie seien anfangs sehr besorgt gewesen, sowohl um das Befinden der beiden als auch wegen des Verdachtes, der eines Tages auf sie fallen könnte, weil die zwei so plötzlich vom Schauplatz verschwunden waren. Sie betonten die Geistesschwäche des alten Mannes, die Unruhe, die das Kind immer an den Tag gelegt hatte, wenn er abwesend war, die Gesellschaft, in der man ihn immer vermutete, und die stets sich steigernde Niedergeschlagenheit, die sich der kleinen Nell nach und nach bemächtigt und die sowohl ihre Gesundheit als ihren Frohsinn zerstört hatte. Ob sie den alten Mann bei Nacht vermißt habe und ihm, weil sie entweder um seinen Aufenthalt wußte oder ihn erriet, nachgegangen sei, oder ob sie miteinander das Haus verlassen hätten, hierüber konnten sie durchaus keine Auskunft erteilen. Sie hielten es jedoch für ganz sicher, daß nur wenig Aussicht vorhanden sei, wieder etwas von ihnen zu hören, und daß man auf ihre Rückkehr keinesfalls hoffen dürfte, mochte nun der Vorschlag zur Flucht von dem alten Manne oder dem Kinde ausgegangen sein.

Auf all dies horchte der ledige Herr mit der Miene eines von Gram und Enttäuschung niedergedrückten Mannes. Er vergoß Tränen, als sie von dem Großvater sprachen, und schien aufs tiefste betrübt.

Um diesen Teil unserer Erzählung nicht in die Länge zu ziehen, sondern die Geschichte in wenige Worte zu fassen, wollen wir nur ganz kurz sagen, daß der ledige Herr, noch ehe das Gespräch zu Ende kam, genügend von der Wahrheit des Berichtes überzeugt schien, und daß er versuchte, der Braut und dem Bräutigam ein Zeichen seiner Erkenntlichkeit für ihre Güte gegen das verlassene Kind aufzudrängen, dessen Annahme jedoch aufs entschiedenste abgelehnt wurde. Endlich fuhr das glückliche Paar in seinem Wanderwagen fort, um die Flitterwochen auf dem Lande zu verbringen, während der ledige Herr und Kits Mutter mit betrübten Gesichtern bei ihrer eigenen Postkutsche zurückblieben.

»Wo sollen wir jetzt hinfahren, Sir?« fragte der Postillion.

»Ei, so fahrt meinetwegen zum . . .«

Der ledige Herr hatte wohl nicht im Sinne, das Wörtchen ›Wirtshaus‹ beizufügen, tat es aber doch um Kits Mutter willen; und so ging es denn zum Wirtshause.

Es hatte sich schnell das Gerücht verbreitet, das kleine Mädchen, das die Wachsfiguren zu zeigen pflegte, sei das Kind vornehmer Leute, welches von der Wiege weg seinen Eltern gestohlen worden und dem man eben jetzt erst auf die Spur gekommen sei. Die Meinungen, ob ihr Vater ein Prinz, ein Herzog, ein Graf, ein Viscount oder ein Baron wäre, gingen wohl auseinander, aber in dem Hauptpunkte und daß der ledige Herr der Vater sei, stimmten alle überein, und jeder drängte sich heran, um etwas von ihm, wäre es auch nur die Spitze seiner edlen Nase, zu sehen, als er in seiner vierspännigen Kutsche trostlos von hinnen fuhr.

Was würde er dafür gegeben haben und wieviel Kummer und Sorgen wären erspart geblieben, wenn er gewußt hätte, daß in jenem Augenblick Kind und Großvater vor dem alten Kirchenportale saßen und geduldig die Rückkehr des armen Schulmeisters erwarteten!

Achtundvierzigstes Kapitel

Die Gerüchte über den ledigen Herrn und den Zweck seiner Ankunft wanderten von Mund zu Munde und wurden, je weiter sie reichten, nur um so wunderbarer, denn ein Gerücht unterm Volke setzt, entgegen dem ›rollenden Stein‹ im Sprichwort, auf seiner Wanderschaft viel Moos an, so daß sein Anhalten vor dem Wirtshaus als ein aufregendes und anziehendes Schauspiel betrachtet wurde. Es konnte kaum genug bewundert werden und zog einen Haufen Müßiggänger an, die eben erst durch den Schluß des Wachsfigurenkabinetts und die Beendigung der Hochzeitsfeierlichkeiten gewissermaßen brotlos geworden waren und jetzt die Ankunft des Fremden beinahe als eine besondere Fügung der Vorsehung betrachteten und sie mit den lebhaftesten Äußerungen der Freude begrüßten.

Ohne an der allgemeinen Aufregung im geringsten teilzunehmen, sondern mit der gebeugten und entmutigten Miene eines Mannes, der über eine getäuschte Hoffnung in stiller Zurückgezogenheit nachzudenken wünscht, stieg der ledige Herr ab und hob Kits Mutter mit einer traurigen Höflichkeit aus dem Wagen, die auf die Zuschauer einen ungemein tiefen Eindruck machte. Sobald dies geschehen war, bot er ihr den Arm und führte sie in das Haus, während mehrere behende Kellner als Plänkler voraneilten, um den Weg zu lichten und die Gäste in das Zimmer zu führen, welches für ihre Aufnahme bereit war.

»Jedes Zimmer ist recht«, sagte der ledige Herr, »wenn es nur gleich zur Hand ist; weiter verlange ich nichts.«

»Gleich hier, Sir, wenn Sie gefälligst diesen Weg spazieren wollen.«

»Wäre vielleicht dem Herrn dieses Zimmer gefällig?« fragte eine Stimme, während eine kleine Seitentür in der Nähe des Stiegenhauses rasch aufflog und ein Kopf zum Vorschein kam. »Er ist ganz willkommen hier, so willkommen wie Blumen im Mai oder Kohlen um Weihnachten. Wäre Ihnen dieses Zimmer angenehm, Sir? Erweisen Sie mir die Ehre hereinzuspazieren! Tun Sie mir, bitte, diesen Gefallen!«

»Barmherziger Himmel!« rief Kits Mutter erschreckt zurückfahrend. »Wer hätte auch das gedacht?«

Sie hatte allerdings auch einigen Grund, erstaunt zu sein, denn die Person, welche die huldvolle Einladung erließ, war niemand anders als Daniel Quilp. Die kleine Tür, aus der er

seinen Kopf herausstreckte, befand sich dicht neben dem Speiseschrank des Gasthauses, und dort stand er, sich mit grotesker Höflichkeit verbeugend, so ganz ungeniert, als ob es die Tür seines eigenen Hauses wäre – die Hammelkeulen und die gebratenen kalten Vögel durch seine unmittelbare Nachbarschaft vergiftend und wie der böse Genius der Keller aussehend, der aus seinem unterirdischen Reiche heraufgestiegen war, um irgendwelches Unheil zu stiften.

»Wollen Sie mir die Ehre angedeihen lassen?« fragte Quilp.

»Ich ziehe es vor, allein zu sein«, versetzte der ledige Herr.

»Oh!« entgegnete Quilp.

Und damit sprang er mit einem Satz wieder zurück und

klappte die kleine Tür hinter sich zu, wie die Figur einer Schwarzwälderuhr, wenn die Stunde schlägt.

»Erst gestern abend noch, Sir«, flüsterte Kits Mutter, »habe ich ihn in Klein-Bethel zurückgelassen.«

»Wirklich?« versetzte ihr Reisegefährte. »Wann kam dieser Mensch hier an, Kellner?«

»Diesen Morgen mit der Nachtpost«, versetzte der Kellner.

»Hm! Und wann geht er?«

»Das kann ich wirklich nicht sagen, Sir. Als ihn das Stubenmädchen eben fragte, ob er über Nacht bliebe, Sir, schnitt er ihr erst fürchterliche Gesichter, und dann wollte er sie küssen.«

»Ersuchen Sie ihn, daß er zu mir kommt«, sagte der ledige Herr. »Sagen Sie ihm, es würde mich freuen, ein paar Worte mit ihm zu sprechen! Aber hören Sie, ich lasse bitten, daß er sogleich komme!«

Der Kellner machte über diesen Auftrag große Augen, denn der ledige Herr hatte beim Anblick des Zwerges nicht nur ebensoviel Erstaunen als Kits Mutter an den Tag gelegt, sondern sich auch, da er keine Furcht vor ihm hatte, durchaus nicht die Mühe genommen, seinen Abscheu und Widerwillen zu verbergen. Er entfernte sich jedoch und kehrte alsbald mit dem Gegenstande seines Auftrags zurück.

»Ihr Diener, Sir«, begann der Zwerg. »Ich habe Ihren Boten auf halbem Wege getroffen. Ich dachte, Sie würden mir erlauben, Ihnen meinen höflichen Gruß zu bringen. Hoffentlich befinden Sie sich wohl – sehr wohl ohne Zweifel.«

Es erfolgte eine kurze Pause, während welcher der Zwerg mit halbgeschlossenen Augen und gerunzeltem Gesicht auf Antwort wartete. Da er keine erhielt, wandte er sich an die zweite Person, die ihm näher bekannt war.

»Christophs Mutter?« rief er. »Ach, so eine gute Dame, so eine vortreffliche Frau und so reich durch ihren ehrlichen Sohn! Wie befindet sich Christophs Mutter? Ist ihr der Orts- und Luftwechsel gut bekommen? Und ihre kleine Familie und Christoph? Gedeihen sie? Blühen sie? Wachsen sie zu würdigen Bürgern heran, ja?«

Da Quilps Stimme mit jeder folgenden Frage eine höhere Note der Tonleiter anschlug, so endigte er mit einem schrillen Gequieke, worauf er seine gewöhnliche schüchterne Miene wieder annahm, die, mochte sie nun natürlich oder erkünstelt sein, ein vollständiges Verschwinden jedes Ausdrucks in seinem Gesicht bewirkte und es, sofern man es als einen Index seiner Stimmung oder Meinung betrachtete, zu einem völlig weißen Blatt machte.

»Herr Quilp«, sagte der ledige Herr.

Der Zwerg hielt die Hand an sein großes Ohr und heuchelte gespannteste Aufmerksamkeit.

»Wir haben einander schon früher getroffen . . .«

»Gewiß!« rief Quilp und nickte. »O gewiß, Sir. Solch eine Ehre und solch ein Vergnügen – es ist beides, Christophs Mutter, es ist beides – läßt sich nicht so bald vergessen. Nein, in keinem Falle!«

Ihr erinnert Euch vielleicht, daß ich an dem Tage, als ich in London ankam und das Haus, an dem ich vorfuhr, leer und verlassen fand, von einigen der Nachbarn zu Euch gewiesen wurde, und daß ich Euch sogleich besuchte, ohne mir Zeit zur Ruhe oder Erfrischung zu gönnen?«

»Wie Hals über Kopf das war und doch, welch ein ernstes und energisches Vorgehen!« entgegnete Quilp, in der Weise seines Freundes, des Herrn Sampson Braß, mit sich selber sprechend.

»Ich fand Euch«, fuhr der ledige Herr fort, »ganz unbegreiflicherweise im Besitz alles dessen, was kurz vorher noch einem andern Manne gehört hatte, und diesen andern, der bis zur Zeit, als Ihr Euch seines Eigentums bemächtigtet, für wohlhabend gehalten wurde, plötzlich zum Bettler verarmt und von Haus und Herd vertrieben.«

»Wir hatten für unser Verfahren eine Vollmacht, mein guter Sir«, versetzte Quilp, »wir hatten unsere Vollmacht. Sprechen Sie auch nicht von ›vertreiben‹! Er ging aus eignem Antrieb. Verschwand in der Nacht, Sir.«

»Gleichviel«, sagte der ledige Herr gereizt, »er war fort.«

»Ja, er war fort«, entgegnete Quilp mit derselben aufreizenden Ruhe. »Zweifellos, er war fort. Es handelte sich also nur noch um die Frage: wohin? – Eine Frage, die bis zur Stunde noch nicht gelöst ist.«

»Was muß ich von Euch denken«, erwiderte der ledige Herr, indem er ihn mit strengen Blicken betrachtete, »von Euch, der Ihr, augenscheinlich damals nicht geneigt, mir Auskunft zu geben, ja sogar offenbar hinterm Berge hieltet und Euch hinter allen möglichen Listen, Schlichen und Vorwänden verstecktet, jetzt meinen Tritten nachschleicht.«

»Ich schliche Ihnen nach?« rief Quilp.

»Etwa nicht?« entgegnete sein Frager, fast zur äußersten Wut aufgebracht. »Wart Ihr nicht vor wenigen Stunden noch sechzig Meilen von hier in der Kapelle, in die diese gute Frau hier beten geht?«

»So, sie war also auch dort?« versetzte Quilp vollkommen unbewegt. »Nun, da könnte ich wohl, wenn ich grob sein wollte, sagen: Wie kann ich wissen, daß Sie nicht meinen Schritten nachschleichen? Ja, ich war in der Kapelle. Aber was weiter? Ich habe in Büchern gelesen, daß Pilgrime in die Kirche zu gehen pflegten, ehe sie ihre Reise antraten, um eine glückliche Rückkehr zu erflehen. Weise Leute das! Reisen sind immer sehr gefährlich, besonders auf der Außenseite der Kutschen. Räder fliegen ab, Pferde werden scheu, Kutscher fahren zu schnell und die Kutschen stürzen um. Ich besuche immer die Kirche, ehe ich eine Reise unternehme. Es ist in der Tat stets das letzte, was ich bei solchen Anlässen tue.«

Es gehörte kein sonderlich großer Scharfsinn dazu, um zu entdecken, daß in diesen Worten Quilps die größte Lüge lag, obgleich man dem Ausdrucke nach, den er seinem Gesicht, seiner Stimme und seinem ganzen Benehmen gab, hätte schwören können, er halte sich mit der ruhigen Festigkeit eines Märtyrers an die Wahrheit.

»Im Namen alles dessen, das darauf berechnet ist, einen Menschen toll zu machen«, rief der unglückliche ledige Herr, »habt Ihr nicht aus irgendeinem Grunde mein Vorhaben zu dem Eurigen gemacht? Wißt Ihr nicht, zu welchem Zwecke ich hierhergekommen bin? Und wenn Ihr es wißt, könnt Ihr mir keinen Schlüssel an die Hand geben?«

»Sie meinen wohl, ich sei ein Hexenmeister, Sir?« versetzte Quilp mit einem Achselzucken. »Wenn dies der Fall wäre, dann würde ich mir mein Glück weissagen und es beim Schopfe packen.«

»Ah! Ich sehe, wir haben uns nichts mehr zu sagen«, entgegnete der andere, indem er sich ungeduldig auf ein Sofa warf. »Seid so gut, uns zu verlassen!«

»Sehr gern«, erwiderte Quilp. »Sehr gern. Christophs Mutter, meine gute Seele, leben Sie wohl! Angenehme Reise – *zurück*, Sir. Hm!«

Mit diesen Abschiedsworten und einem ganz unbeschreiblichen Grinsen in seinen Zügen, das aus allen häßlichen Grimassen zusammengesetzt schien, deren Menschen oder Affen fähig sind, entfernte sich der Zwerg langsam und machte die Tür hinter sich zu.

»Oho!« sagte er, als er auf seinem eignen Zimmer anlangte und sich mit in die Seite gestemmten Armen auf einen Stuhl setzte. »Oho! Steht es so, mein Freund! Ah?!«

Er kicherte vor Wonne und hielt sich für den Zwang, den er bis jetzt seinem Gesicht hatte auferlegen müssen, dadurch schadlos, daß er es in die erdenklichsten Metamorphosen der Häßlichkeit verzerrte, schaukelte sich in seinem Stuhle, streichelte gleichzeitig sein linkes Bein und vertiefte sich in gewisse Betrachtungen, deren Hauptinhalt wir hier mitteilen müssen.

Erst faßte er die Umstände ins Auge, welche ihn hierherzukommen veranlaßt hatten. Kurzgefaßt waren es folgende: Als er an dem vorhergehenden Abend in der Kanzlei des Herrn Sampson Braß vorgesprochen hatte, während dieser Herr samt seiner gelehrten Schwester abwesend war, traf er Herrn Swiveller, der gerade in diesem Augenblick mit einem Glas warmen Grog den Aktenstaub hinunterschwemmte und seinen ›Lehm‹ – wie man zu sagen pflegt – etwas reichlich anfeuchtete. Da aber der Lehm an sich betrachtet durch zu vieles Anfeuchten einen etwas schwachen und unsichern Zusammenhang erhält, ehe man sichs versieht, zusammenbricht, Eindrücke nur schwach bewahrt und sein Charakter die Festigkeit und Stärke verliert, so befand sich auch Herrn Swivellers ›Lehm‹, der eine beträchtliche Menge Flüssigkeit in sich gesogen hatte, in einem sehr zusammenhanglosen und schlüpfrigen Zustande, denn die verschiedenen Ideen, welche ihm eingeprägt waren, verloren sehr schnell ihren besondern Charakter und bildeten ein wildes Durcheinander. Unter solchen Umständen kommt es beim menschlichen ›Lehm‹ häufig vor, daß er vor allen Dingen seine Klugheit und seinen Scharfsinn ungemein hoch anschlägt. Und Herr Swiveller, der sich besonders um dieser Eigenschaften willen pries, ersah die Gelegenheit, um anzudeuten, daß er hinsichtlich des im Hause wohnenden ledigen Herrn ganz eigentümliche Entdeckungen gemacht habe, die er übrigens in seinem eignen Busen zu bewahren entschlossen sei und die zu enthüllen ihn weder Folterqualen noch Schmeichelei je verleiten sollten.

Herr Quilp lobte diesen Entschluß ungemein; und da er sich noch mit demselben Atemzuge bemühte, Herrn Swiveller zu weiteren Andeutungen aufzustacheln, so hatte er bald herausbekommen, daß der ledige Herr im Gespräch mit Kit gesehen worden und daß dies das Geheimnis sei, welches nie an den Tag kommen sollte.

Aus dieser Mitteilung folgerte Herr Quilp augenblicklich, daß der Mietsmann des Herrn Braß dasselbe Individuum sein müsse, daß ihn besucht hatte, und da er durch weitere Nachforschungen seine Voraussetzung bestätigt fand, kam er mühelos zu dem Schlusse, daß der Zweck und der Gegenstand dieses Verkehrs mit Kit zweifelsohne die Wiederauffindung seines alten Klienten und des Kindes sei. Brennend vor Begier zu erfahren, was vorgehe, entschloß er sich, über Kits Mutter herzufallen, als die Geeignetste, die am wenigsten seinen Kniffen gewachsen und folglich am ehesten zu den gewünschten Mitteilungen zu verlocken war. Er verabschiedete sich daher plötzlich von Herrn Swiveller und eilte in ihre Wohnung. Da die gute Frau ausgegangen war, erkundigte er sich, wie Kit es kurze Zeit nachher tat, bei einer Nachbarin nach ihr, die ihn in die Kapelle schickte. Er begab sich sofort dahin, um ihr nach Schluß des Gottesdienstes aufzulauern.

Er war kaum eine Viertelstunde in der Kapelle und schüttelte sich vor innerem Lachen über den Spaß, daß er sich überhaupt hier befand, während seine Augen fromm zur Decke emporgeschlagen waren, als Kit erschien. Wachsam wie ein Luchs, genügte ein einziger Blick, um den Zwerg zu belehren, daß Herr Nubbles in Geschäften kam.

Dem Anscheine nach, wie wir gesehen haben, ganz in Andacht versunken und eine völlige Teilnahmslosigkeit heuchelnd, beobachtete er dessen Benehmen aufs genaueste, und als Kit sich mit seiner Familie entfernte, schoß er hinterdrein. Schließlich folgte er ihnen bis zu dem Hause des Notars, erfuhr von einem der Postillione den Bestimmungsort des Wagens, und da er wußte, daß in dem nächsten Augenblick aus einer benachbarten Straße eine Nachteilpost nach demselben Orte abfahren würde, eilte er unverzüglich ins Postbureau und nahm einen Sitz oben auf der Kutsche. Nachdem die Wagen im Laufe der Nacht zu verschiedenen Malen aneinander vorbeigefahren waren, je nachdem sie längere oder kürzere Zeit haltmachten oder ihre Geschwindigkeit wechselten, erreichten sie fast gleichzeitig die Stadt. Quilp ließ die Chaise nicht aus den Augen, mischte sich unter den Volkshaufen, erfuhr die Absicht des ledigen Herrn nebst deren Vereitelung, und nachdem er sich in den Besitz alles dessen gesetzt hatte, was ihm zu wissen notwendig war, eilte er voraus, erreichte den Gasthof vor ihm, hatte die eben ausführlich berichtete Unterredung und schloß sich in dem kleinen Zimmer ein, in dem er hastig alle Vorgänge rekapitulierte.

»Steht es so, mein Freund?« wiederholte er, indem er gierig an seinen Nägeln kaute. »Mir traut man nicht, ich werde beiseite geworfen, und Kit ist der vertraute Agent, nicht wahr? Ich werde ihn, fürchte ich, unschädlich machen müssen. Wenn wir sie diesen Morgen getroffen hätten«, fuhr er nach einer gedankenvollen Pause fort, »so wäre ich auf dem Punkte gewesen, einen ziemlich guten Anspruch nachzuweisen. Ich hätte meinen Nutzen dabei finden können. Wären diese psalmierenden Heuchler, der Junge und seine Mutter, nicht, so könnte ich diesen ungestümen Herrn so gemächlich in mein Netz ziehen, wie unsern alten Freund – unsern beiderseitigen Freund, ha ha! – und die glattwangige rosige Nell. Im schlimmsten Fall ist es eine goldne Gelegenheit, die nicht versäumt werden darf. Finden wir sie nur erst, so werden sich auch Mittel bieten, Ihnen etwas von Ihrem überflüssigen Gelde abzuzapfen, mein Herr, solange es noch Gefängnisse, Riegel und Schlösser gibt, um Ihren Freund oder Verwandten wohlbehalten aufzubewahren. Ich hasse diese Tugendreiter!« sagte der Zwerg, ein Glas Branntwein hinunterschüttend und mit den Lippen schmatzend; »ha! ich hasse sie samt und sonders!«

Dies war durchaus keine leere Prahlerei, sondern ein wohlüberlegtes Eingeständnis seiner wahren Gefühle; denn Herr Quilp, der niemand liebte, war allmählich so weit gekommen, jedermann, der nah oder fern mit seinem zugrunde gerichteten Klienten in Verbindung stand, zu hassen: den alten Mann, weil es ihm gelungen war, ihn zu täuschen und seiner Wachsamkeit zu entgehen, Nell, weil sie der Gegenstand von Frau Quilps Mitleid und beständigen Selbstvorwürfen war, den ledigen Herrn wegen seiner unverhüllten Abneigung gegen ihn, aufs tödlichste aber Kit und seine Mutter aus den bereits erwähnten Gründen. Außer jenem allgemeinen Gefühl des Widerwillens, das von seiner heißen Gier, sich durch diese veränderte Sachlage zu bereichern, unzertrennlich gewesen wäre, haßte Daniel Quilp jeden einzelnen insbesondere.

In dieser liebenswürdigen Stimmung belebte Herr Quilp sich selbst und seinen Groll durch noch mehr Branntwein, und dann wechselte er sein Quartier, indem er sich in ein obskures Wirtshaus zurückzog, unter dessen Schutz, den ihm die Abgeschiedenheit gewährte, er alle möglichen Nachforschungen anstellte, die zur Entdeckung des alten Mannes und seiner Enkelin führen konnten. Aber alles umsonst. Nicht die mindeste Spur, nicht der geringste Aufschluß war zu erzielen. Sie hatten in der Nacht die Stadt verlassen; niemand hatte sie gehen sehen, niemand war ihnen begegnet, kein Kutscher, kein Kärrner oder Frachtfuhrmann hatte Reisende gesehen, die ihrer Beschreibung entsprachen; niemand war mit ihnen zusammengetroffen oder hatte von ihnen gehört. Überzeugt, daß für den Augenblick alle seine Bemühungen nutzlos wären, stellte er zwei oder drei Kundschafter auf, denen er für den Fall zuverlässiger Nachrichten große Belohnungen versprach, und kehrte am andern Morgen mit der Eilpost nach London zurück.

Herr Quilp freute sich einigermaßen, als er beim Erklettern des Außensitzes bemerkte, daß Kits Mutter allein im Innern des Wagens saß. Diesem Umstand verdankte er während der Reise großes Vergnügen insofern, als ihre einsame Lage ihn in den Stand setzte, sie durch die ungewöhnlichsten Quälereien zu erschrecken. So hing er zum Beispiel, sein eigenes Leben riskierend, weit mit dem Körper über das Dach seitwärts der Postkutsche herunter, stierte mit seinen großen Glotzaugen, die ihr um so schrecklicher vorkamen, da das Kinn zuoberst stand, in den Wagen hinein und scheuchte sie so von einem Fenster zum andern. Wenn frische Pferde vorgespannt wurden, glitt er rasch hinunter und steckte den Kopf mit einem unheimlichen Schielen durch das Fenster. Durch solche sinnreiche Qualen brachte er es so weit, daß Frau Nubbles steif und fest glaubte, Herr Quilp repräsentiere und verkörpere in seiner Person jene böse Macht, die so heftig in Klein-Bethel angegriffen wurde, und die jetzt auf Grund ihrer Abtrünnigkeit, was den Theaterbesuch und den Austernschmaus betraf, nun juble und tanze.

Kit, dem die Rückkehr seiner Mutter brieflich gemeldet worden war, erwartete sie bei dem Postbureau, und man denke sich sein Erstaunen, als er über die Schulter des Kutschers – wie irgendeinen vertrauten, dienstbaren Dämon, der nur seinen eignen Augen sichtbar war – Quilps wohlbekanntes Gesicht hinwegschielen sah.

»Wie gehts, Christoph?« krächzte der Zwerg von dem Kutschendach herunter. »Alles in Ordnung, Christoph. Die Mutter sitzt drinnen.«

»Ei, wie kam *der* her, Mutter?« flüsterte Kit.

»Ich weiß nicht, wie oder warum er kam, mein Lieber«, versetzte Frau Nubbles, als sie mit Hilfe ihres Sohnes aus dem Wagen stieg; »aber er hat mich den ganzen lieben Tag in einem fort erschreckt, daß mir alle meine sieben Sinne vergingen.«

»Hat er?« rief Kit.

»Ja, du würdest es nicht glauben, das nicht«, entgegnete seine Mutter; »aber sage kein Wort zu ihm, denn ich bin steif und fest überzeugt, daß er kein menschliches Wesen ist. Bst! Dreh dich nicht nach ihm um, weil er sonst merkt, daß ich von ihm spreche; aber eben jetzt schielt er, hell beleuchtet von der Kutschenlaterne, nach mir her – ganz entsetzlich!«

Kit kehrte sich trotz der Einschärfung seiner Mutter rasch nach ihm um. Herr Quilp schaute vergnüglich nach den Sternen und schien ganz in die Betrachtung des Himmelsgewölbes vertieft zu sein.

»Oh, er ist die arglistigste Kreatur!« rief Madame Nubbles. »Aber komm und sprich ja um alles in der Welt kein Wort mit ihm.«

»Pah, Unsinn! Ja, ich will mit ihm sprechen, Mutter. Hallo, Sir!«

Quilp tat, als führe er zusammen, und sah sich lächelnd um.

»Sie werden meine Mutter in Ruhe lassen, verstanden?« sagte Kit. »Wie können Sie sich unterstehen, eine arme, verlassene Frau, wie sie, zu plagen und sie elend und traurig zu machen, als ob sie nicht schon Anlaß genug dazu hätte, ohne Sie? Schämen Sie sich nicht vor sich selbst, Sie kleines Ungeheuer?«

»Ungeheuer?« sprach Quilp mit einem Lächeln zu sich selber. »Der häßlichste Zwerg, den man irgendwo für einen Penny zu sehen kriegt – Ungeheuer – ah!«

»Wenn Sie wieder Ihre Unverschämtheit an ihr auslassen«, nahm Kit wieder auf, indem er die Schachtel auf die Schulter nahm, »so lassen Sie sichs gesagt sein, Herr Quilp, daß es zu schlimmen Auftritten zwischen uns kommen wird. Sie haben kein Recht, so zu handeln, wir haben Ihnen sicherlich nie etwas in den Weg gelegt. Es ist nicht das erstemal, daß es vorgekommen ist, und wenn Sie meine Mutter je wieder belästigen oder erschrecken, so werden Sie mich zwingen, Sie tüchtig durchzuprügeln, obgleich es mir um Ihrer Zwergengestalt willen leid tun würde.«

Quilp antwortete keine Silbe, trat aber so nahe an Kit heran, daß seine Augen nur zwei oder drei Zoll von Kits Gesicht entfernt waren, faßte ihn fest ins Auge, zog sich ein wenig zurück, ohne seinen Blick abzuwenden, trat wieder näher und wieder zurück und wiederholte dies einigemal wie ein Kopf in einer Zauberlaterne. Kit pflanzte sich fest auf, als erwarte er einen unmittelbaren Angriff; da er jedoch fand, daß es bei dem Gebärdenspiel blieb, so schlug er ihm ein Schnippchen und ging weiter. Seine Mutter zog ihn, so schnell sie konnte, mit sich fort, sah aber alle Augenblicke, trotz der Neuigkeiten, die ihr Erstgeborener von dem kleinen Jakob und dem Nesthäkchen erzählte, ängstlich über die Schulter zurück, um zu wissen, ob ihr Quilp folge.

Neunundvierzigstes Kapitel

Kits Mutter hätte sich die Mühe sparen können, so oft zurückzuschauen, denn nichts lag Herrn Quilps Absicht ferner, als sie und ihren Sohn zu verfolgen oder den Streit, in dem sie sich getrennt hatten, zu erneuern. Er ging seines Weges, pfiff von Zeit zu Zeit ein Liedchen vor sich hin und trabte mit ganz ruhigem und gelassenem Gesicht vergnügt nach Hause. Auf seinem Wege dahin unterhielt er sich damit, daß er sich die Angst und den Schrecken der Frau Quilp ausmalte, die zweifellos, da sie drei ganze Tage und zwei Nächte nichts von ihm gehört und auch von seiner Abreise keine Kunde erhalten hatte, momentan halb wahnsinnig war und alle Augenblicke vor Angst und Kummer in Ohnmacht fiel.

Diese belustigende Wahrscheinlichkeit war dem Humor des Zwerges so angemessen und machte ihm so ausnehmend viel Vergnügen, daß er auf seinem Nachhauseweg lachte, bis ihm die Tränen über die Backen liefen; und mehr als einmal, wenn er sich gerade in einem Nebengäßchen befand, machte er seinem Entzücken durch einen schrillen Ausruf Luft, der die einsamen Wanderer zu Tode erschreckte, die zufällig vor ihm gingen und sich dann sehr wunderten, wenn sie nur die kleine Gestalt erblickten. Und dies erhöhte seine Heiterkeit und machte ihn ungemein lustig und fröhlich.

In dieser glücklichen Gemütsstimmung erreichte Herr Quilps Tower-Hill; und als er zu dem Fenster seines eigenen Wohnzimmers hinaufsah, glaubte er, mehr Licht erspähen zu können, als in einem Hause der Trauer üblich ist. Beim Nähertreten hörte sein aufmerksames Ohr mehrere Stimmen in angelegentlicher Unterhaltung, unter denen er nicht nur die seines Weibes und seiner Schwiegermutter, sondern auch Männerstimmen unterscheiden konnte.

»Ha!« rief der eifersüchtige Zwerg; »was ist das? Nimmt sie in meiner Abwesenheit solche Besuche an?«

Ein gedämpftes Husten von oben war die Antwort. Er fühlte in der Tasche nach seinem Hausschlüssel; aber er hatte ihn vergessen. Es blieb also kein anderer Ausweg, als an die Tür zu klopfen.

»Ein Licht im Hausflur«, sagte Quilp, durch das Schlüsselloch schauend. »Ein ganz leises Pochen – und mit Ihrer Erlaubnis, Madame, werde ich Sie ganz unversehens beschleichen. Warte!«

Ein ganz leises und sanftes Klopfen blieb unbeantwortet. Auf eine zweite, kaum stärkere Anwendung des Klopfers wurde jedoch die Tür sachte von dem Jungen von der Werft geöffnet, dem Quilp augenblicklich mit der einen Hand den

Mund stopfte, während er ihn mit der andern auf die Straße hinauszog.

»Ihr erwürgt mich, Herr«, keuchte der Junge. »Auslassen, sag ich!«

»Wer ist oben, du Schlingel?« flüsterte Quilp. »Sage mirs! Und sprich leise, sonst erdroßle ich dich im Ernst.«

Der Knabe konnte nur nach dem Fenster deuten und mit einem erstickten Kichern antworten, in dem sich eine so ungemeine Heiterkeit verriet, daß Quilp ihn abermals an der Kehle packte und vielleicht seine Drohung ausgeführt oder wenigstens ziemliche Fortschritte in der Ausführung gemacht haben würde, wenn der Junge nicht behend seiner Hand entwischt wäre und sich hinter den nächsten Pfosten verschanzt hätte. Hier, nach einigen fruchtlosen Bemühungen, ihn an den Haaren hervorzuziehen, mußte sich sein Herr zu Unterhandlungen herbeilassen.

»Willst du mir antworten?« sagte Quilp. »Was ist oben los?«

»Ihr wollt einen ja nicht sprechen lassen«, versetzte der Knabe. »Sie – ha ha ha! – sie halten Euch – sie halten Euch für tot. Ha ha ha!«

»Tot?« rief Quilp, indem er selbst in ein grimmiges Lachen ausbrach. »Nein. Wirklich? Wirklich, du Hund?«

»Sie glauben, Ihr wäret – Ihr wäret ertrunken«, entgegnete der Knabe, der einen starken Anflug von dem boshaften Wesen seines Herrn hatte. »Man hat Euch zuletzt am Rande der Werft gesehen; nun glauben sie, Ihr wäret hinuntergepurzelt. Ha ha!«

Die Aussicht, unter so köstlichen Umständen den Spion zu spielen und sie alle zu enttäuschen, indem er, der Totgeglaubte, lustig zu ihnen hineinspazierte, war für Quilp entzückender als der größte Glücksfall, der ihm hätte begegnen können. Er fühlte sich nicht weniger zum Lachen gereizt als sein hoffnungsvoller Gehilfe, und so standen sie einige Sekunden grinsend, keuchend und mit ihren Köpfen wackelnd zu beiden Seiten des Pfostens wie zwei unvergleichliche chinesische Pagoden.

»Kein Wort«, flüsterte Quilp, indem er sich auf den Zehenspitzen der Tür näherte, »keinen Laut, wäre es auch nur das Krachen einer Diele oder das Stolpern gegen ein Spinngewebe. Ertrunken, he, Madame Quilp? Ertrunken?«

Mit diesen Worten blies er das Licht aus, streifte seine Schuhe ab, kroch die Treppe hinauf und ließ seinen jungen Freund auf der Straße, der in ekstatischem Entzücken auf dem Pflaster Purzelbäume schlug.

Da die Schlafzimmertür neben der Treppe unverschlossen war, so schlüpfte Herr Quilp hinein und pflanzte sich hinter der Tür auf, welche in das Wohnzimmer führte. Sie stand etwas offen, um der Luft einen Durchzug zu gestatten, und war mit einem sehr bequemen Spalt versehen, den er oft zum Spionieren benutzt und zu diesem Zwecke mit seinem Taschenmesser erweitert hatte; und so war es ihm möglich, nicht nur zu hören, sondern auch deutlich zu sehen, was drinnen vorging. Sein Auge an die genannte Ritze legend, bemerkte er Herrn Braß, der an dem Tische saß, vor ihm Tinte, Feder und Papier, auch die Rumflasche – seine eigene Rumflasche, seinen eigenen, vortrefflichen Jamaika – und in leicht erreichbarer Entfernung heißes Wasser, duftende Zitronen, Stückchen weißen Zuckers und was sonst noch dazugehörte. Aus diesem auserlesenem Material hatte sich Sampson, der ihren Ansprüchen auf seine Aufmerksamkeit gegenüber nicht unempfindlich war, ein mächtiges Glas rauchendheißen Punsches gemischt, den er in demselben Augenblick mit einem Teelöffel umrührte und mit Blicken betrachtete, in denen die erkünstelte sentimentale Trauer nur schwach gegen das Gefühl froher Behaglichkeit ankämpfte. An demselben Tisch saß auch mit aufgestemmten Ellbogen Frau Jiniwin, die nicht länger verbrecherischerweise anderer Leute Punsch mit dem Teelöffel schlürfte, sondern tüchtige Schlucke aus einem eigenen Glase nahm; während ihre Tochter, nicht gerade in Sack und Asche trauernd, aber doch ein sehr anständiges, gebührend bekümmertes Äußere bewahrend, in einem Armstuhle lehnte und ihren Schmerz mit einem kleineren Deputätchen von derselben lieblichen Flüssigkeit beschwichtigte. Ferner waren noch ein paar Fährleute zugegen, die gewisse Instrumente, Baggernetze genannt, bei sich hatten. Sogar diese Burschen waren jeder mit einem Glas steifen Grog versehen; und da sie mit großem Behagen tranken und natürlich sehr rotnasig, krätzig und zechgemütlich aussahen, so trug ihre Anwesenheit eher dazu bei, den ganz entschiedenen Aus-

druck von Behaglichkeit, der für die Gesellschaft so charakteristisch war, zu erhöhen als zu verringern.

»Mit Freuden wollte ich in die Ewigkeit gehen, wenn ich nur der lieben alten Dame Rum und Wasser vergiften könnte«, murmelte Quilp.

»Ach!« sagte Herr Braß, das Schweigen unterbrechend und die Augen mit einem Seufzer zur Decke aufschlagend, »wer weiß, ob er nicht eben auf uns herniedersieht! Wer weiß, ob er uns jetzt nicht beobachtet von – von einem oder dem andern Orte aus und uns mit wachsamem Auge betrachtet! Ach Gott!«

Hiermit hielt Herr Braß inne, um die Hälfte seines Punsches hinunterzugießen, und fuhr dann fort, indem er während des

Sprechens die andere Hälfte mit einem betrübten Lächeln beäugelte.

»Es ist mir fast«, sagte der Rechtsgelehrte, den Kopf schüttelnd, »als könnte ich sein Auge unten auf dem Boden meines Glases glänzen sehen. Wann werden wir je wieder seinesgleichen schauen? Nie, nie! In der einen Minute sind wir hier« – er hielt den Kelch vor die Augen – »in der nächsten dort«, er leerte den Inhalt hinunter und klopfte sich dabei bedeutsam auf den Magen, »in dem stillen Grabe – oh, der Gedanke, daß ich jetzt seinen Rum trinken soll! Es ist mir wie ein Traum!«

Ohne Zweifel in der Absicht, sich von der Wirklichkeit seiner Lage zu überzeugen, schob Herr Braß Frau Jiniwin sein Glas zu, damit es wieder gefüllt würde, und wandte sich sodann gegen die Männer von der Themse.

»Das Suchen hat sich also als ganz erfolglos erwiesen?«

»Vollkommen erfolglos, Herr. Aber ich möchte behaupten, wenn er irgendwo wieder ans Licht kommt, so wird er morgen früh zur Ebbezeit in der Nähe von Greenwich ans Land treiben – was meinst du, Kamerad?«

Der andere Schiffer pflichtete ihm bei, indem er bemerkte, man erwarte, daß der Leichnam beim Seehospiz auftauchen würde, und einige Invaliden ständen bereit, ihn in Empfang zu nehmen, sobald er käme.

»Dann bleibt uns nichts übrig als Ergebung«, sagte Herr Braß; »nichts als Ergebung und Hoffnung. Es würde ein Trost sein, wenn man seinen Körper hätte – ach, freilich ein trauriger Trost.«

»Oh, ohne allen Zweifel«, pflichtete Frau Jiniwin hastig bei; »wenn wir nur *den* einmal hätten, so würden wir ganz sicher sein.«

»Doch, was die Beschreibung seiner Gestalt anbetrifft«, sagte Sampson Braß, die Feder aufnehmend. »Es ist ein melancholisches Vergnügen, sich seiner Züge zu erinnern. Hinsichtlich seiner Beine . . .?«

»Sie waren jedenfalls krumm«, sagte Frau Jiniwin.

»Glauben Sie wirklich, daß sie krumm waren?« fragte Braß

in einschmeichelndem Tone. »Ich glaube, sie nun vor mir zu sehen, wie sie weit gespreizt die Straße heraufkommen, in ihren Nankingpantalons, ein wenig zusammengeschrumpft und ohne Stroppen. Ach, in welchem Tale der Tränen leben wir! Wollen wir krumm sagen?«

»Ich glaube, sie waren es ein wenig«, bemerkte Frau Quilp mit einem Seufzer.

»Beine krumm«, sagte Herr Braß während des Schreibens, »Kopf groß, Rumpf kurz, Beine krumm.«

»Sehr krumm«, verbesserte Frau Jiniwin.

»Wir wollen nicht sagen ›sehr krumm‹, Ma'am«, entgegnete Braß mit frommem Sentiment. »Bedecken wir die Schwächen des Hingeschiedenen mit dem Mantel der Liebe. Er ist dorthin eingegangen, Ma'am, wo die Beine nicht mehr in Frage kommen. – Wir wollen uns mit ›krumm‹ begnügen, Frau Jiniwin.«

»Ich meinte, Sie wollten die Wahrheit haben«, sagte die alte Dame weiter; »weiter hatte ich nichts im Sinne.«

»Gott segne die gute Frau! Wie ich sie darum liebe!« murmelte Quilp. »Doch da geht sie schon wieder. Nichts als Punsch!«

»Dies ist eine Beschäftigung«, sagte der Advokat, indem er die Feder niederlegte und sein Glas leerte, »die ihn meinen Augen vorzuführen scheint wie den Geist von Hamlets Vater, in denselben Kleidern, die er an den Werktagen trug. Sein Rock, seine Weste, seine Schuhe und Strümpfe, seine Hosen, sein Hut, sein Verstand und Humor, sein Pathos und sein Regenschirm – alles taucht vor mir auf wie die Träume meiner Jugend! Sein Weißzeug«, fuhr Herr Braß fort, indem er schmachtend zu der Wand hin lächelte, »sein Weißzeug war stets von einer besondern Farbe; denn so war sein Geschmack und seine Laune – wie deutlich sehe ich jetzt sein Weißzeug!«

»Ich glaube, Sie täten gut daran, fortzufahren«, sagte Frau Jiniwin ungeduldig.

»Wahr, Ma'am, wahr!« rief Herr Braß. »Unsere Fähigkeiten dürfen nicht vor Gram einfrieren. Darf ich Sie um ein bißchen mehr von diesem bemühen, Ma'am? Wir kommen jetzt zu der Frage hinsichtlich seiner Nase.«

»Platt«, sagte Frau Jiniwin.

»Adlernase!« rief Quilp, der jetzt seinen Kopf hereinsteckte und mit der Hand über sein Gesicht strich, »Adlernase, du Hexe! Seht ihrs jetzt! Nennen Sie dies platt? Soll das platt sein – he?«

»Oh, großartig, großartig!« jauchzte Braß aus bloßer Macht der Gewohnheit. »Vortrefflich! Wie herrlich er ist! Ein höchst merkwürdiger Mann, so außerordentlich spaßhaft! Und die erstaunliche Fähigkeit, die er besitzt, die Leute zu überraschen!«

Quilp achtete jedoch nicht im geringsten weder auf diese Komplimente noch auf die bedenkliche und eingeschüchterte Miene, die der Rechtsgelehrte allmählich annahm, auch nicht auf die Schreckensrufe seines Weibes und der Schwiegermutter oder auf das Davonlaufen der letzteren und den Ohnmachtsanfall der Frau Quilp. Das Auge auf Sampson Braß geheftet, ging er auf den Tisch zu, trank das Glas des Advokaten aus und machte sodann die Runde, um die zwei andern gleichfalls zu leeren, worauf er die Flasche ergriff, sie unter den Arm drückte und seinen Rechtsfreund mit einem ganz ungewöhnlichen Schielen betrachtete.

»Noch nicht, Sampson«, sagte Quilp, »noch nicht ganz!«

»Oh, sehr gut in der Tat!« rief Braß, der sich inzwischen ein wenig gesammelt hatte. »Ha ha ha! Ausnehmend gut! Es gibt keinen zweiten Mann auf Erden, der es so durchführen könnte! Eine höchst schwierige Lage, um sie triumphierend überwinden zu können. Aber er hat einen solchen Strom von guter Laune, einen so bewunderungswürdigen Strom!«

»Gute Nacht!« sagte der Zwerg mit einem nachdrücklichen Kopfnicken.

»Gute Nacht, Sir, gute Nacht!« rief der Rechtsgelehrte, sich nach der Tür zurückziehend. »Dies ist ein erfreulicher Anlaß, in der Tat erfreulich. Ha ha ha! Oh, sehr prächtig, in der Tat, sehr prächtig, außerordentlich prächtig!«

Herr Quilp wartete, bis die Ausrufe des Herrn Braß in der Ferne erstarben – denn er fuhr fort, sie die ganze Treppe hinunter entströmen zu lassen –, und wandte sich sodann an die zwei Männer, die noch in einer Art dumpfen Staunens dastanden.

»Habt ihr den ganzen Tag den Fluß durchspürt, ihr Herren?« sagte der Zwerg, indem er mit großer Höflichkeit die Tür öffnete.

»Und gestern auch, Herr.«

»Ach du mein Himmel, da habt ihr ja recht viel Mühe gehabt. Ich bitte, betrachtet alles als euer Eigentum, was ihr finden könnt, an der – an der Leiche. Gute Nacht!«

Die beiden Männer sahen einander an, hatten aber augenscheinlich keine Neigung, den Punkt jetzt weiter zu erörtern, und trollten sich aus dem Zimmer. Sobald Quilp in dieser Weise aufgeräumt hatte, schloß er die Tür und stellte sich, noch immer die Flasche unter den gekreuzten Armen und mit hinaufgezogenen Schultern, wie ein plötzlich erschienener Nachtmahr vor sein besinnungsloses Weib hin.

Fünfzigstes Kapitel

Ehezwistigkeiten werden von den beteiligten Parteien gewöhnlich in der Form eines Dialogs abgemacht, zu dem die Dame mindestens die wohlgemessene Hälfte beiträgt. Diejenigen zwischen Herrn und Frau Quilp bildeten jedoch eine Ausnahme von dieser allgemeinen Regel; die dadurch veranlaßten Bemerkungen beschränkten sich auf ein langes Selbstgespräch seitens des Herrn Gemahls, vielleicht hin und wieder durch einen bittenden Ausruf der Dame unterbrochen, der jedoch nie mehr als eine einzige zitternde Silbe umfaßte und in dem demütigsten und unterwürfigsten Tone gestammelt wurde. Bei dem gegenwärtigen Anlasse wagte Madame Quilp geraume Zeit nicht einmal diese unbedeutende Verteidigung, denn nachdem sie sich von ihrer Ohnmacht erholt hatte, saß sie in einem tränenvollen Schweigen da und hörte geduldig auf die Vorwürfe ihres Herrn und Meisters.

Dieser entledigte sich Herr Quilp mit der größten Lebhaftigkeit und Zungengeläufigkeit, obendrein aber auch noch mit so viel Verzerrungen seiner Glieder und seines Gesichts, das sogar sein Weib, die doch so ziemlich an seine Geschicklichkeit in dieser Hinsicht gewöhnt war, vor Entsetzen fast außer sich geriet. Aber der Jamaika-Rum und die Freude, den Seinigen einen so kräftigen Strich durch die Rechnung gemacht zu haben, kühlten allmählich Herrn Quilps Zorn ab, der aus seiner ungestümen Hitze allmählich in ein Höhnen und Kichern überging, auf dem er fest beharrte.

»Du glaubtest, ich sei tot und dahin, nicht wahr?« sagte Quilp. »Du hieltest dich bereits für eine Witwe – wie? Ha ha ha! Du Metze!«

»Wirklich, Quilp«, entgegnete sein Weib, »es tut mir sehr leid . . .«

»Wer bezweifelt es?« rief der Zwerg. »Es tut dir sehr leid! Natürlich! Wer zweifelt daran, daß es dir *sehr* leid tut?«

»Ich will damit nicht sagen, es tue mir leid, daß du gesund und wohl wieder nach Hause gekommen bist«, entgegnete sein Weib, »sondern es tut mir leid, daß ich mich zu einem solchen Glauben verleiten ließ. Es freut mich recht, dich zu sehen, Quilp, du darfst mirs glauben.«

In der Tat schien sich auch Frau Quilp über den Anblick ihres Gatten weit mehr zu freuen, als man hätte erwarten sollen, wie sie denn auch einen Grad von Interesse an seinem Wohle an den Tag legte, der in Anbetracht der Dinge etwas rätselhaft war. Auf Quilp machte jedoch dieser Umstand keinen weiteren Eindruck, als daß er ihn veranlaßte, mit verschiedenen triumphierenden und verhöhnenden Grimassen dicht vor den Augen seines Weibes mit den Fingern zu schnippen.

»Wie konntest du aber auch auf so lange fortgehen, ohne mir ein Wort zu sagen oder ohne etwas von dir hören zu lassen?« fragte das arme kleine Weib schluchzend. »Wie konntest du so grausam sein, Quilp?«

»Wie ich so grausam sein konnte! Grausam!« rief der Zwerg. »Weil ich in der Laune war! Ich bin auch jetzt noch in dieser Laune. Ich werde grausam sein, wenns mir beliebt. Ich gehe wieder fort.«

»O nicht doch!«

»Ja, doch. Ich gehe wieder fort, und zwar gleich jetzt. Ich will gehen und dort wohnen, wo es mir gerade behagt, auf der Werft, in dem Kontorhaus, ja, und ein lustiger Junggeselle sein. Du warst deiner Meinung nach schon eine Witwe. Gott verdamme mich«, kreischte der Zwerg, »ich will im Ernst ein Junggeselle sein!«

»Unmöglich kannst du das wirklich im Sinne haben, Quilp«, schluchzte sein Weib.

»Ich sage dir«, erwiderte der Zwerg ganz entzückt von seinem Plan, »daß ich ein Junggeselle sein will, ein Kerl, der sich um den Teufel nicht kümmert; und ich will meiner Junggesellenwirtschaft in dem Kontorhause einrichten, du sollst dich dann nur unterstehen, mir nahezukommen. Und sieh dich zugleich vor, daß ich nicht wieder zu einer unzeitigen Stunde über dich herfalle; denn ich will zum Spürhund an euch werden und kommen und gehen wie ein Maulwurf oder ein Wiesel. Tom Scott! Wo ist Tom Scott?«

»Hier bin ich, Meister!« rief die Stimme des Knaben, als Quilp das Fenster aufriß.

»Warte hier, du Hund!« entgegnete der Zwerg; »du mußt den Mantelsack eines Junggesellen tragen. Packe ihn zusammen, Frau Quilp! Klopfe die gute alte Dame heraus, daß sie dir helfe; klopfe sie heraus! Holla da! holla!«

Mit diesem Geschrei ergriff Herr Quilp das Schüreisen, eilte damit nach der Schlafzimmertür der guten Dame und hämmerte so kräftig daran, daß Frau Jiniwin in unaussprechlichem Schrecken erwachte, denn sie glaubte nicht anders, als daß ihr liebenswürdiger Schwiegersohn die Absicht habe, sie aus Rache für die verleumdeten Beine zu ermorden. Von dieser Vorstellung überwältigt, hatte sie sich kaum ganz aus ihrem Schlafe aufgerafft, als sie heftig zu zetern anfing und gewiß auch zum Fenster hinaus in das eines Nachbarn gesprungen wäre, wenn sich ihre Tochter nicht beeilt hätte, sie aufzuklären und um ihre Hilfe zu bitten. Etwas beruhigt, als sie hörte, was man von ihr verlangte, kam Frau Jiniwin in einem Flanellunterrocke heraus, und beide – Mutter und Tochter – gehorchten Herrn Quilps Anweisungen in unterwürfigem Schweigen und vor Schrecken und Frost zitternd, denn die Nacht war bereits weit vorgerückt. Zur Erhöhung der Bequemlichkeit seiner eingeschüchterten Untertanen verlängerte der exzentrische Ehrenmann, der das Einpacken seiner Garderobe beaufsichtigte, seine Vorbereitungen so viel als möglich, und nachdem er eigenhändig einen Teller, ein Messer, eine Gabel und einen Löffel, eine Teetasse und andere derartige Küchengeräte beigefügt hatte, schnallte er den Mantelsack zu, nahm ihn auf die Schulter und marschierte ab, ohne ein weiteres Wort zu sprechen, die Rumflasche, die er nicht ein einziges Mal niedergestellt hatte, noch immer fest unter dem Arm. Sobald er auf der Straße angelangt war, übertrug er seine schwere Last Tom Scotts Obhut, nahm zu seiner Kräftigung einen Schluck aus der Flasche, gab dem Knaben zu der seinigen einen Schlag auf den Kopf und ging sodann bedächtig nach der Werft voraus, woselbst er morgens zwischen drei und vier Uhr anlangte.

»Gemütlich!« sagte Quilp, als er sich nach dem hölzernen Kontorhause getastet hatte und die Tür mit einem Schlüssel, den er immer bei sich führte, öffnete. »Wundervoll gemütlich! Wecke mich um acht Uhr, du Schlingel!«

Ohne weitere zeremoniöse Verabschiedung oder Erörterung packte er seinen Mantelsack, schloß die Tür hinter seinem Begleiter, klomm auf das Pult, rollte sich wie ein Igel auf einem alten Schiffermantel zusammen und lag bald in tiefem Schlafe.

Als Quilp am nächsten Morgen infolge der vorausgegangenen Anstrengung mit Mühe zu der bestimmten Zeit geweckt worden war, befahl er Tom Scott, aus verschiedenen Stücken alten Bauholzes im Hofe Feuer anzumachen und Kaffee zum

Frühstück zu bereiten. Um die Mahlzeit reichlicher zu gestalten, vertraute er ihm einige kleine Geldmünzen an, die für den Einkauf von heißen Semmeln, Butter, Zucker, Yarmouths-Bücklingen und andern Küchenartikeln verwendet werden sollten, so daß in wenigen Minuten ein würziges Frühstück auf dem Tische dampfte. An diesem materiellen Troste erquickte sich der Zwerg nach Herzenslust. Und da ihm diese freie Zigeunerwirtschaft, über deren Nützlichkeit er schon oft nachgedacht hatte, weil sie ihm eine angenehme Erlösung von den ehelichen Fesseln und ein prächtiges Mittel bot, Frau Quilp und deren Mutter stets in einem Zustand der Angst und Aufregung zu erhalten, ungemein behagte, so machte er sich daran, seine Einsiedelei zu verschönern und sie bequem und gemütlich einzurichten.

In dieser Absicht begab er sich zu einem in der Nähe befindlichen Platze, auf dem alte Schiffsgeräte verkauft wurden, erstand eine gebrauchte Hängematte und befestigte sie nach Seemannsweise an der Decke seines Kontorhauses. Dann ließ er auch in dieselbe modrige Kajüte einen alten Schiffsofen setzen, dessen rostige Röhre den Rauch durch das Dach ableiten sollte; und sobald diese Vorkehrungen beendigt waren, überblickte er sie mit unaussprechlichem Entzücken.

»Ich habe jetzt ein Landhaus wie Robinson Crusoe«, sagte der Zwerg, seine Bequemlichkeiten verliebt betrachtend, »einen einsamen, abgeschiedenen Wohnort, der einer öden Insel gleicht, an dem ich meine Geschäfte allein betreiben kann, ohne von Spionen und Horchern behelligt zu werden. Niemand ist hier in meiner Nähe als Ratten, und das sind liebliche, schweigsame und heimliche Gesellschafter. Ich werde unter einem solchen Publikum so vergnügt wie eine Grille sein. Ich finde wohl eine darunter, die dem Christoph gleichsieht, und vergifte sie dann – ha ha ha! Aber die Geschäfte, die Geschäfte, wir dürfen inmitten des Vergnügens nicht der Geschäfte vergessen, und die Zeit ist wirklich heute morgen wie der Wind entflohen.«

Der Zwerg schärfte Tom Scott ein, seine Rückkehr abzuwarten, und verbot ihm unter Androhung der ausgiebigsten Qualen, sich in der Zwischenzeit auf den Kopf zu stellen, Purzelbäume zu machen oder auch nur auf den Händen spazierenzugehen, warf sich in ein Boot, setzte nach der andern Seite des Flusses über und eilte zu Fuß weiter, bis er Herrn Swivellers gewöhnliches Speisehaus in Bevis-Marks erreichte, in dessen düsterer Gaststube der genannte Herr sich eben zu einem Mittagsmahle niedersetzte.

»Dick«, sagte der Zwerg, den Kopf zur Tür hineinsteckend, »mein Liebling, mein Söhnchen, mein Augapfel, he he!«

»Ah, sind Sie es – wirklich?« entgegnete Herr Swiveller. »Wie befinden Sie sich?«

»Wie geht es, Dick?« erwiderte Quilp. »Was macht die Creme aller Schreiber, eh?«

»Je nun, sie wird etwas sauer, Sir«, versetzte Herr Swiveller. »In der Tat, sie fängt an ans Käsige zu grenzen.«

»Ei, was gibt es denn?« fragte der Zwerg nähertretend. »Hat sich Sally ungnädig erwiesen?

›Von allen Mädchen auf der Welt
Mir keine so wie . . .‹

Ists nicht so, Dick?«

»Nein, gewiß nicht«, antwortete Herr Swiveller, während er mit großer Würde sein Mahl verzehrte, »sie hat nicht ihresgleichen. Sally Braß ist die Sphinx des Privatlebens.«

»Sie sind übler Laune«, sagte Quilp, einen Stuhl heranziehend; »was ist denn vorgefallen?«

»Die Jurisprudenz vertrage ich nicht«, entgegnete Dick, »sie ist nicht feucht genug und hat zu viel Stubenhockerei. Ich bin willens davonzulaufen.«

»Pah«, erwiderte der Zwerg, »und wohin wollen Sie denn laufen, Dick?«

»Ich weiß es nicht«, antwortete Herr Swiveller. »Highgate zu, denke ich. Vielleicht rufen auch mir die Glocken: ›Kehr um, Swiveller, Lord-Mayor von London‹; Whittington hat auch Dick geheißen. Ich wünschte nur, es gäbe weniger falsche Katzen.«

Quilp sah seinen Gefährten mit Augen an, die in einem komischen Ausdruck von Neugierde zusammengekniffen waren, und harrte geduldig der weiteren Erklärung. Herr Swiveller schien sich jedoch hiermit nicht beeilen zu wollen, denn er hielt ein sehr langes und schweigsames Mittagsmahl. Endlich schob er seinen Teller weg, lehnte sich in den Stuhl zurück, kreuzte die Arme und stierte mit einer Jammermiene auf das Feuer, in dem einige Zigarrenenden zu ihrem Privatvergnügen rauchten und einen würzigen Duft entsandten.

»Vielleicht ein Stückchen Kuchen beliebt?« fragte Dick, als er sich endlich an den Zwerg wandte. »Sie sind höflich dazu eingeladen. Warum auch nicht? Ist er ja aus Ihrem eigenen Backofen.«

»Was wollen Sie damit sagen?« fragte Quilp.

Herr Swiveller antwortete nur damit, daß er aus der Tasche eine kleine und sehr schmierige Papiertüte zog, diese langsam öffnete und ihr ein kleines Stück Pflaumenkuchen entnahm, das außerordentlich unverdaulich aussah und mit einem anderthalb Zoll dicken Zuckergusse bedeckt war.

»Was glauben Sie wohl, was das ist?« fragte Swiveller.

»Es sieht aus wie ein Hochzeitskuchen«, versetzte der Zwerg grinsend.

»Und von wem, glauben Sie wohl?« fragte Herr Swiveller weiter, indem er das Backwerk mit schrecklicher Ruhe an seiner Nase rieb. »Von wem?«

»Doch nicht . . .«

»Ja«, sagte Dick, »von derselben. Sie brauchen ihren Namen nicht zu nennen. Es gibt keinen solchen Namen mehr. Sie heißt jetzt Cheggs, Sophia Cheggs. Und doch liebt ich, wie nimmer ein Mann geliebt, der nicht hatte hölzerne Bein; und mein Herz, mein Herz ist tief betrübt, aus Liebe für Sophia allein!«

Mit dieser extemporierten Anpassung eines Volksliedes an die herzbrechenden Umstände seiner eignen Lage machte

Herr Swiveller seine Tüte wieder zu, schlug sie zwischen den Flächen seiner Hände sehr platt, steckte sie in die Brusttasche, knöpfte den Rock zu und kreuzte die Arme über dem Ganzen.

»Ich hoffe, Sie sind jetzt befriedigt, Sir«, sagte Dick; »und das gleiche hoffe ich von Fritz. Ihr wart Bundesgenossen bei dem Unfug, und hoffentlich ist es jetzt so, wie ihr es wünscht. Ist dies der Triumph, den ich haben sollte – wie? Er gleicht ganz dem ländlichen Tanze gleichen Namens, bei dem zwei Herren auf eine Dame kommen; der eine hat sie, und der andere hat sie nicht, sondern kommt nur hinterdreingehinkt, um die Figur voll zu machen. Doch das ist Schicksalssache, und mein Schicksal ist, zermalmt zu werden!«

Seine geheime Freude über Herrn Swivellers Niederlage verbergend, griff Daniel Quilp zu dem sichersten Mittel, ihn zu beschwichtigen, indem er die Klingel zog und einen Nachschub rosigen Weines – das heißt, dessen gewöhnlichen Repräsentanten – bestellte, sich und seinem Gaste rasch einschenkte und Swiveller aufforderte, mit ihm auf verschiedene Reden, die die Cheggs lächerlich machten und das Glück des ledigen Standes priesen, anzustoßen. Ihr Eindruck auf Herrn Swiveller war so stark – dazu kam noch die Erwägung, kein Mensch könne seinem Geschicke widerstehen –, daß binnen kurzem seine Laune auffallend stieg und er fähig war, dem Zwerg einen Bericht über den Empfang des Kuchens abzustatten, der, wie es schien, von den überlebenden zwei Miß Wacklesen persönlich nach Bevis-Marks gebracht und mit vielem Kichern an der Bureautür abgeliefert worden war.

»Ha«, sagte Quilp, »die Reihe des Kicherns wird bald an uns sein! Und das erinnert mich – Sie sprachen von dem jungen Trent, wo ist er?«

Herr Swiveller setzte ihm auseinander, daß sein respektabler Freund kürzlich eine verantwortliche Anstellung in einer wandernden Spielhölle angenommen habe und derzeit auf einer Geschäftsreise begriffen sei, um den waghalsigen Geistern Großbritanniens Gelegenheit zu Besuchen zu geben.

»Das trifft sich unglücklich«, versetzte der Zwerg, »denn

ich kam eigentlich nur, um nach ihm zu fragen. Es mit mir ein Gedanke gekommen. Dick, Ihr Freund drüben . . .«

»Welcher Freund?«

»Im ersten Stock.«

»Ja?«

»Ihr Freund im ersten Stock, Dick, wünscht ihn vielleicht kennenzulernen.«

»Nein, das ist nicht der Fall«, entgegnete Herr Swiveller kopfschüttelnd.

»Nicht der Fall? Natürlich, weil er ihn nie gesehen hat«, erwiderte Quilp. »Aber wenn wir sie zusammenbringen könnten, wer weiß, Dick, ob nicht Fritz, gehörig vorgestellt, ihm fast ebenso willkommen wäre als die kleine Nell oder ihr Großvater. Wer weiß, vielleicht würde das zu dem Glück des jungen Mannes führen und dadurch zu Ihrem eigenen, he?«

»Ja, sehen Sie«, sagte Swiveller, »Tatsache ist, daß sie schon zusammengebracht worden sind.«

»Sind schon!« rief der Zwerg, indem er seinen Gefährten argwöhnisch anblickte. »Auf wessen Veranlassung?«

»Auf meine«, versetzte Dick etwas verwirrt. »Habe ich das nicht erwähnt, als Sie das letztemal drüben vorsprachen?«

»Das wissen Sie selber am besten«, entgegnete der Zwerg.

»Ich glaube, Sie haben recht«, sagte Dick. »Nein. Ich erinnere mich, daß ichs nicht tat. O ja; ich brachte sie an demselben Tage zusammen. Fritz kam auf den Gedanken.«

»Und was war das Resultat?«

»Ja, statt daß mein Freund, als sich Fritz zu erkennen gab, in Tränen ausbrach, ihn zärtlich umarmte und ihm sagte, daß er sein Großvater oder seine verkleidete Großmutter sei – was wir eigentlich erwarteten –, geriet er in einen fürchterlichen Zorn. Er gab ihm alle Namen, sagte, es sei größtenteils seine Schuld, daß Nell und der alte Herr verarmten, machte gar keine Andeutung, daß wir zum Trinken aufgefordert seien, und, mit einem Worte, es fehlte wenig, daß er uns zur Tür hinausgeworfen hätte.«

»Das ist sonderbar«, sagte der Zwerg nachdenklich.

»So meinten wir damals auch«, versetzte Dick kaltblütig; »aber trotzdem ists Tatsache.«

Herrn Quilp kam diese Nachricht augenscheinlich nicht gelegen, denn er brütete einige Zeit darüber in finsterem Schweigen, wobei er oft seine Augen zu Herrn Swivellers Gesicht erhob und dessen Ausdruck einer scharfen Prüfung unterwarf. Da er jedoch keine weiteren Neuigkeiten oder überhaupt etwas in ihm finden konnte, das ihn berechtigt hätte, Herrn Swivellers Worten nicht zu trauen, und da dieser, seinen eigenen Gedanken überlassen, tief aufseufzte und sichtlich wieder sentimental in puncto Frau Cheggs wurde, so brach der Zwerg das Gespräch bald ab und entfernte sich, den unglücklichen Liebhaber seinen melancholischen Meditationen überlassend.

»Also zusammengebracht worden!« sagte der Zwerg, als er allein durch die Straßen wanderte. »Mein Freund ist mir zuvorgekommen. Es half ihm nichts, und deshalb liegt nicht viel daran, außer daß er überhaupt die Absicht hatte, mich zu schädigen. Es freut mich, daß er seine Geliebte verloren hat. Ha ha! Der Dummkopf darf mir jetzt nicht die Jurisprudenz aufgeben. Da, wo er ist, bin ich seiner sicher, sooft ich ihn für meine Zwecke brauche, und außerdem dient er mir, ohne daß er es weiß, als guter Spion für Braß, indem er beim Glase alles, was er sieht und hört, ausplaudert. Sie sind mir von Nutzen, Dick, und kosten mich nichts, als hin und wieder ein bißchen Bewirtung. Ich bin nicht ganz überzeugt, ob es nicht der Mühe wert wäre, sich über kurz oder lang bei dem Fremden in Kredit zu setzen, indem man ihm Ihre Absichten auf das Kind eröffnet, Herr Swiveller. Doch derzeit gedenken wir, mit dero höchster Erlaubnis, die besten Freunde von der Welt zu bleiben.«

Diese Gedanken weiterverfolgend und auf dem Wege in der ihm eigentümlichen Weise keuchend, setzte Herr Quilp abermals über die Themse und schloß sich in seine Junggesellenwohnung ein, die infolge des neugesetzten Ofens, der seinen Rauch in der Stube ablagerte und durchaus keinen hinausleitete, nicht ganz so angenehm war, als es wohl anspruchsvollere Menschen gewünscht hätten. Solche Unannehmlichkeiten waren jedoch durchaus nicht geeignet, dem Zwerg seinen neuen Aufenthalt zu verleiden, im Gegenteil, sie sagten seiner Laune zu. Nachdem er daher ein schwelgerisches Mahl aus dem Wirtshause zu sich genommen hatte, zündete er seine Pfeife an und rauchte trotz dem Ofen, bis in dem Nebel nichts mehr von dem Ehrenmanne sichtbar war als ein Paar roter, sehr entzündeter Augen und hin und wieder die undeutlichen Umrisse seines Kopfes und Gesichts, sooft etwa ein heftiger Hustenanfall den Rauch durchbrach und den dichten Wolkenkranz zerstieben ließ. Inmitten dieser Atmosphäre, die unfehlbar jeden anderen Menschen erstickt haben würde, verbrachte Herr Quilp den Abend in großer Heiterkeit, indem er sich während der ganzen Zeit mit der Pfeife und der Rumflasche tröstete und sich hin und wieder an einem melodischen Geheul ergötzte, das Gesang sein sollte, aber durchaus nicht die mindeste Ähnlichkeit mit irgendeiner Vokal- oder Instrumentalmusik hatte, die je von Menschen erfunden wurde. So amüsierte er sich fast bis Mitternacht und legte sich dann äußerst vergnügt in seine Hängematte.

Der erste Ton, der des andern Morgens sein Ohr traf – als er seine Augen halb öffnete und sich in so ungewöhnlicher Nähe der Decke befand, überkam ihn die unbestimmte Idee, er sei im Laufe der Nacht in eine Mücke oder in eine blaue Schmeißfliege verwandelt worden – der erste Ton war der eines unterdrückten Schluchzens und Weinens in der Stube. Er sah vorsichtig über den Rand seiner Hängematte hinaus und erblickte Frau Quilp, die er, nachdem er sie eine Zeitlang schweigend betrachtet hatte, heftig auffahren ließ, indem er plötzlich gellend herausbrüllte:

»Holla!«

»Ach, Quilp«, rief sein armes kleines Weib aufschauend, »wie hast du mich erschreckt!«

»Das wollte ich, du Mähre«, entgegnete der Zwerg. »Was willst du hier – ich bin tot – nicht wahr?«

»Oh, ich bitte dich, komm nach Hause, komm nach Hause«, entgegnete Frau Quilp schluchzend. »Wir wollen es nie wieder tun, Quilp, und im Grunde war es doch nur ein Irrtum, der aus unserer Angst um dich erwuchs.«

»Aus eurer Angst!« grinste der Zwerg. »Ja, ich kenne das, eure Angst, mich endlich tot zu wissen. Ich werde nach Hause gehen, wann ich will, sage ich dir. Ich werde nach Hause

kommen, wann es mir beliebt, und gehen, wann es mir beliebt. Ich will ein Irrwisch sein, bald hier, bald dort, stets um euch hertanzen, vor euch auffahren, wo ihr mich am wenigsten erwartet, und euch in einem unaufhörlichen Zustand von Unruhe und Aufregung erhalten. Willst du machen, daß du fortkommst!«

Frau Quilp wagte nur eine flehende Gebärde zu machen.

»Ich sage dir, nein!« rief der Zwerg. »Nein. Wenn du dich unterstehst, wieder hierherzukommen, ohne daß ich nach dir schicke, so will ich Hunde halten, die knurren und beißen; ich will Menschenfallen legen, klug verändert und verbessert, um Weiber festzuhalten; ich bringe Selbstgeschosse an, die losgehen, wenn du auf die Drähte trittst, und dich in tausend Stücke reißen. Willst du machen, daß du fortkommst!«

»Verzeihe mir! Komm zurück!« rief sein Weib dringend.

»Nei-ei-ei-ei-ein!« kreischte Quilp. »Nicht eher, bis es mir paßt, und dann will ich zurückkehren, sooft ich mag, und niemand über mein Kommen und Gehen Rechenschaft ablegen. Du siehst die Tür dort. Willst du gehen!«

Diesen letzten Befehl erteilte Quilp mit so energischer Stimme und begleitete ihn mit einer so plötzlichen Gebärde, daß die arme Frau wie ein Pfeil von hinnen schoß, weil sie fürchtete, er wolle aus seiner Matte springen und zipfelkappig, wie er war, sie durch die offenen Straßen nach Hause tragen. Ihr würdiger Gatte streckte seinen Hals aus und sah ihr nach, bis sie den Hof hinter sich hatte, brach dann in ein schallendes Gelächter aus und legte sich wieder zum Schlafen nieder, höchst vergnügt, die Sache so weit geführt und das Heiligtum seines Schlosses behauptet zu haben.

Einundfünfzigstes Kapitel

Der angenehme und offenherzige Eigentümer des Junggesellenschlosses schlief inmitten der geistesverwandten Begleitung von Regen, Schmutz, Unflat, Feuchtigkeit, Nebel und Ratten bis spät in den Tag hinein; dann rief er seinen Diener, Tom Scott, ihm beim Aufstehen behilflich zu sein und das Frühstück zu bereiten, verließ sein Lager und machte Toilette. Sobald dies geschehen war und er sein Frühstück eingenommen hatte, begab er sich wieder nach Bevis-Marks.

Diesmal galt sein Besuch nicht Herrn Swiveller, sondern dessen Freund und Brotherrn, dem Herrn Sampson Braß. Die beiden Herren waren jedoch nicht zu Hause, und ebensowenig befand sich das Licht und Leben der Jurisprudenz, Miß Sally, auf ihrem Posten. Die Tatsache ihrer gemeinsamen Flucht aus dem Bureau wurde allen Besuchern durch einen Zettel von Herrn Swivellers Handschrift bekanntgemacht, der, an dem Klingelgriff befestigt, dem Leser die etwas unbestimmte und ungenügende Eröffnung machte, daß der Herr in einer Stunde wieder zurückkehren würde, ohne daß jedoch über die Zeit der Anheftung Aufschluß gegeben worden wäre.

»Hoffentlich ist doch eine Magd da«, sagte der Zwerg, indem er an die Haustür klopfte; »sie genügt.«

Nach einer hinreichend langen Pause wurde die Tür geöffnet, und eine kleine Stimme ertönte:

»Oh, wollen Sie so gut sein und Ihren Auftrag oder eine Karte hierlassen?«

»Eh?« fragte der Zwerg, auf die kleine Magd hinuntersehend, die ihm etwas ganz Neues war.

Die Kleine, welche die Unterhaltung in derselben Weise führte wie gelegentlich ihrer ersten Zusammenkunft mit Herrn Swiveller, entgegnete abermals:

»Oh, wollen Sie so gut sein und Ihren Auftrag oder eine Karte hierlassen?«

»Ich will mein Anliegen aufschreiben«, sagte der Zwerg, indem er sich an ihr vorbei in die Kanzlei drängte. »Wohlgemerkt, Sie muß es Ihrem Herrn übergeben, sobald er nach Hause kommt.«

Mit diesen Worten klomm Herr Quilp auf den Schreibebock, um das Billett zu schreiben; und die kleine Magd, ganz genau für derartige Vorkommnisse instruiert, sah mit weit aufgerissenen Augen zu, sprungfertig, auf die Straße zu eilen und die Polizei herbeizurufen, falls er etwas, wenn auch nur eine Klebeoblate, stibitzen sollte.

Das sehr kurze Billett war bald geschrieben, und während Herr Quilp es zusammenlegte, begegnete er den Blicken der kleinen Dienstmagd. Er sah sie lange und angelegentlich an.

»Wie gehts Ihr?« fragte der Zwerg, mit schrecklichen Grimassen eine Oblate anfeuchtend.

Die kleine Magd, vielleicht durch sein Aussehen erschreckt, gab keine vernehmliche Antwort, obgleich aus der Bewegung ihrer Lippen zu entnehmen war, daß sie innerlich dieselbe Formel hinsichtlich des Auftrags oder der Karte wiederholte.

»Behandelt man Sie hier schlecht? Ist Ihre Gebieterin ein Drache?« fragte Quilp kichernd.

Als Antwort auf diese letztere Frage spitzte die kleine Magd mit einem ungemein verschmitzten, dabei ein wenig ängstlichem Blicke den Mund und nickte heftig. Ob etwas in der eigentümlichen Schlauheit ihres Benehmens lag, das Quilp bezauberte, oder ob der Ausdruck ihres Gesichts aus irgendeinem andern Grund seine Aufmerksamkeit auf sich zog, oder ob es ihm vielleicht bloß Spaß machte, die Kleine durch sein Anstarren aus der Fassung zu bringen, eins ist gewiß: er stützte seine Ellbogen breit und fest auf das Pult, schob mit den Händen die Backen in die Höhe und glotzte sie unverwandt an.

»Woher kommt Sie?« fragte er nach einer langen Pause, sein Kinn reibend.

»Ich weiß nicht.«

»Wie heißt Sie?«

»Gar nicht.«

»Unsinn!« entgegnete Quilp. »Wie ruft Sie Ihre Gebieterin, wenn sie etwas von Ihr will?«

»Kleiner Teufel«, versetzte die Kleine. Aber in demselben Atem, als fürchte sie Verrat, fügte sie hinzu:

»Wollen Sie nicht so gut sein, Ihren Auftrag oder eine Karte hierzulassen?«

Diese ungewöhnlichen Antworten hätten allerdings zu weiteren Fragen Veranlassung geben können. Quilp jedoch wandte wortlos seine Augen von der kleinen Magd ab, rieb sich, noch nachdenklicher als vorhin, das Kinn, bückte sich dann über das Billett, als wolle er mit besonderer Genauigkeit und Nettigkeit die Adresse schreiben, und sah, zwar verstohlen, aber sehr scharf, unter seinen buschigen Augenbrauen nach ihr hin. Das Ergebnis dieser geheimen Musterung war, daß er mit den Händen sein Gesicht beschattete und leise und listig vor sich hinlachte, bis jede Ader auf seinem Antlitz zum Bersten anschwoll. Dann drückte er seinen Hut in die Stirn, um seine Heiterkeit und deren Wirkungen zu verhüllen, warf der Kleinen den Brief zu und entfernte sich hastig.

Sobald er auf der Straße war, brach er, von irgendeinem geheimen Impulse angeregt, in ein lautes Lachen aus, hielt sich die Seiten, lachte wieder und versuchte, durch das staubige Geländer des Vorplatzes zu gucken, als wollte er noch einen Blick auf das Kind erhaschen, bis er ganz müde war. Endlich trat er seinen Weg nach der ›Wildnis‹ an, die nur eine Schußweite von seinem Junggesellenschloß entfernt war, und bestellte für nachmittags Tee für drei Personen, der in dem Lusthause serviert werden sollte. Die Einladung für Miß Sally Braß und deren Bruder, dort an dem kleinen Mahle teilzunehmen, war der Zweck seines Ganges und seines Billetts gewesen.

Das Wetter war nicht ganz so, wie man es liebt, wenn man in Sommerhäusern Tee trinken will, geschweige denn in Sommerhäusern, deren Verfall schon ziemlich vorgerückt ist und die zur Zeit der Ebbe einen Ausblick auf die schlammigen Ufer eines großen Flusses gewähren. Trotzdem aber ließ Herr Quilp in dieses auserlesene Winkelchen einen kalten Imbiß bringen, und unter seinem brüchigen und schadhaften Dache empfing er zur bestimmten Stunde Herrn Sampson und dessen Schwester Sally.

»Sie lieben die Schönheiten der Natur«, sagte Quilp mit einem Grinsen. »Ist dies nicht bezaubernd, Braß? Ist es nicht ungewöhnlich, unverdorben, einfach?«

»Wirklich ganz entzückend, Sir!« versetzte der Rechtsgelehrte.

»Kühl?« sagte Quilp.

»Ni-nicht gerade besonders, glaube ich, Sir«, entgegnete Braß, während ihm die Zähne im Munde klapperten.

»Vielleicht ein bißchen feucht und sumpfluftig?« meinte Quilp.

»Gerade feucht genug, um fröhlich zu sein«, erwiderte Braß. »Nicht ärger, Sir, nicht ärger.«

»Und Sally?« sprach der entzückte Zwerg. »Wie behagts ihr?«

»Es wird ihr besser behagen«, versetzte diese starkgeistige

Dame, »wenn sie Tee bekommen hat. Lassen Sie ihn also bringen und schwatzen Sie nicht!«

»Süße Sally!« rief Quilp die Arme ausstreckend, als wolle er sie an seine Brust ziehen. »Sanfte, bezaubernde, hinreißende Sally!«

»Er ist wirklich ein sehr merkwürdiger Mann!« sprach Herr Braß vor sich hin. »Er ist ein wahrer Troubadour, kann man sagen, ein vollkommener Troubadour!«

Diese schmeichelhaften Worte wurden in einer etwas geistesabwesenden und zerstreuten Weise gemurmelt; denn der unglückliche Rechtsgelehrte, der bereits Kopfreißen hatte, war auf dem Herwege naß geworden und würde nun gern ein Geldopfer gebracht haben, wenn er sein derzeitiges unbehagliches Quartier mit einem warmen Zimmer hätte vertauschen und sich beim Feuer hätte trocknen können. Quilp jedoch, der, abgesehen von seinen teuflischen Launen, die er befriedigen mußte, Sampson noch seine Erkenntlichkeit für die Rolle bezeigen wollte, die dieser bei der Trauerszene gespielt hatte, deren versteckter Zeuge Quilp gewesen war, bemerkte diese Symptome von Unruhe mit einem Entzücken, das aller Beschreibung spottet, und fand eine so selige, geheime Lust darin, wie sie ihm das köstlichste Bankett nicht hätte gewähren können.

Als hübsche Illustration eines kleinen Charakterzuges von Miß Sally Braß ist es noch erwähnenswert, daß sie, obgleich sie für ihre Person die Unbehaglichkeit der ›Wildnis‹ sehr ungnädig aufgenommen und wahrscheinlich, noch ehe der Tee erschien, Reißaus genommen haben würde, im Moment, als sie die versteckte Unruhe und den Jammer ihres Bruders bemerkte, eine satanische Schadenfreude zeigte und sich auf ihre Weise zu vergnügen anfing. Der Regen stahl sich zwar durch das Dach und träufelte auf ihre Köpfe herunter, aber Miß Braß ließ keinen Klagelaut vernehmen, sondern präsidierte der Teegesellschaft mit unerschütterlicher Ruhe. Während Herr Quilp in lärmender Gastlichkeit auf einem leeren Bierfasse saß, den Ort als den schönsten und behaglichsten in allen drei Königreichen pries und, sein Glas erhebend, auf die nächste, frohe Zusammenkunft an diesem vergnüglichen Plätzchen anstieß; während Herr Braß, dem der Regen in die Teetasse schlug, einen trübseligen Versuch machte, aufgeräumt zu sein und fröhlich zu scheinen, und Tom Scott, der an der Tür unter einem alten Regenschirme saß, sich königlich über dessen Qualen unterhielt und fast vor Lachen zu bersten drohte; während all dies vor sich ging, saß Miß Sally Braß, ohne der Feuchtigkeit zu achten, welche auf ihre zarte Person und ihre schöne Kleidung herunterträufelte, ganz behaglich hinter dem Teetisch, mit grauenhafter Festigkeit und Seelenruhe das Mißbehagen ihres Bruders betrachtend. Sie war in liebenswürdiger Selbstverleugnung zufrieden, die ganze Nacht hier sitzen und Zeugin seiner Qualen sein zu können, die sein geiziges und kriechendes Wesen ihn ertragen hieß und ihm zu rächen verbot. Und all dies, das müssen wir noch hinzufügen, um die Schilderung vollständig zu machen, obgleich sie in Geschäftssachen durchaus *eines* Sinnes mit Herrn Sampson war und über die Maßen entrüstet gewesen wäre, wenn er seinem Klienten auch nur das mindeste in den Weg gelegt hätte.

Als Herrn Quilps laute Heiterkeit aufs höchste gestiegen war, nahm er, nachdem er seinen Diener unter irgendeinem Vorwande entfernt hatte, mit einem Male seine gewöhnliche Weise wieder an, stieg von seinem Fasse und legte die Hand auf den Ärmel des Rechtsgelehrten.

»Ein Wort«, sagte der Zwerg, »ehe wir fortfahren. Sally, hören Sie mich einen Augenblick an!«

Miß Sally rückte näher, als wäre sie gewöhnt, mit ihrem Wirte Geschäftssachen zu verhandeln, die nicht einmal von den Lüften gehört werden durften.

»Ein Geschäft«, sagte der Zwerg, indem er von dem Bruder auf die Schwester blickte. »Ein sehr geheimes Geschäft. Beratets miteinander, wenn ihr wieder allein seid!«

»Gewiß«, entgegnete Braß, indem er das Taschenbuch mit dem Bleistifte herauszog; »ich will, mit Ihrer Erlaubnis, die Hauptpunkte niederschreiben, Sir. Ganz ungewöhnliche

Dokumente«, fügte der Rechtsgelehrte bei, indem er seine Augen an die Decke heftete, »höchst ungewöhnliche Dokumente. Er setzt seine Punkte so klar auseinander, daß es eine Freude ist, sie zu notieren! Ich kenne keinen Parlamentsakt, der sich mit seiner Klarheit messen dürfte.«

»Ich werde Sie dieser Freude berauben«, sagte Quilp trocken. »Stecken Sie Ihr Buch ein, wir brauchen keine Dokumente! So. Es gibt da einen Burschen namens Kit . . .«

Miß Sally deutete durch ein Kopfnicken an, daß sie ihn kenne.

»Kit?« rief Herr Sampson, »Kit! Ha! Ich habe den Namen schon gehört, erinnere mich aber nicht genau – nicht ganz genau . . .«

»Sie sind so langsam wie eine Schildkröte und dickköpfiger als ein Rhinozeros«, entgegnete sein verbindlicher Klient mit einer ungeduldigen Gebärde.

»Er ist außerordentlich spaßhaft«, rief der gehorsame Sampson. »Auch seine Vertrautheit mit der Naturgeschichte ist überraschend. Ein wahrer Buffo, ganz und gar!«

Zweifellos wollte Herr Braß hiermit ein Kompliment

machen, weshalb man vielleicht vernünftigerweise annehmen kann, daß er Buffon sagen wollte und nur einen Konsonanten verloren hatte. Sei dem übrigens, wie ihm sei, Quilp ließ ihm keine Zeit, sich zu verbessern, sondern er versah dieses Amt selbst, indem er den Kopf des Advokaten etwas unsanft mit dem Handgriff seines Regenschirmes bearbeitete.

»Was brauchts da eines Zankes?« legte sich Miß Sally ins Mittel, indem sie die Hand des Zwerges auffing. »Ich habe Ihnen gezeigt, daß ich ihn kenne, und damit basta!«

»Sie trifft immer den Nagel auf den Kopf«, sagte der Zwerg, indem er sie auf den Rücken klopfte und Sampson verächtlich ansah. »Ich kann diesen Kit nicht leiden.«

»Ich auch nicht«, versetzte Miß Braß.

»Und ich nicht«, echote Sampson.

»Nun, das laß ich mir gefallen!« rief Quilp. »Dann ist unsere Arbeit bereits halb getan. Dieser Kit ist einer von den ehrlichen Leuten, ein umherlungernder Spürhund, ein Heuchler, ein falscher, feiger, gemeiner Spion, eine kriechende Bestie gegen alle diejenigen, die ihn füttern und ihm schmeicheln, und ein bellender, bissiger Köter gegen alle andern.«

»Furchtbare Beredsamkeit«, rief Braß mit einem Niesen; »ganz erstaunlich!«

»Kommen Sie zur Sache«, sagte Miß Sally, »und schwatzen Sie nicht so viel!«

»Wieder recht!« rief Quilp mit einem abermaligen Blick der Verachtung auf Sampson. »Immer den Nagel auf den Kopf! Ich sage Ihnen, Sally, er ist ein belfernder, unverschämter Köter gegen alle andern, am meisten aber gegen mich. Mit einem Wort: ich habe einen Groll auf ihn.«

»Das genügt, Sir«, sagte Sampson.

»Nein, das genügt nicht, Sir«, höhnte Quilp. »Wollen Sie mich ausreden lassen? Abgesehen davon, daß ich ihn hasse, steht er mir momentan im Wege und stellt sich zwischen mich und ein Ziel, das sich sonst als ein goldenes für uns alle erweisen könnte. Abgesehen davon, wiederhole ich, er verstimmt mich, und ich hasse ihn! Nun, Sie kennen den Jungen und können das übrige erraten. Entwerfen Sie einen Plan, ihn aus dem Wege zu schaffen, und führen Sie ihn aus! Soll es geschehen?«

»Ja, Sir«, antwortete Sampson.

»Dann geben Sie mir Ihre Hand«, versetzte Quilp. »Sally, Mädchen, die Ihrige. Ich verlasse mich ebensoviel oder noch mehr auf Sie als auf ihn. Tom Scott kommt zurück. Laternen, Pfeifen, mehr Grog, und nun einen lustigen Abend!«

Kein Wort mehr wurde gesprochen, kein Blick weiter gewechselt, der nur im entferntesten Bezug hatte auf ihren Plan, die wahre Ursache ihrer Zusammenkunft. Das Kleeblatt war gewöhnt, gemeinschaftlich zu operieren, und hing durch die Bande eines gegenseitigen Interesses und Vorteils zusammen, weshalb es keiner Ausführlichkeiten bedurfte.

Sein lärmendes Wesen mit derselben Leichtigkeit wieder aufnehmend, mit der er es abgelegt hatte, war Quilp in einem Nu wieder derselbe krakeelende, rücksichtslose kleine Wilde, der er vor wenigen Augenblicken gewesen. Es schlug zehn Uhr, als die liebenswürdige Sally ihren geliebten und liebevollen Bruder von der ›Wildnis‹ nach Hause geleitete, der um diese Zeit die kräftigste Hilfe in Anspruch nahm, die ihre zarte Gestalt leisten konnte; denn sein Gang war aus irgendeinem unbekannten Grunde alles eher als sicher, und seine Beine verfingen sich ohne Unterlaß, wenn man am wenigsten darauf vorbereitet war.

Trotz des erst vor kurzem so ausgiebig genossenen Schlafes fühlte sich der Zwerg durch die Anstrengungen der letzten Tage so mitgenommen, daß er keine Zeit verlor, in sein köstliches Häuschen zu kriechen, in dem er bald nachher in seiner Hängematte träumte. Wir überlassen ihn seinen Traumbildern, zu denen vielleicht auch die ruhigen Gestalten gehören, die wir zum letztenmal an dem alten Kirchenportal gesehen haben, und machen es uns zur Aufgabe, die dort Harrenden wieder aufzusuchen.

Nach einer geraumen Weile erschien endlich der Schulmeister an dem Pförtchen des Kirchhofes und eilte auf die beiden zu, indem er im Gehen mit einem rostigen Schlüsselbunde klingelte, den er in der Hand hatte. Ganz atemlos vor Hast und Freude langte er bei dem Portale an und konnte anfangs nur mit dem Finger auf das alte Gebäude deuten, welches das Kind so angelegentlich betrachtet hatte.

»Du siehst jene zwei alten Häuser«, sagte er endlich.

»Ja, gewiß«, versetzte Nell, »ich habe während der ganzen Zeit Ihrer Abwesenheit fast für nichts anderes Augen gehabt.«

»Und wie würdest du sie erst betrachtet haben, wenn du hättest erraten können, was ich dir zu sagen habe«, entgegnete ihr Freund; »eins dieser Häuser gehört mir.«

Ohne ein weiteres Wort, ja nicht einmal der Kleinen Zeit lassend, etwas zu erwidern, nahm der Schulmeister ihre Hand, und mit freudestrahlendem Gesicht führte er sie zu dem Hause, von dem er eben gesprochen hatte.

Vor der niederen Bogentür blieben sie stehen. Der Schulmeister probierte zuerst mehrere Schlüssel vergeblich, bis er endlich einen fand, der für das ungeheure Schloß paßte. Kreischend schnappte es zurück und ließ sie eintreten.

Der Raum, in den sie traten, war ein gewölbtes Gemach, einst mit edlen Ornamenten geziert, und noch jetzt waren an der mit Graten versehenen Decke und dem reichen steinernen Maßwerk wundervolle Überreste der alten Pracht erhalten. Da war noch in Stein gemeißeltes Laubwerk, wetteifernd mit der Meisterhand der Natur, das berichten sollte, wie oft die jungen Blätter draußen ersprossen und verwelkt waren, während es selbst unverändert fortlebte. Die zerborstenen Figuren, die den Kaminsims stützten, ließen, in schroffem Gegensatz zu dem Staube draußen, trotz ihrer Verstümmelung noch deutlich erkennen, was sie gewesen, und standen traurig neben dem leeren Herd, Geschöpfen gleich, die ihre Gattung überlebten und nun über ihren eignen nur zu langsamen Verfall wehklagten.

In irgendeiner längst vergangenen Zeit – denn selbst die Veränderungen waren schon alt an diesem alten Orte – war in dem Gemach eine hölzerne Scheidewand gezogen worden, um den einen Teil derselben in ein Schlafkabinett umzuwandeln, in das damals durch ein roh gearbeitetes Fenster oder vielmehr durch eine in die dicke Mauer gehauene Nische Licht einströmte. Diese Wand nebst zwei Stühlen bei dem breiten Kamin hatten vor längst vergessenen Jahren zu der Kirche oder dem Kloster gehört; denn die eichene Täfelung, die zu diesem Zweck verwendet wurde, hatte nur wenig von ihrer früheren Gestalt verloren und zeigte dem Auge eine Menge Überreste aus dem reichen Schnitzwerk alter Chorstühle. Eine offene Tür, die zu einem kleinen Gemach oder einer Zelle führte, nur matt von dem durch Efeulaub einfallenden Lichte erleuchtet, vervollständigte das Innere dieses Teils der Ruine. Es fehlte nicht ganz an Möbeln. Ein paar seltsame Stühle, deren Arme und Beine aussahen, als seien sie von Altersschwäche abgezehrt, ein Tisch, den man in seiner Art ein wahres Gespenst nennen konnte, eine große, alte Truhe, die ehemals die Kirchenchroniken aufbewahrt hatte, nebst anderm wunderlichen Hausgerät und einem Vorrat von Brennholz für den Winter standen oder lagen zerstreut umher und bekundeten, daß das Haus noch vor nicht langer Zeit bewohnt war.

Das Kind schaute mit jenem feierlichen Gefühl umher, mit dem wir die Werke entschwundener Jahrhunderte betrachten, die zu bloßen Wassertropfen in dem großen Ozean der Ewigkeit geworden sind. Der alte Mann folgte ihnen; aber alle drei blieben eine Weile stumm und atmeten nur ganz leise, als fürchteten sie das Schweigen auch nur durch den leisesten Ton zu unterbrechen.

»Hier ist es sehr schön!« sagte das Kind mit gedämpfter Stimme.

»Ich fürchtete fast, du würdest anderer Meinung sein«,

versetzte der Schulmeister. »Du schaudertest beim Eintreten, als ob dir kalt oder unheimlich wäre.«

»Das war es nicht«, entgegnete Nell, indem sie mit einem leichten Schauder umhersah; »ich weiß wirklich nicht, was es war, aber als ich das Gebäude draußen von dem Kirchhof aus betrachtete, kam dasselbe Gefühl über mich. Vielleicht kommt es daher, weil es so alt und grau ist.«

»Ein friedlicher Ort für eine Wohnstätte, meinst du nicht auch?« fragte ihr Freund.

»O ja«, erwiderte das Kind, ernst die Hände faltend, »ein stiller, glücklicher Ort, ein Ort, an dem man leben und sterben lernen kann!«

Sie würde noch mehr gesagt haben, aber die Gedanken, die auf sie einstürmten, verursachten ein Beben ihrer Stimme und ließen nur ein zitterndes Flüstern über ihre Lippen gleiten.

»Ein Platz, an dem man leben, leben lernen und an Leib und Seele gesunden kann«, sagte der Schulmeister; »denn dieses alte Haus gehört euch!«

»Uns?« rief das Kind.

»Ja«, entgegnete der Schulmeister heiter, »und ich hoffe,

für viele künftige, glückliche Jahre. Ich werde euer unmittelbarer Nachbar sein – die nächste Tür ist die meine –, aber dieses Haus ist euch angewiesen.«

Nachdem der Schulmeister sich dieser überraschenden Kunde entledigt hatte, setzte er sich nieder, zog Nell an seine Seite und erzählte ihr, wie er erfahren hatte, daß dieses alte Gebäude lange Zeit hindurch von einer alten, fast hundertjährigen Person bewohnt worden sei, welche die Kirchenschlüssel aufbewahrte, die Kirche zum Zwecke des Gottesdienstes öffnete und schloß und sie den Fremden zeigte; sie sei vor einigen Wochen gestorben, und bisher habe niemand gefunden werden können, dieses Amt zu versehen; wie er, nachdem er dies alles vom Totengräber erfahren, der infolge rheumatischer Schmerzen das Bett hüten müsse, den Mut gefaßt hatte, von seinen Reisegefährten zu reden; wie er sich endlich entschloß, auf den Rat dieses hohen Würdenträgers, der seinen Vorschlag so günstig aufgenommen hatte, die Sache dem Geistlichen vorzutragen. Mit einem Wort: das Ergebnis seiner Bemühungen war, daß Nell und ihr Großvater am nächsten Tag dem letztgenannten Herrn vorgestellt werden sollten; dieser habe sich zwar seine Zustimmung, je nachdem ihm ihr Wesen und ihr Äußeres gefallen würden, der Form wegen vorbehalten, sie seien aber bereits für die offene Stelle so gut wie ernannt.

»Es ist ein kleines Gehalt dabei«, sagte der Schulmeister, »zwar nicht viel, aber doch genug, um an diesem abgeschiedenen Orte leben zu können. Wenn wir unsere Fonds zusammenschießen, werden wir großartig auskommen; darum ist mir nicht bange.«

»Gott segne und beglücke Sie!« schluchzte das Kind.

»Amen, meine Liebe«, entgegnete ihr Freund wohlgemut. »Und uns alle! Er wird es tun, wie er es bereits getan hat, indem er uns durch Sorgen und Trübsal zu diesem ruhigen Leben führte. Aber jetzt müssen wir auch mein Haus ansehen. Kommt!«

Sie begaben sich nach der andern Behausung, versuchten

wie früher die rostigen Schlüssel, bis sie endlich den rechten fanden, und öffneten die wurmstichige Tür. Sie führte in ein altes, gewölbtes Gemach, ähnlich dem, aus welchem sie kamen; aber es war nicht so geräumig und besaß nur ein einziges anschließendes Kämmerchen. Es war nicht schwer zu erraten, daß das andere Haus eigentlich dem Schulmeister zugedacht war und daß er nur aus Rücksicht und Liebe für seine Reisegefährten das weniger bequeme für sich gewählt hatte. Wie in der benachbarten Wohnung befanden sich auch hier einige unumgänglich nötige alte Möbelstücke und ein Vorrat von Brennholz.

Ihre angelegentlichste Sorge war nun, diese Häuser so wohnlich und behaglich als möglich zu machen. In kurzer Zeit hatte jede der beiden Wohnungen ein lustig prasselndes Feuer auf dem Herd, das die grauen alten Wände mit einer gesunden und lieblichen Röte färbte. Nell hantierte emsig mit ihrer Nadel, um die zerfetzten Fenstervorhänge auszubessern und die Risse verschwinden zu lassen, welche die Zeit in die fadenscheinigen Teppichstückchen geschlissen hatte, und machte sie wieder hübsch und ganz. Der Schulmeister fegte und glättete den Boden vor der Tür, stutzte das lange Gras, band den Efeu und die andern Schlingpflanzen auf, die in ihrer traurigen Vernachlässigung ihre welken Köpfchen hängen ließen, und gab den äußeren Mauern ein heiteres und wohnliches Aussehen. Der alte Mann half bald ihm, bald seiner Enkelin, ließ sich geduldig zu kleinen Diensten und Gängen brauchen und war glücklich. Die von der Arbeit zurückkehrenden Nachbarn boten gleichfalls ihre Hilfe an oder schickten den Fremden durch ihre Kinder die notwendigsten Dinge, die sie ihnen entweder leihweise überließen oder gar schenkten. Es war ein rühriger Tag; und als die Nacht anbrach, wunderten sie sich, daß es schon so spät sein konnte, während doch noch so viel zu tun war.

Sie nahmen ihr Nachtessen gemeinschaftlich in dem Hause ein, das wir hinfort Nells Heim nennen wollen; und als sie ihr Mahl beendigt hatten, setzten sie sich um das Feuer und besprachen fast flüsternd – sie waren zu friedlich und glücklich gestimmt für laute Worte – ihre Pläne für die Zukunft. Ehe sie sich trennten, las der Schulmeister einige Gebete vor, und dann sagten sie einander mit dankbarem und seligem Herzen gute Nacht.

Zu stiller Stunde, als ihr Großvater bereits friedlich in seinem Bette schlief und jeder Laut erstorben war, saß das Kind noch vor der verglimmenden Asche und dachte über ihr vergangenes bewegtes Leben nach, als wäre alles nur ein Traum gewesen, aus dem sie eben jetzt erst erwachte. Der Schein der ersterbenden Flamme, die sich in der Täfelung spiegelte, deren geschnitzte Zacken sich nur undeutlich in der düsteren Wölbung unterscheiden ließen – die altersgrauen Mauern, an denen bei jedem Aufflackern des Feuers sonderbare Schatten auftauchten und entschwanden – innen die ehrfurchtgebietende Gegenwart jenes Verfalls, der leblose, fast für die Ewigkeit errichtete Dinge ergreift, und draußen rundumher die ergreifende Gegenwart des Todes – erfüllten ihre Seele mit ernsten Gefühlen, in die sich jedoch weder Schrecken noch Unruhe mischten. In der Zeit ihrer Einsamkeit und ihres Kummers war allmählich eine Veränderung mit ihr vorgegangen. Mit den sinkenden Kräften und der sich steigernden Entschlossenheit hatte sich auch ihr Geist gereinigt und geläutert. In ihrem Herzen sproßten selige Gedanken und Hoffnungen auf, wie sie nur wenigen, den Schwachen und Gebeugten ausgenommen, zuteil werden. Niemand war Zeuge, wie die zarte, hinfällige Gestalt von dem Feuer wegglitt und gedankenvoll an dem offenen Fenster lehnte, niemand als sie Sterne, die in das aufwärts gerichtete Antlitz blickten und seine Geschichte lasen. Die alte Kirchturmglocke rief mit klagendem Tone die Stunde aus, als hätten der häufige Verkehr mit den Toten und die unbeachteten Warnrufe an die Lebenden sie wehmütig gestimmt; das abgefallene Laub raschelte; auf den Gräbern säuselte das hohe Gras; alles übrige war still und schlief.

Einige jener traumlosen Schläfer lagen im Schatten der

Kirche, hart an der Mauer, als klammerten sie sich hier an, um Trost und Schutz zu finden; andere hatten einen Ruheplatz unter den hin und her huschenden Schatten der Bäume vorgezogen. Einige lagen am Wege, um den Schritten der Menschen näher zu sein, andere schlummerten zwischen den Gräbern kleiner Kinder. Die einen hatten gewünscht, unter demselben Rasen zu ruhen, den sie auf ihrem täglichen Weg betreten hatten, andere dort, wo die untergehende Sonne ihre Stätte mit den letzten Strahlen berührte; wieder andere wollten von der aufgehenden Sonne begrüßt werden. Vielleicht war nicht eine unter diesen jetzt fessellosen Seelen imstande gewesen, sich zur Zeit ihres Erdenwallens ganz von ihrem Gefährten, dem Staubleibe, getrennt zu denken. Und wenn es je der Fall war, so fühlten sie doch immer eine Liebe für ihn, wie sie etwa der Gefangene für die Zelle fühlt, die ihn lange umschlossen hat, und an deren engen Grenzen er beim Scheiden noch mit Zärtlichkeit hängt.

Es währte lange, bis Nell das Fenster schloß und sich ihrem Bett näherte. Abermals beschlich sie dasselbe Gefühl wie früher, ein unwillkürliches Schaudern, ein augenblickliches Gefühl wie Furcht; aber es verschwand auch ebenso rasch, ohne irgendeine Unruhe zurückzulassen. Und auch jetzt wieder Träume von dem kleinen Schüler! Das Dach tat sich auf und eine Himmelsleiter strahlender Gesichter, die weit bis in die Wolken reichte – sie hatte es einmal so in einem alten Bibelbilde gesehen –, sah auf sie nieder, während sie schlummerte. Es war ein süßer und glücklicher Traum. Der ruhige Friedhof draußen schien derselbe zu sein, nur daß Musik leise durch die Luft zitterte und ein sanftes Rauschen, wie von Engelsfittichen herrührend, zu ihr drang. Nach einer Weile kamen auch die Schwestern Hand in Hand zwischen den Gräbern; und dann wurde der Traum unbestimmter und entschwand.

Mit dem frohen Glanze des Morgens kehrten auch die Beschäftigungen, die heitern Gedanken, die Tatkraft und die Hoffnungsfreudigkeit von gestern zurück. Sie arbeiteten fröhlich an der Instandsetzung und Einrichtung des Hauses bis

Mittag, und dann statteten sie dem Geistlichen ihren Besuch ab.

Es war ein einfacher, alter Herr von schüchternem und gedrücktem Gemüt, gewöhnt an die Einsamkeit und wenig bekannt mit der Welt, aus der er sich seit vielen Jahren zurückgezogen hatte, um sich an diesem Orte niederzulassen. Seine Frau war in dem Hause gestorben, in dem er noch lebte, und seit langer Zeit waren ihm Erdensorgen und Erdenhoffnungen fremd geworden.

Er nahm sie sehr freundlich auf und zeigte sogleich lebhaften Anteil an Nell, die er nach ihrem Namen, ihrem Alter, ihrem Geburtsort, nach den Umständen, die sie hierhergeführt, und dergleichen mehr fragte. Der Schulmeister hatte bereits ihre Geschichte erzählt. Sie hätten keine andern Freunde, keine Heimat und wären mit ihm gekommen, um sein Geschick mit ihm zu teilen. Er liebe das Kind, als ob es sein eignes wäre.

»Gut, gut«, sprach der Geistliche; »es geschehe nach Eurem Wunsche. Sie ist sehr jung.«

»Alt, wenn man an ihre Prüfungen und an ihr Mißgeschick denkt, Sir«, versetzte der Schulmeister.

»Gott helfe ihr! Möge sie Ruhe finden und vergessen«, sagte der alte Herr. »Aber eine alte Kirche ist ein düsterer und trübseliger Aufenthalt für ein so junges Geschöpf, wie du bist, mein Kind.«

»O nicht doch, Sir«, versetzte Nell. »Daran denke ich wirklich nicht.«

»Ich möchte sie lieber des Abends auf dem Rasen tanzen sehen«, sagte der alte Herr, indem er mit einem wehmütigen Lächeln seine Hand auf ihren Kopf legte, »als daß sie dort in dem Schatten unserer moderigen Gewölbe sitzt. Ihr müßt dafür Sorge tragen, daß ihr das Herz nicht schwer wird unter diesen ehrwürdigen Ruinen. Eure Bitte ist gewährt, mein Freund.«

Es wurden noch einige freundliche Worte gewechselt, worauf sie sich entfernten und zurück zu dem Hause des Kindes gingen. Hier besprachen sie noch die glückliche Wendung ihres Schicksals, als ein neuer Freund erschien.

Dieser war ein kleiner alter Herr, der, wie sie später erfuhren, schon an fünfzehn Jahre, nämlich seit dem Tode der Gattin des Geistlichen, in dem Pfarrhause wohnte. Er hatte mit dem Pfarrer studiert und war immer dessen vertrauter Freund gewesen, weshalb er auch nach dem Schlage, der denselben betroffen, gekommen war, um ihn zu trösten; und seit dieser Zeit hatten sie sich nie wieder getrennt. Der kleine alte Herr war die wirkende Kraft des Ortes, daß ausgleichende Element, der Förderer kleiner Vergnügungen, der Almosenverwalter seines Freundes, ein Helfer in der Not aus eignem Vermögen, der allgemeine Vermittler, Tröster und Freund. Keiner von den einfachen Dorfbewohnern hatte sich je um seinen Namen gekümmert oder, wenn er ihn wußte, in seinem Gedächtnis bewahrt. Sie nannten ihn ›Bachelor‹*, vielleicht weil bei seiner Ankunft das Gerücht ging, er habe diesen Grad an der Universität erworben, vielleicht aber auch, weil er ein unverheirateter, unbelasteter Herr war. Der Titel gefiel ihm oder sagte ihm wenigstens ebensogut zu wie ein anderer, und so war er denn seitdem der ›Bachelor‹ geblieben. Und eben dieser Bachelor war es auch, der mit eignen Händen die Brennholzvorräte herbeigeschafft hatte, welche die Wanderer in ihren neuen Wohnungen antrafen.

Der Bachelor also – um ihn mit seinem gewöhnlichen Namen zu bezeichnen – drückte auf die Klinke, zeigte einen Augenblick sein kleines, rundes, sanftes Gesicht an der Tür und trat sodann in das Gemach wie ein Mann, dem es nicht fremd war.

»Sie sind Herr Marton, der neue Schulmeister«, wandte er sich grüßend an Nells wohlwollenden Freund.

»Ja, Sir.«

»Sie kommen mit guten Empfehlungen und ich freue mich, Sie zu sehen. Ich wäre Ihnen gestern entgegengegangen, wenn ich nicht über Land hätte reisen müssen, um einem

* Bachelor bedeutet einen Junggesellen oder einen Baccalaureus.

Mädchen, das etliche Meilen von hier im Dienste ist, einen Auftrag von ihrer kranken Mutter zu bringen. Auch bin ich eben erst von dieser Tour zurückgekommen. Dies ist unsere junge Kirchenhüterin? Sie sind um ihrer oder um dieses alten Mannes willen nicht minder willkommen hier, mein Freund. Es steht einem Lehrer gut an, wenn er selbst auch Menschenfreundlichkeit gelernt hat.«

»Sie ist kürzlich krank gewesen«, sagte der Schulmeister, den Blick beantwortend, mit dem der Bachelor Nell betrachtete, nachdem er sie auf die Wange geküßt hatte.

»Ja, ich weiß das«, versetzte er; »es hat Leiden und Herzeleid gegeben.«

»Allerdings, Sir.«

Der kleine alte Herr blickte auf den Großvater und dann wieder auf das Kind, dessen Hand er zärtlich ergriff und in der seinigen behielt.

»Du wirst hier glücklicher sein«, sagte er. »Wir wollen wenigstens versuchen, dir frohe Stunden zu bereiten. Du hast ja hier bereits große Verbesserungen angebracht! Ist dies alles deiner Hände Arbeit?«

»Ja, Sir.«

»Wir machen vielleicht noch einige andere Änderungen, an sich gewiß nicht bessere, aber mit Hilfe der besseren Mittel werden sie vielleicht zweckdienlicher sein«, fuhr der Bachelor fort. »Laß einmal sehen, laß einmal sehn!«

Nell begleitete ihn in die andern kleinen Zimmer und durch beide Häuser, bei welcher Gelegenheit er fand, daß noch verschiedene kleine Bequemlichkeiten fehlten; er versprach, dieselben aus einer Rumpelkammer des Pfarrhauses zu ergänzen, die jedenfalls sehr mannigfaltig und reichhaltig sein mußte, da sie alle nur erdenklichen und ganz voneinander verschiedenen Gegenstände umfaßte. Es kam jedoch alles, und zwar ohne Zeitverlust, denn der kleine Herr verschwand auf fünf oder zehn Minuten und kehrte dann, mit alten Simsgestellen, wollenen Decken, Bettdecken und anderm Hausrat beladen, zurück, hinter ihm ein Junge, der eine ähnliche Last trug. Dies wurde in einem bunten Haufen auf den Boden geworfen und es gab natürlich viel Arbeit, als alles geordnet, angebracht und ausgesucht werden sollte. Die Leitung dieses Geschäftes gewährte dem alten Herrn augenscheinlich ungemein viel Vergnügen, und er beteiligte sich eine geraume Weile persönlich mit großer Rührigkeit und Tätigkeit. Als nichts mehr zu tun übrig war, gab er dem Jungen den Auftrag, rasch fortzulaufen und seine Schulkameraden herzuholen, damit sie ihrem Lehrer vorgestellt und feierlich gemustert werden könnten.

»Es ist ein so guter Schlag von Jungen, wie man ihn nur wünschen kann«, sagte er zu dem Schulmeister, als sich der Junge entfernt hatte; »aber ich lasse mirs ihnen gegenüber nicht merken. Das ginge auf keinen Fall.«

Der Bote kehrte bald an der Spitze einer langen Reihe von großen und kleinen Schlingeln zurück, die, sobald sie des Bachelors an der Haustür ansichtig wurden, die verschiedensten Höflichkeitskrämpfe bekamen. Sie rissen ihre Mützen und Hüte ab, quetschten sie so klein als möglich zusammen und buckelten und kratzfüßelten auf die verschiedenste Art, was der kleine Herr mit großer Befriedigung gewahrte, und er gab seinen Beifall durch vielfaches Kopfnicken und Lächeln zu erkennen. Dieser Beifall war jedoch keineswegs so gewissenhaft bemäntelt, als er den Schulmeister annehmen ließ, da er sich in ziemlich lautem Flüsterton und vertraulichen Bemerkungen äußerte, die jedem einzelnen verständlich waren.

»Der erste Junge da, Schulmeister«, sagte der Bachelor, »ist John Owen, ein gut veranlagter Bursche, Sir, ein offenes, ehrliches Gemüt; aber zu gedankenlos, zu spielsüchtig und bei weitem zu leichtsinnig. Der Junge, mein guter Sir, würde mit Vergnügen den Hals brechen und seine Eltern des größten Trostes berauben. – Unter uns gesagt, wenn Sie ihn beim Hund- und Hasenspiel sehen, wie er den Zaun und den Graben beim Wegweiser nimmt und an dem kleinen Steinbruch hinunterrutscht, so werden Sie es gewiß nie vergessen. Es ist prächtig!«

Nachdem John in dieser Weise getadelt worden war und zugleich die anerkennende Randbemerkung deutlich gehört hatte, rief der Bachelor einen anderen Knaben auf.

»Nun betrachten Sie einmal diesen Burschen, Sir«, sagte der Bachelor. »Sehen Sie den Kerl? Er heißt Richard Evans, Sir, und ist ein erstaunlich gelehriger Knabe; er besitzt ein gutes Gedächtnis, eine leichte Fassungsgabe und hat außerdem eine Stimme und ein Ohr zum Psalmensingen, daß er mit dem Besten von uns wetteifern kann. Aber trotzdem, Sir, wird es mit diesem Burschen ein schlimmes Ende nehmen; er stirbt keines natürlichen Todes, denn er schläft immer während der Predigt – um ganz aufrichtig zu sein, Herr Marton, ich machte es in seinem Alter ebenso und bin fest überzeugt, daß es eine natürliche Anlage war, deren ich mich nicht erwehren konnte.«

Sobald der Bachelor diesen hoffnungsvollen Zögling durch die ebengenannte schreckliche Rüge erbaut hatte, ging er auf einen andern über.

»Wenn wir aber von Beispielen reden, die zur Warnung dienen sollten«, sagte er, »wenn wir von Knaben sprechen, die man allen ihren Kameraden als abschreckendes Beispiel vorstellen kann, so ist hier einer, und ich hoffe, Sie werden ihm nichts schenken. Ich meine den Jungen mit den blauen Augen und dem hellen Haar. Der Kerl ist ein Schwimmer, ein Taucher, behüte uns Gott! Das ist ein Junge, Sir, der sichs einfallen ließ, mit seinen Kleidern in ein achtzehn Fuß tiefes Wasser zu springen und eines blinden Mannes Hund herauszuholen, der durch die Last seiner Kette und seines Halsbandes fast ersoffen wäre, während sein Herr am Ufer des Flusses stand und über den Verlust seines Tieres und Freundes wehklagte. Ich habe dem Jungen anonym zwei Guineen geschickt, sobald ich davon hörte«, fügte der Bachelor in seinem eigentümlichen Flüstern hinzu, »aber sagen Sie das um Gottes willen nicht, denn er hat nicht die geringste Ahnung davon, daß das Geschenk von mir kam.«

Nachdem der Bachelor diesen Verbrecher abgefertigt

hatte, wandte er sich an einen andern und von diesem wieder an einen andern und so fort durch die ganze Reihe, wobei er, um sie durch heilsamen Zwang in den gehörigen Grenzen zu erhalten, denselben scharfen Nachdruck auf diejenigen ihrer Neigungen legte, die seinem eignen Herzen am teuersten waren und ohne Zweifel auf seine Lehren und sein Beispiel zurückzuführen waren. Schließlich vollkommen überzeugt, daß er sie durch seine Strenge ganz unglücklich gemacht habe, entließ er sie mit einem kleinen Geschenk und mit der Ermahnung, ruhig nach Hause zu gehen, ohne zu springen, zu balgen oder die Wiesen zu zertreten. Dieser Vorschrift, belehrte er den Schulmeister in demselben hörbaren Flüstertone, hätte er seines Wissens als Junge gewiß nicht Folge leisten können, und wenn es ihm ans Leben gegangen wäre.

Da der Schulmeister diese kleinen Proben von des Bachelors Gemüt und Charakter als sicheren Beweis dafür annehmen durfte, daß seine eigene Methode willkommen sein würde, trennte er sich leichten Herzens und in fröhlicher Laune von ihm und hielt sich für den glücklichsten Menschen auf Erden. Die Fenster der zwei alten Häuser leuchteten wieder an jenem Abend von dem Widerschein des lustigen Feuers, das drinnen prasselte; und als der Bachelor und sein Freund, die eben von ihrem Abendspaziergang zurückkehrten, stehenblieben, um die hellen Scheiben zu betrachten, da sprachen sie ganz leise von dem schönen Kind und blickten seufzend auf dem Friedhof umher.

Dreiundfünfzigstes Kapitel

Nell war des andern Morgens früh auf, und nachdem sie ihre häuslichen Arbeiten verrichtet und für den Schulmeister alles zurechtgesetzt hatte – obgleich sehr gegen seinen Willen, da er ihr gern die Mühe erspart haben würde –, nahm sie von dem Nagel neben dem Herde ein kleines Bund Schlüssel herunter, das ihr der Bachelor tags zuvor förmlich eingehändigt hatte, und ging allein fort, um die alte Kirche zu besuchen.

Der Himmel war schön und heiter, die klare Luft duftete von den frischen Wohlgerüchen neu gefallener Blätter und erquickte die Sinne. Der benachbarte Strom funkelte und wogte weiter mit melodischem Rauschen; der Tau glänzte auf den grünen Grabhügeln wie Tränen, die gute Geister über die Toten vergießen.

Einige kleine Kinder spielten zwischen den Gräbern mit lachenden Gesichtern Verstecken. Sie hatten ein Wickelkind bei sich, das sie in ein kleines Laubbett auf ein Kindergrab gelegt hatten, auf dem es ruhig weiterschlummerte. Es war ein neues Grab, vielleicht der Ruheplatz irgendeines kleinen Wesens, das, geduldig und sanft in seiner Krankheit, oft dagesessen und ihnen zugesehen hatte und auch jetzt in ihren Augen kaum verändert schien. Nell trat näher und fragte eins der Kinder, wessen Grab das wäre. Das Kind antwortete, es hieße nicht Grab, es sei ein Garten – seines Bruders Garten. Er sei grüner, meinte er, als alle übrigen Gärten, und die Vögel liebten ihn besonders, weil der schlafende Bruder sie immer gefüttert habe. Nach diesen Worten sah sie der Kleine lächelnd an, kniete nieder, legte einen Augenblick seine Wange gegen den Rasen und sprang fröhlich weiter.

Nell ging an der Kirche vorbei, sah an dem alten Turme in die Höhe und begab sich durch das Pförtchen ins Dorf. Der alte, auf eine Krücke gelehnte Totengräber schöpfte vor seiner Hütte frische Luft und wünschte ihr guten Morgen.

»Es geht Euch besser?« sagte Nell, indem sie stehenblieb, um mit ihm zu sprechen.

»O freilich«, entgegnete der alte Mann. »Ich kann Gott nicht genug danken, daß ich sagen darf: viel besser.«

»Ihr werdet bald ganz gesund sein.«

»Mit Gottes Wille und mit ein bißchen Geduld. Doch kommen Sie herein, kommen Sie herein!«

Der alte Mann hinkte voran, machte sie auf die Stufen

aufmerksam, die hinunterführten und über die er selbst nur sehr schwer humpelte, und führte sie in seine kleine Hütte.

»Sie sehen, es ist nur *eine* Stube. Oben befindet sich zwar eine zweite, aber in den letzten Jahren ist mir das Treppensteigen immer saurer geworden, und ich mache keinen Gebrauch mehr von ihr. Im nächsten Sommer denke ich übrigens sie doch wieder zu beziehen.«

Das Kind wunderte sich, daß ein grauhaariger Mann wie er – und noch obendrein einer seines Gewerbes – die Zeit so leicht nehmen konnte. Er sah ihre Augen über die Werkzeuge gleiten, die an der Wand hingen, und lächelte.

»Ich wollte doch wetten«, sagte er, »daß Sie glauben, man brauche alles dies zum Gräbermachen.«

»Ja wirklich, ich wunderte mich, daß man dazu so viele Geräte nötig hat.«

»Auch mit Recht. Ich bin nämlich ein Gärtner, grabe den Grund auf und pflanze Dinge, die leben und gedeihen sollen. Nicht alle meine Werke modern und verfaulen in der Erde. Sehen Sie diesen Spaten in der Mitte?«

»Den ganz alten, der so schartig und abgenutzt ist? Ja.«

»Das ist der Totengräberspaten, ein fleißig gebrauchtes Werkzeug, wie Sie sehen. Wir sind gesunde Leute hier; er hat aber doch schon tüchtig gearbeitet. Wenn dieser Spaten sprechen könnte, so würde er von manchem unverhofften Geschäft erzählen, das er und ich miteinander abgemacht haben; aber ich vergesse es, denn mein Gedächtnis ist schwach. Das ist übrigens nichts Neues«, fügte er hastig hinzu, »es war immer so.«

»Da sind Blumen und Gesträuche, die von Eurer andern Beschäftigung erzählen«, sagte das Kind.

»O ja, und hohe Bäume. Aber dieses Geschäft ist nicht so ganz von dem Totengräbergewerbe zu trennen, wie Sie denken.«

»Nein?«

»Das heißt, nicht in meinem Gedächtnis und in meiner Erinnerung«, fuhr der alte Mann fort. »Ja, sie helfen meinem

Gedächtnis sogar oft nach. Denn angenommen, ich pflanze den und den Baum für einen solchen und solchen Mann. Er steht dann da, um mich daran zu erinnern, daß er starb. Wenn ich seinen breiten Schatten betrachte und mir vorstelle, wie klein er seinerzeit war, hilft er mir das Datum meiner andern Arbeit bestimmen, so daß ich ziemlich genau sagen kann, wann ich sein Grab gemacht habe.«

»Aber er kann Euch auch an jemand erinnern, der noch lebt«, entgegnete Nell.

»An zwanzig Verstorbene, wenn ich an den einen Lebenden denke«, entgegnete der alte Mann; »Weib, Mann, Eltern, Brüder, Schwestern, Kinder, Freunde, wenigstens an zwanzig. Darum ist auch der Totengräberspaten so abgenutzt und abgestoßen. Ich werde einen neuen nötig haben, nächsten Sommer.«

Nell sah rasch zu ihm auf, denn sie glaubte, daß er über sein Alter und seine Gebrechlichkeit scherze; aber der harmlose Totengräber meinte es sehr ernst.

»Ach«, sagte er nach einem kurzen Schweigen, »die Leute lernen nie. Sie wollen nie lernen. Nur wir, die wir den Boden aufwühlen, in dem nichts wächst und alles verwest, denken an solche Dinge, denken ordentlich über sie nach, meine ich. Sind Sie in der Kirche gewesen?«

»Ich will eben hin«, versetzte das Kind.

»Es ist ein alter Brunnen dort«, fuhr der Totengräber fort, »unmittelbar unter dem Glockenstuhl, ein tiefer, dunkler, widerhallender Brunnen. Vor vierzig Jahren durfte man nur den Eimer so weit hinunterlassen, bis der erste Knoten des Seiles von der Winde los war, um ihn in dem kalten Wasser plätschern zu hören. Das Wasser fiel allmählich, so daß man zehn Jahre später einen zweiten Knoten machte, bis zu dem man den Strick abwinden mußte, wenn der Eimer nicht frei in der Luft schweben sollte. Im Laufe von weiteren zehn Jahren fiel das Wasser wieder, und ein dritter Knoten wurde gemacht. Und noch zehn Jahre später trocknete der Brunnen aus, und jetzt, wenn Sie den Eimer so weit hinunterlassen, bis

Ihre Arme müde sind und der Strick fast zu Ende ist, hören Sie ein plötzliches Klirren und Rasseln unten auf dem Grunde. Und der Schall ist so hohl und klingt von so tief herauf, daß man vor Schreck außer sich gerät und zurückfährt, weil man hineinzufallen glaubt.«

»Ein schrecklicher Ort, wenn man etwa im Finstern ihm nahekommt!« rief Nell, die den Blicken und Worten des alten Mannes so aufmerksam gefolgt war, daß sie schließlich glaubte, sie stände am Rande des Brunnens.

»Was ist er denn anderes als ein Grab?« sagte der Totengräber. »Was sonst? Und wer von unsern alten Leuten, die alles dies mit angesehen haben, dachte bei dem Versiegen des Quells an das Hinschwinden der eignen Kraft und an das täglich kürzer werdende Leben, die Minderung der Lebenstage? Nicht einer!«

»Seid Ihr selbst schon sehr alt?« fragte das Kind unwillkürlich.

»Ich werde neunundsiebzig nächsten Sommer.«

»Ihr arbeitet noch immer, wenn Ihr gesund seid?«

»Arbeiten? Gewiß! Sie sollten meine Gärten hier herum sehen! Schauen Sie einmal zu dem Fenster dort hin. Ich habe dieses Stück Land ganz allein mit meinen Händen umgegraben und in gutem Stande erhalten. Übers Jahr um diese Zeit werde ich kaum den Himmel sehen, so dicht werden die Zweige geworden sein. Auch habe ich im Winter des Nachts meine Arbeit.«

Er öffnete bei diesen Worten einen Wandschrank dicht neben sich und brachte einige Büchschen, ganz einfach aus altem Holz geschnitzt, zum Vorschein.

»Manche vornehme Leute, die Freude an alten Zeiten haben und an allem, was mit diesen verbunden ist«, sagte er, »kaufen gern solche kleine Erinnerungszeichen an unsere Kirche und unsere Ruinen. Bisweilen mache ich sie aus einem Stückchen Eichenholz, das da und dort zum Vorschein kommt, bisweilen aber auch aus den Überresten von Särgen, die sich in den Gewölben lange erhalten haben. Sehen Sie her, dies ist ein kleines Kistchen der letzteren Art, an den Rändern mit Bruchstücken von Messingplatten beschlagen, die einstmals eine Inschrift hatten; heute könnte man sie freilich kaum mehr entziffern. Um diese Jahreszeit ist mein Vorrat zusammengeschmolzen; aber alle diese Gesimse werden beladen sein nächsten Sommer.«

Die Kleine bewunderte und lobte seine Arbeit und entfernte sich bald nachher. Im Gehen machte sie sich ihre Gedanken, wie seltsam es sei, daß dieser alte Mann, der doch aus seinem ganzen Treiben und seiner ganzen Umgebung eine ernste Lehre zog, nie daran dachte, sie auf sich selbst anzuwenden, und daß er, während er doch so gern über die Ungewißheit des menschlichen Lebens sprach, sowohl in Worten als in Werken sich selbst für unsterblich zu halten schien. Ihre Betrachtungen fanden jedoch hier noch keine Grenze, denn sie war klug genug einzusehen, daß vermöge der weisen und gnadenreichen Ordnung Gottes die menschliche Natur so sein mußte, und daß der alte Totengräber mit seinen Plänen für den nächsten Sommer nur ein Typus der ganzen Menschheit wäre.

Mit solchen Gedanken erfüllt gelangte sie zur Kirche. Es war leicht, den Schlüssel zum Portale zu finden, denn an jedem hing ein Streifen von gelbem Pergament, auf dem seine Bestimmung vermerkt war. Schon das Umdrehen des Schlüssels in seinem Schlosse weckte einen hohlen Ton, und als sie mit zögernden Schritten eintrat, erschrak sie über das Echo, das beim Zuschnappen des Schlosses geweckt wurde.

Wenn der Frieden des einfachen Dörfchens einen mächtigen Eindruck auf Nell gemacht hatte, weil es so abstach von den düstern und mühevollen Wegen, die jenseits lagen und über die sie mit so schwachen Füßen gewandert war, wie tief mußte sie sich nicht ergriffen fühlen, als sie sich allein fand in diesem feierlichen Gebäude, in dem selbst das Licht, das durch die eingesunkenen Fenster strömte, alt und grau erschien, und in dem die Luft, nach Erde und Moder riechend, mit einer Verwesung beladen schien, die sich mit der Zeit von ihren gröberen Bestandteilen gereinigt hatte und nun, wie der Hauch entschwundener Jahrhunderte, durch die Bogen und Säulenhallen seufzte! Da waren die geborstenen Fliesen, die vor so langer Zeit von frommen Füßen abgetreten worden waren, daß die Zeit, den Schritten der Pilgrime verstohlen folgend, ihre Spur ausgelöscht und nur ein zerbröckelndes Gestein zurückgelassen hatte. Da war das faulende Gebälk, das sich senkende Gewölbe, die untergrabene und modernde Mauer, der niedere Erdwall, das stattliche Grab, auf dem die Aufschrift verwischt war – alles – Marmor, Stein, Eisen, Holz und Staub, ein einziges gemeinschaftliches Denkmal der Vergänglichkeit. Die besten Werke wie die schlechtesten, die einfachsten wie die reichsten, die prunkvollsten wie die unbedeutendsten, die des Himmels wie die des Menschen; alle ereilte hier dasselbe Schicksal, und sie erzählten insgesamt nur *eine* Geschichte.

Ein Teil des Gebäudes war eine Freiherrngruft gewesen, und hier lagen die Grabfiguren von Kriegern mit gefalteten Händen auf ihren Betten von Stein ausgestreckt – diejenigen, die im Kreuzzug gefochten, hatten ihre Beine gekreuzt –, mit ihrem Schwert umgürtet, mit ihren Rüstungen bekleidet, genau wie im Leben. Einige jener Ritter hatten ihre eignen Waffen, Helme und Panzerhemden neben ihren Gräbern an der Wand hängen, an der sie auf rostigen Haken hin und her baumelten. Obgleich geborsten und verfallen, hatten sie noch ihre Formen behalten, ja selbst noch etwas von ihrem alten Aussehen. So überleben auf Erden gewaltsame Handlungen ihre Urheber, und die Spuren von Krieg und Blutvergießen sind noch fühlbar, nachdem diejenigen, welche das Werk der Zerstörung begangen, längst selbst zu Atomen der Erde geworden sind.

Die Kleine setzte sich an diesem alten stillen Orte unter den starren Gestalten auf den Gräbern nieder – es war ihr, als verbreiteten sie hier mehr Frieden als an irgendeiner andern Stätte – und fühlte, indem sie mit ehrfurchtsvollem Schaudern, das gemildert wurde durch ein stilles Entzücken, umherblickte, das sie jetzt glücklich und ruhig war. Sie nahm eine Bibel von dem Gesimse und las; dann legte sie das Buch nieder, dachte an die Sommertage, an die schöne Zeit des kommenden Frühlings, an die Sonnenstrahlen, die schräg über die schlafenden Gestalten fallen würden, an die Blätter, die am Fenster zittern und ihre flimmernden Schatten auf das Pflaster werfen würden, an den Gesang der Vögel, an die

Knospen und Blüten draußen, an die süße Luft, die sich hereinstehlen und die zerrissenen Banner über den Häuptern der Standbilder sanft in Bewegung setzen würde. Was lag daran, daß der Ort Gedanken an den Tod weckte! Er blieb doch immer derselbe, mochte sterben, wer da wollte, dieser Anblick, diese Töne würden nie aufhören, würden immer gleich beseligend sein. Der Gedanke, in ihrer Mitte zu schlafen, konnte nichts Schmerzliches haben.

Sie verließ die Gruftkapelle sehr langsam und wendete oft den Kopf, um zurückzuschauen. Dann gelangte sie zu einer niedrigen Tür, die augenscheinlich zum Turme führte, öffnete sie und kletterte im Dunkel die Wendeltreppe hinan. Alles um sie war finster, ausgenommen wenn sie durch enge Gucklöcher auf den eben verlassenen Ort hinunterblickte oder die glänzenden Umrisse der staubigen Glocken sah. Endlich erreichte sie das Ende der Treppe und stand auf dem Kranze des Turmes.

Welche Pracht des plötzlich auftauchenden Lichtes! Die frischen Felder und Wälder, die sich nach allen Richtungen hin dehnten, bis sie das blaue Himmelsgewölbe säumten; das auf den Weiden grasende Vieh; der aus den Bäumen aufsteigende Rauch, der scheinbar aus der grünen Erde dampfte; die Kinder, die weit unten spielten; alles, alles so schön und glücklich! Es war wie ein Übergang vom Tode zum Leben, ein Näherrücken an den Himmel.

Als sie aus dem Portale trat und die Tür schloß, waren die Kinder bereits fort. Im Vorbeigehen hörte sie aus dem Schulhause ein emsiges Summen vieler Stimmen. Ihr Freund hatte an diesem Tage sein Amt angetreten. Der Lärm wurde lauter, und als sie zurückblickte, sah sie die Jungen scharenweise herauskommen und sich unter lustigem Jubel und Spiel zerstreuen. »Es ist gut so«, dachte Nell; »es freut mich sehr, daß sie an der Kirche vorbeigehen.« Und dann blieb sie stehen, um sich eine Vorstellung machen zu können, wie sich das Getöse wohl innen ausnähme, und wie sanft es dem Ohr zu verhallen schiene.

Noch einmal, ja sogar noch zweimal stahl sie sich an jenem Tage in die alte Kapelle zurück und las auf ihrem früheren Sitze in demselben Buche oder hing denselben friedlichen Gedanken nach. Selbst als es bereits dunkel geworden war und die Schatten der hereinbrechenden Nacht die Umgebung noch feierlicher machten, blieb Nell, wie wenn sie sich nicht allein losreißen könnte, ohne sich zu fürchten, ja sogar ohne sich zu rühren.

Endlich fand man sie hier und brachte sie nach Hause. Sie sah blaß, aber sehr glücklich aus, bis sie einander gute Nacht sagten; doch dann, als der arme Schulmeister sich niederbeugte, um sie auf die Wange zu küssen, da glaubte er auf seinem Gesicht eine Träne zu spüren.

Vierundfünfzigstes Kapitel

Der Bachelor fand neben seinen verschiedenen Beschäftigungen auch in der alten Kirche eine nie versiegende Quelle des Interesses und der Unterhaltung. Mit jenem Stolze, den die Menschen gerne für die Wunder ihrer eignen kleinen Welt bewahren, hatte er sich das Studium ihrer Geschichte zur Aufgabe gemacht, und an manchem Sommertage traf man den Bachelor in ihren Mauern oder manchen Winterabend an dem traulichen Herde des Pfarrhauses, wie er eifrig über seinen reichen Schatz von Erzählungen und Legenden nachsann und ihm eine neue anfügte.

Er war keiner von jenen schroffen Geister, die der schönen Wahrheit jedes kleine schattenhafte Gewand abstreifen möchten, mit dem die Zeit und die schaffende Phantasie sie geschmückt hat. Kleiden sie ja solche Hüllen bisweilen so lieblich und sind, wie die Wasser eines Quells, geeignet, den Reizen, die sich halb verbergen, halb erraten lassen, neue Anmut zu verleihen und weit eher Interesse und Streben zu erwecken, als Erschlaffung und Gleichgültigkeit zu veranlassen. Ungleich dieser strengen Menschenklasse liebte er es also, die Göttin zu schauen, gekrönt mit den Kränzen wilder Blumen, die ihr die Tradition gewunden hatte, und die am frischesten in ihrer ungekünstelten Gestalt sind; und aus diesem Grunde trat er behutsam näher und rührte vorsichtig an dem Staube von Jahrhunderten, ohne die luftigen Altäre, die sich über ihm erhoben hatten, zerstören zu wollen, wenn nur irgendein gutes Empfinden, ein liebevolles Menschenherz in ihnen verborgen lag. So war es anläßlich eines alten Steinsarges. Durch viele Generationen hindurch glaubte man, er enthalte die Gebeine eines Barons, welcher, nachdem er in fremden Landen mit Feuer und Schwert geplündert hatte, reuigen und bekümmerten Herzens zurückkehrte, um in der Heimat zu sterben. Und als in letzter Zeit von gelehrten Altertumsforschern bewiesen wurde, daß dies nicht jener Baron sein könne, da der fragliche Rittersmann – so behaupteten sie – im Schlachtgetümmel gefallen sei, zähneknirschend und fluchend bis zum letzten Atemzuge, da beharrte der Bachelor steif und fest dabei, daß die alte Sage gewiß wahr sei, daß der Baron, sein Unrecht tief bereuend, viel Gutes getan und gottergeben seinen Geist ausgehaucht hätte. Und wenn je ein Baron in den Himmel kam, so ging dieser in den seligen Frieden ein. In gleicher Weise – wenn die genannten Altertümler nicht gelten lassen wollten, daß ein gewisses altes graues Gewölbe das Grabmal einer alten Dame sei, die unter der Regierung der glorreichen Königin Beß gehängt und gevierteilt wurde, weil sie einem unglücklichen Priester, der an ihrer Tür vor Hunger und Durst verschmachtete, Beistand leistete – versicherte der Bachelor feierlich allen Besuchern gegenüber, daß die Kirche durch die Asche jener alten Dame geheiligt sei; man habe ihre sterblichen Reste des Nachts an den Stadttoren gesammelt, heimlich hierhergebracht und aufbewahrt. Bei solchen Gelegenheiten geriet der Bachelor sehr in Eifer, leugnete den Ruhm der Königin Beß und behauptete, das gemeinste Weib ihres Königreichs, dem ein zartes und mitleidiges Herz im Busen schlug, habe unmeßbar höher gestanden als sie. Was jedoch die Behauptung betraf, daß der flache Stein in der Nähe der Tür nicht das Grab des Geizhalses sei, der sein eignes Kind verstoßen und der Kirche eine Geldsumme hinterlassen habe, um ein hübsches Geläute anzuschaffen, so gab der Bachelor bereitwillig seine Zustimmung, indem er versicherte, es sei nie ein solcher Mann in dem Orte geboren worden. Mit einem Worte, er hätte gewünscht, daß jeder Stein und jede Metallplatte die Denkmäler von Taten sein möchten, die in der Erinnerung fortzuleben verdienten. Alle andern wollte er gern vergessen. Man mochte sie allenfalls auf geweihtem Boden beerdigen, aber dies sollte, seiner Ansicht nach, tief genug geschehen, damit sie nicht wieder ans Licht kämen.

Von den Lippen eines solchen Führers lernte Nell ihre leichte Aufgabe. Da sie bereits durch die schweigenden Gewölbe und die friedliche Schönheit des Ortes – majestätisches, von ewiger Jugend umgebenes Alter – über alle Maßen ergriffen war, meinte sie, als sie diese Sagen hörte, alles sei hier der Tugend und der Frömmigkeit geweiht. Die Kirche kam ihr wie eine andere Welt vor, in die nie Sünde oder Sorge kam, ein friedliches Ruheplätzchen, gefeit gegen alles Böse.

Nachdem ihr der Bachelor fast bei jedem Grabmal oder Grabstein dessen Geschichte erzählt hatte, nahm er Nell mit in die alte Gruft – jetzt bloß ein verödetes Gewölbe – und zeigte ihr, wie sie zu den Zeiten der Mönche beleuchtet wurde, und wie man in alten Tagen zu mitternächtiger Stunde oft den Gesang alter Stimmen hörte, während Gestalten in Kutten umherknieten und ihren Rosenkranz beteten, mitten unter Lampen, die von der Decke niederhingen, schwingenden Rauchfässern, welche die Düfte des Weihrauchs aushauchten, von Gold und Silber glänzenden Kirchengewändern, Gemälden, kostbaren Stoffen und Juwelen, und das alles funkelte und glänzte durch die niedrigen Gewölbebogen. Dann führte er sie wieder hinauf und zeigte ihr hoch oben in den alten Wänden kleine Galerien, in denen die Nonnen einst leise auf und ab huschten – man konnte sie aus weiter Entfernung kaum in ihren dunkeln Anzügen unterscheiden – oder wie düstere Schatten stillhielten, um auf die Gebete zu horchen. Er belehrte sie auch, wie die Krieger, deren Statuen auf den Gräbern lagen, einst die aufgehängten rostigen Waffenrüstungen getragen hätten, wie dies ein Helm, das ein Schild, jenes ein Panzerhandschuh gewesen sei, und wie man die großen zweihändigen Schwerter geschwungen oder mit jener Eisenkeule Menschen niedergeschlagen habe.

All dies prägte die Kleine tief in ihr Gedächtnis ein, und wenn sie hin und wieder des Nachts aus ihren Träumen von solchen alten Zeiten erwachte, von ihrem Bettchen aufstand und auf die dunkle Kirche hinaussah, da hoffte sie fast, die Fenster erleuchtet zu sehen und den Schall der Orgel und menschliche Stimmen in dem Rauschen des Windes zu hören.

Der alte Totengräber erholte sich bald, und er ging wieder aus. Von ihm lernte Nell noch manches andere, obgleich ganz anderer Art. Er war noch nicht imstande zu arbeiten; als jedoch eines Tages ein Grab gemacht werden sollte, kam er herzu, um seinen Stellvertreter zu beaufsichtigen. Er war in einer gesprächigen Stimmung, und Nell, die anfangs an seiner Seite stand, sich aber nachher auf das Gras zu seinen Füßen setzte, begann, ihr nachdenkliches Gesichtchen auf ihn gerichtet, mit ihm zu plaudern.

Nun war der Mann, der zur Zeit das Amt des Totengräbers versah, ein wenig älter als dieser, obgleich noch viel rüstiger. Er war jedoch sehr schwerhörig, und wenn der Totengräber, der vielleicht in sechs Stunden kaum eine Meile zurücklegen konnte, ihm gegenüber eine Bemerkung über seine Arbeit fallen ließ, entging es dem Kinde nicht, daß dies mit einer Art ungeduldigen Mitleids mit der Schwäche des Gehilfen geschah, als ob er selbst der stärkste und kräftigste Mensch auf Erden wäre.

»Es tut mir weh, einem solchen Geschäft zusehen zu müssen«, sagte Nell nähertretend. »Ich habe nichts davon gehört, daß jemand gestorben ist.«

»Sie wohnte in einem andern Dörfchen, meine Liebe«, entgegnete der Totengräber, »drei Meilen von hier.«

»War sie jung?«

»J-ja«, sagte der Totengräber; »ich glaube, erst vierundsechzig. David, war sie mehr als vierundsechzig?«

David, der emsig grub, hörte nichts von dieser Frage. Da der Totengräber ihn mit seiner Krücke nicht erreichen konnte und auch nicht imstande war, ohne Beistand aufzustehen, weckte er seine Aufmerksamkeit dadurch, daß er ihm einen Brocken Erde auf seine rote Nachtmütze warf.

»Was solls?« fragte David heraufschauend.

»Wie alt war Becky Morgan?« fragte der Totengräber.

»Becky Morgan?« wiederholte David.

»Ja«, versetzte der Totengräber, indem er in halb mitleidigem, halb zornigem Tone, den der alte Mann nicht hören konnte, hinzusetzte: »Ihr werdet nachgerade sehr taub, David, schrecklich taub, wahrhaftig!«

Der alte Mann hielt in seiner Arbeit inne, und indem er seinen Spaten mit einem Stück Schiefer reinigte, das er zu diesem Zweck bei sich hatte und dabei den Grundstoff von der Himmel weiß wie vielen Becky Morgans abkratzte, schickte er sich an, die Sache in Erwägung zu ziehen. »Laßt mich nachdenken«, sprach er. »Ich sah gestern abend, was sie auf den Sarg gesetzt hatten; war es nicht neunundsiebzig?«

»Nein, nein«, sagte der Totengräber.

»Ach ja, ich glaube doch«, entgegnete der alte Mann seufzend, »denn ich erinnere mich, sie war ziemlich in unserm Alter. Ja, es war neunundsiebzig.«

»Seid Ihr sicher, daß Ihr Euch nicht in einer Ziffer verschaut habt, David?« fragte der Totengräber mit Spuren einiger Erregung.

»Wie?« antwortete der alte Mann. »Sagt das noch einmal.«

»Er ist sehr taub. Er ist wirklich sehr taub«, rief der Totengräber ärgerlich. »Wißt Ihr auch gewiß, daß Ihr die Ziffer richtig gelesen habt?«

»O freilich«, versetzte der alte Mann, »warum nicht?«

»Er ist ganz besonders schwerhörig«, murmelte der Totengräber vor sich hin; »ich glaube, er wird schon kindisch.«

Nell wunderte sich, was ihn wohl zu dieser Ansicht geführt haben mochte, da der alte Mann in Wahrheit ebensogut bei Sinnen zu sein schien, als er selber, und noch obendrein bedeutend kräftiger war. Der Totengräber sprach jedoch nichts mehr, weshalb sie es wieder vergaß und zu reden fortfuhr.

»Ihr habt mir von Eurer Gärtnerei erzählt«, sagte sie. »Pflanzt Ihr auch hier herum etwas?«

»Auf dem Kirchhof?« entgegnete der Totengräber. »Fällt mir nicht ein.«

»Ich habe aber einige Blumen und kleine Gesträuche bemerkt«, erwiderte die Kleine; »seht Ihr, da sind einige und dort drüben auch; und da meinte ich, sie wären von Euch gezogen worden, obgleich sie tatsächlich nur ganz kümmerlich aufwachsen.«

»Sie wachsen, wie es der Himmel will«, sagte der alte Mann; »und dieser befiehlt in seiner Güte, daß sie hier nie gedeihen sollen.«

»Ich verstehe Euch nicht.«

»Nun, das ist so«, versetzte der Totengräber. »Sie bezeichnen die Gräber derjenigen, die besonders zärtliche und liebevolle Verwandte und Freunde hatten.«

»Ich dachte mirs wohl!« rief Nell, »und es freut mich zu hören, daß ich mich nicht geirrt hatte.«

»Jawohl«, entgegnete der alte Mann, »aber hören Sie weiter. Blicken Sie einmal hin! Schauen Sie, wie sie ihre Köpfe hängen lassen und dahinwelken! Können Sie sich wohl den Grund denken?«

»Nein«, erwiderte das Kind.

»Weil das Andenken an diejenigen, die da unten liegen, so schnell dahinschwindet. Zuerst besucht man sie morgens, mittags und abends; aber bald werden die Besuche weniger häufig, von einem Mal des Tages zu einem Mal in der Woche; von einem Mal in der Woche zu einem Mal im Monat; dann kommen lange und unregelmäßige Zwischenräume, und endlich hörts ganz auf. Solche Liebeszeichen gedeihen selten lange. Ich habe gesehen, wie die kürzesten Sommerblumen die Zärtlichkeit der Zurückgebliebenen überlebten.«

»Das hören zu müssen, tut mir sehr leid«, sagte das Kind.

»Ach! So sagen auch die vornehmen Leute, die herkommen, um hier alles anzusehen«, versetzte der alte Mann kopfschüttelnd; »aber ich sage anders. ›Es ist eine gar hübsche Sitte, die ihr hier in dieser Gegend habt‹, sagen sie manchmal zu mir, ›die Gräber zu bepflanzen, aber es ist traurig, sie alle welk oder tot zu sehen.‹ Ich bitte sie dann um Verzeihung und sage ihnen, meiner Ansicht nach sei dies ein gutes Zeichen für das Glück der Lebenden. Und so ist es auch. Das ist das Leben.«

»Vielleicht lernen aber die Trauernden, bei Tag zu dem blauen Himmel und bei Nacht zu den Sternen aufzusehen? Vielleicht denken sie, daß ihre Toten dort sind und nicht in den Gräbern?« sagte Nell mit ernster Stimme.

»Möglich«, entgegnete der alte Mann zweifelnd. »Möglich!«

»Mag nun mein Glaube richtig sein oder nicht«, dachte die Kleine in ihrem Innern, »ich will diesen Ort zu meinem Garten machen. Es wird wenigstens nichts Unrechtes sein, Tag um Tag hier zu arbeiten, und mir werden dabei sicherlich allerlei Gedanken kommen.«

Der Totengräber achtete ihrer glühenden Wange und ihres tränenfeuchten Auges nicht, sondern wandte sich an den alten David, den er beim Namen rief. Augenscheinlich beunruhigte ihn noch immer Becky Morgans Alter, obgleich es dem Kinde nicht recht klar werden wollte, warum.

Erst beim zweiten oder dritten Ruf wurde der alte Mann aufmerksam. Er hielt in seiner Arbeit inne, lehnte sich auf seinen Spaten und hielt die Hand hinter sein taubes Ohr.

»Habt Ihr gerufen?« fragte er.

»Ich habe eben bei mir gedacht, David«, versetzte der Totengräber, »daß sie« – er deutete nach dem Grabe – »ziemlich viel älter gewesen sein muß als Ihr oder ich.«

»Neunundsiebzig«, antwortete der alte Mann kopfschüttelnd; »ich sage Euch, daß ich es mit eignen Augen gesehen habe.«

»Gesehen?« versetzte der Totengräber; »ja, aber David, Weiber sagen nicht immer die Wahrheit, wenn sichs um ihr Alter handelt.«

»Das ist allerdings wahr«, sagte der andere alte Mann mit einem plötzlichen Leuchten in seinen Augen. »Sie ist vielleicht älter gewesen.«

»Gewiß muß es so sein. Man darf nur daran denken, wie alt sie aussah. Ihr und ich, wir beide waren nur Knaben gegen sie.«

»Sie sah alt aus«, entgegnete David. »Ihr habt recht, sie sah alt aus.«

»Und erinnert Euch nur, wie alt sie schon seit vielen, vielen Jahren aussah. Sagt, konnte sie da zuletzt nur neunundsiebzig sein, nur so alt wie wir?« sagte der Totengräber.

»Ja, sie muß allerwenigstens fünf Jahre älter sein!« rief der andere.

»Fünf?« erwiderte der Totengräber. »Zehn. Gute neunundachtzig. Ich entsinne mich noch recht gut, wie ihre Tochter starb. Sie ist neunundachtzig auf den Tag hin und versuchte es nun, um zehn Jahre jünger zu gelten. O menschliche Eitelkeit!«

Der andere alte Mann blieb auch nicht zurück mit einigen moralischen Reflexionen über dieses fruchtbare Thema, und beide brachten eine Unmenge von Beweisen auf, so daß es zweifelhaft wurde, ob die Heimgegangene statt des ihr beigemessenen Alters nicht etwa gar die patriarchalische Zahl von hundert Jahren erreicht habe. Nachdem diese Frage zu ihrer beiderseitigen Zufriedenheit gelöst war, stand der Totengräber mit Hilfe seines Freundes auf, um sich zu entfernen.

»Es ist kühl, wenn man so hiersitzt, und ich muß mich in acht nehmen – bis zum nächsten Sommer«, sagte er, als er sich anschickte hinwegzuhinken.

»Wie?« fragte der alte David.

»Der arme Kerl ist sehr taub. Gott befohlen!« rief der Totengräber.

»Ah!« sagte der alte David ihm nachsehend; »er nimmt gar schnell ab. Mit jedem Tage altert er mehr.«

Und so trennten sie sich, jeder fest überzeugt, der andere habe weniger Lebenskräfte als er selbst, und beide ungemein getröstet und beruhigt durch die kleine Notlüge, über die sie hinsichtlich Becky Morgans eins geworden waren. Nun war der Tod der letzteren nicht länger eine unbequeme Mahnung und würde sie für die nächsten zehn Jahre ganz und gar nichts angehen.

Das Kind blieb noch einige Minuten und sah dem tauben alten Manne zu, wie er mit seiner Schaufel Erde herauswarf, oft innehielt, um zu husten und Atem zu schöpfen und dabei mit lustigem Kichern vor sich hinmurmelte, daß es mit dem Totengräber schnell bergab ginge. Endlich wandte sie sich weg, und während sie gedankenvoll durch den Kirchhof ging, traf sie unerwartet auf den Schulmeister, der auf dem Kirchhof auf einem grünen Grabe saß und las.

»Nell hier?« rief er freudig, während er sein Buch schloß. »Es tut mir wohl, dich wieder in der frischen, freien Luft und im Sonnenschein zu sehen. Ich fürchtete, du säßest wieder in der Kirche, in der du dich so viel aufhältst.«

»Sie fürchteten?« versetzte das Kind, sich an seiner Seite niederlassend. »Ist sie nicht ein gutes Plätzchen?«

»Ja, ja«, entgegnete der Schulmeister. »Aber du mußt auch bisweilen heiter sein – nein, schüttle nicht den Kopf und lächle nicht so gar traurig.«

»Sie würden es nicht traurig nennen, wenn Sie in meinem Herzen lesen könnten. Halten Sie mich nicht für traurig; es gibt kein glücklicheres Wesen auf Erden, als ich jetzt bin.«

Voll dankbarer Zärtlichkeit ergriff die Kleine seine Hand und hielt sie mit der ihrigen umklammert.

»Es ist Gottes Wille!« sagte sie, nachdem beide eine Weile geschwiegen.

»Was?«

»Alles dies«, versetzte sie; »unsere ganze Umgebung. Aber wer von uns ist jetzt traurig? Sie sehen, daß *ich* lächle.«

»Ich gleichfalls«, entgegnete der Schulmeister; »ich lächle bei dem Gedanken, wie oft wir noch an diesem nämlichen Orte lachen werden. Hast du nicht dort mit jemandem gesprochen?«

»Ja«, antwortete das Kind.

»Vielleicht von etwas, das dich wehmütig stimmte?«

Es folgte eine lange Pause.

»Was war es?« fragte der Schulmeister zärtlich. »Komm, sage mir, was es war.«

»Es tut mir weh, ja, es tut mir wahrhaftig weh«, erwiderte das Kind in Tränen ausbrechend, »denken zu müssen, daß diejenigen, welche um uns her sterben, so bald vergessen sind.«

»Und glaubst du«, sprach der Schulmeister, dem ihr umherschweifender Blick nicht entgangen war, »daß ein unbesuchtes Grab, ein welker Baum oder trockene Blumen Merkzeichen des Vergessenseins oder der kalten Vernachlässigung sind? Glaubst du nicht, daß fern von hier Dinge geschehen, durch die man das Andenken der Toten am besten ehrt? Nell, Nell, in diesem Augenblick pilgern vielleicht Leute durch die Welt, deren gute Handlungen und gute Gedanken gerade diese Gräber, so vernachlässigt sie auch aussehen, geweckt haben.«

»Sagen Sie mir nichts mehr«, versetzte das Kind rasch. »Sagen Sie mir nichts mehr. Ich fühle, ich weiß es. Wie konnte ich das vergessen, wo ich Sie vor Augen hatte?«

»Es gibt nichts«, rief ihr Freund, »nein, gar nichts Gutes oder Unschuldiges, das stirbt und vergessen wird. Mögen wir diesen Glauben bewahren oder keinen. Ein ganz kleines, ein plapperndes Kind, das in seiner Wiege stirbt, lebt fort in den besseren Gedanken derer, die es liebten, und hat in ihnen einen Anteil an den versöhnenden Handlungen dieser Welt, obgleich vielleicht sein Körper zu Asche verbrannt oder in den tiefsten See versenkt ist. Es gibt keinen in die himmlischen Heerscharen aufgenommenen Engel, der nicht in denen, die ihn hienieden liebten, seine Segenswerke übte. Vergessen! Ach, wenn die guten Handlungen menschlicher Wesen bis zu ihrem Ursprung verfolgt werden könnten, wie schön müßte sogar der Tod erscheinen; denn wie viel Barmherzigkeit, Mitleid und reine Liebe würde man nicht dem Gräberstaube entsprossen sehen!«

»Ja«, sagte das Kind, »das ist wahr, ich weiß, das ist wahr! Wer könnte ihre Macht tiefer empfinden als ich, in der Ihr kleiner Schüler wieder auflebt! Lieber, lieber guter Freund, wenn Sie doch wüßten, welchen Trost Sie mir gegeben haben!«

Der arme Schulmeister antwortete nicht, sondern beugte sich schweigend über sie, denn sein Herz war voll.

Sie saßen noch an derselben Stelle, als der Großvater herzukam. Ehe sie noch viel miteinander gesprochen hatten, verkündete die Kirchturmuhr, daß es Zeit für die Schule sei, und ihr Freund entfernte sich.

»Ein guter Mann«, sagte ihr Großvater ihm nachsehend, »ein wohlwollender Mann. Er wird uns gewiß kein Leid tun, Nell. Hier sind wir endlich sicher. Wie? Wir gehen doch nicht wieder fort von hier?«

Die Kleine schüttelte das Köpfchen und lächelte.

»Sie bedarf der Ruhe«, fuhr der alte Mann fort, indem er sie auf die Wange tätschelte; »zu blaß. Sie ist nicht mehr, wie sie gewesen.«

»Wann?« fragte das Kind.

»Ha!« entgegnete der alte Mann, »freilich – wann? Vor wieviel Wochen? Könnte ich sie an den Fingern herzählen? Doch lassen wir alles ruhen; es ist gut, daß es vorbei ist.«

»O freilich, viel besser, lieber Großvater«, versetzte das Kind. »Wir wollen sie vergessen, die schimmen Wochen, und wenn wir sie je wieder ins Gedächtnis rufen, soll es nur so sein, wie man sich eines unruhigen Traumes erinnert, der entschwunden ist.«

»Bst!« erwiderte der alte Mann, indem er ihr hastig mit der Hand zuwinkte und sich umsah; »rede mir nicht mehr von dem Traume und all dem Elend, das er gebracht hat. Hier gibt es keine Träume. Es ist ein ruhiger Ort, von dem sie sich fernhalten. Wir wollen nie wieder an sie denken, damit sie uns nicht abermals verfolgen. Eingesunkene Augen und hohle Wangen, Nässe, Kälte und Hunger, und vor all diesem die Schrecken, die sogar noch schlimmer waren; wir müssen solche Dinge vergessen, wenn wir hier Frieden haben wollen.«

»Dem Himmel sei Dank für diese segensreiche Wandlung!« betete das Kind in den Tiefen seines Herzens.

»Ich will geduldig sein«, sagte der alte Mann, »demütig, gehorsam und von Herzen dankbar, wenn du mich hierbleiben lassen willst. Aber du mußt dich nicht vor mir verstecken, dich nicht allein wegstehlen, sondern mich an deiner Seite lassen. Glaube mir, ich will ganz wahr und aufrichtig sein, Nell.«

»Ich mich allein wegstehlen? Ei, das wäre in der Tat ein schöner Spaß«, versetzte das Kind mit erkünstelter Heiterkeit. »Sehen Sie, lieber Großvater, wir wollen diesen Platz da zu unserm Garten umwandeln; warum nicht? Er ist sehr schön, und morgen wollen wir anfangen, gemeinschaftlich zu arbeiten, Seite an Seite.«

»Das ist ein wackerer Gedanke!« rief ihr Großvater. »Vergiß es nicht, mein Herz, wir wollen morgen anfangen.«

Wer war entzückter als der alte Mann bei Beginn der Arbeit am nächsten Morgen? Wer ahnte so wenig von allem, was mit dem Orte in Verbindung stand, als er? Sie pflückten das lange Gras und die Nesseln von den Gräbern, schnitten die halberstickten Gesträuche und Wurzeln aus, machten den Rasen glatt und säuberten ihn von den Blättern und dem Unkraut. Sie waren noch in eifriger Arbeit begriffen, als Nell den Kopf von dem Boden, über den sie gebeugt war, erhob und den Bachelor bemerkte, der auf dem nahen Zaun saß und ihnen schweigend zuschaute.

»Eine liebevolle Arbeit«, sagte der kleine Herr, indem er Nells Knicks mit einem Kopfnicken erwiderte. »Habt ihr alles dies heute morgen vollbracht?«

»Es ist nur sehr wenig im Vergleich mit dem, was wir noch zu tun gedenken«, entgegnete die Kleine mit niedergeschlagenen Augen.

»Gute Verrichtung, gute Verrichtung«, sagte der Bachelor. »Aber gebt ihr euch nur mit den Gräbern von Kindern und jungen Leuten ab?«

»Wir werden bald auch zu den andern kommen, Sir«, versetzte Nell mit weicher Stimme, indem sie den Kopf beiseite wandte.

Es war ein unbedeutender Umstand, vielleicht Absicht, vielleicht Zufall oder wohl eine unbewußte Sympathie des Kindes mit der Jugend. Es schien jedoch ihrem Großvater aufzufallen, obschon er es zuvor nicht beachtet hatte. Er sah hastig auf die Gräber und dann besorgt auf Nell, drückte sie an seine Brust und hieß sie aufhören, um auszuruhen. Etwas lang Vergessenes schien schwach in seiner Erinnerung auftauchen zu wollen. Es ging nicht vorüber, wie es sonst bei viel wichtigeren Dingen der Fall gewesen, sondern bemächtigte sich seiner mehr und mehr, indem es an diesem Tage und auch später oftmals wiederkehrte. Einmal, als sie eben an der Arbeit waren, bemerkte die Kleine, daß er sich oft umwandte und unruhig nach ihr sah, wie wenn er irgendeinen peinlichen Zweifel zu lösen oder wirre Gedanken zu sammeln suchte; sie drang daher in ihn, ihr den Grund mit-

zuteilen. Er sagte jedoch, es sei nichts – nichts – und indem er ihr Köpfchen auf seinen Arm legte, streichelte er ihre blasse Wange mit der Hand und flüsterte vor sich hin, sie werde mit jedem Tage stärker und würde nun bald ein erwachsenes Mädchen sein.

Fünfundfünfzigstes Kapitel

Von dieser Zeit an erwachte in der Seele des alten Mannes eine ängstliche Besorgtheit um das Kind, die nie einschlief oder von ihm wich. Es gibt Saiten im Menschenherzen – fremdartige, wechselnde Akkorde –, die nur der

Zufall zum Ertönen bringt und die oft gegen die leidenschaftlichste und feierlichste Aufforderung stumm und gefühllos bleiben und schließlich bei der leisesten, zufälligen Berührung erklingen. In den unempfindlichsten oder zerstreutesten Gemütern findet sich bisweilen ein Zug von Beschaulichkeit, den selten kunstmäßige Behandlung leiten oder Gewandtheit unterstützen kann, der aber, wie es oft bei großen Wahrheiten der Fall ist, sich durch einen Zufall enthüllt, wenn man sich dessen am allerwenigsten versieht. Von jener Zeit an vergaß der alte Mann keinen Augenblick die Schwäche und Aufopferung des Kindes. Und jenem geringfügigen Umstande war es zuzuschreiben, daß er, der sie durch so viele Beschwerlichkeiten und Leiden an seiner Seite sich hatte durchkämpfen sehen, und der in ihr nichts anderes erblickte als die Genossin des schrecklichen Elends, das er selbst so bitter an seinem eignen Leibe fühlte und um seinetweillen wenigstens ebensosehr beklagte als um ihretwillen, zu dem Bewußtsein erwachte, was er ihr eigentlich schuldete und was der viele Jammer aus ihr gemacht hatte. Niemals mehr – nein, nicht ein einziges Mal –, auch nicht in einem unbewachten Augenblick, von jener Zeit an bis zur letzten Stunde entfremdete irgendeine Sorge für sich selbst, ein Gedanke an seine eigene Behaglichkeit oder irgendeine sonstige selbstsüchtige Rücksicht seine Gedanken dem teuern Gegenstande seiner Liebe.

Er pflegte ihr auf und ab zu folgen und wartete, bis sie müde war, damit sie sich auf seinen Arm stützen konnte; er setzte sich ihr gegenüber in die Kaminecke, zufrieden, sie beobachten und ansehen zu können, bis sie ihr Köpfchen erhob und ihm zulächelte wie in alten Tagen; er besorgte heimlich die häuslichen Arbeiten, die ihren Kräften zu schwer fielen, er stand sogar mitten in kalter dunkler Nacht auf, um die Schlafende atmen zu hören, und kauerte wohl stundenlang an ihrem Bett, bloß um ihre Hand berühren zu können. Nur der Allwissende war Zeuge der Hoffnungen, der Besorgnisse und der Gedanken inniger Liebe, die in diesem zerrütteten Gehirn wühlten, nur er kannte die Veränderung, die mit dem armen alten Manne vorgegangen war.

Wochen waren inzwischen vergangen und das Kind brachte bisweilen, erschöpft, obgleich von keiner sonderlichen Anstrengung, ganze Abende auf einem Ruhebette neben dem Feuer zu. Bei solchen Gelegenheiten brachte der Schulmeister Bücher und las ihr vor; auch verging selten ein Abend, ohne daß der Bachelor zu Besuch kam und ihn abwechselnd in diesem Geschäft ablöste. Der alte Mann saß da und hörte zu – er verstand zwar kaum die Worte, verließ aber Nell mit keinem Auge –, und wenn sie lächelte oder wenn sich ihr Gesicht bei dem Gelesenen aufheiterte, so nannte er die Geschichte schön und gewann sogar eine Vorliebe für das Buch. Wenn bei den allabendlichen Plaudereien der Bachelor eine Geschichte erzählte, die ihr gefiel – was gewöhnlich der Fall war –, so gab sich der alte Mann alle Mühe, sie seinem Gedächtnis einzuprägen, und nicht selten, wenn sich der Bachelor entfernte, schlich er ihm nach und bat ihn demütig, er möchte ihm irgendeinen Teil derselben noch einmal erzählen, damit auch er es lerne, Nell ein Lächeln abzugewinnen.

Dies waren jedoch zum Glück nur seltene Stunden, denn Nell sehnte sich ins Freie, um in ihrem feierlichen Garten spazierengehen zu können. Es kamen auch Gesellschaften, die die Kirche sehen wollten, und diese erzählten andern von dem Kinde, die dann auch kamen, so daß sie sogar um diese Zeit des Jahres fast täglich Besuche hatten. Der alte Mann folgte ihnen dann in kleiner Entfernung durch die öden Räume, horchte auf die Stimme, die er so sehr liebte, und wenn die Fremden sich von Nell verabschiedeten, so pflegte er heranzutreten, um einige Bruchstücke von ihrer Unterhaltung aufzufangen, oder er stellte sich in gleicher Absicht, das graue Haupt unbedeckt, an die Tür, durch welche sie gehen mußten. Sie lobten stets den Verstand und die Schönheit des Kindes, und er war stolz darauf, sie so sprechen zu hören. Aber was war es, was sie so oft hinzusetzten, was sein Herz zerriß und was ihn veranlaßte, in irgendeinen dunkeln Winkel zu schleichen und dort zu schluchzen und zu weinen? Ach! Selbst gleichgültige Fremde, sie, die kein anderes Gefühl als das Interesse eines Augenblicks für sie hatten, sie, die fortgingen und in der nächsten Woche schon vergessen hatten, daß ein solches Wesen lebte: selbst sie sahen es, selbst sie hatten Mitleid mit ihr, selbst sie boten ihm so teilnehmend einen guten Tag und flüsterten im Vorbeigehen.

Auch unter den Einwohnern des Dorfes, die alle die arme Nell liebgewonnen hatten, herrschte das gleiche Gefühl, eine Zärtlichkeit, eine teilnehmende Rücksicht für sie, die sich mit jedem Tage mehrte. Sogar die leichtsinnigen und gedankenlosen Schulknaben kümmerten sich um sie. Selbst dem wildesten unter ihnen tat es leid, wenn er sie auf seinem Wege zur Schule nicht auf ihrem gewohnten Platze sah, und er ließ sich den Umweg nicht verdrießen, an ihrem Gitterfenster nach ihr zu fragen. Saß sie in der Kirche, so blickten sie vielleicht verstohlen zu der offenen Tür herein, aber sie redeten sie nicht an, wenn sie nicht aufstand und auf sie zukam, um mit ihnen zu sprechen. Alle fühlten es, daß Nell hoch über ihnen stände.

So auch sonntags. Es gab in der Kirche nichts als arme Landleute, denn das Schloß, in dem die alte Familie gelebt hatte, war eine leere Ruine, und auf sieben Meilen im Umkreise lebten nur arme Häusler. Auch hier, wie überall, weckte Nell Teilnahme. Man sammelte sich vor und nach dem Gottesdienst um sie bei dem Portale; kleine Kinder klammerten sich an ihren Rock, und alte Männer und Weiber vergaßen ihr Geplauder, um sie freundlich zu begrüßen. Niemand von ihnen, alt oder jung, ließ sichs einfallen, ohne ein liebevolles Wort an ihr vorbeizugehen. Viele, die drei oder vier Meilen weit herkamen, brachten ihr kleine Geschenke, und selbst die Ärmsten und Rauhesten hatten einen frommen Wunsch für sie.

Sie hatte die Kinder, die sie bei ihrem ersten Friedhofsgang auf den Gräbern spielen sah, aufgesucht. Eins von ihnen – der kleine Junge, der ihr von seinem Bruder erzählte – war ihr

Liebling und Freund, und oft saß er neben ihr in der Kirche oder klomm mit ihr zu dem Turmkranze hinauf. Es war ihm eine Lust, wenn er ihr helfen konnte oder zu helfen vermeinte, und so wurden sie bald fast unzertrennliche Gefährten.

Eines Tages, als Nell einsam auf ihrem alten Plätzchen saß und las, kam dieser Knabe mit Tränen in den Augen auf sie zugelaufen, und nachdem er sie einen Augenblick aus scheuer Entfernung angelegentlich betrachtet hatte, schlang er leidenschaftlich seine kleinen Arme um ihren Nacken.

»Was hast du?« fragte Nell ihn beschwichtigend. »Was gibt es denn?«

»Sie ists noch nicht!« rief der Knabe, sie noch inniger umarmend. »Nein, nein! Noch nicht!«

Sie sah ihn verwundert an, strich ihm das Haar aus dem Gesicht, küßte ihn und fragte, was er damit sagen wolle.

»Nein, du sollst keiner sein, liebe Nell!« rief der Knabe. »Wir können sie nicht sehen. Sie kommen nie, um mit uns zu plaudern oder zu spielen. Bleibe, was du bist! Es ist so besser.«

»Ich verstehe dich nicht«, versetzte Nell. »Sage mir, was du meinst!«

»Nun«, entgegnete der Knabe, indem er ihr ins Gesicht sah, »sie sagen, du würdest ein Engel sein, ehe die Vögel wieder singen. Aber gelt, das willst du nicht? Es ist zwar schön im Himmel, aber du mußt uns nicht verlassen! Verlaß uns, bitte, nicht!«

Nell senkte das Haupt und hielt die Hände vor ihr Antlitz.

»Nein, sie mag gar nicht daran denken!« rief der Knabe, durch seine Tränen jubelnd. »Du willst nicht gehen. Du weißt, wie weh es uns tun würde. Liebe Nell, sage mir, du willst bei uns bleiben. O bitte, bitte, versprich mir das!«

Das kleine Wesen faltete seine Händchen und kniete zu ihren Füßen nieder.

»Sieh mich nur an, Nell«, sagte der Knabe, »und sage mir, daß du bleiben willst. Ich werde dann wissen, daß sie unrecht haben, und will nicht mehr weinen. Magst du denn nicht ja sagen, Nell?«

Nell senkte das Haupt, bedeckte ihr Antlitz und blieb stumm, nur von einem leisen Schluchzen durchschüttert.

»Später einmal«, fuhr der Knabe fort, indem er versuchte, ihr die Hand wegzuziehen, »später einmal werden die lieben Engel froh sein, wenn sie denken, daß du nicht unter ihnen, sondern hier bei uns geblieben bist. Willy ist auch bei ihnen; aber wenn er gewußt hätte, wie ich ihn nachts in unserm kleinen Bette vermissen würde, so hätte er mich gewiß nicht verlassen.«

Noch immer konnte Nell nicht antworten und schluchzte fort, als ob ihr das Herz brechen müßte.

»Warum solltest du denn gehen wollen, liebe Nell? Ich weiß, du würdest nicht glücklich sein, wenn du hörtest, daß wir um dich weinen. Sie sagen, daß Willy jetzt im Himmel ist, und daß dort ewiger Sommer ist. Und doch weiß ich gewiß, es tut ihm leid, wenn ich drunten auf seinem Gartenbette liege und er sich nicht umwenden kann, um mich zu küssen! Aber wenn du gehst, Nell«, fügte der Knabe hinzu, indem er liebkosend sein Gesicht an das ihrige drückte, »sei lieb mit ihm um meinetwillen. Sage ihm, daß ich ihn noch immer liebhabe und wie sehr ich dich liebgehabt habe. Und wenn ich denke, daß ihr zwei beieinander und glücklich seid, so will ich versuchen, es zu ertragen, und dir nie durch Unarten weh tun, ja, ich will es gewiß nie!«

Nell ließ sich nun die Hände wegziehen und schlang sie um seinen Hals. Es war ein tränenreiches Schweigen; aber es dauerte nicht lange, und sie sah den Kleinen schon wieder lächelnd an und versprach ihm mit ungemein weicher und ruhiger Stimme, sie wolle bleiben und seine Freundin sein, solange der Himmel es zulasse. Er schlug freudig seine Hände zusammen und dankte ihr wiederholt. Sie verbot ihm, keinem Menschen zu sagen, was zwischen ihnen vorgefallen sei, was er auch auf das feierlichste versprach.

Er hielt Wort – soviel nämlich Nell davon erfahren konnte –, kam übrigens nie wieder auf dieses Thema zurück, das ihr schmerzlich geworden zu sein schien, obgleich er sich den Grund ihrer Traurigkeit nicht erklären konnte, blieb ihr ruhiger Begleiter auf allen ihren Spaziergängen und saß still neben ihr, wenn sie nachdenklich wurde. Er traute ihr aber doch nicht ganz; denn er kam oft, sogar spät am Abend, um vor der Tür draußen mit schüchterner Stimme zu fragen, ob sie wohlbehalten zu Hause wäre. Und wenn er eine bejahende Antwort erhielt und man ihn aufforderte hereinzukommen, ließ er sich gewöhnlich auf einem Schemel zu ihren Füßen nieder und blieb geduldig sitzen, bis man ihn suchte und mit heimnahm. So sicher täglich ein neuer Morgen heraufdämmerte, so sicher war er täglich in der Nähe des Hauses zu treffen, um sich nach ihrem Befinden zu erkundigen, und morgens, mittags oder abends ließ er alle seine Spielkameraden und Spiele im Stich, um ihr Gesellschaft zu leisten, wenn er wußte, daß sie irgendwohin ging.

»Und obendrein ist er ein guter, kleiner Freund«, sagte einmal der alte Totengräber zu ihr. »Als sein älterer Bruder starb – ich sollte eigentlich das Wort alt nicht gebrauchen, da er erst sieben Jahre zählte –, war es dieser Kleine, der sich besonders kränkte; ich erinnere mich dessen noch recht gut.«

Nell dachte an die Worte des Schulmeisters und fühlte, wie sich deren Wahrheit sogar an diesem unmündigen Kinde offenbarte.

»Ich glaube, er ist seitdem etwas still geworden«, fuhr der alte Mann fort, »obgleich er trotzdem zeitweilig noch lustig genug ist. Ich wette, Sie und er haben an dem alten Brunnen etwas zu erlauschen versucht.«

»Nein, gewiß nicht«, versetzte Nell. »Ich fürchtete mich, ihm nahezukommen, und gehe überhaupt nicht oft in jenen Teil der Kirche; ich kenne den Brunnen gar nicht.«

»So kommen Sie mit mir hinab«, sagte der alte Mann. »Ich kenne ihn von Jugend auf. Kommen Sie!«

Sie stiegen die schmalen Treppen hinunter, die zur Gruft führten, und blieben unter den dunkeln Gewölben an einer finstern und düstern Stelle stehen.

»Dies ist der Ort«, sagte der alte Mann. »Geben Sie mir Ihre Hand, damit Sie, wenn Sie den Deckel zurückwerfen, nicht stolpern und hinunterfallen. Ich bin zu alt – das heißt, die rheumatischen Schmerzen sitzen mir noch zu sehr in den Gliedern –, als daß ich mich bücken könnte.«

»Ein finsterer und schrecklicher Ort!« rief die Kleine.

»Sehen Sie hinunter«, sagte der alte Mann, indem er mit dem Finger nach der Öffnung deutete.

Nell gehorchte und schaute in die Tiefe hinab.

»Es sieht aus wie ein leibhaftiges Grab«, sagte der alte Mann.

»Freilich«, versetzte das Kind.

»Es ist mir oft so vorgekommen«, fuhr der Totengräber fort, »als habe man ursprünglich den Brunnen nur deshalb gegraben, um den alten Ort noch düsterer und die alten Mönche noch frömmer zu machen. Er soll geschlossen und überbaut werden.«

Das Kind blieb noch immer stehen und sah gedankenvoll in die hohle Tiefe.

»Wir wollen sehen«, sagte der Totengräber, »über welchen frohen Häuptern sich neue Erde geschlossen haben wird, wenn es einmal hier mit dem Licht ein Ende hat. Weiß Gott! Sie wollen den Brunnen zuwerfen im nächsten Frühjahr.«

»Im Frühjahr singen die Vögel wieder«, dachte Nell, als sie an ihrer Fensterbrüstung lehnte und in die untergehende Sonne schaute. »Frühling! Welch eine schöne und glückliche Zeit!«

Sechsundfünfzigstes Kapitel

Am ersten oder zweiten Tage nach Quilps Teegesellschaft in der ›Wildnis‹ ging Herr Swiveller zur gewohnten Stunde in die Kanzlei des Herrn Sampson Braß, und da er zufällig in diesem Tempel der Rechtschaffenheit allein war, legte er seinen Hut auf das Pult, zog aus seiner Tasche einen schmalen Streifen schwarzen Flors, legte ihn zusammen und steckte ihn wie ein Hutband fest. Nachdem er dieses Anhängsel zustande gebracht, betrachtete er seine Arbeit mit großem Wohlgefallen, setzte den Hut wieder auf und drückte ihn ganz schief in die Stirn, um den Effekt der Trauer zu erhöhen. So zu seiner vollkommenen Zufriedenheit ausstaffiert, steckte er seine Hände in die Taschen und spazierte gemessenen Schrittes in der Kanzlei auf und ab.

»So ging es mir immer«, sagte Herr Swiveller, »immer und ewig. Es war immer so, von Jugend auf mußt mich mein schönstes Hoffen trügen; ich durfte keiner Blüte nahen, sollt sie nicht schnell im Sturm verfliegen. Nie zog ich mir ein liebevolles Weibchen, daß mich ihr Aug bestrahl mit Lust, daß ich nicht sehen mußt das Täubchen sich einem Handelsgärtner werfen an die Brust.«

Von solchen Betrachtungen überwältigt blieb Herr Swiveller vor dem Klientenstuhle stehen und warf sich in dessen offene Arme.

»Und das«, sagte Herr Swiveller mit einer Art trotziger Fassung, »das nennt man, glaube ich, Leben. Natürlich, und warum nicht? Ich bin ganz zufrieden. Ich will es tragen«, fügte Richard hinzu, indem er seinen Hut wieder abnahm und ihm einen Blick zuwarf, als würde er nur durch pekuniäre Rücksichten abgehalten, ihn mit seinen Füßen zu treten, »ich will es tragen, dies Sinnbild weiblicher Treulosigkeit, als Erinnerungszeichen an sie, mit der ich nie mehr Tanzfiguren schlingen werde, deren Gesundheit ich nie wieder ausbringen will mit dem ›Rosigen‹, und die für den kurzen Rest meines Daseins meine Ruhe gemordet. Ha ha ha!«

Damit dem Schluß dieses Selbstgespräches nicht Disharmonie zum Vorwurf gemacht werde, muß ich bemerken, daß Herr Swiveller nicht mit einem fröhlichen, heiteren Lachen endigte, was ohne Zweifel im Widerspruch zu seinen feierlichen Betrachtungen gestanden hätte, sondern daß er, einmal in einer theatralischen Laune, nur eine Vorstellung zum besten gab, die man in Melodramen ›das Gelächter eines Teufels‹ nennt; denn es scheint, daß Teufel immer in Silben lachen, und zwar in drei Silben, nie mehr und nie weniger, was eine merkwürdige und beachtenswerte Eigentümlichkeit dieses würdigen Geschlechtes ist.

Diese schrecklichen Töne waren kaum verhallt, und Herr Swiveller saß noch immer in einer gar grimmigen Stimmung auf dem Klientenstuhl, als ein Klingeln oder, um den Schall seiner trüben Stimmung anzupassen, ein Totengeläute an der Bureautür sich hören ließ. Er öffnete mit aller Hast und schaute in das ausdruckslose Antlitz des Herrn Chuckster, den er alsbald mit einem brüderlichen Gruß empfing.

»Du bist teufelmäßig früh in dieser verpesteten alten Mörderhöhle«, sagte dieser Gentleman, indem er auf einem Beine balancierte und das andere nachlässig hin und her schlenderte.

»Ziemlich«, versetzte Dick.

»Ziemlich?« entgegnete Herr Chuckster mit jener Miene graziöser Sorglosigkeit, die ihm so gut stand. »Das sollt ich meinen. Ei, mein Freundchen, weißt du auch, wieviel es geschlagen hat? – Halb zehn Uhr morgens.«

»Willst du nicht hereinkommen?« sagte Dick. »Mutterseelenallein. Swiveller solus. ›Dies ist des Zaubers . . .‹«

»›Nächtliche Stunde!‹«

»›Wo Gräber sich öffnen . . .‹«

»›Und Tote machen die Runde.‹«

Nach Beendigung dieses dialogisierten Zitates fiel jeder der beiden Gentlemen in eine Attitüde, worauf sich beide wieder zur Prosa herabließen und in die Kanzlei spazierten. Solche Begeisterungsbrocken waren etwas Gewöhnliches unter den ›gloriosen Apollers‹ und bildeten in der Tat die Kette, die sie zusammenknüpfte und über die ertötende Langeweile der Erde erhob.

»Nun, und wie befindest du dich, altes Haus?« sagte Herr Chuckster, indem er einen Stuhl nahm. »Ich sah mich genötigt, wegen einiger kleinen Privatangelegenheiten in die City zu gehen, und konnte nicht an der Ecke vorbei, ohne ein bißchen hier anzuklopfen; aber bei meiner Seele, ich erwartete nicht, dich zu treffen. Es ist noch so unmenschlich früh.«

Herr Swiveller bedankte sich höflich. Und da sich aus der weiteren Unterhaltung ergab, daß er gesund und daß Herr Chuckster sich eines gleich beneidenswerten Zustandes erfreute, so stimmten die beiden Gentlemen nach dem feierlichen Brauche der alten Brüderschaft, der sie angehörten, einige Strophen des populären Duetts: ›Alles ist wohl!‹ an, das mit einem langen Triller schloß.

»Und was gibts Neues?« fragte Richard.

»Die Stadt ist so flach wie die Oberfläche eines holländischen Ofens, mein teurer Bundesbruder«, versetzte Herr Chuckster. »Es gibt nichts Neues! Apropos! Euer Mietsmann ist ein ganz außerordentlicher Mensch. Er bietet der kräftigsten Fassungsgabe Hohn, mußt du wissen; es hat nie einen solchen Kerl gegeben!«

»Was hat er denn wieder getrieben?« fragte Dick.

»Beim Jupiter!« entgegnete Herr Chuckster, indem er eine längliche Schnupftabakdose herauszog, deren Deckel mit einem seltsam in Messing gearbeiteten Fuchskopf verziert war, »der Mann ist unergründlich. Herr! Dieser Mensch hat mit unserm Volontär Freundschaft geschlossen! Es steckt zwar kein Arg in ihm, aber er ist so erstaunlich begriffsstutzig und einfältig. Nun, wenn er einen Freund brauchte, warum wählte er sich nicht einen, der auch etwas versteht und der ihm durch sein Wesen und seine Konversation nur wohltun würde? Ich habe allerdings meine Fehler«, sagte Herr Chuckster.

»Nein, nein!« fiel ihm Herr Swiveller ins Wort.

»O ja, ich habe meine Fehler; niemand kennt seine Fehler besser, als ich die meinigen. Aber«, sagte Herr Chuckster, »ich bin kein Waschlappen. Meine schlimmsten Feinde – jeder Mensch hat seine Feinde, und auch ich habe die meinigen – konnten mir nie zur Last legen, daß ich ein Waschlappen sei. Und ich will dir etwas sagen, wenn ich nicht mehr von jenen Eigenschaften besäße, die gewöhnlich den Menschen seinem Nächsten lieb und wert machen, als unser Volontär, so wollte ich augenblicklich einen Laib Cheshirekäse stehlen, ihn um den Hals binden und mich ersäufen. Dann stürbe ich wenigstens so gemein, als ich gelebt hätte. Ja, das wollte ich, bei meiner Ehre!«

Herr Chuckster schwieg, klopfte mit dem Knöchel seines Zeigefingers dem Fuchskopf geradezu auf die Nase, nahm eine Prise und sah Herrn Swiveller fest an, als wollte er sagen: ›Wenn du glaubst, daß ich niesen werde, so bist du gewaltig auf dem Holzwege.‹

»Nicht zufrieden damit«, fuhr Herr Chuckster fort, »den Abel zu seinem Freunde gemacht zu haben, nährt er jetzt auch noch die Bekanntschaft mit Vater und Mutter. Seit seiner Heimkehr von jener wilden Gänsejagd ist er oft dort gewesen, hat eigentlich dort gewohnt. Auch begünstigt er noch außerdem den jungen Schlüffel; du wirst finden, daß er ohne Unterlaß in ihr Haus kommt; und doch glaube ich nicht, daß er außer den gewöhnlichen Höflichkeitsformeln nur sechs Worte mit *mir* gewechselt hat. Nun, bei meiner Seele, du mußt wissen«, sagte Herr Chuckster, indem er ernst den Kopf schüttelte, wie wohl Menschen zu tun pflegen, wenn sie glauben, daß eine Sache ein bißchen zu weit geht; »das Ganze ist eine so gemeine Geschichte, daß mir gar nichts anderes übrigbliebe, als die Geschäftsverbindung zu lösen, wenn ich nicht Mitleid fühlte mit meinem Prinzipal, von dem ich weiß, daß er ohne mich nicht auszukommen vermag. Es bliebe mir gar keine Wahl.«

Herr Swiveller, der auf einem andern Bocke seinem Freund gegenübersaß, schürte in einem Übermaß von Sympathie das Feuer, aber schwieg.

»Was den jungen Schlüffel anbelangt«, fuhr Herr Chuckster mit einem prophetischen Blicke fort, »so wirst du schon sehen, daß es ein schlimmes Ende mit ihm nimmt. In unserm Berufe hat man etwas Menschenkenntnis. Und ich gebe dir mein Wort, daß der Kerl, der da zurückkam, um seinen Schilling abzuverdienen, sich nächster Tage in seiner wahren Farbe zeigen wird. Er ist ein gemeiner Dieb, sage ich dir. Er muß es sein!«

Da Herr Cuckster einmal im Feuer war, so würde er wahrscheinlich diesen Gegenstand noch weiter und in einer schwungvolleren Sprache verfolgt haben, wenn ihn nicht ein Klopfen an der Tür, das einen Geschäftsbesuch anzukündigen schien, veranlaßt hätte, einen stärkeren Ausdruck von Schlappheit anzunehmen, als sich mit seiner kürzlichen Erklärung ganz vertragen wollte. Herr Swiveller, der das Klopfen gleichfalls gehört hatte, ließ seinen Bock schnell um eines seiner – des Bockes – Beine tanzen, bis er sich vor seinem Schreibepult befand, in das er das Schüreisen stieß, welches er in der plötzlichen Verwirrung seines Geistes wegzulegen vergessen hatte; dann rief er: »Herein!«

Und wer anders präsentierte sich jetzt als ebenderselbe Kit, der die Ursache von Herrn Chucksters Zorn gewesen war! Noch nie hat ein Mensch seinen Mut so rasch wieder aufgerafft oder eine so trotzige Miene gemacht als jetzt Herr Chuckster, sobald er sah, daß es Kit sei. Herr Swiveller stierte ihn einen Augenblick an, hüpfte dann von seinem Bock herunter, holte das Schüreisen aus seinem Versteck hervor und vollführte damit in einer Art von Wahnsinn das ganze Säbelexerzitium mit all seinen Hieben und Paraden.

»Ist der Herr zu Hause?« fragte Kit, etwas verblüfft über diese ungewöhnliche Aufnahme.

Ehe Herr Swiveller noch antworten konnte, ersah Herr Chuckster die Gelegenheit, gegen diese Frageform entrüsteten Protest einzulegen, indem er sie für respektwidrig und schlüffelartig erklärte. Da doch hier zwei Herren ständen, hätte er nach dem andern Herrn fragen sollen; noch besser hätte er indes getan – denn es sei nicht unmöglich, daß der Gegenstand seiner Nachfrage ein Mensch von geringerer Qualität sei –, den Namen zu nennen und die Entscheidung über dessen Stellung im Leben dem Gutachten seiner Zuhörer zu überlassen. Herr Chuckster bemerkte ferner, daß er Grund habe zu glauben, Kit wollte ihm gegenüber durch diese Anrede persönlich werden, und er sei nicht der Mann, der mit sich scherzen lasse, wie gewisse Schlüffel – die er nicht besonders namhaft zu machen oder zu beschreiben für gut erachtete – auf ihre eignen Unkosten erfahren dürften.

»Ich meine den Herrn im ersten Stock«, entgegnete Kit, sich an Richard Swiveller wendend. »Ist er zu Hause?«

»Warum?« entgegnete Dick.

»Weil ich, wenn dies der Fall ist, einen Brief für ihn habe.«

»Von wem?« fragte Dick.

»Von Herrn Garland.«

»Oh!« sagte Dick mit außerordentlicher Höflichkeit, »dann kann er hier abgegeben werden, Musjö. Und wenn Ihr eine Antwort haben wollt, so könnt Ihr auf dem Hausflur warten, Musjö, der ein luftiger, wohlgelüfteter Raum ist.«

»Ich danke«, erwiderte Kit; »aber entschuldigen Sie, ich habe den Auftrag, ihn selbst abzuliefern.«

Die ungeheure Vermessenheit dieser Antwort überwältigte Herrn Chuckster so sehr und verletzte so sehr sein Zartgefühl für die Ehre seines Freundes, daß er erklärte, wenn er nicht durch amtliche Rücksichten abgehalten würde, so hätte er Kit notwendig auf der Stelle vernichten müssen, eine Ahndung des Schimpfes, die seines Erachtens infolge aller erschwerenden Umstände sicherlich die Sanktion und die Billigung jedes englischen Gerichtshofes erhalten würde, der zweifellos folgendes Urteil gefällt hätte: ›Gerechtfertigter Totschlag, außerdem noch ein ungemein günstiges Zeugnis für die Moralität und den Charakter des Rächers.‹

Herr Swiveller, der die Sache ruhiger nahm, schämte sich ein wenig über die Aufregung seines Freundes und wußte nicht recht, wie er sich benehmen sollte – denn Kit blieb ganz gelassen und heiter –, als man auf einmal den ledigen Herrn ungestüm auf der Treppe rufen hörte.

»Habe ich nicht jemanden hereinkommen sehen, der zu mir will?« rief der Mietsmann.

»Ja, Sir«, versetzte Dick. »Gewiß, Sir!«

»Nun, wo bleibt er denn?« brüllte der ledige Herr.

»Er ist hier, Sir«, entgegnete Swiveller. »Nun, junger Mann, hört Ihr nicht, daß Ihr hinaufgehen sollt? Seid Ihr taub?«

Kit schien es nicht der Mühe wert zu halten, sich in einen weiteren Wortwechsel einzulassen, sondern eilte fort und überließ es den ›gloriosen Apollers‹, einander stumm anzugaffen.

»Habe ichs nicht gesagt?« begann endlich Herr Chuckster. »Was hältst du davon?«

Herr Swiveller war im Grunde ein gutmütiger Bursche, und da er in Kits Benehmen gerade keine ungeheuer große Bosheit entdecken konnte, wußte er kaum, was er darauf antworten sollte. Er wurde jedoch aus seiner Verlegenheit erlöst durch den Eintritt des Herrn Sampson und seiner Schwester, Miß Sally, bei deren Anblick Herr Chuckster sogleich Reißaus nahm.

Herr Braß und seine liebenswürdige Begleiterin schienen während ihres frugalen Frühstücks über eine Sache von großer Wichtigkeit und Bedeutung zu Rate gegangen zu sein. Gelegentlich solcher Konferenzen erschienen sie gewöhnlich eine halbe Stunde später als sonst und mit lächelnden Gesichtern in der Kanzlei, als hätten die eben gesponnenen Ränke und Pläne ihre Gemüter beruhigt und ein schönes Licht auf ihren mühsamen Pfad geworfen. In dem vorliegenden Falle schienen sie besonders heiter. Miß Sallys Antlitz strahlte in einem öligen Glanze, und Herr Braß rieb sich ungemein fröhlich und erleichtert die Hände.

»Nun, Herr Richard«, fragte Herr Braß, »was machen wir diesen Morgen? Sind wir hübsch frisch und heiter, Sir – he, Herr Richard?«

»So ziemlich, Sir«, versetzte Dick.

»Das ist recht«, sagte Braß. »Ha ha! Wir sollten so heiter sein wie die Lerchen, Herr Richard. – Warum nicht? Es ist eine schöne Welt, in der wir leben, Sir, eine sehr schöne Welt. Sie hat zwar ihre schlechten Menschen, Herr Richard, aber wenn es keine schlechten Menschen gäbe, so hätten wir auch keine guten Advokaten. Ha ha! Hat die Post diesen Morgen Briefe gebracht, Herr Richard?«

Herr Swiveller verneinte.

»Ha!« sagte Braß, »tut nichts. Geht das Geschäft heute flau, so wird sichs dafür morgen um so besser machen. Ein zufriedener Geist, Herr Richard, ist Süßigkeit in dem Becher des Daseins. Jemand hiergewesen, Sir?«

»Nur mein Freund«, entgegnete Dick. »Mögen wir nie des . . .«

»Freundes entbehren«, stimmte Herr Braß hastig ein, »oder der Flasche, die er mit uns leert. Ha ha! Nicht wahr, so heißts im Liede? Ein sehr gutes Lied, Herr Richard, sehr gut. Es liegt so viel Gefühl darin. Ha ha! Ihr Freund ist der junge Mensch aus Witherdens Bureau, glaube ich, ja? – Mögen wir nie eines . . . Sonst niemand hiergewesen, Herr Richard?«

»Nur jemand, der zu unserm Mietsmann wollte«, versetzte Herr Swiveller.

»Ah, wirklich!« rief Braß. »Jemand, der zu unserm Mietsmann wollte, he? Ha ha! Mögen wir nie eines Freundes entbehren oder . . . Es wollte also jemand zu dem Mietsmann, he, Herr Richard?«

»Ja«, entgegnete Dick, ein wenig verblüfft über die außerordentliche Heiterkeit, die sein Prinzipal an den Tag legte. »Er ist eben oben.«

»Eben oben?« rief Braß. »Ha ha! Mögen sie fröhlich und frei sein; tralalara. He, Herr Richard? Ha ha!«

»O gewiß«, erwiderte Dick.

»Und wer«, fuhr Braß fort, indem er unter seinen Papieren stöberte, »wer ist bei dem Mietsmann zu Besuch, doch keine Dame, hoffe ich, he, Herr Richard? Sie wissen, die Sittlichkeit von Bevis-Marks – ›wenn schöne Frauen in der Torheit Schlingen‹ – und so weiter, wie, Herr Richard?«

»Ein junger Mann, der gleichfalls oder wenigstens halb zu Witherdens gehört«, entgegnete Richard; »Kit ist sein Name.«

»Kit, he?« rief Braß. »Sonderbarer Name, Name von eines Tanzmeisters Instrument, he, Herr Richard? Ha ha! Kit also, Kit ist da? Oh!«

Dick blickte auf Miß Sally und wunderte sich, daß sie dieser ungewöhnlich überströmenden Laune des Herrn Sampson keine Zügel anlegte. Da sie jedoch keinen Versuch machte, dergleichen zu tun, sondern eher geneigt schien, ihn ruhig gewähren zu lassen, so schloß er daraus, sie müßten eben jemand betrogen und die Rechnung bezahlt erhalten haben.

»Wollen Sie die Güte haben, Herr Richard«, sagte Braß, einen Brief von seinem Pulte nehmend, »mit diesem Brief geschwind zu Peckham Rye hinüberzugehen? Antwort ist nicht nötig; aber das Billett ist wichtig und sollte daher eigenhändig überliefert werden. Belasten Sie die Kanzlei mit den Kosten des Wagens für die Retourfahrt; schonen Sie das Bureau nicht; klopfen Sie so viel heraus, wie Sie können – Schreibers Motto – he, Herr Richard? Ha ha!«

Herr Swiveller legte feierlich die Wassersportjacke ab, zog seinen Rock an, nahm seinen Hut vom Nagel, steckte den Brief in die Tasche und entfernte sich. Er war kaum fort, als Miß Sally Braß aufstand, ihrem Bruder, der als Antwort nickte und seine Nase strich, ein süßes Lächeln zuwarf und gleichfalls fortging.

Sobald Sampson Braß allein war, öffnete er die Bureautür weit, setzte sich ihr gerade gegenüber an das Pult, so daß er jedermann sehen mußte, der herunterkam und fortging, und begann emsig und äußerst gutgelaunt zu schreiben. Dabei summte er mit einer Stimme, die alles eher als musikalisch war, gewisse abgerissene Melodien vor sich hin, die sich auf die Eintracht zwischen Kirche und Staat zu beziehen schienen, da sie aus dem Abendhymnus und dem ›God save the king‹ zusammengesetzt waren.

So saß der Anwalt von Bevis-Marks eine geraume Zeit da, schreibend und summend, indem er nur hin und wieder innehielt, um mit verschmitztem Gesicht zu horchen; und wenn er dann nichts hörte, fuhr er fort, lauter zu summen und langsamer zu schreiben als zuvor. Endlich hörte er während einer dieser Pausen, daß die Zimmertür seines Mietsmannes auf- und wieder zugemacht wurde und daß Tritte die Treppe herunterkamen. Jetzt hörte Herr Braß ganz auf zu schreiben, während er, die Feder in seiner Hand, aufs allerlauteste summte. Dabei wiegte er den Kopf von einer Seite zur andern wie ein Mann, dessen ganze Seele Musik ist, und seine Lippen umspielte ein wahrhaft seraphisches Lächeln.

Die Treppe und die süßen Laute führten Kit natürlich dem Schauspiel dieses holden Hin- und Herwackelns zu. Sobald er aber vor der Tür anlangte, unterbrach Herr Braß seinen Gesang, nicht aber sein Lächeln, nickte zutraulich und winkte ihm mit der Feder, hereinzukommen.

»Kit«, sagte Herr Braß in der denkbar gewinnendsten Weise, »wie befinden Sie sich?«

Kit, der etwas scheu gegen diesen seinen Freund war, gab eine höfliche Antwort und hatte bereits seine Hand auf dem Schloß der Haustür, als ihn Herr Braß sanft zurückrief.

»Sie werden doch, bitte, nicht schon gehen, Kit«, sagte der Anwalt mit einer geheimnisvollen, aber doch geschäftsmäßig aussehenden Miene. »Ists Ihnen nicht gefällig, ein wenig hereinzuspazieren? Ach du mein Himmel, du mein Himmel! Wenn ich Sie sehe«, fügte der Rechtsgelehrte hinzu, indem er von seinem Bocke aufstand und sich mit dem Rücken gegen das Feuer stellte, »so werde ich an das süßeste kleine Gesicht erinnert, das mir je vor die Augen gekommen ist. Ich weiß noch recht wohl, wie Sie zwei- oder dreimal in das Haus kamen, nachdem wir davon Besitz ergriffen hatten. Ach, Kit, mein lieber Freund, Männer meines Berufes haben bisweilen so peinliche Pflichten zu erfüllen, daß Sie uns nicht beneiden dürfen, nein, wahrhaftig nicht!«

»Das tue ich auch gar nicht, Sir«, versetzte Kit, »obschon es für meinesgleichen nicht paßt, darüber zu urteilen.«

»Unser einziger Trost«, fuhr der Rechtsgelehrte fort, indem er ihn mit einer Art gedankenvoller Zerstreutheit ansah, »besteht darin, daß wir doch den Sturm zu beschwichtigen vermögen, wenn wir ihn auch nicht ganz abwenden können. Wir können ihn mildern, daß er, wenn ich so sagen darf, den geschorenen Lämmern weniger weh tut.«

»Geschoren ist das rechte Wort!« dachte Kit, »das stimmt!« Aber er sagte nichts.

»Bei jener Gelegenheit, Kit«, sagte Herr Braß, »bei der ebengenannten Gelegenheit hatte ich einen harten Strauß mit Herrn Quilp zu bestehen – denn Herr Quilp ist ein gefühlloser Mann –, um ihn zu der Nachsicht, die er ihnen zuteil werden ließ, zu bewegen. Es hätte mich einen Klienten kosten können. Aber die leidende Tugend begeisterte mich, und ich siegte.«

»Er ist doch nicht gar so schlecht«, dachte der ehrliche Kit, als der Anwalt seine Lippen aufwarf und die Miene eines Mannes annahm, der mit seinen besseren Gefühlen kämpft.

»Ich *achte* Sie, Kit«, fuhr Herr Braß mit Rührung fort. »Ich habe Sie damals oft genug in Ihrem Tun beobachten können, um Sie zu achten, obgleich Ihre Stellung nur eine niedrige und Ihr Vermögen höchst unbedeutend ist. Nein, ich sehe nicht auf die Weste, die einer anhat, sondern auf das Herz. Die quadrillierten Streifen der Weste sind bloß die Drähte des Käfigs. Aber das Herz ist der Vogel. Ach, wie viele von diesen Vögeln mausern beständig und stecken ihre Schnäbel durch die Drähte, um nach aller Welt zu picken!«

Diese poetische Figur, die Kit für eine spezielle Anspielung auf seine eigene quadrillierte Weste nahm, überwältigte ihn ganz und gar. Die Stimme und das Benehmen des Herrn Braß steigerte den Effekt nicht wenig, denn er sprach mit all dem milden Ernst eines Einsiedlers und hätte nur eines Strickes um seinen rostfleckigen Überrock und eines Totenkopfes auf dem Kaminsims bedurft, um sich ganz auf diesen Geschäftszweig werfen zu können.

»Ja, ja«, sagte Sampson mit einem Lächeln, wie gute Menschen zu lächeln pflegen, wenn sie ihre eigene Schwäche oder die ihrer Nebenmenschen bemitleiden, »wir sind noch weit vom Ziele. Ists Ihnen gefällig, dies zu sich zu stecken?«

Als er so sprach, deutete er auf zwei halbe Kronen, die auf dem Pulte lagen.

Kit sah zuerst das Geld und dann Braß an und zögerte.

»Es ist für Sie«, sagte Braß.

»Von ...«

»Gleichviel, von wem es kommt«, versetzte der Rechtsgelehrte. »Wenn Sie wollen, sagen Sie von mir. Wir haben exzentrische Freunde zu unsern Häupten, Kit, und wir dürfen keine Frage stellen oder zuviel schwatzen, verstanden? Sie haben weiter nichts zu tun, als das Geld zu nehmen; und unter uns gesagt, ich glaube nicht, daß es das letzte sein wird, das Sie aus dieser Quelle schöpfen werden. Ich fürchte nicht. Gott befohlen, Kit. Gott befohlen!«

Unter vielen Dankesworten und noch mehr Selbstvorwürfen, daß er auf so geringfügige Anlässe hin einem Mann mißtraut hatte, der sich beim allerersten Gespräch so ganz anders zeigte, als er geglaubt, nahm Kit das Geld und eilte nach Hause. Herr Braß blieb zurück, um sich an dem Feuer zu bähen, und nahm seine musikalische Übung nebst seinem seraphischen Lächeln wieder auf.

»Kann ich kommen?« fragte Miß Sally hereinschauend.

»O ja, du magst kommen«, entgegnete ihr Bruder.

»Hm?« hustete Miß Braß fragend.

»Ja«, erwiderte Sampson, »ich möchte sagen, es ist so gut wie abgetan.«

Siebenundfünfzigstes Kapitel

Herrn Chucksters unwillige Befürchtungen entbehrten nicht ihrer Grundlage. Jedenfalls wollte die Freundschaft zwischen dem ledigen Herrn und Herrn Garland nicht erkalten, sie machte vielmehr Riesenfortschritte und wurde immer wärmer und inniger. Sie standen bald in einem beständigen persönlichen oder brieflichen Verkehr, und da der ledige Herr sich damals etwas unwohl fühlte – höchstwahrscheinlich infolge der Aufregungen und Enttäuschungen der letzten Tage –, war Anlaß vorhanden, eine noch häufigere Korrespondenz zu unterhalten, so daß fast jeden Tag einer der Insassen von Abel Cottage zwischen Bevis-Marks und Finchley ab- und zuging.

Da das Pony nun seine Maske endgültig abgeworfen hatte und ohne irgendwelche Beschönigungen oder Kreuzmanöver sich geradezu hartnäckig weigerte, einem andern Lenker als Kit zu folgen, traf es sich regelmäßig, daß Kit immer dabei war, mochte nun Herr Garland oder Herr Abel auf Besuch kommen. Alle Aufträge und Anfragen mußte natürlich Kit von Rechts wegen besorgen, und so kam es denn, daß er, während der ledige Herr unwohl war, jeden Morgen fast so regelmäßig wie der Postbote in Bevis-Marks eintraf.

Herr Sampson Braß, der zweifellos seine Gründe hatte, ein scharfes Augenmerk auf alles zu haben, was um ihn vorging, hatte bald den Tritt des Ponys und das Rasseln der kleinen Chaise an der Straßenecke unterscheiden gelernt. Sooft dieses Geräusch sein Ohr traf, legte er seine Feder nieder, begann seine Hände zu reiben und das größte Entzücken an den Tag zu legen.

»Ha ha!« konnte er rufen, »da ist das Pony wieder! Höchst merkwürdiges Pony; außerordentlich gelehrig – he, Herr Richard, he, Sir?«

Es versteht sich von selbst, daß Dick irgendeine darauf bezügliche Antwort gab, und Herr Braß, der sich auf die untere Sprosse seines Bockes stellte, um über die Gardinen hinweg einen Ausblick auf die Straße zu gewinnen, nahm die Besucher in Augenschein.

»Der alte Herr wieder!« rief er; »ein sehr einnehmender alter Herr, charmantes Gesicht, Sir, außerordentlich ruhig, Wohlwollen in jedem Zuge, Sir. Er verwirklicht ganz meine Idee von dem König Lear, wie er aussah, als er noch im Besitz seines Königreichs war, Herr Richard. Derselbe gute Humor, dasselbe weiße, zum Teil kahle Haupt, dieselbe Zugänglichkeit für Betrügerei. Ah! ein angenehmer Gegenstand für Betrachtungen, Sir, höchst angenehm!«

Wenn dann Herr Garland abgestiegen und die Treppe hinaufgegangen war, nickte Sampson Kit durch das Fenster zu, lächelte ihn freundlich an und ging dann wohl auch auf die Straße hinaus, um ihn zu begrüßen, worauf sich dann eine Unterhaltung etwa in folgender Weise zu entwickeln pflegte.

»Wirklich bewunderungswürdig gestriegelt, Kit« – Herr Braß streichelt das Pony – »macht Ihnen große Ehre, erstaunlich glatt und blank. Es sieht buchstäblich aus, als ob es über und über gefirnißt worden wäre.«

Kit berührt seinen Hut, lächelt, streichelt das Pony gleichfalls und meint ganz überzeugt, daß Herr Braß nicht viele Tiere seinesgleichen finden werde.

»In der Tat, ein schönes Tier!« ruft Braß; »ist es auch klug?«

»Beim Himmel!« versetzt Kit, »es weiß, was Sie zu ihm sagen, ebensogut wie ein anderer Christenmensch.«

»Wirklich?« ruft dann Braß, der das nämliche an dem gleichen Ort und von derselben Person mit den nämlichen Worten schon dutzendmal gehört hat, aber trotzdem vor Erstaunen ganz versteinert ist. »Ei der Tausend!«

»Als ich es zum erstenmal sah«, fährt Kit fort, der über das lebhafte Interesse des Advokaten an seinem Liebling sehr vergnügt ist, »hätte ich es mir wohl nicht träumen lassen, daß ich so gut mit ihm auskommen würde, wie es jetzt der Fall ist.«

»Ah!« erwidert Herr Braß, bis an den Rand voll von moralischen Grundsätzen und Tugendliebe. »Ein bezaubernder Gegenstand für Sie zu Betrachtungen, ganz bezaubernd. Ein Gegenstand, auf den Sie mit Recht stolz sein und zu dem Sie sich Glück wünschen können, Christoph. Ehrlichkeit ist die beste Politik, das finde ich immer wieder. Ich habe diesen Morgen aus lauter Ehrlichkeit siebenundvierzig Pfund zehn Schilling verloren; aber es ist alles Gewinn, es ist Gewinn!«

Herr Braß kitzelt pfiffig seine Nase mit der Feder, und das Wasser steht ihm in den Augen, während er Kit anblickt. Kit aber denkt, wenn es je einen guten Menschen gegeben hat, dessen Herz sein Äußeres Lügen straft, so ist dieser Mensch Sampson Braß.

»Ein Mann«, fährt Sampson fort, »der an einem Morgen durch seine Ehrlichkeit siebenundvierzig Pfund und zehn Schilling verliert, ist ein beneidenswerter Mann. Wären es achtzig Pfund gewesen, so hätte die Wollust des Gefühls noch größer sein müssen. Jedes verlorene Pfund wäre durch den Gewinn von einem Zentner Glück ausgeglichen worden. Die stille, kleine Stimme«, ruft Braß lächelnd, indem er sich dabei an die Brust schlägt, »singt lustige Lieder in meinem Innern, und alles ist lauter Glück und Freude.«

Kit ist durch diese Unterhaltung so erbaut und findet, daß sie seinen eignen Empfindungen so entspricht, daß er eben überlegt, was er sagen soll, als Herr Garland erscheint. Herr Sampson Braß läßt es sich nicht nehmen, dem alten Herrn in die Chaise zu helfen, und das Pony, das nach mehrmaligem Kopfschütteln drei oder vier Minuten mit seinen vier Beinen wie angewurzelt dasteht, als sei es fest entschlossen, sich nie wieder von der Stelle zu rühren und hier zu leben und zu sterben, stürmt plötzlich, ehe man sichs versieht, mit der Geschwindigkeit von zwölf englischen Meilen in der Stunde davon. Dann tauschen Herr Braß und seine Schwester, die inzwischen an die Tür getreten ist, eine wunderliche Art von Lächeln aus, das wir jedoch keineswegs ein angenehmes nennen möchten, und kehren zu Herrn Richard Swiveller zurück, der sich während ihrer Abwesenheit mit den verschiedensten pantomimischen Kunststücken unterhalten hat und nun mit sehr gerötetem und erhitztem Gesicht an seinem Pulte gefunden wird, auf dem er mit großem Eifer einen imaginären Tintenklecks aus dem Papier kratzt.

Sooft Kit allein und ohne die Chaise kam, traf es sich immer, daß Sampson Braß sich an irgendeinen Auftrag erinnerte, der Herrn Swiveller, wenn auch nicht wieder nach Peckham Rye, so doch jedenfalls nach einem ziemlich entfernten Orte führte, von wo seine Rückkehr nicht vor zwei oder drei Stunden, vielleicht sogar noch länger, zu besorgen stand, da, aufrichtig gesprochen, der genannte Herr nicht sehr bekannt dafür war, bei solchen Anlässen eine besondere Geschwindigkeit zu entwickeln, sondern vielmehr die anberaumte Zeit bis zur äußersten Grenze auszudehnen. Sobald Herr Swiveller fort war, nahm auch Miß Sally Abschied. Herr Braß ließ dann die Bureautür weit offen, summte seine alte Arie mit frohem Herzen und lächelte so seraphisch wie früher. Kam Kit die Treppe herunter, dann wurde er in das Bureau gerufen, in irgendein moralisches und angenehmes Gespräch verwickelt, vielleicht ersucht, einen Augenblick auf das Bureau achtzuhaben, während Herr Braß einen kleinen Ausgang machte, und dann je nach den Umständen mit einer oder zwei halben Kronen beschenkt. Dies trug sich so oft zu, daß Kit, der nicht anders glaubte, als daß sie von dem ledigen Herrn kämen, der bereits seine Mutter mit großer Freigebigkeit beschenkt hatte, dessen Großmut nicht genug bewundern konnte. Er kaufte auch für seine Mutter, für den kleinen Jakob, für das Wiegenkind und für Barbara obendrein so viele wohlfeile Geschenke, daß die eine oder der andere von ihnen tagtäglich irgendeine neue Kleinigkeit erhielt.

Während in und außer dem Bureau des Herrn Sampson Braß in dieser Weise operiert wurde, begann Richard Swiveller, der oft allein bleiben mußte, die Zeit schrecklich langweilig zu finden. Zur Erhaltung seiner guten Laune und um seine Fähigkeiten nicht einrosten zu lassen, versah er sich daher mit einer Cribbagetafel und einem Spiel Karten und spielte sodann mit einem Blinden, zwanzig-, dreißig-, bisweilen sogar fünfzigtausend Pfund die Partie, die vielen Hasardwetten, bei denen es hoch herging, gar nicht mitgerechnet.

Da diese Spiele trotz der ungeheuren Summen, die dabei in Betracht kamen, sehr still verliefen, begann Herr Swiveller an Abenden, an denen Herr und Miß Braß ausgingen – was sehr oft geschah –, sich einzubilden, er höre eine Art schnarchender oder schwer atmender Töne in der Richtung der Tür. Nachdem er eine Zeitlang nachgegrübelt hatte, fiel ihm ein, sie müßten von der kleinen Dienstmagd herrühren, die infolge ihres feuchten Zimmers einen ewigen Schnupfen hatte. Eines Abends, als er genau die Tür im Auge behielt, konnte er deutlich an dem Schlüsselloch ein glänzendes Auge unterscheiden, und da er jetzt nicht mehr an der Richtigkeit seiner Vermutung zweifelte, schlich er sich sachte zur Tür und stürzte über das Kind her, ehe es eine Ahnung von seiner Annäherung hatte.

»Oh! ich habe wirklich nichts Böses im Sinne gehabt. Gewiß, Sie dürfen mirs glauben«, rief die kleine Magd, die sich wie eine viel größere Person wehrte. »Es ist gar so langweilig unten, aber seien Sie so gut, mich nicht zu verklagen; ich bitte, tun Sie's nicht.«

»Dich verklagen!« versetzte Dick. »Willst du behaupten, daß du nur durch das Schlüsselloch schautest, um Gesellschaft zu haben?«

»Ja, auf mein Wort, das will ich«, entgegnete die kleine Dienstmagd.

»Wie lange hast du schon da dein Auge gehabt?« fragte Dick.

»Oh, immer seit Sie Karten zu spielen anfingen, und auch schon früher.«

Unbestimmte Erinnerungen an verschiedene phantastische Exerzitien, mit denen er sich selbst nach den Mühen des Geschäfts erfrischt und denen ohne Zweifel die Magd zugesehen hatte, brachten Herrn Swiveller einigermaßen aus der Fassung; da er aber in solchen Punkten nicht sehr empfindlich war, erholte er sich schnell wieder.

»Nun, komm herein«, sagte er nach kurzer Überlegung. »Da, setz dich nieder! Ich will dich spielen lehren.«

»Oh! das getrau ich mich nicht zu tun«, versetzte die kleine Magd. »Miß Sally würde mich umbringen, wenn sie wüßte, daß ich heraufkäme.«

»Hast du ein Feuer drunten?« fragte Dick.

»Nur ein sehr kleines«, versetzte die kleine Magd.

»Da mich Miß Sally nicht umbringen kann, wenn sie erfährt, daß ich hinuntergehe, so will ich kommen«, sagte Richard, die Karten in seine Tasche steckend. »Ei, wie mager du bist! Was soll das heißen?«

»Es ist nicht meine Schuld.«

»Könntest du nicht etwas Brot und Fleisch vertragen?« fragte Dick, indem er seinen Hut herunternahm. »Ja? Aha! Das dachte ich mir. Weißt du, wie Bier schmeckt?«

»Ich habe einmal ein Schlückchen erhalten«, entgegnete die kleine Magd.

»Ah! Das sind Zustände!« rief Swiveller, die Augen zur Decke erhebend. »Sie hat es nie gekostet; man kann nichts kosten mit einem Schlückchen! Wie alt bist du denn?«

»Ich weiß es nicht.«

Herr Swiveller riß seine Augen weit auf und schien einen Moment über etwas nachzudenken. Dann befahl er der Kleinen, auf die Tür achtzuhaben, bis er wieder zurückkäme, und verschwand.

Er kehrte schnell wieder zurück, hinter ihm der Junge aus dem Wirtshause, der in der einen Hand einen Teller mit Brot und Rindfleisch und in der andern einen großen Krug hatte, aus dem ein sehr würziges Gemisch seine lieblichen Düfte entsandte. Es war auch in der Tat ein auserlesenes Wermutbier und nach einem besondern Rezepte gebraut, das Herr Swiveller dem Wirte zu einer Zeit verraten hatte, da er bei ihm stark angekreidet war und auf jeden Fall die Freundschaft erhalten wollte. Er nahm dem Knaben die Bürde an der Tür ab, beauftragte seine kleine Gefährtin, die letztere zu schließen, um einer Überraschung vorzubeugen, und folgte ihr dann in die Küche.

»Da«, sagte Richard, indem er den Teller vor sie hinstellte, »vor allem mache hier reine Arbeit, und wenn du fertig bist, wirst du sehen, was weiter kommt.«

Die kleine Magd ließ sich das nicht zweimal sagen, und der Teller war bald geleert.

»So«, sagte Dick, indem er ihr das Bier hinüberreichte, »jetzt nimm einen Schluck von diesem. Aber mäßige dein

Entzücken, denn du weißt, daß du nicht daran gewöhnt bist. Nun, ist es gut?«

»Oh, ob es gut ist!« antwortete die kleine Magd.

Herr Swiveller schien bei dieser Antwort über alle Beschreibung erfreut zu sein, nahm selbst einen tiefen Schluck und schaute während des Trinkens unverwandt seine Gefährtin an. Sobald diese Einleitungen getroffen waren, schickte er sich

an, sie spielen zu lehren, was sie bald leidlich gut erfaßte, da sie sowohl aufgeweckt als verschmitzt war.

»Nun«, sagte Herr Swiveller, indem er zwei Sechspencestücke in eine Untertasse legte und das armselige Licht schneuzte, sobald die Karten abgehoben und ausgegeben waren, »das ist der Einsatz. Wenn du gewinnst, kriegst du ihn ganz, gewinne ich, dann gehört er mir. Um der Sache einen reelleren und amüsanteren Anstrich zu geben, werde ich dich Marquise nennen, hörst du?«

Die kleine Magd nickte bejahend.

»Dann, Marquise«, sagte Herr Swiveller, »legen Sie los!«

Die Marquise hielt die Karten fest in beiden Händen und überlegte, welche sie ausspielen sollte, während Herr Swiveller die heitere und fashionable Miene annahm, die in einer so illustren Gesellschaft nötig war, ein zweites Mal seinem Kruge zusprach und wartete, bis seine Gefährtin den Anfang machte.

Achtundfünfzigstes Kapitel

Herr Swiveller und seine Spielgefährtin machten mehrere Partien mit wechselndem Erfolg, bis der Verlust von dreißig Pence, das allmähliche Schwinden des Bieres und die Uhr, die eben zehn schlug, zusammenwirkten, um jenen Herrn an den Flug der Zeit zu erinnern und an die Zweckmäßigkeit, sich zu entfernen, ehe Herr Sampson und Miß Braß zurückkehrten.

»Angesichts dieses zu berücksichtigenden Umstandes, Marquise«, sagte Herr Swiveller ernst, »werde ich Euer Gnaden um die Erlaubnis bitten, die Tafel in meine Tasche stecken und mich aus Ihrer persönlichen Nähe zurückziehen zu dürfen, sobald ich diesen Humpen geleert habe. Dabei will ich nur bemerken, Marquise, daß ich, seit das Leben wie ein Fluß entfleucht, mich nicht kümmere um des Laufes Schnelle, wenn am Ufer solcher Wermut kreucht, und solch Augenlicht ihm scheint so helle. Marquise, Ihre Gesundheit! Sie werden mich entschuldigen, daß ich meinen Hut aufbehalte, aber der Palast ist etwas feucht und der Marmorboden – wenn ich mich des Ausdrucks bedienen darf – schmutzig.«

Als Vorsichtsmaßregel gegen diesen Übelstand hatte Herr Swiveller eine Zeitlang seine Füße auf die Unterleiste des Tisches gestellt, in welcher Stellung er auch jetzt seine entschuldigenden Bemerkungen äußerte und dabei langsam die letzten Tropfen seines auserlesenen Nektars schlürfte.

»Der Baron Sampsono Brasso und seine Schwester sind, wie Sie mir sagten, im Theater?« fuhr Herr Swiveller fort, indem er seinen linken Arm schwer auf den Tisch lehnte und seine

Stimme nebst dem rechten Bein in der Weise eines Theaterbanditen hob.

Die Marquise nickte.

»Ha!« rief Herr Swiveller mit einem unheilverkündenden Stirnrunzeln. »Schön, Marquise! Doch gleichviel. Wein herbei! Ho!«

Er illustrierte diese melodramatischen Brocken dadurch, daß er sich selbst den Krug mit großer Demut einhändigte, ihn mit hochmütiger Miene hinnahm, gar durstig aus ihm trank und ungemein heftig mit den Lippen schmatzte.

Die kleine Magd, die nicht so vertraut mit theatralischen Gebräuchen war wie Herr Swiveller, da sie in der Tat nie ein Schauspiel gesehen oder von einem sprechen gehört hatte – es müßte denn zufällig durch Türspalten oder an andern verborgenen Orten gewesen sein –, fühlte sich durch solche, ihr dem Wesen nach neue Demonstrationen etwas beunruhigt. Ihre Unruhe zeigte sich auch so deutlich auf ihrem Gesicht, daß Herr Swiveller es für nötig erachtete, die Banditenrolle mit einer andern, die sich mehr mit dem gewöhnlichen Leben vertrug, zu vertauschen und zu fragen:

»Gehen sie oft dorthin, wo Glanz ihrer harrt, und lassen Euch hier allein?«

»O ja, ich glaube sehr oft«, versetzte die kleine Dienstmagd. »Miß Sally ist gerade so eine.«

»Was für eine?« fragte Dick.

»So eine«, entgegnete die Marquise.

Nach kurzer Überlegung entschloß sich Herr Swiveller, seine verantwortungsvolle Pflicht, sie zurechtzuweisen, zu übergehen und sie lieber fortplaudern zu lassen; denn es war klar, daß ihr das Wermutbier die Zunge gelöst hatte, und die Gelegenheit zu einer Unterhaltung bot sich zu selten, als daß nicht eine kurze Pause ein bedeutungsvoller Zeitverlust gewesen wäre.

»Sie machen hin und wieder bei Herrn Quilp Besuch«, sagte die kleine Magd mit verschmitztem Blicke. »Sie gehen in so manches Haus – du lieber Gott!«

»Macht Herr Braß gute Geschäfte?« fragte Dick.

»Nicht halb so viele wie Miß Sally«, antwortete die kleine Magd kopfschüttelnd. »Du lieber Gott, er tut nie etwas ohne sie!«

»Ah! wirklich nicht?« entgegnete Dick.

»Miß Sally hält ihn tüchtig im Zaum«, fuhr die kleine Magd fort. »Er fragt sie immer um Rat, ja; und manchmal bekommt er was zu hören! Du lieber Gott, Sie würdens gar nicht glauben, wie sehr er es dann bekommt!«

»Vermutlich beraten sie sich viel miteinander«, sagte Dick, »und sprechen von andern Leuten – von mir zum Beispiel. Kommts nicht bisweilen vor, Marquise?«

Die Marquise nickte heftig.

»Schmeichelhaft?« fragte Herr Swiveller.

Die Marquise änderte die Bewegung ihres Kopfes, der bisher immer genickt hatte, und begann ihn auf einmal mit solcher Heftigkeit zu schütteln, daß eine Verrenkung ihres Halses zu befürchten stand.

»Hm!« murmelte Dick. »Wäre es ein Mißbrauch des Vertrauens, Marquise, mir mitzuteilen, was sie über ein unbedeutendes Individuum sprechen, das jetzt die Ehre hat, zu . . .?«

»Miß Sally sagt, Sie wären ein schnurriger Kauz«, versetzte die Kleine.

»Nun, Marquise«, entgegnete Herr Swiveller, »das ist nichts Beschimpfendes. Heiterkeit, Marquise, ist keine schlimme oder entehrende Eigenschaft. Der alte König Cole war selbst ein lustiges altes Haus, wenn man der Weltgeschichte glauben darf.«

»Aber sie sagt«, fuhr seine Gefährtin fort, »daß man Ihnen nicht trauen dürfe.«

»Ei, Marquise«, sagte Herr Swiveller gedankenvoll, »tatsächlich haben mehrere Herren und Damen – nicht gerade Standesgenossen, sondern nur Gewerbsleute, Ma'am, Gewerbsleute – dieselbe Bemerkung gemacht. Der obskure Spießbürger, der über der Straße drüben ein Hotel hält, neigte gleichfalls heute abend stark zu dieser Ansicht, als ich ihm befahl, das Bankett zu bereiten. Es ist ein allgemeines Vorurteil, Marquise, und doch schwöre ich Ihnen, ich kenne seine Ursache nicht; denn man hat mir zu meiner Zeit ungemein großes Vertrauen geschenkt, und ich habe dieses Vertrauen immer festgehalten, bis es mich böswillig verließ, ja immer. Herr Braß ist vermutlich der gleichen Meinung?«

Seine Freundin nickte abermals und ließ dabei einen so verschlagenen Blick schießen, daß aus ihm hervorzugehen schien, Herr Braß hege über diesen Punkt noch entschiedenere Ansichten als seine Schwester. Und da ihr jetzt wieder alles zum Bewußtsein zu kommen schien, setzte sie flehentlich hinzu:

»Aber sagen Sie ja nichts über mich, sonst werde ich zu Tode geschlagen.«

»Marquise«, sagte Herr Swiveller aufstehend, »das Wort eines Gentleman ist so gut wie seine Unterschrift, bisweilen noch besser, wie zum Beispiel in diesem Fall, da seine Unterschrift sich vielleicht als höchst zweifelhafte Sicherheit erweisen würde. Ich bin Ihr Freund und hoffe, daß wir noch mehr Partien in dem gleichen Salon miteinander spielen werden. Aber, Marquise«, fügte Richard hinzu, auf dem Wege zur Tür stehenbleibend und sich langsam der kleinen Magd zuwendend, die ihm mit der Kerze folgte, »es fällt mir eben ein, daß Sie sehr daran gewöhnt sein müssen, Ihr Auge an den Schlüssellöchern zu lüften, um alles dies wissen zu können?«

»Ich wollte nur erfahren«, versetzte die Marquise zitternd, »wo der Schlüssel zum Speiseschrank versteckt wird; weiter ging meine Absicht nicht. Auch würde ich nicht viel genommen haben, wenn ich ihn gefunden hätte, nur so viel, um meinen Hunger zu stillen.«

»Sie haben ihn also nicht gefunden?« entgegnete Dick. »Doch wie mag ich fragen! Sie wären sonst wohl fetter. Gute Nacht, Marquise. So leb denn wohl, und wenn für immer, so denn für immer lebe wohl, und legen Sie die Kette vor, Marquise, für den Fall, daß sich etwas zutragen sollte!«

Mit dieser Einschärfung zum Abschied schlüpfte Herr

Swiveller aus dem Hause, und da er fühlte, er habe inzwischen gerade so viel dem Trunke zugesprochen, als seiner Konstitution zuträglich zu sein versprach – das Wermutbier war nämlich ein etwas starkes und zu Kopf steigendes Gemisch –, so entschloß er sich weislich, auf sein Quartier loszusteuern und sich geschwind ins Bett zu verfrachten. Er ging daher nach Hause, und da seine Appartements – er behielt noch immer die Pluralfiktion bei – nicht weit von der Kanzlei gelegen waren, so saß er bald in seiner Schlafkammer, in der er, nachdem er den einen Stiefel ausgezogen, den andern aber auszuziehen vergessen hatte, in tiefe Betrachtungen verfiel.

»Diese Marquise«, sagte Herr Swiveller, indem er die Arme übereinanderschlug, »ist eine ganz merkwürdige Person, von Geheimnissen umgeben, weiß nicht, wie Bier schmeckt, ist, was aber nicht so auffallend ist, nicht einmal mit ihrem Namen bekannt und erlaubt sich eine beschränkte Aussicht auf die Gesellschaft durch die Schlüssellöcher der Türen. Können diese Dinge ihre Bestimmung sein, oder hat irgendeine unbekannte Person Widerrede gegen die Beschlüsse des Schicksals erhoben? Es ist ein höchst unergründlicher, erschrecklicher Gedanke!«

Als seine Betrachtungen an diesem befriedigenden Punkte angelangt waren, gewahrte er seinen noch an dem Beine haftenden Stiefel, dessen er sich sofort mit einer Feierlichkeit sondergleichen entledigte. Die ganze Zeit über schüttelte er jedoch sein Haupt mit ungemeiner Würde und seufzte dabei tief auf.

»Diese Spielpartien«, fuhr Herr Swiveller fort, indem er seine Nachtmütze genau in derselben Weise aufsetzte, wie er seinen Hut zu tragen pflegte, »erinnern mich an den stillen Herd des friedlichen Ehestandes. Cheggs' Gattin spielt Cribbage und auch Partien zu vieren. Sie spielt nun die verschiedensten Arten. Von Spiel zu Spiel nur treibt man sie, zu dämpfen ihre Schmerzen, und kommt ein Lächeln über sie, meint man, es komme aus dem Herzen; aber das ist nicht der Fall. Wohl könnte ich jetzt sagen«, fügte Richard hinzu, indem er wohlgefällig den Reflex eines sehr kleinen Streifens Backenbart auf seiner linken Wange im Spiegel betrachtete; »ja, wohl könnte ich jetzt sagen, das Eisen ist ihr durch die Seele gedrungen. Aber es geschieht ihr recht!«

Aus dieser strengen und trotzigen Stimmung verfiel Herr Swiveller in eine sentimental-pathetische, stöhnte ein wenig, stürmte wild auf und nieder und tat sogar, als wolle er sich die Haare ausraufen; er besann sich jedoch eines Bessern und zerrte statt dessen an der Quaste seiner Nachtmütze. Endlich warf er in düstrer Entschlossenheit seine Kleider vollends ab und legte sich zu Bett.

Mancher hätte in seiner vernichteten Lage sich dem Trunke als Tröster ergeben; da aber Herr Swiveller dies bereits früher getan hatte, verlegte er sich nur, als er die Nachricht erhalten, daß Sophia Wackles auf immer für ihn verloren sei, aufs Flötenspiel. Nach reiflicher Überlegung war er zu dem Schlusse gekommen, daß es eine gute, gesunde und trübselige Beschäftigung sei, die nicht nur im Einklang stand mit seinen eignen trüben Gedanken, sondern auch darauf berechnet war, in den Brüsten seiner Nachbarn gleichen Jammer zu erwecken. Um diesen Entschluß gleich auszuführen, zog er nun einen kleinen Tisch an sein Bett, stellte das Licht und ein kleines längliches Notenbuch so vorteilhaft als möglich auf, nahm seine Flöte aus dem Futteral und begann aufs kläglichste zu blasen.

Es war das Lied ›Verscheuchet jetzt die Grillen‹, eine Komposition, die gar nicht erheiternd wirkt, wenn sie im Bett sehr langsam auf der Flöte geblasen wird und sich den weitern Nachteil gefallen lassen muß, von einem Gentleman ausgeführt zu werden, der mit dem Instrument auf schlechtem Fuße steht und eine Note oftmals wiederholt, ehe er die nächste finden kann. Trotzdem aber quietschte Herr Swiveller diese unglückselige Melodie unentwegt beinahe die ganze Nacht hindurch, indem er auf dem Rücken lag, die Augen an die Decke geheftet, oder sich halb aus dem Bette lehnte, um seinem Gedächtnis durch einen Blick auf die Noten wieder aufzuhelfen. Er setzte kaum eine Minute oder zwei aus, nur um Atem zu holen oder einen Monolog über die Marquise zu halten, worauf es wieder mit erneuter Kraft weiterging. Erst nachdem er seine verschiedenen Betrachtungsgegenstände erschöpft und all seine dem Wermutbier entsproßten Gefühle bis zur Hefe durch die Flöte gehaucht, dazu alle Bewohner des Hauses wie auch die Nachbarn rechts und links und über die

Straße fast toll gemacht hatte, schloß er sein Notenheft, löschte das Licht aus, drehte sich leichtern und heitern Sinnes auf die Seite und schlief ein.

Er erwachte am andern Morgen sehr erfrischt. Und als er wieder eine halbe Stunde auf seiner Flöte geübt und äußerst huldvoll die Kündigung seiner Hauswirtin entgegengenommen hatte, die zu diesem Zwecke seit dem Morgengrauen ihn auf der Stiege erwartet hatte, ging er nach Bevis-Marks. Die schöne Sally befand sich bereits auf ihrem Posten und zeigte in ihren Blicken einen Glanz, mild wie die Strahlen des keuschen Mondes.

Herr Swiveller begrüßte sie mit einem Nicken und tauschte seinen Rock gegen die Wasserfahrtjacke aus, was gewöhnlich eine geraume Zeit beanspruchte, da er nicht ohne Kampf in die engen Ärmel kommen konnte. Sobald diese Schwierigkeit überwunden war, nahm er an dem Pulte Platz.

»He«, begann Miß Braß, plötzlich das Schweigen unterbrechend, »haben Sie heute morgen keinen silbernen Bleistifthalter gesehen, wie?«

»Ich traf nicht viele auf der Straße«, versetzte Herr Swiveller. »Ich sah einen, einen stämmigen Bleistifthalter von respektablem Aussehen, aber da er sich in Gesellschaft eines ältlichen Federmessers und eines jungen Zahnstochers befand, mit denen er angelegentlich sprach, so hinderte mich mein Zartgefühl, ihn anzureden.«

»Ja. Aber haben Sie wirklich keinen gesehen?« entgegnete Miß Braß. »Ich frage jetzt im Ernst.«

»Was für eine dumme Gans müssen Sie sein, daß Sie solche Fragen im Ernst an mich richten!« erwiderte Herr Swiveller. »Komme ich nicht in diesem Augenblick erst hierher?«

»Nun, so weiß ich nicht mehr«, antwortete Miß Sally, »als daß er nicht aufzufinden ist und daß er in dieser Woche verschwand, als ich ihn einmal auf dem Pulte liegen ließ.«

»Holla!« dachte Richard; »ich hoffe doch, daß die Marquise nicht hier Geschäfte gemacht hat.«

»Es war auch ein Messer dabei«, fuhr Miß Sally fort, »mit silbernem Heft. Ich habe beides vor Jahren von meinem Vater zum Geschenk erhalten, und jetzt sind beide verschwunden. Sie haben doch nicht auch etwas vermißt – oder doch?«

Herr Swiveller griff unwillkürlich mit den Händen nach seiner Jacke, um sich zu überzeugen, daß es eine Jacke und nicht ein Frack sei, und nachdem er sich vergewissert hatte, daß sein einziges bewegliches Eigentum in Bevis-Marks wohlbehalten vorhanden war, gab er eine verneinende Antwort.

»Es ist eine sehr unangenehme Sache, Dick«, sagte Miß Braß, indem sie die zinnerne Dose herausnahm und sich mit einer Prise labte; »aber unter uns gesagt – wir sind ja Freunde, denn wenn Sammy es wüßte, so würde des Jammerns kein Ende sein –, auch einiges von dem Bureaugeld, das hier liegenblieb, ist den gleichen Weg gegangen. Insbesondere habe ich zu drei verschiedenen Malen drei halbe Kronen vermißt.«

»Sie spaßen doch hoffentlich nur!« rief Dick. »Überlegen Sie sich, was Sie sagen, alter Knabe, denn das ist eine ernste Sache. Wissen Sie's auch ganz gewiß? Ist kein Irrtum möglich?«

»Es ist so; auch ist jeder Irrtum dabei ganz ausgeschlossen«, versetzte Miß Braß nachdrücklich.

»Dann, beim Jupiter, fürchte ich«, dachte Richard, indem er seine Feder niederlegte, »daß es um die Marquise geschehen ist!«

Je mehr Dick den Fall in seinen Gedanken erwog, desto wahrscheinlicher schien es ihm, daß die kleine Magd die Schuldige sei. Wenn er bedachte, von welch spärlicher Kost sie leben mußte, wie vernachlässigt und unwissend sie war, und wie ihre natürliche Schlauheit durch Not und Entbehrung geschärft worden, so zweifelte er kaum mehr daran. Und doch bemitleidete er sie so sehr und empfand es so schmerzlich, ihre merkwürdige Bekanntschaft durch eine so ernste Veranlassung gestört zu sehen, daß er meinte, und zwar ehrlich meinte, es wäre ihm lieber, die Marquise unschuldig zu wissen, als fünfzig Pfund einzunehmen.

Während er sich in sehr tiefsinnigen und ernsten Betrachtungen über diesen Gegenstand erging, Miß Sally dasaß und mit geheimnisvoller und bedenklicher Miene den Kopf schüttelte, ließ sich auf dem Gange die Stimme ihres Bruders Sampson vernehmen, der ein lustiges Liedchen trällerte; und unmittelbar darauf trat der genannte Ehrenmann, ein strahlendes Lächeln der Tugend auf den Lippen, ins Zimmer.

»Herr Richard, Sir, guten Morgen! Da sind wir wieder, Sir, und beginnen einen neuen Tag, gekräftigt durch Schlaf und Frühstück, mit frischem, leichtem Sinn. Da sind wir, Herr Richard, auf mit der Sonne, um unsere kleine Bahn abzulaufen, die Bahn unsrer Pflicht, Sir, und gleich ihr unser Tagewerk zu vollbringen, uns selbst zur Ehre und zu Nutz und

Frommen unsrer Nebenmenschen. Ein bezaubernder Gedanke, Sir, ganz bezaubernd.«

Während Herr Braß seinen Schreiber mit diesen Worten anredete, beschäftigte er sich in etwas auffallender Weise mit der umständlichen Prüfung einer Fünfpfundnote, die er in der Hand hatte und die er gegen das Licht hielt.

Da Herr Richard diese Bemerkungen nicht einmal mit den geringsten Anzeichen von Begeisterung aufnahm, wandte sein Prinzipal die Augen nach ihm hin und wurde gewahr, daß sein Gesicht einen beunruhigenden Ausdruck trug.

»Sie sind nicht in der besten Laune, Sir!« sagte Braß. »Wir sollten freudig an die Arbeit gehen, Herr Richard, und nicht mit einer verstimmten Seele. Es ziemt uns, Herr Richard, zu . . .«

In diesem Augenblick seufzte die keusche Sara laut auf.

»Ach du mein Himmel!« rief Herr Sampson. »Auch du? Was gibt es denn? Herr Richard, Sir . . .«

Dick, der auf Sally blickte, bemerkte, daß sie ihm durch Zeichen zu verstehen gab, er möchte ihrem Bruder den Gegenstand ihrer Besprechung mitteilen. Da seine eigene Lage nicht die angenehmste war, bis die Geschichte auf die eine oder die andere Art klargestellt war, so willfahrte er; und Miß Braß, die ihrer Schnupftabaksdose ganz ungeheure Prisen entnahm, bestätigte seinen Bericht.

Sampsons Gesicht verlängerte sich, und Angst überflog seine Züge. Anstatt jedoch ungestüm über den Verlust seines Geldes zu wehklagen, schlich er auf den Zehen zur Tür, öffnete sie, sah hinaus, machte sie leise wieder zu, kehrte auf den Fußspitzen zurück und sprach flüsternd:

»Dies ist ein ganz ungewöhnlicher und sehr peinlicher Fall, Herr Richard, ein sehr peinlicher Fall. Tatsache ist, daß ich selbst kürzlich mehrere kleine Summen, die ich auf das Pult gelegt hatte, vermißte, und ich unterließ es, über die Sache zu sprechen, nur weil ich hoffte, ein Zufall würde zu der Entdeckung des Verbrechers führen. Dies ist aber nicht der Fall gewesen, es ist nicht der Fall gewesen. Sally,

Herr Richard, dies ist eine besonders bedauerliche Geschichte!«

Während Sampson sprach, legte er in der Zerstreuung die Banknote auf das Pult unter einige Papiere und steckte seine Hände in die Taschen. Richard machte ihn darauf aufmerksam und ermahnte ihn, die Banknote an sich zu nehmen.

»Nein, Herr Richard«, versetzte Braß in großer Aufregung, »ich will sie nicht nehmen. Sie soll dort liegenbleiben, Sir. Sie zu mir zu stecken würde einen Zweifel gegen Sie in sich schließen, gegen Sie, Sir, in den ich unbedingtes Vertrauen setze. Wir wollen sie hier liegenlassen und sie unter keinen Umständen wegnehmen.«

Mit diesen Worten klopfte ihm Herr Braß zwei- oder dreimal freundlich auf die Schulter und versicherte ihm, daß er so viel Vertrauen in seine Ehrlichkeit setze wie in seine eigne. Obgleich Herr Swiveller zu einer andern Zeit dies für ein zweideutiges Kompliment genommen hätte, so fühlte er doch unter den obwaltenden Umständen eine große Erleichterung durch die Versicherung, daß man keinen Verdacht gegen ihn hege. Er gab eine höfliche Antwort, worauf Herr Braß ihm die Hand drückte, um gleich darauf, wie Miß Sally, in tiefes Nachdenken zu versinken. Auch Richard konnte sich dieser Stimmung nicht erwehren; er fürchtete jeden Augenblick, eine Anschuldigung gegen die Marquise zu vernehmen, und war doch nicht imstande, der Meinung zu widerstehen, sie müsse schuldig sein.

Sie verharrten einige Minuten in diesem Zustande, als Miß Sally plötzlich mit geballter Faust auf das Pult schlug und ausrief: »Ich habe es getroffen!«, was auch allerdings der Fall war, denn es hatte sogar Splitter gegeben. Sie hatte jedoch nicht das Pult gemeint.

»Wohlan«, rief Braß ängstlich, »so sprich dich aus!«

»Nun«, versetzte seine Schwester mit triumphierender Miene, »ist in den letzten drei oder vier Wochen nicht beständig jemand in dem Bureau ein und aus gegangen? Ist dieser Jemand nicht manchmal allein in der Kanzlei geblieben, durch deine Schuld natürlich; und willst du mir weismachen, daß dieser Jemand nicht der Dieb sei?«

»Welcher Jemand?« brauste Braß auf.

»Ei, wie nennt ihr ihn doch – Kit!«

»Der junge Mensch bei Herrn Garland?«

»Gewiß.«

»Nein, nimmermehr!« rief Braß. »Niemals. Ich will nichts davon hören. Sag doch nicht . . .«, sagte Sampson, indem er den Kopf schüttelte und mit beiden Händen umherfuchtelte, als habe er tausend Spinnengewebe aus seinem Gesicht zu wischen. »Ich werde es nie von ihm glauben, nie!«

»Ich behaupte«, wiederholte Miß Braß, abermals eine Prise nehmend, »daß er der Dieb ist.«

»Und ich sage«, entgegnete Sampson noch ungestümer, »daß er es nicht ist. Was willst du damit sagen? Wie kannst du dich unterstehen? Darf man einem Menschen seine Ehre nur so mir nichts dir nichts abschneiden? Weißt du auch, daß er der ehrlichste und treuste Bursche ist, der je gelebt hat, und daß er einen unantastbaren guten Namen besitzt? Herein! Herein!«

Diese letzten Worte waren nicht an Miß Sally gerichtet, obgleich sie in dem gleichen Tone entrüsteten Verweises gesprochen waren, der voranging, sondern galten vielmehr einer Person, die an die Bureautür geklopft hatte. Und kaum waren sie über die Lippen des Herrn Braß geflossen, als derselbe Kit hereinsah.

»Entschuldigen Sie, Sir, ist der Herr oben?«

»Ja, Kit«, antwortete Braß, noch immer entflammt von edlem Unwillen, und die Brauen finster gegen seine Schwester runzelnd. »Ja, Kit, er ist oben. Ich freue mich, Sie zu sehen, Kit; recht sehr freue ich mich, Sie zu sehen. Sprechen Sie im Herunterkommen wieder bei uns vor, Kit!«

»Dieser Junge ein Dieb!« rief Braß, als Kit sich entfernt hatte; »mit dem freimütigen, offenen Gesicht! Ich wollte ihm ungezähltes Gold anvertrauen. Herr Richard, wollen Sie nicht die Güte haben, geschwind zu Wrasp und Kompanie in der Breiten Straße zu gehen und dort anzufragen, ob sie Weisung erhalten haben, in Sachen Carkem und Painter zu erscheinen? Dieser Junge ein Dieb!« höhnte Sampson, noch immer vor Zorn glühend. »Bin ich blind, taub, blödsinnig? Verstehe ich nichts von der menschlichen Psyche, wenn ich sie vor mir sehe? Kit ein Dieb – pah!«

Sampson Braß warf diesen Schlußausruf Miß Sally mit der Miene unaussprechlicher Verachtung zu, steckte den Kopf in sein Pult, als wollte er seinen Augen den Anblick einer so schlimmen Welt ersparen, und keuchte sogar noch unter dem halbgeschlossenen Deckel in verächtlichem Trotz hervor.

Neunundfünfzigstes Kapitel

Sobald sich Kit seines Auftrags entledigt hatte, kam er aus dem Zimmer des ledigen Herrn nach Ablauf von ungefähr einer Viertelstunde die Treppe herunter und fand Sampson Braß allein in dem Bureau. Er sang nicht wie sonst und saß auch nicht an seinem Pult. Die offene Tür zeigte den Ehrenmann, wie er mit dem Rücken gegen das Feuer stand und ein so sonderbares Gesicht schnitt, daß Kit meinte, er müsse plötzlich krank geworden sein.

»Ist etwas vorgefallen, Sir?« fragte Kit.

»Vorgefallen?« rief Braß. »Nein. Warum sollte etwas vorgefallen sein?«

»Sie sehen so blaß aus«, versetzte Kit, »daß ich Sie kaum erkannt hätte.«

»Pah, pah! Lauter Einbildung!« entgegnete Braß, indem er sich bückte, um die glimmende Asche zu schüren. »War nie wohler, Kit, in meinem Leben nie wohler, und vergnügt dazu. Ha ha! Was macht Ihr Freund oben, he?«

»Es geht ihm viel besser«, antwortete Kit.

»Bin froh, das zu hören«, entgegnete Braß, »dankbar, möchte ich sagen. Ein vortrefflicher Herr, ein Ehrenmann, freigebig, großmütig, macht nur sehr wenig Mühe, ein bewundernswürdiger Mietsmann. Ha ha! Und Herr Garland, er ist hoffentlich wohl, Kit? Und das Pony, mein Freund, Sie wissen ja, mein besonderer Freund, ha ha!«

Kit gab genügende Auskunft über den ganzen kleinen Haushalt von Abel Cottage. Herr Braß, der ungewöhnlich zerstreut und ungeduldig schien, stieg auf seinen Bock, winkte Kit näher zu kommen und nahm ihn beim Knopfloch.

»Ich habe gedacht, Kit«, sagte der Rechtsgelehrte, »daß ich Ihrer Mutter einige kleine Nebeneinkünfte zuschanzen könnte. Sie haben doch eine Mutter, glaube ich; wenn ich mich recht erinnere, so erzählten Sie mir . . .?«

»O ja, Sir, gewiß.«

»Eine Witwe, glaube ich, eine fleißige Witwe?«

»Eine arbeitsamere Frau und eine bessere Mutter hat nie gelebt, Sir.«

»Ah!« rief Braß, »das ist herzergreifend, wahrhaft herzergreifend. Eine arme Witwe, die sich abmüht, ihre Waisen anständig und gut zu ernähren, ist ein köstliches Bild menschlicher Tugend. Aber legen Sie doch Ihren Hut ab, Kit.«

»Ich danke, Sir, ich muß gleich wieder fort.«

»So legen Sie ihn wenigstens ab, solange Sie hier sind«, entgegnete Braß, indem er ihn ihm aus der Hand nahm und einige Verwirrung unter den Papieren anrichtete, um einen Platz für ihn auf dem Pult zu finden. »Ich dachte, Kit, daß wir oft für Leute, mit denen wir in Geschäftsverbindung stehen, Häuser zu vermieten und ähnliche Aufträge auszuführen haben. Nun wissen Sie wohl, daß wir Leute in solche Häuser setzen müssen, die sich auch um diese kümmern sollen; das trifft oft Leute, die es nicht verdienen und auf die man sich nicht verlassen kann. Was hindert uns, eine Person zu nehmen, auf die man bauen kann, wenn man dabei die Freude genießt, zugleich ein gutes Werk getan zu haben? Ich sage, was hindert uns, diese würdige Frau, Ihre Mutter, dafür zu verwenden? Da folgte dann eins aus dem andern; einmal eine Wohnung, und dazu eine gute Wohnung, in der man das ganze Jahr über warm sitzt, ohne Miete zu bezahlen; außerdem ein Wochengehalt, Kit, das imstande wäre, sie so manche Behaglichkeit genießen zu lassen, die sie momentan entbehren muß. Nun, was halten Sie davon? Haben Sie etwas einzuwenden? Mein einziger Wunsch besteht darin, Ihnen zu dienen, Kit. Wenn es Ihnen also nicht paßt, so sagen Sie es freimütig heraus.«

Während Braß sprach, rückte er zwei- oder dreimal den Hut und stöberte wieder unter den Papieren, als ob er etwas suchte.

»Wie könnte ich etwas einzuwenden haben gegen ein so freundliches Anerbieten, Sir!« antwortete Kit frohen Herzens. »Ich weiß wirklich nicht, Sir, wie ich Ihnen dafür genug danken soll.«

»Wohlan denn«, versetzte Braß, indem er sich plötzlich umwandte und sein Gesicht, auf dem sich ein abstoßendes Lächeln zeigte, Kit so weit näherte, daß dieser sogar trotz seiner übergroßen Dankbarkeit ganz bestürzt zurücktrat, »wohlan denn, es ist geschehen!«

Kit sah ihn verblüfft an.

»Geschehen, sage ich«, fügte Sampson hinzu, indem er seine Hände rieb und sich wieder in sein öliges Lächeln hüllte. Ha ha! Und das werden Sie bald genug selbst erfahren, Kit, Sie werden es bald erfahren. Aber du mein Himmel!« rief Braß, »wie lange doch Herr Richard ausbleibt! Er ist wirklich ein schrecklicher Bummler! Wollen Sie nicht eine Minute auf mein Bureau achthaben, während ich die Treppe hinaufeile; nur eine Minute? Ich will Sie dann keinen Augenblick länger aufhalten, um keinen Preis, Kit.«

Mit diesen Worten eilte Herr Braß aus dem Bureau und kehrte in kurzer Zeit wieder zurück. Fast in demselben Augenblick langte auch Herr Swiveller an, und als Kit sehr schnell das Zimmer verlassen wollte, um die verlorene Zeit wieder einzubringen, begegnete ihm auch noch Miß Braß auf der Türschwelle.

»Ah!« höhnte Sally, indem sie ihm beim Eintreten nachsah, »da geht ja dein Augapfel, Sammy, he?«

»Ja, da geht er«, versetzte Braß. »Mein Augapfel, wenn du so willst. Ein ehrlicher Bursche, Herr Richard, ein wirklich prächtiger Bursche!«

»Hm!« hüstelte Miß Braß.

»Laß dir sagen, du aufsässiger Vagabund«, fuhr Sampson gereizt fort, »daß ich mein Leben für seine Ehrlichkeit zum Pfand setze. Solls mit diesem Geschwätz nie ein Ende nehmen? Bin ich nur dazu da, mich durch deinen gemeinen Argwohn immer aufhetzen und einfangen zu lassen? Hast du keine Achtung vor wahrem Verdienst, du boshafter Kerl? Wenns darauf ankommt, möchte ich lieber deine Ehrlichkeit anzweifeln als die seinige.«

Miß Sally zog ihre zinnerne Dose heraus und nahm langsam eine große Prise, während sie die ganze Zeit über ihren Bruder fixierte.

»Sie macht mich noch ganz toll, Herr Richard«, sagte Braß; »sie ärgert mich, daß es nicht mehr auszuhalten ist. Ich weiß, daß ich erhitzt und aufgeregt bin, Sir. Man darf sich nicht so im Geschäft benehmen, man darf nicht so im Geschäft aussehen, Sir; aber sie bringt mich ganz aus der Fassung.«

»Warum lassen Sie ihn denn nicht in Frieden?« fragte Dick.

»Weil sie nicht kann, Sir«, entgegnete Braß; »weil keifen und mich ärgern ein Teil ihrer Natur ist; und sie will und muß es tun, sonst würde sie, glaube ich, krank werden. Doch gleichviel«, fügte Braß hinzu, »gleichviel. Ich habe meinen Willen doch durchgesetzt. Ich habe dem Jungen mein Vertrauen bewiesen und habe ihn wieder auf das Bureau achtgeben lassen. Ha ha! Ätsch, du Viper!«

Die schöne Jungfrau nahm abermals eine Prise, steckte die Dose in ihre Tasche und sah noch immer ihren Bruder mit vollkommener Ruhe an.

»Er hat wieder auf das Bureau achtgegeben«, rief Braß triumphierend; »er hat mein Zutrauen gehabt und soll es fortan behalten; er – wo ist denn die . . .?«

»Haben Sie etwas verloren?« fragte Herr Swiveller.

»Ach du mein Himmel!« entgegnete Braß, indem er der

Reihe nach alle seine Taschen abklopfte, in, auf und unter das Pult sah und die Papiere wirr durcheinanderwarf; »die Note, Herr Richard, die Fünfpfundnote, was kann aus ihr geworden sein? Ich habe sie da hingelegt; grundgütiger Himmel!«

»Was?« schrie Miß Sally auffahrend, ihre Hände zusammenschlagend und die Papiere über den Boden ausstreuend. »Fort? Nun, wer hat jetzt recht, wer? Was kümmern uns fünf Pfund, was sind fünf Pfund? Er ist ja ehrlich, wie du weißt, grundehrlich. Es würde gemein sein, ihn zu beargwöhnen. Lauf ihm ja nicht nach. Nein, nein, nicht um die Welt!«

»Ist sie denn wirklich fort?« fragte Dick, indem er mit einem ebenso blassen Gesicht auf Braß schaute.

»Auf mein Wort, Herr Richard«, antwortete der Rechtsgelehrte, indem er mit Blicken der größten Aufregung in allen seinen Taschen herumfühlte, »ich fürchte, der Teufel hat seine Hand im Spiel. Sie ist gewiß fort, Sir. Was sollen wir tun?«

»Lauf ihm ja nicht nach!« sagte Miß Sally, ihrem Schnupftabak weiter zusprechend. »Lauf ihm um keinen Preis nach! Du weißt, du mußt ihm Zeit lassen, die Banknote loszuwerden. Es würde grausam sein, ihn zu überführen!«

Herr Swiveller und Sampson Braß sahen in einem Zustande äußerster Verwirrung zuerst Miß Braß, dann einander an, und plötzlich, wie aus einem Antriebe, langten sie nach ihren Hüten und stürzten auf die Straße hinaus. Sie liefen immer mitten auf der Straße und drängten alle Hindernisse beiseite, als gälte es ihr Leben.

Es traf sich nun, daß Kit gleichfalls schnell gelaufen war, obgleich nicht ganz so schnell, und da er einen Vorsprung von einigen Minuten hatte, so war er bereits eine gute Strecke voraus. Sie wußten jedoch ziemlich genau, welchen Weg er eingeschlagen haben mußte, und da sie ihm in großer Hast nachsetzten, holten sie ihn in demselben Augenblick ein, als er stehengeblieben war, um Atem zu schöpfen, und eben im Begriff war weiterzulaufen.

»Halt!« rief Sampson, indem er ihn an der einen Schulter

faßte, während Herr Swiveller auf die andere losstürzte. »Nicht so schnell, junger Herr. Haben Sie es gar so eilig?«

»Ja«, versetzte Kit, indem er ganz überrascht von dem einen auf den andern sah.

»I – ich – kann es kaum glauben«, keuchte Sampson, »aber es wird etwas Wertvolles aus dem Bureau vermißt. Ich hoffe, Sie wissen nichts davon?«

»Davon wissen! Guter Himmel, Herr Braß!« rief Kit, von Kopf bis zu den Füßen zitternd, »Sie glauben doch nicht . . .«

»Nein, nein«, entgegnete Braß rasch, »ich glaube nichts. Meinen Sie ja nicht, daß ich gesagt hätte, Sie hätten es getan. Ich hoffe, Sie werden ruhig mit zurückkommen!«

»Natürlich will ich das!« erwiderte Kit. »Warum nicht?«

»Ich sagte es ja!« versetzte Braß. »Warum nicht? Ich hoffe, es stellt sich nichts heraus, was nicht mit diesem ›Warum nicht‹ im Einklang stände. Wenn Sie wüßten, welche Not ich diesen Morgen hatte, Ihre Partei zu nehmen, Christoph, so würde es Ihnen sehr leid tun.«

»Und ich bin überzeugt, es wird Ihnen leid tun, mich beargwöhnt zu haben, Sir«, entgegnete Kit. »Kommen Sie, lassen Sie uns zurückeilen!«

»Freilich!« rief Braß. »Je schneller, desto besser. Herr Richard, haben Sie die Güte, jenen Arm zu nehmen; ich will diesen nehmen. Es ist zwar kein angenehmes Gehen, drei nebeneinander, aber unter solchen Umständen muß es sein; das läßt sich nicht ändern.«

Kit wurde abwechselnd rot und blaß, als man sich seiner in dieser Weise versicherte, und schien einen Augenblick geneigt, Widerstand zu leisten. Er faßte sich jedoch bald, und da er bedachte, man würde ihn im Falle einer Gegenwehr vielleicht am Kragen durch die öffentlichen Straßen schleppen, so wiederholte er immer wieder ernsthaft, mit Tränen in den Augen, daß ihnen dies alles einmal sehr leid tun würde, und ließ sich von ihnen fortführen. Während sie auf dem Rückwege begriffen waren, ersah Herr Swiveller, dem sein momentanes Amt sehr widerwärtig vorkam, eine Gelegenheit, seinem Gefangenen ins Ohr zu flüstern, wenn er sich für schuldig bekenne, wäre es auch nur durch ein Nicken, und verspreche, es in Zukunft nicht mehr zu tun, so würde er es übersehen, wenn Kit Sampson Braß eins an die Schienbeine versetze und Reißaus nähme. Da aber Kit diesen Vorschlag mit Unwillen zurückwies, blieb Herrn Richard nichts übrig, als ihn festzuhalten, bis sie Bevis-Marks erreichten, wo sie ihren Gefangenen sofort der bezaubernden Sara vorführten, die augenblicklich die Vorsicht beobachtete, die Tür zu verschließen.

»Sie müssen wissen«, begann Braß, »wenn dies ein Fall der Unschuld ist, so ist es ein Fall der Art, Christoph, bei der die vollste Enthüllung jedermann die beste Genugtuung gewährt. Wenn sie sich daher einer Untersuchung unterwerfen wollen«, er deutete die Art der von ihm gemeinten Untersuchung dadurch an, daß er die Ärmelaufschläge seines Rockes zurückstreifte, »so wäre das für alle Teile angenehm und beruhigend.«

»So durchsuchen Sie mich«, entgegnete Kit stolz, indem er seine Arme in die Höhe hob. »Aber bedenken Sie, Sir, ich weiß, Sie werden es bis an den letzten Tag Ihres Lebens bereuen!«

»Es ist gewiß ein sehr schmerzlicher Vorfall«, sagte Braß seufzend, als er in eine von Kits Taschen tauchte und eine bunte Sammlung verschiedener kleiner Gegenstände herausfischte; »sehr schmerzlich. Nichts da, Herr Richard, alles vollkommen befriedigend. Auch hier nicht, Sir. Ebensowenig in der Weste, Herr Richard; auch nicht in den Rockschößen. Soweit freut es mich in der Tat.«

Richard Swiveller, der Kits Hut in der Hand hielt, beobachtete den Fortgang der Untersuchung mit großem Interesse, ohne sich eines ganz flüchtigen Lächelns erwehren zu können, als Braß, eines seiner Augen schließend, mit dem andern in das Innere eines Rockärmels des armen Jungen sah, als ob er in ein Teleskop schaute; dann wandte sich Sampson hastig zu ihm und forderte ihn auf, den Hut zu durchsuchen.

»Da ist ein Schnupftuch«, sagte Dick.

»Daran liegt nichts Verfängliches, Sir«, versetzte Braß, indem er sein Auge an den andern Ärmel brachte und in dem Tone eines Mannes sprach, der ins Unendliche hinausschaut. »Durchaus nichts Verfängliches an einem Schnupftuch, durchaus nichts, Sir. Die Wissenschaft hält es, glaube ich, für keine gesunde Gewohnheit, Herr Richard, sein Schnupftuch im Hut zu tragen – ich habe mir sagen lassen, es halte den Kopf zu warm –, aber in jeder andern Beziehung ist diese Aufbewahrungsmethode außerordentlich befriedigend, ja, außerordentlich befriedigend.«

Ein Ausruf von Richard Swiveller, Miß Sally und Kit zugleich unterbrach plötzlich den Advokaten. Er wandte den Kopf und sah Dick mit der Banknote in der Hand dastehen.

»In dem Hut?« rief Braß entsetzt kreischend.

»Unter dem Schnupftuch und hinter das Futter gesteckt«, sagte Dick, ganz starr über diese Entdeckung.

Herr Braß blickte auf Swiveller, auf seine Schwester, auf die Wände, zur Decke, auf den Fußboden – überall hin, nur nicht auf Kit, der ganz betäubt und regungslos dastand.

»Und das«, rief Sampson, seine Hände zusammenschlagend, »das ist die Welt, die sich um ihre eigene Achse dreht, unter lunarischem Einfluß steht und ihre Bewegungen um himmlische Körper vollführt, nebst sonstigen derartigen Possen! Das ist menschliche Natur! O Natur, Natur! Das ist der Bösewicht, dem ich durch alle meine kleinen Künste Wohltaten erweisen wollte und für den ich noch jetzt so viel Zuneigung fühle, daß ich ihn möchte laufen lassen. Doch«, fügte Herr Braß mit erhobener Stimme hinzu, »ich bin ein Rechtsgelehrter und als solcher verpflichtet, ein Beispiel zu geben, wo es gilt, die Gesetze meines glücklichen Vaterlandes in Kraft treten zu lassen. Sally, meine Liebe, vergib mir und ergreife ihn an dem andern Arme. Herr Richard, haben Sie die Güte, geschwind einen Polizeimann zu holen. Die Anwandlung von Schwäche ist vorüber, Sir, und die moralische Kraft kehrt zurück. Einen Polizisten, Sir, wenn es Ihnen beliebt!«

Sechzigstes Kapitel

Kit stand wie versteinert da, die weit offenen Augen auf den Boden geheftet und ebenso gefühllos gegen die zitternde Hand des Herrn Braß, die ihn an der einen Seite seiner Halsbinde festhielt, wie gegen den festeren Griff von Miß Sally auf der andern. Die Krallen der letzteren waren an sich schon keine kleine Unbequemlichkeit, da diese bezaubernde Dame, abgesehen davon, daß sie von Zeit zu Zeit ihre Knöchel sehr unsanft in seine Kehle bohrte, gleich von Anfang an so fest gepackt hatte, daß der arme Junge sogar in der Verwirrung und Zerstreutheit seiner Gedanken sich des beunruhigenden Gefühls, ersticken zu müssen, nicht erwehren konnte. Er verblieb in dieser Stellung zwischen Bruder und Schwester ganz widerstandslos und passiv, bis Herr Swiveller mit einem Polizisten zurückkehrte.

Dieser Beamte, der natürlich an solche Auftritte gewöhnt war und alle Arten von Eigentumsvergehen von dem kleinsten Diebstahl an bis zum Hauseinbruch und Straßenraub als regelmäßig wiederkehrende Geschäftssachen ansah, und der die Frevler wie Kunden betrachtete, dic im Engros- und Detailladen des Kriminalgesetzes, hinter dessen Ladentisch er stand, bedient werden sollten, nahm die Angaben des Herrn Braß ungefähr mit ebensoviel Interesse und Überraschung hin, wie sie etwa ein Leichenbestatter an den Tag legen würde, wenn er einen umständlichen Bericht über die letzte Krankheit einer Person anhören müßte, die er geschäftsmäßig versorgen sollte. Dann verhaftete er Kit mit bescheidener Gleichmütigkeit.

»Wir täten besser«, sagte dieser angestellte Diener der Gerechtigkeit, »uns an das Gericht zu wenden, solange noch eine Magistratsperson da ist. Ich muß Sie daher auffordern, Herr Braß, mit uns zu kommen, und die . . .« Er sah dabei Miß Sally an, als sei er nicht ganz sicher, ob sie nicht ein Greif oder ein anderes fabelhaftes Ungeheuer sei.

»Die Dame, he?« half Sampson nach.

»Ah!« versetzte der Polizeimann. »Ja, die Dame. Auch den jungen Mann, der die Note gefunden hat.«

»Herr Richard«, sagte Braß mit wehmütiger Stimme, »es ist eine traurige Notwendigkeit. Aber der Altar des Vaterlandes, Sir . . .«

»Sie werden vermutlich eine Mietkutsche nehmen?« fiel der Polizist ein, indem er Kit, den seine andern Häscher losgelassen hatten, ein wenig über dem Ellbogen sorglos am Arme hielt. »Wollen Sie so gut sein und eine holen lassen, ja?«

»Aber lassen Sie mich nur ein Wort sprechen!« rief Kit, die Augen erhebend und flehentlich um sich schauend. »Hören Sie mich doch an! Ich bin ebensowenig schuldig als einer von Ihnen. Bei meiner Seele, ich bin unschuldig. Ich, ein Dieb! O Herr Braß, Sie kennen mich besser. Gewiß, Sie kennen mich besser. Das ist wirklich nicht recht von Ihnen.«

»Ich gebe Ihnen mein Wort, Polizist«, sagte Braß.

Hier legte sich jedoch der Polizist mit dem konstitutionellen Prinzip ins Mittel, daß Worte leicht wie der Wind seien, und bemerkte, sie wären nur ein Milchkoch für Wickelkinder, Männern müßte man mit Eiden aufwarten.

»Vollkommen richtig, Herr«, pflichtete Braß in demselben wehmütigen Tone bei. »Sehr richtig. Ich gebe Ihnen die eidliche Versicherung, Herr, daß ich noch einige Minuten vor dieser fatalen Entdeckung ein solches Vertrauen in diesen Jungen setzte, daß ich ihm die Obhut über mein . . . eine Mietkutsche, Herr Richard! Sie sind gar langsam, Sir!«

»Wo ist jemand, der mich kennt«, rief Kit, »und mir nicht vertrauen würde? Fragt jedermann, ob man je den mindesten Zweifel in mich gesetzt hat und ob ich jemals auch nur einen Heller veruntreute! Ich bin nie unehrlich gewesen, solange ich arm und hungrig war; ist es da wohl wahrscheinlich, daß ich jetzt anfangen werde? Oh, seht Euch vor, was Ihr tut! Wie kann ich wieder den besten Freunden, die je ein Mensch hatte, unter die Augen treten, wenn man mich derartig verdächtigt hat!«

Herr Braß entgegnete, der Gefangene würde gut getan haben, wenn er das früher bedacht hätte, und schickte sich eben an, noch einige weitere düstere Bemerkungen zu machen, als sich die Stimme des ledigen Herrn vernehmen ließ, der von oben herunter rief, was es denn eigentlich gebe und was all dieser Lärm bedeuten solle. Kit machte in dem Bestreben, die Antwort selbst zu geben, eine unwillkürliche Bewegung nach der Tür, wurde aber hastig von dem Polizisten zurückgehalten und mußte mit bitterm Schmerz sehen, wie Braß allein hinauslief, um die Geschichte in seiner eignen Weise zu erzählen.

»Und er kann es auch kaum glauben«, sagte Sampson, als er wieder zurückkehrte; »es geht aller Welt so. Ich wollte, ich könnte das Zeugnis meiner Sinne bezweifeln, aber ihre Aussagen sind unumstößlich. Es führt zu nichts, meine Augen in ein Kreuz- und Querverhör zu nehmen«, rief Sampson blinzelnd, indem er seine Sehwerkzeuge rieb, »sie beharren auf ihrer ersten Aussage und wollen nicht von ihr abweichen. Nun, Sara, ich höre draußen die Kutsche; hole deinen Hut, damit wir fortkommen. Eine traurige Verrichtung! Eigentlich ein moralisches Leichenbegängnis!«

»Herr Braß«, sagte Kit, »erweisen Sie mir nur eine einzige Gunst, bringen Sie mich zuerst zu Herrn Witherden!«

Sampson schüttelte unschlüssig den Kopf.

»Ach, tun Sie es«, flehte Kit. »Mein Herr ist dort. Um Himmels willen, bringen Sie mich zuerst dorthin!«

»Ei, ich weiß nicht«, stammelte Braß, der vielleicht seine Gründe hatte, in den Augen des Notars so rein als möglich dastehen zu wollen. »Wie würde das mit der Zeit ausgehen, Herr? He?«

Der Wachmann, der die ganze Zeit über mit großer philosophischer Ruhe an einem Strohhalm genagt hatte, entgegnete, wenn sie gleich gingen, so hätten sie noch Zeit genug; wenn sie aber noch lange daständen und herumtändelten, dann müßten sie gleich aufs Bürgermeisteramt gehen; dies sei schließlich seine Meinung in der Sache, und weiter wolle er nichts gesagt haben.

Da Herr Swiveller in der Kutsche zurückgekommen war und noch immer in der bequemsten Ecke, das Gesicht den Pferden zugekehrt, saß, forderte Braß den Polizeibeamten auf, seinen Gefangenen abzuführen, und erklärte sich zum Fortgehen bereit.

Und so stieß der Wachmann, der Kit noch immer wie früher am Arme hielt und ihn ein wenig vor sich her schob, so daß er ihn, der gewohnten Weise gemäß, ungefähr dreiviertel Armeslänge vor sich hatte, ihn sofort in den Wagen und folgte selber nach. Dann kam Miß Sally; und da jetzt vier drinnen saßen, so stieg Sampson Braß auf den Bock und hieß den Kutscher losfahren.

Noch völlig betäubt von dem plötzlichen und schrecklichen Wechsel, der in seinen Verhältnissen vorgegangen war, stierte Kit zum Kutschenfenster hinaus, in der festen Hoffnung, in den Straßen irgendeine ungeheure Erscheinung zu sehen, die ihm Grund zu der Annahme geben würde, dies alles sei nur ein Traum. Leider war aber alles nur zu wirklich und ihm nur zu bekannt: dieselbe Aufeinanderfolge der Straßenwindungen, dieselben Häuser, derselbe Menschenstrom, der zu beiden Seiten in verschiedenen Richtungen über das Pflaster wogte, dasselbe Karren- und Wagengerassel, dieselben wohlbekannten Gegenstände in den Ladenfenstern – eine Regelmäßigkeit sogar in dem lärmenden Treiben, wie sie nie ein Traum widerspiegeln konnte. So traumhaft die ganze Geschichte schien, so wahr erwies sie sich. Er war des Diebstahls bezichtigt; die Banknote war bei ihm gefunden worden, obschon er unschuldig war in Gedanken und Taten; und man führte ihn fort als einen Gefangenen.

In diese schmerzlichen Betrachtungen vertieft, dachte er mutlos an seine Mutter und den kleinen Jakob, fühlte ganz deutlich, daß selbst das Bewußtsein seiner Unschuld ihn seinen Freunden gegenüber nicht zu trösten vermöchte, wenn sie ihn schuldig glaubten, und seine Hoffnung wie sein Mut schwanden immer mehr, je näher sie dem Hause des Notars kamen. Und als der arme Kit sehnsüchtig durch das Fenster blickte, ohne daß er überhaupt sah, was um ihn vorging, da gewahrte er plötzlich, wie durch Zauber heraufbeschworen, Quilps Gesicht.

Und welch ein Hohn lauerte in diesem Gesicht! Es sah aus dem offenen Fenster einer Schenke heraus, und der Zwerg hatte sich so weit vorgebeugt, die Ellbogen auf den Fenster-

sims gestemmt und den Kopf auf beide Hände gestützt, daß er in dieser Haltung und durch die Anstrengung eines unterdrückten Lachens ganz aufgeplustert, zweimal so breit und aufgedunsen als gewöhnlich erschien. Sobald Braß ihn erkannte, ließ er die Kutsche halten. Dies geschah unmittelbar dem Hause gegenüber, in dem Quilp war, und der Zwerg nahm seinen Hut ab, um die Gesellschaft mit einer scheußlichen und grotesken Höflichkeit zu grüßen.

»Aha!« rief er. »Wohin jetzt, Braß, wohin? Sally auch bei Ihnen? Die süße Sally! Und Dick? Der lustige Dick! Und Kit? Der ehrliche Kit!«

»Er ist ungewöhnlich heiter!« sagte Braß zu dem Kutscher. »In der Tat ganz ungewöhnlich heiter! Ach, Sir, ein trauriges Geschäft! Bauen Sie nie mehr auf Ehrlichkeit, Sir!«

»Warum nicht?« entgegnete der Zwerg. »Warum nicht, Sie Spitzbube von einem Advokaten, warum nicht?«

»Im Bureau eine Banknote verlorengegangen, Sir«, sagte Braß kopfschüttelnd. »Gefunden in seinem Hute, Sir; war unmittelbar vorher allein dort; Irrtum ausgeschlossen, Sir. Eine Kette vollständiger Beweise, kein Glied fehlt.«

»Was?« rief der Zwerg, mit dem halben Leib zum Fenster herauslehnend. »Kit ein Dieb? Kit ein Dieb? Ha ha ha! Ei, er ist ein häßlicherer Dieb, als man irgendwo für einen Penny zu sehen kriegt! He, Kit, he? Ha ha ha! Habt ihr Kit in Gewahrsam gebracht, ehe er Zeit und Gelegenheit hatte, mich durchzuprügeln, he, Kit, he?«

Und nun brach er in ein gellendes Gelächter aus, über das sich der Kutscher entsetzte, und zeigte auf eine nebenstehende Färberstange, von der ein Anzug herunterbaumelte, daß es aussah, als wenn ein Mann an einem Galgen hing.

»Ist es so weit gekommen, Kit?« rief der Zwerg, indem er heftig seine Hände rieb. »Ha ha ha ha! Was wird der kleine Jakob, was seine allerteuerste Frau Mutter für Augen machen! Sorgen Sie dafür, Braß, daß man ihm den Bethelpfarrer als Trostspender gibt. He, Kit, he? Vorwärts, Kutscher, vorwärts! Gott befohlen, Kit; alles Gute mit dir! Sei heitern Mutes; schöne Grüße an die Garlands, den lieben alten Herrn und seine Frau. Sage ihnen, ich habe nach ihnen gefragt, willst du? Gottes Segen über sie und über dich und über jedermann, Kit. Gottes Segen über die ganze Welt!«

Mit solchen guten Abschiedsgrüßen, die wie ein reißender Strom von seinen Lippen flossen, bis sie nicht mehr zu hören waren, begleitete Quilp die sich entfernende Kutsche; und als er sie nicht mehr sehen konnte, zog er den Kopf zurück und wälzte sich in einem Freudentaumel auf dem Boden.

Bald nachher langten sie vor dem Hause des Notars an, denn sie hatten den Zwerg nicht weit davon in einer Nebengasse getroffen, und Herr Braß stieg ab. Er öffnete mit melancholischem Gesicht den Kutschenschlag und ersuchte seine Schwester, ihn in das Bureau zu begleiten, damit man die guten Leute drinnen auf die Hiobspost, die ihrer harrte, vorbereiten könne. Als Miß Sally eingewilligt hatte, bat er Herrn Swiveller, sie zu begleiten. Sofort gingen sie in das Bureau, Herr Sampson Arm in Arm mit seiner Schwester, und Herr Swiveller allein hinterdrein.

Der Notar stand in dem Vorzimmer am Feuer und plauderte mit Herrn Abel und dem alten Herrn Garland, während Herr Chuckster an dem Pulte schrieb und gelegentlich einige Brocken von der Unterhaltung auffing. Herr Braß bemerkte diesen Stand der Dinge durch die Glastür, als er eben im Begriff war auf die Klinke zu drücken, und sobald er sah, daß der Notar ihn erkannt hatte, begann er schon vor der Tür den Kopf zu schütteln und schwer zu seufzen.

»Sir«, sagte Sampson, indem er seinen Hut abnahm und die Fingerspitzen seines rechten Biberhandschuhes küßte, »mein Name ist Braß, Braß von Bevis-Marks, Sir. Ich habe die Ehre und das Vergnügen gehabt, Sir, in einer kleinen Testamentsangelegenheit gegen Sie aufzutreten. Wie geht es Ihnen, Sir?«

»Wenn Sie in Geschäftsangelegenheiten kommen, so mögen Sie sich an meinen Schreiber wenden, Herr Braß«, sagte der Notar, ihm den Rücken zukehrend.

»Ich danke Ihnen, Sir«, versetzte Braß. »Jedenfalls sehr verbunden. Erlauben Sie mir, Sir, Ihnen meine Schwester vorzustellen – sie gehört ganz zu den Unsrigen, Sir, obgleich von dem schwächeren Geschlecht –, ich versichere Ihnen, Sir, sie ist mir von großem Nutzen in meinen Geschäften. Herr Richard, haben Sie die Güte vorzutreten, wenn es Ihnen beliebt. – Nein, nein, in der Tat«, fügte Braß hinzu, indem er ganz den Ton eines verletzten Mannes annahm und zwischen den Notar und dessen Privatbureau trat, in das sich der letztere zurückziehen wollte, »in der Tat, Sir, ich muß mit Ihrer Erlaubnis Sie um ein Wort oder zwei bitten.«

»Herr Braß«, entgegnete der andere mit entschiedenem Tone, »ich bin beschäftigt. Sie sehen, daß diese Herren meiner bedürfen. Wenn Sie Ihr Anliegen Herrn Chuckster dort eröffnen wollen, so wird er Ihnen jede Aufmerksamkeit widmen.«

»Meine Herren«, sagte Braß, indem er die rechte Hand an seine Weste legte und mit einem glatten Lächeln auf den jungen Garland und seinen Vater sah, »meine Herren, ich berufe mich auf Sie – in der Tat, meine Herren –, bedenken Sie, bitte, ich bin ein Mann vom Fach. Ich trage den Titel ›Gentleman‹ vermöge eines Parlamentsaktes. Ich behaupte diesen Titel durch jährliche Entrichtung von zwölf Pfund Sterling für das Zertifikat. Ich bin keiner von jenen Musikanten, Komödianten, Bücherschreibern oder Bildermalern, die sich eine Stellung anmaßen, welche die Gesetze ihres Landes nicht anerkennen. Ich bin kein Vagabund, kein wandernder Komödiant. Wenn jemand eine Klage gegen mich vorbringt, so muß er mich Gentleman titulieren, oder seine Klage ist null und nichtig. Ich berufe mich auf Sie – ist das nicht eigentlich verletzend? In der Tat, meine Herren ...«

»Nun, wollen Sie die Güte haben, Ihr Anliegen vorzubringen, Herr Braß?« unterbrach ihn der Notar.

»Jawohl, Sir«, versetzte Braß. »Ah, Herr Witherden! Sie kennen wenig von der – aber ich will mich nicht verlocken lassen, von der Hauptsache abzugehen, Sir. Ich glaube, der Name von einem dieser Herren ist Garland?«

»Von beiden«, entgegnete der Notar.

»Wirk-lich?« erwiderte Braß, sich tief verbeugend. »Ich hätte dies jedoch aus der ungemein großen Ähnlichkeit entnehmen können. Ich schätze mich in der Tat außerordentlich glücklich, die Ehre zu haben, zwei solche Herren kennenzulernen, obgleich der Anlaß ein höchst peinlicher ist. Einer von Ihnen, meine Herren, hat einen Diener, der Kit heißt?«

»Beide«, versetzte der Notar.

»Zwei Kits?« sagte Braß lächelnd. »Du mein Himmel!«

»Einen Kit, Sir«, entgegnete Herr Witherden ärgerlich, »der diese beiden Herren bedient. Was ist's mit ihm?«

»Das will ich jetzt sagen, Sir«, erwiderte Braß, indem er seine Stimme merklich sinken ließ. »Dieser junge Mensch, Sir, in den ich ein unbedingtes und schrankenloses Vertrauen setzte und den ich immer wie meinesgleichen behandelte, dieser junge Mensch hat heute morgen in meinem Büro einen Diebstahl begangen und ist fast bei der Tat erwischt worden.«

»Das ist jedenfalls eine Lüge!« rief der Notar.

»Es ist nicht möglich!« sagte Herr Abel.

»Ich glaube kein Wort davon!« rief der alte Herr.

Herr Braß blickte sie der Reihe nach mild lächelnd an und entgegnete:

»Herr Witherden, ich könnte Sie wegen dieses Wortes gerichtlich belangen; und wenn ich ein Mann von unangesehenem und niedrigem Stande wäre, auf dem eine Verleumdung haften bliebe, würde ich wegen Schadenersatzes gegen Sie auftreten. Da ich jedoch ich bin, Sir, so kann ich solche Ausdrücke nur verachten. Die edle Wärme der andern Herren respektiere ich, und es tut mir in der Tat leid, daß ich der Bote solch mißliebiger Neuigkeiten bin. Ich versichere Ihnen, daß ich mich nicht in diese peinliche Lage gebracht haben würde, aber der Junge selbst verlangte in erster Instanz hierhergebracht zu werden, und ich willfahrte seinem Wunsche. Herr Chuckster, wollen Sie die Güte haben, an das Fenster zu klopfen, damit der Wachmann, der in dem Wagen sitzt, hereinkomme?«

Die drei Herren sahen einander während dieser Worte entgeistert an, und Herr Chuckster, welcher der Aufforderung Folge leistete und von seinem Schreibebock in einer Aufregung herunterhüpfte, die einen Seher befallen hätte, dessen Prophezeiungen sich zur bestimmten Stunde erfüllten, öffnete die Tür, um den unglücklichen Gefangenen eintreten zu lassen.

Man denke sich den Auftritt, als Kit hereinkam und in kunstloser Beredsamkeit, die ihm die Wahrheit endlich verliehen hatte, den Himmel zum Zeugen anrief, daß er unschuldig sei und absolut nicht wisse, wie die Banknote bei ihm gefunden werden konnte! Dann das Stimmengewirr, ehe die Umstände berichtet und die Beweise vorgelegt waren, und endlich die Totenstille, als man alles wußte und seine drei Freunde Blicke des Zweifels und des Staunens wechselten.

»Ist es nicht möglich«, sagte Herr Witherden nach einer

langen Pause, »daß diese Note durch Zufall ihren Weg in den Hut gefunden hat – durch Wegräumen der Papiere von dem Pulte vielleicht?«

Es wurde jedoch klar nachgewiesen, daß dies ganz unmöglich sei. Herr Swiveller, obgleich ein unfreiwilliger Zeuge, war gezwungen, den schlagenden Beweis zu erbringen, daß die Note absichtlich verborgen worden war, indem er zeigte, wo er sie entdeckt hatte.

»Es ist sehr betrübend«, sagte Braß, »ja ungemein betrübend. Wenn es zum Verhör kommt, dann werde ich mich sehr glücklich schätzen, ihn wegen seines früheren guten Charakters der Gnade zu empfehlen. Ich bin auch früher schon um Geld gekommen, aber das will nicht sagen, daß *er* es genommen habe. Freilich ist der Verdacht gegen ihn – stark gegen ihn –, aber wir sind Christen, hoffe ich.«

»Vermutlich«, sagte der Wachmann, indem er umherschaute, »kann keiner der anwesenden Herren Auskunft geben, ob der Beschuldigte kürzlich bei Gelde gewesen ist. Wissen Sie vielleicht etwas, Sir?«

»Er hat allerdings von Zeit zu Zeit Geld«, entgegnete Herr Garland, an den die Frage gestellt worden war, »aber das wurde ihm, wie er sagte, von Herrn Braß selbst gegeben.«

»Ja, gewiß«, sagte Kit lebhaft, »Sie können mich doch in dieser Beziehung vertreten, Sir?«

»Eh?« rief Braß, indem er mit dem Ausdruck dummer Verwunderung von einem Gesicht auf das andere blickte.

»Das Geld, wissen Sie, die halben Kronen, die Sie mir gaben – von dem Mietsmann!« sagte Kit.

»O barmherziger Himmel!« rief Braß, den Kopf schüttelnd und finster die Stirn runzelnd. »Das ist ein böser Fall, finde ich; bei Gott, ein sehr böser Fall!«

»Wie, haben Sie ihm nicht im Namen eines andern Geld gegeben?« fragte Herr Garland in großer Angst.

»Ich ihm Geld gegeben, Sir?« erwiderte Sampson. »Ah, sieh da, das ist zu unverschämt! Wachmann, mein guter Freund, es wird am besten sein, wir gehen.«

»Was?« schrie Kit. »Er leugnet, daß er es tat? Ich bitte, fragen Sie ihn doch! Jemand soll fragen! Er soll Ihnen sagen, ob er es tat oder nicht!«

»Ist es so, Sir?« fragte der Notar.

»Ich will Ihnen etwas sagen, meine Herren«, versetzte Braß mit ungemein gravitätischer Miene, »der Junge wird auf diese Weise seiner Sache schlecht dienen, und in der Tat, wenn Sie Anteil an ihm nehmen, dann geben Sie ihm den Rat, er solle lieber einen neuen Plan ersinnen. Ob ich ihm Geld gab, Sir? Natürlich gab ich ihm nie etwas!«

»Meine Herren«, rief Kit, dem plötzlich ein Licht aufging, »Herr Garland, Herr Abel, Herr Witherden, Sie alle mögen es hören – er tat es! Ich weiß nicht, was ich ihm getan habe, aber hier ist ein Komplott geschmiedet, um mich zu vernichten. Vergessen Sie das nicht, meine Herren, es ist ein Komplott, und was auch dabei herauskommen mag, ich will bis zu meinem letzten Atemzug behaupten, daß er die Note selbst in den Hut getan hat. Sehen Sie ihn an, meine Herren! Sehen Sie, wie er die Farbe wechselt! Wer von uns sieht jetzt wie der Schuldige aus, er oder ich?«

»Hören Sie ihn, meine Herren?« sagte Braß lächelnd, »hören Sie ihn? Nun, kommt es Ihnen nicht so vor, als ob dieser Fall ein böses Gesicht erhielte, nicht? Ist es nach Ihrer Ansicht überhaupt ein Fall von tückischer Hinterlist, oder ist es nur ein gewöhnliches Verbrechen? Sie würden vielleicht auch dies für unmöglich gehalten haben, meine Herren, wenn Sie es nur von mir und nicht aus seinem eigenen Munde gehört hätten – he?«

Mit solchen ruhigen Spottreden wies Herr Braß die schmachvolle Befleckung seines Charakters von sich; aber die tugendhafte Sara, die von stärkeren Gefühlen beseelt wurde und im Grunde ihres Herzens vielleicht eifersüchtiger auf die Ehre ihrer Familie bedacht war, stürmte ohne weitere Andeutung ihrer Absicht von der Seite ihres Bruders und stürzte in höchster Wut auf den Gefangenen los. Es wäre Kits Gesicht zweifellos schlecht ergangen, wenn nicht der vorsichtige

Wachmann, der ihre Absicht erriet, ihn in dem kritischen Augenblicke beiseitegezogen und so Herr Chuckster in eine ziemlich gefährliche Situation gebracht hätte. Denn da dieser Gentleman zufälligerweise der nächste Gegenstand war, an den Miß Braß' Zorn prallte, und bekanntlich Wut ebenso wie Glück und Liebe blind ist, so stürzte die schöne Herzensbändigerin auf ihn los, riß ihm seinen Hemdkragen ganz und gar herunter und zauste ihm tüchtig das Haar, ehe die Anstrengungen der übrigen Gesellschaft ihr den Irrtum begreiflich machen konnten.

Der Beamte, der sich diesen tollen Angriff zur Warnung dienen ließ und vielleicht dachte, daß es dem Zwecke der Gerechtigkeit angemessener sei, wenn der Gefangene ganz, als in kleine Stücke zerrissen vor den Richter gestellt werde, führte Kit ohne viel Federlesens zur Mietkutsche zurück und bestand darauf, daß Miß Braß mit dem Bocksitz vorliebnehmen müsse. Auf diesen Vorschlag ging das entzückende Geschöpf nach einem kleinen zornigen Wortwechsel endlich ein und setzte sich auf ihres Bruders Sampson Platz, während Herr Braß mit einigem Widerstreben sich herbeiließ, den ihrigen im Innern des Wagens einzunehmen. Nachdem diese Vorkehrungen beendigt waren, fuhren sie in aller Hast nach dem Gerichtshofe, und der Notar nebst seinen zwei Freunden folgte in einer andern Kutsche. Nur Herr Chuckster wurde zurückgelassen, und zwar zu seiner größten Entrüstung, denn er hielt seine Aussage, daß Kit an dem bestimmten Tage zurückgekommen sei, um den halben Schilling abzudienen, für einen so wesentlichen Beweis seines scheinheiligen und hinterlistigen Charakters, daß er die Ablehnung dieser Mitteilung für nicht viel besser hielt als ein stillschweigendes Hinweggehen über ein Staatsverbrechen.

In dem Gerichtssaale fanden sie den ledigen Herrn, der sich schnurstracks dahin begeben hatte und sie mit verzweifelter Ungeduld erwartete. Aber nicht fünfzig ledige Herren, zu einem einzigen zusammengeknetet, hätten dem armen Kit helfen können, der eine halbe Stunde später in die Anklageliste eingeschrieben war und auf seinem Wege in das Gefängnis von einem freundlichen Gerichtsdiener die Versicherung erhielt, daß er durchaus keinen Grund zur Niedergeschlagenheit hätte, denn die Sitzungen würden bald beginnen, und dann dürfe er mit großer Wahrscheinlichkeit darauf zählen, daß seine kleine Angelegenheit rasch erledigt und er in weniger als vierzehn Tagen ganz behaglich deportiert sein würde.

Einundsechzigstes Kapitel

Mögen die Moralisten und Philosophen sagen, was sie wollen, jedenfalls fragt es sich sehr, ob ein Schuldiger sich in jener Nacht nur halb so elend gefühlt haben würde wie der unschuldige Kit. Die Welt, die fortwährend eine unerhörte Menge von Ungerechtigkeiten begeht, tröstet sich nur allzugern mit dem Gedanken, daß das Opfer ihrer Beschuldigung und ihrer Bosheit, sofern es nur ein reines Gewissen hat, unmöglich seinen Prüfungen erliegen kann und auf die eine oder die andere Weise endlich zu seinem Rechte gelangen muß, ›in welchem Falle‹, sagen diejenigen, die es zu Tode gehetzt haben, – ›obgleich es nicht zu erwarten steht – sich niemand mehr freuen wird als wir‹. Es wäre jedoch besser, wenn die Welt bedächte, daß die Ungerechtigkeit an sich schon für jeden edlen und untadelhaften Charakter die schmerzhafteste, quälendste und unerträglichste Kränkung ist, und daß aus diesem Grunde so manches reine Gewissen seine Rechtfertigung an höherer Stelle vorbrachte und so manches starke Herz brach. Denn das Bewußtsein der Unschuld erhöht nur das Leid und macht es unerträglicher.

Im Falle Kit war jedoch der Welt nichts vorzuwerfen. Aber Kit war unschuldig; und das Bewußtsein seiner Unschuld, der Gedanke, daß ihn seine besten Freunde für schuldig hielten, daß Herr und Madame Garland ihn als ein Scheusal von Undankbarkeit betrachten müßten, daß Barbara alles, was schlimm und verbrecherisch ist, mit seinem Namen in Verbindung brächte, daß das Pony sich ganz verlassen vorkäme und daß vielleicht selbst seine eigene Mutter den gewichtigen Zeugnissen, die gegen ihn sprachen, Glauben schenken und ihn wirklich für den halten möchte, der er schien, alles dies verursachte ihm Seelenqualen, die jeder Beschreibung spotten, und er ging in der kleinen Zelle, in der er die Nacht über eingeschlossen war, fast wahnsinnig vor Kummer und Schmerz auf und ab.

Und selbst als der Sturm dieser Gefühle einigermaßen nachgelassen hatte und er ruhiger zu werden anfing, tauchte ein neuer Gedanke in seiner Seele auf, der ihn kaum weniger ängstigte. Nell, der leuchtende Stern in dem Leben des einfachen Knaben, sie, die immer wie ein schöner Traum zu ihm zurückkehrte, die seine freudlosen Jahre zu den glücklichsten und besten gemacht hatte, die immer so edel, so rücksichtsvoll und freundlich gewesen war, was mußte sie denken, wenn sie jemals von dieser Sache hören sollte!

Während er sich diesen Gedanken hingab, schienen die Mauern seines Gefängnisses zurückzuweichen, und an ihrer Stelle erblickte er das alte Haus, wie es gewöhnlich an Winterabenden aussah, der Herd, der kleine Tisch, des alten Mannes Hut, Rock und Stock, die halboffene Tür, die zu ihrem kleinen Kämmerchen führte – alles war wieder da. Und Nell selbst war da, und er auch, beide herzlich lachend, wie sie so oft getan hatten, und als Kits Phantasie ihn so weit getragen hatte, da konnte er nicht weiter, da warf er sich auf sein ärmliches Lager und weinte.

Es war eine lange Nacht, die kein Ende zu nehmen schien; doch schlief er auch und träumte, daß er frei sei, daß er umhertolle, bald mit dem einen, bald mit dem andern; aber immer befiel ihn wieder die Angst, ins Gefängnis zurückgeholt zu werden; nicht gerade in dieses Gefängnis, sondern in ein anderes, von dem er nur eine dunkle Vorstellung hatte. Es war auch wieder kein Haus, war vielmehr Kummer und Sorge, etwas Beängstigendes, daß nicht von ihm wich, und das er doch nicht definieren konnte. Endlich graute der Morgen, und da war der Kerker selbst, kalt, düster und traurig, und nur zu greifbar.

Er blieb übrigens sich selbst überlassen, und das war ein Trost für ihn. Er durfte zu einer bestimmten Stunde in einem kleinen gepflasterten Hof spazierengehen und hörte von dem Kerkermeister, der seine Zelle aufschloß und ihm zeigte, wo er sich waschen könne, daß die Gefangenen jeden Tag zu einer bestimmten Stunde Besuche annehmen dürften; wenn also jemand von seinen Freunden zu ihm kommen sollte, würde er ihn zu dem Gitter herunterholen. Nachdem ihm der Mann dies mitgeteilt und ihm eine zinnerne Schüssel eingehändigt hatte, die das Frühstück enthielt, schloß er ihn wieder ein, ging rasselnd durch den steinernen Gang, öffnete und schloß viele andere Türen und weckte zahllose Echos, die lange noch durch das Gebäude hallten, als wären auch sie hier eingesperrt und könnten nicht hinaus.

Der Gefängniswärter hatte ihm zu verstehen gegeben, daß er, wie einige andere, abgeschieden von dem großen Haufen der Gefangenen untergebracht worden sei, weil man ihn nicht für ganz verderbt und verloren halte und er früher noch nie in der Anstalt gewesen sei. Kit war dankbar für diese Nachsicht, setzte sich und las sehr aufmerksam den Kirchenkatechismus, obgleich er ihn von früher Kindheit an auswendig wußte, bis er den Schlüssel im Schlosse klirren hörte und der Mann wieder eintrat.

»Also«, sagte er, »komm Er mit.«

»Wohin, Sir?« fragte Kit.

Der Mann begnügte sich mit der kurzen Antwort: »Besuch!«, nahm ihn dann genau so, wie tags zuvor der Polizist, beim Arme, führte ihn durch mehrere verschlungene Gänge und starke Türen auf einen Gang, in dem er ihn vor ein Gitter stellte, und ließ ihn allein. Etwa vier oder fünf Fuß hinter diesem Gitter befand sich ein zweites, und zwischen beiden saß ein Schließer, der eine Zeitung las. Jenseits der äußeren Barriere erblickte Kit mit klopfendem Herzen seine Mutter, die das Büblein auf dem Arme hatte, Barbaras Mutter, mit dem nie fehlenden Regenschirme, und den armen kleinen Jakob, der aus Leibeskräften hereinstierte, als suche er den Vogel oder die wilden Tiere; denn er glaubte, die Menschen wären nur zufällig hinter dem Gitter und hätten mit den eisernen Stangen unmöglich etwas zu schaffen.

Sobald aber der kleine Jakob seines Bruders ansichtig wurde und bemerkte, daß dieser, obgleich er seine Arme durch das Gitter steckte, um ihn zu umarmen, nicht näher kam, sondern weit weg stehenblieb, den Kopf auf den Arm gesenkt, den er auf eine der Eisenstangen stützte, begann er höchst kläglich zu weinen. Daraufhin brachen Kits Mutter und Barbaras Mutter, die sich allen nur möglichen Zwang angetan hatten, aufs neue in ein Schluchzen und Weinen aus. Der arme Kit mußte auch weinen, und niemand war imstande, auch nur ein Wort zu sprechen.

Der Schließer las während dieser trübseligen Pause seine Zeitung mit einer schmunzelnden Miene, denn er war augenscheinlich zu den humoristischen Aufsätzen geraten, bis er zufällig rasch aufschaute, als wollte er durch angestrengtes Nachdenken einem versteckteren Witz ganz auf den Grund kommen, und dabei sah, daß jemand weinte.

»Aber meine Damen, meine Damen«, sagte er, überrascht umherblickend, »ich möchte euch raten, eure Zeit nicht in dieser Weise zu vergeuden. Sie ist hier etwas gemessen, müßt ihr wissen. Auch dürft ihr das Kind keinen solchen Lärm machen lassen. Es ist gegen alle Regel.«

»Ich bin seine arme Mutter, Sir«, schluchzte Frau Nubbles, sich verbeugend, »und dies ist sein Bruder, Sir. Ach, mein Gott, mein Gott!«

»Nun«, versetzte der Schließer, indem er seine Zeitung auf dem Knie zusammenlegte, so daß er mit größerer Bequemlichkeit zur nächsten Spalte übergehen konnte; »ihr wißt, es führt doch zu nichts. Er ist nicht der einzige, der hier festsitzt. Ihr braucht da keinen solchen Lärm darüber zu machen!«

Nach diesen Worten las er wieder weiter. Man war nicht

unnatürlich grausam oder hartherzig. Er hatte mit der Zeit gelernt, die Verbrechen als eine Art Krankheit, etwa wie das Scharlachfieber oder den Rotlauf, zu betrachten; einige Leute hattens, andere hattens nicht, wie sichs eben traf.

»O mein lieber Kit«, rief seine Mutter, der Barbaras Mutter mitleidig das Bübchen abgenommen hatte. »Daß ich meinen armen Jungen hier sehen muß!«

»Ihr glaubt doch nicht, daß ich getan habe, was man mir zur Last legt, liebe Mutter?« entgegnete Kit mit erstickter Stimme.

»Ob *ich* es glaube?« rief die arme Frau. »Ich, die dich von deiner Wiege an nie auf einer Lüge oder einer schlechten Handlung ertappte, die nie um deinetwillen betrübt war, außer wenn ich dein kärgliches Mahl sah! Und das verzehrtest du so fröhlich und zufrieden, daß ich ganz vergaß, wie wenig es war, wenn ich daran dachte, wie gut und verständig du trotz deiner Jugend warst! Ich es glauben von dem Sohne, der von der Stunde seiner Geburt an bis auf diesen Tag mein Trost gewesen ist, und den ich nicht einen einzigen Abend zornig zu Bett brachte! Ich es von dir glauben, Kit!«

»Nun denn, Gott sei Dank!« entgegnete Kit, indem er die Eisenstangen mit einem Eifer packte, der sie erschütterte; »dann kann ich es ertragen, Mutter. Mag kommen, was da will, es wird mir immer ein Tropfen Seligkeit im Herzen bleiben, wenn ich denke, daß Ihr so gesprochen habt.«

Bei diesen Worten brach die arme Frau abermals in ein Weinen aus und Barbaras Mutter gleichfalls. Auch der kleine Jakob, dessen verworrene Gedanken sich inzwischen einen etwas klareren Begriff darüber gebildet hatten, daß Kit nicht ausgehen konnte, wenn er wollte, und daß es keine Vögel, Löwen, Tiger oder andere Naturmerkwürdigkeiten hinter diesen Stäben gebe – nein, rein gar nichts, als einen gefangenen Bruder –, vereinte seine Tränen so geräuschlos als möglich mit den ihrigen.

Kits Mutter, die ihre Augen trocknete und dabei mehr Tränen vergoß, als sie abwischen konnte, die arme Seele, nahm nun vom Boden ein kleines Körbchen auf, näherte sich demütig dem Schließer und fragte, ob es ihm nicht gefällig sei, sie eine Minute anzuhören. Der Schließer, der gerade zur Pointe eines Witzes gekommen war, winkte ihr mit der Hand, noch eine Minute zu schweigen, wenn ihr das Leben lieb sei. Auch zog er seine Hand nicht in ihre frühere Lage zurück, sondern hielt sie warnend ausgestreckt, bis er seinen Abschnitt beendigt hatte, worauf er ein paar Sekunden lächelnd vor sich hinschaute, als wollte er sagen: ›Dieser Zeitungsschreiber ist ein schnurriger Kauz, ein spaßhafter Kerl‹, und dann fragte er sie, was sie wünsche.

»Ich habe ihm ein bißchen Essen gebracht«, sagte die gute Frau. »Erlauben Sie wohl, Sir, daß er es nehmen darf?«

»Ja, das kann er. Es besteht kein Verbot dagegen. Ihr könnt es mir geben, wenn Ihr geht; ich will dann dafür sorgen, daß er es erhält.«

»Nein, ich bitte um Verzeihung, Sir, aber nehmen Sie's nicht übel, Sir, ich bin seine Mutter, und Sie hatten auch einmal eine Mutter; wenn ich ihn nur ein bißchen davon essen sehen könnte – ich würde viel beruhigter fortgehen und wüßte dann doch, daß es ihm leidlich gut geht.«

Und abermals strömten die Tränen von Kits Mutter, von Barbaras Mutter und dem kleinen Jakob. Was das Bübchen betraf, so krähte und lachte es aus Leibeskräften, augenscheinlich weil es meinte, die ganze Szene sei zu seiner persönlichen Belustigung ersonnen und aufgeführt.

Der Gefängniswärter machte ein Gesicht, als käme ihm das Gesuch etwas sonderbar und ungewöhnlich vor; trotzdem legte er die Zeitung nieder, kam auf Kits Mutter zu, nahm ihr den Korb ab, händigte ihn, nachdem er dessen Inhalt geprüft hatte, Kit ein und verfügte sich wieder an seinen früheren Platz.

Man kann sich leicht vorstellen, daß der Gefangene keinen besondern Appetit hatte; er setzte sich jedoch auf den Boden und aß, so gut er konnte, während seine Mutter bei jedem Bissen, den er in den Mund steckte, aufs neue schluchzte und weinte, obgleich die Freude über diesen Anblick ihren Kummer sehr beschwichtigte.

Während dieser Beschäftigung stellte Kit einige ängstliche Fragen über seine Dienstherrschaft, und ob sie sich über ihn geäußert hätte. Aber alles, was er erfahren konnte, bestand darin, daß Herr Abel gestern abend persönlich seiner Mutter die Nachricht mit großer Schonung und Zartheit beigebracht habe, ohne jedoch ein Wort verlauten zu lassen, wie er über Kits Schuld oder Unschuld dachte. Kit war eben im Begriff, seinen ganzen Mut zusammenzunehmen und Barbaras Mutter nach Barbara zu fragen, als der Gefangenenwärter, der ihn hergebracht hatte, wieder erschien, ein zweiter Schließer hinter Kits Angehörigen auftauchte und der dritte Gefangenenwärter mit der Zeitung rief: »Die Zeit ist um!« indem er zugleich hinzusetzte: »Nächste Partei vor!« um gleich darauf wieder hinter seinem Blatt zu verschwinden. Kit wurde sogleich fortgeschafft, und ein Segenswunsch von seiner Mutter und ein Schrei des kleinen Jakob hallten in seinen Ohren nach. Als er im Geleite seines früheren Führers, das Körbchen in der Hand, über den nächsten Hof ging, hieß ihn ein anderer Gerichtsdiener stehenbleiben und kam mit einem halben Maßkrug Porter in der Hand heran.

»Das ist Christoph Nubbles, der gestern abend wegen Veruntreuung hereinkam, nicht wahr?« fragte der Mann.

Sein Kamerad versetzte, daß dies allerdings der in Frage stehende Zeisig sei.

»Dann ist hier sein Bier«, sagte der andere Mann zu Christoph. »Warum sieht Er es so an? Es ist kein Freispruch drin.«

»Ich bitte um Verzeihung«, entgegnete Kit, »wer schickt es mir?«

»Ei, ein Freund von Ihm«, antwortete der Mann. »Er soll es jeden Tag haben, sagte er. Und so solls auch geschehen, wenn dafür bezahlt wird.«

»Ein Freund von mir?« wiederholte Kit.

»Er ist, scheints, ein bißchen aus dem Häuschen«, erwiderte der Mann. »Da ist ein Brief von ihm. Nehm Er.«

Kit nahm ihn, und als er wieder eingeschlossen war, las er folgendes:

»Trink aus diesem Becher. Du wirst finden, daß in jedem seiner Tropfen ein Zauber liegt gegen die Gebrechen der Sterblichkeit. Da schwatzt man von dem Labetrunk, der für Helena funkelte! Ihr Becher war ein Traum, aber dieser ist Wirklichkeit (Barclay und Kompanie). Wenn man ihn Dir in einem schalen Zustande schickt, so beklage Dich bei dem Aufseher. Dein R. S.«

»R. S.?« sagte Kit nach einiger Überlegung. »Das muß Herr Richard Swiveller sein. Nun, es ist sehr freundlich von ihm, und ich danke ihm herzlich.«

Zweiundsechzigstes Kapitel

Ein mattes Licht, das aus dem Fenster des Kontorhauses auf Quilps Werft blinkte und trübrot durch den Nachtnebel schien, als litte es an einer Augenentzündung, verkündete Herrn Sampson Braß, als er sich mit vorsichtigen Schritten der Holzhütte näherte, daß deren prächtiger Eigentümer, sein hochgeschätzter Klient, drinnen sei und wahrscheinlich mit seinem gewöhnlichen geduldigen und liebenswürdigen Temperament auf die Erledigung des Auftrages wartete, der jetzt Herrn Braß zu dem schönen Besitztum führte.

»Ein heimtückischer Ort, wenn man da im Dunkeln seinen Weg finden soll«, murmelte Sampson, als er zum zwanzigsten Male über zerstreut umherliegendes Gerümpel stolperte und mühsam weiterhinkte. »Ich glaube, der Junge bestreut den Boden jeden Tag anders, um einem Beulen und Verletzungen beizubringen – wenn es etwa nicht gar sein Herr eigenhändig tut, was noch wahrscheinlicher ist. Es ist mir in der Seele zuwider, diesen Ort ohne Sally zu besuchen. Sie gewährt mehr Schutz als ein Dutzend Männer.«

Während Herr Braß dem Verdienste der abwesenden Zauberin dieses Kompliment zollte, blieb er stehen, schaute bedenklich auf das Licht und dann über seine Schultern.

»Ich möchte doch wissen, was er jetzt macht!« murmelte der Rechtsgelehrte, indem er sich auf die Zehenspitzen stellte und einen Blick auf die Vorgänge im Hause zu erhaschen suchte, was aus dieser Entfernung unmöglich war. »Vermutlich trinkt er, macht sich noch wilder und wütender und nährt seine Bosheit und seinen Mutwillen, bis sie überkochen. Ich fürchte mich immer, allein hierherzukommen, wenn seine Rechnung ein bißchen hoch angelaufen ist. Ich glaube, er würde sich nicht viel daraus machen, mich zu erdrosseln und sanft in den Fluß hinabgleiten zu lassen, wenn die Flut am höchsten ist; nicht mehr, als er sich daraus machen würde, eine Ratte totzuschlagen. Ich bin mir wahrhaftig nicht einmal sicher, ob er es nicht als einen lustigen Scherz betrachten würde. Horch! Jetzt singt er!«

Herr Quilp unterhielt sich allerdings durch musikalische Übungen; doch klangen sie eher wie ein Kirchengesang als wie ein Lied, da sie nur aus einem einzigen, monoton wiederkehrenden Satz bestanden, der, mit Ausnahme des letzten, langgedehnten Wortes, ungemein rasch abgeleiert wurde. Dieses letzte Wort schwoll zu einem grausigen Brüllen an. Auch bezog sich der Text weder auf Liebe, Krieg, Wein, ritterliche Ergebenheit oder sonstige stereotype Themen für Lieder, sondern auf einen Gegenstand, der nicht oft in Musik gesetzt oder von Dichtern behandelt wird. Die Worte lauteten folgendermaßen: ›Der würdige Magistrat bemerkte, der Gefangene würde einige Schwierigkeit darin finden, eine Jury zu bereden, daß sie an sein Märchen glaube, und entschied sodann, daß er bei den nächsten Gerichtssitzungen einem Verhör unterzogen werde, und befahl, daß man sofort die üblichen schriftlichen Verpflichtungen erledige behufs der An-kla-ge.‹

Sooft Quilp zu diesem Schlußworte kam und seine äußerste Kraft auf dessen Betonung verwendete, brach er in ein gellendes Gelächter aus und fing wieder von vorn an.

»Er ist schrecklich unklug«, murmelte Braß, nachdem er zwei oder drei Wiederholungen dieses Kantus angehört hatte, »fürchterlich unklug. Ich wünschte, er wäre stumm. Ich wünschte, er wäre taub. Ich wünschte, er wäre blind. Zum Henker mit ihm«, rief Braß, als der Gesang abermals begann, »ich wünschte, er wäre tot!«

Diesem Stoßgebetlein im Interesse seines Klienten Luft machend, gab Herr Sampson seinem Gesicht den gewohnten glatten Ausdruck, wartete, bis der gellende Ruf wiederkam und verhallte, trat an die hölzerne Hütte und pochte.

»Herein!« rief der Zwerg.

»Wie befinden Sie sich heute abend, Sir?« fragte Sampson hineinguckend. »Ha ha ha! Wie geht es Ihnen, Sir? O du meine Güte, wie seltsam! Ganz außerordentlich seltsam, mein Wort darauf!«

»Komm herein, du Narr«, entgegnete der Zwerg, »und steh nicht dort so kopfschüttelnd und zähnefletschend. Komm herein, du falscher Zeuge, du Meineidiger, du Zeugenfabrikant! Komm herein!«

»Er hat den köstlichsten Humor!« rief Braß, indem er die Tür hinter sich schloß; »die bewundernswürdigste komische Ader! Aber ist es nicht etwas unüberlegt, Sir . . .?«

»Was?« fragte Quilp, »was, du Judas?«

»Judas!« rief Braß. »Er ist außerordentlich aufgeräumt! Sein Humor ist so ungemein unterhaltend! Judas! O ja – du mein Himmel, ausgezeichnet! Ha ha ha!«

Die ganze Zeit über rieb Sampson seine Hände und stierte mit drolligem Erstaunen und Grauen auf die große, glotzäugige, stumpfnasige Bugfigur eines alten Schiffes, die in einer Ecke bei dem Ofen gegen die Wand aufgepflanzt war und wie ein Kobold oder ein häßlicher Götze aussah, den der Zwerg anbetete. Eine Holzmasse auf dem Kopf, die so geschnitzt war, daß sie eine entfernte Ähnlichkeit mit einem Dreimaster hatte, das Zeichen eines Sternes auf der rechten Brust und Epauletten auf den Schultern verkündeten, daß die Figur irgendeinen berühmten Admiral vorstellen sollte. Ohne diese Behelfe jedoch hätte sie der Beschauer wohl für das authentische Bild eines hervorragenden Tritonen oder eines riesigen Seeungeheuers halten müssen.

Da es ursprünglich zu groß für das Gemach gewesen, dem es jetzt zur Zierde dienen sollte, war es hart über den Lenden abgesägt worden. Aber auch jetzt noch reichte es von dem Boden bis an die Decke, und indem es sich mit jenen weit offenen Augen und der Miene einer etwas zudringlichen Höflichkeit, die Baufiguren gewöhnlich charakterisieren, vorbeugte, schien es seine ganze Umgebung auf die reinsten Liliputanermaße herabzudrücken.

»Kennen Sie es?« fragte der Zwerg, Sampsons Gesicht scharf beobachtend. »Bemerken Sie die Ähnlichkeit?«

»Eh?« versetzte Braß, den Kopf auf die eine Seite neigend und ihn etwas zurückwerfend, wie Kenner zu tun pflegen.

»Wenn ich es recht betrachte, so kommt es mir vor, als sehe ich ein – ja gewiß, es erinnert mich etwas in diesem Lächeln an – und doch, auf mein Wort, ich . . .«

Nun hatte aber Sampson tatsächlich nie etwas gesehen, das auch nur im geringsten eine Ähnlichkeit mit diesem verkörperten Phantom gehabt hätte, und war in der größten Verlegenheit; denn er konnte ja nicht wissen, ob Quilp es nicht als sein eigenes gelungenes Konterfei betrachtete und es daher als Familienporträt erstanden, oder ob er gern eine Ähnlichkeit mit einem seiner Feinde in den Zügen erblickte. Er blieb jedoch nicht lange im Zweifel; denn während er den Rumpf mit jenem sachkundigen Blicke betrachtete, den Leute anzunehmen pflegen, wenn sie zum ersten Male ein Porträt sehen, das sie erkennen sollen, aber keine Ahnung davon haben, wen es vorstellt, warf der Zwerg die Zeitung beiseite, aus der er die bereits angeführten Worte gesungen hatte, und indem er eine rostige Eisenstange ergriff, die er sonst als Schüreisen benutzte, versetzte er der Figur einen solchen Streich auf die Nase, daß sie hin und her wankte.

»Sieht es nicht Kit gleich, ist es nicht sein Ebenbild, sein Porträt, er selbst?« rief der Zwerg, indem er einen Schauer von Schlägen auf das empfindungslose Gesicht niederfallen ließ und es mit tiefen Löchern bedeckte. »Ist es nicht das genaue Modell und Konterfei dieses Hundes, nicht – nicht – ist es nicht?«

Und bei jeder Wiederholung dieser Frage wetterte er auf die riesige Figur los, bis ihm infolge der heftigen Anstrengung der Schweiß über das Gesicht rann.

Obgleich dies von einer sicheren Galerie aus sehr komisch anzusehen gewesen sein dürfte, wie etwa ein Stiergefecht ein behagliches Schauspiel ist für diejenigen, die sich nicht in der Arena befinden, oder ein brennendes Haus denen, die nicht in der Nähe wohnen, ergötzlicher vorkommt als eine Komödie, so lag doch etwas in dem Ernst, mit dem Quilp sein Treiben begleitete, das seinen Rechtsfreund das Haus zu klein und zu einsam empfinden ließ, als daß man diesen Witzen gebührenden Geschmack abgewinnen könnte. Er zog sich also, während der Zwerg in dieser Weise beschäftigt war, so weit als möglich zurück, gab seinen Beifall nur durch winselnde Laute zu erkennen, und als der andere endlich aus purer Erschöpfung aufhörte und sich niedersetzte, näherte er sich ihm unterwürfiger als je.

»Vortrefflich, in der Tat!« rief Braß. »Hi hi! Oh, sehr gut, Sir! Wissen Sie«, fügte Sampson hinzu, indem er sich um-

wandte, als wollte er den zerlöcherten Admiral anreden, »er ist ein ganz merkwürdiger Mann – äußerst merkwürdig!«

»Setzen Sie sich«, sagte der Zwerg. »Ich kaufte den Wicht gestern. Ich habe Löcher in ihn gebohrt, Gabeln in seine Augen gestochen und meinen Namen eingeschnitten. Ich gedenke ihn schließlich zu verbrennen.«

»Ha ha!« rief Braß, »wirklich unglaublich lustig!«

»Kommen Sie her!« sagte Quilp, indem er ihn näher heranwinkte. »Was ist unüberlegt – he?«

»Nichts, Sir, nichts. Kaum der Rede wert, Sir; aber ich meinte, jener Gesang, so bewundernswürdig humoristisch er an sich auch sein mag, dürfte vielleicht etwas . . .«

»Ja«, entgegnete Quilp, »etwas was?«

». . . an Unüberlegtheit grenzen oder vielmehr, vielleicht wie man so sagt, die Grenzen der Unüberlegtheit leicht streifen, Sir«, erwiderte Braß, schüchtern in die listigen Augen des Zwerges sehend, die auf das Feuer gerichtet waren und dessen roten Schein widerstrahlten.

»Warum?« fragte Quilp, ohne seine Augen zu erheben.

»Nun, Sie müssen wissen, Sir«, versetzte Braß, der es wagte, vertraulicher zu werden, »Tatsache ist, Sir, daß jede Anspielung auf solche kleine Verbindungen von Freunden, die ja an sich ungemein löblich sind, aber vom Gesetze Verschwörungen genannt werden – Sie verstehen mich, Sir? –, am besten für sich und unter Freunden behalten werden, wissen Sie.«

»Eh!« sagte Quilp, mit vollkommen ausdrucksloser Miene aufsehend, »was wollen Sie damit sagen?«

»Vorsichtig, außerordentlich vorsichtig, ganz recht und sachgemäß!« rief Braß mit dem Kopfe nickend. »Stumm, Sir, selbst hier – das ist's, was ich meine, Sir.«

»Ganz deine Meinung, du eherne Vogelscheuche, was ist deine Meinung?« entgegnete Quilp. »Warum sprichst du mit mir von Verbindungen unter Freunden? Unterhalte ich Verbindungen? Weiß ich etwas von deinen Verbindungen?«

»Nein, nein, Sir, gewiß nicht; keineswegs«, erwiderte Braß.

»Wenn du so blinzelst und mir zunickst«, sagte der Zwerg, indem er umhersah, als suche er nach seinem Schüreisen, »so will ich dir dein Affengesicht zeichnen, daß du genug hast; ja, das will ich!«

»Ich bitte, ereifern Sie sich nicht, Sir«, versetzte Braß schnell einlenkend. »Sie haben ganz recht, Sir, ganz recht. Ich sollte den Gegenstand nicht erwähnt haben, Sir. Es ist viel besser, man schweigt; Sie haben ganz recht, Sir. Reden wir von etwas anderm, wenn's beliebt. Sie haben, wie mir Sally sagte, nach unserm Mietsmann gefragt, Sir. Er ist noch nicht zurückgekommen, Sir.«

»Nicht?« fragte Quilp, der etwas Rum in einer Untertasse

auf das Feuer gesetzt hatte und nun achtgab, daß er nicht überlief. »Warum nicht?«

»Ei, Sir«, entgegnete Braß; »er – du lieber Gott, Herr Quilp . . .«

»Was gibt's?« fragte der Zwerg, der eben die Tasse zum Munde führen wollte und die Hand wieder sinken ließ.

»Sie haben das Wasser vergessen, Sir«, erwiderte Braß. »Und entschuldigen Sie, Sir, aber er ist glühend heiß.«

Der Richtigkeit dieser Vorstellung begegnete Quilp nur durch einen tatkräftigen Beweis, indem er die heiße Tasse an seine Lippen führte und behaglich allen darin enthaltenen Alkohol austrank, der etwa ein Viertelliter betragen haben mochte und den Augenblick zuvor, ehe er ihn vom Feuer nahm, ungestüm gezischt und Blasen geworfen hatte. Sobald dieses milde Reizmittel verschluckt war, ballte er seine Faust gegen den Admiral und forderte Herrn Braß auf, fortzufahren.

»Aber zuerst«, sagte Quilp mit seinem gewohnten Grinsen, »sollen Sie auch ein Tröpflein haben, ein hübsches Tröpflein, ein gutes, warmes, feuriges Tröpflein.«

»Ei, Sir«, versetzte Braß, »wenn nur so etwas wie ein Mundvoll Wasser zu bekommen wäre, ohne daß ich Sie bemühen müßte . . .«

»Etwas derart gibt es hier nicht!« rief der Zwerg. »Wasser für Advokaten? Geschmolzenes Blei und Schwefel wollen Sie sagen, hübsch heißes, Blasen ziehendes Pech, das ist etwas für Sie, he, Braß, he?«

»Ha ha ha!« lachte Herr Braß. »Oh, wie bissig! Und doch mutet es einen nur wie ein angenehmer Kitzel an, eine wahre Lust, es mit anzuhören, Sir!«

»Trinken Sie das!« sagte der Zwerg, der inzwischen noch mehr Rum heiß gemacht hatte. »Hinunter damit; es darf nicht die Nagelprobe darin bleiben! Verbrennen Sie Ihre Kehle, und seien Sie glücklich!«

Der unglückliche Sampson schlürfte ein paar Tropfen von dem Branntwein, der unmittelbar darauf sich zu brennenden

Tränen destillierte und in dieser Form die Wangen herunter wieder in die Tasse gerollt kam. Sein Gesicht und die Augenlider färbten sich dunkelrot; er bekam einen wahren Hustenkrampf, und doch hörte man ihn mit der Festigkeit eines Märtyrers immer beteuern, daß es ›ganz wundervoll‹ sei. Er litt noch unter unaussprechlichen Beängstigungen, als der Zwerg die Unterhaltung wieder aufnahm.

»Der Mietsmann«, sagte Quilp, »was ist's mit ihm?«

»Er hält sich noch immer bei der Garlandschen Familie auf, Sir«, versetzte Braß, immer weiter durch Hustenreiz unterbrochen. »Er ist nur ein einziges Mal nach Hause gekommen, Sir, seit dem Tage, als der Schlingel ins Verhör genommen wurde. Er teilte Herrn Richard mit, Sir, daß er es in dem Hause nach dem, was dort vorgefallen sei, nicht mehr aushalten könne, daß er sich unglücklich in seinen Mauern fühle und daß er gewissermaßen sich selbst als die Veranlassung zu diesem Vorfall betrachte. Ein ganz vortrefflicher Mietsmann, Sir. Hoffentlich verlieren wir ihn nicht!«

»Pfui!« rief der Zwerg, »Sie denken immer nur an sich! Warum schränken Sie sich nicht ein, scharren zusammen, häufen auf, sparen, he?«

»Ei, Sir«, entgegnete Braß, »auf mein Wort, ich glaube, Sara ist eine so gute Haushälterin, als man nur eine finden mag. Gewiß, Herr Quilp.«

»Feuchten Sie Ihren Ton an, netzen Sie auch das andere Auge, trinken Sie, Mensch!« rief der Zwerg. »Sie nahmen einen Schreiber, um mich zu verpflichten?«

»Gewiß, Sir, es macht mir zu jeder Zeit ein Vergnügen«, erwiderte Sampson. »Ja, Sir, es geschah Ihnen zu Gefallen.«

»Nun, dann können Sie ihn jetzt entlassen«, sagte Quilp. »Sie haben da mit einem Male ein Mittel, sich mehr einzuschränken.«

»Herrn Richard entlassen, Sir?« rief Braß.

»Haben Sie mehr als einen Schreiber, Sie Papagei, daß Sie so fragen? Ja?«

»Auf mein Wort, Sir«, versetzte Braß, »ich war hierauf nicht vorbereitet . . .«

»Wie hätten Sie es sein können, da ich es selbst nicht war!« höhnte der Zwerg. »Wie oft muß ich noch sagen, daß ich ihn zu Ihnen brachte, um ihn stets im Auge zu haben, um zu wissen, wo er ist, und daß ich einen Anschlag, einen Plan, ein kleines, ruhiges Stückchen zu meiner eigenen Belustigung vorhatte, von dem der Rahm und die Quintessenz war, daß jener alte Mann und seine Enkelin, die vermutlich inzwischen zugrunde gegangen sind, von ihm und seinem köstlichen Freunde für reich gehalten wurden, während sie doch in der Tat so arm wie erfrorene Kirchenmäuse waren.«

»Ich begreife das vollkommen, Sir«, versetzte Braß. »Ich sehe klar in der Sache.«

»Wohlan, Sir«, entgegnete Quilp, »und begreifen Sie auch jetzt, daß sie nicht arm sind, daß sie es nicht sein können, wenn Leute wie Ihr Mietsmann das Land weit und breit nach ihnen durchsuchen und durchspähen?«

»Natürlich, Sir«, antwortete Sampson.

»Natürlich!« wiederholte der Zwerg, boshaft seine Worte aufschnappend. »Sie begreifen dann natürlich auch, daß es gleichgültig ist, was aus diesem Kerl wird? Und natürlich leuchtet Ihnen auch ein, daß er weder für mich, noch für Sie zu einem andern Zwecke paßt?«

»Ich habe oft zu Sara gesagt, Sir«, versetzte Braß, »daß er im Geschäft durchaus nichts taugt. Man kann ihm nichts anvertrauen, Sir. Sie dürfen mir glauben, ich bin darauf gekommen, wie der Kerl in den gewöhnlichsten und geringfügigsten Geschäftsangelegenheiten, die ich ihm anvertraute, mit der Wahrheit herausplatzte, obgleich man ihn ausdrücklich gewarnt hatte. Der Bursche ist uns so beschwerlich geworden, Sir, daß Sie sich in der Tat gar keine Vorstellung davon machen können. Nichts, als die Achtung und die Verbindlichkeiten, die ich gegen Sie habe, Sir . . .«

Da es klar war, Sampson wolle sich jetzt in einem Strom von Komplimenten ergehen, wenn ihm nicht zeitig Einhalt getan würde, klopfte ihn Herr Quilp höflich mit der kleinen Tasse auf den Kopf, indem er ihn zugleich verbindlichst ersuchte, das Maul zu halten.

»Praktisch, Sir, praktisch«, sagte Braß, indem er die getroffene Stelle rieb und lächelte; »aber doch ungemein spaßig – ungemein spaßig!«

»Wollen Sie mich anhören oder nicht?« versetzte Quilp, »oder Sie sollen mich gleich noch spaßiger kennenlernen. Es ist keine Wahrscheinlichkeit vorhanden, daß sein Freund und Kamerad wieder zurückkehrt. Der Halunke hat, wie ich höre, wegen irgendeines Schurkenstreichs flüchtig werden müssen und sein Heil im Ausland gesucht. Möge er dort verfaulen.«

»Gewiß, Sir, ganz recht. – Wirksam!« rief Braß, wieder nach dem Admiral blickend, als bildete dieser die dritte Person in der Gesellschaft. »Außerordentlich wirksam!«

»Ich hasse ihn«, murmelte Quilp durch die Zähne, »und habe ihn immer gehaßt aus Familienrücksichten. Außerdem war er ein Schuft, der nichts mit sich anfangen ließ, sonst hätte er von Nutzen werden können. Der andere Kerl ist feige und leichtsinnig. Ich brauche ihn nicht länger. Meinetwegen kann er gehängt werden, sich ersäufen, Hungers sterben oder zum Teufel gehen!«

»Sicherlich, Sir«, entgegnete Braß. »Wann wünschen Sie, Sir, daß er – ha ha! – daß er diesen kleinen Ausflug mache?«

»Wenn über Kit ein Urteil gesprochen ist«, sagte Quilp. »Nach Beendigung dieser Angelegenheit schicken Sie ihn fort.«

»Es soll geschehen, Sir«, erwiderte Braß, »auf jeden Fall. Es wird allerdings für Sara ein Schlag sein, Sir, aber sie weiß ihre Gefühle zu beherrschen. Ach, Herr Quilp, ich denke oft, wenn es doch der Vorsehung gefallen hätte, Sie und Sara in jüngeren Jahren zusammenzubringen, welch gesegnete Resultate wären aus einer solchen Verbindung geflossen! Sie haben nie unsern lieben seligen Vater gesehen, Sir? Ein charmanter Gentleman. Sara war sein Stolz und seine Freude, Sir. Das Füchslein würde mit Freuden seine Augen geschlossen haben,

Herr Quilp, wenn er einen solchen Gatten für sie gefunden hätte. Sie schätzen sie, Sir?«

»Ich liebe sie«, krächzte der Zwerg.

»Sie sind sehr gütig, Sir«, versetzte Braß, »gewiß. Haben Sie noch einen Auftrag, den ich mir notieren könnte, außer dieser kleinen Angelegenheit mit Herrn Richard?«

»Nein«, entgegnete der Zwerg, die Tasse ergreifend. »Lassen Sie uns auf die Gesundheit der liebenswürdigen Sara trinken!«

»Wenn wir es mit einer weniger heißen Materie tun könnten, Sir«, schlug Braß demütig vor, »so würde es vielleicht besser sein. Ich glaube, es dürfte angenehmer auf ihre Gefühle wirken, wenn ich ihr von der Ehre, die Sie ihr angetan haben, erzähle, und sie zugleich erfährt, daß es in etwas kälterem Branntwein geschah, als der letzte war, Sir.«

Herr Quilp hatte jedoch für solche Vorstellungen nur ein taubes Ohr. Sampson, der schon jetzt nicht mehr ganz nüchtern war und sich noch obendrein genötigt sah, weitere Züge von derselben kräftigen Bowle zu tun, fand bald, daß das Getränk, statt ihn wiederherzustellen, die ganz neuartige Wirkung ausübte, das Haus rasend geschwind um ihn wirbeln zu lassen, während der Fußboden und die Decke in schauerlicher Weise auf und nieder wogten. Nach einer kurzen Betäubung erwachte er zu dem Bewußtsein, daß er zum Teil unter dem Tisch, zum Teil unter dem Kamingitter lag. Da diese Situation nicht gerade die behaglichste war, die er für sich hätte auswählen können, so half er sich wankend auf die Beine, hielt sich an dem Admiral fest und sah sich nach seinem Wirte um.

Anfangs dachte Herr Braß, sein Gastfreund habe sich entfernt, ihn allein hiergelassen und vielleicht die Nacht über eingesperrt. Ein starker Tabaksqualm erregte jedoch einen neuen Ideengang; er sah in die Höhe und bemerkte, daß der Zwerg in seiner Hängematte rauchte.

»Gott befohlen, Sir!« rief Braß mit matter Stimme. »Gott befohlen, Sir!«

»Wollen Sie nicht hier über Nacht bleiben?« fragte der Zwerg heraussehend. »Genieren Sie sich doch ja nicht!«

»Ich könnte es in der Tat nicht, Sir«, versetzte Braß, den die dumpfe Luft und aufsteigende Übelkeiten fast todkrank gemacht hatten. »Wenn Sie doch so gut sein wollten, mir ein wenig zu leuchten, daß ich den Weg über den Hof finden kann, Sir . . .«

Quilp war im Nu aus seiner Matte, nicht mit den Beinen zuerst, oder mit dem Kopf, oder mit den Armen, sondern mit dem ganzen Körper zugleich.

»Ei freilich«, sagte er, eine Laterne aufnehmend, die jetzt das einzige Licht an dem Ort war. »Aber nehmen Sie sich beim Gehen in acht, lieber Freund. Sehen Sie sich vor, gut zwischen dem Bauholz durchzukommen, denn die rostigen Nägel stehen alle nach aufwärts. Auch ist ein Hund in der Gasse. Er biß gestern nacht einen Mann, vorgestern nacht eine Frau und hat am letzten Dienstag gar ein Kind umgebracht; doch dies geschah nur beim Spielen. Kommen Sie ihm nicht zu nahe.«

»Auf welcher Seite des Weges ist er, Sir?« fragte Braß in Todesängsten.

»Er gehört in ein Haus rechter Hand«, sagte Quilp, »aber hin und wieder versteckt er sich auch links und ist immer sprungbereit. Man kann sich in dieser Hinsicht nicht auf ihn verlassen. Geben Sie ja gut auf sich acht, ich könnte es Ihnen nie vergeben, wenn Sie es unterließen. So, jetzt ist das Licht auch noch ausgegangen! – Macht nichts, Sie kennen den Weg – geradeaus!«

Quilp hatte boshafterweise das Licht dadurch beschattet, daß er es gegen seine Brust hielt, und nun kicherte er, sich im Übermaß seines Entzückens vom Kopf bis zu den Füßen schüttelnd, als er hörte, wie der Rechtsgelehrte über den Hof stolperte und hin und wieder einen schweren Plumps tat. Endlich jedoch hatte Braß den Ort hinter sich und befand sich außer Hörweite.

Der Zwerg schloß sich wieder ein und sprang wieder in die Hängematte.

Dreiundsechzigstes Kapitel

Der Fachmann, der Kit die trostreiche Nachricht brachte, daß sein kleines geschäftliches Anliegen in Old Bailey bald vorgenommen und abgetan sein würde, hatte ganz richtig prophezeit. Acht Tage nachher begannen die Sitzungen. Am zweiten Tage bestätigte der Hohe Gerichtshof die begründete Anklage gegen Christoph Nubbles auf Veruntreuung. Und nach weiteren zwei Tagen wurde besagter Nubbles aufgefordert, sein ›Schuldig‹ oder ›Nichtschuldig‹ gegen die wider ihn erhobene Anklage vorzubringen, daß Christoph aus der Wohnung und dem Büro eines Gentleman namens Sampson Braß eine Banknote von fünf Pfund, ausgestellt von dem Direktor und der Kompanie der Bank von England, vorbedachterweise versteckt und gestohlen habe. Daß er die für einen solchen Fall vorgesehenen Gesetze übertreten und sich gegen den Frieden unseres souveränen Herrn, des Königs, seine Krone und seine Würde vergangen habe.

Auf diese Anschuldigung erklärte sich Christoph Nubbles mit leiser und zitternder Stimme für nichtschuldig. Und hier mögen diejenigen, die vorschnell nach dem Äußeren urteilen und von Christoph zum Beweis seiner Unschuld verlangt haben würden, daß er kräftig und laut spreche, die Lehre ziehen, daß Gefangenschaft und Angst auch die mutigsten Herzen verzagen lassen, daß auf einen Menschen, der – wäre es auch nur zehn oder elf Tage – allein im Gefängnis saß, in dem er nichts als steinerne Wände und einige steinerne Gesichter sah, der plötzliche Eintritt in eine große, mit Menschen erfüllte Halle ziemlich verwirrend und einschüchternd wirkt. Dazu kommt auch noch der Umstand, daß ein Kopf mit einer Perücke auf eine große Masse von Leuten einen weit tieferen und schreckhafteren Eindruck macht als ein Kopf mit seinen natürlichen Haaren; und wenn man zu all dem noch Kits natürliche Erregung in Rechnung bringt, als er die beiden Herren Garland und den kleinen Notar mit ängstlichen und blassen Gesichtern dastehen sah, so wird man sich vielleicht nicht so sonderlich wundern, daß der Gefangene etwas außer Fassung kam und nicht imstande war, sich hier ganz heimisch zu fühlen.

Obgleich er seit seiner Verhaftung weder von den Herren Garland noch von Herrn Witherden etwas gesehen hatte, war doch die Mitteilung an ihn ergangen, daß sie einen Verteidiger für ihn aufgestellt hätten. Als daher einer von den mit Perücken versehenen Herren aufstand und sagte: »Herr Präsident, ich bin für den Gefangenen«, machte ihm Kit eine Verbeugung; und als ein anderer Herr in einer Perücke aufstand und sagte: »Ich bin gegen ihn, Herr Präsident«, da zitterte Kit heftig und verbeugte sich auch gegen diesen. Und hoffte er nicht in den Tiefen seiner Seele, daß sein Herr dem andern gewachsen sei und daß er ihn bald dahin bringen würde, sich vor sich selbst zu schämen?

Der Herr, der gegen ihn war, durfte zuerst sprechen, und da er in schrecklich guter Laune war – denn es war ihm bei der letzten Sitzung beinahe gelungen, die Freisprechung eines jungen Gentleman zu erwirken, der das Unglück gehabt hatte, seinen Vater zu ermorden –, so kann man sich denken, wie er sprach. Er sagte nämlich der Jury, wenn sie diesen Gefangenen freispräche, so hätte sie dieselben Gewissensbisse und Seelenqualen zu gewärtigen, die er der andern Jury prophezeit hatte, wenn sie jenen Gefangenen verurteilte. Und als er ihnen den Fall weitläufig auseinandergesetzt und erklärt hatte, es sei der schlimmste Fall, der ihm je vorgekommen, hielt er eine kleine Weile inne, wie ein Mann, der irgend etwas Schreckliches sagen will; und dann sagte er, wie er höre, wolle sein gelehrter Freund – er schielte dabei auf Kits Vertreter – den Versuch machen, die Aussagen jener makellosen Zeugen, die er vorrufen werde, anzufechten. Er hoffe und vertraue jedoch, daß sein gelehrter Freund eine größere Achtung vor dem Ankläger habe, zumal er recht wohl wisse, daß kein achtbareres Glied des höchst achtbaren Berufes, dem er angehöre, existiere oder existiert habe. Dann fragte er, ob die Jury Bevis-Marks kenne. Und wenn es der Fall sei, wie er um ihretwillen hoffe, ob ihr auch die geschichtlichen und erhebenden Momente bekannt wären, die mit diesem höchst merkwürdigen Ort in Verbindung gebracht würden. Ob sie glaube, daß ein Mann wie Braß an einem Ort wie Bevis-Marks wohnen könne, ohne ein tugendhafter und höchst aufrichtiger Charakter zu sein. Und als er ihnen noch so manches mehr über diesen Punkt gesagt hatte, bemerkte er, es wäre eine Beleidigung, wenn er ihrem Verständnis in einer Sache, über die sie sich auch ohne ihn klar sein müßten, mit weiteren Worten zu Hilfe kommen wolle und er berufe deshalb sofort Sampson Braß in die Zeugenloge.

Dann kommt ganz frisch und rasch Herr Braß herauf, verbeugt sich gegen den Richter, wie ein Mann, der schon früher das Vergnügen gehabt hat, ihn zu sehen, und hofft, daß es ihm seit ihrer letzten Begegnung gut gegangen ist, kreuzt die Arme und sieht auf seinen Rechtsvertreter, als wolle er sagen: ›Hier bin ich, voll von Beweisen, zapfe mich an!‹ Und der Herr zapft ihn augenblicklich an, und zwar mit viel Umsicht, läßt ganz langsam die Beweise herauslaufen und macht alle Anwesenden darauf aufmerksam, wie ganz rein und klar sie entströmen. Dann nimmt ihn Kits Verteidiger in die Arbeit, kann aber nicht viel mit ihm anfangen; und nach sehr vielen, umständlichen Fragen und sehr kurzen Antworten zieht Herr Sampson Braß mit Glanz ab.

Ihm folgt Sara, die wie ihr Bruder dem eigenen Rechtsvertreter ausgezeichnet pariert, hingegen Kits Verteidiger ungewöhnliche Schwierigkeiten bereitet. Kurz, Kits Herr kann nichts aus ihr herausbringen, als eine Wiederholung dessen, was sie früher gesagt hat – nur diesmal etwas stärker, da es gegen seinen Klienten ging –, und läßt sie daher etwas verwirrt durch die Erfolglosigkeit seines Verhörs abtreten. Dann ruft der Anwalt des Herrn Braß Herrn Richard Swiveller auf, und nun tritt Richard Swiveller in die Zeugenbank.

Nun ist aber dem Vertreter des Herrn Braß zugeflüstert worden, daß dieser Zeuge freundlich für den Gefangenen gestimmt sei, was ihm, um die Wahrheit zu gestehen, nur lieb ist, da man allgemein annimmt, seine Kraft bestehe in der sogenannten ›Dachshetze‹. Deshalb stellt er zuerst das Ersuchen an den Gerichtsbeamten, er möge achthaben, daß dieser Zeuge auch wirklich die Heilige Schrift küsse, und fängt dann an, wütend über ihn herzufallen.

»Herr Swiveller«, sagt dieser Vertreter zu Dick, als letzterer, augenscheinlich mit vielem Widerstreben und unverkennbar in der Absicht, der Sache die beste Wendung zu geben, sein Zeugnis abgelegt hat, »erlauben Sie mir die Frage, Sir, wo haben Sie gestern gespeist?« »Wo ich gestern gespeist habe?« »Ja, Sir, wo Sie gestern gespeist haben; war es in der Nähe von hier, Sir?« »Allerdings, ja, gerade gegenüber.« »Allerdings. Ja. Gerade gegenüber«, wiederholt der Anwalt des Herrn Braß mit einem Blick auf den Gerichtshof. »Allein?« »Ich bitte um Verzeihung«, entgegnet Herr Swiveller, der die Frage nicht ganz verstanden hat. »Allein, Sir?« wiederholt der Vertreter des Herrn Braß mit Donnerstimme. »Haben Sie allein gespeist, oder haben Sie jemanden traktiert? Heraus damit!« »O ja, gewiß – ja, ganz sicherlich«; erwiderte Swiveller lächelnd. »Haben Sie die Güte, jede Leichtfertigkeit zu verbannen, Sir, die sich nicht sehr mit dem Platze verträgt, auf dem Sie stehen, obgleich Sie vielleicht Grund haben, Gott zu danken, daß es nur dieser Platz ist«, sagte der Anwalt des Herrn Braß mit einem Kopfnicken, wodurch er anzudeuten beabsichtigte, daß Herrn Swivellers eigentlichstes Gebiet die Anklagebank sei! »Und nun hören Sie. Sie hielten sich gestern immer in der Nähe des Gerichtsgebäudes auf, weil Sie hofften, daß das Verhör jeden Augenblick beginnen könnte. Sie speisten gegenüber. Sie haben irgend jemanden traktiert. Ich frage nun: war dieser Jemand nicht ein Bruder des Gefangenen, der nun vor den Schranken steht?« Herr Swiveller schickt sich an, eine Erklärung zu geben. »Ja oder nein, Sir?« ruft der Anwalt des Herrn Braß. »Aber wollen Sie mir doch erlauben . . .« – »Ja oder nein, Sir?« – »Ja, er war es, aber . . .« – »Ja, er war es!« ruft der Herr, ihn kurz beim Worte nehmend. »Nun, Sie sind ein schöner Zeuge!«

Der Vertreter des Herrn Braß setzt sich. Kits Anwalt, der nicht weiß, wie die Sache wirklich steht, scheut sich, den Gegenstand zu verfolgen. Richard Swiveller zieht sich beschämt zurück. Der Richter, die Jury und die Zuschauer denken sich unter seinem Gaste einen übel aussehenden, langbärtigen, liederlichen jungen Burschen von sechs Fuß Höhe. In Wirklichkeit war es der kleine Jakob, mit nackten Beinen, in einen großen Schal gewickelt. Niemand kennt die Wahrheit; alle Welt schließt auf irgendeine Hinterlist, und alles dies nur infolge der Schlauheit des Vertreters von Herrn Braß.

Dann kommen die Leumundszeugen, und auch hier tut sich Braß' Anwalt hervor. Es stellt sich heraus, daß Herr Garland durchaus kein Zeugnis über Kit gehabt hat, daß dieser ihm bloß durch seine Mutter empfohlen und daß er aus unbekannten Gründen plötzlich aus den Diensten seines früheren Herrn entlassen worden war.

»Wahrhaftig, Herr Garland«, sagte der Vertreter des Klägers, »für einen Mann in Ihren Lebensjahren sind Sie, milde gesagt, höchst unvorsichtig nach meiner Meinung.« Die Jury denkt auch so und findet Kit schuldig. Er wird abgeführt, obgleich er fortwährend de- und wehmütig seine Unschuld beteuert. Die Zuschauer nehmen mit erneuter Aufmerksamkeit ihre Plätze wieder ein, denn es sollen jetzt mehrere weibliche Zeugen für den nächsten Fall vernommen werden, und es geht das Gerücht, daß der Anwalt des Herrn Braß dem Auditorium viel Spaß machen wird, indem er sie über den Gefangenen in ein Kreuzverhör verwickeln wird.

Kits Mutter, das arme Weib, wartete bei dem Gitter unten an der Treppe mit Barbaras Mutter – die gute Seele weiß nichts anderes zu tun, als in einem fort zu weinen und das Büblein zu halten –; und nun kam eine traurige Unterredung. Der zeitunglesende Schließer hat ihnen alles gesagt. Er glaubt nicht, daß es sich um Deportation auf Lebenszeit handeln wird, weil es noch nicht zu spät ist, den Beweis für seinen rechtlichen Charakter zu erbringen, der ihm sicherlich nützen wird. Er wundert sich, warum Kit es eigentlich getan hat.

»Aber er hat es nicht getan!« ruft Kits Mutter.

»Nun«, sagt der Schließer, »ich will Euch nicht widersprechen. Es ist jetzt alles eins, ob er es getan hat oder nicht.«

Kits Mutter kann durch die Eisenstangen die Hand ihres Sohnes erreichen und drückt sie; nur Gott und diejenigen, denen er so viel Liebe geschenkt hat, können ermessen, unter welch furchtbaren Qualen sie es tat. Kit redet ihr zu, den Mut nicht zu verlieren, und unter dem Vorwand, man solle die Kinder zu ihm emporheben, daß er sie küssen könne, bittet er Barbaras Mutter leise, sie fortzunehmen.

»Gewiß wird ein Freund für uns eintreten, Mutter«, ruft Kit; »wenn auch nicht gleich im Augenblick, so doch bald. Meine Unschuld wird ans Licht kommen, Mutter, und ich kehre wieder heim. Daran glaube ich fest. Ihr müßt dem kleinen Jakob und dem Büblein erzählen, wie dies alles kam; denn sollten sie später, wenn sie einmal alt und verständig genug sind, von mir glauben, daß ich unehrlich gewesen sei, würde es mir das Herz brechen, und wenn ich tausend Meilen weit weg wäre. Oh, gibt es denn nicht irgendeinen guten Herrn hier, der sich ihrer annimmt?«

Ihre Hand gleitet aus der seinigen, denn das arme Geschöpf sinkt besinnungslos zu Boden. Richard Swiveller kommt hastig hinzu, stößt die Umstehenden mit seinen Ellbogen aus dem Wege, nimmt Kits Mutter, nicht ohne einige Mühe, wie ein Entführer auf der Bühne in seinen Arm, nickt Kit zu, befiehlt Barbaras Mutter zu folgen, da draußen eine Kutsche auf sie warte, und trägt seine Last rasch davon.

Richard brachte sie sofort nach Hause, und kein Sterblicher weiß, welch erstaunliche Abgeschmacktheiten er auf dem Wege durch fortwährendes Zitieren aus Liedern und Gedichten begangen haben mag. Wie gesagt also, er brachte sie nach Hause und wartete, bis sie sich erholt hatte; und da er kein Geld besaß, um die Kutsche zu bezahlen, so fuhr er ganz stattlich in Bevis-Marks vor und hieß den Kutscher – denn es war Samstagabend – an der Tür warten, während er hineinginge, um ›wechseln zu lassen‹.

»Ah, Herr Richard«, sagte Braß gutgelaunt, »guten Abend!«

So unnatürlich Kits Erzählung ihm anfangs erschienen war, heute abend stieg Herrn Richard zum erstenmal der unbestimmte Verdacht auf, daß sein Brotherr ein scheußliches Bubenstück verübt hätte. Vielleicht war es nur der eben miterlebte Jammer, der ihn aus seinem gewöhnlichen Gleichmut

rüttelte; wie dem übrigens sein mag, der Gedanke wollte ihm gar nicht aus dem Kopfe, und er brachte sein Anliegen so kurz als möglich vor.

»Geld?« rief Braß, seine Börse herausnehmend. »Ha ha! Natürlich, Herr Richard, ganz natürlich, Sir. Alle Menschen müssen leben. Können Sie eine Fünfpfundnote wechseln, Sir?«

»Nein«, versetzte Dick kurz angebunden.

»Oh!« sagte Braß, »da habe ich ja den nötigen Betrag. Das erspart uns die Mühe des Wechselns. Sie sind mir natürlich sehr willkommen, Herr Richard . . .«

Dick, der inzwischen die Tür erreicht hatte, drehte sich wieder um.

»Aber Sie brauchen sich nicht zu bemühen, je wieder zurückzukommen, Sir«, fügte Braß hinzu.

»Wie?«

»Ja, sehen Sie, Herr Richard«, entgegnete Braß, indem er die Hände in seine Tasche steckte und sich auf seinem Schreibebock hin und her wiegte, »Tatsache ist, daß ein Mann von Ihren Fähigkeiten, Sir, in unserm trockenen und schimmeligen Beruf verloren ist, direkt verloren! Es ist eine schreckliche Plackerei – herzbrechend. Ich möchte sagen, daß das Theater, oder die – oder die Armee, Herr Richard, oder irgendeine höhere Stellung in dem konzessionierten Viktualienhandel ein Boden wäre, auf dem sich das Genie eines Mannes wie Sie entwickeln könnte. Ich hoffe, Sie werden uns hin und wieder besuchen. Sally wird sich gewiß sehr darüber freuen, Sir. Es tut ihr außerordentlich leid, Sie zu verlieren, Herr Richard, aber das Bewußtsein ihrer Pflicht gegen die Gesellschaft läßt sie es ertragen. Sie ist ein ganz besonderer Mensch, Sir! Ich glaube, das Geld wird stimmen. Dort ist zwar ein zerbrochenes Fenster, Sir, aber ich habe Ihnen trotzdem nichts abgezogen. Wenn wir uns von Freunden trennen, Herr Richard, so muß es in liberaler Weise geschehen. Ein entzückendes Gefühl, Sir!«

Auf alle diese unzusammenhängenden Bemerkungen antwortete Herr Swiveller mit keinem Wort, sondern kam ins Zimmer zurück, um sich seine Sportjacke zu holen, die er fest zu einer Kugel zusammenrollte; dabei schaute er Braß unverwandt an, als beabsichtige er, ihn mit ihr wie einen Kegel umzuwerfen. Er nahm sie jedoch nur unter den Arm und marschierte wortlos aus der Kanzlei. Kaum hatte er die Tür geschlossen, als er sie wieder öffnete, einen Augenblick mit unheilvollem Ernst ins Zimmer stierte, noch einmal mit dem Kopf nickte und endlich langsam, einem Gespenst ähnlich, verschwand.

Sobald er den Kutscher bezahlt hatte, drehte er Bevis-Marks den Rücken, strotzend von großartigen Plänen, wie er Kits Mutter trösten und Kit selber Beistand leisten wolle.

Aber das Leben von Herren, die sich solchen Vergnügungen hingeben wie Richard Swiveller, ist auf eine schwanke Basis gestellt. Die seelische Erregung der letzten vierzehn Tage, die auf seinen durch jahrelange alkoholische Exzesse geschwächten Körper eingewirkt hatte, erwies sich als zu stark für ihn. In derselben Nacht wurde Herr Richard von einer beunruhigenden Krankheit befallen, und nach vierundzwanzig Stunden lag er im heftigsten Delirium.

Vierundsechzigstes Kapitel

Todkrank auf seinem heißen, unbequemen Lager sich hin und her wälzend, von einem heftigen, durch nichts zu beschwichtigenden Durst gequält, unfähig, durch irgendeine Veränderung seiner Lage auch nur einen Augenblick Ruhe oder Behaglichkeit zu finden; von wild jagenden Gedanken beunruhigt, für die es keinen Einhalt gab, die ihn nichts sehen oder hören ließen, was ihm Erleichterung oder Erfrischung gewährt hätte, die ihn nur mit dumpfer Müdigkeit erfüllten, welche durch nichts als durch das rastlose Hin- und Herwerfen seines Körpers unterbrochen wurde, und das aufreibende Umherschweifen seines Geistes, in dem nur eine folternde Sorge beharrlich blieb: das Gefühl, daß etwas ungeschehen geblieben sei, daß irgendein fürchterliches Hindernis zu überwinden sei, daß irgendeine finstere Bekümmernis ihn umschwebe, die sich nicht vertreiben lassen wollte und sein krankes Hirn bald in dieser, bald in jener Form bedrängte, immer schattenhaft und düster, aber in jeder Form sich als dasselbe Gespenst erwies, jedes Traumbild wie ein böses Gewissen verdüsternd und den Schlummer mit Schrecken erfüllend – in diesen langsamen Qualen seiner schrecklichen Krankheit lag der unglückliche Richard da, Zoll um Zoll sich verzehrend und hinschwindend, bis er endlich unter der Vorstellung, als kämpfe und mühe er sich aufzustehen, und als würde er von bösen Geistern niedergehalten, in einen tiefen Schlaf versank und nicht mehr träumte.

Er erwachte; und mit einem Gefühl der glücklichsten Ruhe, die noch beseligender war als der Schlaf selbst, begann ihm allmählich das Bewußtsein seiner Leiden aufzudämmern, und er dachte darüber nach, wie lang die Nacht gewesen sei, und ob er nicht wiederholt phantasiert habe. Als er zufällig inmitten dieser Betrachtungen die Hand hob, wunderte er sich, wie schwer sie ihm erschien, obgleich sie in Wirklichkeit doch so abgezehrt und leicht war. Er machte sich jedoch nicht viel daraus und fühlte sich glücklich; und da er gar keine Neugier verspürte, die Sache weiter zu verfolgen, verharrte er in demselben Halbschlummer, bis seine Aufmerksamkeit durch ein Husten geweckt wurde. Dies erregte in ihm Zweifel, ob er auch nachts zuvor seine Tür geschlossen habe, und er war etwas überrascht, daß jemand bei ihm in seiner Kammer sein sollte. Es fehlte ihm jedoch noch immer an Kraft, diesem Gedankenzuge zu folgen, und unwillkürlich begann er, in dem wohltuenden Gefühl der Ruhe schwelgend, einige grüne Streifen auf den Bettvorhängen anzustarren, die er mit grünen Rasenflecken in Verbindung brachte, während ihm der gelbe Grund dazwischen wie Kieswege vorkam, so daß ihm das Ganze zu einer langen Perspektive von zierlich eingesäumten Gärten half.

Seine Phantasie führte ihn auf diesen Wegen umher, und er hatte sich bereits ganz in ihnen verloren, als er abermals husten hörte.

Bei diesem Geräusch wurden die Pfade wieder zu Streifen, und indem er sich im Bett ein wenig aufrichtete und den Vorhang mit einer Hand lüftete, schaute er heraus.

Es war ganz gewiß dasselbe Gemach, und auch die Kerze brannte noch; aber wie groß war das Erstaunen, mit dem sein Blick all diese Flaschen und Becken, das viele Linnen, das am Feuer trocknete, und noch so manche Krankenzimmerartikel umfaßte – alles war sehr rein und nett, aber doch so ganz anders, als es bei seinem Zubettgehen gewesen war! Auch die

Luft war von einem erfrischenden Kräuter- und Essiggeruch erfüllt; der Boden mußte eben erst besprengt worden sein; und dort die – was? – die Marquise?

Ja, sie spielte am Tische mit sich Cribbage. Da saß sie, nur auf ihr Spiel achtend, hin und wieder unterdrückt hustend, als fürchte sie ihn zu stören – Karten mischend, abhebend, ausgebend, spielend, zählend, markierend, kurz, sie vergaß keins

der vielen Geheimnisse des Cribbagespieles, als hätte sie von ihrer Wiege an nichts anderes getrieben!

Herr Swiveller betrachtete diese Dinge eine kurze Zeit, ließ dann den Vorhang wieder in seine frühere Lage fallen und legte seinen Kopf auf das Kissen zurück.

»Es ist klar, daß ich träume«, dachte Richard. »Als ich zu Bette ging, waren meine Hände nicht aus Eierschalen gemacht, und jetzt kann ich fast durch sie hindurchsehen. Wenn dies kein Traum ist, so bin ich durch irgendein Mißverständnis statt in einer Londoner in Tausendundeiner Nacht aufgewacht. Aber ich zweifle nicht, daß ich schlafe, nicht im geringsten.«

Hier hustete die kleine Magd abermals.

»Sehr merkwürdig«, dachte Herr Swiveller. »Ich habe doch früher nie im Traum ein so natürliches Husten gehört. In der Tat, ich kann mich nicht erinnern, daß ich je von Husten oder Niesen träumte. Vielleicht gehört es mit zur Theorie der Träume, daß man es nie tut. Jetzt wieder – und noch einmal – wahrlich, ich muß sagen, daß ich etwas lebhaft träume!«

Um sich von der wahren Sachlage zu überzeugen, kniff sich Herr Swiveller nach einiger Überlegung in den Arm.

»Noch sonderbarer!« dachte er. »Ich legte mich doch ziemlich wohlgenährt zu Bett, und jetzt ist gar nichts vorhanden, was ich anfassen könnte. Ich muß doch noch einmal zusehen.«

Das Resultat dieser weiteren Inspektion sollte Herrn Swiveller die Gewißheit bringen, daß die Gegenstände, die ihn umgaben, wirklich wären und daß er sie ohne alle Frage mit wachen Augen sehe.

»Ich sagte es ja«, meditierte Richard weiter, »es ist Tausendundeine Nacht. Ich bin in Damaskus oder Groß-Kairo. Die Marquise ist ein Geist, und da sie mit einem andern Geiste gewettet hat, wer der schönste lebende junge Mann und am würdigsten sei, sich mit der Prinzessin von China zu vermählen, hat sie mich samt meinem Zimmer und allen Möbeln entführt, um uns miteinander zu vergleichen. Vielleicht«, sagte Herr Swiveller, indem er sich matt auf seinem Kissen umdrehte und auf die Seite seines Bettes schaute, die der Wand am nächsten war, »ist die Prinzessin immer noch – nein, sie ist fort.«

Nicht ganz zufrieden mit dieser Erklärung, da sie, selbst wenn sie richtig war, jedenfalls noch ein kleines Geheimnis und einen Zweifel in sich schloß, hob Herr Swiveller abermals den Vorhang, fest entschlossen, die erste günstige Gelegenheit zu benutzen, um seine Gefährtin anzureden. Diese Gelegenheit bot sich bald. Die Marquise gab aus, schlug einen Buben auf und ließ den gewöhnlichen Vorteil, den diese Karte mit sich bringt, außer acht, worauf Herr Swiveller, so laut er konnte, rief:

»Zwei für ihn!«

Die Marquise sprang rasch auf und schlug ihre Hände zusammen.

»Zuverlässig Tausendundeine Nacht«, dachte Herr Swiveller. »Sie schlagen dort immer die Hände zusammen, statt die Klingel zu ziehen. Nun werden die zweitausend schwarzen Sklaven kommen mit Gefäßen voll Juwelen auf ihren Köpfen!«

Es stellte sich jedoch heraus, daß sie nur vor Freude die Hände zusammengeschlagen hatte; denn unmittelbar darauf fing sie an zu lachen und dann zu weinen, wobei sie nicht in gewähltem Arabisch, sondern in ganz ordinärem Englisch erklärte, sie sei so froh, daß sie nicht wissen, was sie anfangen solle.

»Marquise«, sagte Herr Swiveller nachdenklich, »kommen Sie, bitte, näher. Wollen Sie nicht die Güte haben, mir erstens zu sagen, wo ich meine Stimme wiederfinden kann, und zweitens, was aus meinem Fleisch geworden ist?«

Die Marquise schüttelte nur traurig den Kopf und weinte aufs neue, worauf Herr Swiveller, der noch sehr schwach war, von diesen Tränen ebenfalls angesteckt wurde.

»Ich fange an, aus Ihrem Benehmen und aus diesen äußern Merkmalen zu schließen, Marquise«, fuhr Richard nach einer Pause fort, während ein Lächeln seine bebenden Lippen überflog, »daß ich krank gewesen bin?«

»Freilich sind Sie krank gewesen!« versetzte die kleine Magd. »Und was Sie für Unsinn dabei geschwatzt haben!«

»Also wohl sehr krank, Marquise?« fragte Dick.

»Beinahe tot«, entgegnete die kleine Magd. »Ich meinte, es wolle gar nimmer besser werden. Dem Himmel sei Dank, daß es nur wieder so ist!«

Herr Swiveller blieb eine geraume Zeit stumm, und als er wieder zu sprechen begann, fragte er, wie lange er schon hier liege.

»Morgen werdens drei Wochen«, erwiderte die kleine Magd.

»Drei was?« sagte Dick.

»Wochen«, versetzte die Marquise nachdrücklich. »Drei lange, langsame Wochen.«

Schon der Gedanke, in so großer Gefahr gewesen zu sein, veranlaßte Richard zu einem weiteren Verstummen. Er streckte sich der vollen Länge nach auf seinem Lager aus. Die Marquise rückte ihm das Bettzeug bequemer, und als sie fühlte, daß Hände und Stirn ganz kühl waren – eine Entdeckung, die sie mit Entzücken erfüllte –, weinte sie wieder ein wenig und schickte sich dann an, den Tee zu bereiten und dünne Brotschnitten zu rösten.

Während sie so beschäftigt war, sah ihr Herr Swiveller mit dankbarem Herzen zu, nicht wenig erstaunt, als er bemerkte, wie sehr sie sich hier heimisch fühlte, und schrieb die Veranlassung dieser Pflege Sally Braß zu, der er, wie er meinte, nicht genug danken könnte. Nachdem die Marquise mit dem Rösten des Brotes fertig war, breitete sie ein reines Tuch über ein Teebrett und setzte ihm einige kleine Schnitten nebst einem großen Napf schwachen Tees vor, mit dem sie auf Anordnung des Arztes – sagte sie – ihn bei seinem Erwachen erfrischen durfte. Sie stützte ihn mit Kissen, wenn auch nicht so geschickt, als ob sie ihr ganzes Leben Krankenwärterin gewesen wäre, so doch mit ebensoviel Zartheit, und sah mit unaussprechlicher Freude zu, während der Patient – hin und wieder innehaltend, um ihr die Hand zu drücken – sein ärmliches Mahl mit einem Appetit und einem Hochgenuß zu sich nahm, die unter andern Umständen die größten Leckereien der Welt nicht hervorzurufen vermocht hätten. Nachdem sie wieder abgeräumt und alles um ihn wieder behaglich gemacht hatte, setzte sie sich an den Tisch, um selbst Tee zu trinken.

»Marquise«, sagte Herr Swiveller, »was macht Sally?«

Die kleine Magd verzog ihr Gesicht zu einem Ausdruck äußerster Verschmitztheit und schüttelte den Kopf.

»Wie, hast du sie in der letzten Zeit nicht gesehen?« fragte Dick.

»Sie gesehen?« rief die kleine Dienstmagd. »Gott behüte; ich bin doch ausgerissen!«

Herr Swiveller legte sich sogleich wieder in seinem Bett zurück und verblieb ungefähr fünf Minuten in dieser Lage. Nach Ablauf dieser Zeit brachte er sich langsam wieder in eine sitzende Stellung und fragte:

»Und wo wohnen Sie, Marquise?«

»Wo ich wohne?« entgegnete die kleine Magd. »Hier!«

»Oh!« rief Herr Swiveller.

Und mit diesem Ausruf sank er wieder zurück, so plötzlich, als ob er erschossen worden wäre. Auch blieb er sprach- und regungslos, bis sie ihr Mahl beendigt, alles an seinen Ort gestellt und den Herd abgefegt hatte; dann winkte er ihr, einen Stuhl an sein Bett zu rücken, und sobald er mit Hilfe von Kissen wieder aufgerichtet war, eröffnete er ein weiteres Gespräch.

»Also weggelaufen?« fragte Dick.

»Ja«, entgegnete die Marquise, »und sie haben nonciert.«

»Haben – ich bitte um Verzeihung«, sagte Dick; »was haben sie getan?«

»Nonciert – wissen Sie, nonciert – in den Zeitungen«, erwiderte die Marquise.

»Ja, ja«, sagte Dick, »annonciert.«

Die kleine Magd nickte und blinzelte. Ihre Augen waren vom Wachen und Weinen so rot geworden, daß selbst die tragische Muse nicht tragischer hätte blinzeln können. Und auch Dick fühlte dies.

»Aber sage mir«, sprach er, »wie konnte es dir einfallen, hierherzukommen?«

»Ja, wissen Sie«, versetzte die Marquise; »als Sie fort waren, hatte ich gar keinen Freund mehr, weil der Mietsmann auch nicht wieder zurückkam, und Sie können sich denken, daß ich nicht wußte, ob ich ihn oder Sie je wieder auffinden würde. Aber eines Morgens, als ich . . .«

»Vor dem Schlüsselloch stand«, ergänzte Herr Swiveller, da er ihr Stocken bemerkte.

»Nun ja denn«, entgegnete die kleine Magd nickend, »als ich vor dem Schlüsselloch der Kanzlei stand – wenn Sie mich schon durchschauen –, hörte ich eine Frauensperson sagen, sie wohne hier und sei die Besitzerin des Hauses, in dem Sie gemietet hätten; Sie seien sehr krank, und ob niemand kommen wolle, Sie zu pflegen. Herr Braß sagte dann: ›Es geht mich nichts an‹, und Miß Sally sagte: ›Er ist ein schnurriger Kauz, aber es geht mich nichts an‹; und die Frau ging fort und schlug die Tür hinter sich zu – ich sag Ihnen! So entwischte ich denn in derselben Nacht, um hierherzukommen, und erzählte ihnen, Sie wären mein Bruder, und sie glaubten mir, und so bin ich seitdem hier.«

»Und diese arme kleine Marquise hat sich fast zu Tode abgemüht!« rief Dick.

»Keine Spur«, versetzte sie, »nicht im geringsten. Kümmern Sie sich nicht um mich. Ich bleibe gern auf, und Gott verzeih mir, ich habe oft auf einem von diesen Stühlen ein Schläfchen gemacht. Aber wenn Sie hätten mit ansehen können, wie Sie versuchten, aus dem Fenster zu springen, und wenn Sie gehört hätten, wie Sie gesungen und Reden gehalten haben, Sie würden's nicht glauben. – Jetzt bin ich froh, daß es Ihnen besser geht, Herr Lebendiger.«

»Lebendiger, bei Gott!« sagte Dick gedankenvoll. »Es ist gut, daß ich noch ein Lebendiger bin. Es kommt mir wahrhaftig so vor, als hätte ich sterben müssen, Marquise, ohne dich.«

Herr Swiveller nahm abermals die Hand der kleinen Dienstmagd in die seinige, und da ihm, wie wir gesehen haben, noch sehr elend zumute war, so hätte er vielleicht in dem krankhaften Bestreben, ihr zu danken, ebenso rote Augen bekommen wie sie, wenn sie dem Gespräch nicht rasch eine andere Wendung gegeben hätte, indem sie ihn drängte, sich niederzulegen und sich recht ruhig zu verhalten.

»Der Doktor sagte«, fuhr sie fort, »Sie müßten ganz stilliegen, niemand dürfe einen Lärm oder sonst etwas machen. Jetzt ruhen Sie sich erst wieder aus, und dann werden wir wieder reden. Sie wissen, ich bleibe bei Ihnen sitzen. Wenn Sie die Augen schließen, schlafen Sie vielleicht ein. Dann werden Sie nur um so frischer sein.«

Nach diesen Worten rückte die Marquise einen kleinen Tisch an das Bett, setzte sich und schickte sich an, mit der Gewandtheit eines Chemikers einen kühlenden Trank zu bereiten. Richard Swiveller, der in der Tat erschöpft war, verfiel in einen Schlummer, aus dem er nach einer halben Stunde wieder erwachte; dann fragte er, wie spät es sei.

»Gerade halb sieben vorbei«, versetzte seine kleine Freundin, indem sie ihm im Bett wieder aufhalf.

»Marquise«, sagte Richard, mit der Hand über seine Stirn fahrend und sich plötzlich umwendend, als ob ihm dieser Gegenstand eben erst eingefallen wäre, »was ist aus Kit geworden?«

Er sei auf viele, viele Jahre deportiert worden, lautete die Antwort.

»Ist er fort?« fragte Dick. – »Seine Mutter, wie geht es ihr, was ist aus ihr geworden?«

Seine Wärterin schüttelte den Kopf und erwiderte, daß sie nichts von ihnen wisse.

»Aber wenn ich glauben könnte«, fügte sie langsam hinzu, »daß Sie ruhig bleiben und sich nicht in ein anderes Fieber hetzen würden, so könnte ich Ihnen etwas sagen; aber ich will jetzt nicht.«

»Oh, tu es«, sagte Dick, »es wird mich unterhalten.«

»Oh – wirklich?« versetzte die kleine Magd mit einem entsetzten Blick. »Nein, ich weiß das besser. Warten Sie, bis Sie sich mehr erholt haben, und dann will ich es Ihnen sagen.«

Dick blickte sehr ernst auf seine kleine Freundin, und der Ausdruck seiner infolge der Krankheit großen, hohlen Augen erschreckte sie so sehr, daß sie ihn ängstlich bat, nicht mehr daran zu denken. Was ihr jedoch bereits entschlüpft war, hatte nicht nur seine Neugier geweckt, sondern ihn auch ernstlich beunruhigt, weshalb er in sie drang, ihm alles zu sagen und wenn es das Schlimmste wäre.

»Oh, es ist nichts so gar Schlimmes daran«, versetzte die kleine Magd. »Es hat nichts mit Ihnen zu schaffen.«

»Steht es in Zusammenhang mit – ist es etwas, das du durch

Schlüssellöcher oder Ritzen aufgeschnappt hast und das nicht für deine Ohren bestimmt war?« fragte Dick ganz atemlos.

»Ja«, entgegnete die kleine Magd.

»In – in Bevis-Marks?« fuhr Dick hastig fort. »Gespräche zwischen Braß und Sally?«

»Ja«, rief die kleine Magd wieder.

Richard Swiveller streckte seinen hagern Arm aus dem Bett, packte die Kleine beim Handgelenk, zog sie näher heran und befahl ihr, und zwar freimütig, damit herauszurücken, sonst könne er für die Folgen nicht stehen, da es ihm nicht möglich wäre, diesen Zustand von Aufregung und Erwartung zu ertragen. Sobald sie den Sturm in seinem Innern bemerkte und dabei entdeckte, daß die Wirkungen ihrer Mitteilung, wenn sie sie hinausschieben würde, weit nachteiliger sein könnten als irgendeine, die infolge einer raschen Enthüllung entstehen konnte, versprach sie nachzugeben, aber nur dann, wenn der Kranke sich vollkommen ruhig verhalte und durchaus nicht auffahren und sich umherwerfen wolle. »Wenn Sie aber etwas Derartiges anfangen«, fügte die kleine Magd hinzu, »so höre ich auf. Lassen Sie sich's also gesagt sein!«

»Du kannst nicht aufhören, ehe du angefangen hast«, sagte Dick. »Also heraus damit, mein Schatz! Sprich, Schwester, sprich! Hübsches Mariechen, rede – oh, sage mir wenn, und sage mir wo, ich bitte, Marquise, ich beschwöre dich!«

Unfähig, solch glühenden Bitten zu widerstehen, die Richard so leidenschaftlich hervorsprudelte, als handle es sich um die feierliche und ergreifendste Angelegenheit, begann seine Gefährtin folgendermaßen:

»Also, ehe ich weglief, pflegte ich in der Küche zu schlafen; wissen Sie, dort, wo wir Karten spielten. Miß Sally trug gewöhnlich den Schlüssel zu der Küchentür in der Tasche und kam immer des Nachts herunter, um das Licht wegzunehmen und das Feuer auszulöschen. Wenn sie dies getan hatte, ließ sie mich im Dunkeln zu Bett gehen, schloß die Tür von außen ab, steckte den Schlüssel wieder in ihre Tasche und hielt mich eingesperrt, bis sie des Morgens – sehr früh, kann ich Ihnen sagen – wieder herunterkam und mich herausließ. Ich fürchtete mich ganz entsetzlich, so eingesperrt zu sein, weil ich dachte, wenn einmal Feuer ausbrechen sollte, dann würden sie mich vergessen und nur ihren eignen Leib in Sicherheit bringen; verstehen Sie? Sooft ich daher irgendwo einen alten rostigen Schlüssel erblickte, las ich ihn auf und probierte, ob er nicht zu der Tür passe, bis ich endlich im Aschenkeller einen fand, der wirklich schloß.«

Hier strampelte Herr Swiveller vor Ungeduld heftig mit den Beinen. Aber da die kleine Magd sogleich zu sprechen aufhörte, gab er sich wieder zufrieden, entschuldigte sich, daß er einen Augenblick ihr Übereinkommen vergessen habe, und bat sie, fortzufahren.

»Sie hielten mich sehr kurz«, sagte die kleine Magd. »Oh, Sie können gar nicht glauben, wie kurz! So schlich ich dann gewöhnlich, wenn sie bereits zu Bett waren, aus der Küche, tastete im Finstern nach Zwiebackbrocken oder Sandwichs, die sie in der Kanzlei gelassen hatten, und war schon froh, wenn ich auch ein Stück Orangenschale fand, das ich in kaltes Wasser legen und mir dann einreden konnte, es sei Wein. Haben Sie je Orangenschale in Wasser gekostet?«

Herr Swiveller erwiderte, daß er dies feurige Getränk nie versucht habe, und drang aufs neue in seine Freundin, den Faden ihrer Erzählung wieder aufzunehmen.

»Wenn man es sich fest einbildet, schmeckt es gar nicht übel«, fuhr die kleine Magd fort; »aber wenn man das nicht kann, wissen Sie, so kommt es einem vor, als könnte die Mischung ganz gut noch etwas mehr Würze vertragen. Also, wie gesagt, manchmal kroch ich heraus, nachdem sie bereits zu Bett gegangen waren, manchmal, wissen Sie, früher; und ein oder zwei Nächte vor jenem feinen Skandal in der Kanzlei – ich meine, wie damals der junge Mensch arretiert wurde – kam ich die Treppe herauf, während Herr Braß und Miß Sally bei dem Feuer der Schreibstube saßen. Und ich sage Ihnen aufrichtig, ich kam nur, um etwas über den Speiseschrankschlüssel zu erlauschen.«

Herr Swiveller zog seine Knie an sich, daß die Bettdecke einen großen Kegel bildete, und sein Gesicht trug den Ausdruck höchster Spannung. Da jedoch die kleine Magd wieder innehielt und ihren Finger warnend hob, sank der Kegel ganz langsam wieder zusammen; nur der gespannte Ausdruck des Gesichts schwand nicht.

»Er und sie saßen beim Feuer«, erzählte die kleine Magd, »und sprachen leise miteinander. Herr Braß sagt zu Miß Sally: ›Auf mein Wort‹, sagt er, ›es ist ein gefährlich Ding, das uns in zahllose Ungelegenheiten bringen kann, und ich bin gar nicht dafür.‹ Sie sagt – Sie kennen Ihre Art – sie sagt: ›Du bist der feigste, schwächste und verzagteste Mann, den ich je gesehen habe, und mir kommt vor‹, sagt sie, ›daß ich der Bruder hätte werden sollen und du die Schwester. Ist nicht Quilp unsere Hauptstütze?‹ sagt sie. ›Gewiß ist er es‹, sagt Herr Braß. ›Und stürzen wir‹, sagt sie, ›auf dem Geschäftswege nicht fortwährend den einen oder den andern ins Verderben?‹ ›Gewiß‹, sagt Herr Braß. ›Was hat es dann zu bedeuten‹, sagt sie, ›wenn man auf Quilps Wunsch diesen Kit ruiniert?‹ ›Es hat natürlich nichts zu bedeuten‹, sagt Braß. Dann flüsterten und lachten sie darüber, daß keine Gefahr vorhanden sei, wenn man es nur schlau anfange, und dann zieht Herr Braß sein Taschenbuch heraus und sagt: ›Ha! Da ist sie – Quilps eigene Fünfpfundnote. So wollen wirs also in dieser Weise ausführen‹, sagt er; ›ich weiß, daß Kit morgen früh kommt. Wenn er die Treppe hinaufgeht, machst du dich aus dem Staube, und ich lasse Herrn Richard verschwinden. Habe ich Kit allein, so halte ich ihn durch ein Gespräch hin und praktiziere diese Banknote in seinen Hut. Ich will es außerdem noch so einfädeln‹, sagt er, ›daß Richard sie entdecken und den Zeugen abgeben muß. Und wenn das Christoph nicht aus Herrn Quilps Weg räumt und Herrn Quilps Wut nicht beschwichtigt‹, sagt er, ›so muß der Teufel seine Hand im Spiel haben.‹ Miß Sally lacht und sagt, so müsse es auch geschehen, und da es den Anschein hatte, als ob sie fortgehen wollten, so wagte ich es nicht, mich länger aufzuhalten, sondern schlüpfte wieder die Treppe hinunter. – So!«

Die kleine Magd hatte sich allmählich in eine ebenso große Aufregung hineingearbeitet als Herr Swiveller und versuchte daher nicht, ihn zurückzuhalten, als er sich im Bett aufrichtete und hastig fragte, ob sie diese Geschichte schon irgend jemand erzählt habe.

»Wie hätte ich können?« versetzte seine Wärterin. »Ich fürchtete mich fast, nur daran zu denken, und hoffte, der junge Mensch würde freigelassen werden. Als ich sie reden hörte, man habe ihn trotz seiner Unschuld für schuldig erklärt, da waren Sie fort und der Mietsmann auch – obschon ich mich zu sehr gefürchtet hätte, glaube ich, ihm das Ganze zu erzählen, selbst wenn er dagewesen wäre. Seit ich hier bin, sind Sie nie bei Verstand gewesen, und was wäre Gutes dabei herausgekommen, wenn ich's Ihnen dann mitgeteilt hätte?«

»Marquise«, sagte Herr Swiveller, indem er seine Nachtmütze abriß und sie in das andere Ende der Kammer schleuderte, »wenn du mir einen Gefallen erweisen willst, so zieh dich einige Minuten zurück und sieh zu, schau hinaus, was für Wetter heute abend draußen ist; ich will aufstehen.«

»Ach, Sie dürfen nicht an so etwas denken«, rief die kleine Wärterin.

»Ich muß aber«, sagte der Patient, im Zimmer umherschauend. »Wo sind meine Kleider?«

»Oh, wie bin ich froh – Sie haben ja gar keine!« versetzte die Marquise.

»Ma'am!« rief Herr Swiveller in großer Überraschung.

»Ich habe sie alle Stück für Stück verkaufen müssen, um die Sachen zu bezahlen, die der Doktor Ihnen verordnet hat. Aber grämen Sie sich nicht darüber«, bat die Marquise, als Dick auf sein Kissen zurücksank, »Sie sind ja wirklich zu schwach zum Stehen.«

»Ich fürchte«, sagte Richard mit einer Jammermiene, »du hast recht. Was soll ich tun? Was kann geschehen?«

Nach kurzer Erwägung fiel ihm natürlich ein, daß der erste

Schritt, den er unternehmen könnte, der sein müßte, sofort mit einem von den Herren Garlands in Verbindung zu treten. Es war sehr möglich, daß Herr Abel die Kanzlei des Notars noch nicht verlassen hatte. In ebenso kurzer Zeit, wie es hier erzählt wird, hatte die kleine Magd die Adresse mit Bleistift auf ein Stück Papier geschrieben in Händen, hatte eine mündliche Beschreibung von Vater und Sohn, die sie in den Stand setzte, jeden von beiden ohne Schwierigkeit zu erkennen, und eine spezielle Warnung erhalten, gegen Herrn Chuckster vorsichtig zu sein, weil die Antipathie dieses Herrn gegen Kit wohlbekannt war.

So ausgerüstet eilte sie fort mit dem Auftrag, entweder den alten Herrn Garland oder Herrn Abel persönlich in dieses Zimmer zu bringen.

»Vermutlich«, sagte Dick, als sie die Tür langsam schloß, dann aber noch einmal ins Zimmer schaute, um sich zu überzeugen, daß ihm nichts für seine Behaglichkeit fehle, »ist gar nichts übriggeblieben – nicht einmal eine Weste?«

»Nein, nichts.«

»Das könnte mich in Verlegenheit bringen, wenn Feuer ausbräche«, sagte Herr Swiveller. »Selbst ein Regenschirm wäre schon etwas; aber du tatest ganz recht, liebe Marquise. Ohne dich wäre ich gestorben.«

Fünfundsechzigstes Kapitel

Es kam der kleinen Magd sehr zustatten, daß sie schlau und behend war, sonst hätte wahrscheinlich dadurch, daß man sie allein und unbeschützt fortschickte, noch dazu gerade in der Gegend, in der sie sich nicht ohne Gefahr blicken lassen durfte, Miß Sally Braß wieder die Oberherrschaft über das kleine Persönchen erlangt. Die Marquise war sich der Gefahr jedoch bewußt, und kaum hatte sie das Haus verlassen, so tauchte sie in die erste dunkle Nebengasse, die ihr in den Weg kam, und da es ihr nicht darum zu tun war, schnurstracks das Ziel ihrer Reise zu erreichen, so war sie vor allem darauf bedacht, zwei gute Meilen Stein und Mörtel zwischen sich und Bevis-Marks zu bringen.

Sobald sie diesen Zweck erreicht hatte, begann sie die Richtung nach dem Büro des Notars einzuschlagen, die sie – indem sie schlauerweise nur die Apfelweiber und Austernverkäufer an den Straßenecken um Auskunft bat, nicht aber in hell erleuchtete Geschäfte trat oder gutgekleidete Menschen ansprach, damit sie keine Aufmerksamkeit errege – leicht erfahren konnte. Wie Brieftauben, die das erste Mal an einem fremden Orte losgelassen werden, anfangs eine Zeitlang ziellos umherflattern, ehe sie in der Richtung ihres Zieles davonschießen, so schwankte auch die Marquise schüchtern hin und her, bis sie sich sicher glaubte, und stürmte dann rasch dem Hafen zu, der ihr als Ziel bezeichnet war.

Sie hatte keinen Hut, nichts auf ihrem Kopfe, als eine große Haube, die vor langer, langer Zeit von Sally Braß getragen worden war, deren eigentümlichen Geschmack für Kopfputz wir bereits kennengelernt haben, und ihre Eile wurde eher verzögert als unterstützt durch ihre Schuhe, die infolge ihrer Größe und der ganz niedergetretenen Absätze hin und wieder davonflogen und in dem Menschengedränge nur mit Mühe wieder aufgefunden werden konnten. Tatsächlich war das arme Ding so in Not und wurde so aufgehalten dadurch, daß sie ihre Schuhe aus dem Schmutz und den Gossen hervorsuchen mußte, hatte außerdem bei diesen Forschungen so viele Püffe, Stöße und Quetschungen auszuhalten und wurde so hin und her geschleudert, daß sie, als sie die Straße erreichte, in der der Notar wohnte, völlig ermattet und erschöpft war und sich der Tränen nicht erwehren konnte.

Aber einmal dort zu sein, war schon ein großer Trost, zumal da sie in den Bürofenstern noch Licht bemerkte und deshalb noch hoffen durfte, nicht zu spät gekommen zu sein. Die Marquise trocknete also die Augen mit ihrem Handrücken, stahl sich sachte die Stufen hinauf und guckte durch die Glastür.

Herr Chuckster stand hinter dem Deckel seines Pultes und schickte sich an, Feierabend zu machen, indem er seine Manschetten und Jabots herauszupfte, seinen Hals anmutiger in die Krawatte schnallte und mit Hilfe eines kleinen, dreieckigen Stückchens Spiegelglas heimlich seinen Backenbart in Ordnung brachte. Vor der Asche des Feuers standen zwei Herren, von denen sie den einen mit Recht für den Notar, den andern aber, der eben seinen Überrock zuknöpfte und augenscheinlich im Begriff war, fortzugehen, für Herrn Abel Garland hielt. – Nachdem die kleine Spionin diese Beobachtungen angestellt hatte, ging sie mit sich zu Rate und kam zu dem Entschlusse, auf der Straße zu warten, bis Herr Abel herauskäme, da sie dann nicht mehr zu befürchten hatte, vor Herrn Chuckster sprechen zu müssen, und mithin ihren Auftrag leichter ausrichten konnte. Zu diesem Zweck glitt sie wieder hinaus, lief über die Straße und setzte sich gerade gegenüber auf eine Türschwelle.

Sie hatte kaum diesen Platz eingenommen, als, beinahe alle viere in der Luft und den Kopf nach allen Seiten drehend, ein Pony die Straße heraufgetänzelt kam. Dieses Pony hatte einen kleinen Phaethon hinter sich, in dem ein Mann saß; aber weder Mann noch Phaethon schienen es auch nur im mindesten zu stören, denn es stellte sich auf die Hinterbeine, oder blieb stehen, oder trabte weiter, oder stand wieder still, oder drängte nach rückwärts oder seitwärts, ohne die geringste Rücksicht auf sein Anhängsel zu nehmen, gerade wie es ihm seine Laune eingab, als ob es das freieste Tier der Schöpfung sei. Als sie vor der Tür des Notars anlangten, rief der Mann sehr respektvoll: »Oha!«, was so viel heißen sollte wie: ›Wenn ich es wagen darf, einen Wunsch auszudrücken, so möchte ich hier haltmachen.‹ Das Pony blieb einen Augenblick stehen; aber als ob ihm erst jetzt einfiele, daß man unbequeme und gefährliche Konsequenzen daraus ziehen könnte, wenn es auf Wunsch stehenbliebe, stürmte es wieder auf und davon, rasselte galoppierend bis zur Straßenecke, drehte sich dann um, kam zurück und blieb aus eignem Antriebe stehen.

»Oh, du bist ein nettes Vieh!« sagte der Mann, der, nebenbei gesagt, sich nicht eher in seinen wahren Farben zu zeigen wagte, als bis er wohlbehalten auf dem Pflaster stand. »Ich wollte, ich dürfte dirs eintränken.«

»Was hat es denn getan?« fragte Herr Abel, der einen Schal um seinen Hals band, als er die Stufen herunterkam.

»Man möchte sich zu Tode ärgern über das Biest«, antwortete der Stallknecht. »Es ist der boshafteste Schuft – oha! willst du wohl!«

»Es wird nie stehen, wenn Ihr es beschimpft«, sagte Herr Abel einsteigend und die Zügel ergreifend. »Es ist ein guter Bursche, wenn man ihn zu behandeln versteht. Seit langem ist es heute das erstemal wieder im Geschirr, denn es hat seinen alten Kutscher verloren und wollte bis heute morgen mit niemand von der Stelle gehen. Sind die Lampen in Ordnung? Nun, das ist gut. Seid so gut, Euch morgen hier wieder einzufinden. Gute Nacht!«

Und nach einem oder zwei wunderlichen Sprüngen ganz eigner Erfindung fügte sich das Pony Herrn Abels milder Hand und trabte gemächlich weiter.

Die ganze Zeit über stand Herr Chuckster unter der Tür aufgepflanzt, so daß die Magd nicht wagte, näherzukommen. Sie konnte daher jetzt nichts Weiteres tun, als der Chaise nachlaufen und Herrn Abel zurufen, daß er halten möchte. Ganz außer Atem, als sie ihn endlich eingeholt hatte, war es ihr nicht möglich, sich verständlich zu machen. Der Fall war ein verzweifelter, denn das Pony beschleunigte seine Schritte. Die Marquise hängte sich deshalb einige Augenblicke hinten an, und da sie fühlte, sie könne es nicht länger aushalten und müsse bald erliegen, so kletterte sie mit einer gewaltigen Kraftanstrengung in den hinteren Sitz, wobei sie einen der Schuhe für immer verlor.

Da Herr Abel in Gedanken vertieft war und genug zu tun hatte, um das Pony in Gang zu erhalten, so fuhr er weiter, ohne sich umzuschauen. Er hatte nicht die geringste Ahnung von der sonderbaren Gestalt, die sich dicht hinter ihm befand, bis die Marquise, sobald sie einigermaßen wieder zu Atem gekommen war und sich in den Verlust ihres Schuhes wie auch in die Neuheit ihrer Lage gefunden hatte, dicht an seinem Ohr die Worte sprach:

»Hallo, Sir . . .«

Jetzt wandte er den Kopf rasch um, hielt das Pony an und rief mit einigem Schaudern:

»Gütiger Himmel, was ist das?«

»Erschrecken Sie nicht, Sir«, entgegnete die noch immer keuchende Botin. »Oh, ich bin Ihnen so lange nachgelaufen!«

»Aber, was will Sie von mir?« sagte Herr Abel. »Wie kommt Sie hierher?«

»Ich bin hinten aufgestiegen«, entgegnete die Marquise. »Oh, bitte, fahren Sie weiter, Sir – bleiben Sie nicht stehen – fahren Sie der Stadt zu, ja? Und ach, beeilen Sie sich gütigst, weil es von wichtigen Folgen ist. Es wünscht Sie dort jemand zu sprechen. Er sandte mich, um Ihnen zu sagen, Sie möchten doch gleich kommen; er wisse alles über Kit, könne ihn noch retten und sei imstande, seine Unschuld zu beweisen.«

»Was sagst du, Kind?«

»Die Wahrheit, auf mein Wort und meine Ehre. Aber, bitte, fahren Sie doch weiter – rasch, bitte! Ich bin schon so lange fort, daß er glauben wird, es sei mir etwas geschehen.«

Herr Abel trieb mechanisch das Pony an. Das Pony, durch irgendeine geheime Sympathie oder durch eine neue Kaprice veranlaßt, ging in einen raschen Galopp über und ließ von ihm, all seiner exzentrischen Leistungen vergessend, nicht eher ab, bis sie an der Tür von Herrn Swivellers Wohnung anlangten, vor der, so unglaublich es klingt, es sich wirklich herabließ, stehenzubleiben, als Herr Abel die Zügel anzog.

»Sehen Sie, es ist dort oben in jenem Zimmer«, sagte die Marquise, auf ein Fenster deutend, hinter dem ein mattes Licht brannte. »Kommen Sie!«

Herr Abel, der einer der einfachsten und schüchternsten Menschen auf Gottes Erde und obendrein von Natur aus sehr furchtsam war, zauderte; denn er hatte von Leuten gehört, die unter Umständen, wie diese hier, und von Geschöpfen, die der Marquise wohl ähnlich sein mochten – soviel er davon gehört hatte –, in fremde Gegenden gelockt und dort beraubt und ermordet worden waren. Seine Sympathie für Kit jedoch trug den Sieg über alle Bedenken davon. Er vertraute daher das Pony der Obhut eines Mannes, der in der Nähe auf einen derartigen Verdienst wartete, überließ der kleinen Magd

seine Hand und gestattete ihr, ihn die dunkeln und engen Treppen hinaufzuführen.

Er war nicht wenig überrascht, als er fand, daß man ihn in eine düster beleuchtete Krankenkammer wies, in der ein Mensch ruhig in einem Bett schlief.

»Ist es nicht eine Freude, ihn so ruhig hier liegen zu sehen?« sagte seine Führerin ernst flüsternd. »Oh, gewiß! Sie würden das gleiche sagen, wenn Sie ihn vor zwei oder drei Tagen gesehen hätten.«

Herr Abel antwortete nicht, sondern hielt sich, aufrichtig gesprochen, in ziemlicher Entfernung von dem Bett und in unmittelbarer Nähe der Tür. Seine Führerin, die sein Widerstreben zu verstehen schien, schneuzte die Kerze und trat, den

Leuchter in der Hand, an das Krankenlager. Während sie dies tat, fuhr der Schläfer auf, und Herr Abel erkannte in dem abgemagerten Gesicht die Züge des Herrn Swiveller.

»Ei, wie kommt das?« sagte Herr Abel freundlich, indem er auf ihn zueilte. »Sind Sie krank gewesen?«

»Sehr«, versetzte Dick, »auf den Tod. Sie hätten vielleicht von Ihrem Richard gehört, daß er auf der Totenbahre liege, wenn nicht die Freundin gewesen wäre, die ich ausgeschickt habe, um Sie zu holen. Noch einen Händedruck, Marquise, wenn ich bitten darf. Setzen Sie sich, Sir.«

Herr Abel schien etwas erstaunt, als er den Rang seiner Führerin erfuhr, und setzte sich auf einen Stuhl neben dem Bett.

»Ich habe nach Ihnen geschickt, Sir«, sagte Dick. »Ist Ihnen auch bereits mitgeteilt, weswegen?«

»Ja, und ich bin von alledem so verwirrt, daß ich in der Tat nicht weiß, was ich sagen oder denken soll«, versetzte Herr Abel.

»Sie werden darüber bald ins klare kommen«, entgegnete Dick. »Marquise, setze dich aufs Bett, ja? Jetzt sage diesem Herrn alles, was du mir erzählt hast, und zwar ganz ausführlich. Ich bitte, sie ja nicht zu unterbrechen, Sir.«

Die Geschichte wurde wiederholt; sie war in der Tat genau dieselbe wie früher, ohne irgendeine Abweichung oder Lücke. Richard Swiveller verwandte während des Berichts kein Auge von seinem Besucher, und sobald die Marquise zu Ende gekommen war, ergriff er wieder das Wort.

»Sie haben jetzt alles gehört und werden es nicht wieder vergessen. Es ist mir noch so schwindlig und wunderlich zumute, daß ich keinen Rat erteilen kann; aber Sie und Ihre Freunde werden wissen, was zu tun ist. Nach so langer Zögerung zählt jede Minute für Kit ein Menschenalter. Wenn Sie je in Ihrem Leben schnell nach Hause gefahren sind, so beeilen Sie sich diesen Abend! Halten Sie sich nicht mit weiteren Erwiderungen auf, sondern gehen Sie! Sie ist hier zu finden, sobald man ihrer bedarf; und was mich anbelangt, so darf man mit ziemlicher Sicherheit darauf rechnen, daß man mich die nächsten paar Wochen zu Hause treffen wird. Es gibt dafür mehr als einen Grund. Marquise, nimm das Licht! Wenn Sie noch eine Minute damit verlieren, daß Sie mich ansehen, Sir, so werde ich es Ihnen nie vergeben!«

Herr Abel bedurfte keiner weiteren Vorstellung und Überredung. In einem Nu war er fort; und als die Marquise mit dem Licht zurückkam, berichtete sie, daß das Pony ohne irgendwelchen Widerstand in vollem Galopp weitergeeilt sei.

»So ists recht!« sagte Dick. »Es ist wacker von ihm, und ich ehre ihn darum von heute an. Aber hole jetzt etwas zu essen und einen Krug Bier, denn ich bin überzeugt, daß du müde bist. Du mußt einen Krug Bier haben. Es wird mir ebenso gut tun, wenn ich dich trinken sehe, als wenn ich selbst tränke.«

Nur diese Versicherung konnte die kleine Wärterin bewegen, sich eine solche Schwelgerei zu erlauben. Nachdem sie zu Herrn Swivellers ungemeiner Zufriedenheit gegessen und getrunken hatte, reichte sie auch ihm seinen Trank, brachte alles schön in Ordnung, hüllte sich in eine alte Bettdecke und legte sich auf den Teppich vor dem Kamin nieder.

Herr Swiveller murmelte halb im Schlafe vor sich hin: »So mach ein Binsenbett zur Not; hier bleib ich bis zum Morgenrot. Gute Nacht, Marquise.«

Sechsundsechzigstes Kapitel

Als Richard Swiveller erwachte, kam er nach und nach zu dem Bewußtsein, daß sich flüsternde Stimmen in seiner Kammer vernehmen ließen. Er blickte zwischen den Vorhängen hindurch und entdeckte Herrn Garland, Herrn Abel, den Notar und den ledigen Herrn, die sich um die Marquise geschart hatten und sehr ernsthaft, aber in sehr gedämpftem Tone mit ihr sprachen – zweifellos, weil sie ihn zu stören fürchteten. Er zögerte nicht, sie wissen zu lassen, daß diese

Vorsicht unnötig sei, und alle vier Herren traten sogleich an sein Bett. Der alte Herr Garland war der erste, der die Hand ausstreckte und sich nach seinem Befinden erkundigte.

Dick war eben im Begriff zu antworten, daß es besser mit ihm gehe, obgleich er immer noch sehr schwach sei, als seine kleine Wärterin die Besucher, als wäre sie eifersüchtig auf ihre Einmengung, beiseite schob, sich zu dem Kopfende des Bettes drängte, das Frühstück vor Richard stellte und darauf bestand, daß er erst essen müsse, ehe er sich der Anstrengung des Sprechens oder Zuhörens unterziehe. Für Herrn Swiveller, der einen schrecklichen Heißhunger verspürte und die ganze Nacht wunderbar deutliche und zusammenhängende Träume von Hammelkeulen, Doppelmalzbier und ähnlichen Leckereien gehabt hatte, waren sogar der schwache Tee und die trockene Röstschnitte so unwiderstehliche Versuchungen, daß er unter einer Bedingung einwilligte, zu essen und zu trinken.

»Und diese ist«, sagte Dick, indem er den Händedruck des Herrn Garland erwiderte, »daß Sie mir diese einzige Frage der Wahrheit gemäß beantworten, ehe ich einen Tropfen oder Bissen zu mir nehme. Ist es zu spät?«

»Um das Werk zu vollenden, das Sie in der letzten Nacht so gut begonnen haben?« versetzte der alte Herr. »Nein. Beruhigen Sie sich darüber! Ich versichere Ihnen, es ist nicht zu spät.«

Durch diese Kunde getröstet, machte sich der Kranke heißhungrig über sein spärliches Mahl her, obgleich augenscheinlich lange nicht mit dem Behagen, das seine Wärterin zu empfinden schien, als sie ihn essen sah. Die Art, wie dies geschah, war folgende: Herr Swiveller hielt die Röstschnitte oder die Teetasse in seiner Linken und nahm, je nachdem es sich fügte, bald einen Bissen, bald einen Schluck, wobei er beharrlich mit seiner Rechten eine Hand der Marquise fest umschlossen hielt; und um diese gefangene Hand drücken oder sogar küssen zu können, hielt er selbst mitten im Schlucken inne, um mit vollem Ernst und größter Gravität seine Absicht auszuführen.

Sooft er etwas in den Mund brachte – mochte das nun ein Bissen Brot oder ein Schluck Tee sein –, strahlte das Gesicht der Marquise über alle Maßen; aber wenn er ihr auf die eine oder die andere Art seine Dankbarkeit ausdrückte, dann flog ein Schatten über ihr Gesicht, und sie begann zu schluchzen. Ob sie nun aus Freude lachte oder aus Freude weinte, jedesmal wandte sie sich mit einem bittenden Blick an die Anwesenden, der zu sagen schien: ›Sie sehen diesen Menschen – kann ich dafür?‹ – Und da diese hierdurch gewissermaßen zu Mitspielern in der Szene gemacht wurden, antworteten sie regelmäßig durch einen andern Blick: ›Nein, gewiß nicht.‹

Diese Pantomime dauerte so lange, als der Kranke frühstückte, und da der Kranke selbst, so blaß und abgezehrt er war, keine unbedeutende Rolle dabei spielte, darf man wohl fragen, ob bei irgendeinem Mahle, bei dem vom Anfang bis zum Ende kein gutes oder böses Wort gefallen, so viel durch schlichte und unbedeutende Gebärden ausgedrückt wurde.

Endlich – und um die Wahrheit zu sagen – nach nicht sehr langer Zeit hatte Herr Swiveller so vielen Röstschnitten und Tee den Garaus gemacht, als ihm vorsichtigerweise in diesem Stadium der Wiedergenesung gestattet werden konnte. Aber die Sorgfalt der Marquise hatte hiermit noch kein Ende, denn sie verschwand auf einen Augenblick und kehrte alsbald mit einem Becken frischen Wassers zurück, wusch ihm Gesicht und Hände, bürstete sein Haar, kurz, putzte ihn so fein und nett heraus, wie es unter solchen Umständen überhaupt möglich war. Und alles dies geschah so rasch und geschäftsmäßig, als ob er ein ganz kleiner Knabe und sie seine erwachsene Wärterin sei. Diesen verschiedenen Dienstleistungen unterwarf sich Herr Swiveller mit einer Art dankbarem Erstaunen, für das es keine Worte gibt. Als die Marquise endlich fertig war und sich in eine Ecke zurückgezogen hatte, um ihr eigenes, armseliges Frühstück einzunehmen, das inzwischen kalt genug geworden war, wandte er sein Gesicht einige Augenblicke ab und schüttelte der Luft herzlich die Hand.

»Meine Herren«, sagte Dick, indem er sich wieder aufraffte

und den Kopf umwandte, »Sie werden mich entschuldigen. Wenn man so weit heruntergekommen ist wie ich, so wird man leicht erschöpft. Jetzt bin ich wieder frisch und zum Sprechen bereit. Es geht, wie mit so manchem anderen hier, auch mit den Stühlen knapp her, aber wenn Sie so gut sein wollen, auf dem Bett Platz zu nehmen . . .«

»Was können wir für Sie tun?« fragte Herr Garland gütig.

»Wenn Sie jene Marquise zu einer echten, wirklichen Marquise machen könnten«, entgegnete Dick, »so würde ich Ihnen Dank wissen, wenn Sie es auf der Stelle täten. Da dies aber nicht der Fall ist und es sich nicht darum handelt, was für mich geschehen kann, sondern was Sie für jemand andern tun wollen, der bessere Ansprüche an Sie hat, so bitte ich Sie, mich Ihre Pläne wissen zu lassen.«

»Wir sind hauptsächlich deshalb hergekommen«, sagte der ledige Herr, »denn Sie werden demnächst auch noch einen andern Besuch erhalten. Wir fürchteten, Sie würden besorgt sein, wenn Sie nicht von uns selbst erführen, welche Schritte wir einzuschlagen gedenken, und kamen deshalb her, ehe noch überhaupt etwas geschehen ist.«

»Meine Herren«, erwiderte Dick, »ich danke Ihnen. Wenn man in einer so hilflosen Lage ist wie ich, dann wird man natürlich besorgt und ängstlich. Doch lassen Sie sich nicht stören, Sir.«

»Wohlan denn, Sie sehen, mein lieber Freund«, fuhr der ledige Herr fort; »wir zweifeln nicht im mindesten an der Wahrheit dieser Enthüllung, die durch die Vorsehung ans Licht gekommen ist.«

»Sie meinen die Wahrheit ihrer Erzählung?« sagte Dick, auf die Marquise deutend.

»Natürlich. Wir zweifeln nicht im geringsten an ihr und ebensowenig, daß eine zweckmäßige Ausnutzung derselben die augenblickliche Befreiung und Entlassung des armen Jungen bewirken würde. Trotzdem aber steht es sehr in Frage, ob sie allein genügt, daß wir Quilp als den Haupthebel dieser Schurkerei packen können. Ich muß Ihnen sagen, daß dieses

Bedenken durch die Meinungen der besten Autoritäten, die wir in diesem Augenblick zu Rate ziehen konnten, fast zur Gewißheit geworden ist. Sie werden mit uns gleicher Ansicht sein, daß es eine Schmach wäre, ihm nur die entfernteste Möglichkeit des Entkommens zu lassen, wenn wir es verhindern können. Sie werden zweifellos auch sagen, wenn schon irgend jemand entfliehen muß, dann lieber jeder andere, nur nicht er.«

»Ja«, entgegnete Dick, »gewiß. Das heißt, wenn jemand muß – aber auf mein Wort, ich möchte nicht, daß ein einziger entwischt. Da die Gesetze doch für alle gemacht wurden, um die Laster in mir wie in den andern zu zügeln – und so weiter, Sie wissen ja –, erscheint es Ihnen nicht auch in diesem Lichte?«

Der ledige Herr lächelte, als ob das Licht, in dem Herr Swiveller die Frage erscheinen ließ, nicht das klarste von der Welt wäre, und schickte sich sofort an, ihm auseinanderzusetzen, daß sie in erster Instanz zur List ihre Zuflucht nehmen müßten, und daß es ihre Absicht sei, zu versuchen, ob sich nicht von der zarten Sara ein Geständnis erpressen lasse.

»Wenn sie sieht, wieviel wir wissen«, fügte er hinzu, »und wie wir zu dieser Kunde gelangt sind, und daß sie bereits deutlich bloßgestellt ist, dürfen wir ziemlich sicher darauf rechnen, daß es uns mit ihrer Hilfe gelingen wird, die beiden andern einer wirksamen Strafe zuzuführen. Wenn wir das erreichen könnten, dürfte sie meinetwegen frei ausgehen.«

Dick hörte diesen Vorschlag keineswegs sehr gnädig an, denn er machte ihnen mit so viel Eifer klar, als sein Zustand ihm gestattete, daß man diese alte Hexe – er meinte damit Sara – weit schwieriger zu behandeln finden dürfte als Quilp selbst, daß sie gegen Drohungen, Einschüchterungen oder Schmeichelworte sich als ein höchst undankbares und unnachgiebiges Subjekt erweisen würde, daß sie eine Art von Metall sei, das sich nicht leicht schmelzen und in Formen gießen lasse – kurz, daß man ihr nichts anhaben könne und notwendig einer Niederlage entgegensehen müsse. Er versuchte jedoch ganz umsonst, sie zur Annahme eines andern Planes zu bewegen.

Wir haben den ledigen Herrn als denjenigen bezeichnet, der ihren vereinten Plan auseinandersetzte, hätten aber sagen sollen, daß sie alle durcheinander sprachen, und wenn einer von ihnen zufällig für einen Augenblick schwieg, er schnappend und keuchend dastand, um bei der nächsten Gelegenheit wieder einfallen zu können. Mit einem Worte, sie hatten sich in jenen Zustand von Aufregung und Ungeduld hineingearbeitet, in dem der Mensch keiner Überredung, keinen Vernunftgründen mehr zugänglich ist, und man würde leichter den ungestümsten Sturm, der je getobt, von seiner Bahn abgelenkt, als sie bewogen haben, ihren Entschluß noch einmal in Erwägung zu ziehen. Nachdem sie außerdem Herrn Swiveller gesagt hatten, wie sie Kits Mutter und die Kinder nicht aus dem Gesicht verloren, wie sie Kit stets im Auge gehabt hatten und unablässig bemüht gewesen seien, eine Milderung seines Urteils zu erwirken, wie sie fast wahnsinnig geworden wären angesichts der unwiderleglichen Schuldbeweise und ihrer eignen mehr und mehr entschwindenden Hoffnungen, seine Unschuld darzutun, und wie er, Richard Swiveller, ganz ruhig sein dürfte, denn alles würde zwischen jetzt und heute abend ins reine kommen – nachdem sie alles dies gesagt und noch viele freundliche und herzliche Worte an ihn gerichtet hatten, die wir nicht wiederholen müssen, nahmen Herr Garland, der Notar und der ledige Herr Abschied, und es war die höchste Zeit, denn Richard Swiveller hätte sonst unfehlbar einen neuen Fieberanfall erlitten, dessen Folgen vielleicht verhängnisvoll gewesen wären.

Herr Abel blieb zurück und schaute sehr oft auf seine Uhr oder nach der Kammertür, bis Herr Swiveller durch eine Erschütterung draußen auf dem Gange, die das ganze Haus erbeben und die Arzneiflasche auf dem Kaminsims klirren machte, aus einem kurzen Schlummer geweckt wurde. Die Störung schien von irgendeiner Riesenlast herzurühren, die von den Schultern eines Lastträgers niedergelassen wurde.

Sobald dieses Geräusch an Herrn Abels Ohr schlug, sprang er auf, humpelte zur Tür, öffnete sie – und siehe! da stand ein starker Mann mit einem mächtigen Korbe, der, als er in die Stube gezogen und alsbald ausgepackt wurde, solche Schätze von Tee, Kaffee, Wein, Zwieback, Orangen, Trauben, zum Braten zugerichtetem Geflügel, Kälberfußgelee, Arrowroot, Sago und andern köstlichen Stärkungsmitteln enthüllte, daß die kleine Dienstmagd, die es nie für möglich gehalten hatte, daß es solche Dinge auch außerhalb von Geschäften gäbe, in ihrem einzigen Schuh wie in den Boden gewurzelt dastand, während ihr das Wasser im Munde sowohl wie in den Augen zusammenlief und es ihr die Rede verschlug. Dies war aber nicht der Fall bei Herrn Abel oder bei dem baumstarken Mann, der den Korb, so groß er war, in einem Nu ausgeleert hatte, oder bei der niedlichen alten Dame, die so plötzlich auftauchte, daß man meinen konnte, sie sei gleichfalls dem Korbe entstiegen, sintemal derselbe wenigstens groß genug dazu gewesen wäre. Letztere bewegte sich ruhig und lautlos auf den Zehen hin und her – bald da, bald dort, fast überall zugleich – und fing an, das Gelee in Teetassen zu füllen, in kleinen Pfännchen Hühnerbrühe zu machen, für den Kranken Orangen zu schälen, sie in kleine Stückchen zu schneiden und die kleine Magd mit mehreren Glas Wein und den auserlesensten Bissen von dem ganzen Vorrat zu bewirten, bis ein ausgiebigeres Mahl zu ihrer Erfrischung bereitet werden konnte. Diese ganze Erscheinung war so unerwartet und wirkte so verwirrend, daß Herr Swiveller, als er zwei Orangen nebst etwas Gelee genossen hatte und sich, nachdem der Mann mit dem leeren Korb weggegangen war, in dem unbestrittenen Besitz des ganzen Überflusses sah, auf sein Lager zurücksank und wieder einschlief, da er nicht imstande war, in seinem müden Kopf solche Wunder zu fassen.

Inzwischen hatten sich der ledige Herr, der Notar und Herr Garland in ein Kaffeehaus begeben und von hier aus an Miß Sally Braß ein Schreiben geschickt, in dem sie in kurzen und geheimnisvollen Ausdrücken ersucht wurde, einen unbekannten Freund, der sich mit ihr zu besprechen wünsche, so schleunig als möglich mit ihrem Besuch zu beehren.

Dies Schreiben entsprach seinem Zweck so gut, daß zehn Minuten nach der Rückkehr des Boten, der die richtige Ablieferung anzeigte, Miß Braß persönlich gemeldet wurde.

»Ich bitte, Ma'am«, sagte der ledige Herr, den sie allein im Zimmer fand, »setzen Sie sich.«

Miß Braß nahm mit ungemein steifer und kalter Förmlichkeit Platz, dem Anschein nach – wie es auch der Fall war – nicht wenig überrascht, als sie entdeckte, daß ihr Mietsmann und der geheimnisvolle Korrespondent eine Person seien.

»Sie erwarteten wohl nicht, mich zu sehen?« fuhr der ledige Herr fort.

»Ich habe nicht viel darüber nachgedacht«, versetzte die Schöne, »sondern nahm an, es handle sich um eine Geschäftssache irgendwelcher Art. Wenn es sich um die Wohnung handelt, so haben Sie entweder meinem Bruder ordnungsgemäß zu kündigen, verstehen Sie, oder Sie müssen zahlen. Das ist eine leichte Lösung. Sie sind die verantwortliche Partei, und in einem solchen Fall ist gesetzliches Geld und gesetzliche Aufkündigung so ziemlich das gleiche.«

»Ich bin Ihnen verbunden für diese gute Meinung«, entgegnete der ledige Herr, »und bin ganz mit Ihren Ansichten einverstanden. Aber das ist nicht der Handel, über den ich mit Ihnen zu sprechen wünsche.«

»Ah«, sagte Sally, »dann wollen Sie mir nur die Einzelheiten angeben. Vermutlich handelt es sich um eine Geschäftssache, die in unser Fach einschlägt!«

»Nun ja, es hat allerdings Beziehung zur Justiz.«

»Sehr wohl«, entgegnete Miß Braß. »Sie können sich ebensogut an mich als an meinen Bruder wenden. Was die Entgegennahme von Instruktionen oder das Erteilen eines Rates betrifft, so kann ich Ihnen zur Zufriedenheit dienen.«

»Da jedoch außer mir noch andere Parteien beteiligt sind«, sprach der ledige Herr, indem er die Tür des Nebenzimmers öffnete, »so tun wir wohl besser, die Sache gemeinschaftlich zu besprechen. Miß Braß ist da, meine Herren!«

Herr Garland und der Notar traten mit sehr ernsten Mienen ein, rückten ein paar Stühle zur Rechten und Linken des ledigen Herrn und bildeten so eine Art Mauer um die zarte Sara, die sie in eine Ecke zwängten. Ihr Bruder Sampson würde unter solchen Umständen gewiß Verwirrung und Angst an den Tag gelegt haben; sie aber, ohne im mindesten aus der Fassung zu kommen, zog ihre Dose heraus und nahm eine Prise Schnupftabak.

»Miß Braß«, sagte der Notar, der in diesem Moment das Wort ergriff, »wir Leute vom Fach verstehen einander, und wenn wir wollen, können wir das, was wir zu sagen haben, in wenigen Worten zusammenfassen. Sie haben in öffentlichen Blättern kürzlich eine entlaufene Magd ausgeschrieben?«

»Wohl«, versetzte Miß Sally, während eine plötzliche Röte ihre Züge überflog, »und was weiter?«

»Sie ist aufgefunden, Ma'am«, sagte der Notar, der mit einer raschen Schwenkung sein Schnupftuch herauszog; »sie ist aufgefunden.«

»Wer hat sie gefunden?« fragte Sara hastig.

»Wir, Ma'am – wir drei. Erst gestern abend, sonst würden Sie schon früher von uns gehört haben.«

»Und nun ich von Ihnen gehört *habe*«, sagte Miß Braß, indem sie entschlossen ihre Arme übereinanderschlug, als wäre sie im Begriff, etwas bis zum letzten Atemzug in Abrede zu stellen, »was haben Sie mir zu sagen? Natürlich etwas, das sie sich zu ihren Gunsten eingebildet haben. Beweisen Sie es! – weiter sage ich nichts. Beweisen Sie es! Sie haben sie aufgefunden, sagen Sie. So mögen Sie denn erfahren, wenn Sie es nicht wissen, daß Sie die arglistigste, lügenhafteste, diebischste und heuchlerischste kleine Hexe aufgefunden haben, die je ans Licht der Welt trat. – Ist sie vielleicht hier in der Nähe?« fügte sie hinzu, indem sie spähend umherschaute.

»Nein, sie ist zur Zeit nicht hier«, versetzte der Notar, »aber sie ist ganz in Sicherheit.«

»Ha!« rief Sally, indem sie mit einem solchen Ingrimm eine Prise aus der Dose holte und zwischen den Fingern rieb, als wäre sie im Begriff, der kleinen Magd die Nase abzudrehen; »sie soll von nun an in gehörige Sicherheit kommen; ich bürge Ihnen dafür.«

»Ich hoffe«, entgegnete der Notar. – »Ist es Ihnen gleich nach ihrem Weglaufen nicht aufgefallen, daß zwei Schlüssel zu Ihrer Küchentür vorhanden sind?«

Miß Sally nahm eine zweite Prise, drehte den Kopf zur Seite und blickte mit krampfhaft verzogenem Mund auf den Frager; aber in ihrem Gesicht lauerte ein Ausdruck von Verschmitztheit, der sich nicht beschreiben läßt.

»Zwei Schlüssel«, wiederholte der Notar, »von denen der eine ihr Gelegenheit gab, nachts, während Ihr sie fest eingeschlossen glaubtet, durch das Haus zu streifen und vertrauliche Beratungen mit anzuhören; unter anderm jene besondere Konferenz, die heute von einem Friedensrichter zu Protokoll genommen werden soll, und Sie sollen Gelegenheit haben, die Angabe mit anzuhören. Ich meine nämlich jene Beratung, die Sie und Herr Braß am Vorabend jenes Tages hielten, als jener höchst unglückliche und unschuldige junge Mensch des Diebstahls angeklagt wurde, und zwar nur infolge eines schändlich ausgesponnenen Planes, von dem ich weiter nichts sagen kann, als daß auf ihn alle die Beiwörter nebst noch einigen kräftigeren passen, die Sie der unglücklichen Zeugin beizulegen beliebten.«

Sally nahm abermals eine Prise. Ihr Gesicht zeigte zwar eine wunderbare Fassung, aber man konnte deutlich sehen, daß sie sehr überrascht war, und daß sie in bezug auf ihre kleine Dienstmagd eine ganz andere Beschuldigung erwartet hatte.

»Lassen wir das, Miß Braß«, fuhr der Notar fort. »Sie beherrschen zwar Ihre Züge großartig, aber Sie fühlen doch, wie ich sehe, daß durch einen Zufall, von dem Sie sich nichts träumen ließen, dieses heillose Komplott entdeckt worden ist und zwei der Beteiligten vor den Richter gestellt werden müssen. Nun kennen Sie die für derartige Fälle angedrohten Strafen, weshalb ich nicht nötig habe, mich weiter darüber auszulassen; ich will Ihnen daher nur einen Vorschlag machen. Sie haben die Ehre, die Schwester eines der größten Schurken zu sein, die ungehangen umherlaufen, und sind, wenn ich mir gegen eine Dame diesen Ausdruck erlauben darf, in jeder Hinsicht seiner ganz würdig. Aber im Bunde mit euch zweien steht ein Dritter, ein Schuft namens Quilp, der die erste Triebfeder des ganzen teuflischen Planes und, wie ich glaube, in unserem Falle bei weitem der schlechteste ist. Um seinetwillen, Miß Braß, erweisen Sie uns die Gunst, die ganze Geschichte zu enthüllen. Ich will Sie daran erinnern, daß ein solcher Schritt Sie in unserem Falle in eine sichere und ungefährdete Lage bringen wird – Ihre augenblickliche ist jedenfalls keine wünschenswerte –, und daß Sie Ihrem Bruder nicht schaden können; denn gegen ihn und gegen Sie haben wir, wie Sie hören, bereits vollkommen hinreichende Belege. Ich will nicht sagen, daß wir aus Barmherzigkeit diesen Weg einschlagen – denn, offen gestanden, hegen wir gar keine Rücksicht gegen Sie –, aber wir sehen uns zu dieser Notwendigkeit veranlaßt, und ich empfehle Ihnen dieselbe, als die beste Politik, die Sie beobachten können. Die Zeit«, fügte Herr Witherden hinzu, indem er seine Uhr zog, »ist bei einer solchen Angelegenheit außerordentlich kostbar. Teilen Sie uns daher Ihren Entschluß so schnell als möglich mit, Ma'am!«

Miß Braß sah mit lächelndem Gesicht der Reihe nach jeden der drei Anwesenden an, nahm dann etliche Prisen, und da ihr durch dies Manöver sehr wenig Tabak übriggeblieben war, suchte sie mit dem Zeigefinger und dem Daumen in der ganzen Dose herum, um eine vierte zusammenzukratzen. Nachdem sie diese geschnupft und die Dose in ihre Tasche gesteckt hatte, sprach sie:

»Und soll ich diesen Vorschlag auf der Stelle annehmen oder verwerfen?«

»Ja«, antwortete Herr Witherden.

Das bezaubernde Wesen öffnete eben die Lippen, um eine Erwiderung zu geben, als sich plötzlich die Tür öffnete und der Kopf des Herrn Sampson Braß in das Zimmer gesteckt wurde.

»Entschuldigen Sie«, sagte dieser Herr hastig. – »Warte noch einen Augenblick!«

Mit diesen Worten und ohne sich an das Erstaunen zu kehren, das seine Erscheinung hervorrief, kroch er herein, machte die Tür zu, küßte seinen schmierigen Handschuh so knechtisch, wie ein Sklave den Staub küßt, und machte eine höchst demütige Verbeugung.

»Sara«, sagte Braß, »zügle deine Zunge, wenn ich bitten darf, und laß mich sprechen! – Meine Herren, wenn ich es auszusprechen vermöchte, welche Freude es mir macht, drei solche Männer in einer glücklichen Eintracht der Gefühle und in einer beseligenden Harmonie der Gesinnung zu sehen, so würden Sie mir, denke ich, kaum glauben. Aber obgleich ich unglücklich bin, ja sogar verbrecherisch, meine Herren, wenn ich mir so harte Ausdrücke in einer Gesellschaft wie diese erlauben darf, so habe ich doch meine Gefühle wie andere

Menschen. Ich hörte oft von einem Poeten reden, der die Bemerkung machte, Gefühle seien allen Menschen ohne Unterschied eigen. Diese Äußerung hätte ihn unsterblich machen müssen, und wenn er ein Ferkel gewesen wäre.«

»Wenn du nicht ein vollkommener Idiot bist«, entgegnete Miß Braß barsch, »so halte dein Maul!«

»Sara, meine Liebe«, versetzte ihr Bruder, »ich danke dir. Aber ich weiß, was ich tue, mein Schatz, und will mir daher die Freiheit nehmen, mich demgemäß auszudrücken. Herr Witherden, Ihr Schnupftuch hängt aus der Tasche, wollen Sie mir erlauben, es zu . . .«

Während Herr Braß näher trat, um diesem Versehen abzuhelfen, wich der Notar mit der Miene des Abscheus zurück.

Braß, der außer seinen gewöhnlichen gewinnenden Eigenschaften ein zerkratztes Gesicht, eine grüne Binde über einem Auge und einen schrecklich verbeulten Hut hatte, blieb wie angewurzelt stehen und schaute mit einem kläglichen Lächeln umher.

»Er meidet mich«, sagte Sampson, »selbst wenn ich, wie ich sagen möchte, glühende Kohlen auf sein Haupt sammeln will. Wohl! Ach, ich bin ja nur ein einstürzendes Haus, und die Ratten – wenn es mir erlaubt ist, einen solchen Vergleich einem Herrn gegenüber zu gebrauchen, den ich über alles achte und liebe – fliehen mich! Meine Herren, was Ihre jetzige Unterredung betrifft, so will ich bemerken, daß ich zufällig meine Schwester auf ihrem Wege hierher entdeckte, und da ich neugierig war, wohin sie ginge, und – darf ich es sagen – von Natur aus argwöhnisch bin, so folgte ich ihr. Seitdem habe ich gehorcht.«

»Wenn du nicht toll bist«, fiel ihm Miß Sally ins Wort, »so hör jetzt auf und sprich kein Wort weiter!«

»Meine liebe Sara«, versetzte Braß mit ungeminderter Höflichkeit, »ich danke dir verbindlichst, will aber trotzdem weiter reden. Herr Witherden, da wir die Ehre haben, Mitglieder desselben Standes zu sein – des andern Herrn gar nicht zu gedenken, der mein Mietsmann gewesen ist und sozusagen meines Hauses Gastfreundschaft genossen hat –, so sollte ich meinen, Sie hätten *mir* die Vorhand bei dieser Sache lassen können. Ja, gewiß. Nein, mein werter Sir«, rief Braß, als er bemerkte, daß der Notar im Begriff war, ihn zu unterbrechen, »lassen Sie mich ausreden, wenn ich bitten darf!«

Herr Witherden schwieg, und Braß fuhr fort. »Wenn Sie freundlichst hierher schauen wollten«, sagte er, indem er die

grüne Binde hob und ein schrecklich blutunterlaufenes Auge sichtbar werden ließ, »so werden Sie sich natürlich fragen, wie ich dazu kam. Wenn Sie Ihren Blick dann auf mein Gesicht lenken, werden Sie sich wundern, was wohl die Ursache all dieser Kratzwunden sein möchte. Und wenn Sie dann meinen Hut betrachten, so finde ichs begreiflich, daß Sie erfahren möchten, wie er in den Zustand kam, in dem Sie ihn sehen. Meine Herren«, fügte Braß hinzu, indem er mit geballter Faust ungestüm auf den Hut schlug, »auf alle diese Fragen habe ich nur die eine Antwort: Quilp!«

Die drei Herren sahen einander an, ohne jedoch zu sprechen.

»Ich sage«, fuhr Braß fort, indem er auf seine Schwester

schielte, als gelte die Erklärung ihr allein, und bissige Gehässigkeit in seine Worte legte, die einen schroffen Gegensatz zu seiner gewöhnlichen öligen Höflichkeit bildete, »daß ich auf alle diese Fragen nur antworten kann: Quilp! Quilp, der mich in seinen Höllenpfuhl lockt und seine Lust daran hat, zuzusehen und zu lachen, während ich mich versenge, verbrenne, quetsche und verwunde! Quilp, der nie, nein, nicht ein einziges Mal während unseres gegenseitigen Verkehrs mich anders behandelt hat als einen Hund! Quilp, den ich immer aus dem Grunde meiner Seele haßte, aber nie so sehr, als in der letzten Zeit. Er behandelt mich gerade in dieser Angelegenheit so geringschätzig, als ob er gar nichts mit ihr zu schaffen gehabt habe, obwohl er der erste Anlaß dazu war. Ich kann ihm nicht trauen. In einer seiner heulenden, wütenden und rasenden Stimmungen würde er, glaube ich, alles ausplaudern, auch wenn es sich um einen Mord handelte, ohne an sich selbst zu denken, solange er mich in Schrecken jagen kann. Nun«, sagte Braß, indem er seinen Hut wieder aufsetzte, die Binde über das Auge zog und im Übermaß seiner Kriecherei sich fast bis auf den Boden verbeugte, »wohin führt das alles? Wozu, meine Herren, glauben Sie, führte es mich? Könnten Sie wohl annähernd das Ziel erraten?«

Niemand sprach. Braß stand eine kleine Weile schmunzelnd da, als ob er irgendeinen auserlesenen Schwank vorgebracht hätte, und fuhr dann fort:

»Um mich also kurz zu fassen, dahin hat es mich geführt: Wenn die Wahrheit ans Licht gekommen ist, und zwar so hell, daß man ihr nicht trotzen kann – und es ist etwas gar Großes und Erhebendes um die Wahrheit, meine Herren, obgleich sie, wie andere große und erhabene Dinge, zum Beispiel Donnerwetter und dergleichen, keine allzu große Freude bei denen, die Zeugen sein müssen, erregt –, so halte ich es für besser, auf diesen Menschen loszugehen, als daß ich ihn auf mich losgehen lasse. Es ist mir klar, daß ich ausgespielt habe. Wenn daher jemand lachen soll, so ist es besser, daß ich es tue und so im Vorteil bin. Liebe Sara, relativ genommen stehst du frei da. Ich erzähle diese Umstände nur in meinem eignen Interesse.«

Hierauf entdeckte Herr Braß in großer Eile die ganze Geschichte, indem er so viel als möglich seinen liebenswürdigen Auftraggeber belastete, sich selbst aber gewissermaßen als Heiligen und Frommen hinstellte, obgleich er zugab, daß er nicht ganz frei von menschlichen Schwächen sei. Er schloß mit den Worten:

»Nun, meine Herren, ich bin nicht der Mann, der eine Sache nur halb tut. Stehe ich für einen Penny ein, so bin ich auch bereit, es auf ein Pfund ankommen zu lassen. Sie mögen nach Ihrem Gutdünken mit mir verfahren und mich dorthin bringen, wohin es Ihnen beliebt. Wollen Sie es schriftlich haben, so können wir es im Augenblick zu Papier bringen. Ich bin überzeugt, daß Sie schonend mit mir umgehen werden. Sie sind Ehrenmänner und haben mitleidige Herzen. Die Not drängte mich, Quilps Anforderungen nachzugeben; denn obgleich die Not kein Gesetz kennt, so hat sie doch ihre Advokaten. Auch bei Ihnen füge ich mich der Notwendigkeit, unterwerfe mich auch aus Klugheit und gebe Gefühlen nach, die schon geraume Zeit in mir rege waren. Bestrafen Sie Quilp, meine Herren! Lasten Sie schwer auf ihm! Zermalmen Sie ihn! Treten Sie ihn mit Füßen! Er hat es mit mir seit langer, langer Zeit ebenso gemacht.«

Nachdem Sampson seine Rede also geschlossen hatte, beschwichtigte er den Sturm seines Zornes, küßte abermals seinen Handschuh und lächelte, wie nur Parasiten und Schmarotzer lächeln können.

»Und dies«, sagte Miß Braß, indem sie ihren Kopf hob, den sie bisher auf die Hände gestützt hatte, und den Sprecher von oben bis unten mit bitterem Hohn betrachtete, »dies ist also wirklich mein Bruder! Dies mein Bruder, für den ich mich abgemüht, für den ich gearbeitet habe und von dem ich glaubte, daß er etwas von einem Mann an sich hätte!«

»Liebe Sara«, entgegnete Sampson, indem er sanft seine Hände rieb, »du störst unsere Freunde. Außerdem – du hast dich in deinen Hoffnungen getäuscht, Sara, du weißt nicht, was du sagst, und stellst dich daher bloß.«

»Ja, du armselige Memme«, erwiderte die liebenswürdige Dame, »ich verstehe dich. Du fürchtetest, ich möchte dir zuvorkommen. Aber meinst du, ich hätte mir nur ein Wort entlocken lassen? Mit Hohnlachen würde ich sie zurückgewiesen haben, und wenn sie mich zwanzig Jahre verhört und vor den Gerichten herumgeschleppt hätten.«

»Hi hi!« lachte Braß einfältig, denn in seiner tiefen Erniedrigung schien er wirklich sein Geschlecht mit dem seiner Schwester vertauscht und ihr jeden Funken von Männlichkeit, der möglicherweise in ihm hätte glimmen können, übertragen zu haben. »Das glaubst du nur, Sara, das glaubst du vielleicht; aber du würdest ganz anders gehandelt haben, mein guter Kerl. Du hast doch den Grundsatz des Füchschens nicht vergessen – unseres verehrten Vaters, meine Herren –: ›Traue keinem Menschen.‹ Dies ist das Prinzip, das einem durchs Leben hilft! Wenn du in der Tat nicht schon im Begriff warst, deine Sicherheit zu erkaufen, als ich mich zeigte, so vermute ich doch, daß du es jetzt bereits getan haben würdest. Und deshalb habe ich es selbst getan und dir sowohl die Mühe als die Schande erspart. – Die Schande, meine Herren«, fügte Braß hinzu, indem er sich ein wenig übermannen ließ, »wenn von einer solchen die Rede ist, ruht auf mir. Es ist besser, wenn ein Frauenzimmer davon verschont bleibt.«

Trotz aller Achtung vor der besseren Einsicht des Herrn Braß, insbesondere aber vor der Autorität seines großen Vorfahren, möchten wir doch in Demut bezweifeln, ob das erhebende Prinzip, das der letztere Herr empfohlen und sein Nachkomme so treulich befolgt hatte, auch immer ein kluges ist oder erprobtermaßen die gewünschten Resultate zur Folge hat. Dies ist jedoch fraglos nur ein kecker und anmaßender Zweifel insofern, als viele und ausgezeichnete Charaktere, die man Weltmänner, durchtriebene Burschen, schlaue Füchse, verschmitzte Gesellen, Kapitalgeschäftsleute und dergleichen nennt, diesen Grundsatz zu ihrem Leitstern und Kompaß gemacht haben und Tag für Tag noch machen. Doch mag es gestattet sein, ein solches Bedenken höflich anzudeuten. Als einen Beleg hierfür erlauben wir uns zu bemerken, daß Herr Braß sich am Ende wohl weit besser aus der Sache gezogen hätte, wenn er nicht allzu argwöhnisch gewesen wäre und die Behandlung der Geschichte, ohne zu horchen und durchs Schlüsselloch zu gucken, seiner Schwester überlassen hätte; oder wenn er, falls er schon horchte und durchs Schlüsselloch guckte, sich nicht so gar sehr beeilt hätte, ihr den Rang abzulaufen, was gleichfalls unterblieben wäre, wenn ihn nicht Mißtrauen und Eifersucht dazu gedrängt hätten. So wird es immer kommen, daß diese berufsmäßigen Spitzbuben, die im Harnisch aufziehen, sich ebensooft gegen das Gute als gegen das Böse wehren; abgesehen von der Unbequemlichkeit und Abgeschmacktheit, allezeit mit einem Mikroskop die Wache beziehen und bei den unschuldigsten Anlässen sich in einen Panzer schnallen zu müssen.

Die drei Herren sprachen einige Augenblicke miteinander. Nach Schluß ihrer sehr kurzen Beratung deutete der Notar auf Schreibmaterialien, die auf dem Tische lagen, und teilte Herrn Braß mit, daß er, wenn er seine Aussagen schriftlich abzugeben wünsche, hierzu Gelegenheit habe. Gleichzeitig fühlte er sich veranlaßt, ihm zu sagen, daß er sie sogleich zu einem Friedensrichter begleiten, und daß er in allem, was er tue oder sage, sich ganz von seiner eignen Klugheit leiten lassen müsse.

»Meine Herren«, sagte Braß, indem er seine Handschuhe auszog und im Geiste vor ihnen im Staube kroch, »ich will der Schonung, mit der Sie mich, wie ich weiß, behandeln werden, Ehre machen; und da ich, ohne eine solche Schonung jetzt, da diese Enthüllung gemacht ist, von allen dreien im schiefsten Lichte dastehe, so dürfen Sie sich darauf verlassen, daß ich alles aussagen werde. Herr Witherden, eine Art von Schwäche umnachtet mein Gehirn; wenn Sie mir die Gunst erweisen wollten, zu klingeln und einen heißen, würzigen Trunk zu bestellen, so würde ich, ungeachtet alles Vorhergegangenen, ein wenn auch trauriges Vergnügen darin finden, das Glas auf Ihre Gesundheit zu leeren. Ich hatte gehofft«, fügte Braß hinzu, indem er schmerzlich lächelnd umhersah, »eines Tages euch drei Herren hinter dem Mahagonitisch meines bescheidenen Besuchszimmers in Bevis-Marks zu sehen. Aber Hoffnungen zerstieben. Du mein Himmel!«

Herr Braß fühlte sich nunmehr so ungemein ergriffen, daß er nichts mehr sprechen oder tun konnte, bis eine Erfrischung gebracht wurde. Nachdem er sich gelabt hatte, und zwar ausgiebig für jemand, der so aufgeregt war wie er, setzte er sich zum Schreiben nieder.

Die liebliche Sara schritt, während ihr Bruder so beschäftigt war, bald mit verschränkten Armen, bald die Hände auf dem Rücken verschlungen, mit männlichen Tritten im Zimmer auf und ab und unterbrach nur manchmal ihre Wanderung, um ihre Dose herauszuziehen und an dem Deckel zu kauen. Sie setzte diese Leibesübung fort, bis sie ganz ermattet war, und warf sich dann auf einen Stuhl in der Nähe der Tür und schlief ein.

Man hat seitdem nicht mit Unrecht vermutet, daß dieser Schlummer nur Schein und Heuchelei gewesen, da es ihr gelungen war, in der Dunkelheit des Nachmittags unbemerkt zu entschlüpfen. Ob dies ein absichtlicher und wohl bewußter Abgang war, oder ob sie sich in einem somnambulen Zustand verabschiedete, mag ein strittiger Punkt bleiben; aber in einem, und zwar im hauptsächlichsten Punkt stimmten alle Beteiligten überein: mochte sie in was immer für einem Zustand weggegangen sein, zurück kam sie jedenfalls nie.

Da wir bereits der Dunkelheit des Nachmittags gedachten, so wird man daraus folgern, daß Herr Braß eine geraume Zeit zur Vollendung seiner Arbeit brauchte. Er wurde nicht vor Abend fertig; als er endlich so weit war, fuhren dieser Ehrenmann und die drei Freunde in einer Mietkutsche nach der Privatkanzlei eines Friedensrichters. Dieser bereitete Herrn Braß einen warmen Empfang und behielt ihn an einem sicheren Ort, damit er ja des Vergnügens sicher wäre, ihn am nächsten Morgen wiederzusehen, worauf er die andern mit der erfreulichen Versicherung entließ, daß mit dem nächsten Tage unfehlbar ein Haftbefehl gegen Herrn Quilp erlassen werden sollte, und daß eine geeignete Auseinandersetzung aller Umstände den Staatssekretär, der zum Glück in der Stadt war, ohne Zweifel veranlassen würde, Kit sofort auf freien Fuß zu setzen.

Und nun hatte es in der Tat den Anschein, als ob sich Quilps schändliche Laufbahn ihrem Ende nähere, und als ob die Wiedervergeltung, die – namentlich da, wo es sich um die schwersten Verbrechen handelt – sich oft sehr lange Zeit läßt, seine Fährte mit sicherem und scharfem Instinkt aufgespürt hätte und ihn rasch einholen wollte. Ohne Acht auf leisen Tritt geht das Opfer in eingebildetem Triumph seinen Weg. Aber sie schleicht ihm auf der Ferse nach und, einmal im Gange, läßt sie sich nicht wieder abwenden.

Sobald die drei Herren ihr Geschäft beendigt hatten, eilten sie in die Wohnung des Herrn Swiveller zurück, dessen Besserung so schnelle Fortschritte machte, daß er bereits eine halbe Stunde hatte aufgerichtet sitzen und sich ganz gemütlich unterhalten können. Frau Garland war schon einige Zeit vorher nach Hause gegangen, aber Herr Abel befand sich noch immer bei dem Kranken. Nachdem ihm alles, was sie unternommen hatten, mitgeteilt worden war, verabschiedeten sich die beiden Herren Garland und der ledige Herr, als hätten sie es vorher verabredet, und ließen den Patienten mit dem Notar und der kleinen Magd allein.

»Da es so viel besser geht«, sagte Herr Witherden, sich neben seinem Bett niedersetzend, »so wage ich es, Ihnen eine Neuigkeit mitzuteilen, von der ich im Berufswege Kunde erhalten habe.«

Der Gedanke, irgendeine geschäftliche Mitteilung von einem Herrn zu erfahren, dessen Beruf mit gerichtlichen Angelegenheiten in Verbindung stand, schien Richard durchaus keine angenehme Vorfreude zu bereiten. Vielleicht bezog er sie in seinem Innern auf einige unbeglichene Rechnungen, derentwegen er bereits verschiedene Drohbriefe erhalten hatte. Sein Gesicht verlängerte sich, als er entgegnete:

»Selbstverständlich, Sir. Ich hoffe, sie ist doch nicht unangenehmer Natur?«

»Wenn ich *der* Meinung wäre, würde ich eine gelegenere Zeit für meine Eröffnung wählen«, erwiderte der Notar. »Lassen Sie mich Ihnen vorerst sagen, daß meine Freunde, die heute hier gewesen sind, nichts davon wissen, und daß ihr Wohlwollen gegen Sie ein ganz freiwilliges ist, ohne daß sie dabei auf Wiederersatz zählten. Es dürfte einem gedankenlosen, leichtsinnigen Menschen gut tun, dies zu wissen.«

Dick dankte ihm und sagte, er hoffe, daß dies der Fall sein werde.

»Ich habe um Ihretwillen Nachfragen angestellt«, fuhr Herr Witherden fort, »ohne mir träumen zu lassen, daß ich Sie unter Verhältnissen finden würde, wie diejenigen sind, die uns zusammenführten. Sie sind der Neffe von Rebekka Swiveller, die unverehelicht zu Cheselbourne in Dorsetshire gestorben ist.«

»Gestorben?« rief Dick.

»Gestorben. Wenn man mit diesem Neffen hätte zufrieden sein können, so wären Sie jetzt – so sagt das Testament, und ich habe keinen Grund, es zu bezweifeln – im Besitz von fünfundzwanzigtausend Pfund. So aber ist Ihnen nur eine jährliche Leibrente von hundertfünfzig Pfund zugefallen. Ich denke indes, ich kann Ihnen auch hierzu Glück wünschen.«

»Sir«, sagte Dick, der zugleich lachte und schluchzte, »das können Sie. So es Gott gefällt, wollen wir noch aus der armen Marquise eine Gelehrte machen. Sie soll in Seide einhergehen und sich schöne Sachen gönnen können, oder ich will nicht wieder von diesem Bette aufstehen!«

Siebenundsechzigstes Kapitel

Ohne etwas von den im letzten Kapitel treulich mitgeteilten Vorgängen zu ahnen, ohne sich nur im mindesten etwas von der Mine träumen zu lassen, die unter ihm gesprengt worden war – denn damit ihm keine Warnung zuginge, war bei den ganzen Unterhandlungen strengstes Geheimnis beobachtet worden –, blieb Herr Quilp in seiner Einsiedelei verschlossen, durch keinen Verdacht beunruhigt und außerordentlich zufrieden mit dem Ergebnisse seiner Machinationen. Da er zur Zeit mit dem Abschlusse einiger Rechnungen zu tun hatte – eine Beschäftigung, bei der ihm das Schweigen und die Abgeschiedenheit seines Schlupfwinkels sehr zustatten kamen –, war er zwei ganze Tage lang nicht aus seiner Höhle gewichen. Auch der dritte Tag fand ihn noch emsig an der Arbeit, und Quilp fühlte gar kein Verlangen, auszugehen.

Es war der Tag nach dem Geständnisse des Herrn Braß und folglich derjenige, der Herrn Quilps Freiheit mit einer gewissen Beschränkung und ihn selbst mit der plötzlichen Mitteilung einiger mißliebigen und unwillkommenen Tatsachen bedrohte. Da der Zwerg keinen anschaulichen Begriff von der Wolke hatte, die sich über seinem Hause zusammenzog, war er wie gewöhnlich sehr heiterer Laune. Und sobald er glaubte, daß die Rücksicht auf seine Gesundheit und seine Stimmung es fordere, ein wenig auszuspannen, unterbrach er die Gleichförmigkeit seiner Beschäftigung durch Schreien, Heulen oder andere derartige unschuldige Zerstreuungen.

Wie gewöhnlich war Tom Scott um ihn, der wie eine Kröte neben dem Feuer hockte und von Zeit zu Zeit, wenn ihm sein Meister den Rücken zuwandte, mit furchtbarer Genauigkeit dessen Grimassen nachahmte. Die hölzerne Figur war noch nicht verschwunden, sondern stand noch immer auf ihrem alte Platze. Das Gesicht, bösartig versengt durch die häufige Anwendung des rotglühenden Schüreisens und außerdem verziert durch einen Zehnpennynagel, der in die Nasenspitze eingeschlagen war, lächelte noch immer freundlich in seinen weniger zerrissenen Teilen und schien wie ein standhafter Märtyrer seinen Quälgeist zu neuen Unbilden und Verletzungen herauszufordern.

Der Tag war selbst in den höchsten und hellsten Stadtteilen feucht, kalt und düster. An diesem niedrig gelegenen sumpfigen Orte hüllte der Nebel jeden Winkel und jede Ecke in eine dichte Wolke. Jeder Gegenstand auf nur zwei Ellen Entfernung war unsichtbar. Die Signallichter und Schutzfeuer auf der Themse waren machtlos unter diesem Leichentuche, und ohne die rauhe und schneidende Kälte der Luft oder hin und wieder den Ruf eines verirrten Bootsmanns, wenn er seine Ruder einzog und sich über seine Lage Sicherheit verschaffen wollte, hätte man sich den Strom selbst meilenweit entfernt denken können.

So träge und langsam sich auch der Nebel bewegte, so war er doch so scharf und durchdringend, daß weder Tücher noch Pelzwerk Schutz gegen ihn verliehen. Er schien sich bis auf die Knochen der schaudernden Wanderer einzubohren und sie durch seine Kälte auf die Folter zu spannen. Alles fühlte sich feucht und frostig an. Die warme Flamme allein bot ihm Trotz und hüpfte und funkelte lustig. Es war ein Tag, um zu Hause zu bleiben, sich an das Feuer zu drängen, Geschichten von Reisenden zu erzählen, die in solchem Wetter auf Mooren und Heiden ihren Weg verloren hatten, und den warmen Herd mehr als je zu lieben.

Der Geschmack des Zwerges bestand, wie wir wissen, darin, einen Herd für sich zu haben, und wenn er zur Heiterkeit aufgelegt war, sich ohne Zeugen zu unterhalten. Keineswegs unempfindlich gegen die Behaglichkeit des warmen Stübchens, befahl er Tom Scott, den kleinen Ofen mit Kohlen zu füllen, gab seine Arbeit für heute auf und entschloß sich, lustig zu sein. Zu diesem Zweck zündete er neue Kerzen an und häufte noch mehr Brennstoff auf. Dann speiste er ein Beefsteak, das er selbst auf eine etwas wilde und kannibalische Weise zubereitet hatte, braute eine große Bowle heißen Punsches, zündete seine Pfeife an und setzte sich nieder, um den Abend heiter zu verbringen.

In diesem Augenblick erregte ein leises Klopfen an der Hüttentür seine Aufmerksamkeit. Nachdem dies zwei- oder dreimal wiederholt worden war, öffnete er leise das kleine Fenster, steckte den Kopf hinaus und fragte, wer da sei.

»Nur ich, Quilp«, antwortete eine Weiberstimme.

»Nur du?« rief der Zwerg und streckte seinen Hals aus, um den Besuch besser ins Auge fassen zu können. »Und was bringt dich her, du Metze? Wie kannst du dich unterstehen, dem Schlosse des Menschenfressers nahezukommen, he?«

»Ich bringe eine Nachricht«, versetzte seine Frau. »Sei nicht böse auf mich.«

»Ist es eine gute Nachricht, eine angenehme Nachricht, eine Nachricht, über die man in die Höhe springen und mit den Fingern schnalzen möchte?« sagte der Zwerg. »Ist die liebe alte Dame tot?«

»Ich kenne ihren Inhalt nicht und kann daher nicht sagen, ob die Nachricht gut oder schlimm ist«, entgegnete sein Weib.

»Dann lebt sie noch«, sagte Quilp, »und es fehlt ihr nichts. Geh wieder heim, du Unglücksvogel, geh nach Hause!«

»Ich habe einen Brief mitgebracht . . .«, rief das demütige kleine Weib.

»So wirf ihn hier zum Fenster herein und geh deiner Wege«, sagte Quilp ihr ins Wort fallend, »oder ich komme hinaus und gebe dir meine Nägel zu kosten.«

»Nein, sei nur so gut, Quilp, mich ein wenig anzuhören«, flehte sein unterwürfiges Weib in Tränen. »Bitte!«

»So sprich denn«, brummte der Zwerg mit einem boshaften Grinsen, »aber fasse dich kurz. Willst du sprechen!«

»Der Brief«, sagte Frau Quilp zitternd, »wurde mir diesen Nachmittag von einem Knaben ins Haus gebracht, der sagte, er wisse nicht, woher er komme; er sei ihm aber zur Besorgung übergeben worden mit dem Auftrag, daß er dir sogleich zugestellt werden müsse, weil er von höchster Wichtigkeit sei. – Doch sei so gut«, setzte sie hinzu, als ihr ehrenwerter Gemahl seine Hand nach dem Schreiben ausstreckte, »sei so gut, mich einzulassen. Du weißt nicht, wie naß und erfroren ich bin, oder wie oft ich auf meinem Herwege in diesem dichten Nebel den Weg verloren habe. Erlaube mir, daß ich mich nur fünf Minuten an dem Feuer trocknen darf. Ich will gleich wieder fortgehen, sobald du mich gehen heißt, Quilp. Ich gebe dir mein Wort darauf.«

Ihr liebenswürdiger Gatte zögerte ein paar Augenblicke; da er sich jedoch überlegte, der Brief könnte möglicherweise eine Antwort erheischen, die sie besorgen könnte, so schloß er das Fenster, öffnete die Tür und hieß sie eintreten. Frau Quilp gehorchte augenblicklich, übergab ihm ein kleines Paket und kniete vor dem Feuer nieder, um ihre Hände zu wärmen.

»Es freut mich, daß du naß bist«, sagte Quilp, das Überbrachte an sich reißend und nach ihr hinschielend. »Es freut mich, daß du frierst. Es freut mich, daß du den Weg verloren hast. Es freut mich, daß deine Augen rot sind vom Weinen. Es tut meinem Herzen wohl, deine kleine Nase so verzwickt und erfroren zu sehen!«

»O Quilp!« schluchzte sein Weib, »wie grausam bist du!«

»Hat Sie nicht etwa geglaubt, ich sei tot?« entgegnete Quilp, indem er sein Gesicht in eine ganze Serie der ungewöhnlichsten Grimassen verzerrte. »Hat Sie nicht etwa geglaubt, Sie sei jetzt im Besitz all meines Geldes und könnte jemand heiraten, der nach Ihrem Geschmack wäre? Ha ha ha! Ists nicht so?«

Diese Hohnreden vermochten der armen kleinen Frau, die auf ihren Knien liegen blieb und zu Quilps großem Entzücken schluchzend ihre Hände wärmte, keine Antwort zu entlocken. Aber als er sich gerade an diesem Anblick weidete und vor Wonne kicherte, bemerkte er zufällig, daß auch Tom Scott entzückt war, weshalb ihn der Zwerg, der seine Freude mit keinem vorlauten Burschen teilen wollte, urplötzlich am Kragen packte, zur Tür schleppte und nach einem kurzen Ringen mit Fußtritten in den Hof stieß. Als Ersatz für diesen rührenden Beweis von Liebe spazierte Tom gleich darauf auf seinen Händen zum Fenster und sah – wenn wir uns dieses Ausdrucks bedienen dürfen – mit seinen Schuhen hinein; auch rasselte er wie ein auf dem Kopf stehender Banshee* mit seinen Füßen gegen die Scheiben. Wie sich von selbst versteht, verlor Herr Quilp keine Zeit, zu dem unfehlbaren Schüreisen seine Zuflucht zu nehmen, mit dem er, nachdem er einige Zeit im Hinterhalt gelegen, seinem jungen Freunde ein paar so unzweideutige Komplimente versetzte, daß dieser schleunigst verschwand und ihn im ruhigen Besitz des Schlachtfeldes ließ.

»So! Nun dieser kleine Handel abgemacht ist«, sagte der Zwerg kaltblütig, »will ich meinen Brief lesen. Hm!« brummte er, während er die Adresse betrachtete, »ich sollte diese Hand kennen. Die schöne Sally!« Er öffnete das Schreiben und las in einer schönen, runden Advokatenschrift folgende Zeilen:

»Sammy ist bearbeitet worden und hat das Vertrauen gebrochen. Es ist alles am Tage. Sie würden gut tun, aus dem Wege zu gehen; denn Fremde sind ausgezogen, um Ihnen einen Besuch zu machen. Man hat bis jetzt Stillschweigen beobachtet, weil man Sie zu überraschen gedenkt. Verlieren Sie keine Zeit! Ich verlor auch keine. Ich bin nirgends zu finden. An Ihrer Stelle würde ich es ebenso halten.

S. B., früher in B.-M.«

Die Veränderung beschreiben zu können, die sich in Quilps Gesicht zeigte, während er seinen Brief ein halbdutzendmal durchlas, würde eine ganz neue Sprache erfordern; eine Sprache von solcher Ausdrucksfähigkeit, wie sie nie geschrieben, gelesen oder gesprochen wurde. Eine geraume Weile ließ er keine Silbe vernehmen; aber nach einer langen Pause, während der Frau Quilp durch den entsetzlichen Anblick, den sein wutverzerrtes Äußere bot, fast gelähmt wurde, gelang es ihm hervorzukeuchen:

»Wenn ich ihn hier hätte! Wenn ich ihn nur hier hätte . . .!«

* Ein Geist, der in Schottland und Irland in Gestalt einer alten Frau in vornehmen Häusern einen Todesfall durch Trauergesänge vorhersagt.

»O Quilp!« sagte sein Weib, »was ist denn geschehen? Über wen bist du zornig?«

»Ich würde ihn ersäufen«, fuhr der Zwerg fort, ohne auf sie zu achten. »Freilich ein zu leichter Tod, zu kurz, zu schnell; aber der Strom läuft gerade hier vorbei. Oh, wenn ich ihn hier hätte! Mit freundlichen Worten ihn zum Ufer zu locken, ihn am Knopfloch festzuhalten, mit ihm zu scherzen, und durch einen plötzlichen Stoß ihn aufklatschend hinunterzubefördern! Man sagt, Leute, die ertrinken, kämen dreimal wieder an die Oberfläche. Ach, ihn diese drei Male zu sehen, ihn zu verhöhnen, wenn sein Gesicht auf und ab tanzend heraufkommt – oh, welch ein reicher Genuß würde das sein!«

»Quilp!« stammelte sein Weib, indem sie es zu gleicher Zeit wagte, seine Schulter zu berühren, »was ist denn Schlimmes vorgefallen?«

Sie war so entsetzt über die Wollust, mit der er sich das Vergnügen einer solchen Tat ausgemalt hatte, daß sie sich kaum verständlich machen konnte.

»So ein feiger Hund!« sagte Quilp, sehr langsam seine Hände reibend und sie fest zusammenpressend. »Ich dachte, seine Feigheit und seine Kriecherei wären die besten Bürgen für sein Schweigen. O Braß, Braß – mein lieber, guter, zärtlicher, treuer, schmeichelnder, bezaubernder Freund –, wenn ich dich nur hier hätte!«

Seine Frau, die sich zurückgezogen hatte, damit man nicht glauben sollte, sie lausche auf die leise gemurmelten Drohungen, wagte es, wieder näher zu kommen, und war eben im Begriff zu sprechen, als der Zwerg zur Tür eilte und Tom Scott rief, der, eingedenk der kürzlich ergangenen sanften Ermahnung, es für ratsam erachtete, auf der Stelle zu erscheinen.

»Da!« sagte der Zwerg, indem er ihn hereinzerrte. »Bring sie nach Hause! Du brauchst morgen nicht herzukommen, denn dieses Haus wird verschlossen sein. Komm nicht zurück, bis du von mir hörst oder mich siehst! Verstehst du?«

Tom nickte verdrießlich und winkte Frau Quilp, voranzugehen.

»Was dich anbelangt«, fuhr der Zwerg gegen seine Frau fort, »so stelle keine Nachforschungen nach mir an; suche mich nicht und rede überhaupt nicht von mir. Dir zum Troste sei es gesagt, daß ich nicht tot sein werde, meine Teuerste. Tom wird für dich Sorge tragen.«

»Aber Quilp, was ist denn geschehen? Wo gehst du hin? Sage mir doch etwas mehr!«

»Ich will dir etwas sagen«, entgegnete der Zwerg, indem er sie am Arm faßte, »und obendrein etwas tun, was für dich besser ungesagt und ungetan bliebe, wenn du nicht augenblicklich gehst!«

»Ist etwas vorgefallen?« rief sein Weib. »Oh, sag mir nur dies!«

»Ja«, knurrte der Zwerg. »Nein. Was kümmerts dich? Ich habe dir gesagt, was du zu tun hast. Wehe dir, wenn du zögerst oder nur ein Haar breit davon abweichst. Willst du gehen!«

»Ich gehe, ich gehe augenblicklich! Aber«, stotterte sein Weib, »beantworte mir zuvor nur eine Frage. Steht dieser Brief in irgendeinem Zusammenhang mit der lieben kleinen Nell? Ich muß dich dies fragen – wahrhaftig, ich muß, Quilp. Du kannst dir nicht vorstellen, was für kummervolle Tage und Nächte ich durchgemacht habe, weil ich dieses Kind ein einziges Mal betrog. Ich weiß nicht, was ich Schlimmes über sie gebracht habe; aber mag es nun groß oder klein sein, ich tat es um deinetwillen, Quilp. Mein Gewissen machte mir Vorwürfe, als ich es tat. Oh, ich bitte dich, beantworte mir nur diese Frage!«

Der aufs höchste gereizte Zwerg erwiderte nichts, sondern wandte sich und griff mit solchem Ungestüm nach seiner gewöhnlichen Waffe, daß Tom Scott seinen Schützling mit Gewalt und so schnell er konnte hinauszerrte. Es war gut, daß er es tat, denn Quilp, der vor Wut fast toll war, verfolgte sie bis auf den angrenzenden Weg und würde die Hetzjagd noch nicht aufgegeben haben, wenn sie der dichte Nebel, der mit jedem Augenblick schwerer zu werden schien, seinen Blicken nicht verborgen hätte.

»Es wird eine schöne Nacht für eine Inkognitoreise geben«, sagte er, als er langsam und fast atemlos vom Laufen zurückkehrte. »Halt! wir müssen uns hier besser vorsehen. So ist es etwas gar zu gastfreundlich und frei.«

Mit großer Kraftanstrengung schloß er die zwei alten Torflügel, die tief in den Schlamm eingesunken waren, und verriegelte sie mit einem starken Querbalken. Sobald dies geschehen war, strich er sein filziges Haar aus dem Gesicht und erprobte den Widerstand seiner Verschanzung. – Stark und fest.

»Die Umzäunung zwischen dieser Werft und der nächsten ist leicht zu übersteigen«, fuhr der Zwerg fort, nachdem er diese Vorsichtsmaßregeln getroffen hatte. »Von dort aus führt auch eine Hintergasse, die mag meinen Rückzug sichern. Man muß seinen Weg gut kennen, wenn man sich an diesem lieblichen Örtchen heute abend zurechtfinden will. Ich glaube, solange dieser Nebel anhält, habe ich keine unwillkommenen Besuche zu befürchten.«

Es war jetzt bereits so finster geworden, und der Nebel hatte sich so sehr verdichtet, daß er sich fast genötigt sah, seinen Weg mit den Händen zu tasten, als er in seinen Bau zurückkehrte. Nachdem er ein Weilchen neben dem Feuer gebrütet hatte, traf er seine Vorbereitungen zu einer schleunigen Abreise.

Während er einiges Notdürftige zusammenraffte und es in seine Taschen packte, hörte er nicht ein einziges Mal auf, leise mit sich selbst zu sprechen oder mit den Zähnen zu knirschen, die er fest zusammengepreßt, als er Miß Braß' Brief gelesen hatte.

»O Sampson!« murmelte er, »trefflicher Ehrenmann, wenn ich dich nur umarmen könnte! Dürfte ich dich nur einmal umschlingen und deine Rippen quetschen, wie ich sie quetschen könnte, wenn ich dich einmal umfaßt hätte; welch ein köstliches Wiedersehen würde das sein! Wenn wir uns je wieder begegnen, Sampson, so verlaß dich darauf, daß wir einen Gruß miteinander wechseln, den du nicht so leicht vergessen wirst! Diesen Zeitpunkt, Sampson, diesen Augenblick, da alles so gut abgelaufen war, hast du dir herrlich gewählt. Es war so rücksichtsvoll von dir, so reumütig, so edel. Ha, wenn wir in diesem Gemach wieder Angesicht gegen Angesicht stehen könnten, mein feigherziger Sohn des Gesetzes, wie glücklich würde einer von uns beiden sein!«

Hier unterbrach er sich, setzte die Punschbowle an seine Lippen und tat einen langen, tiefen Zug, als wäre das Getränk nur klares Wasser, mit dem er seine trockene Zunge kühlen wollte. Dann setzte er sie plötzlich nieder, ging aufs neue an seine Vorbereitungen und fuhr in seinem Selbstgespräch fort.

»Da ist Sally«, sagte er mit blitzenden Augen; »das Weib hat Mut, Entschlossenheit, Umsicht – schlief sie, oder war sie erstarrt? Sie hätte ihn erdolchen, vergiften können. Sie hätte voraussehen können, daß es so kommen mußte. Warum gibt sie mir erst Nachricht, nachdem es zu spät ist? Als er da saß, dort auf jener Stelle, mit seinem weißen Gesicht, seinem roten Kopf und seinem widerlichen Lächeln, warum wußte ich damals nicht, was in seinem Herzen brütete? Es hätte in jener Nacht zu schlagen aufgehört, wenn ich sein Geheimnis hätte ahnen können, oder es müßte kein Gift geben, um einen Menschen einzuschläfern, kein Feuer, um ihn zu verbrennen!«

Ein anderer Zug aus der Bowle. Er kauerte mit wutverzerrtem Antlitz neben dem Feuer und fuhr fort zu murmeln:

»Und diese, wie jede andere Sorge und Ungelegenheit, die mir in der letzten Zeit bereitet worden, habe ich nur jenem alten Faseler und seinem Herzkäferlein zu danken; jenen zwei elenden, gebrechlichen Wanderern! Aber ich will doch noch ihr böser Genius werden! Und du, süßer Kit, ehrlicher Kit, tugendhafter, unschuldiger Kit, sieh dich vor! Wo ich hasse, beiße ich. Ich hasse dich, mein teures Freundchen, mit gutem Grunde; und so stolz du auch heute abend sein magst, die Reihe wird wieder an mich kommen. – Was ist das?«

Man pochte an das Tor, das er geschlossen hatte. Ein lautes und ungestümes Pochen. Dann eine Pause, als ob diejenigen, die geklopft hatten, innehielten, um zu horchen.

Dann begann der Lärm aufs neue, noch lauter und heftiger als zuvor.

»So bald schon?« sagte der Zwerg. »Und so eifrig? Ich fürchte, ihr werdet enttäuscht sein. Wie gut, daß ich völlig vorbereitet bin. Sally, ich danke dir!«

Mit diesen Worten löschte er das Licht aus. In seinen ungestümen Versuchen, das Feuer auszulöschen, warf er den Ofen um, der nach vorn und auf die glimmende Asche stürzte, die bereits während des Sturzes herausgeschossen war. Das Gemach war in pechschwarze Nacht gehüllt. Da das Klopfen an dem Tore noch immer andauerte, tastete er sich zur Tür und trat ins Freie.

In diesem Augenblick hörte das Pochen auf. Es war ungefähr acht Uhr, aber die schwärzeste Nacht wäre lichter Tag gewesen im Vergleich mit der dicken Wolke, die jetzt auf der Erde ruhte und alles in ihr Leichentuch hüllte. Er stürzte einige Schritte vorwärts, als stürmte er in den Rachen irgendeiner düsteren, gähnenden Höhle; dann änderte er, in der Meinung, irregegangen zu sein, seine Richtung und blieb endlich stehen, ungewiß, wohin er sich wenden sollte.

»Wenn sie nur wieder klopften«, sagte Quilp, der vergeblich versuchte, mit seinen Augen die Finsternis, die ihn umgab, zu durchdringen; »der Schall würde mich leiten. Also, wettert noch einmal auf das Tor los!«

Er blieb eine Weile aufmerksam horchend stehen, aber das Getöse wiederholte sich nicht. Kein anderer Laut ließ sich an diesem öden Platze hören, als hin und wieder in der Ferne das Bellen von Hunden. Der Schall war weit weg, bald in dieser, bald in jener Richtung, und konnte daher nicht zum Führer dienen; denn Quilp wußte wohl, daß auch oft von den Schiffen Hundegebell zu hören war.

»Wenn ich nur einen Wall oder Zaun finden könnte«, sagte der Zwerg, indem er seinen Arm ausstreckte und langsam vorwärts ging, »so wüßte ich doch, wohin ich mich wenden könnte. Es wäre eine gute, schwarze Teufelsnacht, wenn ich meinen lieben Freund hier hätte. Würde mir nur dieser

Wunsch erfüllt, so dürfte es meinetwegen nie wieder Tag werden.«

Diese Worte waren kaum seinen Lippen entschlüpft, als er stolperte und fiel. Im nächsten Augenblick kämpfte er mit dem kalten, dunklen Wasser!

Trotz des Sprudelns und Rauschens in seinem Ohr konnte er jetzt doch deutlich das Klopfen an dem Tore wieder vernehmen, konnte das Schreien hören, mit dem sie es begleiteten, konnte die Stimmen erkennen. Ungeachtet seines Plätscherns und Ringens wurde es ihm klar, daß sie ihren Weg verloren hatten und daß sie zu dem Punkte zurückgewandert waren, von dem sie ausgingen, daß sie fast zusahen, während er ertrank, daß sie in seiner nächsten Nähe waren, aber nicht einmal den Versuch zu seiner Rettung machen konnten, daß er sie selbst ausgeschlossen und den Balken vorgelegt hatte. Er beantwortete ihr Geschrei mit einem gellenden Ruf, der die hundert Feuer, die vor seinen Augen tanzten, scheinbar erzittern und aufflackern ließ, als ob ein Windstoß sie aufgewirbelt hätte. Vergeblich. Die wogende Flut füllte seine Kehle und trug ihn auf ihrer raschen Strömung weiter.

Noch ein letztes Ringen um sein Leben und er war wieder oben, schlug das Wasser mit den Händen und stierte mit wilden und funkelnden Augen auf einen dunkeln Gegenstand, zu dem er hingetrieben wurde. Der Rumpf eines Schiffes! Er konnte die glatten und schlüpfrigen Wände mit der Hand berühren. Jetzt ein lauter Schrei – aber die unwiderstehlichen Wogen rissen ihn hinunter, ehe er ihn ganz ausstoßen konnte, trieben ihn unter das Schiff und trugen – einen Leichnam weiter.

Das Wasser spielte und scherzte mit seiner unheimlichen Last, indem es sie das eine Mal gegen die schlüpfrigen Pfähle warf, das andere Mal im Schlamm oder in dem langen, üppigen Schilfe verbarg, jetzt den Leichnam über rauhe Steine und Kies schleppte, dann wieder tat, als wollte es ihn seinem eignen Element zuführen, ihn im nächsten Augenblick aber wieder zurückholte, bis es, des häßlichen Spielzeugs müde, ihn auf ein

Moor schleuderte – einen unheimlichen Ort, an dem in mancher traurigen Winternacht Seeräuber in Ketten gehangen hatten –, damit dort seine Gebeine bleichen möchten.

Und dort lag er – allein. Der Himmel leuchtete in feuriger Glut, und die Wellen, die ihn hergetragen hatten, färbten sich im Weiterrollen mit dem düsteren Lichte. Die Hütte, die die einsame Leiche vor kurzem erst noch lebend verlassen hatte,

lag jetzt in flammenden Trümmern. Der Schein des Feuers schimmerte leicht auf dem toten Gesicht. Das Haar, von dem feuchten Winde bewegt, spielte um das Haupt, in einer Art von Todesverhöhnung – eine Verhöhnung, über die der Gestorbene selbst gejubelt hätte, wenn er noch am Leben gewesen wäre –, und seine Kleider flatterten lose in der Nachtluft.

Achtundsechzigstes Kapitel

Erleuchtete Zimmer, lodernde Feuer, heitere Gesichter, die Musik froher Stimmen, Worte der Liebe und des Willkommens, warme Herzen und Tränen des Glücks – wie stark ist doch dieser Gegensatz! Aber solchen Wonnen eilt jetzt

Kit entgegen. Er weiß, daß er erwartet wird. Er fürchtet, vor Freude zu sterben, ehe er zu ihnen kommt.

Sie haben ihn den ganzen Tag darauf vorbereitet. Er erfährt zuerst, daß er des andern Morgens nicht mit den übrigen fortgebracht werden solle. Nach und nach lassen sie ihn wissen, daß Zweifel aufgestiegen seien, daß Nachfragen angestellt werden sollen, und daß er vielleicht gänzlich begnadigt werden dürfte. Am Abend endlich führen sie ihn in ein Zimmer, in dem einige Herren versammelt sind. Unter ihnen fällt ihm zuerst sein guter alter Herr ins Auge, der auf ihn zukommt und ihn bei der Hand nimmt. Er hört, daß seine Unschuld erwiesen und er freigesprochen ist. Er kann den Sprecher nicht sehen, aber er wendet sich der Stimme zu, und während er nach einer Antwort sucht, sinkt er bewußtlos nieder.

Sie bringen ihn wieder zu sich und ermahnen ihn, sich zu fassen und es wie ein Mann zu tragen. Jemand bedeutet ihm, er müsse an seine arme Mutter denken. Aber nur, weil er so viel an sie gedacht hat, ist er von der glücklichen Neuigkeit überwältigt worden. Sie drängen sich um ihn und erzählen ihm, daß die Wahrheit bereits überall bekannt geworden sei und daß Stadt und Land von Teilnahme an seinem Mißgeschick widerhallen. Er hat kein Ohr dafür. Seine Gedanken reichen bis jetzt noch nicht weiter als nach Hause. Weiß *sie* es? Was sagte sie? Wer hat es ihr mitgeteilt? Er vermag von nichts anderm zu sprechen. Man gibt ihm etwas Wein zu trinken und redet eine Weile freundlich mit ihm, bis er gefaßter und imstande ist, zuzuhören und zu danken. Er kann jetzt frei hingehen, wohin er will. Herr Garland ist der Ansicht, wenn er sich besser fühle, so sei es Zeit zum Aufbrechen. Die Herren drängen sich um ihn und drücken ihm die Hand. Er empfindet innigen Dank für die Teilnahme, die sie für ihn zeigen, und für die freundlichen Versprechungen, die sie machen; aber sein Sprachvermögen ist wieder geschwunden, und er kann sich nur mit Mühe auf den Füßen erhalten, obgleich er sich auf den Arm seines Herrn stützt.

Während sie durch die trübseligen Gänge schreiten, begegnet er einigen diensthabenden Gefängniswärtern, die ihm in ihrer rauhen Weise zu seiner Befreiung Glück wünschen. Der zeitunglesende Schließer ist unter ihnen, aber sein Benehmen ist nicht ganz herzlich, es liegt etwas Sauertöpfisches in seinem Glückwunsch. Er betrachtet Kit als einen Eindringling, als einen Menschen, der unter falschem Vorwand Zutritt zu diesem Ort erhalten und sich eines Privilegiums erfreut hat, für das er nicht wirklich qualifiziert war. Seiner Meinung nach könne er ja ein ganz ordentlicher junger Mensch sein, aber hier hat er nichts zu schaffen, und je eher er ginge, desto besser wäre es.

Die letzte Tür schließt sich hinter ihnen. Sie haben die letzte Mauer hinter sich und stehen im Freien, in der Straße, die er sich so oft hinter dem düstern Gemäuer ausgemalt hatte, das ihn abschloß, und die selbst nicht aus seinen Träumen weichen wollte. Sie scheint breiter und lebhafter zu sein, als es früher der Fall war. Die Nacht ist schaurig, und doch wie lieblich und heiter in seinen Augen! Einer der Herren drückt ihm beim Abschied etwas Geld in die Hand. Er hat es nicht gezählt; aber sie sind kaum ein paar Schritte an der Büchse für die armen Gefangenen vorbeigegangen, als er hastig wieder umkehrt und es hineinfallen läßt.

Herr Garland hat in einer benachbarten Straße einen Wagen warten lassen, in den er mit Kit steigt; dann heißt er den Kutscher nach Hause fahren. Anfangs geht es nur langsam, und dann müssen Fackeln vorangetragen werden wegen des schweren Nebels. Aber je weiter sie sich von dem Strom entfernen und die dumpfigeren Stadtteile hinter sich lassen, desto weniger bedarf es solcher Vorsichtsmaßregeln, und desto schneller fährt der Wagen. Unterwegs kommt sogar der schnellste Galopp Kit zu langsam vor, aber als sie sich dem Ende ihrer Fahrt nähern, bittet er, man möchte die Pferde langsamer gehen lassen, und als das Haus sichtbar wird, möchte er halten lassen, nur auf ein oder zwei Minuten, damit er Zeit gewinne, ordentlich Atem zu schöpfen.

Aber das gibts nicht; denn der alte Herr spricht ihm kräftig zu, die Pferde holen wacker aus, und sie sind auch schon am Gartentor. In der nächsten Minute sind sie an der Haustür. Innen hört man Stimmen und Fußtritte. Sie geht auf, Kit stürzt hinein – und findet sich in den umschlingenden Armen seiner Mutter.

Und da ist auch die stets getreue Mutter Barbaras, noch immer das Bübchen auf dem Arm tragend, als ob sie es nicht niedergesetzt hätte seit jenem traurigen Tage, da sie so gar wenig Hoffnung hatten, eine Freude wie diese zu erleben; da ist sie, Gott segne sie! weint sich fast die Augen aus und schluchzt, wie nie zuvor ein Weib geschluchzt hat. Und da ist die kleine Barbara – arme, kleine Barbara, so viel magerer und blasser und doch so hübsch –, zitternd wie Espenlaub und sich gegen die Wand stützend. Und da ist Frau Garland, netter und hübscher als je, die ohnmächtig niedersinkt, ohne daß ihr jemand Beistand leistete. Und da ist Herr Abel, der heftig seine Nase schneuzt und jedermann umarmen will. Und da ist der ledige Herr, der bei allen herumläuft und nirgends Ruhe findet. Und da ist der gute, liebe, bekümmerte kleine Jakob, der mutterseelenallein auf der untersten Treppe sitzt, wie ein Alter die Hände auf seine Knie legt und fürchterlich brüllt, ohne damit jemand zu stören. Und alle samt und sonders sind derzeit ganz aus dem Häuschen und begehen in schönster Harmonie und jeder für sich allein alle möglichen Torheiten.

Und selbst als die übrigen wieder einigermaßen zu sich gekommen sind, so weit wenigstens, um ein Lächeln oder Worte finden zu können, wird Barbara, die weichherzige, zarte, törichte kleine Barbara, plötzlich vermißt, und man entdeckt sie im Hinterstübchen, in dem sie auf eigne Rechnung in Ohnmacht gefallen ist. Aus der Ohnmacht verfällt sie in Krämpfe, aus den Krämpfen wieder in Ohnmacht, mit einem Wort, es geht ihr so schlecht, daß sie sich trotz des Übermaßes von Weinessig und kaltem Wasser zum Schluß kaum wohler fühlt, als sie anfangs gewesen. Dann kommt Kits

Mutter und sagt zu Kit, er solle zu ihr hineingehen und mit ihr sprechen, und Kit sagt: »Ja«, und geht hinein. Und er sagt mit freundlicher Stimme: »Barbara!« und Barbaras Mutter sagt ihr: »Es ist nur Kit!« und Barbara, deren Augen die ganze Zeit über geschlossen sind, sagt: »Oh! ist es aber auch wahr?« und Barbaras Mutter sagt: »Gewiß ist es wahr, meine Liebe; jetzt ist alles wieder gut.« Und um ihr noch mehr zu versichern, daß er gesund und wohlbehalten ist, spricht Kit wieder zu ihr; und dann bekommt Barbara einen Lachkrampf, und dann bricht sie in Weinen aus, und dann nicken Kits und Barbaras Mutter einander zu und tun, als ob sie sie schelten wollten – aber, lieber Gott, nur um sie schneller zu sich zu bringen –, und da sie erfahrene Frauen sind und mit großem Scharfblick die ersten auftauchenden Symptome der Besserung bemerken, so trösten sie Kit mit der Versicherung: »Jetzt wird es ihr gleich besser werden«, und schicken ihn an den Ort zurück, von dem er gekommen war.

Also schön! An diesem Ort, der das anstoßende Zimmer ist, gibt es Weinflaschen und noch viele andere gute Dinge, die so großartig zur Schau stehen, als ob Kit und seine Freunde einer Gesellschaft ersten Ranges angehörten. Und da ist der kleine Jakob, der, wie der Volksmund sagt, mit unglaublicher Geschwindigkeit in einem zu Hause bereiteten Pflaumenkuchen ›watet‹ und kein Auge von den Feigen und Orangen verwendet, die nachher aufgetragen werden sollen; wie man denn überhaupt versichert sein darf, daß er seine Zeit aufs allerbeste benutzte. Kit ist kaum ins Zimmer getreten, als der ledige Herr – nie gab es wohl einen so geschäftigen Herrn – alle Gläser randvoll füllt, auf seine Gesundheit trinkt und ihm sagt, solange er lebe, werde es ihm nie an einem Freunde fehlen. Und dasselbe tut Herr Garland, und dasselbe tut Frau Garland, und dasselbe tut Herr Abel. Aber selbst diese Ehre und Auszeichnung ist noch nicht alles; denn der ledige Herr zieht sofort aus seiner Tasche eine massive silberne Uhr, die sehr laut tickt und auf eine halbe Sekunde richtig geht; und auf der Rückseite dieser Uhr ist Kits Name, über und über verschnörkelt, eingraviert; mit einem Wort, es ist Kits Uhr, die ausdrücklich für ihn gekauft wurde und ihm auf der Stelle zum Präsent gemacht wird. Und der Leser darf überzeugt sein, daß Herr und Frau Garland es nicht über sich bringen, keine Andeutungen über ihr beabsichtigtes Geschenk fallenzulassen, und daß Herr Abel geradeheraus sagt, er habe das seinige bereits bei sich, und daß Kit der Glücklichste unter den Glücklichen ist.

Es gibt noch einen Freund, den er nicht gesehen hat, und da dieser schicklicherweise nicht in den Familienkreis eingeführt werden kann, weil er ein eisenbeschlagener Vierfüßler ist, so nimmt Kit die erste beste Gelegenheit wahr, um zu entschlüpfen und in den Stall zu eilen. In demselben Augenblick, als er seine Hand auf die Klinke legt, wiehert das Pony den lautesten Ponygruß; noch ehe er die Schwelle überschritten hat, macht das Pony seine Kapriolen in seinem Stand – denn es erträgt nicht die Schmach eines Halfters – und ist ganz darauf versessen, seinen Willkomm anzubringen; und als Kit auf es zugeht, um es zu liebkosen und zu streicheln, reibt das Pony die Nase an seinem Rock und schmeichelt ihm weit zärtlicher, als je ein Pony einem Menschen geschmeichelt hat. Dies ist der erhebendste Moment des ganzen ernsten und herzlich gefühlten Empfanges, und Kit schlingt seine Arme um den Hals des Kleppers und drückt ihn an sich.

Aber wieso kommt Barbara da hereingetrippelt? Und wie schmuck sie wieder ist! Seit sie sich wieder erholte, hat sie vor ihrem Spiegel gestanden. Wie mag Barbara von allen Orten der Welt gerade in den Stall kommen? Nun, in Kits Abwesenheit wollte das Pony von niemand anderem als von ihr sein Futter nehmen, und Barbara, seht ihr, die nicht die geringste Ahnung hatte, daß Christoph hier sei, und nur hinschauen wollte, ob alles in Ordnung sei, stieß so unerwarteterweise auf ihn. Wie sie errötete, die kleine Barbara!

Möglich, daß Kit das Pony genug geliebkost hat, möglich auch vielleicht, daß es noch bessere Dinge zu liebkosen gibt als Ponys. Jedenfalls läßt er es Barbaras wegen stehen und sagt, er hoffe, daß sie sich besser befinde. Ja, Barbara befindet sich viel besser. Sie fürchtet – und hierbei schlägt Barbara die Augen nieder und errötet noch mehr –, daß er sie für sehr töricht gehalten haben muß. »Nicht im geringsten«, sagt Kit. Barbara freut sich darüber und hustet – hm! – so leise als möglich – nicht lauter.

Welch ein rücksichtsvolles Pony, wenn es will! Es ist jetzt so ruhig wie eine Marmorstatue. Es hat einen so klugen Blick,

aber den hatte es von jeher. »Wir haben kaum Zeit gehabt, einander die Hand zu geben«, sagt Kit. Barbara gibt ihm die ihrige. Warum mag sie jetzt so zittern? Törichte, verlegene Barbara!

Eine Armlänge? Die Länge eines Armes ist nicht viel. Der von Barbara war keineswegs lang, und außerdem hielt sie ihn nicht gerade ausgestreckt, sondern ein wenig gebogen. Kit war ihr so nahe, als er ihr die Hand drückte, daß er sehen konnte, wie ihr noch eine winzig kleine Träne an dem Augenlide zitterte. Es war natürlich, daß er hinsah, ohne daß Barbara es bemerkte. Auch war es natürlich, daß Barbara unwillkürlich ihre Augen erhob und ihn ertappte. Mochte es wohl auch natürlich sein, daß Kit in diesem Augenblick Barbara küßte, ohne daß er vorher den Wunsch oder die Absicht hatte? Gleichviel, ob ja oder nein, er tat es. Barbara sagte: »Pfui!«, ließ ihn aber doch gewähren, und zwar zweimal. Vielleicht hätte er es auch das dritte Mal getan, aber das Pony schlug hinten aus und schüttelte den Kopf, als geriete es vor Entzücken ganz außer sich; und Barbara, die sehr darüber erschrak, lief fort, aber nicht stracks dahin, wo ihre Mutter und Kits Mutter waren, damit diese nicht sehen sollten, wie rot ihre Wangen wären und schließlich nach der Ursache fragen könnten. Schlaue kleine Barbara!

Sobald sich die erste Freude in der ganzen Gesellschaft gelegt hatte und Kit mit seiner Mutter und Barbara mit ihrer Mutter, den kleinen Jakob und das Bübchen mit eingerechnet, eben gemeinsam ihr Abendbrot verzehrt hatten – sie hatten es nicht gerade sehr eilig, da sie die ganze Nacht hier bleiben sollten –, rief Herr Garland Kit zu sich, führte ihn in ein Zimmer, in dem sie allein sein konnten, und sagte, daß er ihm noch etwas mitzuteilen habe, das ihn sehr überraschen würde. Als Kit dies hörte, machte er ein so ängstliches Gesicht und wurde so blaß, daß sich der alte Herr hinzuzufügen beeilte, daß er angenehm überrascht sein werde; und er fragte ihn, ob er bereit sei, am andern Morgen eine Reise anzutreten.

»Eine Reise, Sir?« rief Kit.

»Ja, mit mir und meinem Freunde in dem nächsten Zimmer. Kannst du wohl den Grund derselben erraten?«

Kit erblaßte noch mehr und schüttelte den Kopf.

»O ja; ich glaube, du hast schon eine Ahnung davon«, sagte sein Herr. »Versuch es einmal.«

Kit murmelte etwas Unzusammenhängendes und Unverständliches, sprach aber zwei- bis dreimal die Worte ›Miß Nell‹ aus, obgleich er dabei den Kopf schüttelte, als meine er, daß hierfür keine Hoffnung vorhanden sei. Aber Herr Garland forderte ihn nicht auf, es noch einmal zu versuchen, wie Kit sicher erwartet hatte, sondern sagte ihm allen Ernstes, daß er richtig geraten habe.

»Wir haben in der Tat endlich ihren Aufenthaltsort entdeckt«, fügte er hinzu, »und er ist das Ziel unserer Reise.«

Kit stotterte noch einige Fragen, als da waren: wo sie sei, wie man sie gefunden, seit wann bereits, und ob sie gesund und glücklich sei.

»Glücklich ist sie zweifellos«, sagte Herr Garland, »und gesund – ich hoffe, daß sie es bald sein wird. Wie ich höre, ist sie krank und leidend gewesen; nach den heutigen Nachrichten jedoch geht es ihr besser, und man ist voll Hoffnung. Setz dich, und du sollst das Weitere hören.«

Kit, der kaum zu atmen wagte, tat wie ihm geheißen wurde. Herr Garland teilte ihm sodann mit, daß er einen Bruder habe, von dem er sicherlich schon sprechen gehört und dessen Jugendbild in dem Staatszimmer hänge. Dieser Bruder wohne weit weg in einem Dorfe bei einem alten Geistlichen, dessen Freund er von Jugend auf gewesen. Obgleich sie einander liebten, wie es zwischen Brüdern recht und billig sei, so hätten sie sich doch seit vielen Jahren nicht wiedergesehen, wohl aber von Zeit zu Zeit brieflich miteinander verkehrt, hätten stets den Augenblick herbeigesehnt, da sie einander wieder einmal die Hände drücken könnten; darüber sei denn, wie es gewöhnlich bei den Menschen zu gehen pflegt, die Gegenwart entschwunden und die Zukunft zur Vergangenheit geworden. Dieser Bruder, der ein sehr sanfter, ruhiger, bescheidener Mensch sei, wie Herr Abel, stände hoch in der Liebe und Achtung der einfachen Leute, unter denen er wohne, die den ›Bachelor‹, wie sie ihn nennen, fast auf den Händen trügen, wie denn auch jeder derselben seine Mildtätigkeit und sein Wohlwollen erfahren habe. Diese kleinen Umstände seien nur sehr langsam und im Laufe der Jahre ihm bekannt geworden, weil der Bachelor zu den Leuten gehöre, die Gutes im stillen wirken und lieber die Wohltaten anderer verraten und loben, als ihre eignen ausposaunen, wenn diese auch hundertmal rühmenswerter wären. Aus diesem Grunde habe er ihnen selten etwas von seinen ländlichen Freunden mitgeteilt, habe aber trotzdem, da seine Gedanken sich so ausschließlich mit zweien von ihnen beschäftigten – einem Kinde und einem alten Manne, denen er sich freundlich zu erweisen Gelegenheit gehabt –, in seinem letzten Brief, der vor wenigen Tagen eingetroffen sei, vom Anfang bis zum Ende von ihnen gesprochen und eine so ergreifende Geschichte von ihren Wanderzügen und ihrer gegenseitigen Liebe erzählt, daß nur wenige sie lesen könnten, ohne zu Tränen gerührt zu werden. Er, der Empfänger dieses Briefes, sei augenblicklich auf den Gedanken gekommen, daß dies dieselben Wanderer sein müßten, nach denen so viele Nachforschungen angestellt wurden und die der Himmel der Obhut seines Bruders zugeführt habe. Und nun habe er sich mehr von ihnen berichten lassen, damit seinem Zweifel ein Ende gemacht werde; und der Brief sei heute morgen eingelaufen. Seine erste Ahnung wurde dadurch zur Gewißheit, und die Nachricht sei auch die unmittelbare Ursache der beabsichtigten Reise, die morgen unternommen werden sollte.

»Du bedarfst übrigens sehr der Ruhe«, sagte der alte Herr aufstehend und seine Hand auf Kits Schulter legend; »denn ein Tag wie der heutige könnte den kräftigsten Mann ermatten. Gute Nacht, und Gott gebe, daß unsere Reise einen glücklichen Ausgang nehme.«

Neunundsechzigstes Kapitel

Kit war kein Peter Langsam am andern Morgen, sondern sprang schon vor Tagesanbruch aus seinem Bette und fing an, sich für die willkommene Reise vorzubereiten. Die geistige Aufregung, welche die Ereignisse von gestern zur Folge gehabt hatten, und die unerwartete Nachricht, die er abends vernommen, hatten seinen Schlaf während langer, finsterer Stunden beunruhigt und so beklemmende Träume um sein Lager versammelt, daß es ihm ein Genuß war, aufzustehen.

Aber wäre es der Anfang irgendeiner großen Arbeit mit

demselben in Aussicht stehenden Ziel gewesen, der Beginn einer langwierigen Fußreise in dieser ungünstigen Jahreszeit, die nur unter Entbehrungen und Schwierigkeiten aller Art verfolgt und nur mit Ungemach, Erschöpfung und Leiden hätte vollbracht werden können; wäre es ein bevorstehendes, mühevolles Unternehmen gewesen, bei dem sicherlich seine äußersten Kräfte der Ausdauer und Entschlossenheit auf die Probe gestellt und seine ganze Seelenstärke gefordert worden wären, Kits leidenschaftlicher Eifer und seine Ungeduld würden zum mindesten so aufgestachelt worden sein, wenn er hätte hoffen können, daß sie schließlich zu Nells Glück und Freude führen würden.

Auch war er nicht allein in dieser Weise aufgeregt. Er hatte noch keine Viertelstunde sein Lager verlassen, als schon das ganze Haus in reger Geschäftigkeit war. Jedermann beeilte sich, etwas zur Erleichterung der Vorbereitungen beizutragen. Freilich, der ledige Herr konnte nichts tun, aber er beaufsichtigte alle übrigen und war beweglicher als jeder andere. Das Einpacken und die sonstigen Vorkehrungen gingen rasch vor sich, und mit Tagesanbruch war alles reisefertig. Jetzt wäre es Kit lieber gewesen, sie hätten sich nicht so beeilt, denn der gemietete Wagen sollte erst um neun Uhr anlangen, und es gab nichts, um die dazwischenliegenden anderthalb Stunden auszufüllen, als das Frühstück.

Ja, es gab doch noch etwas; Barbara. Barbara war natürlich sehr geschäftig; aber das war um so besser, Kit konnte ihr helfen, und das würde die Zeit besser vertreiben, als irgendein anderes, mühsam erdachtes Mittel. Barbara hatte gegen dieses Übereinkommen nichts einzuwenden, und Kit, den Gedanken weiter ausspinnend, der ihm über Nacht so plötzlich aufgetaucht war, begann zu glauben, daß Barbara ihm gut sein müsse, und daß auch er zweifellos Barbara zugetan war.

Wenn wir indes die Wahrheit sagen wollen, was natürlich geschehen muß und soll, so schien von dem ganzen kleinen Haushalt Barbara den geringsten Gefallen an dem bei dieser Gelegenheit entfalteten Treiben zu finden, und als ihr Kit in seiner Herzensaufrichtigkeit sagte, wie froh und glücklich er sei, wurde Barbara noch niedergeschlagener und schien an dem Ganzen noch weniger Vergnügen zu finden als zuvor.

»Sie sind noch nicht so gar lange zu Hause, Christoph«, sagte Barbara, und wir können gar nicht beschreiben, mit welcher Gleichgültigkeit sie dies hervorbrachte, »Sie sind noch nicht so gar lange zu Hause, daß Sie nötig hätten, sich so sehr zu freuen, daß es wieder weiter geht, sollte ich meinen.«

»Aber um einer solchen Sache willen!« versetzte Kit. »Miß Nell wieder zurückzubringen! Sie wiederzusehen! Stellen Sie sich das nur vor! Ach, wie glücklich bin ich, denken zu dürfen, daß auch Sie, Barbara, sie endlich sehen werden!«

Barbara sagte nicht unumwunden, daß sie über diesen Punkt keine sonderliche Freude empfände, gab aber durch ein einziges kurzes Zurückwerfen ihres Kopfes deutlich zu verstehen, wie sie die Sache auffaßte, so daß Kit ganz verblüfft war und sich in seiner Einfalt nicht genug wundern konnte, warum sie sich ihr gegenüber so kühl verhielte.

»Ich weiß, Sie werden sagen, daß sie das allerschönste und süßeste Gesicht hat, das Ihnen je vorgekommen ist«, erklärte Kit, seine Hände reibend. »Ich bin überzeugt, Sie werden das sagen.«

Barbara warf wieder den Kopf in den Nacken.

»Was ist Ihnen denn, Barbara?« fragte Kit.

»Nichts«, entgegnete Barbara.

Und Barbara schmollte; nicht verdrießlich oder in einer häßlichen Weise, sondern gerade so viel, daß ihre Kirschenlippen noch einladender aussahen als sonst.

Es gibt keine Schule, in der ein Zögling so schnelle Fortschritte macht, als diejenige, in die Kit eintrat, als er Barbara den Kuß gab. Er sah jetzt, was Barbara meinte – er hatte seine Lektion auf einmal auswendig gelernt, sie war das Buch, und da lag es offen vor ihm aufgeschlagen, wie gedruckt.

»Barbara«, sagte Kit, »Sie sind mir doch nicht böse?«

Ach Gott, nein! Warum sollte Barbara böse sein? Was für

ein Recht hatte sie, böse zu sein? Und was lag daran, ob sie böse war oder nicht? Wer kümmerte sich denn um *sie*!

»Ei, *ich* kümmere mich«, entgegnete Kit. »Natürlich kümmere ich mich um Sie!«

Barbara sah nicht ein, warum dies überhaupt ›natürlich‹ sein sollte.

Kit war überzeugt, daß sie dies begreifen müsse. Ob sie nicht noch einmal darüber nachdenken wollte?

Gewiß, Barbara würde es gern noch einmal versuchen. Nein, sie sah durchaus nicht ein, warum es so ›natürlich‹ war. Sie begriff nicht, was Kit meinte. Und außerdem war sie überzeugt, daß man sie jetzt oben brauche, und sie müßte jetzt gehen, ja, ganz bestimmt.

»Nicht doch, Barbara«, sagte Kit, indem er sie sanft zurückhielt. »Lassen Sie uns als Freunde scheiden. Ich habe in meinem Unglück immer an Sie gedacht. Mir wäre noch viel elender zumute gewesen, wenn ich nicht an Sie hätte denken können.«

Guter Himmel, wie hübsch war Barbara, als sie errötete und als sie zitterte wie ein scheues Vögelchen.

»Auf mein Wort, ich sage Ihnen die Wahrheit, Barbara; aber ich kann es nicht halb so gut ausdrücken wie ich möchte«, sagte Kit. »Wenn ich will, daß Sie sich darauf freuen sollen, Miß Nell zu sehen, so geschieht es nur deshalb, weil es mir lieb wäre, wenn Ihnen das gefiele, was mir gefällt, das ist alles. Was sie anbelangt, Barbara, so glaube ich, ich könnte fast in den Tod gehen, um ihr einen Dienst zu leisten; aber auch Sie würden so denken, wenn Sie so mit ihr bekannt wären wie ich. Ja, gewiß.«

Barbara war gerührt, und es tat ihr leid, daß sie sich so gleichgültig benommen hatte.

»Sehen Sie, ich habe mich daran gewöhnt«, fuhr Kit fort, »von ihr fast so zu sprechen und zu denken, als ob sie ein Engel wäre. Wenn ich mir dann das Wiedersehen vorstelle, so denke ich an ihr Lächeln, das sie gewöhnlich hatte, und an ihre Freude, wenn sie mich wiedersieht, ihre Hand ausstreckt und sagt: ›Es ist mein lieber, alter Kit‹, oder sonst etwas Ähnliches, wie sie mich eben gewöhnlich begrüßte. Ich hoffe sie glücklich zu sehen; in einem Freundeskreis und so aufgezogen, wie sie es verdiente und wie es gar nicht anders sein sollte. Wenn ich an mich denke, sehe ich mich als ihren alten Diener und als einen, der sie innig liebte als seine freundliche, gütige, sanfte Gebieterin, und der für sie alles Ungemach auf sich genommen hätte – ja, und noch auf sich nehmen würde, wenn er ihr damit dienen könnte. Es gab eine Zeit, da fürchtete ich unwillkürlich, sie würde, wenn sie von Freunden umgeben zurückkäme, vergessen haben oder sich schämen, daß sie einen so geringen Burschen, wie ich einer bin, gekannt habe, und deshalb nur ganz von oben herab mit mir reden; das hätte mir weher getan, Barbara, weher, als ich sagen kann. Aber als ich wieder darüber nachdachte, da war ich überzeugt, daß ich ihr hierin Unrecht tue; und so hoffte ich denn wie einst weiter, daß ich sie einmal wiedersehen würde, gerade so, wie sie sonst zu sein pflegte. Diese Hoffnung und die Erinnerung an sie gaben mir das Gefühl, als müßte ich versuchen, ihr Freude zu machen und das zu sein, was ich gern in ihren Augen geschienen hätte, wenn ich noch ihr Diener wäre. Wenn ich dadurch besser geworden bin – und ich glaube nicht, daß es mich schlechter gemacht hat –, so bin ich ihr dafür zu Danke verpflichtet, und ich ehre und liebe sie daher nur um so mehr. Dies ist die reine, ehrliche Wahrheit, liebe Barbara; auf mein Wort, so ist es!«

Die kleine Barbara war von Natur weder störrisch noch launenhaft, und da ihr jetzt das Gewissen schlug, so zerfloß sie fast in Tränen. Wozu diese Unterhaltung noch geführt haben würde, wollen wir hier nicht untersuchen; denn in diesem Augenblick ließ sich das Rasseln des Wagens vernehmen, und da unmittelbar ein heftiges Klingeln an der Gartentür folgte, wurde das geschäftige Treiben im Hause, das eine Zeitlang verstummt war, in zehnfache Aufregung und Überstürzung versetzt.

Gleichzeitig mit dem Reisewagen langte auch in einer

Mietdroschke Herr Chuckster an, der gewisse Papiere und Gelder mitbrachte und diese dem ledigen Herrn persönlich ablieferte. Sobald er sich dieser Pflicht entledigt hatte, zog er sich in den Kreis der Familie zurück, unterhielt sich mit einem Frühstück, das er stehenden Fußes oder auf und ab wandernd einnahm, und sah mit vornehmer Gleichgültigkeit dem Beladen des Wagens zu.

»Der Schlüssel ist dabei, wie ich sehe, Sir?« sagte er zu Herrn Abel Garland. »Ich meinte, er käme nicht mit zu diesem Ausflug, weil zu erwarten stand, daß seine Gegenwart dem alten Büffel nicht sehr willkommen sein würde.«

»Wem, Sir?« fragte Herr Abel.

»Dem alten Großvater«, entgegnete Herr Chuckster etwas beschämt.

»Unser Klient ist jetzt der Meinung, ihn mitzunehmen«, sagte Herr Abel trocken. »Eine solche Vorsicht ist nicht länger nötig, da meines Vaters Verwandtschaft mit einem Herrn, zu dem die Gesuchten volles Vertrauen haben, eine hinreichende Bürgschaft für die freundliche Absicht ihres Unternehmens sein wird.«

»Ah!« dachte Herr Chuckster aus dem Fenster sehend, »jeder, nur ich nicht. Der Schlüffel wird natürlich mir vorgezogen. Zufälligerweise hat er nicht gerade diese Fünfpfundnote gestohlen; aber ich zweifle nicht im geringsten, daß er jeden Augenblick imstande ist, ein derartiges Geschäftchen abzumachen. Ich sagte es immer, ehe diese Geschichte herauskam. – Ein verteufelt nettes Mädchen das! Bei meiner Seele, ein bewundernswürdiges Geschöpfchen!«

Diese Lobeserhebungen des Herrn Chuckster galten Barbara, und da sie in der Nähe des Wagens stand – dieser war zur Abfahrt bereit –, ergriff diesen Herrn plötzlich ein großes Interesse an den Vorgängen, das ihn veranlaßte, den Garten hinunter zu stolzieren und sich an einem für ein kleines Augenspiel passenden Ort aufzustellen. Da er bei dem schönen Geschlecht große Erfahrungen gesammelt hatte und mit all jenen kleinen Kriegslisten vollkommen vertraut war, die sich am leichtesten den Weg zu einem Weiberherzen bahnen, stemmte Herr Chuckster, sobald er Posto gefaßt hatte, die eine Hand in seine Hüfte und strich sich mit der andern seine fliegenden Haare zurecht. Dies ist eine beliebte Pose in feinen Kreisen und hat, mit einem anmutigen Pfeifen begleitet, bekanntermaßen schon ungemein erfolgreiche Resultate geliefert.

Zwischen Stadt und Land ist jedoch ein so himmelweiter Unterschied, daß niemand von dieser bestrickenden Stellung auch nur die mindeste Notiz nahm. Die Elenden waren ausschließlich damit beschäftigt, den Reisenden Adieu zu sagen, einander Kußhändchen zuzuwerfen, die Schnupftücher zu schwenken und was dergleichen geistlose und pöbelhafte Gebräuche sind. Denn der ledige Herr und Herr Garland waren jetzt in dem Wagen, der Postillion im Sattel, und Kit, wohl eingehüllt und eingemummt, auf dem Bedientensitz hinten. Und Frau Garland war da, und Herr Abel war da, und Kits Mutter war da, und der kleine Jakob war da, und Barbaras Mutter war in der Ferne sichtbar, das immer wache Büblein hätschelnd; und alle nickten, winkten, knicksten oder riefen mit aller Kraft, deren sie fähig waren, »Lebewohl«. In der nächsten Minute war der Wagen den Blicken entschwunden, und Chuckster blieb allein auf der Stelle, auf der dieser eben noch gestanden hatte. Im Geiste sah er noch Kit, der sich von seinem Sitz erhoben hatte und Barbara zuwinkte, und sah Barbara, wie sie ungeachtet seiner flammenden, leuchtenden Augen – seiner Augen, der Augen Chucksters, Chucksters des Siegreichen, auf den sonntags in den Parks Damen von Stand aus ihren eleganten Zweispännern mit Wohlwollen niedergeblickt – Kit zuwinkte!

Wie Herr Chuckster, ganz versteinert von dieser entsetzlichen Tatsache, eine geraume Weile wie angewurzelt dastand und sich feierlichst versicherte, Kit sei der Fürst aller spitzbübischen und schuftigen Charaktere und Kaiser oder Großmogul aller Schlüffel, und wie sicher er diesen empörenden Umstand bis auf die alte Schurkerei mit dem Schilling zurückführte, das sind Dinge, die unserm Zweck fern liegen; denn wir haben jetzt dem dahinrollenden Wagen zu folgen und die Wanderer auf ihrer rauhen und frostigen Reise zu begleiten.

Es war ein bitter kalter Tag. Ein schneidender Wind blies und tobte ihnen ungestüm entgegen, bleichte den harten Boden, schüttelte den weißen Reif von Bäumen und Hecken und wirbelte ihn wie Staub weiter. Doch Kit kümmerte sich wenig um das Wetter. Es war eine Freiheit und eine Frische in dem vorbeisausenden Winde, der ihm trotz der schneidenden Kälte willkommen war.

Wie er dahinfegte mit seiner Reifwolke, trockene Zweige, Äste und Blätter in bunter Verwirrung über ihren Weg jagend, schien es, als ob eine allgemeine Sympathie die Reisenden begleite und die ganze Natur es ebenso eilig habe wie sie selbst. Je stärker die Stöße, desto rascher schienen sie vorwärts zu kommen. Es war etwas Schönes, unter Kämpfen dahinzueilen und einen Gegner nach dem andern zu besiegen; Zeuge davon zu sein, wie sie heranstürmten und im Dahinbrausen an Kraft und Ungestüm zunahmen; sich einen Augenblick niederzuducken, wenn sie vorbeipfiffen, und dann rückwärts zu schauen und zu beobachten, wie sie dahinrasten, während ihr Gebrüll in der Ferne erstarb und die stämmigen Bäume sich vor ihnen beugten!

Der Wind blies den ganzen Tag ohne Unterlaß fort; die Nacht war klar und sternenhell; aber weder der Wind noch die schneidende Kälte hatten sich gelegt. Bisweilen, wenn sie sich dem Ende einer langen Zwischenstation näherten, konnte Kit den Wunsch nicht unterdrücken, daß es ein wenig wärmer sein möchte. Wenn sie aber anhielten, um Pferde zu wechseln, rannte er tüchtig auf und ab; und als er so umherschießen, den Kutscher bezahlen, den neuen Postillion wekken mußte und hin und her gelaufen war, bis man die Pferde angeschirrt hatte, da wurde ihm so heiß, daß ihm das Blut in den Fingerspitzen wie scharfe Nadeln prickelte. – Und dann hatte er das Gefühl, als ob nur ein Grad Kälte weniger der Reise die Hälfte ihrer Lust und ihres Glanzes nehmen würde, und seelenfroh sprang er wieder hinauf, und während er zu der lustigen Musik der dahinrollenden Räder sang, und die Stadtleute ihren warmen Betten überließ, verfolgten sie ihren Weg auf der einsamen Straße weiter.

Mittlerweile vertrieben sich die beiden Herren im Innern des Wagens, die keine Lust zum Schlafen hatten, die Zeit durch Plaudern. Da sie beide gespannt und besorgt waren, drehte sich natürlich ihr Gespräch um den Gegenstand ihres Ausflugs, um die Art und Weise, wie dieser zustande gekommen war, und um die Hoffnungen und Befürchtungen, die sie hinsichtlich seines Erfolges empfanden. Der ersteren hegten sie viele, der letzten nur wenige – vielleicht gar keine, jene unerklärliche Unruhe ausgenommen, die unzertrennlich ist von plötzlich geweckter Hoffnung und sich in die Länge ziehender Erwartung.

Nach einer der Pausen ihres Gesprächs und als die Nacht bereits halb um war, wandte sich der ledige Herr, der allmählich immer schweigsamer und gedankenvoller geworden war, an seinen Gefährten und fragte unvermittelt:

»Können Sie gut zuhören?«

»Wie die meisten andern Menschen, glaube ich«, versetzte

Herr Garland lächelnd; »namentlich wenn mich etwas interessiert. Und wenn dies nicht der Fall ist, so kann ich wenigstens versuchen, interessiert zu scheinen. Warum fragen Sie mich?«

»Es schwebt mir eine kleine Erzählung auf den Lippen«, entgegnete sein Freund, »und ich will Sie damit belästigen. Sie ist sehr kurz.«

Ohne auf eine Antwort zu warten, legte er die Hand auf den Ärmel des alten Herrn und fuhr folgendermaßen fort:

»Es waren einmal zwei Brüder, die einander zärtlich liebten. Es bestand ein Altersunterschied zwischen ihnen von ungefähr zwölf Jahren. Ich bin mir nicht ganz sicher, ob sie nicht unbewußt einander aus diesem Grunde um so inniger liebten. Trotz des bedeutenden Unterschieds der Jahre wurden sie jedoch nur zu bald Nebenbuhler. Bei beiden hatte sich die tiefste und innigste Liebe ein und demselben Gegenstande zugewendet.

Der Jüngere – er hatte Grund, empfindlich und auf der Hut zu sein – fand dies zuerst heraus. Ich will Ihnen nicht mitteilen, wie unglücklich er sich fühlte, welchen Seelenschmerz er litt und welche heftigen Kämpfe in seinem Innern tobten. Er war ein kränkliches Kind gewesen. Sein Bruder, der sich der besten Gesundheit und Kraft erfreute, hatte sich geduldig und rücksichtsvoll den Belustigungen, die er liebte, so manchen Tag entzogen, um am Bett des Kranken zu sitzen und ihm Märchen zu erzählen, bis sein blasses Gesicht von ungewöhnlicher Glut leuchtete; um ihn auf den Armen in den Garten zu tragen, in dem er den sinnigen armen Knaben behütete, der in den schönen Sommertag hinausschaute und die ganze Natur gesund sah, nur sich selbst nicht; kurz, um ihm stets ein treuer und zärtlicher Wächter zu sein. Ich will nicht alles aufzählen, was er tat, um die Liebe des armen, schwachen Wesens zu gewinnen, sonst würde meine Geschichte kein Ende nehmen. Aber als die Zeit der Prüfung kam, war das Herz des jüngeren Bruders noch voll von der Erinnerung an entschwundene Tage. Der Himmel kräftigte ihn, die Opfer einer sorglosen Jugend durch eins zu bezahlen, das der reife Mann brachte. Er ließ seinen Bruder glücklich sein! Die Wahrheit kam nie über seine Lippen; er verließ die Heimat und hoffte, in der Fremde zu sterben.

Der ältere Bruder heiratete sie. Bald aber kehrte sie in das himmlische Vaterhaus ein und hinterließ ihm eine unmündige Tochter.

Wenn Sie die Gemäldegalerie irgendeiner alten Familie gesehen haben, so werden Sie sich erinnern, wie dasselbe Gesicht, dieselbe Gestalt – oft die schönste und die zarteste von allen – in verschiedenen Generationen auftaucht, und wie Sie das nämliche holde Mädchen durch eine lange Reihe von Gemälden verfolgen konnten – nie alt werdend oder sich verändernd, der gute Engel des Geschlechts, der im Glück und Unglück bei ihnen steht, all ihre Vergehen sühnt. –

In dieser Tochter lebte die Mutter wieder auf. Sie können sich leicht vorstellen, mit welcher Innigkeit er, der die Gattin verloren, da er sie kaum gewonnen hatte, an diesem Mädchen, ihrem leibhaftigen Ebenbilde, hing. Sie wuchs heran und schenkte ihr Herz einem Manne, der dessen Wert nicht zu schätzen wußte. Wohlan! Ihr Vater konnte nicht mit ansehen, wie sie sich abzehrte und dahinschwand. Der Freier mochte vielleicht Verdienste haben, die er nicht kannte, und sicherlich konnte eine solche Gattin sehr veredelnd auf ihn einwirken. Er vereinigte ihre Hände, und sie waren Mann und Frau.

Durch all das Unglück, das dieser Verbindung folgte, durch all die kalte Vernachlässigung und die unverdienten Vorwürfe, durch all die Armut, die er über sie brachte, durch all die Kämpfe ihres täglichen Lebens, zu jammervoll und zu bedauernswürdig, um sie zu erzählen, aber furchtbar, sie auszuhalten, mühte sie sich weiter mit ergebungsvollem Herzen und treu ihrer edlen Natur, wie nur ein Weib es imstande ist. Obwohl ihr Vermögen verschwendet, ihr Vater durch die Hand des Gatten beinahe an den Bettelstab gebracht worden und täglich Zeuge ihrer Mißhandlung und ihres Unglücks war – denn sie lebten nun unter einem Dache –, beklagte sie nie, außer um seinetwillen, ihr Schicksal. Geduldig und von ihrer starken Liebe bis zum letzten Augenblick aufrechterhalten, starb sie, nachdem sie ungefähr drei Wochen vorher Witwe geworden war, und hinterließ der Sorge ihres Vaters zwei Waisen: einen Sohn von zwölf Jahren und ein Mädchen, wieder ein so kleines Ding, von derselben Hilflosigkeit, dem gleichen Alter, denselben Formen und Zügen, die ihr selbst eigen gewesen, als ihre jugendliche Mutter starb.

Der ältere Bruder, der Großvater dieser beiden Kinder, war nun ein armer Mann, gebeugt und niedergedrückt nicht so sehr durch die Last des Alters als durch die schwere Hand des Kummers. Mit den Trümmern seines Vermögens begann er einen Handel, anfangs in Gemälden und dann in Altertümern. Er hatte schon in seinen Knabenjahren eine große Vorliebe für solche Gegenstände gehabt, und was er bisher aus Neigung getrieben, mußte nun ein Mittel für seinen kümmerlichen und unsichern Unterhalt abgeben.

Der Knabe artete an Geist und Körper seinem Vater nach, während das Mädchen so ganz der Mutter glich, daß es dem alten Mann, wenn er die Kleine auf seinen Knien wiegte und in ihre sanften blauen Augen blickte, vorkam, als erwache er aus einem schweren Traum und sähe seine Tochter wieder als Kind vor sich. Der ungeratene Knabe verschmähte bald den Schutz des großväterlichen Daches und suchte Genossen, die seinem Geschmack mehr entsprachen. Der alte Mann und das Kind wohnten allein beieinander.

Und damals war es, daß die Liebe zu zwei teuren Toten, die seinem Herzen so nahegestanden hatten, auf dieses zarte Geschöpf überging, daß ihr Antlitz, das er immer vor sich sah, ihn stündlich an die allzu frühe Veränderung, die mit der andern vor sich gegangen war, erinnerte, an all das Leid, das er mit angesehen und erfahren, und an all das, was sein Kind durchgemacht hatte. Damals war es auch, daß des jungen Mannes verschwenderische und herzlose Lebensweise sein Geld verschlang, wie es die seines Vaters getan hatte, und sie dadurch manchmal eine Zeitlang Not und Entbehrung erdulden mußten; und damals war es, daß eine düstere Furcht vor Armut und Mangel sich seines Geistes bemächtigte und ihn nicht mehr verließ. Er dachte dabei nicht an sich selbst, denn seine Besorgnis galt nur dem Kinde. Aber diese Sorge war ein Gespenst in seinem Hause, das ihn Tag und Nacht verfolgte.

Der jüngere Bruder hatte viele Länder gesehen und seine Pilgerfahrt einsam durchs Leben gemacht. Seine freiwillige Verbannung war ihm übel ausgelegt worden, und er hatte nicht ohne schweren Kummer die Vorwürfe und die Verachtung für eine Handlung hingenommen, die ihm das Herz zerrissen hatte und einen traurigen Schatten auf seine Pfade warf. Abgesehen davon war auch der Verkehr zwischen ihm und dem älteren Bruder schwierig, unregelmäßig und setzte oft ganz aus; und doch wurde er nie so ganz abgebrochen, daß er nicht, freilich nach langen Pausen und mit vielen Unterbrechungen zwischen den einzelnen Nachrichten, alles erfahren hätte, was ich Ihnen eben mitgeteilt habe.

Dann suchten Träume von ihrem früheren glücklichen Leben – glücklich auch für ihn, obgleich schon früh mit Kummer und Sorge beladen – öfter als je sein Lager auf, und in jeder Nacht wurde er wieder zum Knaben an der Seite seines Bruders. In möglichster Eile brachte er seine Angelegenheiten in Ordnung, setzte alle seine Habe in Geld um, und mit einem ehrlich erworbenen Vermögen, das wohl für beide reichte, mit offenem Herzen und offener Hand, von zitternden Gliedern vorwärts getragen und mit Empfindungen, die fast zu stark für die Seele eines Menschen sind, langte er eines Abends an der Tür seines Bruders an!«

Der Erzähler, dessen Stimme bei den Schlußworten unsicher geworden war, hielt jetzt inne.

»Den Rest«, sagte Herr Garland, indem er die Hand seines Gefährten drückte, »weiß ich.«

»Ja«, versetzte sein Freund nach einer Pause, »wir können uns das übrige ersparen. Sie kennen das armselige Ergebnis aller meiner Nachforschungen. Selbst als wir durch Erkundigungen, wie sie nur der größte Eifer und Scharfsinn anzustellen vermag, die Entdeckung machten, daß sie in Gesellschaft von zwei armen wandernden Puppenspielern gesehen worden waren, als wir mit der Zeit die Männer selbst auffanden und später auch den Ort, an dem sich die Flüchtlinge aufgehalten, selbst damals kamen wir zu spät. Gebe Gott, daß es uns nicht wieder so ergehe!«

»Das kann nicht sein«, sagte Herr Garland. »Diesmal muß es uns gelingen.«

»Das habe ich immer geglaubt und gehofft«, entgegnete der andere, »und will versuchen, auch noch länger zu glauben und zu hoffen. Aber eine schwere Last liegt auf meiner Seele, lieber Freund, und die Trauer, die mich übermannt, will weder der Hoffnung noch den Vorstellungen der Vernunft weichen.«

»Das nimmt mich nicht wunder«, erwiderte Herr Garland, »es ist eine natürliche Folge der Ereignisse, die Sie sich ins Gedächtnis zurückgerufen haben, der trübseligen Verhältnisse von Ort und Zeit und namentlich dieser wilden und unheimlichen Nacht. Bei Gott, die Nacht ist unheimlich! Hören Sie, wie der Wind heult!«

Siebzigstes Kapitel

Mit dem Anbruche des Morgens befanden sie sich noch auf dem Wege. Seit sie die Heimat verlassen, hatten sie da und dort der nötigen Erfrischung wegen angehalten und waren, namentlich in der Nacht, wenn man auf frische Pferde warten mußte, häufig aufgehalten worden. Weitere Unterbrechungen waren nicht vorgekommen, aber das Wetter wütete fort, und die Wege waren oft steil und mühsam. Es mochte wohl wieder Nacht werden, ehe sie ihr Reiseziel erreichen würden.

Kit, der gegen die Kälte ganz unempfindlich und hart geworden war, hielt mannhaft aus; und da er genug zu tun hatte, um sein Blut in gehöriger Zirkulation zu erhalten, sich das glückliche Ende dieser abenteuerlichen Reise auszumalen und mit Staunen die Umgebung zu betrachten, so blieb ihm wenig Zeit übrig, an die Unbequemlichkeiten der Reise zu denken. Obgleich seine Ungeduld wie auch die seiner Reisegefährten mit dem Hinschwinden des Tages immer mehr zunahm, standen doch die Stunden nicht still. Das kurze Licht des winterlichen Tages neigte sich bald seinem Ende zu, und es war schon wieder dunkel, als sie noch manche Meile vor sich liegen hatten.

Mit dem Eintritt der Dämmerung legte sich der Wind. Sein fernes Stöhnen klang leise und kläglich; und als er über den Weg hinschlich, leise in dem trockenen Gestrüpp zu beiden Seiten der Straße raschelnd, da schien er irgendein großes Gespenst zu sein, dessen Gewand rauschte, während es auf dem Wege, der ihm zu schmal ist, hinschreitet. Nach und nach erstarb auch das letzte Säuseln, und dann begann es zu schneien.

Die Flocken fielen schnell und dicht, bedeckten den Boden mehrere Zoll hoch und verbreiteten allenthalben ein feierliches Schweigen. Die Räder rollten lautlos dahin, und der scharf dröhnende Hufschlag wurde zu einem dumpfen Stampfen. Das Geräusch ihrer Fahrt schien langsam ganz zum Schweigen gebracht und durch etwas Totenähnliches verdrängt worden zu sein.

Die Augen mit vorgehaltener Hand gegen den fallenden Schnee schützend, der an den Wimpern anfror und den Blick blendete, versuchte Kit oft, den ersten Schimmer von blinkenden Lichtern zu erhaschen, die ihm angezeigt hätten, daß sie sich kurz vor einer Stadt befänden. Dann unterschied er wohl immer eine Menge von Dingen, aber nie mit Sicherheit. Da war ein hoher Kirchturm, der sich bald darauf in einen Baum verwandelte; eine Scheune, ein Schatten auf dem Boden, der von ihren eignen hellen Laternen herrührte. Er sah Reiter, Fußgänger, Wagen, die vor ihnen herzogen oder ihnen an engen Stellen entgegenkamen; aber auch sie entpuppten sich als Schatten, wenn sie ihnen nahe genug waren. Eine Mauer, eine Ruine, ein breiter Dachgiebel pflanzte sich plötzlich auf der Straße auf; und wenn sie darauflos fuhren, war es nichts anderes als die Straße selbst. Auch seltsame Wegwendungen, Brücken und Wasserflächen schienen da und dort aufzutauchen und den Weg unsicher zu machen; und doch fuhren sie immer auf derselben öden Straße, und all diese Dinge, wie die vorhergehenden, wurden zu trüben Täuschungen, sobald sie an ihnen vorbeigefahren waren.

Als sie an einem einsamen Posthause anlangten, stieg er langsam von seinem Sitz herunter – denn seine Glieder waren erstarrt – und fragte, wie weit sie noch bis zum Ziele ihrer Reise hätten. Es war schon spät für ein so abgelegenes Örtchen, und die Leute waren bereits zu Bett; eine Stimme aus einem oberen Fenster antwortete jedoch: »Zehn Meilen.« Die nun folgenden zehn Minuten schienen eine Stunde zu sein. Nach Ablauf dieser Zeit führte eine vor Kälte klappernde Gestalt die verlangten Pferde heraus, und nach einem weiteren kurzen Aufenthalt rollte der Wagen wieder dahin.

Es war eine querfeldein führende Landstraße, die nach den ersten drei oder vier zurückgelegten Meilen voll schneebedeckter Löcher und Räderfurchen war, die für die zitternden Pferde die reinsten Fallgruben bildeten und nur im Schritt zu fahren gestatteten. So aufgeregten Menschen, wie es unsere Reisenden nunmehr waren, schien das Stillsitzen bei dieser langsamen Fahrt beinahe unmöglich zu sein, weshalb alle drei ausstiegen und hinter dem Wagen hergingen. Die Entfernung wurde anscheinend nie geringer, und der Weg war ungemein beschwerlich. Jeder dachte schon in seinem Innern, der Kutscher müsse irregefahren sein, als plötzlich eine Kirchturmuhr ganz in der Nähe Mitternacht verkündete und der Wagen stehenblieb. Er hatte sich geräuschlos genug bewegt, aber als der Schnee unter ihm zu knirschen aufhörte, da war die Stille so auffallend, als wenn auf den größten Lärm plötzlich das tiefste Schweigen gefolgt wäre.

»Dies ist der Ort, meine Herren«, sagte der Postillion, indem er von seinem Pferde stieg und an die Tür eines kleinen

Wirtshauses klopfte. »Holla! Wenns hier zwölf Uhr vorbei ist, trifft man keine Seele mehr außerhalb der Federn.«

Er klopfte laut und lange, ohne jedoch die schlafenden Insassen wecken zu können. Alles blieb wie zuvor finster und stumm. Sie traten ein wenig zurück und sahen zu den Fenstern hinauf, die nun wie schwarze Flecke auf der getünchten Frontmauer aussahen. Kein Licht erschien. Man hätte das Haus für verlassen oder die Schläfer für tot halten können, wollte man nach dem Anschein urteilen, den es bot.

Sie flüsterten merkwürdig befangen miteinander, als wollten sie nicht wieder den traurigen Widerhall wecken, der eben erst verklungen war.

»Wir wollen weitergehen«, sagte der jüngere Bruder, »und es diesem guten Burschen überlassen, sie zu wecken, wenn er kann. Ich habe keine Ruhe, bis ich weiß, daß wir nicht zu spät kommen. Gehen wir in Gottes Namen weiter!«

Das taten sie auch und ließen den Postillion zurück, damit er die Leute herausklopfe und ein Unterkommen, so gut das Haus es eben bieten konnte, für sie bestelle. Kit ging mit ihnen, ein kleines Bündel in der Hand, das er, als sie von London abgefahren waren, in den Wagen gehängt und seitdem nicht vergessen hatte. – Es war der Vogel in seinem alten Käfig, genau wie sie ihn verlassen hatte. Sie würde sich über ihren Vogel freuen, das wußte er.

Der Weg neigte sich sanft abwärts. Während sie weitergingen, verloren sie die Kirche, deren Turmuhr sie hatten schlagen hören, und die Häuser des kleinen Dorfes wieder aus dem Auge. Das erneute Klopfen, das sie in der stillen Nacht deutlich vernahmen, störte sie. Sie wünschten, der Mann unterließe es, und bedauerten, daß sie ihm nicht gesagt hatten, er solle das Schweigen nicht unterbrechen, bis sie wieder zurückkämen.

Der alte Kirchturm, in ein gespenstiges Gewand von reinem, kaltem Weiß gekleidet, stand jetzt wieder vor ihnen, und in wenigen Minuten fanden sie sich dicht an seiner Seite. Ein ehrwürdiges Gebäude – grau, sogar inmitten der beschneiten

Landschaft. Eine alte Sonnenuhr an dem Glockenstuhl war beinahe unter dem Schnee verborgen, und man konnte kaum erkennen, was sie vorstellte. Die Zeit selbst schien stumpf und alt geworden zu sein, als ob kein Tag mehr dieser schwermütigen Nacht folgen sollte.

Ein Pförtchen war ganz in der Nähe, aber es gab mehr als einen Pfad über den Kirchhof, zu dem es führte, und da sie nicht wußten, welchen sie einschlagen sollten, blieben sie abermals stehen.

Die Dorfstraße – wenn man das überhaupt Straße nennen konnte, was nichts weiter war als eine unregelmäßige Gruppe armseliger Hütten, verschieden in Höhe und im Alter, einige mit der Vorderseite, andere mit der Hinterwand, wieder andere mit dem Giebel dem Weg zugekehrt, hier und da sogar ein Wegweiser oder ein Schuppen, der sich in den Weg drängte – lag dicht vor ihnen. Ganz in der Nähe schimmerte ein mattes Licht hinter einem Kammerfenster, und Kit eilte auf das Haus zu, um nach dem Wege zu fragen.

Sein erster Anruf wurde innen von einem alten Mann beantwortet, der, nachdem er zuvor seinen Hals durch irgendein Kleidungsstück gegen die Kälte verwahrt hatte, alsbald an dem Fenster erschien und fragte, wer zu so später Stunde noch etwas von ihm wolle.

»Es ist ein schauerliches Wetter«, brummte er, »und keine Nacht, in der man mich zu rufen braucht. Mein Gewerbe ist nicht von der Art, daß man mich aus dem Bett wecken muß. Das, wozu mich die Leute brauchen, hält sich, insbesondere in dieser kalten Jahreszeit. Was wollt Ihr?«

»Ich würde Euch nicht geweckt haben, wenn ich gewußt hätte, daß Ihr alt und krank seid«, sagte Kit.

»Alt?« versetzte der andere verdrießlich. »Wie könnt Ihr wissen, daß ich alt bin? Vielleicht nicht so alt, als Ihr denkt, mein guter Freund. Was das Kranksein anbelangt, so werdet Ihr viele junge Leute finden, die weit übler daran sind als ich. Freilich schade darum – nicht, daß ich für meine Jahre noch kräftig und munter bin, meine ich, sondern daß sie zart und gebrechlich sind. Doch ich bitte um Verzeihung«, fügte der alte Mann hinzu, »wenn ich anfangs etwas barsch war. Meine Augen sind des Nachts nicht gut; das rührt aber weder von Alter noch von Krankheit her; sie waren es nie – und ich sah nicht, daß Ihr ein Fremder seid.«

»Es tut mir leid, daß ich Euch aus Eurem Bett rief«, entgegnete Kit; »aber die Herren dort an dem Kirchhofpförtchen sind auch Fremde und kommen eben von einer langen Reise, um in dem Pfarrhause vorzusprechen. Ihr könnt uns wohl hinweisen?«

»Das sollte ich wohl«, antwortete der alte Mann mit zitternder Stimme, »denn mit kommendem Sommer bin ich gute fünfzig Jahre hier Totengräber. Der Pfad rechts führt hin, Freund. – Es gibt doch hoffentlich keine schlimmen Nachrichten für unsern guten Herrn?«

Kit dankte ihm und gab ihm hastig eine verneinende Antwort. Er wollte eben zurückkehren, als seine Aufmerksamkeit von der Stimme eines Kindes gefesselt wurde. Beim Aufblicken gewahrte er ein sehr kleines Geschöpf an einem benachbarten Fenster.

»Was gibt es?« rief das Kind mit flehender Stimme. »Ist mein Traum wahr geworden? Ich bitte, sage mirs, wer du auch sein magst, der noch wach und auf ist!«

»Armer Knabe!« sagte der Totengräber, ehe Kit antworten konnte. »Wie geht es dir, Lieber?«

»Ist mein Traum wahr geworden?« rief das Kind wieder in einem so inbrünstigen Tone, daß er jedem Zuhörer bis ins Herz dringen mußte. »Aber nein, es kann nicht sein! Wie wäre es möglich – oh, wie wäre es möglich!«

»Ich errate, was er meint«, sagte der Totengräber. »Geh wieder zu Bett, mein armer Junge!«

»Ja!« rief das Kind in einem Ausbruch von Verzweiflung; »ich wußte, daß es nicht sein kann; ich war ja ganz sicher, noch ehe ich fragte! Aber die ganze Nacht und auch gestern nacht war es immer das gleiche. Ich schlafe nie ein, ohne daß jener grausame Traum zurückkehrt.«

»Versuche wieder einzuschlafen«, entgegnete der alte Mann beschwichtigend. »Er wird bald nicht mehr kommen.«

»Nein, nein, ich wollte lieber, daß er bliebe – so grausam er ist, wollte ich doch lieber, daß er bliebe«, versetzte das Kind. »Ich fürchte mich nicht, wenn er mich im Schlaf besucht; aber ich bin so traurig, so schrecklich traurig!«

»Gott behüte dich, armes Kind!« sagte der alte Mann, worauf das Kind unter Tränen gute Nacht wünschte und Kit wieder allein war.

Tief ergriffen von dem, was er gehört, mehr aber noch von dem Wesen des Kindes als von seinen Worten, die er nicht verstand, eilte Kit wieder zurück. Sie schlugen den vom Totengräber angedeuteten Pfad ein und langten bald vor dem Pfarrhause an. Hier sahen sie sich um und entdeckten in den fernstehenden, halb verfallenen Gebäuden ein einziges einsames Licht. Dem Anschein nach kam es aus einem alten gotischen Fenster und funkelte aus den tiefen Schatten der überhängenden Mauern wie ein Stern. Hell und schimmernd wie die Sterne zu ihren Häuptern, einsam und regungslos wie sie, schien es Anspruch auf die Verwandtschaft mit den ewigen Lichtern des Himmels zu erheben und vereint mit ihnen zu brennen.

»Was ist dort für ein Licht?« fragte der jüngere Bruder.

»Sicher kommt es aus der Ruine, in der sie wohnen«, sagte Herr Garland. »Ich sehe sonst keine andern Gebäude hierherum.«

»Sie können doch nicht in so später Stunde noch wach sein!« entgegnete der Bruder hastig.

Kit legte sich alsbald ins Mittel und bat, sie möchten ihn, während sie hier klingelten und an der Tür warteten, bis zu dem Lichte vordringen lassen, damit er sich überzeugen könne, ob noch Leute auf wären. Nachdem er die gewünschte Erlaubnis erhalten, eilte er in atemloser Hast, noch immer den Vogelkäfig in der Hand tragend, dem schimmernden Fenster zu.

Es war nicht leicht, zwischen den Gräbern diesen Sturmschritt einzuhalten, und zu jeder andern Zeit würde er wohl langsamer oder auf den Windungen des Pfades gegangen sein. Ohne jedoch der Hindernisse zu achten, drang er mit nicht erschlaffender Eile vorwärts und befand sich bald knapp vor dem Fenster.

Er trat so leise als möglich näher, drängte sich so hart an die Mauer, daß er mit seinen Kleidern den Schnee von dem Efeu

fegte, und horchte. Nichts regte sich im Innern des Hauses. Die Kirche selbst hätte nicht ruhiger sein können. Er berührte das Glas mit seiner Wange und horchte weiter. Nichts. Und doch war es ringsherum so still, daß er meinte, er hätte sogar den Atem eines Schlafenden hören müssen, wenn ein lebendes Wesen drinnen gewesen wäre.

Seltsam – ein Licht zu solcher Stunde und an einem solchen Orte, ohne daß jemand in der Nähe war.

Da ein Vorhang den untern Teil des Fensters verhüllte, konnte er nicht in das Gemach sehen. Aber es fiel kein Schatten von innen auf diesen Vorhang. An der Mauer hinanzuklettern und den Versuch zu machen, von oben hineinzusehen, wäre mit etwas Gefahr verbunden gewesen, jedenfalls mit einigem Lärm, der möglicherweise das Kind hätte erschrecken können, wenn das wirklich seine Wohnung war. Er horchte und horchte, aber nichts unterbrach das tödliche Schweigen.

Mit langsamen und vorsichtigen Tritten zog er sich von der Stelle zurück, ging einige Schritte an dem Gebäude weiter und kam endlich zu einer Tür. Er klopfte. Keine Antwort. Aber von innen vernahm er ein wunderliches Geräusch. Es war schwer, sich Gewißheit zu verschaffen, was es eigentlich war. Es klang ungefähr wie das leise Stöhnen eines Leidenden, konnte es aber doch wieder nicht sein, denn dafür war es viel zu regelmäßig und ununterbrochen. Jetzt schien es eine Art Gesang zu sein, jetzt ein Wehklagen – so kam es nämlich seiner wechselnden Einbildungskraft vor, denn der Ton blieb sich immer gleich und brach nie ab. Er hatte nie etwas Ähnliches gehört, und in dem Klange lag etwas Schreckliches, Ergreifendes und Überirdisches.

Dem Zuhörer rann das Blut jetzt kälter durch die Adern, als vorher in Frost und Kälte; aber er klopfte wieder. Noch immer keine Antwort, und den klagenden Ton unterbrach nichts. Er drückte sanft auf die Klinke und stemmte sein Knie gegen die Tür. Sie war wohl von innen verwahrt, gab aber trotzdem dem Drucke nach und drehte sich in ihren Angeln. Er sah den Widerschein eines Feuers auf den alten Wänden und trat ein.

Einundsiebzigstes Kapitel

Die düstere rote Glut eines Holzfeuers – denn es brannte weder Kerze noch Lampe in dem Raum – zeigte ihm eine Gestalt, die ihm den Rücken zuwandte und neben der flackernden Flamme am Herde saß. Die Stellung war die eines Menschen, der Wärme sucht. Sie war es, und war es doch nicht. Die gebeugte Haltung und die zusammengekauerte Gestalt war da, aber keine Hände streckten sich der behaglichen Glut entgegen, kein Zucken oder wohliges Schaudern verriet den Genuß, den sie empfinden mußte, wenn sie an die durchdringende Kälte draußen dachte. Mit zusammengekrümmten Gliedern, gebeugtem Haupt, auf der Brust gekreuzten Armen und dicht verschlungenen Fingern wiegte sie sich unablässig auf ihrem Sitze hin und her und begleitete diese Bewegung mit dem kläglichen Ton, den Kit gehört hatte.

Nachdem er eingetreten war, schlug die schwere Tür so laut zu, daß er zusammenfuhr. Die Gestalt gab übrigens weder durch eine Bewegung noch durch einen Blick oder ein sonstiges Zeichen im geringsten zu erkennen, daß sie das Geräusch wahrgenommen hatte. Es war die eines alten Mannes mit einem Haupte so weiß wie die zerfallende Asche, auf die sie schaute. Er, das ersterbende Licht, das verglimmende Feuer, das verwitterte Gemach, die Einsamkeit, das verzehrte Leben und das Düster gehörten zueinander. – Asche, Staub und Trümmer!

Kit versuchte zu reden und sprach einige Worte, obgleich er kaum wußte, was. Aber immer noch erklangen dieselben dumpfen, schrecklichen Töne, immer noch wiegte sich die Gestalt auf dem Stuhle, dieselbe gebrochene Gestalt, unverändert und unbekümmert um seine Anwesenheit.

Er hatte bereits seine Hand wieder auf der Klinke, als ihm etwas in der Gestalt auffiel – er konnte sie deutlich sehen, da ein Holzscheit in diesem Augenblick zusammenfiel und im Zusammenstürzen hell aufloderte –, das ihn die Hand zurückziehen ließ. Er kehrte wieder an seinen früheren Platz zurück, trat einen Schritt näher, wieder einen und noch einen. – Jetzt nur noch einen, und er sah das Gesicht. Ja, so verändert es war, er erkannte es doch.

»Herr!« rief er, sich auf ein Knie niederlassend. »Lieber Herr, sprechen Sie zu mir!«

Der alte Mann wandte sich langsam zu ihm und murmelte mit hohler Stimme:

»Da ist wieder ein neuer! – Wie viele von diesen Geistern sind nicht heute schon hier gewesen!«

»Kein Geist, Herr. Nur Ihr alter Diener. O gewiß, Sie müssen mich noch kennen. Miß Nell – wo ist sie – wo ist sie?«

»Das fragen sie alle!« rief der alte Mann. »Sie stellen alle die gleiche Frage an mich. Ein Geist!«

»Wo ist sie?« fragte Kit. »Oh, sagen Sie mir nur dies, nur das, mein lieber Herr!«

»Sie schläft – dort – dort drinnen.«

»Gott sei Dank!«

»Ja! Gott sei Dank!« entgegnete der alte Mann. »Ich habe zu ihm gebetet – manche, manche und manche ewiglange Nacht, als sie schlief. Er weiß es. Horch! hat sie nicht gerufen?«

»Ich habe keine Stimme gehört.«

»O freilich. Du hörst sie jetzt. Willst du mir weismachen, daß du dies nicht hörst?«

Er fuhr auf und horchte abermals.

»Auch das nicht?« rief er mit einem triumphierenden Lächeln. »Kann jemand diese Stimme so gut kennen wie ich! Bst! Bst!«

Er winkte ihm zu schweigen und schlich in eine andere Kammer. Nach einer kurzen Abwesenheit – man hörte ihn inzwischen in leisen, beruhigenden Lauten sprechen – kam er mit einer Lampe in der Hand zurück.

»Sie schläft noch«, flüsterte er, »du hast recht. Sie hat nicht gerufen. Sie müßte es denn im Schlummer getan haben. Sie hat mich auch sonst schon im Schlafe gerufen, Sir; während ich wachend bei ihr saß, sah ich ihre Lippen sich bewegen, und da wußte ich, obgleich ihnen kein Laut entglitt, daß sie von mir sprach. Ich fürchtete, das Licht möchte ihre Augen blenden und sie wecken, ich habe es deshalb mit herausgenommen.«

Er sprach mehr zu sich selbst als zu seinem Besuch. Als er jedoch die Lampe auf den Tisch gestellt hatte, nahm er sie wieder auf, wie wenn ihn irgendeine augenblickliche Erinnerung dazu triebe, und hielt sie gegen Kits Gesicht. Dann wandte er sich, als vergäße er während dieser Bewegung seine Absicht, zur Seite und stellte sie wieder nieder.

»Sie schläft fest«, sagte er; »aber es ist kein Wunder. Engelhände haben den Boden hoch mit Schnee bestreut, damit auch der leiseste Fußtritt noch leichter werde; und auch die Vögel sind tot, damit sie meine Kleine nicht wecken. Sie war sonst gewohnt, sie zu füttern. Mögen sie auch noch so sehr frieren und hungern, die scheuen Dinger fliegen vor uns fort, vor ihr flohen sie nie!«

Er hielt wieder inne, um zu horchen, und indem er kaum zu atmen wagte, stand er lange, lange lauschend da. Nachdem er auch in seiner Einbildung nichts mehr hörte, öffnete er eine alte Truhe, nahm einige Kleider so zärtlich heraus, als ob sie lebende Wesen wären, und begann sie mit der Hand zu glätten und zu streicheln.

»Warum liegst du so untätig da, liebe Nell«, murmelte er, »da es doch draußen schöne rote Beeren gibt, die nur auf deine pflückende Hand warten? Und warum liegst du so untätig da, wenn deine kleinen Freunde zu der Tür gekrochen kommen und rufen: ›Wo ist Nell, die süße Nell?‹ und schluchzen und weinen, weil sie dich nicht sehen? Sie war immer so sanft gegen die Kinder. Das wildeste von ihnen würde ihr gefolgt haben; sie wußte so gar zart mit den Kindern umzugehen – ja gewiß!«

Kit vermochte nicht zu sprechen. Seine Augen füllten sich mit Tränen.

»Ihr kleines Hauskleidchen, ihr Lieblingskleidchen!« rief der alte Mann, drückte es an seine Brust und streichelte es mit seinen welken Händen. »Sie wird es vermissen, wenn sie erwacht. Man hat sich den Spaß gemacht, es hier zu verstecken. Aber sie soll es haben, sie soll es haben. Ich möchte meinen Liebling nicht necken, nicht um alle Reichtümer der Welt. Sieh nur diese Schuhe, wie zerrissen sie sind; sie hat sie aufgehoben zur Erinnerung an unsere letzte lange Reise. Du siehst, wo die kleinen Füßchen auf den bloßen Grund traten. Man sagte mir später einmal, die Steine hätten sie wund gerissen und verletzt. Sie sagte mir nie etwas davon. Nein, nein. Gott segne sie! Und wohl erinnerte ich mich seitdem daran; sie ging hinter mir her, damit ich nicht sehen könnte, wie sie hinkte;

aber doch lag ihre Hand in der meinigen, und sie schien mich noch immer zu führen.«

Er preßte sie an seine Lippen, und nachdem er sie sorgfältig zurückgelegt hatte, sprach er wieder mit sich selbst, wobei er von Zeit zu Zeit ängstliche Blicke nach der Kammer warf, aus der er gekommen war.

»Sie war nicht gewohnt, lange in dem Bette liegenzubleiben; aber damals war sie gesund. Wir müssen Geduld haben. Wenn sie wieder wohl ist, wird sie so früh aufstehen, als sie sonst zu tun pflegte, und draußen in der Morgenluft umherschweifen. Ich habe es oft versucht, ihren Fußtapfen zu folgen, aber ihr kleiner Elfentritt ließ keine Spur auf dem betauten Grunde zurück, um mich zu leiten. Wer ist das? Schließe die Tür! Geschwind! – Haben wir nicht genug zu tun, diese strenge Kälte auszusperren und sie warm zu erhalten?«

Die Tür wurde wirklich geöffnet, und Herr Garland und sein Freund nebst zwei andern Personen traten ein. Diese waren der Schulmeister und der Bachelor. Der erstere hielt ein Licht in seiner Hand. Er war, wie es schien, in dem Augenblick, als Kit kam und den alten Mann allein fand, eben in seine eigene Wohnung gegangen, um in die verlöschende Lampe Öl zu gießen.

Der alte Mann beruhigte sich bei dem Anblick dieser zwei Freunde, ließ den gereizten Ton fallen, in dem er eben erst gesprochen – wenn man diesen Ausdruck auf etwas so Mattes und Trauriges anwenden kann –, nahm seinen früheren Platz wieder ein und verfiel nach und nach in die alte hin und her wiegende Bewegung und in sein dumpfes, wirres Gestöhn.

Die Fremden beachtete er durchaus nicht. Er hatte sie zwar gesehen, schien aber weder eines Interesses noch der Neugier fähig zu sein. Der jüngere Bruder stand abseits von den übrigen Herren. Der Bachelor zog einen Stuhl in die Nähe des alten Mannes und setzte sich neben ihn. Nach einem langen Schweigen wagte er zu sprechen.

»Wieder eine Nacht und nicht im Bett?« sagte er leise. »Ich hoffte, Sie würden des Versprechens, das Sie mir gegeben, mehr eingedenk sein! Warum wollen Sie sich nicht einige Ruhe gönnen?«

»Der Schlaf hat mich verlassen«, versetzte der alte Mann, »er ging zu ihr!«

»Es würde ihr sehr leid tun, wenn sie wüßte, daß Sie in dieser Weise wachen«, sagte der Bachelor. »Sie möchten ihr doch nicht wehe tun?«

»Vielleicht doch, wenn ich sie nur dadurch aufwecken könnte; sie hat so gar lange geschlafen. Und doch, es ist unrecht von mir, daß ich so rede. Es ist ein guter und glücklicher Schlaf – nicht wahr?«

»O gewiß«, entgegnete der Bachelor. »Gewiß, gewiß ist er es!«

»Nun, so ists recht! – und das Erwachen?« stotterte der alte Mann.

»Auch glücklich, glücklicher als eine Zunge auszusprechen oder des Menschen Herz zu fassen vermag.«

Sie sahen ihm nach, wie er aufstand und auf den Zehen in die andere Kammer schlich, in die die Lampe wieder gestellt worden war. Sie lauschten, während er innerhalb der stummen Wände wieder zu sprechen begann, sahen einander in die Augen, und keine Wange blieb von Tränen frei. Er kam zurück und flüsterte, sie schliefe zwar noch, aber es käme ihm vor, als ob sie sich bewegt hätte. Es war ihre Hand, sagte er – wohl nur wenig, nur ganz, ganz wenig; aber er war ziemlich sicher, daß sie sie bewegt hatte – vielleicht um die seinige zu suchen. Er erinnerte sich, daß sie es früher schon so gemacht hatte, obgleich sie im tiefsten Schlafe lag. Und als er dies gesagt, ließ er sich nieder in seinen Stuhl, schlug die Hände über dem Haupte zusammen und stieß einen Schrei aus, der allen unvergeßlich bleiben wird.

Der arme Schulmeister winkte dem Bachelor, er möge sich an die andere Seite des Alten stellen und mit ihm sprechen. Sie öffneten ihm sanft die Finger, die sich in sein graues Haar gekrampft hatten, und nahmen sie zwischen die ihrigen.

»Gewiß, er wird auf mich hören«, sagte der Schulmeister.

»Wenn wir ihn darum bitten, wird er entweder auf mich oder auf Sie hören. Sie hätte es jederzeit getan.«

»Ich will auf jede Stimme hören, die sie gern hörte«, rief der alte Mann. »Ich liebe alles, was sie liebte!«

»Ich weiß es ja«, entgegnete der Schulmeister, »ich bin davon überzeugt. Denken Sie an sie; denken Sie an alle die Sorgen und Bekümmernisse, die ihr miteinander geteilt, und an alle die Prüfungen und die stillen Freuden, die ihr gemeinschaftlich miteinander erlebt habt.«

»Freilich, freilich, ich denke an nichts anderes.«

»Ich wollte, Sie dächten heute an nichts anderes – an nichts, als an solche Dinge, die Ihr Herz weicher stimmen und es öffnen für die alte Liebe und die alten Zeiten, mein lieber Freund. So würde jetzt sie zu Ihnen sprechen, und in ihrem Namen rede ich zu Ihnen.«

»Sie werden gut tun, wenn Sie leise sprechen«, sagte der alte Mann. »Wir wollen sie nicht wecken, so sehr es mich auch freuen würde, wieder ihre Augen und ihr Lächeln zu sehen. Auch jetzt liegt ein Lächeln auf ihrem jugendlichen Gesicht, aber es ist immer dasselbe – unwandelbar. Ich wollte, es käme und ginge. So Gott will, wirds aber auch wiederkommen. Wir wollen sie nicht aufwecken.«

»Wir wollen nicht von ihrem Schlaf reden, sondern wie sie war, als ihr miteinander eure weiten Wanderzüge machtet, wie sie war in der Heimat, in dem alten Hause, aus dem ihr floht, wie sie war in der alten, frohen Zeit«, sagte der Schulmeister.

»Sie war immer froh, immer sehr heiter«, rief der alte Mann mit einem starren Blick auf den Schulmeister. »Ich erinnere mich zwar, daß von frühester Jugend an immer etwas Mildes und Ruhiges in ihrem Wesen war, aber sie hatte doch ein glückliches Temperament.«

»Wir haben von Ihnen gehört«, fuhr der Schulmeister fort, »daß sie in diesem und in ihrer großen Güte ihrer Mutter so sehr glich. Können Sie sich noch an sie erinnern, noch an sie denken?«

Er behielt seinen stieren Blick bei, gab jedoch keine Antwort.

»Oder vielleicht an eine, die noch vor ihr war«, versetzte der Bachelor. »Es ist schon viele Jahre her, und Leiden verlängern die Zeit; aber Sie haben doch wohl sie nicht vergessen, deren Tod dazu beitrug, Ihnen dieses Kind so teuer zu machen, noch ehe Sie dessen Wert kannten oder in seinem Herzen lesen konnten? Sagen Sie, daß Sie Ihre Gedanken weit, weit zurücklenken können, in Ihre Jugendzeit, als Sie nicht allein Ihre Kindheit verleben mußten wie diese schöne Blume. Sagen Sie, daß Sie sich erinnern können an ein Kind, das Sie einst vor vielen, vielen Jahren zärtlich liebte, als Sie selbst noch ein Kind waren. Sagen Sie, daß Sie einen Bruder hatten, den Sie längst vergaßen, den Sie lange nicht gesehen haben, der lange von Ihnen getrennt war, der jetzt endlich zurückkommt, um Sie in Ihrer höchsten Not zu trösten und Ihnen Beistand zu leisten . . .«

»Dir zu sein, was du ihm ehemals warst«, rief der jüngere Bruder, indem er vor dem älteren auf die Knie niederfiel; »dir deine alte Liebe zu vergelten, teurer Bruder, durch beharrliche Sorgfalt und liebevolle Pflege; an deiner Seite dir das zu sein, was er nie zu sein aufhörte, als selbst Weltmeere zwischen uns rollten; ganze Jahre der Einsamkeit zu Zeugen seiner unveränderten Treue und seines steten Gedenkens an entschwundene Tage aufzurufen. Laß mich nur ein einziges Wort des Wiedererkennens hören, Bruder, und nie, nein nie, selbst in den glücklichsten Augenblicken unserer Jugendzeit, da wir als arme, törichte Knaben unser Leben gemeinsam zu verbringen gedachten, werden wir uns gegenseitig auch nur halb so liebgehabt haben oder uns nur halb so teuer gewesen sein, als es von nun an der Fall sein soll!«

Der alte Mann sah von Gesicht zu Gesicht, und seine Lippen bewegten sich; aber kein Laut der Erwiderung entschlüpfte ihnen.

»Wenn wir schon damals so eng miteinander verbunden waren«, fuhr der jüngere Bruder fort, »wie innig wird nicht jetzt erst unsere Verbrüderung sein! Unsere Liebe und Freundschaft begann mit unserer Kindheit, als das ganze Leben noch vor uns lag, und wir nehmen sie wieder auf, nachdem wir die Prüfungen der Welt gekostet und schließlich doch nur wieder Kinder sind. Wie viele ruhelose Seelen, die dem Glück, dem Ruhm oder dem Vergnügen über die ganze Erde nachgejagt haben, ziehen sich im Alter dahin zurück, wo sie die ersten Atemzüge machten, und suchen noch einmal Kinder zu werden, ehe sie sterben. Und so wollen auch wir, weniger glücklich als sie in jüngern Jahren, aber glücklicher in der Schlußszene des Lebens, ein Ruheplätzchen suchen an dem Orte, an dem wir uns als Knaben umhertrieben; wir wollen heimgehen, ohne eine Hoffnung verwirklicht zu sehen, die in den Jahren der Mannheit aufsproßte, nichts zurückbringen, was wir mitgenommen haben, als unsere alte Sehnsucht nacheinander, nichts retten aus dem Schiffbruche des Lebens, als das, was uns dasselbe zuerst teuer gemacht hat; und so können wir in der Tat wieder Kinder werden, wie wir es früher waren. Und wenn«, fügte er mit veränderter Stimme hinzu, »wenn, was ich mich auszusprechen fürchte, eingetreten ist, selbst wenn es so ist oder so kommen soll – wovor der Himmel uns bewahren wolle –, auch dann, lieber Bruder, werden wir nicht getrennt sein und diesen Trost in unserm Kummer haben!«

Der alte Mann hatte sich während dieser Worte mehr und mehr dem anstoßenden Kämmerchen genähert. Er deutete auf dieses hin und versetzte mit bebenden Lippen:

»Ihr habt euch verschworen, ihr mein Herz zu entfremden. Es soll euch aber nicht gelingen – nie, solange ich noch lebe. Ich habe keinen Verwandten, keinen Freund, als sie, habe nie einen gehabt, will nie einen haben. Sie ist alles für mich. Es ist zu spät, uns jetzt zu trennen.«

Indem er sie mit einer Handbewegung zurückwies, rief er leise ihren Namen und schlich sich in die Kammer. Die Zurückbleibenden traten näher zusammen, und nach einigen Worten, die sie einander zuflüsterten – sie brachten sie vor

Ergriffenheit nur schwer stammelnd hervor –, folgten sie ihm. Sie bewegten sich so leise, daß ihre Tritte nicht zu hören waren, wohl aber ihr Schluchzen und die Laute des Schmerzes und der Trauer.

Denn sie war tot. Dort auf ihrem kleinen Bettchen schlief sie den ewigen Schlaf. Die feierliche Stille war kein Wunder mehr.

Sie war tot. Da ist kein Schlaf, der so ruhig und schön, so frei von jedem Schmerzenszug, so lieblich anzusehen ist. Sie schien ein Gebilde zu sein, eben der Hand Gottes entgleitend, das nur auf das Einhauchen des Lebensodems wartete, nicht eins, das gelebt und den Tod erlitten hatte.

Ihr Lager war da und dort mit Winterbeeren und grünen Blättern geschmückt, die man an einem Orte gesammelt hatte, an dem sie gern weilte. ›Wenn ich sterbe, so legt etwas in meine Nähe, das das Licht liebte und den Himmel stets über sich hatte.‹ Dies waren ihre Worte gewesen.

Sie war tot. Die teure, sanfte, geduldige, edle Nell war tot. Ihr Vögelchen, ein armes, gebrechliches Geschöpf, das unter dem Druck eines Fingers sein Leben ausgehaucht haben würde, hüpfte munter in seinem Käfig; und das starke, mutige Herz seiner kindlichen Herrin war stumm und regungslos für immer.

Wo waren die Spuren ihrer frühen Sorgen, ihrer Leiden und Mühen? Alles war verwischt. Ihr Kummer war nun wirklich zum Schweigen gebracht, aber Friede und vollkommenes Glück waren neu entsproßt – man sah dies an ihrer stillen Schönheit, an ihrer tiefen Ruhe.

Und doch lag noch ihr früheres Selbst da, unverändert in dieser Veränderung. Ja, der alte Kamin hatte diesem selben süßen Gesicht gelächelt; es war wie ein Traum durch die Stätten des Elends und der Sorge gezogen. An der Tür des armen Schulmeisters an jenem Sommerabend, vor dem Ofenfeuer während der kalten Regennacht, an dem stillen Bett des sterbenden Knaben, da hatte sie denselben milden, lieblichen Ausdruck. So werden wir nach dem Tode die Engel in ihrer Majestät schauen.

Der alte Mann hielt einen der erschlafften Arme in dem seinigen und drückte die kleine Hand fest umschlungen an seine Brust, um sie zu wärmen. Es war die Hand, die sie ihm mit ihrem letzten Lächeln entgegengestreckt, die Hand, die ihn auf allen ihren Wanderungen geleitet hatte. Wieder und wieder preßte er sie an seine Lippen; dann drückte er sie nochmals an seine Brust und murmelte, daß sie jetzt wärmer sei. Und mit diesen Worten sah er wie in Todesangst zu den Umstehenden auf, als flehte er sie an, ihr zu helfen.

Sie war tot, keine Hilfe war mehr möglich oder nötig. Die alten Räume, die sie mit Leben zu erfüllen schien, selbst als ihr eignes mit Riesenschritten dem Grabe zueilte, der Garten, den sie gepflegt, die Augen, die sie erfreut, die geräuschlosen Schauplätze mancher gedankenvollen Stunde, die Pfade, die sie betreten, als wäre es erst gestern – sie sollten nichts mehr von ihr sehen.

»Nicht hienieden«, sagte der Schulmeister, indem er sich niederbeugte, um ihre Wangen zu küssen, und seinen Tränen freien Lauf ließ, »nicht hienieden endet die Gerechtigkeit des

Himmels. Denkt, was die Erde ist im Vergleich mit der Welt, in die diese junge Seele ihren frühen Flug genommen hat, und sagt, ob einer von uns sie zurückrufen würde, wenn es durch einen einzigen, wohlüberlegten Wunsch, der mit feierlichen Worten über diesem Bette gesprochen würde, geschehen könnte!«

Zweiundsiebzigstes Kapitel

Als sie mit dem Anbruch des Morgens ruhiger über den Gegenstand ihres Schmerzes sprechen konnten, hörten sie, wie sie starb.

Sie war vor zwei Tagen gestorben. Damals waren alle um sie, weil sie wußten, daß ihr Ende nicht mehr fern sei. Sie war bald nach Tagesanbruch gestorben. Man hatte ihr in der ersten Hälfte der Nacht vorgelesen und mit ihr gesprochen; im Verlauf der Stunden war sie jedoch eingeschlafen. Aus den leisen Worten, die die Schlummernde flüsterte, ließ sich entnehmen, daß sie von ihren Wanderungen mit dem alten Mann träumte, aber nicht von jenen Schauplätzen des Leidens, sondern von den Leuten, bei denen sie Hilfe und freundliche Güte gefunden; denn sie sagte oft mit großer Wärme: ›Gott vergelts euch!‹

Wachend hatte sie nur ein einziges Mal irregeredet: sie sagte nämlich, sie höre eine wunderliebliche Musik in der Luft. Gott mag das wissen – vielleicht ist es wahr gewesen.

Als sie endlich nach einem sehr ruhigen Schlaf die Augen wieder öffnete, bat sie ihre Freunde noch um einen Kuß. Man willfahrte ihr. Dann wandte sie sich mit einem Engelslächeln auf ihrem Gesicht – sie hatten, wie sie sagten, ein solches nie zuvor gesehen und wollten es nie vergessen – zu dem alten Mann und schlang ihre beiden Arme um seinen Nacken. Sie wußten nicht gleich, daß sie tot war.

Sie hatte sehr oft von den beiden Schwestern geredet, die sie wie teure Freundinnen betrachtete. Sie wünschte, sie hätte ihnen sagen können, wie oft ihre Gedanken bei ihnen geweilt, und wie oft sie ihnen gefolgt sei, wenn sie abends an dem Flußufer spazierengingen. In der letzten Zeit hatte sie oft davon gesprochen, sie möchte wohl den armen Kit wiedersehen. Sie wünschte, daß jemand da wäre, um Kit von ihr zu grüßen. Und selbst damals noch dachte sie nie an ihn oder sprach nie von ihm, ohne wieder wie einst dabei herzlich und fröhlich zu lachen.

Im übrigen hatte sie nie gemurrt oder geklagt, sondern gefaßt und bis zuletzt ihr sanftes Wesen beibehaltend – nur daß sie mit jedem Tag ernster wurde und sich immer dankbarer gegen ihre Umgebung erwies –, war sie wie das Licht an einem Sommerabend dahingeschwunden.

Der Knabe, der ihr kleiner Freund gewesen war, kam fast bei Tagesanbruch schon mit einem Sträußchen welker Blumen und bat, man möchte es auf ihre Brust legen. Er war es, der in der letzten Nacht ans Fenster gekommen war und mit dem Totengräber gesprochen hatte. Auch fand man kleine Fußspuren im Schnee, in dem er umhergetrippelt war, ehe er zu Bett ging, in der Nähe des Gemachs, in dem sie lag. Dem Anschein nach meinte er, man habe sie dort allein gelassen, und diesen Gedanken konnte er nicht ertragen. Er erzählte wieder von seinem Traum, daß sie wieder genesen und ihnen, wie sie war, zurückgegeben worden sei. Er bat flehentlich, sie möchten ihm erlauben, sie zu sehen, und sagte, er werde sich ganz ruhig verhalten; sie brauchten sich nicht zu fürchten, daß er aufgeregt sein würde; denn er sei den ganzen Tag allein bei seinem Bruder gewesen, als dieser gestorben war, und habe sich glücklich gefühlt, ihm so nahe sein zu können. Man ließ ihn gewähren; und in der Tat, er hielt Wort und war in seiner kindlichen Weise eine ernste Lehre für sie alle.

Bis dahin hatte der alte Mann kein Wort gesprochen, ausgenommen zu ihr, oder sich von dem Bett entfernt. Aber als er ihren kleinen Liebling sah, fühlte er sich in einer Weise ergriffen, wie man ihn noch nie gesehen hatte, und er gab durch Zeichen zu verstehen, daß er näher kommen möge. Dann deutete er nach dem Bett und brach in Tränen aus. Die Umstehenden wußten, daß ihm der Anblick des Kindes wohlgetan hatte, weshalb sie beide allein beieinander ließen.

Der Knabe beruhigte ihn mit seinem unschuldigen Geplauder von ihr und überredete ihn, sich ein wenig auszuruhen, mit ihm spazierenzugehen, kurz, der alte Mann tat fast alles, was er von ihm verlangte. Und als der Tag kam, an dem ihre sterblichen Reste für immer den Augen entrückt werden sollten, führte ihn der Kleine weit fort, damit er nicht wüßte, wann sie ihm genommen würde.

Sie wollten frische Blätter und Beeren sammeln für ihr Bett. Es war Sonntag, ein heiterer, klarer Winternachmittag, und als sie durch das Dorf gingen, wichen ihnen die Spaziergänger auf dem Wege aus, um ihnen Platz zu machen, und grüßten sie in stummer Wehmut. Einige nahmen den alten Mann freundlich bei der Hand, andere blieben mit unbedecktem Haupt stehen, während er vorbeiwankte, und viele riefen ihm ein ›Gott helfe ihm!‹ nach.

»Nachbarin«, sagte der alte Mann, als er vor dem Häuschen, in dem die Mutter seines Führers wohnte, stehenblieb, »wie kommt es, daß heute fast alle Leute schwarz gehen? Ich habe fast bei jedem ein Trauerband oder ein Stück schwarzen Flor gesehen.«

Sie wisse es nicht, sagte die Frau.

»Ei, Ihr selbst – Ihr tragt ja auch Trauer«, rief er. »Die Fenster sind geschlossen, was sonst nie bei Tage der Fall ist. Was soll das bedeuten?«

Abermals sagte die Frau, daß sie es nicht wisse.

»Wir müssen umkehren«, sagte der alte Mann hastig. »Wir müssen sehen, was das ist.«

»Nein, nein!« rief das Kind, ihn zurückhaltend. »Erinnern Sie sich, was Sie mir versprochen haben. Unser Weg führt zu der alten grünen Hecke, bei der sie und ich so oft waren, und bei der Sie uns mehr als einmal trafen, wie wir Girlanden für den Garten machten. Sie dürfen nicht umkehren!«

»Wo ist sie jetzt?« fragte der alte Mann. »Sag mir das!«

»Wissen Sie das nicht?« entgegnete das Kind. »Haben wir sie nicht eben verlassen?«

»Richtig, richtig! Es war ja sie, die wir verließen – ja, ja!«

Er drückte die Hand auf seine Stirn, blickte ausdruckslos umher und ging, wie von einem plötzlichen Gedanken getrieben, über den Weg, um in das Haus des Totengräbers zu treten. Dieser saß neben seinem tauben Gehilfen vor dem Feuer. Als sie sahen, wer kam, standen beide auf.

Das Kind gab ihnen hastig ein Zeichen mit der Hand. Es war nur die Bewegung eines Augenblicks, aber diese und das Aussehen des alten Mannes sagten ihnen genug.

»Habt ihr – habt ihr heute jemand zu begraben?« fragte er hastig.

»Nein, nein! Wen sollten wir zu begraben haben, Sir?« versetzte der Totengräber.

»Ja, freilich! Ich sage mit euch, wen solltet ihr wohl begraben?«

»Es ist heute Feiertag für uns, guter Sir«, entgegnete der Totengräber mild. »Wir haben heute keine Arbeit.«

»Nun, so will ich mit dir gehen, wohin du willst«, sagte der alte Mann, sich an das Kind wendend. »Es ist aber doch wahr, was ihr mir sagt? Ihr wollt mich nicht täuschen? Ich habe mich sehr verändert, sogar in der kurzen Zeit, seit wir uns zum letztenmal sahen.«

»Geht Eures Weges mit ihm, Sir«, rief der Totengräber, »und der Himmel möge euch beide geleiten!«

»Ich bin ganz bereit«, sagte der alte Mann demütig. »Komm, Knabe, komm!«

Und so ließ er sich wegführen.

Und nun erhob die Glocke, die Glocke, auf deren Klang sie so oft bei Tag und bei Nacht mit so feierlicher Freude gelauscht hatte, als wäre sie fast eine lebende Stimme, ihr unerbittliches Geläute über sie, die so jung, so schön und so gut war. Welkes Alter und kräftiges Leben, blühende Jugend und hilflose Kindheit strömten heran – auf Krücken, auf der Höhe ihrer Kraft und Gesundheit, in der hoffnungsvollsten Blüte, in dem ersten Morgenrot des Lebens –, um sich an ihrem Grabe zu versammeln. Da waren alte Männer mit trüben Blicken und schwächer werdenden Sinnen, Großmütter, die schon alt gewesen, auch wenn sie bereits vor zehn Jahren gestorben wären, die Tauben, die Blinden, die Lahmen, die Gichtkranken, die lebenden Toten in jeder Gestalt und Form, um das Zuwerfen dieses frühen Grabes mit anzusehen. Was war der Tod, den es einschließen sollte, gegen den, der noch immer über das Grab hinkriechen und hinschleichen konnte!

Man trug sie jetzt über die gedrängte volle Straße; sie war so rein wie der frischgefallene Schnee, der ihren Weg bedeckte, und ihr Leben war ebenso flüchtig gewesen. Sie ging noch einmal durch die Pforte, unter der sie gesessen hatte, als des Himmels Gnade sie an diesen friedlichen Ort geführt, und die alte Kirche nahm sie in ihren ruhigen Schatten auf.

Sie trugen sie zu einer alten Nische, in der sie so manches Mal sinnend gesessen, und stellten die Bürde sanft auf das Steinpflaster nieder. Das Licht strömte durch das farbige Fenster, ein Fenster, hinter dem im Sommer stets die Zweige der Bäume rauschten und Vögel den ganzen Tag süße Lieder sangen. Mit jedem Lufthauch, der die von der Sonne beschienenen Äste bewegte, würde ein zitterndes, wechselndes Licht über ihr Grab huschen.

Erde zu Erde, Staub zu Staub, Asche zu Asche!

Manche jugendliche Hand ließ einen kleinen Kranz in das Grab fallen, und manches erstickte Schluchzen wurde gehört. Einige – und ihrer waren nicht wenige – knieten nieder. Alle waren aufrichtig und wahr in ihrem Schmerz.

Als die Zeremonie vorüber war, traten die Leidtragenden beiseite, und die Dorfbewohner drängten sich um das Grab, um noch einmal hinunterzusehen, ehe der Stein darübergelegt wurde. Der eine erinnerte sich, wie oft er sie an derselben Stelle hatte sitzen sehen, wie das Buch ihr in den Schoß gesunken war, und wie sie mit gedankenvoller Miene gen Himmel blickte. Ein anderer erzählte, wie sehr er sich immer habe wundern müssen, daß ein so zartes Wesen so kühn sein konnte: sie habe sich nie gefürchtet, nachts allein in die Kirche zu gehen, sondern sei sogar gern dort geblieben, wenn alles ruhig gewesen; ja, selbst den Turm habe sie erklommen, ohne ein anderes Licht als die Strahlen des Mondes, die sich durch die Luftöffnungen der dicken alten Mauer stahlen. Unter den Ältesten verbreitete sich ein Geflüster, sie habe Engel gesehen und mit ihnen verkehrt; und manche mochten wohl diesem Gerücht Glauben beimessen, wenn sie sich erinnerten, wie sie ausgesehen und gesprochen hatte, und wie bald sie heimgegangen war. Sie traten in kleineren Gruppen an das Grab, schauten hinunter, machten wieder andern Platz und entfernten sich flüsternd zu dreien oder vieren, bis endlich nur noch der Totengräber und die trauernden Freunde in der Kirche waren.

Sie warteten, bis die Gruft geschlossen und der Stein über sie gelegt worden war. Dann, als das Düster des Abends herannahte und kein Ton die heilige Stille des Ortes störte, als der silberne Mond sein Licht auf Gräber, Monumente, Pfeiler, Mauern und Bogen, vor allem aber, wie es ihnen vorkam, auf ihr ruhiges Grab warf, in jener ruhigen Stunde, da die Natur und unsere Seele erfüllt sind von dem Glauben an die Unsterblichkeit, und irdische Hoffnungen und Sorgen in den Staub niedersinken, kehrten sie mit ruhigen Schritten und ergebungsvollen Herzen zurück und ließen das Kind allein mit Gott.

Oh! es ist schwer, die Lehre zu beherzigen, die solche Todesfälle geben. Aber möge niemand sie zurückweisen, denn es ist eine Lehre, die wir alle lernen müssen, eine gewaltige, allumfassende Wahrheit. Wenn der Tod die Unschuld und Tugend niederstreckt, so erblühen aus jeder gebrechlichen Gestalt, aus der er den sehnenden Geist befreit, hundert Tugenden im Gewande der Barmherzigkeit, der Mildtätigkeit und der Liebe, die durch die Welt wandeln und sie segnen. Aus jeder Träne, die der traurige Überlebende auf solchen grünen Gräbern vergießt, wird etwas Gutes geboren, ein edleres Wesen erzeugt. Unter den Tritten des Todesengels sprossen neue Schöpfungen, die seiner Gewalt Hohn sprechen, und sein dunkler Pfad wird ein Weg voll himmlischen Lichtes.

Es war spät, als der alte Mann nach Hause kam. Der Knabe hatte ihn unter irgendeinem Vorwand auf dem Rückwege in seine eigne Wohnung geführt, und von dem langen Spaziergange wie auch von dem unausgesetzten Mangel an Ruhe erschöpft, war der Greis neben dem Herde in einen tiefen Schlaf gesunken. Da er vollständig ermattet war, hütete man sich wohl, ihn zu wecken. Der Schlummer umfing ihn lange Zeit, und als er endlich erwachte, sandte der Mond seine Strahlen durch das Fenster.

Der jüngere Bruder, den seine lange Abwesenheit beunruhigte, stand wartend an der Tür, als der alte Mann mit seinem kleinen Führer des Weges daherkam. Er ging ihm entgegen, nötigte den Greis mit sanfter Gewalt, sich auf seinen Arm zu stützen, und führte ihn mit langsamen, zitternden Schritten nach Hause. Der alte Mann eilte sogleich in ihre Kammer. Als er nicht fand, was er dort gelassen hatte, kehrte er mit bestürzten Blicken in das Zimmer zurück, in dem die andern versammelt waren. Von hier aus eilte er in die Wohnung des Schulmeisters und rief ihren Namen. Sie folgten ihm auf der Ferse, und nachdem er lange vergeblich das Haus durchsucht hatte, brachten sie ihn wieder zurück.

Mit all jenen überzeugenden Worten, die Mitleid und Liebe eingeben konnten, bewogen sie ihn, sich zu ihnen zu setzen und zu hören, was sie ihm mitzuteilen hätten. Sie gaben sich alle Mühe, ihn durch alle erdenklichen kleinen Kunstgriffe auf das, was kommen mußte, vorzubereiten, betonten mit vielen innigen Worten das glückliche Los, das ihr zugefallen war, und sagten ihm endlich die Wahrheit. In demselben Augenblick, als sie ihren Lippen entschlüpft war, brach er wie ein Erschlagener zwischen ihnen zusammen.

Viele Stunden harrten sie vergeblich auf sein Erwachen; doch Kummer ist stark, und er kam endlich zu sich.

Wenn es jemand gibt, der nie die Leere empfand, die dem Tode folgt, die traurige Verödung, das Gefühl der Verlassenheit, das sich auch des stärksten Geistes bemächtigt, wenn bei jedem Schritt etwas Geliebtes, etwas Vertrautes vermißt wird, die Verknüpfung lebloser und seelenloser Dinge mit dem Gegenstand der Erinnerung, durch die jeder Hausgott ein Monument wird und jedes Zimmer ein Grab, wenn es jemand gibt, der dies nicht kennt und an sich selbst nicht erfahren hat, so wird er sich kaum einen Begriff machen können, wie viele Tage hindurch der alte Mann die Zeit verträumte, vor Gram fast verging und überall umherstrich, als suche er etwas und könne keinen Trost finden.

Die Reste von Denkkraft und Erinnerung, die ihm übriggeblieben, nahm ausschließlich sie in Anspruch. Er wußte nichts oder schien sich nicht darum zu kümmern, etwas von seinem Bruder zu wissen. Gegen jeden Liebesbeweis, gegen jede Aufmerksamkeit blieb er teilnahmslos. Wenn man mit ihm über diesen oder jenen Gegenstand sprach, den einen ausgenommen, so konnte er wohl eine Weile geduldig zuhören, dann aber entfernte er sich und fing wieder an zu suchen.

Aber es war unmöglich, diesen einen Gegenstand, der seinen Geist und den der andern beschäftigte, zu berühren. Tot! Er konnte das Wort nicht hören oder ertragen. Die leiseste Andeutung bewirkte bei ihm einen Anfall gleich dem, den er damals hatte, als man ihm ihren Tod mitteilte. Niemand wußte, mit welcher Hoffnung er sich trug; aber daß er irgendeine Hoffnung nährte, sie wiederzufinden, eine schwache, schattenhafte Hoffnung, deren Erfüllung von einem Tag auf den andern geschoben wurde, und die ihn täglich schwächer und trauriger machte, das war allen deutlich.

Sie gedachten ihn von dem Schauplatz seines Kummers zu entfernen und den Versuch zu machen, ob ein Ortswechsel ihn nicht zu heben oder aufzuheitern vermochte. Sein Bruder holte sich bei Ärzten Rat, die wegen ihrer Geschicklichkeit in derartigen Fällen wohlbekannt waren, und sie kamen und beobachteten ihn. Einige von ihnen blieben, sprachen mit ihm, wenn er sprechen wollte, und behielten ihn im Auge, wenn er einsam und schweigend auf und ab ging. Brächte man ihn, wohin man wollte, meinten sie, er würde immer hierher zurückzukehren versuchen. Sein Geist könnte sich nicht von diesem Orte trennen. Wenn man ihn in strengen Gewahrsam nähme und ihn aufs sorgfältigste bewachte, so würde man ihn zwar als einen Gefangenen festhalten können, aber wenn er ein Mittel zur Flucht fände, dann würde er gewiß an diesen Ort zurückkehren oder unterwegs sterben.

Der Knabe, dem er anfangs Folge geleistet, hatte jetzt keinen Einfluß mehr auf ihn. Bisweilen ließ er allerdings das Kind an seiner Seite gehen, oder er nahm wohl auch so viel Notiz von seiner Anwesenheit, daß er ihm die Hand reichte, sich niederbeugte, um seine Wangen zu küssen oder ihm sanft über das Haar zu fahren. Ein andermal aber ersuchte er wieder den Knaben, wenn auch nicht unfreundlich, sich zu entfernen, und konnte seine Nähe nicht ertragen. Doch, ob er allein war, ob er seinen kleinen Freund zur Seite hatte, oder ob er sich in Gesellschaft derjenigen befand, die keine Kosten, kein Opfer gescheut hätten, um ihm Trost und Seelenruhe zu erkaufen, wenn es möglich gewesen wäre, er blieb stets derselbe, liebte nichts mehr, kümmerte sich um nichts mehr auf der Welt – ein gebrochener Mann.

Endlich fanden sie eines Tages, daß er früh aufgestanden war und, mit dem Reisesack auf dem Rücken, den Stab in seiner Hand, ihren Strohhut nebst einem kleinen Körbchen, mit Dingen angefüllt, die sie bei sich zu führen pflegte, sich entfernt hatte. Sie schickten sich bereits an, weit und breit Nachforschungen anzustellen, als ein erschreckter Schulknabe hereinkam, der ihn einen Augenblick zuvor in der Kirche hatte sitzen sehen, auf ihrem Grabe, sagte er.

Sie eilten dahin, traten leise durch die Tür ein und erblickten ihn dort in der Haltung eines geduldig Wartenden. Ohne ihn zu stören, begnügten sie sich damit, ihn den ganzen Tag über zu bewachen. Als es dunkel geworden war, stand er auf, begab sich nach Hause und ging zu Bett, wobei er vor sich hin murmelte: »Sie wird morgen kommen!«

Des andern Tages war er wieder dort, von Sonnenaufgang

bis nachts; und dann legte er sich wieder zu Bett und sagte: »Sie wird morgen kommen!«

Und von nun an wartete er jeden Tag und den ganzen Tag, neben ihrem Grabe sitzend, auf sie. Wie viele Bilder von neuen Reisen durch liebliche Gegenden, von Ruheplätzen unter dem freien, weiten Himmelszelt, von Streifzügen durch Felder und Wälder auf selten betretenen Pfaden, wie viele

Töne dieser einen, wohlbekannten Stimme, wie viele flüchtige Visionen von ihrer Gestalt, von ihrem flatternden Kleide, den Locken, die so fröhlich im Winde wallten, wie viele Vorstellungen von dem, was gewesen und was, wie er hoffte, wiederkommen sollte, erstanden hier in der alten, düstern, schweigenden Kirche vor seinem Geiste! Er sagte ihnen nie etwas von seinen Träumereien oder wohin er ging. Er saß nachts neben ihnen, und sie konnten sehen, mit welcher geheimen Lust er über die Flucht nachdachte, die er und sie ergreifen würden, ehe die Nacht wiederkäme; und noch immer konnten sie ihn betend flüstern hören: »Herr, laß sie doch morgen kommen!«

Das letztemal war es an einem schönen Frühlingstage. Er

blieb über seine gewohnte Stunde aus, und als sie hingingen, um ihn zu suchen, fanden sie ihn tot auf dem Stein liegen.

Man begrub ihn an der Seite derjenigen, die er so innig geliebt; und in der Kirche, in der sie so oft gebetet, geträumt und Hand in Hand geweilt hatten, schliefen das Kind und der alte Mann friedlich nebeneinander.

Schlußkapitel

Der magische Knäuel, der voranrollend den Erzähler so weit geführt, mäßigt nun seine Schnelligkeit und hält inne. Er liegt an seinem Ziele; die Jagd ist zu Ende.

Es bleibt uns jetzt nur noch übrig, die Hauptpersonen des kleinen Häufleins zu entlassen, das auf dem Wege Gesellschaft geleistet hat, und die Reise zu schließen.

Als erste von ihnen nehmen der geschmeidige Sampson Braß und Miß Sally Arm in Arm unsere höfliche Aufmerksamkeit in Anspruch.

Herr Sampson wurde, wie wir bereits gehört haben, von dem Friedensrichter, bei dem er vorsprach, zurückgehalten, und da dieser ihn so angelegentlich drängte, seinen Aufenthalt zu verlängern, daß er das Gesuch in keiner Weise ablehnen konnte, verblieb er geraume Zeit unter dessen Schutz, während welcher Zeit sein Wirt ihm eine so außerordentliche Aufmerksamkeit erwies, daß er für die Gesellschaft ganz verloren war und nicht einmal gesundheitshalber spazierengehen mochte, ausgenommen in einem kleinen gepflasterten Hofe. Und tatsächlich wußten diejenigen, mit denen er zu tun hatte, sein bescheidenes und zurückhaltendes Wesen so sehr zu würdigen und waren auf seine Anwesenheit so eifersüchtig erpicht, daß sie eine Art freundschaftlicher Bürgschaft von zwei wohlhabenden Hausbesitzern im Betrage von je fünfzehnhundert Pfund verlangten, ehe sie ihm gestatten wollten, ihr gastliches Dach zu verlassen, wahrscheinlich weil sie bezweifelten, daß er sonst zurückkehren würde, wenn sie ihn einmal losgelassen hätten. Herr Braß, der gern auf diesen Scherz einging und ihn bereitwillig bis auf die Spitze trieb, suchte in seiner weiten Bekanntschaft ein paar Freunde, deren vereintes Barvermögen einen halben Penny weniger als fünfzehn Pence betrug, und bot sie als Bürgen an; denn ›Bürgschaft‹ lautete die joviale Losung von beiden Seiten. Es gab ein lustiges Wortgefecht, infolgedessen die genannten zwei Herren verworfen wurden, und so ließ sichs Herr Braß gefallen, dazubleiben, und er blieb auch da, bis ein Klub auserlesener Spaßvögel, die Große Jury genannt, die in die Posse eingeweiht waren, ihn vor zwölf andere Spaßvögel forderten und wegen Meineids und Betrugs anklagten. Diese ihrerseits erklärten ihn in gar witziger Laune für schuldig; ja, selbst das Volk ging auf den Spaß ein; denn als Herr Braß in einer Mietkutsche zu dem Gebäude fuhr, in dem sich diese Spaßvögel versammelten, begrüßte es ihn mit faulen Eiern, toten Katzen, und tat sogar so, als wollte es ihn in Stücke reißen, was die Komik der Sache ungemein erhöhte und ihn ohne Zweifel einen noch größeren Geschmack an sich finden ließ.

Um den launigen Faden noch weiter zu spinnen, brachte Herr Braß, um die Aufschiebung seines Urteils zu erlangen, auf den Rat seines Anwaltes vor, daß er sich zur Selbstanklage habe verleiten lassen, weil ihm Sicherheit und Begnadigung versprochen worden, und erhob Anspruch auf die Milde, die das Gesetz über jenen vertrauensvollen Seelen walten ließe, denen also mitgespielt worden sei. Nach einer feierlichen Prüfung wurde dieser Punkt – nebst einigen andern juridischtechnischer Natur, deren humoristische Wunderlichkeit schwer zu übertreiben sein dürfte – den Richtern zur Entscheidung anheimgegeben und Sampson in der Zwischenzeit in sein früheres Quartier zurückgebracht. Endlich erledigte man einige der genannten Punkte zu Sampsons Gunsten, andere zu seinen Ungunsten, und das Resultat war, daß er die Erlaubnis erhielt, unter gewissen unbedeutenden Beschränkungen fortan das Mutterland mit seiner Gegenwart zu beglücken, statt aufgefordert zu werden, eine Zeitlang in fremden Ländern eine Reise zu machen.

Diese Beschränkungen bestanden darin, daß er für eine bestimmte Reihe von Jahren in einem geräumigen Hause wohnen sollte, in dem verschiedene andere Gentlemen auf Staatskosten Logis und Atzung erhielten, die eine anständige graue Uniform mit gelben Aufschlägen, außerordentlich kurz geschnittene Haare trugen und hauptsächlich von Haferschleim und leichten Suppen lebten. Auch wurde von ihm verlangt, daß er als gesunde Leibesübung beharrlich eine endlose Treppenflucht hinansteige; und damit seine Beine, die ja an derartige Anstrengungen nicht gewöhnt waren, nicht schwach würden, sollte er an einem Knöchel ein Amulett oder einen Talisman von Eisen tragen. Nachdem diese Bedingungen festgesetzt worden waren, brachte man ihn eines Abends in sein neues Heim und er durfte sich in Gemeinschaft mit neun andern Herren und zwei Damen des Vorrechts erfreuen, daß man sie diesem Ruhesitz in Seiner Majestät Wagen zuführte.

Nebst diesen unbedeutenden Bußen wurde sein Name aus der Advokatenliste gestrichen, ein Umstand, den man in letzter Zeit immer für einen großen Schimpf und für einen Beweis von ganz besonderer Schuftigkeit hält, was auch wohl der Fall sein mag, da so viele unwürdige Namen ungefährdet unter ihren bessern Nachbarn stehenbleiben.

Über Sally Braß gingen verschiedene widersprechende Gerüchte. Einige wollten zuverlässig wissen, daß sie in Männerkleidern zu den Docks hinuntergegangen und ein weiblicher Matrose geworden sei. Andere flüsterten, sie habe sich als Gemeiner bei dem zweiten Regiment der Fußgarde anwerben lassen und sei in Uniform auf der Wache gesehen worden, das heißt, wie sie eines Abends, auf die Muskete gestützt, aus einem Schilderhause in St. James Park heraussah. Es war so manches Gerede im Umlauf, aber wirklich wahr scheint nur das zu sein, daß man nach Ablauf von fünf Jahren – während welcher Zeit niemand bestimmt nachweisen konnte, sie gesehen zu haben – mehr als einmal zwei jämmerliche Gestalten bemerkt hatte, die abends aus den geheimsten Schlupfwinkeln von St. Giles hervorkrochen und in geduckter Haltung sich zitternd fortschleppten, indem sie in den Straßen und Gassen nach Speiseabfällen und weggeworfenen Fleischresten suchten. Man sah diese Schatten nur in kalten und düstern Nächten, wenn die schrecklichen Gespenster, die zu anderer Zeit in den schmutzigen Verstecken Londons, in Torwegen, dunkeln Gewölben und Kellern verborgen liegen, auf die Straßen zu kriechen wagen – die verkörperten Dämonen von Krankheit, Laster und Hunger. Leute, die es wissen konnten, raunten sich zu, daß dies Sampson und seine Schwester Sally seien. Sie sollen bis auf den heutigen Tag in derselben ekelhaften Verkleidung hin und wieder in schlimmen Nächten dicht an den Ellbogen erschreckter Spaziergänger vorbeischleichen.

Als man – aber erst, nachdem einige Tage verstrichen waren – Quilps Leiche auffand, wurde unweit der Stelle, an der sie angeschwemmt worden war, eine Totenschau gehalten. Die allgemeine Annahme ging dahin, daß er sich selbst entleibt habe, und da diese allem Anschein nach durch die Umstände, die seinen Tod begleiteten, bekräftigt wurde, gab auch die Kommission ihr Gutachten dahin ab. Und er sollte daher mit einem Pfahl durchs Herz inmitten eines einsamen Kreuzweges begraben werden.

Später ging das Gerücht, diese schreckliche und barbarische Zeremonie sei nicht vollzogen, sondern die Überreste seinem Diener Tom Scott übergeben worden. Doch auch hier teilten sich die Ansichten; denn einige meinten, Tom habe sie um Mitternacht ausgegraben und nach einem Orte gebracht, der ihm von der Witwe angedeutet worden sei. Wahrscheinlich gründeten sich diese beiden Geschichten auf die einfache Tatsache, daß Tom bei der Totenschau Tränen vergoß, was er wirklich tat, so außerordentlich es auch erscheinen mag. Außerdem bezeigte er ein heftiges Verlangen, sich an der Kommission zu vergreifen; und da man ihn zurückhielt und aus dem Gerichtszimmer hinausführte, so verdunkelte er dessen einziges Fenster dadurch, daß er sich vor dem Gesimse auf den Kopf stellte, bis er durch einen vorsichtigen Büttel geschickt wieder auf die Beine gebracht wurde.

Als er sich so durch den Tod seines Herrn in die Welt hinausgestoßen sah, faßte er den Entschluß, sich kopfstehend und auf den Händen gehend durchzuschlagen und begann daher, sich sein Brot zu ›erpurzeln‹. Da er jedoch in seiner englischen Abkunft ein unübersteigliches Hindernis sah, das dem günstigen Fortgange seines Geschäfts im Wege war – obgleich seine Kunst sehr beliebt war und in hohem Ruhme stand –, so nahm er den Namen eines mit Gipsfiguren handelnden italienischen Knaben an, mit dem er bekannt geworden war, und gaukelte hierauf mit außerordentlichem Erfolg und vor einem zahlreichen Publikum.

Die kleine Frau Quilp vergab sich nie den einzigen Betrug, der so schwer auf ihrem Gewissen lag, und konnte nie an ihn denken oder von ihm sprechen, ohne daß sie bittere Tränen vergoß. Ihr Gatte hatte keine Verwandten, und sie war reich. Wenn er ein Testament hinterlassen hätte, wäre sie wahrscheinlich eine Bettlerin gewesen. Das erstemal hatte sie auf den Rat ihrer Mutter geheiratet, das zweitemal beriet sie sich mit niemand als mit sich selbst. Ihre Wahl fiel auf einen leidlich hübschen jungen Burschen, und da er als einleitende Bedingung festsetzte, daß Frau Jiniwin außer dem Hause wohnen mußte, so lebten sie nach der Hochzeit miteinander, ohne sich mehr zu zanken, als es im Durchschnitt üblich ist, und führten mit dem Gelde des Zwerges ein glückliches Leben.

Herr und Madame Garland und Herr Abel lebten wie sonst fort – eine einzige Veränderung in ihrem Hauswesen ausgenommen, die sogleich zur Sprache kommen wird –, und im Verlaufe der Zeit trat letzterer als Teilhaber in die Kanzlei seines Freundes, des Notars, ein, bei welcher Gelegenheit es ein feierliches Diner, einen Ball und eine Unmenge Belustigungen gab. Zu diesem Ball wurde dann auch die verschämteste junge Dame, die je zu finden war, eingeladen; und da trug es sich zu, daß sich Herr Abel in sie verliebte. Wie dies zuging, oder wie sie es merkten, oder wer von beiden zuerst dem andern diese wichtige Entdeckung mitteilte, weiß niemand. Nur so viel ist gewiß, daß sie nach einiger Zeit heirateten; und ebenso gewiß ist, daß sie die Glücklichsten unter den Glücklichen waren; und mit nicht weniger Sicherheit können wir behaupten, daß sie es verdienten. Mit Freuden schreiben wir nieder, daß sie eine Familie aufzogen; denn die Fortpflanzung der Herzensgüte und Menschenfreundlichkeit ist kein geringer Zuwachs für den Adel der Natur und ein nicht unbedeutender Gegenstand der Freude für das ganze Menschengeschlecht.

Das Pony bewahrte sich seinen unabhängigen und prinzipienreichen Charakter bis zum letzten Augenblick seines Lebens, das so ungewöhnlich lang war, daß man es in der Tat für den Urvater aller Ponys halten konnte. Es trabte oft zwischen der Wohnung des Herrn Garland und der seines Sohnes mit dem Phaethon hin und her, und da die alten und jungen Leute häufig beisammen waren, hatte es in dem neuen Haushalt seinen eigenen Stall, den es gewöhnlich mit überraschender Würde betrat. Es ließ sich herab, mit den Kindern zu spielen, sobald sie alt genug wurden, um seine Freundschaft zu kultivieren, und sprang mit ihnen wie ein Hündchen auf dem kleinen Anger hin und her. Aber obgleich es sich viel vergab und ihnen kleine Freiheiten, wie Liebkosungen, das Betrachten seiner Hufe, erlaubte oder sie gar an seinen Schwanz sich hängen ließ, so gestattete es doch keinem, seinen Rücken zu besteigen oder es vor den Wagen zu spannen, und zeigte damit, daß selbst ihre Vertraulichkeiten Grenzen haben müßten und daß es Punkte zwischen ihnen gäbe, die viel zu ernst wären, um mit ihnen zu scherzen.

In seinem späteren Leben war es nicht unzugänglich gegen warme Zuneigung; denn als der gute Bachelor nach dem Hinscheiden des alten Geistlichen bei Herrn Garland wohnte, faßte es eine große Freundschaft für ihn und ließ sich in liebenswürdigster Weise, ohne das geringste Widerstreben zu zeigen, von ihm leiten. Zwei oder drei Jahre vor seinem Tode arbeitete es nicht mehr, sondern lebte nur noch im Überfluß, und seine letzte Handlung bestand darin, daß es, wie ein cholerischer alter Herr, seinem Doktor einen Tritt gab.

Herr Swiveller genas sehr langsam von seiner Krankheit, und als er in den Genuß seiner Leibrente trat, kaufte er der Marquise eine hübsche Ausstattung und schickte sie in die Schule, um sein Gelübde zu lösen, das er auf dem Krankenbette getan hatte. Nachdem er sich lange um einen ihrer würdigen Namen geplagt hatte, entschied er sich für ›Sophronia Sphinx‹, weil dieser volltönig und vornehm klang und außerdem etwas Geheimnisvolles andeutete. Unter diesem Titel begab sich die Marquise unter Tränen in die Schule seiner Wahl, aus der sie, da sie ihre Mitschülerinnen bald überholte, noch vor Ablauf vieler Vierteljahre in eine höhere verpflanzt wurde. Wir lassen jedoch Herrn Swiveller nur nackte Gerechtigkeit widerfahren, wenn wir sagen, daß er, obwohl er infolge der Auslagen, die ihm ihre Erziehung machte, ungefähr sechs Jahre lang in ziemlich knappen Verhältnissen leben mußte, nie in seinem Eifer erlahmte und immer einen hinreichenden Lohn in den Berichten über ihre Fortschritte fand, die er mit großer Würde von der Vorsteherin bei seinen allmonatlichen Besuchen entgegennahm. Diese Dame betrachtete ihn als einen Literaten mit etwas exzentrischen Gewohnheiten und als ein ganz ungewöhnliches Talent im Gebrauch von Zitaten.

Mit einem Worte, Herr Swiveller ließ die Marquise in dieser Pension, bis sie mutmaßlicherweise ihr neunzehntes Jahr zurückgelegt hatte und ein hübsches, gescheites und launiges Ding geworden war. Und nun erst fing er ernstlich an, darüber nachzudenken, was zunächst geschehen sollte. Bei einem dieser periodischen Besuche, während er diese Frage wieder ventilierte, kam die Marquise allein zu ihm herunter, heiterer und frischer als je. Da fiel ihm nun, freilich nicht zum erstenmal, ein, daß sie eigentlich recht behaglich leben könnten, wenn sie ihn heiraten wollte! Richard fragte sie also; und was sie auch gesagt haben mochte – ein Nein war es nicht. Sie wurden allen Ernstes die Woche darauf getraut, und Herr Swiveller erhielt dadurch häufig Gelegenheit, zu verschiedenen Zeiten nachher zu bemerken, daß ihm im Grunde doch eine junge Dame aufgespart geblieben sei. Da bei Hampstead ein kleines Häuschen zu vermieten war, in dessen Garten sich eine Laube zum Rauchen befand, ein Gegenstand des Neides für die ganze zivilisierte Welt, so beschlossen sie, sich dort einzuquartieren, und nach Ablauf der Flitterwochen bezogen sie die neue Wohnung. In diese Einsiedelei begab sich Herr Chuckster regelmäßig jeden Sonntag, um den ganzen Tag dort zu verbringen, der gewöhnlich schon mit dem ersten Frühstück anfing; und hier war er die große Zeitung aller Neuigkeiten und Moden. Noch einige Jahre blieb er Kits Todfeind und beteuerte, er habe eine bessere Meinung von ihm gehabt, wie man glaubte, er habe die Fünfpfundnote gestohlen, als zur Zeit seiner völlig erwiesenen Unschuld. Denn seine Schuld hätte doch etwas Kühnheit und Waghalsigkeit verraten, während seine Unschuld nur ein weiterer Beweis seines kriechenden und listigen Charakters sei. Allmählich und schließlich kam jedoch eine Versöhnung zustande und er ging sogar so weit, Kit mit seiner Gönnerschaft zu beehren, als einen Menschen, der sich gewissermaßen gebessert habe und daher Vergebung verdiene. Nie aber vergaß oder verzieh er ihm die Sache mit dem Schilling, da er der Ansicht war, es würde schon genug von Kit gewesen sein, wenn er wiedergekommen wäre, um einen andern zu verdienen; aber zurückzukommen, nur um eine frühere Gabe abzuverdienen, das war ein Flecken auf seinem moralischen Charakter, den keine Reue oder Zerknirschung je abzuwaschen vermochte.

Herr Swiveller, der immer eine gewisse Vorliebe für philosophische Betrachtungen gehabt hatte, wurde zuweilen in seiner Rauchlaube ungemein tiefsinnig und pflegte in solchen Augenblicken im Geiste über die geheimnisvolle Frage hinsichtlich Sophronias Abkunft zu debattieren. Sophronia hielt sich für eine Waise, aber Herr Swiveller, der verschiedene kleine Umstände summierte, meinte oft, Miß Braß müßte hierüber eine bessere Auskunft erteilen können; und da ihm seine Frau ihre sonderbare Zusammenkunft mit Quilp mitgeteilt hatte, hegte er mancherlei Befürchtungen, ob jener Kerl zu seinen Lebzeiten nicht auch das Rätsel hätte lösen können, falls ihm der Sinn danach gestanden hätte. Diese Gedanken beunruhigten ihn jedoch weiter nicht, denn Sophronia war ihm immer ein sehr heiteres, zärtliches und fürsorgliches Weib, wie denn auch Dick sich als ein treuer und häuslicher Gatte erwies, abgesehen von einem gelegentlichen Exzeß Herrn Chuckster gegenüber, zu dem sie ihn jedoch klugerweise eher ermutigte, als daß sie ihm entgegengetreten wäre. Und sie spielten viele hunderttausend Partien Cribbage miteinander. Auch müssen wir zu Dicks Ehre hinzufügen, daß er sie trotz ihres Namens Sophronia vom Anfang bis zu Ende immer Marquise titulierte, und daß jedes Jahr zum Andenken an den Tag, an dem er sie in seinem Krankenzimmer gefunden hatte, Herr Chuckster zum Mittagessen kam und es immer eine Jubelfeier gab.

Die Falschspieler Isaak List und Jowl mit ihrem treuen Verbündeten Herrn James Groves, untadeligen Andenkens, verfolgten ihr Gewerbe mit wechselndem Glück, bis das Fehlschlagen einer geistvollen Unternehmung, die in ihr Fach einschlug, sie in alle Weltgegenden zerstreute und ihrer Laufbahn durch das plötzliche Eingreifen des langen und starken Armes des Gesetzes ein Ende bereitet wurde. Diese Niederlage hatte ihren Grund in der ungelegenen Entdeckung eines neuen Spießgesellen, des jungen Friedrich Trent, der in dieser Weise, ohne es zu ahnen, das Mittel zu ihrer und seiner eigenen Bestrafung wurde.

Was diesen jungen Mann selbst betrifft, so trieb er sich kurze Zeit im Auslande umher und lebte von seinem Witz, das heißt von dem Mißbrauch jener Fähigkeit, die, würdig angewendet, den Menschen über die Tiere erhebt, in ihrer Verderbtheit ihn aber weit unter diese sinken läßt. Nicht lange nachher wurde sein Leichnam, trotz der Entstellung und der furchtbaren Beulen, die mutmaßlich die Folgen eines vorhergegangenen Kampfes waren, von einem Fremden erkannt, der in Paris zufällig jenes Hospital besuchte, in dem die Ertrunkenen ausgestellt werden, damit sich ihre Angehörigen melden. Der Fremde behielt jedoch die Tatsache für sich, bis er nach Hause kam, und es erschien niemand, der Anspruch auf die Leiche machte oder sich um sie bekümmerte.

Der jüngere Bruder, oder der ledige Herr, unter welcher Bezeichnung er uns bekannt ist, hätte gern den armen Schulmeister aus seinem abgeschiedenen Winkel holen und ihn zu seinem Freund und Gefährten machen wollen. Aber der bescheidene Dorflehrer war zu schüchtern, sich in die geräuschvolle Welt zu wagen, und hatte seine Wohnung auf dem alten Kirchhofe liebgewonnen. Ruhig und glücklich in seiner Schule, in dem Ort und in der Liebe von Nells kleinem Freunde, verbrachte er seine Tage in Frieden und war infolge der aufrichtigen Dankbarkeit seines Freundes – möge diese kurze Andeutung genügen – nicht länger ein armer Schulmeister.

Dieser Freund, ledige Herr oder jüngere Bruder, wie man will, trug in seinem Herzen einen schweren Gram, aber dieser machte ihn nicht zu einem Menschenfeind oder einem trübsinnigen Einsiedler. Er zog wieder in die Welt und liebte seine Nebenmenschen. Lange, lange Zeit hindurch war es sein Hauptvergnügen, die Fußtapfen des alten Mannes und des Kindes, soweit sich diese aus der Erzählung entnehmen ließen, zu verfolgen, dort zu rasten, wo sie gerastet hatten, mitzufühlen, wo sie gelitten, und froh zu sein, wo man ihnen Freude gemacht hatte.

Diejenigen, die freundlich gegen sie gewesen, entgingen seinen Nachforschungen nicht. Die Schwestern in der Pension, die sie zu Freundinnen gewählt, weil sie selbst ohne Freunde waren, Frau Jarley von dem Wachsfigurenkabinett, Codlin, Short, er fand sie alle; und glaubt mir, daß der Mann, der den Hochofen speiste, nicht vergessen blieb.

Sobald Kits Geschichte ruchbar wurde, erhob sich eine Schar von Freunden für ihn, die ihm vielfache Angebote machten, für seine Zukunft Sorge zu tragen. Es kam ihm anfangs nicht in den Sinn, je Herrn Garlands Dienst zu verlassen; aber nach ernstlichen Vorstellungen und Beratungen von seiten seines Herrn begann er an die Möglichkeit einer solchen Veränderung, die mit der Zeit kommen könnte, zu denken. Er erhielt mit einer Schnelligkeit, die ihm fast den Atem benahm, eine gute Stelle, und zwar durch einige von den Herren, die ihn an dem ihm zur Last gelegten Verbrechen für schuldig gehalten hatten und in diesem Glauben auch gegen ihn vorgegangen waren. Durch dieselbe wohlwollende Fürsorge wurde seine Mutter vor jeder Not geschützt und ganz glücklich gemacht. So wurde denn, wie Kit oft sagte, sein großes Unglück die Quelle seines späteren Glücks.

Blieb Kit sein ganzes Leben hindurch ein Junggeselle oder heiratete er? Natürlich heiratete er, und wen hätte er anders zur Frau wählen sollen als Barbara? Und was das Beste dabei war, er heiratete so bald, daß der kleine Jakob ein Onkel war, ehe seine in dieser Geschichte bereits erwähnten Waden in Tuchhosen gesteckt worden waren, obgleich wir es nicht das Allerbeste nennen können, da ja notwendigerweise auch sogar das allerkleinste Büblein Onkel wurde. Das Entzücken von Kits Mutter und Barbaras Mutter bei dieser großen Gelegenheit vermag keine Feder zu beschreiben; und da sie fanden, wie gut sie hier sowohl wie in allem andern harmonierten, so schlugen sie ihre Wohnung beieinander auf und blieben von Stund an zwei sehr innige Freundinnen. Und hatte nicht Astleys Theater Ursache, sich Glück zu wünschen, wenn sie dasselbe alle Vierteljahre mit einem Besuch beehrten, und zwar in dem Parterre, und sagte nicht Kits Mutter immer, wenn man die Außenwände tünchte, daß Kits letztes Traktament dazu geholfen habe; und hätte sie nicht gern wissen mögen, was wohl der Direktor denken würde, wenn er wüßte, daß sie an dem Hause vorbeigingen?

Als Kit Kinder im Alter von sechs und sieben Jahren hatte,

war eine Barbara unter ihnen, und zwar eine recht hübsche Barbara. Auch fehlte es nicht an einem genauen Faksimile und Ebenbild des kleinen Jakob, wie er in jener fernen Zeit aussah, als man ihn lehrte, was man unter einer Auster verstände. Natürlich war auch ein Abel da, ein Patchen von Herrn Garland des gleichen Namens; und auch ein Dick, auf den Herr Swiveller große Stücke hielt. Oft sammelte sich abends die kleine Gruppe um ihn und bat ihn, noch einmal die Geschichte von der guten Miß Nell zu erzählen, die tot war. Kit tat dies auch, und wenn sie während des Zuhörens weinten und doch wünschten, daß es noch nicht aus sein möchte, belehrte er sie, wie sie in den Himmel eingegangen sei gleich allen guten Menschen, und wie sie, wenn sie ihr an Tugend glichen, ebenfalls hoffen dürften, eines Tages dahin zu kommen, sie zu sehen und kennenzulernen, wie er sie gekannt hatte, als er noch ein Knabe war. Dann pflegte er ihnen auch zu erzählen, wie arm er gewesen und wie sie ihn gelehrt hatte, was er infolge seiner Armut nie hätte lernen können, und wie der alte Mann so oft sagte: ›Sie lacht immer über Kit‹; und dabei wischten sie ihre Tränen weg, lachten selber, wenn sie dachten, daß sie gelacht hatte, und waren wieder ganz heiter.

Bisweilen führte er sie in die Gasse, in der sie gewohnt hatte; aber sie war durch neue Baulichkeiten so verändert, daß sie sich gar nicht mehr glich. Das alte Haus hatte man längst niedergerissen und an seiner Stelle eine schöne breite Straße angelegt. Anfangs zog er mit seinem Stock ein Viereck auf den Boden, um ihnen zu zeigen, wo es gestanden hatte. Bald aber wußte er die Stelle nicht mehr genau zu bezeichnen, und er konnte nur sagen, es sei da herum gewesen; denn solche Veränderungen, meinte er, verwirrten einen ganz und gar.

So groß sind die Veränderungen, die wenige Jahre mit sich bringen; und so entschwinden die Dinge wie eine Geschichte, die erzählt ist.

Ende.

Der Text dieser vollständigen deutschen Ausgabe des »Raritätenladen« wurde von Leo Feld unter Benutzung älterer Übertragungen neu gestaltet. Die Holzschnitte von George Cattermole, H. R. Browne, George Cruikshank und Daniel Maclise sind der ersten Ausgabe des Romans »Master Humphreys Clock« (in 88 wöchentlichen Lieferungen 1840 und 1841), in den die Erzählung »The Old Curiosity Shop« ursprünglich eingeschaltet war, entnommen.

Englische und amerikanische Literatur im insel taschenbuch

Jane Austen: Die Abtei von Northanger. Aus dem Englischen von Margarete Rauchenberger. Mit Illustrationen von Hugh Thomson. it 931

– Anne Elliot. Aus dem Englischen von Margarete Rauchenberger. Mit Illustrationen von Hugh Thomson. it 1062

– Emma. Aus dem Englischen von Charlotte Gräfin von Klinckowstroem. Mit Illustrationen von Hugh Thomson. it 511

– Lady Susan. Ein Roman in Briefen. Die Watsons. Sanditon. Zwei Romanfragmente. Aus dem Englischen von Angelika Beck und Elizabeth Gilbert. it 1192

– Stolz und Vorurteil. Aus dem Englischen von Margarete Rauchenberger. Mit Illustrationen von Hugh Thomson und mit einem Essay von Norbert Kohl. it 787

Harriet Beecher-Stowe: Onkel Toms Hütte. In der Bearbeitung einer alten Übersetzung. Herausgegeben und mit einem Nachwort versehen von Wieland Herzfelde. Mit 27 Holzschnitten von Georg Cruikshank aus der englischen Ausgabe von 1852. it 272

Ambrose Bierce: Aus dem Wörterbuch des Teufels. Auswahl, Übersetzung und Nachwort von Dieter E. Zimmer. it 440

– Mein Lieblingsmord. Erzählungen. Mit einem Nachwort von Edouard Roditi. Aus dem Amerikanischen von Gisela Günther. it 39

– Der Mönch und die Henkerstochter und andere Schauermärchen. Deutsch von Karl Bruno Leder. it 1268

Anne Brontë: Agnes Grey. Aus dem Englischen von Elisabeth von Arx. it 1093

Charlotte Brontë: Jane Eyre. Eine Autobiographie. Aus dem Englischen von Helmut Kossodo. Mit einem Essay und einer Bibliographie herausgegeben von Norbert Kohl. it 813

– Shirley. Aus dem Englischen von Johannes Reiher und Horst Wolf. it 1145

– Über die Liebe. Herausgegeben von Elsemarie Maletzke. Übertragen von Eva Groepler und Hans J. Schütz. it 1249

Emily Brontë: Die Sturmhöhe. Aus dem Englischen von Grete Rambach. it 141

Edward George Bulwer-Lytton: Die letzten Tage von Pompeji. Aus dem Englischen von Friedrich Notter. it 801

Lewis Carroll: Alice hinter den Spiegeln. Mit einundfünfzig Illustrationen von John Tenniel. Übersetzt von Christian Enzensberger. it 97

– Alice im Wunderland. Mit zweiundvierzig Illustrationen von John Tenniel. Übersetzt und mit einem Nachwort von Christian Enzensberger. it 42

153/1/10.90

Englische und amerikanische Literatur im insel taschenbuch

Lewis Carroll: Briefe an kleine Mädchen. Herausgegeben und übersetzt von Klaus Reichert. Erweiterte Ausg. mit dreißig Fotografien des Autors. it 172
– Geschichten mit Knoten. Eine Sammlung mathematischer Rätsel. Herausgegeben und übersetzt von Walter E. Richartz. Mit Illustrationen von Arthur B. Frost. it 302
– Die Jagd nach dem Schnark. Übersetzt und ausgeleitet von Klaus Reichert. Mit Illustrationen von Henry Holiday. it 598
Geoffrey Chaucer: Die Canterbury-Erzählungen. Vollständige Ausgabe. Aus dem Englischen übertragen und herausgegeben von Martin Lehnert. Mit Illustrationen von Edward Burne-Jones. it 1006
Gilbert Keith Chesterton: Alle Pater-Brown-Geschichten. 2 Bände in Kassette. it 1263/1149
– Neue Pater-Brown-Geschichten. Die Ungläubigkeit des Pater Brown. Das Geheimnis des Pater Brown. 19 Detektivgeschichten. it 1263
– Pater-Brown-Geschichten. 24 Detektivgeschichten. Mit einem Nachwort von Norbert Miller. it 1149
James Fenimore Cooper: Der Lederstrumpf. Vollständige Ausgabe in fünf Bänden. In der Bearbeitung der Übersetzung von C. Kolb durch Rudolf Drescher. Mit Illustrationen von O. C. Darley. it 760
– Der letzte Mohikaner. Vollständige Ausgabe. In der Bearbeitung der Übersetzung von C. Kolb durch Rudolf Drescher. Mit Illustrationen von O. C. Darley und einem Nachwort von Peter Härtling. it 1212
Daniel Defoe: Glück und Unglück der berühmten Moll Flanders, die, im Zuchthaus Newgate geboren, nach vollendeter Kindheit noch sechzig wertvolle Jahre durchlebte, zwölf Jahre Dirne war, fünfmal heiratete, darunter ihren Bruder, zwölf Jahre lang stahl, acht Jahre deportierte Verbrecherin in Virginien war, schließlich reich wurde, ehrbar lebte und reuig verstarb. Beschrieben nach ihren eigenen Erinnerungen. Deutsch von Martha Erler. Mit Illustrationen von William Hogarth und einem Essay von Norbert Kohl. it 707
– Robinson Crusoe. Mit Illustrationen von Ludwig Richter. In der Übersetzung von Hannelore Novak. it 41
Charles Dickens: Bleak House. Aus dem Englischen von Richard Zoozmann. Mit Illustrationen von Phiz. it 1110
– David Copperfield. Mit Illustrationen von Phiz. it 468
– Detektivgeschichten. Aus dem Englischen von Franz Franzius. it 821
– Eine Geschichte aus zwei Städten. Mit Illustrationen von Phiz. it 1033
– Große Erwartungen. Aus dem Englischen von Margit Meyer. Mit Illustrationen von F. W. Pailthorpe. it 667

153/2/10.90

Englische und amerikanische Literatur
im insel taschenbuch

Charles Dickens: Harte Zeiten. Aus dem Englischen von Paul Heichen. Mit Illustrationen von F. Walker und Maurice Greiffenhagen. it 955
– Das Leben unseres Herrn Jesus Christus. Von Charles Dickens geschrieben für seine Kinder. Mit Zeichnungen von Gunter Böhmer. Aus dem Englischen von Hans Mardersteig. it 1154
– Martin Chuzzlewit. Mit Illustrationen von Phiz. it 1233
– Oliver Twist. Aus dem Englischen von Reinhard Kilbel. Mit einem Nachwort von Rudolf Marx und 24 Illustrationen von George Cruikshank. it 242
– Die Pickwickier. Mit Illustrationen von Robert Seymour, Robert William Buss und Phiz. it 896
– Der Raritätenladen. Aus dem Englischen von Leo Feld. Mit Holzschnitten von George Cattermole, H. K. Browne, George Cruikshank und Daniel Maclise. it 716
– Weihnachtserzählungen. Mit Illustrationen von Leech, Stanfiels, Stone u. a. it 358
Charles A. Eastman: Indianergeschichten aus alter Zeit. Deutsch von Elisabeth Friederichs. Mit einem Nachwort herausgegeben von Dietrich Leube. Illustrationen und Anmerkungen von Frederick Weygold. it 861
Henry Fielding: Mr. Jonathan Wild der Große. Die Geschichte eines Helden. Aus dem Englischen übersetzt von Horst Höckendorf. it 535
– Tom Jones. Die Geschichte eines Findelkindes. 2 Bde. Mit Illustrationen von Gravelot und Moreau le jeune. Herausgegeben und mit einem Nachwort von Norbert Kohl. it 504
Bret Harte: Goldgräbergeschichten. Aus dem Amerikanischen von Wilhelm Lange. Mit zeitgenössischen Fotografien. it 803
Nathaniel Hawthorne: Der Marmorfaun. Aus dem Englischen von Gisela Günther. Mit Zeichnungen von Michael Schroeder. it 1043
Samuel Johnson: Reisen nach den westlichen Inseln bei Schottland. Nach einer anonymen Übertragung aus dem Jahr 1775. Herausgegeben von Volker Wolf und Bernd Zabel. Mit zahlreichen Abb. it 663
James Joyce: Die Katze und der Teufel. Eine Geschichte von James Joyce. Deutsche Übertragung von Fritz Senn. Mit Bildern von Richard Erdoes. Vierfarbendruck. it 2024
Edward Lears kompletter Nonsens. Limericks, Lieder, Balladen und Geschichten. Ins Deutsche geschmuggelt von Hans Magnus Enzensberger. Mit Illustrationen von Edward Lear. it 1119

153/3/10.90

Englische und amerikanische Literatur im insel taschenbuch

Matthew Gregory Lewis: Der Mönch. Aus dem Englischen von Friedrich Polakovics. Mit einem Essay und einer Bibliographie von Norbert Kohl. it 907

Lord Byron. Ein Lesebuch mit Texten, Bildern und Dokumenten. Herausgegeben von Gert Ueding. it 1051

Charles Robert Maturin: Melmoth der Wanderer. Roman. Aus dem Englischen von Friedrich Polakovics. Mit einem Nachwort von Dieter Sturm. it 1279

Herman Melville: Moby Dick. 2 Bde. Übertragen von Alice und Hans Seiffert. Mit einem Nachwort von Rudolf Sühnel. Mit Illustrationen. it 233

Samuel Pepys: Das geheime Tagebuch. Herausgegeben von Anselm Schlösser und übertragen von Jutta Schlösser. Mit Abbildungen. it 637

Edgar Allan Poe: Der entwendete Brief und andere Erzählungen. Ausgewählt von Franz-Heinrich Hackel. Aus dem Amerikanischen von Werner Beyer u. a. Mit Holzschnitten von Fritz Eichenberg. Großdruck. it 2309

– Das Geheimnis der Marie Rogêt und andere Erzählungen. Aus dem Amerikanischen von Werner Beyer, Felix Friedrich und anderen. it 783

– Grube und Pendel. Und andere Erzählungen. Mit einem Nachwort von Franz Rottensteiner und Illustrationen von Harry Clarke. Aus dem Amerikanischen von Günther Steinig. ›Grube und Pendel‹ wurde von Elisabeth Seidel übersetzt. it 362

Walter Scott: Im Auftrag des Königs. Die gefährlichen Abenteuer des Quentin Durward. Mit Illustrationen aus dem neunzehnten Jahrhundert und einem Nachwort von Traude Dienel. it 188

– Ivanhoe. Roman. Deutsch von Leonhard Tafel. Textrevision und Nachwort von Paul Ernst. it 751

Charles Sealsfield: Das Kajütenbuch oder Nationale Charakteristiken. Herausgegeben von Alexander Ritter. it 1163

William Shakespeare: Hamlet. Prinz von Dänemark. Aus dem Englischen von August Wilhelm von Schlegel. Durchgesehen von Levin L. Schücking. Mit Illustrationen von Eugène Delacroix. Herausgegeben und mit einem Essay versehen von Norbert Kohl. it 364

– Richard III. Aus dem Englischen von Thomas Brasch. it 1109

– Was ihr wollt. Aus dem Englischen von Thomas Brasch. it 1205

Mary W. Shelley: Frankenstein oder Der moderne Prometheus. Mit einem Essay von Norbert Kohl. it 1030

153/4/10.90

Englische und amerikanische Literatur im insel taschenbuch

Muriel Spark: Mary Shelley. Eine Biographie. Deutsch von Angelika Beck. Mit zahlreichen Abbildungen. it 1258

Laurence Sterne: Leben und Meinungen von Tristram Shandy Gentleman. In der Übersetzung von Adolf Friedrich Seubert. Durchgesehen und revidiert von Hans J. Schütz. Mit einem Essay und einer Bibliographie von Norbert Kohl. Illustrationen von George Cruikshank. it 621

– Yoricks Reise des Herzens durch Frankreich und Italien. Aus dem Englischen übersetzt und mit einem Nachwort versehen von Helmut Findeisen. Mit zwölf Holzschnitten nach Tony Johannot. it 277

Robert Louis Stevenson: Entführt oder Die Erinnerungen des David Balfour an seine Abenteuer im Jahre 1751. Mit einem Vorwort von E. Y. Meyer. Aus dem Englischen übersetzt von Michael Walter. Mit den Illustrationen der Erstausgabe. it 321

– Die Schatzinsel. Aus dem Englischen von Karl Lerbs. Mit Illustrationen von Georges Roux. it 65

– Der seltsame Fall von Dr. Jekyll und Mr. Hyde. Deutsch von Grete Rambach. Mit Illustrationen von S. G. Hulme Beaman. it 572

Bram Stoker: Dracula. Aus dem Engl. von Karl Bruno Leder. it 1086

Jonathan Swift: Ausgewählte Werke in drei Bänden. Herausgegeben, eingeleitet und kommentiert von Anselm Schlösser. Mit einem Essay von Martin Walser. it 654

– Ein bescheidener Vorschlag, wie man verhindern kann, daß die Kinder der Armen ihren Eltern oder dem Lande zur Last fallen und andere Satiren. Mit einem Essay von Martin Walser, Die notwendigen Schritte. Übersetzt von Felix Paul Greve. Revision der Übersetzung von Walther Freisburger und Klaus Reichert. it 131

– Gullivers Reisen. Mit Illustrationen von Grandville und einem Vorwort von Hermann Hesse. Aus dem Englischen übersetzt von Franz Kottenkamp. Vervollständigt und bearbeitet von Roland Arnold. it 58

William Makepeace Thackeray: Das Buch der Snobs. Aus dem Englischen von H. Conrad. Mit Illustrationen von W. M. Thackeray. Herausgegeben von Norbert Kohl. it 372

– Jahrmarkt der Eitelkeit. Ein Roman ohne Held. 2 Bde. Mit Illustrationen von Thackeray. Herausgegeben und mit einem Nachwort von Norbert Kohl. Dem deutschen Text wurde eine Übertragung aus dem Nachlaß von H. Röhl zugrunde gelegt. it 485

153/5/10.90

Englische und amerikanische Literatur im insel taschenbuch

Mark Twain: Gesammelte Werke in 10 Bänden. Ausgewählt und zusammengestellt von Norbert Kohl. it 831-840
- Band 1: Durch dick und dünn. Deutsch von Hans J. Schütz. Mit Illustrationen von Klaus Ensikat. it 831
- Band 2: Tom Sawyers Abenteuer. Bearbeitet von Karl Heinz Berger. Mit Illustrationen von True W. Williams. it 832
- Band 3: Tom Sawyer im Ausland. Tom Sawyer als Detektiv. it 833
- Band 4: Bummel durch Europa. Deutsch von Gustav Adolf Himmel. Mit Illustrationen der Erstausgabe von W. Fr. Brown, True W. Williams, B. Day u. a. it 834
- Band 5: Prinz und Bettelknabe. Deutsch von Walter Scherf. Mit Illustrationen der Erstausgabe von Frank T. Merill, John J. Harley und L. S. Ipsen. it 835
- Band 6: Leben auf dem Mississippi. Deutsch von Helene Ritzerfeld. Mit Illustrationen von Klaus Ensikat. it 836
- Band 7: Huckleberry Finns Abenteuer. Deutsch von Barbara Cramer-Nauhaus. Mit Illustrationen von Edward W. Kemble. it 837
- Band 8: Ein Yankee am Hofe des Königs Artus. Deutsch von Maja Ueberle. Mit Illustrat. der Erstausgabe von Daniel C. Beard. it 838
- Band 9: Der berühmte Springfrosch und andere Erzählungen. it 839
- Band 10: Der geheimnisvolle Fremde und andere Erzählungen. Deutsch von Walter Hasenclever u. a. Mit Illustrationen der Erstausgabe von Lucius Hitchcock, W. T. Smedley und N. C. Wyeth. it 840
- Der gestohlene weiße Elefant und andere Erzählungen. Ausgewählt von Franz-Heinrich Hackel und Norbert Kohl. Mit zahlreichen Abbildungen. Großdruck. it 2308

Horace Walpole: Die Burg von Otranto. Aus dem Englischen von Joachim Uhlmann. Mit farb. Illustrationen der Ausgabe von 1796, einem Aufsatz von Walter Scott und einem Essay von Norbert Kohl. it 1087

Oscar Wilde: Gesammelte Werke in zehn Bänden. Herausgegeben von Norbert Kohl.
Band 1: Das Bildnis des Dorian Gray
Band 2: Märchen und Erzählungen
Band 3: Theaterstücke I
Band 4: Theaterstücke II
Band 5: Gedichte
Band 6: Essays I
Band 7: Essays II
Band 8: Briefe I
Band 9: Briefe II
Band 10: Briefe III it 582

153/6/10.90

